메가스터디

분석노트

시즌 2

2025 수능연계 문학 작품

고전 문학 + 현대 문학

목차

현대 소설

극·수필

구성과 특징

○ 인물 관계도
각 작품의 주요 인물 관계를 도식화하여
제시함으로써 작품 속 등장인물의 특징과
갈등의 양상을 한눈에 이해할 수 있도록
하였습니다.

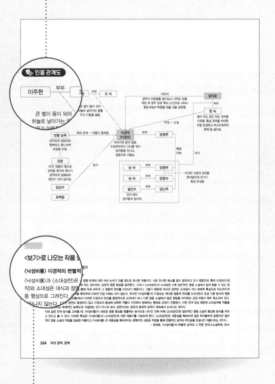

○ 전체 줄거리
산문 작품의 전체 줄거리를 제시하여 작품 속
어떤 장면이 출제될지 모르는 수능 출제 경향
에 완벽하게 대비할 수 있도록 하였습니다.

○ 작품의 외적 준거
〈보기〉로 제시될 가능성이 높은 작품 관련
정보를 보충 자료로 제공하였습니다.

문학

2025 수능 연계 문학 작품

메가스터디 분석노트

한 줄 평 | 임과의 이별을 거부하며 영원한 사랑을 다짐하는 노래

서경별곡 ▸ 작자 미상

⋯→ 교과서 수록 문학 천재(김), 천재(정)
⋯→ 기출 수록 평가원 2019 6월 교육청 2008 10월

지금의 평양, 화자의 삶의 터전
한 나라의 중앙 정부가 있는 곳, 수도
서경(西京)이 아즐가 서경이 서울이지마는
여음구 – 의미 없음, 운율 형성   당시의 수도는 송도이나 평양은 송도에 준하는 도시임

위 두어렁셩 두어렁셩 다링디리 — 후렴구 – 악기 소리(의성어), 고려 가요의 형식적 특성, 리듬감 형성

작은 서울 = 서경
닦은 곳 아즐가 닦은 곳 쇼셩경 고외마른
터를 닦아 놓은 곳   사랑하지만

감상 포인트
이별의 상황에 처한 화자의 정서가 어떠한 태도와 방식으로 나타나는지 파악한다.

위 두어렁셩 두어렁셩 다링디리

(임과) 이별할 바엔, 이별하기보다는
여히므론 아즐가 여히므론 질삼뵈 버려두고
길쌈하던 베, 길쌈하던 베 – 화자의 생업(화자를 여성으로 추정하는 근거), 임과 함께하기 위해 버릴 수 있는 대상

위 두어렁셩 두어렁셩 다링디리

괴시란디 아즐가 괴시란디 우러곰 좃니노이다
사랑하신다면, 사랑해 주신다면   울면서 쫓아가겠습니다, 따르겠습니다(이별의 거부 – 적극적, 의지적 태도)

위 두어렁셩 두어렁셩 다링디리
▸ 1연: 이별의 거부와 연모의 정

구스리 아즐가 구스리 바위에 떨어진들
화자와 임과의 관계   장애물(시련)

위 두어렁셩 두어렁셩 다링디리

끈이야 아즐가 끈이야 끊어지겠습니까 나난
영원한 사랑, 믿음   끊어지지 않을 것이다(설의법) 여음구

위 두어렁셩 두어렁셩 다링디리

천 년을 아즐가 천 년을 외따로 살아간들
오랜 세월   홀로

위 두어렁셩 두어렁셩 다링디리

신(信)이야 아즐가 신이야 끊어지겠습니까 나난
임을 사랑하고 믿는 마음이야   끊어지지 않을 것이다(설의법)

위 두어렁셩 두어렁셩 다링디리
▸ 2연: 임에 대한 변함없는 믿음과 사랑

대구와 반복을 통한 의미의 강조,
〈정석가〉의 6연과 유사함

대동강 아즐가 대동강 넓은 줄 몰라서
이별의 공간   임과의 거리감 부각

위 두어렁셩 두어렁셩 다링디리

임에 대한 화자의 원망이 전이된 대상
배 내어 아즐가 배 내어놓았느냐 사공아
대동강이 넓어 건너기가 힘든데, 사공이 배를 내어놓아 임이 떠나 버렸다고 사공을 원망함

위 두어렁셩 두어렁셩 다링디리

다양한 의미로 해석 가능함: ① 네 각시가 음란한 줄, 바람난 줄
「네 가시 아즐가 네 가시 럼난디 몰라서」   ② 네까짓 것이 주제넘은 줄
각시   바람난 줄, 음란한 줄 「 」: 사공의 아내를 모함함. 임이 떠나는 데   ③ 네 각시도 강을 넘을지
                     일조한 사공에 대한 미움에서 비롯됨

위 두어렁셩 두어렁셩 다링디리

「가는 배에 아즐가 가는 배에 얹었느냐 사공아」 「 」: 임을 배에 실어 대동강을 건너게 한 것에 대한 원망
                     태웠느냐

위 두어렁셩 두어렁셩 다링디리

대동강 아즐가 대동강 건너편 꽃을
                화자가 질투하는 대상 – 새로운 여인

위 두어렁셩 두어렁셩 다링디리

배 타 들면 아즐가 배 타 들면 것고리이다 나난
꺾을 것입니다 – 화자의 염려와 질투. 강을 건너고 나면 임이 새로운 여인을 만날 것이라는 의미

위 두어렁셩 두어렁셩 다링디리
▸ 3연: 사공에 대한 원망과 떠나는 임의 변심에 대한 염려

작품 분석 노트

현대어 풀이

서경(평양)이 서울이지마는
새로 닦은 곳인 쇼셩경(평양)을 사랑합니다마는
(임과) 이별할 바엔 (차라리) 길쌈하던 베를 버리고서라도
사랑하신다면(사랑해 주신다면) 울면서 (임을) 따라가겠습니다.

구슬이 바위에 떨어진들
끈이야 끊어지겠습니까.
(임과 헤어져) 천 년을 홀로 살아간들
(임에 대한) 믿음이야 끊어지겠습니까.

대동강이 넓은 줄을 몰라서
배를 내어 놓았느냐. 사공아.
네 아내가 음란한 줄을 몰라서
가는 배에 (임을) 실었느냐. 사공아.
(나의 임은) 대동강 건너편 꽃을
배를 타고 (건너편에) 들어가면 꺾을 것입니다.

• 〈정석가〉와의 유사성
〈서경별곡〉의 2연은 〈정석가〉의 6연과 유사하다. 이는 이와 같은 구절이 당대에 유행했음을 알려 주고, 해당 내용이 구전되거나 속악에 편입되는 과정에서 추가·첨삭되었을 가능성을 보여 준다. 또한 고려 가요가 민요적 특징을 지닌 노래임을 알려 준다.

• 〈서경별곡〉에서 드러나는 고려 가요의 특징

형식	• 후렴구, 여음구 사용 • 3음보의 민요적 율격 사용 • 연과 연이 구분되어 있는 분연체 구성
내용	'남녀상열지사'라고 지칭하는, 남녀 간의 애정을 진솔하게 드러내는 부분이 많음

핵심 포인트 1   화자의 정서와 태도 파악

이 작품의 화자는 사랑하는 임을 떠나보내야 하는 상황에서 자신의 정서를 진솔하게 표현하는 한편, 태도 변화를 드러내므로 화자의 정서와 태도를 이해할 수 있어야 한다.

+ 화자의 태도 변화

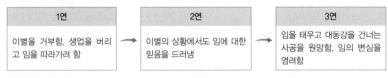

1연	2연	3연
이별을 거부함. 생업을 버리고 임을 따라가려 함	이별의 상황에서도 임에 대한 믿음을 드러냄	임을 태우고 대동강을 건너는 사공을 원망함. 임의 변심을 염려함

핵심 포인트 2   소재의 의미와 기능 파악

이 작품의 주제 의식을 형상화하는 데 사용된 다양한 소재들의 의미를 파악할 수 있어야 한다. 특히 '구슬'과 그것을 묶고 있는 '끈'에 빗대어 임에 대한 사랑과 믿음을 드러내고 있으므로 이들의 의미와 기능을 파악할 수 있어야 한다.

+ '구슬'과 '끈'의 이미지

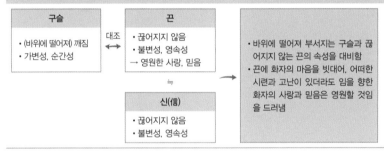

구스리 바위에 떨어진들 ~ 끈이야 끊어지겠습니까 ~ 천 년을 외따로 살아간들 ~ 신이야 끊어지겠습니까

구슬		끈	
• (바위에 떨어져) 깨짐 • 가변성, 순간성	대조 ↔	• 끊어지지 않음 • 불변성, 영속성 → 영원한 사랑, 믿음	• 바위에 떨어져 부서지는 구슬과 끊어지지 않는 끈의 속성을 대비함 • 끈에 화자의 마음을 빗대어, 어떠한 시련과 고난이 있더라도 임을 향한 화자의 사랑과 믿음은 영원할 것임을 드러냄

≒

신(信)
• 끊어지지 않음
• 불변성, 영속성

핵심 포인트 3   공간의 의미와 기능 파악

이 작품은 '대동강'이라는 구체적인 공간적 배경과 관련지어 시상이 전개된다. 따라서 대동강과 대동강을 경계로 하여 나눠지는 공간적 배경의 성격을 파악할 수 있어야 한다.

+ '대동강'의 의미와 '물'의 이미지

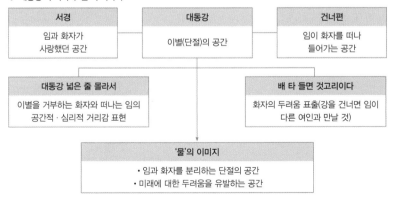

서경	대동강	건너편
임과 화자가 사랑했던 공간	이별(단절)의 공간	임이 화자를 떠나 들어가는 공간

대동강 넓은 줄 몰라서	배 타 들면 걷고리이다
이별을 거부하는 화자와 떠나는 임의 공간적·심리적 거리감 표현	화자의 두려움 표출(강을 건너면 임이 다른 여인과 만날 것)

'물'의 이미지
• 임과 화자를 분리하는 단절의 공간
• 미래에 대한 두려움을 유발하는 공간

🔴 기출 확인

2019학년도 6월 평가원

[시구의 의미 파악]
• '좃니노이다'는 임의 곁에 있고 싶은 화자의 소망을 드러내고 있다.

[작품 간의 비교 감상]

┤ 보기 ├

〈서경별곡〉의 제2연에서 여음구를 제외한 부분은 당시 유행하던 민요의 모티프를 수용한 것으로, 〈정석가〉에도 동일한 모티프가 나타난다. 고려 시대의 문인 이제현도 당시에 유행하던 민요를 다음과 같이 한시로 옮긴 적이 있다.

┌ 비록 구슬이 바위에 떨어져도
　　　　縱然巖石落珠璣
│ 끈은 진실로 끊어질 때 없으리.
[B]　　　　縲線固應無斷時
│ 낭군과 천 년을 이별한다고 해도
　　　　與郎千載相離別
└ 한 점 붉은 마음이야 어찌 바뀌리오?
　　　　一點丹心何改移

• [A](서경별곡 2연)와 [B]에서 '구슬'은 변할 수 있는 것을, '긴'이나 '끈'은 변하지 않는 것을 비유하는 소재로 활용하였군.
• [A](서경별곡 2연)와 [B] 모두에서 변하지 않는 마음을 소중한 가치로 여기는 화자의 태도가 나타나는군.
• [A](서경별곡 2연)와 [B]를 보니 동일한 모티프가 서로 다른 형식의 작품으로 수용되었군.
• [A](서경별곡 2연)와 [B]를 보니 여음구의 사용 여부에 차이가 있군.

02

한 줄 평 | 강호에서 살아가는 소박하고 한가한 삶을 읊은 노래

강호구가 ▶ 나위소

··· 기출 수록 교육청 2018 3월

『 』: 대구법
「어버이 낳으시고 임금이 먹이시니」
자연적 출생   관리로서의 생활
낳은 덕(德) 먹인 은(恩)을 다 갚으려 하였더니   화자가 관직에서 은퇴하기 전의 생활
화자가 자연에서 살기 전에 추구했던 것 – 유교적 충효(忠孝) 사상   ▨: 작품 전체에 통일성을 주며 각운을 형성함
숙연(倏然)히 칠십(七十) 넘으니 할 일 없어 하노라   — 은퇴한 뒤의 생활   〈제1수〉
어느새, 잠깐 사이에   사회적인 역할 보은(報恩)   ▶ 나이가 들어 한가하게 지내는 화자의 현재 상황

유교적 충의 사상과 연군지정이 드러남
「어와 성은(聖恩)이야 망극(罔極)할사 성은(聖恩)이다」
『 』: 영탄적 어조, 반복적 표현   분외사(분에 넘치는 일) → '분내사(분수에 맞는일)' – 제8수 종장
강호(江湖) 안로(安老)도 분(分) 밖의 일이어든
분수 밖의 일 ① – 자연에서 편안히 늙음   ┌ 분수 밖의 일 ② – 자식의 정성 어린 봉양을 받음
하물며 두 아들 전성영양(專誠榮養)은 또 어인가 하노라   〈제2수〉
① 정성을 다해 부모를 영화롭게 잘 모심   무슨 일인가   ▶ 자신의 편안하고 즐거운 삶을 모두 임금의 은혜로 여김
② '전성영양(專城榮養)'으로 제시된 경우도 있음.
   이 경우 수령이 되어 부모를 영화롭게 잘 모신
   다는 의미임

안개와 노을 → 자연(대유법)
★주목 연하(煙霞)에 깊이 든 병(病) 약(藥)이 효험(效驗) 없어
연하고질(煙霞痼疾), 천석고황(泉石膏肓)   인간이 만든 약으로는 치료할 수 없음 → 자연에서 살아야 함
강호(江湖)에 버려진 지 십 년(十年) 넘게 되었구나
자연 속에서 은거한 지   오랫동안 속세와 거리를 두고 지냄. 영탄법
그러나 「이제 다 못 죽음도 긔 성은(聖恩)인가 하노라」   〈제3수〉
십 년이 넘게 자연 속에서 한가로이 지냈는데도 아직 살아 있음   ▶ 자연 속에서 살면서 임금의 은혜를 잊지 않음
『 』: 자연 속에서 오랜 기간 은거해 온 것을 임금의 은혜 덕택으로 여김
→ 전형적인 강호가도(자연 + 충의)의 태도

다리를 절름거리는 나귀   시간적 배경 – 저녁
젼나귀 바삐 몰아 다 저문 날 오신 손님
손님이 단출한 행장으로 방문함   └ 화자가 배를 타고 나가게 되는 계기(손님에게 대접할 음식을 마련하기 위해)
「보리 피 거친 밥에 찬물(饌物)이 아주 없다」『 』: 화자의 소박한 생활
반찬거리가 되는 것
아희야 배 내어 띄워라 그물 놓아 보리라   〈제4수〉
손님 대접을 위해 직접 물고기를 잡으러 감   ▶ 손님을 대접하기 위해 직접 물고기를 잡으러 나감

시간적 배경 – 밤
달 밝고 바람 자니 물결이 비단 같다
작은 배   비유(직유법), 시각적 이미지. 잔잔하고 아름다움 – 화자의 정서와 호응하는 자연적 배경. 풍경에 대한 감탄
단정(短艇)을 빗기 놓아 오락가락하는 흥을
배를 탄 채 물결에 따라 물 위를 왔다 갔다 하는 즐거움 – 가어옹(假漁翁)의 한가한 삶. 풍류
백구(白鷗)야 하 즐겨 말고려 세상(世上) 알까 하노라 △: 속세   〈제5수〉
자연을 즐기는 화자의 정서가   세상 사람들이 자연 속에서 지내는 삶의 즐거움을   ▶ 작은 배를 타고 즐기는 달밤의 흥취
투영된 자연물(의인법), 돈호법   알까 두렵다는 뜻 → 현재의 삶에 대한 만족감

📕 작품 분석 노트

🖋 현대어 풀이

〈제1수〉
어버이 (날) 낳으시고 임금이 (봉록으로)
먹이시니
낳아 주신 (어버이의) 덕과 먹여 주신 (임
금의) 은혜를 다 갚으려 하였는데
어느새 칠십이 넘으니 할 일 없어 하노라.

〈제2수〉
아아 임금의 은혜여. 끝이 없는 임금의 은
혜이구나.
자연에서 편안하게 늙어 감도 (내) 분수
밖의 일인데
하물며 두 아들이 정성을 다해 나를 봉양
하는 것은 또 무슨 일인가 하노라.

〈제3수〉
아름다운 자연에 깊이 빠져 버린 (나의)
병에는 약이 효과가 없어
자연에 버려진 지 십 년이 넘었구나.
그러나 이제 다 죽지 않음도 그것이 임금
의 은혜인가 하노라.

〈제4수〉
다리 저는 나귀를 바삐 몰아서 해가 다
저문 날 오신 손님
보리 껍질 거친 밥에 반찬할 만한 것이
전혀 없네.
아이야 배 내어서 띄워라. (내가 가) 그물
을 놓아 보리라.

〈제5수〉
달이 밝고 바람이 잔잔하니 물결이 (마치)
비단 같구나.
작은 배를 비스듬히 (물 위에) 놓아 오락
가락하는 흥겨움을
갈매기야 너무 즐겨 말아라. 세상 사람들
이 (이런 즐거움을) 알까 염려하노라.

• 〈강호구가〉의 구성

제1수 ~ 제3수	자연에서 편히 늙어 가는 것에 대한 감사함	자연 속에서 살아가는 삶이 임금의 은혜 덕분임을 드러냄
제4수 ~ 제6수	배를 타고 나갔다가 돌아오는 흥취	자연 속에서 가어옹으로 살아가는 생활을 구체적으로 보여 줌
제7수 ~ 제9수	소박하고 한가롭게 사는 삶에 대한 만족감	

↓

안분지족, 강호 한정

모래 위에 자는 백구(白鷗) 한가(閑暇)할샤
<small>화자의 한가한 생활을 상징적으로 드러내는 정경</small>

강호(江湖) 풍취(風趣)를 네 지닐 때 내 지닐 때
<small>자연 속에서 사는 삶의 흥취   백구(의인법)</small>

석양의 반범귀흥(半帆歸興)은 너도 나만 못하리라
<small>시간적 배경   돛을 반 정도 올리고 돌아오는 멋   자신의 생활에 대한 화자의 자부심</small>
<small>– 저녁   자연을 즐기고 돌아올 때의 흥</small>

〈제6수〉

▶ 배를 타고 집으로 돌아올 때 느끼는 흥취

<small>■: 화자의 삶에 대한 다른 사람들의 시선이나 평가 ┌─ 화자</small>

<u>가는 비 빗긴 바람 낚대 멘 저 할아비</u>
<small>생계를 위해 낚시를 해야 하는 어부를 힘들게 하는 자연환경</small>

<u>네 생애(生涯) 언제 마치랴 수고로움도 수고로울사</u>

<small>할아비   화자의 마음을 알지 못하는 사람들의 평가(안타까움, 가여움)</small>

<small>사람들이 화자에게 하는 말(화자를 진짜 어부로 여기고, 화자에 대한 연민을 드러냄)</small>

「생애(生涯)를 위함이 아니라 어흥(漁興) 겨워 하노라」
<small>생계   화자가 추구하는 것(어부처럼 지내며 자연을 즐기는 흥)</small>

〈제7수〉

<small>「♩: 사람들의 말에 대한 화자의 반응</small>
<small>→ 생계를 위해 물고기를 낚으려는 것이 아니라 낚시하는 행위 자체를 즐기는 것임</small>

▶ 낚시를 통해 즐기는 어흥

<small>'피(곡물)'로 만든 소주   음식이 변변찮다는 것을 화자 자신도 인식함</small>

「<u>피</u> 소주(燒酒) 무절임 우습다 어른 대접(待接)」『♩: 자신의 분수에 맞게 소박하게 어른(손님)을 대접함
<small>소박한 술과 변변찮은 안주   ┗ 갖출 것을 다 갖추지 못하여 초라함</small>

<u>남</u>은 이르는 말이 <u>초초(草草)타</u> 하건마는
<small>속세에 사는 사람들   '피 소주'와 '무절임'에 대한 속세 사람들의 평가   자신의 분수에 맞는 일 ↔ '분(分) 밖의 일' – 제2수 중장</small>

「<u>두어라 이도 내 분(分)이니 분내사(分內事)인가 하노라</u>」
<small>『♩: 안빈낙도(安貧樂道), 안분지족(安分知足)의 태도</small>

〈제8수〉

▶ 소박한 음식에도 만족하는 삶의 태도

<small>벼슬아치가 받는 녹봉(곡식, 돈 등)   자연 속에서 낚시로 소일함(어부의 일을 생계 유지를 위한 직업으로 삼은 것은 아님 – 가여움)</small>

★주목 ▶ 식록(食祿)을 그친 후(後)로 어조(漁釣)를 생애(生涯)하니
<small>화자가 벼슬살이를 하다가 물러난 상황임을 알 수 있음</small>

<u>헴 없는 아희들은 괴롭다 하건마는</u>
<small>생각   자신과 달리 아이들(세상 사람들)은 화자의 현재 생활을 부정적으로 여김</small>

「두어라 <u>강호한적(江湖閑適)</u>이 이 내 분(分)인가 하노라」『♩: 안분지족의 태도
<small>자연에서 한가롭고 얽매인 데가 없이 지냄</small>

〈제9수〉

<small>– 화자의 현재 생활과 지향점을 단적으로 드러냄   ▶ 자연 속에서 유유자적하게 사는 삶을 자신의 분수로 여김</small>

🖋 감상 포인트

자연 속에서 소박하게 살아가는 화자의 상황과 이에 대한 화자의 정서 및 태도를 중심으로 작품을 감상한다.

✏ 현대어 풀이

〈제6수〉
모래 위에서 자는 갈매기가 한가롭구나. 자연의 풍취를 너도 지니고 나도 지니나 해 질 녘에 돛을 반쯤 올리고 돌아오는 흥겨움은 네가 나만 못하리라.

〈제7수〉
가는 비 비스듬히 부는 바람에 낚싯대 메고 가는 저 할아비
네 생애 언제 마치랴. 수고로움도 수고롭구나.
(나는) 생애를 위함이 아니라 어부의 흥을 즐기노라.

〈제8수〉
피로 만든 소주에 무절임, 어른(손님) 대접이 우습구나.
남들은 이를 초라하다고 말하지만 두어라. 이도 내 분수니 분수에 맞는 일인가 하노라.

〈제9수〉
(벼슬을 그만두어) 녹봉이 끊어진 뒤로 낚시질로 살아가니
생각 없는 아이들은 (소박한 음식만 먹는 생활이) 괴롭다고 하지마는
두어라. 자연에서 한가하게 지내는 것이 이 내 분수인가 하노라.

• 화자의 모습과 '가어옹'

진어옹(眞漁翁)	가어옹(假漁翁)
강호에서 생계를 위해 어업을 하는 어부. 실어옹(實漁翁)이라고도 함	• 강호에서의 유유자적이나 낚시의 즐거움을 목적으로 하거나 일시적으로 강호 생활을 하는 어부 • 윤선도의 '어부사시사(漁父四時詞)'에서 비롯된 것으로 생계를 위한 어부(漁夫)가 아니라 취미 생활을 하는 어부(漁父)라는 의미임

↓

생애를 위함이 아니라 어흥 겨워 하노라
가어옹으로서의 화자의 모습을 드러냄

화자의 정서와 태도 파악

이 작품에 나타난 화자의 모습이나 생활상을 통해 화자의 가치관과 정서를 파악할 수 있어야 한다.

+ 화자의 정서와 태도

유교적 충효 사상	낳은 덕 먹인 운율 다 갚으려 하였더니	
연군지정의 충의 사상	• 어와 성은이야 망극할사 성은이다 • 이제 다 못 죽음도 긔 성은인가 하노라	강호가도 (자연에서의 즐거움 + 충의 사상)
자연 친화적인 강호 한정	• 연하에 깊이 든 병 약이 효험 없어 • 단정을 빗기 놓아 ~ 세상 알까 하노라 • 모래 위에 자는 백구 한가할사 • 석양의 반범귀흥은 너도 나만 못하리라 • 생애를 위함이 아니라 어흥 겨워 하노라	
안분지족, 안빈낙도의 태도	• 두어라 이도 내 분이니 분내사인가 하노라 • 두어라 강호한적이 이 내 분인가 하노라	

핵심 포인트 **2** **공간의 기능 파악 / 표현상 특징 파악**

이 작품에 나타난 대비되는 공간의 기능과 표현상 특징 및 효과를 파악할 수 있어야 한다.

+ 공간의 대비

속세		자연
• 과거, 관직 생활 • 세상 • 식록 • 남, 헴 없는 아희들	↔	• 현재, 관직을 은퇴한 이후의 삶 • 강호, 어조 • 보리 피 거친 밥, 피 소주, 무절임 • 연하에 깊이 든 병, 반범귀흥, 어흥, 강호한적

+ 표현상 특징

영탄과 반복	• 숙연히 칠십이 넘으니 할 일 없어 하노라 • 하물며 두 아들 전성영양은 또 어인가 하노라 • 두어라 강호한적이 이 내 분인가 하노라	'–노라'라는 감탄형 어미를 반복하여 화자의 정서를 부각하고 운율을 형성함
비유	• 달 밝고 바람 자니 물결이 비단 같다 → 달밤에 물결이 이는 아름다운 풍경을 직유법을 통해 표현함 • 백구야 하 즐겨 말고려 세상 알까 하노라 → 자연물을 인격화하여 자연 친화적 삶을 나타냄	
도치	피 소주 무절임 우습다 어른 대접 → '어른 대접'과 '우습다'의 순서를 뒤바꿈으로써 화자의 소박한 생활을 부각함	
인용	• 가는 비 빗긴 바람 낚대 멘 저 할아비 / 네 생애 언제 마치라 수고로움도 수고웁사 / 생애를 위함이 아니라 어흥 겨워 하노라 → 화자의 삶에 대한 세상 사람들의 말과 그에 대한 화자의 반응을 제시하여 화자가 추구하는 삶을 드러냄	

핵심 포인트 **3** **소재의 기능 파악**

이 작품에 제시된 시적 상황과 화자의 정서나 태도를 바탕으로 소재의 역할과 기능을 파악할 수 있어야 한다.

+ 소재의 의미와 기능

보리 피 거친 밥, 피 소주, 무절임	화자의 소박한 생활, 안분지족
단정, 그물, 낚대	가어옹으로서 살아가는 화자의 모습, 화자가 자연을 즐길 때 사용하는 도구
달	시간적 배경, 자연을 즐기는 화자의 취흥을 고조시키는 자연물
백구	화자가 자신의 정서를 투영하는 대상, 자연에서 느끼는 흥이나 만족감 부각

작품 한눈에

• **해제**
〈강호구가〉는 관직에서 물러난 작가가 고향으로 돌아와 한가롭고 편안하게 여생을 보내는 모습을 형상화한 연시조이다. 이때 화자는 강에서 그물이나 낚싯대로 고기를 잡는 어부의 모습으로 나타나는데, 생계를 위해 물고기를 잡는 실제 어부가 아니라 어부처럼 지내면서 자연을 즐기는 '가어옹'이다. 이런 모습은 세상의 부귀영화를 멀리하고 자연 속에서 유유자적하게 지내는, 당시 사대부들이 꿈꾸었던 자연 친화적인 삶을 상징한다고 볼 수 있다. 한편, 속세를 떠나 은거하지만 모든 것을 임금의 은혜로 여기는 충의 사상도 드러나는데, 이는 강호가도(江湖歌道)의 전형적인 내용으로 볼 수 있다.

• **화자와 시적 상황**
화자는 벼슬에서 물러나 자연에 은거하는 노인으로, 평안하게 말년을 보내고 있다. 비록 경제적으로 넉넉하지 않지만 소박한 음식을 먹고, 마음껏 자연을 즐기며 유유자적하는 삶을 자신의 분수로 여기며 만족해한다. 또한 자연과 더불어 사는 삶을 임금의 은혜로 여기는 충의 정신을 잊지 않는 사대부의 모습도 보여 주고 있다.

• **주제**
자연 속에서 유유자적하게 사는 삶의 즐거움

한 줄 평 │ 계절마다 펼쳐지는 어촌의 아름다운 경치와 어부 생활의 흥취를 읊은 노래

어부사시사 ▶ 윤선도

⋯ 교과서 수록 문학 미래엔, 지학사, 천재(김)
⋯ 기출 수록 수능 2000 평가원 2014 대비 예비 시행 A/B형
교육청 2016 10월, 2014 4월 A/B형, 2011 10월

★주목
압개예 안개 것고 묀뫼희 히 비췬다
시간적 배경(아침). 아침에 어부들이 고깃배를 띄움

비 떠라 비 떠라
여음구. 배의 출발부터 돌아오는 과정을 통해 작품을 유기적으로 연결함

밤믈은 거의 디고 낟믈이 미러 온다
밤사이 썰물이 밀려 나가고 밀물이 밀려 들어옴

지국총(至匊悤) 지국총(至匊悤) 어스와(於思臥)
닻을 감거나 노 젓는 소리를 나타내는 의성어   노를 저으며 '어기여차' 외치는 소리

강촌(江村) 온갖 고지 먼 빗치 더옥 됴타
온갖 꽃들이 피어 있는 강촌의 아름다운 봄 풍경

〈춘사(春詞) 1〉
▶ 강촌의 아름다운 봄 풍경

우는 거시 벅구기가 푸른 거시 버들숩가
■■: 봄의 계절감을 드러내는 소재   버드나무 숲

이어라 이어라
노를 저어라. 여음구

어촌(漁村) 두어 집이 닛 속의 나락들락
어촌의 풍경을 그림 그리듯이 묘사함   안개 속

지국총 지국총 어스와

말가한 기픈 소(沼)희 온갇 고기 뛰노ᄂ다
봄이 온 자연의 생동감을 표현함(역동적 이미지)   맑은

〈춘사(春詞) 4〉
▶ 배에서 바라본 봄날의 어촌 풍경

■ 밤믈: 썰물.
■ 낟믈: 밀물.
■ 강촌: 강가의 마을. 여기서는 어촌을 의미함.
■ 소: 땅바닥이 둘러 빠지고 물이 깊게 괴어 있는 곳. 여기서는 바다를 의미함.

▬ 작품 분석 노트

🖊 현대어 풀이

〈춘사 1〉
앞 개울에 안개 걷히고 뒷산에 해 비친다.
배 띄워라 배 띄워라.
썰물은 거의 빠지고 밀물이 밀려온다.
찌그덩 찌그덩 어기여차
강촌의 온갖 꽃들이 먼 빛으로 바라보니
더욱 좋구나.

〈춘사 4〉
우는 것이 뻐꾸기인가, 푸른 것이 버들 숲
인가?
노 저어라 노 저어라.
어촌의 두어 집이 안개 속에 들어갔다 나
왔다 (하는구나)
찌그덩 찌그덩 어기여차
맑고 깊은 못에 온갖 고기 뛰어논다.

• 여음구 및 후렴구의 기능

각 수의 초장과 중장 사이의 여음구	'비 떠라 비 떠라 ~ 비 븟터라(붙여라) 비 븟터라(붙여라)': 출항에서 귀항까지의 과정을 보여 줌 → 작품을 유기적으로 연결함
각 수의 중장과 종장 사이의 후렴구	'지국총 지국총 어스와': 노 젓는 소리(지국총)와 노를 저으며 어부가 외치는 소리(어스와)를 나타냄 → 시상 전개에 사실감을 부여하고 흥취를 돋움. 평시조의 단조로운 흐름에 변화를 줌

• 사시가(四時歌)로서의 〈어부사시사〉

이 작품은 사계절에 따라 다르게 펼쳐지는 어촌의 정경과 어부 생활의 흥취를 각 계절마다 10수씩, 총 40수로 노래한 연시조이다. '사시가'는 사계절의 추이에 맞추어 시상을 전개하는 시가를 일컫는다. 사시가에서는 계절에 관한 시상이 드러나는 연들을 유기적으로 연결하기 위해 동일한 어휘나 시구를 연마다 반복하는 경우가 있으며, 또한 자연을 묘사하기 위한 시어 및 구절을 먼저 제시한 후 화자의 반응이나 정취를 덧붙이는 것이 일반적이다.

년닙희 밥 싸 두고 반찬으란 쟝만 마라
화자의 소박한 삶. 안분지족(安分知足)의 삶

닫 드러라 닫 드러라

청약립(靑蒻笠)은 써 잇노라 녹사의(綠蓑衣) 가져오냐
푸른 갈대로 만든 삿갓. 화자의 검소한 삶   짚으로 만든 도롱이(비옷). 화자의 검소한 삶

지국총 지국총 어ᄉ와

무심ᄒᆞᆫ 빅구(白鷗)ᄂᆞ 내 좃ᄂᆞᆫ가 제 좃ᄂᆞᆫ가   〈하사(夏詞) 2〉
욕심이 없는   자연(백구)과 하나가 되는 물아일체의 경지   ▶ 배 위에서 느끼는 삶의 흥취와 물아일체

★주목
어촌(자연)을 하나의 온전한 세계로 인식함
슈국(水國)의 ᄀᆞ올히 드니 고기마다 슬져 잇다
가을의 풍요로움

감상 포인트
계절의 흐름에 따른 경치 변화와 화자의 흥취를 파악한다.

닫 드러라 닫 드러라

만경딩파(萬頃澄波)의 슬ᄏᆞ지 용여(容與)ᄒᆞ쟈
자연 속에서 누리는 즐거움을 한없이 느끼고 싶음

지국총 지국총 어ᄉ와

인간 세상(속세)
인간(人間)을 도라보니 머도록 더옥 됴타   〈추사(秋詞) 2〉
속세를 떠나 자연에서 사는 삶이 더 좋다는 화자의 인식이 드러남   ▶ 속세를 떠나 자연에서 살아가는 즐거움

옷 우희 서리 오ᄃᆡ 치운 줄을 모ᄅᆞᆯ로다
추위를 잊을 만큼 자연의 아름다움을 즐기고 있음

닫 디여라 닫 디여라

속세의 삶과 비교가 안 될 정도로 현재의 삶에 만족함
됴션(釣船)이 좁다 ᄒᆞ나 부셰(浮世)과 엇더ᄒᆞ니
낚싯배. '부세(속세)'와 대조되는 공간으로 화자는 속세에서 벗어나 자유롭게 자연을 즐김

지국총 지국총 어ᄉ와

모레
ᄂᆡ일도 이리 ᄒᆞ고 모뢰도 이리 ᄒᆞ쟈   〈추사(秋詞) 9〉
자연과 더불어 사는 현재의 삶이 지속되기를 바람(안분지족)   ▶ 찬 서리를 맞으며 배 위에서 자연을 즐기는 감회

- 청약립: 푸른 갈대로 만든 갓.
- 녹사의: 도롱이. 짚, 띠 따위로 엮어 허리나 어깨에 걸쳐 두르는 비옷.
- 슈국: 바다의 세계. 또는 강이나 호수 따위가 많거나 바다로 둘러싸인 나라를 비유적으로 이르는 말.
- 만경딩파: 한없이 넓은 바다.
- 슬ᄏᆞ지: 실컷. 마음껏.
- 용여ᄒᆞ다: 한가롭고 편안하여 흥에 겹다.
- 됴션: 낚싯배.
- 부세: 헛되고 덧없는 세상.

현대어 풀이

〈하사 2〉
연잎에 밥을 싸 두고 반찬일랑 장만하지 마라.
닻 들어라 닻 들어라.
푸른 갈대로 만든 삿갓은 쓰고 있노라. 도롱이는 가져왔느냐?
찌그덩 찌그덩 어기여차
욕심 없는 갈매기는 내가 저를 좇아가는가, 제가 나를 좇아오는가?

〈추사 2〉
어촌에도 가을이 찾아오니 고기마다 살져 있다.
닻 들어라 닻 들어라.
아득히 넓은 바다에서 마음껏 한가롭게 놀아 보자.
찌그덩 찌그덩 어기여차
인간 세상을 돌아보니 멀면 멀수록 더욱 좋구나.

〈추사 9〉
옷 위에 찬 서리가 내려도 추운 줄을 모르겠구나.
닻 내려라 닻 내려라.
낚싯배가 좁긴 하나 헛되고 덧없는 세상과 어찌 비교하겠는가?
찌그덩 찌그덩 어기여차
내일도 이렇게 살고 모레도 이렇게 살자.

- 주요 시어의 함축적 의미 및 기능

년닙 밥, 청약립, 녹사의	화자의 소박한 삶, 안분지족의 삶의 태도를 보여 주는 소재임
빅구 (갈매기)	화자와 하나가 되는 물아일체의 대상으로, '빅구'는 탈속, 자연을 상징함

- 시적 공간의 대비

자연	대비	속세
슈국, 됴션	↔	인간(인간 세상), 부세

- 작품에 나타난 화자의 정서와 태도

〈추사 2〉	속세를 벗어나 자연과 더불어 사는 삶에 대한 만족감, 자연의 삶이 세속의 삶보다 더 좋다는 인식을 드러냄
〈추사 9〉	화자는 추위를 잊을 만큼 자연의 아름다움을 즐기고 있으며 자연과 더불어 사는 현재의 삶이 지속되기를 소망하고 있음 → 'ᄂᆡ일도 이리 ᄒᆞ고 모뢰도 이리 ᄒᆞ쟈'

지난밤
간밤의 눈 갠 후에 경믈(景物)이 달란고야
　　　　　　　　　눈 덮인 어촌의 아름다움

이어라 이어라
　　　　노 저어라

압희는 만경류리(萬頃琉璃) 뒤희는 천텹옥산(千疊玉山)
　　　　　　　　　　　　　　겹겹이 쌓인 흰 산의 아름다움

지국총 지국총 어ᄉ와

선계ㄴ가 불계ㄴ가 인간이 아니로다　　　　　　　　　〈동사(冬詞) 4〉
　　　　　　　　인간 세상
▨ : 속세와 대비되는 이상 세계　눈 덮인 어촌의 아름다운 풍경이　　　　▶ 눈 덮인 어촌의 아름다운 풍경
　　　　　　　　　　　　이상 세계와 같다는 인식을 드러냄

어와 져므러 간다 연식(宴息)이 맏당토다
　　　　날이 저물면 쉬는 것이 순리라는 화자의 인식이 반영됨

ᄇᆡ 붓텨라 ᄇᆡ 붓텨라
배 붙여라. 바다에서 돌아온 배를 정박해 놓음

ᄀᆞᄂᆞᆫ 눈 ᄲᅳ린 길 블근 곳 훗더딘 ᄃᆡ 흥치며 거러가셔
　　　　색채 대비를 통해 자연의 아름다움을 묘사함　　흥거워하며

지국총 지국총 어ᄉ와

셜월(雪月)이 셔봉(西峯)의 넘도록 송창(松窓)을 비겨 잇쟈　〈동사(冬詞) 10〉
　　　　　　　서산
　　　　　눈 내리는 밤의 흥취를 즐김　　　　　　　　　　▶ 눈 내리는 밤의 흥취

■ 경믈: 계절에 따라 달라지는 경치.
■ 만경류리: 만 이랑의 유리라는 뜻으로, 유리처럼 반반하고 아름다운 바다를 이르는 말.
■ 천텹옥산: 수없이 겹쳐 있는 아름다운 산.
■ 선계: 선경. 신선이 사는 세계.
■ 연식: 편안히 쉼.
■ 송창: 소나무가 있는 창.

✎ 현대어 풀이

〈동사 4〉
지난밤에 눈이 갠 후에 경치가 달라졌구나.
노 저어라 노 저어라.
앞에는 유리 같은 끝없는 바다, 뒤에는 겹겹이 쌓인 흰 산
찌그덩 찌그덩 어기여차
신선이 사는 곳인가, 극락세계인가, 인간 세상은 아니로다.

〈동사 10〉
아! 날이 저물어 가는구나. 편안히 쉬는 것이 마땅하다.
배 붙여라 배 붙여라.
가는 눈이 내린 길 위에 붉은 꽃잎 흩어진 데 흥겹게 걸어가서
찌그덩 찌그덩 어기여차
눈 내리는 밤에 달이 서쪽 산봉우리를 넘어갈 때까지 소나무가 비치는 창가에 비스듬히 기대어 있자.

• 시적 공간의 대비

자연		속세
선계, 불계	대비 ↔	인간 (인간 세상)

↓

자연을 속세와 대비되는 이상적 공간으로 형상화함

• 표현상 특징

대구법	대구법을 활용하여 아름다운 자연의 풍경을 부각하고 리듬감을 형성함 → '압희는 만경류리 뒤희는 쳔텹옥산'
색채 대비	색채 대비를 통해 겨울날 아름다운 자연의 풍경을 묘사함 → 'ᄀᆞᄂᆞᆫ 눈 ᄲᅳ린 길 블근 곳 훗더딘 ᄃᆡ'

여음구와 후렴구의 특징 및 효과

이 작품에는 조흥의 역할을 하는 여음구 및 후렴구가 뚜렷하게 드러난다. 이는 일반적인 시조에서는 찾아 볼 수 없는 특징이다. 따라서 형식적 측면의 특징과 효과를 파악할 수 있어야 한다.

+ ① 초장과 중장 사이의 여음구: 각 계절별로 출항과 귀항의 단계에 따른 배의 조작 행위가 일정하게 반복됨

• 〈제1수〉~〈제5수〉 ⇨ '출항' 과정

• 〈제6수〉~〈제10수〉 ⇨ '귀항' 과정

+ ② 중장과 종장 사이 후렴구: 배를 조작하거나 노를 저을 때 외치는 소리를 흉내 낸 한자음 의성어의 반복

※ 여음구 및 후렴구의 효과
① 유유자적한 어부 생활의 흥취를 강조함
② 작중 상황에 생동감 및 사실성을 부여함
③ 작품을 유기적으로 연결하고 통일성을 형성함
④ 평시조의 단조로운 흐름에 변화를 줌

대립적 공간 인식

이 작품의 화자가 현재 있는 공간은 여유롭고 평화로운 삶이 가능한 이상적 세계로 묘사되는 반면, 자신이 떠나온 인간 세상은 시끄러운 소리와 갈등이 있는 부정적 세계로 묘사되고 있다.

+ 자연과 속세의 대립적 의미

	화자가 현재 은거하는 곳[자연]		화자가 떠나온 곳[속세]
지칭	어촌, 수국(슈국)	↔	인간, 인간 세상, 세상
태도	긍정적, 예찬적		부정적, 비판적

※ 예외적으로 속세에 대한 화자의 안타까움이나 걱정이 드러나는 구절
 – (사공의) 뱃노래 속에 들어 있는 오랜 근심은 그 누가 알까? 〈하사 6, 종장〉
 – (전쟁 때 오리 떼를 놀라게 했던) 아압지를 누가 쳐서 치욕을 씻었던가. – 〈동사 6, 종장〉

표현상 특징 파악

이 작품에서 대상을 묘사하고 화자의 정서를 형상화하기 위해 사용한 표현법을 파악할 수 있어야 한다.

우리말의 묘미를 잘 살린 표현	작가는 한자를 주로 사용하는 양반 계층임에도 우리말의 묘미를 살려서 작중 상황을 현실감 있게 표현하고 있음 → 밤믈은 거의 디고 낟믈이 미러 온다 (〈춘사 1〉), 뇌일도 이리 ᄒ고 모뢰도 이리 ᄒ쟈 (〈추사 9〉)
계절의 변화에 따른 시상 전개	사계절의 순차적 흐름에 따라 춘사, 하사, 추사, 동사 순으로 시상을 전개함
계절감을 나타내는 소재의 활용	'동풍, 뻐꾸기, 버드나무 숲'(봄), '연잎, 청약립(삿갓), 녹사의, 버들 숲 녹음'(여름), '기러기, 서리, 낙엽'(가을), '눈, 저녁 눈, 눈 위에 비치는 달빛'(겨울) 등 다양한 자연물을 활용하여 어촌의 사계절을 드러냄
시간의 흐름과 공간의 변화에 따른 추보식 전개	각 계절별로 아침에 출항해서 저녁이나 밤에 귀항할 때까지 어부의 하루 일과를 시간의 흐름에 따라 읊음
다양한 수사법 사용	대구, 설의, 대조, 은유, 직유, 의인, 활유, 인용, 반복 등 다양한 수사법을 사용하여 대상을 묘사하고 화자의 심정을 제시함

◉ 작품 한눈에

• **해제**

이 작품은 작가 윤선도가 중앙 정계를 떠나 전남 보길도에서 은거하고 있을 때 지은 총 40수의 연시조이다. 춘하추동의 네 계절에 각 10수씩 배정하고, 계절의 흐름에 따른 경치의 변화와 그것을 보는 화자의 심정을, 배를 타고 나갔다가 되돌아오는 어부로서의 생활을 중심으로 유기적으로 형상화하고 있다. 다만, 어부로서 화자의 삶은 생계가 목적이 아니라 아름다운 자연 정경에 대한 완상을 목적으로 하는 '가어옹'의 모습이다. 한편, 화자는 자신이 지내는 곳을 어떤 걱정도 없이 유유자적하게 지낼 수 있는 이상적인 공간으로 여기는 반면, 인간 세상(속세)은 부정적으로 여기며 거리감과 단절 의지를 드러낸다. 이는 조선 후기에 유행하던 강호 시가의 전형적인 특성으로 볼 수 있는데, 혼란스러운 속세를 벗어나 향촌에 은거하여 자연의 아름다움을 즐기고 여유로운 삶을 누리고자 했던 작가의 가치관이 반영되어 있다. 이런 화자의 삶은 '안분지족, 안빈낙도, 유유자적, 강호한정, 물아일체' 등으로 표현할 수 있다.

• **화자와 시적 상황**

화자는 어촌에서 지내며 아침이면 낚시를 하기 위해 배를 타고 바다에 나갔다가 해 질 무렵에 집으로 돌아오는 생활을 하고 있다. 이런 출항과 귀항의 과정을 바탕으로 계절의 변화에 따라 달라지는 아름다운 자연 정경을 마음껏 누리면서 자신의 삶에 대한 만족감과 자부심을 드러내고 있다.

• **주제**

자연 속에서 유유자적하게 살아가는 삶의 흥취와 만족감

장편 가사나 연시조의 경우 빈틈 없는 연계 학습이 가능하도록 작품의 전문을 감상할 필요가 있다.
(※ '기출 확인'과 직접적인 관련이 있는 부분은 파란 망으로 표시함)

평가원st 순한 맛 지문

주목

앞 개펄에 안개가 걷히고, 뒷산에 해가 비친다.
　배 띄워라 배 띄워라.
밤물(썰물)은 거의 빠지고 낮물(밀물)이 밀려온다.
　지국총 지국총 어사와　지국총 지국총 어사와
강가 마을에 온갖 꽃이 (피었으니) 먼 빛이 더욱
좋다.　〈춘사 1〉
　　　　　　　　▶ 강촌의 아름다운 봄 풍경

주목

날이 덥도다. 물 위에 고기가 떴다.
　닻 들어라 닻 들어라.
갈매기가 둘씩 셋씩 오락가락하는구나.
　지국총 지국총 어사와
낚싯대는 쥐고 있다. 막걸리 병은 (배에) 실었느냐.
〈춘사 2〉
　　　　　　　　▶ 낚시를 하기 위한 출항 준비

동풍이 살짝 부니 물결이 곱게 일어난다.
　돛 달아라 돛 달아라.
동호(東湖)를 돌아보고, 서호(西湖)로 가자꾸나.
　지국총 지국총 어사와
앞산이 지나가고, 뒷산이 나아온다.　〈춘사 3〉
　　　　　　　　▶ 배 위에서 바라보는 풍경

우는 것이 뻐꾸기인가, 푸른 것이 버드나무 숲
인가?
　노 저어라 노 저어라.
어촌의 두어 집이 안개 속에 나락들락(하는구나).
　지국총 지국총 어사와
맑고 깊은 못에 온갖 고기 뛰노는구나. 〈춘사 4〉
　　　　　　　　▶ 배에서 바라본 봄날의 어촌 풍경

고운 햇볕이 쬐이니 물결이 기름 같다.
　노 저어라 노 저어라.
그물을 던져 둘까, 낚싯대를 놓아 둘까?
　지국총 지국총 어사와
(굴원이 지은) 탁영가에 흥이 나니 고기도 잊겠
노라.　〈춘사 5〉
　　　　　　　　▶ 아름다운 물결을 보는 흥과 여유로움

석양(夕陽)이 지고 있으니 그만하고 돌아가자.
　돛 내려라 돛 내려라.
언덕의 버들과 물가의 꽃은 굽이굽이 새롭구나.
　지국총 지국총 어사와
삼정승을 부러워하겠느냐, 세상만사를 생각하
겠느냐?　〈춘사 6〉
　　　　　　　　▶ 해 질 녘의 아름다운 정경을 보는 만족감

향기로운 풀 밟아 보며 난초와 영지도 뜯어 보자.
　배 세워라 배 세워라.
나뭇잎처럼 작은 배에 실은 것이 무엇인가?
　지국총 지국총 어사와
갈 때는 안개 뿐이요, 올 때는 달이로다.
〈춘사 7〉
　　　　　　　　▶ 낮과 밤에 즐기는 자연과 풍류

(술에) 취하여 (배 위에) 누웠다가 여울 아래 내리
려다
　배 매어라 배 매어라.
떨어진 붉은 꽃잎이 (물결에) 흘러오니 무릉도
원이 가깝도다.
　지국총 지국총 어사와
인간 세상의 붉은 먼지가 얼마나 가려졌는가?
〈춘사 8〉
　　　　　▶ 자연에서의 여유로운 삶과 속세와의 단절 의지

낚싯줄 걷어 놓고 배의 창문으로 달을 보자.
　닻 내려라 닻 내려라.
설마 밤이 되었느냐? 두견새 소리가 맑게 난다.
　지국총 지국총 어사와
남은 흥이 끝이 없으니 갈 길을 잊었도다.
〈춘사 9〉
　　　　　　　　▶ 봄밤의 흥을 다하지 못하는 아쉬움

내일이 또 없겠느냐, 봄밤이 곧 샐 것이다.
　배 붙여라 배 붙여라.
낚싯대로 지팡이 삼아 (내 집의) 사립문을 찾아
보자.
　지국총 지국총 어사와
어부의 생애는 이럭저럭 지내는 것이로다.
〈춘사 10〉
　　　　　　　　▶ 어부로서의 유유자적한 삶

2011학년도 10월 고3 교육청

[시어의 기능 파악]
• ⓑ(도원)는 화자가 지향하는 공간이다.
　　　　　　　　　　　　　 – 〈춘사 8〉

[표현상 특징 파악]
• ⓒ(삼공을 불리소냐 만사를 생각하랴)은
설의법을 통해 화자의 심리를 강화하고
있다. – 〈춘사 6〉
• ⓓ(갈 제는 내뿐이오 올 제는 달이로다)은
동일한 구조를 반복하여 굳은 의지를 드
러내고 있다. – 〈춘사 7〉

• 여음과 후렴구의 의미와 기능

여음	출항에서 귀항까지 어부의 일과를 정연하게 보여 주어 작품을 유기적으로 연결해 줌
후렴구	노 젓는 소리와 노 저을 때 외치는 소리를 나타내는 의성어로, 자연에서 사는 흥겨움과 활기를 사실적으로 드러냄

↓

일반적인 시조와 다르게 여음과 후렴구
가 규칙적으로 나타나 시상 전개에 사실
감을 부여하고 강호에서 느끼는 흥취를
북돋아 주며 평시조의 단조로운 흐름에
변화를 주는 역할을 함.

굳은 비는 멎어 가고, 시냇물이 맑아 온다.
배 띄워라 배 띄워라.
낚싯대를 둘러메니 깊은 흥을 참을 수 없구나.
지국총 지국총 어사와
안개 낀 강과 겹겹이 싸인 봉우리는 누가 그렸
는가? 〈하사 1〉
▸ 비가 갠 뒤의 아름다운 정경

연잎에 밥을 싸 두고 반찬은 장만하지 마라.
닻 들어라 닻 들어라.
삿갓은 쓰고 있노라, 도롱이는 가져 왔느냐?
지국총 지국총 어사와
욕심 없는 갈매기는 내가 (저를) 좇는 것인가,
제가 (나를) 좇는 것인가? 〈하사 2〉
▸ 배 위에서 느끼는 삶의 흥취와 물아일체의 경지

주목

마름 잎에 바람이 나니 배의 창문이 서늘하구나.
돛 달아라 돛 달아라.
여름 바람이 일정하겠느냐, (바람에 따라) 가는
대로 배를 두어라.
지국총 지국총 어사와
북쪽의 포구 남쪽의 강, 어디 아니 좋겠는가.
〈하사 3〉
▸ 여름철 배 위의 시원함과 마음의 여유로움

주목

물결이 흐리거든 발을 씻은들 어떠하겠는가.
노 저어라 노 저어라.
오강(吳江)을 가려 하니 (오자서의 원한으로) 천
년이나 노한 파도가 슬프겠구나.
지국총 지국총 어사와
초강(楚江)을 가려 하니 물고기 뱃속에 있는 (굴
원의) 충성스러운 혼을 낚을까 두렵구나. 〈하사 4〉
▸ 부정적인 세상 일에 대한 안타까움

버들 숲 녹음(綠陰)이 우거진 곳에 이끼 낀 바위
참 좋구나.
노 저어라 노 저어라.
(나루터) 다리에 다다르거든 (다리를 먼저) 건너
려는 어부들의 다툼을 허물 마라.
지국총 지국총 어사와
머리가 하얗게 센 노인을 만나면 뇌택에서 (순
임금에게) 자리를 양보한 (옛일을) 본받자꾸나.
〈하사 5〉
▸ 어부들의 자리 다툼과 노인에 대한 양보의 미덕

해가 긴 여름날이 저무는 줄을 미처 몰랐도다.
돛 내려라 돛 내려라.
돛대를 두드리며 (수양제가 지었다는) 수조가
(水調歌)를 불러 보자.
지국총 지국총 어사와
(사공의) 뱃노래 속에 들어 있는 오랜 근심을 그
누가 알까? 〈하사 6〉
▸ 풍류 속에서 떠오르는 세상에 대한 근심

해 질 녘의 햇빛이 좋다마는 (어느덧) 황혼이 가
깝도다.
배 세워라 배 세워라.
바위 위에 굽은 길이 소나무 아래로 비스듬히
나 있다.
지국총 지국총 어사와
푸른 나무의 꾀꼬리 소리가 곳곳에서 들리는구나.
〈하사 7〉
▸ 해 질 무렵의 아름다운 정경

모래 위에 그물을 널고, 배 지붕 밑에 누워서 쉬자.
배 매어라 매 배어라.
모기를 밉다 하겠는가, 쉬파리는 (또) 어떠한가?
지국총 지국총 어사와
다만 한 가지 근심은 상대부(桑大夫)가 들을까
(하는 것이로다). 〈하사 8〉
▸ 자연 속에서의 유유자적한 삶에 대한 만족감

밤 사이에 풍랑이 일어날 줄을 어찌 미리 짐작
하랴.
닻 내려라 닻 내려라.
사람은 간 데 없고 배만 가로 놓여 있음을 누가
말하였는가.
지국총 지국총 어사와
시냇가에 자라난 풀이 참으로 어여쁘구나.
〈하사 9〉
▸ 예상치 못한 풍랑이 친 뒤의 어촌 풍경

(나의) 작은 집을 바라보니 흰 구름에 둘러싸여
있다.
배 붙여라 배 붙여라.
부들로 만든 부채를 가로쥐고, 돌길로 올라가자.
지국총 지국총 어사와
늙은 어부가 한가하더냐? (자연을 구경하는) 이
것이 구실이로다. 〈하사 10〉
▸ 자연을 구경하느라 한가한 겨를이 없는 생활

기출 확인

2016학년도 10월 고3 교육청
[외적 준거에 따른 작품 감상]
· 〈춘 1〉에서 시간의 흐름에 따라 교차하는
'안기'와 '히', '밤믈'과 '낟믈'은 자연의 질
서와 조화를 드러내는 것으로 볼 수 있군.
· 〈하 6〉에서 '만고심'이란 어부 생활의 풍
류를 즐기면서도 한편으로는 현실을 떠
올리고 안타까워하는 화자의 내면을 가
리키는 것으로 볼 수 있군.
· 〈추 2〉에서 '만경 징파에 슬ㅋ지 용여ᄒ
쟈'는 화자의 말은 자연에 몰입하여 흥취
를 즐기고자 하는 태도를 드러낸 것으로
볼 수 있군.
· 〈추 2〉에서 '머도록 더욱 됴타'는 것은 '인
간'으로 제시된 현실의 부조리함에 대한
화자의 거리감을 반영한 표현으로 볼 수
있군.

· 화자의 정서 및 태도

· 사계절의 아름다운 풍경을 즐김
· 자연과 하나가 된 삶을 즐김
· 속세를 떠나 자연 속에서 한가롭게 지
내는 것에 만족함
· 속세를 벗어나 자연을 즐기며 유유자
적한 삶을 살고자 함
· 인간 세상을 멀리하고 자연에 귀의하
고자 하는 태도를 보임

↓

속세를 벗어나 자연 속에서
한가롭게 사는 삶을 추구함

인간 세상 밖의 좋은 일이 어부의 생애 아니더냐?
　　배 띄워라 배 띄워라.
고기 잡는 늙은이를 비웃지 마라. (자연을 그린)
그림마다 그려져 있더라.
　　지국총 지국총 어사와
사계절의 흥이 한가지로 비슷하나 (그중에서도)
가을 강이 으뜸이다.　　〈추사 1〉
　　　　　▶ 어부로서의 삶에 대한 자부심과 가을 강의 흥취

주목

수국에 가을이 드니 고기마다 살져 있다.
　　닻 들어라 닻 들어라.
끝없이 넓고 맑은 물에서 실컷 느긋하고 여유롭
게 놀아 보자.
　　지국총 지국총 어사와
인간 세상을 돌아보니 멀수록 더욱 좋구나.
　　　　　　　　　　　　　〈추사 2〉
　　　　　▶ 속세를 떠나 자연에서 살아가는 즐거움

주목

흰 구름이 일어나고 나무 끝이 (바람에) 흐느낀다.
　　돛 달아라 돛 달아라.
밀물에 서호(西湖)로 가고, 썰물에 동호(東湖)로
가자.
　　지국총 지국총 어사와
흰 마름과 붉은 여뀌는 (가는) 곳마다 절경이로다.
　　　　　　　　　　　　　〈추사 3〉
　　　　　▶ 배를 타고 즐기는 가을의 풍경

주목

기러기 떠 있는 뒤에 못 보던 산이 보이는구나.
　　노 저어라 노 저어라.
낚시질도 하려니와 가진 것이 (바로) 이 흥이라.
　　지국총 지국총 어사와
석양이 비치니 온 산이 수놓은 비단이로다.
　　　　　　　　　　　　　〈추사 4〉
　　　　　▶ 배 위에서 바라본 먼 산의 아름다움

주목

크고 좋은 고기가 몇이나 걸렸는가.
　　노 저어라 노 저어라.
갈대에 불붙여 (잡은 고기를) 골라서 구워 놓고,
　　지국총 지국총 어사와
(술이 든) 질병을 기울여 바가지에 부어 다오.
　　　　　　　　　　　　　〈추사 5〉
　　　　　▶ 물고기 안주에 술을 즐기는 흥취

옆바람이 곱게 부니 다른 돛에 (바람이) 돌아온다.
　　돛 내려라 돛 내려라.
석양빛이 나아오는데, 맑은 흥과 운치는 다하지
않네.
　　지국총 지국총 어사와
단풍이 든 나무와 맑은 물이 싫지도 밉지도 않
구나.　　　　　　　　　　　〈추사 6〉
　　　　　▶ 바람이 불어오는 가을 저녁의 흥취

흰 이슬이 내렸는데 밝은 달이 돋아 온다.
　　배 세워라 배 세워라.
봉황루(鳳凰樓)가 아득하니 밝은 달빛을 누구에
게 줄까?
　　지국총 지국총 어사와
(달 속에서) 옥토끼가 찧는 약을 호탕한 사람에
게 먹이고 싶구나.　　　　〈추사 7〉
　　　　　▶ 밝은 달이 뜬 가을 밤의 흥취

하늘과 땅이 제각각인가, 여기가 어디인가?
　　배 매어라 배 매어라.
속세의 먼지가 (이곳까지) 못 미치니 부채질하
여 무엇하리.
　　지국총 지국총 어사와
(내가) 들은 말이 없었으니 (왕좌를 거절한 허유
처럼) 귀를 씻어 무엇하리.　　〈추사 8〉
　　　　　▶ 속세와 떨어져 있다고 느끼는 거리감

옷 위에 서리가 내리되, 추운 줄을 모르겠구나.
　　닻 내려라 닻 내려라.
낚싯배 안이 좁다고 하나 덧없는 세상과 (비교
하면) 어떠한가?
　　지국총 지국총 어사와
내일도 이렇게 지내고, 모레도 이렇게 지내자.
　　　　　　　　　　　　　〈추사 9〉
　　　　　▶ 찬 서리를 맞으며 배 위에서 자연을 즐기는 감회

소나무 사이에 있는 석실(石室)에 가서 새벽달
을 보려 하니
　　배 붙여라 배 붙여라.
빈산에 낙엽 (쌓인 길을) 어찌 알아볼까?
　　지국총 지국총 어사와
흰 구름이 쫓아오니 입은 풀 옷이 무겁구나.
　　　　　　　　　　　　　〈추사 10〉
　　　　　▶ 가을의 새벽달을 보고 싶은 마음

기출 확인

2000학년도 수능

[시적 공간의 이해]
• '슈국'은 화자의 소망이 충족된 세계이다.
　　　　　　　　　　　　　－ (추 2)
• '뫼'는 화자에게 흥취를 주는 공간이다.
　　　　　　　　　　　　　－ (추 4)

2014학년도 예비 시행 A/B

[표현상 특징 파악]
• 여음을 사용하여 흥취를 북돋우고 있다.
• 음보를 규칙적으로 사용하여 리듬감을
형성하고 있다.
• 시적 배경이 되는 공간을 이상적 세계로
형상화하고 있다.
• 감각적 이미지를 활용하여 대상의 아름
다움을 드러내고 있다.

[구절의 의미 이해]
• ⓒ(수국에 가을이 드니 고기마다 살져 있
다): 살 오른 '고기'는 자연의 풍성함과 화
자의 여유롭고 넉넉한 정신세계를 보여
준다.

구름이 걷힌 뒤에 햇빛이 두텁구나.
　　배 띄워라 배 띄워라.
천지가 (얼어붙어 생기가) 막혔는데, 바다는 그
대로구나.
　　지국총 지국총 어사와
끝없는 물결이 비단을 펼친 듯하구나. 〈동사 1〉
　　　　　　　　　▶ 겨울 바다의 아름다운 정경

낚싯줄과 낚싯대를 손질하고, (배에 물이 새지
않도록) 뱃밥을 박았느냐?
　　닻 들어라 닻 들어라.
(중국의) 소상강과 동정호는 그물이 언다고 한다.
　　지국총 지국총 어사와
이런 때 고기 잡기에 이만한 곳이 없도다.
　　　　　　　　　　　　　　　〈동사 2〉
　　　　　　▶ 겨울의 출어 준비와 사는 곳에 대한 자부심

얕은 갯가의 고기들이 먼 바다로 다 갔으니.
　　돛 달아라 돛 달아라.
잠깐 날이 좋을 때에 바다에 나가 보자.
　　지국총 지국총 어사와
미끼가 좋으면 굵은 고기가 문다고 한다. 〈동사 3〉
　　　　　　　　　▶ 겨울 바다에서 짧은 시간 이루어지는 낚시질

지난 밤에 눈이 그친 후에 경치가 달라졌구나.
　　노 저어라 노 저어라.
앞에는 유리처럼 넓고 맑은 바다, 뒤에는 겹겹
이 둘러싸인 백옥 같은 산.
　　지국총 지국총 어사와
신선의 세계인가 부처의 세계인가, (아무튼지)
인간 세계가 아니로다. 〈동사 4〉
　　　　　　　　　▶ 눈 내린 어촌의 아름다운 풍경

그물 낚시 잊어두고 뱃전을 두드린다.
　　노 저어라 노 저어라.
앞 바다를 건너려고 몇 번이나 헤아려 보았는가?
　　지국총 지국총 어사와
(어디서) 느닷없는 된바람이 혹시 아니 불어올까?
　　　　　　　　　　　　　　　〈동사 5〉
　　　　　　　　　　　　　　▶ 된바람을 기다리는 상황

자러 가는 까마귀가 몇 마리나 지나갔느냐?
　　돛 내려라 돛 내려라.
앞 길이 어두우니 저녁 눈이 잦아졌다.
　　지국총 지국총 어사와
(전쟁 때 오리 떼를 놀라게 했던) 아압지를 누가
쳐서 치욕을 씻었던가? 〈동사 6〉
　　　　　　　　　　　▶ 나라의 치욕을 씻고 싶은 마음

붉은 빛과 푸른 빛의 절벽이 병풍처럼 둘러쳐져
있는데,
　　배 세워라 배 세워라.
주둥이가 크고 비늘이 가는 물고기를 낚으나 못
낚으나
　　지국총 지국총 어사와
외로이 떠 있는 배 위에서 도롱이, 삿갓만으로
흥에 겨워 앉았노라. 〈동사 7〉
　　　　　　　　　▶ 아름다운 경치 속에서의 여유로운 낚시질

물가에 외로운 소나무 혼자 어찌 씩씩한가.
　　배 매어라 배 매어라.
험한 구름 원망하지 마라 세상을 가리운다.
　　지국총 지국총 어사와
파도 소리 싫어하지 마라. 속세의 시끄러운 소
리를 막는도다. 〈동사 8〉
　　　　　　　▶ 속세와 단절되어 자연 속에서 살아가는 삶

(신선이 산다고 하는) 창주 오도를 옛날부터 (사
람들이) 말하더라.
　　닻 내려라 닻 내려라.
칠 리(七里)의 여울에서 양피 옷(을 입고 낚시하
면 엄지룡)은 그 어떤 이였는가?
　　지국총 지국총 어사와
(강태공이 했다는) 삼천 육백일 간의 낚시질은
(문왕과의 만남을) 손꼽을 때 어떠하였는가?
　　　　　　　　　　　　　　　〈동사 9〉
　　　　　　　▶ 신선 세계 같은 곳에서 은일하는 삶에 대한 자부심

아아, (날이) 저물어 간다. 편히 쉬는 것이 마땅
하도다.
　　배 붙여라 배 붙여라.
가는 눈 뿌린 길에 붉은 꽃 흩어진 데 흥겨워하
며 걸어가서,
　　지국총 지국총 어사와
눈 위에 비치는 달빛이 서쪽 봉우리를 넘을 때
까지 소나무 창에 기대어 있자. 〈동사 10〉
　　　　　　　　　　　　　　▶ 눈 내리는 밤의 흥취

2014학년도 4월 고3 교육청 A/B
[표현상 특징 파악]
• 통사 구조가 유사한 구절을 대응시켜 운
율을 형성하고 있다.

[화자의 정서와 태도 파악]
• ㉠(갈 때는 안개뿐이요 올 때는 달이로다)
에서 화자가 친숙하게 대하는 소재인 '달'
은 자연에 동화된 삶을 드러내는군.
　　　　　　　　　　　　 – (춘 7)
• ㉡(낫대를 둘러메니 깊은 흥을 못 참겠다)
에서 화자의 흥을 돋우는 '낫대'는 자연에
서 느끼는 충만감을 고조시키는군.
　　　　　　　　　　　　 – (하 1)
• ㉢(연강첩장은 뉘라서 그려 낸고)에서 '그
려 낸' 것으로 여기는 '연강첩장'은 자신
을 둘러싼 자연에 대한 긍정적 인식을 나
타내는군. – (하 1)
• ㉣(내일도 이리하고 모레도 이리하자)에
서 화자가 기대하는 '내일'과 '모레'에는
현재의 삶이 지속되기를 바라는 심리가
내재되어 있군. – (추 9)

[시어의 기능 파악]
• [A]의 '구름'은 부정적 현실을 차단하는
자연물로 기능하고 있다. – (동 8)

• 〈어부사시사〉 내용과 형식의 유기성

내용	자연을 즐기는 흥취와 여유로움
형식	• 연시조의 형식을 취함 • 여음구를 사용하여 변화를 줌

↓

자연 속 삶의 흥겨움이라는 내용을 연시 조와 여음구라는 형식에 유기적으로 담 아 냄

한 줄 평 | 용문산 낙은암 주변의 경치를 즐기며 유유자적하게 사는 은일의 삶을 읊은 노래

낙은별곡 ▶ 남도진

… 기출 수록 교육청 2024 5월

★주목 야단스러운 조물주가 산천(山川)을 빚어낼 때
　　　　　　　　　　　　　　자연

　낙은암(樂隱巖) 깊은 골을 날 위하여 만드시니
　화자가 은거하며 자연을 즐기는 곳(경기도 용문산 북쪽 골짜기)

　산봉우리도 빼어나고 경치도 뛰어나다
감탄사(영탄)　낙은암 주변 경치에 대한 화자의 평가 ┌─ 세속적 가치(명예와 이익)

　어와 주인옹(主人翁)이 명리(名利)에 뜻이 없어
　'낙은암 깊은 골'의 주인인 늙은이라는 뜻. 화자 자신을 가리킴

「진세(塵世)를 하직하고 암혈(巖穴)에 깃들이니」「 」: 속세를 벗어나 자연에 은거함
　속세 ┌─ 욕심 없는 삶　산속, 자연　설의적 표현

　내 생애 담박(淡泊)한들 분수이니 상관하랴　▶ 속세를 벗어나 낙은암 근처에 은거하는 삶
　　　안분지족, 안빈낙도의 태도　(자연에서 지내는 것을)

　농환재(弄丸齋) 맑은 창에 주역(周易)을 살펴보니
　작가 남도진의 호(號)이자 작가가 용문산에 지은 집 이름 └─ 자연에 은거하며 학문을 닦는 모습

　소장진퇴(消長進退)는 성훈(聖訓)이 밝아 있고 ┐화자가 《주역》을 읽으며 깨달은 점
　　세상사가 변화하는 원리　　성인이나 임금의 교훈 │─ 성현의 교훈과 삶의 이치가 깃들어 있음

　낙천지명(樂天知命)은 경계(警戒)도 깊어셰라 ┘
　천명을 깨달아 즐기면서 이에 순응함. 《주역》 '계사전'에 나오는 구절

　둥근 달을 희롱하고 말 잊고 앉았으니
　　　　　　즐기고

　천지(天地)를 몇 번이나 왕래한 듯하네
　《주역》에 담긴 깊은 뜻을 깨달은 듯함을 비유한 말

「거문고를 비껴 안아 무릎 위에 놓아 두고
「 」: 풍류를 즐기는 화자의 모습

　평우조(平羽調) 한 소리를 보허사(步虛詞)에 섞어 타며
　국악 가곡의 한 종류　　궁중 의식이나 잔치 때에 연주하던 음악의 하나

　긴 가사(歌詞) 짧은 노래 나직이 불러 낼 때

　유연이 흥이 나니 세상 걱정 전혀 없다」
　　　　　　속세를 떠나서 사는 삶의 여유로움

　남쪽 마을 늙은 벗님 북쪽 이웃 젊은이들
　　　　　　　　화자가 어울리는 사람들

　송단(松壇)에 섞여 앉아 차례 없이 술을 부어
소나무가 있는 언덕, 솔밭　　　사회적 지위를 따지지 않고

　두세 잔 기울이고 무슨 말씀 하옵나니

　앞 논에 벼가 좋고 뒷내에 고기 많데 ┐ 마을 사람들의 말을 인용함
　　　　　　　　　　　　　　　　　│→ 속세의 명리에서 벗어난,
　봄 산에 비 온 후에 고사리도 살졌다네 ┘ 평범하고 일상적인 대화

　한가하게 이런 말로 소일하기 족하거니
　　　　개인적 이익을 따지지 않는 말　설의적 표현(들리지 않음)

　분분한 시비(是非)야 귓결엔들 들릴쏘냐
　속세에서 자주 들을 수 있는 말 - 옳고 그름이나 이익을 따지는 말　▶ 학문과 풍류를 즐기며 속세의 일에
　　　　　　　　　　　　　　　　　　　　　　　　　　　　관심을 두지 않고 살아가는 삶

　해당화 깊은 골에 낚싯대 메고 내려가며
　생계를 위한 것이 아니라 자연을 즐기기 위한 낚시질 → '가어옹(假漁翁)'의 모습

　어부사(漁父詞) 한 곡조를 바람결에 흘러 불러
　자연에서의 한가한 삶을 노래한 가사

　목동의 피리 소리에 넌지시 화답하니

　석양 방초(芳草) 길에 걸음마다 더디구나
　석양에 향기로운 풀　화자가 느끼는 여유로움이 행동으로 드러남

　동풍(東風)이 건듯 불어 가랑비를 재촉하니
　봄바람이 살짝 불며 가랑비가 내리기 시작함 - 봄의 풍경

　도롱이 걸치고 바위 위에 앉으니
　　비옷

「용면(龍眠)을 불러 내어 이 모습 그리고자」
　송나라의 화가 이공린 「 」: 자신의 삶에 대한 화자의 자부심이 드러남

은거지에서 보내는 일상을
구체적으로 제시함

작품 분석 노트

• 강호 가사로서의 특징

강호 가사의 개념	벼슬살이에서 물러났거나 벼슬을 하지 않은 사대부들이 향촌 사회의 자연 속에서 지내며 자신을 수양하고 만족을 얻는 상황을 노래한 가사 작품
내용	속세를 떠나 은일하면서 자연을 즐기며 소박하고 유유자적하게 살아가는 강호한정(江湖閑情)과 안빈낙도(安貧樂道)를 주로 노래함
〈낙은별곡〉의 특징	조선 시대 사대부들의 강호 가사에 일반적으로 드러나는 '연군지정(戀君之情)'이나 충의(忠義) 사상이 드러나지 않음

↓

화자가 스스로 벼슬살이를 거부하였으므로 연군지정을 표출해야 할 이유가 없었음

• 타인을 통해 알 수 있는 화자의 삶

주인옹(화자)
명리에 뜻이 없음

‖

남쪽 마을 늙은 벗님 북쪽 이웃 젊은이들
일상의 사소한 대화를 나눔

↓

• 명리와 거리가 먼 이야기로 소일함
• 속세와 같이 시비를 따지는 말이 들리지 않는 삶에 대한 만족감을 드러냄

영욕(榮辱)을 상관치 않으니 세사(世事)를 내 알더냐
영예와 치욕 → 세상사의 부침   탈속적 가치관, 설의적 표현

주육(酒肉)에 빠진 분들 부귀(富貴)를 자랑 마오
부귀공명 등의 세속적 가치를 추구하는 사람들   수레와 말이 일으키는 먼지   ▨ : 화자의 소박한 생활을 보여 주는 소재

여름날 더운 길에 먼지 속에서 분주하며
     관리들이 수레와 말을 타고 바쁘게 오감   ▨ : 세속적이고 화려한 삶을 상징하는 소재

「겨울밤 추운 새벽 대루원(待漏院)에 서성이니」
관원들이 이른 아침에 대궐 문이 열리기를 기다리는 곳   「 」: 권력을 지키기 위해 애쓰는 모습

자네는 좋다 하나 내 보기엔 괴로워라
속세에서 살아가는 관리   관리의 삶에 대한 화자의 부정적 인식

「어와 내 신세를 내 이르니 자네 듣소」   「 」: 상대방에게 말을 건네는 방식
영탄적 표현 → 독자의 관심 유도   세속적 가치를 추구하는 사람, 벼슬아치(관리)

삼복(三伏)에 날 더우면 백우선(白羽扇) 높이 들고
매우 더운 여름   새의 흰 깃으로 만든 부채   관리들과 대조되는 여름철 화자의 한가로운 모습

바람 부는 창가에 기대 다리 펴고 누우니
     여유롭고 한가롭게 누워 있는 모습

편안한 이 거동을 그 누가 겨룰쏘냐
← 고단한 관리들의 모습   설의적 표현

동지 밤 눈 온 후에 더운 방에 이불 덮고
추운 겨울밤   베고   늦잠을 자니   관리들과 대조되는 겨울철 화자의 한가로운 모습

목침(木枕)을 돋우 괴어 해 돋도록 잠을 자니
     화자의 삶을 드러내는 표현   관리들의 삶을 드러내는 표현

편하기도 편할시고 고단함이 있을쏘냐
     삼정승 → 높은 벼슬   설의적 표현

「삼공(三公)이 귀하다 하나 나는 아니 바꾸리라」
「 」: 현재 생활에 대한 화자의 만족감과 자부심

값을 쳐 비긴다면 만금(萬金)인들 당할쏜가
     설의적 표현

보리밥 맛 들이니 팔진미(八珍味) 부럽잖고
소박한 음식   아주 맛있는 음식을 비유적으로 이르는 말

헌 베옷 알맞으니 비단 가져 무엇 할까
소박한 의복   설의적 표현   ▶ 소박하고 유유자적한 삶에 대한 화자의 자부심

신세가 한가할사 경치도 맑고 깨끗하다
     마음이 여유로우니 자연의 아름다움이 더욱 잘 느껴짐

녹문산(鹿門山) 달빛 아래 나뭇가지에 안개 끼니
중국 호북성의 명산. 문맥상 화자가 완상하고 있는 경기도 용문산을 의미함

방덕공(龐德公) 맑은 절개 산처럼 높고 물처럼 기네
벼슬을 그만두고 녹문산에 은거하며 살았다는 중국 후한 말의 인물

율리(栗里)의 높은 바람 소유산(巢由山)을 불어 넘어
중국의 시인 도연명이 은거한 곳   요임금 때 소부와 허유가 은거한 기산(箕山)

낙천당(樂天堂) 베개 위에 이 내 꿈을 맑게 하네

천마봉(天馬峰) 장한 형세 구름에 닿았으니
     천마봉이 높고 곧게 하늘을 향해 뻗어 있음

창천(蒼天)이 돌아갈 때 몇 겁(劫)을 갈았는가
푸른 하늘 또는 동쪽 하늘   천마봉이 오랜 시간 동안 갈고 닦여 현재의 모양이 되었을 것이라는 감탄

천만년(千萬年) 지나도록 낮아질 줄 모르나니
     천마봉이 오랜 세월 동안 높게 솟아 있음

중산(中山)의 아침 안개 절벽 가운데 젖어 있고
경기도 가평의 지명   은거지 주변의 아침과 저녁 풍경. 시각적 이미지, 대구

곡령(鵠嶺)의 저문 구름 짧은 처마에 비꼈구나
경기도 가평의 지명

용문산(龍門山) 그림자가 팔절탄(八節灘)에 잠겼으니
경기도 가평과 양평에 걸쳐 있는 산   팔절탄 ①

입협(入峽)에서 내린 물이 와룡추(臥龍湫) 되었구나
     □: 화자가 지내는 낙은암 주위의 명승지인 '팔절탄(일곡 팔경)' – 와룡추, 옥류폭, 탁영호, 반곡천, 무릉계, 자연뢰, 구변담, 선부연

물결을 잔잔하게 다스려 만곡수(萬斛水)를 담았으니
     주제: 와룡추(많은 물을 담고 있음)

노룡(老龍)의 서린 자취 굴곡(屈曲)이 되어 있다
와룡추에서 흘러내리는 물줄기(은유)   이리저리 굽어져 있다

풍운(風雲)을 언제 좇아 굴(窟)을 옮겨 갔는가
     주제: 물줄기(활유)

★주목 ▶ 옥류폭(玉流瀑) 노한 물살 돌을 박차며 떨어지니
     팔절탄 ②   역동적 이미지, 의인법

관리의 삶과 화자의 삶 대조

	관리	화자
여름	• 더움 • 길 위의 먼지 속에서 분주함	• 시원함 • 창가에 기대 다리를 펴고 누움
겨울	• 추움 • 새벽부터 대루원에서 기다림	• 따뜻함 • 더운 방에서 이불을 덮고 늦잠을 잠

↓

속세(관료)의 삶에 대한 거부감 + 자연 속에 사는 자신의 삶에 대한 만족감

감상 포인트

화자가 자신의 삶에 대한 만족감이나 자부심을 드러내는 방법에 초점을 두고 작품을 감상한다.

[율리(栗里)]
도연명이 은거한 곳의 지명이지만 이 글의 작가인 남도진이 은거하던 경기도 가평에 있는 마을(밤자골[栗里])을 이르는 지명으로 볼 수도 있음

['창천이 돌아갈 때'라는 표현]
옛날에는 천동설을 믿었기 때문에 동쪽 하늘이 돈다고 생각했음

본래 중국 낙양 부근의 여울목인 용문(龍門)에 있는 물살이 센 여덟 물굽이(팔절석탄)를 말함. 이 작품에서는 아름다운 경치를 지닌 낙은암 주변의 여덟 곳 '일곡 팔경(逸谷八景)'을 비유함

말을 건네는 방식

상대에게 말을 건네는 화자

'자네는 좋다 하나 내 보기엔 괴로워라 / 어와 내 신세를 내 이르니 자네 듣소'

+

화자가 한 말의 내용

여름과 겨울철의 관리들의 분주하고 고된 생활과 화자의 한가롭고 편안한 생활을 대조하여 말함

↓

'자네', 즉 관리들에게 말을 건네는 방식을 통해 관리들에 대한 자신의 생각과 자신의 생활에 대한 만족감을 드러냄

소재의 상징성

화자의 소박한 생활

낚싯대, 도롱이, 보리밥, 헌 베옷

↓

세속적 가치

주육, 부귀, 삼공, 팔진미, 비단, 공명

시적 대상의 변화

화자는 '신세가 한가할사 경치도 맑고 깨끗하다'라고 하여 자연 속에서 한가롭게 사니 아름다운 자연이 눈에 잘 들어옴을 언급한 뒤 낙은암 주변의 경치를 소개하며 예찬하고 있다.

자연 속에 사는 화자 자신의 삶

자연 속에서 편안하고 한가롭게 사는 자신의 삶을 드러냄

↓ 자연 경관으로 시선을 돌림

낙은암 주변의 경치

낙은암 주변의 아름다운 경치를 노래함

어두운 곳에서 빛을 내는 구슬. 중국의 합포가 주요 산지로 유명함

합포(合浦)의 명월주(明月珠)를 옥쟁반에 굴리는 듯
　　원관념 – 폭포의 포말(거품)　　　　　　　　　　　　　　　비유(직유, 은유), 대구

은고리로 수정렴(水晶簾)을 난간에 걸었는 듯
　　원관념 – 폭포의 물줄기　　　팔절탄 ③

티끌 묻은 긴 갓끈을 탁영호(濯纓湖)에 씻어 내니
　　굴원의 〈어부사〉 구절을 인용함으로 탁영호의 맑음과 자신의 정신을 부각함

「귀 씻던 옛 할아비 자네 혼자 높을쏘냐」　「♪: 자신의 기상이 허유에 뒤지지 않는다는 자부심
　　중국 고대의 이름난 은자인 허유　　　설의법(자네 혼자 높지 않음 = 화자도 높음)

반곡천(盤谷川) 긴긴 굽이 초당(草堂)을 둘렀으니
　　팔절탄 ④　　　　　　　　　초가집. 소박한 생활

드넓은 저 강물아 속세로 가지 마라 ▧: 속세와 단절하겠다는 화자의 의지
　　의인법, 돈호법

「긴 모래톱에 막대 짚어 무릉계(武陵溪) 내려가니　[귀 씻던 옛 할아비]
　「♪: 무릉도원(이상향)의 이미지　　도화(복숭아꽃) 꽃잎이 날리는 모습, 은유　중국의 전설상의 성군인 요임금이 허유에게

양 언덕에 도화(桃花) 날아 붉은 안개 자욱하다」　왕위를 물려주려 하였음. 그러나 허유는 더
　　색채어를 활용한 시각적 이미지　　　　　　　　　러운 말을 들었다고 하며 영천이라는 강물

물 위에 뜬 꽃을 손으로 건진 뜻은　　　　　　　에 자신의 귀를 씻었다고 함. 이때 허유의 친
　　화자가 은일하는 곳을 세상에 알리는 단서　　　구 소유가 소에게 물을 먹이러 왔다가, 허유

봄 경치를 누설(漏泄)하여 세상에 전할세라　의 말을 듣고는 그가 귀를 씻어 더러워진 물
　　자신이 있는 곳의 아름다움을 세상 사람들이 알까 염려함　을 소에게 먹일 수 없다고 하며 소를 끌고 돌

단구(丹丘) 넘어 들어 자연뢰(紫煙瀨) 지나가니　아갔다고 함 → '허유소부(부귀영화를 마다하
　　붉은 언덕 – 무릉계 아래 도화가 핀 언덕　　팔절탄 ⑥　는 사람 상징)'라는 말이 유래됨

향로봉(香爐峯) 남은 안개 햇빛에 눈부시네

구변담(鷗邊潭) 고인 물이 거울처럼 맑구나
　　팔절탄 ⑦　　　　　　　　　구변담 물이 매우 맑음, 직유

「속세 잊은 저 백구야 너와 나 벗이 되어」
　　화자가 자신과 동일시하는 자연물, 의인법　「♪: 물아일체

안개 낀 물가에 노닐면서 세상을 잊자꾸나
　　자신이 지내는 은거지에서 자연과 함께 살아가려는 마음　팔절탄 ⑧

청학동(靑鶴洞) 좁은 길로 선부연(仙釜淵) 찾아가니
　　원관념 = 선부연(은유)　　솜씨가 뛰어나고 재치가 있다

반고씨 적 생긴 가마 만들기도 공교하다──[반고씨]
　　매우 오래전에 생성된 '선부연'이 가마솥 모양임　중국의 신화에서, 천지개벽 후에 처음으로 세
　　　　　　　　　　　　　　　　　　　　상에 나와 만물을 다스렸다는 천자

형산에 만든 솥을 그 누가 옮겨 왔나
　　원관념= 선부연(은유)　　　　　　　[형산에 만든 솥]
　　　　　　　　　　　　　　　　중국의 신화에서, 황제 헌원씨가 100살이 되던
바위 사이 걸린 폭포 위아래 못에 떨어지니　해에 형산 아래에서 청동 솥을 만들었다고 함
　　하강 이미지, 시각적 이미지

요란스런 벼락 소리 대낮에 들리는가
　　폭포 소리(은유)　　　　시간 가는 줄 모르다가 문득 해 질 녘이 됨

계산(溪山)에 취한 흥이 해 지는 줄 잊었으니
　　시내와 산　　　　자연 경관에 대한 화자의 심정

쌍계암(雙溪庵) 먼 북소리 갈 길을 재촉하는구나
　　인근의 절(쌍계암)에서 저녁 예불을 알리는 북소리가 들려옴. 청각적 이미지

통소에 봄을 담아 유교(柳橋)로 돌아오니
　　　　　　버드나무가 있는 다리　　작가 남도진의 형인 남도규의 서재 이름 → 형에 대한 이야기로 이어짐

서산(西山)의 상쾌한 기운 사의당(四宜堂)에 이어졌네
　　낙은암 주변을 구경하다가 해가 질 무렵 형의 집을 방문함　▶낙은암 주변의 여기저기를 돌아다니며 경관을 완상하는 모습

어와 우리 형님 벼슬 뜻이 전혀 없어
　　　　　　　　화자와 마찬가지로 세속적 가치에 초연함

공명(功名)을 사양하고 삼족와(三足窩)로 돌아오니
　　　　　　　　　　남도규의 서재 이름. 형님의 집을 의미함

재앙의 남은 물결 신변에 미칠쏘냐
　　벼슬을 하다가 맞을 수 있는 재앙　설의적 표현

장침(長枕)을 높이 베고 두 늙은이 나란히 누워
　　긴 베개　　　　　　　화자 자신과 형

슬하(膝下)의 모든 자손 차례로 늘어서니
　　대가 끊기지 않고, 가족이 화목함 → 집안에 큰 화가 생기지 않음

먹으나 못 먹으나 이 아니 즐거우랴
　　설의적 표현. 자연에 은거하는 삶에 대한 만족감
　　　　　　　　　　　　　　　　　　　여생
아마도 수석(水石)에 소요(逍遙)하여 남은 세월 마치리라
　　　자연(대유법)　　이리저리 돌아다니며　　▶속세를 떠나 자연에 은거하며 여생을 보낼 것을 다짐하는 화자

・'물'을 이용하여 속세와의 단절 의지
를 드러내는 시조

〈낙은별곡〉의 속세에 대한 단절 의지가 드러나는 구절
'반곡천 긴긴 굽이 초당을 둘렀으니 / 드넓은 저 강물아 속세로 가지 마라'

이현보의 〈어부사〉 제2수
굽어보니 천심녹수(千尋綠水) 돌아보니 만첩청산(萬疊靑山) 십장홍진(十丈紅塵)이 얼마나 가렸는가 강호에 월백(月白)하거든 더욱 무심하여라 → '천심녹수(천 길이나 되는 푸른 물)'는 '만첩청산'과 함께 속세와의 단절 의지를 형상하는 소재임

・아름다운 자연 경관을 대하는 화자의
태도가 대조적인 작품

〈낙은별곡〉
'봄 경치를 누설하여 세상에 전할세라' → 화자는 낙은암 주변의 명승지를 세상에 알리고 싶지 않음

↓

이이의 〈고산구곡가〉 제3수
이곡은 어디인가 화암(花岩)에 봄이 늦었구나 푸른 물에 꽃을 띄워 야외(野外)에 보내노라 사람이 승지(勝地)를 모르니 알게 한들 어떠리

화자는 명승지를 세상에 알려 사람들과 함께 즐기고자 함

・'팔절탄'을 소요한 화자의 여정
화자는 아침에 집을 나와 저녁에 형님의 집에까지 이르고 있다. 이 과정에서 화자는 공간을 이동하며 낙은암 주변의 명승지들(팔절탄)을 완상하고 있다.

와룡추 → 옥류폭 → 탁영호 →
반곡천 → 무릉계 → 자연뢰 →
구변담 → 선부연

이 작품의 주제 의식을 형상화하는 데 쓰인 다양한 표현 방법과 그 효과를 파악할 수 있어야 한다.

+ 표현상 특징

대구적 표현	'소장진퇴는 성훈이 밝고 / 낙천지명은 경계도 깊구나', '여름날 더운 길에 먼지 속에서 분주하며 / 겨울밤 추운 새벽 대루원에 서성이니', '보리밥 맛 들이니 팔진미 부럽잖고 / 헌 베옷 알맞으니 비단 가져 무엇 할까', '중산의 아침 안개 절벽 가운데 젖어 있고 / 곡령의 저문 구름 짧은 처마에 비꼈구나' 등 → 운율을 형성하고 시적 의미를 강조함
설의적 표현	'내 생애 담박한들 분수이니 상관하랴', '분분한 시비야 귓결엔들 들릴쏘냐', '세사를 내 알더냐', '고단함이 있을쏘냐', '비단 가져 무엇 할까', '자네 혼자 높을쏘냐', '신변에 미칠쏘냐', '이 아니 즐거우랴' 등 → 의문형 진술을 통해 자연 속에 은거하며 사는 삶에 대한 만족감을 강조함
영탄적 표현	'어와 주인옹이 명리에 뜻이 없어', '어와 내 신세를 내 이르니', '곡령의 저문 구름 짧은 처마에 비꼈구나' 등 → 자신의 삶과 경치에 대한 화자의 정서를 부각함
비유적 표현	• 직유법, 은유법: '산처럼 높고 물처럼 기네', '합포의 명월주를 옥쟁반에 굴리는 듯', '은고리로 수정렴을 난간에 걸었는 듯', '붉은 안개', '반고씨 적 생긴 가마', '형산에 만든 솥', '벼락 소리' 등 → 비유를 통해 낙은암 주변의 아름다운 자연 경관을 인상적으로 나타냄 • 의인법: '옥류폭 노한 물살', '드넓은 저 강물아', '속세 잊은 저 백구야' → 자연물에 인격을 부여하여 생동감을 부여하고 자연 친화적 정서를 드러냄
대화의 인용	'앞 논에 벼가 좋고 뒷내에 고기 많데 / 봄 산에 비온 후에 고사리도 살졌다네' 등 → 사람들의 말을 인용하여 현장감과 화자의 가치관을 부각함
고사의 활용	'티끌 묻은 갓끈을 탁영호에 씻어 내니', '귀 씻던 옛 할아비' 등 → 중국의 고사를 활용하여 화자의 정서와 태도를 부각함

이 작품은 관리들의 일상적 생활과 화자의 일상적 생활을 대조함으로써 화자가 추구하는 삶을 부각하고 있다. 따라서 대조되는 상황에 대한 화자의 정서와 태도를 파악할 수 있어야 한다.

+ 대조되는 상황

관리들의 일상		화자의 일상
주육에 빠짐		영욕을 상관치 않음
여름날 더운 길에 먼지 속에서 분주함	↔	삼복에 날 더우면 백우선 높이 들고 바람 부는 창가에 기대 다리 펴고 누움
겨울밤 추운 새벽 대루원에서 서성임		동지 밤 눈 온 후에 더운 방에 이불 덮고 목침을 돋워 괴어 해 돋도록 잠을 잠

↓	↓
부와 명예 등의 세속적 가치를 긍정하며 분주하게 살아감	자연 속에서 한가롭고 편안하게 살아가는 삶에 긍정적 가치를 둠

작품 한눈에

• 해제

　〈낙은별곡〉은 관직에 뜻을 두지 않고 세속적 가치를 멀리한 채 자연을 즐기며 살아가는 삶을 노래하고 있는 가사이다. 작가 남도진은 경기도 가평의 낙은암 주변에서 은거하면서 자신과 생각을 같이하는 사람들과 어울리며 유유자적하게 살았는데, 이 작품은 이때의 생활을 바탕으로 창작되었다. 특히 관리들의 힘겨운 일상과 자신의 한가한 일상을 대조하는 부분과 다양한 표현 방법을 활용하여 팔절탄, 즉 일곡 팔경을 이동하며 자연을 완상하는 모습을 형상화하는 부분에서 자연과 더불어 살아가는 즐거움이라는 주제 의식이 뚜렷하게 드러난다.

• 화자와 시적 상황

　화자는 《주역(周易)》을 깨칠 정도로 학문적 경지가 높은 사대부이다. 하지만 벼슬살이로 상징되는 세속적인 삶을 부정적으로 여기며 스스로 향촌 사회에 은거하며 살아간다. 그리고 은거지 주변의 명승지를 유유자적하게 돌아보며, 자신과 뜻을 같이하는 형님 가족과 함께 남은 여생을 지금처럼 살아갈 것을 다짐한다.

• 주제

　향촌에 은일하여 자연을 완상하며 살아가는 삶의 즐거움

한 줄 평 | 관동 팔경을 두루 유람한 후 그 풍경과 소회를 읊은 노래

관동별곡 ▶ 정철

⋯ 교과서 수록 [국어] 금성(류), 좋은책, 천재(이)
⋯ 기출 수록 [수능] 2015 B형, 1999 [평가원] 2021 6월, 2010 6월
[교육청] 2002 3월

강호(江湖)애 병(病)이 깁퍼 듁님(竹林)의 누엇더니
자연을 사랑하는 마음으로 병이 생김 = 천석고황(泉石膏肓)

관동(關東) 팔빅(八百) 니(里)에 방면(方面)을 맛디시니
강원도

어와 셩은(聖恩)이야 가디록 망극(罔極)ᄒ다
임금의 은혜

『연츄문(延秋門) 드리ᄃ라 경회(慶會) 남문(南門) ᄇ라보며
경복궁의 서쪽 문   광화문

하직(下直)고 믈너나니 옥졀(玉節)이 알픠 셧다』
■: 화자의 여정   관찰사의 상징물

평구역(平丘驛) 물을 ᄀ라 흑슈(黑水)로 도라드니
경기도 양주   경기도 여주

셤강(蟾江)은 어듸메오 티악(雉嶽)은 여긔로다』
강원도 원주   원주 치악산

『쇼양강(昭陽江) ᄂ린 믈이 어드러로 든단 말고
소양강 → 한강 → 한양 → 임금 연상   흘러든단 말인가

『고신거국(孤臣去國)에 빅발(白髮)도 하도 할샤
근심, 걱정

동쥐(東州) 밤 계오 새와 븍관뎡(北寬亭)의 올나ᄒ니
철원   겨우 새워

『삼각산(三角山) 뎨일봉(第一峰)이 ᄒᄆ면 뵈리로다』
임금이 계신 곳

궁왕(弓王) 대궐(大闕) 터희 오쟉(烏鵲)이 지지괴니
까마귀와 까치

천고(千古) 흥망(興亡)을 아ᄂ다 몰ᄋᄂ다

회양(淮陽) 녜 일홈이 마초아 ᄀ틀시고
중국 한나라의 한 고을 – 강원도 동북쪽에 있던 고을과 이름이 같음

급댱유(汲長孺) 풍치(風彩)를 고텨 아니 볼 게이고
중국 한무제 때 선정을 베푼 회양의 태수

관찰사 임명과 부임 과정

『』 여정의 과감한 생략 – 속도감 있는 전개

『』 연군지정

『』 우국지정

『』 연군지정

인생무상(人生無常), 맥수지탄(麥秀之嘆)

마침

선정(백성을 바르고 어질게 잘 다스리는 정치)에 대한 포부(고사의 인용)

▶ 서사: 관찰사 부임과 그에 따른 정서

■ 방면: 방면지임(方面之任)의 준말. 관찰사의 소임.
■ 옥절: 옥으로 만든, 임금이 신표로 주는 패. 예전에 관직을 받을 때에 증서로서 받았음.
■ 고신거국: 임금의 신임이나 사랑을 받지 못하는 신하가 서울을 떠남.
■ 삼각산: '북한산'의 다른 이름.

작품 분석 노트

✏️ 현대어 풀이

[서사]
자연을 사랑하는 병이 깊어, 대나무 숲에 누웠더니.
관동 8백 리의 관찰사 소임을 맡기시니,
아아, 임금의 은혜야말로 갈수록 끝이 없다.
연추문으로 달려 들어가 경회루 남쪽 문을 바라보며,
임금께 하직하고 물러나니, 옥절이 앞에 서 있다.
평구역에서 말을 갈아타고 흑수로 돌아드니,
섬강은 어디인가? 치악산이 여기로구나.
소양강의 흘러내리는 물이 어디로 흘러든단 말인가?
외로운 신하가 임금 곁을 떠나니 백발이 많기도 많구나.
동주의 밤을 겨우 새우고 북관정에 오르니,
삼각산 제일 높은 봉우리가 웬만하면 보일 것도 같구나.
궁예 왕의 대궐 터에 까막까치가 지저귀니,
오랜 세월 동안 흥하고 망하는 역사를 아는가, 모르는가?
이곳이 회양이라는 옛 이름과 공교롭게도 같구나.
급장유의 풍채를 다시 볼 것이 아닌가?

• '서사'에 나타난 화자의 현실 인식

• 쇼양강 ᄂ린 믈이 어드러로 든단 말고 • 삼각산 뎨일봉이 ᄒᄆ면 뵈리로다	→	연군지정 (한양에 있는 임금을 생각하는 마음)
고신거국에 빅발도 하도 할샤	→	우국지정 (임금 곁을 떠나며 나라에 대해 걱정하는 마음)
회양 녜 일홈이 마초아 ᄀ톨시고 / 급댱유 풍치를 고텨 아니 볼 게이고	→	선정에 대한 포부 (급장유처럼 선정을 펼치는 관찰사가 되고 싶은 마음)

[본사 1] 금강산(산)

영듕(營中)이 무ᄉ(無事)ᄒ고 시졀(時節)이 삼월(三月)인 제
　　　관내가 태평하고 → 선정의 과시

화천(花川) 시내길히 풍악(風岳)*으로 버더 잇다
　　　봄이지만 흥취를 돋우기 위해 금강산의 가을 이름을 사용함

ᄒᆡ장(行裝)을 다 썰티고 셕경(石逕)*의 막대 디퍼
　　　간소한 차림으로　　　　　　▨▨▨: 화자의 여정

ᄇᆡᆨ천동(百川洞) 겨ᄐᆡ 두고 만폭동(萬瀑洞) 드러가니

은(銀) ᄀᆞᄐᆞᆫ 무지게 옥(玉) ᄀᆞᄐᆞᆫ 룡(龍)의 초리
　　　만폭동 폭포의 모습 묘사(대구법, 직유법, 은유법)

섯돌며* ᄲᅮᆷᄂᆞᆫ 소리 십 리(十里)의 ᄌᆞ자시니
　　　과장법(청각적 심상)

들을 제ᄂᆞᆫ 우레러니 보니ᄂᆞᆫ 눈이로다
　　└─ 만폭동 폭포의 역동적 모습(대구법, 은유법)

금강ᄃᆡ(金剛臺) 믠 우층(層)의 션학(仙鶴)*이 삿기 치니
　　　　　　　도교적 신선 사상

츈풍(春風) 옥덕셩(玉笛聲)의 첫ᄌᆞᆷ을 ᄭᆡ돗던디
　　　옥피리 소리

호의현샹(縞衣玄裳)*이 반공(半空)*의 소소 ᄯᅳ니
　　　학

셔호(西湖) 녯 쥬인(主人)*을 반겨셔 넘노ᄂᆞᆫ 듯　　▶ 본사 1-①: 만폭동 폭포의 모습과 금강대의 션학
중국 송나라 때 서호에 은거했던 시인 임포 → 화자 자신(정철)

- 영듕: 감영 안. '감영'은 조선 시대에 관찰사가 직무를 보던 관아를 뜻함.
- 풍악: 가을의 금강산을 이름. 금강산은 봄에는 금강산, 여름에는 봉래산, 가을에는 풍악산, 겨울에는 개골산으로 불림.
- 셕경: 돌이 많은 좁은 길.
- 섯돌며: 섞여 돌며.
- 션학: 신선이 타고 다닌다는 학.
- 호의현샹: 흰 비단 저고리와 검은 치마 차림. 학의 모습을 비유적으로 이르는 말.
- 반공: 땅으로부터 그리 높지 않은 허공.

🖊 현대어 풀이

[본사 1-①]
감영 안이 무사하고, 시절이 3월인 때,
화천의 시내 길이 금강산으로 뻗어 있다.
행장을 간편히 하고, 돌길에 지팡이를 짚어
백천동을 지나서 만폭동으로 들어가니
은 같은 무지개, 옥 같은 용의 꼬리
섞여 돌며 내뿜는 소리가 십 리 밖까지
퍼졌으니
멀리서 들을 때에는 우렛소리 같더니 가
까이에서 보니 눈이 날리는 것 같구나.
금강대 맨 꼭대기에 학이 새끼를 치니
봄바람에 들려오는 옥피리 소리에 선잠
을 깨었던지
흰 저고리 검은 치마로 단장한 학이 공중
에 솟아 뜨니
서호의 옛 주인 임포를 반기듯 나를 반겨
넘나들며 노는 듯하구나.

• 금강산 유람 여정 ①

| 만폭동 | 폭포 | 폭포의 장관을 비유적·감각적으로 표현함 |
| 금강ᄃᆡ | 션학 | 금강대의 션학이 화자 자신을 반긴다고 하여 도교적 신선 사상을 드러냄 |

• 만폭동 폭포의 장관 묘사

은 ᄀᆞᄐᆞᆫ 무지게 옥 ᄀᆞᄐᆞᆫ 룡의 초리	들을 제ᄂᆞᆫ 우레러니 보니ᄂᆞᆫ 눈이로다
↓	↓
'은', '무지게', '옥', '룡의 초리'에 비유하여 폭포의 고결하고 힘찬 모습 묘사	• 폭포의 역동적 모습 묘사 • 우레=폭포의 물소리(청각) • 눈=폭포의 물보라(시각)
대구법, 직유법, 은유법	대구법, 은유법

• '셔호 녯 쥬인'과 화자

| 셔호 녯 쥬인을 반겨셔 넘노ᄂᆞᆫ 듯 |
| ↓ |
| 화자가 자신을 송나라의 시인 임포에 빗댄 표현으로 금강대에서의 풍류를 드러냄 |

쇼향노(小香爐) 대향노(大香爐) 눈 아래 구버보고
　만폭동 어귀의 두 봉우리

졍양〈(正陽寺) 진헐딕(眞歇臺) 고텨 올나 안준마리
　표훈사 북쪽의 절　■: 화자의 여정

녀산(廬山) 진면목(眞面目)이 여긔야 다 뵈ᄂᆞ다
　중국 여산의 참모습 → 금강산의 아름다운 경치 비유

어와 조화옹(造化翁)이 헌ᄉᆞ토 헌ᄉᆞ홀샤
　야단스럽기도 야단스럽구나 - 매우 아름다워 놀랍다는 의미(영탄법)

늘거든 쒸디 마나 셧거든 솟디 마나
　송순의 〈면앙졍가〉에서 영향을 받음

부용(芙蓉)을 고잣ᄂᆞᆫ 듯 빅옥(白玉)을 믓것ᄂᆞᆫ 듯 ⎤
　연꽃　　　━━ 아름다운 산봉우리　　　　　　　　　 ├ 산봉우리의 변화무쌍한 모습
동명(東溟)을 박ᄎᆞᄂᆞᆫ 듯 북극(北極)을 괴왓ᄂᆞᆫ 듯 ⎦ （대구, 직유, 활유법)
　동해　　　　　　　　　 북극성(임금)

높흘시고 망고딕(望高臺) 외로올샤 혈망봉(穴望峰)이
　　　━━ 화자의 지조와 절개를 산세에 빗댐(의인, 대구, 도치법)

하ᄂᆞᆯ의 추미러 므ᄉᆞ 일을 ᄉᆞ로리라
　임금

쳔만겁(千萬劫)＊디나ᄃᆞ록 구필 줄 모ᄅᆞᄂᆞᆫ다

어와 너여이고 너 ᄀᆞᄐᆞ니 ᄯᅩ 잇ᄂᆞᆫ가,　　　　▶ 본사 1-②: 진헐대에서 바라본 금강산의 절경
　망고대, 혈망봉(의인법)　「 」: 충신(화자)의 곧은 절개를 우뚝 솟은 망고대와 혈망봉에 비유함

■ 조화옹: 만물을 창조하는 노인이라는 뜻으로, '조물주'를 이르는 말.
■ 천만겁: 아주 길고 오랜 세월.

✎ 현대어 풀이

[본사 1-②]
소향로봉 대향로봉 눈 아래 굽어보고
정양사 진헐대 다시 올라 앉았더니
여산의 진면목이 여기서 다 보인다.
아아! 조물주의 솜씨가 야단스럽기도 야
단스럽구나.
날거든 뛰지 말거나 섰거든 솟지 말거나
연꽃을 꽂은 듯 백옥을 묶은 듯
동해를 박차는 듯 북극을 괴는 듯
높을시고 망고대 외롭구나 혈망봉이
하늘에 치밀어 무슨 일을 아뢰려고
천만겁 지나도록 굽힐 줄 모르는가?
아아! 너로구나! 너 같은 이 또 있는가?

・금강산 유람 여정 ②

진헐딕	망고딕 혈망봉	여산의 진면목이 여기서 다 보인다고 하며, 화자의 지조와 절개를 망고대, 혈망봉의 산세에 비유함

・망고딕, 혈망봉의 장관

망고딕 혈망봉	・높흘시고 ・외로올샤 ・천만겁 디나ᄃᆞ록 구필 줄 모ᄅᆞᄂᆞᆫ다	→	강직하고 지조 있는 신하 (= 화자)

↓

・굽힐 줄 모르는 강직한 자세로 우뚝 솟은 망고대와 혈망봉의 모습에서 임금에게 간언하고 나라에 충성하는 강직한 신하를 떠올림
・'어와 너여이고 너 ᄀᆞᄐᆞ니 ᄯᅩ 잇ᄂᆞᆫ가'라고 하여 자신도 망고대와 혈망봉처럼 절개를 지키는 신하가 되고자 함

기심디(開心臺) 고텨 올나 듕향성(衆香城) ᄇ라보며
□□: 화자의 여정   금강산의 봉우리
만 이쳔 봉(萬二千峰)을 녁녁(歷歷)히 혜여ᄒ니
금강산(대유법)   헤아리니
봉(峰)마다 밋쳐 잇고 긋마다 서린 긔운
산의 정기
묽거든 조티 마나 조커든 묽디 마나
맑고 깨끗한 산의 정기(대구법, 연쇄법) – 송순의 〈면앙정가〉에서 영향을 받음
뎌 긔운 흐터 내야 인걸(人傑)을 ᄆ들고쟈
인재를 양성하고 싶은 마음 – 우국지정
형용(形容)도 그지업고 톄셰(體勢)도 하도 할샤
텬디(天地) 삼기실 제 ᄌ연(自然)이 되연마는
저절로
이제 와 보게 되니 유졍(有情)도 유졍(有情)홀샤
조물주의 뜻이 담겨 있구나(영탄법)
비로봉(毗盧峰) 샹샹두(上上頭)의 올라 보니 긔 뉘신고
맨 꼭대기
「동산(東山) 태산(泰山)이 어ᄂ야 놉돗던고
중국에 있는 산
노국(魯國) 조븐 줄도 우리ᄂ 모ᄅ거든
공자의 고국
넙거나 넙은 텬하(天下) 엇찌ᄒ야 젹닷 말고
어와 뎌 디위를 어이ᄒ면 알 거이고
공자의 정신적 경지
오ᄅ디 못ᄒ거니 ᄂ려가미 고이홀가」
비로봉에 올라갈 수 없는 자신의 처지를 정당화함(설의법)

「」: "동산에 올라보니 노나라가 즙게 보이고, 태산에 올라보니 천하가 작게 보인다."라고 한 공자의 말을 떠올리며 공자의 정신적 경지(호연지기*)를 예찬함

*호연지기: 하늘과 땅 사이에 가득 찬 넓고 큰 원기. 거침없이 넓고 큰 기개

▶ 본사 1-③: 개심대에서 바라본 비로봉의 모습

■ 인걸: 특히 뛰어난 인재.
■ 톄셰: 모양새.
■ 노국: 중국 노나라.

🖊 현대어 풀이

[본사 1-③]
개심대 다시 올라 중향성 바라보며
만 이천 봉을 역력히 헤아리니,
봉마다 맺혀 있고 끝마다 서린 기운
맑거든 깨끗지 말거나 깨끗하거든 맑지 말거나
저 기운 흩어 내어 인걸을 만들고 싶다.
형용도 끝이 없고 체세도 많고 많다.
천지 생기실 때 저절로 됐건마는
이제 와 보게 되니 유정도 유정하구나.
비로봉 꼭대기에 올라 본 이 누구신가?
동산과 태산 중 어느 것이 (비로봉보다) 높던가?
노국 좁은 줄도 우리는 모르거늘
넓고도 넓은 천하 어찌하여 작단 말인가?
아이! 저 경지를 어찌하면 알 것인가?
오르지 못하거니 내려감이 이상할까?

• 금강산 유람 여정 ③

| 기심디 | 듕향성 비로봉 | 동산, 태산에 올라 천하를 작게 여긴 공자의 호연지기를 부러워함 |

• 화자의 우국지정

뎌 긔운 흐터 내야 인걸을 ᄆ돌고쟈
금강산의 맑은 정기로 뛰어난 인물을 만들고 싶음
↓
당쟁으로 얼룩진 나라의 기강을 바로잡을 인재의 출현을 바람
↓
우국지정

원통(圓通)골 ᄀᆞᄂᆞ 길로 ᄉᆞ자봉(獅子峰)을 ᄎᆞ자가니
　　　　　　좁은 길

그 알ᄑᆡ 너러바회 화룡(火龍)쇠 되여셰라
　　　　 넓은 바위　▨▨: 화자의 여정

「천년(千年) 노룡(老龍)이 구비구비 서려 이셔
'화룡소의 굽이치는 물'과 '화자 자신'을 비유(중의법)

듀야(晝夜)의 흘녀내여 창ᄒᆡ(滄海)예 니어시니

풍운(風雲)을 언제 어더 삼일우(三日雨)를 디련ᄂᆞᆫ다
바람과 구름 − 선정의 여건　　삼일 동안 내리는, 농사에 흡족한 비 − '선정'을 비유

음애(陰崖)예 이온 플을 다 살와 내여ᄉᆞ라」　　▶ 본사 1−④: 화룡소에서 느낀 선정에 대한 포부
그늘진 언덕의 시든 풀 − 힘들게 살아가는 백성　　「」: 선정에 대한 포부. 애민 정신이 드러남

마하연(磨訶衍) 묘길샹(妙吉祥) 안문(雁門)재 너머 디여
만폭동의 가장 깊은 골짜기　　└ 돌벽에 새긴 커다란 불상

외나모 뼈근 ᄃᆞ리 블뎡ᄃᆡ(佛頂臺) 올라ᄒᆞ니
　　　　　썩은 다리

천심절벽(千尋絶壁)을 반공(半空)애 셰여 두고
　높이가 천 길이나 되는 절벽

「은하슈(銀河水) 한 구비를 촌촌이 버혀 내여
「」: 십이 폭포의 장관 묘사(은유법. 직유법. 대구법)

실ᄀᆞ티 플텨이셔 뵈ᄀᆞ티 거러시니」
폭포의 근경　　　　 폭포의 원경

도경(圖經) 열두 구비 내 보매ᄂᆞᆫ 여러히라

니뎍션(李謫仙) 이제 이셔 고텨 의논ᄒᆞ게 되면
　　당나라 시인 이백

녀산(廬山)이 여긔도곤 낫단 말 못ᄒᆞ려니　　　▶ 본사 1−⑤: 불정대에서 바라본 십이 폭포의 장관
이백의 〈망여산 폭포〉에 나오는 중국의 여산 폭포

- 창ᄒᆡ: 넓고 큰 바다.
- 풍운: 바람과 구름을 아울러 이르는 말. 용이 바람과 구름을 타고 하늘로 오르는 것처럼 영웅호걸들이 세상에 두각을 나타내는 좋은 기운.
- 삼일우: 삼 일 동안 오는 비. 가뭄을 해소해 주는 비라는 점에서 임금의 은총이나 선정을 비유하는 말.
- 음애: 햇빛이 들지 않는 낭떠러지나 언덕. '음애예 이온 플'은 햇빛이 들지 않는 낭떠러지나 언덕의 시든 풀.
- 천심절벽: 천 길이나 되는 높은 절벽.
- 촌촌이: 마디마디.
- 도경: 산수의 지세(地勢)를 그림으로 그려 설명한 책.
- 니뎍션: 적선은 하늘에서 내려온 신선을 뜻하며, 이적선은 당나라 때 시인 이백(701~762)을 말함. 중국 최고의 시인으로 추앙되며 여산 폭포를 묘사한 〈망여산 폭포〉라는 시가 잘 알려져 있음.

🖉 현대어 풀이

[본사 1−④]
원통골 좁은 길로 사자봉을 찾아가니,
그 앞에 넓은 바위 화룡소가 되었구나.
천년 노룡이 굽이굽이 서려 있어
밤낮으로 흘러내려 창해에 이었으니,
풍운을 언제 얻어 삼일우를 내리려나.
음애에 시든 풀을 다 살려 내려무나.

[본사 1−⑤]
마하연, 묘길상, 안문재를 넘어 내려가
외나무 썩은 다리 건너 불정대에 오르니
천 길이나 되는 절벽을 공중에 세워 두고
은하수 큰 굽이를 마디마디 잘라 내어
실같이 풀어서 베처럼 걸어 놓았으니
도경에는 열두 굽이라 하였으나, 내가 보기에는 더 되어 보인다.
만일 이백이 지금 있어서 다시 의논하게 되면
여산 폭포가 여기보다 낫다는 말은 못할 것이다.

감상 포인트
화자의 여정과 기행 과정에서의 감상 및 현실 인식을 파악한다.

- 금강산 유람 여정 ④

- 선정에 대한 포부

천년 노룡	경륜과 포부를 지닌 화자 자신
풍운	선정을 베풀 기회
삼일우	선정, 임금의 은총
음애예 이온 플	헐벗고 굶주린 백성

↓

노룡이 삼일우를 내려 풀을 살려 내듯이 화자도 굶주린 백성에게 선정을 베풀겠다는 실천 의지를 드러내고 있음

★주목 산듕(山中)을 믹양 보랴 동ᄒᆡ(東海)로 가쟈ᄉᆞ라
　　　　금강산　　　　　　　　　바다

남여완보(藍輿緩步)ᄒᆞ야 산영누(山映樓)의 올나ᄒᆞ니
　　　　　　　　　　　　　　　　화자의 여정

「년농(玲瓏) 벽계(碧溪)와 수셩(數聲) 뎨됴(啼鳥)」는 니별(離別)을 원(怨)ᄒᆞᄂᆞᆫ 듯
　　　　눈부시게 맑은 시냇물　　아름다운 소리로 우는 새　「」: 주객전도(금강산을 떠나는 아쉬운 마음)
□: 감정 이입의 대상

「졍긔(旌旗)를 썰티니 오ᄉᆡᆨ(五色)이 넘노ᄂᆞᆫ 듯
　　깃발이 서로 뒤섞여 나부끼는 모양

고각(鼓角)을 섯부니 ᄒᆡ운(海雲)이 다 것ᄂᆞᆫ 듯」
　　　　　　　　　　「」: 관찰사 행렬의 위풍당당한 모습(대구법)

명사(鳴沙)길 니근 ᄆᆞᆯ이 취션(醉仙)을 빗기 시러
　　　　　　　　　취한 신선 – '화자 자신'(도교적 신선 사상)

바다ᄒᆞᆯ 겻틱 두고 ᄒᆡ당화(海棠花)로 드러가니

ᄇᆡᆨ구(白鷗)야 ᄂᆞ디 마라 네 버딘 줄 엇디 아ᄂᆞᆫ
갈매기와 벗하며 자연에서 노닐고자 함 – 물아일체, 자연 친화 사상
　　　　　　　　　　　　　　　▶ 본사 2-①: 금강산에서 동해로 향하는 감회

금난굴(金蘭窟) 도라드러 총셕뎡(叢石亭) 올라ᄒᆞ니
옥황상제가 거처하는 누각

ᄇᆡᆨ옥누(白玉樓) 남은 기동 다만 네히 셔 잇고야 ⌐
　총석정에서 바라본 네 개의 돌기둥　　사선봉
공슈(工倕)의 셩녕인가 귀부(鬼斧)로 다ᄃᆞ믄가 │ 사선봉의 모습 예찬
바위의 기이한 자태가 마치 장인이 만들거나 귀신의 도끼로 다듬은 것 같음
구ᄐᆞ야 뉵면(六面)은 므어슬 샹(象)톳던고 ⌐
　　　　　　　　　　　　　　　▶ 본사 2-②: 총석정의 장관

■ 남여완보: 뚜껑이 없는 작은 가마를 타고 천천히 감.
■ 고각: 군중(軍中)에서 호령할 때 쓰던 북과 나팔.
■ 명사: 아주 곱고 깨끗한 모래.
■ 공슈: 옛날 중국의 유명한 장인.
■ 셩녕: 연장을 제작하는 솜씨. 혹은 그 작품.
■ 귀부: 귀신의 도끼라는 뜻으로, 신기한 연장이나 훌륭한 세공(細工)을 이르는 말.
■ 샹톳던고: 형상했는가. 본떴는가.

🖋 현대어 풀이

[본사 2-①]
내금강을 매일 보랴. 동해로 가자.
남여를 타고 천천히 걸어서 산영루에 오르니
영롱한 시냇물과 여러 소리의 산새는 나와의 이별을 원망하는 듯하고
깃발을 휘날리니 오색 기폭이 넘나드는 듯하며
북과 나팔을 섞어 부니 바다 구름이 다 걷히는 듯하다.
모랫길에 익숙한 말이 취한 신선을 비스듬히 태우고
해변의 해당화 핀 꽃밭으로 들어가니
흰 갈매기야 날지 마라, 내가 네 벗인 줄 어찌 아느냐?

[본사 2-②]
금란굴 돌아들어 총석정에 올라가니,
옥황상제가 거처하던 백옥루의 기둥이 네 개만 서 있는 듯하구나.
공수가 만든 작품인가, 조화를 부리는 귀신의 도끼로 다듬었는가?
구태여 육면으로 된 돌기둥은 무엇을 본떴는가?

• 관동 팔경 유람 여정 ①

↓

• 공간의 이동

산듕(금강산)
• 위정자로서의 모습과 생각 　= 선정, 책임감 • 유교적 충의 사상

↓ 이동

동ᄒᆡ(바다)
• 개인적인 인간으로서의 욕망 = 풍류 • 도교적 신선 사상

고셩(高城)을란 뎌만 두고 삼일포(三日浦)를 ᄎᆞ자가니
신라의 네 화랑이 삼 일 동안 머물렀던 장소
■: 화자의 여정

단셔(丹書)ᄂᆞᆫ 완연(宛然)ᄒᆞ되 ᄉᆞ션(四仙)은 어ᄃᆡ 가니
붉은 글씨 – 삼일포 남쪽 절벽에 '영랑도남석행'이라고 쓰여 있었음
신라의 네 화랑

예 사흘 머믄 후(後)의 어ᄃᆡ 가 ᄯᅩ 머믈고
'삼일포' 지명의 유래

션유담(仙遊潭) 영낭호(永郎湖) 거긔나 가 잇ᄂᆞᆫ가
사선이 놀았다는 연못

쳥간뎡(淸澗亭) 만경ᄃᆡ(萬景臺) 몃 고ᄃᆡ 안돗던고   ▶ 본사 2-③: 삼일포에서 생각하는 사선

니화(梨花)는 ᄇᆞᆯ셔 디고 졉동새 슬피 울 제
계절적 배경 – 늦봄

낙산(洛山) 동반(東畔)으로 의샹ᄃᆡ(義相臺)예 올라 안자
동쪽 언덕

일츌(日出)을 보리라 밤듕만 니러ᄒᆞ니
임금   한밤중에 일어나니 – 일출에 대한 기대

샹운(祥雲)이 집픠ᄂᆞᆫ 동 뉵농(六龍)이 바퇴ᄂᆞᆫ 동 → 해 뜨기 전
상서로운 구름   충신

바다히 ᄯᅥ날 제ᄂᆞᆫ 만국(萬國)이 일위더니 → 해 뜨는 중
솟아오를   일렁거리더니

텬듕(天中)의 티쓰니 호발(毫髮)을 혜리로다 → 해 뜬 후
가늘고 짧은 털. 아주 작은 물건

아마도 녈구름 근쳐의 머믈셰라 – 우국지정
이백의 시 〈등금릉봉황대〉에서 인용한 구절 – 간신배들이 임금의 총애를 흐리게 할까 걱정함
간신

시션(詩仙)은 어ᄃᆡ 가고 ᄒᆡ타(咳唾)만 나맛ᄂᆞ니
이백   훌륭한 사람의 말이나 글 – 이백의 시구를 의미함

텬디간(天地間) 장(壯)ᄒᆞᆫ 긔별 ᄌᆞ셔히도 홀셔이고   ▶ 본사 2-④: 의상대에서 바라본 일출
이백이 〈등금릉봉황대〉에서 묘사한 일출의 장관

■ 일출의 장관

■ 단셔: 붉은 글씨. '영랑도남석행(永郎徒南石行)'이라는 글씨가 있었다 함.
■ ᄉᆞ션: 신라 때의 국선(화랑의 지도자) 네 사람.
■ 일위더니: 일렁거리더니.

🖋 현대어 풀이

[본사 2-③]
고성을 저만큼 두고 삼일포를 찾아가니
단서는 뚜렷이 남아 있으나 이 글을 쓴
사선은 어디로 갔는가?
여기서 사흘 동안 머문 뒤에 어디 가서
또 머물렀던가?
선유담, 영랑호 거기나 가 있는가?
청간정, 만경대를 비롯하여 몇 군데에 앉
았던가?

[본사 2-④]
배꽃은 벌써 지고 소쩍새 슬피 울 때,
낙산사 동쪽 언덕으로 의상대에 올라 앉아
해돋이를 보려고 밤중에 일어나니
상서로운 구름이 뭉게뭉게 피어나는 듯,
여섯 마리 용이 해를 떠받치는 듯
바다에서 솟아오를 때는 만국이 흔들리
는 듯하더니
하늘에 치솟아 뜨니 터럭도 헤아릴 만큼
밝도다.
혹시나 지나가는 구름이 해 근처에 머물
까 두렵다.
시선(이백)은 어디 가고 시구만 남았는가?
천지간 굉장한 소식이 자세히도 표현되
었구나.

• 관동 팔경 유람 여정 ②

삼일포	사선	삼일포에서 삼 일 동안 놀았다 던 신라의 네 화랑을 추모함
↓		
의상ᄃᆡ	일출	일출의 장관을 지켜보며, 우국 지정의 마음을 표현함

• '삼일포' 이름의 유래

강원도 고성군에 있는 호수. 신라 때
네 화랑(사선)이 이곳에 왔다가 아름
다운 경치에 반하여 사흘을 머물렀다
고 하는 데서 유래한 명칭

• 시어, 시구의 비유적 의미

일(日)	임금
뉵뇽	충신
호발을 혜리로다	임금의 총명과 예지
녈구름	간신배

↓

해가 떠오르는 장관에 빗대어 임금의
총명과 예지를 예찬하고, 우국지정을
드러냄

사양(斜陽) 현산(峴山)의 덕툭(躑躅)을 므니불와
　석양　　양양 북쪽의 산　　　철쭉　　: 화자의 여정

우개지륜(羽蓋芝輪)이 경포(鏡浦)로 ᄂ려가니
신선이 탄다는 수레 – '화자 자신'을 신선에 비유(도교적 신선 사상)

십 리(十里) 빙환(氷紈)을 다리고 고텨 다려
얼음같이 희고 깨끗한 명주 – '경포호의 물결'을 비유

댱숑(長松) 울흔 소개 슬ᄏ장 펴뎌시니
　　　　　　　　　　　　실컷

믈결도 자도 잘샤 모래를 혜리로다
물속 모래알을 셀 수 있을 만큼 경포호가 잔잔함

고쥬 히람(孤舟解纜)ᄒ야 뎡ᄌ(亭子) 우히 올나가니
　외로운 배의 닻줄을 풀어

강문교(江門橋) 너믄 겨틔 대양(大洋)이 거긔로다
　　　　　　　　　　　　 동해 바다

「동용(從容)ᄒ다 이 긔샹(氣像) 활원(闊遠)ᄒ다 뎌 경계(境界)」
　조용하구나　　　경포의 기상　　넓고 아득하구나　대양의 경계　「」: 대구법

이도곤 ᄀ존 디 ᄯᅩ 어듸 잇닷 말고
경포보다 아름다운 경치를 가진 곳이 없음(설의법)

홍장 고ᄉ(紅粧古事)를 헌ᄉ타 ᄒ리로다
홍장의 고사가 야단스러울 정도로 조용하고 아름다운 경포호

강능(江陵) 대도호(大都護) 풍속(風俗)이 됴흘시고
　　　　　　　　　　　　　　　　　　강릉 지방의 미풍양속 예찬
절효정문(節孝旌門)이 골골이 버러시니
　　　　　　　　　　　　　→ 이와 같은 풍속을 낳을 만큼 태평성대임
비옥가봉(比屋可封)이 이제도 잇다 ᄒ다
늘어선 집들이 모두 벼슬을 줄 만한 요순 시절의 태평성대임

→ 화자 자신의 선정 과시

경포의 아름다움 예찬

▶ 본사 2-⑤: 경포의 아름다운 풍경과 강릉의 미풍양속

- 우개지륜: 예전에, 녹색의 새털로 된, 왕후(王侯)의 수레를 덮던 덮개. 또는 그 수레.
- 빙환: 얼음같이 희고 빛이 고운 명주.
- 홍장 고ᄉ: 고려 말의 강원 감사 박신이 임기가 끝나 서울로 돌아갈 때, 강릉 부사가 경포에 뱃놀이를 준비하고 강릉의 명기였던 홍장을 선녀로 변장시켜 박신을 유혹하게 한 일.
- 절효정문: 충신·효자·열녀 등을 표창하고 그 정신을 기리기 위하여 세운, 붉은 칠을 한 문.
- 비옥가봉: 집집마다 덕행이 있어 모두 표창할 만하다는 뜻으로, 나라에 어진 사람이 많음을 비유적으로 이르는 말.

✏ 현대어 풀이

[본사 2-⑤]
석양 현산의 철쭉을 잇달아 밟아
우개지륜을 타고 경포로 내려가니
십 리 빙환을 다리고 다시 다려
큰 소나무 울창한 속에 실컷 펼쳤으니
물결도 잔잔하기도 잔잔하구나 모래를 헤아리겠도다.
배 한 척을 띄워 정자 위에 올라가니
강문교 넘은 곁에 대양이 거기로다.
조용하구나 이 기상 넓고 아득하구나 저 경계
이보다 갖춘 곳 또 어디 있단 말인가?
홍장 고사를 요란타 하리로다.
강릉 대도호 풍속이 좋을시고.
절효정문이 동네마다 벌였으니,
비옥가봉이 이제도 있다 하겠구나.

• 관동 팔경 유람 여정 ③

• 경포의 아름다움 예찬

진쥬관(眞珠館) 듁셔루(竹西樓) 오십쳔(五十川) ᄂᆞ린 믈이
├ 삼척 ▨: 화자의 여정
│ 오십천의 물을 임금 계신
│ 한양에 닿게 하고 싶음
│ – 연군지정

태ᄇᆡᆨ산(太白山) 그림재ᄅᆞᆯ 동ᄒᆡ(東海)로 다마 가니

ᄎᆞᆯ하리 한강(漢江)의 목멱(木覓)의 다히고져
서울 남산의 옛 이름

왕뎡(王程)이 유ᄒᆞᆫ(有限)ᄒᆞ고 풍경(風景)이 못 슬믜니
├ 관원의 여정 싫증나지 않으니
│ 관리로서의 책임감과 자연을
│ 즐기고자 하는 욕망 사이에
│ 서 갈등하는 화자

유회(幽懷)도 하도 할샤 긱수(客愁)도 둘 ᄃᆡ 업다
나그네의 쓸쓸한 심정

션사(仙槎)ᄅᆞᆯ 씌워 내여 두우(斗牛)로 향(向)ᄒᆞ살가
├ 신선 세계에 대한 동경과
│ 심리적 방황을 드러냄

션인(仙人)을 ᄎᆞ즈려 단혈(丹穴)의 머므살가
├ 신라의 사선 사선이 머물렀다는 동굴

▶ 본사 2-⑥: 듁셔루에서 느끼는 객수

★주목 · 텬근(天根)을 못내 보와 망양뎡(望洋亭)의 올은말이
하늘의 끝

바다 밧근 하ᄂᆞᆯ이니 하ᄂᆞᆯ 밧근 무서신고
□ 은유적 표현

ᄀᆞ득 노ᄒᆞᆫ 고래 뉘라셔 놀내관ᄃᆡ
거칠고 큰 파도(은유법)

블거니 뿜거니 어즈러이 구ᄂᆞᆫ디고
├ 성난 파도와 부서지는 물보라를
│ 감각적, 비유적 표현을 활용하여
│ 역동적으로 묘사함

은산(銀山)을 것거 내여 뉵합(六合)의 ᄂᆞ리ᄂᆞᆫ 듯
높이 솟아 부서지는 흰 파도(은유법) 온 세상

오월(五月) 댱텬(長天)의 ᄇᆡᆨ셜(白雪)은 므ᄉᆞ 일고
하얗게 부서지는 물보라(은유법)

▶ 본사 2-⑦: 망양정에서 본 파도의 모습

- 왕뎡: 임금의 일로 다니는 여정.
- 유회: 마음속 깊이 품은 생각.
- 션사: 신선이 탄다는 배.
- 두우: 북두성과 견우성.
- 텬근: 하늘의 맨 끝을 상상하여 이르는 말.
- 뉵합: 천지와 사방을 통틀어 이르는 말. 곧, 하늘과 땅, 동·서·남·북임.

🖊 **현대어 풀이**

[본사 2-⑥]
진주관 죽서루 오십천 내린 물이
태백산 그림자 동해로 담아 가니,
차라리 한강의 목멱(남산)에 닿게 하고 싶다.
왕정이 유한하고 풍경이 싫증나지 않으니,
유회도 많기도 많고 객수도 둘 곳 없다.
선사를 띄워 내어 북두칠성과 견우성으로 향할까?
선인을 찾으려 단혈에 머무를까?

[본사 2-⑦]
하늘의 끝을 끝내 보지 못하고 망양정에 오르니
바다 밖의 하늘인데 하늘 밖은 무엇인가?
가뜩이나 성난 고래를 누가 놀라게 하기에
물을 불거니 뿜거니 하면서 어지럽게 구는 것인가?
은산을 꺾어 내어 온 세상에 흩뿌려 내리는 듯
오월 드높은 하늘에 백설은 무슨 일인가?

· 관동 팔경 유람 여정 ④

· 화자의 내적 갈등

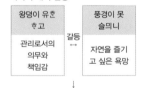

져근덧 밤이 드러 풍낭(風浪)이 뎡(定)ᄒ거늘
　　잠깐 사이에　　　　　　　　　가라앉거늘
부상(扶桑)＊지쳑(咫尺)의 명월(明月)을 기ᄃ리니
　　　　　　　　　　　　　　　　달맞이
셔광(瑞光) 쳔댱(千丈)이 뵈ᄂᆞᆫ 듯 숨ᄂᆞᆫ고야
　천 길만큼 뻗은 상서로운 빛 – 달빛
쥬렴(珠簾)＊을 고려 것고 옥계(玉階)ᄅᆞᆯ 다시 쓸며
　　　　　　　　　　옥같이 희고 고운 섬돌
계명셩(啓明星) 돗도록 곳초 안자 ᄇᆞ라보니
　금성
「ᄇᆡᆨ년화(白蓮花) ᄒᆞᆫ 가지ᄅᆞᆯ 뉘라셔 보내신고
　흰 연꽃 → 달 → 임금의 은혜(은유법)
일이 됴흔 셰계(世界) ᄂᆞᆷ대되 다 뵈고져」『 ♬ 선정에 대한 포부, 애민 정신
　　　　　　　　　남(백성)에게
뉴하쥬(流霞酒)＊ᄀᆞ득 부어 ᄃᆞᆯᄃᆞ려 무론 말이
　화자 자신을 신선에 비유
영웅(英雄)은 어ᄃᆡ 가며 ᄉᆞ션(四仙)은 긔 뉘러니
　　　이백
아미나 맛나 보아 녯 긔별 뭇쟈 ᄒᆞ니
　　　영웅과 사선의 소식
션산(仙山) 동ᄒᆡ(東海)예 갈 길히 머도 멀샤

　　　　　　　　　　　　　　　　　▶ 결사 1: 망양정에서의 달맞이

■ 부상: 해가 뜨는 동쪽 바다.
■ 쥬렴: 구슬을 꿰어 만든 발.
■ 뉴하쥬: 신선이 먹는다는 술.

🖊 현대어 풀이

[결사 1]
잠깐 사이에 밤이 되어 바람과 물결이 가
라앉았기에
해 뜨는 곳이 가까운 동해의 바닷가에서
명월을 기다리니
상서로운 빛줄기가 보이는 듯하다가 숨
는구나.
구슬을 꿰어 만든 발을 다시 걷어 올리고,
옥돌같이 고운 계단을 다시 쓸며
샛별이 돋아 오를 때까지 꼿꼿이 앉아 바
라보니
백련화 한 가지를 어느 누가 보냈는가?
이렇게 좋은 세상을 다른 사람 모두에게
보이고 싶구나.
신선주를 가득 부어 손에 들고 달에게 묻
는 말이
옛날의 영웅은 어디 가고 신라 때 사선은
누구더냐?
아무나 만나 보아 옛 소식을 묻고자 하니.
선산이 있다는 동해로 갈 길이 멀기도 멀
구나.

• 선정에 대한 포부와 애민 정신

ᄇᆡᆨ년화 흔 가지ᄅᆞᆯ 뉘라셔 보내신고		일이 됴흔 셰계 ᄂᆞᆷ대되 다 뵈고져
백련화 ↓ 달 ↓ 임금의 은혜	＋	이렇게 좋은 세상을 다른 사람(백성) 모두에게 보이고 싶음

↓

밝은 달의 아름다운 모습을 모두에게
보여 주고 싶다는 말로 임금의 은혜
를 백성들에게 베풀겠다는 의미임

↓

위정자로서의 선정에 대한 포부와
애민 정신이 드러남

숑근(松根)을 베여 누어 픗줌을 얼픗 드니   현실 → 꿈
　　소나무의 뿌리
쑴애 흔 사룸이 날드려 닐온 말이　○: 신선 △: 화자
화자의 갈등 해결의 매개체
「그딕를 내 모루랴 샹계(上界)예 진션(眞仙)이라
　　　　　　　　　　　하늘나라(선계)
황뎡경(黃庭經) 일즈(一字)를 엇디 그릇 닐거 두고
신선이 읽는다는 도가의 경서
인간(人間)의 내려와셔 우리를 쭐오는다 」
인간 세상(하계)　　　　　　「」: 화자를 선계에서 잘못을 저질러 인간 세상에 내려온 신선으로 표현함
　　　　　　　　　　　　　　　　　　꿈속 신선의 말
져근덧 가디 마오 이 술 흔 잔 머거 보오

북두셩(北斗星) 기우려 챵히슈(滄海水) 부어 내여
　　북두칠성 - 국자　　　　푸른 바닷물 - 술(뉴하쥬)
저 먹고 날 머겨늘 서너 잔 거후로니
　　　　　　　　　　　기울이니
화풍(和風)이 습습(習習)ㅎ야 냥익(兩腋)을 추혀 드니   소동파의 〈적벽부〉에 나오는 '우화이등
슬슬 부는 화창한 바람　　　　　　　　　　　선(羽化而登仙)'이라는 구절에서 연상
구만 리(九萬里) 댱공(長空)애 져기면 눌리로다   한 말. 신선이 된 기분을 하늘로 날아오
　　아득히 높고 먼 하늘　　　　　　　　　　르는 것 같다고 표현한 것
이 술 가져다가 스히(四海)예 고로 눈화   화자(정철)의 말. 목민관으로서 백성을 먼저
온 세상　　　　골고루 나누어　　　　　　　걱정하고, 나중에 즐김 – 선우후락*, 애민 정신
억만창싱(億萬蒼生)을 다 취(醉)케 밍근 후(後)의   *선우후락: 세상의 근심할 일은 남보다 먼저
　　수많은 백성　　　　　　　　　　　　　근심하고 즐거워할 일은 남보다 나중에 즐거
그제야 고텨 맛나 쏘 흔 잔 ᄒ쟛고야　　　　워함

말 디쟈 학(鶴)을 트고 구공(九空)의 올나가니
　　　　옥 피리 소리
공듕(空中) 옥쇼(玉簫) 소릭 어제런가 그제런가

나도 줌을 씨여 바다흘 구버보니   꿈 → 현실

기픠를 모르거니 ᄀ인들 엇디 알리

명월(明月)이 쳔산만낙(千山萬落)의 아니 비쵠 딕 업다
밝은 달 - 임금의 은혜　　온 세상　　　　　　▶ 결사 2: 꿈속에서 신선을 만나 갈등을 해소함

- 황뎡경: 도가(道家)의 경서. 신선이 옥황상제 앞에서 이 경서의 한 글자만 잘못 읽어도 그 죄로 이 세상에 내처진다는 말이 있음.
- 습습ᄒ야: 바람이 산들산들하여.
- 냥익: 양쪽 겨드랑이.
- 구공: 아득히 높고 먼 하늘. '구만리장천'의 준말임.

현대어 풀이

[결사 2]
소나무 뿌리를 베고 누워 선잠이 얼핏 들
었는데
꿈에 한 사람이 나에게 이르기를
그대를 내가 모르랴? 그대는 하늘 나라의
참신선이라.
황정경 한 글자를 어찌 잘못 읽고
인간 세상에 내려와서 우리를 따르는가?
잠시 가지 말고 이 술 한 잔 먹어 보오.
북두칠성과 같은 국자를 기울여 동해물
같은 술을 부어
저 먹고 나에게도 먹이거늘 서너 잔을 기
울이니
온화한 봄바람이 산들산들 불어 양 겨드
랑이를 추켜올리니
구만 리 하늘도 웬만하면 날 것 같구나.
이 술 가져다가 온 세상에 고루 나눠
온 백성을 다 취하게 만든 후에
그제야 다시 만나 또 한 잔 하자꾸나.
말이 끝나자 학을 타고 하늘에 올라가니
공중의 옥퉁소 소리 어제던가 그제던가
나도 잠을 깨어 바다를 굽어보니
깊이를 모르는데 끝인들 어찌 알리.
명월이 온 세상에 아니 비친 곳이 없다.

- 화자의 내적 갈등과 해소

관리로서의 의무와 책임감 (유교적·사회적 가치)	[갈등 해소의 매개체] 쑴	자연을 즐기고 싶은 욕망 (도교적·개인적 가치)

이 술 가져다가 ~ 쏘 흔 잔 ᄒ쟛고야
좋은 것을 백성들과 함께 나눈 후에 다시 만나 술을 먹겠음 (선우후락, 애민 정신)

↓

선정(유교적·사회적 가치)을 펼친 후에 자유로운 삶(도교적·개인적 가치)을 추구하겠다는 결론에 도달함으로써 갈등을 해소함

화자의 정서와 태도 파악

이 작품은 화자가 강원도 관찰사로 부임하여 관동 지방의 절경을 유람하면서 느낀 감회를 담고 있는 것으로, 화자의 여정 및 현실 인식 등을 파악할 수 있어야 한다.

+ 〈관동별곡〉의 전개 및 중심 내용

관찰사 부임 및 관내 순력	한양 → 평구(양주)역 → 흑수(여주) → 섬강 · 치악(원주) → 소양강(춘천) → 동주(철원) → 회양

↓

금강산 유람	만폭동 → 금강대 → 진헐대 → 개심대 → 화룡소 → 불정대

↓

관동 팔경 유람	산영누 → 총석정 → 삼일포 → 의상대 → 경포 → 죽서루 → 망양정

↓

달맞이 및 풍류	망양정에서의 달맞이, 꿈속에서 신선을 만남

+ 〈관동별곡〉에 나타난 작가의 현실 인식

선정에 대한 포부, 애민 정신	• '회양 녜 일홈이 마초아 ᄀ툴시고 / 급댱유 풍치를 고텨 아니 볼 게이고' → 급장유와 같이 선정을 펼치는 관찰사가 되고 싶은 마음을 드러냄 • '쳔년 노룡이 구비구비 서려 이셔 ~ 음애예 이온 플을 다 살와 내여ᄉ라' → 백성들에게 선정을 베풀겠다는 목민관으로서의 자세를 드러냄 • '빅년화 ᄒ 가지룰 뉘라셔 보내신고 / 일이 됴흔 셰계 눔대되 다 뵈고져' → 임금의 은혜를 백성들에게 베풀겠다는 마음을 드러냄
우국지정	• '고신거국에 빅발도 하도 할샤' → 강원도 관찰사가 되어 임금 곁을 떠나며 나라에 대해 걱정하는 마음을 드러냄 • '뎌 긔운 흐터 내야 인걸을 ᄆᆫ돌고쟈' → 금강산의 맑은 정기로 나라의 기강을 바로잡을 인재를 만들고 싶은 마음을 드러냄 • '아마도 녈구름 근처의 머믈셰라' → 간신들이 임금의 총명을 흐리게 할 것에 대한 염려를 드러냄
연군지정	• '쇼양강 ᄂᆞ린 믈이 어드로 든단 말고 ~ 삼각산 뎨일봉이 ᄒᆞ마면 뵈리로다' → '소양강 – 한강 – 한양 – 임금'의 연상으로, 한양에 있는 임금을 그리워하는 마음을 드러냄 • '출하리 한강의 목멱의 다히고져' → 아름다운 태백산의 풍경을 담은 오십천이 임금이 계신 남산으로 흘러가기를 바라는 마음을 드러냄

표현상 특징 파악

이 작품은 다양한 표현 방식으로 경치를 묘사하고 있으므로 표현상 특징을 파악할 필요가 있다. 또한 '적강 모티프'를 활용하여 화자의 상황을 표현하고 있다는 점을 이해할 수 있어야 한다.

+ 표현상 특징

> • 생략과 비약을 통해 관찰사 부임 과정의 복잡한 절차를 간결하게 표현하고 속도감 있게 시상을 전개함
> • 힘차게 쏟아지는 만폭동의 역동적인 모습을 포착하여 대구, 비유적 표현 등을 통해 생생하게 표현함
> • '비로봉 상상두'를 '동산 태산'과 비교하여 공자의 호연지기를 예찬함

+ 적강 모티프의 활용

> • 화자가 스스로를 '취션(취한 신선)'에 비유함
> • 꿈속 신선이 화자를 '상계예 진선이라'고 하여 천상계에서 내려온 존재로 설명함
> • 꿈속 신선이 '황뎡경' 한 글자를 잘못 읽어서 화자가 지상으로 내쳐졌다고 하여, 화자의 현재 삶이 천상계에서 지은 죗값을 치르는 과정과 관련 있음을 드러냄

↓

> 적강 모티프를 통해 화자가 남다른 자질, 능력을 갖춘 인물임을 표현함

• 해제
〈관동별곡〉은 작가가 강원도 관찰사로 임명되어 관내에 있는 내금강과 동해안 지역을 여행하면서 쓴 기행 가사이다. 발길마다 나타나는 빼어난 자연 경관에 대한 찬탄과 함께 관찰사로서의 임무와 자연을 즐기고 싶은 마음 사이에서 갈등하는 화자의 모습을 진솔하게 담아내고 있다. 우리말이 가진 묘미를 잘 살린 표현이 많아 정철 문학의 대표작이자 가사 문학의 백미로 일컬어지고 있다.

• 화자와 시적 상황
화자는 관동의 여러 절경을 유람하면서 자연의 아름다움에 감탄하고, 목민관으로서 우국지정과 선정에 대한 포부를 드러내고 있다.

• 주제
관동 지방의 절경 예찬과 연군, 애민의 정

고어를 현대어에 가깝게 풀어 표기하는 평가원의 최신 경향을 고려하여 작품의 전문을 감상할 수 있어야 한다. (※ '기출 확인'과 직접적인 관련이 있는 부분은 파란 망으로 표시함)

평가원st 순한 맛 지문

[서사]

강호(江湖)에 병이 깊어 죽림(竹林)에 누웠더니
관동(關東) 팔백 리에 방면(方面)을 맡기시니
어와 성은(聖恩)이야 갈수록 망극하다
연추문(延秋門) 들이달아 경회(慶會) 남문(南門) 바라보며
하직(下直)하고 물리나니 옥절(玉節)이 앞에 섰다
평구역(平丘驛) 말을 갈아 흑수(黑水)로 돌아드니
섬강(蟾江)은 어디요 치악(雉嶽)은 여기로다
소양강(昭陽江) 내린 물이 어드러로 든단 말고
고신거국(孤臣去國)에 백발(白髮)이 하도 할샤
동주(東州) 밤 계오 새와 북관정(北寬亭)에 오르니
삼각산(三角山) 제일봉(第一峰)이 하마면 뵈리로다
궁왕(弓王) 대궐(大闕) 터에 오작(烏鵲)이 지저귀니
천고(千古) 흥망(興亡)을 아는가 모르는가
회양(淮陽) 옛 이름이 마초아 같을시고
급장유(汲長孺) 풍채(風彩)를 고쳐 아니 볼 게이고

[본사 1-①]

영중(營中)이 무사(無事)하고 시절(時節)이 삼월(三月)인 제
화천(花川) 시냇길이 풍악(楓嶽)으로 뻗어 있다
행장(行裝)을 다 떨치고 석경(石逕)에 막대 짚어
백천동(百川洞) 곁에 두고 만폭동(萬瀑洞) 들어가니
은(銀) 같은 무지개 옥(玉) 같은 용(龍)의 꼬리
섯돌며 뿜는 소리 십 리(十里)에 잦았으니
들을 제는 우레러니 보니 눈이로다
금강대(金剛臺) 맨 위층에 선학(仙鶴)이 새끼 치니
춘풍(春風) 옥적성(玉笛聲)에 첫잠을 깨었던지
호의현상(縞衣玄裳)이 반공(半空)에 솟아 뜨니
서호(西湖) 옛 주인(主人)을 반겨서 넘노는 듯

[본사 1-②]

소향로(小香爐) 대향로(大香爐) 눈 아래 굽어보고
정양사(正陽寺) 진헐대(眞歇臺) 고쳐 올라 앉았더니
여산(廬山) 진면목(眞面目)이 여긔야 다 보인다
어와 조화옹(造化翁)이 헌사토 헌사할샤
날거든 뛰지 마나 섰거든 솟지 마나
부용(芙蓉)을 꽂는 듯 백옥(白玉)을 묶은 듯
동명(東溟)을 박차는 듯 북극(北極)을 괴는 듯
높을시고 망고대(望高臺) 외로올샤 혈망봉(穴望峰)이
하늘에 치밀어 무슨 일을 아뢰리라
천만겁(千萬劫) 지나도록 굽힐 줄 모르는가
어와 너여이고 너 같은 이 또 있는가

[본사 1-③]

개심대(開心臺) 고쳐 올라 중향성(衆香城) 바라보며
만 이천 봉(萬二千峰)을 역력(歷歷)히 헤아리니
봉마다 맺혀 있고 끝마다 서린 기운
맑거든 좋지 마나 좋거든 맑지 마나
저 기운 흩어 내어 인걸(人傑)을 만들고자
형용(形容)도 그지없고 체세(體勢)도 하도 할샤
천지(天地) 생기실 때 자연(自然)히 됐건마는
이제 와 보게 되니 유정(有情)도 유정할샤
비로봉(毗盧峯) 상상두(上上頭)의 올라 보니 긔 뉘신고
동산(東山) 태산(泰山) 어느 것이 높던가
노국(魯國) 좁은 줄도 우리는 모르거든
넓고도 넓은 천하(天下) 어찌하여 작단 말고
어와 저 지위를 어이하면 알 것인고
오르지 못하거니 내려감이 괴이할까

[본사 1-④]

원통(圓通)골 가는 길로 사자봉(獅子峰)을 찾아가니
그 앞에 너럭바위 화룡소(火龍沼) 되었어라
천년(千年) 노룡(老龍)이 굽이굽이 서려 있어
주야(晝夜)에 흘러내려 창해(滄海)에 이었으니
풍운(風雲)을 언제 얻어 삼일우(三日雨)를 내리려려
음애(陰崖)에 이온 풀을 다 살려 내여스라

[본사 1-⑤]

마하연(摩訶衍) 묘길상(妙吉祥) 안문(雁門)재 넘어 내려
외나무 썩은 다리 불정대(佛頂臺) 오르니
천심절벽(千尋絕壁)을 반공(半空)에 세워 두고
은하수(銀河水) 한 굽이를 촌촌이 버혀 내어
실같이 풀어서 베같이 걸었으니
도경(圖經) 열두 굽이 내 봄에는 여럿이라
이적선(李謫仙) 이제 있어 고쳐 의논하게 되면
여산(廬山)이 여기보다 낫단 말 못하려니

주목 ▶
[본사 2-①]

산중(山中)을 매양 보랴 동해(東海)로 가자스라
남여완보(藍輿緩步)하여 산영루(山映樓)에 오르니
영농(玲瓏) 벽계(碧溪)와 수성(數聲) 제조(啼鳥)는 이별(離別)을 원(怨)하는 듯
정기(旌旗)를 떨치니 오색(五色)이 넘노는 듯
고각(鼓角)을 섞어 부니 해운(海雲)이 다 걷히는 듯
명사(鳴沙)길 익은 말이 취선(醉仙)을 빗기 실어
바다를 곁에 두고 해당화(海棠花)로 들어가니
백구(白鷗)야 날지 마라 네 벗인 줄 어찌 아느냐

🔍 기출 확인

2015학년도 수능 B형

[구절의 의미 파악]
• ⓔ(마하연 묘길상 안문재 너머 디여): 거쳐 온 곳을 열거하면서 행위를 나타내는 서술어를 최소화하여 여정을 압축적으로 표현하고 있다.

1999학년도 수능

[화자의 정서와 태도 파악]
• ⊙(왕명이 유한ᄒ고 풍경이 못 슬믜니, 유회도 하도 할샤, 긱수도 둘 듸 업다): 공인(公人)의 임무를 수행해야 하는 현실적 의무와 새로운 세계에 대한 동경이 얽혀 있다.

2021학년도 6월 평가원

[화자의 정서와 태도 파악]
• '개심대'에서는 선경후정의 방식으로 화자가 바라본 풍경과 그에 대한 감흥이 서술되고 있다.

[표현상 특징 파악]
• 봉우리를 '부용'을 꽂고 '백옥'을 묶은 듯한 시각적 형상으로 묘사하여 대상의 아름다움을 표현하였다.
• 봉우리를 '동명'을 박차고 '북극'을 받치는 듯한 모습에 빗대어 대상의 웅장한 느낌을 표현하였다.
• '날거든 뛰디 마나 섯거든 솟디 마나'와 같이 행위를 부각하는 대구를 통해 봉우리의 역동적인 느낌을 표현하였다.
• '고잣는 듯', '박차는 듯'과 같이 상태나 동작을 보여 주는 유사한 통사 구조의 나열을 통해 봉우리의 다채로운 면모를 표현하였다.

[외적 준거에 따른 감상]

> ┌─ 보기 ─
> 조선의 사대부들은 자연에 하늘의 이치[天理]가 구현된 것으로 보았으며, 그들 중 대부분은 자연의 미를 관념적으로 형상화하였다. 한편 〈관동별곡〉의 작가는 자연의 미를 현실에서 발견하여 사실감 있게 묘사함으로써 그들과의 차별성을 드러내었다. 또한 그는 자연을 바라보며 사회적 책무를 떠올리고 자연에 투사된 이상적 인간상을 모색하기도 하였다.

• '혈망봉'을 '천만겁'이 지나도록 굽히지 않는 존재로 본 것은, 작가가 지향하는 이상적 인간상을 자연에 투사한 것이군.
• '개심대'에서 '뎌 긔운 흐터 내야 인걸을 만들'겠다는 의지를 드러낸 것은, 작가가 자연을 바라보며 자신의 사회적 책무를 인식하고 있음을 보여 주는군.
• '불정대'에서 본 폭포의 아름다움을 '실'이나 '베'와 같은 구체적 사물을 활용하여 표현한 것은, 자연을 사실감 있게 나타내려는 작가의 태도를 반영한 것이군.
• '불정대'에서 본 풍경을 중국의 '여산'과 비교하며 우리 자연의 아름다움을 강조한 것은, 관념이 아닌 현실에서 아름다움을 발견하는 작가의 차별성을 보여 주는군.

[본사 2-②]
　금란굴(金蘭窟) 돌아들어 총석정(叢石亭) 올라
가니
　백옥루(白玉樓) 남은 기둥 다만 넷이 서 있구나
　공수(工倕)의 솜씨인가 귀부(鬼斧)로 다듬었는가
　구태여 육면(六面)은 무엇을 상(象)톳던고

[본사 2-③]
　고성(高城)일랑 저만치 두고 삼일포(三日浦)를
찾아가니
　단서(丹書)는 완연하되 사선(四仙)은 어디 가니
　예 사흘 머문 후(後)의 어디 가 또 머물고
　선유담(仙遊潭) 영랑호(永郎湖) 거기나 가 있는가
　청간정(淸澗亭) 만경대(萬景臺) 몇 곳에 앉았던고

[본사 2-④]
　이화(梨花)는 벌써 지고 접동새 슬피 울 제
　낙산(落山) 동반(東畔)으로 의상대(義相臺)에 올
라 앉아
　일출을 보리라 밤중만 일어나니
　상운(祥雲)이 지피는 동 육룡(六龍)이 받치는 동
　바다에서 떠날 제는 만국(萬國)이 일위더니
　천중(天中)에 치뜨니 호발(毫髮)을 헤리로다
　아마도 녈구름 근처의 머물세라
　시선(詩仙)은 어디 가고 해타(咳唾)만 남았나니
　천지간(天地間) 장(壯)한 기별 자세히도 할셔이고

[본사 2-⑤]
　사양(斜陽) 현산(峴山)의 철쭉을 잇달아 밟아
　우개지륜(羽蓋芝輪)이 경포(鏡浦)로 내려가니
　십 리 빙환(氷紈)을 다리고 고쳐 다려
　장송(長松) 울흔 속에 실컷 펼쳤으니
　물결도 자도 잘샤 모래를 헤리로다
　고주 해람(孤舟解纜)하여 정자(亭子) 위에 올라
가니
　강문교(江門橋) 넘은 곁에 대양(大洋)이 거기로다
　종용(從容)하다 이 기상(氣像) 활원(闊遠)하다
저 경계(境界)
　이보다 갖춘 데 또 어디 있단 말고
　홍장 고사(紅粧古事)를 헌사타 하리로다
　강릉(江陵) 대도호(大都護) 풍속(風俗)이 좋을시고
　절효정문(節孝旌門)이 골골이 별였으니
　비옥가봉(比屋可封)이 이제도 있다 할까

[본사 2-⑥]
　진주관(眞珠館) 죽서루(竹西樓) 오십천(五十川)
내린 물이
　태백산(太白山) 그림자를 동해(東海)로 담아 가니
　차라리 한강(漢江)의 목멱(木覓)에 닿게 하고져
　왕정(王程)이 유한(有限)하고 풍경(風景)이 못
슬믜니
　유회(幽懷)도 하도 할샤 객수(客愁)도 둘 데 없다
　선사(仙槎)를 띄워 내어 두우(斗牛)로 향(向)하
살가
　선인(仙人)을 찾으려 단혈(丹穴)에 머므살가

[본사 2-⑦]
　천근(天根)을 못내 보아 망양정(望洋亭)에 오르니
　바다 밖은 하늘이니 하늘 밖은 무엇인고
　가뜩 노한 고래 뉘라서 놀랬관데
　불거니 뿜거니 어지러이 구는지고
　은산(銀山)을 꺾어 내어 육합(六合)에 내리는 듯
　오월(五月) 장천(長天)의 백설(白雪)은 무슨 일고

[결사 ①]
　저근덧 밤이 들어 풍랑(風浪)이 정(定)하거늘
　부상(扶桑) 지척(咫尺)에 명월(明月)을 기다리니
　서광(瑞光) 천 장(千丈)이 뵈는 듯 숨는구나
　주렴(珠簾)을 고쳐 걷고 옥계(玉階)를 다시 쓸며
　계명성(啓明星) 돋도록 곳초 앉아 바라보니
　백련화(白蓮華) 한 가지를 뉘라서 보내신고
　이리 좋은 세계(世界) 남들에게 다 뵈고져
　유하주(流霞酒) 가득 부어 달더러 묻는 말이
　영웅(英雄)은 어디 가며 사선(四仙)은 긔 뉘러니
　아무나 만나 보아 옛 기별 묻자 하니
　선산(仙山) 동해(東海)에 갈 길이 머도 멀샤

[결사 2]
　송근(松根)을 베어 누워 풋잠을 얼핏 드니
　꿈에 한 사람이 나더러 이른 말이
　그대를 내 모르랴 상계(上界)의 진선(眞仙)이라
　황정경(黃庭經) 일자(一字)를 어찌 그릇 읽어 두고
　인간(人間)의 내려와서 우리를 따르는가
　저근덧 가지 마오 이 술 한 잔 먹어 보오
　북두성(北斗星) 기울여 창해수(滄海水) 부어 내어
　저 먹고 날 먹이거늘 서너 잔 기울이니
　화풍(和風)이 습습(習習)하야 양액(兩腋)을 추켜
드니
　구만 리(九萬里) 장공(長空)에 저기면 날리로다
　이 술 가져다가 사해(四海)에 고루 나눠
　억만창생(億萬蒼生)을 다 취하게 만든 후(後)에
　그제야 고쳐 만나 또 한 잔 하잣고야
　말 마치자 학(鶴)을 타고 구공(九空)에 올라가니
　공중(空中) 옥소(玉簫) 소리 어제런가 그제런가
　나도 잠을 깨어 바다를 굽어보니
　깊이를 모르거니 끝인들 어찌 알리
　명월(明月)이 천산만락(千山萬落)에 아니 비친
데 없다

기출 확인

2010학년도 6월 평가원
[표현상 특징 파악]
• 감각적인 언어로 대상을 생동감 있게 그
려 내고 있다.

[화자의 정서와 태도 파악]
• '비로봉'에 오르는 행위의 의미를 성인의
체험에 빗대어 생각하고 있다.

주목

한 줄 평 | 하급 관리의 터무니 없는 송사와 그 판결 과정을 서사적으로 읊은 노래

순창가 ▶ 이운영

★주목

소송에 대한 판결을 내리는 권한자(순찰 사또 = 관찰사)
순창 서리(胥吏) 최윤재는 사또님께 소지(所志) 올려
　지방 하급 관리　　소장을 올린 주체　　예전에, 청원이나 진정 등을 위해 관아에 내던 소장(訴狀)

원통함을 아뢰노니 올바르게 처결해 주소서.
　　　　　▶ 최윤재가 순찰 사또에게 소지를 올림
'처결 하실까'로 제시된 판본도 있음. 이 경우 제3자인 서술자에 의한 설명으로 보기도 함

[최윤재가 순찰 사또에게 올린 소지]
구월 십사일은 담양 부사 생신이라
　　화자　　(담양 부사의 생일이 되자)

소인의 사또가 사흘 전에 달려갈 때
　순창 사또　　구월 십일일

소인이 수행원으로 행차를 따라갔는데
관아의 행정 실무를 담당하는 하급 관리로서 해야 할 일

광주 고을 목사와 화순 창평 남평 원님
　담양 부사의 생일을 축하하러 모인, 인근 고을의 수령들

십사일 아침 식사 후에 일제히 모이셨네.
담양 부사 생일 당일　　본격적인 생일잔치를 하기 위해
　　　　　▶ [소지] 담양 부사의 생일에 순창 사또를 수행함

「바야흐로 큰상에 성찬(盛饌)을 벌여 놓고
　　　　풍성하게 잘 차린 음식

관악기 현악기는 누각에 늘어놓고

기묘한 곡조 힘차게 부르는 사람이 상좌(上座)에 앉아 있고
　　　　　담양 부사　　　생일을 맞은 담양 부사가 윗자리에 앉음

도내(道內)의 제일 명창 담양 순창 명기(名妓)들이

춤과 노래 준비하여 이날을 보낸 후에,「 』: 생일잔치를 성대하게 치름
　　　　　　담양 부사의 생일

보름달 밝은 밤의 후약 어디인가
　　　　　　　　　　　▶ [소지] 성대한 생일잔치를 치름
보름날 밤에 만나자고 약속한 곳은 어디인가 → 생일잔치 후 모임이 이어짐

호남 소금강의 경치를 보시려고
　　순창의 강천산

화려한 육각(六角) 양산 청산(靑山)에 나부끼고
　　호남 소금강으로 산수 유람을 떠나는 수령들의 화려한 행차

다섯 마리 말이 끄는 쌍가마는 단풍 숲으로 들어갈 적에
　신분이 높은 사람이 타는 마차

「옥패(玉佩)는 쟁그랑쟁그랑 걸음마다 울리고
옥으로 만든 패물　　음성 상징어

낭랑한 말소리는 말 위에서 오고 갈 때」▶ [소지] 호남 소금강으로 산수 유람을 가는 행렬의 모습을 묘사함
「 』: 청각적 이미지 → 생동감 부여

「동산의 고상한 놀이 용문의 눈 구경에
　　　기생을 대동했던 산수 구경

기생이 따라감은 예부터 있는지라

아리따운 기생들이 의기양양 무리 지어

말 타고 군졸들과 수레를 뒤따르니,」
「 』: 고사를 인용하여 산수 구경에 기생을 대동함을 정당화함

백발의 화순 원님 기생에게 다정하여
나이가 많음　　　　뒤따르는 기생에게 관심이 많음

굽어진 곳에서 자주 돌아보시기에

소인은 아랫사람이라 말에 앉아 있기 황송하여
최윤재가 말에 탔다가 내렸다가 반복한 이유 – 뒤를 돌아보는 '화순 원님'의 눈치를 봄

탔다가 내렸다가 내렸다가 탔다가
같은 행동을 여러 번 반복함. 대구와 반복 – 리듬감 형성

오르락내리락 몇 번인 줄 모르겠네.
　　　　　　▶ [소지] 기생들을 자주 뒤돌아본 화순 원님 때문에 최윤재가 수시로 말을 오르내림

황급히 내렸다가 다시 올라타려다가 ──┐최윤재가 자신의 실수로 말에서 떨어짐
　　　　　　　　　　　　　　　　　└→ 최윤재가 크게 다친 이유
석양에 큰길 아래서 헛디며 넘어져서
해질 때까지 구경이 계속됨

· '동산의 고상한 놀이'
진나라의 재상이던 사안은 관리로 지내면서 틈틈이 동산에 올라 풍류를 즐겼는데, 그때마다 기생들을 대동했다 함. '동산의 고상한 놀이'는 서안의 이런 풍류를 의미함

· '용문의 눈 구경'
북송(北宋)의 전유연이 서도 태수로 있을 때, 당대의 문인 사희심과 구양수가 용문의 향산에 이르자 음식과 기생을 보내며 용문의 눈 경치를 구경하라고 한 고사를 의미함

작품 분석 노트

· 〈순창가〉의 구조
작중 인물들의 발화와 작품 밖의 서술자의 상황 서술을 통해 내용이 전개됨

최윤재가 올린 소지	자신이 낙마하여 죽을 지경이 된 것은 기생들 때문이니 그들을 처벌해 달라.
↓	
서술자 서술	상황에 대한 놀라움을 드러낸 뒤 관아에서 네 명의 기생을 잡아온 과정을 제시함
↓	
순찰 사또의 말	기생들이 최윤재를 죽을 지경에 이르게 했으므로 법에 따라 처벌할 것이니 죄를 인정하라.
↓	
서술자 서술	사또의 일차적인 처분과 잡혀 온 기생들의 나이를 제시함
↓	
기생들 항변	최윤재가 낙마한 것은 자신들과 상관없는 일이며, 미천한 기생 신분으로 살아가기가 매우 힘들다.
↓	
순찰 사또의 판결	최윤재가 무고한 기생들을 모함한 것이 분명하므로 기생들을 석방한다.
↓	
서술자 서술	사또의 판결과 같이 송사의 판결권자들이 현명한 판결을 내려야 함을 당부함

↓

하나의 사건을 다양한 관점에서 보게 하는 효과가 있음

돌들이 흩어진 곳에 콩 태(太) 자로 자빠지니
_{한자를 활용해 실족한 화자의 모습을 시각적으로 떠올릴 수 있게 함}

「팔다리도 부러지고 옆구리도 삐어서
_{「 」: 몸에 심각한 부상을 입음}

어혈(瘀血)이 마구 흘러 가슴이 펴지지 않는데」 ▶ [소지] 최윤재가 말을 타려다가 넘어져 크게 다침
_{피멍}

금령(禁令)이 엄하여서 개똥도 못 먹고
_{민간요법에서 어혈을 치료하는 약으로 사용되던 개똥을 먹지 못하게 법으로 금지했음을 짐작할 수 있음}

병세가 기괴하여 날로 점점 위중해지니

푸닥거리 경(經) 읽기는 모두 허사로다.
_{굿이나 불경 읽기 같은 주술적 방법}

이제는 하릴없이 죽을 줄 알았더니

곰곰이 앉아 생각하니 이것이 누구 탓인고?   ┐ 자문자답을 통해 자신의
_{윗사람을 모시고 따라감}   └ 잘못을 기생들에게 떠넘김

강천(剛泉)에서 배행(陪行)하던 기생들의 탓이로다.
_{자신이 다친 이유를 기생들의 탓으로 돌림}

「네 쇠뿔이 아니라면 내 담이 무너지랴.'
_{자기 집 담이 무너진 데 대하여 소의 주인을 탓하는 속담}

옛날부터 속담에 이런 말이 있었으니」
_{「 」: 속담을 인용하여 자신의 주장을 정당화함 → 위 속담은 자기의 손해를 남의 책임이라고 억지를 부리는 것을 비유함}

죽어 가는 소인 목숨 불쌍하지 않으신가.
_{판결자인 사또의 동정심과 연민을 자극함 → 감정(동정)에 호소함}

소인이 죽거든 저년들을 죽이시어
_{기생들에 대한 부정적 감정이 표출됨}

불쌍히 죽는 넋을 위로하여 주옵실까   ┐ 기생들 때문에 원통하게 죽게 된 자신의
_{최윤재 자신}   └ 한을 풀어 주기를 사또에게 간청함

실날같이 남은 목숨 살려 주시길 바라나이다.
▶ [소지] 자신의 낙마를 기생들 탓으로 돌리고 기생들의 처벌을 바람

_{실제 살인은 아니지만 최윤재가 죽을 수 있으므로 살인 사건에 준하여 송사가 진행됨}

「어와 놀랍구나, 살인이 났단 말인가.」
┐
[서술자의 「 」: 순찰 사또(관찰사)의 말로 보기도 함
상황 서술

형방(刑房) 영리(營吏) 처리하여 범인을 잡았구나.
_{형방의 일을 하는 하급 구실아치}   _{호남 소금강을 유람할 때 따라간 기생들}

「도화와 춘운은 담양부에 공문 보내고
_{기생 이름(담양부에 소속된 관기)}

수화와 차겸은 순창군에 공문 보내니
_{기생 이름(순창군에 소속된 관기)}

지자군은 분주하고, 성화같이 재촉하니
_{지방 관아들 사이에서 공문서나 물건을 지고 다니던 사람}

형방 사령(使令)이 잡아들여 도착 즉시 압송하네.」
_{「 」: 속도감 있는 전개}   _(순찰 사또가 있는 선화당으로) ▶ [서술자] 최윤재의 소지를 보고 순찰 사또가 기생들을 압송함

▶ [순찰 사또의 말]
선화당(宣化堂)에 좌기하고, "분부를 들어라.
_{순찰 사또가 출근하여 일을 시작함}

너희는 어찌하여 사람을 죽게 했는가?
_{압송된 기생들}   ┐ 순찰 사또가 피의자인 기생들을 범인
사람을 상하게 한 자 벌 받고 살인자 죽는 법은   │ 으로 단정하고 있음
_{사람을 죽인 자는 사형에 처함}   └ → 재판관으로서 적절하지 않은 태도

법률에 분명하니 네가 무슨 변명을 하겠는가?
_{마땅히 법에 따라 벌을 받아야 함}

순창 서리 최윤재가 만약에 죽게 되면

너희들 네 사람이 무사하기 어려우니
_{최윤재가 죽으면 더 큰 벌을 받게 될 것임}

곤장 팔십 대가 될는지 태(笞) 오십 대가 될는지
_{죄의 경중에 따라 처벌의 경중이 달라짐}

한 차례 심문하고 거제 남해 이원(利原) 벽동(碧潼) 삼수(三水) 갑산(甲山)
_{예로부터 유배지로 유명한 곳들}

동서남북 간에 어디로 보낼는지

상처가 있나 없나 자세히 살핀 후에
_{최윤재의 피해 정도를 객관적으로 확인함}

_{• 최윤재의 억지 논리}

네 쇠뿔이 아니라면 내 담이 무너지랴
기생들이 유람하는 사또들을 따라감 → 화순 원님(사또)이 뒤따르는 기생 을 자꾸 돌아봄 → 이 때문에 자신이 말을 자주 오르내리다가 실족해서 다 침 → (기생들이 없었다면 화순 원님 이 뒤돌아보지 않았을 것임) → 따라 서 자신이 다친 것은 기생들 탓임

↓

논리적으로 잘못된 논증인 '거짓 원인 의 오류(원인 오판의 오류)'에 해당함 ※ 거짓 원인의 오류: 어떤 사건의 원 인이 아닌 것을 참된 원인으로 판단 하는 데에서 생기는 오류

죽어 가는 소인 목숨 불쌍하지 않으신가
논리적인 설득보다 상대방의 동정심 과 연민 등에 호소하여 자신의 주장 을 받아들이게 함

↓

논리적으로 잘못된 논증인 '동정에 호소하는 오류'에 해당함

감상 포인트
소지를 통해 화자(최윤재)가 청원하는
내용이 무엇인지 파악한다.

_{• 속도감 있는 전개 및 운율 형성}

형방 영리 처리 하여 범인을 잡 았구나. ~ 형방 사령이 잡아들여 도착 즉시 압송 하네.	네 명의 기생들 을 체포해서 순 찰 사또(관찰사) 가 있는 곳까지 데려오는 과정 은 중심 내용과 직접적인 관련이 없으므로 간략하 게 처리함
도화와 춘운은 담양부에 공문 보내고 / 수화와 차겸은 순창군에 공문 보내니	대구법과 반복법 을 활용하여 운 율이 두드러지게 함으로써 사건 전개에 속도감을 더함

속대전(續大典) 펼쳐 놓고 법률을 적용할 것이니
　법전
　사사로운 감정을 버리고 법률에 따라 처벌하겠다는 의미

우선 너희들은 사실대로 자백하라."　　　　　▶ [순찰 사또] 기생들에게 최윤재를 다치게 한 죄를 추궁함
　　　　　사또가 기생들을 압박하며 추궁함

[서술자의
상황 서술]
'흰 백(白) 자(字) 위에 동그라미 치고 그 아래 수결하고
　　　진실을 말하겠다는 다짐을 기록하고 죄인의 서명을 받음

크나큰 칼 목에 씌워 감옥으로 보내니
　중죄인으로 취급함　　　　　　원문에는 '사오옵고'로 되어 있음 ─

의녀 춘운은 금년에 스물이요
　당시 기생은 의녀의 역할도 했음. 의기(醫妓)

의녀 도화는 금년에 스물넷이요　　　　　　　│대구, 반복
　　　　　　'삼팔이오'　　　　　　　　　│─ 운율 형성

의녀 수화는 금년에 스물다섯이요
　　　　　　'오오옵고'

의녀 차겸은 금년에 스물하나라.」　　　　　　　　　　　▶ [서술자] 기생들이 감옥에 갇힘
「♪」 작품 밖에 있는 서술자(화자)　　'삼칠이라'
가 작중 상황을 설명하여
독자의 이해를 도움

★주목▶ "죄가 중하다고 저리 분부 내리시니

[기생(의녀)
들의 말] 물불에 들라 하신들 감히 거역하리까.
　　　목숨을 걸어야 하는 위험한 상황 비유　　설의적 표현

죽이시거나 살리시거나 처분대로 하려니와
　　　자신들에게 내려질 처분을 수용하겠다는 태도

의녀 등도 원통하여 생각을 아뢸 것이니
　　　자신들의 억울함과 무죄를 호소하려 함

일월(日月)같이 밝으신 순찰 사또님께
　　　　　　　　　　관찰사

한 말씀만 아뢰고 매를 맞고 죽겠나이다.　　　　　　▶ [기생들] 순찰 사또에게 하소연을 시작함
　　　　어떤 처벌을 받든 결국은 죽게 될 것이라는 인식이 나타남

「의녀 등은 기생이요 최윤재는 아전이라

기생이 아전에게 간섭할 일 없사옵고」
「♪」 사회적 신분과 하는 일이 다르므로 서로 간섭할 일이 없음

「화순 사또 뒤돌아보시기는 구태여 의녀들을 보시려 하셨던 건지
「♪」 화순 사또의 행위가 기생(의녀)들을 보려던 것인지 경치를 구경하려던 것인지 명확하지 않음을 지적함

산 좋고 물 좋은데 단풍이 우거지니
　　　　　　　　호남 소금강의 아름다운 경광

경치를 구경하려다 우연히 보셨던 건지」
　　　　　　　　(우리를)

아전이 인사 차려 자기 말에서 내려오다　　　│최윤재가 말에서 실족하여
　최윤재　　　지위가 높은 화순 사또의 눈치를 보느라　│죽을 지경에 이르게 된 것
　　　　　　　　　　　　　　　　　　　　　│은 기생들과 무관하며 전적
우연히 낙마했으니 만일에 죽는다 한들　　│으로 본인의 실수 때문이라
　　　　　　　　　　　　　　　　　　　　　│는 의미
어찌 의녀들이 살인한 게 되리이까.　　　　│
　　　　　설의적 표현　　　　　　▶ [기생들] 아전인 최윤재가 낙마한 일과 기생인 자신들은 무관함을 주장함

기생이라 하는 것은 가련한 인생이라.
　화제가 기생의 신세 한탄으로 전환됨 → 원통하고 힘든 자신들의 상황을 사또가 헤아려 주기를 바람

논밭 노비가 어디 있사오며
　안정적인 생활을 할 수 있는 기반　　　　　│설의적 표현
쌀 한 줌 돈 한 푼 주는 이 있으리까.　　　│
　　　　　경제적으로 도움을 주는 사람

먹고 입기를 제가 벌어 하는데
　　　　　조선 시대에 음악을 가르치던 기관
오(五) 일마다 교방(敎坊)에서 음률을 익히고
　　　　　　　기생이 해야 하는 일 ①

누비 바느질 상침(上針)질과 솜 피우기를
　기생이 해야 하는 일 ②　　　기생이 해야 하는 일 ③

관가 이력에 맞춰 밤낮으로 애쓰고,
　다른 곳에서 관리들이 자신이 있는 관아를 방문할 때
대소 관원이 오락가락 지나갈 때
　　　　　　기생이 해야 하는 일 ⑤
차모[茶母]야 수청(守廳)이야 소임 맡아 나섰는데,
　기생이 해야 하는 일 ④ – 차와 술대접 등의 잡일

• 작품을 구성하는 두 가지 이야기

사건	최윤재의 실족	기생들의 압송
내용	최윤재가 수령들을 배행하다가 말에서 떨어져 크게 다친 뒤 기생들을 고발함	수령들을 배행했던 기생들이 최윤재의 고발로 압송되어 순찰 사또의 심문을 받음
심정	억울함	억울함
서술 방식	소지 형식의 진술	사또에게 직접 항변하고 호소함

↓

최윤재의 모함으로 최윤재와
기생들은 대립 관계를 형성함

• 인물에 대한 이해

담양 부사, 화순 원님	상류 계층. 문제 상황이 발생한 계기를 제공하는 인물
순찰 사또	상류 계층. 문제 상황을 해결하는 인물
최윤재	중간 계층(서리). 상류 계층에게는 아무런 질책을 못하고 하급 계층인 기생들에게 죄를 뒤집어 씌우는 인물
기생들 (의녀들)	하급 계층. 순찰 사또의 명령을 수용하면서도 자신들의 억울하고 힘겨운 상황을 당당하게 하소연하는 인물

• 순찰 사또의 행위에 대한 비판 의식

순찰 사또는 최윤재의 소지를 받고 곧장 기생들을 잡아들임	소지 내용의 진위를 따지지 않고 무조건 믿음
기생들의 변명을 듣지도 않은 채 큰칼을 씌워 감옥으로 보냄	기생들을 범인으로 단정하여 처분함

↓

중간 계층에게 휘둘려 일반 백성을
제대로 보살피지 못하는 지배층의 무
능력함을 비판함

• 고전 작품에서 인물의 나이를 제시하는 법
① 인물의 나이를 직접 제시하지 않고, 곱셈을 활용
하여 제시함. 예를 들어 16살이면 '이팔(2×8=16)',
20살이면 '사오(4×5=20)'라고 함.
② 나이를 나타내는 별칭을 이용함. 예를 들어 15살은
'지학', 16살은 '파과', 20살은 '약관(남자)'이나 '방
년(여자)'이라고 함

한 벌뿐인 옷이나마 초라하게 하지 않고 ── 높은 사람을 모셔야 하기에
　　　　　　　　　　　　　　　　　　　　　돈이 없어도 치장을 해야 함
큰머리 노리개를 남만큼 하느라고
다리. 가체
밤낮으로 탄식하고 기생임을 원망했는데,
살아가기 힘든 상황에 대한 한탄
가뜩이나 서러운 중에 운수가 고약하여

순찰 사또 분부 내려 벗 보기를 금하시니
순찰 사또가 기생들을 감옥으로 보냄
얼어서도 죽게 되고 굶어서도 죽게 되어
감옥에 간 기생들의 목숨이 위험해짐
이제는 하릴없이 죽을 줄 아옵나니,
　　　　　　　　　▶ [기생들] 가련한 인생을 살아오다가 감옥에 갇혀 목숨이 위험해진 처지에 대해 호소함

종아리를 맞아도 더없이 원통한데
(아무런 죄 없이)
연약한 몸이 큰칼을 목에 메고
　　　　　　매우 원통한 상황
천둥벼락 같은 위엄 아래 정신이 아득하여
　　　　　　　　　　　　　　두려움
죄를 아룀이 늦어져 황공하나이다." ▶ [기생들] 두려움 때문에 억울한 사정을 늦게 아룀을 사죄함

　　　　　　　　　　　기생들의 말에 수긍함 → 순찰 사또의 태도 변화
"어허 그렇더냐? 진정 그러하구나.
[순찰　　김탄사(독자의 주의 유도)　　　┌─ 최윤재의 소지에 대한 순찰 사또의 판단
사또의 말] 순창 서리 항소 사연 모두가 모함이요
　　　　　최윤재　　자신의 부상은 기생 탓이라는 내용
너희들 네 사람을 풀어 주어 석방하거늘
　　　잡혀 온 기생들　　　　　최종 판결 → 무죄 석방
너희 말 들어 보니 절절히 그럴듯하다." ▶ [순찰 사또] 기생들의 말을 받아들여 모두 석방함
　　　　　　　모두 옳다고 여겨진다

　　　　　　　　　　　누가 어떤 말을 하든지 그것에 휘둘리지 말고
감사(監司) 병사(兵使) 수령님네 이렇든 저렇든
[서술자의　　송사 사건을 판결할 권한을 지닌 고위 관리들　　　작품 밖의 서술자가 사또의
당부]　　　　　　　　　　　　　　　　　　　　　　　　　판결에 대해 긍정적으로 평
덕을 베풀려면 베풀 곳에 베풀어라.　　　　　　　　가함
　　　약자의 입장을 잘 고려해서 판단할 것을 당부함
그래야 선비의 도리 따라야 오복(五福)이 갖추어지리라.
　　　　　　　　　　하늘이 내리는 복을 받으리라 ▶ [서술자] 송사를 올바르게 판결해야 함을 당부함

• 당대의 신분 질서와 관련된 작품의 의의
  • 하급 관리인 최윤재의 행동을 통해 당대 지배 계층의 부조리함을 간접적으로 비판함
  • 기생들(의녀들)의 말을 통해 그들의 힘겨운 생활 및 그들에 대한 사회적 인식을 드러냄
  • 신분 질서가 지닌 문제점을 간접적으로 지적함

• 기생에 대한 순찰 사또의 태도 변화

부정적	• 최윤재의 편에 치우침 • 최윤재의 소지만 읽고 상황도 살피지 않은 채 기생들을 범인 취급하여 무거운 형벌을 내릴 것을 언급함 → 미천한 신분인 기생들에 대한 차별적 태도를 드러내는 것으로 볼 수 있음
↓	
긍정적	• 기생들의 항변에 귀기울임 • 기생들의 이야기를 듣고는 수긍하여 최윤재가 기생들을 모함한 것이라고 판단한 뒤 기생들을 석방함 → 서술자의 말을 고려할 때, 올바른 관리(재판관)의 모습으로 볼 수 있음

인물 간의 갈등 파악

이 작품은 당대 세태를 있는 그대로 드러낸 가사로 인물 간의 대립과 갈등이 나타난다. 따라서 인물 간의 갈등 관계를 파악할 수 있어야 한다.

+ 인물 간 갈등 양상

핵심 포인트 2 **시상 전개 방식의 이해**

이 작품은 작중 인물의 발화와 서술자의 진술을 통해 내용이 전개되고 장면이 전환되므로 각 화자에 따른 장면의 특징을 파악할 수 있어야 한다.

+ 시상 전개 방식의 특징

- 서술자의 진술은 작중 상황을 제시하는 정도에서 비교적 간략하게 제시됨
- 공간적 배경의 변화가 많지 않으며 주로 기생들과 사또의 발화로 사건이 전개됨
- 소장을 제출한 최윤재와 가해자로 지목된 기생들은 서로 갈등 관계이지만 송사 과정에서는 직접 대면하지 않음
- 최윤재가 자신의 억울함을 호소하는 부분은 소지(所志) 형식으로 제시됨
- 기생들이 기생의 설움을 나열하며 하소연하는 대목은 따로 떼어 낼 수 있을 정도로 장면이 극대화되어 독자성을 지님

핵심 포인트 3 **표현상 특징 파악**

이 작품은 다양한 표현 방법을 사용하여 주제 의식을 형상화하고 있으므로, 작품에 나타난 표현상의 특징 및 효과를 파악할 수 있어야 한다.

+ 표현상 특징과 효과

설의적 표현	의문의 형식을 사용하여 화자가 말하고자 하는 의미를 강조함 → '네가 무슨 변명을 하겠는가?'(기생들을 범인으로 단정하고 추궁), '감히 거역하리까.(순찰 사또의 위엄 인정)', '어찌 의녀들이 살인한 게 되리이까.'(자신들의 무고함 강조)
대구적 표현	유사한 문장 구조를 반복하여 의미를 강조하며 운율을 형성함 → '도화와 춘운은 담양부에 공문 보내고 / 수화와 자겸은 순창군에 공문 보내니', '의녀 등은 기생이요 최윤재는 아전이라' 등
영탄적 표현	감탄사와 감탄형 종결 어미를 활용하여 상황에 대한 놀라움을 강조함 → '어와 놀랍구나, 살인이 났단 말인가.', '어허 그렇더냐? 진정 그러하구나.'
비유적 표현 (직유)	원관념을 보조 관념에 빗대어 의미를 구체화함 → '실낱같이 남은 목숨', '일월같이 밝으신 순찰 사또님'
고사와 속담의 인용	고사를 인용하여 상황에 정당성을 부여하고 속담을 인용하여 인물(최윤재)이 자신의 주장을 정당화함 → '동산의 고상한 놀이 용문의 눈 구경', '네 쇠뿔이 아니라면 내 담이 무너지랴.'
자문자답	스스로 묻고 답하는 방식으로 자신이 깨달은 바를 강조함 → '이것이 누구 탓인고? ~ 기생들의 탓이로다.'
음성 상징어 사용	의성어나 의태어를 사용하여 상황에 생동감을 부여함 → '옥패는 쟁그랑쟁그랑 걸음마다 울리고', '오르락내리락 몇 번인 줄 모르겠네.'
대상의 희화화	인물(최윤재)의 행동을 과장적으로 희화화하여 표현함 → '탔다가 내렸다가 내렸다가 탔다가 / 오르락내리락 몇 번인 줄 모르겠네.', '콩 태 자로 자빠지니'

작품 한눈에

- **해제**
  〈순창가〉는 송사 사건의 과정을 등장인물의 발화와 작품 밖의 서술자의 서술을 통해 전개하는 가사이다. 지방의 하급 관리인 최윤재라는 인물이 무고한 기생들을 처벌해 달라고 청원하면서 벌어지는 사건을 통해 지배 계층의 부정적인 모습과 천민 계급에 해당하는 당대 기생들의 고달픈 삶을 드러내고 있다. 이때 기생들은 부당하게 고통받는 백성들을 대표한다고 볼 수 있다.

- **화자와 시적 상황**
  이 작품의 화자는 다양한 인물로 설정되어 있다. 먼저 최윤재라는 인물이 올린 소지(소송장)가 제시되고 이어 송사의 재판관인 순찰 사또와 송사의 피의자인 기생들의 항변, 그리고 다시 순찰 사또의 판결이 제시된다. 이 사이사이에 서술자의 진술이 제시되면서 서사적으로 내용이 전개된다.

- **주제**
  부도덕한 지배 계층의 횡포 및 공정한 판결에 대한 바람

한 줄 평 | 부조리한 군정(軍政)으로 고통받는 백성의 삶을 읊은 노래

갑민가 ▶ 작자 미상

★주목 어져 어져 저기 가는 저 사람아
영탄적 표현   갑민을 가리킴

네 행색을 보아하니 군사 도망(軍士逃亡) 네로고나
생원은 갑민의 차림새를 보고 군정(軍丁)이 신역을 피해 도망가는 상황임을 알아챔

「요상(腰上)으로 볼작시면 베적삼이 깃만 남고
『♪ 갑민의 초라한 차림새. 구체적 외양 묘사   ┌ 가랑이가 무릎까지 내려오도록 짧게 만든 홑바지

허리 아래 굽어보니 헌 잠방이 노닥노닥」
등이 굽은   다리를 절뚝이는 사람

곱장 할미 앞에 가고 전태발이 뒤에 간다
갑민의 가족이 북청으로 이주하는 모습. 대구법

십 리 길을 할레 가니 몇 리 가서 엎쳐지리
하루에

「내 고을의 양반(兩班) 사람 타도타관(他道他官) 옮겨 살면
『♪ 갑민을 만류하는 생원의 말. 고향을 버리고 타향으로 도망하여도 비참한 현실을 벗어나기 어렵다는 생각이 드러남

천(賤)히 되기 상사(常事)여든 본토 군정(本土軍丁) 싫다 하고
타향에서 살면 천한 신세가 되는 것이 예상임   군적에 있는 지방의 장정

자네 또한 도망하면 일국 일토(一國一土) 한 인심에

근본(根本) 숨겨 살려 한들 어데 간들 면할쏜가」

차라리 네 살던 곳에 아모케나 뿌리 박여
인삼을 캠   담비 종류 동물의 모피

「칠팔월에 채삼(採蔘)하고 구시월에 돈피(獤皮) 잡아
공과금 미납으로 인해 진 빚   공채 신역을 갚을 수 있는 방법

공채(公債) 신역(身役) 갚은 후에 그 나머지 두었다가
나라에서 성인 장정에게 부과하던 군역과 부역

함흥 북청(咸興北靑) 홍원(洪原) 장사 돌아들어 잠매(潛賣)할 제
후한 값   물건을 몰래 팖

후가(厚價) 받고 팔아 내어 살기 좋은 너른 곳에
논과 밭

가사 전토(家舍田土) 고쳐 사고 가장집물(家藏什物) 장만하여
사람이 사는 집   집에 놓고 쓰는 온갖 살림 도구

부모처자 보전하고 새 즐거움을 누리려무나」
『♪ 고향에 계속 머물며 공채와 신역을 갚고 잘 살 수 있는 방법을 제시하는 생원
▶ 생원이 군사 도망하는 갑민에게 공채 신역을 갚으며 살 수 있는 방법을 제안함

어와 생원인지 초관(哨官)인지 그대 말씀 그만두고 이내 말씀 들어 보소
화자: 갑민. 생원의 제안에 갑민이 반박을 시작함   화자가 갑민으로 전환됨

이내 또한 갑민(甲民)이라 이 땅에서 생장하니 이때 일을 모를쏘냐
갑산의 사정을 잘 알고 있는 갑민   설의법   끊어지지 않고 계속 잇닿아 있음

우리 조상(祖上) 남중 양반(南中兩班) 진사 급제(進士及第) 연면(連綿)하여
갑민의 신분이 양반이었음을 알 수 있음   ┌ 임금의 곁에서 문학으로 보필하던 벼슬아치

금장 옥패(金章玉佩) 빗기 차고 지종신(侍從臣)을 다니다가
조선 시대에, 죄인을 그 가족과 함께 변방으로 옮겨 살게 하던 일

시기인(猜忌人)의 참소 입어 전가사변(全家徙邊) 하온 후에
갑민의 집안이 몰락하여 갑산으로 오게 된 사연이 드러남

국내 극변(國內極邊) 이 땅에서 칠팔 대(七八代)를 살아오니
갑산의 위치. 살기 힘든 곳

선음(先蔭) 입어 하는 일이 읍중(邑中) 구실 첫째로다
조상의 숨은 은덕   읍에서 양반에게 주어지는 역할

들어가면 좌수 별감(座首別監) 나가서는 풍헌 감관(風憲監官)

유사 장의(有司掌儀) 채지 나면 체면 보아 사양터니
하급 관리직   하급 관리 채용 시 주는 사령서   ┌ 꾀를 써서 남을 해침
▶ 조상 대로로 양반 신분이던 갑민의 일가

「애슬프다 내 시절에 원수인(怨讐人)의 모해(謀害)로써 군사 강정(軍士降定) 되단
갑민의 대에 이르러 모해를 입음   군사로 신분이 강등되어 군역을 지게 된 갑민의 처지

말가」『♪ 갑민의 집안이 몰락한 이유

내 한 몸이 헐어 나니 좌우 전후 많은 일가(一家) 차차 충군(次次充軍) 되것고야
몰락한 신세   군대에 편입시킴

작품 분석 노트

🖊 현대어 풀이

어져 어져, 저기 가는 저 사람아.
네 행색을 보아하니 군사가 (신역을 피해)
도망가는 것이 너로구나.
허리 위를 보자면 베적삼이 깃만 남고
허리 아래를 굽어보니 헌 잠방이 누덕누
덕.
등이 굽은 할미가 앞에 가고 다리를 절뚝
이는 이는 뒤에 간다.
십 리 길을 하루에 가니 몇 리 가서 엎어
지리.
내 고을의 양반도 다른 도나 고을로 옮겨
살면
천하게 되기가 예삿일이거든 고향의 군
정 노릇이 싫다 하고
자네 또한 도망하면 한 나라 한 땅 같은
인심에
근본을 숨겨 살려 한들 어디에 간들 면할
것인가.
차라리 네가 살던 곳에 아무렇게나 뿌리
박여
칠팔월에 인삼 캐고 구시월에 담비 가죽
잡아
공채 신역 갚은 후에 그 나머지 두었다가
함흥 북청 홍원에 장사꾼 돌아들어 물건
을 몰래 팔 때
후한 값 받고 팔아 내어 살기 좋은 넓은
곳에
집과 논밭 다시 사고 온갖 살림살이 장만
하여
부모처자 보전하고 새 즐거움을 누리려
무나.
어와, 생원인지 초관인지 그대 말씀 그만
두고 이내 말씀 들어 보소.
이내 또한 갑산의 백성이라 이 땅에서 태
어나고 자라니 이때 일을 모르겠는가.
우리 조상은 남쪽 양반으로 진사 급제 계
속하여
금장 옥패 비껴 차고 임금을 가까이 모시
는 벼슬아치로 다니다가
시기하는 이의 참소를 입어 온 집안이 변
방으로 강제 이주당한 후에
우리나라의 변방인 이 땅에서 칠팔 대를
살아오니
조상의 숨은 은덕 입어 하는 일이 읍에서
의 구실아치 첫째로다
들어가면 좌수 별감이요, 나가서는 풍헌
감관이거늘
유사 장의 같은 하급 관리 임명장 나면
체면 보아 사양했더니
애슬프다 내 시절에 원수의 모해 입어 군
사로 강등되단 말인가.
내 한 몸이 몰락하니 좌우 전후 많은 가
족 차차 군역을 지었구나.

여러 대의 조상의 제사를 받듦
누대봉사(累代奉祀) 이내 몸은 하릴없이 매어 있고
　　　　여러 친족
시름없는 제 족인(諸族人)은 자취 없이 도망하고
　　　　과도한 신역을 피해 고향을 버리고 떠남
여러 사람 모든 신역(身役) 내 한 몸에 모두 무니
　　　　도망간 친족의 신역까지 부담하게 된 갑민의 처지
한 몸 신역 삼 냥 오 전(三兩五錢) 돈피 이 장(獤皮二張) 의법(依法)이라
　　　구체적인 신역을 제시하여 현실성이 드러남　　　　　　법에 의거함
십이 인명(十二人名) 없는 구실 합쳐 보면 사십육 냥(四十六兩)
　　　도망간 친척이 12명이나 되어 갑민이 부담해야 할 몫이 늘어남
「해마다 맞춰 무니 석숭(石崇)인들 당할쏘냐　　▶ 과도한 신역을 감당해야 하는 갑민의 신세
　　　중국 진나라 때의 부자　　　　　　　▶ 부자라도 감당할 수 없는 과도한 부담임을 비판. 설의법
약간 농사 전폐하고 채삼(採蔘)하려 입산하여
농사로는 신역을 감당할 수 없음 └─ 생원이 제안한 방법 ① - 인삼 캐기
「허항령(虛項嶺) 보태산(寶泰山)을 돌고 돌아 찾아보니
「♪: 인삼 캐기를 시도하였으나 뜻대로 되지 않음 → 생원의 제안 반박
인삼(人蔘) 싹은 전혀 없고 오가(五加)잎이 날 속인다」
　　　　　갑민의 신세를 더욱 처량하게 만드는 대상
하릴없이 공반(空返)하여 팔구월 고추바람
　　　빈손으로 돌아와　　　살을 에는 듯 매섭게 부는 차가운 바람
안고 돌아 입산하여 돈피 산행(獤皮山行) 하려 하고
　　　　　　생원이 제안한 방법 ② - 담비 가죽을 얻기 위한 사냥
「백두산 등에 지고 분계강하(分界江下) 내려가서
「♪: 산에서 돈피 사냥을 하였지만 실패한 갑민 → 생원의 제안 반박
싸리 꺾어 누대 치고 이깔나무 우등 놓고
　　　　　　　　　　　모닥불
하나님께 축수(祝手)하며 산신(山神)님께 발원(發願)하여
　　　두 손바닥을 마주대고 빌며　　　　　소원을 빌어
물채줄을 갖추 놓고 사망 일기 원망(願望)하되
　　장사에서 이익을 많이 얻는 운수, 좋은 운　　　원하고 바라되
내 정성이 불급(不及)한지 사망 실이 아니 붙네」　　▶ 인삼 캐기와 담비 사냥에 실패한 갑민
　　일정한 수준이나 정도에 미치지 못함
빈손으로 돌아서니 삼지연(三池淵)이 잘 참이라
　　　　　　　　백두산 근처에 있는 세 개의 호수
입동(立冬) 지난 삼 일 후에 일야설(一夜雪)이 사뭇 오니

「대자 깊이 하마 넘어 사오 보(四五步)를 못 옮길레」
　　　　　「♪: 밤새 폭설이 내려 제대로 걷지 못하는 상황
양진(根盛)하고 의박(衣薄)하니 앞의 근심 다 떨치고
　식량이 떨어짐　　옷이 얇음
목숨 살려 욕심하여 지사위한(至死爲限) 길을 헤여
　　　　　　　　　죽을 때까지 자기의 의견을 굽히지 아니하고 뻗대어 나감
인가처(人家處)를 찾아오니 검천 거리(劍川巨里) 첫 목이라
인가가 가까이에 있는 곳
계초명(鷄初鳴)이 이윽하고 인가 적적(人家寂寂) 한잠일레
새벽에 맨 처음 우는 닭의 울음소리
집을 찾아 들어가니 혼비백산 반 주검이
　　　　　　몹시 놀라 넋을 잃음 · 거의 죽음 지경에 이른 갑민의 상황
언불 출구(言不出口) 넘어지니 더운 구들 아랫목에
　아무 말도 하지 못하고　　　온돌방에서 아궁이가 가까운 쪽의 방바닥, 따뜻한 곳
송장같이 누웠다가 인사 수습(人事收拾) 하온 후에
　　　　　　　　　　정신을 차림
두 발끝을 굽어보니 열 가락이 간데없네
　　　　극심한 추위에 동상으로 발가락을 모두 잃음
간신 조리(艱辛調理) 생명(生命)하여 쇠게 실려 돌아오니
　간신히 몸을 보살펴　　　　　　　소에게　　▶ 열어 죽을 뻔한 고생을 하고 집에 간신히 돌아온 갑민
팔십 당년(八十當年) 우리 노모(老母) 마중 나와 이른 말씀

「살아왔다 내 자식아 사망 없이 돌아온들
　　　　　　　수확 없이 빈손으로
모든 신역(身役) 걱정하랴 전토 가장(田土家庄) 진매(盡賣)하여
「♪: 노모의 말　　　　　논밭과 살림살이　　모두 팔아
사십육 냥(四十六兩) 돈 가지고 파기소(爬記所) 찾아가니
　　　　　　신역 부담을 위한 물품을 거두기 위해 백성의 명부를 보관하던 곳
중군 파총(中軍 把摠) 호령하되 우리 사또(使徒) 분부내(分付內)에

01 고전 시가　047

각 초군(各哨軍)의 제 신역(諸身役)을 돈피 외(獤皮外)에 받지 말라
<small>돈이 아닌 현물(돈피)로만 받으라는 수령의 분부</small>

관령 여차(官令如此) 지엄(至嚴)하니 하릴없어 퇴하놋다　▶ 거의 전 재산을 팔아 세금을 바치려
<small>사정을 하소연하는 글</small>　　　　　　　　　　　　　　가나 신역을 해결하지 못함

돈 가지고 물러 나와 원정(原情) 지어 발괄하니
<small>신역으로 돈을 받지 않고 돈피만 받기 때문임　　자기편을 들어 달라고 남에게 부탁하거나 하소연하니</small>

물위 번소(勿爲煩訴) 제사하고 군노 장교(軍奴將校) 차사(差使) 놓아
<small>수령은 번거롭게 소란 피우지 말라고 하며 관리를 보내 신역을 해결하도록 재촉함</small>

성화(聖火)같이 재촉하니 노부모의 원행 치장(遠行治裝)
<small>죽은 후 먼 길을 떠날 수 있도록 마련한 수의</small>

팔 승(八升) 네 필(四匹) 두었더니 팔 냥(八兩) 돈을 빌어 받고
<small>돈피 마련을 위해 노부모의 수의를 팜</small>

팔아다가 채워 내니 오십여 냥(五十餘兩) 되겠고야

삼수각진(三水各鎭) 두루 돌아 이십육 장(二十六張) 돈피 사니
<small>거의 (가까이 옴)　　　　　　　　　▶ 부모의 수의까지 판 돈으로 삼수 지역을 돌며 돈피를 마련함</small>

십여 일 장근(將近)이라 성화(星火) 같은 관가 분부(官家分付)
<small>돈피 마련에 걸린 시간</small>

차지(次知) 잡아 가두었네 불쌍할사 병든 처는
<small>남을 대신하여 형벌을 받던 사람 = 갑민의 아내</small>

영어 중(囹圄中)에 던지어서 결항 치사(結項致死) 하단 말가
<small>감옥　　　　　　　　갑민의 아내가 괴로움을 이기지 못하고 목을 매어 죽음</small>

내 집 문전 돌아드니 어미 불러 우는 소리
<small>문의 앞쪽　　　갑민의 아내</small>

구천(九天)에 사무치고 의지 없는 노부모는

불성인사 누웠으니 기절하온 탓이로다
<small>제 몸에 벌어지는 일을 모를 만큼 정신을 잃은 상태</small>

여러 신역(身役) 바친 후에 시체 찾아 장사하고

사묘(祠廟) 모셔 땅에 묻고 애끓도록 통곡하니
<small>제사 지내는 일을 맡아 함</small>

무지 미물(無知微物)이 저도 또한 설리 운다　<small>슬피</small>　▶ 돈피를 구하는 사이 갑민의
<small>참새 따위의 작은 새를 통틀어 이르는 말. 감정 이입물</small>
<small>아는 것이 없는 동물　　　　갑민의 슬픈 정서가 조작에 투영됨　　아내가 옥살이를 하다 죽음</small>

막중 변지(邊地) 우리 인생 나라 백성 되어 나서
<small>변두리의 땅</small>

군사(軍士) 싫다 도망하면 화외민(化外民)이 되려니와
<small>임금의 교화가 미치지 못하는 곳의 백성 → 법의 보호를 받지 못함</small>

한 몸에 여러 신역(身役) 물다가 할 새 없어　　　┌ 또다시 돌아오는 신역을 견딜 수 없기에
<small>갑산의 백성들이 유랑민이 되는 이유 – 한 사람이 여러 사람의 신역을 부담해야 함　　유리민이 되어 떠돌 수밖에 없음</small>

또 금년(今年)이 돌아오니 유리 무정(流離無定) 하노매라　▶ 갑산에 사는 백성들의 고충과 실정
<small>임금이 있는 곳　　　　일정한 집과 직업이 없이 이곳저곳으로 떠돌아다님 = 유랑</small>

나라님께 아뢰자니 구중천문(九重天門) 멀어 있고
<small>갑산의 실정을 임금에게 알리기는 현실적으로 어렵다는 생각이 드러남</small>

感想 포인트
생원과의 대화 속에 나타난
갑민의 삶을 통해 작품의 주
제 의식을 파악한다.

요순(堯舜) 같은 우리 성주(聖主) 일월같이 밝으신들
<small>어진 임금　　　　　　　　해와 달　뒤집힌 항아리 아래</small>

「불점 성화(不沾聖化) 이 극변(極邊)에 복분하(覆盆下)라 비칠쏘냐」
<small>임금의 교화를 누리지 못하는　　　『 』 임금님의 어진 덕이 갑산에까지 미치지 못함을 한탄함. 설의법</small>

★주목　그대 또한 내 말 듣소 타관 소식(他官消息) 들어 보게
<small>생원　　　　　　　　　북청</small>

북청 부사(北靑府使) 뉘실런고 성명(姓名)은 잠깐 잊어 있네
<small>선정을 베푸는 관리</small>

허다 군정(許多軍丁) 안보(安保)하고 백골 도망(白骨逃亡) 해원(解寃)일레
<small>매우 많은　　　　　편안히 보전함　　　죽은 이　원통한 마음을 품</small>

각대 초관(各隊哨官) 제 신역(諸身役)을 대소 민호(大小民戶) 분징(分徵)하니
<small>한 초를 거느리던 종구품 무관 벼슬　　　모든 백성에게 고르게 부담 지움</small>

많으면 닷 돈 푼수 적으면 서 돈이라
<small>갑산과 달리 북청 고을의 가벼운 신역 부담</small>

인읍 백성(隣邑百姓)이 이 말 듣고 남부여대(男負女戴) 모여드니
<small>가까운 고을　　　　남자는 짐을 지고 여자는 머리에 인다는 뜻으로, 가난한 사람들이 살 곳을 찾아 이리저리 떠돌아다님을 이름</small>

군정 허오(軍丁虛伍) 없어지고 민호 점점(民戶漸漸) 늘어 간다　▶ 북청에서는 신역의 부담이 적음
<small>군적에 등록만 되어 있고 실제로는 없는 군정　　　백성들이 군정의 폐단이 없는 북청으로 이주함</small>

나도 또한 이 말 듣고 우리 고을 군정 신역(軍丁身役)

「북청 일례(北靑一例) 하여지라 영문 의송(營門議送) 정탄 말가」
<small>관찰사가 직무를 보던 관아　　백성이 고을 원의 판결에 불복하여 관찰사에게 올리던 민원서류</small>
<small>『 』 군정과 신역을 북청과 같이 시행해 주기를 바라는 소장을 관아에 낸 갑민</small>

🖊 현대어 풀이

각 초군의 모든 신역을 담비 가죽 외에는
받지 마라.
관청의 명령이 이와 같이 매우 엄하니 할
수 없이 물러난다.
돈 가지고 물러 나와 억울한 사정을 글로
지어서 하소연하니
번거롭게 송사하지 말라 하고 군아의 사
내종과 장교를 파견하여
몹시 급하게 재촉하니 노부모의 수의로
여덟 승과 네 필을 두었던 것을 여덟 냥
돈을 받고
팔아다가 채워 내니 오십여 냥 되겠구나.
삼수의 각 지역을 두루 돌아 이십육 장
담비 가죽을 사니
십여 일이 거의 지난지라. 몹시 급한 관가
의 분부에
(나 대신) 아내를 잡아 가두었네. 불쌍하
다 병든 아내는
감옥 안에 갇히어서 목을 매어 죽었단 말
인가.
내 집의 문 앞을 돌아드니 (아이가) 어미
불러 우는 소리
구천에 사무치고 의지 없는 노부모는
인사불성으로 누웠으니 기절한 탓이로다.
여러 신역을 바친 후에 (아내의) 시체 찾
아 장사 지내고
사당 모셔 땅에 묻고 애끓도록 통곡하니
아는 것이 없는 동물인 뭇 새가 저도 또
한 슬피 운다.
변방이라도 우리 인생 나라의 백성이 되
어 나서
군사 되기 싫다고 도망하면 임금의 교화
가 미치지 못하는 곳의 백성이 되려니와
한 몸에 여러 신역을 부담하다가 할 수
없어
또 금년이 돌아오니 이곳저곳으로 떠돌
아다니노라.
나라님께 아뢰자니 궁궐의 문이 멀리 있
고
요순 같은 우리 임금이 해와 달같이 밝으
신들
임금의 교화를 누리지 못하는 이 극한 변
방, 뒤집힌 항아리 아래와 같은 곳에 (임
금의 덕이) 비추겠는가.
그대 또한 내 말 듣소, 타관 소식 들어 보
게.
북청 부사 누구신가 성명은 잠깐 잊어버
렸네.
많은 군정을 편히 보전하고 죽어 없어진
이는 원통한 마음 푸네.
각 부대 초관 여러 신역을 고루고루 크고
작은 집이 나눠 내니
많으면 닷 돈 푼 정도, 적으면 서 돈이라.
가까운 고을의 백성이 이 말 듣고 이리저
리 떠돌다 (북청으로) 모여드니
거짓 군정 없어지고 백성의 집이 점점 늘
어 간다.
나도 또한 이 말 듣고 우리 고을의 군정
신역
북청의 예를 들어 하옵소서 관아에 상소
를 바쳤는데

본읍(本邑) 맡겨 제사(題辭) 맡아 본 관아(本官衙)에 부치온즉
　　관부에서 백성이 제출한 소장이나 원서에 쓰던 관부의 판결이나 지령

불문 시비(不問是非) 올려 매고 형문 일차(刑問一次) 맞단 말가
　　잘잘못을 가리지도 않고 형문(죄인의 정강이를 때리던 형벌)을 당한 갑민
　　　　　　　　　　　　　　　　　　　　　　▶ 갑민이 북청의 예를 들어 수취 제도
　　　　　　　　　　　　　　　　　　　　　　　　개편을 청했다가 벌만 받음

천신만고(千辛萬苦) 놓여나서 고향 생애(故鄕生涯) 다 떨치고
　온갖 어려운 고비를 다 겪으며 심하게 고생함　　　　　　　　　　한밤중에

인리 친구(隣里親舊) 하직(下直) 없이 부로휴유(扶老携幼) 자야반(子夜半)에
　　　　　　노인을 부축하고 어린이는 이끈다는 뜻으로, 늙은이를 도와 보호하고 어린이를 보살펴 주는 것을 이르는 말

후치령로(厚致嶺路) 빗겨 두고 금창령(金昌嶺)을 허위 넘어

단천(端川) 땅을 바로 지나 성대산(聖大山)을 넘어서면 북청(北靑) 땅이 긔 아닌가
　　　　　　　　　　　　　　　　한 집안에 딸린 구성원

거처 호부(居處好否) 다 떨치고 모든 가속(家屬) 안보(安保)하고 신역(身役) 없는
　　좋음과 나쁨　　　　　　　　　　　　　　　　　갑민의 소박한 소망

군사(軍士) 되세

내곤 신역 이러하면 이친 기묘(離親棄墓) 하올쏘냐　　▶ 갑민이 갑산을 떠나 유리를 결단하게 됨
　　　　　　　　　　친족과 이별하고 조상 묘를 버림

비나이다 비나이다 하나님께 비나이다
　　반복을 통한 간절함 강조

「충군애민(忠君愛民) 북청(北靑) 원님 우리 고을 들르시면
　임금께 충성을 다하고 백성을 사랑함

군정 도탄(軍丁塗炭) 그려다가 헌폐상(軒陛上)에 올리리라」 『♩ 갑산의 군정 문제가 임금께
　몹시 곤궁하여 고통스러운 지경　　임금님께　　　　　　　　　알려져 개선되기를 바람

「그대 또한 명년(明年) 이때 처자 동생 거느리고
　　　　　　내년

이 영로(嶺路)로 잡아들 제 그때 내 말 깨치리라」 『♩ 생원도 갑산에 살면서 군정의 폐해를 겪는다면
　　고갯길　　　　　　　　　　　　　　　자신의 말을 이해할 수 있을 것이라는 의미

내 심중에 있는 말씀 횡설수설(橫說竪說)하려 하면

내일 이때 다 지나도 반나마 모자라리
　　　　　심중에 맺힌 말이 많음

일모 총총(日暮悤悤) 갈 길 머니 하직하고 가노매라.
　날이 저묾 몹시 급하고 바쁜 모양　　　　▶ 갑민이 자신의 소망을 이야기하고 북청으로 떠남

🖋 현대어 풀이

본읍에 맡겨 판결을 맡아 본 관아에 부쳤
더니
시비는 묻지 않고 올려 매어 놓고 정강이
만 한 차례 맞았단 말인가.
천신만고 (끝에) 풀려나서 고향에서의 삶
다 떨치고
이웃 친구 인사 없이 일가족을 데리고 한
밤중에
후치령 길 빗겨 두고 금창령을 힘들게 넘
어
단천 땅을 바로 지나 성대산을 넘어서면
북청 땅이 그곳 아닌가.
거처의 좋고 나쁨은 다 떨쳐 버리고 모든
가족 보호하고 신역 없는 군사 되세.
내 사는 곳 신역 이러하면 친족과 이별하
고 조상 묘를 버리겠는가.
비나이다. 비나이다. 하나님께 비나이다.
임금에게 충성을 다하고 백성을 사랑하
는 북청 원님 우리 고을 들르시면
군정의 도탄을 그려다가 임금님께 올리
리라.
그대 또한 내년 이때 처자 동생 거느리고
이 고갯길로 접어들 때 그때 내 말 깨우
치리라.
내 심중에 있는 말 횡설수설하려 하면
내일 이때 다 지나도 반 남짓도 모자라리.
해 저물고 바쁘게 갈 길 머니 작별하고
가노매라.

이 작품에 사용된 주요 표현상의 특징을 바탕으로 화자의 상황과 정서를 파악할 수 있어야 한다.

+ 표현상 특징

시간의 흐름에 따른 시상 전개	시간의 흐름에 따라 시상을 전개하여 '갑민'이 겪은 부정적 변화를 제시함 → '우리 조상 남중 양반 진사 급제 연면하여 ~ 군사 강정 되단 말가 / 내 한 몸이 헐어 나니'
설의적 표현	설의적 표현을 활용하여 '갑민'이 처한 상황을 부각함 → '이내 또한 갑민이라 이 땅에서 생장하니 이때 일을 모를쏘냐', '해마다 맞춰 무니 석숭인들 당할쏘냐', '불점 성화 이 극변에 복분하라 비칠쏘냐' 등
감정 이입	자연물에 '갑민'의 정서를 투영하여 아내를 잃은 인물의 슬픔을 강조함 → '무지 미물 뭇 조작이 저도 또한 설리 운다'

핵심 포인트 2 작품의 내용 파악

이 작품은 등장인물 간의 대화 형식을 통해 시상을 전개하고 있다. 따라서 생원과 갑민의 대화 내용을 파악하고, 각 인물 간의 입장 차이를 이해할 수 있어야 한다.

+ 대화체를 활용한 시상 전개

생원
고향(갑산)에 머물며 갑민이 처한 문제(공채, 신역)를 해결할 수 있다고 여김
• 갑산을 떠나 타향에서 살면 천한 신세가 되기 쉬움 → '내 고을의 양반 사람 타도타관 옮겨 살면 / 천히 되기 상사여든' • 도망가서 근본을 숨기고 살아도 비참한 현실에서 벗어나기 어려움 → '자네 또한 도망하면 일국 일토 한 인심에 / 근본 숨겨 살려 한들 어데 간들 면하쏜가' • 인삼을 캐고 돈피 사냥을 해서 공채와 신역을 해결할 수 있음 → '칠팔월에 채삼하고 구시월에 돈피 잡아 / 공채 신역 갚은 후에' • 신역을 갚고 남은 인삼과 돈피를 팔아 가족들의 생계를 유지할 수 있음 → '그 나머지 두었다가 ~ 부모처자 보전하고 새 즐거움을 누리려무나'

제안 ⇄ 반박

갑민
고향(갑산)을 떠나 북청으로 이주하는 것만이 문제를 해결할 수 있는 방안이라고 여김
• 도망간 친족들의 신역까지 모두 감당해야 함 → '시름없는 제 족인은 자취 없이 도망하고 / 여러 사람 모든 신역 내 한 몸에 모두 무니' • 인삼 캐기와 돈피 사냥에 실패함 → '채삼하려 입산하여 ~ 내 정성이 불급한지 사망 실이 아니 붙네' • 돈피를 구하고 있던 중 감옥에 붙잡혀 간 아내가 자결함 → '삼수각진 두루 돌아 ~ 결항 치사 하단 말가' • 과도한 신역 부담에 북청의 예와 같이 해 달라는 상소를 올렸으나 처벌받음 → '영문 의송 정탄 말가 ~ 불문 시비 올려 매고 형문 일차 맞단 말가' • 신역 부담이 적고 선정을 베풀고 있는 북청으로 떠나려 함 → '일모 총총 갈 길 머니 하직하고 가노매라'

핵심 포인트 3 시적 공간의 이해

이 작품은 갑민이 벗어나고자 하는 공간인 '갑산'과 이상적 공간인 '북청'을 대비하여 부조리한 현실 비판이라는 주제 의식을 드러내고 있으므로, '갑산'과 '북청'의 의미와 성격을 이해할 수 있어야 한다.

+ '갑산'과 '북청'의 공간적 의미

갑산
• 갑민의 조상이 참소당해 강제로 이주한 곳 • 국내 극변(중심지에서 아주 멀리 떨어진 변방) • 갑민의 조상들이 칠팔 대를 살아온 곳 • 갑민의 대에서 모해 입어 신분이 군사로 강등된 곳 • 갑민이 도망간 친족들의 신역까지 부담하며 힘들게 살아가는 곳 • 갑민의 아내가 감옥으로 끌려가 자결한 곳 • 임금의 교화와 덕이 미치지 못하는 곳

 ↔

북청
• 북청 부사가 선정을 베푸는 곳 • 많은 군정이 편히 보전되고 죽은 이가 원한을 푸는 곳 • 신역을 여러 백성에게 공정히 나누어 부담이 적은 곳 • 허위 군정이 사라져 군정의 폐단이 없는 곳 • 인근 백성들이 모여들어 민가가 늘어나는 곳 • 갑민이 고향을 떠나 가족을 데리고 향하는 곳

• 해제
〈갑민가〉는 조선 영·정조 시기 함경도 갑산에 사는 백성이 지었다고 알려진 현실 비판 가사이다. 이 작품은 생원과 갑민이 대화를 주고받는 형식으로 시상이 전개되는데, 군정의 폐단과 가렴주구로 인해 고통받는 당대 백성들의 현실이 사실적으로 나타나 있다. 작품 앞부분에서 생원은 갑산에서 고향을 버리고 도망가는 갑민을 발견하고, 다른 곳으로 가도 근본을 숨길 수 없으니 갑산에서 공채와 신역을 갚으며 살아갈 것을 조언한다. 이에 갑민은 자신이 신역을 부담해야 하는 몰락 양반이 된 이유를 설명하고, 도망간 친척 대신 자신이 모든 신역을 져야 하는 족징의 폐해, 삼 캐기를 실패하고 돈피(담비 가죽)를 구하기 위해 산에 올라간 사이 감옥에 끌려간 아내가 자결한 사연, 관아에 상소를 올렸으나 오히려 처벌을 받은 경험 등 자신이 겪은 비참한 현실을 들려준다. 이후 갑민은 이웃 마을 북청에서는 백성들에게 신역을 과중하게 부여하지 않고 선정을 베풀고 있다며, 생원에게 인사하고 갑산을 떠나 북청으로 향한다.

• 화자와 시적 상황
– 생원은 갑민에게 충고를 하는 인물로, 갑산을 벗어나 다른 곳으로 가도 현실의 문제를 해결할 수 없으므로, 갑산에 머무르라고 한다.
– 갑민은 몰락한 양반 신분으로, 도망간 친척의 신역까지 부담해야 하는 상황에 처해 있어, 갑산을 벗어나 선정을 베풀고 있다고 알려진 북청으로 가고자 한다.

• 주제
군정의 폐단으로 인한 가혹한 현실 비판

한 줄 평 | 술로 상징되는 향락적 욕망의 추구와 이에 대한 경계를 드러낸 노래

삼가 뜻하는 바를 ▸ 작자 미상

(소장을 통해)

청원이나 진정을 처분하는 권한을 지닌 절대적 존재

삼가 뜻하는 바를 펴고자 하는 저는 상제께서 처분하오소서

술샘을 자신의 소유로 만들고자 하는 욕구 자신이 바라는 것을 청원하는 글인 ▸초장: 청원인이 상제에게 청원을 올림
'소지' 형식의 시조임이 드러남

술맛이 나는 물이 샘솟는 곳 = 주천(酒泉) 술샘을 관리할 주인이 없음

술샘이 주인 없어 오래도록 황폐하였으니 그 이유 살피신 후에 제가 바라는 일을

술샘이 황폐해진 까닭 술샘의 주인이 되고 싶음 → 술에 대한 권리를 독차지하려는 의도

처결하여 허락함을 공증 문서로 발급하옵소서 ▸중장: 술샘의 주인이 되기를 바라는 청원의 내용

술샘의 소유권이 청원인에게 있음을 공식적으로 증명해 주기를 바람

술을 몹시 즐겼던 중국의 시인들 토지와 관련된 세금

상제께서 소장 안에 호소하는 바를 다 살펴보았거니와 유령 이백도 토지나 전결세

초장과 중장의 청원 내용 문맥상 술샘에 대한 권리를 의미함

를 나눠 받지 못했거든 하물며 「세상의 공적 물건이라 제 마음대로 못할 일이라」

(술샘은) 술은 개인의 것이 될 수 없음 → 화자의 청원을 들어줄 수 없는 근본적 이유

「 」: 과도한 음주 혹은 개인의 과도한 욕망에 대한 경계 ▸종장: 타당한 근거를 들어 청원을 거부하는 상제

감상 포인트

화자의 청원 내용과 그것에 대한 상제의 처분을 중심으로 작품을 감상해야 한다.

■ 작품 분석 노트

• 시상 전개의 흐름

	초장	청원자의 청원
청원	중장	술샘의 주인이 되는 것을 허락하는 공증 문서의 발급을 요구함
바라는 바를 이루어 주기를 청원함		

↓

처분	종장	술샘은 공적 물건이라 청원을 들어줄 수 없음
청원을 거부하고 개인의 과도한 욕망을 경계함		

• '상제'가 화자의 청원을 거부한 근거

① 술을 즐기기로 유명했던 유령이나 이백도 '술샘[주천(酒泉)]'에 대한 어떤 권리도 부여받지 못함

② '술샘[주천(酒泉)]'은 개인이 소유할 수 없는 공적 물건임 → 청원 거부의 근본적 이유

이 작품은 다양한 표현 방법을 효과적으로 활용하여 과도한 욕망에 대한 경계라는 주제 의식을 드러내고 있으므로, 이 표현상의 특징을 알아 두어야 한다.

+ 〈삼가 뜻하는 바를〉의 표현상 특징

역사적 인물인 '유령'과 '이백'의 전고 활용	유령과 이백이 술을 매우 즐겼다는 전고(典故)를 활용하여 상제가 청원자의 청원을 거부한 처분의 정당성을 강화함
말을 건네는 방식	초장과 중장은 소지 문서의 내용으로 '상제'를 청자로 상정하여 바라는 바를 제시하고 있으며, 종장은 이에 대한 상제 대리인의 답변을 제시하여 대화를 주고받는 듯 생동감 있게 전개함
청원자와 처분자의 신분 차이를 드러내는 높임 표현	초장과 중장의 화자(청원자)는 상대(처분자, 상제)를 높이고 있지만, 종장의 화자(처분자의 대변인)는 상대(청원자)를 높이지 않음

이 작품은 '소지'의 형식을 활용하여 청원을 하고, 그것에 대한 처분 결과를 제시하는 소지형 시조의 구조를 보이고 있다.

+ 〈삼가 뜻하는 바를〉의 구조적 특징

초장과 중장 – 청원	청원 내용	술샘에 대한 청원자의 소유권을 인정하는 공증 문서의 발급 요청 ⇨ 술을 통한 풍류나 향락을 독점하고 싶은 욕망
	청원 근거	오랫동안 주인이 없어 술샘이 황폐해짐
종장 – 청원에 대한 처분	처분 내용	청원을 거부함 ⇨ 과도한 욕망에 대한 경계
	처분 근거	① 유령과 이백도 술샘에 대한 권리를 부여받지 못했음 ② 술샘은 공적 물건이라 개인이 차지할 수 없음

+ [참고] 주제와 내용이 유사한 소지형 시조

右謹言所志矣段 陳地立案成給ㅎ소 劉伶의 노던 듸 醉鄉이 무게셔이다
世上애 爭望ㅎ리 업게 依法成給ㅎ쇼셔

[현대어 풀이]
삼가 뜻하는 바를 아뢰오니 묵은 땅의 권리를 문서로 발급해 주소서
유령(劉伶)이 놀던 장소인 취향 땅이 묵혀 있으니
세상에 다툴 이 없게 법에 의하여 문서를 발급해 주소서

上帝 녁기샤듸 狀辭的實ㅎ올지라도 陶淵明 李太白도 立案 못 낸 싸히어니
天下애 公物을 사마 모다모다 노라ㅅ라

[현대어 풀이]
상제 생각하시되 소장 내용이 사실이라 할지라도 도연명 이태백도 권리를 얻지 못한 땅이니
세상의 공적 물건으로 삼아 누구나 놀도록 하여라

― 김득연의 시조

• **해제**
이 작품은 소지의 형식을 활용하여 청원자가 바라는 바를 '상제'에게 요구하고, 그 청원에 대한 상제의 처분 결과를 제시하고 있는 소지형 시조이다. 초장과 중장의 화자는 상제에게 술샘(주천)을 자신의 소유로 인정해 달라는 청원을 하는데, 이는 향락이나 풍류 같은 즐거움을 독점하고 싶은 욕망을 상징한다고 볼 수 있다. 그리고 종장에서 상제의 대변인으로 볼 수 있는 화자가 청원을 거부한다는 상제의 처분을 제시하고 있다. 청원을 거부한다는 상제의 처분은 과도한 욕망에 대한 경계로 볼 수 있다.

• **화자와 시적 상황**
초장과 중장의 화자와, 종장의 화자가 다르게 나타난다. 초장과 중장의 화자는 자신이 바라는 바를 들어주기를 상제에게 청원하는 청원인이며, 종장의 화자는 상제의 처분 결과와 그 근거를 상제를 대신해 청원인에게 전달하는 대리인이다.

• **주제**
과도한 향락적 욕망과 이에 대한 경계

한 줄 평 | 교목처럼 꼿꼿하게 살아가고자 하는 의지를 표현한 시

교목 ▸ 이육사

⋯ 기출 수록 수능 2007

▨: 화자가 지향하는 것 ↔ ▨: 화자가 거부하는 부정적인 것

푸른 하늘에 닿을 듯이
교목이 지향하는 세계 – 이상과 염원의 세계

세월에 불타고 우뚝 남아 서서   ▨: ① 부사어 사용 – 화자의 단호하고 굳은 의지를 표현함
고통과 시련을 겪은 부정적 현실을 드러냄   ② 부정 표현 – 화자의 저항 의지를 효과적으로 드러냄

차라리 봄도 꽃피진 말아라.   ▸ 1연: 우뚝 서 있는 교목의 신념과 의지
부정적 상황에 영합하여 영화를 누리지 않겠다는 의미(부정적 현실 극복에 대한 강한 결의)
–라: 명령형 종결 어미

낡은 거미집 휘두르고
화자가 처한 부정적 현실

끝없는 꿈길에 혼자 설레이는
현실 극복을 위한 끝없는 투쟁

마음은 아예 뉘우침 아니라.   ▸ 2연: 후회 없는 삶에 대한 교목의 결의
자신의 선택에 대해 후회가 없음을 강조함

감상 포인트
'교목'의 모습과 관련한 화자의 태도를
이해하고, 화자의 태도를 강조하기 위
해 사용한 표현상 특징을 파악한다.

검은 그림자 쓸쓸하면
암울한 상황   하강적 이미지

마침내 호수 속 깊이 거꾸러져
죽음의 이미지, 시련을 견뎌 내기 위한 공간 → 화자의 굳은 의지를 드러냄

차마 바람도 흔들진 못해라.   ▸ 3연: 죽음마저 불사하는 교목의 결연한 의지
외부의 유혹이나 시련

▬ 작품 분석 노트

• '푸른 하늘'의 상징적 의미
'푸른 하늘'은 '세월에 불타'지만 '우뚝
남아' 선 '교목'이 지향하는 세계로,
이상과 염원의 세계를 의미한다. 더
불어 이 작품의 작가가 일제 강점기
의 독립투사였다는 점을 고려하여 감
상하면, '푸른 하늘'은 화자가 염원한
'조국 광복'이라는 상징적 의미를 지
닌다고 할 수 있다.

푸른 하늘	'교목'이 지향하는 이상과 염원의 세계

↓

일제 강점기의 암울한 상황에서 화자
가 추구하는 조국 광복을 상징함

• 이 작품에 나타난 화자의 태도
화자는 자신을 '교목'에 비유하여 암
담한 현실을 극복하고자 하는 태도를
드러내고 있다. 또한 각 연의 마지막
행에서는 부사어와 부정 표현을 사용
하여 현실과 타협하지 않겠다는 화자
의 단호한 태도와 저항 의지를 효과
적으로 드러내고 있다.

1연	차라리 봄도 ~ 말아라.
2연	마음은 아예 ~ 아니라.
3연	차마 바람도 ~ 못해라.

↓

화자의 단호한 태도와
저항 의지를 드러냄

• 강인하고 의지적이며 남성적인 어조
'우뚝 남아 서서', '차라리', '휘두르고',
'아예', '마침내', '깊이 거꾸러져' 등의
강인하고 의지적이며 남성적인 어조를
사용하여 부정적 현실에 굴복하지 않
겠다는 화자의 의지를 드러내고 있다.

'우뚝 남아 서서', '차라리', '휘두르고', '아예', '마침내', '깊이 거꾸러져'

↓

강인하고 의지적이며 남성적인 어조

핵심 포인트 1   소재의 상징적 의미 파악

이 작품의 제목이자 주요 소재인 '교목'은 '줄기가 곧고 굵으며 높이 자란 큰 나무'로, 화자가 지향하는 가치를 보여 주는 대상이자 화자를 상징하는 시어라고 할 수 있다. 따라서 '교목'의 모습에 주목하여 화자의 모습을 파악할 수 있어야 한다.

+ '교목'의 상징적 의미

교목	화자가 지향하는 가치를 보여 주는 대상이자 화자를 상징

↓

교목의 모습	화자의 모습
• 세월에 불타고 우뚝 남아 섬 • 낡은 거미집을 휘두름 • 호수 속에 깊이 거꾸러짐 • 차마 바람도 흔들지 못함	• 부정적 상황에서도 저항 의지를 지님 • 안락을 거부하는 강인한 모습을 보임 • 비굴한 삶을 거부하고 죽음을 불사하며 저항함 • 외부의 유혹이나 시련(일제의 탄압)에도 굴복하지 않음

↓

'교목'을 통해 부정적 현실에서도 굴복하지 않는 화자의 강인한 신념과 의지를 형상화함

핵심 포인트 2   표현상 특징 파악

이 작품에서는 부사어와 이에 호응하는 부정 표현, 명령형 종결 어미를 사용하여 시상을 전개하고 있다. 따라서 이러한 표현상의 특징과 효과를 파악할 수 있어야 한다.

+ 부사어와 부정 표현의 사용 효과

부사어의 사용	'차라리', '아예', '차마'	극단적 의미의 부사어를 사용하여 부정적 현실과 타협하지 않겠다는 화자의 단호한 태도를 드러냄
부정 표현의 사용	'말아라', '아니라', '못해라'	부정 표현을 사용하여 암울한 현실에 굴복하지 않고 저항하겠다는 화자의 굳은 의지를 드러냄

↓

부정적 상황을 극복하기 위한 화자의 신념과 의지를 강조함

핵심 포인트 3   시어 및 시구의 의미 파악

이 작품에는 일제 강점기에 독립운동을 한 작가의 의지적 태도가 드러나 있다. 따라서 작품에 드러난 시어 및 시구의 의미뿐만 아니라 창작 배경과 작가의 삶을 고려한 시어 및 시구의 의미도 파악할 수 있어야 한다.

+ 시어 및 시구의 의미

푸른 하늘	교목이 지향하는 세계 → 일제 강점기 상황에서의 조국 광복
(불타는) 세월	고통과 시련을 겪은 부정적 현실 → 일제 강점기의 암울한 현실
낡은 거미집, 검은 그림자	부정적인 현실 → 일제 강점기의 암울한 현실
바람	외부의 유혹이나 시련 → 일제의 현혹과 탄압

◎ 작품 한눈에

• **해제**

〈교목〉은 냉혹한 세월에 불타 버렸지만 우뚝 서 있는 교목을 통해 부정적 상황을 극복하고자 하는 화자의 의지를 드러낸 작품이다. 이 작품에서는 특히 부사어와 부정 표현, 명령형 종결 어미를 사용하여 부정적 현실 극복의 의지를 효과적으로 보여 주고 있다. 한편 작가 이육사의 삶을 참고할 때, 이 작품은 일제 강점기의 시련 속에서도 교목처럼 꿋꿋하게 살아가며 조국 광복의 의지와 결의를 다지고자 한 이육사의 의연한 삶의 자세를 보여 주고 있다고도 할 수 있다.

• **화자와 시적 상황**

이 시의 화자는 암울한 시대 상황에서 시련과 고난을 겪고 있지만, 굳은 의지로 이를 극복하려는 태도를 보이고 있다.

• **주제**

부정적 현실에도 굴복하지 않는 강인한 신념과 의지

🔍 기출 확인

2007학년도 수능

[작품 간의 공통점 파악]
• 화자가 바람직하게 생각하는 삶의 자세가 담겨 있다.

[표현상 특징 파악]
• 비유와 상징을 통해 시상을 구체화하고 있다.

[외적 준거에 따른 작품 감상]
┤ 보기 ├

【백과사전】
이육사: 시인. 1904년 경상북도 안동 출생. 항일 투쟁으로 20여 차례의 투옥 끝에 베이징 감옥에서 옥사함.
• 작품 경향: 저항 의식, 실향 의식과 비애, 초인 의지와 조국 광복에 대한 열망 등을 주제로 삼고 있음. 정제된 형식미와 안정된 운율감을 보임.
• 「교목」: 1940년 『인문평론』 7월호에 발표.

【국어사전】
교목: 줄기가 곧고 굵으며 높게 자라는 나무.

【인터넷 자료】
• 『맹자』에 따르면, '교목'은 오랜 세월 덕을 닦아 임금을 도(道)로써 보필하여 나라를 떠받치는 신하를 의미한다.
• 시인은 빈궁과 투옥과 유랑의 사십 평생에 거의 하루도 평온한 날이 없었다. 문학 청년은 아니었으나 삼십 고개를 넘어 시를 쓰기 시작했고, 혁명적 열정과 의욕을 시에 의탁해 꿈도 그려 보고 불평도 터뜨렸던 것이다. (『육사 시집』 발문)

• 이 시의 제목은 나라를 위한 시인의 절개와 기상을 표상한 것이다.
• 이 시의 행 배열과 연 구성에서도 이육사 시의 형식적 특성을 찾을 수 있다.
• '낡은 거미집'은 시인의 고난에 찬 삶의 모습을 형상화한 것이다.
• '끝없는 꿈길'은 시인의 혁명적 열정과 의욕을 함축하고 있다.

한 줄 평 | 자아가 분열된 현대인의 내적 불안을 그린 시

거울 ▸ 이상

⋯ 교과서 수록 [문학] 천재(김)

거울속에는소리가없소
자의식 속의 또 다른 자아를 인식하게 하는 매개체

저렇게까지조용한세상은참없을것이오 ▸ 1연: 현실과 단절된 조용한 거울 속의 세계
소리가 없는 거울 속 세계 – 거울 밖 세계와 단절되어 소통이 어려운 상황

▨ : 본질적 · 내면적 자아 ▨ : 현실적 · 일상적 자아

거울속에도내게귀가있소
거울 밖의 나   거울 속의 나

내말을못알아듣는딱한귀가두개나있소 ▸ 2연: 의사소통이 단절된 거울 속의 세계
현실적 자아와 내면적 자아의 의사소통의 단절을 드러냄. 자아 분열

감상 포인트
'거울'의 상징적 의미를 이해하고, 주제 의식을 드러내기 위해 사용한 표현상 특징을 파악한다.

거울속의나는왼손잡이오
현실의 자아와 상반된 존재

내악수(握手)를받을줄모르는 — 악수를모르는왼손잡이오 ▸ 3연: 두 자아의 화해의 실패
두 자아의 화해   화해가 불가능한 불화의 상태 – 두 자아 사이의 단절의 심화

『♪ 거울의 이중성 – 단절의 장치이자 연결의 매개체

「거울때문에나는거울속의나를만져보지를못하는구료마는
두 자아가 소통이 불가능한 단절의 상태임을 보여 줌

거울이아니었던들내가어찌거울속의나를만나보기만이라도했겠소」 ▸ 4연: 거울의 이중성
거울을 매개로 '거울 속 나'를 인식하게 되었음을 보여 줌

나는지금(至今)거울을안가졌소만거울속에는늘거울속의내가있소
내면적 자아인 '거울 속 나'는 항상 존재함

잘은모르지만외로된사업(事業)에골몰할게요 ▸ 5연: 자아 분열의 심화
현실적 자아의 의도와 인식에서 벗어난 내면적 자아의 행동 – 자아 분열의 심화

거울속의나는참나와는반대(反對)요마는 / 또꽤닮았소
두 자아의 본질적인 모순성 – 역설적 표현

나는거울속의나를근심하고진찰(診察)할수없으니퍽섭섭하오 ▸ 6연: 자아 분열에 대한 안타까움
자아 분열에 대한 안타까움 – 두 자아 사이의 관계 회복과 합일을 소망하는 심리가 내재됨

작품 분석 노트

• 〈거울〉의 대칭 구조
이 작품에서는 또 다른 자아를 인식하게 해 주는 '거울'을 매개로 하여 '거울 밖의 나'와 '거울 속의 나'가 대칭 구조를 이루며 단절과 분열의 양상을 보여 주고 있다.

거울 밖의 나		거울 속의 나
현실적, 일상적 자아	←거울→	본질적, 내면적 자아

↓

단절과 분열

• '악수'의 의미
이 작품에서 '거울 밖의 나'는 '거울 속의 나'에게 '악수'를 건네려 하지만, '거울 속의 나'는 '악수'를 모르는 왼손잡이'여서 '악수'를 하지 못한다. 이것으로 볼 때 '악수'는 두 자아의 '화해'를 의미한다고 할 수 있다.

거울 밖의 나
'거울 속의 나'에게 '악수'를 건네려 함

악수	'거울 속의 나'와 화해하려는 시도

↓

거울 속의 나 – 왼손잡이
'거울 밖의 나'와 '거울 속의 나' 사이의 화해가 불가능함을 보여 줌 → 두 자아 사이의 단절의 심화

• '외로된 사업'에 '골몰'하는 것의 의미
'외로된 사업'은 '거울 속의 나'가 '거울 밖의 나'와 상관없이 하는 혼자만의 일을 의미한다. '거울 속의 나'는 '거울 밖의 나'와는 상관없이 '외로된 사업'에 '골몰'하고 있는데, 이러한 '거울 속의 나'의 모습은 두 자아 사이의 단절과 분열이 심화되었음을 보여 준다고 할 수 있다.

'외로된사업에골몰할게요'
현실적 자아의 의도와 인식에서 벗어난 내면적 자아의 행동

↓

두 자아의 단절 · 분열의 심화

소재의 의미와 기능 파악

이 작품에서 '거울'은 '거울 밖의 나'가 '거울 속의 나'를 인식하게 하는 매개체로, 자아 분열로 인한 갈등과 고뇌라는 주제 의식을 구현하는 핵심적인 소재이다. 따라서 작품에 드러난 '거울'의 의미와 기능에 대해 파악할 수 있어야 한다.

+ '거울'의 의미와 기능

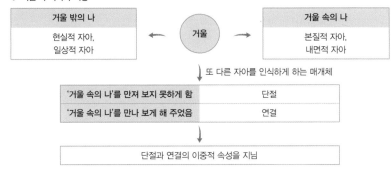

| '거울 속의 나'를 만져 보지 못하게 함 | 단절 |
| '거울 속의 나'를 만나 보게 해 주었음 | 연결 |

↓

단절과 연결의 이중적 속성을 지님

표현상 특징 파악

이 작품은 여타의 작품과는 다른 독특한 표현 방식을 사용하여 주제 의식을 형상화하고 있다. 따라서 이 작품의 표현상 특징을 파악할 수 있어야 한다.

+ 표현상 특징

관념적 대상의 형상화	'거울'이라는 일상적 소재를 활용하여 '내면 의식(자아)'이라는 관념적 대상을 형상화함
띄어쓰기의 무시	'거울속에는소리가없소'처럼 띄어쓰기를 무시하여 분열된 자아의 내면 심리를 효과적으로 표현함
역설적 표현	'거울속의나는참나와는반대요마는 / 또꽤닮았소'를 통해 두 자아의 분열과 모순을 효과적으로 드러냄

외적 준거에 따른 감상

이 작품은 띄어쓰기를 무시하는 등 실험적인 기법을 사용하고 분열된 자아의 내면 심리를 다루고 있다는 점에서 초현실주의와 연결 지을 수 있다. 따라서 이와 관련된 외적 준거를 바탕으로 작품을 해석해 볼 필요가 있다.

+ 초현실주의 자동기술법

초현실주의는 제일차 세계 대전 뒤에, 모든 예술의 전통적 요소를 부정한 다다이즘의 격렬한 파괴 운동을 수정하여 발전시킨 예술 운동으로, 이성의 속박에서 벗어나 비합리적인 것이나 의식 속에 숨어 있는 비현실의 세계를 자동기술법과 같은 수법으로 표현하였다. 이때 자동기술법이란 이성이나 기존의 미학을 배제하고 무의식의 세계에서 생긴 이미지를 그대로 기록하는 연상 작용을 통해 무의식의 세계를 서술하는 방식이다.

→ 〈거울〉에서는 띄어쓰기를 무시하는 방법으로 분열된 자아를 표현하고 무의식의 세계를 연상 작용을 통해 자동으로 기술하는 자동기술법을 사용하여 주제를 강조하고 있다.

작품 한눈에

• 해제
〈거울〉은 거울에 비치는 상이 반대 방향인 점에 착안하여 한 개인의 자아 분열로 인한 갈등과 고뇌를 표현한 작품이다. 이 작품에서 화자는 또 다른 자아를 인식하게 하는 매개체인 '거울'을 통하여 '거울 밖의 나'가 '거울 속의 나'를 만나지 못하는 두 자아 사이의 분열과 단절을 형상화하고 있다.

• 화자와 시적 상황
이 시의 화자('나')는 거울을 바라보며 분열된 자아의 모습을 확인하고 이를 안타까워하고 있다.

• 주제
자아 분열로 인한 갈등과 고뇌

한 줄 평 | 사랑을 떠나보내는 슬픔과 이별 후의 그리움을 노래한 시

배를 밀며 ▶ 장석남

배를 민다
사랑하는 사람을 떠나보내는 일

배를 밀어 보는 것은 아주 드문 경험
　　　　　계절적 배경, 이별의 쓸쓸함을 부각함

희번덕이는 잔잔한 가을 바닷물 위에
물고기 따위가 몸을 젖히며 번득이는

배를 밀어 넣고는

온몸이 아주 추락하지 않을 순간의 한 허공에서
배를 밀면서 몸의 중심을 잃어 바다에 빠지지 않을 정도

밀던 힘을 한껏 더해 밀어 주고는
모든 힘을 쏟아 사랑을 떠나보냄 – 이별의 어려움

「아슬아슬히 배에서 떨어진 손, 순간 환해진 손을
　　이별의 순간에 느낀 아쉬움과 안타까움　　　　이별로 인한 허전함

허공으로부터 거둔다」「」: 미련을 떨쳐 버리는 행위
이별 이후의 허전함 강조

　　▶ 1연: 배를 밀어 본 경험

인식의 확장(유추): 배 → 사랑
사랑은 참 부드럽게도 떠나지 ▬: 종결 어미의 반복
　　　　　사랑이 자연스럽게 떠나는 모습

뵈지도 않는 길을 부드럽게도
이별 이후의 상황을 알 수 없는 막막한 상황

　　▶ 2연: 부드럽게 떠나는 사랑

「배를 한껏 세게 밀어내듯이 슬픔도
「」: 이별의 슬픔을 감내, 극복하려는 화자의 의지

그렇게 밀어내는 것이지」

　　▶ 3연: 이별의 슬픔을 극복하려는 의지

배가 나가고 남은 빈 물 위의 흉터
배가 떠난 후의 잔물결 – 추상적 관념의 구체화(이별로 인한 마음의 상처)

잠시 머물다 가라앉고
시간이 지나면 이별의 상처가 회복되리라고 믿음

　　▶ 4연: 금방 가라앉을 것이라 생각한 이별의 상처

영탄법 – 감탄사를 사용하여 화자의 정서를 부각함
그런데 오, 「내 안으로 들어오는 배여 □: 호격 조사 '여' 반복
시상의 전환　　잊은 줄 알았던 상대에 대한 그리움

아무 소리 없이 밀려 들어오는 배여」
떠난 사랑에 대한 그리움이 무의식적으로 갑자기 밀려옴
「」: 유사한 시구의 변주 – 잊지 못한 상대에 대한 그리움과 미련을 드러냄

　　▶ 5연: 사랑을 떠나보내지 못한 마음

감상 포인트

배를 미는 행위에서 이별의 상황을 유추하여 시상을 전개하고 있으므로 이별 상황에서의 화자의 정서를 파악한다.

작품 분석 노트

• 작품의 구성

이 작품은 '그런데'를 기준으로 이별의 슬픔을 극복하려는 화자의 모습이 나타난 부분과 슬픔을 견디려는 화자의 의지에도 불구하고 문득 떠오르는 대상에 대한 그리움이 드러난 부분으로 나눌 수 있다.

1~4연	사랑을 떠나보내며 느끼는 허전함과 슬픔, 슬픔을 극복하기 위한 의지와 다짐

'그런데'(시상의 전환)

5연	잊지 못한 상대에 대한 그리움

• 감탄사 '오'를 사용한 영탄법

화자는 이별을 수용하고 슬픔을 극복하려 하지만 갑작스럽게 떠오른 감정에 놀란 심정을 감탄사를 활용하여 드러내고 있다.

① 이별한 상대에 대한 그리움 ② 예상하지 못한 감정으로 인한 당혹감

↓

잊지 못한 상대에 대한 그리움과 미련을 드러냄

이 작품은 유추의 방식을 활용하여 배를 미는 구체적 행위와 사랑을 떠나보내는 이별의 상황을 비교하며 시상을 전개하고 있다. 시적 화자가 전달하고자 하는 의미를 파악하기 위해 배를 밀거나 배가 들어오는 상황이 이별의 상황에서 무엇을 의미하는지 파악할 수 있어야 한다.

+ 유추에 의한 시상 전개 방식

시어 및 시구		이별의 상황
배를 민다	유추 →	사랑하는 사람을 떠나보내는 일
배가 나가고 남은 빈 물 위의 흉터		이별로 인한 마음의 상처
아무 소리 없이 밀려 들어오는 배여		이별 후 문득 떠오른 상대에 대한 그리움

이 작품에서는 종결 어미를 반복하여 이별의 상황을 수용하려는 화자의 태도를 드러내고 있으며, 접속 부사와 영탄적 표현을 사용하여 이별 후에 찾아온 그리움으로 인한 화자의 당혹감을 표현하고 있다. 따라서 다양한 표현 방법과 그 효과를 파악할 수 있어야 한다.

+ 표현상 특징

종결 어미의 반복	'떠나지', '것이지'에서 종결 어미 '-지'를 반복하여 이별을 수용하고, 이별의 슬픔을 극복하려는 화자의 태도를 드러냄
접속 부사의 사용	접속 부사 '그런데'를 사용하여 시상을 전환하고 있음
영탄적 표현	감탄사 '오'를 활용하여 갑작스럽게 떠오른 그리움의 감정과 예상하지 못한 감정에 대한 화자의 당혹감을 표현함
유사한 시구의 변주	'내 안으로 들어오는 배여', '아무 소리 없이 밀려 들어오는 배여'에서 유사한 시구를 변주하여 이별 후에도 상대를 그리워하는 화자의 마음을 강조함

이 작품에서는 배를 밀거나 배가 들어오는 상황을 표현한 시구를 통해 화자의 정서를 간접적으로 드러내고 있다. 따라서 배와 연관된 시적 상황을 통해 화자의 정서와 태도를 파악할 수 있어야 한다.

+ 화자의 정서와 태도

밀던 힘을 한껏 더해 밀어 주고는 / 아슬아슬히 배에서 떨어진 손, 순간 환해진 손을 / 허공으로부터 거둔다	사랑을 떠나보내는 것의 어려움, 사랑하는 사람을 떠나보낸 뒤의 허전함
슬픔도 / 그렇게 밀어내는 것이지	이별의 슬픔을 극복하려는 의지
물 위의 흉터 / 잠시 머물다 가라앉고	이별로 인한 마음의 상처가 회복되리라고 믿음
내 안으로 들어오는 배여 / 아무 소리 없이 밀려 들어오는 배여	잊은 줄 알았던 상대에 대한 그리움이 무의식적으로 떠오름

작품 한눈에

• 해제
〈배를 밀며〉는 '배'에 관한 연작시 3편 중 두 번째 시로, 사랑을 떠나보내는 슬픔과 떠나보낸 후의 그리움을 노래한 작품이다. 배를 미는 행위에서 이별의 상황을 유추하여 시상을 전개하고 있으며 이별하는 순간의 아쉬움, 슬픔을 극복하려는 의지, 이별 후의 그리움 등의 정서를 형상화하고 있다. 1연에 이별의 상황, 3연에 이별의 슬픔을 극복하기 위한 화자의 다짐이 드러나 있고, 5연의 '그런데'에서 시상이 전환되며 이별 후의 그리움을 표현하고 있다.

• 화자와 시적 상황
이 시의 화자는 이별하는 과정에서 슬픔을 극복하고자 하고 이별 후에도 상대에 대한 그리움을 느끼고 있는 상황이다.

• 주제
이별의 슬픔과 이별한 상대에 대한 그리움

한 줄 평 | 꽃의 개화 과정을 이별의 과정으로 형상화한 시

꽃 피는 시절 ▶ 이성복

꽃
멀리 있어도 나는 당신을 압니다 ▨▨: 경어체 사용 → 차분하고 경건한 분위기를 조성함
화자: 꽃의 겉껍질(의인화) ┌─ 개화를 위해 거쳐야 하는 시련
귀먹고 눈먼 당신은 추운 땅속을 헤매다
개화 이전 씨앗으로 땅속에 묻혀 있는 상태
누군가의 입가에서 잔잔한 웃음이 되려 하셨지요
꽃이 기쁨과 행복을 주는 존재임을 알 수 있음   ▶ 1연: 추운 땅속에서 때를 기다리는 당신

「부르지 않아도 당신은 옵니다
「」: 자연의 섭리에 따라 개화가 필연적으로 이루어짐을 강조함
생각지 않아도, 꿈꾸지 않아도 당신은 옵니다」

당신이 올 때면 먼발치 마른 흙더미도 고개를 듭니다
흙에서 움이 트는 것을 형상화함   ▶ 2연: 때가 되면 반드시 올 당신

당신은 지금 내 안에 있습니다
'나'와 '당신'의 관계를 암시함 – '내(꽃의 겉껍질)'가 '당신(꽃)'을 감싸고 있는 상황임
당신은 나를 알지 못하고

나를 벗고 싶어 몸부림하지만   ▶ 3연: '나'를 벗어나려고 몸부림치는 당신
꽃의 겉껍질에서 벗어나려는 모습 – 개화를 위한 꽃의 강한 의지와 열망이 드러남

내게서 당신이 떠나갈 때면
개화의 순간을 이별의 순간으로 형상화함
「내 목은 갈라지고 실핏줄 터지고
「」: 꽃을 피우기 위한 시련의 과정 – '당신'이 떠날 때의 '나'의 고통을 감각적으로 형상화함
내 눈, 내 귀, 거덜 난 몸뚱이 갈가리 찢어지고」   ▶ 4연: 당신이 떠날 때 느끼는 '나'의 고통

감상 포인트

꽃을 피워 내는 과정을 이별의 과정으로 형상화하고 있다는 점에 주목하여, '나'의 정서를 파악한다.

「나는 울고 싶고, 웃고 싶고, 토하고 싶고
「」: 당신과 헤어지는 개화의 과정에서 느끼는 '나'의 고통을 구체적으로 묘사함
벌컥벌컥 물 사발 들이켜고 싶고 길길이 날뛰며」
음성 상징어
절편보다 희고 고운 당신을 잎잎이, 뱉아 낼 테지만   ▶ 5연: '나'의 고통 속에서 피어나는 당신
흰 꽃이 피어나는 순간을 시각적으로 묘사함

부서지고 무너지며 당신을 보낼 일 아득합니다
꽃이 피어나는 순간의 '나'의 고통과 시련 └─ 당신을 보내는 데서 느끼는 '나'의 아득한 심정
굳은 살가죽에 불 댕길 일 막막합니다
꽃을 피우는 순간의 고통에 대한 '나'의 두려움
불탄 살가죽 뚫고 다시 태어날 일 꿈같습니다   ▶ 6연: 당신을 떠나보내는 것에 대한 '나'의 두려움
꽃을 피우기 위한 '나'의 고통과 희생

지금 당신은 내 안에 있지만
당신과의 이별을 앞두고 있는 시간
나는 당신을 어떻게 보내 드려야 할지 모르겠습니다
꽃이 피어나는 순간, 즉 이별의 상황에서 느끼는 막막함, 아쉬움, 안타까움
「조막만 한 손으로 뻣센 내 가슴 쥐어뜯으며 발 구르는 당신」
막 피어나기 시작한 여린 꽃 └─ 꽃을 감싸고 있는 굳은 껍질   ▶ 7연: 당신이 '나'를 떠나는 것에 대한 아쉬움
「」: 개화에 대한 '당신'의 강한 열망과 의지가 드러남

작품 분석 노트

• '나'와 '당신'의 의미

이 작품은 꽃이 피는 상황을 이별의 상황에 빗대어 형상화하고 있다. 따라서 화자인 '나'와 시적 대상인 '당신'은 의인화된 대상이라 할 수 있다.

시적 상황	봄에 꽃이 피는 상황

↓

'나'	당신
꽃의 겉껍질 또는 꽃나무의 가지	꽃

• 개화를 위한 고통이 지니는 의미

이 작품에서는 개화의 순간 '나'가 겪는 고통이 드러나는데, 이는 자연의 섭리에 따라 이루어지는 개화에는 시련과 고통이 따른다는 인식을 보여 주는 것이라 할 수 있다.

당신(꽃)	봄이 되어 '나'를 떠나감

↓

'나'	• 목이 갈라지고 실핏줄이 터짐 • 눈, 귀, 거덜 난 몸뚱이가 갈가리 찢어짐

↓

자연의 섭리에 따른 개화 과정에는 시련과 고통이 따르기 마련이라는 인식을 보여 줌

• '당신'의 태도

이 작품에서 '당신'은 '나'를 벗고 싶어 몸부림치고, 뻣센 내 가슴을 쥐어뜯으며 발을 구르는 모습을 보이고 있다. 이러한 '당신'의 모습은 개화를 위한 꽃의 의지와 열망을 보여 준다고 할 수 있다.

• '나를 벗고 싶어 몸부림하지만'
• '조막만 한 손으로 뻣센 내 가슴 쥐어뜯으며 발 구르는'

↓

'당신'의 태도
개화를 위한 의지와 열망

화자의 정서와 태도 파악

이 작품은 꽃이 피어나는 상황을 이별의 상황에 비유하며 시상을 전개하고 있다. 따라서 시적 상황과 '나'와 '당신'의 정서와 태도를 파악할 수 있어야 한다.

+ 시적 상황 및 '나'와 '당신'의 정서와 태도

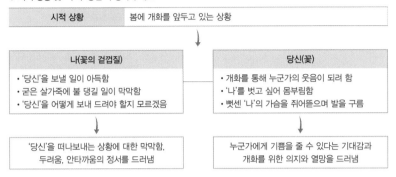

시적 상황	봄에 개화를 앞두고 있는 상황

나(꽃의 겉껍질)	당신(꽃)
• '당신'을 보낼 일이 아득함 • 굳은 살가죽에 불 댕길 일이 막막함 • '당신'을 어떻게 보내 드려야 할지 모르겠음	• 개화를 통해 누군가의 웃음이 되려 함 • '나'를 벗고 싶어 몸부림 • 뻣센 '나'의 가슴을 쥐어뜯으며 발을 구름

'당신'을 떠나보내는 상황에 대한 막막함, 두려움, 안타까움의 정서를 드러냄	누군가에게 기쁨을 줄 수 있다는 기대감과 개화를 위한 의지와 열망을 드러냄

표현상 특징 파악

이 작품에서는 다양한 표현 방식을 활용하여 개화의 과정에서 따르는 고통과 희생이라는 주제 의식을 드러내고 있으므로, 작품의 표현상 특징을 파악할 수 있어야 한다.

+ 표현상 특징

의인법	꽃의 겉껍질을 '나'로, 꽃을 '당신'으로 의인화하여 꽃이 피는 상황을 이별의 상황에 빗대어 표현함
말을 건네는 방식	'나'가 '당신'에게 말을 건네는 방식으로 시상을 전개하여 화자인 '나'의 정서를 효과적으로 표현함
이별 상황의 가정	'당신'이 '나'를 떠나는 상황, 즉 꽃이 피어나는 상황을 가정하여 '나'의 고통과 희생을 효과적으로 형상화함
감각적 이미지	'당신'이 떠날 때 '나'가 겪는 고통을 감각적으로 그려 냄으로써 화자의 고통과 희생을 생동감 있게 형상화함 → '내 목은 갈라지고 ~ 몸뚱이 갈가리 찢어지고'
경어체	'압니다. 옵니다. 듭니다' 등의 경어체를 사용하여 '당신'에 대한 화자의 존중을 드러내고 차분하고 경건한 분위기를 조성함

외적 준거에 따른 감상

이 작품은 표면적으로 '나'와 '당신'의 관계를 명확하게 제시하지 않고 있다. 따라서 다양한 외적 준거를 바탕으로 작품을 감상할 수 있어야 한다.

+ 이 작품의 주제를 '꽃의 강인한 생명력'으로 보는 경우

> 이 작품은 '당신'과의 이별 상황을 가정하여 꽃이 추운 땅속에서 벗어나 개화하는 과정을 형상화하고 있다. 시에서는 화자('나')를 꽃을 둘러싼 겉껍질로, '당신'을 꽃으로 설정하여 꽃이 '나'에게서 벗어나 '희고 고운' 꽃잎으로 피어나는 과정을 그리고 있다. 이를 통해 어려움을 이겨 내고 피어날 꽃의 강인한 생명력을 표현하고 있다.

→ '당신은 지금 내 안에 있습니다'는 꽃이 아직 피어나지 않은 상황을 가리키는군.
→ '나를 벗고 싶어 몸부림하지만'에서는 꽃에 의해 꽃의 겉껍질이 벗겨지는 것으로 표현하여 꽃을 능동적인 존재로 그리고 있군.
→ '내 목은 갈라지고 실핏줄 터지고 ~ 거덜 난 몸뚱이가 갈가리 찢어지고'는 꽃이 피어날 때의 '나'의 고통을 드러낸 것이군.
→ '조막만 한 손으로 뻣센 내 가슴을 쥐어뜯으며 발 구르는' '당신'의 모습은 개화에 대한 꽃의 강한 의지를 보여 주는 것이라 할 수 있군.

• 해제
〈꽃 피는 시절〉은 꽃의 개화 과정을 '당신'이 '나'에게서 떠나는 이별의 과정에 비유한 작품이다. 즉, 꽃의 겉껍질을 화자인 '나'로, 꽃을 '당신'으로 의인화하여 절절한 사랑의 정서를 개화와 연결 지어 보여 주고 있다. 한편 이 작품에서 화자는 '당신'을 떠나보내면서 몸이 갈가리 찢어지는 고통을 겪을 것이라 표현하고 있는데, 이는 개화를 위해서는 고통과 희생이 뒤따라야 한다는 작가의 인식이 반영된 것으로 볼 수 있다.

• 화자와 시적 상황
이 시의 화자('나')는 '당신'인 꽃을 품고 있는 겉껍질로, '당신'을 떠나보내는 것에 대한 막막함, 두려움, 안타까움의 정서를 드러내고 있다.

• 주제
개화의 과정에 따르는 고통과 희생

북어 ▸ 최승호

밤의 식료품 가게
부정적인 시간적 배경

케케묵은 먼지 속에
부정적인 현실을 암시함

죽어서 하루 더 손때 묻고
생명력을 상실함

터무니없이 하루 더 기다리는
비판적 의식 없이 습관화된 삶의 모습

북어들,
화자가 부정적으로 바라보는 대상 – 무기력한 현대인들을 상징함

「북어들의 일 개 분대가
군대 용어를 통해 군사 독재 시대를 암시함

나란히 꼬챙이에 꿰어져 있었다.」
「」: 억압 속에서 획일화됨

나는 죽음이 꿰뚫은 대가리를 말한 셈이다.
생명력을 상실함

「한 쾌의 혀가
북어를 세는 단위. 한 쾌는 북어 스무 마리

자갈처럼 죄다 딱딱했다.」
「」: 말하는 능력을 잃어버림 – 부정적 현실에 침묵함

나는 말의 변비증을 앓는 사람들과
부조리한 현실에 저항하지 못하는 현대인

무덤 속의 벙어리를 말한 셈이다.

▸ 1~8행: 식료품 가게에 진열된 북어의 모습

말라붙고 짜부라진 눈,
현실을 제대로 직시하지 못함

북어들의 빳빳한 지느러미.
현실을 헤쳐 나갈 의지를 상실함 – 꿈을 상실한 현대인의 모습

막대기 같은 생각
경직되고 획일적인 사고

빛나지 않는 막대기 같은 사람들이
무기력하고 획일화된 현대인

가슴에 싱싱한 지느러미를 달고
부정적 현실을 극복해 나갈 삶의 의지

헤엄쳐 갈 데 없는 사람들이
삶의 목표나 지향점을 잃어버린 현대인

불쌍하다고 생각하는 순간,
현대인에 대한 화자의 연민

느닷없이
시상의 전환 – 비판의 주체였던 화자가 비판의 대상이 됨

북어들이 커다랗게 입을 벌리고

「거봐, 너도 북어지 너도 북어지 너도 북어지」
「」: 북어가 하는 말 – 북어와 다를 바 없는 화자 자신에 대한 반성

귀가 먹먹하도록 부르짖고 있었다.

▸ 9~19행: 북어의 모습에서 떠올린 현대인의 무기력한 모습

▸ 20~23행: 북어와 같은 화자 자신에 대한 반성

감상 포인트

'북어들'의 상징적 의미를 바탕으로, 화자가 현대인들의 어떤 모습을 비판하고 있는지 파악한다. 아울러 비판의 주체가 비판의 대상으로 전환되는 상황이 주는 효과도 파악한다.

작품 분석 노트

- '북어들'의 상징적 의미

화자는 '밤의 식료품 가게'에서 바라본 '북어들'의 모습을 통해, 부정적 현실에 순응하고 살아가는 현대인을 비판하고 있다.

북어들	밤의 식료품 가게에서 손때 묻은 채 터무니 없이 하루를 기다림

↓

생명력을 잃고 무기력한 모습

↓

무기력하게 부정적 현실에 순응하는 현대인들을 상징

- 화자가 비판하는 북어의 모습

이 작품은 '북어들'의 모습을 통해, 암울하고 부정적인 사회를 살아가는 현대인들의 무기력한 모습을 비판하고 있다.

북어의 모습		현대인들
'죽음이 꿰뚫은 대가리'	→	생명력을 상실함
'혀가 자갈처럼 죄다 딱딱했다'		부정적 현실에 침묵함
'말라붙고 짜부라진 눈'		현실을 제대로 직시하지 못함
'빳빳한 지느러미'		삶의 의지와 꿈을 상실함

- 시상의 전환

1~19행	화자가 비판의 주체가 되어 부정적 현실에 침묵하는 '북어들'을 비판함

'느닷없이' ↓ 시상 전환

21~23행	북어처럼 무기력하게 살아가는 화자 자신의 삶에 대해 반성함

이 작품은 감각적 이미지와 비유적 표현을 통해 대상을 구체적으로 형상화함으로써 주제를 효과적으로 전달하고 있다. 따라서 이러한 표현 방식이 작품의 주제를 전달하는 데 어떻게 기여하고 있는지 파악할 수 있어야 한다.

+ 표현상 특징

감각적 이미지	'나란히 꼬챙이에 꿰어져 있었다.' '말라붙고 짜부라진 눈' ⎤ '북어들의 빳빳한 지느러미' ⎦ → 시각적 이미지 '귀가 먹먹하도록 부르짖고' → 청각적 이미지
비유적 표현	'한 쾌의 혀가 / 자갈처럼 죄다 딱딱했다.' '막대기 같은 생각 / 빛나지 않는 막대기 같은 사람들이'

↓

시적 대상('북어들')의 부정적 속성을 구체적으로 형상화함으로써
'현대인의 무기력한 모습'을 효과적으로 비판함

이 작품에서 '북어들'은 무기력하고 부정적 현실에 침묵하는 현대인들을 상징한다. 따라서 이러한 상징적 표현을 통해 화자가 비판하고 있는 현대인의 모습이 어떤 것인지 파악할 수 있어야 한다.

+ 주요 시구의 상징적 의미

시구	상징적 의미 – 화자가 비판하는 현대인의 삶
'케케묵은 먼지 속에 / 죽어서 하루 더 손때 묻고' '죽음이 꿰뚫은 대가리'	생명력을 상실함
'터무니없이 하루 더 기다리는'	비판 의식 없이 습관화된 삶을 살고 있음
'한 쾌의 혀가 / 자갈처럼 죄다 딱딱했다.' '말의 변비증을 앓는 사람들' '무덤 속의 벙어리'	말하는 능력을 잃어버림, 부조리한 현실에 침묵함
'말라붙고 짜부라진 눈'	현실을 제대로 직시하지 못함
'빳빳한 지느러미' '헤엄쳐 갈 데 없는 사람들'	부정적 현실을 헤쳐 나갈 의지, 삶의 방향, 꿈을 상실함
'막대기 같은 생각' '빛나지 않는 막대기 같은 사람들'	경직되고 획일화됨

이 작품은 비판의 주체이던 화자가 비판의 대상이 되는 시상의 전환이 이루어짐으로써 화자를 비롯한 현대인 모두가 비판의 대상이 될 수 있음을 강조하고 있다. 따라서 이러한 시상 전개의 시적 효과를 파악할 수 있어야 한다.

+ 시상 전개의 시적 효과

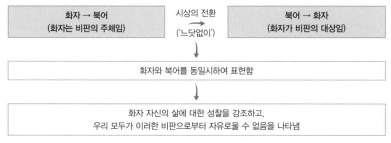

화자 → 북어 (화자는 비판의 주체임)	시상의 전환 → ↘ ('느닷없이')	북어 → 화자 (화자가 비판의 대상임)

↓

화자와 북어를 동일시하여 표현함

↓

화자 자신의 삶에 대한 성찰을 강조하고,
우리 모두가 이러한 비판으로부터 자유로울 수 없음을 나타냄

작품 한눈에

- **해제**

〈북어〉는 비판 정신과 삶의 지향성을 잃은 현대인의 삶을 '밤의 식료품 가게'에 진열되어 있는 '북어'를 통해 비판하고 있다. 이 작품에서는 북어의 모습을 구체적으로 묘사하여 비판 대상이 되는 현대인들의 삶을 보여 주고 있다. 그리고 시상의 전환을 통해 화자 자신 또한 이러한 비판의 대상임을 고백함으로써 자기 성찰적 태도를 보여 주고 있다.

- **화자와 시적 상황**

이 시의 화자인 '나'는 '밤의 식료품 가게'에 놓여 있는 '북어들'을 바라보면서, 부정적인 삶을 살고 있는 현대인들을 비판하고 자기반성적 태도를 보여 주고 있다.

- **주제**

무기력한 현대인에 대한 비판

기출 확인

2006학년도 6월 평가원

[작품 간 공통점 파악]
- 감각적 심상을 활용하여 시상을 마무리함으로써 시적 여운을 남기고 있다.

한 줄 평 | 어린 시절을 떠올리며 아버지의 사랑을 그리워하는 시

성탄제 ▶ 김종길

→ 기출 수록 평가원 2011 6월

어두운 방 안엔 ▆ : 검은색과 붉은색의 대비(시각적 이미지)

빠알간 숯불이 피고,
시각적 이미지로 따뜻하고 아늑한 분위기를 형성함

외로이 늙으신 할머니가 / 애처로이 잦아드는 어린 목숨을 지키고 계시었다.
열병을 앓고 있는 어린 화자

이윽고 눈 속을 / 아버지가 약(藥)을 가지고 돌아오시었다.
　　　시련과 고난　　　산수유 열매(해열제) – 자식에 대한 아버지의 사랑을 상징함

아, 아버지가 눈을 헤치고 따 오신 ▆ : 흰색과 붉은색의 대비(시각적 이미지)
　　　　　　　　　　　　　　　　→ 자식에 대한 아버지의 사랑을 강조함
그 붉은 산수유 열매 —
아버지의 헌신적인 사랑을 시각적인 이미지로 형상화함

나는 한 마리 어린 짐생,
어린 시절의 자신을 연약한 존재로 인식함
젊은 아버지의 서느런 옷자락에 ▆ : 차가움과 뜨거움의 대비(촉각적 이미지)
　　　　　　　　　　　　　　눈 속을 돌아다녔을 아버지의 수고로움과 사랑
열로 상기한 볼을 말없이 부비는 것이었다.
　　　　　　　아버지의 사랑을 느끼는 어린 화자의 행위

이따금 뒷문을 눈이 치고 있었다.

그날 밤이 어쩌면 성탄제의 밤이었을지도 모른다.　　▶ 1~6연: 어린 시절에 대한 회상(과거)
△ → □ : 아버지의 사랑이 보편적이고 숭고한 의미(인류에 대한 사랑)로 확대됨

「어느새 나도 『 』: 시상 전환(과거 회상 → 현재)
시적 화자 – 성인이 된 '나'
그때의 아버지만큼 나이를 먹었다.」
열병에 걸린 화자를 위해 아버지가 산수유 열매를 따 오신 때

「옛것이라곤 찾아볼 길 없는 『 』: 각박하고 삭막한 현대 사회
아버지의 헌신적인 사랑 같은 것
성탄제 가까운 도시에는
현재 화자가 아버지의 사랑을 떠올리고 있는 공간
이제 반가운 그 옛날의 것이 내리는데,
　　　눈 – 과거와 현재를 이어 주는 회상의 매개체

서러운 서른 살 나의 이마에
아버지만큼 나이를 먹은 화자 – 헌신적인 사랑이 부재하는 각박한 현실에 서러움을 느낌
불현듯 아버지의 서느런 옷자락을 느끼는 것은,
　　　　　　　눈의 촉감 – 아버지의 사랑을 떠올림

「눈 속에 따 오신 산수유 붉은 알알이 ▆ : 흰색과 붉은색의 대비(시각적 이미지)
『 』: 아버지의 사랑이 화자의 마음속에 남아 있음을 의문형으로 강조함
아직도 내 혈액 속에 녹아 흐르는 까닭일까.」　　▶ 7~10연: 아버지의 사랑에 대한 그리움(현재)

감상 포인트
시상 전개 방식과 색채 대비를 이해하고,
중심 소재인 '눈', '산수유 열매'의 의미와
기능을 정확히 파악한다.

작품 분석 노트

• '눈'의 의미
이 작품에서 '눈'은 화자가 회상하는
과거와 과거를 회상하고 있는 현재에
서 각각 다른 의미를 가진다.

[3연] 눈 (과거)	아버지가 겪은 시련과 고난을 의미함
[8연] 그 옛날의 것 (현재)	과거를 회상하는 매개체. 화자에게 아버지에 대한 그리움을 유발함

• '붉은 산수유 열매'의 상징적 의미
'붉은 산수유 열매'는 어린 시절 화자
가 열병에 걸렸을 때 아버지가 눈 속
을 헤치고 따 온 것으로, 어린 화자의
열병을 낫게 해 주었던 '약'이다.

붉은 산수유 열매	자식에 대한 아버지의 헌신적인 사랑을 상징함

• '성탄제'의 이해
어린 시절을 회상하는 화자는 아버지
가 산수유 열매를 따 온 '그날 밤'을
인류를 구원한 예수의 탄생일(성탄제)
과 연결시켜 아버지의 사랑을 보편적
인 의미로 확장하고 있다.

그날 밤	아버지가 산수유 열매를 따 온 밤 – 아버지의 사랑을 의미함

↓ 의미 확대

성탄제의 밤	인류를 구원한 예수의 탄생일인 성탄제와 연결 시킴

아버지의 사랑을 인류에 대한 보편적
인 사랑의 의미로 확대함

이 작품에서는 현재의 화자가 과거를 회상하는 방식으로 시상을 전개하면서, 과거와 현재를 대비하고 있다. 따라서 이 작품에서 과거와 현재가 어떻게 대비되고 있는지, 이를 통해 드러내고자 하는 주제 의식은 무엇인지 파악할 수 있어야 한다.

+ 과거와 현재의 대비

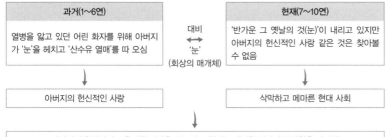

과거(1~6연)		현재(7~10연)
열병을 앓고 있던 어린 화자를 위해 아버지가 '눈'을 헤치고 '산수유 열매'를 따 오심	대비 ↔ '눈' (회상의 매개체)	'반가운 그 옛날의 것(눈)'이 내리고 있지만 아버지의 헌신적인 사랑 같은 것은 찾아볼 수 없음
↓		↓
아버지의 헌신적인 사랑		삭막하고 메마른 현대 사회

↓

아버지의 헌신적이고 충만한 사랑을 강조하고 현재는 이러한 사랑이 부재함을 나타냄

핵심 포인트 **2** 감각적 이미지의 대비 이해

이 작품에서는 시각적, 촉각적 이미지의 대비를 활용하여 대상을 선명하게 형상화하고 있다. 따라서 이러한 시각적, 촉각적 이미지의 대비를 통해 어떤 시적 효과를 형성하고 있는지 파악할 수 있어야 한다.

+ 감각적 이미지의 대비

색채 대비	어두운 방 ↔ 빠알간 숯불	따뜻하고 아늑한 방 안의 분위기를 형성함
	눈 ↔ 붉은 산수유 열매 눈 ↔ 혈액	아버지의 사랑을 선명하게 드러냄
촉각 대비	서느런 옷자락 ↔ 열로 상기한 볼	열병에 앓던 어린 화자가 느낀 아버지의 사랑을 효과적으로 부각함

핵심 포인트 **3** 화자의 정서와 태도 파악

이 작품은 과거에서 현재로 시상이 전환되면서 과거와 다른 화자의 정서와 태도를 드러내고 있다. 따라서 현재 화자가 어떤 정서와 태도를 드러내고 있는지 파악할 수 있어야 한다.

+ 화자의 정서

옛것이라곤 거의 찾아볼 길 없는 ~ 도시	헌신적 사랑이 사라진 도시에 삭막함을 느낌
반가운 그 옛날의 것	과거를 떠올리게 하는 '눈'을 보고 반가움을 느낌
서러운 서른 살	헌신적인 사랑이 부재하는 각박한 현실에 서러움을 느낌
불현듯 아버지의 서느런 옷자락을 느끼는 것은	아버지의 사랑을 그리워함

작품 한눈에

• 해제
〈성탄제〉는 성탄제 무렵 도시에 내리는 눈을 바라보며, 어린 시절 아픈 자신을 위해 눈 속을 헤치고 산수유 열매를 따 오신 아버지의 사랑에 대한 그리움을 드러내고 있다. 이 작품은 과거와 현재의 대비, 감각적 이미지의 대비를 통해 시상을 전개함으로써 아버지에 대한 화자의 사랑과 그리움을 효과적으로 형상화하고 있다.

• 화자와 시적 상황
이 시의 화자 '나'는 성탄제가 가까워진 도시에서 내리는 눈을 보고 열병으로 고통스러워하던 어린 시절 아버지가 준 헌신적인 사랑을 떠올리며 아버지를 그리워하고 있다.

• 주제
아버지의 헌신적인 사랑에 대한 그리움

기출 확인

2011학년도 6월 평가원
[표현상 공통점 파악]
• 감각적 심상을 통해 화자의 현재 상황을 나타내고 있다.

[작품 간 특징 비교]
• 과거와 현재를 연결하는 매개체가 있다.
• 과거 장면에 대한 묘사가 나타나 있다.
• 시상을 집약하는 소재가 나타나 있다.

한 줄 평 | 깨진 그릇을 통한 영혼의 성숙을 노래한 시

그릇·1 ▸ 오세영

깨진 그릇은 ▨▨ : 변형된 수미상관
절제와 균형의 중심에서 빗나간 상태, 불안정한 상태, 부서진 원

칼날이 된다.
그릇의 깨진 면 → 의식의 각성을 일으키는 날카로움

▸ 1연: 칼날이 된 깨진 그릇

절제(節制)와 균형(均衡)의 중심에서
그릇이 깨지기 전의 상태. 원, 안일한 상태

빗나간 힘,
안일한 상태를 깨뜨리는 힘

부서진 원은 모를 세우고
　　　깨진 그릇

이성(理性)의 차가운
　　　　　냉철한 이성을 깨움. 의식의 각성

눈을 뜨게 한다.

▸ 2연: 이성의 차가운 눈을 뜨게 하는 깨진 그릇

맹목(盲目)의 사랑을 노리는
안일한 상태. 그릇이 깨어지기 전　　직시하는

사금파리여,
깨진 그릇의 조각, 각성을 일으킴

지금 나는 맨발이다.
성숙의 순간을 기대하는 시간

베어지기를 기다리는
안정된 상태에서 벗어나고자 하는 의지, 성숙에 이르고자 하는 기다림

살이다.

상처 깊숙이서 성숙하는 혼(魂)
성숙으로 나아가는 과정에서의 고통

▸ 3연: 깨진 그릇으로 인한 영혼의 성숙

감상 포인트
'상처 깊숙이서 성숙하는 혼'을 긍정하는 화자의 인식을 바탕으로 시어의 상징적 의미를 파악한다.

깨진 그릇은
　　　　　불안정한 상태가 냉철한 의식의 각성,
칼날이 된다.
　　　　　영혼의 성숙을 일으킴

무엇이나 깨진 것은
　　　　　의미의 확장을 통한 일반화
칼이 된다.

▸ 4연: 깨진 그릇을 통한 존재의 의미에 대한 통찰

작품 분석 노트

• 시어 및 시구의 의미

시어	상징적 의미
깨진 그릇	불안정한 상태로, 의식의 각성과 성숙의 계기
칼날	의식의 각성을 일으키는 날카로움. 성숙한 존재가 되게 하는 힘
절제와 균형	안일한 상태
빗나간 힘	안일한 상태를 깨뜨리는 힘
맹목의 사랑	안일한 상태
사금파리	상처를 내며 성숙한 영혼으로 이끄는 불안정한 존재
베어지기를 기다리는	안정된 상태에서 벗어나고자 하는 의지, 성숙에 이르고자 하는 기다림
상처	성숙으로 나아가는 과정에서의 고통
성숙하는 혼	상처를 통해 성숙에 이름. '깨진 그릇'의 가치

• 의미의 확장을 통한 일반화

4연에서는 '깨진 그릇 / 칼날이 된다.'라는 특정 상황에서 얻은 화자의 깨달음이 '무엇이나 깨진 것은 / 칼이 된다.'로 확장됨으로써 보편적인 삶의 진리를 표현하고 있다.

'깨진 그릇은 / 칼날이 된다.'		'무엇이나 깨진 것은 / 칼이 된다.'
'깨진 그릇'의 불안정한 상태가 냉철한 의식의 각성, 영혼의 성숙을 이끄는 '칼날'이 된다는 화자의 깨달음을 표현함	→	'무엇이나'를 더해 인생의 보편적인 상황에서도 화자의 깨달음이 적용될 수 있음을 밝히며 의미를 확장함

이 작품의 '깨진 그릇'은 균형과 절제의 중심에서 벗어났을 때 나타날 수 있는 상태이기 때문에 '깨진'은 긍정적 의미, 부정적 의미를 모두 내포하고 있다. 앞서 '깨진 그릇'을 긍정적 관점에서 바라보았을 때의 시어 및 시구의 의미를 파악하였으므로 '깨진 그릇'을 부정적 관점에서 바라보았을 때의 시어 및 시구의 의미도 파악해 둘 필요가 있다.

+ '깨진 그릇'을 부정적 관점에서 바라보았을 때의 시어 및 시구의 의미

깨진 그릇	절제와 균형이 깨진 불안정한 상태
칼날	왜곡되거나 편향된 이념을 강요하는 위협적인 존재
절제와 균형, 원	조화롭고 균형 잡힌 상태
빗나간 힘	절제와 균형의 중심을 파괴하는 힘
이성의 차가운 / 눈을 뜨게 한다	① 왜곡되거나 편향된 이념을 강요받는 상황에서 이성적 판단력을 각성함 ② 왜곡되거나 편향된 이념으로 인해 따뜻한 시각을 잃어버림
맹목의 사랑	획일화된 이념과 사상
사금파리	획일화된 이념을 강요하는 위협적인 존재
베어지기를 기다리는	수동적인 삶의 자세
상처	획일화된 이념으로 인한 상처
성숙하는 혼	상처와 고통 가운데 성숙하는 영혼

+ '깨진 그릇'의 양면적 속성

그릇		깨진 그릇		칼날 / 사금파리
• 절제와 균형이 조화를 이룬 상태 • 안정된 상태	빗나간 힘 →	• 절제와 균형의 중심에서 빗나간 상태 • 불안정한 상태	→	• 상처를 냄 • 의식을 각성하게 하고 영혼을 성숙하게 함

→ '깨진 그릇'은 안정적인 상태를 벗어나 상처로 이어지기도 하지만, 의식을 각성하게 하고 영혼을 성숙하게 한다는 점에서 양면적 속성을 지님

이 작품에서는 종결 어미의 반복과 변형된 수미상관 구조를 통해 운율을 형성하고 주제 의식을 강조하고 있다. 따라서 이러한 표현상의 특징과 효과를 파악해 두어야 한다.

+ 표현상 특징과 효과

표현 방법	시구	특징 및 효과
변형된 수미상관	• 첫 연: 깨진 그릇은 / 칼날이 된다. • 마지막 연: 깨진 그릇은 / 칼날이 된다. 　무엇이나 깨진 것은 / 칼이 된다.	첫 연과 마지막 연에서 동일한 구절을 반복함으로써 운율을 형성하고, '무엇이나 깨진 것은 칼이 된다.'라는 구절을 마지막에 추가하여 화자의 깨달음을 강조함
현재형 종결 어미 반복	• 종결 어미 'ㄴ다'의 반복	'된다', '한다'에서 현재형 종결 어미 'ㄴ다'를 반복하여 운율을 형성하고 단정적 어조를 통해 삶의 보편적 진리 등을 강조함

작품 한눈에

• **해제**

〈그릇 · 1〉은 절제와 균형에서 벗어난 '깨진 그릇'에 대한 새로운 인식을 보여 주고 있다. 이 작품에서 '깨진 그릇'은 다양한 관점에서 해석되지만, '깨진 그릇'이 가지고 있는 날카로움과 불안정성이 의식의 각성을 이끌어 영혼을 성숙하게 하는 힘으로 작용한다는 것은 모두 동일하다고 볼 수 있다.

• **화자와 시적 상황**

이 시의 화자('나')는 맨발로 '깨진 그릇'을 바라보는 이로, '깨진 그릇'을 통한 영혼의 성숙을 노래하고 있다.

• **주제**

깨진 그릇을 통한 영혼의 성숙

한 줄 평 | 존재의 본질을 파악하고 싶은 소망을 노래한 시

오렌지 ▸ 신동집

작품 분석 노트

인식의 대상, 화자가 본질을 파악하고 싶어 하는 대상
오렌지에 아무도 손을 댈 순 없다
　　　　본질에 다가가기 어려움

오렌지는 여기 있는 이대로의 오렌지다
　　　　　외부의 영향을 받지 않은 본질적인 모습

더도 덜도 안 되는 오렌지다

시적 화자, 인식의 주체
내가 보는 오렌지가 나를 보고 있다　　　　　▸ 1연: 본질 규명의 대상으로서의 오렌지
오렌지가 '나'의 인식 대상인 동시에 '나'를 인식 대상으로 보는 주체임 → '나'와 오렌지가 동등한 위상을 보임

마음만 낸다면 나도
　　마음만 먹는다면
오렌지의 포들한 껍질을 벗길 수 있다　:: 오렌지에 손을 대는 것
　　　　　　　　　　　　　　　→ 주관적 인식에 근거하여 대상의 본질을 이해하려는 시도
마땅히 그런 오렌지　:: 존재의 본질에서 벗어나게 됨

만이 문제가 된다

감상 포인트
'오렌지'와 '나'의 관계를 바탕으로
존재의 본질 파악이 어려운 이유를
이해한다.

마음만 낸다면 나도

오렌지의 찹찹한 속살을 깔 수 있다

마땅히 그런 오렌지

만이 문제가 된다　　　　　▸ 2, 3연: 화자가 손대면 파악할 수 없는 오렌지의 본질

그러나 오렌지에 아무도 손을 댈 순 없다

대면 순간
껍질을 벗기거나 속살을 까기 위해 손을 대는 순간 – '나'의 주관, 일방적이고 인위적인 방법으로 대상의 본질을 규명하려는 순간
오렌지는 오렌지가 아니 되고 만다
　　　　　오렌지의 본질에서 벗어나게 됨
내가 보는 오렌지가 나를 보고 있다　　　　　▸ 4연: 본질적 존재로서의 오렌지
'나'와 오렌지의 대치 상황 – 본질에 대한 인식은 인간과 대상의 상호 작용임을 보여 줌

「**나는 지금 위험한 상태다**
「 」: 대상의 본질에 다가가지 못하고, 본질을 오해할 수도 있음
오렌지도 마찬가지 위험한 상태다」

「**시간이 똘똘**
「 」: 존재의 본질을 파악하지 못하는 무의미한 시간이 흐르고 있음 – 시간의 흐름을 시각적으로 형상화함(추상적 관념의 구체화)
배암의 또아리를 틀고 있다」　　　　　▸ 5연: 존재의 본질을 파악하지 못하는 무의미한 시간

그러나 다음 순간
　　시상의 전환
오렌지의 포들한 껍질에

한없이 어진 그림자가 비치고 있다
　　존재의 본질을 파악할 수 있을 것 같은 가능성, 희망
누구인지 잘은 아직 몰라도.　　　　　▸ 6연: 존재의 본질을 파악할 수 있다는 희망
　　실체가 드러나지 않은 막연한 상태

• '나'와 '오렌지'의 관계

이 작품에서 '나'는 '오렌지'를 바라보
고 있고, '오렌지' 역시 '나'를 바라보
고 있다. 따라서 '나'와 '오렌지'는 인
식의 주체로서 동등한 위상에 있다고
할 수 있다.

> 내가 보는 오렌지가 나를 보고 있다
> → '나'와 '오렌지'의 대치 상황

↓

'나'	오렌지
인식의 주체이자 인식의 대상	인식의 대상이자 인식의 주체

핵심 포인트 1   시적 대상의 의미 이해

이 작품에서 '오렌지'는 화자가 본질을 파악하고 싶어 하는 대상으로 나타난다. 작품의 내용을 바탕으로 '오렌지'가 어떤 의미를 지니고 있는지 파악하도록 한다.

+ '오렌지'의 의미 이해

여기 있는 이대로의 오렌지	아무도 손을 댈 순 없는 오렌지
인식 주체의 영향을 받지 않은 본질적인 모습	인식 주체의 주관적인 인식에 근거한 접근으로는 본질을 규명할 수 없는 존재

핵심 포인트 2   화자의 정서와 태도 파악 / 시상 전개 과정 파악

이 작품에서 화자인 '나'는 '오렌지'를 통해 대상의 본질을 파악하려는 노력을 보이므로 '나'가 대상의 본질에 접근하는 과정을 이해하도록 한다.

+ '나'가 존재의 본질에 접근하는 과정

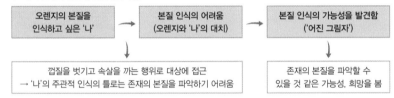

핵심 포인트 3   표현상 특징 파악

이 작품은 유사한 시구나 문장 구조를 반복하는 등 다양한 표현 방식을 활용하여 주제 의식을 형상화하고 있으므로 이를 파악할 수 있어야 한다.

+ 표현상 특징

• 1연의 시행이 4연에서 반복됨 → (그러나) 오렌지에 아무도 손을 댈 순 없다	존재의 진정한 본질을 파악하는 것의 어려움을 나타냄
• 1연의 시행이 4연에서 반복됨 → 내가 보는 오렌지가 나를 보고 있다	'나'와 '오렌지'의 동등한 위상 또는 둘의 상호 작용을 강조함
• 2연의 문장 구조가 3연에서 반복됨 → '마음만 낸다면 나도 / 오렌지의 ~ 수 있다'	'나'의 인위적인 행위(주관적 접근)로는 존재의 본질을 규명하기 어려움을 강조함
• 2연의 시행이 3연에서 동일하게 반복됨 → 마땅히 그런 오렌지 / 만이 문제가 된다	

+ 시상의 전환

이 작품에서 화자는 오렌지에 '손'을 대면 오렌지가 오렌지가 아닌 것이 된다고 하여 존재의 본질 파악이 어려움을 드러내고 있다. 하지만 화자는 6연의 '그러나' 이후 이러한 존재의 본질을 이해할 수 있을 것도 같다는 희망을 드러내고 있다.

존재의 본질 파악이 어려운 상태(1~5연)	'그러나' → 시상 전환	존재의 본질을 이해할 수 있을 것 같다는 희망(6연)

작품 한눈에

• 해제

〈오렌지〉는 '오렌지'를 제재로 하여 존재의 본질을 규명하고자 하는 의지를 표현하고 있다. 여기서 '오렌지'는 본질적 존재로서의 대상이다. 화자가 대상의 본질에 다가가 보려 하지만 '오렌지에 아무도 손을 댈 순 없다'라고 하는 데서 보듯, 존재의 본질 파악은 쉬운 일이 아니다. 그러나 이 '오렌지'에 한없이 어진 그림자가 비친다는 점에서 본질 파악의 가능성이 열려 있다는 것을 알 수 있다.

• 화자와 시적 상황

이 시의 화자는 '오렌지'라는 존재의 본질을 파악하려는 이로, 자기 주관에 근거한 접근 방식으로는 본질을 파악하는 데 한계가 있음을 인식하고 있다. 그러나 '오렌지'에 어진 그림자가 비치는 것을 보고 어쩌면 본질을 이해할 수 있을 것 같은 희망을 갖는다.

• 주제

존재의 본질 파악에 대한 소망

뺄셈 ▶ 김광규

욕망을 좇으며 채우는 삶 비유
┌ **덧셈**은 끝났다
│ 　과거형 진술 – 단정적 태도
│ 밥과 잠을 줄이고
│ 　욕망을 버리고 비우는 삶 비유
└ **뺄셈**을 시작해야 한다
　　당위적 진술 – 단호한 태도 　　　　　　　　　　　　▶ 1~3행: '뺄셈'의 삶에 대한 다짐

남은 것이라곤
'덧셈'으로 살아온 결과
때 묻은 문패와 해어진 옷가지 △ : 과거에 추구하던 외형적, 물질적 가치
부정적 의미의 수식어 사용 → '덧셈'의 부질없음 강조
이것이 나의 모든 **재산일까** ■■■ : 의문형 종결 　　　　　　　▶ 4~6행: '덧셈'으로 살아온 결과에 대한 성찰
'덧셈'으로 살아온 삶에 대한 성찰적 태도 　　① 성찰적 태도 강조
돋보기안경을 코에 걸치고 　　　　　　② 반복을 통한 운율감 형성
① 화자의 나이, 상황에 대한 단서(노년) ② 대상에 대한 집착을 드러냄

┌ **아직도** 「옛날 서류를 뒤적거리고 ■■■ : 대비
│ └── 과거의 삶에서 벗어나지 못하는 모습 → 자신의 모습에 대한 반성과 성찰이 담김
│ 낡은 사전을 들추어 보는 것은
│ 　「 」: '덧셈'의 삶의 방식
│ **품위 없는 짓**
│ 　■■■ ① 명사 종결 → 단정적 태도 부각
│ 　　　② '~없는 ~'의 반복 → 운율감 형성
│ 「찾았다가 잃어버리고
│
│ 만났다가 헤어지는 것」 또한
│ 「 」: '덧셈'의 삶의 방식은 허망한 결과를 초래함
│ **부질없는 일**　　　　　　　　　　　　　　　　　▶ 7~13행: 품위 없고 부질없는 욕망과 집착에 대한 반성
│ └── 새로운 삶으로의 전환을 지향하는 모습
└ **이제는** 「정물처럼 창가에 앉아
　　　'덧셈'의 삶을 멈춘 모습
　바깥의 저녁을 바라보면서」
　「 」: 삶에 대한 관조적 · 성찰적 태도
　뺄셈을 한다
　　현재형 진술
　혹시 모자라지 **않을까**
　　비움이 부족할 것에 대한 걱정
　그래도 무엇인가 남을까　　　　　　　　　　　　　▶ 14~18행: '뺄셈'과 같은 비우는 삶에 대한 의지
　　모든 것을 비우고자 하는 의지

작품 분석 노트

• 대조적 의미의 시어

화자의 삶의 방식을 빗댄 두 시어를 통해, 화자가 과거에 살아온 삶의 모습과 앞으로 살아가고자 하는 삶의 모습을 대비적으로 제시하며 주제 의식을 드러내고 있다.

덧셈		뺄셈
• 욕망을 좇으며 채우는 삶	↔	• 욕망을 버리고 비우는 삶
• 화자가 살아온 지금까지의 삶		• 화자가 지향하는 앞으로의 삶

• 대비적 시어의 사용

대비적 의미의 부사와 보조사를 활용한 시어를 통해 화자의 현재 상황과 화자가 앞으로 지향하고자 하는 상황을 구분하여 시상을 전개하고 있다.

아직도
• 부사 '아직' – 과거의 삶이 지속되고 있음을 의미함
• 보조사 '도' – 이미 어떤 것이 포함되고 그 위에 더함의 뜻을 나타냄

↓

이제는
• 부사 '이제' – 지나온 삶의 태도와 단절되는 느낌을 부각함
• 보조사 '는' – 어떤 대상이 다른 대상과 대조됨을 나타냄

감상 포인트

'뺄셈'과 '덧셈'의 의미를 이해하고 화자가 살아온 삶의 모습과 앞으로 살아가고자 하는 삶의 모습을 파악한다.

이 작품에서는 과거형과 현재형의 진술, 의문형 종결과 명사 종결 등의 다양한 종결 표현을 통해 대상에 대한 화자의 인식과 태도를 드러내고 있으므로 이를 파악해 두어야 한다. 또한 화자의 어조 등 주제 의식 구현에 기여하는 다양한 표현상 특징을 파악할 수 있어야 한다.

+ 다양한 종결 표현의 특징과 효과

평서형 종결	덧셈은 끝났다	과거형 진술을 통해 욕망을 추구하던 삶이 끝났음을 단정적으로 선언함
	뺄셈을 시작해야 한다	당위적 진술을 통해 현재의 화자에게 필요한 것이 비우는 삶임을 단호하게 제시함
	뺄셈을 한다	현재형 진술을 통해 욕망을 비우는 삶에 대한 실천과 다짐을 드러냄
의문형 종결	이것이 나의 모든 재산일까	화자가 스스로에게 질문을 던짐으로써 욕망을 채우며 살아온 삶을 반성함
	모자라지 않을까, 무엇인가 남을까	화자 자신에게 성찰적인 질문을 반복함으로써 온전히 비우는 삶에 대한 의지를 드러냄
명사 종결	품위 없는 짓 부질없는 일	서술격 조사 '이다'가 생략된 명사 종결을 통해 과거의 삶에 대한 화자의 부정적 평가를 단정적으로 제시함

+ 표현상 특징

- 비유적 표현인 '덧셈'과 '뺄셈'의 대비를 통해 화자의 지향과 주제 의식을 드러냄
- '문패', '옷가지'의 대유적 표현을 통해 욕망을 좇으며 얻게 된 물질적 가치를 형상화함
- 의문형 종결 어미 '-(으)ㄹ까'의 반복을 통해 성찰적 태도를 드러내며 운율을 형성하고 여운을 남김

이 작품에서는 일상적 언어를 시어로 사용하여 삶의 의미를 그려 내고 있다. 따라서 시어 및 시구의 의미를 파악해 두어야 한다.

+ 시어 및 시구의 의미

덧셈	화자가 지금까지 살아온 삶을 셈법에 빗대어 표현한 것으로, 외형적·물질적 욕망을 좇아 많은 것을 채우며 사는 삶을 의미함
뺄셈	화자가 앞으로 살아가고자 하는 삶의 자세를 셈법에 빗대어 표현한 것으로, 욕망을 버리고 비우며 사는 삶을 의미함
때 묻은 문패와 해어진 옷가지	① '문패'는 집의 주인이라는 소유의 의미와 세상에 자신의 이름을 드러내는 명예·명성 등의 의미를 지니며, '옷가지'는 자신의 겉모습을 꾸미는 외형적·물질적 가치의 의미를 지님 ② '때 묻은'과 '해어진'이라는 수식어를 통해, '덧셈'의 삶에 대한 화자의 부정적 인식을 드러냄
돋보기안경을 코에 걸치고	① 화자가 중년 또는 노년의 나이에 이르러 삶을 관조하고 성찰할 수 있는 때가 되었음을 의미함 ② 아직 욕망과 집착에서 벗어나지 못하는 모습을 형상화함
옛날 서류, 낡은 사전	덧셈의 삶과 관련된 사물들로, '옛날'과 '낡은'이라는 수식어를 통해 이들에 대한 화자의 부정적 인식을 드러냄
정물처럼	'정물'은 고요하고 정적인 존재로, 덧셈의 활동을 끝낸 화자의 모습을 비유한 표현임
바깥의 저녁	'바깥'은 욕망을 비워 낸 화자가 관조적 태도로 바라보는 세계이며, '저녁'은 성찰의 시간을 의미함

• **해제**
〈뺄셈〉은 욕망을 추구하는 삶과 비우는 삶의 자세를 덧셈과 뺄셈이라는 셈법에 빗대어, 자신의 삶을 성찰하고 있는 작품이다. '돋보기안경'을 걸친 모습으로 형상화된 나이 든 화자는 삶에 대해 관조적 태도를 드러내며, 지금까지 '덧셈'의 삶을 통해 욕망하고 집착하던 것들의 부질없음을 노래하고 비우는 삶에 대한 다짐을 드러내고 있다. 일상적인 소재의 사용과 평이한 시어로 이루어진 비유적 표현을 통해, 화자가 지향하는 삶의 자세와 주제 의식을 쉽고 간명하면서도 단호하게 제시하고 있다.

• **화자와 시적 상황**
이 시의 화자('나')는 '돋보기안경'을 코에 걸친 나이 든 인물로 삶에 대한 성찰의 태도를 드러내며, 자신이 지향하는 비우는 삶에 대한 다짐을 제시하고 있다.

• **주제**
욕망을 버리고 비우며 사는 삶에 대한 다짐

한 줄 평 | 폐어와의 비교를 통해 현대인의 삶을 성찰한 시

물증 ▶ 오규원

아프리카 탕가니카호(湖)에 산다는
콩고 민주 공화국과 탄자니아 사이에 있는 세계에서 두 번째로 깊은 담수호

폐어(肺魚)는 학명이 프로톱테루스 에티오피쿠스
시적 대상 – '우리'와의 비교 대상

「그들은 폐를 몸에 지니고도
   양서류에서 발견되는 진화적 특성

3억만 년 동안 양서류로 진화하지 않고
진화하지 않고 '폐어'로 머물러 있는 시간 ── 긍정적인 발전

살고 있다 네 발 대신
의도적 행갈이 → 시적 긴장감 유발 → '살고 있다'의 강조

가느다란 지느러미를 질질 끌며
        음성 상징어 → 진화하지 못한 '폐어'에 대한 부정적 인식 부각

물이 있으면 아가미로 숨 쉬고 ── 대구법, 유사한 통사 구조의 반복
                               ① 진화의 중간 단계에서 정체된 '폐어'의 모습 부각
물이 마르면 폐로 숨을 쉬며   ② 운율감 형성

고생대(古生代) 말기부터 오늘까지 살아」┐ 보다 나은 방향으로 진보하지 않은 채
= 3억만 년: '폐어'의 진화가 이루어지지 않은 시간   담보 상태에 빠져 있는 상태

어느 날 우리나라의 수족관에
화자가 '폐어'를 만난 시·공간적 배경

그 모습을 불쑥 드러냈다   ▶ 1~11행: 3억만 년 동안 진화하지 못한 폐어의 내력

뻘 속에서 4년쯤 너끈히 살아 견딘다는
'폐어'의 공간   '폐어'의 시간   반어적 어조

프로톱테루스 에티오피쿠스여 뻘 속에서
돈호법, 의인법 – '폐어'를 청자로 설정함   '우리(인간)'의 공간, 부정적인 현대 사회

수십 년 견디는 우리는
'우리(인간)'의 시간   시적 화자이자 시적 대상 – '폐어'와의 비교 대상 → 초점의 이동('폐어' → '우리')

그렇다면 30억만 년쯤 진화하지 않겠구나 ███ : 영탄법, 자조적 어조
깨달음 강조   인간에게 닥칠 비극 예측 ①

깨끗하게 썩지도 못하겠구나   ▶ 12~16행: 30억만 년 동안 진화하지 못할 인간의 현실
인간에게 닥칠 비극 예측 ②

■ 폐어(肺魚): 몸이 가늘고 긴 뱀장어 모양의 민물고기로, 아가미 외에 부레가 호흡 기관으로 발달되어 있으며, 우기에는 물속에서 아가미로 숨을 쉬고 건기에는 모래펄에 기어들어 부레로 숨을 쉰다. 고생대 말부터 중생대에 걸쳐 번성하였으나 그 후 급격히 쇠퇴하여 현재는 오스트레일리아, 남아메리카, 아프리카 등에서 명맥을 유지하고 있으며, 이른바 살아 있는 화석으로 불린다.

감상 포인트

'폐어'와 '우리'의 비교를 통해 현대인의 삶을 성찰하는 작품의 주제 의식을 이해한다.

▶ 작품 분석 노트

• 제목 '물증'의 의미

'물적 증거'의 준말인 '물증'은 어떤 사실을 증명할 수 있는 객관적인 근거를 의미한다. 따라서 부정적인 현대 사회를 살아가고 있는 인간이 오랜 기간 진화하지 못할 것이라는 심증만 갖고 있던 화자에게, 어느 날 수족관에서 '폐어'를 만나는 시적 상황은 인간에게 닥칠 비극에 대한 물증이 된다.

물증
• 물적 증거
• '폐어'를 가리킴

↓

진화하지 못하고 답보 상태를 거듭하는 현대인의 모습

• '폐어'와 '우리'의 관계

화자는 오랜 세월 진화하지 않고 살아온 '폐어'의 내력을 통해, 우리 인간 또한 그처럼 부정적 상황을 살아가게 될 것임을 예측하고 있다.

폐어		우리(인간)
3억만 년 동안 진화하지 않고 지느러미를 질질 끌며 살고 있음	유추	30억만 년쯤 진화하지 않고 부정적 상황에서 살아갈 것임

• 의도적 행갈이의 효과

이 작품의 5행에서는 문장의 자연스러운 흐름과 어긋나는 의도적인 시행 배열을 통해, 시적 긴장감을 형성하고 특정 시어와 시구를 부각시키고 있다.

3억만 년 동안 양서류로 진화하지 않고 살고 있다 네 발 대신 가느다란 지느러미를 질질 끌며

↓

3억만 년 동안 양서류로 진화하지 않고 살고 있다 네 발 대신 가느다란 지느러미를 질질 끌며

이 작품의 화자는 수족관에서 발견한 폐어의 내력과 인간의 현실을 대응시킴으로써, 현대인들이 처한 부정적 현실을 비판하면서 앞으로 닥칠 암울한 미래의 상황을 예측하고 있다. 따라서 이러한 유추적 시상 전개를 통해 현대인들의 성찰을 유도하는 화자의 태도와 주제 의식을 이해할 수 있어야 한다.

+ 유추적 시상 전개와 주제 의식

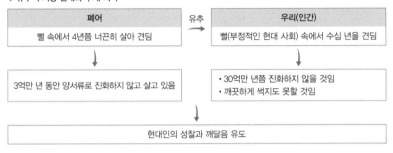

핵심 포인트 2 시어 및 시구의 의미 파악

이 작품에서는 시어 및 시구를 통해 폐어와 인간에 대한 화자의 생각과 태도를 드러내고 있다. 따라서 화자의 생각과 태도를 함축하고 있는 시어 및 시구의 의미를 파악할 수 있어야 한다.

+ 시어 및 시구의 의미

진화	화자가 생각하는 긍정적인 변화를 의미함
네 발 대신 / 가느다란 지느러미를 질질 끌며	• '네 발'은 진화의 결과로 얻는 것으로, '뻘'에 안주함으로써 포기한 가치를 의미함 • '가느다란 지느러미'는 진화가 이루어지지 못한 상태로, 진화를 위해 버려야 할 것을 의미함 • 음성 상징어 '질질'을 통해 진화가 이루어지지 않은 상태에 대한 화자의 부정적 인식을 드러냄
뻘 속에서 4년쯤 너끈히 살아 견딘다는	• '뻘'은 '네 발'이 없는 '폐어'가 벗어날 수 없는 삶의 공간을 의미함 • 모자람이 없이 넉넉하다는 긍정적 의미의 부사 '너끈히'를 사용하여, 진화하지 않고 오랫동안 뻘 속에서 살아가는 '폐어'의 부정적 모습을 반어적 어조로 표현함
뻘 속에서 / 수십 년 견디는	현대인들이 살아가는 부정적인 현대 사회를 '뻘'로 비유하고, 인간의 삶 전체를 '수십 년'으로 표현함
우리	시의 표면에 등장하는 시적 화자로, '폐어'와 비교 대상이 되며 화자가 성찰을 요구하는 시적 대상이기도 함
깨끗하게 썩지도 못하겠구나	'뻘'과 같은 부정적 현실에서 벗어나지 못하고, 자연의 섭리마저 거스를 수밖에 없는 현대인들의 상황을 자조적 태도로 드러냄

핵심 포인트 3 표현상 특징 파악

이 작품의 주제 의식을 형상화하기 위해 사용된 다양한 표현상의 특징과 그 구체적 효과를 이해할 수 있어야 한다.

+ 표현상 특징과 효과

- 시적 대상을 의인화하여 작품의 주제를 부각함
- 유추를 통해 시상을 전개하고 주제 의식을 드러냄
- 의도적인 행갈이를 통해 시적 긴장감을 형성하며 특정 시구를 강조함
- 반어적 어조와 자조적 어조를 통해 현대인이 처한 부정적 현실을 드러냄
- 유사한 통사 구조의 반복과 감탄형 종결 어미 '─구나'의 반복을 통해 운율을 형성함

• **해제**
〈물증〉은 화자가 어느 날 수족관에서 우연히 보게 된 '폐어'를 통해 인간의 미래를 예측하고 있는 작품이다. 폐어의 처지와 인간의 현실을 유추의 방식으로 대응시켜 표현하였으며, 의인법, 돈호법, 영탄법 등의 다양한 표현 방식과 반어적·자조적 어조의 진술을 통해 현대인들이 처한 부정적 현실을 드러내고 있다. 또한 이 작품은 '폐어'를 통해 시적 화자이자 동시에 시적 대상인 '우리'의 성찰과 깨달음을 유도하고 있다.

• **화자와 시적 상황**
이 시의 화자는 시의 표면에 '우리'로 등장하여, 수족관에서 '폐어'를 보고 깨달은 현대인들의 부정적인 현실과 이에 대한 성찰을 드러내고 있다.

• **주제**
현대인들의 부정적 현실에 대한 성찰

한 줄 평 | 천상에서 죄를 짓고 인간 세상으로 온 선관과 다섯 선녀의 이야기를 그린 작품

옥루몽 ▶ 남영로

💬 전체 줄거리

[제1회]

옥황상제는 자신이 다스리는 백옥경의 백옥루를 수리하고 이를 기념하기 위해 모든 선관을 초대하여 잔치를 베풀었다. 옥황상제는 그 자리에 참석한 선관 중 한 명인 문창성군에게 시를 짓도록 명했는데, 그의 시를 통해 그가 인간 세상에 대한 마음을 품고 있다는 것을 알게 됐다. 옥황상제는 태을진군의 권유에 따라 문창성군을 인간 세상에 잠시 귀양을 보내기로 결정했다. 한편, 문창성군은 백옥루에서 제방옥녀, 천요성, 홍란성, 제천선녀, 도화성과 함께 술을 마시다가 취해서 잠이 들었다. 석가세존의 명령으로 연꽃을 찾다가 우연히 이들을 보게 된 관음보살은 이들을 인간 세계로 내려보냈다. 적강한 문창성군은 양창곡으로, 제방옥녀는 윤 소저로, 천요성은 황 소저로, 홍란성은 강남홍으로, 제천선녀는 벽성선으로, 도화성은 일지련으로 인간 세계에서 각각 태어났다.

▶ 천상계에 있던 한 명의 선군과 네 명의 선녀가 인간 세계로 적강함

[제2~4회]

남방 옥련봉 근처에 살던 양현과 부인 허 씨는 마흔이 되도록 자녀가 없음을 늘 섭섭해했다. 어느 날 두 사람은 자녀가 없는 울적한 마음을 풀어 보고자 옥련봉에 올랐다. 그곳에서 우연히 관음보살 상을 마주하게 된 양현과 허 씨는 불상 앞에서 아들을 얻게 해 달라고 기도했다. 이후 두 사람은 각각 보살로부터 꽃을 받는 꿈과, 금빛이 미남자가 되어 자신이 문창성이라고 밝히며 품에 안기는 꿈을 꾸었다. 얼마 뒤 두 사람은 아들을 얻었고 이름을 창곡이라 지었다.

▶ 양현과 허 부인이 신이한 꿈을 꾸고 양창곡이 태어남

양창곡은 열여섯이 되자 뛰어난 학문 실력을 갖추게 되었고 과거에 응시하겠다며 황성을 향해 떠났다. 양창곡은 황성을 가던 중에 소주라는 지역에서 도적을 만나 재물을 빼앗겼다. 그리고 객점에서 만난 두 소년인 마달, 동초에게서 다음 날 소주 자사 황여옥이 압강정에서 큰 잔치를 여는데, 압강정을 주제로 시를 짓게 하여 장원에게 큰 상을 내린다는 정보를 듣게 됐다. 압강정 잔치에 참여한 양창곡은 그곳에서 절세미인의 기생인 강남홍을 보게 되었고, 강남홍은 양창곡이 쓴 시를 장원으로 뽑았다. 양창곡이 소주 사람이 아닌 것을 알게 된 황여옥은 그를 잡아 오라고 명했다. 하지만 이런 상황을 미리 예측했던 강남홍은 노래를 부르면서 양창곡에게 자신의 거처를 알려 주며 도망치라는 신호를 주었고, 양창곡은 그 덕분에 황여옥에게 잡히기 전에 잔치에서 무사히 빠져나와 위기를 모면했다.

▶ 압강정 잔치에 간 양창곡이 강남홍과 만나고 소주 자사 황여옥에게 쫓김

남종과 옷을 바꿔 입고 몰래 잔치판에서 빠져나온 강남홍은 양창곡을 걱정하며 그를 찾아다녔지만 만나지 못했다. 하지만 양창곡은 강남홍의 노래를 통해 강남홍이 청루(창기들이 있는 집)에 살고 있음을 알아채고 청루에 찾아갔다. 그곳에서 남복 차림의 강남홍은 양창곡의 성품을 확인하고 그의 성품이 훌륭하다는 것을 알게 되자, 양창곡에게 자신의 정체를 드러내고 그와 인연을 맺어 혼인을 약속하게 됐다. 강남홍은 자신의 신분이 기생이므로 항주 자사 윤형문의 딸과 혼인할 것을 권했다. 양창곡은 이를 받아들이고 과거를 보기 위해 황성으로 떠났다. 강남홍은 자신과 함께 양창곡을 모시게 될 윤형문의 딸 윤 소저와 친분을 쌓기 위해 윤형문을 찾아가 윤 소저를 모시겠다고 자원하여 윤 소저를 모시기 시작했다.

▶ 양창곡이 강남홍과 혼인을 약속하고, 윤 소저와 혼인할 것을 권유받음

[제5~7회]

한편 소주 자사 황여옥은 강남홍을 사모하여 흑심을 품고 있었다. 황여옥은 항주 지사 윤형문에게 부탁하여 경도희 잔치를 열 때 항주에 있는 강남홍을 데려와 달라고 부탁하는 편지를 보내고, 경도희에서 강남홍을 취하겠다고 마음먹었다. 윤형문이 강남홍에게 편지를 보여 주자 강남홍은 스스로 목숨을 끊겠다고 다짐했다. **[장면 포인트 ❶ 087P]** 강남홍은 경도희에 참여하여 황여옥에게 그의 뜻을 따르겠다고 거짓말하고, 거문고 곡조로 자신의 서글픈 마음을 드러내고서 전당호에 몸을 던졌다. 다행히 이를 눈치챈 윤 소저가 물속에서 오륙십 리를 가는 손삼랑이라는 여인에게 미리 부탁해 강남홍이 물에 빠지면 구하도록 했다. 손삼랑은 전당호에 빠진 강남홍의 목숨을 구해 주었지만, 두 사람이 타고 있던 배가 풍랑에 휩쓸려 남방의 탈탈국이라는 곳에 이르렀다. 두 사람은 탈탈국에서 백운 도사를 만나 그의 거처에서 지내게 되고, 윤 소저와 강남홍의 여종 연옥 등을 비롯한 소주와 항주 사람들은 강남홍이 죽었다고 생각했다.

▶ 전당호에 투신한 강남홍이 손삼랑의 도움으로 목숨을 구하고 탈탈국으로 감

[장면 포인트 ❶ 087P] 양창곡은 강남홍의 남종으로부터 강남홍의 편지를 받고 강남홍이 죽었다고 생각하여 슬픔에 빠졌지만 과거 시험에 응시했다. 천자는 양창곡의 글을 일 등으로 뽑아 장원 급제를 시키려 하지만, 양창곡의 글을 본 각로 황의병과 참지정사 노균은 그의 재주를 시기하여, 시험을 다시 보거나 급제를 취소해야 한다고 주장했다. 천자가 이를 받아들이지 않고 양창곡을 일 등으로 확정하고 한림학사에 제수하자 황의병과 노균은 자신의 가족을 양창곡의 아내로 천거했다. 하지만 윤 소저와 혼인하라고 한 강남홍의 부탁을 기억하고 있던 양창곡은 황의병과 노균의 부탁을 거절했다. 양창곡은 고향에 계신 부모님을 황성으로 모시고 오고, 양창곡의 성품을 눈여겨본 윤형문은 그를 사위로 맞이했다. 이를 알게 된 황의병은 자신의 딸을 양창곡의 아내로 만들기 위해 계교를 썼고, 결국 천자는 양창곡에게 황의병의 딸도 아내로 들이도록 했다. 그러나 양창곡이 이를 따르지

않자 천자는 양창곡을 강주로 유배 보냈다.

▶ 장원 급제한 양창곡이 윤 소저와 혼인하고, 황의병의 딸과의 혼인을 거절하여 유배를 감

[제8~9회]

강주로 유배를 간 양창곡은 심양정에 올라 우연히 비파 소리를 듣고서 강남홍을 떠올리고, 비파를 연주한 기생 벽성선을 만났다. 양창곡이 옥피리를 부는 벽성선을 칭찬하자, 벽성선은 양창곡에게 훗날 전쟁과 관련되어 옥피리를 반드시 쓰게 될 것이라며 여러 곡을 가르쳐 주었다. 어느 날 양창곡은 벽성산의 바위 위에서 잠이 들었는데, 꿈속에서 자신을 문창성이라고 부르며 홍란성을 어디 두고 제천선녀와 즐기고 있냐고 묻는 관음보살을 만나게 됐다. 꿈에서 깬 양창곡은 천상 무곡성의 천문 지리와 군대를 부리고 귀신을 항복시키는 비결이 쓰여 있는 단서 한 권을 얻고 이를 금세 익혔다. 이후 양창곡과 벽성선이 다시 만나 노래를 부르며 풍류를 즐기다가 벽성선이 양창곡과 곧 헤어질 것을 안타까워했다. 양창곡이 벽성선에게 자신이 유배에서 풀려 날 것을 어떻게 아느냐고 묻자 벽성선은 양창곡이 영화롭게 돌아가는 꿈을 꾸었다고 했다. 이를 듣고 양창곡은 천자의 생신에 사면이 될 것 같다고 하고, 벽성선은 지금까지 양창곡을 모셨으니 여한이 없다고 했다.

▶ 유배 간 양창곡이 벽성선과 인연을 맺고, 단서를 얻어 천문 지리와 병법을 익힘

이후 양창곡이 유배된 지 네다섯 달 되었을 때 천자가 생일을 맞아 양창곡을 다시 불러들이고 예부 시랑에 제수했다. 양창곡은 황성에 벽성선을 데리고 오겠다고 약속하고 황성으로 돌아갔다. 양창곡은 천자의 명으로 황의병의 딸 황 소저와 혼인을 하고, 벽성선도 집으로 데리고 오도록 했다. 이때 남쪽 오랑캐 남만이 명나라를 쳐들어와 나라가 위태로워지자 양창곡은 대원수가 되어 출전했다. 벽성선은 행군하던 양창곡을 찾아가 군중에서 쓸 곳이 있을 것이라며 자신의 옥피리를 건네주었다. ▶ 양창곡이 유배에서 풀려나 남만과의 전쟁에 참여함

[제10~14회]

한편, 벽성선이 양창곡의 집에 오자 황 소저는 그녀를 시기하여 계교를 꾸몄다. 황 소저는 일부러 아픈 척을 하여 벽성선의 여종 소청이 독약이 들어 있는 저고리를 입게 만들고, 황 소저가 먹을 탕약을 소청이 들고 오도록 했다. 이후 황 소저가 약을 먹는 척하며 기절하자 황 소저와 함께 공모한 황 소저의 여종 춘월이 약그릇에 은비녀를 넣어 보고 독이 들었다고 외쳤다. 춘월은 소청의 몸을 수색하여 독약을 찾아내 누명을 씌우고 벽성선의 사주가 있었을 것이라고 의심하도록 했다. 하지만 집안사람들 아무도 벽성선을 의심하지 않자 황 소저는 춘월을 부추겨 아버지 황의병에게 이 사실을 알리게 했다. 춘월이 황의병에게 벽성선과 소청을 모함하며 황 소저가

죽었다고 거짓말하자, 황의병은 남종 십여 명을 호령하여 양창곡의 집에 찾아갔다. 황의병이 양창곡의 집에 찾아와 항의하자 양창곡의 아버지 양현은 양창곡이 돌아오면 이 일을 처리하겠다고 하며 황의병을 돌려보내고, 황 소저는 아버지를 따라 친정으로 갔다.

▶ 황 소저가 벽성선을 시기하여 춘월과 함께 벽성선에게 누명을 씌우고 친정으로 감

양창곡은 우연히 동초와 마달을 만나 장군으로 삼고 행군을 이어갔다. 이후 남만과 전투를 벌이던 양창곡은 남만 장수 나탁의 뛰어난 진법 때문에 흑풍산에서 퇴각했다. 하지만 양창곡은 흑풍산의 지리와 천문을 관찰하여 서북풍이 일어날 것과 흙이 불꽃으로 변할 것을 예견하고 이를 이용해 나탁의 군사를 물리쳤다. 그리고 나탁을 추적하여 반사곡에 이르렀는데 귀신의 울음소리가 구슬프고 광풍이 크게 일어나 군사들의 앓는 소리가 심해졌다. 고민하던 양창곡은 배회하던 중에 제갈량의 묘당에 이르렀고 제갈량에게 이 어려움을 이겨 낼 비책을 알려 달라고 기원하고 돌아왔다. 이후 양창곡은 꿈속에서 자신을 찾아온 제갈량에게서 과거에 제갈량이 죽인 군사들의 원혼을 달래 주라는 말을 듣고, 미후동에서 적을 공격하라는 조언을 들었다. 양창곡이 꿈에서 깨어나 보니 병사들의 병세가 사라지고 광풍도 그친 상태였다. 양창곡은 제갈량이 죽인 군사들의 원혼을 위해 제사를 지내고, 가짜 나탁이 있는 오록동과 진짜 나탁이 있는 미후동을 찾아가 공격해 나탁으로부터 승리를 거두었다.

▶ 양창곡이 남만(나탁)과 싸워 승리를 거둠

거듭된 패배로 본거지인 다섯 골짜기를 모두 잃은 나탁은 복수를 다짐했다. 그리고 나탁은 채운동에 있는 운룡 도인을 찾아가 도움을 요청했지만, 운룡 도인은 양창곡이 비범한 인물이기 때문에 승부를 겨루지 말라고 타일렀다. 나탁이 계속 도와달라고 요청하자 운룡 도인은 탈탈국 백운동에 있는 자신의 스승인 백운 도사를 천거하고 산으로 돌아갔다. 나탁은 즉시 백운 도사가 있는 백운동으로 향했다. 이때 백운동에는 백운 도사로부터 천문과 지리, 검술과 도술, 병법 등을 익히고, 부용검을 받은 강남홍이 있었다. 강남홍은 검술 실력이 뛰어날 뿐만 아니라 바람과 구름, 귀신을 부릴 줄 알고 있었고 둔갑술도 할 줄 알았다. 백운 도사는 강남홍에게 옥피리를 건네주고, 고국으로 돌아갈 때 쓸 것이라며 옥피리 부는 법을 알려 주었고, 한 쌍의 옥피리 중 나머지 한 개는 문창성군에게 있다는 정보를 주었다. 나탁이 백운 도사를 찾아와 도움을 요청하자, 백운 도사는 강남홍에게 오늘이 고국으로 돌아갈 날이라며 자신이 관음보살의 명령으로 강남홍에게 병법을 전수하러 온 문수보살임을 밝히고, 강남홍은 문창성군과 인연이 있는 천상계 인물임을 알려 준다. 또한 백운 도사는 나탁이 천랑성의 정령이라며 강남홍에게 그를 도와주라고 명했고, 나탁에게는 강남홍을 홍혼탈이라는 소년으로 소개했다. 강남홍은 손삼랑과 함께 백운 도사의 뜻을 받들어 나탁을

따라가 출전했다.

▶ 강남홍이 자신의 신분을 숨기고 남만의 장수로서 명나라와의 전쟁에 참여하게 됨

양창곡이 육화진, 팔괘진, 조익진, 학익진 등의 병법을 펼쳤지만 강남홍은 모두 대응했고, 명나라의 뇌천풍, 동초, 마달과 남만의 철목탑, 손삼랑이 싸우기 시작했다. 손삼랑이 명나라 군사들의 공격으로 수세에 몰리자 격노한 강남홍은 화살을 쏴서 뇌천풍은 투구를 떨어뜨리고 동초, 마달의 갑옷을 맞추어 깨뜨렸다. 뇌천풍이 투구를 다시 쓰고 강남홍에게 달려들었지만 강남홍은 쌍검을 휘둘러 뇌천풍의 투구를 깨뜨리고 말에서 떨어지게 했다. 뇌천풍이 본진으로 달아나자 명나라의 또 다른 장수 소유경이 양창곡에게 자신이 출전하겠다고 했다.

<장면 포인트 ❷ 090P> 전장에 나간 소유경은 창으로 강남홍을 잡으려 했으나, [주목] 강남홍은 도술을 통해 부용검이 하늘에서 무수히 떨어지도록 했고, 소유경은 창으로 떨어지는 칼들을 쳐냈지만 당해 낼 수 없었다. 소유경은 자신이 죽겠구나 생각했지만, 강남홍은 소유경을 살려 주며 양창곡에게 돌아가 군대를 물리라고 하고 자기 진영으로 돌아갔다. 소유경도 자기 진영으로 돌아와 양창곡에게 남만의 장수(강남홍)의 무예가 매우 뛰어나 이겨 내지 못할 것이라 아뢰었다. 양창곡은 소유경의 말을 듣고 남만의 장수와 싸워 승리하고자 하는 의지를 드러냈다.

▶ 남만의 장수로 출전한 강남홍이 명나라의 뇌천풍, 소유경과의 대결에서 승리함

한편, 진영에 돌아온 강남홍은 명나라 사람인 자신이 오랑캐인 남만의 왕 나탁을 돕는 것이 대의에 어긋난다고 생각했다. 그리고 밤이 되자 연화봉에 올라 백운 도사가 준 옥피리를 연주하여 명나라 군사들이 고향과 가족을 그리워하며 슬퍼하게 만들었다. <장면 포인트 ❷ 090P> 그 사이 꿈을 꾸다가 깬 양창곡은 소유경에게서 군중의 동태를 듣고, 옥피리를 연주해 군사들을 평온하게 하고 기상을 높였다. 잠을 이루지 못하던 양창곡은 소유경에게 남만 장수의 용모에 대해 묻자 소유경은 남자로서는 고금에 없는 인재요, 여자로서는 나라와 성을 기울게 할 미인이라고 답했다. 강남홍은 양창곡의 옥피리 소리를 듣고 옥피리의 주인이 자신의 옥피리와 한 쌍인 문창성이라고 생각했다. 그리고 그것을 부는 사람은 자신의 짝이 되어야 하는데, 자신의 짝은 양창곡밖에 없으므로 명나라의 원수가 양창곡이라고 짐작했다.

이를 확인하기 위해 강남홍은 다음 날 전투에 출전하여 동초, 뇌천풍, 원수와 겨루다 원수가 양창곡임을 확인하고, 양창곡에게 자신이 강남홍임을 밝히며 밤에 찾아가겠다고 하고서 본진으로 돌아갔다. 양창곡은 진중에서 만난 사람이 진짜 강남홍이 아니고 강남홍의 원혼이라고 생각하지만, 밤에 강남홍을 재회하여 그녀가 살아 있음을 알게 됐다. 양창곡과 강남홍은 눈물을 흘리며 재회의 기쁨을 나누고 서로에게 지난 일들을 모두 말해 주었다. 강남홍은 산속

에 숨어 있다가 양창곡이 남만을 평정하면 뒤따라간다고 했다. 또한 자신을 명나라의 장수로 삼으려면 군대를 돌리는 날까지 자신을 가까이하지 말고, 자신의 본모습을 장수에게 누설하지 말고, 남만을 평정하면 나탁을 죽이지 말고 왕의 호칭을 보존하게 해 달라고 했다. 양창곡이 이에 응하자 강남홍은 자신이 이제 명나라의 장수가 되었다고 말하고서 떠났다.

▶ 양창곡과 강남홍이 재회의 기쁨을 나누고 강남홍이 명나라에 귀순함

[제15~18회]

강남홍은 홍혼탈이라는 남자로 위장하고 명나라에 귀순했다. 강남홍이 도망간 것을 알게 된 나탁은 축융 왕에게 도움을 요청하러 가기 위해 남만의 진영인 태을동에 장수 철목탑과 아발도를 두고 떠났다. 이때를 놓치지 않고자 손삼랑은 강남홍과 논의 후 강남홍과 일부러 말다툼을 한 척하며, 명나라에 붙잡혀 있던 남만 군사들과 함께 남만으로 향했다. 손삼랑은 철목탑, 아발도와 술을 마시면서 강남홍을 헐뜯어 그들의 신뢰를 얻게 되는데, 이때 태을동으로 명나라 군사들이 쳐들어왔다. 손삼랑에게 속은 것을 깨달은 철목탑과 아발도는 겨우 달아나 목숨을 부지하였다.

▶ 손삼랑이 남만의 장수를 속여 명나라가 남만을 공격할 수 있도록 도움

한편 축융 왕은 진기한 보배를 바친 나탁의 부탁을 받아들여 무예와 성품이 뛰어난 딸 일지련과 함께 명나라와의 전쟁에 나갔다. 명나라의 장수와 축융의 장수가 대적하며 싸우던 중 양창곡이 군대를 불러들이자, 축융 왕은 주문을 외워 무수한 귀졸들이 명나라 진영에 달려들도록 했지만 공격에 실패했다. 축융 왕이 다시 술법을 써서 천지가 캄캄해졌지만 양창곡은 선천음양진으로 방어했다. 이후로도 축융 왕은 두 번이나 더 무수한 귀졸들을 이용해 싸웠지만 그때마다 강남홍의 기묘한 병법과 술법을 이겨 내지 못하고 오히려 목숨을 잃을 위기에 처했다.

▶ 축융 왕과 그의 딸 일지련이 남만의 편이 되어 참전했으나 양창곡과 강남홍의 공격으로 축융 왕이 위기에 처함

그러자 축융 왕은 요술을 사용하여 신체를 계속 변신해 갔고, 강남홍은 축융 왕이 변신하는 것을 보고 똑같이 변신하며 대적해 결국 승리를 거머쥐었다. 이후 축융왕의 딸 일지련이 전장에 나가 손삼랑, 뇌천풍, 동초, 마달과 싸우고 마침내 강남홍과 대적하였는데, 강남홍은 일지련의 미모와 재주를 보고 그녀를 아끼게 되었다. 일지련은 명나라가 남만 왕을 버리지 않았음에도 남만 왕이 천자에게 맞서는 것을 보고, 명나라에 귀순하여 아버지 축융 왕의 죄를 씻고자 했다. 이후 강남홍이 일지련을 전장에서 사로잡아 본진으로 데려오자 일지련은 기뻐하며 강남홍에게 복종하고 강남홍도 일지련을 더욱 아꼈다. 일지련은 항복할 테니 아버지 축융 왕의 죄를 용서해 주고 왕의 지위를 보전해 달라고 하자 강남홍과 양창곡은 이를

받아들였다. 축융 왕에게 돌아온 일지련은 축융 왕을 설득했고, 두 사람은 명나라에 항복하고 귀순했다. 이후 일지련은 강남홍이 여자인 것을 눈치채고 강남홍에게 질문하자 강남홍은 자신이 여자임을 넌지시 알려 주었다.

▶ 강남홍과 인연을 맺은 일지련이 축융 왕과 함께 명나라에 귀순함

축융 왕이 귀순했음에도 불구하고 나탁은 끝까지 항복하지 않았다. 명나라군이 나탁이 있는 철목동에 진입하는 데 실패하자 강남홍이 직접 나탁의 장막에 침입하여 나탁의 머리 위 산호 정자를 가지고 돌아왔다. 그리고 편지와 함께 다시 산호 정자를 나탁에게 보내며 항복을 권했다. 나탁은 자신도 모르는 사이에 산호 정자가 없어졌음을 깨닫고 자신이 강남홍을 대적할 수 없다고 생각하여 명나라에 항복했다. 양창곡은 천자에게 남만을 평정했다는 첩서를 전달하는데, 이때 천자에게는 교지 지방을 침범한 홍도국을 무찌르기 위해 군대를 징발해 달라는 교지 왕의 상소 또한 전달됐다. 이에 천자는 양창곡과 강남홍에게 홍도국을 평정하라는 조서를 내렸다. 한편, 윤형문과 황의병도 양창곡의 승리를 알게 되고, 윤 소저는 장수로 모습을 바꾸고 생존해 있다는 강남홍의 편지를 받고 기뻐했다.

▶ 강남홍이 나탁의 항복을 받아 내고, 양창곡과 함께 홍도국을 평정하라는 천자의 명을 받음

[제19~25회]

한편, 친정에 머무르던 황 소저는 양창곡이 승리하고 돌아오면 자신이 해를 입을까 두려워했다. 이때 황 소저와 그의 어머니인 위 부인은 자객을 보내 벽성선을 해치자는 춘월의 제안을 받아들여 자객을 보냈다. 하지만 자객은 벽성선이 정절을 지켜 왔다는 흔적을 보고 자신이 해칠 사람이 아니라고 생각하여, 벽성선에게 자신이 황부에서 보낸 자객임을 밝히고 황부에 돌아왔다. 자객은 위 부인을 꾸짖고서 큰길로 춘월을 데리고 나가 벽성선을 모함한 황 소저, 위 부인, 춘월을 질책하고 춘월의 두 귀와 코를 베었다. 이에 벽성선이 억울하게 모함을 당했다는 것과 위씨 모녀의 간악함을 마을 사람들이 모두 알게 되었다. 위 부인은 벽성선이 자객을 보낸 것이라며 황의병에게 거짓말을 했고, 이를 믿은 황의병은 간관 왕세창을 통해 천자에게 표문을 올려 벽성선이 자객을 보내 춘월을 해쳤다는 말을 전했다. 이 표문의 내용을 신뢰한 천자는 벽성선을 고향으로 보내고 양창곡이 돌아오면 이 일을 직접 처리하도록 명했다.

▶ 황 소저와 위 부인의 계략으로 벽성선이 고향으로 가게 됨

고향 강주로 가던 벽성선은 자신의 신세를 한탄하며 자결하고자 했지만 여종 소청이 만류하여 산화암에 머물게 되었다. 벽성선은 그곳에서 태후의 궁인인 가궁인을 우연히 만났는데, 벽성선의 단아한 외모와 성품에 탄복한 가궁인은 벽성선이 여승이 되지 못하도록 했다. 벽성선을 원수로 여긴 춘월은 가궁인의 여종 운섬을 통해 벽성

선이 산화암에 있음을 알게 되었다. 그리고 자신의 오라버니의 친구 우격으로 하여금 벽성선을 유린하게 하려는 음모를 꾸몄다. 한편, 양창곡은 천자로부터 강남홍으로 하여금 홍도국을 정벌하게 하고, 양창곡은 회군하라는 조서를 받았다. 이에 양창곡은 강남홍과 함께 홍도국을 평정하고자 하니 재고해 달라는 내용의 표문을 마달에게 주어 천자께 드리고자 했다. 마달이 천자께 표문을 전달하고 돌아오는 길에 벽성선을 괴롭히려는 우격을 만나, 창으로 우격을 무찌르고 벽성선을 구해 주었다. 벽성선은 자신을 구해 준 사람이 양창곡의 부하 마달임을 알게 되고, 자신의 사정과 편지를 양창곡에게 전해 달라고 부탁했다. 마달은 벽성선을 점화관이라는 안전한 도관에 머무르도록 하고 양창곡에게 돌아갔다. 한편, 춘월은 우격으로부터 그간 벌어진 이야기를 듣고 벽성선이 도적에게 잡혀갔을 것이라고 짐작했다. 이에 춘월은 우격이 벽성선을 죽였다고 거짓말하자, 위 부인은 기뻐하며 춘월에게 천금을 주었다.

▶ 마달의 도움으로 벽성선을 해치려는 춘월의 계략이 실패로 돌아가고 벽성선은 안전한 곳으로 피신함

한편, 마달에게서 벽성선의 편지를 받은 양창곡은 천자가 보낸 칙명에 따라 나탁을 용서해 주고, 홍도국을 정벌하기 위해 교지로 향했다. 홍도국 왕 탈해가 있는 오계동을 가기 위해서는 위험한 다섯 개의 시냇물(황계, 철계, 도화계, 아계, 탕계)을 건너야 했으며, 오계동을 가는 길에 남방의 독한 기운으로 갑자기 강남홍이 병에 걸리고, 군사들은 황계조차 건너지 못하는 상황이 되었다. 이후 양창곡이 두통으로 인해 갑자기 혼절하자 강남홍은 그가 죽을 것이라 짐작해 슬퍼하며 황계 물가에 뛰어들고자 했는데, 이때 백운 도사가 나타나 금단 세 개를 주었다. 그리고 백운 도사는 시 세 편을 읊음으로써 다섯 개의 시냇물을 무사히 지나갈 방도를 알려 주었으며, 사악한 기운이 침범하지 못하게 하는 백팔 보리주(염주)를 주고 사라졌다. 금단을 먹은 양창곡은 쾌차했고, 백운 도사의 도움으로 명나라 군사들은 다섯 개의 시냇물을 무사히 건넜다.

▶ 백운 도사의 도움으로 명나라군이 위험한 다섯 개의 시냇물을 건넘

홍도국의 왕 탈해는 동생 발해로 하여금 자고성에서 명나라군과 맞서 싸우게 했지만, 발해는 강남홍의 활에 맞아 죽었다. 이후 탈해는 부인인 소보살의 요술로 맞섰지만 양창곡은 강남홍이 일러 준 항마진을 펼쳐 제압했다. 이에 소보살이 골짜기의 문을 닫고 공격의 기회를 엿보자 양창곡은 탈해의 진영이 있는 골짜기에 물을 부어 함락시키기 위해 진영을 살피러 갔는데, 이때 적군에게 포위를 당해 위기에 처했다. 한편, 강남홍이 오랑캐 병사 수만 명이 있는 진영으로 뛰어들어 부용검을 휘두르자 푸른 안개가 일어나며 오랑캐 병사들의 머리가 땅에 떨어졌다. 이에 소보살이 병사들에게 독화살을 쏘라고 지시했지만 강남홍은 동서남북을 왔다 갔다 하며 피했고, 오히려 오랑캐 병사들이 독화살에 맞아 죽었다. 오랑캐 병사들은

양창곡의 포위를 풀고서 강남홍을 에워쌌고, 자신이 포위에서 풀려난 이유를 알게 된 양창곡은 오랑캐 진영에 돌진했다. 강남홍이 설화마를 타고 부용검을 휘둘러 흰 눈발과 푸른 안개가 번뜩일 때마다 여러 명의 오랑캐 장수 머리가 땅에 떨어졌다. 탈해는 이를 보고 놀라서 소보살과 함께 달아났다. 이후 강남홍은 탈해가 있던 골짜기에 수차로 물을 쏟아부어 함락시켰다.

▶ 홍도국의 탈해와 소보살이 강남홍과의 대결에서 짐

이어 탈해와 소보살은 대룡강에서 수군을 징발해 명나라에 맞서고자 했다. 손삼랑과 철목탑은 어부로 위장해 탈해에게 접근했고, 탈해의 군선 만드는 일을 지휘하게 되었다. 그리고 강남홍의 명령에 따라 명나라 진영의 대포 소리에 맞춰 탈해의 군선에 불을 지르고 달아났다. 빠르게 불길이 번지자 탈해는 도망가고자 했지만 일지련이 나타나 탈해의 배를 거듭 뒤집었다. 탈해는 배에서 내려 소보살을 데리고 달아났지만 축융 왕과 명나라 장수들에게 사로잡혔다. 소보살은 도술을 부려 도망치려 했으나 강남홍이 백운에게 받은 백팔 개의 보리주로 소보살을 사로잡았다. 이에 소보살은 강남홍에게 자신이 백운동 여우의 정령임을 밝히며 목숨을 구걸했고 강남홍은 소보살을 놓아주었다. 양창곡은 탈해의 머리를 베어 홍도국을 평정하고, 명나라를 도와 전공을 쌓은 축융 왕에게 홍도국의 통치권을 주었다. 또한 양창곡은 일지련을 그의 첩으로 맞이하기로 하고 황성으로 돌아가는 길에 점화관에서 벽성선과 잠시 재회하고서 금의환향했다. 양창곡과 강남홍은 명나라에서 가족들을 만나 그간의 회포를 풀었다. 이후 천자가 전공을 논하는 자리에서 강남홍은 표문을 통해 자신이 여성임을 밝히고 천자께 용서를 구했다. 천자는 강남홍을 용서하고 양창곡을 연왕에, 강남홍은 난성후에 봉했다.

▶ 양창곡과 강남홍이 홍도국을 평정하고, 강남홍이 천자께 자신의 신분을 밝힘

얼마간 명나라가 태평성대를 누리던 중 천자는 동홍이라는 사람을 만나게 되고, 그의 악기 연주를 좋아하게 되어 장원 급제를 시켰다. 이에 소유경이 상소하여 올바르지 않은 인재 등용이라며 동홍에게 내린 장원 급제를 거두어야 한다고 간언했다. 일찍이 동홍에게 모종의 명령을 내렸던 간신 노균이 동홍은 대단한 집안 출신이고 천자가 공정하게 인재를 등용했다며 반박했고, 천자는 분노하여 소유경의 관직을 삭탈하려 했다. 그러나 양창곡이 반대하여 소유경은 관직 삭탈을 피했고, 양창곡은 천자에게 용모만 보고 동홍을 편애하는 것에 대해 우려를 표했다. 노균은 의도적으로 자신의 여동생을 천자의 총애를 받는 동홍에게 시집보냈다. 이후 양창곡을 따르는 청렴결백한 신하는 청당이라 부르고, 노균과 동홍을 따라 권세를 탐하고 이해득실을 따지는 신하는 탁당이라 부르며 당파 싸움이 벌어졌다. 천자는 청당의 올바름과 탁당의 그릇됨을 알았으나, 겉으로는 청당을 예우하며 신임하고 속으로는 탁당을 사랑하며 은근

히 보호했다. 또한 동홍과 노균에 대한 천자의 총애는 날로만 높아져 갔다.

▶ 동홍이 천자의 총애를 받고, 청당과 탁당이 당파 싸움을 하게 됨

[제26~28회]

노균은 천자에게 예악을 만들 것을 권하며 정무를 보지 않을 때 음악으로 마음을 풀 것을 권하고, 동홍을 음악을 주관하는 관리로 임명하게 했다. 동홍은 노균의 말에 따라 민간에 명령을 내려 음률에 능한 자를 구하도록 했다. 이에 벼슬을 탐하는 사람들이 자기 가족에게 음악을 가르치기 시작했고, 노균과 동홍은 날마다 천자를 모시고 음악을 연주하였다. 소유경과 윤형문이 상소를 올려 노균의 행태를 비판했으나, 노균은 자신의 세력을 이용해 천자가 소유경과 윤형문을 탄핵하도록 끊임없이 상소하였다. 결국 윤형문은 관직을 삭탈하고 소유경은 유배되었다. 장면 포인트 **❸** 093P 이 상황을 알게 된 양창곡은 죽음을 무릅쓰고 천자께 상소를 올려 예악을 버리고 노균을 죽이라고 간언했다. 그러나 의봉정에서 음악을 즐기던 중 양창곡의 상소를 보게 된 천자는 불쾌해했고, 노균은 이를 당론이라 모함하며 양창곡을 질책했다. 천자의 답이 없자 양창곡은 직접 의봉정 아래로 들어가 천자에게 예악을 버리고 덕을 닦는 것을 중히 여기고, 노균은 간신이므로 그의 말을 따르지 말고 노균을 축출해야 한다고 간언했다. 하지만 이미 노균을 신임하고 있는 천자는 양창곡을 운남으로 유배시켰다.

▶ 천자에게 상소를 올린 양창곡, 소유경이 유배당하고 윤형문은 관직을 삭탈당함

장면 포인트 **❸** 093P 강남홍은 하인으로 변장하고 유배 가는 양창곡을 따라갔고, 동초와 마달은 벼슬을 그만두고 양창곡을 섬기기 위해 몰래 따라갔다. 양창곡을 유배지로 데리고 가던 한응문은 노균을 따르던 간신이었으나, 양창곡의 명망과 덕화를 직접 느끼고서는 양창곡을 따르고 그의 행차를 보호하고자 했다. 한편, 노균은 유배 가는 양창곡을 해치려는 계획을 세웠다. 유배지로 가는 중에 강남홍은 양창곡에게 물고기로 국을 만들어 대접하고자 했고, 강남홍의 고초를 덜어 주고자 했던 양창곡은 남종에게 국 끓이는 일을 맡기고 강남홍에게 방으로 들어오라고 했다. 국이 완성되자 강남홍이 먼저 그 맛을 보던 중에 독에 중독되어 쓰러졌다. 한응문은 강남홍이 쓰러진 것을 보고 독을 쓴 사람이 누군지 찾고자 했다. 그는 자신이 거느리고 있는 모든 남종을 불러 조사했는데, 노균이 보낸 남종 하나가 사라진 것을 확인하고 잡아오라고 명령하였다. 양창곡을 몰래 따라가던 동초와 마달은 산에서 우연히 만난 노인으로부터 사람을 구하라는 말과 함께 단약을 받았고, 노균이 보냈던 남종을 길에서 마주쳐 그를 사로잡았다. 강남홍은 동초와 마달이 가지고 온 단약을 먹고 회복하고, 양창곡이 노균이 보낸 남종을 심문하자 남종은 양창곡에게 독

을 먹여 살해하라는 노균의 지시를 받았음을 실토했다. 한응문은 양창곡의 명에 따라 남종을 압송해 감옥에 가두었다.
▶ 양창곡을 살해하려는 노균의 계략으로 독약을 먹고 쓰러진 강남홍이 단약을 먹고 회복함
양창곡 일행은 다시 길을 떠나 초료점에 이르렀고, 강남홍은 밤에 화재가 날 것을 예견하고 양창곡에게 흙산으로 피할 것을 권했다. 얼마 뒤 객점에 화재가 나고, 녹림객이라는 자들이 양창곡에게 재물을 요구했다. 동초와 마달이 이들을 물리치고 남종들이 이들 중 일부를 사로잡았다. 잡힌 이들은 자신들이 노균이 보낸 사람이고, 노균은 세 무리로 나누어 양창곡을 해칠 계획을 세웠음을 실토했다. 한응문은 이들을 감옥에 가두고 조정의 명을 기다리게 했다. 양창곡 일행은 다시 길을 떠나 운남 지방의 한 객점에 머물렀다. 이번에는 한밤중에 사내가 담을 넘어와 양창곡을 습격했으나, 강남홍이 부용검으로 그를 막고 사로잡았다. 사내는 양창곡을 죽이면 노균으로부터 큰돈을 받기로 해서 양창곡을 죽이려 했음을 실토하고 자결하였다.
▶ 노균의 지시를 받은 사람들이 양창곡을 해치지 못함

[제29~31회]
한편, 노균은 권세가 날로 더해져 폭정을 일삼고 천자는 노균을 더욱 신임했다. 노균은 양창곡을 죽이려던 자신의 계획이 실패한 것을 알고 동홍을 불러 새로운 계책을 세웠다. 태후가 천자의 생일을 맞아 양창곡을 용서하라고 권했으나, 천자는 노균의 꾐에 빠져 이를 곧바로 따르지 않았고, 의봉정에서 노균, 동홍과 밤새 잔치를 베풀었다. 천자가 잔치에서 동홍이 연주하는 북산조를 듣고 불로장생에 대한 소망을 드러내자, 노균은 불사약을 얻을 수 있다며 천자를 꾀어냈다. 노균은 천자의 소망을 들어주겠다고 하며 천자를 미혹하게 하여, 호화스러운 태청궁을 짓고 도술에 능한 방사(신선의 술법을 닦는 사람)들과 청운 도사를 불러들였다. 또한 노균이 청운 도사에게 하늘에 제사를 드리도록 청하자, 청운 도사는 태청궁을 넓게 지어 신선이 내려오도록 하라며, 좋은 날을 택해 수명을 연장하는 법을 알려 주겠다고 했다. 청운 도사가 택일한 날, 천자는 태청궁에서 서왕모를 만나는 경험을 하고 신선술을 더욱 믿게 되었다. 천자는 매일 태청궁에서 방사들과 신선술 강론만 하였고, 조정의 기강이 해이해져 민심이 흉흉해졌다. 나라의 예산은 고갈되었고, 노균은 민심이 복종하지 않는 것을 걱정하며 청운 도사에게 민심을 다스리기 위한 글을 쓰게 하였다.
▶ 노균이 천자를 도술에 미혹되게 하고, 천자가 백성을 돌보지 않아 민심이 흉흉해짐
그러나 청운 도사의 글을 읽은 백성들은 의심을 품었고, 백성들이 복종하지 않자 노균은 청운 도사에게 조정을 비방하는 사람들을 잡아들이게 했다. 청운 도사가 진언을 외우면 풀잎 하나하나가 귀졸이 되어 조정을 비방하는 사람들을 잡아오자, 사람들은 귀졸을 두

려워하여 조정에 대한 안 좋은 말을 하지 않았다. 노균은 천자에게 하늘이 상서로운 징조를 내렸으니 태산에 올라 천지신명께 제사를 지내도록 권했다. 천자는 태산과 바닷가에서 청운 도사의 도술에 또다시 미혹되었고, 꿈속에서 자신을 구해 준 사람이 동홍일 것이라 생각하여 동홍의 벼슬을 더 높여 주었다.
▶ 천자는 도술에 더욱 미혹되고 동홍에 대한 총애도 깊어 감
한편, 양창곡을 기다리던 벽성선은 남복을 하고 양창곡의 유배지인 운남 근처로 가다가 우연히 만난 소년들의 권유로 단소를 불었다. 이를 본 소년들은 기뻐하면서 천자의 명을 받들어 음율을 아는 사람을 구한다고 하며 벽성선을 붙잡아 수레에 태웠고, 산동성을 거쳐 노균의 처소로 갔다. 그곳에는 음률을 아는 많은 소년들이 모여 노균의 평가를 받고 있었는데, 벽성선은 천자가 노균의 처소에 몰래 찾아왔음을 눈치채고 천자에게 음률로써 간언하고자 했다. 벽성선은 여러 곡조를 연주하며 천자가 간신과 신선술, 음악에 미혹된 것을 우회적으로 비판했다. 벽성선은 천자가 문무의 덕을 갖추었는데 이를 노균과 동홍이 가리는 것을 통분히 여겼다. 천자는 벽성선의 용모를 보고 꿈속에서 자신을 구해 준 사람이 동홍이 아닌 벽성선임을 깨닫게 되었고, 자신의 잘못을 인지하여 양창곡, 윤형문, 소유경 등을 사면하고 벽성선 또한 황성으로 돌아올 수 있게 했다. 벽성선의 음률을 듣고 천자는 지난 일을 후회했지만 이미 노균과 동홍의 위세가 강한 탓에 그들의 간악한 행위를 어찌할 도리가 없었다.
▶ 벽성선이 음율로써 천자께 간언하자 천자가 자신의 잘못을 깨달음
노균과 동홍은 자신들을 대하는 천자의 태도가 달라진 것을 눈치채고 모반을 의논했다. 그때 흉노의 우두머리 선우가 오랑캐 병사 십만 명을 이끌고 명나라를 침략했고, 노균은 만일 자신이 전투에서 패배하면 천자를 배신하고 선우에게 투항할 마음을 먹고 출전을 자청했다. 노균이 선우의 군대를 당해 내지 못해 오랑캐가 황성까지 쳐들어오자, 태후와 황후는 가궁인을 따라 산화암으로 피신했다.
▶ 노균이 오랑캐와의 전쟁에 참여하고, 태후와 황후는 선화암으로 피신함

[제32~39회]
벽성선은 양창곡이 사면되어 황성으로 돌아올 것이라고 생각해 황성으로 돌아오고 있었으나, 선우의 군대가 황성을 점령한 것을 보고 산화암에 몸을 의탁했다. 그곳에서 태후와 가궁인을 만났는데, 오랑캐 군대가 이곳에 태후가 있음을 발견하고 쫓아왔다. 벽성선과 태후, 벽성선의 종인 소청과 황후는 옷을 바꿔 입고, 벽성선과 소청이 태후와 황후를 대신해 오랑캐 진영으로 잡혀갔다. 한편, 양현은 일지련과 손삼랑을 불러 윤형문과 함께 군사를 일으켜 황후와 태후를 보호하고 오랑캐와 싸웠다. 양창곡은 귀양 중에 나라가 위기에 처한 사실을 알게 되자, 동초와 마달에게 부탁하여 자신이 작성한

표문을 천자에게 전달하도록 했다. 양창곡의 표문에서 우국충정을 느낀 천자는 유배지 운남에서 양창곡과 강남홍을 불러들였다. 한편, 벽성선과 소청은 오랑캐가 황성을 침범했다는 소식을 듣고 진군하던 진왕 화진을 만나 진국으로 피신을 가게 되고, 화진은 군대를 이끌고 황성으로 향했다.

▶ 벽성선과 소청이 오랑캐에게 잡혔다가 진국으로 피신 가고
천자가 유배지에서 양창곡과 강남홍을 불러들임

선우는 노균의 심지가 약하다는 것을 알고 노균의 집안사람들을 성위에 세워 두고서 항복을 강요했다. 노균은 크게 놀라 항복하기로 결심했고, 자신과 함께 흉노에 가면 크게 쓰임받을 것이라며 청운 도사에게도 항복을 권유했다. 청운 도사가 이에 응하자, 노균은 선우에게 청운 도사를 소개하고 함께 투항했다. 천자는 노균의 반역 소식을 듣고 동흥을 찾았으나, 동흥을 비롯한 노균 무리는 이미 도망간 상태였다. 어느새 오랑캐 병사들이 천자가 있는 곳까지 몰려오자 천자는 마달과 함께 남쪽으로 몸을 피하고, 동초는 행궁에서 오랑캐를 대적하고자 했다. 선우는 행궁에 천자가 있는 줄 알고 행궁으로 쳐들어갔으나 그곳에는 병사가 한 명도 없고 깃발이 거짓으로 세워져 있었다. 이때 매복해 있던 동초가 병사들과 함께 선우를 추격해 물리쳤으나, 선우가 동초가 적은 수의 병력으로 속임수를 썼다는 것을 깨닫고 다시 동초를 공격하기 시작했다.

▶ 노균과 청운 도사가 항복하고 오랑캐 선우의 편이 됨

한편, 천자는 마달과 함께 남쪽으로 도망가던 중 군사를 일으킨 소유경을 만났고, 마달에게 병사와 함께 돌아가 동초를 구하라고 했다. 선우가 다시 동초를 공격하여 동초가 포위되었을 때 마침 마달이 도착하여 선우와 오랑캐군을 물리쳤다. 이후 동초와 마달은 다시 천자의 행차를 따라가 서주성에서 소유경과 함께 천자를 호위했고, 진왕 화진은 천자를 구하기 위한 원군을 보냈다. 선우가 척발랄과 청운 도사를 산동성에서 데리고 와 군사를 일으켜 천자를 공격하자 소유경은 천자를 연소성으로 피신시켰다. 양창곡은 황성이 함락되고 천자가 위기에 처해 있음을 알고 운남에서 군사를 일으켰다. 천자가 연소성에 포위되었을 때, 양창곡과 강남홍이 연소성에 와서 군사를 네 무리로 나누어 오랑캐 진영을 공격하고 천자를 구했다. 천자는 이들의 공을 치하하며 양창곡을 대원수로, 강남홍을 부원수로 삼았다. 강남홍은 자신이 여자임을 밝히며 높은 벼슬을 받지 않고자 했으나, 천자는 강남홍을 표요 장군에 제수하였다. 선우는 양창곡의 재능을 칭찬하였으나, 청운 도사는 자신이 양창곡을 이길 수 있다고 비웃었다. 선우는 기뻐하며 군대의 절반을 청운 도사에게 맡기고 자신은 연소성 아래 진을 펼쳤다.

▶ 양창곡과 강남홍이 천자를 구하고 선우와 청운 도사는 양창곡과의 대결을 준비함

선우와 오랑캐 장수가 말에서 공중제비를 하며 실력을 뽐내었고, 강남홍은 백운 도사에게 배운 굉천포로 선우의 진영을 깨고자 했

다. 선우가 명나라 군대의 움직임을 몰래 살피는 사이에 강남홍은 굉천포를 펼쳤고, 선우의 진영에 불덩어리와 대포 소리가 끊이지 않았다. 사람과 말이 엎어졌고 선우는 겨우 도망갔다. 다음 날 선우는 청운 도사와 연소성 아래 진을 치고 싸움을 걸었다. 강남홍은 꿈속에 나타난 백운 도사의 말에 따라 당일에는 선우와 싸우지 말 것을 양창곡에게 당부하였다. 그날 노균이 양창곡을 불러내자, 양창곡은 노균의 죄 열다섯 가지를 들며 꾸짖었다. 그러자 청운 도사는 도술을 펼쳤고, 푸른 기운이 공중에 가득하더니 곧 창검으로 변해 명나라 진영을 침투하였다. 강남홍은 북을 울려 원진을 펼치고 붉은 깃발을 꽂고 손에 쌍검을 들어 공중을 가리켰다. 그러자 청운 도사가 보낸 창검이 푸른 나뭇잎으로 변하였고, 청운 도사는 자신의 도술이 통하지 않자 명나라 진영으로 들어가 동태를 살피고자 하였다.

▶ 강남홍의 반격으로 청운 도사의 도술 공격이 실패함

명나라 진영에 몰래 들어온 청운 도사는 강남홍에게 자신의 정체를 들켰고, 과거에 함께 백운 도사로부터 도술을 배우던 강남홍의 꾸짖음을 듣고 자신의 죄를 뉘우쳤다. 청운 도사는 가짜 청운 도사를 만들어 놓고 백운동으로 가 버리고, 청운 도사가 도망간 것을 알게 된 선우와 노균은 명나라와의 싸움을 멈추지 않았다. 선우와 노균은 포로로 잡은 여자를 태후인 척하게 하여 천자가 항복하도록 유도했지만, 천자만 속고 양창곡은 속지 않았다. 강남홍이 선우의 군사와 싸우며 쌍검을 번개처럼 휘두르자 푸른 기운이 일어났다. 선우가 강남홍을 포위하고 활을 쏘았으나, 강남홍은 동서남북으로 번쩍이며 활을 모두 피했다. 선우는 크게 놀라 강남홍과 직접 대결했으나, 강남홍의 기묘한 검술을 당해 내지 못하고 도망갔다. 이때 양창곡의 군사가 합세하여 오랑캐를 무수히 죽였고, 양창곡은 대군을 거느려 선우를 추격하다가 회군했다.

▶ 청운 도사가 백운동으로 도망가고 선우는 강남홍으로부터 도망감

일지련과 함께 산동성을 공격해 되찾은 천자의 매부 진왕 화진은 천자, 양창곡을 만나 인사를 나눴다. 이후 천자와 화진은 태후가 있는 진남성으로 향하고 양창곡은 강남홍, 소유경, 일지련, 동초, 마달과 함께 선우를 쫓아 북쪽으로 갔다. 천자는 진남성에서 태후를 재회하고서 다음 날 여러 신하와 함께 환궁하여 민심을 안정시켰다. 화진의 제안으로 천자는 화진과 함께 선우를 직접 정벌하고자 행군에 나서 양창곡의 대군까지 거느리게 되었다. 천자는 진군하던 중 노균에 의해 감옥에 붙잡힌 뇌천풍을 풀어 주고 선우가 있는 하란산 주위를 포위하여 진을 쳤다.

▶ 천자가 직접 선우를 정벌하고자 함

선우는 토번과 몽고의 군대를 합해 천자의 진영을 깨고자 하였으나 실패하고, 진을 계속 바꾸는 천자의 군대에 포위당했다. 이에 몽고군은 항복하였으나 선우는 항복하지 않았다. 이후 노균은 뇌천풍의 도끼에 맞아 죽었고 척발랄은 투항하였다. 명나라 군대가 하란산으

로 도망간 선우를 잡기 위해 산으로 들어갔으나, 수십 마리의 요괴가 나타나 명나라 군대를 방해했다. 그중 한 요괴의 정체는 소보살이었는데, 강남홍이 요괴를 공격하자 소보살은 모든 요괴를 불러 호리병 안에 넣고 강남홍에게 사죄한 후 사라졌다. 양창곡이 선우를 사로잡아 머리를 베고 돌아오자, 천자는 토번, 몽고, 여진의 왕에게 입조(조정의 회의에 참여함)하여 항복하라는 조서를 내렸다. 이에 토번, 몽고, 여진 등 세 나라의 왕이 입조하자 북방의 작은 십여 나라의 오랑캐 왕도 입조하였다.

▶ 선우가 양창곡에게 머리를 베이고 십여 개의 오랑캐 왕이 명나라에 입조하여 투항함

[제40회]

천사는 명나라에 귀순한 선우의 장수 척발랄을 대선우로 삼고, 입조하여 머리를 조아린 십여 나라의 오랑캐 왕들을 만났다. 다음 날 천자는 하란산 아래에서 오랑캐 왕들과 큰 사냥을 벌였다. 이 자리에서 몽고 왕이 양창곡의 진법과 강남홍의 무예를 감상하고 싶다며 청하자, 양창곡은 강남홍을 시켜 수십 가지의 진을 펼쳐 보였다. 몽고 왕이 다른 왕들도 함께 구경하길 청하자 모든 오랑캐 왕들이 진의 형세를 함께 구경했다. 오랑캐 왕들은 강남홍의 진법 안에 들어갔다가 빠져나오지 못하고 동초와 마달의 도움으로 겨우 벗어나자 강남홍의 재주에 감탄했다. 이후 강남홍은 활로 백조와 제비를 쏘는 재주를 보여 주었다. 이때 갑자기 흉악하고 큰 호랑이가 나타나자 오랑캐 왕들이 두려워했다. 천자가 호랑이를 잡아 백성들의 화근을 없애라고 하자 강남홍은 일지련으로 하여금 호랑이를 농락하며 사냥터로 유인하도록 했고, 강남홍은 사냥터에서 자신의 검술로 호랑이를 물리쳤다. 오랑캐 왕들이 죽은 호랑이를 확인해 보니 호랑이의 뼈마디가 모두 어긋나 있었고 완전한 가죽이 없었다. 이후 몽고 왕은 생사당을 건립하여 양창곡과 강남홍의 초상을 그려 안치하고 그들의 공덕을 기리고자 했다. 북방의 여러 화가들이 양창곡의 초상은 그렸지만 강남홍의 초상을 그리지 못하고 있었는데, 한 화가가 천거한 어느 늙은 화가가 강남홍의 초상이 이미 북방에 있다고 말했다. 늙은 화가가 말한 명비묘의 한나라 왕소군 초상을 가져와 강남홍과 비교해 보니 그 모습이 똑같았다. 오랑캐 왕은 화가에게 왕소군의 초상을 베껴 그리게 하고 공양을 드렸고, 강남홍은 자신의 돈으로 명비묘를 수리했다. ▶ 오랑캐의 왕들이 강남홍의 재주에 감탄하고 양창곡과 강남홍의 초상을 그려 그들의 공덕을 기리고자 함

[제41~42회]

다음 날 천자 무리는 회군하여 황성에 돌아와 백성들을 돌보고, 천자는 전공을 세운 장수들에게 벼슬과 재물을 하사했다. 한편, 소유경은 천자에게 노균의 당파를 조정에서 전부 축출해야 한다고 했지

만, 양창곡은 노균의 당파라도 재주 있고 능력이 있는 자는 등용해야 한다고 말했다. 이에 천자는 양창곡의 말을 따랐고, 벽성선을 위해 시비를 가리고 벽성선을 죽이려 한 자객을 잡아 오라고 명했다. 이 소식을 들은 춘월은 자신에게 계교가 있다고 하며 위 부인에게서 천금을 받았다. 이후 왕세창이 천자에게 벽성선을 해치려던 자객이 잡혔다고 하자, 천자가 그 자객을 심문했는데 자객은 자신을 장오랑이라고 소개하며, 벽성선이 돈을 주며 위씨 모녀를 죽이라고 했다고 거짓말했다. 이는 모두 춘월의 계략이었다. 그때 신문고가 울리며 백발의 늙은 여자가 들어와 자신이 진짜 자객임을 밝히고, 위 씨가 춘월에게 시켜 벽성선의 머리를 베어 오라고 지시했다는 사건의 전말에 대해 고했다. 또한 자객은 춘월을 잡아 왔다고 하며 장오랑이 우격의 누이임을 밝히자, 천자는 자객을 용서해 주었다. 춘월과 우격은 길에서 목이 베어졌고, 왕세창은 벼슬을 깎이고 쫓겨났다. 천자가 태후에게 이 사실을 말하자 태후는 위씨 모녀를 추자동에 가두라고 명했다.

▶ 벽성선을 모해한 춘월과 우격이 처벌당하고 위씨 모녀가 유배당함

한편, 진국에 머무르던 벽성선은 천자가 북방을 토벌한 후 진국 공주와 함께 황성에 돌아와 태후, 천자, 공주, 화진과 함께 회포를 풀었다. 화진과 태후는 연춘전에 양창곡을 불러 벽성선을 대신할 첩을 구했다며 양창곡을 속이고자 했으나, 양창곡은 오랜만에 만난 벽성선을 보고 태연한 척 웃었다. 이후 벽성선은 바라던 대로 양창곡과 함께 집으로 돌아갔다. ▶ 벽성선이 양창곡과 재회하고 집으로 돌아감

추자동의 산속으로 유배를 간 지 한 달이 된 황 소저는 매일 눈물을 흘리며 신세를 한탄하다가 꿈속에서 하늘나라의 옥경에 이르렀다. 황 소저는 부인들의 모범이 되고 있는 상청 부인 앞에서 질투라는 말을 꺼냈다가, 더러운 말을 귀에 들리게 했다며 꾸지람을 당하고 쫓겨났다. 이후 황 소저는 한나라 여후, 진나라 왕도의 아내 마 씨, 가충의 아내 왕 씨 등 부귀한 가문에서 질투로써 집안의 질서를 어지럽힌 여자들이 오물이 가득한 큰 웅덩이 속에서 고초를 겪고 있는 것을 보았다. 그 여자들이 황 소저도 같이 고초를 겪어야 한다며 쫓아오자 황 소저는 잠에서 깨어났다. 잠에서 깬 황 소저는 사람의 귀천이 마음에 있다는 것을 깨닫고, 벽성선을 해하려고 했던 보복을 자신이 받게 될 것이라며 참회했다. 황 소저는 잠들면 놀라고 깨면 우는 일을 반복하다가 유언을 남기고 숨이 끊어졌다. 이를 본 위 부인은 혼절하고 꿈에서 자신의 어머니 마 씨를 만났다. 마 씨는 위 부인이 잘못했다며 위 부인을 지팡이로 때리며 혼냈다. 위 부인이 잠에서 깨자 황 소저의 호흡도 돌아왔다. 이후 다시 혼절한 위 부인은 꿈에서 어떤 노인이 준 단약을 먹고 입속에서 오장이 쏟아져 나오고, 노인은 감로수로 위 부인의 오장을 깨끗이 씻어 배 속에 다시 넣었다. 이어 노인이 악의 뿌리가 뼈마디에 들어갔다며 위 부

인의 뼈마디를 칼로 긁을 때, 위 부인은 꿈에서 깨어나 자신의 허물을 깨닫고 덕을 닦아 출중한 인물이 되었다. 황 소저의 병세가 심해지고 위 씨의 매 맞은 상처가 깊어졌음을 알게 된 태후는 가궁인에게 사실을 확인하고 오라고 시켰다. 가궁인은 태후에게 돌아가 위 씨 모녀가 허물을 뉘우쳤음을 전했고 그들을 용서해 줄 것을 청했다. 태후는 황 소저가 시댁에서 쫓겨난 신세이므로 고초를 더 겪게 하여 양창곡을 감동시키겠다고 했다.

▶ 추자동으로 유배 간 황 소저와 위 부인이 개과천선함

[제43~44회]
어느 날 양창곡이 병이 들자 벽성선은 산화암에 찾아가 부처님께 치성을 드리다가, 황 소저가 쓴 축원 글을 보았다. 여스님에게 목숨이 위태로울 정도로 가엾어진 위 씨 모녀의 상황을 듣게 된 벽성선은 집으로 돌아와 황 소저를 구제할 방책을 생각했다. 양창곡의 병세는 점차 회복된 것과 달리 황 소저는 식음을 전폐하다가 숨이 끊어졌고, 벽성선도 이 소식을 듣고 죄책감을 느끼며 눈물을 흘렸다. 벽성선은 강남홍에게 황 소저에 대한 미안한 마음으로 인해 속세를 끊고 싶다고 말하니, 강남홍은 황 소저를 회생시킬 방도가 있다고 했다.   ▶ 벽성선이 황 소저에게 죄책감을 느끼고 황 소저를 구제하고자 함
강남홍과 벽성선은 황 소저를 소생시키기 위해 도사로 위장하여 추자동에 갔다. 강남홍은 위 씨에게 환약 세 개를 주며 탕에 달여서 황 소저에게 먹이라고 했다. 위 씨가 황 소저에게 환약을 세 개를 모두 먹이니 황 소저가 기운을 되찾기 시작했다. 이후 황 소저의 여종 도화가 두 도사가 강남홍과 벽성선임을 밝히자 위 씨는 당황했다. 황성에 돌아온 강남홍과 벽성선이 양창곡에게 그간 있었던 일을 전했으나, 위 씨 모녀의 회심을 믿지 않은 양창곡은 추자동으로 갔다. 그리고 벽성선은 황 소저가 쫓겨난 게 자신의 탓이라며 개과천선한 위 씨 모녀를 용서해 달라는 상소문을 태후에게 올렸다. 태후는 위 씨 모녀가 집으로 돌아가는 것을 허락하고, 위 씨 모녀는 벽성선과 강남홍 덕분에 자신들이 목숨을 구했다는 것을 알게 되었다. 위 씨 모녀는 추자동에 찾아온 양창곡에게 사죄하고 태후의 명을 받고 집으로 돌아왔다.

▶ 도사로 위장한 강남홍이 황 소저를 살리고, 위 씨 모녀가 유배지에서 집으로 돌아옴

[제45~47회]
양창곡은 황 소저의 집으로 찾아가 후원 정자에서 홀로 지내고 있는 황 소저에게 자신의 집으로 어서 돌아오라고 했다. 또한 허 부인의 명으로 황 소저는 양창곡의 집으로 돌아와 자신의 잘못을 뉘우치고 양현, 허 부인, 벽성선, 윤 소저, 강남홍의 환대를 받았다. 다음 날 허 부인은 상춘원과 중향각에서 잔치를 베풀고 양창곡, 윤 소저,

황 소저, 강남홍, 벽성선 등과 함께 꽃을 구경하며 술과 음식을 나눠 먹었다. 일지련이 흥취를 돋우기 위해 비파를 연주하며 오랑캐 노래를 부르자 벽성선이 거문고로 화답하고, 강남홍과 양창곡도 악기를 연주했다. 잔치를 끝내고 돌아온 양창곡에게 허 부인은 일지련을 첩으로 두라고 권했다. 벽성선 또한 양창곡에게 일지련이 잔치에서 홀로 슬퍼하였다며 일지련을 첩으로 맞이할 것을 권했다. 강남홍은 양창곡의 아내가 되고자 하는 일지련의 마음을 위로하고 양창곡에게 일지련을 첩으로 천거했다. 이에 양창곡은 중향각에서 잔치를 베풀고 초례를 치러 일지련을 첩으로 맞이했다. 강남홍과 벽성선, 일지련 등 세 첩은 유비, 관우, 장비의 도원결의를 본받아 한 사람을 섬기며 생사고락을 함께하기를 맹세하고 축원했다. 양창곡은 일지련과 함께 이야기를 나누며 회포를 풀고 두 부인과 세 첩의 처소를 정했다. 한편, 동초와 마달도 연옥과 소청을 첩으로 맞이하고 싶은 마음을 서로 토론하고, 양창곡을 찾아가 연옥과 소청을 첩으로 맞이하고 싶다고 말하자 양창곡은 이를 허락했다. 연옥과 소청의 주인인 강남홍과 벽성선의 허락도 받은 동초, 마달은 각각 연옥, 소청과 혼례를 치르고 잔치를 펼쳤다.

▶ 황 소저가 자신의 죄를 뉘우치고 양창곡이 일지련을 첩으로 맞이함

[제48~49회]
이후 태후의 생신에 천자가 연춘전에서 큰 잔치를 베풀고, 화진의 기녀와 양창곡의 기녀로 하여금 노래, 춤, 음악으로써 대결하도록 했다. 그 결과 양창곡이 승리를 거두었고, 천자는 잔치 자리를 후원으로 옮겨 신하들과 어울려 술을 마셨다. 후원에서 화진의 귀비인 반귀비, 괵귀비가 비파와 보슬을 연주하고, 강남홍, 벽성선이 한 쌍의 옥피리를 연주했더니 천자는 또다시 양창곡의 승리를 외쳤다. 잔치 자리는 다시 연춘전으로 옮겨져 이번에는 시 대결이 펼쳐졌는데 이번에도 양창곡이 승리하여 화진은 벌주를 마셨다. 화진이 양창곡과 세 번 싸워 모두 패했으니 다음 날 상림원 격구장에서 재주를 겨루겠다고 하자, 천자는 흔쾌히 허락했다. 다음 날 화진은 상림원에 천자, 태후, 황후 등을 모두 모시고 격구(예전에, 젊은 무관이나 민간의 상류층 청년들이 말을 타거나 걸어 다니면서 공채로 공을 치던 무예) 대결을 펼쳤다. 화진 측과 양창곡 측이 격구 대결을 펼치다가 화진 측에서는 철귀비, 양창곡 측에서는 강남홍이 대표로 싸우게 되었고, 철귀비의 힘이 다하자 강남홍이 승리를 양보했다. 이후 화진의 귀비와 양창곡의 처첩이 편을 나눠 쌍륙 놀이(여러 사람이 편을 갈라 차례로 두 개의 주사위를 던져서 나오는 사위대로 말을 써서 먼저 궁에 들여보내는 놀이)를 했다. 또한 철귀비는 장성곡을 부르고, 강남홍은 부용검으로 검술을 하여 자신들의 장기를 서로 보여 주며 잔치를 즐겼다. 서로 속마음을 터놓고 지기를 맺은

화진과 양창곡은 중양절을 맞아 상춘원에 올라가서 가을 경치를 만끽하며 술을 마시고 서로의 성품을 칭찬하다가 헤어졌다.

▶ 태후의 생신을 맞아 화진의 귀비와 양창곡의 첩이 재주를 겨루며 잔치를 즐김

[제50~52회]

겨울 어느 날 우렛소리가 천자가 있는 자신전을 흔들었다. 겨울 우레는 상서롭지 못한 징조이지만, 노균을 따르던 무리들은 흉악한 마음으로 우레를 상서롭다고 말하며 천자를 속이고자 했다. 이에 양창곡은 천자에게 상소문을 올려, 신하들이 하늘의 도를 속이고 천자를 우롱한다며 나태함 없이 정치에 힘쓰시라는 간언을 했다. 또한 직분을 게을리한 죄로 자신을 쫓아내고 관료들을 감독하시라고 청했다. 이에 천자는 양창곡의 사직은 허락하지 않고 겨울 우레의 상서로움을 치하한 자들을 내쫓았다. 그러나 노균 문하에 출입하며 때를 틈타 일을 도모할 것을 계획하던 한응덕, 우세충 등 나머지 탁당 사람들은 용서하여 죄를 묻지 않았다. 한응덕 등이 양창곡의 상소문에 맞서 천자께 상소문을 올리자 천자는 분노하여, 노균 문하에 출입한 자는 조정의 명부에서 쫓아내 죽을 때까지 벼슬을 금하고, 상소한 한응덕, 우세충 등은 유배 보냈다. 이후 양창곡은 백여 차례 거듭하여 천자께 상소문을 올려 연왕의 자리에서 물러나 시골 전원인 취성동으로 내려가고자 했다. 천자는 그의 확고한 뜻을 꺾을 수 없음을 알고 십 년 뒤에 다시 부르겠다며 벼슬 사직을 허락했다. 천자와 모든 관료가 교외까지 나와 양창곡을 전송했고, 양창곡, 강남홍을 비롯한 양창곡의 가족들은 황성 동남쪽에 있는 취성동으로 내려갔다. 양창곡은 두 부인의 처소를 정하고, 세 첩에게는 거처할 별원을 정하라고 하며 별원을 고쳐 지을 수 있도록 재물을 나눠 주었다. 별원이 완성되자 양창곡은 양현, 허 부인 등과 함께 세 별원을 방문하고서 잔치를 베풀어 마을 사람들과 함께 잔치와 풍류를 즐겼다.

▶ 천자가 탁당 무리를 조정에서 쫓아내고 양창곡은 연왕의 자리에서 물러남

[제53~57회]

이미 강남홍으로부터 아들 양장성을, 일지련으로부터 아들 양인성을 얻은 양창곡은, 취성동의 엽남헌에서 윤 소저의 아들 양경성도 얻게 되었다. 사흘 뒤 양창곡이 졸면서 꿈을 꾸었는데, 선관 천기성이 찾아와 자신이 옥황상제에게 죄를 지어 인간 세상에 내려왔다고 하며 그의 품속에 들어왔다. 그리고 벽성선이 아들을 낳았으니 이름을 양기성이라 지었다. 양창곡과 그의 처첩이 더불어 풍류를 즐기던 때에, 황 부인이 해산의 기미가 보여 찾아갔더니 황 부인도 아들을 낳아 이름을 양석성이라 지었다.

▶ 양창곡이 두 부인과 세 첩으로부터 다섯 아들을 얻음

이때 진왕 화진이 천자께 표문을 올려 벼슬을 사직하고 몇 달간 양창곡이 사는 곳에서 풍류를 즐기고자 했다. 화진이 세 귀비와 함께 배를 타고 양창곡을 찾아가자, 양창곡은 배를 띄워 화진 무리를 환대해 주고 자신의 세 첩과 함께 강 위에서 술을 마시며 풍류를 즐겼다. 양창곡과 화진은 시와 함께 술을 보내 주신 천자에게 답시를 보내며 천자가 계신 곳으로 절을 하고, 세 귀비와 함께 취성동의 별원을 돌아다녔다. 양창곡은 화진에게 각 별원의 주인을 맞추어 보라고 하며 풍류를 즐기고 강남홍이 베푸는 잔치에 참여했다.

▶ 화진과 양창곡이 취성동에서 풍류와 잔치를 즐김

다음 날 양창곡과 화진은 철귀비, 괵귀비, 일지련과 함께 인간 세상의 신선경인 자개봉에 올라갔다. 집에 남아 있던 강남홍, 벽성선, 반귀비는 양창곡과 화진의 흥취를 돕고자 선관처럼 꾸미고, 강남홍을 뵈러 온 소청과 연옥, 세 귀비를 뵈러 온 두 궁인은 동자처럼 꾸며 자개봉으로 향했다. 그들은 양창곡과 화진 무리보다 앞서가기 위해 지름길로 산을 올라갔다. 양창곡과 화진 무리는 노승을 만나 자개봉이라는 이름의 유래를 듣고, 석벽과 낙엽에 쓰인 시를 구경하며 산을 올랐다. 그들은 산속에서 신선들을 보고 생황 소리를 듣기도 하며 오선암에 도달했는데, 오선암에는 네 명의 선관과 두 명의 선동이 있었다. 알고 보니 이는 모두 강남홍, 벽성선, 반귀비 무리가 꾸민 것이었다. 이후 양창곡 무리와 강남홍 무리는 함께 자개봉에 올라 해돋이를 보고 고향의 경치를 내려다보았다. 그들은 가섭암의 석벽에 시 한 수씩을 쓰고 술을 마시며 풍류를 즐겼다. 이후 양창곡은 산에서 만난 사미승에게 산속의 가장 큰 절인 대승사로 자신을 안내하라고 했다. ▶ 양창곡과 화진 무리가 자개봉에 올라가며 풍류를 즐김

얼마 뒤 천자는 화진에게 황성으로 돌아오라 명했고, 화진과 양창곡은 아쉬워하며 이별했다. 화진은 황성으로 돌아가고 양창곡은 강남홍, 벽성선, 일지련과 함께 사미승을 따라 대승사로 갔다. 양창곡 무리는 대승사를 구경하고 대승사의 대사인 보조 국사의 설법을 들었다. 설법을 듣던 강남홍이 국사와 문답을 나누었고, 자신의 질문에 대한 강남홍의 대답을 들은 국사는 강남홍을 칭송하며 문수보살의 전신 또는 제자일 것이라고 했다. 강남홍은 문수보살이었던 백운 도사로부터 불법을 전수받은 바 있었다. 한편, 양창곡은 보조 국사에게 승려가 된 연유를 물었고, 보조 국사는 낙양 땅에 오랑이라는 기생 출신 아내와 딸을 두고 징발당했다가 고향에 다시 돌아왔으나, 떠나간 모녀를 잊을 수 없어 속세를 떠났다고 밝혔다. 이 말을 들은 벽성선은 보조 국사가 자신의 아버지라 짐작하였고 보조 국사가 자신처럼 양쪽 겨드랑이 아래에 검은 점 두 개가 있다는 것을 확인했다. 이에 벽성선과 보조 국사는 서로 부녀지간임을 알게 되어 눈물을 흘리며 그간의 회포를 풀었다. 이후 보조 국사는 강남홍과 일지련에게 벽성선을 부탁하고 벽성선과 작별했다.

▶ 화진이 황성으로 돌아가고 벽성선이 헤어졌던 아버지 보조 국사를 만남

[제58~59회]

세월이 흘러 양창곡의 장남 양장성은 갑과, 차남 양경성은 을과로서 과거에 급제했다. 특히 양장성은 무예도 뛰어나 화살 다섯 발을 연달아 적중시켜 무과 일 등으로도 선발됐다. 천자는 양장성을 한림학사, 양경성을 금란전 학사에 제수했다. 시간이 흘러 진왕에서 초왕이 된 화진이 오랑캐가 침입했다며 거듭 상소를 하자, 양창곡과 강남홍, 양장성, 뇌천풍의 손자 뇌문경, 한응문의 아들 한비렴 등이 군사를 이끌고 출전했다. 한편, 적국이 초국을 습격하여 초왕성으로 향하자, 화진은 공주, 세 귀비, 초옥 군주와 함께 초왕성을 버리고 지사성으로 도망쳤다. 양장성은 적에게서 초왕성을 빼앗고 뇌문경, 한비렴은 지사성에서 오랑캐 장수 소울지, 추금강과 다투었다. 이때 양장성이 나타나 어머니 강남홍에게서 전수받은 부용검으로 소울지, 추금강을 사로잡았다. 양장성은 덕으로써 마음을 얻고자 하여 소울지를 놓아주고 적장에게 항복을 받고자 했다. 전투에서 진 오랑캐의 우두머리 야선은 백운 도사의 제자 청운 도인으로 하여금 진언을 외도록 했고, 청운 도인이 진언을 외자 신장과 귀졸이 산과 들에 가득 차서 명나라 군대를 공격했다. 이를 본 양장성은 무곡진으로 방비하고, 청운 도인에게 부용검을 활용한 검술을 보여 주었다. 이에 청운 도인은 양장성이 강남홍의 아들인 것을 알게 되고 청학이 되어 사라졌다. 야선은 포기하지 않고 명나라 진영을 공격했으나 양장성의 함정에 빠지자 스스로 목을 찔러 죽었고 소울지는 항복했다. 양장성은 소울지를 비롯한 오랑캐 군사들에게 평민으로 돌아가 농사에 힘쓰도록 권장하고 놓아주었다. 이후 양장성은 초왕성으로 돌아와 곽귀비의 대접을 받고, 화진과 곽귀비의 딸 초옥 군주를 연모하게 되었다. 양장성의 승전 소식을 들은 태후가 회군 전에 양장성에게 초옥 군주와 혼인하라 하자, 양장성과 초옥 군주는 초국에서 초례를 치르고 황성으로 왔다. 황성에서 강남홍은 호화스러운 잔치를 베풀고 천자와 신하들이 함께 즐겼다. 양창곡은 윤 소저의 권유로 둘째 아들 장경성과 소유경 딸의 혼인을 약속했다.

▶ 양창곡의 첫째 아들 양장성이 오랑캐를 물리치고 초옥 군주와 혼인함

한편, 음흉하고 담대한 동홍이라는 신하가 후원에 격구장을 만들고, 민간에도 격구를 퍼뜨려 조정의 기강을 해이하게 만들었다. 천자와의 격구 대결에서 동홍이 무례하게 굴자, 양장성은 동홍에게 격구 대결을 신청하며 진 사람에게는 군율을 시행하기로 약속했다. 양장성은 쌍검으로 채구를 받아 공중에서 가지고 놀았는데, 이를 본 동홍이 당황하는 사이 양장성이 채구를 동홍의 말머리에 던졌다. 동홍은 채구를 받지 못해 격구에서 패했고, 양장성은 군율대로 동홍의 머리를 베어 버렸다. 이어 양장성은 천자에게 격구 놀이를 하지 말라고 간언했고, 천자는 이를 받아들였다.

▶ 양장성이 간신 동홍을 군율에 따라 처리함

세월이 흘러 양창곡의 둘째 아들 양경성이 열일곱 되던 해에 소유경의 딸과 혼인했다. 이때 강서 땅에 흉년이 들어 민심이 요동하고 난민이 반역을 꾀했는데, 양경성이 모두가 꺼리는 강서의 태수 벼슬에 자원했다. 양경성은 가둬 놓은 도적들을 풀어 주고, 도적의 우두머리를 불러 모아 허물을 고친다면 용서해 주겠다고 했다. 또한 고을의 창고를 열고 백성들을 도와주어서 풍년을 맞이하는 등 강서 땅이 평안해졌다. 이후 양경성은 과거 시험의 폐단과 이를 없애기 위한 방안을 제시한 상소문을 올리고, 급하지 않은 관직은 줄이고 사치하는 풍조를 금하도록 하는 상소도 했다. 천자는 양경성의 간언을 모두 받아들여 나라를 평안하게 다스렸다.

▶ 양창곡의 둘째 아들 양경성이 소유경의 딸과 결혼하고 강서를 잘 다스림

양창곡의 셋째 아들 양인성은 아버지와 형들이 벼슬에서 물러나지 않는 것을 걱정하며, 태산 아래의 손 선생을 찾아가 그를 스승으로 삼고 문장과 도학을 배웠다. 손 선생은 양창곡의 천거로 조정에 들어가게 되고, 양인성은 손 선생의 구혼을 받아들여 손 선생의 딸과 결혼했다. 이후 양인성은 손 선생 문하에서 학문을 계속 수양하여 신암이라는 호를 얻고 신암 선생이 됐다.

▶ 양창곡의 셋째 아들 양인성이 학문을 수양하여 신암 선생이 됨

[제60~64회]

한편, 양창곡의 다섯 아들 중 가장 잘생겼다고 일컬어진 넷째 아들 양기성은 열세 살이 되는 해 예부 상서 유공의 딸과 혼인했다. 어느 봄날 양기성은 경치를 즐기러 탕춘대에 갔다가, 술집에서 술을 마시고 거문고 소리를 찾아 청루로 향했다. 청루 기녀로는 설중매와 빙빙이 유명했는데, 어려서부터 방탕했던 곽 상서는 설중매에게 깊이 빠져 있는 상태였다. 양기성은 설중매와 함께 술을 마시고 집에 돌아와서도 설중매를 잊지 못했고, 설중매도 양기성을 잊지 못했다. 어느 날 밤 양기성은 설중매를 다시 찾아가 한밤중까지 노닐고, 설중매는 아쉬운 마음에 청루 기생들이 모두 탕춘원에 모여 봄을 전송하는 전춘연에 양기성을 초대했다. 양기성과 설중매는 번화한 단장으로 꾸미고서 전춘연에 참석하고, 설중매는 전춘연에서 춤을 춘 이후에 폭포를 보러 가는 양기성을 따라 잠시 나갔다. 두 사람은 서로의 마음을 확인하고, 설중매가 다시 전춘연 장소로 돌아왔지만 곽 상서는 설중매를 의심했다. 설중매는 전춘연에 모인 남성들에게 짧은 시간 내에 시를 지을 것을 청했는데, 모두가 시를 짓지 못하는 와중에 양기성만이 시를 완성시키고 설중매의 비단 치마에 써서 주목받았다. 이에 설중매의 요청으로 양기성은 모든 기녀의 비단 치마에 시를 적었는데 빙빙이 자신은 베 치마라고 수줍어하자, 양기성은 자신의 한삼을 벗어 시를 적어 주었다. 이에 빙빙은 노래를 불러 양기성에게 화답하고 양기성은 빙빙의 단아함을 사

랑하게 됐다. 곽 상서는 전춘연 이후로 설중매를 의심하여 설중매의 집을 오고 가는 사람을 일일이 살폈다. 양기성은 방탕한 마음을 억제하지 못해 날마다 설중매를 방문하여 노래와 춤을 함께 즐기는 것으로 소문이 났다. 이에 설중매가 양기성과 노는 것을 알게 된 곽 상서는 장풍과 무뢰한 수십 명을 불러 설중매의 집을 부수고자 했다.

▶ 양창곡의 셋째 아들 양기성이 기생 설중매와 빙빙과 어울리며 방탕하게 지냄

뇌천풍의 둘째 손자 뇌문성과 마달의 아들 마둥은 양기성을 돕고자 하여 장풍과 무뢰한들을 물리쳤다. 이후 장풍과 양기성은 화해하고 뇌문성, 마둥과 함께 청루를 두루 놀러 다녔다. 양기성이 이전에 잠 깐 봤던 빙빙의 단아함이 떠올라 빙빙의 집을 찾아가자, 빙빙은 양기성을 환대하고 양기성은 빙빙의 미모와 노래에 감탄했다. 빙빙의 집이 불에 타고 허름한 것을 본 양기성은 양창곡의 제자이자 장안의 부호인 왕자평에게 돈을 빌려 빙빙의 청루를 고쳐 주었다. 양인성은 동생 양기성이 방탕하게 지내는 것을 보고 그를 꾸짖고 학업에 힘쓸 것을 권했다. 한편, 빙빙은 황성의 청루 가운데 으뜸인 집을 완성하고, 양기성이 오는 때를 기다려 낙성연을 하고자 했다. 이후 빙빙은 양기성과 함께 낙성연의 날짜를 정하고, 양기성은 낙성연에 참석하여 설중매와 빙빙과 함께 잔치를 즐겼다.

▶ 양기성이 빙빙의 집수리 비용을 제공하고 집수리를 한 빙빙이 잔치를 베풂

어느 날 양기성은 글방에서 거울에 비친 자신의 얼굴을 보고 수척함과 방탕함을 확인하고서는 밖으로의 출입을 금하고 학업에 힘썼다. 그리고 과거 시험에 응시하여 세 번의 시험에 연달아 합격했다. 한편, 천자는 자신의 맏딸 숙완 공주를 양창곡의 다섯 번째 아들 양석성과 혼인시키고 성대하게 혼례를 행했다.

▶ 양기성이 학업에 힘써 과거에 급제하고
양창곡의 다섯 번째 아들 양석성이 천자의 딸과 결혼함

몇 년 사이에 북흉노가 몽고, 여진과 합세하여 변방을 침략하고 천자에게 항복하라는 격서를 보내자, 양창곡의 만류에도 불구하고 천자는 양장성, 뇌천풍 등과 함께 군대를 꾸리고 직접 출정했다. 천자가 흉노에게 항복할 것을 권하는 조서를 내리자, 흉노는 하룻밤 사이에 모두 도망간 것처럼 천자를 속였다. 천자가 기뻐하는 틈을 타 매복했던 북흉노의 군사들이 천자를 포위하고 공격하여 위급한 상황이 도래했다. 이때 군사를 이끌고 온 양장성이 부용검을 휘둘러 오랑캐 장수 십여 명을 베자, 흉노는 양원수를 포위하고 천자는 패잔병을 수습했다. 흉노는 구겸창을 휘두르며 양장성에게 맞섰지만 뇌문성, 한비렴과 협공하는 양장성을 이겨 내지 못했다. 그 결과 양장성은 흉노의 머리를 베고 몽고 장수를 공격하여 천자를 구했다. 몽고, 여진, 토번 왕은 모두 천자에게 항복하고, 천자는 전공을 쌓은 양장성을 진왕에 봉했다. 사방의 오랑캐가 천자의 위엄에 굴복하자 남만 왕 나탁과 축융 왕이 천자를 알현하고 조공을 바쳤다.

▶ 양장성이 오랑캐와의 전쟁에서 승리하고 진왕이 됨

이후 축융 왕과 나탁은 양창곡의 집에 방문하였고, 축융 왕은 눈물

을 흘리며 오랜만에 자신의 딸 일지련을 재회했다. 나랏일로 인해 명나라를 오래 떠나 있던 초왕 화진이 천자를 뵙고 양창곡의 집으로 가니, 천자는 축융 왕과 나탁, 화진 등을 위해 잔치 비용을 내려 주었다. 이에 강남홍은 양기성이 기생과 놀았던 일을 떠올리고, 양기성에게 설중매와 빙빙을 추천받아 잔치에 불러왔다. 양창곡의 집에서 열린 잔치에는 양창곡의 가족들과 조정 대신들이 모두 참여하고, 설중매, 빙빙 등 기녀들이 잔치의 흥을 돋우었다. 다음 날 양창곡은 나탁, 축융 왕, 화진, 뇌천풍, 소유경, 황여옥 등을 초대하여 강남홍과 함께 다시 한 번 잔치를 벌이고 과거 이야기를 하며 회포를

<u>장면 포인트 ④ 096P</u>

풀었다. 양창곡은 그들을 배웅하고 허 부인, 소 부인, 위 부인, 강남홍, 벽성선, 일지련 등과 함께 과거의 이야기를 나누며 담소했다. 잔치가 끝난 후 강남홍은 취봉루로 돌아가 책상에서 잠이 들었다. 강남홍은 꿈에서 한 봉우리 위에 올라 보살을 만나고, 보살은 강남홍에게 인간 세상의 즐거움을 물었다. 그리고 보살은 강남홍을 남천문으로 데려가 백옥루에 취해서 쓰러져 있는 한 선관과 다섯 선녀들을 보여 주었다. 보살은 강남홍이 본래 홍란성으로, 문창성과 인연을 맺어 인간 세상으로 귀양 온 선녀임을 깨닫게 했다. 강남홍이 인간 세상으로 돌아가지 않겠다고 하자, 보살은 강남홍에게 아직 인간 세상의 인연이 다하지 않았으므로 빨리 돌아가라고 하며 마흔 해가 지난 뒤에 다시 천상계로 올 선녀임을 예고했다. 강남홍이 보살의 정체를 묻자 보살은 자신이 남해 수월암의 관세음이라 밝히고 석장을 공중에 던졌다. 그러자 오색 무지개가 일어나고 벼락 소리가 들리며 강남홍이 잠에서 깨어났다. 강남홍이 이를 윤 소저, 황 소저, 벽성선, 일지련에게 말하자 네 사람은 꿈 내용에 감동했다. 허 부인은 옥련봉 석불에게 기도하여 양창곡을 낳았으며 그 때의 석불이 관세음이라고 했다. 또한 벽성선의 아버지가 대승사의 보조 국사이니, 옥련봉 석불을 위해 암자를 짓고 대승사에 백일제를 올려 관세음의 공덕을 갚고자 했다. 이에 벽성선이 보조 국사를 청하여 제를 올리고 옥련봉에 암자를 창건했다. 이후 양창곡의 모든 가족은 일흔 이상의 수명을 누리고 자손들이 번성하며 많은 복을 누렸다.

▶ 강남홍이 꿈에서 관음보살에게 자신의 과거와 미래에 대해 듣고,
양창곡의 가족들은 복을 누림

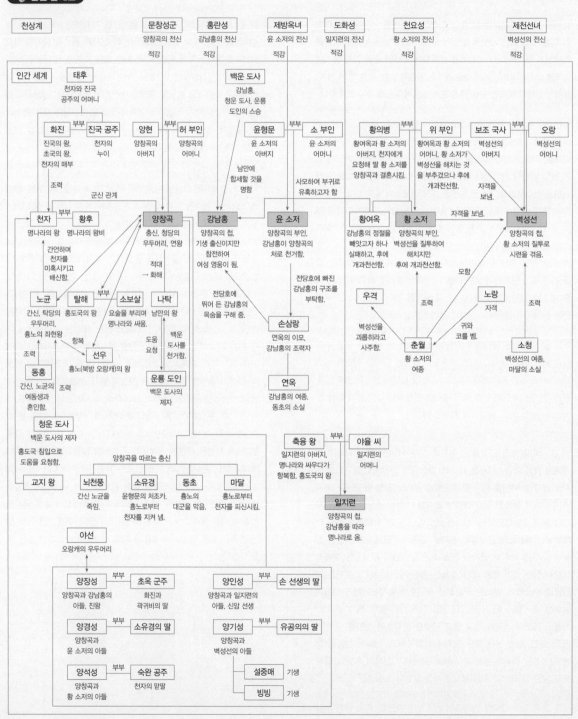

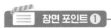

• 이 작품은 천상계의 선관 문창성이 죄를 짓고 인간 세상에 적강하여 양창곡으로서 살아가는 삶과 영웅의 행적을 그린 영웅 소설이다.
• 해당 장면은 항주 제일의 기생인 강남홍이 양창곡과 만나 인연을 맺은 후 소주 자사 황여옥이 벌이는 전당호의 잔치에 초대되어 가게 된 상황이다.
• 강남홍과 황 자사 간의 갈등 양상에 주목하여 인물들의 특성을 파악하고, 사건 전개 과정에서 드러나는 소재의 기능을 이해하도록 한다.

[앞부분의 줄거리] 천상계의 선관인 문창성은 선녀들을 희롱한 죄로 인간 세상에서 양현의 아들 양창곡으로 태어나고 다섯 선녀도 인간 세상에 태어난다. 과거를 보러 가던 양창곡은 기생 강남홍과 인연을 맺는데, 소주 자사 황여옥이 강남홍을 취하기 위해 전당호에서 잔치를 벌인다.

「질탕한 음악은 푸른 하늘에 또렷이 울리고, 춤추는 사람의 나붓거리는 소매는 강
　　　　　　신이 나서 정도가 지나치도록 흥겨운
바람에 휘날리며, 알록달록한 화장이 물속에 비쳐 십 리 전당호가 꽃 세계로 바뀌었
　　　　　　　　　　　　　　　　물에 비치는 기생들의 모습
더라.」황 자사가 큰 술잔을 기울여 십여 잔 마시고 취흥이 도도하여 홍랑의 어깨를
「」: 전당호에서 펼쳐지는 호사스러운 잔치 풍경을 묘사함　　　　　　　　　　강남홍
어루만지며 웃더라.
　　유한한 인생이 흘러가면 다시 오기 어려우므로 절개를 지키고자 하는 생각을 버리라는 의도
“인생 백 년이 저 흐르는 물과 같거늘 어찌 자잘한 생각과 견주리오? 황여옥은 풍
　　　　　　　　　　　　　　　　　황여옥과 강남홍
류남자요 강남홍은 절대가인이라. 재자와 가인이 같은 경치로 강 위에서 만났으
니, 쾌활한 풍정을 어찌 하늘이 내려 주신 인연이라 일컫지 않으리오?”
　풍치가 있는 정회　　　▶ 소주 자사 황여옥이 전당호에서 잔치를 열어 기생 강남홍을 취하고자 함
황 자사가 자신과 강남홍은 하늘이 맺어 준 인연임을 언급하며 강남홍에게 자신을 따를 것을 요청함
　홍랑이 사태가 점점 급박해짐을 보고는 쓸쓸히 대답하지 않으니, 황 자사가 미친
　　　　황 자사가 자신을 희롱하려 함을 눈치챈 강남홍
흥을 이기지 못하여 좌우를 호령해 작은 배 한 척을 끌어와 강 가운데 띄우라 하더
　　　강남홍을 취하려는 욕망
라. 소주의 여러 기생에게 홍랑의 손을 잡고 배에 오르게 하니, 배 안에 비단 장막이
겹겹이 쳐져 있고 다른 물건은 없더라. 황 자사가 배 안으로 뛰어들어 가 홍랑의 손
　　　　　　　　　　　　　　　　　　　　　　　급박한 상황 전개
을 잡으며,
　　　강남홍의 절개를 꺾고자 하는 황여옥의 욕망이 드러남
“네 마음이 비록 쇠와 돌이라 해도 황여옥의 불 같은 욕심에 어찌 녹지 않으리오?
　　　　굳은 절개를 비유함　　중국 월나라의 이름난 미인, 강남홍을 비유함
오늘은 내가 오호(五湖)의 조각배에 서시(西施)를 싣고 범려(范蠡)를 본받아 평생
　　　　　　　　　　오나라 왕에게 서시를 보내 미색에 빠지게 하고 나라를 망하게 한 뒤 서시와 배를 타고 오호에 은거함
을 즐기리라.”
　　　몹시 우악스럽고 사나운
홍랑이 이 행동을 보고 손쓸 겨를이 없어 강포한 치욕을 면하지 못할까 두려웠으
　　　　　　　　　강남홍은 황 자사로 인해 욕된 일을 당할까 봐 두려워함
나, 얼굴빛이 변하지 않고 태연하더라.
　　　　　위기의 상황에도 침착함을 잃지 않음
“상공의 귀중한 지체로 한낱 천한 기생을 이처럼 겁박하시니 좌우에 부끄러운 바
　　　　　　　　　　　　황 자사의 잘못된 행동을 지적함 → 권세를 두려워하지 않는 강남홍의 기개가 드러남
라, 제가 청루의 천한 몸이라 어찌 감히 소소한 지조를 말하리까마는 「평생 지켜
　강남홍은 자신이 천한 기생의 신분이라 지조를 말할 수 있는 처지가 아니라고 인식하고 있음
온 바를 오늘 훼손하게 되니, 바라건대 이 자리의 거문고를 빌려 몇 곡 연주하여
「」: 거문고 연주로 절개를 잃게 되는 근심스런 마음을 풀어 황 자사를 즐겁게 하겠다는 뜻 → 황 자사를 안심시켜 자신의 손을
근심스러운 마음을 풀고 화락한 기운으로 상공의 즐거움을 도울까 하나이다.”
놓게 하려는 의도
황 자사가 이 말을 듣고 홍랑이 자기 위세를 두려워하여 마음을 돌려 즐거이 따르
　　　　　　　　　황 자사는 자신이 의도한 대로 강남홍의 마음을 돌렸다고 판단함
리라 생각하여, 그제야 홍랑의 손을 놓아주고 웃더라.
　　　　　　　강남홍의 말에 안심하는 황 자사　　　　▶ 강남홍이 거짓으로 황 자사의 뜻을 따르겠다고 함
“그대는 참으로 여자 중의 호걸이요, 수법 역시 묘하도다. 내가 일찍이 황성의 청
루를 두루 다녀, 이름을 떨치는 기녀와 지조를 지키는 여자라도 내 손에서 벗어날
　　　수단을 가리지 않고 자신의 목적을 달성하는 황 자사의 면모 → 방탕한 소인형 인물

■ 작품 분석 노트

• 〈옥루몽〉의 구성

발단	• 백옥루 잔치에서 문창성이 인간 세계를 엿보는 시를 지음 • 문창성이 다섯 선녀와 함께 술을 마시고 논 후 잠이 듦 → 인간 세계로 적강함
전개	• 문창성은 양현의 아들 양창곡으로 태어남 • 양창곡은 과거를 보러 가던 중 기생 강남홍과 인연을 맺음 • 강남홍은 황 자사의 횡포를 피해 전당호에 투신하지만 구조된 뒤 남쪽 탈탈국에서 백운 도사를 만나 수련함 • 양창곡은 장원 급제하여 강남홍이 천거한 윤 소저를 부인으로 맞음

↓

| 위기 | • 양창곡이 황 각로의 청혼을 거절한 결과 참소되어 유배됨
• 유배지에서 벽성선을 만나 인연을 맺음
• 양창곡은 유배에서 풀려나 황 소저와 결혼한 후 남만이 침략하자 명나라의 대원수로 참전함 |

↓

| 절정 | • 양창곡은 남만의 장수가 된 강남홍과 재회함
• 축융국의 공주 일지련이 양창곡의 첩이 됨
• 전쟁에 승리하여 양창곡은 연왕에, 강남홍은 난성후에 봉해짐 |

↓

| 결말 | 양창곡이 두 부인과 세 첩을 거느리고 부귀영화를 누림 |

수 없었는지라. 그대가 한결같이 고집하여 순종하지 않으면 눈서리의 위세를 면

_{강남홍이 자신의 뜻을 따르지 않는다면 죽임을 당할 수 있음}

하기 어려울 것이거늘, 이제 이처럼 마음을 돌려 전화위복이 되니 이는 그대의 복

이라. 내가 비록 벼슬이 대단히 높지는 않으나, 이 시대에 승상의 사랑하는 아들

_{승상 황의병의 아들}

이요 한 지역의 방백을 겸하였으니, 마땅히 황금 집을 지어 그대가 평생 부귀를

_{조선 시대에 둔, 각 도의 으뜸 벼슬}　　　_{강남홍이 자신을 따르면 부귀를 누리도록 해 주겠다는 의도}

누리게 하리라."

말을 마치매 손수 거문고를 들어 홍랑에게 내려 주더라.

"그대 평생의 솜씨를 다하여 금슬이 화락한 곡조를 드러내 떨치라."

_{화목하고 즐거운}

홍랑이 미소하고 거문고를 받아 한 곡조를 타니, 『그 소리가 화창하고 방탕하여 마

_{황 자사를 안심시키기 위해 즐거운 척하면서 거문고를 탐}　　　_{『　: 황 자사의 명에 따라 금슬이 화락한 곡조를 연주함}

치 삼월 봄바람에 온갖 꽃이 만발하는 듯하고, 풍류 소년들이 준마를 달리는 듯하

여, 언덕의 버드나무는 비를 머금고 물새는 날갯짓하여 춤추더라.』황 자사가 호탕한

정을 이기지 못해 장막을 걷고 좌우에 명하여 다시 술상을 내어 오라 하니, 어찌 홍

_{황 자사가 강남홍이 자신의 뜻에 따르기로 했다고 믿게 되었음을 알 수 있음}

랑에게 다른 뜻이 있음을 알리오?

_{강남홍이 황 자사의 뜻에 따르지 않을 것임을 나타내는 편집자적 논평}

홍랑이 다시 섬섬옥수로 거문고 줄을 골라 한 곡조를 연주하니, 『그 소리가 쓸쓸하

_{가냘프고 고운 여자의 손}

고 처절하여 마치 소상 반죽에 성긴 비가 떨어지는 듯하고, 변새 밖 푸른 무덤에 찬

_{순임금이 죽은 후 소상강에 몸을 던진 두 왕비의 피눈물이 얼룩진 대나무　　중국 전한 원제의 궁녀로 흉노에게 시집간 왕소군의 무덤}

바람이 일어나는 듯하더라. 강가 나뭇잎에 비바람이 쓸쓸하고 하늘가 기러기 우는

소리가 서글프니, 자리의 모든 사람이 애처로운 기색이 있으며, 소주와 항주의 기생

_{『　: 강남홍의 슬픈 마음을 드러내는 거문고 소리}

이 모두 자기도 모르는 사이 눈물을 흘리더라. 홍랑이 이윽고 곡조를 바꿔 작은 줄

을 거두고 큰 줄을 울려 우조(羽調)를 연주하는데 그 소리가 슬프고 강개하여, 저녁

_{의기가 북받쳐 원통하고 슬픔}

에 백정과 칼로 죽일 마음을 의논하고, 대낮에 연나라 남쪽에서 축(筑)에 맞춰 노래

_{연나라 태자 단이 진시황을 암살하기 위해 파견한 위나라 협객 형가의 고사 → 비분강개한 강남홍의 마음이 담긴 거문고 소리를 비유함}

로 화답하는 듯하더라. 그 불평한 심사와 오열하는 흉금이 온 자리를 놀라게 하니,

배 안의 모든 사람이 거동과 안색에 두려워하지 않음이 없더라.

▶_{강남홍이 거문고 곡조로 자신의 슬픈 마음을 드러냄}

홍랑이 거문고를 밀쳐 놓고 맹렬한 기색이 눈썹에 가득하여 이에 축원하길,

"아득한 푸른 하늘이 홍랑을 세상에 내실 때 처지는 미천하게 하시면서 품성은 특

_{자신이 비록 미천한 기생의 신분이지만 굳은 절개와 지조를 지닌 인물임을 의미함}

별하게 하시어, 드넓은 천지에 작은 몸을 용납할 곳이 없음은 어떠한 까닭인가?

_{절개를 지키며 살 수 있는 상황이 아님}

맑은 강물 고기 배 속에서 누가 굴원을 찾으리오? 오직 바라건대 제가 죽고 나면

_{굴원의 고사를 활용하여 지조를 지키기 위해 강물에 빠져 죽겠다는 뜻을 드러냄}

시신을 건지지 못하게 하여, 외로운 혼으로 하여금 깨끗한 땅에서 노닐게 하소서."

_{권력의 횡포가 없는 곳}

말을 마치매 물속으로 뛰어들어 가니, 애석하도다. 마침내 그 목숨이 어찌되리

_{편집자적 논평}

오? 다음 회를 보라. ▶_{강남홍이 황 자사의 횡포를 피해 전당호에 투신함}

_{독자의 호기심을 유발. 총 64회의 회장체 소설로 이 부분은 5회에 해당함}

감상 포인트

강남홍에게 횡포를 부리는 황 자사의 모습과 이에 대항하기 위한 강남홍의 선택에 대하여 이해한다.

(중략)

_{양창곡}

한편 양 공자가 항주의 남종을 돌려보내고 나서 객관의 외로운 회포를 날이 갈수

_{양창곡이 과거를 보러 갈 때 강남홍이 딸려 보낸 종　　나그네가 묵는 집}

록 풀기 어려워 오직 과거 시험 날만 기다리더라. 이때 변방의 급한 보고가 이르러

조정에서 의논하여 과거 시험 날을 뒤로 미루니 오히려 여러 달이 남았더라. 양 공

자가 더욱 울적한 마음을 이기지 못하여 오래도록 고향 생각을 하며 밤마다 잠을 이

황 자사		강남홍
항주 최고의 기생인 강남홍을 취하기 위해 자신의 권세로 강남홍을 억압함	↔	평생 부귀를 누리게 해 주겠다는 황 자사의 제안에 미혹되지 않고 죽음을 선택함
↓		↓
권력과 부를 이용하고, 수단을 가리지 않으며 자신의 목적을 이루고자 하는 소인의 면모를 지님		권력을 두려워하지 않으며 불의를 따르기보다 죽음을 선택하는 강인한 면모를 지님

• 황 자사를 안심시키고 투신하는 강남홍

강남홍의 의도
황 자사가 자신을 배에 태우자 욕된 일을 피하기 어렵다고 판단함 → 거문고를 연주하여 평생 지켜 온 절개를 잃게 된다는 근심을 풀고 즐거운 마음으로 황 자사의 뜻을 받아들이겠다고 하며 황 자사를 안심시킴

↓

황 자사의 안심
강남홍이 마음을 바꾸었다고 생각한 황 자사가 잡고 있던 강남홍의 손을 놓고 거문고를 연주하게 함

↓

강남홍의 투신
• 황 자사의 명대로 화락한 곡조를 연주하면서 즐거운 척하며 황 자사를 안심시킴 • 갑자기 곡조를 바꾸어 슬프고 강개한 소리의 우조를 연주하다가 전당호에 투신함

루지 못하더라. 하루는 책상에 기대어 잠들더니 「비몽사몽 간에 정신이 흩어져 한곳
『 』: 강남홍이 투신한 일이 양창곡의 꿈을 통해 상징적으로 나타남
에 이르니, 십 리 강 위에 붉은 연꽃이 한창 피어 있는지라. 한 송이를 꺾으려다가
강남홍을 상징함
문득 한바탕 광풍이 물결을 일으켜 꽃송이가 꺾여 강물 속으로 떨어지거늘,」아까워
강남홍의 투신을 의미함
하고 놀라워하며 잠에서 깨니 덧없는 꿈이라. 상서롭지 않게 여기더니 며칠 지나지
불길하게
않아 항주의 남종이 갑자기 이르러 홍랑의 편지를 바치거늘, 공자가 기뻐하며 열어
보니 그 편지는 이러하더라.
강남홍이 자신의 죽음을 알리는 내용
「"천첩 강남홍은 운명이 기구하여, 어려서는 부모의 가르침을 듣지 못하고 자라서
『 』: 불행하고 미천한 처지로 인해 자신은 군자의 짝이 되지 못하는 여자임을 드러냄
는 청루에 몸을 의탁하여 천한 창기가 되니, 군자에게 버려진 바라.」오직 마음 한
편에 지기를 만나, 형산 박옥이 품은 가치를 논하고 영문에서 불린 〈백설곡〉의 고
형산 박옥의 고사를 활용하여 자신의 가치를 알아줄 지기를 만나기를 소망하였음을 드러냄
상한 노래에 화답하여 평생의 숙원을 풀고자 하였나이다. 뜻밖에 공자를 만나 가
자신의 뜻을 이해할 수 있는 지기를 만나기를 소망하였음
슴을 서로 비추어, 강비(江妃)가 패옥을 풀어 정교보에게 준 것을 본받고 수건과
전설에 등장하는 신녀(神女)   여자가 남자에게 애정을 드러냄을 의미함
빗을 받드는 걸 특별히 허락하시니, 첩실이 될 것을 기약하였나이다. 군자의 말씀
여자가 아내나 첩이 됨을 겸손하게 이르는 말
이 금석처럼 견고하고 제 소망도 바다처럼 깊더니, 조물주가 시기하고 신명(神明)
양창곡의 맹세가 굳고 양창곡의 첩이 되고자 하는 자신의 소망도 컸음
이 방해함이런가. 소주 자사가 방탕한 마음으로 기생을 천대하여 이해득실로 달
강남홍이 자신을 가리킴
래며 위세로 위협하여 압강정에서 가라앉지 않았던 풍파를 다시 전당호에서 일으
압강정 잔치에서 강남홍을 취하고 했으나 뜻을 이루지 못한 황 자사가 그 뜻을 이루기 위해 전당호 잔치를 다시 엶
켜, 오월 초닷새 천중절 경도희를 미끼로 삼아 저를 낚으려 하니, 실낱 같은 목숨
경도희(뱃놀이)를 핑계로 강남홍의 절개를 꺾고자 함   강물에 빠져 죽은 중국 초나라의 굴원
은 새장 안의 새요 그물 속의 물고기라. 가까이 있는 맑은 강물에 몸을 던져 바다
강남홍의 위태로운 처지를 비유적으로 표현함   강물에 투신하여 자신의 절개를 지키고자 함
에 몸 던지는 선비를 따르고자 하나,「돌아오실 공자를 망부산 꼭대기에서 보지 못
『 』: 투신하여 죽게 되어 양창곡을 다시 볼 수 없는 강남홍의 한을 드러냄
하게 되니, 물고기 배 속 외로운 혼백이 비록 영욕을 잊으나 차가운 파도 위에 백
미를 탄 원한을 이루 말하기 어렵나이다.」엎드려 바라건대 공자께서는 저를 생각
하지 마시고 청운에 뜻을 두어 금의환향하시는 날에 옛정을 기념하여 종이돈 한
높은 지위나 벼슬을 비유적으로 이름   과거에 급제해 출세하면 자신의 혼을 위로해 주기를 바람
장으로 강 위의 이 외로운 혼백을 위로하여 주소서. 제가 죽은 뒤에는 알지 못하
니 말씀드릴 바 아니오나, 만약 혼령이 사라지지 않는다면 명부(冥府)에 소원을
저승
빌어 이승에서 다하지 못한 인연으로 다음 생을 기약할까 하나이다. 돈 일백 냥은
다음 생에도 양창곡과 함께하고 싶은 마음 – 양창곡에 대한 강남홍의 간절한 사랑이 드러남
나그네의 취미에 보태시어, 멀리 떠나는 사람으로 하여금 아득한 저승에서 그리
양창곡을 위해 강남홍이 돈 백 냥을 보냄   강남홍 자신을 가리킴
워하는 생각을 조금이나마 위로하게 하소서. 붓을 잡으매 가슴이 막혀 생리사별
살아 있을 때에는 멀리 떨어져 있고 죽어서는 영원히 헤어짐
의 심회를 다하지 못하겠나이다."
뜻밖의 일에 얼굴빛이 변할 정도로 놀람
양 공자가 보기를 마치매 아연실색하여 주먹으로 책상을 치고 눈물을 흘려 옷깃
강남홍의 죽음에 대한 슬픔과 놀람
을 적시더라.
            ▶ 자신의 죽음을 알리는 강남홍의 편지를 받고 양창곡이 슬퍼함

• '꿈'의 의미와 기능

꿈
양창곡이 붉은 연꽃 한 송이를 꺾으려 하자 꽃송이가 강물 속으로 떨어짐

↓

전당호에 강남홍이 투신함을 나타냄

• '편지'의 의미와 기능

편지
• 강남홍의 과거를 요약적으로 제시함 • 양창곡의 첩이 되기를 간절히 바란 강남홍의 마음을 드러냄 • 강남홍이 강물에 투신하게 된 이유를 드러냄 • 양창곡이 과거에 급제하여 벼슬하기를 바라는 강남홍의 마음을 드러냄 • 자신의 혼백을 위로해 주기 바라며 내생에 다시 인연을 이어 가고자 하는 강남홍의 소망을 드러냄

↓

강남홍이 자신의 죽음을 알리고 양창곡에 대한 애절한 사랑을 드러냄

• 해당 장면은 강물에 투신한 강남홍이 구조되고 백운 도사에게 무술을 배운 후 도사의 지시에 따라 남만 왕을 돕기 위해 명나라와의 전투에 참전한 이후의 상황이다.
• 명나라 원수와 남만 장수의 전술에 주목하여 양창곡과 강남홍이 재회하는 계기가 되는 '옥피리 소리'의 서사적 기능을 이해하고, 여성 영웅 소설의 특징과 연관 지어 영웅으로 거듭나는 강남홍의 모습을 파악하도록 한다.

원래 소유경이 날카로운 젊은 기상으로 창 쓰는 법을 자부해 한번 겨루고자 함이
_{소유경이 자신의 무예를 믿고 강남홍과 겨루고자 함}
더라. 이에 방천극(方天戟)을 들고 바로 홍랑을 잡으려 하니, 「홍랑이 말을 돌려 여러
_{창의 종류}
합을 싸우매 소유경의 창법이 정묘함을 보고 말을 몰아 수십 걸음 물러나서 공중을
_{창 쓰는 법}
향해 오른손에 든 부용검을 던지니, 그 칼이 공중으로 날아 떨어져 소유경의 머리를
「♪ 강남홍과 소유경의 대결 장면을 구체적으로 묘사하여 강남홍의 뛰어난 무예를 드러냄 → 여성 영웅의 면모
찌르려 하더라. 소유경이 말 위에서 몸을 피하며 방천극을 들어 막으려 하는데, 홍
랑이 물러났다 다시 나아오니, 소유경이 말 위에 몸을 엎드려 허둥지둥 방천극을 휘
둘러 막으려 할새, 홍랑이 떨어지는 칼을 왼손으로 받아 말을 달리며 두 손에 든 쌍
검을 동시에 던지거늘, 소유경이 허둥지둥 피하되 겨를이 없어 싸울 수가 없더라.

_{주목} 홍랑이 다시 공중을 향해 두 손으로 쌍검을 받고 바람과 같이 몸을 돌려 말 위에서
춤추며 사방으로 내달리니, 휘날리는 흰 눈이 공중에 나부끼는 듯하고 조각조각 떨
_{강남홍의 뛰어난 무예를 비유적으로 표현함}
어진 꽃잎이 바람 앞에 날리는 듯하더니, 「갑자기 한 줄기 푸른 기운이 안개같이 일
「♪ 전기적 요소를 활용하여 강남홍의 탁월한 능력을 드러냄
어나며 사람과 말이 점점 보이지 않더라. 소유경이 크게 놀라 방천극을 들고 동쪽으
로 충돌하면 무수한 부용검이 공중에서 떨어져 내려오고, 서쪽으로 충돌해도 무수한
부용검이 공중에서 떨어져 내려오니, 소유경이 허둥지둥해 우러러보니 무수한 부용
검이 하늘에 흩어져 있고, 굽어보니 무수한 부용검이 땅에 가득 차 있어 칼날 천지
에서 벗어날 길이 없으매, 정신이 혼미하고 진퇴할 길이 없어 마치 구름과 안개 사
_{강남홍의 부용검이 가득 차 있어 움직이기 어려운 상황을 비유적으로 표현함}
이에 있는 듯하더라.」
▶ 남만의 장수로 참전한 강남홍과 명나라 장수 소유경이 대결함

소유경이 하늘을 우러러 탄식해,

"내가 어찌 이곳에서 죽을 줄 알았으리오?"

방천극을 들어 푸른 기운을 헤쳐 나가고자 하는데, 갑자기 공중에서 낭랑하게 외
_{비현실적, 환상적 요소}
치는 소리가 들리더라.

"명나라의 이름난 장수를 내 손으로 죽임은 의리가 아니라. 살길을 마련해 주노
_{명나라 사람인 강남홍이 명나라의 장수인 소유경을 죽이는 것은 의리가 아니라는 뜻}
니, 장군은 원수에게 돌아가 빨리 대군을 거두어 돌아가도록 아뢰어라."
_{명나라의 항복을 권유함}
말을 마치매 푸른 기운이 점차 사라지고, 홍랑이 다시 부용검을 들고 웃으며 바람
에 나부끼듯 본진으로 돌아가니, 소유경이 감히 쫓지 못하고 돌아와 양 원수를 뵙고
숨을 헐떡이며 망연자실하더라.

"제가 비록 용렬하나 병서를 여러 줄 읽고 무예를 약간 배워, 전쟁터에 나서면서
_{사람이 변변치 못하고 졸렬하나}
겁낸 적이 없고 적을 대해 용맹을 떨쳤나이다. 그런데 「오늘 남만 장수는 사람이

작품 분석 노트

• 서술상 특징

- 묘사를 통해 전투 장면을 구체적으로 드러냄
- 비유적 표현을 활용하여 인물의 탁월한 무예를 묘사함
- 전기적 요소를 활용하여 인물의 영웅적 면모를 드러냄

• 강남홍의 영웅적 면모

- 강물에 투신하여 죽을 위기에 놓이지만 구조된 뒤 백운 도사에게 도술, 무술을 배워 영웅적 능력을 갖추게 됨
- 백운 도사의 명을 받고 남만 왕을 돕기 위해 남장을 한 후 참전하여 명나라와 맞서 싸우게 됨

↓

영웅적 활약

• 뛰어난 실력으로 명나라의 장수 소유경을 무력화시키고 승리를 거둠
• 옥피리를 불어 명나라 군사들의 사기를 떨어뜨림

아니요 분명 하늘 위의 신(神)으로, 바람같이 빠르고 번개같이 급해 어지럽고 황
└ 『 』강남홍에 대한 소유경의 평가
흡해 헤아리기 어려우니, 붙잡고자 하나 붙잡을 수 없고 도망가고자 하나 피하기
　　　　　　　중국 춘추 시대 제나라의 명장
어렵더이다. 사마양저의 병법과 맹분(孟賁)·오획(烏獲)의 용맹이 있더라도 이 장
　　　　　　　　　　　　　뛰어난 병법과 용맹으로도 강남홍을 당할 수 없을 것이라는 소유경의 생각이 드러남
수 앞에서는 소용없을까 하나이다."

양 원수가 이 말을 듣고 매우 근심해,

"오늘은 이미 해가 졌으니 내일 다시 싸우되, 만약 이 장수를 사로잡지 못하면 내
　　　　　　　　　　　　　　남만의 장수(강남홍)와 대결하여 반드시 승리하겠다는 의지를 드러냄
가 맹세코 회군하지 않으리라." ▶ 양창곡이 남만 장수와의 대결에서 승리하고자 하는 의지를 다짐

　　　　　　　　　　　　　　　(중략)
　　　　　　남만 장수(강남홍)가 부는 옥피리 소리를 듣고 명나라 군사들이 슬픔에 젖어 사기가 떨어진 일
소 사마가 바삐 군막 안으로 들어와 군중의 동태를 아뢰거늘, 양 원수가 놀라 군
소유경　　　　　　　　　　　　　　새벽 1~5시　　　　　　좌군, 우군, 중군. 군 전체
막 밖으로 나가 시간을 물으니 이미 사오경에 가깝더라. 삼군이 우왕좌왕해 진중이
　　　　　　　　　　　　　　　밤이 깊었음
물 끓듯 하고, 서녘 바람이 한바탕 불어 깃발을 흔드는데, 옥피리 소리가 바람결에
　　　　　　　강남홍이 옥피리를 불어 명나라 군대를 어지럽게 함　　　　　옥피리 소리의 영향이 큼을 알 수 있음
들려오되 슬프고 처절하니, 영웅의 마음으로도 서글픔을 이길 수 없더라.
　　　　　　　　　　　　　▶ 강남홍이 명나라 군사의 사기를 떨어뜨리기 위해 옥피리를 불
★주목 양 원수가 귀 기울여 들으니 어찌 그 곡조를 모르리오? 여러 장수를 돌아보며,
　　　　　　편집자적 논평
"옛적에 장자방이 계명산에 올라 통소를 불어 초나라 병사들을 흩어지게 했는데,
　　　　　장자방이 옥통소로 고향을 생각하게 하는 사향가를 불어 초나라 항우의 병사가 한나라에 투항했다는 고사
알지 못하겠도다. 이곳에서 어떤 사람이 능히 이 곡조를 아는고? 내가 어렸을 때
　　　　　　　　　　　옥피리를 부는 사람에 대한 호기심과 놀라움
옥피리를 배워 몇 곡조를 기억하니, 이제 마땅히 한 곡조를 시험해 삼군의 처량한
　　　　　　　　　　　　　　　옥피리를 불어 강남홍의 옥피리 소리로 싸울 의욕을 상실한 군사들의 사기를 회복시키려 함
마음을 진정시키리라."

상자에서 옥피리를 꺼내어 장막을 높이 걷고 책상에 기대어 한 곡을 부니, 「그 소
리가 화평하고 호방해, 마치 봄 물결이 천 리 장강에 흐르는 듯하고, 삼월의 화창
「 』양창곡이 옥피리를 불어 사기를 잃은 군사들의 사기를 회복시킴. 비유를 활용하여 양 원수의 옥피리 연주를 묘사함
한 바람이 아름다운 나무에 불어오는 듯해, 한 번 불매 처량한 마음이 기쁘게 풀어
　　　　　　　　　　　　　　　　　양창곡이 부는 옥피리 소리로 인한 명군의 변화 ①
지고, 두 번 불매 호탕한 마음이 저절로 생겨나 군중이 자연히 평온해지더라. 양 원
　　　　　　　　　　　양창곡이 부는 옥피리 소리로 인한 명군의 변화 ②
수가 또 음률을 바꾸어 한 곡을 부니, 그 소리가 웅장하고 너그러워 도문의 협객이
자객 형가가 연나라 태자의 명으로 진시황을 암살하러 가며 축(현악기)에 맞춰 노래를 불렀다는 고사에 비유하여 양 원수의 옥피리 소리를
축에 맞춰 노래하는 듯하고, 변방에 출전하는 장군이 철기(鐵騎)를 울리는 듯하더
표현함
라. 막하 삼군이 기세가 늠름해져 북을 치고 칼춤을 추며 다시 한번 싸우길 원하니,
　　　　　　　　　　　양창곡이 부는 옥피리 소리로 인한 명군의 변화 ③
양 원수가 웃으며 옥피리 불기를 그치고 다시 군막으로 들어가 몸을 뒤척이며 생각
하되,

「내가 천하를 두루 다니며 인재를 다 보지는 못했으나, 오랑캐 땅에 이렇게 뛰어난
「 』강남홍이 무예와 병법에 탁월한 영웅임을 인정함
인재가 있을 줄 어찌 알았으리오? 남만 장수의 무예와 병법을 보니, 참으로 이 나
라의 선비 가운데 그와 견줄 사람이 없고 천하의 기재이거늘,」이 밤 옥피리 역시
　　　　　　　　　　　　　　　　아주 뛰어난 재주를 가진 사람
평범한 사람이 불 수 있는 바가 아니로다. 이는 하늘이 우리 명나라를 돕지 않고
옥피리를 불어 군사들의 사기를 떨어뜨린 강남홍의 능력을 높이 평가함
조물주가 나의 큰 공로를 시기해 인재를 내어 남만 왕을 도움이로다.'
　　　　　　　　　　뛰어난 인재가 남만의 장수인 데에 대한 양창곡의 안타까움
잠을 이루지 못하다 군막으로 소 사마를 다시 불러 묻기를,

"장군이 어제 진중에서 남만 장수의 용모를 자세히 보았는가?"
　　　남만 장수에 대한 궁금증을 드러냄

• '군중의 동태'의 구체적 내용

옥피리 연주
남만 장수 강남홍이 삼경에 연화봉에 올라 명나라 진영을 바라보며 옥피리로 처량한 곡조를 연주함

↓

명나라 군사들
처량한 옥피리 소리를 듣고 명나라 군사 십만 대군이 한꺼번에 잠에서 깨어나 부모나 처자식을 그리워하며 눈물을 흘리거나 고향을 노래하며 방황하니 명나라 군대의 대열이 흐트러지게 됨

↓

적과 싸울 의욕을 잃음

• 강남홍에 대한 평가

소유경	• 사람이 아니고 신으로, 바람과 번개같이 빠르고 급해 붙잡을 수 없고 피하기도 어려움 • 강남홍의 능력이 누구보다 뛰어나 그 어떤 훌륭한 병법이나 용맹한 장수도 강남홍을 이길 수 없다고 생각함
양 원수	• 명나라 선비 중에서 강남홍과 견줄 만한 사람이 없고 천하의 기재임 • 옥피리로 명나라 군사의 사기를 떨어뜨리는 것으로 보아 평범한 사람이 아니라고 생각함

↓

명나라의 소유경과 양 원수 모두 적군이지만 강남홍이 뛰어난 능력을 가진 영웅임을 인정함

소사마가 대답하길,

"가시덤불 속 꽃다운 풀이 분명하고, 기와 조각 속 보석이 완연하니, 잠깐 보았으
_{남만의 장수(강남홍)가 군계일학(群鷄一鶴)의 뛰어난 인물임을 비유적으로 표현함}
나 어찌 잊을 수 있으리이까? 당돌한 기상은 이 시대의 영웅이요, 아리따운 태도
는 천고의 가인이라. 연약한 허리와 가느다란 눈썹은 남자의 풍모가 적으나, 빼어
_{아름다운 용모와 용맹한 기상을 갖춘 인물 → 강남홍이 남장을 하였기에 여자라고 생각하지 않음}
난 용모와 용맹한 기상 역시 여자의 자태가 아니니, 대개 남자로 논한다면 고금에
없는 인재요, 여자로 논한다면 나라와 성을 기울게 할 미인일까 하나이다."
_{경국지색(傾國之色)}
양 원수가 듣고 묵묵히 말이 없더라.
_{백운 도사. 문수보살로 강남홍에게 병법을 전수함}　▶ 양창곡이 옥피리를 불어 군사를 진정시키고 남만 장수에 대해 호기심을 가짐
이때 홍랑이 사부의 명으로 남만 왕을 도우러 왔으나 또한 부모의 나라를 저버리
_{강남홍이 참전한 이유}　　　　　　　　　_{조국. 명나라}
지 못해, 조용히 옥피리를 불어 장자방이 초나라 병사인 강동(江東)의 자제들을 흩
_{장자방의 계책을 본받아 옥피리 소리로 명나라 군사들의 사기를 떨어뜨림}
어지게 한 술법을 본받고자 함이거늘, 뜻밖에 명나라 진영 안에서도 옥피리로 화답
_{양창곡이 부는 옥피리 소리}
하니, 「비록 곡조는 다르나 음률에 차이가 나지 않고, 기상은 현격하게 다르나 뜻에
_{♪: 양창곡의 옥피리 소리를 비범하다고 여김}
다름이 없어, 마치 아침 햇살에 빛깔 고운 봉황 암수가 화답함과 같더라.」홍랑이 옥
피리 불기를 멈추고 망연자실해 고개를 숙이고 오래 생각하길,

"백운 도사께서 말씀하시길, 이 옥피리가 본디 한 쌍으로 한 개는 문창성에게 있으
_{천상 세계에서의 양창곡의 이름}
니 그대가 고국에 돌아갈 기회가 이 옥피리에 달려 있노라 하셨거늘, 명나라 원수
「♪: 옥피리 소리를 듣고 백운 도사의 말을 떠올림 → 명나라 원수가 문창성의 정기를 이어받은 사람일지도 모른다고 생각함
가 어찌 문창성의 성정이 아니리오?」그러나 하늘이 옥피리를 만들되 어찌 한 쌍을
만들었으며, 이미 한 쌍이 있다면 어찌 남북에서 그 짝을 잃게 하여 서로 만남이
_{양창곡을 오랫동안 만나지 못하고 있는 상황에 대한 한탄}
이같이 더딘고?'

감상 포인트
강남홍의 여성 영웅으로서의 면모와 '옥피리
소리'의 서사적 기능을 파악한다.

또 생각하길,

'이 옥피리가 짝이 있다면, 그것을 부는 사람이 분명 짝이 될지라. 하늘이 내려다
_{옥피리를 부는 자신과 명나라 원수가 짝임 → 곧 명나라 원수는 양창곡임}
보시고 밝은 달이 비추시니, 강남홍의 짝이 될 사람은 양 공자 한 분이라.「혹시 조
물주가 도우시고 보살께서 자비를 베푸시어 우리 양 공자께서 이제 명나라 진영
「♪: 명나라 원수가 양창곡일지도 모른다고 생각함
의 도원수가 되어 오신 것인가?」내가 어제 진영 앞에서 병법을 보았고 오늘 달빛
_{적군인 명나라 원수 양창곡의 뛰어난 능력을 인정함}
아래 다시 옥피리 소리를 들으니, 이 세상에 둘도 없는 인재라. 내가 마땅히 내일
도전해 원수의 용모를 자세히 보리라.'　▶ 강남홍이 옥피리를 분 명군의 원수가 양창곡이 맞는지 확인하고자 함
_{명나라 원수에게 싸움을 걸어 원수가 양창곡이 맞는지 확인해 보고자 함}

• '옥피리'의 의미와 서사적 기능

• 남만의 장수가 된 강남홍이 조국인
  명의 군대와 싸우지 않고 돌아가게
  하기 위해 옥피리를 붊 → 장자방
  이 퉁소를 불어 초나라 군사를 흩
  어지게 한 계책을 씀
• 강남홍의 옥피리 소리에 명의 군사
  들이 사기를 잃고 군중이 어지럽게 됨

↓

강남홍이 옥피리를 분 의도를 알고
양창곡 또한 옥피리를 불어 군사들의
사기를 회복시킴

↓

• 강남홍과 양창곡의 비범함을 드러
  냄: 옥피리 소리로 군사들의 사기
  를 좌우하는 뛰어난 능력을 지님
• 양창곡과 강남홍이 천정배필임을
  드러냄
• 강남홍과 양창곡이 재회하는 계기
  로 작용함

• 명나라 원수의 정체에 대한 강남홍의
생각

근거
• 백운 도사가 옥피리는 한 쌍으로 　한 개는 문창성에게 있다고 했으니 　옥피리를 부는 명나라 원수가 문창 　성의 정기를 이어받았을 것임 • 옥피리가 짝이 있다면 그것을 부는 　사람이 분명 자신의 짝이 될 것임 • 자신의 짝은 양창곡임

↓

결론
옥피리를 부는 명나라 원수가 양창곡 일 것이라고 생각함

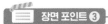
- 해당 장면은 간신 노균이 악기 연주를 잘하는 동홍을 이용해 풍류로 천자를 미혹하게 하여 조정이 어지럽게 된 이후의 상황이다.
- 인물 간의 갈등과 주변 인물들의 평가를 중심으로 이상적인 위정자로서의 양창곡의 모습을 파악하고, 강남홍이 관직을 그만두고 양창곡을 지키는 모습에 주목하여 남성 중심 사회에서 창작된 작품에 등장하는 여성 영웅의 특성을 파악하도록 한다.

[앞부분의 줄거리] 남만의 장수로 출정한 강남홍은 명나라 원수가 양창곡임을 알게 되고 명나라 진영으로 도망하여 명군의 부원수가 된다. 그 후 명나라군은 남만과의 전쟁에서 승리하여 양창곡은 연왕에, 강남홍은 난성후에 봉해진다. 한편, 간신 노균이 주축이 된 탁당이 조정에서 득세하여 나라가 어지워진다.

연왕이 일어났다가 엎드려 아뢰길,
_{전쟁에서 승리한 후 양창곡이 연왕에 봉해짐}
"신이 비록 불초하나 대신의 반열에 있사오니, 폐하께서 저를 예로써 대우해야 하
_{양창곡이 간신의 머리를 베어 천자의 윤리를 밝힐 것을 간언하자 천자가 크게 노한 일}
거늘 어찌 이처럼 핍박하시나이까? 참지정사 노균은 폐하의 간신이라, 두 임금에
_{천자 앞에서 노균이 간신임을 거침없이 간언하는 양창곡}
게 등용되는 은덕을 입어 연로한 나이에 지위가 높거늘, 무슨 바라는 것이 있어
_{예법과 음악}
아첨으로 예악을 빙자해 임금을 농락하고, 당론을 떠들어 감히 폐하로 하여금 은
_{노균의 잘못을 지적함: 예악을 빙자하여 천자를 동홍의 음악에 빠지게 하고, 천자를 노균의 당인 탁당의 편에 서게 만듦}
연중에 탁당의 우두머리가 되게 하여 조정을 일망타진하고자 하니, 폐하께서 만
약 노균의 머리를 베지 않으시면, 천하의 선비들이 폐하의 조정에 서는 것을 부끄
_{천자가 올바른 정치를 하지 못함을 꼬집음}
러워하리이다."
「」: 천자 앞에서 간언하는 모습 → 권력을 두려워하지 않고 할 말을 하는 당당한 기개를 드러냄
말을 마치매 연왕의 기색이 당당해 노균을 흘겨보니, 이때 노균이 전각 위에서 천
_{도량이 좁고 간사한 사람. 노균}
자를 모시고 있다가 이 광경을 보매, 소인의 쓸개가 비록 크기가 말(斗)만 하나 어찌
_{노균이 양창곡의 당당한 기개를 두려워한다는 의미의 편집자적 논평}
두렵지 않으리오? 등에 땀이 흐르는 채로 전각에서 내려와 머리를 조아리며 죄를 청

감상 포인트
양창곡의 훌륭한 성품을 그의 발화와 주변 사람들의 발화 및 행동을 통해 파악한다.

하거늘, 천자가 대로하여,

"그대가 이처럼 협박하니 장차 어찌하려는가?"
_{천자는 양창곡이 노균을 협박하고 있다고 생각하고 있음}
우레 같은 천자의 음성이 의봉정을 흔들매, 곁에 있던 신하들이 몸을 벌벌 떨고
_{천자가 자신의 처소가 비좁다고 여겨 후원에 새로 지은 수백 칸의 정자}   _{천자의 위세에 대한 두려움}
서로 돌아보며 연왕에게 장차 큰 재앙이 닥칠까 두려워하더라.
_{양창곡의 간언이 천자의 분노를 사서 양창곡이 유배 가게 됨} ▶ 연왕(양창곡)이 천자에게 간신 노균을 죽일 것을 간언함

(중략)
_{양창곡의 첫째 부인}
연왕이 물러나와 윤 부인과 작별하고 난성후를 찾아가니, 난성후가 벌써 화장을
_{신분이 천한 사람들이 입었다고 하는 옷}   _{강남홍}
지우고 청의(靑衣)를 입고 나와 굳세게 서 있더라. 연왕이 그 뜻을 알고,
_{강남홍이 연왕의 유배지인 운남으로 같이 가고자 하는 뜻을 드러냄}
"오늘은 낭자 역시 벼슬에 매인 몸이라. 어찌 이처럼 유배객을 따르고자 하는가?"
_{강남홍이 병부 상서 겸 난성후의 지위에 있음을 들어 자신과 함께 유배지로 가는 것을 만류함}
난성후가 결연히 대답하길,

"운남은 험한 땅이고, 또 간악한 사람이 독을 품으면 헤아리기 어렵나이다. 듣건대
_{강남홍이 양창곡의 유배지에 함께 가고자 하는 이유: 양창곡의 신변을 보호하기 위함}
'삼종지도(三從之道)는 무겁고 몸은 가볍다' 하니, 어찌 편안히 앉아 상공께서 홀로
_{결혼해서는 남편을 따라야 한다는 여자의 도리를 중요하게 생각함 → 남성 중심적 유교적 가치관}
위험한 땅에 들어가시는 것을 보리이까? 이제 비록 엄한 견책을 받고 길을 떠나시
_{허물이나 잘못을 꾸짖고 나무람}   _{유배}
는데 반드시 하인 한 명을 거느려 따르게 하시리니, 바라건대 제 간절한 마음을 받
_{하인으로 변장해 유배를 가는 양창곡을 따라가려 함}
아 주소서. 만약 이 일로 조정에 죄를 얻는다 해도 저는 부끄럽지 않나이다."
_{관리로서의 책무보다 양창곡의 안위를 더 중시하는 강남홍의 태도}
연왕이 만류할 수 없음을 알고 길을 재촉해 하인 한 명과 남종 다섯 명과 함께 작
_{강남홍}

작품 분석 노트

• 갈등 양상과 인물의 성격 ①

양창곡	천자
천자에게 간신 노균을 죽일 것을 간언함	양창곡의 간언에 분노하여 양창곡을 운남으로 유배 보냄
↓	↓
천자를 올바른 길로 인도하기 위해 두려워하지 않고, 자신의 소신을 드러내는 충신의 면모를 드러냄	양창곡의 충심을 이해하지 못하고, 간신을 두둔하는 어리석은 군주의 면모를 보여 줌

• 연왕(양창곡)에 대한 강남홍의 태도

- 연왕을 보호하기 위해 연왕의 유배지까지 따라가고자 함
- 강남홍이 관직(병부 상서)에 있으므로 자신과 함께 가는 것을 양창곡이 만류하지만 강남홍은 벌을 받는다 해도 양창곡을 따르고자 함
- 하인의 차림으로 수행원의 무리에 섞여 양창곡을 따라감
- 잠시도 양창곡의 곁을 떠나지 않고 양창곡을 살피고 챙김

↓

- 양창곡에 대한 강남홍의 절대적 애정이 드러남
- 탁월한 능력을 지닌 여성 영웅이지만 자신의 능력을 오로지 양창곡을 위해 사용하고자 함 → 남성 중심 사회라는 사회적 배경에서 창작된 작품에 등장하는 여성 영웅의 한계로 볼 수 있음

은 수레를 몰아 출발하더라. 한응문 어사는 일찍이 난성후와 면식이 없는지라, 자주
_{양창곡을 유배지로 호송하는 임무를 맡음} _{강남홍이 하인의 행색으로 양창곡 수행함}
쳐다보며 도리어 하인의 용모가 비범함을 의아해하더라.

▶ 연왕의 유배지에 강남홍이 하인으로 변장하여 따라감

노균이 연왕에게 품은 원한이 뼈에 사무쳤는데, 이미 만 리 밖으로 쫓아내어 눈앞
_{노균은 탁당의 우두머리로, 탁당의 득세를 위해 자신들과 맞서는 양창곡을 제거하려 함}
의 근심은 덜었으나, '이 사람이 세상에 존재하는데 내가 어찌 베개를 높이 하고 잠
_{마음 놓고 부리거나 일을 맡길 수 있는 사람}
을 편안히 자리오?' 하고, 심복 남종에게 한응문 일행을 따라가 이리이리하라 시키
_{양창곡을 살해하기 위해 노균이 음모를 꾸밈}
고, 다시 집에서 부리는 하인 대여섯 명과 자객 한 명을 보내어 중도에 형세를 살펴보
아 계책을 도모하라 하니, 그 흉악하고 비밀스러운 계책을 참으로 헤아리기 어렵더라.

▶ 노균이 유배지로 가는 연왕을 독살하도록 하인과 자객을 보냄

한편 좌익 장군 동초와 우익 장군 마달이, 연왕이 멀리 유배 가는 것을 보고 분개
해 탄식하길,

"우리 두 사람이 연왕의 두터운 은덕을 입어 함께 부귀를 누렸거늘, 이제 환란이
_{동초와 마달은 양창곡이 남방 원정 중에 발탁한 장수로, 남방을 평정한 공로로 각각 좌익 장군, 우익 장군에 제수됨}
있다고 연왕을 저버리면 의리가 아니라. 이제 연왕께서 만 리 먼 곳으로 심복 하
_{장군의 벼슬을 버리고}
나 없이 가시니, 우리가 마땅히 장군의 인수(印綬)를 풀고 연왕을 좇아 생사를 함
_{연왕에 대한 의리를 지키고자 하는 동초와 마달}
께하리라."

그리고 한꺼번에 병을 핑계해 사직하니, 노균이 일찍이 두 장수의 풍채와 인품을
아껴 문하에 가까이 두고자 하거늘 즉시 불러 보고 좋은 말로 위로하여,

"장군들이 연왕 문하임을 내가 이미 아노니, 이제 연왕을 우러르던 정성으로 나를
_{동초와 마달이 연왕을 따르는 인물임을 노균이 알고 있음}
따른다면 벼슬이 어찌 좌익 장군 · 우익 장군에 그치리오?" / 마달이 대답하길,
_{노균이 자신을 따르면 높은 벼슬을 주겠다며 동초와 마달을 회유함}

"저는 무인이라, 비록 일찍이 글을 읽지 못했으나 신의를 자못 아나니, 어찌 차마
_{천자의 총애를 받는 노균보다 유배를 가는 양창곡에 대한 신의를 지키려 함 → 마달의 강직한 성격이 드러남}
세력 잃은 옛 주인과 등지고 세력 얻은 새 주인을 따르리이까?"

말을 마치매 기색이 편안하지 않거늘, 노균이 몹시 못마땅해 시무룩이 대답하지
_{강경하게 자신의 제안을 거부하는 마달에 대한 반감}
않더라. 동초가 다시 말하길,

"저는 본디 소주(蘇州) 사람이라. 고향에 돌아가지 못한 지 벌써 여러 해가 되었
으니, 잠시 벼슬을 그만두고 돌아가 어버이의 묘소를 돌보고, 오래된 묘소의 백양
_{노균의 심기를 건드리지 않기 위해 둘러댐 → 동초가 융통성이 있는 인물임을 드러냄}
나무 아래 자손을 낳아 아쉬운 마음을 풀고 나서 다시 문하에 나와 오늘의 환대를
잊지 않으리이다."

노균이 미소하며, 두 사람이 자신을 따르지 않을 것을 알고 그들의 관직을 거두더
_{노균이 동초와 마달의 회유를 단념함}
라. 동초와 마달이 흔쾌히 필마단창으로 남쪽을 향해 연왕의 뒤를 따라 말고삐를 나
_{한 필의 말과 한 자루의 창}
란히 하고 갈새, 동초가 마달을 꾸짖어,

"일을 꾀하려는 사람은 마땅히 치욕을 견뎌야 하거늘 도리어 거친 주먹질을 하고
자 하니, 간특한 노균이 한번 노하면 우리도 타향의 유배객이 될지라. 어찌 연왕
을 좇아 환란을 서로 구할 수 있으리오?" _{「♪ : 연왕을 따르고자 하는 의도를 강경하게 드러낸 마달에 대한 동초의 질책 → 노균을 거스르면 자신들도 위험에 처할 수 있어 연왕을 구하기 힘들게 되기 때문임」}
마달이 웃으며, / "대장부가 불쾌한 말을 들으면 죽더라도 피하지 않는 것이라.
_{의리에 맞지 않는 말을 들으면 바로잡아야 함 → 동초와 달리 강경한 태도를 보여 줌}
어찌 달콤한 말로 간악한 사람을 달래리오?"

• 갈등 양상과 인물의 성격 ②

노균
• 악기를 잘 다루는 동홍을 이용해 예악을 빙자하여 천자를 미혹시킴 → 노균이 자신의 당인 탁당에 유리하도록 천자를 조정함 • 유배지로 가는 양창곡을 살해하려 함

↓

양창곡
노균을 간신이라 규정하고 천자에게 죽일 것을 간언함

↓

• 양창곡이 유배를 가게 됨 → 충신의 일시적 위기에 해당함
• 노균은 전형적인 간신과 악인의 면모를 보임

• 노균의 회유에 대한 인물들의 대조적 태도

마달
• 신의를 지키기 위해 세력 잃은 옛 주인(양창곡)을 등지고 세력 얻은 새 주인(노균)을 따르는 행동은 하지 않겠다고 함 • 불의의 말을 들으면 바로잡아야 함 • 달콤한 말로 간악한 사람을 달래는 것을 부정적으로 봄

↓ 성격의 대조

동초
• 고향으로 돌아가 어버이의 묘소와 자손을 돌보겠다고 하며 노균의 환대를 잊지 않겠다고 함: 노균의 심기를 건드려 이후에 발생할 수 있는 위험을 막고자 함 • 대의(연왕 보필)를 위해 융통성을 발휘할 줄 앎

↓

마달과 동초는 모두 의리와 지조가 있다는 공통점이 있으나, 마달은 강경하고 융통성이 없는 반면, 동초는 융통성이 있고 유연한 사고를 지닌 인물임

두 사람이 박장대소하며 가더라. 동초가 또 말하길,

"이제 연왕을 좇아 그 일행에 들어가면 연왕이 분명 즐거워하지 않으시리니, 멀리
연왕의 뜻을 헤아려 멀리서 연왕을 살피고 호위하고자 함
서 따라가며 뜻밖의 변고를 살핌이 좋을까 하노라."

하고 숲과 들을 지날 때면 꿩과 토끼를 잡으며 말을 달려, 사냥하는 소년으로 변장
해 앞서거니 뒤서거니 하며 가더라. ▶ 동초 장군과 마달 장군이 벼슬을 버리고 연왕의 유배지를 따라감

한편 한응문 어사가 노균의 간특한 말을 믿어 며칠 동안 연왕의 행색을 두루 살피
연왕을 살해하려 음모를 꾸미는 말
더니 대엿새 뒤에는 자연히 마음이 해이해지더라. 연왕의 행차가 이르니 객점 사람
주막
들이 놀라 묻기를,
어진 연왕이 유배를 가는 것에 대한 놀라움   도덕상으로 여러 사람에게 행위의 표준이 될 만한 질서
"이 상공께서 지난해 도원수로 출전하실 때 기율이 엄정해 길을 지나면서 민폐가
양창곡이 백성의 어려움을 살피는 위정자의 모습을 보여 줌
조금도 없었기에, 이제까지 덕을 칭송해 고금에 없는 일이라 하더니, 지금 무슨
죄로 이 길을 가시나이까?"
작별
그리고 앞다투어 술과 음식을 바치며 전별의 뜻으로 금품을 드리거늘, 연왕이 일
연왕을 생각하는 백성들의 마음이 드러남
일이 물리치더라. 사람들이 다시 한 어사에게 바치고 혹 눈물을 흘리며,
백성을 위하는 연왕의 청렴함
"저희는 길가에서 살아가는 인생이라. 예로부터 전해 오는 말에 '출전하는 군대가
군사들을 응대해야 하는 일 등으로 인해 백성의 삶이 황폐해짐을 의미함
한번 지나가면 길에 가시덤불이 가득 생긴다' 하는데, 오직 우리 양 원수께서 행군
양창곡은 출전하면서 백성들을 착취하거나 괴롭히지 않음
하실 때는 마을 백성이 말발굽 소리만 듣고 술 한잔도 바치지 않았나이다. 길가의
사람들이 모두 '조정이 이런 상공을 등용하면 백성이 편안히 살리라' 하더니, 지금
무슨 죄로 이 길을 가시나이까?"
「 」: 백성의 말을 통해 양창곡이 이상적인 위정자임을 나타냄
한 어사가 말문이 막히고 귀가 멍멍해 생각하되,
한응문   백성들을 통해 연왕이 어질고 높은 덕을 지니고 있음을 깨닫고서 감명받음
'내가 일찍이 연왕이 나이 어린 대신으로 문무를 겸비했다고 들었으나, 어찌 이러
한 명망과 덕화가 있을 줄 알았으리오?'

자연히 감복해 객점에 들어갈 때마다 자주 연왕의 처소에 가서 얘기를 나누더라.
감동하며 충심으로 탄복해
연왕이 흔쾌히 대접해 마음을 논하기도 하고 글에 대해 얘기도 하거늘, 번화한 기상
은 봄바람이 자리를 가득 메우는 듯하고, 풍부한 학문은 바다가 끝없이 이어지는 듯
연왕의 부드러운 기운과 박학한 면모를 비유를 통해 드러냄
하더라. 한 어사가 말마다 자기 잘못을 깨닫고 일마다 복종해 탄식하길,
양창곡을 살해하려는 노균의 뜻에 따라 연왕의 행색을 살피는 일을 한 것에 대한 반성
"반평생을 헛되이 보내어 군자를 보지 못하다가 오늘에야 비로소 봄이라."
한 어사가 연왕의 인품에 감화됨
하고 도리어 연왕의 행차를 더욱 보호하더라.
한 어사는 노균의 의도와 반대로 연왕의 편에 서게 됨
한편 난성후가 열협(烈俠)의 풍모와 충의의 마음으로 「구차한 행색을 돌아보지 않
양창곡을 보호하기 위한 강남홍의 태도와 마음
고 하인으로 변장해 남편의 뒤를 따르면서, 낮에는 몸소 일거일동과 음식을 받들고,
「 」: 자신의 정체를 드러내지 않고 연왕을 철저하게 지키고자 하는 강남홍 → 양창곡에 대한 강남홍의 절대적 사랑
밤에는 몸소 잠자리와 의복을 담당해, 연왕이 물 한 모금 마시고 발걸음 옮기는 데
에도 그림자처럼 따라다녀 잠시도 떨어지지 않더라.」
▶ 유배지로 연왕을 수행하던 어사 한응문이 연왕의 인품에 감화됨

• 연왕(양창곡)에 대한 인물들의 태도

동초, 마달	연왕을 보호하고 따르기 위해 장군 벼슬을 버림 → 어떠한 경우에도 자신을 알아준 양창곡에 대한 의리를 지킴
한응문 어사	연왕을 살해하려는 노균의 음모를 알고 있는 인물로, 연왕을 유배지로 호송하면서 연왕의 덕에 감화를 받음 → 편견에 사로잡히지 않고 상대방의 가치를 평가함
백성들	군대가 출정하면서 백성을 전혀 힘들게 하지 않은 연왕의 덕을 칭송함 → 이제껏 만나지 못한 위정자로 인식함

↓

양창곡을 칭송하는 주변 사람들의 평가를 통해 양창곡을 이상적인 위정자의 모습으로 형상화함

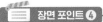

- 해당 장면은 양창곡이 천상계의 다섯 선녀였던 강남홍, 윤 소저, 황 소저, 벽성선, 일지련과 인간 세상에서 인연을 맺고, 양창곡의 집에서 천자가 베풀어 주는 잔치가 열린 상황이다.
- 강남홍의 '꿈'에 주목하여 이 작품의 환몽 구조가 일반적인 환몽 구조와 어떤 차이점이 있는지를 파악하도록 한다.

난성후가 내당에 들어와 시어머니 허 부인과 황 각로·윤 각로 부인을 모시어 잔
<u>강남홍</u>   양창곡의 어머니

치를 베푸는데, 윤 부인·황 부인과 모든 낭자가 일제히 늘어서 모시더라. 윤 각로
            2명의 정실 부인   3명의 첩   양창곡의 부인인 황 소저와 윤 소저의 어머니

의 소 부인이 말하길,
  윤 소저의 어머니

"제가 난성후를 사랑해 친딸과 다름없이 여김은 그 용모와 자색, 총명과 영리함
                                          여자의 고운 얼굴이나 모습

때문이 아니라. 그 사람됨이 출중한 것을 사랑함이니, 제가 처음 항주를 보매 강

남에서 가장 번화한 곳이요 인물 또한 장안도 당하기 어려운지라. 난성후가 한 여
        항주는 강남에서 가장 번화한 곳으로 수도인 장안보다 뛰어난 인물이 많은 곳임

자로서 소년 협객과 고을 수령이 사랑하지 않음이 없어 천금을 아끼지 않고 한번
        강남홍을 보기 위해 돈을 아끼지 않는 관리와 호방한 남자들이 많았으나 강남홍의 절개가 굳음

그 웃음을 사고자 하되 난성후가 원하지 않고, 평소 우리 집안에 출입하되 한 번

도 눈을 들어 좌우를 돌아보지 않으니 이미 그 재질이 탁월하고 안목이 뛰어나거

늘, 게다가 저의 딸을 천거하여 백 년을 함께 지내는 금석 같은 사귐을 맺으니 이
        강남홍이 요조숙녀인 윤 소저를 양창곡에게 부인으로 천거하여 양창곡과 혼인하도록 함

것이 어찌 한 여자의 평범한 솜씨리오? 상공께서 늘 말씀하시되 '연왕이 아니라면
        강남홍의 비범함을 칭찬함

난성후의 지아비 될 사람이 없으리라' 하시니, 연왕과 난성후는 하늘이 정한 배필
비범한 양창곡이 비범한 강남홍에게 어울리는 남편감이라는 의미   천정배필, 천생연분

인가 하나이다."

허 부인이 탄식하길,
양창곡의 어머니

"저는 산골에서 태어나 자란 한 시골 아낙네에 불과한지라. 늘그막에 외아들을 두
                                                          양창곡

어, 비록 아녀자의 덕이 부족하고 못난 여자라도 며느리로 들어온다면 다만 사랑

할 따름이니 어찌 여러 며느리의 우열과 장단을 논하리오마는, 난성후가 집안에

들어온 뒤로 조화로운 기운이 가득하여 집안에 화목하지 않다는 탄식이 없고 조
    양창곡의 어머니 허 부인은 집안이 화목하고 가문이 번창하게 된 것이 강남홍 덕분이라 생각함

금도 잡된 말이 저의 귀에 들리지 않으니, 우리 집안의 오늘날 창대함은 참으로

난성후의 복인가 하나이다."

황 각로의 위 부인이 웃으며,
황 소저의 어머니

"저의 딸이 늘 시댁으로부터 오면 난성후를 칭찬해 마지않아, '난성후는 아리따우

면서도 정숙하여 사랑스러운 가운데 저절로 공경하는 마음이 생긴다' 하더니, 오
            강남홍에 대한 황 소저의 평가

늘 보니 과연 평범한 자태가 아니로소이다." ▶ 잔치에 모인 여인들이 난성후(강남홍)의 인물됨을 칭찬함

(중략)

이날 밤 난성후가 취하여 취봉루로 돌아가 옷을 벗지 않고 책상에 기대어 잠깐 잠
                      천상 세계로 입몽하는 공간

이 들었는데, 문득 정신이 황홀하고 몸이 떠돌아 한 곳에 이르니 하나의 이름난 산
                              입몽

이더라. 봉우리는 깎아지르고 바위는 높고 험한데, 마치 한 떨기 옥련화가 평지에
                  강남홍이 꿈에서 도달한 산의 모습: 천상계의 관음보살이 옥련화를 던져 만든 산

작품 분석 노트

- '잔치'의 의미와 서사적 기능

  - 천자가 베풀어 주는 잔치가 양창곡의 집에서 열림
  - 양창곡의 모친과 두 장모, 다섯 여인이 한자리에 모여 강남홍의 인물됨을 칭찬함

  ↓

  - 양창곡이 인간 세상에서 지극한 부귀영화를 누리고 있음이 드러남
  - 양창곡의 처첩인 다섯 여인의 화목함이 드러남 → 사대부가의 이상적인 모습을 형상화함
  - 강남홍이 첩의 위치에 있지만 양창곡의 천정배필로 형상화됨

- 개성적 인물에 대한 이해

강남홍	- 기녀 출신이지만 뛰어난 무예와 병법으로 전쟁에서 큰 공을 세워 능력을 인정받은 한편, 전쟁터에 나가는 양창곡을 곁에서 보좌함 - 첩이지만, 양창곡의 여러 부인과 다른 첩 사이에서 집안의 화목함을 위해 힘쓰는 여인임
벽성선	- 옥퉁소 연주에 능한 기녀로 귀양 온 양창곡을 만나 인연을 맺고 나서, 황 소저의 모함으로 암자에 숨어 살지만 다시 모해를 입는 등 온갖 고초를 겪음 - 노균의 반란으로 곤경에 처한 천자가 벽성선의 악기 연주에 감동을 받고 간신을 물리치는 등 지혜를 되찾음
황 소저	투기가 심해 벽성선을 암살할 음모를 꾸몄다가 실패하고 참회함

  ↓

  - 여성 인물들의 성격이 특징 있게 그려짐
  - 입체적이거나 개성적인 인물로 형상화됨

피어난 듯하더라. 난성후가 가운데 봉우리에 이르니, 한 보살이 푸른 눈썹과 옥 같
_{승려가 장삼 위에 걸쳐 입는 옷} _{보살의 외양 묘사}
은 얼굴에 비단 가사를 입고 석장을 짚고 있다가 웃으며 난성후를 맞이하여,

　"난성후는 인간 세상의 즐거움이 어떠한고?"
　　_{강남홍이 인간 세상에 적강한 인물임을 알 수 있음}

난성후가 멍하니 깨닫지 못하여,

　"존사께서는 누구시며, 인간 세상의 즐거움이란 무슨 말씀이니이까?"
　_{'도사'를 높여 이르는 말}

보살이 웃고 손 안의 지팡이를 공중에 던지니 문득 한 줄기 무지개가 되어 하늘에
　　　　　　　_{보살이 도술을 부리는 모습 → 전기적 요소}
닿거늘, 보살이 난성후를 안내하여 무지개를 밟아 공중에 오르니 앞에 큰 문이 있고

오색구름이 어리었는지라. 난성후가 묻기를,

　"이것이 무슨 문이니이까?"

보살이 말하길,

　"남천문이니, 그대는 문 위에 올라가 바라보라."　▶ 강남홍이 꿈에서 보살을 만나 천상계로 인도됨
　_{천상 세계}

난성후가 보살을 따라 올라가 한 곳을 바라보니, 「해와 달이 밝고 광채가 휘황하며
　　　　　　　　　　　_{백옥루}　　　『 ♪ 천상계의 환상적이고 신비로운 분위기
그 가운데 한 누각이 허공에 솟아올라 있고, 백옥 난간과 유리 마룻대가 영롱하고

찬란하여 눈이 황홀하고, 누각 아래에 푸른 난새와 붉은 봉황이 쌍쌍이 배회하며 선
　_{꿰맬 필요 없이 구름과 노을로 지은 옷이라는 뜻으로, 선인(仙人)을 나타낼 때 쓰는 표현}
동 여러 명과 시녀 서너 명이 하의(霞衣)와 예상(霓裳) 차림으로 난간머리에 서 있더
　　　　　　　　　　_{무지개와 같이 아름다운 치마라는 뜻으로, 신선의 옷을 이르는 말}
라.」누각 위를 바라보니 한 선관과 다섯 선녀가 이리저리 쓰러져 난간에 기대어 취
　　　　　　　　　　_{인간 세계에 적강하기 전의 문창성(양창곡)과 다섯 선녀의 모습}
하여 자고 있더라. 보살에게 묻기를,

　"이곳은 어느 곳이며, 저들은 어떠한 선인이니이까?"
　_{전생을 알지 못하는 강남홍}

보살이 미소하며,
　_{문창성이 술을 먹고 다섯 선녀와 놀던 곳}
　"이곳은 백옥루요. 첫째 자리에 누운 선관은 문창성이요. 그 곁에 차례로 누운 선
　　　　　　　　　　　_{양창곡의 전신}
녀는 제방옥녀·천요성·홍란성·제천선녀·도화성이니, 홍란성은 곧 그대의 전
　_{윤 소저의 전신　황 소저의 전신　벽성선의 전신　일지련의 전신　강남홍이 천상계의 선녀였음을 일러 줌}
신(前身)이라."

난성후가 마음속으로 크게 놀라,

　"저 다섯 선녀는 모두 천상에서 도(道)에 들어간 선인이라. 어찌 저처럼 취하여 잠
　　_{옥황상제가 백옥루를 수리하고 베푼 잔치에 참석한 문창성과 다섯 선녀가 서로 어울리다가 술에 취해 잠듦}
들었나이까?"　_{인간 세상으로 적강한 것은 천상에서의 꿈에 해당함 → 강남홍의 꿈은 꿈속의 꿈임}

보살이 문득 서쪽을 향해 합장하고 시 한 구절을 읊으니,

정이 있어 인연이 생기고 / 인연이 있어 정이 생기도다.
　　　　_{양창곡과 다섯 여인과의 인연을 의미함}
정은 다하고 인연은 끊어지나니 / 온갖 생각은 다 공허하도다.
　　　　_{인간 세상에서의 인연의 허망함}

난성후가 듣고 정신이 상쾌하여 갑자기 깨달아,

　"나는 본디 천상의 성정(星精)으로, 문창성과 인연을 맺어 잠시 인간 세상으로 귀
　　　　　　　_{강남홍이 천상에서의 일을 깨달음}
양을 간 것이로다."

• '천상'의 형상화

> 해와 달이 밝고 광채가 휘황하며 그 가운데 한 누각이 허공에 솟아올라 있고, 백옥 난간과 유리 마룻대가 영롱하고 찬란하여 눈이 황홀하고, 누각 아래에 푸른 난새와 붉은 봉황이 쌍쌍이 배회하며 선동 여러 명과 시녀 서너 명이 하의와 예상 차림으로 난간머리에 서 있더라.

↓

- 묘사를 통해 환상적이고 신비로운 천상계를 형상화함
- 천상계와 인간계를 구분하여 인식하는 이원론적 세계관을 엿볼 수 있음

• 다섯 선녀에 대한 이해

제방옥녀	· 인간 세상의 윤 소저로, 양창곡의 첫 번째 부인임 · 현숙함을 알아본 강남홍의 추천으로 양창곡과 혼인함 · 항주 자사(윤 각로)의 딸로 인자하고 순종적임
천요성	· 인간 세상의 황 소저로, 양창곡의 두 번째 부인임 · 소주 자사(황여옥)의 딸로 벽성선을 시기하여 없애려 했다가 참회함
홍란성	· 인간 세상의 강남홍으로, 양창곡의 첩임 · 항주의 기생 출신으로 무예와 병법을 익혀 전쟁터에 나가 큰 공을 세움 · 남장을 할 때는 홍혼탈로 행세함 · 집안이나 전쟁터에서 주도적 역할을 함
제천선녀	· 인간 세상의 벽성선으로, 양창곡의 첩임 · 강주의 기생 출신으로 황 소저의 모함을 받아 시련을 겪음
도화선	· 인간 세상의 일지련으로, 양창곡의 첩임 · 축융국의 공주로, 자신을 전장에서 사로잡은 강남홍에게 복종하고, 아버지 축융 왕을 설득하여 명나라에 항복하게 함

• '삽입 시'의 역할

> 강남홍은 보살의 시 한 구절을 듣고 천상계에서 문창성과 다섯 선녀가 술에 취해 잠이 든 일을 기억해 냄

↓

> 강남홍이 인간 세상으로 귀양 오게 된 사건, 즉 천상계에서 있었던 일을 깨닫게 되는 계기임

다시 묻기를,

"모든 선관이 어느 때 잠에서 깨어나리이까?"

보살이 웃고 석장을 들어 하늘 위를 가리키며, / "홍란성은 보라."
_{강남홍의 천상계 이름을 부름}

난성후가 자세히 보니, 큰 별 십여 개가 광채가 황홀하여 모두 백옥루를 향해 정기를 드리웠거늘, 난성후가 말하길,

"저 별들은 무슨 별이며, 무슨 까닭에 광채를 누각 가운데 드리웠나이까?"

보살이 가리키며,

"그 가운데 큰 별은 <u>하괴성이요 그다음은 삼태성이요 그다음은 덕성과 천기성과 복성이니 이미 인간 세상에 태어났고,</u> 그다음의 큰 별 예닐곱 개는 또 장차 차례
_{양창곡과 다섯 여인 사이에 태어난 자식들을 암시함}

로 <u>인간 세상으로 귀양 가 티끌 인연을 맺은 뒤에 백옥루의 취한 꿈이 깨어나리라."</u>
_{속세의 인연}   _{아직 태어나지 않은 양창곡과 다섯 여인의 자식들을 암시함}

_{인간 세상에서의 인연이 다하면 꿈에서 깨어날 것임 = 천상계로 돌아오게 될 것임 = 인간 세계에서의 죽음을 의미함}

난성후가 비록 그 말이 의심되나 미처 묻지 못하고, 또 남쪽 하늘을 바라보니 두 별이 광채가 찬란하거늘, 보살에게 묻기를,

"저 별은 무슨 별이니이까?"

감상 포인트
강남홍의 '꿈' 등 중심 소재가 하는 역할을 중심으로 이 작품의 특징을 파악한다.

보살이 말하길,

"이는 천랑성과 화덕성이라. 그대와 더불어 한바탕 악연이 있으나 마침내 반드시
_{양창곡과 대적하는 남만의 나탁과 축융 왕을 의미함}

그대를 도울 것이라. 이것이 다 인연이니, 훗날 자연히 깨달으리라."

난성후가 말하길,

"그러면 제자 또한 천상의 성정이라. 이미 이곳에 왔으니, 다시 인간 세상으로 돌
_{강남홍이 관음보살에게 천상에 머물고자 하는 뜻을 드러냄}

아가지 않고자 하나이다."

보살이 웃으며,

"하늘이 정한 인연을 사람의 힘으로 바꿀 수 있는 것이 아니니, 그대는 아직 인간
_{운명론적 세계관}

세상의 인연이 다하지 않았으니 빨리 돌아가라. 마흔 해가 지난 뒤에 다시 와서
_{속세의 인연이 다하지 않았으므로 천상으로 돌아올 수 없음}

<u>옥황상제께 조회하고 하늘나라의 즐거움을 누릴지어다."</u>
_{강남홍의 미래를 알려 줌: 속세와의 인연이 다하면 천상계로 돌아오게 될 것임}

난성후가 묻기를,

"보살은 누구시니이까?"

보살이 웃으며,

"나는 남해 수월암 관세음이라. 석가여래의 명을 받들어 그대를 안내하고자 왔노라."
_{부처가 강남홍이 깨달음에 이르도록 했음을 알 수 있음}

말을 마치매 석장을 들어 공중에 던지니, 오색 무지개가 갑자기 일어나고 문득 벼
_{입몽과 각몽을 할 때 쓰는 도구}   _{각몽(천상계에서 인간 세상으로 돌아옴). 환몽 구조가 나타남}

락 소리가 들리며 놀라 깨어나니, 곧 일장춘몽이더라. 여전히 취봉루의 책상 앞에
_{인간 세상에서 각몽하는 공간}

전과 같이 누워 있거늘, 난성후가 꿈속 일을 의심하여 두 부인과 두 낭자에게 일일
_{윤 소저와 황 소저   벽성선과 일지련}

이 말하니 네 사람이 또한 이 꿈에 함께 감동하더라.

▶ 강남홍이 꿈속에서 관음보살에게 자신의 과거와 미래에 대해 들음

• '꿈'의 의미와 기능

꿈속에서의 강남홍
• 관음보살의 안내로 남천문에 오름 • 취해서 쓰러져 잠든 한 선관과 다섯 선녀를 봄 • 홍란성이 자신의 전신임을 알게 됨 • 관음보살에게 천상에 머물고자 하는 뜻을 드러내나 속세의 인연이 다하면 천상으로 돌아오게 될 것이라는 말을 듣게 됨

↓

'꿈'의 의미와 기능
• 강남홍이 자신이 천상계의 존재임을 깨닫게 함 • 양창곡과 다섯 여인의 과거와 미래에 대해 알려 줌 • 인간 세상의 인연이 천상계에 의해 맺어진 것임을 드러냄 • 인간 세상과의 인연이 끝나면(죽음) 자연히 천상계로 돌아오게 됨을 알려 줌(각몽을 통해 깨달음을 얻고 각몽 후 곧바로 천상계로 가는 일반적인 환몽 구조와의 차이점) • '강남홍의 꿈'은 천상계에서 취해서 쓰러져 잠든 한 선관과 다섯 선녀의 꿈속(인간 세상의 삶)의 꿈에 해당함

• '보살'의 역할

보살
• 남해 수월암의 관세음보살 • 부처의 명을 따라 강남홍을 천상계로 인도하여 강남홍이 천상계의 존재임을 깨닫도록 하는 조력자 • 강남홍에게 인간 세상의 인연이 다하지 않았으니 빨리 돌아가라고 함 → 천상계에서 속세로의 각몽을 유도하는 존재

• 공간의 의미

취봉루	• 강남홍이 속세에서 잠이 드는 곳으로, 속세에서 천상계로 입몽하는 공간 • 강남홍이 잠이 들었다가 깨어나는 곳으로, 천상계에서 속세로 각몽하는 공간
백옥루	• 천상계의 문창성과 다섯 선녀들이 잔치에서 술을 마시며 놀다가 잠이 든 공간 • 속세에서의 입몽을 통해 천상계에 들어간 강남홍이 보게 되는 공간

핵심 포인트 1   서사 구조에 대한 이해

이 작품은 환몽 구조를 활용하고 있으나 일반적인 환몽 구조와 다른 형식을 취하고 있으므로 이를 중심으로 작품의 내용과 주제 의식을 파악할 수 있어야 한다.

+ 환몽 구조에 의한 서사 전개

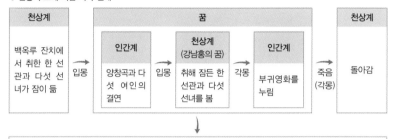

- 꿈을 꾼 인물이 꿈속 사건을 통해 세속적 삶의 허망함을 깨닫고 꿈에서 깬 후 천상계로 가는 몽자류 소설과 달리, 꿈에서 깨어나 속세에서의 삶을 다한 후에 천상계로 복귀하는 결말을 제시함
- '꿈속의 꿈'을 통해 인물의 과거와 미래를 알려 줌 → 양창곡의 삶을 통해 유교 사상을 형상화하면서도 인간 삶의 밑바탕에 불교적 인연관과 도교적 운명관이 작용하고 있다는 인식을 드러냄

핵심 포인트 2   인물의 성격과 태도 파악

이 작품에서 갈등 양상을 통해 드러나는 중심인물의 성격과 태도를 파악할 수 있어야 한다.

+ 중심인물의 성격

양창곡	• 어린 나이에 한림학사가 되고 남만이 침략하자 대원수로 출정함 • 간신의 횡포에 맞서 천자에게 간언하여 유배를 당함 • 주변의 인물들이 그의 덕에 감화되어 자신의 안위를 돌아보지 않고 따름 • 백성들의 어려움을 헤아리고 살펴서 칭송받음 → 문무를 겸비한 뛰어난 인재이자 나라를 위해 간언을 서슴지 않는 충신이면서, 뛰어난 인품으로 상대를 감동시키고 백성을 위하는 이상적인 위정자의 모습으로 제시됨
강남홍	• 소주의 황 자사가 절개를 뺏으려 하자 이에 저항하여 전당호에 투신함 • 남방의 탈탈국에서 백운 도사에게 무예를 수련하고 도사의 명에 의해 남만의 원수로 참전함 • 남만과 명의 전투에서 옥피리를 불어 사기를 떨어뜨려 명군이 싸우지 않고 돌아가게 하려 했으나 명군의 원수가 양창곡임을 확인하고 명군에 투항함 → 양창곡을 만난 이후에는 양창곡에게 헌신함 → 강인한 의지와 탁월한 능력을 지녔으나 양창곡에 대한 절대적 애정으로 자신의 뛰어난 능력을 오로지 남성을 위해 발휘하는 모습은, 남성 중심 사회에서 창작된 작품에 등장하는 여성 영웅의 한계를 보여 줌

핵심 포인트 3   외적 준거에 따른 감상

이 작품은 남녀 결연담이 중심을 이루면서 여러 사건을 통해 현실에 대한 비판적 인식을 보여 주고 있으므로 당대 사회상과 연관하여 작품을 감상할 수 있어야 한다.

+ 〈옥루몽〉에 나타나는 당대 현실의 문제점

강남홍이 기생이라는 신분으로 인해 양창곡과 결혼하지 못하고 스스로 윤 소저를 양창곡의 배필로 추천함	신분 질서가 고착된 조선 사회의 모습
황 자사가 강남홍을 취하려 하자 강남홍이 강물에 투신함	당시 부패한 관리의 횡포
강남홍이 남장을 하고 전쟁에 참여해 공을 세움	여성의 사회적 진출이 제한된 남성 중심의 사회상
• 노균이 예악으로 천자를 조종하여 자신의 당인 탁당을 이롭게 함 • 수차례 전란이 일어나고 노균이 흉노에 투항하여 명나라를 배반함	당쟁을 일삼고 간신이 득세하는 부패한 정치 현실 → 작품의 공간적 배경을 중국으로 설정하여 당대 조선의 문제점을 간접적으로 비판하고자 하는 의도가 담겨 있음

작품 한눈에

• **해제**

〈옥루몽〉은 19세기의 문인 남영로가 지은 장편 국문 소설로 총 64회 회장체 형식으로 이루어져 있다. 이 장편 서사는 적강 화소와 환몽 구조를 바탕으로 양창곡이 전쟁에서 승리하는 과정을 그린 군담, 양창곡의 천정배필인 강남홍이 펼치는 여성 영웅으로서의 활약, 양창곡이 천상계에서 인연을 맺은 다섯 선녀를 인간 세계에서 만나는 과정을 그린 애정담 등을 두루 담아 내고 있다. 이런 다양한 화소로 인해 조선 후기 많은 사람들에게 큰 인기를 얻었다. 이 작품은 몽자류 소설의 구성을 취하고 있지만 일반적인 몽자류 소설이 '현실 → 꿈 → 현실'의 환몽 구조를 통해 인생무상의 주제 의식을 담아 속세의 삶에 대한 부정적 인식을 드러내는 것과 달리, 세속적 삶을 긍정적으로 바라보고 있다는 점이 특징적이다.

• **제목 〈옥루몽〉의 의미**
  – 천상의 선관 문창성과 다섯 선녀가 꾸는 '백옥루의 꿈'을 그린 이야기

〈옥루몽〉은 천상의 옥황상제가 백옥루를 수리하고 벌인 잔치에서 선관 문창성이 다섯 선녀와 어울려 술을 마시고 취해 잠이 들고, 인간 세상을 엿보는 시를 지은 일로 인간 세계에서 양창곡으로 태어나, 천상계의 선녀였던 다섯 여인과 차례로 인연을 맺고 명나라를 수호하는 과정을 그린 몽자류 소설이다.

• **주제**
양창곡의 속세에서의 결연과 영웅적 생애

02 낙성비룡 ▸ 작자 미상

한 줄 평 | 불우한 처지에 있다가 자신을 알아주는 사람을 만나 능력을 발휘하여 영웅이 되는 과정을 그린 작품

💬 전체 줄거리

명나라 영종 시기, 북경 유화촌에 어진 선비 이주현이 있었다. 인물이 아름답고 학문이 높았지만 운명이 기구하고 운수가 다하여 공명을 이루지 못했다. 대대로 집안이 미미한 탓에 생활이 어려운 지경이었는데 착한 일을 많이 하며 살아갔다. 그의 아내 오 씨는 선비 가문의 아름다운 숙녀로, 덕망 높은 인물이었다. 이주현과 오 씨는 가난 속에서도 서로를 위하며 금슬이 좋았지만 쉰 살이 되도록 아들이 없어 매일같이 탄식하고 눈물을 흘렸다.

어느 날 저녁, 부부가 잠자리에 들었다. 이주현이 꿈속에서 큰 벼락 소리를 들었다. 그리고 하늘이 열리더니 큰 별이 방 안에 떨어졌는데, 크기가 박만 하고 광채가 찬란했다. 그 별은 황룡으로 변하여 뜰 가운데 서렸다가 다시 벼락 소리가 나자 두 날개를 펼쳐 하늘로 올라갔다. 이주현이 아내를 깨우자 오 씨도 같은 꿈을 꿨다고 했다. 곧이어 오 씨가 잉태하는 경사가 있었다. 이상한 향기가 방 안에 가득하고 상서로운 기운이 자주 어렸다. 18개월 후, 오 씨가 아들을 낳는데 울음이 웅장하고 기상이 비범하여 마치 옥룡 같았다. 부부가 아이의 이름을 '경작'이라고 짓고, 관명을 '경모'라 하고, 자를 '문성'으로 하였다. ▸ 이주현과 오 씨가 기이한 꿈을 꾸고 경작을 낳음

경작이 세 살이 되니 비범한 골격과 백옥 같은 모습이 어린아이 같지 않았다. 이때, 경작의 부모가 모두 세상을 떠났다. 일가친척이 전무하여 유모 열섬과 서너 비복이 장례를 치렀다. 열섬이 경작을 업고 금주에 이르러 주현 부부를 안장하였는데, 먼 길을 오느라 병이 나서 걸을 수가 없었다. 경작도 풍토병으로 심하게 앓았다. 열섬과 경작이 끝내 걸을 수가 없기에 묘소 아래 옛집을 수리하여 머물고, 다른 노복만 먼저 서울로 돌아갔다. 이후로 열섬이 경작을 정성껏 보살피며 그의 교육을 책임졌다. 경작이 다섯 살이 되자 글자 해독을 잘하고 하나를 깨우치면 열을 알았다. 경작은 열섬을 모친으로 알고 자랐다. 하루는 경작이 친구들과 놀다 들어와 부친에 대해 물었다. 그제야 열섬이 그간의 일을 자세히 말하고 부모의 산소를 가르쳐 주었다.

경작의 나이가 일곱 살이 되니 글을 달통하여 모르는 것이 없었다. 그러나 경작의 팔자가 몹시 기구하여 그해 여름 열섬이 죽고 말았다. 이웃 마을의 장우라는 이가 제법 부유하였는데 통곡하는 경작을 보고 불쌍히 여겨 데려다가 길렀다. 경작이 열한 살이 되자 심히 게을러 잠자는 것만 좋아하고 밥을 많이 먹었다. 장우의 아내 노 씨가 매일같이 쓸데없는 놈이라고 꾸짖으며 옷도 입히지 않고 머리도 빗기지 않으므로 남루한 거동 마치 걸인 같았다. 노 씨가 너무 심하게 꾸짖으므로 경작을 두둔하던 장우가 할 수 없이 경작에게 소 먹이는 일을 시켰다. 그러나 경작이 언덕에 올라서도 소를 매어 놓고 잠만 자니 노 씨가 더욱 미워하여 궂은일을 많이 시켰다. ▸ 조실부모한 경작이 이웃집에서 눈칫밥을 먹으며 머슴살이를 함

한편, 승상 양자윤은 대대로 명문 가문의 자손으로 충성이 남다르고 재주와 덕망이 뛰어났다. 양자윤은 한 씨에게서 두 아들과 두 딸을 보았는데 부모를 닮아 하나같이 빼어났다. 장남이 명무, 차남이 명수, 장녀가 난주, 차녀가 경주였다. 장남 명무가 남 씨를, 차남 명수가 성 씨를 아내로 맞았는데 두 여인 모두 용모가 아름답고 현명한 덕이 있었다. 큰딸은 예부시랑 설경주의 조카 설인수에게 시집을 갔다. 이제 양자윤은 막내딸 경주의 사위를 얻으려 했다. 그러나 장안의 여러 가문의 자제 중 한 사람도 마음에 차지 않으므로 애를 태울 뿐이었다. 양자윤은 고향으로 돌아가 천하의 훌륭한 군자를 얻기로 하고 벼슬에서 물러나 금주로 떠났다.

양자윤이 금주로 돌아가 거문고를 타고 냇물에서 낚시를 즐기며 삼 년을 보냈다. 그때 경주가 열두 살이었는데, 양자윤은 여전히 사위를 쉽게 얻지 못했다. 이듬해 봄, 양자윤이 서쪽 언덕에 풍경을 즐기려고 올라갔다가, 소 두 마리를 각각 길게 늘어뜨린 가죽띠에 매어 제 발목에 걸고 수풀에 누워 잠자고 있는 경작을 발견했다. 짧은 베옷이 낡아 몸을 채 가리지 못하고 어지러운 머리털이 얼굴을 뒤덮은 것으로 보아 거지인가 싶었다. 양자윤이 이 소년을 불쌍히 여겨 탄식하고 그 곁에 앉아 깨기를 기다렸다. 경작은 잠결에 춘추시대 소를 먹이다 재상이 된 영척을 본받고 있는 자기를 누가 알아보겠냐는 말을 읊조렸다. 양자윤은 그 음성이 학의 울음소리같이 맑고 음률이 조화로움을 느꼈다. 가까이 나아가 보니 남루한 의복과 헝클어진 머리 사이로 비상한 기상이 있었다. 형색과 골격, 가는 눈이며 두 미간과 이마, 입, 코가 모두 보통 사람의 것이 아니었다.

양자윤이 그의 비범함을 알아보고 흔들어 깨웠다. 그리고 이름과 사는 곳을 물으니 앞마을 장우라는 사람의 집에서 소 먹이는 머슴. 이경작이라고 답했다. 단잠에서 깬 경작이 신경질을 내며 소를 끌고 돌아가려 했다. 양자윤이 경작을 잡아 앉히고 자기 얼굴을 자세히 보도록 했다. 그제야 경작이 승상 양자윤인 것을 알아보고 예의를 갖췄다. **[장면 포인트 ① 105P]** **주목** 양자윤이 잠결에 지은 글의 뜻을 다시 물으니 경작이 자기의 신분과 과거를 밝혔다. 양자윤은 경작이 어려운 처지에 놓인 영웅호걸인 것을 알아보고 그를 사위로 맡기로 결심했다. ▸ 양자윤이 경작의 비범함을 알아보고 사윗감으로 낙점함

양자윤이 장우의 집에 매파를 보내고, 은자 삼백 냥으로 상민 집의 종인 경작의 몸값을 치러 속량한 다음 혼인을 청했다. 장우가 감히 은자를 받지 못하고 여러 번 사양했으나 양자윤이 거듭 주니 그제야 받았다. **[장면 포인트 ① 105P]** 양자윤이 집으로 돌아와 경작을 사위 삼겠다고 했다. 아내 한 씨가 천한 신분을 이유로 반대하고, 다른 가족들도 같은 이유로 좋은 얼굴을 하지 않았다. 그러나 양자윤이 자기의 안목을 믿고 완강하게 주장하므로 가족들이 할 수 없이 따랐다. 길일을 택해 혼

례가 치러졌다. 경작은 경주의 아름다운 용모에도 기색이 태연했다.

　　▶ 양자윤이 경작을 속량하여 사위로 맞이함

다음 날, 경작은 날이 늦도록 일어나지 않았다. 그리고 일어나자마자 여러 상이 비도록 많은 양의 음식을 먹었다. 이것을 본 양자윤이 경작의 밥상을 차릴 때면 여러 되 밥을 하게 했는데 매번 남기는 것이 없으므로 온 집안이 놀랐다. 한 씨는 매일같이 경작을 어리석고 둔하다고 탓하면서 말끝마다 큰 사위 설인수를 칭찬했다. 점점 경작의 그을린 빛이 벗겨지고 살빛이 옥같이 변했다. 비록 촌티는 있어도 풍채가 좋은 것이 보였다. 한 씨가 그 모습을 보고 조금 기뻐하면서도 사위가 많이 먹고 많이 자는 것을 여전히 탐탁지 아니 했다.

경작이 경주와 혼인한 지 열 달이 지났다. 경작은 여전히 늦잠을 자고 글 읽기를 하지 않았다. 하루는 양자윤이 경작에게 선비로서 학문을 하지 않는 이유를 물었다. 경작은 잠자는 것이 평생 소원이고 글 읽기는 싫어한다고 했다. 그리고 지금 나이가 열네 살이니 너무 어리므로 스무 살부터 글 읽기를 할 계획이라고 하니, 양자윤이 크게 웃으며 뜻대로 하라고 했다. 양자윤이 경작을 사랑하고 소중하게 생각하는 것이 매우 깊었다. 그러나 한 씨는 경작을 미워하는 마음이 나날이 불어나 울화병이 생길 지경이었다.

　　▶ 한 씨가 많이 먹고 잠만 자는 경작을 못마땅하게 생각함

영웅호걸에게는 귀신의 장난 같은 방해가 많은 법인지 양자윤의 오랜 병이 말썽을 부리기 시작했다. 양자윤이 끝내 일어나지 못하고 세상을 떠났다. 다음 해 가을, 임금이 쉰다섯의 나이로 별세하고 태자가 즉위했다. 명무 형제는 옛 벼슬로 나아가지 못하고 금주에 머물렀는데, 새로운 임금이 이들의 재능을 미처 알지 못했기 때문이다. 양자윤이 죽은 후, 경작은 게으름이 더욱 심하여 시도 때도 없이 잠만 자고 글은 펴 보지도 않았다. 한 씨가 못마땅하게 생각하여 매일같이 꾸짖고, 명무 형제도 멸시하는 태도가 있었다. 집안의 남녀 종들도 경작을 큰 골칫거리로 여겼다. 다만 경주는 경작을 손님과 같이 공경하며, 남 부인이나 성 부인도 예의를 갖춰 대우했다.

새봄이 찾아왔다. 경주가 경작의 옷을 지어 입혔다. 한 씨가 경작의 게으름이 극심하여 지금까지 그 목소리도 듣지 못했다면서, 시녀 난매를 불러 경작에게 대소변을 던지게 했다. 경작이 전혀 동요하지 않았다. 명무 형제가 경작을 밧줄로 묶어 공중에 매달아도 경작은 여전히 코를 골며 잠을 잤다. 한 씨는 경작이 사람이 아니라 본래 짐승인가 하고, 더욱 멸시하며 의복이며 음식을 하찮게 줬다.

다시 한 해가 지났다. 양자윤의 큰 사위이자 경작의 동서인 설인수가 과거 급제하여 남주의 추관이 됐다. 설인수가 부인 난주와 함께 부임지로 가는 길에 장모님을 뵙고자 하여 금주에 들렀다. 한 씨가 둘째 사위는 공명을 이루지 못할 것 같은 사람이므로 오직 어진 큰

사위만을 바라보았는데 오늘과 같이 영화롭게 되니 적막한 집안 뜰에 빛이 난다고 하면서 축하의 말을 전했다. 그리고 술과 과일로 대접하니 설인수가 크게 감사를 표했다. 다음 날, 가족이 함께 식사를 하는데 매우 거칠고 그릇 가지 수가 적은 상 하나가 바깥채로 갔다. 경작의 것이었는데, 난주가 그것을 보고 안타까워하며 어머니에게 경작을 좀 잘 대접해 주라고 했다. 설인수가 이레를 머무르다 떠나려고 하니 한 씨가 큰 잔치를 베풀었다. 이번에도 경작의 상만 머슴의 것 같았는데, 경작이 아무 일 없는 듯 먹었다. 난주가 경작의 통달한 모양을 보고 그제야 아버지가 사람 보는 눈이 높은 것을 알았다. 하루는 경주가 경작의 속마음을 물었다. 이제 나이가 열아홉이니 공명에 뜻을 둘 듯도 한데 책은 보지 않고 잠만 과하게 자니 그 까닭을 물었다. 경작은 품은 생각이 없고 책은 잡기도 싫으며, 그대 집에서 주는 밥이 적으니 기운이 없어 잠이 더욱 온다고 했다. 경주가 참담한 마음으로 장신구를 팔아 아침저녁 반찬거리를 보태니, 경작이 이따금 책을 펴 보았다.

　　▶ 양자윤이 죽은 뒤 경작에 대한 한 씨의 박대가 더욱 심해짐

집안에서 이런저런 말이 나오다가 결국 경작을 내치자는 데 의견이 모였다. 경작이 그 기색을 눈치챘지만 조금도 아는 척하지 않았다. 홀연, 한 씨가 병이 나 증세가 심했다. 한 씨는 경작이 내 집에 온 지 여덟 해가 지났는데 글은 쳐다도 보지 않고 능청맞고 밉기가 날로 심하니 딸의 일생을 끝끝내 망칠 것이라고 하면서, 이런 생각으로 울화가 치밀어 병이 들어 곧 죽을 듯하다고 했다. 그리고 경작을 내보내야 살길을 얻을까 싶으니, 경주에게 어서 그를 내보내라고 했다. 경주가 어머니의 병환에 더 이상 어쩌지 못했다. 경주가 경작을 찾아가 우물쭈물하니 경작이 아내의 참담한 안색을 보고 바로 기미를 알았다. 그리고 주인이 있기를 허락하지 않는데, 손님이 어찌 질기게 붙어 있겠냐고 하면서 스스로 집을 떠나기로 결심했다.

　　▶ 한 씨의 병을 계기로 경작이 집에서 나가게 됨

경주가 혼사 때 마련했던 진주 비단 치마와 옥비녀 등을 시장에 내다 팔고 은자 삼백 냥을 받아 경작에게 노잣돈으로 주었다. 경작이 행장을 꾸렸다. 그리고 경주에게 오늘 한 번 가면 십 년 사이 소식이 없을 것이니 염려하지 말고, 이후 혹 살아남거든 다시 만날 날이 있을 것이라고 했다. 경작이 가족들에게 인사하고 부모의 묘와 장인의 묘를 찾아 통곡한 뒤 길을 떠났다.

　　▶ 아내 경주가 경작에게 노잣돈으로 은자 삼백 냥을 건넴

경작이 떠난 지 사흘이 지났을 무렵, 큰 눈이 내리고 날이 매우 추웠다. 몸을 의지할 곳을 찾다가 문득 한 노인의 울음소리를 들었다. 이 노인은 관가에서 빚을 내어 아비의 장례를 치렀는데 빚 갚을 기한이 지나니 관가에서 노모를 가뒀다고 했다. 돈을 다 갚아야 노모가 석방될 것인데 푼전조차 없으니 늙은 어미가 죽을 것 같아 통곡

했다는 것이다. 경작이 얼마를 빌려 썼는지 물었다. 노인이 이자까지 은자 삼백 냥이 필요하다고 하자, 경작이 즉시 행낭을 벗어 통째로 주고 가져다 화를 면하라고 했다. 노인이 합장하여 백배 사례하고 떠났다.

▶ 경작이 길에서 만난 어려운 처지의 노인에게 가진 돈을 모두 줌

날이 점점 어두워지고, 경작이 동쪽 마을에 큰 집이 있는 것을 보았다. 경작이 다가가 문을 두드리니 청의동자가 나와 맞았다. 경작이 하룻밤 묵어가기를 허락받아 안으로 들어갔다. 장면 포인트 ❷ 108P 촛불이 휘황하고 누각이 기이한 것이 이 세상의 것 같지 않았고, 집주인 백의 노인도 평범한 사람 같지 않았다. 백의 노인이 밥 한 말과 반찬을 내어 대접하면서, 경작이 오늘 큰 적선을 하여 깊이 감동했다고 했다. 그리고 길거리를 떠도는 것은 무익한 일이니 낙양 땅 청운사에 가서 몸을 편안히 하고 공부를 착실히 하라고 했다. 다음 날, 경작이 잠에서 깨어 눈을 뜨니 웅장한 누각은 없고 편한 바위 위에 누워 있었다. 그리고 백의 노인이 남긴 돈 네 꾸러미와 차 한 종기, 글이 적힌 종이 한 장이 있었다. 종이에는 장인 양자윤이 내가 너를 위하여 하늘에서 하루 말미를 얻어 구해 준 것이니 차를 마시고 빨리 길을 떠나라는 말이 담겨 있었다. 경작이 어젯밤 일을 떠올리고 슬픔에 빠져 돌 위에 앉아 있으니 공중에서 어서 가라는 소리가 들려왔다. 경작이 공중에 두 번 절하고 떠났다.

▶ 백의 노인으로 나타난 양자윤이 경작을 청운사로 이끎

경작이 낙양 청운사를 찾았다. 청운사의 노승 현불장로가 경작을 보고 간밤에 황룡이 법당에 들어오는 꿈을 꿨다며 기쁘게 맞았다. 그리고 경작을 청운사 뒤편 초당에 거처하게 하고, 청아라는 영특하고 민첩한 행자를 곁에 두어 어려움을 나누도록 했다. 경작이 사흘을 쉰 후 글 읽기를 시작했다. 밤낮 한시를 쉬지 않고 글 읽는 목소리가 끊이지 않았다. 그 소리가 하늘의 학 울음소리 같고, 신선 소사가 붙던 옥피리 소리 같았다. 뒷산의 원숭이와 앞산의 짐승이 와서 춤을 출 정도였다. 모든 일이 다 평안하여 경작이 5년 동안 글을 부지런히 읽으니 문리가 예사롭지 않게 됐다. 온갖 병법과 하늘의 이치를 달통하여 문무를 마음껏 하니 청운사 모든 스님이 다 놀라고 두려워했다.

▶ 경작이 청운사에서 학문을 닦음

청운산의 청운동에는 임강수, 유백문이라는 재주 많은 두 선비가 있었다. 두 사람이 경작의 글 읽는 소리를 우연히 듣고 공경하는 뜻을 드러내며 함께 어울리기를 청했다. 세 사람은 친구가 되어 하루도 만나지 않는 날이 없을 정도로 함께 모여 이야기를 나눴다. 이때, 서울에서 과거를 보아 인재를 뽑는다는 소식이 들렸다. 임강수, 유백문이 같이 서울로 떠나 과거를 보기로 했다. 경작은 십 년 후에 과거를 보기로 정했으므로 청운사에 남았다. 경작이 청운사에 머문 지 7년이 지날 무렵, 임강수와 유백문이 과거에 급제하여 각각 호

부시랑과 한림학사에 제수됐다. 경작이 이 소식을 듣고 매우 기뻐했다. 하루는 경작이 현불장로에게 만 권 책을 이미 머릿속에 저장했으니 천하의 명승지를 둘러보자고 제안했다. 두 해는 명산을, 두 해는 큰 바다를 거듭 유람하며 가지 않은 곳이 없었다.

▶ 경작이 임강수, 유백문과 친구가 되어 어울리고, 이후 명승지 유람을 떠남

한편, 경주가 남편과 이별한 후 슬픔이 깊었다. 어느 날 시부모 제사를 마치고 잠이 들었을 때였다. 기이한 향기가 코로 들어오더니 한 여자 아이가 다가와 경주를 '기공선의 집'으로 이끌었다. 그 집은 경작 부모의 집이었다. 경주의 시부모는 경작이 비록 지금은 낙엽같이 떠돌아다니지만 훗날 마땅히 영화롭게 돌아올 것이니 너그럽게 마음먹고 몸가짐을 조심하라고 했다. 경주가 절을 하고 내려가려고 하는데 옥으로 만든 계단이 매우 높았다. 경주가 깜짝 놀라 깨어나 꿈인 것을 알았다. 이후 한 씨가 딸을 안타깝게 여겨 이웃 마을 김후성이라는 자의 아내로 보내려 했는데, 경주가 목숨을 끊겠다고 하며 완강하게 거절했다.

▶ 경작이 떠난 뒤 지조를 지키던 경주가 꿈에서 시부모를 만남

임강수, 유백문이 과거 급제하고 두 해가 지났다. 두 사람이 청운사를 찾아 경작을 보고자 하였으나 이미 유람을 떠난 뒤였다. 이들이 다시 벼슬이 올라 임강수는 경주 총마어사를, 유백문은 예부시중을 하였다. 임강수가 경주에 부임하여 삼 년을 보내고, 배를 타고 서울로 향하다가 서호에 머물며 풍경을 구경하고자 했다. 작은 배 한 척으로부터 기이한 통소 소리가 들려왔는데, 바로 청운산 현불장로와 경작이었다. 세 사람이 서로 반가워하며 회포를 풀었다. 임강수가 금년 팔월 초삼일에 과거가 있다는 것을 알리니, 경작이 과장에 나아가 장원으로 뽑혔다. 경작이 부친의 집을 찾아 옛 노복들을 만나고 사당에 문안하며 통곡했다. 그리고 임금이 내려 준 집으로 가니, 노비가 수천에 이르고 금은비단이 산과 같았다.

이때, 번왕 남곽이 병사를 일으켜 강서를 침범했다. 그 위세가 대단하므로 강서 태수 설인수가 전세가 급하다고 알렸다. 임금이 경작을 병부상서 대원수로 임명하여 보냈다. 장면 포인트 ❸ 110P 경작이 백전백승하여 남곽이 싸움으로는 당하지 못할 줄 알고 자객 요방을 보냈다. 경작은 요방에게 어서 목을 베어 네 국왕께 드려 큰 상을 얻으라고 했다. 요방이 경작의 태도에 감화되어 죄를 빌고 남곽에게 이 일을 전하니, 남곽도 경작의 인물됨을 알아보고 항복했다. 남곽이 경작을 뵙기를 청하여 용서를 빌고 해마다 조공을 올리기로 했다.

▶ 경작이 과거 급제하고 번왕 남곽을 물리쳐 큰 공을 세움

이후, 각 도 수령들이 날마다 대원수를 모셨으니 강서 태수 설인수도 그 곁에 있었다. 경작은 그를 알아보았지만 설인수는 그러지 못했다. 경작이 설인수를 불러 옛날 금주 땅의 양 승상 둘째 사위 목동 이경작을 모르겠냐고 하니 그제야 설인수가 놀라움과 반가움을

이기지 못했다. 경작이 금주 집안사람들이 모두 무탈한지 묻자, 설인수가 경주의 병이 위중한 것을 알렸다. 경작이 강서를 평정하고 백성을 편안하게 한 뒤 금주로 향했다.

경주가 남편과 이별한 지 벌써 십일 년이었다. 경작이 집을 나가며 십 년을 기약했는데, 벌써 십일 년을 훌쩍 넘겼으니 근심이 깊었다. 이때, 경작이 대승상 벼슬을 더하여 승전기를 올리고 금주로 돌아오니 모든 부녀자가 나와 그 행차를 구경했다. 한 씨, 남 부인과 성 부인도 그 틈에 있었다. 남 부인이 대승상의 모습과 기상이 경작과 비슷하다고 하자, 성 부인도 그런 것 같다고 했다. 한 씨는 경작은 천고의 어리석은 남자고, 이 사람은 만고 영웅호걸이라고 했다. 경작의 행차가 지나가고, 모두들 집으로 돌아왔다. 이때, 두어 시녀가 들어와 아까 지나시던 승상이 경작의 부모 산소에 인사하고, 우리 어르신(양자윤)의 묘에 가서도 슬피 울며 인사한다고 했다. 경작이 관직명으로 '이경모'라고 하였기에 모두들 그 정체를 알지 못하고 어리둥절할 뿐이었다.

경작이 드디어 집에 도착하여 명무 형제를 찾았다. 명무 형제가 경작의 정체를 깨닫고 부끄러움을 전하니, 경작이 조금도 옛일을 기억하지 않는다고 했다. 한 씨도 이 소식을 듣고 놀라 정신을 차리지 못했다. 지난날 그를 박대한 것과 오늘의 모습을 생각하니 부끄러움과 기쁨, 자책이 교차했다. 경주는 처음에는 믿지 않았으나, 경작이 떠날 때 서로 나눠 가진 빗을 맞춰 보고 남편인 것을 알았다. 이후, 경작이 극진히 간호하여 경주의 병이 모두 나았다.

이후, 경작이 선왕의 죽음으로 벼슬하지 못하고 있던 명무 형제의 벼슬길을 열어 주고 경주와 평생을 해로했다.

▶ 경작이 아내 경주, 가족들과 재회하고 행복하게 살아감

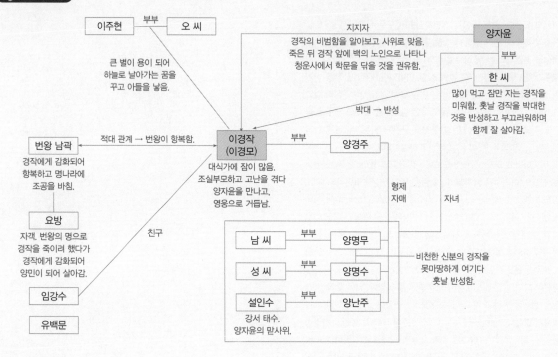

이주현 ─부부─ 오 씨

큰 별이 용이 되어
하늘로 날아가는 꿈을
꾸고 아들을 낳음.

양자윤
지지자
경작의 비범함을 알아보고 사위로 맞음.
죽은 뒤 경작 앞에 백의 노인으로 나타나
청운사에서 학문을 닦을 것을 권유함.

부부

한 씨
많이 먹고 잠만 자는 경작을
미워함. 훗날 경작을 박대한
것을 반성하고 부끄러워하며
함께 잘 살아감.

박대 → 반성

번왕 남곽 ─적대 관계 → 번왕이 항복함.─ 이경작 (이경모) ─부부─ 양경주

경작에게 감화되어
항복하고 명나라에
조공을 바침.

대식가에 잠이 많음.
조실부모하고 고난을 겪다
양자윤을 만나고,
영웅으로 거듭남.

요방
자객. 번왕의 명으로
경작을 죽이려 했다가
경작에게 감화되어
양민이 되어 살아감.

친구

형제
자매

자녀

임강수

유백문

남 씨 ─부부─ 양명무

성 씨 ─부부─ 양명수

설인수 ─부부─ 양난주

강서 태수.
양자윤의 맏사위.

비천한 신분의 경작을
못마땅하게 여기다
훗날 반성함.

〈보기〉로 나오는 작품 외적 준거

〈낙성비룡〉 이경작의 변별적 성격

〈낙성비룡〉과 〈소대성전〉은 상호 영향 관계에 대한 여러 논의가 있을 정도로 유사한 작품이다. 서로 유사한 화소를 많이 공유하고 있기 때문인데, 특히 이경모(이경작)와 소대성은 대식과 장면(오래 자는 것)이라는 상징적 영웅 형상을 공유한다. 그러나 〈소대성전〉의 소대성은 이후 일반적인 영웅 소설에서 쉽게 찾을 수 있는 영웅 형상으로 그려진다. 군담을 통해 적과 싸우며 그 영웅적 면모를 드러내기 때문이다. 그렇기 때문에 대식과 장면은 소대성이 지닌 본래적 특성으로 두드러지게 나타나지 않는다. 더욱이 작품 후반부에 이르면 언급 자체도 되지 않는다. 하지만 〈낙성비룡〉의 이경모는 색다른 영웅적 면모를 드러내면서 조금 다른 방식의 영웅으로 형상화된다. 〈낙성비룡〉에서 이러한 이경모의 면모를 중점적으로 드러내다 보니 다른 영웅 소설에서 많은 분량을 차지하는 군담 부분이 매우 축소되어 있다. 실제적인 전투는 한 장면도 등장하지 않고 이경모의 품성에 감복한 적들이 자진해서 항복하는 형태로 군담이 진행된다. 이런 전개 양상 때문에 소대성처럼 적들을 직접 물리치는 육체적인 능력으로 귀결되는 것이 아니라 대식, 장면이라는 경모의 본래적 성격이 계속해서 드러나는 것이다.

이와 같은 전개 방식을 고려할 때, 〈낙성비룡〉이 새로운 영웅 형상을 창출하는 방식으로 나아간 것에 비해 〈소대성전〉은 일반적인 영웅 소설의 형상화 방식을 따르고 있다고 볼 수 있다. 이러한 특징은 〈낙성비룡〉과 〈소대성전〉에 대한 재평가를 가능하게 한다. 〈소대성전〉은 대중성을 확보하며 많은 독자들에게 읽혔지만 일반적인 영웅 소설의 작법을 답습한 작품이고 〈낙성비룡〉은 대중성을 확보하지는 못했지만 새로운 작법을 통해 변별적인 성격의 주인공을 탄생시킨 작품이라는 것이다.

– 정제호, 〈낙성비룡〉의 변별적 성격과 그 연원, 한국고소설학회, 2014

- 이 작품은 불우한 처지의 인물(이경작)이 자신을 알아주는 사람을 만나 능력을 발휘하게 되고, 결국 국가의 위기를 해결하는 영웅이 되는 내용의 영웅 소설이다.
- 해당 장면은 조실부모한 이경작이 자신을 돌봐 주던 유모마저 죽자 부잣집에서 소 먹이는 일을 하며 지내다가 양자윤이라는 퇴임 재상을 만나게 되는 상황이다.
- 이경작의 영웅적 성취 과정은 이경작에 대한 양자윤의 안목이 적중했음을 확인하는 과정이라 할 수 있으므로 '지감 화소'에 바탕을 둔 서사 전개에 주목하여 작품의 내용을 파악하도록 한다.

[앞부분의 줄거리] 명나라 때의 어진 선비 이주현의 아들 이경작은 세 살 때 부모를 잃은 뒤 유모의 손에서 자란다. 일곱 살 때 유모마저 죽은 뒤에는 이웃 마을 부자인 장우의 집에서 소 먹이는 일을 한다.

"네 머슴이라 하는데 네 거동이 천한 사람이 아니니 나를 속이지 마라. 뉘 집 자식
<small>경작이 자신을 알아봐 줄 이가 없음을 안타까워하는 글을 읊은 것을 듣고 양자윤이 경작의 비범함을 알아봄</small>
이냐?"

경작이 크게 웃으며 말하였다.

"노인은 모르겠소? 평민의 종이 무슨 가문이 있겠소?"
<small>자신의 현재 처지를 들어 대답을 회피함</small>

★주목 "네 아까 읊던 글을 들으니 큰 뜻을 품었음이 분명한데, 나를 속이지 마라."

"잠결에 읊는 것이 무슨 뜻이 있겠소? 말하기 싫으니 가겠소."
<small>경작이 자신에 대해 알고자 하는 양자윤에게 무례한 태도를 보임</small>

일어나 소를 끌고 가려 하자, 양자윤이 잡아 앉혔다.

"네 비록 어린아이나 예의를 모르는구나. 나는 나이 든 사람이고, 너는 나이 어린
<small>경작의 무례한 태도에 대한 양자윤의 질책</small>
아이인데 어찌 그리 버릇없이 구느냐?"

"목동이 무슨 예를 알겠소?"
<small>신분이 낮아 배운 것이 없어서 예절을 모른다고 퉁명스럽게 말함</small>

"너는 내 얼굴을 자세히 봐라."

경작이 머리를 헤쳐 쓸고 보니, 흰옷을 입은 어른이 머리에 갈건을 쓰고 오른손에
<small>양자윤의 외양에 대한 묘사와 그의 외모에 대한 경작의 인상이 드러남</small>
는 보석으로 장식된 채를 잡고 왼손에는 명아줏대로 만든 지팡이를 짚고 있었다. 흰 수염이 가슴에 늘어졌는데 골격이 맑아 마치 신선 같았다. 경작은 마음속으로 '사람을 많이 보았지만 이러한 사람 없었으니 이 사람은 뭔가 있는 늙은이로구나'라고 생
<small>경작은 양자윤이 범상치 않은 인물임을 알아봄</small>
각하였다.

"제가 대인의 기상을 보니 봉황이 그려진 궁궐의 전각 위에 홀을 받들 기질이요.
<small>벼슬아치가 임금을 만날 때에 손에 쥐던 물건</small>
<small>양자윤이 높은 벼슬아치로 덕을 갖춘 훌륭한 위정자가 될 인물이라 판단함 → 사람을 보는 경작의 안목</small>
구중궁궐의 신하로 나라를 다스리고 백성을 편안하게 할 재주와 덕이 있어 보이는데 무슨 이유로 갈건과 평복 차림으로 이리저리 다니십니까?"

양자윤이 웃으며 말하였다.

"네 말이 우습구나. 뒤늦게 공경하는 것은 무슨 이유냐? 네 승상 양자윤을 아느
<small>무례한 태도를 보이던 경작이 자신의 인상을 보고 공손한 태도로 바꾼 것을 두고 하는 말</small>
냐?"
<small>양자윤의 인물됨을 알 수 있음</small>

"가장 어진 재상이라 들었습니다. 지척에서 만나 뵙게 되었습니다."
<small>경작이 양자윤에 대한 긍정적 평판을 들어 알고 있음 └─ 아주 가까운 거리</small>

"알아보다니, 얼굴 보기를 좀 하는구나."

"아까 그 말씀에 깨달았습니다."

작품 분석 노트

• '지감 화소'에 따른 서사 전개

개념	사람의 드러나지 않는 자질이나 장래를 알아보는 감식안인 지인지감(知人之鑑) 화소에 의해 전개되는 이야기
서사 단락	① 비범한 피지자(被知者, 영웅)의 제시 → ② 피지자의 처지 몰락 → ③ 지지(知者)의 지감에 의한 피지자의 발탁과 결연 → ④ 피지자가 잠재력을 발휘하기까지의 후원과 장애 → ⑤ 피지자의 수련 → ⑥ 피지자의 능력 발휘
전개 양상	• 여섯 개의 단락이 유기적인 관련 속에서 발전적으로 전개됨 • 지자가 자신의 지감으로 피지자의 잠재력을 예견한 후 그것이 적중되기까지의 과정을 그려 나감

• 경작이 잠결에 읊은 글

서쪽 언덕에 풀이 무성하니 두 소를 이끌고 봄잠이 깊구나. 알지 못하겠구나. 누가 눈이 있어 태산을 알아보겠는가? 춘추 시대 소여물 먹이다 재상이 된 영척을 본받고 있는 나를 과연 예를 갖추어 초빙할 제후 있을까?

↓

자신을 알아봐 줄 사람을 만나기를 기다리는 경작의 마음이 드러남

"내가 비록 보는 눈이 없지만 평생 사람을 눈여겨보았다. 너를 보니 결코 천한 신
분의 사람이 아니고, 지은 글이 틀림없이 뜻이 있는 듯하니, 나를 속이지 마라."
<small>겉모습으로 사람을 판단하지 않음</small>

"그렇게 물어보시니 마음속에 담은 일을 말씀드리겠습니다."
<small>처음에 보였던 양자윤에 대한 경계를 풂</small>

이어서 경작은 세 살에 부모를 잃고 유모에게 맡겨졌다가 일곱 살에 유모가 죽자
<small>과거 사건(경작의 행적)의 요약적 제시</small>
의지할 데 없어 장우의 집 머슴이 된 사연을 이르고 동쪽 산을 가리키며 말하였다.

"저 분묘가 제 부모의 분묘입니다."
<small>무덤</small>

경작이 말을 끝내고 눈물을 흘리니, 양자윤이 슬퍼 탄식하며 말하였다.

"예로부터 어려운 처지에 놓인 영웅호걸이 많다 하나, 어찌 너 같은 사람이 있겠
<small>양자윤은 경작의 겉모습이 남루하고 초라하나 영웅의 관상에 호걸의 체격을 지녔다고 판단함</small>
느냐? 네 나이 얼마나 되었느냐?"

"속절없이 열네 봄을 지내었습니다."

"내가 너에게 청할 말이 있는데 받아들이겠느냐?"

"들을 말씀이면 듣고 못 들을 말씀이면 못 듣는 것이지 미리 정할 수 있겠습니
까?"

"다른 일이 아니다. 내가 두 아들과 두 딸을 두었는데 위로 셋은 결혼을 하고 막내
만 남았다. 막내딸의 나이가 열넷인데, 결혼할 때가 되어 제법 아름다우나 현명한
<small>양자윤이 경작의 비범함을 알아보고 사위로 삼고자 함 → 양자윤은 지감자이자 조력자의 역할을 함</small>
군자를 만나지 못하였다. 이제 너와 내 딸이 쌍을 이루게 하려고 하는데 허락할
수 있느냐?"

경작이 하늘을 보며 크게 웃었다.

"어르신의 따님은 재상의 천금과 같은 소저로 존귀하기가 끝이 없습니다. 저는 상
<small>서로의 신분 차이를 언급하며 상대방의 제안이 사실인지 의심하는 마음을 드러냄</small>
민 집의 종인데 어르신의 말씀이 사실인가 의심이 갑니다. 하지만 정말로 숙녀라
면 어찌 사양하겠습니까?"
<small>경작이 혼인을 수용할 뜻을 드러낸 것</small>

"네 말이 이러하니 비단과 패물을 장우의 집에 보내 양민이 되게 하고, 곧 혼례를
<small>몸값을 주고 경작을 종의 신분에서 풀어 주려고 함</small>
치를 것이다. 내일 중매쟁이를 장우의 집에 보내어 장우에게 구혼하겠다."
<small>▶ 양자윤이 경작의 비범함을 알아보고 딸과 혼인시키고자 함</small>

경작이 특별히 사양하지 않고 허락하였다. 양자윤이 기뻐 서로 약속하고, 각각 돌

아갔다. 집에 돌아온 양자윤의 눈썹 언저리에 기쁜 기색이 나타났다. 부인 한 씨가
<small>자신이 찾던 사윗감을 얻은 데 대한 만족감</small>
맞으면서 물었다.

감상 포인트
<small>지감 화소의 서사 구조를 바탕으로 주인공의 비범함을 알아보는 과정과 인물 간의 갈등 양상을 파악한다.</small>

"무슨 좋은 일이 있는데 기쁜 빛이 이러합니까?"

"내 사위 정하는 일로 병을 얻었는데 오늘 영웅을 만나 사위로 허락하였소. 딸아
<small>경작이 자신이 찾던 영웅적 인물이라는 확신이 드러남</small>
이의 재주와 덕을 저버리지 않게 되었으니 어찌 기쁘지 않겠습니까?"
<small>딸의 재주와 덕에 걸맞은 사위감을 얻게 되었음을 의미함</small>

한 씨 역시 기뻐하면서 말하였다.

"영웅을 고르셨다 하시니, 뉘 집 자제이며 문벌이 어떠합니까?"
<small>인품보다 문벌을 중시하는 한 씨의 태도</small>

"인품만 보면 되지 어찌 문벌을 따지겠습니까?"
<small>문벌보다 인품을 중시하는 양자윤의 태도</small>

말을 마치고 경작에 대하여 이야기하자 한 씨의 안색이 흙빛으로 변하였다. 한 씨
<small>사윗감이 머슴이라는 사실을 알게 된 한 씨의 놀랍고 당황스러운 심리</small>

• 경작이 영웅호걸임을 알아본 근거

경작의 외모
• 남루한 의복과 헝클어진 머리 사이로 비범한 기상이 비침 • 햇빛에 그을려 검은 얼굴은 옥이 먼지와 흙에 묻힌 것 같고, 밝은 달이 검은 구름에 가린 듯함 • 옷차림은 초췌하였지만, 형색과 골격이 수려하고 웅장하여 푸른 바다에 용이 어린 듯함 • 가는 눈은 붉은 봉황새를 닮았고, 긴 눈썹은 누에 같아 엄숙한 품격이 온몸에 어려 있음 • 두 미간은 강산의 영묘한 기운을 담아 아름다우니 뛰어난 문장을 품은 듯하고, 이마는 달이 보름을 맞은 듯 넓음 • 큰 입과 높은 코는 짐짓 영웅의 모양이었고, 몸집은 호걸의 체격임

경작이 읊은 글
자신을 알아봐 줄 이가 없음을 안타까워하는 내용

↓

양자윤은 경작이 비범한 인물, 즉 영웅호걸이라고 판단함

• 지자에 의한 피지자의 발탁과 결연

지자의 지감
양자윤이 경작이 영웅호걸임을 알아봄

피지자의 발탁과 결연
• 경작을 종의 신분에서 벗어나게 함 • 경작을 자신의 딸과 혼인시키려 함

가 발을 동동 구르며 크게 놀라 말하였다.

"다시는 말도 꺼내지 마십시오. 경주는 계수나무 궁전의 모란꽃이요, 달 속의 선
녀입니다. 마땅히 어울리는 재상 가문의 멋있는 낭군을 구하여 짝짓는 것을 보아
야 하는데 저 집의 종을 배필로 삼고자 하시다니요? 막내딸 계집종도 그리하지는
못하니 상공은 열 번 생각하시고 다시는 말하지 마십시오."

"사람을 말하는 데 있어 어찌 부귀한 것으로 말하겠습니까? 사람이 어질지 못할
까 근심해야지, 어찌 부귀하지 못한 것을 근심하겠습니까? 내 뜻은 이미 정해졌
으니 부인은 편협한 말을 다시 하지 마시오. 이 아이 지금은 이렇지만 훗날 그 이
름이 온 세상에 가득한 성현 군자가 될 것이오. 이 사람을 따를 자가 없을 것이오."

말을 마치고 경주를 나오게 하여 사랑하고 아끼면서 말하였다.

"내 아이 이같이 아름다워 속절없이 늙은 아비가 마음이 쓰였는데 이제 마음에 드
는 사위를 골랐으니 저승에 가도 한이 없구나."

한 씨가 혀를 끌끌 차면서 화를 냈다.

"상공이 자식을 망치려 합니다."

"자식을 영화롭고 귀하게 할 것입니다. 두 아들과 설생이 비록 재주와 풍채가 뛰
어나다 해도 산과 들의 짐승 종류에 불과하지만, 이 사람은 용과 호랑이의 기상과
금빛 봉황새의 재질을 가졌습니다. 제비와 참새가 어찌 기러기의 큰 뜻을 알겠습
니까?"

"어디 가서 귀신 형상을 보고 와서 신선 같은 아들과 사위가 당하지 못할 것이라
고 하십니까?"

"신선 같은 아들과 사위는 귀신 모양 같은 이 아이에게 견주지 못할 것이니, 후일
에 내 말이 옳은 줄을 깨달을 것입니다. 이 아이 비록 그을려 검고, 힘든 일에 시
달려서 겉모습이 초췌하고 옷차림이 남루하나 비범한 골격과 웅장하고 수려한 풍
채는 당대는 물론이고 고금에도 비길 사람이 없을 것입니다. 그 속에 해와 달의
정기와 바다 같은 마음을 깊이 감추고 있습니다. 지금은 비록 얼굴이 검고 초췌하
나 불과 수일 후면 옥 같은 군자가 될 것이니 의심하지 마시오."

양자윤은 매파를 장우의 집에 보내어 혼인을 청하였다.

• 경작에 대한 양자윤과 한 씨의 입장

양자윤
• '영웅', '성현 군자' • 외모, 문벌, 부귀, 현재의 처지보다 인품과 장래의 가능성을 중시함 • 경작의 인물됨을 알아보는 지감자이자 적극적인 조력자 역할을 함

↓

한 씨
• '저 집의 종', '귀신 형상' • 인물보다 문벌, 부귀, 현재의 처지를 중시함 • 경작의 인물됨을 알아보지 못하고 경작을 못마땅하게 여김

양자윤은 경작을 딸과 혼인시키려 하지만 한 씨와 가치관의 차이로 인해 갈등하게 됨 → 양자윤이 죽은 후 한 씨가 경작을 박대하여 시련을 겪게 됨 → 경작이 집을 나와 세상 밖으로 나가는 계기로 작용함 → 경작이 수련을 통해 영웅성을 발휘하게 됨

• 소재의 비유적 의미

모란꽃, 선녀	한 씨가 막내딸 경주를 빗댄 말로, 아름답고 고귀한 인물임을 나타냄
용, 호랑이, 봉황새	양 승상이 경작을 빗댄 말로, 보통 사람들보다 뛰어난 능력을 지닌 비범한 인물임을 나타냄
산과 들의 짐승	양 승상이 자신의 두 아들과 맏사위를 빗댄 말로, 평범한 인물임을 나타냄

• 해당 장면은 경작의 조력자인 양자윤이 죽은 뒤 경작이 장모 한 씨의 냉대 끝에 집을 나온 이후로, 길거리를 떠돌다 부인이 마련해 준 돈(은자 삼백 냥)마저 어려운 처지의 노인에게 줘 버리고 하룻밤 신세질 곳을 찾은 상황이다.
• 경작을 도와주는 '백의 노인'의 역할과 이 과정에서 나타나는 소재의 기능을 파악하도록 한다.

★주목 서당에 촛불이 휘황하고 누각이 기이하여 세상 같지 않았다. 백의 노인이 당상에
└ 숙소를 찾던 경작이 동쪽 마을의 재상가로 보이는 집을 찾아감 → 현실의 공간이 아님   └ 죽은 양자윤
앉아 있는데, 맑고 기이하여 평범한 사람 같지 않았다. 경작이 다가가 계단 가운데
       └ 노인의 비범함을 직감함
에서 예를 취하였다. 노인이 팔을 들어 인사하며 말하였다.

"귀한 손님이 저녁을 못 하셨을 것이니 밥 한 그릇 내오는 것이 어떻겠느냐?"

경작이 감사히 여겨 말하였다.

"궁한 선비가 길을 잘못 들어 귀댁에 이르렀습니다. 이렇게 과하게 대접하시니 몸

둘 바를 모르겠습니다."

"대인은 작은 인사는 하지 않는다고 합니다. 어찌 작은 일에 감사하려 합니까?"
└ 대인군자. 말과 행실이 바르고 점잖으며 덕이 높은 사람
그리고 나서 동자를 불러 말하였다.
         └ 열 되가 들어가게 나무나 쇠붙이를 이용하여 원기둥 모양으로 만든, 곡식 등의 분량을 재는 데 쓰는 그릇
"귀한 손님의 양이 매우 많아 보이니 밥을 한 말을 짓고 반찬을 갖추어 내어 오라."
          └ 경작이 대식가임을 이미 알고 있음 – 식사량이 많은 경작에 대한 배려
경작이 '처음 보는데도 내 양이 많은 줄을 아니 슬기로운 어른이구나.' 하고 생각하

였다. 이윽고 동자가 식반을 가져오는데 과연 말밥이 푸짐하고 산채가 정결하면서도
           └ 음식을 차려 놓은 상   └ 한 말가량의 쌀로 지은 밥
많았다. 경작이 저물도록 주렸던 까닭에 밥술을 크게 떠서 먹었다. 노인이 말하였다.
            └ 굶주렸던
"양에 차지 못할 터인데 더 가져오라고 하는 것이 어떠합니까?"

경작이 사양하여 말하였다.

"주신 밥이 많아서 소생의 넓은 배를 채웠으니 그만하십시오."

"그대는 양이 적군요! 나는 젊어서는 이렇게 두 그릇을 먹었습니다. 그대가 오늘

큰 적선을 하여 깊이 감동하였소."
└ 노인이 경작이 불쌍한 노인에게 은자 삼백 냥을 모두 준 일을 알고 있음
경작이 노인장이 이렇듯 신기한 것을 보고 평범한 사람은 아닐 것이라 생각하며
          └ 자신의 식사량과 과거 행적을 알고 있음을 근거로 노인이 범상치 않은 인물이라고 짐작함
의아해 마지않았다.

"어르신이 무엇을 말씀하시는 것입니까? 저는 가난하여 적선한 일이 없습니다."
                  └ 자신의 선행을 드러내지 않는 경작의 겸손한 면모
"대인은 사람 속이는 일을 하지 않소. 그런데 그대 그렇게 많이 먹으면서 양식 없
└ 노인은 경작이 사실대로 말하지 않고 있음을 알고 있음
이 어찌 다니려 하는 것이오?"

"이처럼 얻어먹으면 못 살겠습니까?"
    └ 앞일에 대해 걱정하지 않는 낙천적인 태도
"젊은 사람의 말이 사정에 어둡구료. 나는 마침 그대 먹는 양을 알아 대접하였지
            └ 노인이 경작에 대해 이미 알고 있음이 드러남
만, 누가 그대의 먹는 양을 알겠소? 나는 그대의 성명을 알거니와 그대는 나의 성

명을 알아도 부질없으니 말하지 않겠소. 「그대는 이렇게 떠도니 평안히 거처하

며 학문을 하는 것이 어떻겠소? 길거리에 떠돌아다니는 것은 무익하오. 낙양 땅
         └ 경작의 새로운 조력자가 됨
청운사가 평안하고 조용한데, 그 절의 중이 의롭고 부유하여 어려운 선비를 많이
「 」: 노인이 경작에게 학문을 할 것을 권하며 청운사로 가는 데 필요한 돈을 제공하고자 함 → 조력자의 역할

대접하였다오. 그리로 가서 몸을 편안히 하고 공부를 착실히 하시오. 노자가 없으

니 노부가 간단하게나마 차려 주겠소.」

말을 마치고 문득 베개 밑에서 돈 네 꾸러미를 내어 주었다.

"이 정도면 가는 길에 풍족하게 먹을 것이오. 청운사로 가면 좋은 일이 많을 것이

외다."

경작이 사례하는데 노인이 웃으며 말하였다.

"삼백여 냥 은자는 통째로 주고도 사례하는 것에 대해 기뻐하지 않더니 도리어

<u>네 냥 화폐</u>를 사례하시오?"

<small>경작이 길에서 만난 어려운 처지의 노인에게 준 돈</small>
<small>노인이 경작에게 준 노잣돈</small>

그리고 이어서 말하였다.

"여행의 피로로 노곤할 것이고, <u>본래 잠이 많으니</u> 어서 자고 내일 떠나시오. 그리

<small>경작이 잠이 많다는 사실을 알고 있음</small>

고 다시 나를 찾지 마시오. 내일 부어 놓은 차를 마시고 가시오. <u>후일 영화를 이루</u>

<u>고 부귀할 것이니 미리 축하하오.</u>"

<small>경작의 미래를 예고함</small>

경작이 깜짝 놀라 물었다.

감상 포인트
지감 화소의 서사 구조를 바탕으로
조력자의 도움을 파악한다.

"어르신의 말씀이 예사롭지 않으니 무슨 뜻입니까?"

"내 말이 그르지 않을 것이니 의심치 마시오."

경작이 의심스러웠지만 여러 날 고생한 탓에 졸음이 몰려와 잠이 들었다.

▶ 양자윤의 집을 나와 떠돌던 경작이 한 노인의 집에 들러 밥을 얻어먹음

동방이 밝은 줄을 깨닫지 못하다가 막 일어나 보니 곁에 돈과 차 한 종지와 글이

쓰여진 종이 한 장이 있을 따름이었다. <u>웅장한 누각은 없어지고 편한 바위 위에 누</u>

<u>워 있었다.</u> 노인의 자취가 없어 신선인가 의심하고 스스로 탄식하면서 종이를 펼쳐

<small>노인과의 만남이 비현실적 사건임이 드러남</small>

보았다.

<small>「 」: 양자윤이 죽은 뒤 장모 한 씨가 경작을 박대한 일을 말함</small>

"장인 양 공이 사랑스러운 이 서방에게 부친다. 「노부가 세상을 버린 뒤 너의 몸이

<small>경작이 만난 백의 노인의 정체</small> <small>부인 경주가 마련해 준 은자 삼백 낭</small>

항상 괴롭구나.」 떠나가는 길에 행낭마저 사람에게 적선하고 밤늦도록 숙소를 찾

<small>경작이 어진 인품을 지녔음을 나타냄</small>

<u>지 못하여 배가 고픈데도 행낭을 아쉬워 않는구나.</u> 마음이 크고 덕이 넓어 사람을

감동케 하니 푸른 하늘이 어찌 감동하지 않겠는가? 내 너를 위하여 하늘에 하루

말미를 급하게 구하였다. <u>가르친 말을 어기지 말고 차를 마시고 빨리 떠나라.</u>"

<small>양자윤이 죽어서도 경작의 조력자 역할을 하고 있음</small>
<small>청운사로 가서 공부할 것에 대한 당부</small>

경작이 편지를 다 읽고 크게 놀라고 슬퍼 눈물을 흘렸다. 차를 마시니 정신이 상

쾌하였다. 차 종지를 거두고 돈을 허리에 찼다. 옛일을 생각하며 어젯밤을 떠올리고

는 슬픔을 금치 못하여 돌 위에 어린 듯이 앉아 있었다. <u>한바탕 부는 바람에 종이와</u>

<u>차 종지가 간데없고 다만 공중에서 어서 가라는 소리만 들렸다.</u> 경작이 공중을 향해

<small>비현실적 요소</small>

두 번 절하고 떠났다.

<small>죽어서까지 자신을 돕는 양자윤에 대한 고마움을 표현함</small>

▶ 죽은 양자윤이 나타나 경작에게 청운사로 갈 것을 지시함

• 경작과 백의 노인의 만남

경작	• 양자윤의 집을 나온 후 수중에 있는 은자 삼백 냥을 관가에 진 빚을 갚지 못해 울고 있는 노인에게 모두 준 후 묵을 곳을 찾다가 재상가 같이 보이는 큰 집으로 감 • 그곳에서 백의 노인에게 한 말 밥을 대접받음
백의 노인	• 경작의 식사량을 알고 한 말의 밥을 대접한 후 청운사에 머물며 학문을 닦을 것을 경작에게 권함 • 경작이 앞으로 부귀영화를 누리게 될 것임을 알려 줌 • 네 냥의 노잣돈과 차, 자신의 정체를 밝히는 글을 남김

↓

• 비현실적 요소를 활용하여 양자윤이 지속적으로 경작을 조력하고 있음을 보여 줌
• 앞으로 전개될 사건을 암시하는 기능을 함

• 소재의 기능

삼백 낭의 은자	경주가 노자로 마련해 준 돈으로, 경작이 빚을 진 노인에게 적선함 → 경작의 선량한 성품을 드러냄
네 냥 화폐	양자윤이 경작에게 청운사를 가는 데 쓸 노자로 준 돈으로, 빈털터리인 경작을 도움
종이	노인의 정체를 드러내고 앞으로 전개될 사건(경작이 청운사에 가서 학문을 닦음)을 예고함

• 비현실적 요소

• 죽은 양자윤이 등장함
• 누각이 사라짐
• 한바탕 바람이 불자 종이와 차 종지가 간데없음
• 공중에서 어서 가라는 소리가 들림

↓

현실에서 이루어질 수 없는 전기적인 요소를 활용하여 경작을 조력함

- 해당 장면은 경작이 과거에 장원 급제하고 번왕 남곽이 침략하자 대원수로 임명되어 출전한 이후의 상황이다.
- 경작이 적군을 굴복시키는 방법에 주목하여, 전쟁에 참가한 주인공이 탁월한 군담을 펼쳐 승리하는 대부분의 영웅 소설과는 다른 주인공(경작)의 영웅적 면모를 파악하도록 한다.

경모가 강서 지방에 이르러 진을 치고 병사들을 편안하게 하고 움직이지 않았다.
= 경작. 혼인 이후 관명을 쓴 것
남곽이 싸움을 두어 번 걸어 왔는데 경모가 직접 병사를 이끌고 나아가 싸워 매번
경작이 비범한 무예를 갖추었음을 알 수 있음
다 이기고 적병 오십여 인을 사로잡았다. 남곽이 크게 놀라 싸움을 그치고 높은 곳
에 올라가 경모의 진을 굽어보니 군용이 엄숙하고 정기가 하늘에 닿았다. 그때 경모
경작의 군대가 위엄이 있고 사기가 높음
는 홀로 장검을 짚고 학과 같은 옷차림에 당건을 쓰고 진 밖에서 사면을 살피고 있었
다. 얼굴에 가득 찬 온화한 기운은 봄의 달빛이 부드러운 바람을 맞는 것 같은데, 그
경작이 덕과 위엄을 함께 갖춘 장수임을 드러냄
속의 엄숙하고 위용 있는 기상과 웅장한 골격은 사람을 두렵게 하였다.
▓: 경작의 인품과 영웅적 모습이 나타남 ▶ 경작이 탁월한 무술로 적병을 사로잡음
번왕 남곽이 멀리서 바라보고 크게 놀라 말하였다.

"저 사람이 이렇듯 대단하니 싸움으로는 당하지 못할 것이다. 굳건하게 벽을 치고
남곽은 경작의 비범함을 알고 작전을 바꿈
나오지 않다가 저들이 피곤해지기를 기다려 칠 것이다."

모든 신하가 또한 살을 떨며 마땅하다고 하니, 남곽이 싸움을 그치고 군사를 고향
남곽의 신하들이 경작을 두려워함
으로 돌려보냈다. 다음 해 봄에 이르도록 경모가 전쟁을 돋우지 않고 덕을 펴 백성
경작이 덕장의 면모를 지닌 인물임을 알 수 있음
을 진정시키고 위로하니 경모의 넓은 덕이 강서에 진동하였다. 백성이 마음 놓고 축
원하며 부모같이 여겨 다투어 투항하는 자가 구름 같았다.
경작의 덕에 감화된 백성들
남곽이 크게 근심하여 여러 신하들에게 물었다.

"중국의 대장 이경모가 재주와 덕이 많고, 병사를 쓰는 것이 귀신같아 세 번을 싸
경작에 대한 번왕 남곽의 평가
워 다 이기고도 덕을 베풀어 투항한 백성이 많으니 이를 장차 어찌하느냐?"

"그 사람은 만고의 영웅이요, 뛰어난 호걸입니다. 당할 수가 없으니 가만히 자객
경작에 대한 번왕 신하들의 평가
을 보내어 살해하면 그 남은 사람들은 치기가 쉬울 것입니다. 그리하면 손에 침
경작을 죽이면 전쟁에서 승리할 것이라고 판단함 손쉽게
뱉고 중국을 얻을 것입니다."
▶ 번왕이 경작을 살해하기 위해 자객을 보내기로 함
남곽이 크게 기뻐하여 금을 내걸고 자객을 찾아보았다. 요방은 가장 빨라 높은 데
넘고 오르기를 흔적없이 하고 날래기를 당할 사람이 없었다. 남곽은 요방에게 만금
뛰어난 능력을 지닌 요방 → 경작을 죽일 자객으로 요방이 뽑힌 이유 요방이 사람을 죽이는 일을 하는 이유
을 주고 이경모를 죽이기를 도모하니 요방이 크게 기뻐 그날 밤 삼경에 명나라의 진
으로 왔다.

이날 이경모는 진중에 명령을 내어 진을 단단히 지키라 하였다. 모든 장수가 명령
을 듣고 모든 진을 단단히 지켰다. 경모가 홀로 장중에 앉아 촛불을 밝히고 당건을
쓰고 흰옷을 입은 채 책상에 의지하여 병법 책을 보고 있었다. 밤이 깊은데 문득 찬
바람이 몸을 거슬러 불며 공중으로부터 한 사람이 내려 책상머리에 섰다. 경모는 눈
요방
들어 보지 않았다. 요방은 경모에게 가까이 갔다가 놀라 물러나기를 여러 번 하였다.
요방이 경작의 위세를 두려워하여 접근하지 못하는 모습

작품 분석 노트

- 경작과 번왕 남곽의 갈등

명의 대원수 경작
탁월한 무술로 명을 침략한 번왕과의 싸움에서 매번 이기고 적병을 사로잡음

↓

번왕 남곽
• 경작의 비범함을 알고 싸움으로는 명 군대를 이길 수 없다고 판단함 • 경작을 죽이면 전쟁에서 승리할 것이라고 판단해 경작을 죽이기 위해 자객을 보냄

- 경작의 영웅적 면모

경작의 모습에 대한 서술
• '얼굴에 가득 찬 온화한 기운은 ~ 그 속의 엄숙하고 위용 있는 기상과 웅장한 골격은 사람을 두렵게 하였다.' • '중국의 대장 이경모가 재주와 덕이 많고, 병사를 쓰는 것이 귀신 같아 세 번을 싸워 다 이기고도 덕을 베풀어 투항한 백성이 많으니' • '그 사람은 만고의 영웅이요, 뛰어난 호걸입니다.'

↓

- 영웅호걸의 모습을 부각함
- 뛰어난 무예 실력이 있음을 드러냄
- 적들의 입을 통해 경작이 넉넉한 덕을 지닌 인물임을 드러냄

경모가 눈을 들어 보니 한 남자가 허리에 서리 같은 날카로운 검을 차고 자기를 해하고자 하다가 자신의 위세를 두려워하여 어쩌지 못하고 있었다.

경모가 들었던 책을 놓고 천천히 물었다.

"너는 누구인데 깊은 밤중에 진중에 침입했느냐?"
<small>대범하고 침착한 경작의 모습</small>

요방이 경모를 보니 얼굴 가득 온화한 기운을 보이는 듯하나 웅장함이 있어 감히
<small>덕과 위엄을 갖춘 경작의 모습을 부각함</small>
나아가지 못하다가 원수가 묻는 소리에 크게 놀라 무릎을 꿇으면서 말하였다.

"소인은 자객 요방입니다. 번왕의 명령을 받고 원수를 해치려고 합니다."

"가장 충성스러운 남자구나. 깊은 밤 진중에서 분명히 들킬 줄 알면서도, 두려움
<small>자신을 죽이러 온 상대방의 행동을 충의 사상에 근거하여 긍정적으로 평가함</small>
을 잊고 임금을 위하여 죽음을 돌아보지 않으니 진실로 충성스러운 지사로다. 그
러나 이제 국왕의 뜻을 받아 왔다가 그저 돌아가면 계면쩍을 것이니 내 목숨을 허
<small>요방에게 자신의 머리를 베어 가라는 경작의 대범함이 드러남</small>
락하니 빨리 베어 가서 국왕께 드리고 큰 상을 얻어라. 내가 너의 충성스러움에
깊이 감동하였다."

경모가 웃으며 긴 목을 빼니 요방이 즉시 칼을 버리고 엎드려 죽기를 청하였다.
<small>요방은 경작의 위세와 인품에 항복함</small>

"네 나를 해치려 왔기에 내가 그 충성에 감동하여 목숨을 허락하였는데 도리어 죽
기를 청하는 것은 어쩐 일이냐?"

요방이 땅에 엎드려 말하였다.

"소인이 국왕의 꾐으로 여기까지 이르러 어른께 죄를 지으니 저의 삼족을 멸해야
<small>친가와 외가와 처가의 가족</small>
마땅한데, 어르신께서 오히려 이렇게 하시니 빨리 죽어 죗값을 치르겠습니다."
<small>남 괴롭히는 것을 일삼는 파렴치한 사람들의 무리</small>

"너의 말을 들으니 불한당의 무리는 아니구나. 내 너를 속이는 것이 아니고 진심
<small>죽음으로써 자신의 죗값을 치르겠다는 것으로 보아 염치가 없지는 않다고 하며 상대방의 행동을 높이 평가함</small>
으로 죽기를 허락했는데 네 결국 이렇게 하니 남자 중의 남자구나."

웃으며 말을 마치고는 얼굴색을 단정히 하고 부드러운 목소리로 말하였다.

"사람의 목숨은 만물 중에 큰 것이라서 비명에 죽는 자는 분명히 복이 없는 것이
<small>뜻밖의 재난으로 죽음. 자객에 의해 살해당하는 것을 가리킴</small>
요, 덕이 부족한 것이다. 이제 네 얼굴과 거동이 사람을 죽일 것 같지는 않구나.
그러니 산속에서 전답을 가꾸는 어진 백성이 되지 못하고 스스로 날카로운 검을
<small>설의적인 표현으로, 양민으로 순탄하게 살아가지 못하고 자객 노릇을 하는 요방에 대한 연민을 드러냄</small>
잡아 밤중에 분주한 그 신세가 어찌 괴롭지 않겠느냐? 또 그 마음에 살생을 하여
복이 달아나게 하겠느냐? 무슨 뜻으로 이 수고를 달게 여기느냐?"
<small>힘든 자객 노릇을 하는 요방의 사연을 알고자 함</small>

요방이 백배사죄하고 엎드려 아뢰었다.

"소인은 본래 농민이라 이런 일을 하지 않았습니다. 그러나 흔히 말하기를 '사흘
<small>사람을 죽이는 일</small>
을 굶으면 아니 날 마음이 없다' 하더니, 칠 년 흉작을 당하여 여러 해 굶으니 어
<small>요방이 원래 농민이었으나 굶주림으로 인해 자객이 됨</small>
진 마음이 없어졌습니다. 더구나 자객 짓을 하면 돈이 많이 생기는 까닭에 이 노
<small>먹고살기 위해 돈을 많이 버는 자객 일을 하게 됨</small>
릇을 면하지 못했습니다. 눈이 있어도 태산을 몰라봐 죄를 범하니 뒤늦게 후회하
<small>큰 덕을 지닌 경작의 비유</small>
지만 되돌리지 못하겠습니다."

"어찌 너만의 죄이겠느냐?"
<small>요방이 자객이 된 것이 단지 개인의 문제만은 아니라는 인식을 엿볼 수 있음</small>

• 경작과 요방의 갈등과 해결

자객 요방
• 번왕에게 돈을 받고 경작을 죽이고자 함 • 경작의 위세를 보고 두려워하여 죽이기를 망설임

↓

경작
• 요방에게 자신의 죽음을 생각하지 않고 임금을 위한 위험을 무릅쓰니 충성스러운 신하라고 칭찬함 • 요방에게 자신을 죽이지 않고 돌아가면 위험할 것이니 자신의 목을 베어 갈 것을 허락함

↓

갈등 해소
요방이 경작의 위세와 인품에 감화되어 항복하고 경작에게 사죄함

• 경작의 말하기 방식

자신을 죽이려고 온 자객을 임금을 위해 목숨을 돌아보지 않는 충성스러운 신하라고 함	적군인 상대방의 행위를 유교적인 충의 사상에 입각해 긍정적으로 평가함
자신을 죽이지 못하고 그냥 돌아가면 상대방의 목숨이 위험해질 수 있음을 염려하며 자신을 죽이라고 함	상대방에게 있을 수 있는 부정적 상황을 가정하여 상대방의 본래 의도를 달성하라고 제안함

적대 관계에 있는 상대방을 질책과 호령보다는 칭찬과 배려를 통해 설득함 → 요방의 항복

경모가 위로하고 말하였다.

"네가 이렇게 다녔으니 가련한 인생을 몇이나 해쳤느냐?"

"수십 명을 해쳤습니다."

경모가 오래도록 한탄하다가 얼굴색을 고치고 다시 앉아 말하였다.
_{요방의 삶과 그에게 죽임을 당한 사람들에 대한 안타까움을 드러냄}
"내가 너에게 부탁 하나 하고자 한다."

"죽을죄를 무릅쓴 죄인이니 어찌 감히 평안히 어르신의 엄한 명령을 받겠습니까?"

"사람이 비록 처음에 어질지 못하나 나중에 어질게 되면 성인도 귀하게 여기신다
_{요방이 자객 일을 그만두도록 하기 위한 의도의 말}
하니, 이는 처음에 어진 사람보다 낫게 생각하시는 것이다. 네가 지금의 행동거지를 버리고, 장사하고 밭을 가는 것으로 자객 일을 대신하면 일신이 편할 것이다.
네가 만일 장사 밑천이 없으면 내 마땅히 도울 것이다."
_{요방을 도울 구체적인 방법을 제시함}
말을 마치고 상자 가운데에서 은자를 한 주머니 주며 말하였다.
_{자객 일을 그만두고 새로운 삶의 기반을 다지는 데 필요한 비용을 줌   사람을 죽이는 자객 일}
"여기 백 냥이니 비록 많지 않으나 가져가 농업을 힘쓰고 이 노릇을 버려라."
_{요방에게 자객의 일을 버리고 농민으로 살아갈 것을 권유하는 경작}
요방이 머리를 책상에 두드리며 죽기를 청하였으나 ==원수의 명쾌하고 깨끗한 인상과 너그러운 말씀으로 인해 오히려 감동하여 눈물을 흘리고 절을 하고 다시 꿇어앉았다.==
_{경작의 너그러운 인품에 감동하여 굴복함}

"소인이 하늘에 죄를 지어 죽음으로써 악한 마음을 뉘우치고 어진 마음을 가져 한 목숨을 마쳐도 부질없을까 하였습니다. 그런데 도리어 어르신이 이렇게 죄를 용서해 주시고 은혜가 이와 같으시니 마음이 감동하여 흐르는 눈물을 어찌할 줄 모
_{경작의 어진 덕에 감화되어 경작의 뜻에 따라 살아가고자 하는 요방}
르겠습니다. 어르신이 관대하고 넓은 마음으로 목숨을 용서하시니 목숨이 다하도록 가르친 바를 잊지 않겠습니다."

요방이 감동하여 눈물이 샘솟는 듯하였다. 경모가 저렇게 깨우치는 것을 보니 기쁘고 어질게 여겨 부드러운 목소리로 은근하게 위로하여 말하였다.

"날이 밝으면 군중이 분명 너를 용서하지 않을 것이니 빨리 돌아가야 할 것이다."
_{군사들에 의해 요방의 목숨이 위태로울 것을 염려함 → 경작의 남을 배려하는 면모}
요방이 즉시 일어나 비검을 빼어 다섯 조각을 내고 경모를 향하여 백번 절을 한
_{자객 일을 그만두겠다는 의지의 행동}
후 감사의 말을 전하고 다시 진지를 넘어갔다. 경모가 촛불 아래 홀로 앉아 저 흉악스러운 사람이 깨우친 것을 다행스럽게 여기어, 이튿날 여러 장수에게 말하지 않으니 군중은 까마득히 몰랐다.
▶ 자객 요방이 경작의 덕에 감화되어 양민이 되기로 함

• 경작의 성격과 영웅적 면모

요방에 대한 경작의 태도
• 요방을 죽이지 않고, 오히려 빈손으로 돌아갈 요방을 염려하여 자신을 베어 가라고 허락함 • 경작은 요방이 자객이 된 사연을 듣고 안타까워하며 양민으로 살아갈 수 있도록 돈을 주어 돌려보냄 • 요방이 자신의 잘못을 깨닫고 자객 일을 그만두는 것을 진심으로 기뻐함 • 날이 새면 자신의 군사들에게 요방의 목숨이 위험해질 것을 염려하여 빨리 돌아가도록 하고 자신의 부하들에게 이 사실을 말하지 않음

↓

경작의 인자한 인품을 부각함

경작의 영웅적 면모
경작은 탁월한 무예보다 덕과 인품으로 적을 굴복시키는 영웅으로 형상화됨

• 영웅 소설의 주인공으로서 경작의 변별성

일반적인 영웅 소설의 주인공
• 초현실적 능력을 뽐냄 • 전장에서 자신의 뛰어난 무술로 승리함

↓

경작의 성격
• 게으르고 잠꾸러기에 엄청난 먹성으로 밥만 축내는 인물로 그려짐 • 전장에서 넉넉한 인품으로 적을 감복시켜 자진해서 항복하게 함

〈낙성비룡〉의 특징
경작의 성격이 드러나는 모습을 중점적으로 형상화하는 반면 영웅 소설에서의 군담 부분이 축소되어 있음(전투 장면이 많이 등장하지 않음)

핵심 포인트 1　서사 구조에 대한 이해

이 작품은 인간의 드러나지 않는 자질이나 장래를 알아보는 감식안인 지인지감(知人之鑑) 화소를 바탕으로 전개되는 이야기이므로, 이러한 '지감 화소'를 중심으로 내용을 파악할 수 있어야 한다.

＋ '지감 화소'를 중심으로 한 서사 구조

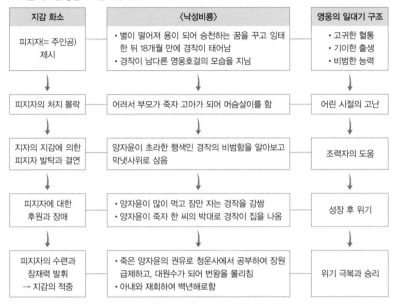

지감 화소	〈낙성비룡〉	영웅의 일대기 구조
피지자(= 주인공) 제시	• 별이 떨어져 용이 되어 승천하는 꿈을 꾸고 잉태한 뒤 18개월 만에 경작이 태어남 • 경작이 남다른 영웅호걸의 모습을 지님	• 고귀한 혈통 • 기이한 출생 • 비범한 능력
피지자의 처지 몰락	어려서 부모가 죽자 고아가 되어 머슴살이를 함	어린 시절의 고난
지자의 지감에 의한 피지자 발탁과 결연	양자윤이 초라한 행색인 경작의 비범함을 알아보고 막냇사위로 삼음	조력자의 도움
피지자에 대한 후원과 장애	• 양자윤이 많이 먹고 잠만 자는 경작을 감쌈 • 양자윤이 죽자 한 씨의 박대로 경작이 집을 나옴	성장 후 위기
피지자의 수련과 잠재력 발휘 → 지감의 적중	• 죽은 양자윤의 권유로 청운사에서 공부하여 장원 급제하고, 대원수가 되어 번왕을 물리침 • 아내와 재회하여 백년해로함	위기 극복과 승리

핵심 포인트 2　소재의 의미와 기능 파악

사건 전개 양상을 바탕으로 다양한 소재들의 의미와 서사적 기능을 파악할 수 있어야 한다.

＋ 공간적 배경 및 소재의 기능

누각	백의 노인과 만난 곳으로 잠에서 깨니 사라짐 → 비현실적, 환상적 공간
삼백 냥 은자	관가에 빚을 갚지 못해 울고 있는 노인에게 경작이 준 것 → 경작의 덕과 선량함을 드러냄
네 냥 화폐, 차	죽은 양자윤이 등장하여 경작에게 준 것 → 양자윤이 죽은 후에도 경작을 조력하고 있음을 드러내고, 현실과 환상 속 세계를 매개하는 기능을 함
종이	• 경작을 도와준 백의 노인의 정체와 그가 경작에게 나타난 이유가 드러남 • 경작에게 청운사에서 학문할 것을 권유함 → 앞으로 전개될 사건을 예고하는 기능을 함

핵심 포인트 3　인물에 대한 이해

이 작품 속 인물의 성격과 그로 인한 갈등이나 갈등 해결 양상을 파악할 수 있어야 한다.

＋ 인물의 성격과 갈등 양상

인물	인물의 성격	갈등 양상
양자윤	사람을 판단할 때 외모, 문벌, 부귀, 현재의 처지보다 인품과 장래의 가능성을 중시함	이경작의 비범함을 알아보고 경작을 딸과 혼인시키려는 양자윤 ↔ 머슴이라는 이유로 이를 반대하는 한 씨 ⇒ 가치관의 차이로 인한 갈등
한 씨	사람을 판단할 때 인품보다 문벌, 부귀, 현재의 처지를 중시함	
경작	• 자신이 가진 돈을 모두 불쌍한 노인에게 줌 • 자객인 요방을 살려 주면서 앞으로의 살길을 제시하고 돈을 주어 보냄	경작의 인품에 감동한 요방과 번왕이 항복함 ⇒ 경작의 인품은 갈등을 해소하는 중요한 요인으로 작용함
요방, 번왕 남곽	경작의 인물됨을 알아보고 그의 인품에 감화됨	

🎬 **작품 한눈에**

• 해제
〈낙성비룡〉은 명나라를 배경으로 조실부모한 이경작이 시련을 극복하고 과거에 장원 급제한 뒤 번왕의 난을 평정하는 과정을 그린 영웅 소설이다. 조선 시대의 대표적 영웅 소설인 〈소대성전〉이 〈낙성비룡〉의 영향을 받아 창작된 것으로 평가되는데, 두 작품의 주인공이 모두 엄청난 먹보에다 잠만 자는 게으름뱅이며, 주인공의 비범함을 알아본 인물의 조력을 받는 지감 화소를 근간으로 한다는 공통점을 지닌다. 그러나 〈소대성전〉의 소대성이 탁월한 무예를 지닌 초월적 영웅으로 형상화되어 군담을 전개하고 있다면, 〈낙성비룡〉의 이경작은 훌륭한 덕과 인품을 지닌 영웅으로 형상화되어 상대방을 감화시켜 갈등을 해결하는 양상을 보여 준다.

• 제목 〈낙성비룡〉의 의미
– '떨어진 별이 용이 되어 승천한다'라는 뜻으로, 고난을 극복하고 국가의 위기를 해결하는 주인공의 영웅적 삶을 그린 이야기
〈낙성비룡〉은 어려서 부모가 죽고 고아로 자란 주인공 이경작이 갖은 고생을 하다가 자신의 능력을 알아본 조력자를 만나 성장함으로써 국가의 위기를 해결하는 과정을 그린 영웅 소설이다.

• 주제
고난을 극복하고 국가의 위기를 해결하는 영웅 이경작의 삶

🔍 **기출 확인**

2011학년도 6월 평가원

[서술상 특징 파악]
• 격의 없는 대화를 통해 인물 간의 친밀감을 드러내고 있다.

[작품 간 비교 감상]

┤ 보기 ├
〈낙성비룡〉은 조선 왕실에서 향유되었던 낙선재본 소설이다. 이 작품은 영웅 소설인 〈소대성전〉과 내용이 유사하다고 평가되고 있다. 이 두 작품의 주인공은 모두 다음과 같은 공통점을 지니고 있다.

• 신이한 태몽을 가지고 탄생한다.
• 어려서 부모를 여의고 고생한다.
• 인물됨을 알아보는 장인될 사람을 만난다.
• 한때 잠을 많이 자는 모습을 보인다.

한 줄 평 │ 삼대에 걸친 유씨 가문의 번성과 혼인에 관한 이야기를 그린 작품

유씨삼대록 ▸ 작자 미상

💬 **전체 줄거리**

[1권]

백 년 거족이며 대대로 명문인 집안에 태학사 이부 상서 유정경이 있었다. 그의 아들은 문연각 태학사 효공공 유연이며, 손자는 명관으로 이름난 유우성이었다. ▸ 유씨 집안의 가계를 설명함

명나라 효종 시절, 유연의 부인 정 씨가 유우성을 임신하였을 때 희한한 액운을 만나 산당(山堂)을 떠돌았는데, 몸가짐을 맑고 깨끗하게 하여 안상현 수월암에서 무사히 유우성을 낳았다. 유우성은 풍채가 빼어나고 맑은 기운을 타고나 보는 사람마다 기이하게 여겼다. 유우성이 학문에 전념하여 10세가 되었을 무렵에는, 문장이며 품격이 세상에 대적할 자가 없었다. 모친 정 부인의 사랑이나 조부 유정경의 편애는 말할 것이 없고 모든 집안사람과 이웃 마을 친척들까지 유우성을 공경하고 사랑하였다. 다만 부친 유연만은 유우성을 엄히 가르치면서 사랑하는 빛을 보이지 않았다. 조부가 손자를 지나치게 사랑하므로 어린아이인 유우성이 조부의 세력을 믿고 말과 행동이 점점 호방해져만 갔는데, 유연이 이것을 매우 근심하여 아들을 볼 때마다 기꺼워하지 않는 낯을 하였다.

유우성이 명문가 어진 집안의 숙녀를 배우자로 맞이하려 할 때였다. 하루는 태학사 이제현(이 각로)이 공사(公事)를 의논하기 위해 유연의 집을 찾아왔다. 한참 나랏일을 이야기하다가 이 각로가 눈을 들어 보니 유연의 뒤로 한 소년이 약탕기를 들고 나아오고 있었다. 이 소년은 손님이 있는 것을 보고 머뭇거리다가 발걸음을 멈추고 들어갔다. 이 각로는 곧 이 소년이 유연의 친아들 유우성임을 알고, 옥 같은 모습과 달 같은 풍모를 칭찬하며 자신의 막내딸 이명혜와 혼인시키기를 청했다. 유연이 이 각로의 말에 흔쾌히 응했다. 수십 일 후에, 유우성이 이 소저를 부인으로 맞았다. 유연은 이 소저의 나이가 아직 어리므로 아들을 예전과 같이 서실(書室)에 머물게 하고, 이 소저를 협실에 머물게 했다. 그러나 유우성이 아직 소년의 혈기가 있고 이 소저를 사랑하는 마음이 있었기에, 조부의 편애를 믿고 자연히 방자해져 참고 조심하는 일이 적었다. 유우성이 부친으로부터 반년 동안 크게 혼난 후에는 깨달음을 얻어 허물을 고치고 성문(聖門)에 나아갈 것을 다짐했다. 유우성의 행동거지가 전후 딴사람같이 되었다. ▸ 유우성이 이 소저와 혼인하고 행실을 바르게 함

유우성이 12세에 장원 급제하고, 15세에 이르러 어사대부 한림학사가 됐다. 유우성이 천자의 은혜에 감사하며 임무를 수행하니 그 어진 덕과 행실로 명망이 높아졌다. 유우성은 아내 이 소저와도 화목하게 지내며 부모에게 예를 다했다. 한 가을날, 유우성이 항주 어사가 되어 지방을 돌게 됐다. 유우성이 맡은 일을 잘 다스려 위엄과 덕행을 보이니 선비와 백성들이 우러러보았다. 항주 자사가 과거 유우성과 인연이 있는 명기(名妓)를 들여 유우성에게 마음을 표현하고자 했다. 이들은 유우성이 과거에 합격한 날 함께 춤을 추었

던 찬향과 월섬이었다. 유연에게 혼이 나고 먼 곳으로 내쳐졌으나 절개를 지키고 있었다. 유우성이 지난날의 방탕함을 뉘우쳐 가까이 할 뜻을 두지 않는데, 두 기생은 유우성이 마음을 돌리기를 간절히 바랐다.

유우성이 나랏일을 끝내고 경성으로 돌아와 이부 상서가 되었다. 유우성은 집으로 돌아와 부용당을 찾아 부인과 함께 남도의 풍경과 인물, 제도 등을 이야기했다. 말끝에 항주 자사가 자신을 유인하여 찬향과 월섬을 만나게 한 일을 전했다. 그런데 부인의 대답이 없자 다시는 이 일을 언급하지 않았다.

한편, 찬향과 월섬은 유우성을 좇고자 결심하고 그의 외조부인 정 태사의 집으로 가 의탁하기를 청했다. 정 태사는 사위 유연의 인물됨을 잘 아는 데다 유우성의 호방함이 진정된 지 얼마 안 되었기에, 이들을 엄하게 물리쳤다. 이에 두 여인이 실망하여 목놓아 울었다. 이를 강 상서와 이 각로가 보고 정 태사에게 그 까닭을 물어 사연을 알았다. 강 상서가 두 여인을 구할 묘책을 냈다. 유연은 도덕과 행실이 높은 사람이므로 부친의 말이라면 거역하지 못할 것이라고 했다. 강 상서는 찬향과 월섬이 열녀인 것을 알아보고 자기 집 내당에 머물게 했다. 그리고 작은 잔치를 벌여 유연 부자를 초대하고, 유우성의 사람됨을 시험하기 위한 일을 꾸몄다. 강 상서는 유우성을 하룻밤 머물게 한 뒤 술을 계속 권하였다. 유우성이 몸과 마음이 피곤한 탓에 별당으로 들어가 쉬었다. 강 상서가 찬향, 월섬 등을 들여보내고 아내를 시켜 밖에서 문을 잠갔다.

유우성이 의관을 풀고 안석에 기대어 있을 때였다. 찬향과 월섬이 다가오니 유우성이 괴이하게 생각하며 전후 사연을 물었다. 비로소 강 상서가 자기 의중을 떠보려는 뜻이 있는 것을 알았다. 유우성이 찬향, 월섬을 좋은 말로 타일렀으나, 두 여인은 넋이라도 유우성을 따르겠다며 칼을 빼어 스스로 목을 찌르려 했다. 유우성이 황급히 칼을 빼앗았다. 그리고 자기도 측은한 마음이 없는 것은 아니지만 부친의 엄명이 두려우므로 훗날 선처할 도리가 있을 것을 기다리며 물러가라고 했다. 그러나 이미 문이 잠긴 뒤였기 때문에 찬향, 월섬이 물러가지 못했다. 새벽이 되어 강 상서 부인이 문을 열고 들어가니 유우성은 침상에 깊이 잠들어 있고, 두 여인은 그 앞에 앉아 있었다.

강 상서는 이 각로를 찾아가 유우성의 바른 인품을 칭찬하고 함께 유씨 집안에 이르렀다. 이 각로가 찬향, 월섬의 전후 곡절을 아뢰면서 집안에 들이기를 청했다. 유정경이 유연에게 명하여 두 여인을 손자 유우성의 첩으로 삼게 했다. 유연은 효자의 도리로 감히 거절하지 못하고 부친의 명을 따랐다.

유우성이 대서헌으로 나왔다가 찬향과 월섬을 보고 매우 놀라 땅에 엎드렸다. 유정경은 정 부인과 이 소저를 불러 두 어인에게 덕을

베풀기를 권하고, 손자에게는 박대하지 말 것을 당부했다. 훗날까지 찬향, 월섬은 노비가 주인을 모시듯 이 소저를 대했다. 이 소저도 두 여인을 후하게 대접하고 오히려 남편이 이들에게 박정한 것을 탓했다.

유우성은 조부가 두 여인을 첩으로 들이라고 명했지만, 아버님은 흔쾌하게 허락하지 않았으니 여색에 뜻을 두어 죄를 범할 수 없다고 했다. 세월이 오래 흘렀을 무렵, 이 소저가 재차 권하니 유우성이 한 달에 며칠씩 두 여인을 찾아 정을 나눴다.

▶ 유우성이 찬향, 월섬을 첩으로 들임

유연의 아우 유홍이 귀양에서 돌아오니 집안에 기쁨이 넘쳤다. 유연은 아들 유우성의 사람됨을 나쁘게 여겨서가 아니라, 집안을 화목하게 하려는 뜻으로 유홍의 둘째 아들 유백경으로 후사를 삼았다. 유우성은 작은아버지 유홍의 지난 악행을 알면서도 모르는 듯 공손한 태도로 부친과 같이 대하며, 사촌 형인 유백경을 보좌하여 우애 좋게 지냈다.

▶ 유연이 아우 유홍의 아들 유백경으로 후사를 이음

다음 해 가을, 이 소저가 임신하여 유세기를 낳았다. 기골이 준수하고 체격이 우람하여 보통 아이들과는 달랐으니, 보는 이마다 칭찬하였다.

▶ 유우성의 아들 유세기가 태어남

하루는 유정경이 자손들을 모았다. 그리고 어젯밤 꿈에 유연의 모친이 나타나 수명이 다하였으니 이제 돌아오라고 했다고 하면서, 심신이 피곤하다고 했다. 유연이 의원을 부르고 부친을 조리하게 했다. 그러나 그날부터 병세가 점점 깊어져 결국 유정경이 세상을 떠났다. 유연은 부친을 간호할 때부터 초상을 치를 때까지 물 한 모금 먹지 않았다. 그리고 끝내 마음을 진정하지 못하고 울부짖으며 곡을 하다가 예전에 앓던 병이 재발하여 다시는 일어나지 못했다. 이후 정 부인도 남편을 따라 세상을 떠났다. 유우성과 유백경 형제가 부모를 일시에 여읜 것이었다. 유우성, 유백경 형제가 서로 위로하며 삼년상을 치렀다. 유우성은 부친을 본받아 처신하며 어떤 일도 소홀히 하지 않았다. 세월이 흘러, 유우성이 이 부인에게서 다섯 아들과 세 딸을 보았다.

▶ 유우성의 조부모와 부모가 모두 세상을 떠나고 아이들이 태어남

한편, 도어사 양중기(양 어사)는 유연이 살아 있을 적 매우 가깝게 지내던 사람이었다. 양 어사는 강직한 성품을 지녀 권세 있는 이들이 원수같이 미워하였다.

양 어사가 각로 이동양을 가리켜 소인의 마음이 있다고 꾸짖었다. 이 일로 분노한 이동양은 문하의 당인들로 하여금 양 어사가 대신을 헐뜯고 조정을 기롱한다고 논박하도록 시켰다. 이에 천자가 양 어사를 금의옥에 가두고 정황을 문초하게 했다. 이동양은 문초하는 관리와 대신의 집을 찾아다니며 양 어사의 죄를 더하게 만들었다. 양 어사가 원통한 것을 아는 이들도 있었지만 이동양을 두려워하여 아무런 말도 하지 않았다.

이 일을 알게 된 유우성이 분개하여 천자를 뵙기를 청했다. 유우성은 양 어사의 인물됨과 간신의 참소를 듣고 곧은 신하를 해치려는 일에 대한 경계를 드러냈다. 그리고 오히려 이동양이 조정의 원로 공신으로 붕당을 체결하여 사사로움을 좇음이 심하다고 하면서, 양 어사의 상소와 양 어사를 해치려는 상소를 비교하여 죄를 따져 달라고 청했다. 천자가 두루 일을 알아보니 유우성의 말이 옳았다. 천자가 양 어사를 방면하고 이동양을 시골로 내치면서 조정과 재야가 평화롭게 되었다.

▶ 유우성이 간언하여 충신과 간신을 가림

유백경은 현명한 군자로서 바른 행실과 맑은 도덕을 갖춘 사람이었다. 조정과 재야의 선비들이 유백경을 흠모하며 그를 자주 높은 자리에 천거하였다. 그러나 유백경은 기산 영수의 높은 자취를 따르며 끝내 벼슬하지 않았다. 천자가 유백경을 공경하는 뜻에서 '운수 선생'이라고 불렀다.

▶ 유백경이 운수 선생으로 불리게 됨

유우성과 유백경은 우애가 매우 깊었다. 두 형제가 한 달에 보름은 서헌에서 함께 지내며 잠시도 곁을 떠나지 않았다. 유백경이 자기 아들들이 모두 평범한 것을 알고, 유우성의 장자 유세기를 양자로 삼아 자기의 뒤를 잇게 했다.

▶ 유백경이 유세기를 양자로 삼아 후사를 이음

유세기가 갑과에 급제하고 간의태우 소순의 딸을 아내로 맞았다. 혼인하던 날, 유세기는 소 씨의 아름다운 용모가 아니라 눈썹에 유순한 덕이 있는 것을 보고 기뻐했다. 몇 개월이 흘렀으나 소 씨의 팔 위에 앵혈(여자의 팔에 꾀꼬리의 피로 문신한 자국. 처녀의 징표로 여김.)이 여전했다. 운수 선생의 아내 조 부인이 이것을 보고 괴이하게 생각했다. 유세기가 어진 부인을 까닭 없이 박대하는 것이 아니라 소 씨의 나이가 아직 어리므로 세월이 흐르기를 기다리고 있는 것이라고 하자 모두가 그 정숙함에 탄복했다.

운수 선생의 친부모 유홍과 성 부인이 세상을 떠났다. 운수 선생과 유우성이 슬픔에 잠겨 그만 병이 생기고 말았다. 유세기가 소 씨와 더불어 약을 받들며 극진히 간호했다.

▶ 유세기가 소 씨와 혼인하고 유백경(운수 선생)의 친부모가 세상을 떠남

유세기가 입신하고도 몇 해가 흘렀다. 조정과 재야의 선비들이 유세기를 공경하고 흠모하였으므로 재상가에서 재취를 바라며 구혼하는 일도 많았다. 운수 선생은 이를 허락하지 않으면서 두 아내를 두는 것은 자기 집안의 가법(家法)이 아니라고 했다.

이때 어사중승 백 공도 딸 하나를 두었는데, 유세기와 혼인시키고자 하여 간절히 청혼하였다가 거절당했다. 하루는 유세기가 조회하고 나오는 길에 백 씨 집을 지나다 숙모인 백 부인을 보고 인사를 했다. 곁에 있던 백 공이 유세기에게 혼인에 관한 말을 꺼냈다. 유세기가 혼인은 인륜의 대사이고 아버님들이 계시므로 스스로 판단할 수 없다고 답하고 물러나려 했다.

백 공이 억지로 혼인을 청하지 않을 것이니 잠깐 머물며 담소를 나누기를 바랐다. 유세기가 마지못해 응했다. 백 공은 시녀를 불러 딸(백 소저)이 쓴 글을 가지고 오게 했다. 그리고 아들이 쓴 글이라고 둘러대며 유세기에게 보여 주었다. 유세기가 글을 보고 여인이 지은 것을 바로 알겠기에 자리를 파하며 하직하고 돌아갔다. 백 공이 유세기의 재모와 시감(詩感)을 더욱 기특히 여기며 부디 사위를 삼고자 했다.

다음 날, 백 공이 유씨 집안으로 다시 매파를 보냈다. 그러면서 백 공은 어제 유세기와 함께 정약(定約, 약속이나 계약을 정함.)하며 딸의 글을 보여 주었으니 이를 저버리지 못할 것이라는 말을 더했다. 운수 선생은 유세기가 부모가 허락하지 않은 혼인을 약속했다는 말에 크게 화를 냈다. 유우성도 이 일을 해괴하게 여기면서 아들의 방자함을 탓했다.

문득 유세기가 운수 선생과 유우성을 뵈러 왔다. 유세기는 부모의 낯빛이 평소와 다른 것을 눈치챘는데 까닭을 모르므로 몸 둘 바를 몰랐다. 이때, 백씨 집안에서 보낸 매파가 운수 선생께 답변을 달라고 하였으므로 유세기가 비로소 백씨 집안과 혼인 문제로 무슨 일이 있는 것을 알았다.

운수 선생은 혼인을 스스로 결정했으니 인륜을 마음대로 한 것이라고 하면서 사람들을 불러 유세기를 당장 내치라고 했다.

유세기가 내당으로 향해 조 부인과 이 부인을 뵈었다. 유세기는 백 공이 무례한 말로 사람을 모해한 것이라고 하며 결백을 주장했다. 조 부인이 운수 선생에게 이 사실을 고했다. 운수 선생이 글을 지어 백 부인에게 보내어 사연을 알고자 했다. 백 부인이 글을 읽고 백 공에게 찾아가 구구하게 간청하여 유세기로 하여금 부친께 죄를 얻어 내쳐지게 한 것을 따져 물었다.

백 공은 선생 형제가 예가 아닌 일을 문책하는 것을 알고 유씨 집안으로 향했다. 그리고 자기가 유세기의 재주와 용모를 흠모하여 염치를 잊고 거짓말로 일을 꾸며 구혼하면서 '정약'이라는 두 글자를 더했으니, 유세기를 그만 용서하여 자신을 원망하지 않도록 해 달라고 빌었다. 그제야 운수 선생과 유우성이 아들이 죄가 없는 것을 알고 기뻐했다. 백 공은 집으로 돌아가 다시는 혼삿말을 꺼내지 못하고 딸을 다른 데로 시집보냈다. 이후 유세기는 더욱 학문과 도덕에 몰두하여 한 명의 첩도 두지 않고 소 씨와 해로하였다.

▶ 유세기가 부모의 허락 없이 백 공과 혼사를 결정했다고 여긴 선생 형제가 오해를 풂

유우성의 둘째 아들은 유세형으로, 얼굴이 아름답고 의협심이 강했다. 다만 고집스럽고 편벽된 데가 있으므로 온화하고 관대한 성격을 지닌 형 유세기와는 달랐다.

하루는 천자가 후원에서 활쏘기를 익히다가 이름난 선비들을 모두 모아 글을 짓게 했다. 천자가 유세기와 유세형의 글을 보고 매우 흡

족하게 생각하며 상을 내렸다. 이후, 천자는 유세형을 더욱 총애하여 한림원에 두고 곁에서 보좌하게 하였다.

이부 상서 장준(장 상서)이 유세형의 아름다운 얼굴과 놀라운 문장의 재주를 보고 유씨 집안에 구혼했다. 유우성은 장 상서가 풍류를 겸비한 재상이며 관대하고 후덕한 인물이니 그 딸 혜앵(장 씨)도 비슷하리라 생각하여 흔쾌히 허락했다. 양쪽 집안이 약혼한 뒤 빙례(예물을 보내는 예의 절차)를 행하고 혼인날만 기다리고 있었다.

혼인이 열흘 정도 남았을 때였다. 유세형이 조정의 일을 핑계 삼아 장씨 집안을 찾았다. 아내가 될 여인에 대한 궁금증 때문이었다. 유세형은 장 씨를 보고 자신의 뜻에 흡족하면 아내로 삼고, 만약 아름답지 않거든 부친 앞에서 죽을지라도 장 씨와 혼인하지 않겠다고 마음먹었다. 장 상서가 약혼하고 빙례까지 받은 사이이므로 딸을 불러 유세형에게 보였다. 유세형은 장 씨의 정숙하고 아름다운 모습을 보고 가슴이 두근거려 술에 취한 듯했다. 이후로 유세형은 장 씨와 혼인할 날만 손꼽아 기다렸다.

▶ 유세형이 장씨 집안과 혼인을 약속하고 나랏일을 핑계 삼아 장 씨의 얼굴을 보고 옴

태후가 진양 공주의 부마를 뽑기로 했다. 조정 모든 관리의 자손과 지방 군현의 자제들을 가려 보았지만 모두 공주의 짝이 아니었다. 그러다 우연히 유세기, 유세형 형제를 보고 옥 같은 두 소년이라 여기며 혼인 여부를 물었다. 유세기는 소순의 딸과 혼인한 지 3년이 지났고, 유세형은 이부 상서 장준의 딸과 정혼하고 빙례를 행하였으며 혼례일이 십여 일 남았다고 답했다. 태후가 유세형은 아직 정식으로 아내를 취한 것은 아니기에 기뻐하며 그를 부마로 삼고자 했다.

천자가 곧바로 유우성을 불러 소식을 전했다. 유우성이 장씨 집안과의 신의를 저버릴 수 없다고 하고, 유세형도 공주와의 혼사를 사양하는 상소를 올렸지만 소용없었다. 유세형은 장 씨와의 혼인만을 간절히 기다리다가 뜻밖에 공주의 부마로 선택되자 절망했다.

유우성이 집으로 돌아와 공주는 평범한 조강지처와 달라, 두 명의 아내를 둘 수 없으니 장씨 집안과의 약혼은 물릴 수밖에 없다고 했다.

▶ 유세형이 천자의 어린 누이인 진양 공주의 부마로 간택됨

장 상서가 찾아와 진양 공주의 부마가 된 가문의 복록을 하례했다. 그러면서도 자기 딸이 앞으로 빈 규방에 머물며 애끓일 것을 생각하니 불쌍하다고 했다. 유세형이 공적인 일을 의논하기 위해 찾아와 딸을 보고 간 일을 말하며, 이미 부부의 예를 갖추었기에 장 씨가 다른 성씨를 남편으로 섬기기에는 어렵다는 것이었다.

유우성은 유세형을 섬돌 아래 무릎을 꿇리고, 나랏일을 핑계 삼아 결혼 전에 규중 처자를 보았으니 방자하고 무식하기가 극심하다고 꾸짖었다. 유세형이 장 씨를 잊지 못하고 고집을 부리니 유우성 부부의 염려가 끝이 없었다.

▶ 장 상서가 찾아와 유세형과 장 씨가 본 일을 이야기하고, 유세형이 장 씨를 잊지 못함

태후가 부마를 정하고 매우 기뻐하며 진양 공주가 머물 진양궁(진궁)을 유씨 곁에 짓도록 했다. 유세형은 진양 공주의 기품 있고 빼어난 자태를 보고도 전혀 기뻐하지 않았다. 그리고 진양 공주가 태후와 천자의 위세로 자기와 장 씨의 인연을 휘저어 놓았으니 하늘의 재앙이 있을 것이라고 믿고 진양 공주의 곁에 머물려고 하지 않았다. 유우성 내외만이 진양 공주를 지극히 애중했고, 진양 공주는 시부모의 뜻에 순종하며 공손히 행동했다.

유세형이 넋을 잃고 서당에 누워 십여 일을 보냈을 무렵이었다. 진양 공주가 유세기의 부인 소 씨와 함께 이 부인에게 문안하려 들어온 것을 보고 유세형이 싫은 기색을 했다. 진양 공주의 보모 장손씨가 이것을 눈치챘다. 그리고 장손씨는 유세형에게 태후께서 혼례 후 지금까지 조정에 와 알현하지 않는 사연을 물었다며 내일은 태후를 뵈러 가는 것이 좋겠다고 했다. 유세형은 병을 핑계 삼아 변명하면서 불쾌한 내색을 전혀 감추지 않았다. 진양 공주가 물러간 뒤, 부모가 결혼한 지 보름이 되어도 진양궁을 찾지 않는 것을 탓하며 유세형을 엄하게 꾸짖었으나 전혀 소용이 없었다.

유세형이 어쩔 수 없이 조정에 나아갔다. 비록 장 씨를 사모하여 진양 공주를 박대했지만 태후의 후한 대접과 딸을 당부하는 말을 들으니 신하된 마음으로 감격하지 않을 수 없었다. 유세형이 천은을 가볍게 여기지 못하고 진양 공주를 찾았다. 그러나 유세형은 진양궁에서 밤을 지새고 마치 화락하는 부부인 것처럼 행동했지만 이성 간의 친함은 두지 않았다.

몇 개월이 흘렀다. 유세형이 장 씨를 사모하는 마음에 병이 되었다. 제대로 먹지도 자지도 못하니 몸이 말랐는데, 집안사람들이 그 속내를 모르고 괴이한 일이라고 여겼다.

유세형이 조회를 마치고 돌아오던 길에 우연히 장 상서를 만났다. 유세형이 지금은 임금과 부친의 아래 몸을 두고 있으므로 한 가지 일도 자유롭지 않으나, 장 씨를 한평생 외롭게 하지는 않겠다고 했다. 그러고는 장 씨가 자기를 위해 평생 수절하려 하니 높은 절개와 큰 의리를 사례해야겠다면서 장 씨와 만나기를 청했다. 장 상서가 망설이다가 주변에 있던 사람들을 물리고 장 씨를 불렀다.

유세형은 장 씨를 다시 만난 일이 매우 감격스러웠다. 그리고 자기로 인해 일이 그릇된 것을 사과하면서, 이따금 이리 만나 서로 마음을 위로하기를 바랐다. 장 씨가 그 말은 자신을 가볍고 천하게 여기는 것이라고 나무라고는 돌아가 버렸다. 유세형은 탄식하고 집으로 돌아왔다. 그 뒤로 유세형은 장 씨를 불쌍하게 여기면서 진양 공주를 더욱 원수와 같이 여겼다.

한 달 후, 유세형은 여전히 진양 공주를 좋아하는 체하며 부모를 속이고 있었다. 진양 공주의 손을 잡고 거짓으로 흔쾌한 표정을 짓다가도 술을 마시고는 종종 눈물을 보였는데, 진양 공주는 까닭을 알

수 없었다. 유세형이 마음속 화증을 걷잡지 못하고 술상을 박차고 나가 누각에서 시를 읊었다. 상궁 장손씨가 유세형을 걱정하며 가죽옷이라도 입어 몸을 보호하기를 청했다. 유세형이 베옷도 과분하다고 하며 거절하자 장손씨가 다시 권했다.

▶ 유세형이 혼인한 진양 공주를 박대하고 장 씨를 여전히 그리워함

[2권]

유세형이 화를 벌컥 냈다. 장손씨가 병을 얻으면 임금과 부모의 염려가 클 것이라고 설득하니 그제야 옷을 입고 침전으로 들어갔다. 유세형이 큰 병이 나 부모의 문안 인사나 대궐의 조회에도 참석하지 못했다. 십여 일이 지나면서부터는 음식조차 먹지 못하고, 약을 극진히 써 봐도 조금도 낫는 기색이 없었다.

진양 공주는 유세형의 행동을 매우 수상히 여기고 있었다. 그리고 시부모에게 찾아가 남편의 근심을 알아내 준다면 자기가 그 병을 고치겠다고 했다. 이 부인이 유세형과 장 씨가 정혼했던 사연, 혼서를 거두고 진양 공주를 맞이한 일에 대해 두루 말해 주었다. 진양 공주가 매우 놀라며 장 씨를 안타깝게 여겼다. 그리고 유세형을 신의 있는 군자라고 하면서 장 씨를 맞이해 남편의 한을 풀고 장 씨의 절개를 빛내기를 청했다. 그러나 유우성이 국법에 따라 부마는 두 처자를 둘 수 없다며 정색을 했다. 진양 공주는 그렇다면 이 일을 조정에 상달하여 황명으로 장 씨를 맞이하고 부마의 병을 고치는 것이 좋겠다고 했다.

▶ 진양 공주가 유세형이 병이 난 이유를 알고 장 씨를 둘째 부인으로 들이자고 함

진양 공주가 입궐하여 태후에게 이 일을 고했다. 태후는 공주의 나이가 아직 어려 첩의 해로움을 모르는 것이라고 몹시 화를 냈다. 그러나 천자가 전후 사연을 듣고 누이의 뜻대로 하기를 권하므로 태후도 마지못해 허락했다.

이제 유세형은 생명이 위독할 지경이었다. 진양 공주는 유세형에게 천자의 명에 따라 장 씨를 맞아들이게 되었으니 몸조리를 하여 혼례의 시기를 어그러뜨리지 말라고 했다. 유세형이 자기 기색과 마음을 살펴 일을 명철하게 처리한 진양 공주의 일을 알고 감사의 말을 전했다. 이후 유세형의 병이 날로 나았다.

유세형과 장 씨의 혼인날이 6~7일 남았다. 유우성은 국법에 부마는 두 처를 두지 않는다고 되어 있는데, 진양 공주의 성스러운 덕으로 세형이 소원을 이루게 되었으니 혼구를 간단히 하여 첩의 지위로 장 씨를 맞이하는 것이 옳다고 했다. 그러나 진양 공주는 장 씨가 재상가 규수이고 이미 빙폐를 받아 유세형과 정혼한 사이이므로 예를 갖추어 맞이하는 것이 옳다고 했다. 진양 공주의 뜻에 따라 장 씨를 맞아들였다. 장 씨가 이화정을 숙소로 하고 유세형과 오랜 회포를 풀었다.

다음 날 아침, 장 씨가 문안 인사를 올렸다. 시부모가 장 씨의 용모가 뛰어나나 이마에 살기가 있고 눈에 독한 빛이 은은한 것을 알았다. 유우성 내외는 장 씨에게 안색을 바르게 하고 남편을 어질게 도와 덕행에 힘쓰라는 말을 전했다.

▶ 진양 공주가 천자와 태후의 허락을 얻어 유세형이 장 씨와 혼인하여 회포를 풂

진양 공주가 장 씨는 부마와 먼저 정혼한 사람이니 첩으로 둘 수 없다고 했다. 그리고 고명(나라에서 직책을 나타내는 뜻으로 주는 임명장)을 주어 자기와 지위를 같게 하여 서로 화락하는 것이 부녀자의 도리라고 했다. 태후가 진양 공주의 성스러운 덕을 예찬하면서 장 씨를 부마의 계비로 봉했다. 운수 선생을 비롯한 온 집안사람들이 진양 공주의 넉넉하고 현철한 덕을 칭찬했다.

진양 공주가 장 씨를 불렀다. 그리고 관대하게 대접하며 동기같이 친하게 지내기를 바라니, 장 씨가 절을 하고 감사를 표했다. 장 씨가 돌아간 뒤 공주가 한숨을 쉬며 탄식했다. 장 씨가 말로는 친한 듯하나 속으로는 해칠 생각을 지니고 있어 훗날 가정을 어지럽힐 것 같아 두려웠기 때문이었다.

진양 공주의 처소에서 돌아온 장 씨가 이화정 난간에 기대어 평생 살아갈 계책을 헤아릴 때였다. 재상가의 귀한 몸으로 태어나 유세형과 백년가약을 맺고 빙폐까지 먼저 받았으나, 낭군이 갑자기 공주의 부마가 된 일과 그로 인해 자기가 진양 공주의 아래가 된 일이 모두 한스러웠다. 그리고 집안사람 모두가 진양 공주의 덕과 은혜를 칭송하고 구차한 자취가 자기에게 모이므로 공주와 자기의 현격함은 하늘과 땅 같다고 생각했다. 만약 진양 공주가 교활한 술책으로 시부모와 시누이를 자기 쪽으로 끌어들인다면 유세형의 마음까지 달라질 것이니 앞날에 대한 걱정과 슬픔이 넘쳤다.

문득 유세형이 찾아왔다. 유세형이 장 씨의 눈물과 참담한 안색을 보고 매우 놀라 무슨 일인지 물었다. 장 씨가 주변에 친한 이가 하나도 없고, 진양 공주가 집안의 권세를 좌우하니 그 위의와 은덕이 자기를 작아지게 하므로 평생의 신세가 구차하게 느껴진다고 했다. 그리고 진양궁에 가니 궁비와 시녀들이 자신을 모두 손가락질하며 웃고 한 가지 일도 자유롭게 하지 못하게 했다고 전하며, 진양 공주의 은덕에 의지하여 겨우 실례를 면하고 돌아왔다고 했다. 유세형은 장 씨의 외로움을 매우 가련하게 생각하여 이화정을 벗어나지 않았다.

몇 달이 지났다. 장 씨가 진양 공주를 만날 때면 허둥지둥 두려워하는 듯 행동하며 곁에 있는 사람으로 하여금 가련해 보이도록 했다. 유세형은 장 씨도 재상가의 딸인데 첩과 같이 대우받는 것을 보고 참혹하게 여겼다. 또한 진양 공주의 위세로 인해 장 씨가 기운을 펴지 못하는 것을 매우 불쾌하게 생각했다.

하루는 유세형이 진양 공주를 찾아갔다. 그리고 공주의 지위가 높

아 다른 형제들이 마음을 놓지 못하므로 열흘에 한 번씩만 시부모를 뵙고, 그 밖에는 궁녀를 시켜 문안을 대신하라고 했다. 진양 공주가 유세형의 속내를 훤히 알면서도 그대로 따랐다. 장 씨를 볼 때에도 조금도 싫은 내색을 하지 않았다.

▶ 유세형이 장 씨의 간교한 말에 속아 이화정에만 머물며 진양 공주를 더욱 박대함

그러나 이 부인이 괴이한 기색을 눈치채고 진양 공주를 불러 자초지종을 물었다. 진양 공주가 유세형의 말을 전하니 이 부인은 그것은 사실이 아니며 누군가의 참언이라고 했다. 조 부인도 진양 공주가 왕래하는 것을 꺼리는 자가 일부러 유언비어를 지어냈을 것이라고 했다. 장 씨는 시부모가 진양 공주를 사랑하며 서로 속내를 시원하게 말하는 것을 보고 더욱 시기심이 일었다.

유세형이 이화정에서 장 씨가 울고 있는 것을 보고 놀라 그 까닭을 물었다. 장 씨는 진양 공주가 눈물을 흘리면서 유세형이 장 씨의 참소를 듣고 진양 공주의 아침 문안과 저녁 인사를 막았다는 말을 하여, 시부모와 동서, 시누이들이 자기를 다 괴이하게 여긴다고 했다. 유세형이 장 씨의 간교한 말을 믿고 진양 공주를 끝장낼 것이라고 했다. 장 씨가 거짓으로 놀라는 체했다. 그리고 진양궁에 가서 성은을 갚고 공주의 한을 위로해 주라고 하니, 유세형이 장 씨의 덕을 고금의 열녀에 비유하며 더욱 이화정을 떠나지 않았다.

반년이 지났다. 유세기가 일부러 모든 아우, 사촌을 불러 진양궁 후원을 구경하자고 제안했다. 그들은 진양궁 후원으로 나아가 호탕한 풍류와 재주로 시를 짓고 술을 마시며 놀았다. 밤이 깊었을 때 유세기는 아우 유세형에게 내전으로 향하기를 명했다.

진양 공주가 무수한 청사초롱을 보고 그제야 남편이 여러 형제들과 이곳을 찾았음을 알았다. 이때, 유세형이 진양궁의 정원, 주찬, 풍악 등을 탓하며 진양궁의 궁인들을 꾸짖고 있었다. 장손씨는 진양 공주의 뜻을 알기에 순순히 사죄하며 별다른 말이 없었다. 그러나 엄 태감은 부마가 사사로운 일로 궁인들을 치는 것은 법도에 어긋나는 일이라고 저항했다. 이것을 본 진양 공주가 화관과 비단옷을 벗고 석고대죄하며 유세형에게 사죄하는 뜻을 전했다.

유세형은 진양 공주에게 한바탕 모욕을 주고자 했다가 엄 태감이 황명을 들먹이므로 일을 끝내기 어려웠다. 그런데 진양 공주가 석고대죄하여 남편을 높이고 엄 태감의 기세도 조용히 제어하는 것을 보고 크게 깨닫는 바가 있었다. 유세형이 궁인들을 모두 보낸 뒤, 술에 취해 막된 행동을 보인 일을 공주에게 사과했다.

그리고 유세형이 진양 공주와 침전으로 들어갔다. 한쪽 책상에 진양 공주가 태후에게 바치려던 글이 있었다. 유세형이 그 화려한 필체와 기묘한 문체를 넋이 나간 듯 바라보다가, 진양 공주를 거듭 칭찬하며 공경하고 부러워하는 뜻을 드러냈다.

▶ 유세기가 모임을 주최하여 유세형이 진양궁을 찾도록 만듦

장 씨가 어젯밤 일을 알고 질투심이 일었으나 억지로 참고 있었다. 유우성이 장 씨의 원망하는 마음을 알아챘다. 유우성은 먼저 아들을 꾸짖으며 진양궁에 발길을 오래 끊었던 것과 어젯밤 술에 취해 막돼먹은 행동을 한 것을 탓했다. 그리고 장 씨에게도 매서운 안색과 준엄한 말로 내조를 두텁게 할 것과 천은을 저버리지 말 것을 당부했다. 유세형과 장 씨의 등이 식은땀으로 흥건하게 젖었다.

장 씨가 이화정으로 돌아온 뒤, 난간에 머리를 부딪고 손으로 가슴을 두드리며 피를 토하고는 혼절했다. 유세형이 바삐 찾아와 주머니 속 약을 꺼내 장 씨를 구했다. 며칠이 지나 장 씨가 정신을 차렸다. 그리고 장 씨는 집안의 기색을 살펴보니 남편의 편벽된 성격과 어찌할 수 없는 부부간의 정을 모두 자기 탓으로 돌리고 있다면서 억울함을 토로했다.

장 씨는 진양 공주를 질투심 많고 사나운 사람으로 꾸미기로 마음먹었다. 유세형으로 하여금 더욱 진양 공주를 미워하고 박대하게 만들고자 하는 심산이었다. 이것을 유우성의 시첩 찬향이 들었다. 진양 공주의 시녀인 낭옥, 장손씨도 알고 공주에게 말을 전했다. 진양 공주가 자신이 곤궁한 처지에 놓인 것이나 장 씨가 득세하는 것은 모두 운명이라고 했다. 또한 장 씨가 여인의 편협한 생각으로 적수를 없애고 총애를 독차지하고 싶은 것도 인지상정이라고 하니 궁인들이 그 덕을 예찬하며 머리를 조아렸다.

유세형이 장 씨의 간교한 꾀에 빠져 일 년 넘게 진양궁에 들르지 않으면서 공주를 박대했다. 그럼에도 공주는 주변 사람을 엄하게 단속하여 이 말이 대궐에 들리지 않도록 했다. 이 일을 유우성이 알고 유세형의 숙소를 진양궁 내전으로 정한 다음 함부로 옮기지 못하게 했다. 뒤이어 장 씨를 불러 크게 꾸짖고 협실에 머물게 하면서 이화정에 가지 말라고 했다. 장 씨는 협실에서 한과 독을 품고 유세형으로부터 더욱 몸을 숨겨 그의 애간장을 끓게 했다.

수십 일이 흘렀다. 유세형이 서책을 내리치고 밥상을 깨뜨리며 분노를 감추지 못했다. 그 노기가 점점 진양 공주에게 옮겨붙었다. 유세형이 술에 취해 투기 많은 여인이 잘난 체를 한다면서 공주에게 연갑을 던지고 난동을 부린 것이었다.

궁인들이 매우 놀라 이 소식을 유씨 집안에 전했다. 유우성이 병졸을 모아 유세형을 잡아 내어 매질을 시작했다. 70여 대를 치며 아들을 완전히 끝장내려 하다가 조 부인이 달래자 매질을 멈추었다. 또한 큰딸 설영으로부터 장 씨가 간사한 꾀로 유세형을 속인 일을 듣고 장 씨를 당장 쫓아내라고 하였다.

장 씨가 친정으로 돌아갔다. 장 씨는 제 단점을 감추고 시부모가 진양 공주의 위세를 따르며 자기를 이유 없이 내친 것이라고 했다. 장 상서 부부가 자기 딸의 소행을 알지 못하고 매우 슬퍼했다.

▶ 장 씨의 계략이 시부모에게 탄로 나고 장 씨가 친정으로 쫓겨남

한편 유우성의 셋째 아들은 유세창으로, 아름다운 자태와 골격, 고운 말과 마음씨를 갖추어 부모가 사랑했다. 유우성은 추밀사 남효공이 명망 높은 군자이므로 그 딸을 세창의 아내로 맞았다. 남 씨가 숙소를 매화정으로 하고 세창과 화목하게 지냈다.

▶ 유우성의 셋째 아들 유세창이 남 씨와 혼인함

[3권]
유우성이 아들을 매질한 일과 장 씨를 내친 일을 대궐에 고하고 유세형의 죄를 청하려 했다. 진양 공주는 이 일을 태후가 알면 장 씨가 귀양 가고 부마가 하옥되는 등 집안에 큰 소란이 벌어질 것이라고 하면서 표문을 올리지 말기를 청했다. 이후, 진양 공주는 미양궁으로 가 태후를 모시고 일생을 대궐에 머물며 세상일에 참여하지 않으리라 마음먹었다.

진양 공주가 미양궁에 들어가 태후를 뵈었다. 그리고 시부모와 부마에게 5~6년 말미를 얻어 어머니를 봉양하러 왔다고 했다. 태후는 비록 의심했으나 진양 공주가 본대 효성이 매우 지극하므로 믿지 않을 수 없었다. ▶ 진양 공주가 유세형을 떠나 미양궁에 머물며 태후를 모심

유세형은 매질을 당하고도 여전히 깨닫지 못했다. 부모 형제가 질책하자 유세형은 장 씨를 두둔하며, 진양 공주가 대궐 속에 몸을 감춘 것도 자기와 장 씨를 해하고자 하는 의도라고 했다.

유세기가 진양 공주는 오히려 유세형과 장 씨가 죄를 입을 것을 두려워하여 궁중에 가서 태후를 모시고 있는 것이라 하니, 유세형이 그제야 깨닫게 되었다. 유세형이 장 씨를 사모하는 마음을 덜고 진양 공주의 어진 덕에 감동하여 여색을 멀리하고 학문에 힘썼다. 그 침착하고 엄숙한 행동이 전후 딴사람이 된 것 같았다.

▶ 유세형이 진양 공주의 어진 덕에 탄복함

유우성의 넷째 아들은 유세경으로, 어려서부터 노련하고 원숙하여 즐거움이나 노함을 드러내지 않으니 집안사람들이 '늙은 아이'라고 불렀다. 유세경은 15세에 광록대부 강선백의 사위가 되어 아내와 사이가 각별했다.

유우성의 다섯째 아들은 유세필인데, 수려한 용모를 지니고 있고 글재주가 탁월하였다. 유우성이 예부 상서 박영의 현명함을 알기에 그의 딸 박 씨를 며느리로 삼았다.

▶ 유우성의 아들 유세경, 유세창이 장성하여 혼인함

유씨 가문의 영화가 날로 더했다. 더욱이 진양 공주가 입궐한 후로는 유세형이 태후와 천자의 극진한 대접을 받았다. 유세형이 공연히 진양 공주를 박대한 일을 후회했다. 그리고 장 씨가 내쫓긴 것도 집안을 잘못 다스린 자기의 허물로 여기며 안타까워했다.

▶ 유세형이 진양 공주를 박대하고 집안을 잘못 다스린 것을 부끄럽게 여김

이때 북쪽 왜구가 난을 일으켜 남경을 침범했다. 천자가 유우성, 유세형에게 군사를 주어 도적을 물리칠 것을 명했다.

남경에 이르러, 유우성이 삼군을 진압하여 길을 막고 유세형이 수군을 거느려 뒤를 쳤다. 군사 쓰기를 매우 정교히 하니 백전백승이었다. 이에 천자가 매우 기뻐하며 유우성을 초국공에 봉하고 부마에게 진왕의 작위를 내렸다.

▶ 유우성, 유세형 부자가 왜구가 일으킨 난을 평정하고 큰 상을 받음

유세형이 국가를 위해 큰 공을 세운 일 없이 왕의 작위를 받았으니 사림의 조롱과 후세의 시비를 면할 길이 없다며 산간에 숨어 살고자 했다. 그러나 수개월 후, 태감 곡대용이 선태산맥 안탕산에 가서 유세형을 설득하여 돌아왔다. 천자가 부마의 왕위를 거두고 진공에 봉하여 유세형의 마음을 편하게 했다.

세월이 흘러 유세형의 나이가 차고 소견이 올바르게 되니 장 씨의 간교함을 드디어 깨달았다. 그리고 진양 공주의 맑은 행실과 어진 덕행을 알아 스스로를 부끄럽게 여겼다. 자연히 진양 공주와 인연을 다시 합치기가 어렵겠다는 생각이 들어 얼굴에 수심이 가득했다.

▶ 유세형이 진왕에 봉해지고 장 씨의 간교에 빠진 일을 후회함

한편, 천자의 후궁 양귀비가 황후의 글자체를 모방하여 흉계를 꾸민 일이 있었다. 진양 공주가 명철한 판단으로 양귀비가 황후를 모함한 것을 밝혔다. 천자가 공주의 총명함에 탄복하여 '여주공'의 작품을 내리고 대궐의 총재로 삼았다. 큰 경사이므로 풍악을 울리고 모든 공주의 부마와 군주의 남편을 불러 술을 마셨다.

유세형이 총재의 예복을 갖추고 맨 윗자리에 앉은 진양 공주를 보고 가슴이 마구 뛰어 천자가 옆에 계신다는 것조차 잊을 지경이었다. 집으로 돌아온 유세형은 진양 공주를 사모하는 마음이 점점 커져 모습이 초췌하게 되었다.

시간이 흘러 봄이 되었다. 태후가 이 부인에게 모든 며느리와 장 씨를 데리고 대궐에 와 알현하라고 하는 교지를 내렸다. 이 부인은 장 씨가 집안에 변을 일으키고 내쫓긴 일을 태후가 모르므로 크게 걱정하였다. 유우성이 이만하면 장 씨가 개과천선하였으리라 믿고 장 씨를 다시 불러들였다. 장 씨가 곧바로 의복을 고치고 나아가 이화정에 머물렀다. 그러나 유세형의 정이 이미 변한 것을 보고 크게 슬퍼했다.

며칠 후, 유씨 일가가 모두 대궐에 가 태후를 알현하고 돌아왔다. 장 씨가 대궐 안의 모습과 진양 공주의 혁혁한 얼굴을 떠올리니 기운이 막히는 듯했다. 또한 유세형이 흘겨보는 눈이 뼛속까지 서늘하므로 장 씨의 마음은 더욱 초조하고 부끄러웠다. 유세형은 장 씨에게 여색이 유해하고 미인이 요괴롭다면서 이전 일을 후회한다는 말을 하여 장 씨의 얼굴을 더욱 흙빛으로 만들었다.

▶ 진양 공주가 '여주공'이 되고 장 씨가 유씨 가문으로 돌아옴

진양 공주가 입궐하고 3~4년이 흘렀다. 새해 정월 대보름이 되어 유씨 집안 소년들이 서로 모여 즐겼다. 날이 저물어 형제들은 유세형에게 이화정으로 가 머물기를 권했다. 유세형이 이화정을 요사한

이의 거처라고 하면서 사납게 질책하고, 진양 공주의 덕을 칭송했다. 장 씨가 발끈하여 군자가 아녀자에게 허물을 미루고 자신의 죄를 면하고자 하는 것은 구차한 일이라고 했다.

유세형이 진양 공주가 결단코 정을 끊고자 하는 것을 알고 꾀를 냈다. 그리고 천문 지리에 밝은 친구 성한(성 태사)을 불러 이 일을 의논했다. 다음 날 성 태사가 조회에 나아가, 대궐에 머무는 외간 사람을 빨리 본집에 보내어 배우자를 얻게 해야 천기를 진정하고 국가에 일이 없을 것이라고 했다. 진양 공주는 유세형이 꾸민 일인 줄 알면서도 묵묵히 천자의 은혜를 받들어 진양궁으로 돌아갔다.

유씨 가문 모든 이들이 진양 공주가 돌아온 것을 환영하며 큰 잔치를 벌였다. 유세형이 진양 공주를 찾아가 자기의 어리석음으로 인해 공주를 괴롭게 한 것을 사죄했다. 그리고 예전 일은 장 씨가 어질지 못한 것이 원인이므로 앞으로 장 씨와 한방에서 머물지 않을 것을 맹세했다. 진양 공주가 안색을 바르게 하고 가장이 어질게 인도하지 못한 허물을 아녀자에게 미룬다고 탓했다. 또한 성 태사와 꾀를 내어 하늘의 뜻을 핑계 삼아 천자를 속인 것을 크게 꾸짖었다. 유세형이 식은땀을 흘리며 공주를 사모하는 마음이 간절하여 일을 도모했다고 하면서 용서를 빌었다. 이후, 유세형이 진양 공주와 화락한 분위기 속에 회포를 풀었다.

▶ 유세형이 꾀를 내어 진양 공주를 진양궁으로 데려옴

태후가 장 씨를 진양궁에 두어 진양 공주의 벗을 삼게 했다. 장 씨가 영운전으로 거처를 옮기니 진양 공주가 관대하게 대했다. 그러나 유세형은 태청전에 머물며 진양 공주와 잠시도 떨어지려 하지 않았다. 진양 공주가 유세형의 행동을 기뻐하지 않고 장 씨의 박명함을 염려했다.

어느 가을, 진양 공주가 병이 들어 위독하게 됐다. 장 씨는 속으로 기뻐하고 겉으로 근심하는 척하며 안부 묻기를 극진히 했다. 하루는 궁녀 사채홍이 화롯가에 앉아 약을 달이다가 잠시 졸았는데, 이 틈을 노려 장 씨가 약탕에 독을 부었다. 진양 공주가 그 약을 마시려다가 자세히 보고는 땅에 버리라고 했다. 곁에 있던 사람들이 그 명을 따르니, 약을 버리자마자 땅에서 불꽃이 일었다.

장면 포인트 ① 145P

이 소식은 대궐까지 닿아 태후와 천자가 행차하기에 이르렀다. 천자가 장 씨의 시녀 채운을 심문하니 장 씨가 진양 공주를 시기하고 질투하여 모해한 것을 발설했다. 태후가 장 씨를 하옥하고 유세형에게 집안을 잘 다스리지 못한 죄를 물었다. 진양 공주는 자신이 유세형과 장 씨의 정혼을 휘저어 오늘날 환란이 생겼다고 하며 눈물을 보였다. 그리고 성스러운 덕으로 장 씨를 용서하기를 바라니, 태후가 장 씨를 사옥(개인의 집에 만들어 둔 감옥)에 백 일 동안 가두는 데 그쳤다.

▶ 장 씨가 진양 공주의 약에 독을 풀다가 그 일이 발각됨

유우성이 장 씨를 백 일 가두었다가 귀양 보내고자 했다. 그러나 진양 공주가 장 상서와 아버님의 인연이 있는데, 그 자식을 귀양 보낸다면 성스러운 덕에 흠이 될 것이라며 장 씨의 죄를 용서해 달라고 했다. 유세형에게도 남편의 정이 편벽되어 아녀자 마음에 한이 서린 것이니 장 씨가 옥에서 나오거든 박대하지 말라고 했다.

한 달이 지났다. 진양 공주가 태후에게 글을 올려 장 씨를 사면해 줄 것을 청했다. 태후가 감동하여 장 씨를 사면하고 공주의 시첩으로 삼게 했다.

장면 포인트 ❶ 145P
옥에서 나온 장 씨가 천자에게 자신의 일을 발설한 죄를 물어 시녀 채운을 죽였다. 유우성의 차녀 현영이 이것을 모친에게 고했다. 맏며느리 소 씨가 이 부인에게 장 씨를 꾸짖기를 청했다.
▶ 진양 공주의 청으로 사면을 받은 장 씨가 옥에서 나와 채운을 죽임

한편, 유우성의 장녀 유설영이 장성하여 태학사 양정화의 아들인 양관과 혼인을 치렀다. ▶ 유우성의 장녀 설영이 장성하여 양관과 혼인함

[4권]

곧바로 이 부인이 영운전으로 향했다. 장 씨가 자결할 마음이 있어 식음을 전폐하고 누워 있다가 겨우 일어나 죄를 청했다. 장 씨의 예상과 달리, 이 부인이 온화한 태도로 위로하며 훈계하자 장 씨가 그 은혜에 감격하여 오열했다. 이 부인은 유세형에게도 편벽된 생각으로 부부간의 의를 끊지 말 것을 당부했다.

진양 공주가 이 소식을 들었다. 그리고 장 씨를 불러 예전 일은 일시의 서툶으로 인한 것이니, 부질없는 것에 마음을 두지 말고 화평하게 지내기를 바랐다. 장 씨가 그제야 진양 공주의 진심을 깨닫고 매우 부끄러워했다. 이후로 장 씨는 시서와 예약을 진양 공주에게 묻고 배우며 옛 현인의 풍모를 이었다.

유세형이 한 달에 20일은 진양 공주 곁에 머물고, 10일은 장 씨를 찾으며 둘을 한결같이 대우했다. 진양 공주가 장 씨의 개과천선을 태후에게 아뢰었다. 태후는 장 씨를 다시 진국 부인으로 봉했다.
▶ 장 씨가 진양 공주의 진심을 깨닫고 개과천선함

유우성의 둘째 딸은 유현영으로, 인품이 온화하고 강직한 데가 있었다. 유우성이 참정 양계성(양 참정)의 아들 양선(양생)의 글재주와 풍모를 보고 혼인하기를 청했다.

양 참정이 계모 팽 씨를 염려했다. 팽 씨는 시기심이 많고 포악하였는데, 부친이 세상을 떠난 뒤로는 집안을 다스리는 권한을 모두 쥐고 더 흉포하게 굴었다. 팽 씨가 양 참정이 유우성 집안과 혼인을 약속한 것을 알고 벌컥 화를 냈다. 양생을 자기 조카딸 민순랑과 혼인시킬 계획을 하고 있었기 때문이다. 양 참정이 팽 씨의 노기를 두려워하여 유현영과 먼저 혼인시키고, 민순랑을 다시 취해도 늦지 않을 것이라고 했다. 이에 팽 씨가 잠깐 마음을 풀어 혼인을 허락하여 양생이 유현영을 아내로 맞았다. ▶ 유우성의 차녀 현영이 양생과 혼인함

다음 날, 팽 씨가 양 참정을 불렀다. 양생이 유현영과 혼인했으니 민순랑을 어서 맞이하여 정실로 삼으라는 것이었다. 양 참정의 근심이 깊었다. 양생은 명문가 여인을 이유 없이 정실 자리에서 끌어내리는 것은 어렵다고 하면서도, 우선 순종하였다가 할머니인 팽 씨가 깨달으시기를 기다리자고 했다.

양생과 민순랑의 혼인이 며칠 남지 않았다. 천자가 소년 선비들을 모아 글을 짓게 했는데 양생이 장원을 했다. 유세형이 매부가 급제한 것을 축하하며 유씨 집안에 초대했다. 해가 넘어갈 무렵 양씨 집안 하인들이 양생을 부르러 왔다.

팽 씨가 신랑을 청하는 민씨 집안 하인들이 오랜 시간 양생이 유씨 집안에서 나오기를 기다렸다는 말을 듣고 분노를 감추지 못했다. 팽 씨는 이것을 유 씨 요물의 수작이라고 하면서 유현영을 잡아다가 때리고 양생의 혼례복을 찢었다. 양생이 할머니를 온화한 말로 타일렀다. 그리고 관복을 입고 나아가 민순랑의 집에 가 예식을 치렀다. 양생이 신부를 보니 얼굴에 살기가 어리고 사악한 기운이 있었다. ▶ 팽 씨가 강권하여 유생이 민순랑과 혼인함

팽 씨의 침당 곁에 있는 영파정을 민순랑의 침소로 정했다. 팽 씨와 민순랑이 한 패가 되니 유현영의 인생이 가련할 뿐이었다. 어느 날, 팽 씨가 유현영의 트집을 잡아 정실의 자격이 없다고 하면서 민순랑을 대할 때 시첩이 부인을 보듯 하라고 시켰다. 유현영이 그 말을 따라 공손한 태도를 보이므로 양생은 아내의 효행과 덕량을 더욱 사랑할 수밖에 없었다.

팽 씨가 유현영을 사랑하는 체하며 숙소를 옮겨 자신의 곁에 두고, 자기와 순랑의 의복을 만들어 올리게 했다. 그리고 저녁마다 양생을 찾아 민순랑의 방에 친히 데려다 두고 밖에서 문을 잠그니, 양생이 안타까워하면서도 몇 달을 한결같이 순종했다.
▶ 팽 씨가 유현영에게 모질게 굶

하루는 양생이 오래 떨어진 정을 참지 못하고 베 짜는 소리를 좇아 유현영을 찾아갔다. 유현영이 팽 씨가 화낼 것을 두려워하며 양생의 손을 뿌리치고 아무 말도 하지 않았다. 양생이 통탄하며 식음을 전폐하니 병이 들었다. 모친 임 부인이 아들을 불쌍하게 보고 유현영을 불러 돌보게 했다. 팽 씨에게는 며느리가 병이 나 자기 처소에 두었다고 핑계를 댔는데, 나중에 일이 탄로 났다. 팽 씨가 유현영을 잡아 오게 하여 기절하도록 매를 쳤다. 그리고 임 부인도 매우 꾸짖으니 양생이 괴로워했다. ▶ 양생이 유현영과 함께하지 못하여 병이 듦

팽 씨는 임 부인이 유현영을 매우 사랑하므로 양 참정 부부 사이마저 방해하고자 괴이한 계책을 꾸몄다. 대대로 명문가이나 빈천하고 재주가 없어 늦도록 공명을 이루지 못한 육모 서생이라는 자가 있었는데, 그 딸에게 구혼하여 양 참정과 혼인시키려 한 것이다. 팽

씨는 임 부인의 성품과 행실이 종부에 합당치 않으므로 육 씨를 부인으로 삼고 임 부인을 종부에서 내리라고 했다. 양 참정이 재취할 뜻이 없다고 하자, 팽 씨가 발을 구르며 목을 매려 했다. 양 참정이 뜻을 꺾고 육 씨를 아내로 맞았다. 임 부인은 조금도 불평함이 없었다. 육 씨의 고운 용모와 아름다운 기질이 마치 임 부인과 같았다. 사람들이 육 씨를 두고 사리에 어둡고 어리석은 여인이라고 했는데, 이는 사실과 달랐다. 육 씨가 임 부인을 정성껏 섬기며 유현영을 대접하니 화락한 기운이 가득했다. 팽 씨가 계획이 실패한 것을 알고 민순랑과 함께 다시 계책을 논의했다.

▶ 팽 씨가 양 참정 부부를 미워하여 육 씨를 들임

유현영과 민순랑이 각각 임신하여 만삭이 됐다. 유현영이 먼저 사내아이를 낳으니 팽 씨가 곧바로 없애려고 하다가 심복인 시녀를 시켜 신생아를 감췄다. 그리고 아이가 아니라 괴이한 핏덩이를 낳았다고 하니 모두가 아이를 사산한 줄 알았다.

장면 포인트 ② 148P

팽 씨가 민순랑, 육 씨를 불러 아이를 어떻게 할 것인지 의논했다. 육 씨가 유현영을 불쌍하게 생각하여 거짓으로 계책을 냈다. 민순랑이 아들을 낳는다고 장담할 수 없으므로 이웃집에 아들을 맡겼다가 민순랑이 해산하는 날 남녀를 보아 가며 처리하자고 한 것이다. 며칠 후, 민순랑이 여자아이를 낳았다. 팽 씨가 유현영이 낳은 사내아이를 데려다가 민순랑이 낳은 척하고, 여자아이는 길가에 버렸다. 육 씨가 몰래 나가 이 일을 임 부인에게 고했다. 양생 부자가 매우 기뻐하며 유현영에게도 알려 주었다.

▶ 팽 씨가 유현영이 낳은 사내아이를 데려와 민순랑이 낳은 척하고, 민순랑의 아이는 길가에 버림

춘삼월, 팽 씨가 전염병을 얻어 병세가 위독했다. 양생과 유현영이 정성을 다해 간호했는데, 민순랑은 병이 옮을 것을 두려워하여 아이를 데리고 친정으로 가 버렸다.

한 달 남짓이 지나자 팽 씨가 조금 정신을 차렸다. 팽 씨는 양생, 유현영에게 감동하고 민순랑이 달아난 것에 분노했다. 팽 씨가 자기의 악행을 털어놓고 예전 일을 뉘우치며 유현영이 낳은 아이도 찾아주겠다고 했다.

전염병이 지나가고 시댁이 안정을 찾았다는 소문을 듣고 민순랑이 아이를 데리고 돌아왔다. 팽 씨가 크게 화를 내며 사납게 굴었다. 민순랑도 성질을 참지 못하고 주먹으로 팽 씨의 가슴을 밀치며 큰 소리로 발악했다. 양 참정과 양생이 곧바로 민씨 집안에 기별하여 민순랑을 내치고 아이는 빼앗아 어미 유현영에게 돌려보냈다. 이후, 집안이 매우 화목했다.

▶ 팽 씨가 양생과 유현영의 정성에 감동하여 예전의 일을 뉘우치고 민순랑을 내쫓음

모든 일이 진정되고 유현영이 양생과 함께 친정 나들이를 떠났다. 이 부인이 딸을 매우 애중하여 오래 머물기를 바라며 양씨 집안에

청을 넣었다. 유현영이 시부모의 허락을 얻어 5~6개월을 친정에서 지냈다.

민순랑이 부자에게 개가했다. 그러나 교만함을 버리지 못하고 방자하게 굴다가 일이 잘못되어 기녀 신세로 전락하고 말았다.

▶ 유현영이 양생과 함께 친정 나들이를 가고, 민순랑은 개가하였다가 기녀 신세가 됨

이때, 유세형이 서천의 국경을 침범한 외적을 물리치고 천자에게 교방 미녀 열 명을 하사받았다. 진양 공주가 그 미인들의 본향과 부친 이름을 보고 민순랑이 포함되어 있는 것을 알았다. 유세형과 진양 공주는 유현영에게 이 사실을 알리고 일을 처리하는 것이 좋겠다고 생각했다.

곧 설날이었다. 유세형과 진양 공주, 장 씨가 신하들의 인사를 받았다. 진양궁에 머물던 유현영도 함께했다. 뒤이어 천자가 하사한 교방 미녀들도 예를 갖춰 인사하기 위해 들어왔는데 민순랑도 끼어 있었다. 유현영이 민순랑을 보고 깜짝 놀랐다.

유세형이 민순랑을 집에 데리고 가 양생의 첩으로 거두거나 제 부모에게 돌려보낼 것을 권했다. 그런 후 민순랑을 기적(기생들을 등록해 놓은 책)에서 빼고 문서를 만들어 주었다.

▶ 유세형이 민순랑을 보고 기적에서 빼 줌

[5권]

며칠 후, 유현영이 민순랑과 함께 시댁으로 돌아갔다. 양생이 민순랑의 사람됨과 행동거지를 알기에 하루빨리 집에서 내보내려고 했다. 마침 민순랑의 친척이 고향 영주로 간다는 소식을 들었다. 양생은 거기에 민순랑을 동행하게 하여 그 부모에게 보냈다. 민순랑의 부모는 딸을 다시 근처 이웃 재물 많은 자에게 개가시켰다.

▶ 민순랑이 양생의 집에서 더 머물지 못하고 고향 영주로 떠남

유우성의 셋째 딸은 유옥영으로, 총명하고 지혜로웠다. 다만 사람됨이 강하고 말이 가벼워 숙녀의 덕이 부족하므로 늘 부모가 엄히 꾸짖고 근심했다.

장면 포인트 ③ 151P

유옥영이 장성하여 각로 사천(사 각로)의 아들 사강(사 어사)과 혼인했다. 유옥영은 재상가 귀한 딸과 며느리로서 남편의 총애를 받자 세상 두려울 것이 없어 말이 방자하고 행동이 교만했다.

▶ 유우성의 셋째 딸 옥영이 장성하여 사강과 혼인함

몇 개월이 지나 부부의 정이 소원해지고, 사 어사가 외당에서 기생들을 모아 풍악을 울리는 일이 많았다. 투기가 심한 유옥영이 기생들을 마구 치고 사 어사를 꾸짖었다. 사 어사가 버릇없는 아내의 언행에 크게 노하여, 규방의 예법을 닦아 잘못을 뉘우쳐야 다시 만날 것이라 했다.

유옥영이 분한 마음으로 친정을 찾았다. 유우성과 이 부인이 매우 놀라 부녀자의 예법을 훈계하고 딸을 하영당에 가뒀다. 그리고 사

씨 집안에 일러 딸을 개과시켜 돌려보내겠다고 했다. 이에 사 각로가 아들을 매로 치고 유씨 집안으로 가 장인을 모시고 아내를 깨우쳐 함께 돌아오라고 했다. 이에 유우성이 사위를 서헌에 데리고 있으면서 시서와 예악을 가르쳤다. ▶ 유영영이 사 어사와 다투고 친정으로 돌아오고, 사 어사도 부친의 명에 따라 유씨 집안에 머묾

유세형이 사 어사에게 아름다운 창기 둘을 주어 어린 누이의 강한 기세를 꺾게 했다.

이때, 유옥영이 사 어사를 원망하며 식음을 전폐하고 누워 있었다.

장면 포인트 ❸ 151P

사 어사가 두 창기와 노래를 부르고 춤을 추며 아내의 신경을 거슬렀다. 유옥영이 기절하고 일어난 뒤에도 그 일은 계속됐다. 모친과 형제가 더욱 부추기니 유옥영은 더욱 한스러울 뿐이었다.

몇 년이 흘렀다. 사 어사가 여전히 같은 행동으로 아내를 자극하니 유옥영의 강한 기운도 날로 사라지는 듯했다. 결국 유옥영이 부모의 가르침을 깨닫고 소박하고 온화한 사람으로 거듭났다. ▶ 사 어사가 일부러 기생들과 어울리며 유옥영의 기세를 꺾고 개과천선시킴

그런데 유옥영이 유세기와 사 어사가 나눈 말을 들은 것이 화근이 됐다. 자기의 기세를 꺾고 잘못을 뉘우치게 하기 위해 남편이 거짓으로 행동한 것을 안 유옥영은 식음을 전폐하고 죽기로 작정했다. 유옥영이 병을 얻어 피를 토하고 엎어지니 곧 죽은 줄 알고 사람들이 발상 준비를 했다. 사 어사가 부질없는 소년의 장난으로 그랬으나 본심은 전혀 다르다고 절의(節義)를 고백하며 크게 뉘우쳤다.

진양 공주가 유옥영의 주성(主星)이 맑은 빛을 내는 가운데, 한 조각 구름이 낀 것을 보았다. 진양 공주가 곧바로 하영당에 가 유옥영에게 침을 놓고 약을 썼다. 유옥영이 정신을 차리고 눈을 떴다. 진양 공주가 유옥영의 손을 잡고 이치에 맞는 말로 일깨우니 유옥영의 막혔던 가슴이 탁 트이는 것 같았다. ▶ 유옥영이 사 어사가 자신을 일깨우기 위해 꾀를 낸 것을 알고 죽을 고비 넘김

사 어사가 온갖 다정한 말과 행동으로 아내를 대했다. 그러나 유옥영은 예전의 부끄러운 행실을 반성하며 어버이 곁에 여생을 마치고자 했다. 여러 날이 지나도 그 뜻이 꺾이지 않았다.

사 어사가 꾀를 내어 식음을 전폐하고 병이 든 척했다. 유옥영이 처음에는 본척만척하더니 한 달이 지나자 지극정성으로 남편을 간호했다. 오래가지 않아 사 어사가 사실을 털어놓았다. 그리고 피차 지난 허물은 털어 버리고 화락하기를 바라니 유옥영도 투기는커녕 부드럽고 잔약한 연인이 되어 평생을 보냈다. ▶ 유옥영이 사 어사와 오해를 풀고 화락함

한편, 천촉의 절도사 풍양이 세력을 키워 역모를 일으켰다. 유우성과 유세창, 유세경 형제가 천자의 명을 받아 관군을 이끌고 길을 떠났다.

풍양이 뛰어난 기상과 재주를 지닌 것으로 알려진 유우성이 전장에 온 것에 깜짝 놀랐지만 이미 시작한 일을 그칠 수 없는 노릇이었다.

풍양 이삼군을 정제하고 동관 아래에 이르렀다. 유우성은 적의 본거지가 비어 있을 것을 알고 유세경을 시켜 적의 식량 보급로를 막고 그 뒤를 치라고 했다. 그리고 평천 광야로 나아가 풍양과 마주했다. 유우성이 풍양과 활 쏘기, 진법 등을 겨루며 풍양 진영의 장군을 무수히 죽였다. 다른 병사들도 유세경이 쓴 격문에 감화되어 명나라 군사의 진중으로 달아났다. 풍양이 더 이상 어쩌지 못하고 자결했다. ▶ 유우성이 두 아들과 함께 풍양이 일으킨 난을 평정함

유우성은 군사를 돌려 경성으로 돌아가려고 했다. 그런데 유세창이 두어 달 떨어져 지내며 산을 유람한 후 돌아가기를 청했다. 유우성이 흔쾌히 허락했다.

유세창이 부친께 하직하고 하인 몇 사람과 산천을 유람하다 사천에 이르렀다. 유세창은 진귀한 풀과 맑은 경치를 탐미하니 의사가 탁 트이고 맑은 흥이 일어 부친의 가르침조차 잊을 지경이었다.

청성산 아래 머물다 다시 길을 가는데 바람결에 글 읽는 소리가 낭랑하게 들렸다. 유세창이 그 목소리를 찾아가니 한 소년이 있었다. 목소리와 풍치가 매우 빼어나 결코 세속의 인물 같지 않았다.

유세창이 소년에게 다가갔다. 글은 좋으나 음성이 슬프고 외로운 데가 있어 반드시 가슴속에 소회가 있을 것이니, 서로의 소회를 풀기를 청했다. 소년은 자기를 설초벽이라고 했다. 일찍 부모를 여의고 주인 노파에 의탁하여 글을 읽는 처지인데, 경사에 나아가 보기를 원했으나 여비가 없어 병법서나 읽으며 마음을 달래고 있다고 했다. 유세창은 설초벽의 아름다운 풍채와 미모에 탄복하였다. 그리고 자신과 함께 경사로 떠나 입신양명의 뜻을 이루자고 하였다. 유세창이 설초벽의 형이 되어 밤새도록 이야기를 나눴는데 설초벽이 두루두루 모르는 것이 없었다. ▶ 유세창이 사천에서 설초벽을 만나 형제의 의를 맺음

사실 설초벽은 전임 예부 상서 설경화의 딸이었다. 부모가 고향으로 돌아와 일찍 죽자 설초벽이 남자처럼 꾸미고 글을 공부하며 몸을 보호한 것이다. 풍양이 역모를 꾀하여 난세를 만났을 때는 스스로 병서를 읽고 무예를 익혔다. 그러나 이웃 사람들이 설초벽을 풍양에게 천거하여 선봉장을 시키려 들자, 충신 가문으로서 풍양을 좇을 수 없다고 생각하여 산속으로 숨었다. 그런데 이곳에서 영특한 기품을 가진 유세창을 만났으니 설초벽은 그에게 몸을 의탁하여 평생을 보내기로 마음먹었다. ▶ 설초벽이 유세창에게 의탁하기로 마음먹고 동행하여 경사로 떠남

유세창과 설초벽이 동행하여 길을 떠났다. 유세창은 설초벽을 평생의 지기(知己)로 생각하며 정을 주었다. 하루는 이런저런 이야기를 나누다가, 설초벽이 문득 유세창에게 첩을 두지 않은 이유가 있는지 물었다. 유세창은 부형이 엄하고 선대의 가법(家法)에 두 처를 용납하지 않는다고 했다. 그럼에도 자기는 다른 여인을 들일 마음이 전혀 없는 것은 아니라고 하니 설초벽이 미소를 보였다. 유세창

이 설초벽이 여인인 것을 눈치챈 것은 아니었으나 지금의 말에 무슨 뜻이 있는 것을 짐작하고 차후 모든 일에 유의했다.

▶ 설초벽이 유세창이 첩을 들일 의중이 있는지 떠봄

장면 포인트 ❹ 154P

주목 유세창이 경사에 도착하여 천자께 먼저 사례하고 집으로 돌아와 부모를 뵈었다. 온 가족이 반갑게 맞이하면서 너무 더디게 온 것을 꾸짖었다. 유세창이 사죄하고 설초벽을 데리고 온 것을 고백하니 모두들 놀라고 괴이한 일로 여겼다.

유우성이 서헌으로 나와 설초벽을 바라보니 높은 기질과 수려하고 깨끗한 풍채가 놀라울 정도였다. 유세기는 설초벽을 보자마자 바로 남자가 아닌 것을 알았지만 말하지 않았다. 그리고 아우들에게 당부하여 설초벽이 타향 사람으로 우리들을 서먹하게 여길 것이니, 그를 번잡하게 하지 말고 편히 있게 하라고 했다.

유우성 및 유세창 형제가 설초벽을 별채인 송죽헌에 머물게 하고 각별히 대접했다. 유세창은 송죽헌에 계속 머물면서 설초벽과 온종일 대화를 나눴는데, 말마다 자신과 뜻이 맞는 것을 신기하게 여겼다.

▶ 설초벽이 유씨 집안에 머물며 유세창과 정을 쌓음

유세창이 매일 송죽헌에 머물며 설초벽과 함께하니 아내인 남 씨의 시름이 깊었다. 이 일을 이 부인이 알고 아들을 훈계했다. 유세창은 일부러 처자를 박대한 것 아니라 설초벽이 객지에서 외로운 처지로 있으면서 믿을 사람이 자기밖에 없기에 자연히 매몰차게 대하지 못한 것이라고 변명했다. 그리고 곁에 있던 남 씨의 안색이 초췌한 것을 불쾌해하며 밖으로 나갔다.

그날 밤, 유세창이 매화정의 부인을 찾았다. 유세창은 남 씨에게 외롭고 의탁할 곳 없는 벗을 위로하는 것이 신의 있는 군자의 도리임을 말하며 자기 뜻을 이해해 달라고 했다. 또한 공연히 근심하는 낯을 하여 모친이 자기를 훈계하게 할 일을 꾸짖었다.

남 씨가 사죄하는 한편, 부부로서의 도리를 이야기했다. 처자와 이별의 회포를 풀고도 벗을 위로할 여가가 있을 것인데 남편이 편벽되어 인정이 고르지 못하다는 말이었다. 유세창이 옳은 말이라고 생각했다. 이후로는 숙소를 매화정으로 정하여 지내고, 낮에는 설초벽과 더불어 소일했다. ▶ 유세창이 설초벽을 자주 찾는 일로 남 씨와 갈등을 겪음

설초벽이 송죽헌에 머물며 곰곰이 따져 보았다. 유씨 집안의 가법이 재취를 하지 않는다고 하니 자기가 유세창에게 혼인을 구하는 것은 순탄치 않을 것 같고, 마땅한 일도 아니라는 생각이 들었다. 마침 천자가 과거를 열어 문무 인재를 뽑았다. 설초벽은 과거에 급제하여 자기 실상을 드러내기로 했다. 그리고 천자에게 유세창과 혼인시켜 줄 것을 청하기로 마음먹었다. 설초벽이 평생의 재주를

장면 포인트 ❹ 154P
다 펼쳐 장원으로 뽑혔다. 천자가 설초벽의 기이한 재주와 용모를 보고 매우 기뻐하며 표기 장군 병부 시랑으로 삼았다.

▶ 설초벽이 유세창과 혼인하기로 마음먹고 장원 급제하여 천자 앞에 나아감

[6권]

장면 포인트 ❹ 154P

설초벽은 천자에게 머리를 조아리고 죄를 청하며, 자기가 어린 시절 부모를 잃고 강포한 자로부터 몸을 보호하기 위해 남장(男裝)을 한 여인임을 밝혔다. 여자의 몸으로 유세창과 동행하여 먹고 자기를 하였으니 다른 사람을 좇기 어렵고, 스스로 구하여 유세창에게 시집간다면 법도에 어긋나는 일이므로 만인의 어버이인 천자께서 유세창과 자기의 혼인을 추진해 주기를 바랐다. 유세창이 매우 놀라 안색이 흙빛이 됐다. ▶ 설초벽이 정체를 밝히고 천자에게 혼인을 청원함

천자가 설초벽의 재주와 용모, 의협심이 뛰어나고 사정이 불쌍하다고 하면서, 설초벽을 여학사 여장군에 임명하고 영릉후 유세창의 둘째 부인으로 정했다. 유우성이 마지못해 성은에 감사하였고, 유세창은 너무나 뜻밖의 일이어서 기쁜 줄도 몰랐다. 황명에 따라 유세창과 설초벽이 혼례를 올리고 설초벽의 숙소를 매화정 맞은편인 월하정으로 정했다.

▶ 설초벽이 유세창과 혼인함

이 부인이 남 씨의 손을 잡고 아들이 둘째 부인을 맞은 일을 한탄하니, 남 씨가 투기하는 더러움을 이야기하며 화평한 기색으로 웃었다. 이 부인이 남 씨를 더욱 애중하며, 유세창의 여자 형제들은 설초벽이 계책을 꾸며 혼인한 일을 헐뜯었다. 설초벽이 시부모를 정성으로 받들고 남 씨와 화락하면서 조금도 거짓됨이 없었다. 처음에 설초벽을 비웃던 사람들도 점점 그녀를 사랑하고 공경하게 됐다.

유세창은 남 씨와 설초벽의 처소에 각각 보름씩 나누어 있으면서 매사 공평한 듯 굴었지만, 설초벽에게 더 끌리는 마음을 숨기지는 못했다. 이 부인이 아들의 속내를 알고 남 씨의 남은 평생을 걱정하면서, 유세창에게 조강지처를 저버리지 말기를 당부했다. 유세창은 매화정을 찾아 남 씨가 화평한 빛을 보이지 않아 부모님께 염려를 끼쳤다고 꾸짖었다. 남편의 매몰차고 박정한 태도에 남 씨가 까닭을 모르고 눈물을 흘렸다.

설초벽이 기이한 재주를 지닌 여인으로, 남편이 집안을 잘 다스리지 못하고 남 씨를 박대하는 것을 짐작해 알았다. 설초벽이 시부모를 찾아가 자기가 집안을 요란하게 할 뿐이니 고향 집으로 물러가 돌아가신 부모에게 제사를 지내며 자식 된 도리를 다하겠다고 했다.

유세창이 이 일의 전말을 전혀 알지 못하고 설초벽과 함께 텅 빈 그녀의 고향집을 찾았다. 설초벽이 술잔을 부어 건네고는, 이 한 잔 술로 부부의 의를 끊고 다시 형제와 친구의 정을 잇고자 했다. 그리고 이미 덕이 있는 정실을 두고도 겉으로만 친한 척하여 자기를 욕되게 하니 마음이 기쁘지 않은 지 오래이므로 이곳에 머물며 한 달에 한 번 시댁에 나아가 인사하겠다고 했다.

유세창이 마음이 어지럽고 가슴이 무너지는 듯했다. 그러나 말로 설초벽의 뜻을 꺾기 어려울 줄 알고 이별한 뒤 돌아왔다. 설초벽이

자식을 본 뒤로는 도성 남쪽 만세산 곁에 큰 집을 짓고 더욱 은자(隱者)와 같이 살며 세상사를 잊고자 했다.

▶ 설초벽이 유세창이 남 씨를 박대하는 것을 알고, 집을 나와 은자처럼 살아감

유우성의 막내아들 유세필은 결혼한 지 4~5년이 지나도록 아내와 정이 없었다. 아내 박 씨의 재주와 미모를 기특해하고 그 아름다운 덕행을 옳게 여기면서도 흠모함이 없었다. 부모가 아내와 머물기를 권하면, 즉시 그곳으로 가 누워 자는 체하다가 닭이 울면 나와 외당으로 향했다. 이 부인이 자주 훈계하니 유세필이 근심하다가 술을 마시고 박 씨를 찾아갔다. 박 씨는 천성이 빙옥 같아 남편이 후대하고 박대하는 것을 신경 쓰지 않았다. 유세필이 술에 취해 화풀이를 하며 조롱하니 바른 말로 꾸짖을 뿐이었다. 유세필은 아내의 말이 옳은 것을 알면서도 박 씨가 순종하지 않는 것을 좋아하지 않게 여겼다. 이후로도 부모, 형제의 엄한 가르침이 있었다. 유세필이 박 씨의 성품 등을 트집 잡으며 어버이 앞에서 죽을지언정 박 씨와 부부간의 의리를 지켜 화락하기 어렵겠다고 했다.

▶ 유세필이 아내 박 씨와 정이 없어 갈등함

문득 시비가 박 씨의 부친 박 상서 어른이 좌천당했다는 소식을 알렸다. 박 상서가 천자에게 간언했다가 운남 포정사로 내쳐진 것인데, 딸과 인사를 하러 온 것이었다. 박 씨가 눈물을 흘리며 늙은 부모를 모시고 변방으로 함께 가기를 간절히 청했다. 유우성은 박 상서가 곧 돌아올 것이라 믿었기에 다시 만날 것을 생각하고 허락했다. 유세필은 박 씨가 부모를 따라가고자 하는 것과 박 상서가 자기가 아닌, 부친 유우성의 허락을 구해 아내를 데려가려는 것을 불쾌하게 생각했다. 그러나 안색을 바르게 하고 순순히 부친의 명을 따랐다. 이후, 유세필은 아내가 집에 없자 마음이 평안했다.

박 씨 가족이 운남으로 떠났다. 광동 지방에서 잠시 쉬어 가는데, 이곳은 해마다 흉년이 들어 도적이 많았다. 밤이 깊자 한 도적 무리가 안채로 들어가 많은 인명을 살해하고 재물을 훔쳤다. 이들이 박 씨의 어머니도 죽이려 했는데, 박 씨가 종이 되어 은혜를 갚겠다고 하면서 어머니를 살려 달라고 빌었다. 이십여 일이 흘렀으나 박 씨의 종적을 알 수 없었다. 박 어사가 할 수 없이 운남으로 떠나면서 유씨 집안에 이 사실을 알렸다.

▶ 박 씨가 좌천당한 부친을 따라 변방으로 향하다 도적에게 잡혀감

유우성이 박 씨의 일을 전하니 유세필의 안색이 변했다. 유세필은 근심하는 한편, 아내를 능멸하여 쫓아낸 일이 없는데 박 씨가 스스로 비분강개하여 부모를 따라 만 리 변방으로 떠났다가 화를 만났으니 아녀자의 행동에 맞지 않다고 생각했다.

삼 년이 흘러 박 씨가 돌아올 기약이 없었다. 유세필이 재취하여 순 씨와 혼인을 치렀다. 순 씨는 키가 팔 척이고 추한 얼굴을 했으며 행동거지가 우스웠다. 그러나 유세필은 차갑고 옥같이 강한 성격의 박 씨를 보다가 박색이지만 순박하고 우직한 순 씨를 보니 오히려

속이 시원한 데가 있었다. 유세필은 자주 해운정의 순 씨를 찾아 부부간의 도리를 다했다.

▶ 박 씨가 돌아올 기약이 없자, 유세필이 재취하여 순 씨를 아내로 맞음

이때, 산서·산동·하남·하북에서 폭도들이 창궐했다. 유세기가 산서·하남·하북의 도적들을 토벌하고 산동에 이르렀다. 이곳은 공자가 살던 땅으로 교화가 남아 있었다. 다만 굶주리고 헐벗은 자가 많을 뿐이었다. 유세기가 창고를 열어 백성을 어루만져 주니 기근이 사라졌다.

하루는 유세기가 여유가 있어 유생들에게 이 고장에 어진 선비가 있는지를 물으니 모두 한 인물을 말했다. 다음 날, 유세기가 수수한 복장으로 그 선비의 집을 찾았다. 한 노파를 따라가니 초당에서 한 서생이 글을 읽고 있었다. 서생이 일어나 예를 갖춰 인사하니, 유세기가 박 씨인 것을 알아보고 크게 놀랐다.

▶ 유세기가 난을 진압하러 간 곳에서 우연히 남장을 한 박 씨를 만남

일이 이렇게 된 것이었다. 박 씨가 도적이 취한 틈을 타 행장 속에 들어 있던 조카의 옷을 꺼내 입고 마구 달아났다. 오십여 리를 벗어나 어디인 줄 모르고 있었는데, 한 무리의 뱃사람이 다가와 진강부 양자강가라고 했다.

도적들이 박 씨를 뒤쫓았다. 한 백발 노옹이 귀한 집 공자가 도적의 화를 만난 줄 알고 박 씨를 배에 태워 달아났다.

두어 달이 지나, 백발 노옹이 박 씨를 남자로 착각하고 자기 딸과 혼인시키려 했다. 그러나 박 씨가 부모의 허락을 핑계 삼아 혼인 약속만 하는 데 그쳤다. 오래지 않아 백발 노옹이 죽고, 주인 노파와 그 딸만 남았다. 박 씨가 자기 소식을 알릴 길이 없어 슬퍼하다가 몇 해를 보내고, 성명을 박종언이라 하면서 서당에 머물렀다.

▶ 박 씨가 도적에게서 벗어나 백발 노옹의 집에 의탁하게 된 사연

유세기가 박 씨를 우선 서생으로 대하며 경사로 데려가기를 청했다. 박 씨가 친정에서 평생토록 지내기로 마음먹고 노파와 그 딸과 함께 행장을 차려 유세기를 따랐다. 이때, 노파의 딸은 박 씨가 부친의 은혜를 갚기 위해 자기를 곁에 두나 혼인에 뜻이 없는 것을 알았다. 유세기를 찾아가 거두어 주기를 바랐으나 여색에 뜻이 없는 유세기가 단호하게 거부했다.

경사에 도착한 후, 유세기가 박 씨를 박 상서 집안으로 보내고 부모에게 박 씨를 만난 사연을 털어놓았다. 유세필의 후처 순 씨가 공사(公事)나 신경 쓸 것이지 쓸데없이 박 씨를 데려왔다고 따지자 모든 이가 해괴하게 생각했다. 유세필은 박 씨가 돌아온 것을 다행으로 여기는 한편, 박 씨가 자초하여 일이 어지럽게 된 것을 생각하니 기쁘지 않았다.

▶ 유세기가 박 씨를 경사로 데려오고 이 소식을 가족들에게 알림

[7권]

박 씨가 친정으로 돌아왔다. 박 씨의 형제인 박 어사가 유세필의 재

취 소식을 전했다. 박 씨는 남편이 자기를 천하게 여긴다면 부모 형제들과 함께 여생을 마치겠다고 했다. 박 어사가 말을 전하니, 유우성이 몸으로 어머니를 대한 것은 효도이고, 옷을 바꿔 입고 몸을 빼어 달아난 것은 지혜라고 하면서 당장 며느리에게 돌아오라고 했다. 유씨 집안사람들이 박 씨를 기쁘게 맞았다. 문득 순 씨가 거들먹거리고 걸어 나오니, 박 씨가 순 씨인 것을 알고 예의를 갖췄다. 순 씨는 박 씨가 미인이니 반드시 도적에게 욕을 보았을 것이라고 하면서 모진 말로 욕을 보였다. 자리에 있던 모든 이들이 순 씨를 해괴하게 생각했다. 박 씨는 한 사람을 섬길 사이이니 화목하게 지내길 바란다고 했다.

유세필이 박 씨가 집으로 돌아온 것을 알고도 기쁜 빛이 없자, 박 씨는 부끄럽고 서먹한 마음에 남편을 피하여 오랫동안 보지 않았다. 하루는 저녁 문안을 마치고 우연히 마주했는데, 박 씨가 곧바로 협실 문을 닫았다. 유세필은 남편을 대하는 박 씨의 태도를 꾸짖고, 박 씨가 도적과 모의하여 흉한 뜻을 품고 여기에 왔을 것이라고 하면서 밖으로 나가 버렸다.

한편, 박 씨를 따라온 노파와 그 딸은 박 어사 형제가 죽을 때까지 편안하게 지내도록 돌보아 박 씨에게 베푼 은혜를 갚았다.

▶ 박 씨가 유씨 집안으로 돌아왔으나 남편 유세필이 박대하여 처소에만 머묾

박 씨가 협실에만 머물면서 점점 바깥출입을 하지 않았다. 잘 먹지 못하니 얼굴은 나날이 수척해졌다. 결국 등창이 생겼는데, 죽기를 바라고 감기인 척하며 누워 있었다. 박 씨의 거처를 백화정으로 옮기고 온 집안사람들이 간호했다. 박 씨 형제가 와도 유우성이 데리고 병을 논의할 뿐, 유세필은 한 번 들여다보지 않았다.

하루는 유세필이 사람들이 없는 틈을 타서 백화정으로 향했다. 부친의 행동에 마음이 영 불편했기 때문이다. 유세필이 박 씨 손을 잡고 말을 붙여 보았으나 답이 없었다. 병색이 짙은 박 씨 모습을 보니 안타까운 마음을 감출 수 없었다. 팔에 앵혈이 선명한 것을 보고는 더욱 참담하여, 아내가 깨어난다면 자기가 조용히 달래어 아내의 마음을 돌이키리라 결심했다.

유세필이 박 씨를 간호하며 몸을 두루 주물렀다. 유세필의 손이 등에 닿자 박 씨가 몸을 솟구쳤는데, 그제야 박 씨 등에 큰 종기가 가득한 것을 알았다. 유세필이 박 씨의 속마음을 알고 슬픔에 잠겼다. 이후, 어의 최각을 불러 등창을 치료하니 박 씨가 점점 정신을 차렸다. 유세필은 박 씨가 좋은 낯을 하지 않아도 정성껏 보살피며, 지난날 아내를 박대한 잘못을 빌었다.

▶ 박 씨가 등창을 얻었다가 쾌차하면서 유세필과 화해하게 됨

박 씨가 쾌차하자, 여러 부인들이 박 씨가 돌아온 것을 축하하는 자리를 벌였다. 순 씨도 참석했는데 큰 기침을 한 번 하니 구린 냄새가 가득하여 여러 사람들이 코를 가렸기에 이 잔치를 '엄비연'이라

고 불렀다. 엄비연에서 순 씨가 술을 잔뜩 먹고 행패를 부리면서 박 씨를 구타하는 일이 있었다. 순 씨가 워낙 건장하고 힘이 세기 때문에 세 시누이가 달려들어도 말릴 수 없었다. 다른 가족들이 이 소식을 듣고 순 씨를 부르니, 순 씨가 거꾸러져 음식을 토하고 우레같이 코를 골았다.

이때, 박 씨가 처소로 돌아와 인생을 한탄하고 있었다. 유세필이 찾아와 장인 박 상서가 곧 승진하여 운남에서 돌아올 것이라는 소식을 전했다. 순 씨 얘기는 입에 담지 않았다. 박 씨도 별 내색하지 않았다.

순 씨가 남편이 연일 박 씨 곁에 머물며 자상하게 대하는 것을 알고 어지럽게 날뛰었다. 박 씨를 주먹으로 치려고도 했는데, 유세필이 이 일을 부친에게 아뢰어 순 씨를 내치고자 했다. 유우성은 순 씨가 죽은 친구가 부탁하고 간 여식이며, 은혜 입은 집의 자손이라고 하면서 치우침 없이 박 씨와 순 씨를 대하라고 했다. 이후 유세필이 깨달은 바가 있어, 박 씨와 순 씨 모두 후하게 대접하며 매사를 화평히 했다. 순 씨도 유세필의 행동을 따라 심성을 교화했다.

▶ 박 씨를 투기하여 난동을 부리던 순 씨가 유세필의 행동을 따라 심성을 교화함

중앙절을 맞아 유세기 형제가 두 부친(유우성, 유백경)의 건강과 장수를 기원하는 잔치를 베풀었다. 만여 인의 손님을 불러 즐기니 부친들의 기쁨이 매우 컸다.

한편, 간의공이 병을 얻어 세상을 떠났다. 운수 선생(유백경)이 지나치게 슬퍼하여 숨이 끊어질 지경이었다. 유세기가 팔을 베어 생혈을 목으로 흘리니 운수 선생의 정신이 잠깐 돌아왔다. 운수 선생이 유우성, 유세기 등을 불러 몸과 가족을 잘 돌볼 것과 중도를 어그러뜨리지 말 것을 당부하고 49세의 나이로 세상을 떠났다. 이후, 유우성이 형수 조 부인을 부모같이 섬기고 운수 선생의 친아들인 유세찬, 유세광을 제 자식보다 더한 사랑으로 길렀다. ▶ 운수 선생이 세상을 떠남

[8권]

유세형이 진양 공주와 세 아이를 낳았다. 첫째 아들 유관, 둘째 아들 유현이 사촌 형제 70여 인 가운데 가장 뛰어났다. 딸인 영주 소저는 진양 공주와 매우 닮아 태후 등이 매우 사랑하여, 훗날 문창 군주의 직첩을 받았다. 유세기가 장 씨게서는 유혜, 유정, 유양이라는 아들 셋과 딸 유명주를 보았다.

▶ 유세형이 진양 공주와 세 아이를, 장 씨와 네 아이를 낳음

사냥을 갔던 천자의 부음이 도착했다. 진양 공주의 명에 따라 상례를 치르고 홍국 소자를 천자(가정 황제)로 세웠다. 이때, 혈육을 잃은 태후의 슬픈 마음이 병으로 번졌다. 진양 공주가 슬하에 머물며 지극정성으로 돌봤는데 회복하지 못하고 결국 세상을 떠났다.

진양 공주가 진양궁으로 돌아와서도 밤낮으로 곡을 하므로 큰 병을

얻었다. 진양 공주는 아바마마를 여의고 목숨을 부지했던 것은 오직 어머니 태후를 생각했기 때문이라며 죽고사는 것을 천명이라고 했다. 유씨 집안 모든 이들과 궁인들이 극진히 간호하며 온갖 약을 써 보아도 소용이 없었다. 어느 날, 진양 공주가 유세형과 장 씨를 불러 양친과 자녀들을 잘 돌보아 달라는 당부를 남기고 숨을 거뒀다.

해가 바뀌었다. 유세형이 진양 공주를 잃은 번뇌를 떨치지 못하고 병을 얻었다. 유우성이 화청전으로 거처를 옮기게 하고 장 씨로 하여금 간호하게 했다. 유세형은 장 씨의 목소리와 좋은 향기를 대하니 진양 공주 생각이 더욱 간절하여 마음이 어지럽고 슬펐다. 장 씨는 남편에게 진양 공주만 알고 임금과 부모를 생각하지 않으니 진양 공주가 개탄할 일이라고 하면서 충효를 다하기를 권했다. 또한 유우성이 자식의 죽음을 볼까 하여 두려워하니 유세형이 깨닫는 바가 있었다. 이후, 유세형이 차차 몸을 회복했다.

▶ 천자와 태후, 진양 공주가 연이어 세상을 떠남

[9권]

유세형의 첫째 아들은 유관으로 부친을 지극한 효로 섬기고 부인 장 씨를 친어머니처럼 받들었다. 좌승상 설흠의 딸과 혼인을 했는데, 설 소저가 진양 공주가 머물던 곳에 머물게 됐다.

▶ 유관이 장성하여 설 소저와 혼인함

몇 년이 흘렀다. 대궐이 불안하여 신하들이 권력을 농단하고 귀비가 황후를 해치려는 일들이 있었다. 유세기와 형제들도 조정 일에 참여하지 않고 가문의 화를 조심할 때였다. 유세형이 굳센 성품과 충성심이 있어 환관 무리를 베고 천자에게 마음대로 결단한 죄를 청하기로 마음먹었다. 일가가 유세형의 속내를 알지 못했으나 유관만이 눈치채고 대사를 가볍게 처리해서는 안 된다고 간했다. 유세형이 유관의 말을 듣지 않고, 천자가 용납하지 않을지언정 간신을 베고 국가를 위해 죽는 것이 신하의 도리라고 하면서 군복을 입으려고 했다. 유관이 울부짖었다.

이것을 본 장손씨가 진양 공주가 남긴 편지 중 하나를 급히 건넸다. 진양 공주는 오늘날의 일을 모두 예측하고 있었다. 편지에는 분개한 마음만으로 급히 생각하여 환관을 친다면 천자가 진노하여 그 화가 구족에 미칠 것이니 그릇된 무리를 덕으로 감화시켜 조심하기를 바란다는 말이 담겨 있었다. 유세형의 머리가 쭈뼛 서는 듯했다. 유세형은 사기를 진정하고 몸을 삼가 국사에 마음을 다했다.

▶ 나라가 어지러운 가운데 나아가려는 유세형을 유관, 진양 공주가 말림

유세형의 둘째 아들은 유현으로 부와 사치, 편애 속에 자라 방자한 데가 있었다. 진양 공주가 유현의 호탕함을 경계하였으므로 유세형이 아들의 행동거지를 직접 살폈다. 유현이 두려워하며 장부의 기운을 감추고 학문에 힘썼다. 훗날 태상경 양친의 딸 양벽주를 신부

로 맞았다. 유세기가 양 소저를 보고 천수를 다 누리고 자식도 많이 낳겠지만 재앙이 많은 상이라고 했다.

양 소저는 설 소저를 잘 따르며 어질게 행동했다. 그러나 유현은 굳이 박대하지는 않았지만, 아내에게 별 뜻이 없어 외전에 머물며 공부하고 거문고를 만졌다.

▶ 유현이 장성하여 양 소저와 혼인하였으나 아내에게는 별 뜻이 없어 외전에 머묾

장 씨가 친정에 며칠 머무는 사이 유현이 찾아와 이야기를 나누고 있을 때였다. 장설혜가 유현의 등만 보고 자기 오라비인 줄 착각하여 친한 척 말을 걸었다. 장설혜는 장 시랑의 딸로, 장 씨에게는 조카였다. 유현이 미인을 보고 황홀하여 뚫어지게 쳐다보다가 장 씨로부터 큰 꾸지람을 들었다.

장 소저는 총명하고 아름다웠지만, 천성이 편협하고 시기심과 투기심이 있어 어진 사람을 질투하는 데가 있었다. 장 시랑은 그런 딸을 유현의 아내로 주고자 하였으나, 장 씨가 입을 꾹 다물고 다른 사람에게 말을 전하지 않았다.

유현이 집으로 돌아왔다. 그리고 장 씨 소생인 아우 유혜에게 물어 그 여인이 장 시랑의 딸임을 알고 재취할 뜻을 품었다.

▶ 유현이 장 소저에게 첫눈에 반해 아내로 삼을 뜻을 품음

유관과 유현이 벼슬에 나아가 각각 춘방학사, 태자사인이 됐다. 세월이 점점 흘러 집안에 시름이 없었는데, 유현만은 입신한 뒤 재취할 의사가 날로 더하므로 괴로웠다. 그 뒤로도 여러 번 해가 바뀌었지만 유현이 장 소저를 사랑하는 마음은 더욱 커졌다. 장 시랑이 사위를 찾는다는 소문이 들리니 유현이 더는 참지 못하고 아우 유혜를 불러 장 시랑에게 편지를 건네 달라고 했다. 편지에는 장 소저를 아내로 맞고자 하나 어머니 장 씨가 허락하지 않고 부친이 엄하여 뜻을 이루지 못하니, 부친과 상의하여 사위로 거두어 달라는 청이 담겼다. 장 시랑이 답장을 적어 유혜에게 건넸다.

유혜가 편지를 가지고 오다가 부친과 마주쳤다. 유세형이 장씨 집안을 오가는 유혜를 보고 괴이하게 여겨 추궁했다. 유혜가 무척 당황하여 외할머님이 부르시기에 다녀왔다고 둘러대지만, 유세형이 유혜의 말을 믿지 않고 군법으로 다스릴 것이라고 하자 유혜가 편지를 꺼내 놨다. 유세형이 부친의 명을 받아 청혼한다면 혼례할 수 있을 것이니 일을 잘 도모하라는 장 시랑의 답신을 보고 노발대발했다. 그리고 부형을 속이고 예의가 아닌 편지를 전한 유혜를 옥에 가뒀다. 다만 유현이나 장 씨에게는 이 일을 묻지 않았다. 장 씨는 유혜가 하옥된 일을 듣고도 남편의 뜻을 이해하여 특별히 아는 척 하지 않았다.

유현이 부친의 훈계하는 말과 꾸짖는 말이 전혀 없으므로 더욱 두려웠다. 장 씨가 유세형이 직접 다스리지 않는 것은 앞으로의 너의 모습을 보려 하는 것이니 행동거지에 신경을 써야 한다고 했다.

▶ 유현이 장 소저를 아내로 맞이하고자 장씨 집안에 편지를 보낸 일이 부친에게 들통남

다시 해를 넘겼다. 유현이 장 소저를 잊지 못하고 그리워하는 것이 더욱 심했다. 유현은 아우 유혜를 불러 부친께는 세배 간다는 핑계를 대고 장 소저에게 편지를 전해 달라고 했다. 그러나 이 방법이 통하지 않을 것 같았으므로 유현이 유혜와 다시 계책을 세웠다.

유혜가 부친께 나아가 마음을 집중할 수 없으니 외가에 두어 달 머물며 책을 읽어 마음을 진정시키겠다고 했다. 유세형이 아들들이 일을 꾸민 것을 이미 짐작하고 있었다. 사람들에게 유혜의 몸을 뒤지라고 하니 유현이 장 소저에게 쓴 편지가 나왔다. 편지에는 부친의 허락을 얻어 혼인할 길이 없으므로 사사로이 맞는 것을 허락한다면 죽을 것을 각오하고 일을 도모하겠다는 말이 있었다. 유세형이 펄펄 뛰며 성을 내고 유혜를 40대 매를 때려 밖으로 내쫓았다. 유현도 큰 매로 50여 대를 때리니 피가 낭자했다. 유세형이 유관을 불러 아우를 데려가게 했다.

유현이 고통스러워하며 여러 번 기절했다. 유세형도 본래 아들을 사랑하는 정이 크기에 편치 않은 마음으로 잠 못 이루다가 피를 토했다. 유현이 불효하는 것을 자책하는 한편, 장 소저를 잊지 못해 탄식했다.　▶유현이 장 소저에게 편지를 다시 보내려고 하다가 매를 맞고 병을 얻음

유현의 병세가 나날이 깊어졌다. 유관이 할아버지 유우성을 찾아가서 아우의 위태로움을 말하고 부친을 설득해 달라고 애걸했다. 유우성이 다 죽게 된 유현의 모습을 보고 크게 놀랐다. 유우성이 아들에게 너무 모질게 구는 유세형을 꾸짖었다. 그리고 유세형으로 하여금 글을 적게 하여 장씨 집안에 통혼했다. 다만 유우성은 유현의 죄를 가볍게 여기는 것이 아니라 진양 공주의 성덕으로 낳은 아이를 보전하기 위한 방법임을 분명히 했다.

유현이 쾌차하여 장 소저를 아내로 맞았다. 유세형은 아들의 행동을 통탄하고 장 소저의 선악을 의심하며 끝내 혼인에 대해 입을 열지 않았다. 장 소저의 숙소를 죽설루 맞은편 기린각으로 정했다. 유세형은 먼저 상궁 소춘운을 불러 장 소저에게 행실을 가르쳐 투기하지 않도록 하고, 유현이 두 아내 중 한쪽으로 치우치는 것을 경계하도록 했다. 그리고 양 소저와 장 소저를 불러 높은 지위에 있는 사람은 교만하지 말 것과 첩은 정실을 공경할 것을 당부했다. 오늘의 말을 저버린다면 평범치 않은 법으로 다스릴 것이라고도 했다.
　　　　　　　　▶유현이 부친의 뜻을 꺾고 장 소저를 아내로 맞음

[10권]

장 소저는 본래 교만하고 남을 시기하는 성품을 지니고 있어 설 소저와 양 소저의 덕행과 자질이 자기보다 나은 것을 알고 그들을 눈엣가시같이 여기고 있었다. 특히 유현의 정실인 양 소저는 죽이고 싶을 정도였다.

하루는 유현이 양 소저, 장 소저와 함께 죽서루에서 경치를 즐겼다.

장 소저는 유현이 자신과 양 소저를 대하는 것이 다르지 않은 것을 보고 투기하는 마음이 치솟았으나 밖으로 드러내지 못했다. 이후, 장 소저가 안타까운 얼굴을 하고 아녀자의 외로움을 한탄하니 유현이 그 투기하는 속내를 모르고 아내를 위로하기 위해 기린각을 자주 찾았다.

이때, 장 소저 곁에 손발이 맞는 유모 계영과 시녀 춘섬이 있었다. 장 소저, 계영, 춘섬이 간사한 꾀를 내어 양 소저에게 해를 끼치고자 했다.　　　　▶장 소저가 유모 계영, 시녀 춘섬과 함께 양 소저를 해하기로 마음먹음

하루는 장 소저가 죽서루를 찾았다. 책상 위에 양 소저가 친정에 보내기 위해 쓴 편지가 놓여 있었는데, 장 소저가 편지를 힐끔힐끔 보며 그 글씨체를 익히려고 했다. 곧 유현도 죽서루를 찾아왔는데 책을 뒤적거리는 틈에 양 소저가 쓴 시가 나왔다. 장 소저가 양 소저의 시가 적힌 종이만 쏘아보며 여러 번 따라 읊조렸다. 장 소저가 침소로 돌아와 수일 동안 글씨를 연습하니 곧 양 소저의 필체와 가리지 못할 정도였다.　　　　　▶장 소저가 양 소저의 필체를 몰래 익힘

이후, 장 소저가 죽서루를 다시 찾아 양 소저와 이야기를 나누다가 곁에 있던 사람에게 차를 가져오게 했다. 양 소저의 시녀 월앵이 차를 받아 올렸는데, 장 소저가 이것을 마시고 자리에 엎어져 정신을 차리지 못했다. 유현이 이 소식을 듣고 급히 해독약을 가져다 먹이니 장 소저가 겨우 눈을 떴다. 장 소저는 연이어 눈, 귀가 어두워지고 말을 변변하게 하지 못했다. 유현이 시비 월앵이 독을 타 장 소저가 중독된 것이라 생각하며 월앵을 죽이려 했고, 양 소저가 머무는 죽서루에도 발길을 끊었다.

유현이 밤늦게 기린각에서 장 소저를 간호할 때였다. 소년 장사 하나가 비수를 들고 들어와 유현을 찌르려 하고 장 소저에게도 달려들었다. 소 상궁이 얼굴에 칼을 맞고도 죽기 살기로 유현 앞을 가로막고, 계영과 춘섬이 장 소저를 보호했다. 유현이 패검을 빼어 도적의 다리를 내리쳤다. 도적이 주머니 하나를 떨어뜨리고 도망갔다.

유관이 다른 형제들과 기린각으로 급히 달려왔다. 그리고 주머니 속의 서찰을 펴 보았는데 서찰에는 양 소저의 필적으로, 도적 인전기에게 유현, 장 소저를 함께 죽이고 같이 살자고 쓴 글이 들어 있었다. 인전기는 계영의 먼 친척으로 천금을 주고 매수한 인물이었다. 장 소저는 인전기에게 양 소저의 글씨를 본뜬 편지를 주고 양 소저를 음해하게 한 것이었다.
　　　　　▶장 소저가 인전기를 매수하여 양 소저에게 정부가 있는 것처럼 모해함

유현은 집안을 어질게 다스리지 못한 자신의 탓이라고 하고 부친의 귀에 이 일이 들어가지 않도록 궁인들을 단속했다. 그러나 사실 마음이 분노로 가득했다.

유세형은 궁인들에게서는 듣지 못하였지만, 딸들이 장 소저가 월앵이 준 차를 먹고 병든 것, 도적이 괴이한 서간을 빠뜨리고 달아난

것, 유현이 그것을 얻어다 깊이 감춰 놓은 것 등을 풍문으로 듣고 달려와 알려 주었으므로 모든 일을 알고 있었다. 그러나 아들이 앞으로 이 일을 어떻게 처리하는지 보고자 모르는 체 있었다.

양 소저가 서간에 관한 일을 알고 원통한 마음을 참으며 침석에만 누워 있었다. 하루는 유현이 양 소저의 침소를 찾았다. 유현이 평소와 다름없는 태도로 아내를 대하였으므로 양 소저가 더욱 욕되게 생각했다.

다음 날, 조반이 나오자 유현이 아무렇지 않게 밥을 먹었는데 월앵이 차를 받들고 들어오니 갑자기 얼굴색을 바꾸고 칼을 빼어 월앵을 베어 버렸다. 유현은 월앵의 잘린 머리를 양 소저에게 던지고 심복 소녀의 머리를 보라고 했다. 양 소저가 기절했다가 정신을 차렸을 무렵, 유현은 침상에 비스듬히 누워 양 소저를 보며 희미하게 웃을 뿐이었다. ▶ 유현이 양 소저를 오해하여 박대하고 시녀 월앵도 베어 죽임

장 소저가 유현이 양 소저를 의심하며 사랑하지 않는 것을 기뻐했다. 그러나 양 소저가 집에 머무는 것조차 싫어하여 다시 계략을 꾸몄다. 장 소저가 계영, 춘섬과 함께 양 소저의 글씨를 본떠 시부모를 해치려 하는 내용을 짓고 나무 인형과 요망한 물건을 함께 넣어 영운전, 영하전에 숨겼다. 한편, 유세형이 달빛을 살피며 천문을 보다가 요사스런 사람이 집안을 어지럽히는 것을 알았다. 집안 곳곳 괴이한 기운이 있는 데를 파 보니 여러 가지 흉악한 물건들이 나왔다. 유세형이 편지는 불에 태우고 주변 사람들에게 이 일을 발설하지 못하게 했다.

이십여 일 후, 이번에는 장 씨가 쓰러졌다. 장 씨가 눈을 뜨고, 잠깐 졸았는데 전 위에서 안팎으로 이상한 갑옷 입은 병사들이 창검으로 자신을 치니 자연히 마음이 두려워서 가위에 눌렸다고 했다. 유세형이 며느리 중 하나가 꾸민 일이니 전 위의 바람벽 사이를 떼어 보아 나오는 것이 있거든 불에 태워 버리되 반드시 비밀로 하라고 했다. 다음 날 장 씨가 최 상궁과 함께 그대로 하니 과연 흉악한 물건이 있었다. ▶ 장 소저가 다시 일을 꾸며 양 소저를 집에서 쫓아내고자 함

장 씨는 짐작으로 장 소저가 저지른 일이라는 것을 알았다. 장 씨는 자기 조카로 인해 유현 부부의 금슬에 마가 낀 것을 안타깝게 여기고, 장 소저의 병세가 진짜인지 거짓인지 알아보고자 했다. 장 씨가 장 소저를 찾으니 장 소저가 병이 중한 척하며 눈을 감고 있었다. 장 씨가 꾀를 냈다. 유현이 지금은 의리로 너를 간호하고 있지만 젊은 남자이므로 아무래도 단장하고 웃으며 말하는 여인만 못하게 여길 것이며, 주공(유세형)도 네 병의 증세가 괴이하고 오래 가니 친정으로 보내려 한다고 했다. 말을 마친 장 씨가 장 소저의 안색을 보니 꾀병이 분명했다.

장 씨가 영운전으로 돌아와 유현에게 도적이 남긴 괴이한 서간을 보여 달라고 했다. 장 씨가 편지를 보고 이것은 결단코 양 소저가

한 일이 아니라고 했다. 그리고 장 소저의 투기가 심하고 그 곁에 있는 계영과 춘섬이 어질지 않으니 그들이 나쁜 일을 꾸몄대도 이상할 것이 없다며 유현을 깨우치려 했다. 유현이 그 말을 듣지 않고 만일 장 소저가 양 소저를 해치고자 했다면 어찌 저리 병자가 되었겠냐며 따지니, 장 씨가 웃으며 조카의 병은 오래지 않아 회복될 것이라고 했다. 장 씨가 양 소저가 쓴 글과 서간의 글을 비교하여 보여 주며 필적이 다른 것을 알게 했다. 유현은 오묘하게 다른 것을 알아보았지만 양 소저에 대한 의심을 모두 거두지 못했다. ▶ 장 씨가 장 소저가 양 소저를 투기하여 일을 꾸민 것을 알아냄

이때 계영과 춘섬이 사람들이 자기들을 의심하는 것을 듣고, 양 소저를 무고한 지 오래 지나도 별다른 동정이 없으므로 두려워하며 염려했다. 다시 인전기를 불러 양 소저 침소를 어지럽히고 양 소저의 몸을 더럽히도록 할 계책을 꾸몄다. 그러면 시부모의 자애가 사라지고 유현도 완전히 발길을 끊을 것이라 믿었던 것이다. 그들은 인전기가 수염을 뽑고 여자의 차림새를 갖추어 장 씨 가문의 시비인 척 들어오면 계영이 문을 열어 주기로 계획했다. 장 소저가 계영의 묘한 꾀를 듣고 기뻐하며 다음 날부터는 병이 나은 척했다. 유현이 기뻐하면서도 지난날 어머니 장 씨의 말씀과 같이 아내의 병이 나으니 괴이하게 여겼다.

양 소저는 분노와 모욕을 견디며 식음을 전폐하고 몸져 누워 있었다. 유세형의 누이들이 찾아와 장 씨와 더불어 집안의 우환을 탄식하고 양 소저를 불러 위로했다. 설영, 현영이 오늘은 죽서루에 가 조카며느리와 함께 자며 조용히 회포를 풀겠다고 했는데, 이미 인전기가 양 소저의 침상 밑에 들어가 칼을 품고 기다리고 있을 때였다. 궁녀들이 두 부인이 죽서루에서 자고 가려는 것을 알고 침상을 준비하고 있었는데, 시비 소연이 큰 소리를 질렀다. 양 소저의 침상 아래에서 젊은 남자가 손에 비수를 들고 달아나는 것이었다. 궁중 안팎이 떠들썩하였으나 끝내 도적의 종적을 찾을 수 없었다. ▶ 장 소저의 시녀들이 인전기를 매수하여 양 소저에게 정부가 있는 것처럼 꾸밈

유현은 양 소저의 정부가 들어왔던 것은 아닌지 의심하였지만 부형이 무서워 기색을 드러내지 못했다. 전각 안의 등불이 꺼지려 할 무렵, 유세형이 모든 군사들을 불러 모아 도적을 찾도록 했다. 그러나 군사들이 외치기를, 주공(유세형)이 도적은 벌써 달아났을 것이니 수고롭게 찾지 말고 순찰만 엄히 하라 하신다고 했다. 인전기가 깊이 숨어 있다가 이 소리를 듣고 안심하고 밖으로 나와 계영의 방을 찾았다. 계영이 인전기에게 여자 옷을 입혀 숨겼는데, 갑자기 수많은 군사들이 기린각을 첩첩이 에워쌌다. 인전기가 장씨 집안의 유모인 척하며 빠져나가려 했다. 그러나 군사들은 그가 매우 다급해하는 것을 보고 단단히 매어 유세형의 앞으로 데려갔다. 유세형이 인전기를 자세히 보니 거동이 씩씩하고 건장한 데다 망건을 쓴

흔적이 희미하게 남아 있었다. 더욱 의심스러워 인전기의 몸을 뒤지라고 하니 비수가 나왔다. 인전기는 불과 30여 대도 맞지 못하고 자기가 한 일을 낱낱이 자백했다. 유세형이 크게 노하여 인전기, 계영, 춘섬 세 사람을 모두 베어 버리라고 했다. 그리고 유현을 무릎 꿇려 매우 꾸짖으며 강정으로 보낼 것이니, 글을 읽으며 허물을 고친 후에 돌아오라고 했다. 날이 밝은 후, 유세형은 장 소저를 불러 죄목을 말하며 타일렀다. 장 소저가 부끄러운 줄 모르고 변명만 하였으므로 장 씨가 장 소저를 친정으로 돌려보냈다.

▶ 장 소저의 모략이 모두 들통나 친정으로 쫓겨남

장 시랑이 딸의 내막을 전해 듣고 매우 부끄럽게 여겼다. 장 소저의 조부모도 장 소저를 매우 책망하며 내쫓긴 것을 원망하지 말고 허물을 고치기를 당부하였다. 그러나 장 시랑 부인 김 씨만은 홀로 깊은 한을 품어 딸아이를 불쌍하게 여기면서 유세형을 원망했다. 이에 모녀가 함께 유세형에게 앙갚음을 하기로 마음먹었다.

▶ 장 소저가 어머니와 함께 유세형에게 복수하기로 결심함

[11권]

유현이 엄한 꾸지람을 받고 동성 남문 밖 20리 강정으로 쫓겨났다. 유현은 집안의 운수로 일이 어그러졌다고 생각하면서도 장 소저를 들인 것은 자기 탓이니 앞으로는 분수를 지켜 허물을 고치기로 마음먹었다. 그 후로부터 성현의 글을 읽으며 행실을 닦는데, 수개월이 지나자 점점 마음이 답답해지고 부모를 그리는 마음이 깊어져 얼굴이 수척하게 됐다.

다음 해 신정이 되어 유관이 영주 소저와 함께 돌아가신 어머니를 추모하다 아우를 생각하며 울고 있었다. 유세형이 진양 공주 사당에 절하고 내려오다 이것을 보고 놀라 까닭을 물었다. 유관이 유세형에게 여러 형제들은 신정이 되어 어머니를 모시고 즐거운 시간을 보내는데, 자신들은 어머니를 여읜 지 거의 10년이 된 데다 아우 유현까지 없으니 슬퍼서 운다고 했다. 유세형이 감동하여 유현의 죄가 중하여 2~3년을 징계하려 했으나 자식들의 사정이 매우 가련하므로 용서하겠다고 하며 즉시 사람을 시켜 아들을 불렀다. 유현이 집으로 돌아와 부모 곁에 머물면서 몸가짐을 바르게 했다. 죽서루에 이르러 양 소저에게도 지난날 잘못을 사과하고 지금부터 다시 화합하여 늙을 때까지 화락하게 지내기를 청했다. 이로부터 부부가 옛정을 다시 이었다. ▶ 유현이 지난날의 일을 뉘우치고 양 소저와 화해함

이때 장 씨의 장자인 유혜의 나이가 15세에 이르렀다. 유혜는 뛰어난 재주와 아름다운 용모를 지닌 총명한 인물이었으나, 유세형은 항상 큰 그릇이 아니라고 했다. 널리 아름다운 배필을 구하여 관내후 주석의 딸 주 소저와 혼인했다. 둘째 아들 유정은 14세였다. 유정은 인물이 좋고 인자하고 침착한 데가 있었다. 숙모 옥영이 유정

의 돈후함을 사랑하여 사 한림의 딸을 중매하여 사 소저와 혼인했다.

▶ 유혜, 유정이 장성하여 각각 혼인함

진양 공주의 딸인 영주 소저는 13세에 가정 황제로부터 문창 군주 직첩을 받았다. 하 태후는 영주 소저를 자주 대궐에 데려다가 보면서 진양 공주의 얼굴과 거동을 닮았다 하여 어루만지셨다. 유세형은 영주 소저가 장성한 것을 보고 훌륭한 사위를 택하고자 하였으나 마땅한 곳이 없었다. 유세형의 형수인 소 씨의 형제 가운데 소운이 이 소식을 들었다. 소운은 큰아들 소경문을 영주 소저와 맺어 주고자 하여 누이에게 중매를 서 달라고 했다. 소 씨가 유세형에게 말을 전했다. 유세형은 영주 소저가 평범한 아이가 아니므로 소경문을 친히 보고 앞에서 글을 짓게 하여 사람됨을 자세히 살핀 후 정하겠다고 했다.

소경문이 유씨 집안으로 와 글을 써 보이고 영주 소저와 혼인했다. 그러나 유세형이 영주 소저를 어린아이같이 귀하게 여기며 차마 떠나보내지 못하고, 소운에게 간청하여 한 달이면 이십 일씩 진양궁에 머물게 했다. 소운도 그 자애에 감동하여 허락하고 아들 소경문을 보내어 함께 지내게 했다.

하루는 소경문이 유혜, 유정과 같이 외전 망향각에 올라 기녀를 부르고 풍류를 즐겼다. 유혜, 유정이 부형이 엄하시고 여색에 뜻이 없음을 들어 소경문을 여러 차례 말렸지만, 소경문은 본래 기운이 강하고 성격이 고집스러운 데가 있었다. 유세형이 이 소식을 듣고 두 아들을 불러 크게 꾸짖었다. 소경문에게는 장부가 미색을 구할 때는 규중의 숙녀를 가려 취하는 것은 가능하지만, 천인은 불가하므로 선비의 높은 행실이 아님을 가르쳤다.

▶ 영주 소저가 장성하여 호방한 기운을 가진 소경문과 혼인함

가정 12년, 천자가 정사에 게을러 사방에 오랑캐가 들끓고 변방에서 자주 반역이 일어났다. 서강국, 오사국, 대완국, 토번국, 보람국이 합병하여 난을 일으키니 천자가 유세형을 천하병마 대원수로 삼아 서역의 여러 나라들을 정벌하게 했다. 유세형이 집으로 돌아와 부모 형제와 이별의 정을 나누니, 유관과 유현이 아버지를 모시고 함께 가기를 청했다. 유세형은 근래 병이 잦은 유현을 집에 머물게 하고 장자 유관만 함께 데려가기로 하였다. 유세창의 부인 설초벽이 자기 아들 유몽도 이제 16세로 장성하였으니 데려가면 이로운 바가 있을 것이라 하면서 서역 지도를 건넸다. 유몽은 용모와 풍채가 뛰어나고 무예가 빼어날 뿐 아니라, 신기한 검술이 그 어머니를 닮았으니 함께 가기로 했다. 유세형이 병마를 몰고 서역으로 향했다.

▶ 유세형이 유관, 유몽을 데리고 오랑캐들이 일으킨 난을 진압하러 감

서역의 여러 나라 중 가장 기세가 강한 대완과 토번이 본진을 짓밟고 들어왔다가 관군을 만나 20여 리 밖으로 물러나 진을 쳤다. 유세형도 산을 의지하고 물을 막아 진영을 세웠다. 적군 대장 토번 사

캐대왕이 유세형이 온 것을 알고 여러 장수들과 상의하여 나아갔으나, 유세형은 성벽을 굳건히 지키며 나오지 않았다. 이렇게 십여 일을 출병하지 않으니 토번 군사들이 모두 게을러졌다. 유세형이 이것을 탐지하고 부하들을 부려 제압하도록 했다. 유세형의 조카 유몽이 방천극을 들고 용감하게 나아가 적의 우선봉 노갈회를 베고 적의 군사들을 무찔렀다. 토번이 대패하여 겨우 남은 병사 1천여 기를 데리고 금계령에 이르렀다. 유세형의 군사들이 이들을 쫓아가 토벌했다. 대완 왕이 죽음을 무릅쓰고 들어와 토번 왕만을 겨우 구해 돌아갔다. 이내 유세형이 여러 장수들을 모아 대완을 칠 일을 논의했다.

날이 저물고 유세형이 유관, 유몽을 데리고 임금과 부모를 생각하며 그리워할 때였다. 유세형이 검은 기운이 장막 앞으로 화살같이 들어오는 것을 보고 칼을 빼어 치니 사람의 머리가 땅에 떨어졌다. 유관과 유몽이 대경실색하여 이것이 무엇인지 물었다. 유세형은 이곳은 신기한 것을 숭상하여 요망한 술법이 많은 곳이라고 하며 자객 한 무리가 환술로 자기를 해하고자 하다가 죽은 것이라고 했다. 이와 같은 유세형의 능력을 보고 적진에서도 겁을 먹어 토번 왕은 자리를 지키고 앉아 출병하지 않았고, 오사국과 서번국은 싸울 생각도 못했다. 이후 유세형은 오랑캐 진영에 이르러 삼군과 협력하여 번국의 백만 군을 쓸어버렸다. 오랑캐 군사들은 달아나 한구석에 주둔하며 늙은이, 젊은이 할 것 없이 모두 모아 원수를 갚고자 했다. 유세형 또한 적의 형세를 살피며 진을 옮기고 한 곳에 머물러 움직이지 않았다. ▶ 유세형이 유관, 유몽과 더불어 오랑캐 군사들을 토벌함

가을을 앞두고 늦더위가 심할 무렵이었다. 유세형이 아들과 조카를 데리고 산천 형세를 돌아보다 무릉도원, 별천지와 같은 양계산이라는 곳에 도착했다. 가장 높은 봉우리에는 석실(石室)이 있었는데 우아한 정취가 마치 선계와 같았다. 유세형이 석실로 들어가니 돌로 된 좁은 길에 막대를 던지는 소리가 나고 한 노인(양산 노인)이 백발을 흩날리며 날아왔다. 유세형은 대번에 그가 보통 사람이 아님을 알고, 천자의 명을 받아 서번을 치러 왔으니 길흉을 가르쳐 달라고 청했다. 노인은 오랑캐들은 곧 패군할 것이니 염려할 일이 아니라면서, 오히려 안에서 근심이 적지 않을 것이라고 했다. 노인은 말을 마치고 붉은 환약 세 개를 꺼내어 주었다. 유세형이 골격과 용모가 너무 뛰어나므로 수명이 길지 않을 것이라 하고 이 약을 먹어 몸을 새롭게 하라고 했다. 이 약은 온갖 병을 없애고 사람을 젊어지게 하는 신기한 약이었는데, 유세형은 사람이 태어나고 죽는 것은 당연한 것이라고 하여 약을 받지 않았다. 다만 유세형은 우리 부자의 목숨을 위협하는 재앙을 가르쳐 주어 흉한 데를 피하고 길한 데로 나아가게 해 달라고 청했다. 노인은 오래지 않아 자객이 다시 이를 것이니 아주 가까운 일가친척의 아우라고 해도 반드시 잘 살피

라고 알려 주었다. ▶ 유세형이 양산 노인을 만나 예언하는 말을 들음

이후 유세형이 서번을 평정하고 남은 나라들을 치고자 다시 행군하여 백호령에 이르렀다. 서역 지도를 보니 백호령 뒤에 삼차령이 있으므로 이곳이 서역 여러 나라들의 군사를 번식시키는 소굴이 되는 것을 알았다. 유세형은 장수들을 모아 진군하면서 이곳은 산세가 험하고 요사스러운 곳이므로 군사들에게 제사를 지낸 양의 피와 요기를 해독할 만한 것을 가지고 가게 했다. 그런데 문득 광풍이 불어 군사들이 앞으로 나아가기 어렵게 되자 유세형이 '진풍뇌우'라는 네 자를 써서 불에 태우니 바람이 잦아들었다. 이때 흰옷을 입은 노승이 나타나 어째서 모든 신령으로 하여금 쉴 곳을 얻지 못하게 하냐고 했다. 유세형이 눈을 부릅뜨고 천명으로 왕의 군대가 움직이는 것을 막느냐고 호통을 치니 노승이 할 수 없이 물러났다. 이윽고 한 무리의 승냥이와 호랑이가 울부짖으며 지나가고 무수한 독사가 쏟아져 나와 더러운 냄새로 비위를 거슬리게 하더니, 곧 음기가 모두 걷혔다. 유세형이 다시 길을 떠나 두어 날 만에 백호령 칠백 리를 지나고, 삼차령을 향해 계속 나아가 적의 소굴을 치고 오랑캐를 섬멸했다. 이후 유세형의 군대가 삼차령에 주둔했다.

유세형이 서강국, 오사국, 대완국, 토번국, 보람국을 모두 격파하고 서번 왕에게서 항복을 받은 뒤 번진 왕을 생포하여 삼만 리를 평정했다. 이후 서번의 인심이 흩어진 까닭에 군사들을 모아 한곳에 주둔하게 하고, 유세형이 직접 관중을 돌아다니며 흩어진 백성들을 위로하고 구휼하니 서번이 크게 안정되었다.

▶ 유세형이 오랑캐들을 모두 격파하고 서번 백성들을 구휼함

어느 날 밤, 유세형이 고향을 그리워하며 북을 베고 홀로 누워 있었다. 유관, 유몽은 평상 아래에서 졸고 있었는데, 문득 장막 사이에서 소년 장사 두 사람이 비수를 들고 나타나 유세형에게 달려들었다. 유세형이 크게 소리를 지르며 보검을 빼어 한 도적의 머리를 베어 버리니, 유관과 유몽이 깨어나 다른 도적 앞을 막아서고 생포했다. 유세형이 문초하자 자기들은 인전기의 두 아우인 인전상, 인전형이라고 했다. 유현의 부인 장 소저가 내쫓긴 후 원망하는 마음을 품고 있다가, 유세형이 없으면 유현과 다시 인연을 이루리라 생각하여 재물을 주어 보냈다고 했다. 유세형은 이들을 군대 안에 가두도록 하고, 이전 날 석실에서 만난 양산 노인의 말이 맞는 것을 깨달았다.

▶ 장 소저가 인전기의 두 동생들을 매수하여 유세형을 해치고자 함

한편, 장 소저는 날마다 유세형이 죽었다는 소식만을 기다리고 있다가 일이 틀어졌다는 소식을 들었다. 장 소저 모녀는 자기들이 꾸민 일을 이미 유세형이 알았으니 그가 경성으로 돌아오면 화가 어느 곳에 미칠지 모른다고 생각하고, 차라리 그를 해쳐 평소에 쌓인 분을 씻자고 하였다. 장 소저의 어머니 김 씨가 외종사촌 동생 홍신을 비단과 뇌물로 매수하여 유세형이 반역을 도모했다고 고발하도

록 시키고 장 소저는 귀비 장 씨에게 아첨하는 말로 인정을 얻었다.
▶ 장 소저 모녀가 유세형에게 반역을 도모했다는 누명을 뒤집어씌우고자 함

[12권]
장 귀비는 유세형이 양 소저의 참소로 무죄한 며느리를 핍박하여 내쫓았다고 생각하고 장 소저를 후하게 대접했다. 귀비는 장 소저가 거만한 여자인 것을 알았지만 자신을 지성으로 섬기므로 나쁘게 생각할 것도 없었다. 장 소저가 궐 안에 들어가 귀비와 담소를 나누다가, 유세형이 반역을 꾀하려는 뜻이 있어 황포(노란색 옷감으로 지은 황제의 예복)를 지어 전장에 가지고 갔다고 말을 흘렸다.
▶ 장 소저가 귀비에게 유세형이 반역의 뜻을 가지고 있다는 말을 흘림
십여 일이 못 되어 병주 부사 홍신이 유세형이 역모를 꾀하고 있다는 표문을 지어 올렸다. 이 틈을 타 귀비가 장 소저에게 들은 말을 천자에게 전했다. 장 소저의 고모가 유세형의 차비인 까닭에 이 일을 먼저 알았는데 표문의 내용이 모두 사실이라고 말했다. 천자가 진실로 사실인 줄 알고 불같이 화를 내며 유세형을 잡아들이고 부원수 영희로 하여금 군대를 거두어 돌아오라고 말했다. 또한 유씨 집안의 삼족을 다 감옥에 가두라고 하여 일가가 옥중에 들어가니 만조백관들 가운데 놀라지 않는 이가 없었다. 천자의 명에 따라 유세형이 죄인을 실어나르던 수레를 타고 경성으로 향했다. 유관은 군중에서 잡은 자객(인전기의 아우)을 함거에 넣고 부친의 뒤를 따르고, 부원수 영희도 길을 나섰다.
▶ 홍신이 유세형을 역모죄로 몰아 천자가 유세형을 잡아들이게 함
한편, 장손씨가 유세형이 화를 당한 것을 알고 부인 장 씨와 설 소저, 양 소저에게 진양 공주가 남긴 편지가 있음을 알렸다. 그 편지를 열어 보니, 귀비의 참소로 남편이 화를 입을 줄 알고 표문을 지어 놓았으니 천자께 올려 유세형을 구하라는 글이 적혀 있었다.
장손씨가 즉시 미양궁으로 들어가 하 태후와 장 귀비를 뵙고 전후 사연을 아뢰었다. 장 소저가 유세형을 원망하여 군대에 자객을 보내 해하려 한 일과, 기밀이 탄로 나자 화를 입을 것이 두려워 홍신과 접촉하여 유씨 가문을 아주 멸하려 하던 일을 낱낱이 고하니 귀비가 장 소저 말에 휘둘렸던 것을 부끄러워했다.
장손씨가 공주가 남긴 유표(신하가 죽을 즈음에 임금에게 올리는 글)를 품고 등문고를 울리니 천자가 불러들였다. 장손씨가 진양 공주가 돌아가실 때 남긴 글이라고 하니 천자가 즉시 받아 보았는데, 편지에는 오늘의 일을 모두 예측한 말이 담겨 있었다. 천자가 그제야 크게 깨닫고, 유세형을 홍신과 대질시켜 조사한 후 일을 결단하고자 했다. 천자가 장손씨를 표창하여 돌려보내고 진양 공주의 유표를 장 귀비에게도 보여 주었다. 장 귀비가 글을 보고 감탄하며 진양 공주의 신명한 생각으로 그릇된 생각을 할 리가 있겠냐고 하며

장 소저의 간사한 짓이라 말하니 천자가 수긍하고 유씨 일가를 용서했다.
▶ 장손씨가 진양 공주의 편지로 유세형의 누명을 벗김
천자가 건청전에 나아가 만조백관을 모으고 홍신과 유세형을 힐문했다. 유세형은 고요하고 깨끗한 말씨로 충군애국하는 마음을 드러내며 조금도 당황하는 빛이 없었다. 홍신은 유세형이 반역을 꾀했다는 말을 들은 출처를 대지 못하고 우물쭈물하였는데, 천자께서 극형으로 고문하니 사실을 실토했다. 모든 일을 자세히 안 천자가 홍신과 김 씨를 사형에 처하고 장 소저는 목숨만을 살려 두어 본가에 머물게 하였다.
▶ 장 소저의 어머니 김 씨, 홍신 등이 죽고 장 소저가 목숨을 겨우 부지함
드디어 유세형이 누명을 벗고 집으로 돌아왔다. 유현은 자기가 장 소저를 들여 집안에 큰 변이 일어난 것을 생각하자 부끄러워 견딜 수 없었다. 유현이 천자께 집안을 바로 다스리지 못한 죄와 장 소저가 강상(綱常)을 범한 죄를 법에 따라 처벌해 달라는 상소를 올렸으나, 천자가 끝내 허락하지 않았다. 이에 유현이 분노를 누르지 못하고 보검을 차고 장씨 집안으로 달려갔다. 장 소저는 여전히 옛날의 정을 믿고 애원하는 듯한 태도를 보였는데, 유현이 노발대발하며 차고 있던 칼을 빼어 내려쳤다.
▶ 유현이 장 소저를 죽임
유세형이 가장 사랑하는 막내아들 유양의 나이가 14세에 이르렀다. 진양 공주의 가까운 친척인 양왕이 유양의 용모와 기질을 보고 딸아이와 혼인시키기를 바라므로, 유양이 옥선 군주 주 소저와 부부가 되었다. 유세형의 막내딸 유명주는 유세기의 부인인 소 씨의 남동생 소운의 집안과 맺어져 소경원과 혼인했다.
한편, 천자께서 인재를 뽑으시니 영주 소저의 남편 소경문이 과거에 응시하여 장원으로 뽑혔다.
▶ 유양은 주 소저와 유명주는 소경원과 혼인함

[13권]
설 황후가 승하하고 장 귀비가 정비가 됐다. 천자가 내외 명부와 황친 등을 모두 불러 진하하라고 했다. 장 황후는 이 진하 자리에 뒤쳐지는 사람이나 들어오지 않는 사람을 의심하고 몹시 미워했다.
이때, 계영 형제와 김 씨, 홍신은 모두 죽고 계영의 딸인 모란이 혼자 살아남아 있었다. 모란은 남몰래 복수할 생각으로 밤낮을 궁리하다가 모든 일의 근본이 양 소저에게서 비롯되었다고 생각하게 되었다. 모란은 양 소저를 죽여 주인과 어머니의 원수를 갚고 유현 부부의 금슬을 훼방 놓아 애태워하는 것을 보고자 결심했다. 모란은 장 황후의 아버지이자 천자의 장인이 되는 장 국구의 집으로 가서 먼 곳에서 온 여인이라고 둘러대고 머리꽂이와 장식품들을 싼값에 팔며 신임을 얻었다. 수개월 후 모란은 바라던 대로 장 황후의 시녀가 되어 궁궐로 들어갔다.
▶ 계영의 딸인 모란이 양 소저에게 복수할 것을 마음먹고 장 황후의 시녀로 들어감
하루는 장 황후가 모든 황후 비빈들과 진양 공주의 이야기를 하며

그 은혜로운 덕을 칭찬하고 있었다. 그때 모란이 틈을 보아 유세형 집안에 관한 말을 흘렸다. 특히 유현의 아내 양 소저가 투기가 심하고 그 남편을 손바닥 안에서 가지고 놀아 둘째 부인 장 소저를 마음대로 처단하고 모함하여 죽게 만들었다고 했다. 지난번 정궁의 자리에 오를 때 양 소저가 축하하러 오지 않았던 것도 장 황후가 성스러우신 국모 설 황후를 죽게 하였다고 믿어, 요사하고 간악한 후비의 앞에 허리를 굽혀 복종하는 욕을 볼 수 없어서라고 했다. 장 황후가 어디서 이 일을 알았냐고 캐물으니, 모란이 자기가 장 소저를 모시던 시비 계영의 딸임을 밝혔다.

▶ 모란이 양 소저가 장 황후를 싫어하는 것처럼 말을 꾸밈

장 황후가 모란의 말을 곧이듣고 국법으로 양 소저를 다스리고자 했다. 상궁 여현경이 모란의 정체와 친척 간의 정을 따져 다시 생각하기를 권했으나 장 황후가 듣지 않으니 탄식할 뿐이었다. 장 황후가 즉시 조서를 내려 양 소저를 불러들였다. 장 황후가 장 소저를 참소하여 죽인 일을 추궁하니 양 소저가 비분강개하였다. 장 황후는 이런 양 소저의 태도를 보고 자기를 만만하게 보고 업신여겼다고 짐작하여 더욱 분노했다. 장 황후는 양 소저를 후원 북쪽의 전각에 가두고 밖에서 잠가 아침저녁으로 음식을 구멍을 통해 들이도록 했다. 이 북쪽 전각은 죄 있는 궁인을 가두거나 사형에 처해야 할 죄인이 있으면 머물게 하여 죽은 자가 많은 곳이었다. 양 소저가 갇히자 초란이 울면서 따라 들어갔다. 초란은 15세의 궁인으로 꾀가 있고 말을 잘하여 대담한 데가 있어 유세형이 양 소저가 집을 떠날 때 붙여 준 종이었다. 주인과 종이 서로 위로하며 날을 보냈다. 모란은 황후를 부추겨 양 소저를 가둔 것을 매우 흡족하게 생각했다. 그리고 음식을 보내는 궁인에게 황후의 교지라고 거짓 핑계를 대어 하루에 한 끼씩만 밥을 주게 하고, 물도 주지 못하게 했다. 양 소저는 초란과 함께 전각 후원의 작은 샘에 덮인 모래를 치우고 땅을 파 고인 물을 마시며 버텼다.

▶ 장 황후가 양 소저를 북쪽 전각에 가두면서 양 소저가 어렵게 살아감

하 태후가 양 소저의 일을 알고 장 황후에게 따져 물었으나 전혀 소용이 없었다. 장 황후가 천자의 총애를 받아 그 권세가 대단했으므로 하 태후도 더는 어쩌지 못하고 있었는데, 상궁 여현경이 가만히 찾아가 이 일이 모란이 일으킨 변란임을 일러주었다. 하 태후는 장손씨에게 밀지를 보내 자세한 곡절을 알게 하고 모란을 없애 화근을 끊으라고 했다. 이로써 유씨 집안에도 이 일이 알려졌다. 유세형은 천시(天時)가 자연히 돌아갈 때가 있을 것이니 잠시 참으라고 했다.

▶ 장 황후가 양 소저를 가둔 일을 하 태후가 유씨 집안에 알림

다음 날 조회 후, 천자가 유현을 편전에 머물라 하고 자기가 중매를 서겠다고 했다. 유현이 극구 사양하였으나 천자가 뜻을 거두지 않았다. 유현이 집으로 돌아가 말하니 유세형이 듣기를 마치고, 이것

은 안에서 누군가 천자의 마음을 움직여 며느리를 가두고 미녀를 주어 아들로 하여금 양 소저를 잊게 하려는 것이니 사양해서 될 바가 아니라고 했다. 시간이 흘러 유현이 태중태우 왕선의 셋째 딸인 왕 씨를 아내로 맞아들였다. 왕 씨의 숙소는 기린각으로 정하였다.

▶ 천자의 명으로 유현이 왕 씨를 아내로 맞음

이 무렵 기근이 계속되어 도적들이 일어나 관리를 잡아 죽이고 곡식을 약탈해 가는 일이 많았다. 천자가 유현에게 절강을 다스려 도적을 제어하고 백성을 잘 보살피도록 했다. 유현은 천자께 감사를 표하고 길을 떠났다. 유현이 절강에 머문 지 반년 만에 백성들이 크게 교화되어 도적이 양민이 되고 남방 3천여 리가 평화로워졌다. 유현이 다시 집으로 돌아왔으나, 장 황후의 화가 풀어지지 않아 양 소저는 아직도 북쪽 전각에서 나오지 못하고 있었다. 유현은 가슴이 막히는 듯 답답했다.

▶ 유현이 남방의 도적들을 평정하고 백성들을 교회함

천자가 유현의 재주를 높이 평가하여 궁중의 넓은 곳에 군사를 거느리고 들어와 태후와 황후로 하여금 구경하게 하라고 명했다. 유현은 갑자기 한 가지 꾀가 났다. 유현은 궁중과 같이 지엄한 곳에서 병마를 움직이는 것은 적절하지 않으므로 구태여 마마들이 보시고자 한다면 궁녀들을 내어 달라고 했다. 궁녀들을 가르쳐 좌우 대장으로 삼고 진을 쳐 싸움하는 형세를 하면 남자 군사보다 나을 것이라고 하니, 천자가 기뻐하며 정궁 시녀를 모두 부르게 했다. 유현이 궁녀 3천 중 5백을 뽑고 궁녀 다섯을 다섯 분대의 대장으로 삼았다. 모란은 중군 대장이었다. 유현이 직접 나아가 궁녀들에게 진법을 가르쳤는데, 궁녀들이 입을 가리고 크게 웃으며 마지못해 나갔다 들어갔다 했다. 유현이 군명을 받들어 대사마의 소임으로 진법을 연습하는 것이라고 크게 꾸짖었다. 그런 후 군사들을 시켜 대장들을 잡아내게 했다. 그리고 칼로 베어 군법을 집행하라고 하니 마침내 모란이 죽게 되었다. 장 황후가 모란이 죽었다는 얘기를 듣고 매우 분노했다. 그리고 유현이 모란의 일을 알고 짐짓 군법을 핑계 삼아 죽인 것이니, 양 소저를 죽여 이 분을 씻을 것이라고 다짐했다.

▶ 유현이 진법 연습을 핑계로 모란을 잡아내어 죽임

한편, 양 소저가 초란과 함께 북쪽 전각에 갇힌 지 두 해가 넘어갔다. 임신하고 있던 양 소저가 옥 같은 아들을 무사히 출산하였으나 온갖 고초를 겪어 산후병이 심했다. 초란이 양 소저를 구완할 길이 없으므로 음식을 들이는 궁인에게 빌며 미양궁에 아뢰어 미음 한 그릇만 구해 달라고 하였다. 이 일을 하 태후가 전해 듣고 즉시 천자의 생모 장헌 태후 부 씨에게 향했다.

▶ 양 소저가 아들을 낳고 산후병이 심하게 듦

[14권]

부 태후는 진양 공주의 성덕을 우러르는 인물이었다. 부 태후는 장

황후가 방자하고 자기만 잘난 줄 알아 덕망을 잃는 행동을 무수히 하여 탐탁지 않아 하던 참에, 장 황후가 양 소저를 무고하게 가두어 양 소저가 병이 중하다는 말을 듣고 분개하였다. 부 태후는 하 태후에게 좋은 말로 장 황후를 타일러 양 소저를 풀어 주게 하고 약으로 구완하여 증세를 낫게 하겠다고 했다.

부 태후는 저녁 문안을 온 장 황후에게 미천한 사람이 원망하여 하는 말을 곧이듣고 양 소저를 가둔 일을 질책했다. 그리고 천자께서 알게 되면 장 황후를 매우 꾸짖을 것이니 어서 양 소저를 풀어 주게 하였다. 장 황후는 매우 못마땅해하면서도 차마 거절하지 못하고 양 소저를 용서하여 의춘헌에 머물게 했다. 의춘헌은 전각이 넓으며 하 태후가 머무는 미양궁과 가까운 곳이었다. 하 태후가 약을 지어 양 소저를 보살피니 십여 일 후 병세가 회복됐다. 양 소저가 의춘헌에 머문 지 반년이 지나도록 장 황후가 이곳을 방문하는 일이 없었다.

▶ 하 태후가 천자의 생모인 부 태후를 설득하여 양 소저를 북쪽 전각에서 꺼내 줌

하루는 부 태후가 장 황후, 하 태후와 함께 조그만 술자리를 열어 즐겼다. 하 태후는 진양 공주의 며느리 양 소저가 황후의 명으로 의춘헌에 있은 지 오래되었으나 한 번도 본 일이 없다며 오늘 불러 친척의 정을 펴자고 했다. 부 태후가 곧바로 궁인을 시켜 양 소저를 불렀는데, 세상에 비할 데 없는 양 소저의 아름다운 외모와 공손한 태도에 모든 이가 감탄했다. 그러나 장 황후만은 양 소저의 거동을 보고 마음이 편하지 않았다. 끝내 양 소저가 자기를 욕하더라 하는 말에 대한 분을 풀지 못하여 마음속에 담아 두고 있었고, 두 태후와 궁녀들이 양 소저를 우러러 존경하는 것도 꺼려졌다. 하루는 장 황후가 양 소저를 죽이고자 마음먹고 궁인 월난과 취향을 가만히 불러 의춘헌에 술과 안주거리를 가져가 위로하는 체하고 짐주(새의 독을 넣어 담근 술)를 가져다주라고 했다. 여 상궁이 급히 미양궁으로 가서 이 일을 자세히 아뢰니, 하 태후가 계획을 세워 의춘헌에 기별을 넣었다. 하 태후의 말에 따라 양 소저와 초란은 태액지 못가에 신을 벗어 두고 미양궁 하 태후의 침전 뒤채에 몸을 숨겼다. 그리고 하 태후는 미양궁 옥중에 두었던 죄인들에게 양 소저와 초란의 복색을 입혀 태액지에 밀어 넣었다.

다음 날, 장 황후는 양 소저와 초란이 간 곳 없고 어린 아기만 누워 있는 것을 보고 매우 놀라 알아보게 했다. 그러다 태액지에서 두 짝의 신과 시체를 얻었는데 신체가 이미 상하여 본 모습은 몰라보게 되었지만 복색이 양 소저와 초란의 것과 같으니 물에 빠져 죽은 줄 알게 되었다. 하 태후가 이 말을 듣고 거짓으로 놀라는 척하며 통곡하고 그 시체를 유현의 집으로 돌려보내고 어린 아들도 내보내 무고한 사람을 죽인 허물을 사죄하도록 했다. 장 황후는 자기도 놀란 한편, 양 소저가 죽은 것을 내심 시원하게 생각하며 하 태후의

말을 따랐다. 천자는 양 소저가 태액지에서 구경하다가 발을 헛디뎌 빠졌다고 하고 그 종인 초란이 급히 붙잡다가 함께 빠져 구하지 못했다는 말을 믿었다.

▶ 장 황후가 양 소저를 죽이려는 것을 안 하 태후가
양 소저, 초란이 물에 빠져 죽은 것처럼 일을 꾸밈

이후 천자가 유세형 부자를 불러 위로를 전하며 시체를 집으로 돌려보내니 유씨 집안사람들은 모두 양 소저가 죽은 줄로 알았다. 세월이 유수같이 흐르고, 유세형이 난간머리에 나와 하늘을 보았을 때였다. 유세형이 양 소저의 주성으로 알고 있던 별이 예전과 다르지 않은 것을 알고 곁에 있던 아들을 불러 보게 하였다. 유현이 보기에도 과연 그랬다. 이로써 부자가 양 소저가 어느 귀인을 만나 아무도 모르는 가운데 살아 있을 것이라고 믿게 되었다.

▶ 유세형, 유현이 하늘의 별을 보고 양 소저가 살아 있다는 것을 짐작함

이때, 왕 씨는 유현과 혼인한 지 수년이 되도록 부부의 즐거움을 누리지 못하여 원망이 가득하였다. 유세형 부자가 양 소저의 장례를 치르며 몹시 슬퍼하는 것을 보고는 양 소저가 죽어도 자신보다 유복하다 말하며 부러워할 정도로 시름이 깊었다. 왕 씨는 유현이 양 소저에게 정을 두는 것은 그 자식이 있기 때문이라고 믿고 수락사를 찾아 부부의 화합과 아들을 낳을 경사를 축원하려고 했다. 왕 씨는 원 상궁을 불러 수락사에 나아가 제사를 지내며 쓸 천금을 준비하라 했다. 원 상궁은 재물을 쓰는 것은 관계없으나, 유씨 집안에서는 부처에게 진향하는 것을 공자의 학문을 욕되게 하는 것으로 여기므로 다시 생각하기를 청했다. 왕 씨는 끝내 마음속 뜻을 누르지 못하고 자기의 노리개와 비단옷을 다 팔아 만금을 장만한 후 친정에 간다고 하고 수락산을 찾아 불가의 전생과 인과응보, 내생의 여러 가지 일에 대해 들으며 칠 일을 보냈다. 그러나 왕 씨가 거짓말한 일은 금세 들통나고 말았다.

▶ 왕 씨가 자식 낳기를 바라며 거짓말을 하고 수락사에 축원하러 다녀옴

이때, 양 소저는 초란과 함께 미양궁에 뒤채에 숨어 있었다. 하 태후는 대궐 안에 이목이 많은 것을 경계하여 계속 근심하다가, 3년에 한 번씩 왕들이 천자께 조회하러 오는 것을 기회로 삼았다. 양왕과 그 왕비 허 씨는 유세형의 며느리인 옥선 군주(주 소저)의 부모였는데, 특히 왕비 허 씨가 현숙하여 하 태후에게 정성이 지극했다. 하 태후는 허 씨를 불러 양 소저의 일을 자세히 이르고 왕비의 가마 속에 넣어 양 소저와 초란을 위국에 데려가 감추도록 했다. 한편, 유현은 양 소저에 대한 생각이 세월이 갈수록 점점 더하였다.

▶ 하 태후가 양 소저와 초란을 위국의 왕비 허 씨에게 보내어 숨김

수년이 지났다. 장 황후가 재위한 지 5~6년이 되도록 덕이 없고 포학함이 심하여 신하와 백성들이 불만이 많았다. 더구나 설 황후를 해쳤던 계략이 드러나니 천자가 그제야 알고 장 황후를 폐출시키고 첩여 방 씨를 책봉하여 정궁으로 삼았다. 하 태후가 비로소 장 황후가 양 소저를 가두어 죽이려 했던 일과 양 소저를 양왕에게 맡

겨 위국으로 보낸 일을 세세히 드러냈다. 천자가 그날로 유세형과 유현을 불러 과거의 일을 사과하고 위국에서 양 소저를 찾아오게 했다. 유현은 감사를 표하고 막내 아우 유양과 함께 위국으로 떠났다. 유현과 양 소저가 4년 만에 천신만고를 다 겪고 재회하였다.

▶ 장 황후가 폐출된 후 양 소저의 일이 모두 드러나 유현이 아내와 재회하게 됨

한편, 왕 씨는 유현의 박대를 원망하다 양 소저가 돌아와 온 집안이 그녀를 떠받드는 것을 보고 매우 노하여 집 안에 깊이 들어앉아 있었다. 유현이 왕 씨를 불러 양 소저에게 선후(先後) 분수를 갖춰 인사하게 시켰다. 왕 씨는 황명으로 들어온 정실을 천첩같이 대한다고 하면서 무례한 말을 하고 처소로 돌아갔다. 유현이 매우 노하여 왕 씨를 결박해 감옥 안에 넣었다. 그런데 시비가 찾아와 왕 씨가 옥문을 발길로 걷어차고 통곡하며 목을 매달려고 한다고 아뢰었다.

▶ 유현이 양 소저가 돌아온 것에 불만을 품고 험한 말을 하는 왕 씨를 감옥에 가둠

[15권]

왕 씨가 옥에서 나온 뒤에도 분을 이기지 못했다. 왕 씨는 심복 하녀를 시켜 부부가 서로 합하는 비방을 구하게 했다. 사노비 옥란이 여의개용단(자기 마음대로 얼굴을 바꿀 수 있다는 단약)을 가져와, 부인이 이를 먹고 양 소저의 얼굴이 되어 유현을 속인다면 일이 교묘하게 될 것이라고 말했다. 왕 씨가 천금을 주고 그 단약을 많이 샀다. 음력 2월 5일은 유관의 생일이므로 큰 잔치가 열렸다. 유현이 한껏 술을 마시고 죽서루에 이르렀다. 이때 양 소저는 안채에서 동서, 시누이들과 함께 부인 장 씨를 모시고 밤늦도록 이야기를 나누는 중이었다. 그 사이 여의개용단을 먹은 왕 씨가 양 소저인 척하며 죽서루에 들어와 있었다. 유현은 왕 씨가 양 소저인 척하는 것을 모르고 침상에 함께 누워 잠을 청했다.

이윽고 양 소저가 돌아와 이 모습을 보았는데 범상치 않은 일의 기미라 여기고 영주 소저의 처소로 향했다. 영주 소저가 이 일에 대해 알아보게 하니 과연 왕 씨가 분명했다. 다음 날, 유현이 취중이었으나 부모에게 문안 인사를 하기 위해 일찍 일어났다. 그런데 가짜 양 소저 왕 씨가 침상에서 일어날 뜻이 없는 것을 보고 평소의 양 소저의 행실과 매우 다르므로 괴이한 생각이 들었다. 왕 씨가 온갖 교태로써 핑계를 대니 유현은 감기 기운이 있는가 짐작하며 홀로 영운전으로 향했다.

▶ 왕 씨가 여의개용단을 구해 먹고 양 소저의 얼굴을 한 뒤 유현과 밤을 보냄

영운전에는 곱게 단장한 양 소저가 이미 나와 있었다. 유현이 이것이 어떻게 된 일인가 의아해하는데, 원 상궁이 죽서루에도 양 소저가 누워 있으며 병이 들어 문안을 못 드린다고 하니 사실과 거짓이 무엇인지 모르겠다고 아뢰었다. 유세형이 이 일은 원한에 쌓인 부녀가 사랑을 구하고자 여의개용단을 먹고 벌인 요망한 환술이라고

하며 왕 씨를 부르게 했다. 왕 씨가 영운전을 찾아 단약의 효험만을 믿고 여전히 잘못을 깨닫지 못한 채 양 소저인 듯 굴었다. 유세형이 딸아이로 하여금 회면단(얼굴을 다시 제 모습으로 돌아오게 하는 약)을 가지고 오게 하여 왕 씨에게 먹이니 순식간에 옛 얼굴이 돌아왔다. 유현은 밤늦도록 침소를 찾지 않아 악인 왕 씨에게 빈틈을 준 양 소저를 좋게 생각할 수가 없었다. 또한 양 소저가 어제 침소에 와 자기와 왕 씨를 보고도 그냥 월영각으로 가 영주 소저 곁에 머물면서, 오늘 문안 때 자기 거동을 보고 영주 소저와 함께 웃던 일을 생각하니 더욱 부끄러웠다. 그러나 여러 날을 보내고 어머니 부인 장 씨의 가르침을 얻으니, 다시 양 소저와 더불어 화락하였다.

▶ 왕 씨가 양 소저인 척 유현을 속인 일이 들통남

왕 씨의 부친 왕태우가 유씨 집안에 이르러 수없이 사과하며 딸아이를 데려가 부녀의 행실을 가르치기를 청했다. 유세형이 흔쾌히 허락하므로 왕태우가 딸아이를 가마에 태워 집으로 돌아오고 계집종을 시켜 50여 대를 쳤다. 또한 방 안에 가두고 왕 씨의 수족을 놀리지 못하게 하니 서너 달이 지나자 그 기운이 꺾여 하염없이 어진 부인이 되었다. 반년이 지나자 왕 씨가 유순하고 공손한 태도를 갖추어 전혀 딴사람이 되어 있었다.

유세형이 왕 씨를 다시 데려오게 하니 왕태우가 감격하여 그 은혜에 감사했다. 왕 씨는 지난날을 반성하고 개과천선했으므로 돌아가는 것이 도리어 괴로웠다. 왕 씨는 남편을 두려워하며 아침저녁 문안에만 겨우 참석하면서 집 안에 깊이 숨어 죄인처럼 지냈다. 유현이 왕 씨가 진정으로 개과천선한 것을 깨닫고 이전의 일을 더 이상 언급하지 않았다.

▶ 왕 씨가 부친의 가르침을 받고 개과천선함

한편, 영주 소저가 소경문과 혼인한 지 4~5년이 흘렀다. 슬하에 한 명의 아들을 두어 집안의 사랑이 온전하였고 소경문의 벼슬이 점점 높아져 상서복야 동평장사에 이르렀다. 소경문의 넓은 생각과 뛰어난 몸가짐은 당대의 영웅호걸이었지만, 거리낌이 없고 고고하기가 이를 데가 없었다.

▶ 소경문의 벼슬이 상서복야 동평장사에 이름

이때 금상의 아들인 제왕이 천자의 총애를 믿고 조정 대신을 능멸하는 일이 있었다. 환관 태억을 시켜 고운 여인을 위력으로 겁탈하여 첩의 자리를 채우는 한편, 사람을 죽이고 재물을 빼앗아 재산을 쌓았다. 조정 대신들은 그의 세력을 두려워하여 그 흉포함을 탓하지 못했다.

소경문이 조회를 마치고 돌아오다가 무수한 하인들이 한 여인을 위력으로 협박하고 있는 것을 보았다. 여인은 머리를 풀어 얼굴을 덮은 채 통곡하고 있었다. 또한 그 곁에 소년 하나는 난타를 당하였는지 유혈이 낭자했다. 소경문이 매우 놀라 주변 사람들에게 까닭을 물었다. 한 노인이 나와 말하기를, 저 여인은 자기의 딸이고 죽게 된 소년은 자기의 사위인데, 제왕이 혼인한 딸아이를 첩으로 들

이려고 하여 환관이 사위를 심하게 쳤다고 했다. 노인이 말을 마치기도 전에 태억이 크게 소리를 질러 노인을 잡으라 하고 소년을 치라 명하니 소경문의 눈앞에서 소년이 주검이 되어 늘어졌다. 소경문이 매우 놀라 태억을 잡아 옥에 가두었다. 그리고 대궐로 달려가서 천자께 제왕의 지위를 낮추어 내치기를 간언하였다. 천자가 태억을 죽이고 제왕을 중히 다스려 녹봉을 거뒀다. 이 일로 모든 황친과 환관이 소경문을 두려워했고 제왕이 크게 원망하여 장차 소경문을 없애고자 했다.

유세형은 사위가 강개한 것을 보고 그 기상을 기쁘게 여기면서도 반드시 후환이 있을 것이라 생각하여 근심하였다.

▶ 소경문이 간언하기를 잘하여 환관 무리의 원망을 삼

[16권]

유세형이 감기에 걸려 병이 다시 도졌는데 날이 갈수록 위중해졌다. 이에 유세형이 상소를 올려 사직을 청하지만 천자는 이를 허락하지 않고 내시를 시켜 위문을 했다. 이 무렵 명나라의 기운이 쇠한 지 여러 해가 되었으므로 원나라 때의 남은 부락들이 북방에 자주 침노했다. 지금까지는 유세형이 안팎을 잘 살펴 큰 염려가 없었으나, 그가 병들고 변이 일어났다는 보고가 잦아지자 상황의 위태로움을 알고 천자가 매우 근심했다. 그러나 좌우 신하들은 다 문학을 소임으로 하여 용병(用兵)의 지략을 모르니, 모여 있던 내시와 제왕이 이 틈을 타 천자에게 이르기를, 동평장사 소경문이 지혜가 뛰어나고 꾀가 많으며 언변이 뛰어나니 오랑캐 무리에게 보내어 인의(仁義)로 교화하고 달래는 것이 어떠냐고 했다. 이에 천자가 조서를 내려 유세형의 사위인 동평장사 소경문에게 북쪽 변경의 사타로 가 오랑캐 왕을 가르쳐 타이르라고 명했다. 천자의 명에 소경문이 부모와 아우들과 이별하고 길을 떠났다.

▶ 천자가 북방을 자주 침략하는 오랑캐 무리를 교화하기 위해 유세형의 사위 소경문을 사신으로 보냄

소경문이 북쪽 변방에 이르니 때는 춘삼월이었다. 소경문이 고향과 부모를 그리워하는 마음을 참고 오랑캐 무리로 들어가 번왕을 보고 천자의 칙서를 주며 좋은 말로 달랬다. 그러나 번왕은 명나라가 원나라를 멸망시켰으니 누대의 원수라고 하며 소경문을 기름 가마에 넣으려고 했다. 이에 소경문이 천자의 은혜를 이야기하며 자신을 죽이면 다음 날 명나라의 수만 군대가 쳐들어올 것이라고 했다. 번왕이 소경문의 풍채와 언사가 훌륭한 것을 보고 기특하게 여겨 칙서를 받고 향연을 베풀었다. 그리고 신하들과 의논하여 소경문을 자기 신하로 삼고자 했다. 번왕의 딸 양성 공주는 천자의 사신으로 온 소경문의 빼어난 기상과 용모를 보고 흠모하는 마음을 품었다. 양성 공주가 소경문이 18세에 동평장사의 작위에 올랐으며, 아름다운 명망과 문장의 재주로 중국에서 유명하다는 이야기를 듣고 부왕에게 자신의 마음을 고하여 그에게 시집가게 해 줄 것을 청했다. 번왕 또한 결혼하면 소경문을 자기 나라에 머물게 하기 쉬울 것이라 생각하여 기뻐했다. 그러나 구혼 이야기를 들은 소경문이 자신은 이미 아내가 있으며 외국에서 사돈을 맺어 국법을 어지럽히는 것은 분수에서 벗어나는 일이라고 거절했다. 이에 번왕은 승상 답날청과 계획을 짠 다음 금란전에서 큰 잔치를 베풀고 소경문에게 술을 권했다. 그리고 양성 공주를 시켜 소경문의 곁에서 객지의 울적한 심사를 위로했다. 하지만 소경문은 오히려 칼을 빼어 오랑캐의 딸이 상국의 조정 대신을 업신여긴다며 꾸짖었다. 그리고 오랑캐에게 뜻을 굽히느니 의롭게 죽겠다고 했다. 이에 번왕이 분노하여 소경문을 죽이고자 하지만, 양성 공주가 사신을 죽이는 것은 옳지 않다고 간하여 소경문을 만 리 북해로 보내 버렸다.

▶ 번왕이 소경문을 자신의 사위이자 신하로 삼으려고 하지만, 소경문이 이를 거절하자 북해로 보내 버림

소경문은 시종들과 함께 풀뿌리를 캐며 주림을 면하였으나 수개월이 지나자 굶주려 죽은 자가 10여 인이요, 사면을 돌아보아도 오로지 망망대해에 첩첩산중일 뿐이었다. 어느 날 소경문을 비롯하여 모두가 기아에 허덕이며 모래사장에 거꾸러져 있는데, 두어 명의 오랑캐들이 큰 통에 미숫가루를 담고 양 두어 마리를 잡아 가다가 이 모습을 봤다. 그중 하나가 연유를 묻자 시종 한 사람이 이 나라에 사신으로 왔다가 죽게 생긴 사연을 이야기했다. 이에 한 몽고인이 자기가 가지고 가던 미숫가루와 고기를 나누어 줬다. 이에 모두가 감사해 하자, 몽고인은 집에 곡식이 많이 있다며 이후로도 하루 두 번씩 밥과 국을 해 먹었다. 그러나 번왕의 기찰이 오면 옆에 있다가도 급히 피하여 보이지 않으니 비밀스러운 기색이 있었다.

소경문은 본래 귀한 집안에서 곱게 자랐기에 이곳에서 어렵게 살다 보니 병이 날로 중해져서 오랫동안 낫지 않았다. 더군다나 드넓은 광야에 한 조각 장막에 의지하여 비바람과 눈서리를 겪으니 손쓸 도리가 없었다. 이에 몽고인이 용모가 신선 같은 젊은 도사를 데려왔다. 도사는 소경문을 보고 풍토병과 고초에 몸이 상한 것이니 안심하고 약을 먹으라고 몇 첩의 약을 줬다. 소경문이 도사의 사는 곳과 성명을 묻지만, 자신은 본래 세상을 피하여 이름이 없다고 하면서 소경문이 중국에 돌아가게 되면 당당히 황극전 아래에서 만나게 될 것이라고 했다. 소경문은 도사가 지어 준 약을 달여 먹고 두어 번 만에 효험을 봤다. 그리고 몽고인이 병든 몸에 맞추어 음식을 계속해서 공급하자 증세가 날로 차도를 보였다.

▶ 소경문이 북해에서 굶주려 병이 들지만, 몽고인과 도사의 도움으로 목숨을 구함

번왕은 소경문이 죽기로 작심하고 뜻을 굽히지 않는 것을 보고 유언비어를 퍼트려 '천자의 사신이 번국의 부마가 되어 군사를 거느리고 중원을 치려 한다.'라고 거짓 소문을 냈다. 소경문의 돌아갈 길을 끊어 이곳에 머물게 하려고 거짓 격서를 여러 곳에 보낸 것이

다. 천자가 번국에서 온 격서를 보고 몹시 노하여 조회를 열었다. 유세형은 병이 중하여 참석하지 못하고 유씨 집안의 여러 공들이 그 자리에 참석했다. 격서의 내용을 듣고, 소경문의 부친인 제남백 소운의 부자(父子)와 친족들은 모두 관을 벗고 띠를 풀어 머리를 땅에 조아리고 흉노가 거짓을 꾸며 대고 있다고 천자에게 실상을 밝혀 달라고 간청했다.

천자가 여러 신하에게 생각을 묻자 유세기가 대답하기를, 흉노가 소경문이 굴하지 않는 것에 노해 격서를 보내 돌아갈 길을 끊으려 하는 것이니 용맹한 장수들로 흉노를 쳐 사신을 핍박하고 조정의 명령을 거역한 죄를 물어야 한다고 했다. 또한 여러 신하들이 소씨 일족을 용서하고 군대를 보내 그 실상을 살펴야 한다고 했다. 이에 천자가 유세경에게 평북대원수를 내리고 유현에게 부원수를 내려 출정하게 했다. ▶ 번왕이 격서를 보내 유언비어를 퍼뜨리자 천자는 유세경과 유현을 대원수와 부원수로 임명하여 출정하게 함

한편, 번왕은 군사에 관한 일을 의논하다가 전령을 통해 명군의 대병이 온 소식을 들었다. 장군 왕수길은 명나라가 유학을 숭상하기 때문에 무예가 용맹한 무리가 아니므로 내일 맞붙어 싸울 것이라고 일러 보내라고 했다. 이에 대원수 유세경이 군사가 만 리 길을 달려와 피곤하고 지쳤으니 아직 나가지 말고 유현에게 정병 10만을 거느리고 사잇길에 매복하여 적군의 군량과 마초를 끊으라고 했다. 유세경은 고창 북쪽의 산세가 험한 것을 보고, 정남 장군 왕수인에게는 2만의 군사와 함께 계곡 입구에 매복하게 했다. 아울러 평북 장군 원통과 진서 장군 윤사신에게는 군졸들과 조용히 길을 떠나 고창성 20리 백운산 아래에 가 있으라고 했다.

다음 날 대원수 유세경이 적군을 향해 나아가 싸움을 시작하고 천조 대장 이석량이 번왕을 크게 꾸짖은 후, 거짓으로 패한 체하고 백운산을 향해 달아났다. 그리고 번의 군사들이 대오를 잃는 동안 왕수인과 이석량 두 사람이 일시에 나와 협공하여 번국 군대는 크게 패하고 말았다. 번왕은 겨우 피하여 달아나고, 승상 답날청이 잡혀 사신으로 온 소경문의 곤욕이 번왕의 딸로부터 비롯된 것임을 털어 놓았다.

한편 부원수 유현이 대원수 유세경의 명령을 듣고 적군의 엄습을 완전히 막고 있었다. 오랑캐 장수 탈탈불해는 여러 번 공격을 시도하지만, 유현이 조금도 요동하지 않고 지켜 수개월이 흘렀다. 9월 16일 북방의 추운 날씨에 흰 눈이 펄펄 내리는 밤, 탈탈불해는 유현의 어린 나이를 업신여기며 명나라 진영으로 쳐들어갔다. 그러나 진영 안에는 한 사람도 없었고, 함정에 빠진 것을 알았을 때 명나라 군사들이 나타나 사면에서 에워싸고 일시에 마구 쳤다. 탈탈불해는 겨우 화살을 헤치고 달아나지만, 이미 길을 막고 있던 유현에게 잡혀 스스로 목숨을 끊었다. ▶ 대원수 유세경과 부원수 유현이 이끄는 명나라 군대가 번국 군대와의 싸움에서 승리함

유세경에게 완전히 패한 후 번왕이 신하들과 상의하자, 번국의 좌승상 해안평이 소경문을 돌려보내고 화친을 청하자고 했다. 번왕이 망설이자, 전전장군 달목이 1만 병사를 데리고 명군을 무찌르고 오겠다고 나섰다. 그러나 달목은 유현을 맞이하여 서로 교전한 지 10여 합에 죽고 말았다. 그리고 유현이 성 아래에 이르자, 번왕은 두려움에 아우 첨목원달을 보내어 화친을 청했다. 첨목원달이 소경문을 북해에서 데려와 평안히 돌려보내고 오래 좋은 의를 맺자고 하자, 유현은 망령된 계교를 낸다고 꾸짖었다. 첨목원달이 돌아와 이를 고하자, 양성 공주가 이 모든 환란이 본인 때문이니 스스로 명나라 진영에 나아가 속죄하겠다고 했다. 양성 공주는 남자의 옷으로 갈아입고 명나라 진영으로 가 유현에게 번국의 항복을 받지 않고 완전히 멸하게 하는 것은 하늘의 뜻을 거역하는 것이라고 했다. 그리고 성안에 아직 20만 정예병과 1년치의 곡식이 있고, 군사들이 죽기를 각오하고 싸울 뜻이 있으니 유현에게 자신들의 항복을 받고 더 이상의 생명을 해치지 말라고 했다. 유현이 그 현명함에 감탄하며 이름을 묻자 양성 공주가 자신은 호왕의 작은아들 첨목달이라고 했다. 그러나 양성 공주가 돌아간 후, 항복한 군사들이 그는 첨목달이 아니라 번왕의 작은딸 양성 공주라고 알려 줬다. ▶ 유현이 번국의 화친을 거절하자, 양성 공주가 남장을 하고 명나라 진영으로 와 유현을 설득함

번왕은 북해로 가 소경문에게 사죄하고 명나라 진영으로 돌려보냈다. 소경문은 드디어 명나라 진영에서 유현과 만나게 되고, 손을 잡고 눈물을 흘리며 지난날을 이야기했다. 유현이 소경문에게 양성 공주 이야기를 하며 그녀의 용모와 재주가 비상하니 이대로 끝나지 않을 것이라고 걱정했다. 한편, 유현은 소경문을 구해 준 몽고인을 찾으려 하지만, 아무도 간 곳을 몰랐다.

다음 날 유현은 글을 써 대원수가 있는 진영에 승전 소식을 알렸다. 유세경이 매우 기뻐하며 즉시 삼군을 이끌고 나와 유현의 군대와 합류했다. 그리고 번국의 왕과 신하들은 성문을 크게 연 후 10리 밖까지 나와 항복의 뜻을 전했다. 유세경이 세자 첨목화를 볼모로 잡아 본국으로 돌아가려 하자, 양성 공주가 자신도 따라가겠다고 했다. 이에 유세경이 양성 공주와 세자의 아내들이 동행하는 것을 허락했다. ▶ 소경문이 북해에서 풀려나고, 유세경은 세자 첨목화와 양성 공주를 볼모로 데리고 옴

유씨 집안에서는 유세경과 유현이 출정하고, 영주 소저가 시가에 갇힌 데다 유세형의 병이 날이 갈수록 중해지므로 모두가 근심하고 있었다. 한편 황자 제왕 태는 어리석고 탐욕이 많았는데, 소경문의 탄핵으로 천자로부터 엄한 꾸지람을 들어 분한 마음에 일을 꾸며 소경문을 변방으로 내친 것이었다. 게다가 유세형은 병이 들고 유세경과 유현은 북쪽으로 출정하였으니 제왕으로서는 이제 거리낄 것이 없었다. 또한 태자가 자주 병이 들었기에 이 틈을 타 태자

의 자리까지 뺏고자 했다. 이에 제왕은 왕비의 아버지인 각노 여원평과 사례 태감 마영성과 함께 모반을 꾀했다. 그리고 본부 정예병 3천여 명을 훈련시키고 조정에 뇌물을 풀어 당대 재상들을 자신의 편으로 만들었다. 오직 유씨들만은 제왕의 인자하지 못한 마음을 알고 조심하였으나, 환란이 이같이 빠름은 알지 못했다.

▶ 유세형이 병이 들고, 유세경과 유현이 출정한 사이
황자 제왕 태가 태자의 자리를 차지하고자 계교를 꾸밈

한편 유몽은 유세창의 아들로 설초벽의 소생이다. 유몽은 일찍이 유세형을 따라 서역을 치고 돌아왔으며, 국사에 마음을 다하고 공손하며 검약하였다. 설초벽은 유몽 외에 딸 옥주 소저를 두고 있었는데, 열세 살에 태학사 양강의 부인이 되었다. 양강은 유현의 부인인 양 소저의 남동생으로, 모든 사위 중에 가장 뛰어났다.

유세형은 나라를 걱정하던 유몽에게 제왕이 진법을 연습하는 것은 반드시 어떤 생각이 있어서라고 하면서, 천자에게 부탁해 병권을 줄 테니 나라에 근심이 일어나는 것을 막으라고 했다. 유세형의 상소를 받은 천자가 유몽을 오부충 대도독 대사마로 임명하여 모든 생사를 주관할 수 있는 자격을 주고 궁궐을 지킬 수 있도록 했다.

가정 16년 가을 9월 초삼일에 제왕이 병을 핑계 대고 조정에 나오지 않자 천자가 이를 염려하여 제궁으로 가 보려고 했다. 그러나 유세기가 만류하며, 근래 자미성이 어둡고 별의 위치에 변화가 잦아 걱정스러우니, 구태여 가고자 한다면 어가를 지킬 군사와 함께하여 불의의 사고를 방지하라고 했다. 그러나 태감 마영성이 천자가 아들에게 친히 가서 병을 묻고자 하는 일에 대해 유세기가 의심하는 것을 지적했다. 이에 유몽이 정색하며 마영성을 꾸짖고, 도어사 사강이 마영성의 죄를 함께 논하니 천자가 마영성을 하옥시켰다.

▶ 유세형이 제왕을 경계하며 유몽에게 궁궐을 지켜 나라의 근심을 막으라고 함

날이 늦은 후 천자가 다시 어가를 움직여 제궁으로 향할 때, 천자는 유몽을 어가에 태웠다. 유몽은 이미 하인을 보내 흉악한 음모를 탐지하게 한 후 모든 대비를 해 두었다. 천자는 두어 명의 신하만 데리고 제궁 안으로 들어가 제왕의 손을 잡고 병세를 걱정하는데, 갑자기 광풍이 일며 무수한 군병이 몰려들어 와 천자 앞에 섰다. 호위 군사들은 태자가 사리에 어둡고 덕을 잃었으니, 제왕에게 임금의 자리를 물려주는 조서를 받아 반포하겠다고 했다. 그때 여원평이 장막 사이에서 나와 제위를 옮기는 조서를 제왕에게 내려 태자를 폐하라고 했다. 그제야 천자는 군사를 먼저 보내라는 유세기의 말을 듣지 않은 것을 뉘우치지만 어쩔 도리가 없었다. 이때 태감 김흥은 유몽에게 비밀스럽게 지시를 받고 옆에서 천자를 모시고 있었는데, 안에서 변란이 있거든 북을 쳐 응하자 하였으므로 이 광경을 본 김흥은 급히 전 아래로 내려가 북을 한 번 크게 쳤다.

유몽은 안에서 북소리가 진동하므로 군사들을 거느리고 들어가지만 제왕의 군사들이 안에서 저지했다. 이에 유몽은 제왕이 반역을

도모하니 역적을 칠 것이라고 하면서 손에 철퇴를 잡고 적군을 하나하나 처치했다. 제왕의 군사들은 모두 달아나고, 유몽은 역적의 주동자로 제왕과 여원평을 잡아 결박했다. 그리고 삽시간에 제왕의 호위 군사를 모두 무찌르고 숨어 있던 병사들을 잡아냈다. 천자는 여원평의 구족을 모두 죽이고 제왕은 목을 매달아 죽였다. 그리고 태감 마영성과 제왕의 어머니인 철미인은 목을 베게 했다. 천자는 유세기의 선견지명에 탄복하여 태사의 자리를 내리고, 유몽을 평제왕에 봉한 뒤 태감 김흥에게는 도태감의 지위를 더했다.

▶ 유몽이 제왕의 반역을 저지하고 역적의 주동자를 모두 잡아냄

[17권]
유몽이 왕의 작위를 받고 돌아온 다음 날, 천자의 내시가 찾아와 유몽을 왕에 봉하고 처 상 씨는 왕비에 봉하였으며, 모친 설 씨는 제국 태비로 지위를 높였다. 유세경과 유현이 소경문을 구해 돌아온다는 편지까지 도착하자 온 집안이 경사에 기뻐했다. 이후, 유세형이 병에서 회복했다.

▶ 유몽이 왕의 작위를 받고, 유씨 가족들은 유세경과
유현이 소경문을 구해 돌아온다는 소식에 기뻐함

한편 북방으로 원정을 갔던 유세경과 유현이 소경문과 함께 경성을 향해 돌아오던 중, 북해에서 소경문에게 음식을 가져다주던 몽고인을 만났다. 소경문이 그 사연을 묻자, 몽고인은 자신이 양성 공주의 집안에서 부리는 일꾼임을 고백했다. 양성 공주가 자신으로 인해 소경문이 굶주리는 것을 슬프게 여겨 소경문 일행을 구하게 했다는 것이었다. 그리고 소경문이 중국의 대신으로 절개를 지키다가 죽으면 천추에 애석한 일이 될 것이라고 하며, 스스로 남자 옷을 입고 도사인 체하여 약을 가져다 소경문을 구하고 볼모로 잡혀갈 것을 자원한 것이라고 했다. 소경문이 그간의 사연을 모두 듣고 공주의 지혜를 칭찬했다. 유세경이 양성 공주가 결코 평범한 사람이 아니니 첩의 자리에 머무르게 하는 것이 어떠냐고 묻지만, 소경문은 오랑캐와 혼인할 수 없다고 했다.

▶ 소경문이 북해에서 자신을 구해 준 것이 양성 공주임을 알게 됨

며칠 후 경성에 이르니, 유씨 가문의 모든 사람이 나와 맞이했다. 유현은 아버지의 병환이 나아진 것에 기뻐하고, 소경문은 아버지 제남백 소운과 서로 안고 통곡했다. 천자가 유세경을 태자태부에 명하고, 유현에게는 병부 상서에 상주국을 더하고 황라산을 주어 출입 시에 공로를 드러나게 했다. 소경문은 비록 전쟁에서 세운 공은 없지만, 신의와 충절을 다했기에 수춘후에 봉했다.

이때 유현이 몽고인이 소경문과 그 일행에게 매일 양식을 가져와 목숨을 구한 것과 양성 공주가 도사의 복장을 하고 약을 구해 준 것, 또 공주가 볼모를 자원하여 소경문에게 수절하고자 하는 것을 천자에게 보고했다. 이에 천자가 번국의 세자와 공주를 불러들였다. 첨목화와 양성 공주가 나와 아래에 고개를 숙이고 엎드렸다. 양

성 공주는 자신의 아비가 육순인데 아들이 첨목화 한 사람뿐이고 부모의 정을 잊지 못하는 데에는 남녀가 따로 없으니 첨목화를 돌려보내 종사를 잇게 하고 자신을 볼모로 두어 달라고 간청했다. 천자는 양성 공주의 거침없는 말과 빼어난 용모에 감탄하여 첨목화를 번국으로 돌려보냈다. 그리고 양성 공주의 사람됨을 보고 소경문에게 둘째 부인으로 삼아 첩의 지위에 두라고 했다. 소경문은 마음속으로 매우 화가 났지만 국가의 중대사를 생각해야 한다는 유세형의 꾸짖음에 어쩔 수 없이 물러났다.

▶ 천자가 유세경과 유현, 소경문에게 상을 내리고, 양성 공주의 사람됨을 보고 소경문의 둘째 부인으로 삼게 함

유세형은 소경문의 손을 잡고, 자신과 유현에 대한 원망을 알고 있지만, 형세가 마지못하여 그리하였으니 이상하게 여기지 말라고 했다. 온 집안에 큰 잔치가 열리고, 영주 소저는 자신을 걱정하는 어머니에게 양성 공주가 재주와 외모, 의협심이 여자 중에 뛰어나니 함께 군자를 섬기며 화목하게 지내는 것이 마땅하다고 말했다. 양성 공주는 세자를 본국으로 돌려보내고 예관이 택일하기를 기다려 혼인 준비를 했다. 소씨 집안에서도 마지못해 모든 것을 준비하여 양성 공주를 맞았다. 소경문은 공주가 오랑캐라는 점을 여전히 탐탁지 않게 생각했지만, 억지로 아내로 맞았다. 양성 공주가 예를 다한 후 자신은 오랑캐의 천한 여자로 군자를 좇게 되었으니, 본처를 먼저 찾아뵙는 것이 옳은 일이라고 생각한다고 했다. 그리고 영주 소저의 단정하고 맑은 모습을 보고, 소경문이 저 같은 부인을 두었으니 자신이 사랑을 받기는 힘들겠다고 생각했다.

소경문은 유세형과 유현이 양성 공주를 맞게 한 일에 대해 치욕을 느끼고 양성 공주와 첫날밤을 보낸 뒤, 영주 소저를 찾지 않았다. 그러나 영주 소저는 시부모를 효성스럽게 모시면서 검소하게 행동하며 모든 일에 흠이 없었다.

▶ 소경문은 억지로 양성 공주와 혼인하고, 이에 대한 불만으로 영주 소저를 멀리함

새해를 맞았으나 소경문은 영주 소저가 친정에 가는 것을 허락하지 않는다. 유세형은 소경문에게 자신이 병이 있어 남은 생이 길지 않으니, 자녀를 곁에 두고 여생을 위로하고자 한다고 부탁했다. 소경문이 계속 고집을 부리자 유세형은 아들들을 시켜 소경문이 자신에게 노하여 딸아이에게 벌을 주는 것이니 제남백에게 청해 영주 소저를 데려오라고 했다. 제남백 부부는 흔쾌히 허락하고 영주 소저를 친정으로 보냈다. 외당에 있다가 영주 소저가 간 것을 안 소경문이 사내종들에게 명해 가마에 탄 영주 소저를 길가에 두고 모든 종들을 잡아 오라고 했다. 그러나 이를 예상한 유세형이 엄 태감을 시켜 영주 소저에게 무례한 일이 생기거든 보호하라고 했기에, 엄 태감과 수많은 일꾼들이 달려와 소경문이 보낸 종들을 크게 꾸짖었다. 유세기의 부인 소 씨가 글을 보내 소경문을 엄히 꾸짖고, 제남백도 그제야 이 사실을 알고 아들을 불러 다스렸다. 제남백은 소경문과

함께 유세형을 찾아가 사과하고, 유세형은 소경문의 손을 잡고 싫어하는 것을 우겨서 맡긴 데에 대한 분을 아내에게 옮겨 갚고자 하는 것은 대장부의 도량이라 할 수 없다며, 엄하지만 부드럽게 타일렀다. 소경문이 크게 감복하여 공손히 사죄했다.

한편, 양성 공주는 소경문에게 영주 소저의 덕행과 사람됨을 칭찬하며, 부형의 일로 영주 소저를 박대하고 자기를 일부러 후대하는 것은 대장부라고 볼 수 없다고 했다. 소경문은 잠깐 영주 소저를 곤란하게 하여 화를 풀고자 하였으나, 부형의 꾸짖음과 숙모의 불평이 대단하므로 지금부터는 모두 화평하게 지낼 것이니 안심하라고 했다.

▶ 소경문이 유세형과 유현에 대한 원망으로 영주 소저를 박대하지만 숙모 소 씨의 꾸짖음과 유세형의 타이름에 마음을 돌림

[18권]

어느 날 영주 소저가 조용히 유세형에게 말하기를, 부모님을 슬하에서 모시고 있는 것이 비록 즐겁지만 시아버님 생신이 두서너 날이 남았으니 마땅히 잔치를 열어 손님들을 모아 축하드리는 것이 옳다고 했다. 유세형은 딸의 효성스러운 말에 기뻐하며 영주 소저가 시댁으로 돌아가자 재물을 내어 잔치를 치르는 데 쓰게 했다. 영주 소저는 성대한 잔치를 열고, 일곱 아들을 둔 제남백이 맏며느리 덕분에 영광스러운 봉양을 받았다. 소경문은 장인의 덕과 영주 소저의 효행에 감격했다.

이후 영주 소저는 한 달에 보름씩 시댁에 가 모든 일을 양성 공주와 더불어 하며 화목하게 지냈다. 그러나 양성 공주는 사람됨이 세차서, 시비가 죄를 지으면 용서하는 일이 없고 형벌이 엄했다. 이에 영주 소저는 스스로 몸을 닦아 양성 공주를 감화시키고자 했고, 내외를 엄격히 하는 등 예법을 엄숙히 했다. 이에 양성 공주가 영주 소저를 보며 점점 유순하게 변했다.

▶ 영주 소저가 시아버지의 생신 잔치를 열고 양성 공주와도 화목하게 지냄

소경문은 영주 소저의 덕에 감복하고, 한 달에 이십 일은 영주 소저와 있고 열흘은 양성 공주에게 머물렀다. 영주 소저는 해를 연달아 일곱 아들과 세 딸을 낳았으나, 양성 공주는 끝내 자식이 없어 영주 소저의 둘째 아들로 후사를 이었다. 번국의 왕은 딸을 잊지 못해 봄가을 명절이면 조공에 힘을 쏟아 양성 공주에게 의지가 되도록 하고, 유세형 부자의 은혜에 감격하여 명나라에 사대하기를 지성으로 했다. 천자 또한 양성 공주를 중히 대하였으나, 양성 공주는 늘 고국을 그리워하며 슬퍼하다가 30여 세에 죽으니 소경문과 영주 소저가 매우 슬퍼했다. 영주 소저는 소경문과 더불어 해로하고, 부부가 80세를 누려 한날에 죽었다.

▶ 양성 공주는 고국을 그리워하다가 30여 세에 죽고, 영주 소저는 소경문과 더불어 해로하고 한날에 죽음

한편 유세기가 한가히 집에서 세월을 보내고 있는데 천자가 특별히

총애하여 태사에 임명했다. 천하 선비들이 그를 높여 존중하고 공경하여 별호를 '청계 선생'이라고 칭했다. 유세기는 벼슬이 높고 나이가 들었어도 부모를 봉양하는 정성이 가득하여 아내 소 씨와 함께 어머니 조 부인을 늘 몸소 살폈다. 조 부인은 유세기와 소 씨를 몹시 아껴 그들이 없으면 즐거워하지 않았고, 자신의 친아들 유세찬, 유세광, 그 아내 양 씨, 위 씨는 평범하게 대했다.

유세찬은 마음이 선하고 그 처 양 씨도 어질었으나, 유세광은 조부 유흥의 풍모가 남아 있었다. 그러나 조 부인이 유세기를 지극히 사랑하였으므로 그를 참소하지 못하고 있었다. 이에 유세광은 늘 유세기가 집안을 통솔하여 제사를 받들고 모친을 봉양하는 것을 한스러워하며 아내 위 씨와 함께 유세기가 양아들이고 자신들은 친자식인데 도리어 자신들이 유세기의 수하가 되었다며 원통해했다.

어느 날 유세광의 아들 유흥이 과거에 급제하여 연달아 잔치를 열어 즐겼다. 유세광과 유세기는 유백경의 혈육에 입신한 자가 있음을 슬퍼하면서도 기뻐하여 조 부인에게 축하를 올렸다. 유세광은 이제 흥이 과거에 급제하였으니, 흥으로 후사를 잇게 하자고 제안했다. 그러나 유세기는 집안에서 두 번 후사를 바꾼 일(유백경, 유세기)은 뒷사람이 감히 의논할 일이 아니며, 사람들이 우리 형제를 시비할까 염려된다고 탄식했다. 이에 유세광과 위 씨는 유세기 부부를 해칠 생각을 하다가 방법이 없자, 산중의 위험한 풀을 구해 유세기가 먹는 음식에 넣게 했다.

▶ 유세광 부부가 조 부인의 사랑을 받는 유세기를 시기하여 죽이려고 계략을 꾸밈

유세기는 저녁을 먹은 후 복통이 있었다. 의원이 증세를 알 수 없어 적당한 약을 쓰지 못했으나, 유세기가 스스로 해독약을 쓰고 쾌차했다. 유세광과 위 씨가 유세기의 음식에 독을 넣어도 효험이 없자, 유세기의 부인 소 씨를 모해하기 위해 시비와 공모하여 조 부인의 음식에 독을 넣었다. 조 부인이 고꾸라져 정신을 차리지 못했다. 유우성이 주방의 시비를 잡아내 극형으로 심문하려 했다. 그런데 유세광 부부가 변을 꾸민 것을 알게 된 소 씨는 남편의 우애가 상하게 될까 봐 자신의 정성이 지극하지 못하여 일어난 일이라고 하면서 용서를 빌었다.

유세형은 소 씨가 스스로 죄를 감당하여 유세광 부부의 죄를 덮어 주려는 것을 알았다. 그리고 부친 유우성에게 소 씨가 비록 잘 살피지 못하였으나 결국엔 요사한 무리를 진정시킬 것이라며 조용히 나중을 보는 것이 어떠냐고 했다. 이 말을 듣고 유우성은 모든 시비를 풀어 주었다. 이에 시비들이 감화하여 소 씨에게 유세광과 위 씨가 부추겨 음식에 독을 넣은 사연을 이야기했다. 소 씨가 어지러운 말로 상전을 범하지 말라고 꾸짖고, 이를 유세기에게 고하여 하인들이 집안을 어지럽힌다고 했다. 이에 유세기가 주방 시비 열 사람을 불러 엄하게 꾸짖고 내쫓았다. 그리고 유세광에 대해서는 자신이

어질고 효성스럽지 못해 참소가 집안에 성행한 것을 탄식하고 예전처럼 우애 있게 지냈다.

▶ 유세광은 유세기를 죽이려다 실패하고 소 씨를 모함하지만, 형제간의 우애가 상할까 염려한 소 씨가 스스로 죄를 감당하고자 함

유세광과 위 씨가 매우 부끄러워하면서도 다시 계교를 내어 조 부인에게 음식에 독을 넣은 것은 소 씨라고 했다. 이에 조 부인이 몹시 놀라 꾸짖으며 왜 형을 모해하냐고 묻자, 늘 형만 칭찬하고 아우들을 박대하는 것이 심하다고 대들었다. 조 부인이 몹시 화가 나 자식들이 그 효우(孝友)를 본받지 않고 시기심에 어질고 재주 있는 사람을 싫어한다고 통곡했다. 유세기는 조 부인의 병소에 왔다가 그 소리를 듣고 조 부인을 위로하지만 끝내 곡절을 묻지 않았다. 그러나 유세찬은 성급한 사람이라 유세광을 보고 뺨을 때리며 꾸짖었다. 유세기가 모든 것이 자신이 사리에 밝지 못해 비롯된 것이라고 하며 서당 문을 닫고 사람을 사절한 채 잠자고 밥 먹기를 그만뒀다.

▶ 조 부인이 유세광의 모해와 시기심에 화를 내며 슬퍼하고, 유세기는 자신을 탓하며 방 안에 틀어박힘

유세광은 유세기가 몇 달이 되도록 문을 열지 않는 것을 보고 불안하여 잘못을 뉘우치며 글로써 한 번 뵙기를 청했다. 유세기가 세광의 손을 잡고 눈물을 흘리며 형제간의 우애를 온전히 하여 아버님의 뜻을 본받자고 했다. 유세광도 부끄러워 눈물을 흘리며 마음을 고쳐 어진 가르침을 따라 행하겠다고 했다. 그러나 위 씨는 유세기가 지성으로 감화하여 형제의 사이가 온전한 것을 보자 끝내 뜻을 이루지 못할 것 같아 아들 흥과 함께 의논하여 무당과 점쟁이를 불러 유세기 부부가 죽기를 기도했다.

이에 유세창이 유세형에게 말하기를, 위 씨와 아들 흥이 유세기 부자를 괴롭히고 있으니 그 죄악을 적발해야 한다고 했다. 그러나 유세형은 이를 법으로 따지기보다 지극한 정성으로 감화하게 하는 것이 옳다고 했다. 유세기가 이 말을 듣고 자신을 아는 자는 둘째 유세형이라고 했다. 유우성 또한 친자식을 위해 돌아가신 형님의 혈육을 상하게 할 수는 없다고 모른 척했다.

▶ 유세광은 자신의 잘못을 뉘우치지만, 위 씨는 아들 흥과 유세기 부부를 해칠 계략을 꾸밈

유흥은 이때 동궁저작랑으로 있어 의기양양하여 사람을 헐뜯고 민폐를 끼치는 일이 많았다. 하루는 유흥이 집으로 돌아오다가 거지가 피하지 않고 길을 건너자 하인으로 하여금 그를 매우 때리게 하여 죽게 했다. 마침 도어사 사강이 그 자리를 지나다 사람들의 이야기를 듣고 급히 좌우 사람들을 호령하여 매를 친 하인과 거지의 주검을 거두어 관아로 대령하라고 했다. 도어사 사강은 순천부윤에 있었기에 돌아가 유흥의 죄를 조사하여 천자에게 글을 올렸다. 천자는 유흥을 잡아 금의옥에 가두고 법률로 다스리라고 하는데, 유흥은 살인자라 죽기에 이르렀다.

유씨 집안에서는 이를 알게 되고, 유우성은 유세광 부자가 가문을

끝내니 지하에 가 형님을 볼 낯이 없다고 탄식했다. 유세기는 사 어사를 찾아가 유흥이 예기치 못하게 저지른 것이니 형벌을 덜어 줄 것을 간청했다. 사 어사는 본래 유씨 집안의 여러 인물 중에서 유세기를 가장 공경하였기에 증인과 주검을 다시 조사하여 유흥의 하인과 다투다가 죽은 것을 알게 됐다. 사 어사가 이를 천자에게 고하고, 천자는 유흥을 절도에 유배하라고 했다. 유흥은 만 리 밖으로 귀양 가게 되는데, 위 씨는 유세기가 유흥의 목숨을 구하고 유흥을 불쌍하게 여기는 것을 보고 감격하며 자신의 죄를 뉘우쳤다. 유세기가 유흥을 보고 유배지에서 마음을 닦고 있으면 힘을 써서 돌아오게 하겠다고 하는데, 마침내 유흥은 3년 만에 특별 사면으로 돌아오게 됐다. 유흥은 유배지에서 고생하며 기세가 꺾였고, 부모도 모두 개과천선하였으므로 반란을 일으키지는 않았지만 벼슬은 다시 하지 못했다.

이후 유세기와 유세형은 부모가 연로한 것을 걱정하여 여덟 남매와 서로 의논하여 세속의 일을 모두 그만뒀다. 그리고 형제 다섯 사람이 서헌에 모여 밤낮으로 부모를 극진하게 모시고, 부인들 또한 집안일을 며느리들에게 맡기고 시부모를 살폈다. 아침저녁이면 조 부인과 승상 부부가 한 당에서 모이고 소 씨, 장 씨 두 사람이 친히 상을 시부모에게 내왔다. ▶ 유흥이 거지의 죽음과 관련되어 위기에 놓이지만, 유세기의 노력으로 죽음을 면하고 귀양을 가게 됨

[19권]

하 태후가 깊은 궁궐에서 울적함을 이기지 못했다. 이에 하 태후는 황후와 더불어 후원에서 누에를 치며 잠시 울적한 마음을 풀 수 있기를 청했다. 이에 천자는 내외 명부의 부인들을 상림원에 불렀다. 유씨 집안의 부인들 또한 대궐에 들어가는데, 유우성의 아내 이 부인이 진양 공주를 생각하며 슬퍼했다. 태후는 황후와 모든 명부들과 함께 후원에서 뽕잎 따기를 끝내고 대궐로 돌아와 큰 잔치를 열었다. 하 태후가 이 부인을 나오라고 하여 거의 20년 만에 만난 기쁨을 이야기했다. 그리고 유관과 유현의 두 부인과 영주 소저의 모습과 자질을 칭찬했다. 잔치가 끝나고 집으로 돌아온 이 부인은 진양 공주를 생각하면서 슬픈 마음을 억제하지 못하여 병이 점점 위중해져 61세에 세상을 떠났다. 그리고 조 부인은 어려서 동서지간이 되어 자매와 같았던 이 부인이 죽는 것을 보고 슬픔에 빠져 병을 얻었다. 십여 일 만에 갑자기 위독하게 된 조 부인은 아들 유세기와 소 씨를 불러, 그 효성을 칭찬하며 눈을 감았다. ▶ 이 부인이 진양 공주를 그리워하다가 병이 들어 죽고, 이에 낙심한 조 부인도 건강이 나빠져 세상을 떠남

이 부인이 세상을 떠난 지 1년이 지나고, 유우성의 건강이 좋지 않더니 갑자기 병세가 중해져 세상을 떠났다. ▶ 이 부인이 세상을 떠난 지 1년 만에 유우성이 죽음

유세형은 오래된 병도 있었고, 성품이 지나칠 정도로 효성스러웠기에 부모를 잃은 슬픔이 커서 5년 안에 모습이 전혀 다른 사람이 되었다. 어느 날 유세형은 자신의 주성(主星)인 남두성을 보는데 우두머리별이 위엄을 잃고 빛이 황황하여 떨어지려 하는 것을 보고 자신의 앞날이 오래 남지 않았음을 이야기했다. 이에 유관과 유현이 식음을 전폐하고 슬퍼하지만, 유세형이 불초자식이라고 매우 꾸짖었기에 자식들이 그 안색에 감히 슬픈 내색을 하지 못했다. 유세형은 자신의 병이 점점 더 위중해지자, 형제들에게 자신은 진부로 돌아가 집안을 돌아보며 조상들의 가묘와 부모의 사당에 하직 인사를 하겠다고 했다.

유세형의 병이 위중하다는 사실을 알고 조정에서 많은 관료들이 진부로 와 문안했다. 유세형은 세 누이와 두 딸, 부인 장 씨와 인사를 하고, 친히 유표(遺表)를 써 천자에게 올렸다. 천자는 진부로 와서 나라의 병권을 맡는 큰일을 할 사람을 물었다. 유세형은 유세경을 이야기하고, 자신의 아들 유현은 성격이 굳세고 편협하여 중요한 직책을 맡는다면 반드시 다른 사람의 꺼림을 받아 자신의 후사가 끊어질 것이라고 했다. 천자가 떠난 후, 유세형은 첫째 아들 유관을 불러 제사를 삼가 지내고 정사를 부지런히 다스리면서 숙부 섬기기를 조금도 어그러뜨리지 말고 형제간에 화목하게 지내라고 했다.

유세형이 세상을 떠나고 난 후 5남 2녀의 슬픔은 이루 말할 수 없었고, 모든 조문객이 눈물을 흘리지 않는 사람이 없었다. ▶ 유세형이 자신의 죽음을 예감하고 가족들과 이별 인사를 하고 세상을 떠남

[20권]

유세형의 발인 전날 밤 여러 형제가 이어서 제문을 지어 제사를 지내니 슬픈 곡성이 하늘에까지 이어졌다. 영구(靈柩)가 출발하여 선산에서 진양 공주와 합장하고, 진부에 돌아와 영하전에 유세형의 영위를 봉인했다.

한편, 영주 소저와 명주 소저가 진부에서 삼년상을 지내니 제남백이 며느리 두 사람에게 다 돌아오라고 명했다. 이에 유관이 소부에 와 간청하여 두 누이동생으로 하여금 남매가 서로 위로할 수 있게 해 달라고 했다. 소공 부자 또한 감동하여 영주 소저, 명주 소저가 한 달에 보름은 소씨 집안에 머물고, 나머지 보름은 진부에 모여 남매가 서로 위로할 수 있게 했다. 양성 공주 또한 유세형의 죽음을 알고 통곡하면서 삼년상을 치러 그 은혜를 갚았다. ▶ 유씨 가족들이 예법에 맞추어 유세형의 장례를 치름

이때 집안의 여러 자녀들이 다 혼인하고 오직 유세필의 딸 예주만이 남아 있었는데, 순 씨의 막내딸로 아름다운 용모와 태도가 매우 훌륭했다. 예주는 순 씨의 추한 용모와 둔한 기질을 조금도 닮지 않고 부친의 풍모와 기질을 본받아 유세필이 매우 사랑하였다. 이때

태자비 위 씨가 서거하고, 다시 태자비를 간택하니 예주 소저가 참여하게 되어 세자비에 책봉됐다. 태자와 태자비는 진기한 보물을 하사하지만, 유세필은 기뻐하지 않았다. 태자가 별다른 명분 없이 하사품을 내리는 것은 신하를 욕되게 하는 것이라고 여겼다. 그는 태자비가 아비의 뜻을 모르고 이러한 허황된 행동을 한다며 보물과 진수성찬을 돌려보냈다. 유세필의 겸손하고 엄정함에 태자가 탄복하여 이후에는 감히 물품을 하사하는 일이 없었다.

▶ 유세필의 막내딸 예주가 태자비로 책봉되지만,
유세필은 태자와 태자비가 보내는 하사품을 모두 돌려보냄

십여 년이 지나 시절이 가을이 되어 유세창과 유세필은 병을 얻어 침상에 눕게 됐다. 천자가 어의로 문병하고 태자가 친히 문병하지만 유세창은 증세가 날로 위태해졌다. 이에 유세기와 유세경을 불러, 자신은 부모님과 둘째 형님(유세형)을 볼 생각에 기쁘다고 하면서 몸을 잘 챙기라고 당부하며 세상을 떠났다. 유세창은 벼슬길에 뜻을 두지 않고 청렴하게 살아 모친이 늘 옷으며 여덟 자녀 중 가장 없어서는 안 될 아이라고 했다.

유세필도 한날에 세상을 떠나니 유세창은 67세, 유세필은 62세였다. 유세필이 과거에 급제하여 문반 벼슬을 거쳐 10여 년이 못 되어 대각의 자리에 올라 천자의 뜻을 빛낸 지 20여 년이었다. 유세필은 명예나 이익에 뜻이 없었으며 총명하고 학문을 좋아하여 인자하고 효가 깊었다. 이에 천자가 깊이 슬퍼하며 유세창을 문숙공에, 유세필을 효정공에 추증했다. 유세창의 부인 설초벽은 스스로 음식을 끊은 지 열흘 만에 죽으니 향년 59세였다. 박씨 부인 또한 남편 유세필이 죽자 스스로 목숨을 끊어 유씨 문중의 슬픔은 이루 말할 수가 없었고 자녀들의 애통함은 보지 못할 정도였다.

▶ 유세창과 유세필이 한날 세상을 떠나고, 부인 설초벽과 박 씨 또한 스스로 목숨을 끊음

이때 부인 장 씨가 고질병으로 드러누운 지 여러 해였는데, 부모인 장 상서 부부의 병이 위중하자 장 씨가 더욱 초조해했다. 십여 일 후 장 상서 부부가 한날에 같이 죽었는데, 유세기가 제수씨(장 씨)의 병이 중하니 이를 알리지 않는 것이 좋겠다고 했다. 그러나 다섯째 아들이 상복을 입은 것을 보고 장 씨가 정신을 잃자, 유세기는 부모의 부음을 죽어서도 알지 못하게 한다면 옳지 않다고 여겨 장 씨에게 장 상서 부부의 일을 알렸다. 이에 슬퍼하다 장 씨도 세상을 떠나니 향년 69세였다.

▶ 장 상서 부부가 병으로 죽고, 부인 장 씨가 이에 슬퍼하며 세상을 떠남

유세기는 집안사람들이 죽는 슬픔이 연달아 이어지자 세상 사는 즐거움이 적어지고 슬픈 회포가 한층 더해져 오랜 병이 도졌다. 유세기는 유서를 지어 장자 유건에게 맡기고 일가가 화목할 것을 경계한 뒤 유세경과 세 누이에게 복록을 누리라고 하고 향년 73세에 세상을 떠났다. 유세기는 사람됨이 인자하고 효심이 깊었으며 겸손하고 온화했다. 평생에 벼슬 욕심이 없었으나 부모가 권하여 14세에

장원 급제하였고 평생을 조강지처 한 사람만을 맞았다. 아들과 조카들을 사랑하였으나 엄하게 대해 그가 낳은 자식들이 모두 어질고 자손이 크게 번성했다. 이어 부인 소 씨도 이어서 세상을 떠나고 오직 유세경 부부와 설영, 현영, 옥영만이 남으니 남매 네 사람이 모두 옛날을 생각하며 서로를 위로했다.

▶ 유세기와 부인 소 씨가 이어서 세상을 떠남

설영이 병이 들어 세상을 떠나니 나이 70세였다. 이어서 현영과 옥영이 각각 75세, 72세로 세상을 떠나고, 마지막으로 유세경이 나이 80세에 부인 강 씨와 더불어 같은 달에 세상을 떠났다. 유세경은 천성이 관대하고 인자하여 덕이 두터웠고, 문무의 재주가 출중했다. 일찍이 유세형의 자리를 대신하여 정사를 잡은 지 10년 만에 벼슬을 그만두고 일생을 마치니 천자가 슬퍼하며 시호를 충효공이라 했다.

▶ 유씨 집안의 세 딸들이 차례로 죽고, 유세경이 부인 강 씨와 같은 달에 세상을 떠남

한편 유세필의 딸 태자비 유 씨는 궁중에 들어가 천자와 황후를 지효로 섬기며 태자를 공경하여 천하 사람들이 우러러보았다. 태자비는 종사를 도울 경사로 태손을 낳았다. 이후 태자가 즉위하고 태자비 유 씨가 황후가 됐다.

한 가문에 왕이 초공 유우성, 진공 유세형, 유몽 세 사람이요, 후백(侯伯)이 유세기, 유세창, 유세경, 유관, 유현 다섯 사람이요, 황후가 한 사람이며, 진양 공주 같은 성인의 며느리를 얻어 종사가 창성하니 영화로움이 비길 데가 없었다.

▶ 유세필의 딸 태자비 유 씨는 황후가 되고, 유씨 가문은 대대로 영화를 누림

이전 사람들은 허물이 있어도 깨닫기를 밝게 하고 충효로 으뜸을 삼았으며 주색을 멀리했다. 유우성의 다섯 아들이 한결같이 영웅 군자의 기틀이 있어 이를 아름답게 여겨 따르고픈 마음을 이기지 못하여 세상에 전한다.

▶ 유우성의 다섯 아들을 따르고자 하는 마음을 세상에 전함

[1대 – 주요 인물]

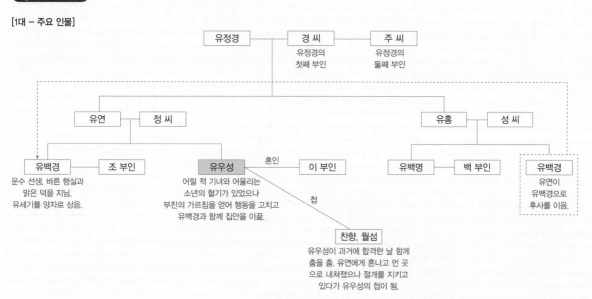

[2대 – 주요 인물 ①]

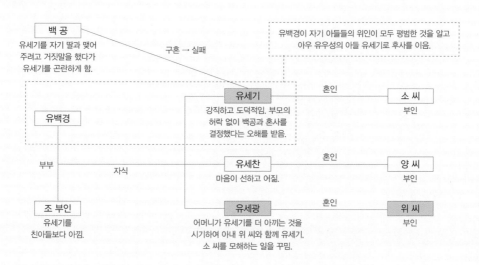

[2대 - 주요 인물 ②]

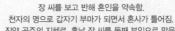

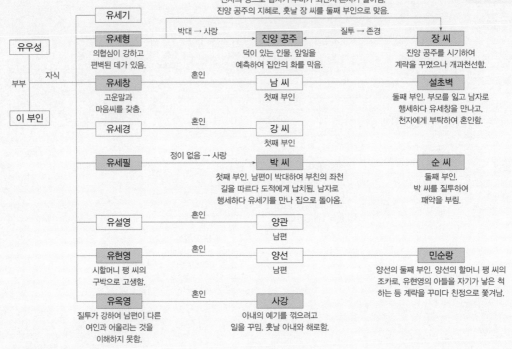

[3대 - 주요 인물]

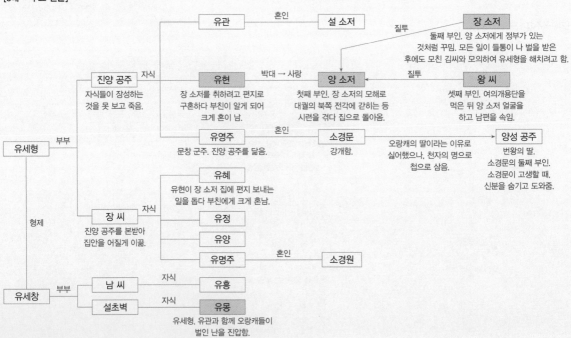

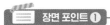

- 이 작품은 유씨 가문의 삼대(三代, 아버지·아들·손자의 세 대)에 관한 이야기이다. 혼사나 그로부터 파생된 갈등을 중심으로 사건이 전개된다.
- 해당 장면은 유우성의 둘째 아들 유세형의 결혼 생활과 관련된 이야기 중 일부로, 진양 공주를 독살하려고 한 범인이 일종의 처첩 관계에 있는 장 씨임이 밝혀지는 부분이다.
- 진양 공주와 장 씨 간의 갈등에 주목하여 인물의 성격을 파악하도록 한다.

[앞부분의 줄거리] 명나라 때 유우성의 차남 세형은 장준의 딸과 정혼하지만, 천자에 의해 부마로 간택되어 진양 공주와 혼인하게 된다. 세형은 장 씨를 잊지 못해 공주를 박대하는데, 공주는 부마를 위해 태후에게 청하여 장 씨를 후처로 맞아들이도록 한다. 유씨 가문에 들어온 장 씨는 공주를 시기하여 음모를 꾸미고, 세형은 더욱 심하게 공주를 박대하다가 엄벌을 받고 잘못을 뉘우친 후 가정을 잘 다스린다.

태후가 더욱 염려하시어 상을 돌아보고 말씀하셨다.
_{천자, 진양 공주의 모친}　_{천자}

"진양 공주의 병이 이같이 중대한데 좌우에서 조심함이 없어 그 먹는 약에 독을
_{진양 공주의 약을 달이는 궁녀가 잠든 사이에 장 씨가 독을 넣음}

넣었다 하니 어찌 역모를 꾀하는 무리가 아니리오? 상께서는 빨리 형벌을 갖추어
_{공주를 죽이려 한 행위는 역모와 다름없는 중요한 사건이라고 판단함}

궁궐에 속한 사람들을 심문하소서."
_{독을 넣은 사람이 이들 가운데 있을 것이라고 판단함}

상이 명을 받드시자 태후가 또 말씀하셨다.

"공주가 어려서부터 성스러운 덕이 있으니 궁인들이 무슨 연고로 그 주인을 몰래
_{진양 공주의 인품에 대한 평가 → 진양 공주를 해치려는 자가 궁인이 아닐 것이라고 판단하는 근거}

해치려 하리오? 짐이 전일에 친히 누에를 칠 때 장 씨를 보았는데 가장 간악하고
_{장 씨에 대한 태후의 평가 → 장 씨를 범인으로 추정함}

음흉한 여자였다. 이 일이 어찌 장 씨가 저지른 악행이 아니겠는가?"
_{▶ 진양 공주를 해치려한 범인으로 장 씨를 의심하는 태후}

이에 장 씨의 주변 사람들을 먼저 심문하라 하셨다. 태후가 안에서 상과 사사로이
_{반역, 살인 등의 중대한 범죄를 다스림. 또는 그런 사건}

의논하신 옥사(獄事)로 유사(有司)가 비록 삼척(三尺)의 법률 조문을 잡지는 않았으
_{어떤 단체의 사무를 맡아보는 사람}　_{태후가 진양 공주를 죽이려 한 범인을 잡기 위해 사사로이 의논한 사건이므로}

나 내시와 사관(史官)이 뜰 아래 시위하고 어림군(御臨軍)이 수풀 같아서 형장(刑杖)
_{범인을 잡기 위한 살벌하고 엄중한 분위기}

기구들을 진열해 놓았으니 진공 또한 마음이 두려워 계단 아래에서 죄를 청하였다.
_{부마인 유세형. 천자에 의해 진공에 봉해짐}

장 씨가 비록 매우 대담하나 이때를 당해서는 넋이 날아가고 담이 떨어지는 듯
_{장 씨의 대담한 성격이나 엄중한 분위기에 심한 두려움을 느끼고 있음을 나타냄}

하여 단지 가슴을 두드리며 자결하고자 하였다. 그러나 좌우에서 붙들어 말리니 대

(臺) 아래에서 명령을 기다리게 되었다. 상이 엄한 형벌로 먼저 장 씨의 시녀를 심문

하셨다. 평범한 사람들이 하인들을 심문하는 위세라도 오히려 두렵거늘 하물며 천자
_{편집자적 논평을 통해 천자의 심문에 대한 사람들의 두려움을 부각함}

의 위세일 것인가? 호령이 벽력 같으니 불과 십여 장에 장 씨의 시녀 채운이 자백하
_{곤장 십여 대를 맞은 시녀 채운이 자백함}

였다.

"이 일은 신첩(臣妾)의 일이 아닙니다. 저의 안주인인 장 씨가 옥주(玉主)가 주공
_{진양 공주}　_{진공 유세형}

(主公)으로부터 총애를 받는 것을 시기하고 질투하여 모해하고자 하나 동모할 사
_{장 씨가 진양 공주를 모해한 이유}

람이 없고 이목이 많으니 일을 꾸밀 수 없음을 한하더니 옥주께서 마침 병환이 계

신 틈을 타서 짐독을 가져다가 일을 꾸미고자 하였습니다. 마침 궁녀 사채홍이 약
_{독이 있는 짐새의 깃에 있는 맹렬한 독}

을 달이다가 졸고 있는 것을 보고 안주인이 가만히 약에 짐독을 넣고 섞은 뒤 돌
_{진양 공주의 약에 독을 넣은 것이 장 씨임이 밝혀짐}

아왔더니 이제 발각된 것입니다. 이 밖에는 알지 못하나이다."
_{『 』 장 씨가 진양 공주를 질투하여 저지른 짓이라는 채운의 진술}

■ 작품 분석 노트

- '늑혼 화소'와 서사 전개

늑혼 화소	
	강제에 의해 이루어진 혼인으로 인한 갈등을 다룬 이야기
발단	유세형과 장 씨의 정혼
전개	황제의 명에 의한 유세형과 진양 공주의 혼인 → 세형이 진양 공주를 박대함 → 진양 공주의 청에 따라 장 소저가 세형의 계비가 됨
위기	진양 공주를 시기한 장 씨의 음모→ 진양 공주를 박대한 세형이 벌을 받음 → 세형이 잘못을 반성하고 진양 공주와 화목하게 지냄
절정	진양 공주에 대한 장 씨의 독살 시도 → 진양 공주가 독살 사건을 은폐하려 함 → 장 씨의 소행이 밝혀짐 → 장 씨가 하옥됨
결말	진양 공주가 태후에게 간청하여 장 씨를 풀어 줌 → 장 씨가 반성할 줄 모르고 무례하게 행동함 → 진양 공주의 감화를 받은 장 씨가 개과천선함

↓

- 늑혼이 유세형, 장 씨, 진양 공주의 갈등 계기로 작용함
- 진양 공주는 부덕을 갖춘 이상적인 여인으로 형상화됨
- 결말을 통해 악인도 개과천선할 수 있다는 긍정적인 인간관을 보여 줌

상과 태후께서 매우 놀라고 진노하시어 공주의 좌우 사람들을 잡아 물어보셨다. 장손 상궁이 먼저 고하였다.

"<u>주공께서 장 부인을 박대하시어 한 번도 찾아가 보지 않았기에 이 일이 일어났습</u>
<small>장손 상궁은 장 씨에 대한 주공(유세형)의 무심함으로 인해 이번 사태가 일어났다고 봄</small>
니다. 이에 <u>옥주께서 그 사정을 불쌍하게 여기시고 그 신세를 측은해 하시어 죄를</u>
<small>진양 공주의 어진 성품이 드러남</small>
<u>은닉코자 저희 시비들에게 당부하시고 약을 없애시니 저희 비자들이 감히 고하지</u>
<small>장 씨의 심정을 이해한 진양 공주가 장 씨의 죄를 감추어 줌</small>
못하였나이다."

태후가 더욱 노하여 말하였다.

"진양이 짐이 낳고 길러 준 큰 은혜를 잊고 천한 장가 여자를 위하여 짐을 속이는 것이 이에 미쳤느냐?"

공주가 황공하여 땅에 엎드려 감히 대답하지 못하였다. 태후가 즉시 장 씨를 칼 씌워 하옥하라 하시고 부마에게 집안을 잘 다스리지 못한 죄로 <u>추고(推考)</u>하시고 사
<small>벼슬아치의 허물을 추문(推問)해서 고찰하시고</small>
채홍을 다 옥중에 가두어 조정의 법으로 처치하라고 하셨다. <u>진공</u>이 머리를 조아리
<small>유세형</small>
고 죄를 청하여 추고를 받고 물러나고 장 씨는 옥에 갇히었다.
<small>▶ 장 씨의 죄가 밝혀지면서 유세형이 추문을 받고 장 씨가 옥에 갇힘</small>

(중략)

장 씨가 감옥 문을 나와 의상을 고치고 궁인을 대하여 봉관(鳳管)과 옥패(玉佩)를
<small>한 달이 지난 후 진양 공주가 태후에게 장 씨의 사면을 청하는 글을 올려 장 씨가 감옥에서 풀려남</small>
끌러 돌려보내면서 사기가 태연자약하여 조금도 구속됨이 없었다. 침소에 돌아와 비
<small>태후가 장 씨를 사면하면서 공주의 시첩으로 삼고 그 직첩을 환수하라 명함</small>
단으로 된 창에 비스듬히 앉아 오랫동안 생각하다가 채 상궁을 대하여 말하였다.

"<u>사람이 비록 어질지 못하나 지은 죄는 스스로 아네.</u> 내가 아득히 어리석어 죄를
<small>장 씨가 자신의 잘못을 인정하기는 함</small>
알지 못하고 운명이 기구하여 세상에 드문 일을 겪고 몸이 시첩이 되었도다. 『시
경(詩境)』에 이르기를 '어머니의 마음은 하늘과 같이 넓으시니 어찌 내 마음을 알
<small>『시경』을 인용하여 진양 공주를 질투한 자신의 마음을 알아주지 못하는 태후를 원망함</small>
아주지 못하시나?'라고 하였는데, 태후 마마께서 만민의 어미가 되시어 차마 어찌
이런 일을 하시는가? <u>시비 채운이 주인을 모해하여 나를 세상에 용납하지 못하게</u>
<u>하고 스스로 살기를 도모하니 천신이 용납하지 않을 것이다.</u> 머물러 두는 것은 후
<small>시비 채운을 원망하며 죽이려고 함</small>
세 사람들을 징계할 바가 아니리라."
<small>후세 사람들에게 경계가 되도록 채운을 죽이겠다는 의지를 드러냄</small>

드디어 주렴을 걷고 궁노를 불러 채운을 잡아들이라 하였다. 극형으로 당 아래에서 채운을 죽이면서 죄를 꾸짖어 말하였다.

"『사람이 천하에 두 임금이 없으니 태후 마마는 나의 임금이시고『나는 너의 임금이
다. 내가 비록 어질지 못하나 네가 주인을 함정에 몰아넣어 주인의 임금에게 팔아
<small>『 』: 종과 상전의 관계를 군신 관계로 인식하고 자신을 위험에 빠뜨린 채운의 행위를 징계하고자 함</small>
고발하고 그 삼족(三族)과 몸이 무사하겠느냐? 오늘 너를 살려 두어 후세 사람들
에게 불충함을 본받게 하지는 못하리라."

<u>드디어 시체를 끌어 내치고 공주에게 나아가 사죄할 뜻이 없이 사기가 맹렬하여</u>
<small>장 씨가 채운을 죽이고 자신도 죽고자 하는 생각을 가짐 → 장 씨의 표독한 성격이 드러남</small>
<u>자신이 죽는 것을 당연하게 여겼다.</u> 채 상궁이 자신이 말로써 장 씨를 깨우치지 못
할 뿐만 아니라 장 씨의 행동이 매우 강하고 독하여 반드시 자결할 듯하였기에, 놀

• 인물의 성격

진양 공주	• 장 씨의 처지를 이해하여 세형이 장 씨를 계비로 맞이하도록 태후에게 간청함 • 장 씨의 독살 사건을 은폐하기 위해 시비들에게 입단속을 시킴 • 장 씨가 하옥되자 태후에게 풀어 줄 것을 청함 → 어질고 사려 깊은 인물
장 씨	• 공주를 시기하여 음모를 꾸밈 • 공주를 독살하고자 하나 실패함 • 감옥에서 풀려난 후 자기의 공주 독살 행위를 발설한 시비 채운을 죽임 → 표독하고 잔인한 인물

선인과 악인, 부덕을 갖춘 며느리와 악한 며느리의 대립 → 대조적 인물의 갈등을 통해 진양 공주의 선함과 부덕이 부각됨

랍고 두려워 공주에게 자세히 아뢰었다. 이에 공주가 탄식하여 말하였다.

"장 씨가 연소한 혈기로 사생을 가볍게 여긴다면 다시 제어하기 어려우니 이렇듯
　　　　　나이가 어려 사리 분별이 부족한 태도로

인명을 상하게 하고 궁중을 소란하게 하는 것이 무엇이 좋겠는가? 잠깐 내 병이

낫기를 기다려 처리하리니 비자는 삼가 장 씨의 곁을 떠나지 말고 지켜보며 면밀
진양 공주는 자신의 병이 나은 후에 장 씨를 깨우치고자 함　여자 종　　　　　　　　장 씨가 자결하지 못하도록 살피도록 함

히 살펴라."

채 상궁이 명을 받들어 물러났다. 부마의 둘째 누이동생인 현영 소저가 마침 공주
　　　　　　　　　　　　　　　　　　　　　　유세형

를 문병 왔다가 이 일을 알고 돌아가 모친에게 고하였다. 이 부인이 장 씨가 채운을
　　　　　　장 씨가 시비 채운을 죽인 일　　유세형의 어머니. 공주와 장 씨의 시어머니인 이 부인

죽였다는 말을 듣고 놀람을 이기지 못하여 탄식하여 말하였다.

"부녀자의 호령은 중문 밖을 나가서는 안 되거늘, 궁노와 장획을 불러 인명을 살
　아녀자는 집안의 일을 조용히 처리해야 한다는 가부장적 사회 인식이 반영됨

해하다니! 이 사람의 행동이 이와 같으니 죽는다 한들 아까울 것이 있겠느냐?"
　　　　　　　　　　　　　　장 씨가 자결한다고 해도 막을 뜻이 없음

맏며느리 소 씨가 고하여 말하였다.
유세기의 아내. 합리적으로 일을 판단하고 잘못을 포용할 줄 아는 어진 여인

"장 씨의 행동이 진실로 패악하오니 어머님의 가르침이 대도(大道)에 마땅하십니
　　　　　　　　　　　　　　　　시어머니의 가르침이 옳다고 인정함

다. 「그러나 돌이켜 생각하면 장 씨를 슬하에 어루만져 사랑하신 것이 여러 해이시
　　　　『: 장 씨의 자결을 방조하기보다 장 씨를 불쌍히 여겨 포용해 주기를 바라는 마음

니 그 죄를 깨우쳐 꾸짖으시고 그 기구한 신세를 가련하게 여기시는 것이 저희들

이 바라는 일입니다. 그 죄가 비록 중대하나 진공 아주버님의 박대가 심하시고 아

버님, 어머님께서 나쁘게 여기시어 그 사생을 상관없이 여기신다면, 장 씨의 평생

이 어찌 가련하지 않겠습니까?"

부인이 칭찬하며 말하였다.

"며늘아기의 어진 마음과 통달한 식견은 내가 미칠 바가 아니구나. 나 또한 장 씨
　　　　　　　　소 씨의 생각을 수용함

를 불쌍하게 여기지 않는 것은 아니지만 여러 번 훈계해도 듣지 않고 갈수록 악행
　　　　　　　　　　　　　　　　　　　장 씨의 악행이 반복되면서 더욱 심해졌음을 알 수 있음

이 놀라우니 분하여 내버려 두었다. 그러나 며늘아기의 말을 좇아 다시 장 씨를
　　　　　　　　　　　　　　　　　장 씨를 교화하고자 하는 이 부인의 의지 → 악인도 개과천선할 수 있다는 의식이 깔려 있음

깨우치리라."

소 씨 등이 사례하였다.　　　　　　　　　　▶ 소 씨가 이 부인에게 장 씨를 포용해 줄 것을 설득함

・ '장 씨'에 대한 주변 인물의 태도

진양 공주	장 씨의 행동을 안타깝게 여기며 장 씨가 자결하지 못하도록 상궁에게 장 씨를 살피도록 함
이 부인	며느리 장 씨가 시비를 죽인 사실을 알고 장 씨가 자결한다고 해도 막을 뜻이 없음을 드러냄 → 맏며느리 소 씨의 말을 듣고 장 씨를 깨우치고자 함
소 씨	장 씨를 너그럽게 포용하여 깨우쳐 주어야 한다는 생각을 드러냄

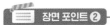

- 해당 장면은 유우성의 차녀 현영이 출가하여 겪은 수난과 극복에 관한 이야기 중 일부로, 현영의 시조모 팽 씨의 악행과 개과천선의 과정이 드러난 부분이다.
- 인물 간의 갈등 관계와 해결 과정, 결과를 정리하며 읽어 보도록 한다.

[앞부분의 줄거리] 유우성의 차녀 현영은 양 참정의 장자인 선과 혼인한다. 양 참정의 서모인 팽 씨는 선을 자신의 조카딸인 민순랑과 혼인시키고자 하였으나 뜻대로 되지 않자 민순랑을 선의 후실로 받아들이도록 한다. 팽 씨의 말을 거역하지 못해 선과 민순랑이 혼인하자 팽 씨는 유 소저를 매질하고 학대하며 민순랑을 정실처럼 대우하도록 한다. 이후 유 소저가 아이를 낳고 기절을 하였는데, 이때 팽 씨가 양 참정 부부와 양생에게 유 소저가 낳은 것은 아이가 아니라 괴이한 핏덩이여서 즉시 없애 버렸다고 말한다.

　　　　　　　　　　　　　양 참정의 두 번째 부인
　팽 씨가 유 소저의 신생아를 감추고 순랑과 육 씨와 더불어 의논하였다. 육 씨는
유 소저의 아이를 감추고 유 소저가 아이가 아닌 핏덩이를 낳았다고 거짓말을 함
지식이 남보다 뛰어난 여자였다. 유 소저를 그윽이 불쌍하게 여겨 거짓으로 계책을
　　　　　　　　　　　　　　　육 씨가 유 소저를 위해 팽 씨에게 거짓 계책을 말함
아뢰는 척하고 말하였다.

"이 아이가 기골이 비상하고 얼굴이 빼어나 가히 가문을 흥기할 자입니다. 민 낭

자가 아들을 낳는다고 장담할 수 없으니, 이 아이를 아직 이웃집에 젖 있는 여자
　　　　　　　　　　　　　　　유 소저가 낳은 아들을 살리기 위한 계책
에게 맡겼다가 민 낭자가 해산하는 날에 남녀를 보아 가며 처치하는 것이 옳습니다."
　　　　　　　민순랑이 딸을 낳으면 아이를 바꿔치기하고, 아들을 낳으면 그때 죽이자고 제안함
팽 씨가 기뻐하며 말하였다.

"며늘아기는 제갈공명이 다시 태어난 사람이구나."　▶ 유 소저가 낳은 아들을 살리기 위해 육 씨가
　　　육 씨의 제안을 지혜롭게 여겨 흡족해함　　　　　　　　팽 씨에게 거짓 계책을 제안함
유 소저가 낳은 아이를 가만히 이웃집에 감추었다. 며칠 후에 순랑이 또 아이를

낳았는데, 과연 한낱 여자아이였다. 팽 씨가 드디어 심복 시녀로 감춘 아이를 데려
　　　　　　　민순랑이 딸을 낳음　　　　　유 소저가 낳은 아들
다가 순랑의 방에 두고 순랑의 딸은 시비를 맡겨 길가에 버렸다. 그 아이가 길에서

죽으니 천도(天道)가 밝음이었다. 팽 씨가 순랑을 간호하면서 양생을 불러 꾸짖었다.
팽 씨와 민순랑의 악행으로 인해 민순랑의 딸이 죽게 된 것은 하늘의 이치임　　　현영의 남편인 양선. 팽 씨의 손자
"유 씨를 그리 기특하게 여기나 거짓 자식을 낳아 얼굴도 못 보았다. 내 조카딸은
　　　　　　　　　　　　　유 소저가 괴이한 핏덩이를 낳았다는 팽 씨의 거짓말
그리 박대함이 참혹하였으나 하늘이 도와 기린 같은 아들을 낳았으니 어찌 이상
　　　　　　　　　　　유 소저가 낳은 아들을 민순랑이 낳은 아들이라고 속임
하지 않으리오? 너는 마땅히 들어가 아비로서의 도리를 행하여라."

　　　　　　　　　　　　　　▶ 팽 씨가 유 소저의 아들을 민순랑의 딸과 바꿔치기함
이때 집안의 시비들이 팽 씨의 심복을 빼고는 상하 사람들이 다 양 참정 부부와

양생 부부의 성스러운 마음과 인자한 덕을 우러러보는 바였다. 팽 씨의 악행을 어찌
　　　　　　　　　　　　　　　　　　　양 참정의 첫 번째 부인　팽 씨의 악행을 팽 씨의 심복을 제외하고는 모두 알고 있음
감추겠는가? 하물며 육 씨가 가만히 임 부인에게 고하였으므로 양생 부자가 도리어
　　　　　　　　　　육 씨의 계교로 유 소저의 아들을 살리게 된 것을 유 소저가 알게 됨
기뻐하여 이 사연을 유 소저에게 일러 안심하게 하고, 팽 씨의 심술을 참혹스럽게

여겨 시비로 하여금 길가에 버린 아이를 찾아 물어보게 하고는 탄식하기를 마지않았다.
　　　　　　　　　　　　　　▶ 육 씨를 통해 양생 부부가 유 소저의 아이가 살아 있음을 알게 됨
양생이 팽 씨의 말을 듣고 억지로 영파정에 이르자 팽 씨가 양생의 손을 이끌어

들어갔다. 아이가 일척의 백옥 같은 몸으로 빼어난 기상이 사람의 마음을 움직임에
　　　　　　　아들에 대한 양생의 애정과 민순랑의 아들로 키우고 있는 상황에 대한 안타까움
양생이 애중함을 이기지 못하나 또한 탄식하였다. 이후로 양생이 아들을 잊지 못하

고 행여 순랑이 아이를 상하게 할까 두려워 순랑과 더불어 담소를 흔쾌히 하면서 아
　　　　　　양생이 순랑을 극진히 대한 이유

작품 분석 노트

- 양씨 가문의 인물

1대	팽 씨: 도어사 양중기의 계실. 시기심이 많고 음험하며 잔인하고 포악한 성격으로 집안의 모든 일을 독단적으로 결정함 → 훗날 유 소저의 정성에 감동하여 개과천선함
2대	• 양계성: 참정 벼슬을 지냄. 서모 팽 씨의 말에 순종하며 잘 받듦 • 임 부인: 양 참정의 첫째 부인. 어질고 자애로우며 유 소저를 특별히 아끼고 보호함 • 육 씨: 팽 씨가 임 부인을 내치기 위해 들인 양 참정의 둘째 부인. 지혜롭고 어진 성품
3대	• 양선: 양 참정의 장자. 신중하고 효심이 극진함 • 유 소저: 유우성의 차녀로 아름다운 얼굴과 깨끗한 마음을 지녔으며 총명하고 지혜로움. 팽 씨에게 학대받으나 팽 씨를 극진히 봉양함 • 민순랑: 팽 씨의 조카딸로 양선의 둘째 부인. 교만하고 무례하고 이기적인 악인

- 팽 씨에 대한 절대적 순종

- 삼대록 소설에서 최고 권위를 지니는 조부모 세대는 가문의 수장(眷長) 역할을 함
- 조부모 세대의 결정을 자손 세대가 절대적으로 수용함으로써 수직적 질서를 확고하게 함

↓

팽 씨의 악행을 알면서도 양 참정 부부나 양생 부부가 절대적으로 순종하는 이유임

이를 보호하기를 당부하며 극진히 대하였다. 팽 씨와 순랑이 매우 즐거워하며 계책
　　　　　　　　　　　　　　　자신들의 악행이 들통난 사실을 알지 못함
이 이루어졌다고 자부하였다.
　　　　　　　　　　　　　▶ 양생이 아들을 보호하기 위해 민순랑을 극진히 대함

(중략)

　이때 춘삼월에 이르러 팽 씨가 전염병을 얻어 병세가 위독하게 되었다. 참정 부부
역시 이 병으로 증세가 매우 위독하였다. 양생과 유 소저가 매우 초조히 근심하였
다. 순랑은 행여 자신에게 병이 전염될까 두려워하여 아이를 데리고 친정에 간다 하
　　　　　　　　　　　민순랑의 이기적인 면모를 알 수 있음
고 달아났다. 양생이 그 언행을 괴이하게 여기나 집 안에 없는 것을 쾌하게 여겨 육
　　　　　　　　　　　　　　　　　　　　　　　　　　　　　　상쾌하게
씨와 소저와 더불어 지성으로 간호하니 양 참정과 임 부인은 오래지 않아 차도가 있
　　　　육 씨와 유현영의 헌신적인 태도
었다.

　그러나 팽 씨는 회복되었다가 다시 위중하기를 반복하면서 병이 매우 오랫동안
낫지 않았다.「소저가 밤낮으로 팽 씨 곁을 떠나지 않고 낮이 다하고 밤이 다하도록
　　　　　　　『　』자신을 학대한 팽 씨를 지극정성으로 간호하는 유 소저 → 부덕을 갖춘 이상적인 여인상으로 형상화됨
조금도 쉬거나 졸거나 하는 일 없이 죽과 마실 것을 받들고 이불을 편히 하며 약을
맛보았다. 병중의 그 더러운 집물들을 하나하나 친히 잡으면서 시녀를 맡기지 않았
으니, 지극한 성효(成孝)와 신기한 재주가 못 미칠 곳이 없었다.」양생이 비록 저의
효행을 알았으나 이처럼 기특한 것을 채 알지 못하다가 이를 알게 되자 더욱 공경하
고 감격함을 이기지 못하였다. 자기가 낳은 자식 없이 죽을 병 가운데에서 팽 씨가
외로운 것을 양생이 슬프게 여기면서 지극한 효성으로 의약을 쓰면서 삼가고 조심
　팽 씨는 양생 조부가 늘그막에 얻은 후처로 자기가 낳은 자식이 없음 → 양생이 팽 씨의 외로운 처지를 이해하고 극진하게 간호함
하는 정성이 지극하였다. 달을 넘긴 후에야 팽 씨가 비로소 살길을 얻어 정신을 차
리게 되었다. 바야흐로 팽 씨가 양생과 소저의 지성에 감동하고 순랑이 달아난 것에
　　　　　　　　　팽 씨가 양생 부부의 효성에 감동하고 자신이 애정을 쏟은 민순랑의 배은망덕함에 분노함
분노하여 소저의 손을 잡고 울며 말하였다.　　▶ 전염병에 걸린 팽 씨가 유 소저의 지극한 간호에 감동함

　「내가 죽지 못해 살아가다가 너의 부부가 간호함에 힘입어 살아나게 되었구나. 이
로부터 이전 일들이 그름을 크게 깨달았다. 사람이 죽을 때가 되면 그 말이 선하
　　　　　팽 씨가 지난날의 과오를 깨닫게 됨
고 새가 죽을 때가 되면 그 우는 소리가 슬프다 하더니 내가 죽기에 이르러서야
잘못을 뉘우치고 깨달아 조카딸의 상식 없음과 나의 어질지 못함을 생각하게 되
　　　　　　　　　　　　　민순랑
었구나. 너희 부부를 볼 낯이 없다. 너희들은 마땅히 편히 쉬어 약한 몸을 보중하
『　』 팽 씨가 개과천선함
여라.」

　양생과 소저가 감사함을 이기지 못하여 계단 위에서 두 번 절하였다. 팽 씨의 성
스러운 자애에 감격하여 간호하는 정성이 더욱 지극하였다. 팽 씨가 매우 기뻐하고
대견해하여 도리어 양생 부부를 사랑하고 아끼는 것이 손 위에 보배로운 옥과 진귀
　　　　　　　　　　　팽 씨가 양생 부부를 귀하게 여김
한 보물로 알아 소저의 손을 잡고 이전에 자신의 괴팍한 행실과 악행을 스스로 말하
면서 손자를 바꿔 순랑에게 준 사연을 갖추어 말하였다.

　「내가 내 스스로 낳은 자식이 없고 며느리와 손자가 효도하나 끝내 의(義)로 맺은
　　　　　　　　　　　팽 씨가 유 소저를 박대하고 민순랑을 특별하게 생각한 이유가 드러남
자손들이니 골육과 다르다고 생각하여 조카딸을 손자며느리로 들여 각별히 친하
고자 하였다. 그래서 내가 네 아들을 앗아 이리이리 하였구나. 그런데 이제 내가

• '전염병'의 서사적 기능

전염병에 걸린 팽 씨
↓
양생 부부의 지극한 정성과 간호　｜대조｜　친정으로 달아난 민순랑
↓
• 팽 씨의 성격을 변화시키는 계기가 됨
• 팽 씨와 양생 부부 간의 갈등이 해소되는 계기로 작용함
• 팽 씨가 자신의 행위를 성찰하는 계기가 됨
• 팽 씨가 민순랑의 실체를 파악하는 계기가 됨

병든 것을 보고 조카딸이 막연히 돌아가 조금도 나를 유념함이 없으니, 만일 너희 부부의 효성이 아니었다면 어찌 오늘날이 있으리오? 조카딸이 다시 오더라도 결단코 정을 끊고 네 아들을 찾아 주리니 모름지기 이전 일을 한(恨)하지 마라."

_{골육보다 의로 맺어진 자손들에 대한 신뢰를 드러냄}

소저가 손을 맞잡고 두 번 절하면서 말하였다.

"제가 할머님께서 굽어 불쌍히 여기시는 은택이 제 일신에 젖었으니 어찌 감히 옛일을 생각하여 불효할 생각이 있겠습니까?"

양생 또한 감동하여 눈물을 흘리고 절하면서 말하였다.

"할머님께서 몸소 낳으신 자식이 아니 계시어 저희 부자를 길이 의탁하셔야만 하는 사정이 이미 제 마음에 슬프거늘 어찌 원망하는 마음을 품고 스스로 죄를 범하겠습니까? 민 씨는 진실로 패악한 계집입니다. 그 성품이 사갈(蛇蝎)과 같아 제가 마음에 두지 않았으나 할머님께서 매우 사랑하시니 감히 박대하지 못하였습니다. 이제 행실이 이와 같으니 어찌 용납하겠습니까?"

팽 씨가 양생 부부를 더욱 사랑하고 귀중해 하여 일마다 기특히 여기니 도리어 자애가 병이 될 정도였다.

▶ 팽 씨가 자신의 잘못을 반성하고 양생 부부를 사랑함

• 팽 씨의 개과천선 과정

팽 씨의 처지와 인식
• 스스로 낳은 자식이 없음 • 의로 맺은 며느리, 손자보다 골육인 조카딸이 더 낫다고 생각함

↓ 결과

유 소저를 박대하고 민순랑을 각별히 아낌

↓ 전염병을 잃음

유 소저의 효심을 깨닫고 민순랑의 실체를 알게 됨

↓ 개과천선

자신의 잘못을 뉘우치며 민순랑에게 정을 끊고 양생 부부를 매우 사랑함

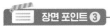

- 해당 장면은 유우성의 삼녀 옥영이 교만하고 질투심 많은 성격으로 남편과 갈등을 겪는 이야기 중 일부로, 친정 식구들과 남편의 의도적 냉대로 성격을 바꿔 가는 과정이 나타난 부분이다.
- 옥영의 말과 행동에서 나타나는 인물의 성격, 옥영을 대하는 주변 인물들의 태도를 파악하며 읽어 보도록 한다.

[앞부분의 줄거리] 유우성의 셋째 딸 옥영은 빼어나게 아름다운 외모와 총명하고 지혜로운 성품을 지녔으며 여공과 문필에 뛰어났지만 사람됨이 매우 강하고 말이 가벼워 숙녀의 덕이 부족하므로 부모의 엄한 꾸지람을 받는 경우가 많았다. 13세에 이르러 각로 사천의 아들 사강과 혼인을 하였다.

유 소저가 재상가 귀한 딸로 재상가의 귀한 며느리가 되어 시부모와 남편의 총애
　　옥영
를 받자 동서로 두려워할 것이 없어 말이 방자하고 행동이 교만하게 되었다. 사 각
　　　　　　　　　　　　　　　옥영이 남편 사 어사와 갈등하는 원인이 됨
로는 관대한 군자이기에 아들을 훈계하고 부인을 당부하여 유 소저의 단점을 덮고
　　옥영의 시아버지인 사 각로는 아들과 부인에게 옥영을 잘 타이르도록 훈계하고 옥영의 허물을 덮어 줌
어루만져 사랑하였다. 그러나 사 어사는 본래 뜻이 높은 산과 같고 소망이 하주(河
　　　　　　　　　　　　　　　　사강　　　　　　　　　　　　　문맥상 덕이 높은 요조숙녀를 뜻함
洲) 위에 있더니 소저의 교만한 행사가 온순한 부녀자의 덕이 없는 것을 보고 그윽이
　　　　　　　　　옥영이 요조숙녀의 덕을 갖추지 못한 것을 못마땅하게 여김
마음에 들어 하지 않았다. ▶ 사 어사가 부인 옥영의 교만하고 드센 성품을 못마땅하게 여김

몇 개월이 지나 부부의 정이 소원해지자 사 어사의 마음이 풍류스러움과 번화함
　　　　　　　　　　　　　옥영에 대한 마음이 멀어진 사 어사가 기생들과 어울림
으로 돌아가 외당에서 유명한 기생들을 모아 술을 마시고 풍악을 울리기를 끊이지
않았다. 사 각로는 관아(官衙)에 일이 많아 알지 못하고 부인은 비록 알지만 며느리
　　　　　　　　　공무에 바빠 아들 사 어사의 행실을 알지 못함
를 좋지 않게 여기고 아들을 편애하기에 꾸짖지 않았다. 이에 사 어사가 더욱 꺼릴
　　며느리에 대한 못마땅함과 아들에 대한 편애로 아들의 방탕한 행실을 꾸짖지 않음
것 없이 즐기게 되었다. 유 소저가 타고난 성품이 편협하고 투기가 심하기에 신부의
　　옥영과 사 어사의 갈등이 심화되는 원인이 됨　　　　　옥영의 성격 직접 제시
몸인 줄을 잊고 노기가 얼굴에 가득하여 모든 시녀들을 거느리고 외당에 나와 사 어
　　　　　　　　　　　　　　　옥영이 사대부 아녀자로서 품위에 어긋나는 행실을 함
사가 정을 둔 창기를 잡아 내어 어지럽게 치면서 사 어사를 꾸짖어 말하였다.

"내가 일찍이 옛일과 현재의 일을 두루 보았으나 그대같이 행실 없이 어긋나고 사
　　　　　　　　　　　　옥영이 창기와 어울리는 남편의 행실을 질책함
나운 사람을 보지 못하였소, 그대는 스스로 부끄럽지 않은가?"

사 어사가 소저의 버릇없고 패악한 언행을 보자 크게 노하여 노비를 불러 소저의
유모와 소저를 모시고 나온 시녀를 매우 치고 교자를 갖추라 하여 소저에게 말하였다.

"나의 행실이 어긋나고 사나워 그대가 근심이 되니 그대가 감히 이곳에 머물러 있
　　　　　　　　남편의 행실을 질책한 아내를 쫓아내겠다는 의도
지 못할 것이오. 훗날 마땅히 규방의 예법을 닦아 잘못을 뉘우친다면 서로 볼 것
이고 끝내 뉘우치지 않는다면 특별한 호걸을 가려 섬기고 무례한 나를 생각하지
　　　　　　　　　무례한 행동을 뉘우치고 투기하지 않는 부덕을 갖춘 여인이 되지 않으면 부부의 인연을 끊겠다는 의미
마시오."

소저가 매우 노하여 분한 모습으로 교자에 올라 꾸짖어 말하였다.

"짐승 같은 무리가 감히 나를 내치니 친정으로 돌아가는 것이 영화롭구나. 어찌
　　남편에게 험한 말을 하며 자신의 마음을 그대로 드러냄 → 자기 주장이 강하고 말이 신중하지 못한 옥영의 성격을 알 수 있음
네 집에 머무르겠느냐?" ▶ 옥영이 창기와 어울리는 사 어사를 질책하며 갈등함

드디어 소저가 교자를 부리는 사람을 재촉하여 유씨 집안에 이르렀다. 승상과 모
든 형제들이 소저가 느닷없이 나타나고 유모와 시비가 분분히 쫓아오는 거동을 보

■ 작품 분석 노트

- 인물의 성격

옥영	· 유우성의 셋째 딸 · 사람됨이 매우 강하고 말이 가벼워 숙녀의 덕이 부족하여 부모의 엄한 꾸지람을 받는 경우가 많음
사 어사 (사강)	· 각로 사천의 아들 · 15세에 알성시에 급제하여 어사대부가 됨 · 문장과 재주, 풍류가 빼어남

- 갈등 양상

옥영 → 사 어사
· 자기 주장이 강하고 순종적이지 않은 옥영의 성격을 사 어사가 못마땅하게 여겨 옥영과의 사이가 소원해짐 · 사 어사가 창기와 어울리자 이를 질투한 옥영이 창기를 매우 치고 사 어사를 질책함 · 사 어사가 옥영을 친정으로 내쫓자 옥영이 유씨 집안으로 돌아감

자, 놀라고 의혹되어 물어보았다. 소저가 전후의 사연을 자세히 고하자 승상이 매우 노하여 말하였다.

"너는 가문을 욕 먹이는 자식이다. 옥주의 성스러운 덕과 현영의 일을 눈앞에 보
_{진양 공주}　_{옥영의 언니}
면서도 본받지 못하니 짐승과 다르지 않구나. 눈앞에 두지 못할 것이다."
옥영의 행실이 가문을 수치스럽게 만들었다는 분노　　진양 공주와 유현영은 부덕을 갖춘 이상적 인물임
옥영의 행실을 짐승에 빗댐

이 부인 또한 엄히 꾸짖고 모든 오라버니와 두 언니가 부녀자의 예법을 훈계하면
옥영의 모　　당시의 가부장제 사회에서 아내가 가장에게 순종하지 않고 오히려 가장을 꾸짖은 행위는 용납될 수 없음
서 한 사람도 옳다고 하는 이가 없었다. 그러나 소저는 눈을 독하게 뜨고 말이 추상
(秋霜) 같았으니 끝내 자신이 그른 것을 알지 못하였다.
자신의 잘못을 인정하지 않는 옥영의 태도

이 부인이 눈물을 흘리며 말하였다.

"내가 재주가 없고 덕이 없어 자녀가 다른 사람에게 떨어지는 점이 없을까 그윽이
두려워하였다. 이제 너의 불초함이 이와 같으니 이는 나의 가르침이 그릇된 것이
부족한　　　　　　　　못나고 어리석음　　　부모로서 옥영을 제대로 가르치지 못했다고 자책함
다. 무슨 면목으로 사 서방을 보리오?"
사위를 볼 낯이 없다고 생각함

드디어 하영당에 소저를 가두고 자녀의 항렬에 있는 것을 용납하지 않아 그 마음
옥영을 별채에 가두고 자식으로 인정하지 않겠다는 강경한 태도로 옥영의 강한 성격을 제어하고자 함
을 제어하려 하였다.
▶ 친정으로 온 사연을 들은 유 승상 부부가 옥영의 잘못을 꾸짖음

이때 사 각로가 아들이 그 아내를 내친 사연을 듣고 놀라고 어이없어 말하였다.
쫓아낸

"며늘아기가 비록 허물이 있으나 네가 어찌 마음대로 내치기를 쉽게 하였는가?"
부모의 의사를 묻지 않고 마음대로 부인을 내친 아들에 대한 질책

드디어 사 어사를 잡아 죄를 묻고 삼십 대를 매우 친 뒤 빨리 유 소저를 데려오고
엄격한 사 각로의 성격을 알 수 있음
유 승상에게 사죄하라 하였다. 사 어사가 감히 명령을 거역할 수가 없어 유씨 집안
에 이르렀다.
▶ 옥영을 내쫓은 일로 부친의 질책을 받은 사 어사가 옥영을 데리러 감

(중략)
사 어사는 심지가 원대하고 지략이 과인한 남자였다. 소저의 강한 예기가 꺾이어
보통 사람보다 뛰어난　　　　　　　날카롭고 굳센 기세
가는 것을 알고 점점 위엄을 돋우며 매섭게 하기를 한층 더하였다. 「종일토록 하는
사 어사의 성격 직접 제시　　　　　　　　　사 어사가 유씨 집안에 온 이후 시간이 흐르면서 옥영의 강한 기세가 꺾이어 감
말이 아름다운 희첩을 모으고 재취할 계획이고, 소저를 비록 연모하나 소저의 넋이
「」: 옥영의 강한 성격을 꺾기 위한 사 어사의 의도적인 말과 행동
사라져 정신이 희미하더라도 못 본 체하며 행인같이 여기고, 눈을 흘기고 낯빛을 억
지로 지어 미워하는 노복같이 대하니,」아녀자의 염치로 능히 당할 수 있겠는가?
▶ 유씨 집안으로 온 사 어사가 옥영의 성격을 고치기 위해 의도적으로 냉대함

이부 상서인 유세기는 본래 희롱을 하지 않는 군자였기에 이에 관여하지 않았지
유세형　　유우성의 장남
만 「진공으로부터 여러 형제들은 소저의 투기를 밉게 여겨 사 어사를 도와 거짓으로
「」: 옥영의 굳센 성격을 꺾기 위해 의도적으로 사 어사를 도와주는 옥영의 형제들
소저 듣는 데서 사 어사에게 소저 침소에 가서 자라고 하였다. 그러면 사 어사가 매
몰차게 떨치면서 부친의 명으로 마지못하여 이에 있으나 부부간의 도리를 행할 뜻이
없음을 크게 말하면서 소저에게 치욕을 갚았다.」
▶ 옥영의 형제들이 옥영의 성격을 고치기 위해 사 어사를 도와줌

소저가 마음이 본래 빙옥 같기에 사 어사가 오지 않는 것을 기뻐하고 자신의 침소
에서 나가는 것을 시원하게 여겼다. 그러나 이유 없는 일과 달리 사 어사가 자기의
졸렬함을 비웃는 것인가 여겨 그윽한 한밤중과 고요한 아침에 남모르는 눈물을 흘리
주변 사람들과 사 어사의 태도로 인해 심경의 변화를 일으키는 옥영의 모습
며 감히 자신의 그릇됨을 말하지는 않으나 사람을 대하면 부끄러운 빛이 앞섰다. 사

• 친정으로 돌아온 옥영에 대한 사람들의 반응

유우성 (유 승상)	• 가문을 수치스럽게 했다며 옥영의 행실에 분노함 • 진양 공주와 현영의 부덕을 본받지 못하고 짐승 같은 행동을 했다고 질책함
이 부인	• 자신이 딸을 잘못 가르쳤다며 자책함 • 사위를 볼 면목이 없음을 걱정함
형제자매	부녀자의 예법을 갖추지 못했음을 들어 옥영의 잘못을 질책함

어사가 이를 알고 마음속으로 가련하게 여기나 행여 소저의 본성이 나타나면 제어하
옥영의 심경에 변화가 있음을 알고 안타깝게 여기면서도 옥영의 성격을 제어하기 위해 일부러 매몰차게 굶
기 어려울까 한결같이 매몰하고 준절하게 대하였다. ▶ 옥영이 자신의 처지로 인해 심경의 변화가 생김

이미 해가 바뀌어 새해가 되었으나 소저는 방 밖을 나가지 않았다. 사 어사가 자
시간의 흐름
신의 집에 가자, 부모가 사 어사에게 소저를 데리고 돌아오라고 말하였다. 이에 어
사가 고하였다.

"집사람이 아직 나이가 어려 세상 물정을 모릅니다. 아직 몇 년을 더 그 친정에 머
옥영이 친정인 유씨 집안에 있는 것이 강한 성격을 고치는 데 도움이 될 것이라 생각함
물러 잘못을 뉘우치기를 기다릴 것입니다."

각로는 소저가 아직 나이가 어리고 아들의 말이 사리에 맞으므로 허락하여 내버
려 두었다. 사 어사가 소저를 친정에 계속 머물게 한 것은, 대개 소저가 시댁으로 돌
아오면 시부모가 따뜻하게 대해 주시는 것이 지극하여 유 승상 부부의 엄정한 가르
침과 다르고, 또 진공 형제가 좌우에서 도와 소저로 하여금 죽고자 하나 죽을 땅이
사 어사가 옥영을 시가로 데리고 오지 않는 이유 – 유 승상 부부와 진공 형제의 도움이 있어야 옥영의 강한 성격을 제어할 수 있음
없게 제어할 수 있는 길이 없기 때문이었다. 사 어사가 기운을 펴는데 자기 집이 유
씨 부중만 못하기 때문에 이렇게 한 것이었다.
집안   ▶ 사 어사가 옥영의 성격을 고치기 위해 옥영을 친정에 두기로 함

• 옥영에 대한 주변 인물의 태도

사 어사	• 옥영의 굳센 성격을 고치기 위해 의도적으로 옥영을 냉대함 • 옥영의 심경에 변화가 있음을 눈치채고 안타깝게 여기면서도 옥영의 성격을 제어하기 위해 일부러 매몰차고 엄하게 대함 • 유 승상 부부의 엄한 가르침과 형제들의 도움으로 옥영의 성격을 변화시키기 위해 유씨 집안에 옥영을 둠
사 각로	• 옥영을 시가로 데려올 것을 아들에게 명함 • 아들이 옥영의 성격을 고치기 위해 친정에 두도록 권하자 이를 수용함
유씨 집안 사람들	옥영을 엄정하게 가르치고, 사 어사가 기운을 펼 수 있게 도와서 옥영의 성격을 고치려고 함

- 해당 장면은 유우성의 삼남인 유세창과 설초벽의 혼인과 관련된 서사 중에서 남장을 한 설초벽(설생)이 유세창과 결의형제한 후 과거에 급제하여 천자의 힘을 통해 유세창과 혼인하게 되는 상황이다.
- 남장한 설초벽이 유세창과 혼인하기 위해 한 행동들에 주목하여 설초벽의 주체적인 면모를 파악하고 이 작품에 활용된 늑혼 화소의 서사적 기능을 알아보도록 한다.

[앞부분의 줄거리] 유우성의 셋째 아들 유세창은 14세에 추밀사 남효공의 딸 남 씨와 혼인한다. 15세에 등과하여 간의태우가 되었는데, 천촉 절도사 풍양이 난을 일으키자 부친 유우성을 따라 정서장군이 되어 출전한다. 난을 평정한 뒤 부친에게 말미를 얻어 산천을 유람하다가 전임 예부 상서 설경화의 남장(男裝)한 딸 설초벽을 만나 의형제를 맺는다.

하루는 객점에서 머물러 쉬면서 율시로 화답하다가 문득 설생의 팔을 빼어 웃고 말하였다.

"아우의 옥 같은 팔과 섬섬옥수가 미인 중에도 매우 작네. 남자 중에 이런 사람이 있는 것이 괴이하구려."
_{설생이 남장한 여인임을 알아차리지 못하는 유세창}

설생이 얼굴빛이 변하면서 바삐 손을 떨쳐 멀리 가 배회하면서 그 말에 대답하지 않았다. 태우가 미처 비홍(肥紅)을 보지 못하나 기색을 보니 분명히 여자인 듯하였다.
_{팔 위에 있는 붉은 앵혈. 순결한 여성임을 나타내는 징표} _{유세창} _{설생의 태도를 보고 여성임을 의심하게 됨}
다. 그러나 그 기상과 재주로 보았을 때는 세상에 그런 여자가 없을 것이기에 끝내 망설이며 판단할 수가 없었다.
_{뛰어난 기상과 재주가 여자라 보기 어려움 → 설생이 여자일 것이라고 확신하지 못함}
▶ 유세창이 결의형제한 설생이 여자인지 의심하지만 확신하지 못함

★주목 태우가 경사에 다다라 먼저 대궐에 가서 천자의 은혜에 정중하게 사례하였다. 상
_{한 나라의 중앙 정부가 있는 곳. 여기서는 천자가 있는 곳을 가리킴}
이 크게 반기시어 불러 보시고 공적을 표창하시어 예부상서 영릉후에 임명하셨다. 태우가 천자의 성은에 감사를 드리고 집안에 돌아와 부모를 뵈었다. 기한을 어긴 지석 달이 지났기에 식구들이 기다리는 근심이 끝이 없더니 온 집안에 반김이 무궁하였다.
_{세창이 돌아올 날짜를 넘겨서 귀가함}
였다. 승상과 부인이 태우가 더디게 온 것을 꾸짖었다. 태우가 사죄하고 설생을 데리고 왔음을 고하자 모두들 놀라고 괴이하게 여겼다.

승상이 모든 자식들과 더불어 서헌에 나와 설생을 보았는데, 맑고 높은 기질이 표연히 선풍도골(仙風道骨)이었으니, 수려하고 깨끗한 풍채가 눈을 놀라게 하였다. 승
_{신선의 풍채와 도인의 골격} _{남달리 뛰어나게 고아한 풍채를 지닌 설생의 모습}
상 및 태우의 여러 형제들이 매우 놀라서 십분 공경하고 별채인 송죽헌에 거처하게 하면서 의식을 각별히 하여 후대하였다. 승상은 설생이 너무 청아하고 아름다움을 괴이하게 여기었고 이부 상서 유세기는 한 번 설생을 보자 결단코 남자가 아닌 것을 알았지만 입을 열어 말하지 않고 아우들에게 당부하였다.
_{단번에 설생이 여자임을 알았지만 드러내지 않음 → 진중한 성격}

"설생이 타향 사람으로 우리를 서먹하게 여길 것이다. 너희들은 번잡하게 가서 보지 말고 설생을 편히 있게 하여라."
_{설생의 처지를 고려하여 설생을 배려할 것을 아우들에게 당부함}

이부 상서 형제가 명을 받들어 구태여 설생을 찾지 않으나 유독 영릉후가 된 세창의 자취가 송죽헌을 떠나지 않았다. 이날 영릉후가 매화정에 나가 부인인 남 소저를
_{설생에 대한 세창의 마음이 각별함}
대하자 소저가 얼굴에 희색을 띠어 맞이하고 서너 명의 자녀가 겹겹이 반겼다. 영릉

- 인물의 성격

설생 (설초벽)	• 전임 예부 상서 설경화의 딸 • 부모가 죽자 자신을 보호하기 위해 남장을 하고 다님 • 뛰어난 무예와 학문, 고고한 자태를 지님 • 유세창을 만나 결의형제한 후 그와 혼인하기 위해 등과하여 자신의 뜻을 이룸 → 자신의 욕망을 실현하기 위해 주체적·적극적으로 행동하는 인물
유세창	• 유우성의 셋째 아들 • 14세에 추밀사 남효공의 딸 남 씨와 혼인함 • 15세에 등과하여 간의태우가 됨 • 부인 남 씨와의 사이에 갈등이 없었으며, 천자의 명에 의해 설초벽과 혼인함

후가 다시금 애정이 새롭게 솟아오르면서 이별의 회포를 이르며 반가워하는 것이 끝

이 없었다. 그러나 영릉후의 한 조각 마음에는 설생이 객수에 가득 차 있는 것을 잊
_{객지에서 느끼는 쓸쓸한 마음}

지 못할 뿐만 아니라 남자인지 여자인지가 미심쩍어 마음이 갈리니 이 밤을 겨우 새
_{설생의 처지에 대한 걱정}

워 아침 문안 인사를 끝낸 후 바로 송죽헌에 가 설생을 보았다. 영릉후가 설생과 종
_{설생의 정체에 대한 의심이 계속됨}

일토록 말하였는데, 말마다 의기투합하는 것을 신기하게 여겨 밥 먹고 잠자기를 다
_{설생에 대한 영릉후의 각별한 마음을 알 수 있음}

잊을 정도였다.
▶ 유세창이 설생을 집으로 데려와 친밀하게 지냄

(중략)

상이 매우 기뻐하시어 말씀하셨다.

"짐이 문신은 많으나 좋은 장수가 적은 것을 근심하였다. 이제 경의 출중한 무예

를 보니 국가의 주석지신으로 변방의 쇄약(鎖鑰)을 삼을 만하다. 어찌 국가에 다
_{나라의 중요한 신하} _{자물쇠}

행 중 다행이 아니겠는가? 유세창이 사람을 알아보는 총명이 귀신같아서 이같이
_{훌륭한 인재를 얻은 데 대한 만족감}

문무를 모두 갖춘 인재를 얻어 국가에 보익이 되게 하니 그 공이 또한 적지 아니

하도다."
_{= 설생}

이에 상이 설초벽으로 표기장군 병부시랑을 시키시어 군무를 담당하라 하셨다.
_{설초벽이 과거에 급제하여 벼슬에 오름}

★주목 초벽이 머리를 조아리고 죄를 청하였다.
▶ 설생이 문무과에 장원으로 급제함

"신이 일월을 속이고 음양(陰陽)을 바꾼 죄가 있으니 감히 조정에 아뢰지 못하겠
_{천자} _{여자이면서 남자로 행세한 죄를 가리킴}

으나, 신의 죄를 용서하시면 진정을 아뢰겠습니다."

차설(且說). 천자가 놀라시어 설초벽에게 마음속에 품은 것을 숨기지 말고 아뢰라

하시자, 초벽이 다시 머리를 조아리고 아뢰었다.

「신(臣)은 본래 설경화의 어린 딸입니다. 부모가 함께 돌아가시자 혈혈단신의 아
_{설초벽이 남장을 한 이유}

녀자가 강포한 자로부터 욕을 볼까 두려워 남장(男裝)을 하고 무예를 배워 풍양의

진중에 들어갔다가 산으로 도망하여 은거하면서 천신만고를 겪었습니다. 그러다

가 유세창을 만나게 되었습니다.」유세창이 비록 제가 여자인 줄을 알지 못하고 지
_{『 』: 유세창을 만나게 된 과정을 요약적으로 드러냄}

기(知己)로 허락하였으나, 신이 여자의 몸으로 세창과 동행하여 먹고 자기를 한가
_{세창에 대한 의리를 지켜 다른 사람에게는 시집가지 않겠다는 의미}

지로 하였사오니 의리로 다른 사람을 좇지 못할 것이고 스스로 구하여 유세창에
_{혼례의 절차를 거치지 않고 시집간다면}

게 시집간다면 뽕나무밭과 달빛 아래에서 몰래 만나는 비루한 행실과 다를 것이
_{남녀가 은밀하게 만나는 것을 의미함}

없습니다. 그렇기에 뜻을 결정하여 인륜을 폐하고 몸을 깨끗하게 마치는 것이 소

원입니다.

감상 포인트
남장 화소와 늑혼 화소의 서사적 기능과 이를
통해 드러내는 인물의 성격을 파악한다.

그러나 돌아보건대 부모의 혈맥이 다만 신첩(臣妾)의 한 몸에 있기에 차마 사사
_{혈통, 핏줄} _{세창에 대한 염치와 의리를 지키기 위해 죽어서는 안 되는 이유}

로운 염치와 의리 때문에 죽어 종족을 멸망시키고 후사(後嗣)를 끊게 하는 죄인이

되지는 못할 것입니다. 온갖 계책을 생각해도 방법이 없으나 그윽이 생각하건대

폐하께서는 만민의 부모가 되시니 반드시 신첩의 사정을 불쌍히 여기시고 윤리를

완전케 해 주실 것 같았습니다. 그런 까닭에 일만 번 죽기를 무릅쓰고 감히 방목
_{과거 합격자 명부}

_{세창과 정식으로 혼인하기 위해 무과에 응시하여 합격한 것임을 알 수 있음}

• 남장 화소와 늑혼 화소의 결합

남장 화소	• 설초벽은 부모가 죽은 후 자신을 보호하기 위해 남장을 하고 무예를 배움 • 유세창과 혼인하여 몸을 의탁하기로 마음먹음 • 유세창과 정식 혼인을 하기 위한 방법으로 천자에게 간청하기로 함 • 천자를 만나 유세창과의 혼인을 간청하기 위해 과거에 응시하였고, 탁월한 실력으로 문무과에 장원으로 급제함 • 천자가 설초벽의 사정을 측은히 여겨 설초벽의 간청을 들어줌

+

늑혼 화소	설초벽은 남장한 상황에서 만난 유세창과 정식 혼인을 하기 위해 남장을 활용하여 등과한 후 천자에게 자신의 정체를 밝히고 자신이 원하는 바를 드러냄 → 설초벽은 천자의 명에 의한 늑혼을 통해 유세창의 둘째 부인이 됨

(榜目)에 이름을 걸어 성총을 어지럽게 함으로써 저의 진정한 회포를 아룁니다."
▶ 설생이 천자에게 여자임을 밝히고 과거에 급제하고자 한 의도를 밝힘

상께서 매우 놀라고 기특하게 여기시어 영릉후인 유세창을 돌아보셨다. 영릉후

또한 매우 놀라 안색이 흙빛이었다. 상이 유 승상에게 명령하여 말씀하셨다.
　　설생이 여인이라는 사실에 놀람

"설씨녀의 재주와 용모와 의협심이 옛사람보다 뛰어나고 사정이 불쌍하니 짐(朕)
　　　남의 어려움을 돕거나 억울함을 풀어 주기 위해 자신을 희생하는 의로운 마음　　유교 사회에서 행하는 여섯 가지 큰 의식

이 중매가 되어 세창과 혼인시킬 것이다. 경(卿)은 육례(六禮)를 갖추어 저 설씨녀
　천자의 명으로 설초벽과 세창을 혼인시키고자 함 → 늑혼 화소

를 맞이하고 평범한 며느리로 대접하지 마라. 저 사람이 타향에 떠도는 나그네가
　정식 혼인 절차에 따라 혼례를 치르고 설초벽을 귀하게 대접할 것을 당부함

되어 혼사를 말하기가 어려운 까닭에 과거에 급제하는 것을 계기로 뜻을 이루고
　　　　　　　　　　　　　　　　과거에 급제하여 천자의 명을 통해 혼인하고자 한 설초벽의 계책을 칭찬함

자 하였으니 이 또한 묘책이다. 충성심이 세상을 덮을 만하고 문무 장원을 하였으

니 삼백 칸 집과 가동(家僮)과 노비를 전례대로 사급하며 특별히 여학사(女學士)
　　　　　　　　심부름하는 사내아이 종　　　　　　　나라나 관청에서 금품을 내려줌

여장군에 임명하여 영릉후 세창의 둘째 부인으로 칭하나니 선생은 명심하라."
▶ 천자가 유우성에게 설초벽과 유세창의 혼인을 명함

승상이 어이없어 하나 마지못해 성은에 감사를 드리자 영릉후가 반열에서 나와
　　설초벽과 세창의 혼인을 받아들이기 어려우나 천자의 명이므로 수용하고자 함

아뢰었다.

"당초 산에서 유람하다가 설씨 여자를 만나니 당세에 기이하고 재주 있는 남자로
　　　　　　　　　　설초벽이 남자이며 뛰어난 인재이므로 지기가 되었음

알아 다만 성스러운 조정에 인재가 성대하게 될 것을 기뻐하고 신의 평생 좋은 친

구가 될까 기뻐하였습니다. 어찌 여자가 남자로 변장하였던 것을 알았겠습니까?
　　　　　　　　　　　　　　　설초벽이 여자임을 몰랐음을 주장함

오늘 이 행동을 보니 놀라움을 이기지 못하겠습니다. 혼인은 풍속을 교화하는 대

사이니 이같이 서로 친한 벗이었다가 혼인한다면 일세의 시비와 의심을 면치 못
　　　　　　　　자신과 설초벽의 혼인이 세간의 구설수에 오를 수 있음을 염려함

할 것입니다. 일이 비록 적으나 풍속을 교화하는 일에 관계되오니, 원컨대 어전에

서 설씨녀의 앵혈(鶯血)을 상세히 살펴 일을 명백히 한 후에 성지를 받들기를 원
　　설초벽의 순결을 확인하는 한편, 설초벽과 자신이 지기였음을 천자에게 확인시키고자 하는 의도　임금의 뜻

합니다."

상이 웃으며 말하였다.

"경이 의심이 많도다. 설씨 여자의 사람됨이 얼음같이 맑고 금옥과 같이 견고하니

어찌 경에게 사사로운 마음을 둘 자이겠는가? 그러나 경이 불안하다면 마땅히 즉

시 살펴보리라."

드디어 상이 설초벽의 팔을 내어 보이라 하셨다. 설씨가 어전에서 옥 같은 팔을

내어 상께서 보시기를 기다렸다. 눈 같은 살 위에 앵혈이 단사(丹沙) 같자, 만조백관

이 눈을 기울여 감탄하였다.
▶ 영릉후(유세창)가 설초벽의 정절을 확인함

• '앵혈'의 서사적 의미

• 여자의 팔 위에 찍는 앵무새 피로, 순결한 처녀일 때는 이 핏자국이 선명하게 보이고 남자와 동침을 한 경우에는 핏자국이 없어진다고 함
• 설초벽의 앵혈은 설초벽이 순결한 여성임을 드러냄
• 고전 소설에서 '앵혈'은 여성임을 확인하거나 여성의 정절을 확인하기 위한 수단으로 자주 등장함

핵심 포인트 1 남장 화소의 서사적 의미와 기능

이 작품에서 설초벽은 여성 영웅의 특성을 지닌 인물이다. 여성 영웅 소설에 나타나는 남장 화소의 서사적 기능이 설초벽의 경우에 어떻게 형상화되고 있는지 파악할 수 있어야 한다.

+ 남장 화소의 서사적 의미와 기능

- 여성이 남성의 영역인 공적 영역에 진출하기 위한 수단: 남장한 설초벽이 과거에 응시하여 문무과에서 장원을 차지함
- 여성 주인공이 위기를 극복하기 위해 선택한 방법: 설초벽은 부모가 모두 죽은 후 강포한 자로부터 자신을 지키기 위해 남장을 선택함
- 새로운 사건이 발생하는 계기: 설초벽은 자신을 남성으로 알고 있는 유세창과 의형제를 맺고 같이 지내게 된 후, 유세창과 혼인하고자 하는 마음을 먹고 자신의 욕망을 실현함 → 주체적이고 적극적인 여성의 면모를 보여 줌

핵심 포인트 2 혼사 장애의 양상 파악

이 작품은 삼대록계 소설이지만 남녀의 혼사 장애를 주된 서사로 하고 있으므로, 작품에 나타나는 다양한 인물들의 혼사 장애와 극복 양상을 파악할 수 있어야 한다.

+ 등장인물의 혼사 장애 양상

인물	혼사 장애의 양상과 인물의 특징
유세형	• 장 씨와 정혼한 유세형이 천자의 명령으로 진양 공주와 혼인하게 됨 → 진양 공주가 장 씨를 세형의 계비로 들임 → 장 씨의 음모에 의해 진양 공주가 시련을 겪음 → 진양 공주가 장 씨를 감화시켜 혼사 장애를 극복함 • 늑혼의 피해자인 장 씨가 악인으로, 늑혼의 당사자인 진양 공주가 부녀자의 모범이 될 만한 이상적인 여인으로 형상화됨
유세창	• 천자의 명에 의해 설초벽과 혼인함 → 유세창이 부인 남 씨를 소홀하게 대하지만 남 씨가 설초벽을 어질게 대함 → 유세창이 남 씨를 소홀하게 대하자 설초벽이 자신의 옛집으로 간 후 돌아오지 않음 → 유세창이 남 씨와 화목하게 지냄 • 처첩 관계에 있는 남 씨와 설초벽이 모두 부덕을 갖춘 여인으로 형상화됨
유현영	• 시조모인 팽 씨의 횡포로 인해 정실 자리를 민순랑에게 뺏기다시피 하고 혹독한 시련을 겪게 됨 → 병든 팽 씨를 극진히 간호하여 감화시킴 • 어떤 상황에도 시어른의 명을 거스르지 않는 덕을 지니고 있는 인물로, 악인을 감화시키는 이상적인 여인으로 형상화됨
유옥영	• 호탕한 성품의 사 어사(사강)와 혼인하였으나 옥영의 드센 성품으로 인해 옥영이 친정으로 쫓겨남 → 사 어사가 옥영의 기를 꺾기 위해 의도적으로 매몰차게 대함 → 옥영이 죽을 위기를 겪고 나서 남편의 뜻에 순종하는 여인이 됨 • 자기주장이 강하여 시련을 겪는 옥영이 남편에게 순종하는 여인으로 변화함

핵심 포인트 3 외적 준거에 따른 감상

이 작품에 나타나는 늑혼(억지로 혼인을 시킴) 화소를 중심으로 갈등 양상과 인물의 성격을 파악하고 작품의 의미를 감상할 수 있어야 한다.

+ 〈유씨삼대록〉에 나타난 늑혼 화소

인물	늑혼의 양상
유세형	• 유세형이 장 씨와 정혼함 → 천자의 명에 의해 유세형이 진양 공주와 혼인하게 됨(늑혼) → 유세형의 계비가 된 장 씨가 진양 공주를 시기해 독살을 시도함 • 늑혼은 유세형과 진양 공주, 진양 공주와 장 씨 사이의 갈등을 유발하는 계기가 됨
유세창	• 유세창이 남 씨와 혼인함 → 남장한 설초벽이 유세창과 혼인하기 위해 늑혼을 활용함 (남장 화소와 늑혼 화소가 결합됨) • 늑혼이 설초벽의 욕망을 실현하는 데 조력하는 기능을 함: 영웅 소설에서 주인공의 혼인은 영웅적 행위에 대한 '보상'의 의미를 지님 → 설초벽의 혼인도 설초벽의 영웅적 능력에 대한 긍정적 인식을 보이는 천자의 명에 의해 이루어짐

기출 확인

2020학년도 수능

[외적 준거에 따른 감상]

┤ 보기 ├

〈유씨삼대록〉은 유씨 3대 인물들의 이야기를 연결한 국문 장편 가문 소설이다. 각 이야기는 그 자체로 완결성을 갖추고 있어 독립적이지만, 혼사나 그로부터 파생된 각각의 갈등이 동일한 가문 내에서 전개된다는 점에서 연결된다. 이러한 갈등은 가법이나 인물의 성격에서 유발된다. 가문의 구성원들은 혼사를 둘러싼 갈등이 가문의 안정과 번영을 저해한다고 여겼기에, 가문 차원에서 이를 해결해 간다.

- 유세기 이야기와 유세형 이야기를 보니, 각각의 갈등이 한 가문의 혼사를 중심으로 발생한다는 점에서 두 이야기가 서로 연결되어 있음을 알 수 있군.
- 백 공이 유세기를 사위 삼으려는 것과 천자가 유세형을 부마 삼은 것을 보니, 혼사가 혼인 당사자 개인의 문제에 그치지 않음을 알 수 있군.

한 줄 평 | 남편에 대한 사랑으로 죽음도 초월한 열녀의 이야기를 그린 작품

춘매전 ▶ 작자 미상

💬 **전체 줄거리**

옛날 양주에 유정랑이라는 사람이 있었다. 그에게는 늦게 낳은 딸 하나가 있었는데, 딸이 열여덟 살 되던 해에 강릉에 사는 춘매의 집에서 청혼하는 편지를 받는다. 유정랑과 그의 아내는 춘매가 글재주가 뛰어나고 인물이 좋다는 말을 듣고 결혼을 허락한다는 답장을 춘매의 집에 보낸다.

초행(신랑이 초례를 지내기 위하여 처가로 감) 날 춘매가 많은 예물을 갖추고 신부의 집으로 온다. 춘매와 유정랑의 딸의 예식을 보기 위해 판서, 승지, 참판 등의 고관들을 포함하여 많은 사람들이 모인다. 신랑 신부의 아름다운 자태와 화기애애한 모습에 예식에 참석한 사람들이 모두 칭찬하고, 유 씨 부모는 딸과 같은 사위를 얻었다며 기뻐한다. ▶ 춘매와 유 씨가 많은 이들의 축복 속에 혼인함

이때는 나라가 태평하고 백성들이 살기가 평안한 때로, 나라에서 특별히 태평과(나라에 경사가 있을 때 특별히 실시하던 과거)를 실시한다. 춘매도 이 과거에 응시하려고 짐을 꾸려 십여 일 만에 과거 시험장에 도착한다. 그리고 가장 먼저 답안지를 제출하는데, 춘매의 글이 아주 훌륭하여 이를 본 상서들이 모두 감탄하고, 춘매는 장원 급제하여 한림학사가 된다. 그러나 조정의 관리들이 고작 열여덟 살의 나이로 높은 벼슬에 오른 춘매를 시기하여, 춘매가 술과 여인을 탐하고 나랏일을 잘못되게 하며 신하들을 욕보인다는 거짓 상소를 올린다. 그러자 왕이 상소의 내용을 옳게 여겨 춘매를 호주의 절강으로 유배 보내라고 명한다. 호주는 칠천 삼백 리나 떨어진 곳으로, 그곳에 귀양 간 사람은 다시 돌아오지 못하고 유골조차 찾아오지 못하는 곳으로 알려져 있다.
▶ 춘매가 조정에 있는 관리들의 시기를 받아 유배를 가게 됨

춘매는 강릉 집으로 돌아와 어머니께 유배를 가게 되었음을 알리고, 불효하게 되어 슬픈 마음에 눈물을 흘린다. 차마 떠나지 못해 아무것도 먹지 못하고 지내고 있는 춘매를 금부의 나졸들이 찾아와 왕에게 끌고 간다. 춘매는 왕에게 홀어머니와 아직 젊은 아내를 보아서라도 은혜를 베풀어 달라고 간청하지만, 왕은 조정의 공론 때문에 그렇게 할 수 없다며 춘매의 청을 거절한다.

춘매는 자신이 귀양 가야 하는 이유도 모른 채 강릉으로 가 어머니에게 하직 인사를 하고, 양주로 가서 부인 유 씨에게 자신의 어머니를 부탁한다. 춘매가 떠난 후 유 씨는 강릉으로 가 시어머니를 모시고 친정으로 돌아와 극진히 모신다.
▶ 춘매의 요청에도 왕은 춘매를 유배 보내고, 유 씨는 시어머니를 친정으로 모심

춘매는 귀양 길에 오른 지 석 달 만에 병을 얻는데, 치료도 받지 못하고 일곱 달이나 걸려 겨우 귀양지에 도착하게 된다. 그곳에는 춘매와 같은 때에 함께 과거에 급제한 양옥이 먼저 귀양 와 있어 서로 반가워한다. 춘매의 병은 점점 더 깊어지고, 서너 달을 견디던 춘매는 종을 불러 양주로 돌아가 자신의 병세가 위중함을 알리라고

하지만, 종들은 춘매와 함께 갈 수도 없는데 어떻게 자신들만 돌아가 마님을 만나겠느냐며 차마 떠나지 못한다. 결국 춘매는 양옥에게 부고를 전해 달라는 부탁을 남기고 세상을 떠나고 만다. 춘매가 세상을 떠난 후, 양옥은 종을 시켜 양주로 가서 춘매의 부고를 전하라고 한다.
▶ 춘매는 귀양 길에 병을 얻어 귀양지에서 죽음

장면 포인트 ① 161P

이때 유 씨는 꿈을 꾸는데, 꿈속에 춘매가 나타나서 어머님을 잘 모시라고 당부하고 사라진다. 유 씨는 남편이 유배지에서 깊은 병이 든 것이 아닌가 하는 걱정을 하게 된다. 그날 새벽, 종들이 유 씨에게 춘매의 부고를 전한다. 유 씨와 춘매의 어머니는 이 소식을 듣고 울다가 기절하고 만다. 유 씨는 부부 사이의 정을 소중하게 생각해, 죽은 춘매의 시신을 직접 찾아오기로 한다. 주위에서는 남자 몸으로도 일곱 달이나 걸리는 길을 어떻게 연약한 여자의 몸으로 가겠다고 하느냐며 만류한다. 유 씨는 자신과 춘매 모두 형제와 자매가 없으니 자신이 가야 한다며 결심을 굳히고, 유 씨는 종들과 시녀를 데리고 길을 떠난다.
▶ 유 씨는 춘매의 시신을 수습하기 위해 춘매의 귀양지인 호주로 떠남

아름다운 유 씨가 슬피 울면서 가는 모습을 보고 사람들은 동정한다. 유 씨 일행은 여러 날을 걸어 회평관에 도착한다. 날이 저물어서 회평 읍내에서 하루를 묵고 다음 날 아침 떠나려고 하는데, 회평 원이 와서 오늘은 날이 불길하다고 하며 하루 더 머물라고 한다. 유 씨는 하루라도 빨리 남편의 시신을 수습하기 위해 떠나고 싶어 하지만, 종들도 지쳐서 하루만 더 쉬었다 가기를 원한다. 결국 유 씨는 종들의 말을 수용하여 하루 더 머물기로 한다.

한편, 회평 원은 유 씨의 아름다운 모습에 반해 욕심을 품고 날이 저물기만을 기다려 유 씨가 묵는 방으로 들어간다. | 유 씨는 잠들

장면 포인트 ② 163P

지 않고 있다가 큰 칼로 회평 원을 친다. 원래 목을 치려던 것이 빗맞아 회평 원의 팔을 벤다. 이를 본 그 고을 하인들은 유 씨를 잡아 옥에 가둔다. 그리고는 ^{주목}감사에게 어떤 부인이 간밤에 아무 이유도 없이 사또의 목을 벴다고 거짓으로 보고한다.
▶ 회평관에서 머물게 된 유 씨가 자신을 유린하려던 회평 원에 의해 누명을 쓰고 옥에 갇힘

보고를 받은 감사는 급하게 찾아와 옥에 갇혀 있던 유 씨를 신문한다. 유 씨는 자신이 양주 사는 유 판관의 여식으로, 한림학사 이춘매의 아내라고 밝히며, 남편이 억울한 누명을 써서 귀양 가서 죽고 자신은 남편의 시신을 거두기 위해 가는 중이었는데, 회평 원이 하루 더 머물렀다가 가라며 잡아 떠나지 못하고 있었다고 고한다. 유 씨는 그날 밤에 어떤 남자가 숙소 방에 들어와서 도적인 줄 알고 칼로 목을 친 것인데, 빗맞아 팔이 떨어졌다며 목을 치지 못한 것이 아직도 한스럽다고 한다. 감사는 놀라서 바로 유 씨를 형틀에서 풀

어 주고, 잘못 보고된 사건의 진상을 바로 고쳐 절도사와 원주 목사에게 보고한다. 그러자 절도사와 원주 목사 또한 깜짝 놀라 찾아오는데, 유 씨는 빨리 사건을 종결하고 남편 있는 곳으로 가게 해 달라고 한다. 목사는 즉시 회평 원의 죄를 왕에게 보고하고, 왕은 교지를 보내 회평 원과 하인, 그의 자손을 몰살시키고 유씨 부인의 설욕을 다 풀어 주라고 한다.

유 씨가 원주 목사에게 감사하자 원주 목사는 춘매가 귀양 갈 때 자신의 집에 머물렀던 사실을 알려 준다. 그리고 자기 아들과 춘매의 나이가 같으며 두 사람이 같은 때에 벼슬을 하고 귀양을 갔다고 말한다. 또한 유 판관(유정랑)과 자기 어머니가 절친한 사이이기도 하다며 신경 써서 유 씨의 행장을 차려 준다. 유 씨가 길을 떠나며 인사하자 감사, 목사, 절도사가 모두 유 씨가 세상에 다시없는 열녀라고 칭찬한다. ▶ 사건의 진상이 밝혀져 유 씨는 풀려나고 회평 원은 벌을 받음

유 씨는 여섯 달 만에 호주 땅에 도착한다. 호주 땅에 도착한 유 씨가 슬피 울자 이를 본 사람들도 모두 슬퍼한다. 양옥은 바로 나와 유 씨를 위로하면서 춘매의 관을 보여 준다. 관 속에 누워 있는 춘매의 시신은 전혀 변한 곳이 없어 죽은 사람이 아니라 그냥 잠든 사람처럼 보인다. 그 모습에 유 씨는 더욱 슬퍼하며 무슨 죄가 그렇게 커 이렇게 먼 타국에서 죽게 되었냐며, 남편의 얼굴에 자신의 얼굴을 댄 채 목 놓아 울다가 쓰러진다.

시녀는 유 씨에게 춘매를 도로 살릴 수 없으니 진정하라며 달래고, 시신을 다시 염하고 장례 치를 준비를 한다. 그 후 양옥이 춘매의 관을 깨끗이 하고 유 씨는 남편의 시신을 수습해 준 양옥의 은혜에 감사하며 슬퍼한다.

장면 포인트 ❸ `165P`

유 씨가 삼 일 밤낮으로 슬프게 울며 눈물을 그치지 않자 이 소식을 들은 염라대왕이 춘매를 불러 잠깐 이승으로 나가 아내를 만나고 돌아오라고 한다.

춘매가 바로 깨어나 보니 유 씨는 울다 지쳐 정신이 혼미한 상태로 졸고 있다. 춘매가 아내를 깨우자 유 씨는 반가워하며 운다. 춘매는 죽은 자신의 시신을 가져가 고향에 묻어 달라고 부탁하고, 유 씨는 자신을 버리고 가지 말라며 슬퍼한다.
▶ 남편의 시신을 본 유 씨가 삼 일 밤낮으로 울며 슬퍼하자
염라대왕이 춘매를 잠시 이승으로 보내 줌

춘매가 아침이 되기 전에 저승으로 돌아가야 한다고 하며 다시 자는 듯한 시신으로 돌아가자, 유 씨가 따라 죽어 관으로 들어가고 만다. 춘매는 저승으로 넘어온 부인을 데리고 염라대왕에게 간다. 유 씨는 염라대왕의 앞에서 자신이 춘매의 아내임을 밝히며, 이제 막 결혼하여 스물도 되지 않은 자신을 가엾이 여겨 자신들을 살려 달라고 빈다. 하지만 염라대왕은 그 사연은 안타깝지만 이미 죽은 목숨을 자기 마음대로 살려 내는 것은 어렵다고 거절한다. 유 씨는 다

시 엎드려 절하면서 춘매의 노모가 매일 아들이 돌아오기만을 기다리고 있다며 밤낮으로 칠 일간 호소한다. 결국 유 씨의 간절한 마음에 감동한 염라대왕은 춘매와 유 씨에게 저승에서 나갔다가 팔십 살이 되면 같은 날, 같은 시간에 돌아오라고 말한다. 춘매가 유 씨를 데리고 나와 금강을 지나가는데, 밧줄을 딛고 가다가 발목이 꺾여 넘어졌다가 깨어나 보니 다시 이승으로 돌아와 있다.
▶ 남편을 따라 죽은 유 씨가 저승에 와서 간절히 빌자,
그 마음에 감동한 염라대왕이 두 사람을 살려 줌

이때 양옥은 유 씨마저 죽은 것을 발견하고 어찌할 줄 몰라 하고 있는데, 갑자기 춘매와 유 씨가 함께 살아난다. 양옥은 놀라 통곡하며 이것이 꿈은 아닌지 묻는다. 춘매는 양옥에게 자신과 아내가 어떻게 저승에서 다시 살아 돌아온 것인지를 설명해 주고, 양옥은 유 씨를 칭찬하며 기뻐한다. 춘매는 고향의 처부모와 노모에게도 기쁜 소식을 전한다. 이때 나라에서는 벼슬하고 죄인이 된 사람들 옥에서 풀어 주라는 교지를 내리고, 호주로 귀양 간 사람들도 풀어주라고 한다. 춘매와 유 씨는 고향으로 돌아와 부모님과 다시 만나게 된다. 양주 사람들은 모두 유 씨의 정성이 지극하여 춘매가 살아 돌아온 것이라고 말한다.

유정랑은 이 기쁨을 나누기 위해 큰 잔치를 벌이고, 춘매와 유 씨의 이야기는 한양에 장계(왕명을 받고 지방에 나가 있는 신하가 자기 관하의 중요한 일을 왕에게 보고하던 일 또는 그런 문서)로 올라가 왕에게까지 전해진다. 왕은 나라에서 키우는 말을 보내 춘매와 유 씨를 궁으로 불러들인다. 왕은 영문을 모른 채 궁에 들어간 부부에게 술을 내리고, 유 씨를 매우 칭찬하며 부부간의 지극한 정성과 사랑에 감탄한다. 이후 춘매의 벼슬은 점점 더 높아져 이부 상서가 되고, 부인 유 씨는 정렬부인이 된다.
▶ 춘매와 유 씨는 고향으로 돌아오고, 춘매 부부의 사연을 들은 왕이
춘매에게 높은 벼슬을 내리고 유 씨는 정렬부인으로 봉함

이부 상서가 된 춘매는 아내를 유린하려고 한데다 누명을 씌워 옥에 가두었던 회평 원과 그의 하인들을 모두 잡아 죽인다. 그 후 부모님을 극진히 모시다가 부모님이 돌아가시자 삼년상까지 모두 치른다. 춘매와 유 씨 사이에는 다섯 아들이 있었는데, 아들들 모두 젊은 나이에 과거에 급제하여 부모를 모시는 도리를 다했기에 모든 이들의 부러움을 산다.

시간이 흘러 나이가 든 부부는 강가에서 유유자적 살며 글과 시를 짓고 거문고를 연주하기도 하고, 달밤에 뱃놀이를 하고 노는 등 풍류를 즐기는 생활을 한다.

어느덧 팔십이 된 유 씨는 문득 세월의 무상함과 슬픔을 느끼고 아들들에게 춘매가 위독하다는 거짓 기별을 보낸다. 이에 다섯 아들이 깜짝 놀라 모두 급하게 달려오는데, 유 씨는 크게 웃으며 사실 아무런 병도 없었지만 아들들이 보고 싶어 불렀다고 알려 준다. 그

리고는 다섯 아들과 며느리들, 손자 십여 명을 모두 불러 큰 잔치를
연다.
잔치는 사흘 동안 계속되고 수백 명의 귀한 손님들이 찾아온다. 잔

치가 모두 끝나고 난 뒤, 춘매와 유 씨는 같은 날 같은 때에 생을
마감한다. 상주 오 형제는 초상을 치르고 삼년 상도 치른다.

▶ 춘매와 유 씨는 행복한 노후를 보내고 염라대왕과의 약속대로 팔십 세에 생을 마감함

인물 관계도

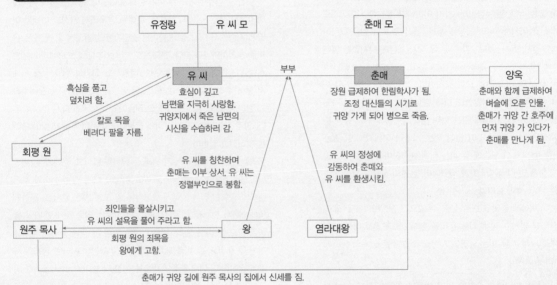

<보기>로 나오는 작품 외적 준거

〈춘매전〉의 표면적 주제와 내면적 주제

〈춘매전〉은 조선 사회의 덕목 중 하나인 열녀 의식을 표출한 소설로 생각된다. 전반부는 일반적인 소설들이 가지고 있는 도덕 소설적인 성격을 가지고 있지만, 후반부에 들어서는 갑자기 인간의 세계가 아닌 염부주의 세계를 표출하여 또 다른 가치관을 강조한 듯한 인상을 주고 있다.

이 작품은 정절 의식을 표면적 주제로 내세우고 환생을 내면적 주제로 추구함으로써 원만한 주제를 정립하고 있다. 이에 따라 주제를 뒷받침하고 있는 배경 사상도 살펴볼 필요가 있다. 이 작품에서 나타나고 있는 배경 사상은 주로 명부의 세계를 그리고 있다. 명부는 어느 종교나 공통적으로 발견되는 징벌의 공간이다. 대개 불교와 도교에서는 죽은 사람의 죄를 심판하는 공간으로 표현한다. 명부는 염라대왕이 주재하는 공간으로, 환생이나 전생 등의 기적을 합리화하는 윤회 사상과 인과 사상이 결부되어 있다.

〈춘매전〉에서는 현상계와 명부라는 공간을 오가는 역동적인 사건이 이야기를 서술하기 위한 절대적인 요소라기보다는 유 씨의 절행과 그로 인해 유 씨와 춘매가 얻게 되는 보상을 극적으로 보여 주기 위한 보조 기제로 활용되고 있다. 여기서 주목할 점은 인과 사상과 윤회 사상이 환생 그리고 정절 주의와 결부되어 작품 안에서 자연스럽게 용해되어 있다는 점이다.

– 오종근, 〈춘매전〉 연구, 1999

- 이 작품은 죽은 남편을 살려 낸 유씨 부인의 행적을 통해 열행의 중요성과 당위성을 그린 열녀계 소설이다.
- 해당 장면은 과거에 급제하여 한림학사가 된 춘매가 조정 백관들의 모함으로 인해 귀양을 간 이후의 상황이다.
- 중심 소재 '꿈'과 '편지'의 기능에 주목하여 사건의 전개 양상을 파악하도록 한다.

[앞부분의 줄거리] 춘매는 과거에 급제하여 한림학사가 되지만 이를 시기한 조정 백관의 모함으로 귀양을 가던 도중에 병이 들어 귀양지에서 죽게 된다. 춘매의 친구 양옥은 종들을 시켜 유씨 부인에게 춘매의 부고를 전하게 한다.

<u>차설</u>, 이때 유씨 부인이 <u>몽사(夢事)</u>를 얻었는데, 꿈인지 생시인지 어떤 한 남자가
화제를 전환할 때 첫머리에 씀. 각설. 화설.   꿈에 나타난 일
울고 있으므로 유 씨가 깨어나서 생각하니
'부부가 <u>동품하여</u> 귀한 아들을 낳을 꿈이건만 나 홀로 있으므로 <u>속절없도다.</u>'
　　　　'동침'의 평북 방언   　　　어찌할 도리가 없도다
유씨 부인이 몽사를 아들을 낳을 꿈으로 해몽함
하였는데 삼 일 후 대낮에 <u>꿈</u>을 꾸니 춘매가 와서 이르기를
　　　　　　　　　불길한 사건 예고
"그대는 어머님을 지성으로 섬기고 계시는가? 슬프다. <u>나는 귀양 가서 수풀 잎 앞</u>

<u>의 이슬처럼, 달아오른 불에 나무처럼 사라지니 화살 끝에 부는 바람이 수풀에서</u>
　　　　　　　　　　춘매가 자신의 죽음을 부인에게 알림
<u>우는 짐승을 버들가지 삼아 이리저리 다니건만 그대는 이런 줄 모르는가?</u> 이왕 그

렇게 되었으니 <u>어머님을 지성으로 섬기시오.</u> 나는 급하도다."
　　　　　　춘매가 부인에게 어머니를 잘 봉양할 것을 당부함
라고 한 후 간데없으므로 깨어나니 한바탕의 꿈이었다. 유 씨가 생각하기를

'<u>낭군이 죽었는가? 적소(謫所)에서 중병이 들었도다.</u>'
　　　　　　　　귀양지
　유 씨가 꿈을 남편이 유배지에서 죽었거나 병이 든 것으로 해몽함
하고 문밖만 바라보면서 정신이 달아난 가운데 앉아 있었다.
　　　　　　　　　　　　　　　▶ 유씨 부인이 꿈을 꾸고 남편의 안위를 걱정함
　그날 <u>진시(辰時)</u>에 종들이 들어오므로 유씨 부인이 바삐 내달아 가서
　　　　　오전 7~9시   유배지에서 춘매를 모시는 종들
"너희는 어찌하여 왔느냐? 너희 <u>상전님</u>은 편하시냐? 어서 자세하게 아뢰어라."
　　　　　　　　　　　　　춘매
라고 하니 종들이 <u>묵묵부답(黙黙不答)</u>하고 서로 미루다가 품에서 봉한 편지를 내어
　　　　　　　춘매의 죽음을 알리는 것을 꺼림
놓으므로 유 씨가 편지를 가지고 종을 불러 진정하라고 하고는 글을 읽다가 엎어지

면서 가슴을 두드리다가 통곡하고 기절하였다. <u>대부인</u>이 또한 기절하고 말하기를,
　　　　　　　　　　　　　　　　남의 어머니를 높여 이르는 말. 춘매의 어머니
"내 <u>노경(老境)</u>에 이런 참혹한 일을 보고 살아 무엇 하겠는가!"
　　늘어서 나이가 많은 때   아들이 먼저 죽은 일
하면서 애통해하시니 진정하여 이르기를
　　춘매의 귀양지
"<u>호주의 상사(喪事)</u>는 속절없거니와 대부인이 저렇게 애통해하시다가 분명히 일
　　　호주에서 춘매가 죽은 일
이 날까 염려스럽습니다."
아들의 죽음으로 인한 충격으로 춘매의 노모에게 불상사가 일어날까봐 걱정함
하면서 모두 위로하였다. 유 씨가 생각하기를

'부부 사이에 소중한 정이 있는데 어찌 종과 말을 부려서 수만 리 험한 길에 신체
　　　　　　　　　종과 말을 보내 남편의 시신을 옮겨 오는 일은 부부간의 도리가 아니라고 생각함
를 평안히 모셔 오겠는가.' / 라고 하고는,

"<u>자부</u>가 직접 가서 낭군의 죽은 얼굴이라도 보고 다행히 하늘의 도움이 있으면 신
　며느리. 유 씨가 자신을 가리킴   조상의 산소가 있는 땅
체를 모셔다가 <u>선대의 묘하(墓下)</u>에 아래 묻고자 하나이다."
유배지에서 남편의 시신을 옮겨 와 선산에 묻는 일이 하늘의 도움이 필요한 일이라고 여김
라고 말하니, 모여 있던 사람이 이르기를,

작품 분석 노트

- '꿈'에 대한 유씨 부인의 반응

한 남자가 울고 있는 꿈	춘매가 나타난 꿈
아들을 낳을 꿈이라 생각함 → 좋은 징조로 여김	남편의 안위를 걱정함 → 불길한 징조로 여김

감상 포인트
유씨 부인이 꾼 꿈의 서사적 기능을 이해한다.

- 편지의 기능과 유씨 부인의 반응

편지의 기능
유배된 춘매의 죽음을 알림

↓

유씨 부인의 반응
• 남편을 잃은 슬픔 속에서도 아들을 잃은 충격으로 시어머니에게 불상사가 일어날까 봐 자신보다 시어머니를 먼저 걱정함 → 효부로서의 면모
• 춘매의 시신을 종에게 맡겨 옮겨 오지 않고 부부간의 도리를 생각해 자신이 직접 가서 옮겨 오려 함 → 열녀로서의 면모, 적극적이고 주체적인 모습

"남자라도 일곱 달 만에 도착할 수 있거니와 하물며 연약하고 약질(弱質)인 여자
〔허약한 체질〕
의 몸으로서 어찌 갈 수 있을지."
〔먼 길이라서 연약한 여자의 몸으로 시신을 옮기기가 어렵다고 만류함〕

하였다. 유 씨가

"벌써부터 이런 말 이리 마옵시고 서로 간에 부모 아래 동기(同氣)가 없으니 소중
〔형제와 자매, 남매〕
한 청을 말리지 마옵소서."
〔자신과 춘매가 모두 형제가 없으니 직접 가서 시신을 옮겨 오겠다는 의지를 드러냄〕

라고 하며 건실한 종 열 명을 거느리고 시녀 처량을 데리고 길을 떠나는 거동이 성화
(成火)와 같았다. 누구라 막을 수 있겠는가!   ▶ 유 씨가 남편 춘매의 시신을 옮겨 오기 위해 유배지로 떠남
〔남편 춘매의 시신을 옮겨 오기 위해 서둘러 떠남〕
〔유 씨의 의지를 꺾을 수 없음(편집자적 논평)〕

(중략)

한편, 이때 유 씨는 백설 같은 얼굴에 수양버들 같은 눈썹과 주홍 같은 입술을 드
〔유 씨의 아름다운 외모〕
러내어 슬프게 우니, 가는 사람들이 보고 울지 않은 이가 없었다. 여러 날 길을 걸어

여행길이 민망(憫惘)하였는데, 회평관에 다달아 날이 저물므로 회평 읍내에 숙소를
〔보기에 답답하고 딱하여 안타까웠는데〕
정하였다. 유 씨가 저녁밥을 받아 놓고 종을 불러 이르기를

"나는 날마다 따뜻한 방에 자건마는 너희 서방님은 어느 수풀에서 우는 짐승을 벗
〔자신의 처지와 대비하여 죽은 남편에 대한 안타까움을 드러냄〕
을 삼아 이리저리 다닐까."

하면서 박명주(薄明紬) 치마에 눈물이 비 오듯 흘러내렸다. 그날 밤을 지내고 이튿
〔얇은 명주실로 짠 치마〕
날 아침에 즉시 떠나려 하니 회평 원이 여행객을 문안하면서 보고는
〔회평의 지방관〕   〔여기서는 '고되다', '위험하다'의 의미〕
"숙소를 정하소서. 오늘 출발하면 여행길이 불행하다고 하니 머물렀다 가소서."
〔회평 원이 유 씨에게 다음 날 출발하기를 권하는 표면적 이유〕
라고 하니, 유 씨 생각하되 '일각(一刻)이 여삼추(如三秋)'라 즉시 가고자 하는데 종
〔아주 짧은 시간이 삼 년과 같이 길게 느껴짐. 몹시 애타게 기다리는 마음〕
들도 말하기를

「소인 등도 여러 달 여러 날을 길을 걸었으므로 발병도 나옵고 몸도 피곤하여 움
〔「」: 유 씨가 회평에서 하룻밤을 더 묵게 된 결정적 이유〕
직이기가 어렵사오니 오늘만 머물렀다가 가사이다.」

라고 하니 유 씨가 생각하기를

'하루 쉬기는 어려우나 일의 형세가 그러하니 알지 못하겠다.'
〔쉬어 갈 형편이 아니라고 생각하지만 종들의 권유에 따라 다음 날 출발하기로 함〕
하고는 머물렀다.   ▶ 유배지로 가던 중 회평에서 머물게 됨

그날 회평 원이 유 씨를 자세히 보고는 생각하기를

'비록 수심에 가득 차 있으나 얼굴이 다 피지 못한 목당화가 아침 이슬을 머금은
〔남편을 잃은 슬픔〕   〔회평 원의 시선을 통해 유씨 부인의 미모를 드러냄. 비유를 활용한 주관적 묘사〕
듯하고 옥 같은 두 귀밑에는 눈물이 아롱거리고 눈 가운데는 옥매화가 흩날리고

보름달이 햇빛을 받은 듯하다. 옥이 곱다고 한들 이보다 더할쏘냐. 한 번 보니 천
하의 일색이 내 고을에 들어왔도다.'
〔유씨 부인의 아름다운 외모에 반함〕
하고는 마음에 얻은 듯이 자신만만하게 여기면서 일모(日暮)만을 기다리고는, 그날
〔날이 저물〕
밤에 회평 원이 유 씨가 자는 방에 들어갔다.   ▶ 회평 원이 유씨 부인이 자는 방에 들어감
〔회평 원이 유 씨에게 더 머물다 갈 것을 권유한 진짜 이유
→ 유 씨를 유린하기 위함〕

• 유 씨의 외양 묘사

> 백설 같은 얼굴에 수양버들 같은 눈썹과 주홍 같은 입술을 드러내어 슬프게 우니

↓

> 비유를 통해 유 씨의 아름다움을 구체적으로 묘사함

> 얼굴이 다 피지 못한 목당화가 아침 이슬을 머금은 듯하고 옥 같은 두 귀밑에는 눈물이 아롱거리고 눈 가운데는 옥매화가 흩날리고 보름달이 햇빛을 받은 듯하다.

↓

> 다른 인물(회평 원)의 시선을 통해 유 씨의 아름다움을 주관적으로 묘사함

• 화평 원의 의도

> 회평에서 하룻밤 더 묵어 가기를 유 씨에게 권함

↓

표면적 이유	이면적 이유
오늘 출발하면 여행길이 불행하다고 보기 때문임	유 씨의 미모를 탐하여 유 씨를 유린하기 위함

- 해당 장면은 유씨 부인이 남편인 춘매의 시신을 옮겨 오기 위해 길을 떠나 회평에서 묵게 된 이후의 상황이다.
- 갈등 상황에 대처하는 유 씨의 태도에 주목하여 유 씨의 성격을 파악하고, 남편에 대한 유 씨의 태도를 통해 드러내고자 하는 당대의 윤리 의식을 이해하도록 한다.

「유 씨는 벌써부터 수잠을 자면서 큰 칼을 들고 문 옆에 서 있다가 치려 했는데 정
_{깊이 들지 않은 잠}
말 들어오므로, 큰 칼을 잡고 목을 치니 목은 맞지 않고 팔이 맞아 떨어졌다. 그 고을
『 』 유 씨가 수상한 낌새를 느끼고 있었음을 알 수 있음   _{정절을 지키기 위한 유 씨의 행동}
하인들이 황급하여 유씨 부인을 잡아 칼을 씌워 옥에 가두고는 감사에게 보고하기를
_{죄인에게 씌우던 형틀}   _{밤 9~11시}   _{아무 이유 없이}

★주목 '어떠한 부인이 이곳에 와서 계시면서 머물렀는데 간밤에 이경(二更)에 무단이 앉
_{하인들이 감사에게 유 씨가 이유 없이 회평 원의 목을 베려 했다고 보고함}
은 사또님을 목을 벤 연유로 고하나이다.'

라고 하니 감사가 크게 놀라시면서 엄중하게 다스리라고 하시고 급히 와 형벌을 다
스리면서 유씨 부인을 잡아 올 때, 저놈들 거동 보소. 구름 같은 머리카락을 왼손으
_{서술자의 개입}   _{하인들이 유 씨를 함부로 대하며 잡아감}
로 거두어 잡고 가늘고 연약한 몸이 큰칼을 견디지 못하여 휘어지는 듯하고 허리는
백공단을 자른 듯하고 「눈 가운데 옥매화가 핀 듯하였다. 호련(瑚璉)한 광채와 쇄락
_{비단의 한 종류}   _{고귀한}   _{상쾌하고 깨끗한}
(灑落)한 태도는 비할 데가 없었다.」 연약한 허리를 형틀에 걸치고 여쭈기를.
                        『 』 잡혀가는 상황 속에서도 빛나는 유 씨의 외모와 자태
"소녀는 본래 양주 땅에 사는 유 판관의 여식이고 한림학사 이춘매의 아내였는데,
                        _{유 씨가 자신의 신분을 먼저 밝힘}
「낭군이 애매한 누명을 입고 수만 리 땅에 귀양을 가서 죽었으므로 신체나 운구하
『 』 남편의 시신을 옮겨 오기 위해 가는 중이었다며 자신의 상황을 밝힘   _{시신을 넣은 관을 운반함}
였다가 조상의 산소가 있는 땅에 묻고자 하여 신첩이 분상(奔喪)을 차려 가는 중
_{먼 곳에서 부모의 부음(訃音)을 듣고 급히 집으로 돌아감을 뜻하는 말로, 여기서는 남편의 시신을 옮겨 옴을 뜻함}
이었습니다. 「마침 회평관에 들어왔을 때 날이 저물어 여기에서 하룻밤을 묵고 이
        『 』 자신이 일행과 회평에 머물게 된 경위를 밝힘
튿날 아침에 가려 하는데 회평 원이 문안하되 그날 출행 길이 불행하다고 하면
서 머물렀다가 가라고 하므로 가지 못할 뿐이었습니다. 종들도 발이 아파서 머무
르자고 하므로 확실하게 알지 못하여 거기서 머물렀습니다. 」그날 밤에 원이 내가
                                        _{회평 원을 해친 이유를 밝힘 → 자신의 행위가 정당한 것이었음}
자는 방에 들어오므로 분명히 도적인 줄 알고 큰 칼을 잡고 목을 쳤는데 목은 맞
지 않고 팔이 맞아 떨어졌거늘 목을 선참(先斬)하지 못한 것이 지금도 한이로소이
                        _{먼저 벰}
다."
_{회평 원을 죽이지 못한 데 대한 분한 심정을 드러냄}

감사가 이 말을 들으시고 크게 놀라 얼굴빛이 하얗게 질려 즉시 형틀에 매인 것을
풀고 세초(洗草)를 정하라고 한 후,
_{범죄 사실을 기록한 글}
"이렇게 놀라운 일이 어찌 있으리오!"
                        _{유 씨의 진술을 토대로 한 세초에 의해 이루어짐}
라고 하면서 즉시 절도사와 원주 목사에게 보고하였다.
                        ▶ 유 씨가 회평 원의 팔을 자른 일로 붙잡혔다가 사건의 진상이 밝혀짐
그 연유를 들으시고 깜짝 놀라 와 계시면서 유 부인을 모시고는 보시기 위해 바닥
에 내려와서,
_{춘매의 죽음}
"한림학사의 상사(喪事)에 대한 말씀은 할 말이 없거니와 중도에서 이렇듯이 욕을
_{춘매의 죽음과 유씨 부인이 당한 일에 대해 유씨 부인을 위로함}
당하시오니 이런 참혹한 일이 어디에 있겠습니까!"
라고 하였다. 유 씨가 원통한 심정으로 사례하면서 말하기를

■ 작품 분석 노트

- 갈등 양상과 그 의미

회평 원	유씨 부인
회평 원이 유 씨 부인을 유 린하기 위해 유 씨의 방에 침입함	자신을 지키 기 위해 회평 원의 팔을 자 름

↓

투옥되는 유씨 부인

회평 원의 팔을 자르게 된 연유를 적 극적으로 밝힘

↓

- 정절을 지키고자 하는 유씨 부인의 의지와 단호한 성격이 드러남
- 유 씨의 절행이 드러나는 계기가 됨

- 유씨 부인의 말하기 방식

- 자신의 신분과 출행 길의 목적을 밝힘
- 회평관에 머물게 된 경위를 순차적 으로 밝히면서 그 과정에서 주변 인물의 입장과 자신의 입장을 구체 적으로 제시함
- 회평 원이 부정행위를 하였음을 강 조하며 자신이 회평 원을 해친 행 위가 정당함을 논리적으로 주장함
- 부정행위를 한 상대에 대한 자신의 분한 감정을 표출하여 상대의 잘못 을 강조함

↓

사건의 진상을 밝힘

"소녀의 끝이 없는 원통함은 일을 속히 결정을 짓고 급히 정사를 결단하옵소서.

빨리 낭군의 원통하신 우리 군자님의 신체를 찾아보고자 하나이다."

라고 하며 원통한 심정에도 말하는 모습이 흐트러짐이 없었으니, 조룡(雕龍)이 대강

론(大講論)하시는 듯하였다. 급히 회평 원의 죄목을 나라에 보고하니 전하께서 들으

신 후 별도로 교지(敎旨)를 보내어,

'즉시 회평 원의 죄목을 엄중하게 다스려 죽이고, 유씨 부인을 가둔 하인을 모두

죽이고 자손을 다 잡아 죽이라. 또한 유씨 부인 부부의 설치(雪恥)를 저저(這這)이

다 헤아려 주라.'

라고 하셨다.

「유씨 부인이,

"치욕스러운 일은 잊고자 하니, 소녀의 망극(罔極)한 일을 갚아 주시니 하해 같으

신 은혜를 백골난망이로소이다. 또한 옛글에 이른 것처럼, 머리를 깨어 신을 삼고

이를 빼내어 총을 박아 갚아도, 백골이 진토(塵土)가 되어도 잊지 못할 것입니다."」

원주 목사가 말하기를

"한림학사가 귀양 가실 때 내 집에서 머물렀다가 가셨고, 약간 노비를 보첨(補添)

한 후에 다시 연락할 길이 없어 매양 한탄하던 바였습니다. 또한 내 자식과 나이

가 같은데 같이 벼슬을 하고 귀양을 갔고, 유 판관께서도 우리 어머니와 친하시고

친자식과 같이 여기시는데,「수만 리 험한 길에 이러한 일이 있을 수 있습니까?"」

하면서 각별히 행장을 차려 주시니 유씨 부인이 하직하고 백설 같은 얼굴과 수양버

들가지 같은 눈썹과 주홍 같은 단순(丹脣)과 백설 같은 호치(皓齒)를 드러내어 애애

(哀哀)히 통곡하면서 남은 땅 그 어간(於間)을 들어가니 감사와 절도사와 목사 세 사

람이 그 거동을 보시고 세상에 다시없는 열녀라고 하시더라.

그 후 시간이 지나 여섯 달 만에 호주 땅에 도착했는데, 유씨 부인이 가늘고 고운

양손을 대어 옥면(玉面)을 가리고 슬프게 울면서 들어가니 그곳 사람들이 보고서 울

지 않는 사람이 없었다. 풀과 나무와 동물들이라도 슬퍼하지 않겠는가!

• 해당 장면은 유씨 부인이 춘매의 시신을 옮겨 오기 위해 유배지인 호주로 가서 죽은 춘매의 얼굴을 본 이후의 상황이다.
• 작품에 나타나는 환상적 요소, 재생 화소를 활용한 결말 구조를 바탕으로 주제 의식을 파악하도록 한다.

★주목 「유씨 부인이 삼 일 밤낮으로 울어 그치지 않으니 염라대왕이 들으시고 춘매를 불
「」: 유 씨의 지극한 애통함 → 염라대왕의 마음을 움직임 → 춘매와 만나게 됨

러 분부하기를

"너의 아내가 저기 왔으니 너 나가서 잠깐만 만나 보고 들어오너라!"
춘매에게 허락된 시간

라고 하셨다.」
▶ 염라대왕이 춘매가 유 씨를 만날 수 있도록 허락함

춘매가 즉시 깨어나 보니 유 씨가 혼미(昏迷)한 가운데 잠깐 잠이 와 졸고 있거늘
죽었던 춘매가 염라대왕에 의해 잠시 되살아남   의식이 흐린

춘매가 깨어서 말하기를

"어떠한 부인이 이리 와서 슬퍼하는가?"

라고 하므로 반갑게 붙들고 울면서 말하기를,

"어찌 이 땅에 오게 하며 늙으신 모친은 문에 기대어 비스듬히 서서 오늘 올까 내
호주   학수고대(鶴首苦待)

일 올까 바라는 것이 전부인데, 이렇도록 속이는고. 신첩은 수만 리 험한 길에 힘
'애타게 하는가'의 의미   여자가 자기를 낮추어 이르는 말(유 씨)

든 줄을 모르는 것처럼 이렇듯이 속이는고."

하면서 마음속에 품은 생각과 정을 다 풀지 못한 채 날이 새었다. 춘매가 말하기를,

"내 몸을 가져다가 고향에 묻고 어머님을 지극정성으로 섬기시니 내가 죽었다고
유 씨가 지극한 효부임을 알 수 있음

말씀드려 주시오."

라고 하니 유씨 부인이 울면서 말하였다.

"나를 버리고 어디로 가려 하는지요."

춘매가, / "밝은 달이 지기 전에 계수나무에 이슬이 마르기 전에 들어오라고 하시
춘매가 유 씨를 만날 수 있는 시간이 잠깐 동안임을 의미함

는데 인간 세상의 임금과 같으니 따라야 합니다."
저승의 염라대왕에 대한 인식 → 절대적 권위자임

하고 자는 듯이 사라졌다. 유씨 부인이 함께 죽어 들어가므로 춘매가 부인을 데리고
죽은 유 씨의 영혼이 염라대왕을 만남 → 사후에 영혼으로 부활함

염라대왕에게 가니 대왕이 말하기를

"너는 어떠한 계집을 데려왔느냐?"

하니 춘매가 여쭈었다. / "저의 아내로소이다."

유 씨가 여쭙기를

"소녀는 유 판관의 여식이고 이 학사의 아내이옵더니 낭군이 억울한 일로 수만 리
춘매가 모함을 받아 귀양 온 후 유배지에서 죽음

가서 죽었으므로 팔십 노모는 내내 문에 기대어 서서 오늘 올까 내일 올까 주야장
밤낮으로 쉬지 아니하고 연달아

천(晝夜長川)으로 바라는 것이 전부이옵니다."

절하고 백배사죄(百拜謝罪)하면서 말하였다.

"비나이다, 비나이다. 대왕님 앞에 비나이다. 대왕님이시어 적선(積善)하소서. 대
염라대왕이 살려 주기를 바람 → 염라대왕이 인간의 수명을 관장한다는 인식이 바탕에 깔려 있음

왕님이시어 적선하소서, 소녀는 이십 세 전이로소이다. 대왕님께서는 적선하소
자신의 처지를 드러내어 염라대왕에게 살려 주기를 호소함

작품 분석 노트

• 춘매와 유 씨의 재회

• 유씨 부인이 춘매의 시신을 보고
사흘 밤낮을 울자 염라대왕이 춘매
와 유 씨를 만날 수 있도록 해 줌
• 춘매가 살아나 유씨 부인을 잠깐
동안 만나고 사라짐
• 유씨 부인이 함께 죽어 저승으로
가서 염라대왕을 만남

↓

• 유 씨의 정성에 감동한 염라대왕에
의해 춘매가 일시적으로 되살아남
→ 춘매가 일시적으로 이승에 복귀함
• 유씨 부인과 염라대왕의 만남을 통
해 죽은 자가 영혼을 통해 저승에서
부활한다는 인식을 엿볼 수 있음
• 염라대왕이 인간의 생사를 관장한
다는 인식을 엿볼 수 있음

서. 낭군과 원앙 녹수 되자마자 이별되었사오니 어찌 슬프지 않겠습니까!"

<small>좋은 적합한 배필을 만났다는 뜻</small>

대왕이 말하기를

"저 불행한 몰골은 안됐으나 이곳에 온 사람의 삶을 내 마음대로 출입하게 하기

<small>염라대왕의 마음대로 죽은 사람을 살려 줄 수 없음</small>

쉽겠느냐!"

<small>대청 마루</small>

라고 하니, 유 씨가 다시 당 아래에서 네 번 절하고 여쭙기를,

<small>춘매를 살리고자 하는 간절함과 의지가 담김</small>

"대왕님요 적선하소. 소녀는 청춘이 만 리 같고, 모친은 연세가 팔십이니 이곳을

매일 바라보는 것이 전부로소이다. 대왕님요, 적선하여 주소."

밤낮으로 칠 일로써 땅에 엎드려 애걸하니, 대왕이 말하기를

<small>칠 일 동안 밤낮으로 염라대왕에게 살려 주기를 애걸함</small>

"너의 마음이 간절하니 너희 둘이 나갔다가 팔십 살이 되거든 같은 날 같은 시에

<small>유 씨의 지극한 정성과 의지로 부부가 재생의 기회를 얻음 → 유 씨의 도덕성에 대한 보상</small>

들어오너라."

<small>███: 유 씨의 지극정성에 대한 평가</small>

라고 하시니 춘매가 유 씨를 데리고 나와서 금강을 지나는데, 밧줄을 놓아서 건너가

<small>이승과 저승의 경계가 되는 공간</small>

라고 하므로 다음 디딜 곳을 몰라 밧줄에 올라섰다가 발이 꺾어 자빠지니 깨어나 생

<small>유 씨와 춘매가 재생함 → 비현실적 요소</small>

시(生時)가 되었다.

<small>춘매의 시신을 옮기러 온 유 씨마저 죽게 된 것에 대한 당혹스러움과 슬픔</small>

▶ 염라대왕이 유 씨의 간청에 춘매와 유 씨를 되살려 줌

이때 양옥이 유씨 부인의 주검을 보고 더욱 망극하여 종을 불러 말하기를,

<small>춘매의 유배지에 먼저 귀양 온 인물로 춘매와 호형호제하며 지내고 춘매의 죽음을 유씨 부인에게 알림</small>

"타국에 남편의 신체를 모시러 왔다가 이곳에서 죽사오니 너희는 어떻게 하려느

냐?"

> **감상 포인트**
> 재생 화소의 서사적 기능을 주제와 관련하여 이해한다.

하시고 어찌할 줄 몰라 하였다.

춘매와 유 씨가 깨어나니 양옥이 춘매의 손을 잡고 통곡하면서 말하기를

"내가 자다가 깨었느냐? 네가 자다가 꿈인 양 깨었느냐? 아무리 생각하여도 모르

<small>춘매의 재생에 대한 양옥의 놀라움이 드러남</small>

겠다."

하고 어떻게 되었는지를 물으므로 춘매가 자초지종(自初至終)을 말하였다. 양옥이

유 씨 부인을 칭찬하시고 함께 즐거워하였다.

<small>지극정성으로 염라대왕을 감동시켜 춘매를 살려 낸 일을 칭찬함</small>

▶ 춘매가 다시 살아난 사연을 양옥에게 말함

춘매가 이렇게 된 일의 사유를 고향에 전하니 처부모 두 분과 자친(慈親)이 들으

<small>남에게 자기 어머니를 높여 이르는 말. 춘매의 어머니</small>

시고 이루 다 말할 수 없이 즐거워하시면서 어떻게 해야 할 줄을 모르시는 것이었다.

이렇게 기뻐하고 있는데, 이때 나라의 정사(政事)에 대하여 벼슬하고 죄인이 된

사람을 방송(放送)하라는 교지를 각 도에 내리시고 호주 땅에 귀양을 간 사람도 돌려

<small>죄인을 풀어 줌</small> <small>춘매가 유배에서 풀려나게 됨</small>

보내라고 하였다.

춘매와 유 씨가 역마를 잡아타고 고향에 돌아와 모부인(母夫人)을 뵈오니, 어머니

<small>남의 부인을 높여 이르는 말. 춘매의 어머니</small>

가 손을 잡고 처음에는 눈물이요, 웃음은 그다음이었다. 유정랑 부부도 이루 다 말

<small>감격의 눈물을 흘리며 기뻐함</small> <small>유 씨의 부모</small> <small>정성, 마음</small>

할 수 없이 탄복하였다. 양주 사람들이 상하 남녀노소 할 것 없이 유 씨의 정신이 지

극하여 춘매가 살아왔다고 말하였다.

<small>지성감천(至誠感天)</small>

▶ 유 씨와 춘매가 고향으로 돌아와 부모를 만남

· 재생 화소의 의미

> · 염라대왕이 저승에 온 사람의 삶을 자기 마음대로 할 수 없음
> · 유 씨가 칠 일 동안 밤낮으로 살려 달라고 애걸하자 춘매와 유 씨를 이승으로 돌려 보냄

↓

> · 죽은 사람을 다시 살리는 것은 염라대왕의 임의대로 결정할 수 없으며 영계(영혼 세계)의 법칙에 따라 이루어짐
> · 유 씨의 지극한 정성과 도덕성에 대한 보상으로 유 씨와 춘매의 재생이 이루어짐 → 환상적(비현실적) 요소를 통해 인물의 도덕성에 대한 보상이 주어짐

· 공간적 배경의 의미

금강
· 이승과 저승의 경계가 되는 공간 · 죽음을 강을 건너는 것으로 인식함을 알 수 있음

· 유씨 부인의 인간상

> · 춘매가 다시 저승으로 돌아갈 때 따라 죽어 함께 저승으로 들어감
> · 염라대왕에게 춘매 모친의 상황을 언급함: 춘매의 어머니가 팔십이라고 하며 늙으신 모친이 오매불망 아들을 기다리고 있음을 말함
> · 염라대왕에게 자신의 처지를 언급함: 자신이 나이가 어리고 결혼한 지 얼마 되지 않아 남편을 잃었다고 하며 남편을 살려 주기를 간곡하게 호소함
> · 염라대왕에게 계속 절을 하며 밤낮으로 칠 일 동안 엎드려 살려 주기를 애걸함

↓

> · 남편을 위해 죽음마저 불사하는 열녀로서의 모습을 보임
> · 초월적 존재 앞에서도 의지를 굽히지 않는 당당한 태도를 보임
> · 자신에게 닥친 문제를 주체적이고 적극적으로 해결함

작품의 갈등 양상 파악

이 작품에 나타나는 인물 간의 갈등을 통해 주요 사건을 파악할 수 있어야 한다.

+ 인물 간의 갈등 양상

춘매 ↔ 조정 백관	• 춘매가 18세에 한림학사가 되자 조정 백관들이 이를 시기하여 춘매가 주색을 탐하고 국사를 그르치며 조정 대신을 업신여긴다는 거짓 상소를 함 • 왕이 춘매를 호주 절강으로 귀양 보내고, 춘매는 병을 얻어 귀양지에서 죽게 됨
유 씨 ↔ 회평 원	• 유 씨가 춘매의 시신을 옮겨 오기 위해 호주로 가던 중 회평관에서 묵게 됨 • 회평 원이 유 씨를 유린하기 위해 방으로 들어오자 유 씨가 칼로 회평 원의 팔을 벰 • 유 씨는 체포된 후 사건의 진실을 밝히고, 이를 알게 된 왕이 회평 원을 죽이라 명함
유 씨 ↔ 염라대왕	• 죽은 유 씨가 염라대왕을 만나 살려 줄 것을 애원하나 염라대왕은 죽은 사람의 삶을 마음대로 정할 수 없다며 들어주지 않음 • 칠 일 동안 계속되는 유 씨의 애원에 염라대왕이 유 씨와 춘매를 살려 보내고 80세까지 살도록 수명을 정해 줌 → 유 씨의 지극한 정성에 대한 보상으로 춘매가 살아남

등장인물에 대한 이해

이 작품에 나타난 주요 인물의 태도와 성격, 역할을 바탕으로 당대의 가치관과 작품의 주제를 파악할 수 있어야 한다.

춘매	• 18세에 한림학사가 되었으나 조정 백관의 시기로 귀양을 가서 그곳에서 죽게 됨 • 유 씨의 지극정성으로 살아나 이부 상서에 오르고 유 씨와 80세까지 해로한 후 같은 날 죽음
유 씨	• 춘매의 부고를 받고 시신을 옮겨 오기 위해 춘매의 귀양지로 직접 가던 중 자신을 유린하려는 회평 원의 팔을 벰 → 주체적이고 강인한 면모를 지님 • 염라대왕에게 애원하여 남편을 이승으로 데리고 옴 → 남편을 지극정성으로 섬김
회평 원	• 유 씨를 유린하기 위해 회평에서 하룻밤 더 묵어 가기를 청한 후 밤에 유 씨의 방에 들어갔다가 유 씨의 칼에 팔을 베임
양옥	• 춘매의 친구로 먼저 호주로 귀양 옴 • 춘매의 처지를 위로하며 춘매의 죽음을 유씨 부인에게 알리고 장례를 준비함 • 춘매와 유 씨의 조력자 역할을 함
원주 목사	• 유 씨와 회평 원의 사건을 임금께 보고함 • 춘매와 유 씨가 호주에 무사히 갈 수 있도록 노비와 행장을 준비해 주는 조력자 역할을 함
임금	회평 원의 죄를 엄하게 다스려 유 씨가 설욕할 수 있도록 함
염라대왕	• 춘매가 유 씨를 만날 수 있도록 해 줌 • 유 씨의 정성에 감동하여 유 씨의 소원을 들어줌 → 도덕적 행위의 심판자 역할을 함

외적 준거에 따른 감상

이 작품은 재생 화소(모티프)를 통해 행복한 결말을 보여 주므로 비현실적 결말과 관련된 외적 준거를 바탕으로 주제 의식을 파악하며 작품을 감상할 수 있어야 한다.

+ 환상성의 서사적 기능과 의미

고전 소설에서 현실계와 환상계는 이원화되어 있으면서도 상호 간섭적으로 나타난다. 현실계와 비현실계가 교유하기 위해 종종 '꿈'을 활용하여 '죽은 자와의 교유', '이계 탐색', '사물과의 대화' 등이 이루어진다. 고전 소설에서 환상적 요소는 작중 인물의 존재 의미와 운명을 드러내는 기능을 하는데, 대체로 출생담을 통해 실현된다. 〈춘매전〉의 경우에는 재생 화소를 통해 주인공의 윤리적 행위를 보상하고 있는데, 이는 환상성이 도덕성을 지지하는 기능을 하고 있음을 보여 준다.

+ 〈춘매전〉의 재생 화소

이승으로의 일시적 복귀	죽은 춘매가 살아나 유 씨를 만났다가 다시 저승으로 돌아감
사후 영혼의 재생	유 씨가 저승으로 돌아가는 춘매와 함께 죽어 저승에서 부활함
이승으로의 재생	유 씨의 지극정성에 감동한 염라대왕이 춘매와 유 씨를 이승으로 돌려보냄

작품 한눈에

• **해제**

〈춘매전〉은 죽은 남편을 살려 내는 여인의 행적을 담은 한글 소설로, '유부인전'·'유씨부인전'·'유씨열녀전'·'유씨열행록'·'유씨전(劉氏傳)'·'류씨전(柳氏傳)'·'뉴씨전'·'이춘매전'·'춘매전'·'춘무전' 등의 다양한 제목으로 전하고 있다. 제목은 〈춘매전〉이지만 내용은 춘매의 부인인 유 씨에 초점이 맞추어진 작품으로, 열녀 설화와 재생 설화 등의 영향을 받아 형성되었을 것으로 보인다. 이 작품은 열행(烈行)의 중요성과 당위성을 강조하기 위해 죽음과 재생이라는 모티프를 활용하여 부인의 열행을 부각하는 열녀계 소설이다. '염라국'이라는 비현실계를 설정하여 유교 윤리인 열행을 실천한 유씨 부인에게 재생의 기회를 제공함으로써 행복한 결말로 마무리되고 있다.

• **제목 〈춘매전〉의 의미**

– 열녀 유 씨 부인이 죽은 남편 춘매를 살려 내는 이야기

〈춘매전〉은 남편에 대한 유씨 부인의 지극한 정성과 열행(烈行)에 감동한 염라대왕이 춘매를 다시 살려 보내 두 사람이 80세까지 해로하는 내용을 담은 열녀계 소설이다.

• **주제**

유씨 부인의 고난과 열행(烈行)

오유란전 ▶ 작자 미상

💬 **전체 줄거리**

세조 대왕 때 한양에 김씨 재상과 이씨 재상이 있었는데 두 집안은 문벌과 덕망이 같아서 친분이 두터웠다. 두 집안에는 같은 날 같은 시에 태어난 자식들이 있었다. 김 재상은 이것은 우연이 아니라며 아이들을 같이 공부하게 하자고 제안하고, 이 재상 역시 동의한다. 그리하여 김 재상의 아들 김생과 이 재상의 아들 이생은 어릴 적부터 절친하게 지내며 과거 시험을 준비한다.
▶ 김생과 이생은 아버지들끼리 절친하여 어려서부터 함께 공부하며 자람

시간이 흘러 김생과 이생은 함께 과거 시험을 보았는데, 김생은 장원 급제, 이생은 진사 급제를 한다. 이후 김생은 진급하여 평안 감사가 되고, 이생에게 함께 평양으로 가자고 한다. 하지만 이생은 자신은 공부하는 선비이고 김생은 백성을 돌보아야 할 관리이며, 평양은 번화한 곳이라 가기 어렵다고 답한다. 이에 김생은 주변 환경이 공부를 방해하지는 못할 것이라며 함께 떠나자고 설득한다. 결국 두 사람은 같이 수레를 타고 김생의 부임지인 평양으로 간다.

장면 포인트 ❶ 172P
김생은 이생을 위해 조용한 곳에 별당을 마련해 주고, 이생은 그 별당에서 글만 읽으며 지낸다. ▶ 김생은 장원 급제하여 평안 감사가 되고, 이생과 김생은 함께 김생의 부임지인 평양으로 가서 지냄

[주목] 그러던 어느 날 김생은 이생을 위해 잔치를 열고 방자를 보내 이생을 초대한다. 과거에 급제하고 처음 여는 잔치인지라 이생은 차마 거절하지 못하고 통인을 따라 잔치 장소인 선화당으로 간다. 상에는 처음 보는 음식들이 가득 차려져 있고, 여러 고을의 원님들이 모두 모였으며, 수많은 기녀가 악기를 연주하고, 술과 안주가 어지럽게 흐트러져 있다. 이생이 자리를 잡고 인사를 마치고 나니 기생들이 술잔을 권하며 노래를 부르기 시작한다. 이에 이생은 이 잔치는 인간의 도리를 위한 것이 아니라고 화를 내며 벌떡 일어나 물러가겠다고 한다. 김생은 왜 그렇게 화를 내느냐며 이생을 말리지만, 이생은 끝내 자리를 떠나고 만다. 잔치에 모인 사람들은 모두 이생의 고집에 눈살을 찌푸리고 그를 비웃는다.

잔치가 끝난 후, 김생은 기생 중에 가장 지혜로운 자가 누구인지를 물어 오유란을 불러들인다. 김생은 오유란에게 별당의 이생을 유혹할 수 있는지 묻고, 오유란은 한 달 정도 시간을 준다면 할 수 있다고 말한다. ▶ 김생이 글만 읽으며 지내는 이생을 잔치에 초대하는데 이생이 화를 내자 이생을 놀려 주기로 결심함

오유란은 흰옷으로 갈아입고 별당 앞의 연못가에 가서 빨래하는 척을 한다. 이때는 꽃이 만발한 삼월의 보름께 밤으로, 이생은 별당에서 달구경을 한다. 이생은 봄이라 마음이 들뜬 참에 시를 읊으며 섬돌 위를 거닐다가 연못 쪽에서부터 빨래하는 방망이 소리가 들려오자 사방을 둘러본다. 그러자 아름다운 풍경과 함께 꽃 같은 미인의 모습이 보이고, 이생은 선비임에도 그 미색에 감탄하며 그 여인을 계속해서 훔쳐본다. 이생이 자신을 보고 있음을 깨달은 오유란은 일어나 자리를 떠난다. ▶ 오유란이 김생의 명에 따라 이생을 유혹함

오유란은 그 후로 며칠 간격으로 연못가에 가서 이생에게 자신의 아름다운 모습을 보여 준다. 이생은 오유란을 보고 난 후로는 마음이 해이해져 공부에 집중하지 못하고, 입맛도 잃어버린다. 이생은 책도 덮어 놓고 홀로 앉아 탄식하며 다시 오유란을 볼 날만을 손꼽아 기다리는데, 오유란은 일부러 모습을 보이지 않는다. 며칠을 기다리던 이생은 결국 머리를 싸매고 누워 아무것도 먹지 못하게 된다.

그러기를 며칠, 해가 지자마자 빨래 방망이가 두드리는 소리가 들려온다. 아픈 몸을 억지로 일으켜 맨발로 뛰쳐나간 이생은 줄곧 그리워하던 그 여인이 연못가에 앉아 자신에게 추파를 보내고 있는 것을 발견한다. 이생은 망설이다 여인에게 다가간다. 오유란은 놀란 척하며 남녀가 유별한데 이 무슨 일이냐고 한다. 이생은 오유란에게 이름이 무엇이며 어느 집의 딸인지, 어디에 사는지를 묻는다. 이에 오유란이 자신은 원래 양가의 딸이며, 시집을 갔다가 남편을 일찍 잃어 3년째 수절하고 있는 과부라고 거짓말한다. 이생은 기뻐하며 자신이 오유란을 알게 된 지 거의 한 달이 되었으며, 좋아하는 마음이 깊어 병이 생겼으니 자신의 마음을 받아 달라고 한다. 하지만 오유란은 자신의 신분이 미천하고 이생은 서울의 귀족이라 언제 마음이 변할지 모르니 이생을 받아 줄 수 없다고 한다. 그러자 이생은 자신은 뜻있는 선비이니 절대 마음이 변치 않는다고 맹세하며 오유란을 별당으로 이끈다.

이후로 오유란은 다른 사람들에게 들킬까 봐 두려운 것처럼 어두울 때 이생을 찾아왔다가 날이 밝기 전에 돌아간다. 이생은 오유란에게 푹 빠져 그런 여인의 행동이 민첩하고 기특하다고만 여긴다.
▶ 이생은 오유란을 보고 사랑에 빠지고, 오유란은 이생을 유혹하는 데 성공함

김생은 그런 사정을 잘 살펴보고 있다가 사람을 시켜 정해진 시간에 편지를 가져오라고 시킨 후 이생을 불러낸다. 선화당에서 만난 두 사람이 인사를 나누고 있는데 갑자기 한 노복이 급하게 문을 두드리며 서울에서 급한 전갈을 가지고 왔다고 한다. 편지에는 이생의 아버지인 이 재상이 위독하다고 적혀 있고 이생이 매우 놀라자, 김생은 말을 내어 주며 이생이 떠날 채비를 해 준다. 이생은 그 와중에도 오유란에게 작별 인사를 하지 못한 것을 아쉬워하며 눈물을 흘린다. ▶ 이생이 자신의 아버지가 위독하다는 거짓 편지를 받고 서울로 돌아가게 됨

이생이 길을 떠난 지 나흘째 되는 날 양철평에 다다랐을 때 한 노복이 다가와 이생의 부친의 병이 깨끗이 나았으니 집에 돌아오지 말고 곧장 돌아가라는 편지를 전달한다. 이생은 다행이라 여기고, 즉시 돌아가라는 분부에 기뻐하며 마부를 재촉하여 말을 돌린다. 평양으로 돌아가던 중 이생은 전에 없던 무덤 하나가 갑자기 생긴 것을 발견하고 의아하게 여겨, 때마침 지나가는 초동들에게 무덤의 연유를 묻는다. 사연인즉슨, 어떤 열녀가 있었는데 새로 부임한 사또와 함께 온 이가라는 객이 3년이나 수절하던 그 여인을 유혹해

놓고는 말도 없이 버리고 떠났으며, 그 때문에 그녀가 슬퍼하다가 자결하였다는 것이다. 그러면서 여인이 죽기 전에 손가락을 깨물어 혈서를 써서 남겨 놓았는데, 자신은 죽어서도 이생의 사람이며, 이생은 조만간 서울에서 벼슬을 받을 것이 분명하고, 그가 이곳을 지나가게 되거든 자신의 무덤을 한 번이라도 돌봐 주기를 바란다는 내용이라고 말한다.

이생은 노복을 시켜 곧장 술과 과일을 사 오게 하고, 슬프게 울며 제문을 지어 읊고는 선화당으로 들어간다. 그러자 김생이 나와 놀란 듯이 어떻게 이렇게 빨리 돌아왔느냐고 묻는다. 이생은 집에서 보냈다는 편지를 꺼내 보이며, 아버지가 완쾌하셨으니 돌아가라는 전갈에 바로 돌아왔다고 대답한다. 김생은 다행이라고 하며 왜 이렇게 수척해졌는지를 묻는데, 이생은 오유란의 죽음을 전해 듣고 슬퍼하느라 수척해진 것을 숨기고 다녀오는 길이 멀고 힘들어 그런 것이라 거짓말을 한다. 김생은 이제 힘든 일은 지나갔으니 공부에 힘써 아버지를 영화롭게 해 드리라고 하며 술상을 가져오라고 하고, 이생은 몸이 피곤하다는 핑계를 대며 일찌감치 자리에서 일어난다.
▶ 서울로 가는 도중 아버지가 쾌차했다는 소식에 평양으로 돌아오던 이생이 오유란이 죽었다는 이야기를 듣게 됨

저녁이 되어 혼자서 오유란을 잃은 슬픔에 탄식하고 있던 이생은 어디선가 들려오는 곡소리에 일어나 밖을 내다본다. 달빛 아래 사람의 그림자가 어른거려서 자세히 보니, 흰옷을 입은 오유란이 담장에 기대어 슬피 울며 혼잣말을 하고 있다. 이생은 반신반의하며 뛰쳐나가 여인의 손목을 잡고 정말 오유란이 맞는지 묻는다. 그러자 여인은 성문 밖에서 무덤을 보지 못했느냐며, 자신이 오유란의 혼백이라고 한다. 이생은 오유란을 데리고 별당으로 들어가 아버지의 병환 때문에 급하게 떠나게 되었던 일과 그 때문에 약속을 어기게 되었음을 밝히며 용서를 구한다. 두 사람은 함께 밤을 보내고 오유란이 날이 밝기 전에 떠나려 하자, 이생은 또 만날 수 있는지를 물으며 오유란을 놓아주지 않는다. 오유란은 또 오겠다고 약속하고 매일 해가 지면 찾아왔다가 새벽이 되면 돌아간다. 날이 갈수록 이생은 오유란과 헤어지기를 아쉬워하며 목숨을 끊어 오유란과 함께하고 싶어 한다. 그러자 오유란은 부모님이 살아 계신데 어떻게 죽겠다는 이야기를 하냐며 이생을 말린다. 이생은 이미 부모에게 불효한 적이 많으며, 어차피 한번 태어났으면 죽는 것이 당연한 이치인 데다가, 자신은 아직 아무것도 이룬 것이 없으니 애석할 것도 없다고 한다. 다만 아버지의 병이 나은 이때에 자신이 죽어 부모님이 슬퍼하시게 될 것만이 걱정된다고 하자, 오유란이 자신에게 좋은 수가 있다고 한다. 병이 들었어도 아프지 않고, 죽더라도 살아 있는 것과 같아서 정신과 지각이 그대로 있는 방법이라는 설명에 이생은 혹해서 그것이 바로 자기가 원하는 바라고 한다.
▶ 오유란이 귀신인 척하며 이생의 앞에 나타나고 이생이 오유란을 따라 죽고 싶어 함

다음 날 새벽, 오유란은 일어나서 머리를 풀어 헤치고 눈물을 흘리며 낭군님이 돌아가셨다고 말한다. 이생이 깨어나서 자신은 정신도 또렷하고 몸도 그대로인데 왜 울고 있냐고 묻자, 오유란은 이게 바로 자신이 말한 방법이라면서 조용히 있어 보라고 한다. 이생이 바깥을 살펴보니 이미 날이 밝은 후인데, 밖에서 사람들이 모여 곡을 하면서 시체를 관에 넣는 시늉을 하고 땅땅 소리를 내면서 뚜껑을 덮고 나간다. 모두 김생의 지시를 받고 꾸민 일이었지만, 이생은 그것을 보고 자신이 정말 죽은 줄 알고 자식된 도리를 다하지 못하고 불량한 사람이었으니 저승에 가서도 처벌을 받으리라 생각하며 눈물을 쏟는다.
▶ 오유란이 이생을 속여 귀신이 되었다고 믿게 만듦

장면 포인트 ❷ 175P
그 후로 오유란은 수시로 별당을 드나든다. 오유란이 좋은 음식을 가지고 오자, 이생은 감탄하며 어떻게 이런 것을 가지고 오느냐고 묻는다. 오유란은 전에 이생의 죽음을 꾸며 낼 때 속였던 것처럼 토식이라는 방법이 있다고 하며 말로 설명할 수 없다고 한다. 그러자 이생은 직접 한번 보여 달라고 하고, 오유란은 바로 같이 나가서 보여 주겠다고 한다. 이생이 나갈 채비를 하려고 머리에 관을 쓰고 옷을 챙겨 입자, 오유란은 날도 더운데 뭐하러 의관을 입느냐며 자신과 이생은 다른 사람들을 볼 수 있지만 다른 사람들에게는 자신과 이생이 보이지 않는다고 말한다. 이생은 부끄러워하면서도 남들 눈에 보이지 않을 것이라는 말에 마음을 놓으며 가벼운 홑옷만 입고 문을 나선다. 그렇게 조심스럽게 밖으로 나가 이방의 집으로 가는데, 길을 걷는 동안 여러 사람을 마주치고 몸이 스치는데도 아무도 그를 쳐다보거나 아는 척을 하지 않는다. 이 또한 모두 김생의 지시를 받고 사람들이 모른 척한 것이다. 오유란은 이생에게 밖에서 보고 있으라고 하며 마침 아침을 먹고 있는 이방의 앞으로 간다. 그리고 이방의 뺨과 가슴을 치는데, 이방은 젓가락을 떨어뜨리고 가슴을 안으면서 아무것도 보이지 않는다는 듯 주변을 두리번거리기만 한다. 급기야 놀란 자식들과 처첩들이 이방을 간호하다가 용한 무당과 맹인을 찾아가 묻는데, 모두가 원통하게 죽은 남자 귀신과 여자 귀신이 달려든 것이라고 하면서 그냥 두면 죽는다고 말한다. 그러면서 술과 밥을 성대히 차려서 귀신에게 먹여야 한다고 하니, 이방의 가족들은 이를 시험해 보려고 떡을 사고 술과 고기를 준비해 오유란 앞에 차려 놓는다. 오유란은 이것이 자신이 먹을 것을 가지고 오는 방법이라며 이생에게 상에 차려진 술을 마시게 한다. 오유란은 남은 것은 가지고 가서 먹자며 음식을 챙기게 하고, 이생은 자루에 넣은 음식을 지고 별당으로 돌아온다.
▶ 오유란의 거짓말로 이생은 자신의 모습이 남들에게 보이지 않는다고 믿게 됨

며칠 후 오유란은 또 배불리 먹고 싶지 않냐고 물으며, 여염집(일반 백성의 살림집)을 다니며 음식을 빼앗아 먹는 것은 모양새가 좋지

않으니 사또한테 가서 빼앗아 먹자고 한다. 이생은 김생과는 형제와 같은 사이라 그럴 수 없다고 하지만, 오유란은 자기도 매우 친밀했기 때문에 죽어서도 멀리할 이유가 없다면서 이생을 설득한다. 오유란은 홑치마만 걸치고 일어나면서 이생에게도 날이 더우니 옷을 입지 말라고 한다. 이생은 이미 시험해 보았으니 괜찮을 것으로 생각하고 대낮에 알몸으로 별당을 나선다. 그 몰골이 아주 우스웠지만 마주치는 사람들은 미리 명령을 받은 사람들이라 모두 못 본 척하며 웃음을 참는다. 결국 이생은 사람들이 우글거리는 삼문을 걸어서 지나가 김생이 있는 선화당으로 간다. 참면 포인트 ❷ 175P 오유란은 자신이 이 방에게 했던 것처럼 김생을 쳐 보라고 하며 뒤로 물러선다. 이생이 슬금슬금 다가가 머뭇거리면서 살펴보자, 김생이 담뱃대로 이생의 배를 쿡 찌르면서 이게 무슨 꼴이냐고 말한다. 그러자 이생은 깜짝 놀라며 털썩 주저앉아, 자신이 죽은 영혼이 아니며 살아 있다는 것을 깨닫고 어찌할 바를 모른다. 김생이 바로 옷을 가지고 오게 해서 입히자 이생은 더욱 부끄러워 어쩔 줄 몰라한다. 다음 날 새벽, 이생은 김생도 오유란도 보지 않고 떠나 쉬지 않고 달려 서울로 돌아간다. 이생의 부모는 핼쑥한 이생의 얼굴을 보고 걱정하고, 노비들은 이생의 초라한 차림을 보고 의심하지만, 이생은 오는 길이 힘들고 병이 들어 그렇다며 거짓말을 한다.

▶ 이생이 김생의 앞에 알몸으로 나타나자 김생이 이생을 놀리고,
이생은 자신이 두 사람에 속았다는 것을 깨닫게 됨

그 후로 이생은 복수하기로 결심하고 열심히 공부한다. 그해 가을, 이생은 임금의 눈에 들어 한림학사로 뽑히고 암행어사로 서주에 가게 된다. 이에 이생은 복수할 기회가 왔음을 기뻐하며 의기양양하게 서주로 간다. 이생이 밤중에 역졸을 데려가 암행어사 출또를 외치자, 기생과 놀고 있던 김생은 깜짝 놀라 기생의 옷을 겨우 걸치고 내아로 들어간다. 이생은 고을의 원님을 파면하고 관가의 창고를 봉하여 잠그라고 한다. 이에 김생은 관노를 시켜 어사가 어떻게 생겼는지 보고 오라고 한다. 관노들은 어사의 얼굴이나 거동이 이생과 같았다고 보고하지만, 참면 포인트 ❸ 178P 김생은 반신반의하며 오유란을 불러 가서 어사를 보고 오라고 시킨다. 이에 오유란이 살펴보고 와서 어사가 이생이 맞다며 걱정하지 말라고 하자 김생은 기뻐한다. 김생은 통인을 시켜 이생에게 명첩(성명, 주소, 직업, 신분 따위를 적은 네모난 종이쪽)을 올리게 하지만, 이생은 통인을 묶어 종아리를 치게 한다. 결국 김생은 직접 이생을 찾아가지만 이생은 김생을 보고도 모른 척한다. 김생은 이생에게 예전에 그를 속였던 것만큼 자신도 오늘 많이 놀라고 곤란했다면서, 잘 생각해 보면 이생이 이렇게 벼슬에 오른 것은 자신이 정신을 차리게 해 준 덕분이 아니냐고 한다. 이생은 김생의 말을 곰곰이 생각해 보곤 이미 오래 지난 일이라 별수 없다며 웃어 버린다. 김생은 자신의 지나친 장난을 사과하

고 이생이 용서해 준 것에 대해 고마워한다. 다음 날 이생은 오유란을 잡아 와 묶어 놓고 죄를 묻는다. 그러자 오유란은 자신이 속인 것은 맞지만 사람더러 귀신이라고 했는데 속은 사람도 잘못이 아니냐며 자신은 사또의 명을 따랐을 뿐이라고 한다. 이생은 그 사정을 이해하고 오유란을 풀어 준 뒤 잔치를 열고 회포를 푼다. 이후 이생은 며칠을 묵으며 억울한 사람이 없도록 송사 문제들을 해결한다. 세월이 흘러 이생은 내직으로 발령받아 한양에 돌아가 명성을 떨치고, 김생도 뒤이어 내직을 맡는다. 두 사람은 서로를 도우며 진급하여 같이 정승이 된다.

▶ 이생은 복수를 결심하고 공부하여 벼슬에 오르고 암행어사가 되어
김생과 오유란을 찾아오지만 결국 두 사람을 용서함

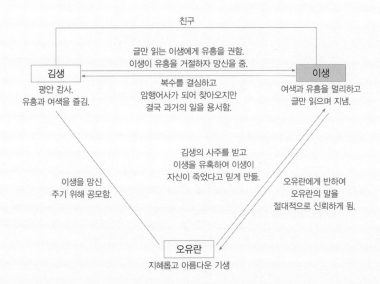

친구

글만 읽는 이생에게 유흥을 권함.
이생이 유흥을 거절하자 망신을 줌.

김생
평안 감사.
유흥과 여색을 즐김.

복수를 결심하고
암행어사가 되어 찾아오지만
결국 과거의 일을 용서함.

이생
여색과 유흥을 멀리하고
글만 읽으며 지냄.

이생을 망신
주기 위해 공모함.

김생의 사주를 받고
이생을 유혹하여 이생이
자신이 죽었다고 믿게 만듦.

오유란에게 반하여
오유란의 말을
절대적으로 신뢰하게 됨.

오유란
지혜롭고 아름다운 기생

<보기>로 나오는 작품 외적 준거

이성적 의지의 변곡 및 감정과 이성의 교차

훼절 서사는 욕정의 문제를 의지 실험으로 구체화하고 이성과 감정 문제를 전면화한 '인간학'으로서 의미가 있다. 인간의 본성이자 보편적 감정인 사랑과 결부된 욕정은 남성의 공통 관심사이기도 하고, 남성의 의지 강도를 측정하는 유효값이라는 점에서 유의미하다.

훼절의 '절(節)'은 '이성적 욕구'로 '신념, 신의 따위를 굽히지 아니하고 굳게 지키는 꿋꿋한 태도로 어떤 일을 이루고자 하는 인간의 자발적인 마음'이다. 탁월한 미모와 몸매를 겸비한 기녀는 관능미와 가녀린 목소리와 눈물로 표상되는 감정 정보로 이성적 의지에 균열을 내고 감정을 요동케 한다. 흥미로운 사실은 여색을 거부하려는 이성적 의지가 급격하게 하락하는 순간, 기녀에 대한 감정은 급격하게 상승한다는 것이다. 의지의 변곡은 훼절의 시초가 된다. 남성들은 굳게 닫힌 감정의 빗장을 열고 점차 감각과 감정의 지배를 받으며 '이성의 명령이 작용할 여지가 없는 상태'에 이른다. 이성으로 붙들고 있던 의지는 감정의 영역으로 급격하게 방향 전환을 하고, 감정의 변곡점을 형성한다. 그 결과, 여색을 멀리하려는 남성의 이성적 의지는 욕정을 실현하려는 감정적 의지로, 이성은 비이성으로 급격하게 방향을 틀게 된다.

한편 기녀는 공모자 또는 공모자가 섭외한 제3의 인물과 공조하여 남자의 마음을 빼앗고 첩보원이 관련 정보를 수집해 상부에 보고하듯이 남성의 훼절 사실을 공모자에게 보고하고 관련 증거를 획득하여 제출한다. 흥미로운 사실은 여성이 임무를 수행하는 동안 남성의 마음을 얻으려는 거짓 감정은 활성화되고 임무를 성공시키는 데 필요한 이성적 전략은 강화된다는 것이다.

이렇듯 여성 인물들은 임무 수행에 필요한 감정을 짓고, 남성과는 다른 감정 양태를 통해 훼절 소설의 감정 플롯을 만들어 낸다. 훼절남과 기녀의 감정의 교차는 기녀에게 속은 어리석은 남성을 초점화하는 데 효과적이며, 유혹의 쾌감은 서사의 흥미소로 작용한다.

– 정혜경, 감정과 이성의 크로스, 인간학으로서의 훼절 소설, 2017

장면 포인트 ❶

· 이 작품은 고고한 선비 이생이 친구와 기생의 계교에 빠져 훼절하는 과정을 통해 양반들의 위선과 허위의식을 드러내는 풍자 소설이다.
· 해당 장면은 이생이 평안 감사로 부임하는 친구 김생의 권유로 함께 평양에 가게 된 이후의 상황이다.
· 김 감사가 베푼 잔치에서 유희를 거절하는 이생의 행동에 주목하여, 이생의 성격 및 김 감사와 오유란이 계략을 꾸미는 이유를 파악하도록 한다.

[앞부분의 줄거리] 절친한 친구 사이인 김생과 이생은 함께 과거 시험을 보았는데, 김생이 장원 급제를 하여 평안 감사가 된다. 김생은 이생에게 평양에 같이 가자고 권유한다.

　　김생은 부임 인사를 하고는 이튿날 아침에 특명으로 분부를 내려 깊숙하고 고요
　　　　　　　　　　　　　　　　　　청소하고　　　　　이생이 학문에 전념할 수 있도록 하기 위한 김생의 배려
한 곳에 있는 별당을 깨끗하게 소제하고 경서를 갖추어 놓게 하고서는 이생을 조용
히 거처할 수 있도록 해 주었다. 이생도 번화한 일에는 뜻이 없어 문자에만 둘 뿐이
　　　　　　　　　　　　　　　　번거롭고 화려한　　　　　　　　책 읽기만을 함
었다.

★주목 ▶ 하루는 감사가 이생을 위하여 주연(酒宴)을 베풀고 방자를 보내어 이생을 초대하
　　　　　　　　　　　　　　　갈등의 계기가 됨
였다.

　　"오늘은 바로 형이 급제하고 처음 맞는 날이니 시인으로서의 시상을 어찌 능히
　　　　　　　　김생
폐할 수 있겠나. 날씨가 따뜻하고 바람도 화창하여 친구에 대한 생각이 간절하니,
그만둘　　　　　　　　　　　　　　　　　　　　　　　　　이생
형은 금옥 같은 귀한 몸을 아끼지 말고 한번 찾아와서 성긴 우정을 펴 봄이 어떠
이생
한가?"
『 」 평안 감사 된 김생이 자신과의 친분 관계를 내세워 이생이 잔치에 참석할 것을 설득함
　　이생은 마음속으로는 비록 뜻에 맞지 않았으나 거절할 만한 이유가 없어서 책을
　　　　　　　　　　　　　　주연보다 독서에 힘쓰고자 함　　　　이생이 잔치에 참여한 이유
덮고 읽기를 그만두고 바로 통인을 따라 선화당으로 오니 차려 놓은 음식은 처음 보
　　　　　　　　수령의 잔심부름을 하던 구실아치　　각 도의 관찰사가 사무를 보던 대청
는 이생의 귀와 눈을 놀라게 하였다. 여러 고을의 원님들이 좌우로 늘어앉았고, 수
　　　　화려한 상차림에 이생이 놀람　　　　　　　　　　궁상각치우의 다섯 음률
많은 기녀들이 앞뒤로 모시고 앉아서 금슬관현 등의 오음(五音)을 방 안에서 연주하
　　　　　　　　　　　　　　거문고와 비파와 관악기와 현악기
고 있으며, 뜰에서는 금석포토 등의 팔음을 번갈아 연주하고 있었다. 술잔과 쟁반은
　　　　　악기를 만드는 재료인 쇠, 돌, 바가지, 흙　　아악에 쓰이는 여덟 가지 악기의 소리
헝클어졌고 안주 그릇은 얽혀 있었다.』
『 」 화려한 잔치를 베풀며 유흥을 즐기고 있는 관리들의 모습
　　이생을 맞이하여 좌석을 정하고 인사를 겨우 마치고 나니, 좌우에 앉아 있던 기생
들이 다투어 이생에게 술잔을 권하며 노래를 부르기 시작하였다. 이에 이생은 불끈
　　　　　　　　여색(女色)을 멀리하는 이생의 면모가 드러남
화를 내며 소매를 뿌리치고 갑자기 일어나,

　　"오늘의 이 잔치는 실로 인간의 도리를 위한 것이 아니오."
　　김생이 베푼 주연이 도리에서 벗어난 것이라는 이생의 생각이 드러남 → 이생의 고고한 선비로서의 면모
하며 물러가겠다고 하였다.

　　감사가 소매를 붙잡고 웃으며,

　　"형은 일찍부터 독서하는 사람이 아닌가. 정백자를 본받고자 아니하고, 또 내 진
　　　　　　　　　　　　　중국 송나라 때의 학자이자 관리로, 부역을 감독할 때 인부들과 동고동락했다고 함
심으로 거리낌 없이 일러 주는 말을 들으려고 하지 않으니, 무엇 때문에 이렇듯이
　　　　　　　　　　　　　　　　　　　　　　　이생의 태도를 이해하지 못하는 김생
상을 찡그리고 지나친 행동을 하는가?"

하며 누누이 타일렀으나 끝내 만류시키지 못하였다. ▶ 화려한 잔치를 못마땅하며 자리를 떠나는 이생

　『이날 잔치하는 자리에서 이생의 행동을 보고 그 지나친 고집에 대하여 눈살 찌푸
　　　　　　　　　　　　　　　　　김생이 이생을 훼절시키려 한 계기

작품 분석 노트

· '주연'의 서사적 기능

주연
· 김생이 이생을 위해 마련한 술자리 · 이생은 참석하고 싶지 않았으나 거절할 만한 이유가 없어 참석함 · 기녀들과 여러 고을 사또가 참석하여 화려하게 술잔치를 벌임

↓

· 이생은 화려한 술판을 벌이는 것이 도리에 맞지 않는다고 생각하여 물러나고자 함 · 감사가 이생을 만류하나 끝내 듣지 않고 돌아감

↓

· 이생의 선비로서의 도덕관념과 고집스러운 면모가 드러남 · 김생이 이생의 훼절을 모의하는 계기가 됨

· 이생과 김생의 가치관 차이

이생
· 번화한 일에는 뜻이 없어 독서만 함 · 향락을 모르고 여색을 멀리함 · 책을 읽는 선비로서 유흥을 즐기는 것은 도리에 맞지 않는다고 생각함

↕

김생(감사)
· 관리 사회의 유흥 문화를 인정함 · 이생이 책만 읽은 사람으로서 고지식하여 유흥과 여색에 대해 지나치게 예민한 태도를 보인다고 생각함

리고 비웃지 않은 사람이 없었다.」잔치가 파하자 감사는 수노에게 분부하였다.
「 」: 지나치게 고고한 태도를 보인 이생에 대한 부정적 반응   관노의 우두머리

"기녀 가운데서 지혜롭고 쓸 만한 자가 누구냐?"
기녀를 통해 이생을 훼절시키고자 하는 김생의 의도

"오유란(烏有蘭)이올시다. 나이 19세로서 가르쳐 주지 아니하여도 잘할 것입니다."
오유란이 김생의 의도대로 이생을 훼절시킬 수 있는 총명함을 갖춘 인물임을 나타냄

감사는 즉시 오유란을 불러 분부하였다.

"너는 별당의 이랑을 알고 있느냐?"
            이생

"네, 알고 있습니다."

"그러면 네가 한번 이랑을 모실 수 있겠느냐?"
오유란이 이생의 정조를 깨뜨릴 수 있는지를 물음. 김생이 훼절 계획을 세우고 오유란에게 실행을 지시함

"하룻저녁으로는 할 수 없거니와 한 달 동안의 말미만 주신다면 반드시 할 수 있
겠습니다."
한 달 내에 이생을 훼절시킬 수 있다는 오유란의 자신감이 드러남

"한 달 동안의 말미를 주고서 혹 성공하지 못할 때에는 죽여도 좋겠지?"
권력자의 횡포를 알 수 있음

"네, 좋습니다."   ▶ 오유란에게 이생을 훼절시키도록 명하는 김생

> **감상 포인트**
> 훼절담의 서사 구조를 바탕으로 김생이 이생을 훼절시키려는 이유를 파악한다.

오유란은 분부를 듣고 물러 나와서 붉고 푸른 옷을 벗어 흰옷으로 갈아입고는, 한
                                          과부인 척하기 위해 소복을 함
동녀로 하여금 두어 필의 베를 가져오라 해서 작은 동이에 담고 짤막한 방망이를 가
                              주로 물을 긷는 데 쓰는 질그릇
지고 앞뒷길을 인도하게 하여 별당 앞에 있는 작은 연못가로 가서 얼굴을 가다듬고
맵시 있게 앉아 빨래를 하기 시작하였다.
        이생의 주의를 끌기 위한 행동

때는 병인년 춘삼월 보름께였다. 이생은 별당에서 달을 바라보며 홀로 앉아 있었
다. 꽃시절을 당하여 춘정이 없을 수 없어 시를 읊으며 섬돌 위를 거닐고 있는데, 갑
                봄의 정취
자기 바람 편에 빨래하는 방망이 소리가 높았다 낮았다 하며 우명지로부터 들려왔
      이생이 오유란에게 시선을 옮기는 계기   소의 울음소리가 들릴 만한 거리에 있는 연못
다. 전에 들어 보지 못한 소리인지라, 의아하여 고개를 들고 사방을 바라보니, 풍경
이 바야흐로 새롭고 물색은 사랑스러웠다. 은행나무 밑 석가산 가에 두어 자나 되는
            자연 경치   낭만적이고 아름다운 밤 풍경의 묘사
은비늘이 마름 위에서 뛰놀고 있었고, 둥근 금빛이 물결 위에서 둥실거리고 있는 그
가운데 어떤 한 미인이 앉아 있는데, 「흡사 서왕모가 요지에 내려온 것 같기도 하고,
        오유란   중국 신화 속 인물   연못
양태진이 태액지에 임한 것 같기도 하였다. 꽃은 얼굴이 되고 옥이 모습이 되어 한
양귀비의 본명   연못
송이 금련이 이슬을 머금고 바야흐로 터지려고 하는 것과도 같았다. 눈썹은 꼬부라
졌고 뺨은 통통하여 외롭게 둥근 흰 달과 같은데, 얼굴에는 달빛이 비치고 있었다.」
「 」: 오유란의 아름다운 모습을 비유를 통해 묘사함   달빛에 비치는 오유란의 얼굴을 이생이 보게 됨
「이생이 한번 돌아보고는 비록 정절을 지키고 있는 선비의 아들로서도 경국의 미
                                                        경국지색. 나라를 위태롭게 할 만한 미모
색임을 가만히 탄복하지 아니할 수 없었다. 흘겨보는 눈초리로 정을 보내면서 바라
보고 또 바라보았다.」
「 」: 여색을 멀리하던 이생이 오유란의 아름다운 외모에 반함
이윽고 오유란이 엿보고 있음을 깨닫고서 몸을 돌려 일어나 가는데, 걸음걸이가
                이생이 자신을 엿보고 있음을 눈치채고 자리를 뜨는 오유란
단정하고 우아하여 완연히 서시가 월나라 궁전 뜰을 걷는 것과 같아서 정말로 절대
                이생의 눈에 비친 오유란의 모습
가인이었다.   ▶ 연못에서 빨래하는 아름다운 오유란에게 반한 이생

「이러한 후로부터 혹은 닷새를 간격하여 혹은 사흘을 간격하여 오유란은 언제나
전과 같은 모습을 하고 그곳에 가서 앉아 돌아보기도 하고 엿보기도 하면서 그 아름

• 〈오유란전〉의 남성 훼절 화소

남성 훼절담
• 남성 훼절담은 어떤 남자가 남의 책략에 속아 왔거나 지키겠다고 하던 금욕적 절조를 스스로 훼손함으로써 웃음거리가 되는 이야기를 가리킴 • '훼절 대상자(주인공) – 훼절 수행자(기녀) – 훼절 모의자'라는 유형화된 인물이 나타남 • '여색을 지나치게 멀리하는 남성 – 훼절 모의 – 훼절 수행 – 훼절로 인한 망신'이라는 정형화된 서사 구조를 보여 줌

↓

〈오유란전〉
'훼절 대상자(이생) – 훼절 수행자(오유란) – 훼절 모의자(김 감사)'의 구도로 나타나며 훼절담의 서사 구조를 보여 주는 대표적인 남성 훼절담임

• 이생에 대한 훼절 계획과 실행

훼절 계획을 세운 이유
잔치에 와서 유흥과 여색을 지나치게 멀리하는 이생을 망신 주기 위함

↓

훼절 과정
김생이 기녀를 통해 고고한 이생을 훼절시키려 함 → 오유란을 고용함 → 오유란이 소복을 입고 과부인 척하며 연못에서 빨래를 하면서 이생의 시선을 끎 → 이생이 빨래하는 방망이 소리에 관심을 가지게 되고, 빨래하는 오유란의 아름다운 외모에 반하게 됨

• 비유 속의 인물

서왕모	중국 신화에 나오는 신녀(神女)의 이름. 불사약을 가진 선녀라고 함
양태진 (양귀비)	중국 당나라 현종의 비로, 아름답고 총명하였음
서시	중국 춘추 시대 월나라의 미인. 오나라 왕 부차가 그녀의 미모에 빠져 있는 사이 월나라 왕이 오나라를 멸망시켰음

↓

모두 미인으로, 오유란의 아름다운 외모를 이 인물들에 빗대어 나타냄

다움을 자랑하는 듯이 하고 있었다.
『 』: 이생의 마음을 사로잡기 위한 오유란의 계획된 행동

　　여기에 있어 괴이한 것은,『이생이 오유란을 한번 보고 난 후로 방탕하여져서 공부
　　　　　　　편집자적 논평　　　　　　　　『 』: 이생이 오유란의 미색에 빠져 학문에 소홀해짐

하는 마음을 멀리하고, 한 번 보면 두 번 보고 싶고, 두 번 보면 세 번 보고 싶고, 네

번 다섯 번 봄에 이르러서는 오로지 마음을 그 미인에게만 두었다. 결심이 풀어져서
　　　　　　　　　　　　　　　　　　　　　　　　　　　　학문 수양의 의지

공부를 하여도 힘쓸 줄 모르고, 밥을 먹어도 밥맛을 알지 못하였다.』책을 덮고 홀로

앉아 실심한 듯이,
　　　마음이 산란해짐

　　'사람이 세상에 태어나 사는 것이 얼마나 되며 그 즐거움이 또한 얼마나 되는고.'
　　　　　　　　오유란의 미색에 빠진 후 이생이 추구해 온 고고한 도학적 가치 체계가 흔들림

하면서 길이 탄식하였다.

　　이로부터 날짜를 헤아리며 그 여인을 기다리는데, 오유란은 일부러 가지를 않았
　　　　　　　　　　　　　　　　　　　　　　　　　　　　이생의 애를 태우기 위한 의도

다. 이생이 하루가 삼추와 같아 항상 마음이 불안하였다. 못가를 살펴보니 언덕은
　　　　　　하루가 삼 년처럼 길게 느껴짐　　　　　　　　오유란이 빨래를 하던 연못인 우명지

고요하고, 길게 뻗어 있는 담머리에는 사람의 그림자를 찾아볼 수 없었다. 이생은

인정의 박정함을 슬퍼할 뿐이었다. 여인이 오지 않으므로 인하여 머리를 싸매고 이
오유란이 오지 않는 것　　　　　　　　　　오유란에 대한 그리움으로 상사병이 난 이생

불을 덮어쓰고 누웠으니 곡기와 물이 목에 내려가지 못한 지가 수일이 되었다.
　　　　　　　　　　　　　　　　　　　　　　▶ 오유란을 본 후 상사병에 걸린 이생

・오유란으로 인한 이생의 변화

・오유란이 소복을 입고 이생이 있는 별당 근처의 못에서 빨래를 함 ・이생이 빨래 방망이 소리에 오유란을 보게 됨 ・이생이 오유란의 아름다운 모습에 반함 ・오유란은 규칙적으로 빨래를 하러 나타났다가 일부러 날짜를 어겨 나타나지 않음

↓

・오유란을 본 이후로 방탕한 마음이 들게 됨 ・점차 공부를 소홀히 하게 되고 식욕도 잃음 ・오유란이 오지 않자 결국 병이 듦

・선비인 이생의 가치관 변화

여색을 멀리하던 이생
선비로서의 지조, 절개 추구

↓ 오유란을 본 후

오유란에 빠진 이생
남녀 간의 애정 추구

• 해당 장면은 이생이 오유란과 사귀게 되고, 김 감사와 오유란의 계략에 의해 오유란과 자신이 죽었다고 믿게 된 이후의 상황이다.
• 고고한 선비로서의 면모를 보여 주던 이생이 오유란에게 빠져 이성적 판단을 상실하고 보여 주는 행동에 주목하여 작품에서 드러나는 신랄한 풍자 의식을 파악하도록 한다.

이생을 계교에 빠지게 해서 죽었다고 한 후로 한두 가지 가련한 마음이 없지는 않
<u>오유란은 이생에게 자신을 귀신이라 속이고 이생을 죽었다고 믿게 만듦</u>
았으나, 이날 이후부터는 오유란이 수시로 출입하니, 혹은 낮에도 자며 즐거워하고

혹은 밤에 술 마시며 이야기하기에 밤 가는 줄 모르고 도취하니, 즐거움은 미진하였
<u>이생이 오유란에게 빠져 향락과 여색을 즐기는 방탕한 생활을 하게 됨</u>　　　　　　　　　　<u>아직 다하지 못했고</u>
고 사랑은 무궁하였다. 이생은 <u>자득한 듯이</u> <u>희언(戲言)</u>을 오유란에게 보내며 말하였다.
　　　　　　　　　　<u>스스로 만족하게 여겨 뽐내며 우쭐거림</u>　<u>웃음거리로 하는 실없는 말</u>

"낭자의 묘술로 능히 나로 하여금 목숨을 좋이 마치게 하여 주오. 목숨을 좋이 마
　　　<u>자신이 죽었다고 믿고 있으면서 오유란에게 농담을 함 → 오유란에게 빠져 이성적 판단을 상실한 이생</u>
치는 것은 오복의 하나라 감사하여 마지않겠소."

오유란은 대꾸를 하지 않았다. <u>오유란은 본시 민첩하고 다정한 사람이었다.</u> 자주
　　　　　　　　　　　　　<u>오유란의 성격을 서술자가 직접 제시함</u>
배고프고 목마른가를 물으며 때때로 <u>좋은 음식을 갖다 대접했다.</u> 이생은 이러한 좋
　　　　　　　　　　　　　<u>토식을 하러 가기 위한 계략</u>
은 음식을 가지고 오는 데에 대하여 감탄하면서 말하였다.
　　　　<u>아주 교묘한 꾀</u>
"거기에도 또한 <u>묘방</u>이 있는 것 같은데, 그 묘방은 어떠한 것이요?"
　　　　　<u>좋은 음식을 가져오는 비결이 무엇인지 물음</u>

"<u>토식(討食)</u>이라는 것이요?" / "토식이라 이르는 것은 어떠한 것이오?"
　<u>음식을 강제로 청하여 먹음</u>

"능히 말로 표현할 수 없습니다."

"자세한 이야기는 좋아하지 아니하니, 나로 하여금 한번 보게 해 주는 것이 어떠

하오?"

"꼭 보시고 싶고 아시고 싶으면 <u>택일</u>할 필요 없이 오늘 아침 낭군님과 더불어 같
　　　　　　　　　　　　　<u>날을 가려서 고름</u>
이 가 봅시다."　　　　　　　　　　　　　　▶ 오유란이 이생을 속여 토식을 하러 가자고 함

이생은 좋아하고 <u>관의 먼지를 털어 쓰고 옷을 떨쳐입고는 곧 나서려고 하였다.</u>
　　　　　　　　　<u>예법을 중시하는 이생</u>
때는 오월이라 날씨가 매우 더웠다. 오유란은 옆에 섰다가 침이 튀도록 웃으면서

말하였다.

감상 포인트
훼절담의 서사 구조를 바탕으로 훼절의 방법과 과정, 그리고 '이생'의 태도 변화를 파악한다.

"이같이 더운 날씨에 의관은 무엇 때문에 하십니까?"
　　　　　　　　　　　　　　<u>성품이 막되어 예의와 염치를 모르며 직업도 없이 불량한 짓을 하는 무리</u>
"큰길에 나서면 여러 사람이 보고 손가락질할 것 아닌가. 내 <u>무뢰배</u>가 아닌 이상
　<u>자신이 죽었다고 생각하면서도 더운 날씨에도 외출하기 위해 의관을 갖추어 입음 → 예법과 체면을 중시하는 이생</u>
더벅머리에다 관을 쓰지 않는 것이 어찌 옳다고 말할 수 있소?"

"낭군님이 불통함은 어찌하여 그렇게 <u>고지식</u>하십니까? 살았을 때와 죽었을 때의
　　　<u>말이 통하지 않음</u>　　　　　　　<u>융통성이 없음을 지적함</u>
몸도 구별하지 못하고, 다만 몸가짐의 조심만을 말할 뿐이니, <u>사람은 우리를 볼

수 없지만 우리는 볼 수 있고, 사람들은 우리의 말을 들을 수 없지만 우리는 들을

수 있습니다.</u> 소리가 없고 냄새가 없는 것은 하늘이며 <u>귀신의 도는 공허하고 형체</u>
<u>자신과 이생이 귀신임을 환기하는 오유란</u>　　　　　　　<u>이생이 옷을 벗는 데 작용한 논리</u>
도 없고 자취도 없는 것은 음양이온데, 낭군님과 저의 처신에 있어서는 돌아보고

꺼리어 할 바가 무엇이 있으며 꾸미거나 차릴 필요가 무엇이 있어요?"
<u>귀신이므로 꾸미거나 옷을 입을 필요가 없음 → 이생이 옷을 벗고 다니게 만들어 망신을 주고자 하는 의도가 담겨 있음</u>

작품 분석 노트

• 오유란의 거짓말을 이생이 믿게 되는 과정

　• 감사가 이생의 부친이 위독하다는 거짓 편지로 이생을 서울로 가게 만듦
　• 중도에서 부친의 병환이 나았다는 소식을 들은 이생이 다시 평양으로 돌아감
　• 이생이 오유란의 가짜 무덤을 발견함. 주변 사람이 이생이 급히 서울로 떠나자 자신을 배반했다고 생각한 오유란이 자결했다고 알려 줌
　• 이생이 슬퍼하고 있을 때 오유란이 나타나 귀신이라 하자 오유란의 말을 믿음
　• 귀신인 체하는 오유란과 함께 지내던 이생은 자고 일어나자 자신도 죽었다는 오유란의 말을 들음
　• 이생은 종들이 시체를 관에 넣는 시늉을 하는 것을 보고 자신이 죽었다고 믿게 됨

↓

　• 자신의 생사(生死)도 구분하지 못할 정도로 오유란에게 빠진 이생의 모습이 드러남 → 여색을 멀리하던 이생의 고고한 모습이 허위임을 드러냄
　• 이생을 제외한 주변의 모든 사람들이 이생을 속이는 데 가담하고 있음을 보여 줌

• 이생의 태도

　• 여색을 멀리하고 술자리를 부정적으로 보던 이생이 오유란에게 빠져 향락을 즐기는 방탕한 생활을 함
　• 자신이 죽었다고 믿으면서도 남들이 손가락질할까 봐 더운 날씨에도 양반으로서의 의관을 갖추어 입음

↓

　• 위선적임
　• 예법, 남들의 이목, 체면을 중시함

↓

　양반의 허위의식을 드러냄

"사람들은 비록 보지 못한다 할지라도 나로서는 어찌 마음에 부끄럽지 아니하겠

소? 그러나 자취가 없다는 말을 들으니 적이 마음이 놓이는군."
　　　　　형체가 없는 귀신이라서 지나가는 흔적이 없음

이생은 가벼운 홑옷을 입고 오유란의 손을 잡고 문을 나가면서도 자기 몸을 돌아
　　　　오유란의 말을 듣고 옷을 가볍게 갈아입음

보고는 혹 사람들이 알아볼까 두려워하니,「걸음걸이는 인어가 해막을 엿보는 것과도
　　　　　　　　　　　　　　　　　　　　걸음걸이가 조심스러움을 나타냄

같고, 마음은 마치 꾀꼬리의 집이 바람 부는 가지에 걸려 있는 것과 같았다.」어느덧
「　」: 의관을 제대로 차리지 못한 자신의 모습에 대한 이생의 두려움과 불안감을 비유를 통해 드러냄

저자 있는 곳을 지나 이방의 집으로 갔다. 3, 4리를 지나는 동안 이미 수천 명의 어
　시장

깨를 스치고 지나가고 팔을 치는 자가 많았으나 한결같이 보거나 아는 시늉을 하는
　　　　　　　　　김 감사의 명에 의해 사람들이 이생을 모른 척함 → 이생이 자신을 죽었다고 믿게 만들기 위함

자는 없었다. 때에 이방의 집에 돌아와 아침을 먹고 있었다. 오유란은 먼저 방문 밖

에 가서 이생을 보며 말하였다.

"낭군님은 여기에 머물러 있다가 가만히 보세요."

바로 들어가서 밥상을 대하나 사람들은 깨닫거나 알지 못하는 체했다.「왼손으로
　　　　　　　　　　　　이생과 오유란이 보이지 않는 척함 → 주변 사람들이 한통속이 되어 이생을 속이고 있음

뺨을 한 번 치고 오른손으로 가슴을 세 번 치니, 이방은 갑자기 젓가락을 떨어뜨리

고 양손으로 가슴을 안으며 침을 흘리고 눈을 두리번거리면서 아프다고 하는 소리가
　　　　　　　　　　　　　　이방이 오유란을 모른 척함 → 이생을 속이기 위한 의도

대단했다.」온 집안이 놀라고 급히 서둘렀다. 큰아들, 둘째 딸이며 처첩들이 손을 모
「　」: 오유란이 이방의 몸을 치자 이방이 병이 든 것처럼 꾸밈

아 주물러 구완하고는 부랴부랴 장가란 무당을 찾아가 물어보고, 다시 오가란 맹인

을 찾아가 물어보았으나, 다 그대로 두면 죽는다고 하며 원통하게 죽은 남자 귀신과
　　　　　　　　　　　　　오유란과 이생을 가리킴. 무당과 맹인도 이생을 속이는 데 동조하고 있음

여자 귀신이 서로 짜고는 앞서거니 뒤따르거니 와 가지고 일시에 달려들었으니, 술

과 밥을 성대히 차려 놓고 귀신을 불러 배부르게 먹이면 괜찮을 것이라고 하였다.
　　　　토식을 하기 위해 푸짐한 음식으로 귀신을 대접하는 것이 이방의 병을 낫게 하는 방법이라고 함

이에 점쟁이의 말을 시험해 보기 위하여 떡을 사고 술을 받고 양고기를 삶고 굽고
　　　　　　　　　　　　　　　　　　　　　　　음식을 바치게 하는 것 → 토식

해서 들 가운데 자리를 펴고 음식을 낭자에게 차려 놓았다. 오유란은 이것을 보고

이생에게,

"묘방은 바로 이것이랍니다."
　오유란이 말한 '토식'을 가리킴

하고는 이생의 손목을 끌어다가 술을 마시게 하였다. 이생은 굳이 사양하였으나 할

수 없이 조금 마시고는 젓가락을 놓았다. 오유란은 마른고기를 싸면서,

"후일의 양식으로 삼읍시다."

하고는 보자기에 싸고 자루에 넣어 가지고, 사나이는 지고 계집은 이고 하여 별당으

로 돌아왔다. 이생은 배를 어루만지고 쉰 냄새를 토하면서 말하였다

"오늘 일은 참 묘하군. 내가 전세에 있어서 굳게 귀신의 말을 믿지 아니하였다가
　　　　　　　　　　　　　이승과 저승　　　　　　　　이생이 자신이 귀신임을 확인하는 계기가 됨

오늘에야 유명의 다름을 겪어 보았소. 이로 본다면 마음 놓고 무당들을 일시에 농

락하기란 손바닥에 있는 것을 쥐는 것과 같군."　▶ 이생이 오유란과 이방의 집으로 가 토식을 함
　　　　　　　아주 쉽다는 의미

수일 후에 오유란은 또 물었다.

"낭군님은 한번 배불러 보시고 싶은 뜻은 없으십니까?"
　　　자신이 귀신임을 확신하는 이생을 농락하기 위해 또 다른 계교를 실행하고자 함

"뜻이 있고말고."

• 오유란의 설득으로 옷을 벗게 되는 이생

귀신의 도를 말하는 오유란

• 귀신이라서 다른 사람들 눈에 보이지 않음
• 귀신이라서 형체도 없고 자취도 없음(결정적 이유)

↓ 안심함

이생의 변화

더운 날씨에도 양반으로서의 의관을 갖추어 입음 → 가벼운 홑옷으로 갈아입음

후에 이생이 김 감사에게 알몸으로 가는 계기로 작용함

• '첫 번째 토식'의 의미와 서사적 기능

• 이생이 오유란에게 가끔 좋은 음식을 가져오는 묘방에 대해 물음
• 오유란이 강제로 음식을 청하는 토식을 알려 줌
• 오유란과 이생이 토식을 하기 위해 이방의 집으로 감
• 오유란이 이방의 몸을 치자 이방이 병이 든 척함
• 무당이 원통하게 죽은 남자 귀신과 여자 귀신의 짓이라며 음식을 푸짐하게 차려 귀신을 대접하라고 함
• 오유란과 이생이 차려진 음식을 먹고 남은 음식을 싸 가지고 옴

↓

• 이생이 자신이 죽었음을 더욱 믿게 되는 계기가 됨
• 이생을 골탕 먹이기 위해 이방과 무당, 맹인 등 모든 사람이 공모하여 이생을 속이고 있음을 보여 줌
• 이생의 허위의식을 드러내는 기능을 함

"여염집 사이를 동서로 다니며 함부로 빼앗아 먹는 것이 매우 잔인할 뿐더러 행세
일반 백성의 집 / 이생의 친구 김 감사
가 고상하지 못합니다. 이번엔 사또한테 가서 빼앗아 먹고 싶으나 낭군님의 뜻이
이생을 조롱하기 위한 계교를 실행하고자 함
어떠한지를 알지 못하겠습니다."

"그게 무슨 말이오. 「그와 나의 사이는 일찍부터 형제와 같은 정의가 있었는데, 내
「: 제대로 먹지 못하는 어려운 처지라도 김생의 것을 빼앗아 먹지 않겠다는 뜻을 드러냄
비록 십순에 구식(九食)하는 일이 있더라도 어찌 차마 빼앗아 먹겠소.」 다시 다른
백 일 동안 아홉 끼니밖에 먹지 못한다는 뜻
곳을 찾아보시오."

"의리를 가지고 말씀하십니까? 정의를 가지고 말씀하십니까? 가령 낭군님이 살아

있었을 때에 사또한테서 얻어먹은 것의 정의가 깊어져서 그리하십니까? 인정이

많아서 그리하십니까? 저는 매우 친밀하였습니다. 그래서 살았을 때나 조금도 멀

리함이 없으니 이제 한 번쯤 음식을 빼앗아 먹는 데 대하여 무슨 꺼릴 것이 있겠
김 감사의 음식을 빼앗아 먹자고 이생을 설득함
어요?"

"낭자의 말이 옳소."
오유란의 말에 설득당함
이에 오유란은 홑치마만 걸치고 일어나면서 말하였다.
이생이 옷을 입지 않도록 하기 위한 의도적인 행위
"날이 더워 염려할 여지가 없습니다. 낭군님은 이미 시험해 보았거니와 사람이 누
이방에게 토식을 하러 갔을 때 아무도 자신들을 알아보지 못한 일
가 봅디까?"
이생이 많은 사람들에게 웃음거리가 되는 계기
이생은 그렇게 여기고 알몸으로 문을 나서니 행동이 어수룩하고 모습이 초라했다.
귀신이라서 사람들 눈에 자신들이 보이지 않는다고 여김   ▶ 이생이 오유란의 제안에 따라 토식을 하기 위해 김 감사에게 알몸으로 감
(중략)

즉시 선화당 대청 위로 올라가서 오유란이 물러서며 이생에게 속삭이기를,
이생이 치욕을 겪는 공간
"사또가 저기 있으니 낭군님은 이전 이방의 집에서 한 것과 같이 들어가서 사또를
음식을 빼앗아 먹기 위해 이방을 때려 병이 들도록 한 일
치고 그 거동을 보십시오."

"나는 익숙하지 못한데 어찌 마음 놓고 할 수 있을까?"
이생이 자연스럽게 행동하지 못하겠다는 의도를 드러냄
"일은 그렇게 어렵지 아니합니다. 저는 상하의 분수가 있어서 감히 할 수 없거니
기생의 신분으로 감사를 칠 수 없다고 핑계를 댐 → 이생을 망신 주려는 의도
와 낭군님은 무슨 꺼릴 것이 있겠습니까?"

이생은 마지못하여 허리를 구부리고 슬금슬금 앞으로 가서 머뭇거리고 서성대면

서 보는 것도 같고 아는 것도 같아서 바로 곧 행동을 취하지 못하고 이상한 눈초리로
자신이 죽었다고 믿으면서도 사람들이 자신을 알아볼까 봐 조심하고 있음
살피고 있는데, 감사가 가만히 담뱃대로 이생의 배를 쿡 찌르면서 말하였다.
감사와 오유란이 꾸민 계교를 이생이 알아차리도록 폭로하는 행위
"형장(兄丈)은 이 무슨 꼴인가?"
이생이 알몸으로 다니는 것   이생이 감사와 오유란의 계교에 속았음을 비로소 깨닫게 됨
이생은 깜짝 놀라며 털썩 주저앉고는 비로소 자기가 살아 있음을 깨달으니, 「취몽
자신이 귀신이라서 보이지 않을 것이라 여겼는데 감사가 자신을 보았기 때문   술에 취해 자는 동안에 꾸는 꿈
이 삼월 봄날에 깬 것과 같고 훈풍이 한 가닥 불어온 것과 같이 정신이 들었다.」 순간
「♪: 이생이 속았음을 깨달은 것을 비유적 표현을 통해 나타냄
어리둥절하고 어찌할 바를 몰랐으나 곧 정신을 차려 보니 조금도 의심할 것이 없고

한 무덤에 자기가 팔렸음을 비로소 깨달았다. 기운이 탁 풀리고 맥이 없어 어떻게
가짜 무덤을 만들어 자신이 죽었다고 속였음을 깨달음   현실을 자각한 이후에 이생이 느끼는 무력감과 절망감
해야 좋을지를 몰랐다.
              ▶ 이생이 오유란과 김 감사의 계략에 속았음을 깨달음

• '두 번째 토식'의 의미와 서사적 기능

• 오유란이 이생에게 감사의 음식을 빼앗아 먹자고 제안함 • 자신이 사람들 눈에 보이지 않는 귀신이라 생각하는 이생이 오유란의 권유에 따라 알몸으로 거리로 나감 • 선화당에 도착한 이생이 감사를 치라는 오유란의 말에 감사 앞으로 감 • 감사가 이생의 배를 담뱃대로 찌름 • 이생이 자신이 살아 있음을 깨달음

• 주변의 모든 사람이 공모하여 이생을 속이고 있음을 알 수 있음 • 이생이 공개적으로 망신을 당함으로써 공모에 의한 이생의 훼절담이 마무리됨 • 이생의 허위의식이 적나라하게 폭로되는 기능을 함 • 이생이 평양을 떠나 복수를 다짐하며 학업에 열중하는 계기가 됨

• 이생에게 망신을 주기 위한 오유란의 계교

• 공개적으로 망신을 주기 위해 백성들의 음식을 빼앗아 먹는 것은 잔인하고 고상하지 않은 행동이라는 점을 들어 양반인 사또의 음식을 빼앗아 먹자고 제안함 • 이생이 친구의 것을 빼앗아 먹을 수 없다고 하자 이생을 설득함 • 더욱이 자신은 홑치마만 입는다고 하고 이전의 경험을 근거로 들어 사람들 눈에 자신들이 보이지 않으니 꺼릴 것이 없다고 이생을 안심시키며 이생이 옷을 입지 않도록 유도함

↓

이생이 알몸으로 문을 나섬

사람들에게 큰 웃음거리가 되는 계기가 됨

• 해당 장면은 김 감사와 오유란의 계교에 속아 망신을 당한 이생이 공부에 전념하다가 임금의 눈에 들어 암행어사로 평양에 내려온 이후의 상황이다.

• 결말 처리 방식에 주목하여 훼절담으로서 이 작품의 특징과 의미를 파악하도록 한다.

감사는 반신반의하여 정말 그런 것 같지 않아 곧 오유란을 불러 분부하였다.
_{관노가 암행어사의 인상착의가 이생과 흡사하다고 보고한 데 대한 감사의 반응}

"너는 이랑과 다정하고도 친숙한 사이였으니, 오늘의 어사또가 이랑과 흡사하다
_{이생}

하거니와 아직 그 진안을 알지 못하고 있으니, 모름지기 잘 살펴보고 자세히 보고
_{진짜 얼굴}

하라."

오유란이 선화당으로 물러 나와 몸을 숨기고 가만히 살펴보니, 오늘의 어사는 전
_{이생이 자신의 치욕을 씻는 공간}

날의 이랑이며 전날의 이랑은 오늘의 어사가 아닌가? 때는 비록 다르나 사람인즉 같
_{암행어사가 이생임을 확인함}

아서 추호도 다름이 없고 조금도 의심할 바가 없었다.   ▶ 오유란이 암행어사가 이생임을 확인함

곧 돌아와서 보고하기를,

"다시는 지나친 근심을 하지 마옵소서. 어사 되시는 사람은 곧 전날의 이랑입니다."
_{암행어사가 이생임을 알아본 오유란이 감사를 안심시킴}

감사는 기뻐서 얼굴빛을 고치며,

"내 이미 이 친구의 등과를 들었으나 오늘의 어사임을 알지 못했구나."
_{과거 급제}

하고 말하였다. 이에 빼앗겼던 혼을 거두고 의관을 가다듬어 한 통인으로 하여금 어
_{암행어사 출또로 긴장했던 감사가 친구 이생이 암행어사임을 알고 안심함}

사에게 명첩을 올리게 하였다.
_{성명 등을 적은 종이. 흔히 처음 만난 사람에게 자신의 신상을 알리기 위해 건네줌}

「어사는 날카로운 소리로 거절하면서,
_{「♪: 과거에 자신에게 망신을 준 김 감사에 대한 분한 감정이 남아 있음을 알 수 있음}

"내 본래 너를 알지 못하노라, 사또가 명첩을 올림은 무슨 까닭인고?"
_{이생은 일부러 감사를 모른 척함}

하고는 즉시 통인을 묶어 내려놓고 종아리 33대를 치라 하였다.」
▶ 암행어사가 김 감사의 명첩을 올린 통인을 벌함

감사는 거절당했다는 까닭을 탐지하고는 친히 나아가 보고자 했으나, 다시는 명

첩이 없기로 뛰어 들어가 빳빳이 서서 어사를 향하여 말하였다.
_{친구라는 이유로 암행어사에 대한 예의를 갖추지 않음}

★주목 "고인은 평안하셨는가?"
_{죽은 사람, 오래된 벗의 의미를 동시에 지님 → 이생이 자신을 귀신이라 생각한 일을 희롱하는 의도}

어사가 보고도 못 본 체하고 듣고도 못 들은 체하니, 감사는 앞으로 나아가서 손

목을 잡으며 말하였다.

"형은 정말로 남아로서 뜻있는 사람이라고 말할 수 있으니, 자네 일은 드디어 이
_{벼슬길에 오름}

루어졌네. 오늘 동생이 경악하고 황급하고 곤경에 빠졌던 것으로 말하면 오히려
_{김 감사가 암행어사 출또로 인해 놀랐음을 드러냄}

형이 옛날에 속임을 당한 것보다 못하지는 않을 것일세. 한번 깊이 생각해 보게.
_{자신의 계략으로 이생이 처한 일이나 이생의 어사출또로 자신이 곤경에 처한 일이 다르지 않다는 의미}

형이 별안간 영화의 길에 올랐음은 어찌 나의 한 정성의 소치로 말미암은 것이 아
_{이생이 높은 관직을 얻게 된 것은 자신이 꾸민 일 덕분(망신을 줌 → 학문에 매진하게 됨 → 벼슬길에 오름)이라는 김 감사의 생각}

닌가. 이로써 말할진댄 형이 안 졌다고 말할 수 있으나 진 사람은 어사 자네일세."

이 말을 들은 어사가 되풀이해서 생각해 보고 또 생각해 보니 마음은 스스로 열리
_{── 이생이 암행어사가 되어 자신을 놀라게 했으므로 이생이 이겼다고 할 수 있으나 출세한 것은 자신이 꾸민 일 덕분이므로 이생이 졌다는 뜻 → 언어유희}

고 입에서는 절로 웃음이 나와서,

"때는 이미 지났고 일도 오래되어 할 수 없군."
_{김 감사가 자신에게 한 일을 용서함}

작품 분석 노트

• '선화당'의 공간적 의미

사건	의미
주연	• 화려한 술잔치에 대해 이생이 거부감을 드러낸 장소 → 이생의 고고하고 고지식한 면모가 드러남 • 김 감사가 이생의 훼절을 모의하는 계기가 되는 장소
토식	• 이생이 김생에게 토식을 하러 알몸으로 갔다가 자신이 살아 있음을 깨닫게 됨 → 공개적으로 망신을 당한 수치스러운 장소 • 이생의 고고함이 허위라는 것이 적나라하게 폭로되는 장소
암행어사 출또	• 이생이 김 감사에게 설욕하고 오유란을 처벌하고자 하는 장소 • 이생이 감사와 오유란을 용서하고 술잔치를 여는 장소

↓

• '주연'에 대해 부정적이던 이생의 인식과 태도가 달라짐(주연을 즐기게 됨)

• 인간의 흥취와 유흥 문화를 거부하며 고지식한 모습을 보였던 이생이 이를 인정하며 유연하게 변화함

• 김 감사의 말하기 방식

• 이생의 뛰어남을 추켜세움

• 자신이 암행어사로 온 이생으로 인해 곤경에 처한 일과 과거에 자신이 이생에게 했던 일을 비교하며 크게 다르지 않음을 언급함

• 이생이 높은 벼슬에 오른 것은 자신이 과거에 이생에게 망신을 준 일 때문이라고 함

↓

이생에게 자신을 용서해 줄 것을 설득함

하고는 곧 술을 가져오게 해서 감사와 즐겁게 마셨다. 감사는 너무 지나치게 속인

_{학문에 전념하고자 모든 유흥을 거부하던 때와 달라진 이생의 모습이 드러남}

장난을 책망하고 용서를 입은 영광을 사례하니, 어사는 얼굴을 붉히고 웃으며 말하

였다.

"오늘은 소유문(蘇孺文)이 되어 친구와 더불어 술 마시고, 내일은 기주 자사가 되

_{오늘은 벗으로 만날 것이나 내일은 암행어사로 임무를 할 것이라는 의미}

어 일을 살핌은 마치 나를 두고 이름일세." ▶ 암행어사가 되어 나타난 이생이 김 감사를 용서함

이튿날 날이 밝자 어사는 공청에 나아가 앉고 여러 형장을 갖추어 놓고 오유란이

란 여인을 묶어 오게 해서 거적자리에 앉혀 섬돌 아래에 엎드리게 하고는 문을 닫고

날카로운 목소리로 문초를 하였다.

"너의 죄를 네가 스스로 알고 있으니 매로써 죽이리라."

_{김 감사와 모의해 자신에게 치욕을 준 일에 대한 복수를 하려 함}

오유란은 나지막한 소리로 간곡히 아뢰었다.

"소녀가 어리석어서 무슨 죄인지 알지 못하겠나이다."

_{과거에 일어난 일을 이생이 직접 말하게 하려는 의도 → 오유란의 지혜로움이 나타남}

어사가 크게 노하여 문지방을 두드리며 꾸짖었다.

감상 포인트

훼절담의 서사 구조를 바탕으로 갈등 양상과 주제를 파악한다.

"관청에 매여 있는 여자로서 장부를 속여 희롱하기를 산 사람을 죽었다고 하고 사

_{관기의 신분인 오유란}　　　　　　　　　　　　　_{오유란이 이생을 속인 일의 내용}

람을 가리켜 귀신이라 하였으니, 어찌 죄 없다고 하느냐? 빨리 처치하고 늦추지

말라."

오유란은 빌면서 말하였다.

"원하옵건대 어사께서는 잠시 문을 열고 한 번만 보아 주시어 소녀가 다만 한 말씀

_{어사의 얼굴을 보고 자신의 생각을 드러내고자 하는 오유란}

만 드린다면 회초리 아래 귀신이 된다 할지라도 다시 원통함이 없겠사옵니다."

_{매를 맞아 죽는다 하더라도}

어사는 일찍이 인정이 없는 사람이 아닌지라 그 말을 듣고 낯익은 얼굴을 한 번

_{서술자의 개입 - 이생의 성격을 직접 제시함}

보니, 오유란이 몸을 나타내고 살짝 쳐다보고 생긋 웃으며 말하였다.

"산 것을 보고 죽었다고 한 것은 산 사람이 스스로 죽지 아니한 것을 판단 못 함

_{이생의 어리석음에 대한 비판}

이요, 사람을 가리켜 귀신이라고 한 것은 스스로 귀신이 아님을 깨닫지 못한 것이

니, 속인 사람이 나쁩니까? 너무 지나치게 속인 사람은 혹 있다고 할지라도 속임

을 당한 사람으로서는 차마 말할 수 없을 것입니다. 또한 저는 사졸이 되어 오직

_{이생을 속인 일이 김 감사의 명령에 의한 것이었음}

장군의 명령을 들을 따름입니다. 일을 주장한 사람에게 책임이 돌아가야 할 것

_{일을 주도적으로 꾸민 김 감사가 아니라 그 명을 받은 자신에게 책임을 묻는 데 대한 오유란의 항변}

이늘, 어찌 사졸을 베려 하십니까?"

어사 듣기를 마치고 보니 사정이 또한 없을 수 없고, 사실이 또한 그러하였으므로

_{오유란을 용서함}

즉시 풀어 주도록 명하고 단상으로 오르게 하여 한 번 웃어 얼굴을 보여 주며,

"너는 묘기가 되고 나는 소년이 되어 일이 조금도 괴이함이 없으며, 가운데서 일

_{아름다운 기생}　　　　　　　　　　　　　　　　　　　　　　　　　　　　_{김 감사}

을 꾸민 사람이 매우 나쁘고 또 괴이하였으나 지금에 와서 생각한들 어찌 말할 수

_{이미 지나간 일임}

있겠는가."

하고는 술을 가져오게 해서 잔치를 베풀고 그 옛날의 정회를 다 털어놓고 이야기하

_{관리가 된 이생이 술잔치를 베풂 → 관리 사회의 유흥 문화를 수용하였음을 의미함}

였다. ▶ 오유란을 문초한 이생이 오유란을 용서함

・이생이 감사와 함께 술을 마시며 한 말의 유래

　"오늘은 소유문이 되어 친구와 더불어 술 마시고, 내일은 기주 자사가 되어 일을 실핌은 마치 나를 두고 이름일세."

　소유문은 중국 후한 때의 사람으로, 그가 기주 자사일 때 태수로 있던 친구의 부정을 처리하게 된다. 이에 소유문은 주연을 베풀어 친구와 함께 즐기면서 "오늘 저녁에 소유문이 옛 친구와 함께 술을 마시는 것은 사사로운 은혜이고, 내일 기주 자사로서의 일을 살피는 것은 공법(公法)인 것이다."라고 하였고, 그 다음 날, 그의 죄를 들추어 바르게 처리했다.

・오유란의 말하기 방식

・질문을 통해 산 사람과 귀신을 스스로 판단하지 못하는 이생의 잘못이 더 크다는 것을 지적함
・이생을 지나치게 속인 면을 인정하면서도 속은 사람이 자신의 어리석음을 인정해야 함을 강조함
・자신의 행위는 오로지 감사의 명에 의한 것이지 자신이 주도한 일이 아니므로 벌을 받을 이유가 없다고 주장함

↓

・오유란의 지혜로움이 드러남
・어사(이생)를 설득하여 화해의 결말로 이끎

・작품의 결말 처리 방식

결말

이생이 자신을 속이고 망신을 준 김 감사와 오유란을 용서함

망신을 당하는 것으로 마무리되는 다른 훼절담과 달리 망신을 당한 인물이 자신을 속인 인물들을 용서함으로써 관계를 회복하는 것으로 결말을 처리함

↓

갈등을 극복하고 융화를 지향하는 의식이 반영되어 있음

핵심 포인트 1 서사 구조에 대한 이해

이 작품은 여색과 유흥을 멀리하던 인물이 훼절하고 웃음거리가 되는 훼절 모티프를 활용하고 있으므로 훼절담의 서사 구조를 바탕으로 작품 내용을 파악할 수 있어야 한다.

+ 훼절담의 서사 구조에 따른 내용 전개

지나치게 고고한 인물의 태도
김생과 이생은 절친한 벗으로, 평안 감사가 된 김생이 이생에게 평양에 함께 가자고 권유함 → 이생은 평양에 가서도 별당에 파묻혀 독서에 전념함 → 잔치에 참석한 이생이 화를 내며 돌아감

↓

훼절 음모와 계략
김생은 이생을 골려 주려고 기생 오유란에게 이생을 유혹하도록 명령함 → 오유란은 빨래하는 과부로 변장해 이생을 유혹함 → 이생이 오유란에게 반함

↓

계략에 의한 훼절 음모의 심화
이생은 부친이 위독하다는 편지(김생의 계략)를 받고 상경하다가 부친의 병환이 완쾌되었다는 소식을 듣고 돌아옴 → 이생은 자신이 서울로 급히 떠나자 이를 비관하여 자살했다는 오유란의 무덤을 발견함 → 이생은 귀신으로 가장한 오유란의 꾀에 넘어가고 오유란의 거짓말에 자신도 죽어 귀신이 되었다고 믿게 됨

↓

훼절한 인물이 망신을 당함
자신이 귀신이라 다른 사람에게 보이지 않는다고 믿은 이생이 감사의 음식을 빼앗아 먹겠다며 발가벗은 채로 관청으로 감 → 이생은 김생이 자신의 배를 찌르자 비로소 자신이 속았다는 것을 깨닫고 즉시 평양을 떠남

 핵심 포인트 2 작품의 갈등 양상 파악

이 작품의 갈등과 해결 양상 및 작품의 주제 의식을, 훼절의 내용을 중심으로 파악할 수 있어야 한다.

+ 훼절담의 요소와 갈등 전개 양상

훼절 주체 ↔ 훼절 대상	평안 감사 김생 ↔ 친구 이생
훼절 음모 수행자	관기 오유란: 김 감사의 지시에 의해 이생을 훼절시키고자 함
훼절시키려는 이유	세상 물정을 모르고 지나치게 고고한 태도를 고수하는 이생에게 망신을 주려 함
훼절을 위한 접근 방법	오유란이 빨래하는 과부로 변장하여 이생을 유혹함
훼절 수단	가짜 편지, 가짜 무덤, 가짜 귀신 등
훼절 결과	• 이생이 알몸으로 다니며 김생(감사)의 음식을 빼앗아 먹으려다 공개적으로 망신을 당함 → 양반의 위선과 호색에 대한 풍자 • 분한 마음을 품은 이생이 암행어사가 되어 평양으로 내려오게 됨
훼절 주체·공모자와 훼절 대상의 갈등 해소	• 이생이 김생을 용서하고 두 사람이 우정을 회복함 • 이생이 감사의 지시에 따랐을 뿐이라는 오유란의 말을 수긍하고 오유란을 용서함

 핵심 포인트 3 외적 준거에 따른 감상

이 작품의 훼절담이 지니는 의미를 작품이 창작된 사회적 배경과 연관하여 해석할 수 있어야 한다.

+ 〈오유란전〉의 사회사적 의미

조선 시대는 사대부 지배층과 기녀와의 향락이 관기 제도 등을 통해 공인된 사회였다. 〈오유란전〉에서 감사가 벌인 주연은 관리 사회의 공인된 유흥의 자리였지만 관리 사회에 편입되지 못한 이생 입장에서는 관리들과 기녀들이 어울리는 타락한 자리에 불과하다. 부정적인 이생의 태도는 주연에 참석한 관리들이 납득하기 힘든 것이며 감사는 이런 이생의 관점을 깨뜨리고 이생이 가진 도덕적 결벽성이 허위임을 폭로하기 위해 훼절을 계획한다. 이 과정에서 훼절 수행자로 가담한 오유란이 그 역할을 충실히 수행함으로써 이생은 치욕을 겪게 된다. 그러나 이생은 관료 사회에 편입되어 그런 관행을 수용함으로써 보복보다 용서를 선택하게 된다.

한 줄 평 | 형제간의 우애와 권선징악을 다룬 작품

흥부전 ▸ 작자 미상

💬 **전체 줄거리**

경상도와 전라도 접경 지역에 심술궂은 형 놀부와 어진 동생 흥부가 살고 있다. 놀부는 집안의 재산을 독차지하고 흥부를 내쫓는다. 장면 포인트 ❶ 185P 형인 놀부는 부잣집에서 호의호식하나, 주목 동생인 흥부는 가난하여 수수깡으로 지은 허름하고 좁은 집에서 살면서 자신의 처지를 서러워한다. 흥부는 궁핍한 살림살이에도 자식을 많이 낳아, 늘 굶주리고 제대로 입지 못하는데, 그런 와중에도 청렴하고 욕심이 없어 돈을 벌어 오지 못한다. 이를 보다 못한 그의 아내는 형인 놀부의 집에 가서 먹을 것을 얻어 오라고 한다.
▸ 심술궂은 형 놀부가 재산을 독차지하며 동생 흥부를 내쫓고
흥부 가족은 굶주리며 살아감

흥부는 놀부의 집에 찾아가 자식들이 굶고 있으니 부디 도와 달라며 어떻게든 갚겠다고 하지만, 놀부는 동생에게 염치없다며 호통치고 매질을 한다. 결국 흥부는 놀부에게서 아무것도 얻지 못하고 울면서 집으로 돌아온다. 굶주린 자식을 달래며 기다리고 있던 아내가 우는 흥부를 보고 형에게 매를 맞고 돌아왔느냐고 묻는다. 하지만 흥부는 어진 사람이라, 형이 서울 가고 집에 없어 그냥 돌아왔다고 둘러댄다. ▸ 가난하게 살던 흥부가 놀부에게 식량을 얻으러 갔다가 매만 맞고 돌아옴

그러자 흥부의 아내가 짚신이라도 만들어 팔아 자식들을 먹이자고 제안한다. 가난한 살림에 짚이 있을 턱이 없기에, 흥부는 장자 집에서 짚을 얻어다 짚신을 만들어 팔고 밥을 지어 먹는다. 하지만 이것으로도 살길이 막막하자 흥부 아내는 흥부에게 품을 팔아 보자고 한다. 그러나 흥부 부부가 남의 집안일이나 논일, 밭일 등 온갖 품을 팔아도 먹고살기에는 부족할 따름이다.

이때 본읍 김 좌수가 흥부를 불러 돈 삼십 냥을 줄 테니 자기 대신 감영에 가 매를 맞아 달라고 한다. 흥부는 아내의 만류에도 불구하고 감영으로 갔으나, 하필 나라에서 죄인을 풀어 주어 매품조차 팔지 못하고 돌아온다. 흥부의 아내는 흥부가 매품을 팔지 못하고 온 것에 기뻐하면서도 여전히 가난한 현실에 비통해하며 운다. 흥부는 아내를 달래며, 마음만 바르게 먹는다면 좋은 일이 생길 것이라며 아내를 위로한다. ▸ 흥부 부부가 품을 팔며 근근히 살아감

시간이 흘러 이듬해 봄, 흥부네 집에 제비가 찾아온다. 흥부는 수숫대로 지어 부실한 집에 제비가 집을 지었다가 장맛비에 무너지면 어쩌나 걱정하지만, 제비는 흥부의 집에 집을 짓고 알도 낳는다. 그러던 어느 날 알을 깨고 나온 새끼들이 한창 나는 연습을 하던 차에 갑자기 커다란 구렁이가 나타나 제비 새끼를 잡아먹는다. 흥부가 깜짝 놀라 구렁이를 쫓는데 이때 제비 새끼 한 마리가 떨어져 두 발목이 부러지고 만다. 흥부는 제비 새끼를 불쌍히 여기며 가난한 형편에도 실을 얻어다 다리를 치료해 주고 정성껏 돌본다.

십여 일 후 다리가 모두 나은 제비는 흥부의 집을 떠나 강남으로 날아가 제비 황제를 만난다. 제비 황제는 다리를 저는 제비를 보고 어떻게 된 일인지 묻고, 제비는 뱀을 만나 다리를 다치게 되었으며 흥부가 자신의 다리를 고쳐 주었다는 사실을 알리며 그 은혜를 갚고 싶다고 한다. 제비 황제는 흥부에게 박씨를 갖다주어 은혜를 갚으라고 한다. ▸ 흥부가 다리 다친 제비를 치료해 주고, 제비는 은혜를 갚고자 함

이듬해 3월 3일, 제비는 박씨를 물고 흥부네 집에 돌아온다. 이리저리 날아다니는 제비를 본 흥부의 아내가 지난해 갔던 제비임을 알아보고 감동하여 눈물을 흘리며 흥부를 부르자, 제비가 '보은표' 장면 포인트 ❷ 187P 라는 금색 글자가 새겨진 박씨를 흥부의 앞에 떨어뜨린다. 흥부가 그 박씨를 처마 담장 아래에 심었더니 쑥쑥 자라나 박 네 통이 열린다. 흥부가 박 한 통을 따서 속은 지져 먹고 바가지는 팔아다 쌀을 사다 밥을 지어 먹자고 하자, 흥부의 아내가 좀 더 기다려서 박이 실해지거든 따 보자고 한다.

시간이 흘러 8, 9월이 다다르고 박이 아주 커지자 흥부 부부는 박 한 통을 따서 톱질한다. 그러자 박에서 구름이 일어나며 푸른 옷을 입은 동자 한 쌍이 나타난다. 동자는 양손에 들고 있는 약을 보여 주며 이 약이 죽은 사람을 살리는 환혼주, 장님의 눈을 뜨게 해 주는 개안주, 벙어리가 말하게 하는 개언초, 늙지 않는 불로초이며 값을 매기자면 억만 냥이 넘는 것이니 팔아서 쓰라고 말한다. 하지만 흥부는 부자가 되는 것보다는 사람 살리는 약이 더 귀하다고 하고, 흥부의 아내는 여기까지 약 사러 올 사람도 없으며 밥이 더 필요하다고 한다.

흥부 부부는 밥이 들었나 보자며 다른 박을 한 통 탄다. 그 박에서는 장롱과 촛대, 비단 이불, 벼루와 책, 반상과 김칫독 같은 온갖 세간이 나온다. 흥부 부부가 기뻐하며 다른 박을 타 보자 그 박에서는 명당에 집터를 둔 으리으리한 집이 나온다. 곡간에는 벼와 쌀, 잡곡이 가득히 들어 있고, 온갖 귀한 비단과 베, 모시 등의 옷감도 채워져 있는 데다가 심부름할 종들까지 있다.

흥부가 마지막으로 덤불 밑에 있던 조그만 박 한 통을 따서 켜려고 하자, 흥부 아내가 그 박은 켜지 말라며 말린다. 하지만 흥부가 손으로 그 박을 켜자 마지막 박에서는 어여쁜 여인이 나와 자신을 양귀비라 소개하고 제비 황제가 흥부의 첩이 되라며 보냈다고 말한다.
▸ 제비가 물어다 준 박씨를 심자 박 네 통이 열리고 박에서 온갖 금은보화가 나옴

흥부가 호의호식하며 잘산다는 말을 들은 놀부는 흥부를 찾아가 윽박지르면 금은보화의 반은 자신에게 줄 것이라 생각하고 흥부네를 찾아간다. 놀부가 집 안에 들어가지 않고 문밖에 서서 흥부를 부르자, 흥부가 나와 놀부의 손을 잡고 반긴다. 심술궂은 놀부는 흥부에게 재물을 훔친 것이 아니냐고 추궁하고, 흥부는 자초지종을 설명한다.

들어가서 확인해 보자며 흥부의 집 안으로 들어간 놀부는 흥부의 첩과 화초장(문짝에 유리를 붙이고 화초 무늬를 채색한 옷장)을 보

고 네 것이 내 것이 아니냐며 모두 달라고 한다. 흥부가 종을 시켜 보내겠다고 하지만, 놀부는 기어코 자신이 짊어지고 가겠다고 우기며 화초장을 빼앗아 집으로 돌아온다.

▶ 놀부는 흥부의 집에 찾아가 화초장을 빼앗아 가지고 옴

장면 포인트 ③ 189P

놀부는 동지 섣달부터 그물 막대까지 둘러메고 제비를 몰러 다니며 제비가 오기를 기다리지만 제비는 오지 않는다. 시간이 흘러 3월 3일이 되자, 옛집을 찾으러 강남에서 제비가 날아온다. 놀부가 자기 집 사면에 제비 집을 지어 놓았는데, 팔자 사나운 제비 한 마리가 하필 놀부 집에 집을 짓는다. 제비가 알을 낳아 품으려고 하는데, 놀부가 하도 아침저녁으로 만져 대어 알이 다 곯고 겨우 하나만 부화에 성공한다. 제비 새끼가 날갯짓을 시작할 무렵, 구렁이가 오기를 기다리던 놀부는 답답한 마음에 직접 제비 새끼를 잡아 내려 두 발목을 부러뜨려 버린다. 놀부는 말로만 가련하다고 하며, 대충 다리를 감싸 제비를 도로 제비 집에 올려놓는다. 십여 일 뒤에 강남으로 돌아간 제비는 제비 황제에게 놀부의 악행을 고하며 원수를 갚으려 한다고 하자, 황제는 '보수표'라는 금자가 새겨진 박씨를 건네준다.

▶ 흥부의 소식을 들은 놀부가 일부러 제비 다리를 부러뜨려 치료하고, 제비는 놀부에게 복수하고자 함

이듬해 3월, 제비가 박씨를 물고 돌아와 놀부의 앞에 툭 떨어뜨린다. 놀부가 기뻐하며 담장 처마 밑에 박씨를 심고 거름을 주었더니 거기서 박 십여 통이 열린다. 놀부는 흥부는 고작 박 세 통으로 부자가 되었으니, 자신은 더 큰 부자가 되리라 생각한다.

놀부는 박이 익기를 기다렸다가 때가 되어 박 한 통에 열 냥씩 삯을 주기로 하고 사람을 고용한다. 첫 번째 박에서는 한 무리의 거문고쟁이가 나와 시끄럽게 논다. 놀부는 돈 백 냥을 주어 거문고쟁이를 보내고, 일꾼 째보가 톱질을 잘못하며 콧소리를 내어 보물이 변한 것이라고 탓한다. 째보는 삯을 받고자 군말 없이 다음 박을 탄다. 두 번째 박에서는 무수한 노승이 목탁을 두드리며 나와 시주하기를 요구한다. 놀부가 돈 오백 냥을 주어 보내자, 째보는 이것도 자기 탓이냐고 이죽거린다. 놀부가 화를 내며 또 한 통의 박을 따오니, 놀부 아내가 또 박을 켰다가는 패가망신할 것이라며 놀부를 말린다. 하지만 놀부는 아내를 타박하며 다시 박을 타고 만다. 세 번째 박에서는 상제 하나가 나와 곡소리를 내어, 놀부는 할 수 없이 돈 오천 냥을 주어 보낸다. 다음 박을 타자 이번에는 팔도 무당이 나와 놀부의 흉복을 친다. 놀부가 울며 죄나 알고 죽자고 하자, 무당들은 굿할 값으로 오천 냥을 내라고 한다. 놀부가 오천 냥을 주어 팔도 무당을 보내고 또 다음 박을 타자고 하자, 째보가 또 흉한 것이 나오면 누구 탓을 하려고 하냐며 유복한 사람을 데리고 박을 타라고 말한다. 하지만 놀부는 열 냥을 쥐어 주고 째보에게 박을 타자고 한다.

▶ 놀부가 탄 네 개의 박에서 거문고쟁이, 노승, 상제, 팔도 무당이 나와 돈을 주고 보냄

다음 박을 절반 정도 탔을 때, 놀부가 귀를 기울이고 자세히 들여다보자 박 속에서 금빛이 비친다. 놀부는 좋은 징조라고 생각해 마저 박을 타지만, 그 안에서는 만여 명의 등짐꾼이 누런 농을 지고 나온다. 놀부는 그게 무엇이냐 묻는다. 등짐꾼은 요지경이라 대답하며 집을 떠서 올리고, 놀부는 할 수 없이 또 돈 오백 냥을 주어 보낸다. 박 한 통을 또 타 보니, 천여 명의 초라니(하회 별신굿 탈놀이에 등장하는 양반의 하인으로 행동거지가 가볍고 방정맞은 인물)가 나와 놀부의 덜미를 잡고 던진다. 놀부가 두려워하며 빌자, 초라니는 목숨을 보전하고 싶다면 오천 냥을 내놓으라 하고, 놀부는 그 돈을 내어 주며 다음 박에 무엇이 들었는지 알려 달라고 한다. 초라니는 자세히 모르기야 하지만, 어느 통엔가는 분명히 생금 독이 들었을 테니 계속 타 보라고 한 뒤에 사라진다. 놀부가 이 말을 듣고 욕심을 내어 박 한 통을 더 가져와 켜 보라고 하는데, 째보는 돈만 들이고 매 맞는 꼴을 더 볼 수 없어 박을 타지 못하겠다며 며칠 후에나 타 보자고 한다. 하지만 놀부는 아직 남은 돈이 있으니 마저 타 보자고 하고, 째보는 박 타는 삯을 먼저 내놓으라고 한다. 이에 놀부가 째보에게 열 냥을 내어 주고 다음 박을 타다 귀를 기울여 보니 이번에는 사람이 숙덕거리는 소리가 들린다. 놀부는 겁에 질려 그만두자고 하지만, 박 속에서 호령하는 소리가 들려 어쩔 수 없이 마저 박을 탄다. 박에서는 천여 명의 양반들이 나와 풍월하며 놀부 집을 뒤진다. 놀부가 도망가려 하니 양반이 놀부를 잡아 끝을 내버리라며 호령한다. 이에 여러 하인들이 달려들어 놀부의 뺨을 치고, 양반은 놀부가 상전을 몰라본다며 때려 죽이라고 명한다. 놀부가 빌자 양반이 노비 문서를 내놓으며 놀부네 삼대가 자기네 종이라고 말하고, 오천 냥을 내면 노비 문서를 주겠다고 한다. 놀부가 바로 돈을 내어 주는 것을 보고 놀부 아내가 울면서 그만하라고 하지만, 놀부는 상전을 두고 살 수는 없다며 도리어 잘되었다고 하고는 다시 박을 따 온다.

▶ 놀부가 욕심을 부려 계속해서 박을 타고 박에서 나온 등짐꾼, 초라니, 양반에게 돈을 줌

박을 타던 째보가 삯을 먼저 내놓으라고 하자, 놀부는 이제 박 타는 삯을 아끼고자 두 통에 열 냥씩 주기로 한다. 이후 다음 박을 절반 정도 타다가 귀를 기울여 들어 보니 소고 치는 소리가 들린다. 놀부는 걱정하지만, 째보는 이왕 시작한거 구경이나 하자며 박을 마저 타 버린다. 박 속에서는 만여 명의 사당거사(사당패에서 각 종목의 으뜸가는 사람)가 나와 소고를 치며 놀부의 사지를 붙잡아 헹가래를 친다. 놀부가 살려 달라 애걸하니 사당거사들은 논 문서와 밭 문서를 모두 가져오라고 말한다. 놀부는 견디지 못하고 논밭 문서를 모두 주어 보내 버린다. 째보는 좋은 일이 있을지도 모르니 남은 박도 모두 따 오라며 놀부를 종용하고, 놀부는 혹하여 박을 또 따 온다. 다음 박에서는 만여 명의 왈패(말이나 행동이 단정하지 못하고

수선스럽고 거친 사람)들이 나와 놀부를 거꾸로 매달고 심하게 때리다가 오천 냥을 내놓지 않으면 죽이겠다 협박한다. 놀부는 그 돈을 내어 주고, 몸이 성치 못하게 된 와중에도 또 박을 타고자 한다. 놀부가 온 힘을 다 해 따 온 박에서는 팔도 소경이 나와 막대로 놀부를 두드려 패며 불경을 읽고는 불경 읽은 값을 내라고 한다. 놀부가 또 오천 냥을 내어 주고 나자 돈 한 푼 없이 탕진하고 말았으나, 놀부는 욕심을 버리지 못하고 박을 또 타겠다고 한다.

▶ 놀부가 박에서 나온 사당거사에게 논밭 문서를 모두 내어 주고
왈패와 팔도 소경에게 돈을 주고도 또다시 박을 탐

다음 박 속에서는 우레 같은 소리가 진동하고, 그 박에서는 장군 장비가 나와 놀부의 죄악을 말하며 혼을 낸다. 이 난리를 겪고도 놀부가 또 박을 타려 하자 째보는 결국 도망치고 만다. 놀부는 별수 없이 종을 데려다 박을 켜는데, 이번엔 아무것도 나오지 않고 박속이 먹음직해 국을 끓여 먹는다. 그리고 집 위에 올라가 보니 불빛 같은 박이 보여 또 따 왔는데, 박 안에서 온갖 똥이 쏟아져 나와 놀부의 집을 모조리 뒤덮는다. 놀부는 가슴을 치며 동냥할 바가지나 가지고 올 걸 그랬다며 처자를 데리고 흥부를 찾아간다.

▶ 놀부가 탄 박에서 장비 장군이 나오고 똥이 쏟아져 나와 패가망신함

🎭 인물 관계도

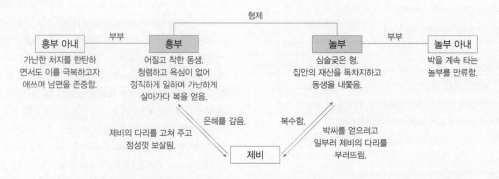

형제

흥부 아내 ─부부─ 흥부   놀부 ─부부─ 놀부 아내

가난한 처지를 한탄하면서도 이를 극복하고자 애쓰며 남편을 존중함.

어질고 착한 동생. 청렴하고 욕심이 없어 정직하게 일하며 가난하게 살아가다 복을 얻음.

심술궂은 형. 집안의 재산을 독차지하고 동생을 내쫓음.

박을 계속 타는 놀부를 만류함.

제비의 다리를 고쳐 주고 정성껏 보살핌.   은혜를 갚음.   복수함.   박씨를 얻으려고 일부러 제비의 다리를 부러뜨림.

제비

<보기>로 나오는 작품 외적 준거

재담을 통해 바라보는 흥부의 가난과 놀부의 몰락

〈흥부전〉은 설화의 모방담적 성격을 지니고 있으며, 작품의 전체적 구조는 대립 구조라고 할 수 있다. 단순화하면 흥부의 가난함과 선함이 놀부의 부유함과 악행에 대립되며, 착한 일에 대한 보상을 받는 흥부와 악행을 저질러 몰락한 놀부가 대비되는 모습을 보인다.

그런데 실제 작품에서는 이러한 대립 쌍이 동등하게 취급되지 않는다. 흥부의 가난과 그의 가족이 겪는 고통은 중시하지만 놀부의 부유함 자체에는 집중하지 않으며, 흥부의 선함과 보상에 비해, 놀부의 악행과 몰락은 훨씬 높은 강도로 다루어진다. 말하자면 〈흥부전〉의 주요 관심사는 흥부의 '가난'과 놀부의 '몰락'이라고 볼 수 있다. 가난과 몰락, 즉 타인이 겪는 '불행'은 편안하게 지켜볼 수 있는 대상이 아니다. 이를 풀어내는 데 재담이 필요했던 까닭이다.

재담은 보통 재치 있고 재미있는 이야기로 지칭된다. 흔히 가벼운 언어유희로 다뤄지기도 하지만, 날카로운 풍자나 기발한 착상을 통해 반성적 사유를 가능하게 하는 경우도 적지 않다. 〈흥부전〉에 나타난 재담은 가난한 자의 참상과 고통을 지켜보는 데에, 탐욕스러운 자에 대한 단호한 징치를 바라보는 데에 도움을 준다. 웃음으로 눈물을 씻어 내기도 하고 웃음 속에서 새로운 의미를 반추하게 하기 때문이다. 다시 말해 웃음을 통해 불편한 내용을 순화함으로써 거부감을 줄이는 한편 그 과정에서 현실적 의미를 각성하게끔 하는 것이다.

– 최진형, 재담의 존재 양상을 통해 본 〈흥부전〉의 전승과 변모, 2016

- 이 작품은 심술궂고 악하면서 부자인 형 놀부와 착하고 가난한 동생 흥부 간의 갈등을 통해 조선 후기 빈민의 삶을 보여 주면서 권선징악과 형제간의 우애라는 주제 의식을 전하고 있는 판소리계 소설이다.
- 해당 장면은 부모의 재산을 독차지한 놀부에게 쫓겨난 흥부가 초라한 집을 짓고 살아가지만 끼니를 해결하지 못해 굶주린 자식들이 각자 먹고 싶은 음식을 말하는 상황이다.
- 비참한 흥부의 상황을 형상화하는 방식에 주목하여 판소리계 소설이 지니는 서술상 특징을 파악하도록 한다.

[앞부분의 줄거리] 놀부는 심술궂고 욕심이 많아 부모의 재산을 독차지한 후 착하고 어진 동생인 흥부와 그의 가족을 집에서 쫓아낸다.

★주목 흥부는 집도 없어, 집을 지으려고 집 재목을 내려가려고 만첩청산(萬疊靑山)에 들어가서 소부등(小不等)·대부등(大不等)을 와드렁 통탕 베어다가 안방·대청·행
　　　　　그리 굵지 아니한 둥근 나무　아름드리 매우 굵은 나무
랑·몸채·내외 분합 물림퇴에 살미살창 가로닫이 입 구자로 지은 것이 아니라, 이
　　　　　　전통적인 건축 양식에 맞춘 그럴듯한 좋은 집
놈은 집 재목을 내려 하고 수수밭 틈으로 들어가서 수수깡 한 뭇을 베어다가 안방·
　　　　　　　　　　　　　　　　　　　　　　　　　　　　짚, 장작, 채소 따위의 작은 묶음을 세는 단위
대청·행랑·몸채 두루 짚어 아주 작은 말집을 꽉 짓고 돌아보니, 수숫대 반 뭇이
　　　　　　　　　　　추녀가 사방으로 뺑 돌아가게 지은 집　　수숫대 반 단으로 집을 지음 → 허술한 집
그저 남았다. 방 안이 넓든지 말든지 양주(兩主) 드러누워 기지개를 켜면, 발은 마당
　　　　　　　　　　　　　　　　　바깥주인과 안주인, 부부
으로 가고 대가리는 뒤꼍으로 맹자 아래 대문하고 엉덩이는 울타리 밖으로 나가니,
　　　　　　　　　　　　　　맹자(시각 장애인)가 정문을 바로 찾아 들어간다는 뜻의 '맹자직문(盲者直門).
동리 사람이 출입하다가,　　　　　　　　　맹자정문(盲者正門)'을 풀어 쓴 말로, 문맥상 '곧바로' 정도의 의미로 볼 수 있음

　"이 엉덩이 불러 들이소."
　『 』: 흥부 내외가 매우 비좁은 집에서 사는 상황을 과장을 통해 해학적으로 표현함
하는 소리를 흥부 듣고 깜짝 놀라 대성통곡 우는 것이었다.

　"애고 답답 서럽구나. 어떤 사람은 팔자 좋아 대광보국숭록대부(大匡輔國崇祿大
　　　　　흥부의 심정을 직접 제시함　　　　　　　　　　　　조선 시대 문무관의 정일품 품계
夫) 삼정승과 육조 판서로 태어나서 고대광실 좋은 집에 부귀공명 누리면서 호의
　　　　　　　　　　　　　　　　　매우 크고 좋은 집
호식 지내는가. 내 팔자는 무슨 일로 말(斗)만 한 오막집에 별빛이 빈 뜰에 가득하
　　　　　　　　　가난한 처지를 운명의 탓이라 생각하는 흥부
니 지붕 아래 별이 뵈고, 청천한운세우시(靑天寒雲細雨時)에 우대량이 방중이라.
　　　　　　　　　　　　　맑은 날 찬 구름이 끼어 가랑비 내릴 때　　　　많은 비가 방으로 들어옴
문밖에 가랑비 오면 방 안에 큰비 오고, 해어진 자리와 허름한 베잠방이, 찬 방 안
　　방 안에 비가 새는 상황을 과장하여 표현함
에 헌 자리 벼룩 빈대 등이 피를 빨아먹고, 앞문에는 살만 남고 뒷벽에는 외(椳)만
　　　　　　　　　　　　　　　　　　　　　　　　　　　　흙벽을 바르기 위해 벽 속에 엮은 나뭇가지
남아 동지섣달 한풍이 살 쏘듯 들어오고, 어린 자식 젖 달라 하고 자란 자식 밥 달
　　　　　　　　화살
라니 차마 서러워 못살겠네."
　가난을 한탄함. 흥부의 감정을 직접 제시함　　　　　　　　　▶ 가난한 처지에 대한 흥부의 한탄
　가난한 중에 웬 자식은 풀마다 낳아서 한 서른남은 되니, 입힐 길이 전혀 없어, 한
　　　　　　　　　　가난한 형편에 자식이 너무 많아 제대로 입히고 돌보는 것이 어려움
방에 몰아넣고 멍석으로 씌우고 대강이만 내어놓으니, 한 녀석이 똥이 마려우면 뭇
　　　　　　　　　　　　　　　　　　'머리'를 속되게 이르는 말
녀석이 시배(侍陪)로 따라간다. 그중에 값진 것을 다 찾는구나. 한 녀석이 나오면서,
많은 녀석　시중드는 하인
　"애고 어머니, 우리 열구자탕(悅口子湯)에 국수 말아 먹었으면."
　　　　　　　　　신선로에 따라 여러 가지 어육과 채소를 색스럽게 넣고 맛있게 끓인 탕
　또 한 녀석이 나왔으며,

　"애고 어머니, 우리 벙거지전골 먹었으면."
　　　　　　　　벙거지 모양의 그릇에 끓인 전골
　또 한 녀석이 내달으며,

　"애고 어머니, 우리 개장국에 흰밥 조금 먹었으면."
　　　　　개고기를 여러 가지 양념, 채소와 함께 고아 끓인 국

감상 포인트
판소리계 소설의 서술상 특징을 중심으로 해학적 표현이 드러나는 양상을 파악한다.

작품 분석 노트

- 웃음으로 드러나는 풍자와 해학

  - 판소리 사설이나 판소리계 소설에는 등장인물이 위기에 처하거나 어렵고 힘든 상황에도 웃음을 유발하는 장면이 나타나는 경우가 많음
  - 이때의 웃음은 ① 지배층이나 부정적 사회 현상에 대한 비판적 의도가 담긴 풍자적인 웃음과 ② 슬픔을 웃음으로 해소하려 하는 해학적인 웃음으로 나눌 수 있음
  - 대상을 과장하거나 왜곡함으로써 웃음을 유발하는 공통점이 있음
  - 풍자와 해학의 수법으로 비극적이거나 부정적인 상황에서도 웃음을 잃지 않음으로써 즐거움을 주는 미적 범주를 '골계미'라고 함

- 〈흥부전〉에 나타나는 해학적 표현

  - 양주(兩主) 드러누워 기지개를 켜면, 발은 마당으로 가고 대가리는 뒤꼍으로 맹자 아래 대문하고 엉덩이는 울타리 밖으로 나가니, 동리 사람이 출입하다가, / '이 엉덩이 불러들이소.' 하는 소리를 흥부 듣고 깜짝 놀라 대성통곡 우는 것이었다.
  - 가난한 중에 웬 자식은 풀마다 낳아서 한 서른남은 되니, 입힐 길이 전혀 없어, 한방에 몰아넣고 멍석으로 씌우고 대강이만 내어놓으니, 한 녀석이 똥이 마려우면 뭇 녀석이 시배(侍陪)로 따라간다.

  ↓

  흥부의 가난을 과장하여 표현함으로써 웃음을 유발하고 연민을 드러냄

또 한 녀석이 나오며,

"애고 어머니, 대추찰떡 먹었으면."

"애고 이 녀석들아, 호박국도 못 얻어먹는데, 보채지나 말려므나."
<u>호박국도 못 먹는 가난한 처지에 비싼 음식을 요구하는 아이들의 철없음이 드러남</u>

또 한 녀석이 나오며,

"애고 어머니, 왜 올부터 불두덩이 가려우니 날 장가들여 주오."
<u>남녀의 생식기 부근의 불룩한 부분</u>

이렇듯 보채들 무엇 먹여 살려 낼까. 집 안에 먹을 것이 있든지 없든지 소반이 네
<u>편집자적 논평</u>

발로 하늘에 축수하고, 솥이 목을 매어 달렸고, 조리가 턱걸이를 하고, 밥을 지어 먹

으려면 책력을 보아 갑자일이면 한 때씩 먹고, 생쥐가 쌀알을 얻으려고 밤낮 보름을
<u>60일에 한 끼씩 먹음. 삼순구식(三旬九食)</u>

다니다가 다리에 가래톳이 서서 종기를 침으로 따고 앓는 소리에 동리 사람이 잠을
<u>흥부가 쌀 한 톨도 없는 처지임을 생쥐가 쌀알을 구하러 흥부 집에 온 상황에 빗대어 과장하며 해학적으로 표현함</u>

못 자니, 어찌 아니 서러울 건가.
<u>편집자적 논평</u>

"아가 아가 우지 마라. 아무리 젖 달란들 무엇 먹고 젖이 나며, 아무리 밥 달란들
<u>아이들이 보채어도 밥을 해 먹일 수 없는 상황임</u>

어디서 밥이 나랴."　　　　　　　　　　▶ 먹을 것을 보채는 자식들과 이들을 달래는 흥부 아내

이렇게 달랠 때, 흥부는 마음이 인후하여 청산유수와 곤륜산의 옥결(玉玦)과 같았
<u>인물의 성격 직접 제시</u>　　　　　　　　　　<u>흥부의 어질고 후덕한 성품을 비유적으로 표현함</u>

다. 성덕을 본받고 악인을 저어하며, 물욕에 탐이 없고 주색에 무심하니, 마음이 이
<u>두려워하며</u>

러하니 부귀를 바랄 것인가.
<u>흥부가 부귀에 대한 욕심이 없음</u>

흥부 아내가 하는 말이,

"애고 여봅소, 부질없는 청렴 맙소. 「안자(顔子) 단표(簞瓢)는 주린 염치로 삼십조
　　　　　　　　　　<u>단사표음 → 소박하고 청빈한 생활</u>　<u>공자의 제자 안회</u>　　　　　　　　　　　<u>기생집</u>

사(三十早死)하였고, 백이숙제(伯夷叔齊)는 주린 염치로 청루(靑樓) 소년이 웃었
<u>서른의 젊은 나이에 일찍 죽음</u>　<u>주나라 곡식을 먹지 않고 수양산에 굶어 죽은 은나라 충신들</u>　┌ <u>놀부를 가리킴</u>　　<u>비웃었으니</u>

으니,」부질없는 청렴 말고 저 자식들 굶겨 죽이겠으니, 아주버님네 집에 가서 쌀
「」 <u>명분보다 실리를 중요시하는 태도</u>　　　　　<u>고루한 명분에 집착하지 말고 양식을 얻어 오기를 바라는 흥부 아내</u>

이 되나 벼가 되나 얻어 옵소."

흥부가 하는 말이,

"낯을 쇠우에 슬훈고. 형님이 음식 끝을 보면 사촌을 몰라 보고 똥 싸도록 때리는
　　　　　　　　　　　　　　<u>놀부의 포악한 성격이 간접적으로 제시됨</u>

데, 그 매를 뉘 아들놈이 맞는단 말이요?"
　　<u>음식을 달라고 하면 놀부에게 맞게 될 것이므로 가기를 꺼리는 흥부의 마음</u>

"애고 동냥은 못 준들 쪽박조차 깨칠손가. 맞으나 아니 맞으나 쏘아나 본다고, 건
　　<u>돕지는 못할망정 때리기야 하겠느냐는 의미</u>

너가 봅소."　　　　　　　　　　▶ 놀부 집에서 쌀을 얻어 오라고 흥부에게 권하는 흥부 아내
<u>놀부에게 가서 음식을 달라고 시도하기를 권함 → 흥부 아내의 적극적 태도가 드러남</u>

• 흥부의 가난을 형상화하는 방식

의(衣)	멍석으로 씌워 자식들 머리만 나오게 함 → 겨우 몸만 가린 상태
식(食)	• 자식들에게 호박국도 못 먹이는 형편 • 갑자일이면 한 때씩 먹음 • 생쥐가 쌀알을 찾을 수 없음
주(住)	수숫대 반 뭇으로 지은 작은 말집

• 흥부 — 조선 후기 빈민의 형상화

조선 후기에 사회 경제적 변화가 급격하게 일어나 자영 농민층이 분화됨 → 임진왜란 이후 농업 기술의 발달로 농촌의 생산력이 증대됨 → 부의 축적에 성공한 일부 농민들은 놀부와 같은 부민층으로 성장하지만 대다수 농민들은 토지를 빼앗기고 유민이나 임금 노동자가 됨

↕

흥부는 조선 후기 급속한 사회적 변화 속에서 양산된 빈농의 전형을 보여 줌

흥부의 가난이 드러나는 장면

집 짓는 장면, 흥부 자식들의 음식 사설, 가난한 임금 노동자의 노동 행위를 보여 주는 흥부 부부의 품팔이 열거 장면 등

• 해당 장면은 큰 구렁이에게 잡아먹히려던 제비 새끼가 둥지에서 떨어져 다리가 부러지자 흥부가 제비를 치료해 주었는데, 다음 해 돌아온 제비가 물어다 준 박씨를 심어 다 자란 박을 흥부 부부가 켜는 상황이다.

• 박에서 나온 보물들을 제시하는 방식을 통해 판소리계 소설의 서술상 특징을 파악하고, 가난한 흥부가 박에서 나온 보물로 부자가 되는 비현실적 상황이 지니는 사회적 의미를 당대의 시대 상황과 연관 지어 이해하도록 한다.

흥부가 내달아 하는 말이,

"옳다, 이것이 박씨로다."

하고, 날을 보아 동편 처마 담장 아래 심어 두었더니, 3, 4일에 순이 나서 마디마디
잎이 나고, 줄기줄기 꽃이 피어 박 네 통이 열렸는데, <u>고마 수영의 전선같이 대동강</u>
전남 완도에 있는 고마도의 수영(수군절도사가 있는 군영)
<u>상의 당두리 배같이</u> 덩그렇게 달렸구나. 흥부가 반갑게 여겨 문자로써 말하기를,
바다로 다니는 나무로 만든 큰 배 커다란 박이 열린 모습을 비유하여 묘사함 → 흥부에게 큰 행운이 생길 것을 암시함

"유월에 <u>화락(花落)</u>하니 칠월에 <u>성실(成實)</u>이라. 대자(大者)는 항아리 같고 소자
꽃이 떨어지니 열매가 열림
(小者)는 <u>분(盆)</u>만 하다. 어찌 아니 좋을쏘냐. <u>여봅소 비단이 한 끼라</u> 하니, 한 통
화분 호화롭게 살다가도 가난하게 되면 귀한 비단도 한 끼 밥과 바꾸게 됨을 이르는 속담
을 따서 속일랑 지져 먹고 바가지는 팔아 쌀을 팔아다가 밥을 지어 먹어 봅세."
흥부의 소박한 소망이 드러남

흥부 아내 하는 말이,

"그 박이 유명하니 <u>한로(寒露)</u>를 아주 마쳐 실해지거든 따 봅세."
찬 이슬이 내리기 시작한다는 절기

★주목 <u>그달 저 달 다 지나고 8, 9월이 다다라서</u> 아주 견실하였으니, <u>박 한 통을 따 놓</u>
시간의 흐름 제비의 보은이 담긴 소재.
고 양주(兩主)가 켰다. 가난한 흥부의 상황이 반전되는 계기

"슬근슬근 톱질이야, 당기어 주소 톱질이야. <u>북창한월성미파(北窓寒月聲未罷)</u>에
북쪽 창밖에 서늘한 달이 뜨고 노랫소리가 끝나지 않음
동자박(童子朴)도 좋도다. <u>당하자손만세평(堂下子孫萬世平)</u>에 세간박도 좋도다.
집안의 자손이 오래동안 화평함
슬근슬근 톱질이야."
▶ 흥부 내외가 박 한 통을 켬

툭 타 놓으니, <u>오운(五雲)</u>이 일어나며 <u>청의동자(靑衣童子)</u> 한 쌍이 나오는데, 저
박에서 청의동자가 나옴 → 비현실적 요소
동자 거동 보소. 만일 봉래에서 학을 부르던 동자가 아니면 틀림없이 <u>천태채약동이</u>
'~보소': 판소리의 어투 → 판소리계 소설의 서술상 특징 천태산에서 약초를 캐는 동자
라. 왼손에 <u>유리반</u> 오른손에 <u>대모반</u>을 눈 위에 높이 들어 재배하고 하는 말이,
유리로 만든 쟁반 음식을 담아 나르는 나무 그릇

"천은병(天銀瓶)에 넣은 것은 죽은 사람을 살려 내는 <u>환혼주(還魂酒)</u>요, 백옥병에
「넣은 것은 소경 눈을 뜨이는 <u>개안주(開眼酒)</u>요, 금잔지(金盞紙)로 봉한 것은 벙어
리 말하게 하는 <u>개언초(開言草)</u>요, 대모 접시에는 <u>불로초(不老草)</u>요, 유리 접시에
는 불사약이니, 값으로 의논하면 억만 냥이 넘사오니 매매하여 쓰옵소서."」
「 」 박에서 나온 청의동자가 귀한 약을 줌 → 비현실적 요소

하고 간 데 없는지라, 흥부 거동 보소.

"얼씨고 절씨고 즐겁도다. <u>세상에 부자 많다 한들 사람 살리는 약이 있을쏘냐.</u>"
세상의 부자들이 가지지 못한 약을 얻게 된 흥부의 즐거움

흥부의 아내가 하는 말이,

"우리 집 약국을 연 줄 알고 약 사러 올 사람이 없고, <u>아직 효험 빠르기는 밥만 못</u>
'약'보다 '밥'이 더 절실한 것임 → 당대 민중의 소망이 드러남
<u>하외.</u>"
▶ 박 속에서 나온 동자가 진귀한 약을 주고 감

흥부 말이,

"그러하면 저 통에 밥이 들었나 타 봄세."

하고 또 한 통을 탔다.

"슬근슬근 톱질이야. 우리 가난하기 일읍(一邑)에 유명하매 주야 설워하더니, 부지허명(不知虛名) 고대하던 천 냥을 일조에 얻었으니 어찌 좋지 않을건가. 슬근슬근 톱질이야. 어서 타세 톱질이야."
<small>헛된 것인 줄 알지 못하고　　　　　　　하루아침</small>

「툭 타 놓으니, 온갖 세간이 들었는데, 자개함롱 · 반닫이 · 용장 · 봉장 · 제두주 ·
<small>「 」: 박에서 여러 가지 세간이 나옴 → 열거를 통해 구체화함　　　　　　　　　　귀가 달린 뒤주</small>
쇄금(鎖金)들미 삼층장 · 게자다리 옷걸이 · 쌍룡 그린 빗접고비 · 용두머리 · 장목비 ·
<small>자물쇠가 달린 삼 층으로 된 옷장　　　　　　　　　빗을 넣어 두게 만든 제구　　　　수꿩의 꽁지털로 만든 비</small>
놋촛대 · 광명두리 · 요강 · 타구 벌여 놓고, 선단이불 비단요며 원앙금침 잣베개를
<small>나무로 만든 등잔걸이　　가래나 침을 뱉는 그릇　　　공간에 따라 살림살이를 분류하여 나열함 ① – 안방에 위치한 기물</small>
쌓아 놓고, 사랑 기물로 보자면 용목쾌상 · 벼룻집 · 화류책장 · 각계수리 · 용연벼
<small>공간에 따라 살림살이를 분류하여 나열함 ② – 사랑에 위치한 기물</small>
루 · 앵무 연적 벌여 놓고, 『천자(千字)』 · 『유합(類合)』 · 『동몽선습(童蒙先習)』 · 『사략
(史略)』 · 『통감(通鑑)』 · 『논어(論語)』 · 『맹자(孟子)』 · 『시전(詩傳)』 · 『서전(書傳)』 · 『소
학(小學)』 · 『대학(大學)』 등 책을 쌓았고, 그 곁에 안경 · 석경(石鏡) · 화경(畫鏡) ·
육칠경 · 각색 필묵 퇴침에 들어 있고, 부엌 기물을 의논하자면 노구새옹 · 곱돌솥 ·
<small>　　　　　　　　　　　　　공간에 따라 살림살이를 분류하여 나열함 ③ – 부엌에 위치한 기물　　　　　　　　놋쇠로 만든 작은 솥</small>
왜솥 · 전솥 · 통노구 · 무쇠두멍 다리쇠 받쳐 있고, 왜화기 · 당화기 · 동래 반상 · 안
<small>물을 길어 붓고 쓰는 큰 가마</small>
성 유기 등물이 찬장에 들어 있고, 함박 · 쪽박 · 이남박 · 항아리 · 옹박이 · 동체 · 깁체 ·
<small>　　　　　　　　　　　　　　　　　　　　　　　　　깁으로 쳇불을 메운 체. 고운 가루를 치는 데 사용함</small>
어레미 · 김치독 · 장독 · 가마 · 승교(乘轎) 등물이 꾸역꾸역 나오니, 어찌 좋지 않을
<small>바닥의 구멍이 굵은 체　　　　　　　　　　　　　　　　　　편집자적 논평</small>
쏜가.」
<small>▶ 박 속에서 값비싼 세간들이 차례로 나옴</small>

또 한 통을 탔다.

"슬근슬근 톱질이야. 우리 일을 생각하니 엊그제가 꿈이로다. 부지허명 고대 천
<small>가난하던 때가 꿈같이 생각됨 → 박에서 나온 물건으로 인한 흥부의 감격</small>
냥을 하루아침에 얻었으니 어찌 아니 즐거우랴. 슬근슬근 톱질이야."
<small>▨ : 간절히 바라던 돈을 뜻밖에 얻게 된 데에 대한 흥부의 감격을 드러냄　　　　　　　▶ 흥부 부부가 세 번째 박을 타기 시작함</small>

• 흥부의 '박 네 통'에서 나온 것들

①	환혼주, 개안주, 개언초, 불로초, 불사약 → 세상의 어떤 부자도 갖지 못한 귀한 약이지만 밥보다 못하다고 여김 → 가난하고 굶주린 서민의 절실한 소망을 엿볼 수 있음
②	안방 기물, 사랑 기물, 부엌 기물 등의 온갖 사치스러운 세간이 차례로 나옴
③	집 짓는 목수와 오곡, 온갖 값비싼 비단이 나옴
④	양귀비 → 흥부의 첩이 됨 → 사대부 남성의 욕망을 해학적으로 드러냄 *네 번째 통에 관한 내용은 이본에 따라 나타나지 않기도 함

↓

• 생존을 위해 부자가 되기를 바라던 흥부의 소망이 이루어짐
• 흥부가 처한 상황이 반전되는 계기가 됨

- 해당 장면은 놀부가 흥부가 부자 된 사연을 듣고 박씨를 얻고자 일부러 제비 다리를 부러뜨린 이후 벌을 받게 되는 부분이다.
- 흥부의 박 타기와는 다른 결말이 나타나는 놀부의 박 타기에 주목하여 인과응보라는 주제 의식이 구현되는 양상을 파악하도록 한다.

놀부 놈의 거동 보소. 동지 섣달부터 제비를 기다린다. 그물 막대 둘러메고 제비
<u>흥부가 부자 된 사연을 듣고 한겨울부터 제비를 기다림 → 놀부의 탐욕적 성격을 보여 줌</u>
를 몰러 갈 제, 한곳을 바라보니 한 짐승이 떠서 들어오니 놀부 놈이 보고,

"제비 인제 온다."

하고 보니, 태백산 갈가마귀 차돌도 돌도 바이 못 얻어먹고 주려 청천에 높이 떠 갈

곡갈곡 울고 가니, 놀부 눈을 멀겋게 뜨고 보다가 할 수 없이 동네 집으로 다니면서

제비를 제 집으로 몰아 들이는데도 제비가 오지 않는다.

그달 저 달 다 지내고 3월 3일 다다르니, 강남서 나온 제비가 옛집을 찾으려 하고
<u>겨울이 지나고 봄이 옴</u>
오락가락 넘놀 때에, 놀부가 사면에 제비 집을 지어 놓고 제비를 들이모니, 그중 팔
<u>제비를 유인함 → 부자가 되고 싶은 욕망을 이루기 위한 놀부의 행위</u>
자 사나운 제비 하나가 놀부 집에 흙을 물어 집을 짓고 알을 낳아 안으려 할 때, 놀
<u>놀부에 의해 제비 다리가 부러질 것임을 의미. 놀부 집에 집을 지은 제비에 대한 서술자의 주관적 평가</u>
부 놈이 주야로 제비 집 앞에 대령하여 가끔가끔 만져 보니, 알이 다 곯고 다만 하나
<u>빨리 부자가 되고 싶은 놀부의 조급함을 보여 줌</u>
가 깨었다. 「날기 공부를 힘쓸 때, 구렁 배암이 오지 않으니, 놀부는 민망 답답하여
<u>구렁이에 의해 제비가 둥지에서 떨어져 제비 다리가 부러지기를 바라는 놀부</u>
제 손으로 제비 새끼를 잡아 내려 두 발목을 자끈 부러뜨리고, 제가 깜짝 놀라 이르
<u>놀부의 악한 성품. 놀부가 벌을 받게 되는 원인</u>
는 말이,

"가련하다, 이 제비야." ▶ 놀부가 박씨를 기대하며 일부러 제비 다리를 부러뜨림
「 」: 제비의 발목을 일부러 부러뜨리고 걱정하는 척하는 놀부의 위선적 면모

하고 조기 껍질을 얻어 찬찬 동여 뱃놈의 닻줄 감듯 삼층 얼레 연줄 감듯하여 제 집
<u>제비 다리에 조기 껍질을 찬찬 동여매는 모습의 비유</u>
에 얹어 두었더니, 10여 일 뒤에 그 제비가 구월 구일을 당하여 두 날개를 펼쳐 강남
<u>제비가 강남으로 돌아가는 때</u>
으로 들어가니, 강남 황제 각처 제비를 <u>점고(點考)할 때, 이 제비가 다리를 절고 들
명부에 일일이 점을 찍어 가며 그 수를 조사함</u>
어와 엎드렸더니, 황제가 제신으로 하여금,

"그 연고를 사실하여 아뢰라."
<u>제비가 다리를 절게 된 이유</u>

하시니, 제비가 아뢰되,

"작년에 웬 박씨를 내어보내어 흥부가 부자 되었다 하여 그 형 놀부 놈이 나를 여
<u>흥부가 부자 된 사연을 듣고 놀부가 일부러 제비 다리를 부러뜨림 → 모방담의 성격이 드러남</u>
차여차하여 절뚝발이가 되게 하였사오니, 이 원수를 어찌하여 갚고자 하나이다."
<u>놀부의 악행에 대한 벌이 내려질 것임을 암시함</u>

황제가 이 말을 들으시고 대경(大驚)하여 말하기를,
<u>크게 놀라</u>

「이놈 이제 전답 재물이 <u>유여(有餘)하되 동기(同氣)를 모르고 오륜에 벗어난 놈을 그
여유가 있음   형제   유학에서 사람이 지켜야 할 다섯 가지 도리</u>

저 두지 못할 것이요, 또한 네 원수를 갚아 주리라." ▶ 강남 간 제비가 황제에게 놀부의 악행을 고발함
「 」: 부자이면서도 형제의 어려움을 외면하고 악행을 저지른 놀부에 대한 징계 – 심판자의 역할을 하는 제비 황제

하고, 박씨 하나를 보수표(報讐瓢)라 금자로 새겨 주니, 「제비가 받아 가지고 명년
<u>'원수를 갚는 박'의 의미</u>

3월을 기다려 청천을 무릅쓰고 백운을 박차 날개를 부쳐 높이 떠 높은 봉 낮은 뫼
「 」: 제비가 박씨를 물고 놀부의 집으로 가는 과정. 행동의 열거 및 음성 상징어의 활용

를 넘으며, 깊은 바다 너른 시내며, 개골창 잔 돌바위를 훨훨 넘어 놀부 집을 바라보

고 너훌너훌 넘놀거늘, 놀부 놈이 제비를 보고 반겨 할 때, 제비가 물었던 박씨를 툭

작품 분석 노트

- 모방담
  - 전통 설화의 한 유형으로 행운을 얻게 된 선량한 사람의 행동을 모방한 악인이나 욕심쟁이가 오히려 화를 입고 벌을 받게 되는 내용으로 구성된 이야기
    예 〈금도끼 은도끼〉, 〈혹부리 영감〉
  - 모방 대상과 모방자(模倣者) 사이에 선행과 악행, 지혜와 우매함, 성실과 불성실, 무욕과 탐욕 등의 대립적 성격을 토대로 함

- 모방담의 구조로 본 〈흥부전〉
  〈흥부전〉에서 놀부는 흥부가 부자가 된 사실을 알고 더 큰 부자가 되겠다는 욕망으로 흥부의 행위를 모방함

흥부	놀부
선함	악함
・다리 부러진 제비를 구해 줌 ・비의도적 선행	・제비 다리를 부러뜨림 ・의도적 악행
복을 받음	벌을 받음

→ 표면적으로는 유사한 행위의 반복(모방)으로 보이지만 근본적으로 대립적 속성을 바탕으로 함

떨어뜨리니, 놀부 놈이 집어 보고 기뻐하며 뒷담장 처마 밑에 거름 놓고 심었더니,

4, 5일 후에 순이 나서 덩쿨이 뻗어 마디마디 잎이요, 줄기줄기 꽃이 피어 박 십여

통이 열렸으니, 놀부 놈이 하는 말이,

"흥부는 세 통을 가지고 부자 되었으니, 나는 장자 되리로다. 석숭(石崇)을 행랑에
　　　　　큰 부자를 점잖게 이르는 말 ──┘　　　　　　항해와 무역으로 큰 부자가 된 중국 서진의 인물
　　　　　　　　자신이 흥부보다 훨씬 부자가 될 것이라는 놀부의 기대감이 드러남
살리고, 예황제를 부러워할 개아들 없다."
　　　부자가 되어 안락한 생활을 하리라는 놀부의 기대감

하고, 굴지계일(屈指計日)하여 8, 9월을 기다린다.
　　　손가락을 꼽아 가며 예정된 날을 기다림　　ⓘ 놀부가 제비가 물어 온 박씨를 심고 박이 열리기를 기다림

때를 당하여 박을 켜랴 하고 김 지위 이 지위 동리 머슴 이웃 총각 건넛집 쌍언청
　　　　　　　　박을 켜기 위해 여러 명의 삯꾼을 부름 → 박을 얼른 켜서 보물을 얻으려는 놀부의 기대감이 나타남
이를 다 청하여 삯을 주고 박을 켤 때, 째보 놈이 한 통의 삯을 정하고 커자 하니, 놀

부 마음에 흐뭇하여 매 통에 열 냥씩 정하고 박을 켠다.
　박 속에 온갖 보화가 들었으리라 예상하고 있음

"슬근슬근 톱질이야."

힘써 켜고 보니 한 떼 거문고쟁이가 나오며 하는 말이,
　　　　　　　　　놀부의 기대에 어긋나는 대상 ①

"우리 놀부 인심이 좋고 풍류를 좋아한다 하기에 놀고 가옵네."

'둥덩둥덩 둥덩둥덩' 하기에, 놀부가 이것을 보고 째보를 원망하는 말이,

"톱도 잘 못 당기고, 네 콧소리에 보화가 변하였는가 싶으니 소리를 모두 하지 말라."
　　　자신의 기대와 달리 보물이 아니라 거문고쟁이가 나온 것을 째보의 탓으로 돌림
하니, 째보 삯 받아야겠기에 한 말도 못 하고 그리하라 하니, 놀부 일변 돈 백 냥을
　　　　　　　　　　　　　　　　　　　　　　　　　　한 떼의 거문고쟁이에게 돈을 줌
주어 보내고, 또 한 통을 타고 보니 무수한 노승(老僧)이 목탁을 두드리며 나와 하는
　　　　　　　　　　　　놀부의 기대에 어긋나는 대상 ②
말이,

"우리는 강남 황제 원당시주승(願堂施主僧)이라."
　　　　　　죽은 사람의 명복을 비는 절의 시주승
하니, 놀부 놈이 어이없이 돈 5백 냥을 주어 보내니, 째보 하는 말이,
　　　　　　　　　무수한 노승에게 돈을 줌

"지금도 내 탓이냐?"

하고 이죽거리니, 놀부 이 형상을 보고 통분하여 성결에 또 한 통을 따 오니, 놀부
　　　　　　　　　　　　　　　　　　화가 난 김에　　　욕심과 기대를 여전히 버리지 못하는 놀부
아내가 말리며 하는 말이,

"제발 덕분에 켜지 마오. 그 박을 켜다가는 패가망신할 것이니 덕분에 켜지 마오."
　　　　　　　　　　　　　집안의 재산을 다 써 없애고 몸을 망침　　▶ 보수박을 켜고 낭패를 당하는 놀부

<table>
<tr><td colspan="2">• 놀부의 '박'에서 나온 것들</td></tr>
<tr><td>거문고쟁이</td><td>백 냥을 주어 보냄</td></tr>
<tr><td>강남 황제
원당시주승</td><td>오백 냥을 주어 보냄</td></tr>
<tr><td>상제(喪制)</td><td>오천 냥을 주어 보냄</td></tr>
<tr><td>팔도 무당</td><td>굿값 오천 냥을 줌</td></tr>
<tr><td>초나리</td><td>• 오천 냥을 내어 줌
• 생금(生金) 독이 든
박이 있다고 놀부에
게 알려 줌</td></tr>
<tr><td>양반들</td><td>• 놀부 조상의 상전
• 오천 냥을 내어 줌</td></tr>
<tr><td>사당거사패</td><td>전답 문서를 내어 줌</td></tr>
<tr><td>왈자패</td><td>• 놀부를 폭행함
• 금강산 구경 노잣돈
으로 오천 냥을 줌</td></tr>
<tr><td>팔도 소경</td><td>경 읽은 값으로 오천
냥을 주어 보냄</td></tr>
<tr><td>장비</td><td>놀부를 호령하고 돌아감</td></tr>
<tr><td>똥 줄기</td><td>집 위까지 똥이 쌓임</td></tr>
</table>

↓

• 박 속에서 보물이 나올 것이라는
놀부의 끝없는 기대감과 탐욕을 계
속하여 무너뜨림
• 놀부가 가장 귀하게 여기는 돈을
내어 줌 → 도덕적 가치보다 경제
적 가치를 최고의 우위에 두는 인
간의 물락을 형상화함

핵심 포인트 1 서술상 특징 파악

이 작품은 판소리 사설이 소설로 정착된 판소리계 소설로 극 갈래인 판소리와 서사 갈래인 소설의 서술상 특징을 공유하고 있으므로 이를 파악할 수 있어야 한다.

+ 서술상 특징

- 생생한 구어적인 표현을 사용함
- 상투적 비유와 관용어가 빈번하게 사용됨
- 판소리의 어투(~보소), 현재형 시제 등이 사용됨
- 과장된 표현, 대상에 대한 희화화, 언어유희 등 해학적인 표현을 사용하여 골계미를 드러냄
- 동일하거나 유사한 어구의 반복이 두드러지며 운문체, 음성 상징어 등의 사용이 빈번하게 나타남
- 비속한 서민층의 언어와 고사·한문 어구 등을 사용한 양반층의 언어가 공존함 → 언어적 표현의 이중성
- 열거, 대구, 반복 등의 표현법을 활용하여 독자가 관심을 보이는 인상적인 대목을 확장적으로 서술함
  → 장면의 극대화

핵심 포인트 2 소재의 의미와 기능 파악

이 작품의 전체적인 맥락을 바탕으로 중요한 서사적 기능을 하는 소재의 의미와 기능을 파악할 수 있어야 한다.

+ 주요 소재의 의미와 기능

말집, 멍석, 호박국	가난으로 인한 흥부의 비참한 상황을 드러냄
제비	• 인물이 지닌 선함과 악함을 드러내는 기능을 함 • 인간 세계와 우화적 공간을 연결하는 매개자의 기능을 함
박(씨)	• 개인의 행위에 대한 보은과 응징의 도덕적 결과물로서의 의미를 지님 → 인간 세계에 있는 존재들의 삶에 영향을 끼침 → 흥부와 놀부가 처한 상황을 반전시키는 계기가 됨 • 환상적(비현실적) 요소를 통해 부자가 되기를 바라는 가난한 서민의 소망을 실현하는 서사적 장치 • 박을 통해 가난한 흥부가 부자가 되는 비현실성을 통해 가난한 흥부가 현실에서 결코 부자가 될 수 없다는 역설적이고 사회적인 의미를 지님

핵심 포인트 3 작품의 주제 의식 파악

이 작품은 인물의 갈등 양상을 중심으로 다양한 측면에서 작품의 주제를 파악할 수 있어야 한다.

+ 표면적 주제와 이면적 주제

주제 양상	갈등 양상	주제 의식
표면적 주제	놀부(형) ↔ 흥부(아우)	형제간의 우애
	놀부(악행) ↔ 흥부(선행)	권선징악, 인과응보, 선자필흥 악자필멸
이면적 주제	놀부(부민) ↔ 흥부(빈민)	• 조선 후기의 빈부 갈등 • 선한 흥부가 가난하고, 악한 놀부가 부유한 상황을 설정하여 현실적 모순에 대한 비판적 의식을 드러냄

↓

표면적 주제는 유교 이념에 기반한 도덕적·윤리적 주제 의식을, 이면적 주제는 조선 후기의 사회적 변화를 반영한 사회적·경제적 문제와 관련한 주제 의식을 형성함

+ 흥부와 놀부의 '부'에 대한 욕망

흥부	• 가난으로 인한 비참한 상황에서 비롯된 욕망 → 외적 조건에 의해 유발됨 • 생존에 필요한 의식주 요건들이 갖추어짐으로써 해결됨
놀부	• 놀부의 부에 대한 욕망은 계속되는 실패에도 좌절하지 않고 박 타기를 계속하는 집요함을 보여 줌 → 인간의 본능적 소유욕에서 비롯된 내적 욕망 • 재물에 대해 인간이 지닌 무한한 이기심과 탐욕을 보여 줌

작품 한눈에

• 해제

〈흥부전〉은 판소리 '흥보가'가 문자로 정착된 판소리계 소설로, 작품은 전반부와 후반부로 나누어 볼 수 있다. 전반부는 선량하지만 극심한 가난으로 고생하던 흥부가 제비 다리를 고쳐 주고, 제비가 은혜를 갚기 위해 물어다 준 박씨를 심어 부자가 되는 내용이다. 후반부는 욕심 많고 심술궂은 놀부가 동생이 부자된 사연을 듣고 일부러 제비 다리를 부러뜨리고 고쳐 준 후, 제비가 원수를 갚기 위해 물어다 준 박씨로 인해 패가망신하는 내용이다. 표면적으로는 형 놀부와 동생 흥부라는 대조적인 인물을 통해 형제간의 우애와 권선징악의 주제를 드러내고 있지만, 그 이면에서는 조선 후기 신분 변동에 따라 나타난 부민과 빈민 사이의 경제적인 갈등을 그려 내고 있다. 설화에서 차용한 모방담 구조를 활용하고 있으며 서민적이고 해학적인 문체가 나타나고 있는데, 이러한 문체상의 특징은 비극적 상황을 서민 특유의 건강한 웃음으로 극복하려는 서민 의식에서 비롯된 것으로 볼 수 있다.

• 제목 〈흥부전〉의 의미
– 가난하지만 착한 흥부가 복을 받는 이야기

주인공 '흥부'는 돈이 없어 하루하루의 생계를 걱정해야 하는 빈민이다. 아무리 노동을 해도 가난한 삶에서 벗어나지 못하지만, 도덕성을 잃지 않으며 우애 있는 인물로 결국 선행에 대한 보답을 받는다.

• 주제
① 형제간의 우애와 권선징악
② 조선 후기의 빈부 갈등

한줄 평 | 일제 강점기 농토를 잃고 간도로 이주한 조선인의 비극적 삶을 그린 작품

소금 ▶ 강경애

💬 전체 줄거리

장면 포인트 ❶ 196P

봉염네 가족은 빚에 쫓겨 조선을 떠나 간도로 이주한다. 그곳에서 중국인 지주 팡둥의 소작농으로 생계를 이어 가지만 보위단, 자×단, 마적단 등의 횡포로 어려움을 겪는다. 보위단은 대낮에도 농민들을 위협하여 돈이나 쌀을 빼앗기를 일삼는다. 그러나 공산당이 나타나자 이들을 두려워하여 지주와 함께 도시로 몰려가고, 간혹 농촌 순회를 하더라도 공산당이 있는 구역에는 들어오지 못한다. 시국이 바뀌어 공산당이 쫓겨 가자 자×단이 득세한다.

지금으로부터 사오 년 전 어느 날 밤이었다. 한밤중에 총소리와 아우성이 들렸다. 봉염네 가족은 아궁이 앞에 비밀스럽게 파 놓은 움에 몸을 숨겼다가 며칠 후에 나왔다. 그 사이 팡둥은 도망가고 팡둥의 식구 일부가 죽었다. 그 후로 팡둥은 용정으로 집을 옮겼다. 그리고 원래 팡둥이 살던 집은 자×단의 소유가 되었다.

지금의 봉염네 가족은 소작을 치면서 짬짬이 화전을 일구어 붉고 험악한 산에 밭을 작게 가지게 되었는데, 감자나 겨우 심을 뿐 무엇을 심어도 농사가 잘되던 고향의 밭에는 비할 바가 되지 못한다. 주목 게다가 이곳의 농가는 집이 열악하고 좁아서 방과 부엌이 나뉘어져 있지 않기에 사람 사는 곳 같지 않고 가축이 사는 곳같이 느껴진다. 부뚜막 앞에는 총소리가 나거나 개소리가 날 때 며칠씩 숨어 있을 비밀 토굴을 파 두고, 옷이나 곡식은 모두 움 속에 넣었다가 당장 필요한 것만 꺼내서 쓰곤 한다.

▶ 빚에 쫓겨 간도로 이주한 봉염네 가족의 궁핍한 생활상

봉염 어머니는 팡둥을 만나러 간 남편을 기다리며 집안일을 하다가 고향을 떠올린다. 소금이 풍족하여 그것으로 이를 닦을 정도였던 고향에서와 달리, 이곳에서는 소금이 너무 비싸기에 장도 제대로 담그지 못하고 음식을 늘 싱겁게 먹어야 한다. 어떤 때는 메주만 썩여서 장이라고 먹을 정도다. 봉염 어머니는 힘들게 일하는 남편에게 제대로 된 음식조차 해 주지 못하는 처지를 한스러워한다.

▶ 봉염 어머니가 팡둥을 만나러 간 남편을 기다림

이런저런 생각을 하고 있는데 학교에 갔던 봉염이가 돌아온다. 봉염 어머니가 아이에게 아버지를 보았냐고 묻자, 봉염은 팡둥의 집에서 아버지와 자×단이 함께 앉아 있는 것을 보았다고 한다. 봉염은 어머니에게 운동화를 신고 싶다고 말해 본다. 봉염 어머니는 어려운 형편에 공부도 겨우 시키는데 운동화 같은 것은 사줄 수 없다고 하며 화를 낸다. 그러자 봉염이 학교는 아버지가 보내 주는 거 아니냐며 반항하고, 봉염 어머니는 딸을 나무라면서 그 돈이 있으면 봉식이 공부를 더 시키겠다고 한다. 봉염은 어머니에게 불평을 토할 일이 아니라고 생각하면서도 자기에게 뭐라고 하는 어머니가 밉다. 봉염 어머니는 가난에 허덕이는 현실에 울컥해, 봉염에게 돈 많은 사람들에게서 태어나지 왜 우리 같은 거지들에게 태어났냐며 언짢은 기색을 드러낸다. 봉염이 왜 돈이 없냐고 하자, 봉염 어머니는 밑천이 없어 소작을 붙이니 돈이 없다고 한다. 그러고는 고향에 가졌던 밭을 떠올리니 눈물이 솟구친다.

▶ 봉염이 운동화를 사 달라고 때를 쓰며 어머니와 다툼

그때, 갑자기 총소리가 들려온다. 모녀는 마적단이나 공산당이 온 게 아닌가 하는 불안한 마음으로 건너 마을을 바라본다. 총소리가 계속해서 들리자 두 사람은 방 안으로 들어간다. 봉염 아버지는 물론이고 봉식이도 아직 집에 오지 않아 두 사람은 두려움에 떤다. 그러는 중에 밖에서 신발 소리 같은 것이 들려와 모녀는 무엇이 자기들을 죽이려고 오는 것 같아 부엌 구석의 토굴로 뛰어 들어가 숨는다. 한참 후에 어머니를 찾는 봉식의 음성이 들리자 모녀가 움 밖으로 나온다. 그리고 온몸이 피투성이인 봉식과 목에서 선혈이 샘처럼 흐르는 봉염 아버지의 모습을 본다. 봉식은 항상 아버지가 팡둥과 자×단원들에게 잘해 주는 것이 불안하고 생각했는데, 결국은 그러다가 죽임을 당한 아버지를 보자 분노가 솟구친다. 아버지의 장례를 지내고 나자 봉식은 바람을 쏘이고 오겠다며 어디론가 떠난다. 봉식은 봄이 지나도록 돌아오지 않고 소식조차 끊어져 버린다.

▶ 봉염 아버지가 공산당에게 죽고, 봉식이 집을 나감

모녀는 봉식이를 찾아 마침내 용정까지 온다. 예전에 봉식이가 용정에 다녀올 때마다 공부를 좀 해야겠다고 투덜거리던 것이 생각나, 어느 학교에 다니는 것이 아닌가 싶었기 때문이다. 그러나 모녀가 학교란 학교는 다 뒤져 보아도 봉식이는 찾을 수 없다. 온종일 봉식을 찾아 헤매던 모녀는 잘 곳이 없어 해가 져 갈 때쯤 팡둥을 찾아간다. 팡둥은 반가워하며 그들에게 그새 어디 갔었냐고 한다. 봉염 어머니는 봉식이를 찾아다녔다며 팡둥에게 봉식이가 어디 있는지 아냐고 묻는다. 하지만 팡둥은 봉식이를 만난 적이 없어 모르겠다고 대답하고, 모녀를 데리고 안으로 들어간다. 팡둥의 아내인 듯한 젊은 여자가 모녀와 팡둥을 보며 의심스러운 눈치를 보이자 팡둥은 모녀를 소개한다. 넓고 화려하게 꾸며진 팡둥의 집을 보고 모녀가 놀라며 자기들의 초라한 모습에 부끄러워한다. 팡둥은 그들에게 이곳에 친척이 있냐고 묻는다. 봉염 어머니는 없다고 대답한다. 그리고 의지할 곳이 없어 지주인 팡둥에게 찾아온 자신이 가엾다고 생각한다. 봉염 어머니는 고향 땅의 논과 벼 포기 사이를 거닐던 남편을 떠올린다. 이어, 어째서 남편과 함께 있었던 팡둥은 저렇게 살아 있는데 남편은 죽었는가 하는 생각이 들자 참고 있던 서러움이 북받친다. 팡둥은 문득 저 모녀를 집에 두고 일이나 시켜 볼까 하는 생각을 한다. 팡둥이 모녀에게 자기 집에 있으라고 하자, 봉염 어머니는 봉식이가 찾아올지도 모를 일이라고 생각한다.

▶ 봉식을 찾아 용정에 온 봉염 모녀가 팡둥의 집에 머물게 됨

모녀는 팡둥의 집에서 일을 하며 그날그날을 살아간다. 팡둥은 날이 갈수록 그들에게 친절하게 굴며, 밤이 깊도록 그들의 방에서 이

야기를 나누기도 하고, 옷감이나 먹을 것을 주기도 한다. 그러던 어느 날, 팡둥의 아내가 친정집으로 가고 봉염 어머니는 팡둥의 아내가 맡겨 두고 간 팡둥의 속옷을 재봉침한다. 팡둥의 아내가 언제 돌아올지 모르기에 밤에 잠도 못 자고 미싱을 돌리고 있는데, 팡둥이 부는 처량한 피리 소리가 들려온다. 봉염 어머니는 한숨을 쉬며 아들 봉식이를 생각한다. 팡둥은 친절하였지만 팡둥의 아내는 싫은 기색을 보였기에, 언제까지 이곳에 있을 수 없는 일이므로 봉식의 소식이 더욱 간절하게 느껴진다. 봉염 어머니는 팡둥에게 부탁하여 집을 얻어 볼까 하다가도 살림이 하나도 없으니 어찌할 도리가 없다고 생각한다. 어느덧 피리 소리도 그치고 사방이 고요한 가운데 잠든 딸의 숨소리만 들린다. 봉염은 남편의 짧은 일생을 회상하며 소금이 부족하여 반찬 한번 맛있게 해 주지 못하던 것을 떠올린다. 그에 비해 팡둥의 집은 돈이 많아 소금을 아낌없이 쓰고 있으니, 돈만 있으면 뭐든 다 할 수 있는데 우리는 어째서 돈을 모으지 못한 것인지 생각한다. 그때 발소리가 나더니 문이 열리고 팡둥이 웃으며 들어온다. 봉염 어머니는 일어나서 일감을 한 손에 든다. 팡둥에게 집을 얻어 달라고 해 볼까 말까 고민하고 있는데, 팡둥이 봉염 어머니가 든 일감을 잡아당기며 나가서 다과를 먹자고 말한다. 봉염 어머니는 팡둥의 아내가 없는 지금, 그를 따라가는 것이 주저되어 배고프지 않다고 대답한다. 하지만 팡둥은 일감을 빼앗아 들고 어서 가자며 언성을 높인다. 봉염 어머니는 순간 놀라서 어쩔 수 없이 팡둥을 따라나선다. 그날 밤의 일로 봉염의 어머니는 원치 않는 임신을 하게 되고, 팡둥은 봉염 어머니를 냉랭하게 대한다. 봉염 어머니는 팡둥의 아내를 부러워하면서 자신의 처지를 슬퍼한다. 그리고 팡둥에게 먹고 싶은 냉면 하나 사 달라고 못하는 것이 다 자기가 못난 탓인 것 같다고 생각한다. 고작 먹을 것이나 생각하는 것이 어린애 같아 자신이 우습고 가련하게 느껴졌으나 임신한 아이를 떨어뜨리려고 별짓을 다할 때도, 결국 자살을 결심한 순간에도 냉면이 먹고 싶었던 것이 떠오른다. 봉염 어머니는 남의 눈에 들키지 않으려고 불러오는 배를 꽁꽁 동이고 밥도 굶는다.

▶ 봉염 어머니가 원치 않게 팡둥의 아이를 임신함

그러던 중, 집을 비웠던 팡둥이 돌아와 봉염 어머니를 찾는다. 소리를 빽 하고 지르는 팡둥의 아내 목소리에 봉염 어머니가 불안해하며 팡둥의 방으로 간다. 팡둥의 아내는 모녀에게 당장 집에서 나가라고 한다. 공산당과 우리는 원수인데, 봉식이 공산당에 들어간 일로 공개 처형당하는 것을 보았다는 것이다. 모녀는 충격에 휩싸여 아뜩해하다가 팡둥을 바라본다. 팡둥은 자기 욕심을 채운 후로는 모녀를 내보낼 구실만 찾고 있던 참이라 곧장 모녀를 쫓아낸다.

▶ 봉식이 공산당에 들어가 처형당한 일로 팡둥이 봉염네 모녀를 쫓아냄

모녀는 쫓겨나 해란강변으로 간다. 봉염 어머니는 아무리 생각해도

똑똑한 봉식이가 아버지를 죽인 원수인 공산당에 들어갔을 리가 없다고 생각하며 분노한다. 그리고 시원히 국자가로 가서 봉식의 소식을 알아보고, 봉식이 공산당에 들어가 처형당한게 사실이라면 팡둥네 집에 가서 모두 죽이고 자살해야겠다고 결심한다. 그날 밤 모녀는 해란강변에 있는 중국인 집을 찾아가 나물을 다듬어 주고 겨우 헛간에서 자는 것을 허락받는다. 밤이 깊자, 봉염 어머니는 산통을 느낀다. 그리고 새는 비를 맞으며 겨우 아이를 낳았는데, 갓난아기를 죽여 강에 버리고자 하였다가도 모성애 때문에 차마 그러지 못한다. 봉염 어머니는 아이를 끌어안으며 봉염과 갓난아기를 위해서라도 꼭 살리라 다짐한다. 그리고 아기의 이름을 봉희로 짓는다.

▶ 봉염 어머니가 헛간에서 봉희를 낳음

다음 날 아침, 봉염은 핏물로 더러워진 옷을 빨러 강가에 나갔다가 가까이 지냈던 용애 어머니를 만나 헛간으로 데리고 온다. 봉염 어머니는 용애 어머니에게 며칠만 집에 있게 해 달라고 부탁하고, 용애 어머니는 그들을 데리고 자기 집으로 간다. 봉염 어머니는 근근이 살아가는 용애네 집에 신세를 더 질 수가 없어 자기도 일을 하겠다고 한다. 그러자 용애 어머니는 유모를 구하는 집이 있다며 소개해 준다. 며칠 후 봉염 어머니는 명수네 집 유모로 들어가고, 봉염이와 봉희에게 조그만 방을 얻어 준다. 봉염 어머니가 명수네 유모로 처음 들어갔을 때는, 밤마다 옷도 못 벗고 누워 있다가 명수네 식구가 잠들면 봉희를 찾아와 젖을 먹이곤 했다. 그런데 이것을 눈치챈 명수 어머니가 밤마다 감시를 하는 바람에 봉염 어머니는 속옷 바람으로 누워 있다가 틈을 봐서 집에 오곤 한다.

▶ 봉염 어머니가 유모로 들어가 명수를 돌보며 생계를 이음

그러던 어느 여름날, 봉염이 열병에 걸려 앓아눕는다. 봉염은 열에 들떠 비몽사몽인 와중에 비 오는 밤에 문밖까지 나가서 어머니를 기다리고, 마침 빗속을 달려온 봉염 어머니는 놀라서 아픈 봉염을 방에 눕힌다. 봉염 어머니는 아픈 딸을 보고 유모 일을 그만둬야겠다고 생각하면서도 생계 걱정을 하고, 결국 몰래 나온 것이 마음에 걸려 명수네로 돌아간다. 결국 사흘 후에 봉염이 죽고 봉희까지 앓다가 죽는다. 봉염 어머니는 유모 자리에서 내쳐진다. 자매가 모두 죽는 것을 본 주인집에서도 봉염 어머니에게 나가라고 한다. 하지만 봉염 어머니는 절대 나가지 않겠다며 방 안에 누워서 버틴다.

▶ 봉염 어머니가 두 딸을 모두 잃고 명수네 집에서도 쫓겨남

봉염 어머니는 남의 집 자식을 키우다가 자기 자식을 다 죽였다고 생각해 서럽게 운다. 급기야 젖을 먹이던 명수의 얼굴까지 떠오른다. 봉염 어머니는 명수 때문에 자기 자식들이 죽었다고 생각하며 애써 잊으려 해 보지만 자꾸만 명수가 그리운 마음이 든다. 봉염 어머니는 자기에게 닥친 일들이 남편이 죽었기 때문이라고 단정한다. 그리고 남편을 죽인 공산당을 철천지원수라고 여긴다. 봉염 어머

니는 자리에 누워 봉식이의 소식을 알아보러 국자가에 가 볼까 생각하다가 가기 전에 명수를 봐야겠다고 생각한다. 그러다가 명수를 보지 못하게 하는 명수 어머니를 떠올리는데, 감자 삶는 냄새가 풍겨 오자 이내 그것을 한 톨 먹고 싶어 하는 자신이 기가 막혀 웃는다. 봉염 어머니는 다시 죽은 딸들을 떠올리곤 공동묘지에나 가 볼까 해서 일어나 걷다가 용애 어머니와 마주친다. 용애 어머니는 자신을 보자마자 명수를 찾는 봉염 어머니에게 명수네 일은 잊으라고 한다. 그리고 산 사람은 먹어야 하지 않겠냐며 먹을 것을 갖다 준다. 그러고는 자기 남편이 소금 장사를 하러 떠났는데 봉염 어머니도 몸이 튼튼해지거든 해 보라며 소금 밀수를 권한다. 이곳에서는 소금이 이원 삼십 전이지만 조선에서는 삼십 전이 채 되지 못하니 크게 남는다는 것이다. 봉염 어머니는 이제 자식도 다 잃은 자신이 누구를 위해 위험을 무릅쓰고 소금 장사를 하나 생각하다가, 아무리 제 한 몸이라도 스스로 벌지 않으면 아무도 밥을 먹어 주지 않는다는 결론을 얻는다.

▶ 용애 어머니가 찾아와 봉염 어머니에게 먹을 것을 주고 소금 밀수를 권함

장면 포인트 ❸ 203P

어느 날 밤 봉염의 어머니는 소금 밀수하는 일행에 들어간다. 일행은 모두 여섯인데 그중에 여인은 봉염 어머니뿐이다. 더군다나 북국 날씨가 몹시 스산한 가운데 남들이 다 솜옷을 입은 것과 달리, 봉염 어머니는 겹옷에 발가락이 나오는 고무신 차림이다. 일행은 순사에게 들킬까 봐 말 한마디 하지 못하고 며칠을 걷는다. 봉염 어머니는 다른 남자들만큼 소금 자루를 짊어지지 못했는데도 무게를 버티지 못하고 힘들어한다. 그렇게 소금 자루를 머리에 인 채 강을 건너는 도중 봉염 어머니는 미끄러운 바위를 밟고 죽을 뻔하게 되는데, 길잡이가 가던 길을 되돌아와 겨우 봉염 어머니를 일으킨다. 길잡이는 소금 자루를 대신 메고 봉염 어머니의 손을 꼭 쥔 채 강을 건넌다. 먼저 강을 건너 기다리던 일행들은 이들이 무사히 건너온 것을 보고 안도하며 눈물을 보인다. 그리고 봉염 어머니의 신세를 불쌍하게 생각하며 그녀를 일행의 가운데에 끼워서 길을 계속 간다. 봉염 어머니는 이번에는 조 벤 자국과 수수 벤 자국에 발이 찔려서 견딜 수 없이 아팠지만 다 낡은 고무신도 아까워 차마 벗어 버리지 못하고 길을 계속 걷는다. 그렇게 걷던 일행은 산마루턱에서 누군가를 마주친다. 봉염 어머니는 두려움에 떤다. 그러나 그들은 '당신네들이 왜 이 밤중에 단잠을 못 자고 이 소금 짐을 지게 되었는지 알으십니까!'와 같은 일장 연설을 하고 잘 가라는 인사까지 하며 일행을 보내 준다. 봉염 어머니는 그들을 공산당으로 추측하는데, 남편을 죽이고 자기를 이렇게 힘들게 살게 한 원수를 보고도 꼼짝하지 못한 자신을 못났다며 탄식한다. 그러면서도 살겠다고 소금 짐을 지고 걷는 자기가 기가 막혔고, 그런 동시에 왜 공산당은

소금 짐을 빼앗지 않고 보내주었는가 하는 의문을 품는다. 일행은 낮에는 숨어 있고 밤에만 걸어서 사흘 만에 겨우 용정에 도착한다.

▶ 봉염 어머니가 죽을 고생을 하며 소금을 밀수입함

봉염 어머니는 집에 와서 소금 자루를 감춰 놓고 세상을 떠난 아이들과 이제 만나지 못하는 명수를 생각하며 주저앉아 운다. 그리고 소금을 이제 어떻게 팔아야 할까 고민한다. 봉염 어머니는 소금을 판 돈으로 밀린 집세를 내고 이것을 밑천으로 무슨 장사라도 해야겠다고 생각하면서 소금 한 덩이를 입에 넣는다. 그리고 문득 이 소금으로 장을 담가 가족들에게 먹이면 얼마나 좋을까 하는 생각이 들어 한숨을 쉰다. 봉염 어머니는 소금을 지고 오느라 이그러지고 부어 오른 머리를 어루만지며 봉식을 그리워하다 잠이 든다.

날이 환하게 밝았다. 순사들이 봉염 어머니를 찾아와 소금 자루를 꺼내 놓고 소금표를 내놓으라고 소리친다. 관염(官鹽)은 꼭 표를 써 주는데 봉염 어머니에게 그런 것이 있을 리가 없다. 순사는 봉염 어머니가 사염(私鹽)을 파는 것을 눈치채고 잡아간다.

▶ 순사가 들이닥쳐 봉염 어머니를 잡아감

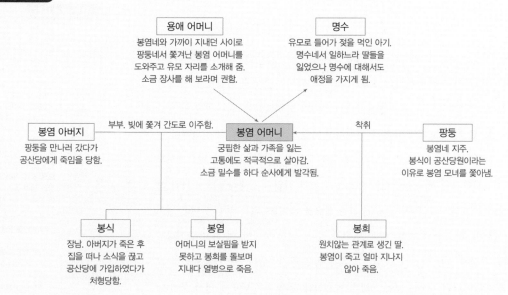

용애 어머니
봉염네와 가까이 지내던 사이로
팡둥네서 쫓겨난 봉염 어머니를
도와주고 유모 자리를 소개해 줌.
소금 장사를 해 보라며 권함.

명수
유모로 들어가 젖을 먹인 아기.
명수네서 일하느라 딸들을
잃었으나 명수에 대해서도
애정을 가지게 됨.

봉염 아버지
팡둥을 만나러 갔다가
공산당에게 죽임을 당함.

부부. 빚에 쫓겨 간도로 이주함.

봉염 어머니
궁핍한 삶과 가족을 잃는
고통에도 적극적으로 살아감.
소금 밀수를 하다 순사에게 발각됨.

착취

팡둥
봉염네 지주.
봉식이 공산당원이라는
이유로 봉염 모녀를 쫓아냄.

봉식
장남. 아버지가 죽은 후
집을 떠나 소식을 끊고
공산당에 가입하였다가
처형당함.

봉염
어머니의 보살핌을 받지
못하고 봉희를 돌보며
지내다 열병으로 죽음.

봉희
원치않는 관계로 생긴 딸.
봉염이 죽고 얼마 지나지
않아 죽음.

<보기>로 나오는 작품 외적 준거

이주 한인의 적대적 환경과 적빈의 삶, 그리고 계급적 각성과 분노 감정의 표출

강경애의 <소금>은 일본 제국주의의 폭압적 식민 통치와 수탈 경제를 견디다 못해 고향을 등지고 이주한 간도에서 우리 민족이 어떻게 고난의 삶을 살았는가를 주인공인 봉염 모의 삶을 통해 보여 준다. 이 작품은 간도에서 남편과 자식들을 차례로 잃어 가며 몸으로 살아갈 수밖에 없었던 조선 이주 여성의 적빈(몹시 가난함)의 삶과 계급적 자아 각성을 주제로 삼고 있다.

봉염 가족이 이주한 싼더거우는 1920년에 청산리 전투가 일어났던 곳인 만큼 정치적으로 매우 예민한 지역이다. 이주 후 봉염 가족은 중국인의 땅을 얻어 농사를 짓게 되었지만 그들이 살아가는 나날은 적대적이고 불안한 상황에 지배되어 있었다. 주인공은 열악하기 그지없는 주거와 늘상 배고픔에 시달려야 하는 궁핍 속에서 십여 년의 세월을 뼈 빠지게 일하며 불안하게 생존하지만, 결국 남편이 정확히 누구의 총에 왜 맞아 죽었는지도 모르게 억울한 죽음을 당하게 된다. 이처럼 강경애는 의식주의 열악함과 궁핍을 넘어서 생명의 안전조차 담보되지 못한 간도 이주 한인이 겪은 수난의 역사를 폭로하고 있다.

주인공은 작품이 발단될 때부터 적대적이고 위협적인 상황에 대한 불안을 느끼며, 사람은 죽어야 고생을 면할 수 있다고 생각하거나 아무리 노력해도 벗어날 수 없는 궁핍에 팔자타령, 탄식으로 일관해 왔다. 딸 봉염의 '왜 돈이 없냐'는 불평에도 없으면 자식한테까지 모욕을 받는구나 하고 노여운 생각이 들며 그저 이 모두가 내 땅이 없기 때문이라 생각하는 데서 한 발자국도 나아가지 못했다.

그런데 남편과 자식을 모두 잃고 두만강을 오가는 목숨을 건 소금 밀수에 나선 주인공이 무장한 공산당을 만나게 되고, 그들이 "여러분! 당신네들은 왜 이 밤중에 단잠을 못 자고 이 소금 짐을 지게 되었는지 알으십니까"라는 연설만 하고 그냥 보내 주자 의문을 품게 된다. 천신만고 끝에 소금 밀수에 성공하여 돌아온 다음 날 아침 사염 단속을 나온 순사에게 발각되어 소금을 빼앗기자 주인공은 전날 들은 공산당의 말이 떠오르며, 계급적 각성으로 나아가기 시작한다.

– 송명희, 주인공의 분노 감정과 계급적 자각 – 강경애의 <소금>을 중심으로, 2023

장면 포인트 ❶

- 이 작품은 일제 강점기를 배경으로, 조선에서 땅을 잃고 간도 지역으로 이주해야 했던 빈민 계층 여인의 고통스러운 삶을 형상화한 소설이다.
- 해당 장면은 봉염네가 간도에서도 여전히 수탈당하는 삶을 사는 가운데, 봉염 어머니가 지주 팡둥이 왔다는 기별을 받고 집을 나간 남편에 대한 불안감을 떨쳐 내지 못하고 있는 부분이다.
- 시대적 배경과 공간적 배경에 주목하여 인물이 처한 상황과 중심 소재인 '소금'의 상징적 의미를 파악하도록 한다.

농가
<u>작품의 소제목. 이 작품은 사건의 진행 과정에 따라 '농가', '유랑', '해산',</u>
<u>'유모', '어머니의 마음', '밀수입' 등의 소제목을 붙임</u>
중국의 간도에서 소작인으로 살아가는 주인공 가족을 상징함

봉염 어머니의 노동력을 착취하고 강제로 겁탈하는 인물
용정서 <u>팡둥(중국인 지주)</u>이 왔다고 <u>기별</u>이 오므로 남편은 벽에 걸어 두고 아끼던
중국 길림성의 도시. 중국인 지주 팡둥이 사는 곳   소식   주인공(= 봉염 어머니)
<u>수목 두루마기</u>를 꺼내 입고 문밖을 나갔다. 봉식 어머니는 <u>어쩐지 불안을 금치 못하</u>
낡은 솜으로 실을 켜서 짠 무명   늘 불안에 떨어야 하는 이주민의 삶 + 앞으로 전개될 사건 암시
여 문을 열고 바쁘게 가는 남편의 뒷모양을 물끄러미 바라보았다. 참말 팡둥이 왔을
<u>까? 혹은 자×단(自×團)</u>들이 또 돈을 달려고 거짓 팡둥이 왔다고 하여 남편을 데
△: 조선 이주민을 비롯한 농민들을 수탈하는 세력   남편이 불려 나간 것에 불안감을 느낀 이유
려가지 않는가? 하며 그는 울고 싶었다. 동시에 <u>그들의 성화를 날마다 받으면서도</u>
돈을 내놓으라는 재촉
불평 한마디 토하지 못하고 터덜터덜 애쓰는 남편이 끝없이 불쌍하고도 가여워 보
남편에 대한 봉염 어머니의 마음
였다. 지금도 저렇게 가고 있지 않은가! 그는 한숨을 푹 쉬며 없는 사람은 내고 남이
힘들게 살아가는 생활에 대한 체념적 인식
고 모두 죽어야 그 고생을 면할 게야, 별수가 있나, 그저 죽어야 해 하고 탄식하였
다. 그리고 <u>무심히 그는 벽을 긁고 있는 그의 손톱을 발견하였다.</u> 보기 싫게 기른 그
남편에 대한 걱정이 무의식적 행동으로 드러남   손톱을 다듬을 여유가 없음
의 손톱을 한참이나 바라보는 그는 사람의 목숨이란 끊기 쉬운 반면에 역시 끊기 어
려운 것이라 하였다.
▶ 고통스럽게 살아가는 봉염네 가족

「그들이 바가지 몇 짝을 달고 고향서 떠날 때는 마치 끝도 없는 망망한 바다를 향
가난한 살림살이   조선   희망을 지닐 수 없는, 막막하고 암담한 심정
하여 죽음의 길을 떠나는 듯 뭐라고 형용하여 아픈 가슴을 설명할 수 없었다. 그러
나 불행 중 다행으로 <u>이곳까지 와서 어떤 중국인의 땅을 얻어 가지고 농사를 짓게 되</u>
간도의 '싼더거우(三頭溝)'   팡둥
<u>었으나</u> 중국 군대인 보위단(保衛團)들에게 날마다 위협을 당하여 죽지 못해서 그날
당시 간도로 이주한 조선인들의 삶을 단적으로 제시함
그날을 살아가곤 하였다. 그러기에 그들은 아침 일어나는 길로 하늘을 향하여 오늘
수탈과 위협으로부터 벗어나고 싶은 소망
무사히 보내기를 빌었다.」
「 」: 서술자가 봉염네 가족이 처한 상황을 간략하게 제시하여 독자의 이해를 도움
보위단들은 그들이 받는 바 월급만으로는 살 수가 없으니 농촌으로 돌아다니며
보위단은 처음에는 먹고살기 위해 농민들의 돈이나 식량을 수탈함
한 번 두 번 빼앗기 시작한 것이 지금에 와서는 으레 할 것으로 알고 아무 주저 없
이 <u>백주</u>에도 농민을 위협하여 빼앗곤 하였다. 그러니 농민들은 보위단 몫으로 언제
환히 밝은 낮
나 돈이나 기타 쌀을 준비해 두지 않으면 목숨이 위태한 것을 깨닫고 아무것도 못 하
더라도 준비해 두곤 하였다. 그동안 이어 나타난 것이 공산당이었으니「그 후로 지주
와 보위단은 무서워서 전부 도시로 몰리고 간혹 농촌으로 순회를 한다더라도 공산
당이 있는 구역에는 감히 들어오지를 못하게 되었다.」그러나 시국이 바뀌며 공산당
「 」: 지주, 보위단에게 공산당은 위협적인 존재임
이 쫓기어 들어가면서부터 <u>자×단</u>들이 나타나게 된 것이었다. 그는 그의 손톱을 바
지주와 보위단에 이어 나타난 수탈 세력
라보며 몇 번이나 보위단들에게 죽을 뻔하던 것을 생각하며 그나마 오늘까지 목숨이
생명까지 위협당하는 현실

작품 분석 노트

・서술상 특징

특정 인물의 시각을 통한 서술	・'남편은 벽에 걸어 두고 아끼던 수목 두루마기를 꺼내 입고 문밖을 나갔다.' ・'애쓰는 남편이 끝없이 불쌍하고도 가여워 보였다. 지금도 저렇게 가고 있지 않은가!' → 전지적 시점에서 사건을 전개하면서 부분적으로 봉염 어머니의 시각을 빌려 상황이나 다른 인물에 대해 서술함
서술자의 직접 제시	・'봉식 어머니는 어쩐지 불안을 금치 못하여 ~' ・'참말 팡둥이 왔을까? ~ 하며 그는 울고 싶었다.' → 주인공인 봉염 어머니의 심리나 생각은 전지적 시점에서 서술자가 직접 제시함

・농민들을 위협하는 세력들

지주, 보위단	・지주: 농민들의 노동력을 착취하는 존재임 ・보위단: 농촌으로 돌아다니며 농민들을 위협해 수탈해 감

↓

공산당	・지주, 보위단 등과 대립하는 세력: 지주, 보위단은 공산당을 두려워하여 도시로 몰리거나 공산당이 있는 농촌에는 들어가지 않음 ・농민들의 생명을 위협하기도 하는 존재: 지주, 보위단, 자×단과의 첨예한 갈등 과정에서 민중들이 희생됨

↓

자×단	공산당이 퇴각하면서부터 나타난 수탈 세력임

붙어 있는 것이 기적같이 생각되었다. 그리고 남편을 찾았을 때 벌써 남편의 모양은
_{남편의 뒷모습을 찾아봄}

보이지 않았다. 그는 멀리 토담 위에 휘날리는 깃발을 바라보며 남편이 이젠 건넛
_{흙으로 쌓아 만든 담} _{마을 자×단의 세력권임을 상징함}

마을까지 갔는가 하였다. 그리고 잠깐 잊었던 불안이 또다시 가슴에 답답하도록 치
_{자×단의 사무실(팡둥의 옛집)이 있는 곳}

민다. 남편의 말을 들으니 자×단들에게 무는 돈은 다 물었다는데「참말 팡둥이 왔는
_{팡둥은 용정에 살고 있으나 싼더거우에 땅을 가지고 있어 농사철에 옴}

지 모르지, 지금이 씨 뿌릴 때니 아마 왔을 게야, 그러면 오늘 봉식이는 팡둥을 보지
_{아들. 이버지가 죽은 뒤 집을 나가 공산당 활동을 하다 공개 처형을 당함}

못하겠지, 농량도 못 가져오겠구먼」하며 다시금 토담을 바라보았다. 저 토담은 남편
_{농사짓는 동안 먹을 양식} 「♪: 서술자가 봉염 어머니의 생각을 인용 표시 없이 직접 제시함 – 봉염 어머니의 시각에서 서술함

과 기타 농민들이 거의 일 년이나 두고 쌓은 것이다. 마치 고향서 보던 성같이 보였
_{마적단의 위협에 대비하기 위한 담} _{지주인 팡둥의 집이 어떤 집단에게 습격당해 그의 가족이 살해당한 일}

다. 그는 토담을 볼 때마다 지금으로부터 사오 년 전 그 어느 날 밤 일이 문득문득
_{봉염 어머니가 팡둥의 가족이 살해당한 사건을 떠올리는 매개체}

생각되었다. 그날 밤 한밤중에 총소리와 함께 사면에서 아우성소리가 요란스러이 났
_{봉염네 가족} _{누군가가 죽었음을 암시하는 소리 → 불안감, 공포감 형성}

다. 그들은 얼핏 아궁 앞에 비밀리에 파 놓은 움에 들어가서 며칠 후에야 나와 보니
_{일시적으로 숨어서 지낼 수 있는 비밀 토굴 → 늘 목숨의 위협을 받아야 하는 상황임을 보여 줌}

팡둥은 도망가고 기타 몇몇 식구는 무참히도 죽었다. 그 후로부터「팡둥은 용정에다

집을 사고 다시 장가를 들고 아들딸을 낳아서 지금은 예전과 조금도 차이가 없이 살
「♪: 빈민인 농민 계층과 달리 지주인 팡둥은 큰 시련을 겪고도 어렵지 않게 본래 생활을 회복함

았던 것이다.」

　　팡둥이 용정으로 쫓기어 들어간 후에 저 집은 자×단들의 소유가 되었다. 그래서
_{싼더거우에 있는 팡둥의 집}

저렇게 기를 꽂고 문에는 파수병이 서 있었다. 　　▶ 늘 부당하게 수탈당하며 살아온 날들
_{위압감을 주는 모습}

　　그는 눈을 옮겨 저 앞을 바라보았다. 그 넓은 들에 햇볕이 가득하다. 그리고 조 겨
_{조를 찧어 벗겨 낸 껍질}

같은 새 무리들이 그 푸른 하늘을 건너질러 펄펄 날고 있다. 우리도 언제나 저기다
_{안정적으로 생계를 유지할 수 있는 생활에 대한 바람}

땅을 가져 보나 하고 그는 무의식간에 탄식하였다. 그리고 그나마 간도 온 지 십여
_{자신의 땅을 소유하지 못한 이주민의 소외감}

년 만에 내 땅이라고 몫을 짓게 된 붉은 산을 보았다. 저것은 아주 험악한 산이었는
_{나무가 적어 맨땅이 드러난 산. '햇볕 가득한 넓은 들'과 대조적임}

데 그들이 짬짬이 화전을 일구어서 이젠 밭이 되었다. 그러나 아직도 완전한 곡식은
_{자신의 농지를 가지려는 노력의 결과} _{제대로 된 농사를 지을 만큼 완전히 개간되지는 않았음}

심어 보지 못하고 해마다 감자를 심곤 하였다.
_{척박한 땅에서도 잘 자라는 작물}

　　올해는 저기다 조를 갈아 볼까, 그리고 가녘으로는 약간 수수도 갈고…… 그때 그
_{둘레나 끝에 해당되는 부분. 가장자리}

의 머리에는 뜻하지 않은 고향이 문득 떠오른다. 무릎을 스치는 다복솔밭 옆에 가졌
_{간도에서의 자신의 불우한 처지를 더욱 느끼게 함} _{가지가 탐스럽고 소복하게 많이 퍼진 어린 소나무가 많이 들어선 밭}

던 그의 밭! 눈에 흙 들기 전에야 어찌 차마 그 밭을 잊으랴! 아무것도 심어도 잘되
_{고향에서 억울하게 빼앗겨 버린 자신들의 밭을 떠올리며 안타까워함} _{'화전 밭'과 대조됨}

던 그 밭! 죽일 놈! 장죽을 물고 그 밭머리에 나타나는 참봉 영감을 눈앞에 그리며
_{참봉 영감에 대한 적대감} _{고향에서 봉염네의 밭을 빼앗은 인물}

그는 이렇게 중얼거렸다. 그리고 가슴이 울렁거리며 손발이 가늘게 떨리는 것을 깨
_{자신들의 땅을 빼앗은 참봉 영감에 대한 분노와 증오. 억울함 등이 담김}

달으며 그는 고향을 생각지 않으려고 눈을 썩썩 부비치고 정신을 바짝 차렸다. 그때
_{문맥상 '비비고'라는 의미로 보임}

뜰 한구석에 쌓아 둔 짚낟가리에 조잘대는 참새 소리를 요란스러이 들으며 우두커
_{과거 회상에서 벗어남}

니 섰는 자신을 얼핏 발견하였다. 그는 곧 돌아섰다. 방 안은 어지러우며 여기 일감
_{과거 회상에서 벗어남}

이 나부터 손질하시오 하는 것 같았다. 그는 분주히 비를 들고 방을 쓸어 내었다. 그

리고 군데군데 뚫어진 삿자리 구멍을 손끝으로 어루만지며 잘살아야 할 터인데 그놈
_{갈대를 엮어서 만든 자리}

그 참봉 놈 보란 듯이 우리도 잘살아야 할 터인데…… 하며 그의 눈에는 눈물이 글썽
_{땅을 빼앗기고 고향을 떠나 정착한 곳에서도 가난을 면치 못하는 서러움}

글썽해졌다.「아무리 마음만은 지독히 먹고 애를 써서 땅을 파나 웬일인지 자기들에
「♪: 바람과 달리 아무리 노력해도 궁핍함에서 벗어나지 못하는 자신의 처지에 대한 안타까움

・간도 지역에 이주한 조선인의 상황

부정적인 외적 상황
・지대를 과도하게 부과하는 등의 중국인 지주의 횡포 ・보위단, 자×단, 마적단 등의 재물 수탈과 목숨 위협 ・자신의 농지를 가지기 힘든 상황 ・고통스러운 현실을 벗어날 희망이 보이지 않는 암울한 상황

↓

보다 나은 삶을 기대하고 이주하였으나 오히려 고향(조선)에서의 삶보다 더 고통스럽고 비참한 생활을 함

・공간적 배경(간도)의 상황 및 의미
당시 간도의 상황을 작가의 다른 작품을 통해 구체적으로 알 수 있다.

이곳은 간도다. 서북으로는 시베리아, 동남으로는 조선에 접하여 있는 땅이다. 영하 40도를 중간에 두고 오르고 내리는 이 땅이다.
그나마 애써 농사를 지어 놓고도 또다시 기한(飢寒)에 울고 있지 않은가! 백미 1두(斗: 말)에 75전, 식염(食鹽: 소금) 1두에 2원 20전, 물경 백미 값의 3배! 이 일단을 보아도 철두철미한 ××수단의 전폭을 엿보기에 어렵지 않다. '가정이 공어맹호야(苛政 恐於 猛虎也: 가혹한 정치가 무서운 호랑이보다 공포스럽다.)'라던가? 이 말을 일찍 들어 보았다.
　　　　　　　　　　– 강경애, 〈이역의 달밤〉

↓

1930년대 중반 간도는 고향(조선)보다 나을 것도 없는 지역임

↓

조선 이주민들의 비극적인 삶이 이루어지는 곳

・봉염네의 상황

조선
・무엇을 심어도 잘되는 밭을 가지고 있었음 ・참봉 영감에게 기름진 밭을 빼앗김

간도
・중국인의 땅을 소작하여 살아감 ・보위단, 자×단, 마적단 등에게 수탈을 당하고 생명까지 위협당함 ・십여 년 만에 화전을 일구어 밭을 만듦 ・화전 밭에는 감자 정도를 심을 수 있을 뿐, 아직은 완전한 곡식을 심지 못함

↓

삶의 터전을 잃고 고향을 떠나 간도로 왔지만 고향에서보다 더 열악한 환경과 비참한 처지에 놓이게 됨

게는 닥치느니 불행과 궁핍이었던 것이다. 팔자가 무슨 놈의 팔자야 하느님도 무심

하지 누구는 그런 복을 주고 누구는 이런 고생을 시키고……, 이렇게 생각하며 그는

방 안을 구석구석이 쓸었다. 그리고 비 끝에 채어 대구루루 대구루루 굴러다니는 감

자를 주워 바가지에 담으며 시렁을 손질하였다. 이곳 농가는 대개가 부엌과 방 안이

통해 있으며 방 한구석에 솥을 걸었다. 그리고 그 옆에 시렁을 매곤 하였다. 그가 처

음 이곳에 와서는 무엇보다도 방 안이 맘에 안 들고 도야지굴이나 쇠 외양간같이 생

각되었다. 그리고 어쩌다 손님이 오면 피해 앉을 곳도 없었다. 그러니 멍하니 낯선

손님과도 마주 앉지 않으면 안 되게 되었다. 그러나 시일이 차츰 지나니 낯선 남성

손님이 온다더라도 처음같이 그렇게 어색하지는 않았다. 그저 그렁저렁 지낼 만하였

다. 그리고 반드시 부뚜막 앞에는 비밀 토굴을 파 두는 것이다. 그랬다가 「어디서 총

소리가 나든지 개소리가 요란스레 나면 온 식구가 그 움 속에 들어가서 며칠이든지

있곤 하였다. 그리고 옷이나 곡식도 이 움에다 넣고서 시재 입는 옷이나 먹을 양식

을 조금씩 꺼내 놓고 먹곤 하였다. 말할 것도 없이 보위단이며 마적단 등이 무서워

서 이렇게 하곤 하였다.」 ▶ 간도에서의 궁핍하고 불안한 생활

  시렁을 손질한 그는 바구니에 담아 둔 팥을 고르기 시작하였다. 고요한 방 안에

팥알 소리만 재그럭 자르르 하고 났다. 팥알과 팥알로 시선이 옮아지는 그는 눈이

피곤해지며 참새 소리가 한층 더 뚜렷이 들린다. 동시에 저 참새 소리같이 여러 가

지 생각이 순서 없이 생각났다. 「내일이라도 파종을 하게 되면 아침 점심 저녁에 몇

말의 쌀을 가져야 할 것, 오늘 봉식이가 팡둥을 만나지 못해서 쌀을 못 가져올 것,

그러나 나무를 팔아서 사라고 한 찬감은 사 오겠지……, 생각이 차츰 희미해지며 졸

음이 꼬박꼬박 왔다. 그는 눈을 부비치고 문밖으로 나오다가 무심히 눈에 뜨인 것

은 벽에 매달아 둔 메주였다. '참 메주를 내놓아야겠다.' 하며 바구니를 밖에 내놓고

서 메주를 떼어서 문밖에 가지런히 내놓았다. 그리고 그는 비를 들고 메주의 먼지를

쓸어 내었다. 그는 하나하나의 메줏덩이를 들어 보며, 간장이나 서너 동이 빼고 고

추장이나 한 단지 담그고…… 그러자면 소금이나 두어 말은 가져야지 소금…… 하

며 그는 무의식간 한숨을 푹 쉬었다. 그리고 또다시 고향을 그리며 멍하니 앉아 있

었다. 고향서는 소금으로 이를 다 닦았건만…… 다리는 데도 소금 한 줌이면 후련하

게 내려갔는데 하였다. 그가 고향 있을 때는 하도 흔한 것이 많으니까 소금 같은 데

는 생각이 미치지 못하였는지는 모르나 어쨌든 이곳 온 후부터 그는 소금 때문에 남

몰래 운 적이 한두 번이 아니었다. 소금 한 말에 이 원 이십 전! 농가에서는 단번에

한 말을 사 보지 못한다. 그러니 한 근 두 근 극상 많이 산대야 사오 근에 지나지 못

한다. 그러므로 장 같은 것도 단번에 담그지를 못하고 소금 생기는 대로 담그다가도

어떤 때는 메주만 썩여서 장이라고 먹곤 하였다. 장이 싱거우니 온갖 찬이 싱거웠다.

끼니때가 되면 그는 <u>남편의 얼굴부터 살피게 되고 어쩐지 맘이 송구하였다.</u> 남편
간이 제대로 되지 않은 반찬을 내놓아야 하는 상황에 대한 미안함

은 입 밖에 말은 내지 않으나 번번이 얼굴을 찡그리고 <u>밥술이 차츰 느려지다가 맥없</u>
숟가락   음식이 싱거워 맛이 없다는 말   반찬이 싱거워서 밥을 먹기 어려움 – 소금이 부족해서 생긴 문제

이 줄을 놓곤 하는 때가 종종 있었다. 이 모양을 바라보는 그는 <u>입안의 밥알이 갑자</u>

<u>기 돌로 변하는 것을 느끼며 슬며시 술을 놓고 돌아앉았다.</u> 그리고 해종일 들에서
남편에 대한 미안함 때문에 자신도 밥을 제대로 먹기 어려움   하루 종일

일하다가 들어온 남편에게 <u>등허리에 땀이 훈훈하게 나도록 훌훌 마시게 국물을 만들</u>
제대로 만들어진 장을 이용하여 만든 뜨거운 국물 음식

어 놓지 못한 자기! <u>과연 자기를 아내라고 할 것일까?</u>
아내의 역할을 하지 못했다는 죄책감

　어떤 때 남편은 식욕을 <u>충동시키고자</u> 고춧가루를 한 술씩 떠 넣었다. 그리고는 매
돋우려고

워서 눈이 뻘개지고 이맛가에서는 주먹 같은 땀방울이 맺히곤 하였다. '고춧가루는

왜 그리 잡수셔요?' 하고 그는 입이 벌어지다가 <u>가슴이 무뚝해지며 그만 입이 다물</u>

<u>어지고 말았다.</u> 동시에 음식을 맡아 만드는 자기, 아아 어떻게 해야 좋을까?
음식이 싱거워서 남편이 고춧가루를 넣었다는 것을 깨닫고는 미안해함 ▶ 소금 부족으로 인한 식생활의 불편과 서러움

　이러한 생각을 되풀이하는 그는 <u>한숨을 땅이 꺼지도록 쉬며 오늘 저녁에는 무슨</u>
소금을 넉넉하게 살 형편이 아니어서 남편 입맛에 맞는 반찬을 만들 수 없는 안타까움

<u>찬을 만드나 하고 메주를 다시금 굽어보았다.</u> 그때 신발 소리가 자박자박 나므로 그
가볍게 발소리를 내면서 자꾸 가만가만 걷는 소리, 또는 모양

는 머리를 들었다. 학교에 갔던 봉염이가 <u>책보를</u> 들고 이리로 온다.
책을 싸는 보자기

　"<u>왜 책보 가지고 오니?</u>"
왜 학교에서 공부하지 않고 집으로 왔는지에 대한 의문

　"<u>오늘 반공일이어. 메주 내놨네.</u>"
오전만 일을 하고 오후에는 쉬는 날이라는 뜻. 토요일을 이르던 말

봉염이는 생글생글 웃으며 메주를 들어 맡아 보았다.

　"아버지 가신 것 보았니?"

　"응, 정팡둥이 왔더라, 어머이."

　"팡둥이? 왔디?"
팡둥이 왔다고 남편을 불러 낸 일이 거짓은 아님을 확인함

이때까지 그가 불안에 붙들려 있었다는 것을 느끼며 <u>가볍게 한숨을 몰아쉬었다.</u>
남편이 자×단에게 위협받고 있을지도 모른다는 불안감   약간 안심이 됨

　"어서 봤니?"

　"팡둥 집에서…… 저 아버지랑 자×단들이랑 함께 앉아서 뭘 하는지 모르겠더라."
자×단이 사용하고 있는, 팡둥의 옛집

<u>약간 찌푸리는 봉염의 양미간으로부터 옮아 오는 불안!</u>   ▶ 남편에 대해 계속되는 불안감
왠지 모를 불안감이 다시 듦 → 이후에 전개될 비극적 내용 암시

감상 포인트
간도에서의 봉염 어머니 가족의 생활과 '소금'의 상징적 의미를 파악한다.

· '소금'의 의미

조선에서는 싸고 흔했던 소금이 간도에서는 매우 비싸서 함부로 쓸 수 없는 상황

↓

소금
· 생명 유지에 꼭 필요한 식재료로, 기본적인 생존권 상징 · 고향(조선)에 비해 척박한 이국에서의 삶을 보여 줌 · 봉염네의 궁핍함 부각 · 고향(조선)에 대한 그리움 강화 · 남편에 대한 봉염 어머니의 죄책감 형성

↓

간도로 이주한 조선인들의 고달픈 삶 상징

↓

'유랑' 부분에서 빈부 격차를 자각하는 계기가 되는 소재: 지주 팡둥의 집에서 소금을 흔하게 쓰는 것을 보고 돈 많은 자와 없는 자의 차이를 인식함

· 봉염 어머니의 불안감

봉염 어머니가 실제로 중국인 지주가 왔다는 말을 듣고 나서도 불안감을 떨쳐 버리지 못함

↓

비극적 사건 전개 암시

중국인 지주를 만나러 간 남편이 총에 맞아 죽은 채 봉식에 업혀서 돌아옴(이어지는 '유랑' 부분의 사건)

남편의 죽음이 원인이 되어 봉식이 집을 나가고, 봉식을 찾기 위해 봉염 어머니도 살던 곳을 떠나 도시(용정)으로 이주하면서 비극적 사건이 연이어 발생함

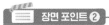
- 해당 장면은 남편과 아들의 죽음에 이어 두 딸마저 잃은 봉염 어머니가 슬퍼하는 와중에 유모로 들어가서 키우던 아이 명수를 그리워하는 상황이다.
- 두 딸의 죽음 이후 괴로워하는 봉염 어머니의 태도에 주목하여 이중적인 봉염 어머니의 심리를 파악하도록 한다.

[앞부분의 줄거리] 중국인 지주를 만나러 갔던 남편이 시체가 되어서 돌아오고, 아들 봉식이는 장례를 끝내자마자 집을 나가 버린다. 아들을 찾아서 봉염이와 함께 용정까지 온 봉염 어머니는 팡둥의 집에서 식모로 지내다가 팡둥에게 겁탈당한 뒤 임신을 한다. 그러나 봉식이 공산당이라는 이유로 처형당하는 장면을 우연히 본 팡둥은 그녀를 집에서 내쫓는다. 봉염 어머니는 남의 집 헛간에서 출산한 뒤, 아기 이름을 봉희로 짓는다. 다행히 이전에 살던 곳에서 가까이 지내던 용애 어머니를 만나 그녀의 소개로 어느 중국인 집에 젖
　　　　　　　싼더거우(유모)
멈(유모)으로 들어간다. 하지만 봉염이와 봉희는 데려갈 수 없기에 따로 셋방을 얻어 지내게 하고는 가끔 중국인 주인 몰래 다녀간다. 그렇게 1년이 좀 지난 어느 날 봉염이와 봉희가 열병에 걸린다.
　　　　　　　　　　　　　　　　　　　　장티푸스, 염병

어머니의 마음
소제목. 봉염 어머니의 본능적인 모성애가 강하게 드러나는 장면

　사흘 후에 봉염이는 드디어 죽고 말았다. <u>그의 어머니는 할 수 없이 유모를 그만</u>
　　　열병에 걸린 봉염이 죽은 사실을 먼저 제시하여 비극성을 강화함　　봉염 어머니　　　　　　봉염과 봉희
<u>두고 명수네 집에서 나오게 되었으며 봉희 역시 몹시 앓더니 그만 죽었다.</u> 형제가
봉염 어머니가 입주해서 자신의 젖을 먹이며 키운 아이 └ 돌 겨우 넘긴 봉희도 죽음 → 가족이 모두 죽음(비극적 상황 심화)
죽는 것을 본 <u>주인집에서는</u> 그를 나가라고 성화 치듯 하였다. <u>그는 참다못해서 주인</u>
봉염과 봉희를 따로 지내게 하려고 봉염 어머니가 얻은 셋방 주인
<u>마누라와 아우성을 치면서 싸웠다.</u> 그리고 끌어내기 전에는 움직이지 않을 뜻을 보
평소의 봉염 어머니와 다른 모습 → 하루아침에 두 딸을 잃은 상황에서 나온, 울분이 담긴 극단적인 행동
이고 하루 종일 방 안에 누워 있었다. 전날에 그는 미처 집세를 못 내서 주인 대하기
가 거북하였는데 지금은 어디서 이러한 대담함이 생겼는지 그 스스로도 놀랄 만하였다.

　어제도 그는 주인 마누라와 한참이나 싸웠다. 만일 주인 마누라가 좀 더 야단을
쳤다면 그는 칼이라도 가지고 달라붙고 싶었다. 그러나 다행히 주인 마누라는 그 눈
　　　　　　　자식을 모두 잃은 처지라서 사리 분별을 못할 정도로 매우 분노한 상태
치를 채었음인지 슬그머니 들어가고 말았다.

　"흥! 누구를 나가래. 좀 안 나갈걸, 암만 그래두."

　이렇게 중얼거리며 그는 문 편을 노려보았다. 그리고 좀 더 싸우지 않고 들어가는
주인 마누라가 어쩐지 부족한 듯하였다. 그는 지금 땅이라도 몇십 길 파고야 견딜
　　　　　　　　　자신이 봉염과 봉희를 제대로 보살피지 못했다는 죄책감이 주인 마누라에 대한 분노로 표출됨
<u>듯한 분이 우쩍우쩍 올라왔던 것이다.</u>

　분이 내려가더니 잠깐 잊었던 봉염이 봉희, 명수까지 뻔히 떠오른다. 생각하면 할
수록 <u>그들은 자기가 일부러 죽인 듯했다.</u> 그가 곁에 있었으면 애들이 그러한 <u>병</u>에
　　　　　봉염과 봉희에 대한 죄책감　　　　　　　　　　　　　　　열병
걸렸을는지도 모르거니와 설사 병에 걸렸다더라도 죽기까지는 않았을 것 같았다. 그
<u>는 가슴을 탁탁 쳤다.</u>
봉염, 봉희의 죽음에 대한 후회와 자책의 행동
　"<u>남의 새끼</u> 키우느라 제 새끼를 죽인단 말이냐…… <u>이년들</u> 모두 가면 난 어쩌란
　　　명수　　　　　└──── 봉염과 봉희 ────┘
　말이. 날 마자 다려가라."
「」: 자식들과 먹고살기 위해 남의 자식을 키웠지만 결국 자기 자식을 죽이게 된 것에 대한 통한
하고 소리를 내어 울었다. 그러나 <u>음성도 이미 갈리고 지쳐서 몇 번 나오지 못하고</u>
　　　　　　　　　　　　　　너무 슬피 울고 한탄하다가 목이 메임
<u>콱 막힌다.</u> 그러고는 목구멍만 찢어지는 듯했다. 그는 기침을 칵칵 하며 문밖을 흘

작품 분석 노트

- 봉염 아버지의 죽음('유랑' 부분)

봉염 아버지가 죽을 당시의 상황
• 지주 팡둥이 왔다는 기별을 받고 만나러 나감 • 자×단이 사용하고 있는 팡둥의 옛집에서 자×단과 함께 앉아 있었음 • 봉염 어머니는 총소리를 듣게 되고 마적단이나 공산당을 떠올림

↓

지주와 자×단은 공산당과 적대 관계임

↓

지주, 자×단과 같이 있던 봉염 아버지는 공산당의 총에 맞아 죽은 것으로 추정할 수 있음

- 봉염 어머니의 태도 변화

봉염 어머니의 성격
현실 수용적인 소극적 성격: 남편의 어이없는 죽음도 수용하고, 팡둥의 아이를 임신한 채로 팡둥의 집에서 내쫓기면서도 별다른 항의를 하지 않음

↓

셋방 주인과 맞서 싸우는 사건
• 자신은 더 이상 잃을 것이 없다는 자포자기의 심정 • 하루아침에 자식들이 모두 죽은 절망적 상황에 대한 분노

↓

억울렸던 감정들이 두 딸의 죽음이 계기가 되어 셋방 주인 여자에 대한 적의로 표출됨

끔 보았을 때 며칠 전 일이 불현듯이 떠올랐다. ▶ 두 딸의 죽음으로 인한 봉염 어머니의 슬픔과 분노
아픈 봉염이를 마지막으로 보았던 일

그날 밤 비는 좍좍 퍼부었다. 봉염의 어머니는 봉염이가 앓는 것을 보고 가서 도
과거 회상 사건의 비극성을 더하는 자연적 배경   자식을 걱정하는 모성애

무지 잠들 수가 없었다. 그래서 밤중에 그는 속옷 바람으로 명수의 집을 벗어났다.
딸들에게 가는 것을 명수 부모에게 들키지 않으려는 모습

그가 젖 유모로 처음 들어갔을 때 밤마다 옷을 벗지 못하고 누웠다가는 명수네 식구
젖어멈(남의 아이에게 그 어머니 대신 젖을 먹여 주는 여자) 어린 봉희에게 젖을 먹이러 가기 위해

가 잠만 들면 봉희를 찾아와서 젖을 먹이곤 하였다. 이 눈치를 챈 명수 어머니는 밤
봉희에게 젖을 먹이면 명수에게 먹일 젖이 상대적으로 부족해지기 때문임

마다 눈을 밝히고 감시하는 바람에 그 후로는 감히 옷을 입지 못하고 누웠다가는 틈
자식에 대한 모성애가 드러나는 행동

만 있으면 벗은 채로 달려오는 때가 종종 있었던 것이다. 그 밤, 낮에 다녀온 것을
봉염이 아픈 것을 보고 온 날의 밤

명수 어머니가 뻔히 아는 고로 다시 가겠단 말을 못 하고 누웠다가 그들이 잠든 틈을
봉염 어머니가 속옷 바람으로 명수네 집을 나온 까닭

타서 소리 없이 문을 열고 나온 것이다. 사방은 지척을 분간할 수 없이 어두우며 몰

아치는 바람결에 굵은 빗방울은 그의 벗은 어깨를 사정없이 내리쳤다. 그리고 눈이

뒤집히는 듯 번갯불이 번쩍이고 요란한 천둥 소리가 하늘을 때려 부수는 듯 아뜩아

뜩하였다.

그러나 그는 지금 아무것도 무서운 것이 없었다. 오직 그의 앞에는 저 하늘에 빛
천둥, 번개도 두려워하지 않는 강한 모성애

나는 번갯불같이 딸들의 신변이 각일각으로 걱정되었던 것이다.
끊이지 않고 계속하여. 시시각각   ─ 아픈 몸으로 비를 맞고 누워 있는 봉염

그가 숨이 차서 집까지 왔을 때 문밖에 허연 무엇이 있음에 그는 깜짝 놀랐다. 그
명수 어머니가 눈치채기 전에 빨리 다녀와야 해서 딸들이 있는 집까지 매우 급하게 뛰어옴

러나 그것은 봉염인 것을 직각하자 그는 와락 달려들었다.

"이년의 계집애 뒈지려고 예가 누웠냐?"
봉염이 아픈 몸으로 엄마를 기다리고 있었음

비에 젖은 봉염의 몸은 불 같았다. 그는 또다시 아뜩하였다. 그리고 간 폭을 갉아
몹시 열이 남

내는 듯함에 그는 부르르 떨었다. 「따라서 젖 유모고 무엇이고 다 집어뿌리겠다는 생
문맥상 '집어치우다'의 뜻

각이 머리가 아프도록 났다.」 그러나 그들이 방까지 들어와서 가지런히 누웠을 때 그
「 」: 자식을 돌보기 위해 젖 유모를 그만둘까 생각함

의 머리에는 또다시 불안이 불 일듯 하였다. 「명수가 지금 깨어서 그 큰 집이 떠나갈
딸들에게 온 사실을 명수 부모가 알게 될까 봐 불안해함

듯이 우는 것 같고, 그리고 명수 어머니 아버지까지 깨어서 얼굴을 찡그리고 자기의
「 」: 봉염과 봉희에 대한 모성애와 '젖 유모'라는 일자리 사이에서 갈등하는 모습

지금 행동을 나무라는 듯, 보다도 당장에 젖 유모를 그만두고 나가라는 불호령이 떨
일자리를 잃게 될지 모른다는 불안감 → 생존에 대한 위기의식

어지는 듯, 아니 떨어진 듯, 그는 두 딸의 몸을 번갈아 만지면서도 그의 손끝의 감촉
몸(두 딸에게 있음)과 마음(명수에게 가 있음)이 따로 놂

을 잃도록 이런 생각만 자꾸 들었다.」 그는 마침내 일어났다. 자는 줄 알았던 봉희가
명수의 집으로 돌아가기로 함

젖꼭지를 쥐고 달려 일어났다. 그리고 "엄마!" 하고 울음을 내쳤다. 봉염이는 차마
갓 돌이 지난 나이기에 본능적으로 엄마와 떨어지지 않으려 함

어머니를 가지 말란 말은 못 하고 흑흑 느껴 울면서 어머니의 치마깃을 잡고,
어머니의 사정을 알고 이해하는 태도

"조금만 더……."

하던 그 떨리는 그 음성─ 그는 지금도 들리는 듯하였다. 아니 영원히 잊혀지지 않
조금만 더 있어 달라는 봉염의 마지막 소망을 들어주지 못했기 때문임

을 것이다. ▶ 아픈 봉염과 봉희를 두고 간 것에 대한 회상과 회한

그는 벌떡 일어났다. 그리고 이 모든 생각을 하지 않으려고 방 안을 빙빙 돌았다.

그러나 불똥 튀듯 일어나는 이 쓰라린 기억은 어쩔 수가 없다. 그리고 명수의 얼굴
의식적으로 막을 수 없이 떠오르는

까지 떠올라서 핑핑 돌아간다. 빙긋빙긋 웃는 명수.

"그놈 울지나 않는지……."

<u>어린 명수에 대한 걱정</u>

나오는 줄 모르게 이렇게 중얼거리고는 그는 억지로 생각을 돌리려고 맘에 없는

<u>무의식 중에</u>　　　　　　　　　　　　　　　　　　　　<u>죽은 두 딸에 대한 죄책감 때문임</u>

딴말을 지껄였다.

"에이, 이놈의 자식 너 때문에 우리 봉희 봉염이는 죽었다. 물러가라!"

<u>자신이 명수를 돌보느라 딸들을 방치했기 때문에 봉염과 봉희가 죽은 것으로 여김</u>

그러나 명수의 얼굴은 점점 다가온다. 손을 들어 만지면 만져질 듯이…… 그는 얼

<u>명수에 대한 간절한 그리움</u>

른 손등을 꽉 물었다. 손등이 아픈 것처럼 그렇게 명수가 그립다. 그리고 발길은 앞

<u>자기 젖을 먹여 키운 아이에 대한 본능적 모성애</u>

으로 나가려고 주춤주춤하는 것을 꾹 참으며 어제 이맘때 명수의 집까지 갔다가도

<u>명수를 보러 가고 싶은 마음이 행동으로 드러남</u>　　　　　　　　　　<u>젖 유모 자리를 잃게 됨</u>

명수 어머니에게 거절을 당하고 돌아오던 생각을 하며 맥없이 머리를 떨어뜨리었다.

'흥! 제 자식 죽이고 남의 새끼 보고 싶어 하는 이 어리석은 년아, 왜 죽지 않고 살아

<u>이해할 수 없는 자신의 마음에 대한 자아비판, 죄책감</u>

있어? 왜 살아, 왜 살아, 그때 죽었으면 이 고생은 하지 않지' 하며 남편의 죽은 것을

<u>쌘더거우에서 남편이 죽었을 때</u>　　　<u>자식들을 모두 잃게 된 고통</u>

보고 따라 죽을까? 하던 그때 생각을 되풀이하였다. 그리고 자신이 이러한 비운에 빠

지게 된 것은 남편이 죽었기 때문이라고 단정하였다.　　▶ <u>명수에 대한 그리움과 그런 자신에 대한 자책</u>

남편의 죽음 → 봉식의 가출 → 봉식을 찾으려 용정에 옴 → 용정에서 팡둥에게 겁탈당하고 쫓겨남
→ 봉희를 낳고 젖어멈(유모)으로 들어감 → 봉염과 봉희의 방치 → 봉염과 봉희의 죽음

[뒷부분의 줄거리] 한순간에 봉염과 봉희를 잃고는 슬픔에 빠져 지내던 봉염 어머니에게 용애 어머니가 찾

아와 위로한다. 그리고 조선에서 용정으로 소금을 밀수하면 많은 돈을 벌 수 있다는 말을 한다. 이에 봉염

어머니는 소금 밀수를 결심한다.

• 명수를 둘러싼 봉염 어머니의 내적 갈등

원망		모성애
명수 때문에 봉염과 봉희가 죽었다고 여기며 명수를 원망함	↔	젖을 먹이면서 정이 들어 명수를 보고 싶어 함

모성애		죄책감
명수가 보고 싶고 그리움	↔	명수를 돌보느라 딸들을 돌보지 못하고 죽음에 이르게 한 것을 괴로워함

• 봉염 어머니가 명수를 그리워하는 이유

봉염 어머니는 갓 태어난 봉희와 떨어진 채 다른 아기에게 자신의 젖을 주는 입주 유모를 해야 했음

↓

① 봉희와 달리 1년이 넘도록 곁에서 보살피면서 젖을 준 명수에게 육체적, 정서적 친밀감이 깊게 형성됨
② 봉염과 봉희는 죽어서 애정을 줄 수 없는 상황인 반면 명수는 살아 있음

↓

①과 ②와 같은 점들이 복합적으로 작용하여 명수에 대한 강렬한 그리움으로 표출됨

- 해당 장면은 식구들을 모두 잃고 홀로 된 봉염 어머니가 먹고살기 위해 남성들로 구성된 밀수 패거리에 끼어 소금 밀수를 하는 상황이다.
- 생명의 위협을 받는 상황에서 보인 주인공의 행동에 주목하여 '소금 자루'의 상징적 의미를 파악하도록 한다.

밀수입
소제목. 봉염 어머니가 생계를 위해 목숨을 거는 절박한 상황이 잘 드러나는 장면

★주목 북국의 가을은 몹시도 스산하다. 우레 같은 바람 소리가 대지를 뒤흔드는 어느 날
　　　　북쪽에 있는 나라. 중국　　　　　　　　　　　　고난의 상황을 부각하는 자연적 배경
밤 봉염의 어머니는 소금 너 말을 자루에 넣어서 이고 일행의 뒤를 따랐다. 그들 일
　　　　　　　　　조선에서 소금을 사서 용정으로 돌아오고 있는 상황
행은 모두가 여섯 사람인데 그중에 여인은 봉염의 어머니뿐이었다. 앞에서 걷는 길
　　　　　소금 밀수는 매우 고되고 위험해 여성이 하는 경우가 드묾 → 봉염 어머니의 강인한 생활력
잡이는 십여 년을 이 소금 밀수로 늙었기 때문에 눈 감고도 용이하게 길을 찾아가는
것이다. 그러므로 그들은 이 길잡이에게 무조건 복종을 하였다. 그리고 며칠이든지
소금 짐을 지는 기간까지는 벙어리가 되어야 하며 그 대신 의사 표시는 전부 행동으
　소금 밀수가 끝날 때까지　　　　　　　　　　국경을 지키는 순사에게 들키지 않기 위해서
로 하곤 하였다.

　　그들은 열을 지어 나란히 걸었다. 바람은 여전히 불었다. 그들은 앞 사람의 행동
을 주의하며 이 바람 소리가 그들을 다그쳐 오는 어떤 신발 소리 같고 또 어찌 들으
　　　　　　　　　　　　　　　　순사가 뒤쫓아 오는 소리처럼 느껴짐 → 두려움, 압박감
면 순사의 고함치는 소리 같아 숨을 죽이곤 하였다. 그리고 어제도 이 근방 어디서
소금 짐을 지다 총에 맞아 죽은 사람이 있다지 하며 발걸음 옮김을 따라 이러한 불안
　밀수꾼들을 두렵게 만드는 소문
이 저 어둠과 같이 그렇게 답답하게 그들의 가슴을 캄캄케 하였다.
　　답답하고 불안한 내면의 심리를 시각적 이미지(밤길의 어둠)로 나타냄　　▶ 소금 밀수를 하게 된 봉염 어머니
　　남들은 솜옷을 입었는데 봉염의 어머니는 겹옷을 입고 발가락이 나오는 고무신을
　소금 밀수 경험이 있는 남자들　　　　　　　계절, 밀수 상황에 맞지 않는 부실한 차림 → 육체적 고통의 심화
신었다. 그러나 추운 것은 모르겠고 시간이 지날수록 머리에 인 소금 자루가 무거워
　　　　　　　　　　　　　　　머리에 인 소금 자루가 무겁게 느껴짐
서 견딜 수 없다. 머리 복판을 쇠뭉치로 사정없이 뚫는 것 같고 때로는 불덩이를 이
　　　　　　　　　　　　　　　　　　　　　　　소금 자루에서 흘러나온 소금기가 두피를 상하게 하여 따가움
고 가는 것처럼 자꾸 따가웠다. 「그가 처음에 소금 자루를 일 때 사내들과 같이 엿 말
　　　　　　　　　　　있는 힘을 다해　　「　」 소금 밀수를 해 본 경험이 있는 사람들의 조언
을 이려 했으나 사내들이 극력 말리므로」아쉬운 것을 참고 너 말을 이게 된 것이다.
　　　　　　　여인인 봉염 어머니가 힘에 부칠 것을 짐작함
그런 것이 소금 자루를 이고 단 십 리도 오기 전에 이렇게 머리가 아팠다. 그는 얼굴
　　　　　　　　　　　　　　　　　약 4km
을 잔뜩 찡그리고 두 손으로 소금 자루를 조금씩 쳐들어 아픈 것을 진정하렸으나 아
매우 힘들고 고통스러움
무 쓸데도 없고 팔까지 떨어지는 듯이 아프다. 그는 맘대로 하면 이 소금 자루를 힘
　　　　도움이 되지 않음
껏 쥐어뿌리고 그 자리에서 자신도 그만 넌떡 죽고 싶었다. 그러나 그것은 공연한
　아무 데나 흘리거나 뿌리고
맘뿐이었다. 발길은 여전히 사내들의 뒤를 따라간다. 사내들과 같이 저렇게 나도 등
　　　　　　　　　　　　　　　　소금 자루를 등에 진 사내들과 달리 봉염 어머니는 머리에 이고 있음
에 져 봤더라면…… 이제라도 질 수가 없을까. 그러려면 끈이 있어야지 끈이…… 좀
쉬어 가지 않으려나. 쉬어 갑시다. 금시로 이러한 말이 입 밖에까지 나오다는 콱 막
　　　　　봉염 어머니가 사내들에게 하고 싶었던 말
히고 만다. 그리고 여전히 손길은 소금 자루를 들어 아픈 것을 진정하려 하였다.

　　이마와 등허리에서는 땀이 낙수처럼 흘러서 발밑까지 내려왔다. 땀에 젖은 고무
　　　　　　추운 날씨인데도 온몸에서 땀이 남 → 무거운 소금 자루를 이고 옮기는 고통
신은 왜 그리도 미끄러운지 걸핏하면 그는 쓰러지려 하였다. 그래서 그는 정신을 바

작품 분석 노트

• 봉염 어머니가 소금 밀수를 나선 이유

'마침내 자기 일신을 살리려는 결론을 얻었을 때 그는 너무나 적적함을 느꼈다. 그러나 아무리 자기 일지라도 스스로 악을 쓰고 벌지 않으면 누가 뜨물 한 술이나 거저 줄 것일까? 굶는다는 것은 차라리 죽음보다도 무엇보다 무서운 것이다. 보다도 참기 어려운 것은 그것이다. 요전까지는 그의 정신이 흐리고 온 전신이 나른하더니 지금 밥술을 입에 넣으니 확실히 다르지 않은가. 그리고 가슴을 누르는 듯하던 주위의 공기가 가뿐해 오지 않는가. 살아서는 할 수 없다. 먹어야지…….'
　　　　　– '어머니의 마음'에 제시된 내용

↓

굶주림에 대한 두려움
+ 살아남기 위한 수단

• 봉염 어머니의 부적절한 차림

겹옷	북쪽 지역의 추운 가을 날씨를 견디기 어려운 옷차림
고무신	오랫동안 걷고 강물을 건너며 밭고랑을 지나는 데 적절하지 않은 신발

↓

- 소금 밀수의 상황을 알지 못하는 초보자임을 드러냄
- 옷과 신을 제대로 갖추기 어려운 궁핍한 처지임을 보여 줌

• 인물의 처지 비교

사내들	봉염 어머니
- 솜옷을 입음 - 소금을 등에 짐	- 겹옷을 입고 발가락이 나오는 고무신을 신음 - 소금을 머리에 임

↓

소금 밀수를 같이하는 일행인 사내들과의 비교를 통해 봉염 어머니가 처한 상황이 사내들보다 더 힘겨움을 부각함

짝 차리면 벌써 앞에 신발 소리는 퍽으나 멀어졌다. 그는 기가 나서 따라오면 숨이
_{봉염 어머니 앞에 가는 사내와의 간격이 많이 벌어짐}
칵칵 막히고 옆구리까지 결린다. 두 말이나 일 것을…… 그만 쏟아 버릴까? 어쩌누?
_{욕심을 낸 것에 대한 후회}
소금 자루를 어루만지면서도 그는 차마 그리하지는 못하였다.
_{돈을 벌어야 한다는 생각에 힘들어도 소금을 버리지 못함 ─┐}
　　　　　　　　　　　　　　　　　　　　　▶ 머리에 인 소금 자루로 인한 육체적 힘겨움
어느덧 강물 소리가 어렴풋이 들린다. 그들은 이 강물 소리만 들어도 한결 답답한
_{국경에 다다름}
속이 좀 풀리는 듯하였다. 강가에 가면 이 소금 짐을 벗어 놓고 잠시라도 쉴 것이며
_{밀수 일행이 모두 간절히 바라는 것}
물이라도 실컷 마실 것 등을 생각하였던 것이다. 그러면서도 강 저편에 무엇들이 숨
어 있지나 않을까? 하는 불안이 강물 소리를 따라 높아진다. 봉염의 어머니는 시원
_{밀수꾼을 쫓는 사람들}
한 강물 소리조차도 아픔으로 변하여 그의 고막을 바늘 끝으로 꼭꼭 찌르는 듯 이 모
_{힘겨움, 두려움 때문에 강물 소리마저 고통스럽게 느껴짐}
양대로 조금만 더 가면 기진하여 죽을 것 같았다. 마침 앞의 사내가 우뚝 서므로 그
_{머리에 인 소금 자루로 인한 고통이 한계에 이름}
도 따라 섰다. 바람이 무섭게 지나친 후에 어디선가 벌레 울음소리가 물결을 따라
_{사람들의 심리와 상반되는 서정적 정경}
들렸다. 끙 하고 앞에 사내가 앉는 모양이다. 그도 털썩 하고 소금 자루를 내려놓으
_{사내들도 봉염 어머니 못지않게 육체적으로 힘들어함}
며 쓰러졌다. 그리고 얼른 머리를 두 손으로 움켜쥐며 바늘로 버티어 있는 듯한 눈
을 억지로 감았다. 그러면서도 앞의 사내들이 참말로 다들 앉았는가 나만이 이렇게
_{눈이 감기는 것을 간신히 참고 있었음}
쓰러졌는가 하여 주의를 게을리하지 않았다.
　　　　　　　　　　　　　　　　　　　　　▶ 두만강가에 도착한 밀수 일행

　아픈 것이 진정되니 온몸이 후들후들 떨린다. 그는 몸을 웅크릴 때 앞의 사내가
_{추운 날씨에도 옷을 제대로 갖추어 입지 못한 처지임}
그를 꾹 찌른다. 그는 후닥닥 일어났다. 사내들의 옷 벗는 소리에 그는 한층 더 정신
_{강물을 건너갈 준비를 함}
이 바짝 들었다. 그는 잠깐 주저하다가 옷을 훌훌 벗어 돌돌 뭉쳐서 목에 달아매
다. 그때 그는 놀릴 수 없이 아픈 목을 어루만지며 용정까지 이 목이 이 자리에 붙어
_{움직이기 힘들 만큼 목이 아픔}　　　_{소금 자루를 이고 가야 하는 것에 대한 두려움을 과장해서 드러냄}
있을까? 하는 의문이 들었다. 그리고 사내가 이어 주는 소금 자루를 이고 다시 걷기
시작하였다.

감상 포인트
소금 밀수를 하게 된 이유를 생각하며 밀수
과정에서 나타난 인물의 태도를 파악한다.

　벌써 철버덕철버덕 하는 물소리가 나는 것으로 보아 앞의 사람은 강물에 들어선
모양이다. 벌써 그의 발끝이 모래사장을 거쳐 물속에 들어간다. 그는 오스스 추우며
알 수 없는 겁이 버쩍 들어서 물결을 굽어보았다. 시커멓게 보이는 그 속으로 물결
_{어둠 속의 강}
소리만이 요란하였다. 그리고 뭉클뭉클 내리 밀치는 물결이 그의 몸을 올러 주었다.
_{거센 물결 때문에 몸이 흔들림}
그때마다 머리끝이 쭈뼛해지며 오한을 느꼈다. 그리고 흑 하고 숨을 들이마셨다.
_{두려움과 추위를 참기 위한 본능적 행동}
　물이 깊어 갈수록 발밑에 깔린 돌이 굵어지며 걷기도 몹시 힘들었다. 그것은 돌
_{┌─ 바닷물 따위에서 흙과 유기물이 썩어서 이루어진 진흙탕}
이 께느른한 해감탕 속에 묻히어 있기 때문이다. 그래서 걸핏하면 미끈하고 발끝이
_{└ 물이 부드럽고 미끄러운 진흙 속에 묻혀 있음}
줄달음을 치는 바람에 정신이 아득해지곤 하였다. 봉염의 어머니는 몇 번이나 발이
_{미끄러운 돌을 밟아서 발이 앞으로 확 밀려 나감}
미끄러지고 또 곱디었다. 물은 젖가슴을 확실히 지나쳤다. 「그때 그의 발끝은 어
_{발을 접질리게 디딤}　　_{강물의 깊이가 가슴을 넘음}
떤 바위를 디디다가 미끈하여 달음질쳐 내려간다. 」그 순간 온몸이 화끈해지도록 그
_{「 」: 봉염 어머니가 길잡이가 안내하는 길과 다른 길로 들어서서 그만 미끄러짐 → 위기감 고조}
는 소금 자루를 버티고 서서 넘어지려는 몸을 바로잡으려 하였다. 그러나 벌어지는
_{온몸의 힘을 다해서 중심을 잡으려 함 → 넘어지면 머리에 이고 있는 소금 자루가 물에 빠짐}
다리와 다리를 모으는 수가 없었다. 그리고 소리를 쳐서 앞에 사내들에게 구원을 청
_{다시 걷기 위해 두 다리를 모았다는 또 미끄러질 것 같아서 어떻게 할 수 없는 상황임}
하려 하나 웬일인지 숨이 막히고 답답해지며 암만 소리를 질러도 나오지도 않거니와
_{너무 놀라고 다급하여 목소리가 제대로 나오지 않음}

• '소금 자루'의 의미

이국 땅에서 겪어야 하는 고통	무거운 소금 자루를 머리에 이고 가느라 목이 몹시 아픔
생계를 위해 목숨을 걸어야 하는 절박함	국경을 감시하는 순사를 만나면 죽을 수 있다는 두려움

↓

생계를 위해 목숨을 걸고 소금 밀수를 하는 것 → 조선인 이주민들의 절박한 처지와 비극적 상황을 단적으로 보여 주는 소재

• 강물에서 겪는 봉염 어머니의 시련과 태도

• 순사의 눈을 피해 조선에서 소금을 밀수함
• 가슴까지 오는 깊은 물속을 걷다가 바위를 잘못 디뎌 미끄러짐
• 넘어지는 상황에서도 머리에 이고 있는 소금 자루를 놓지 않음
• 왼발로 중심을 잡고 넘어지지 않으려 애씀

↓

생명이 위급한 상황에서도 삶에 대한 강한 의지를 보임

약간 나오는 목소리도 물결과 바람결에 묻혀 버리곤 하였다. 그는 죽을힘을 다하여
<small>같이 가는 일행이 봉염 어머니의 위기 상황을 알지 못하는 이유</small>

왼발에 힘을 들이고 섰다. 그때 그는 죽는 것도 무서운 것도 아뜩하고 다만 소금 자
<small>중심이 되는 왼발에 온 힘을 모아서 넘어지지 않으려고 애쓰고 있음</small>

루가 물에 젖으면 녹아 버린다는 생각만이 미끄러져 내려가는 발끝으로부터 머리털
<small>반드시 소금 자루를 지켜야 한다는 일념으로 물속에서 온 힘을 다해 몸의 중심을 잡고 있음 → 강인하고 의지적인 태도</small>

끝까지 뻗치었다.　　　　　　　　　　　　▶ 물속에서 미끄러져 오도 가도 못하게 된 봉염 어머니

　　앞서가는 사내들은 거의 강가까지 와서야 봉염의 어머니가 따르지 않는 것을 눈
　　　　　　　　　　　　<small>강을 거의 다 건너와서</small>

치채고 근방을 찾아보다가 하는 수 없이 길잡이가 오던 길로 와 보았다. 길잡이는 용
　　　　　　<small>들킬 수 있는 위험을 무릅쓰고 봉염 어머니를 찾아 나섬</small>

이하게 그를 만났다. 그리고 자기가 조금만 더 지체하였더라면 봉염이 어머니는 죽
　　　　　　　　　　<small>구사일생(九死一生)</small>

었으리라 직각되었다. 그는 봉염이 어머니의 손을 잡아 일으키며 일변 소금 자루를
　　　　　　　<small>물에 빠져 죽을 지경에 이르렀는데도 소금 자루를 이고 있음 → 봉염 어머니의 강인한 의지</small>

내리어 자기의 어깨에 메었다. 그리고 그의 발끝에 밟히는 바위를 직각하자 봉염이

어머니가 이렇게 된 원인이 여기 있는 것을 곧 알았다. 그리고 자기는 이 바위 옆을
<small>초행길인 봉염 어머니가 길잡이가 인도한 길과 다른 길로 들어서 미끄러운 바위를 밟게 된 것임</small>

훨씬 지나쳐 길을 인도하였는데 어쩐 일인가 하며 봉염이 어머니의 손을 꼭 쥐고 걸

었다.

　　봉염의 어머니는 정신이 흐릿해졌다가 이렇게 걷는 사이에 정신이 조금 들었다.
　　　　　　　　　　　<small>길잡이의 손을 잡고 강을 건너는 사이에</small>

그러나 몸을 건사하기 어렵게 어지러우며 입안에서 군물이 실실 돌아 헛구역질이 자
　　　　　<small>보살피기</small>　　　　　　　　　　<small>죽을 만큼 다급한 상황에서 오는 신체적 반응</small>

꾸 나온다. 그러면서도 머리에는 아직도 소금 자루가 있거니 하고 마음대로 머리를
　　　　　　　　　<small>길잡이가 소금 자루를 대신 들어 주고 있는 것도 인식하지 못할 정도로 정신이 없음</small>

움직이지 못하였다. 그들이 강가까지 왔을 때 맘을 졸이고 있던 나머지 사람들은 우

쓸어 일어났다. 그리고 저마다 두 사람을 어루만지며 어떤 사람은 눈물까지 흘리었
　　　　　　　　　　　　　　<small>안도와 감동, 연대감 등의 표출</small>

다. 자기들의 신세도 신세려니와 이 부인의 신세가 한층 더 불쌍한 맘이 들었다. 동
　　　　　　　　<small>동병상련의 심정에서 나온 연민</small>

시에 잠 한잠 못 자고 오롯이 굶어 오며 자기들을 기다리고 있을 아내와 어린것들이

며 부모까지 생각하고는 뜨거운 한숨을 푸푸 쉬었다.
<small>자신들의 신세에 대한 자각, 가족에 대한 안타까움</small>　▶ 봉염 어머니를 구조한 길잡이와 봉염 어머니에 대한 사내들의 연민

　　그 순간이 지나가니 또다시 맘이 졸이고 무서워서 잠시나마 가만히 앉아 있을 수
　　　　　　　　　<small>소금 밀수가 발각되면 죽을 수도 있기 때문임</small>

가 없었다. 그래서 그들은 이번에는 봉염의 어머니를 가운데 세우고 여전히 걸었다.
　　　　　　　　　　　<small>봉염 어머니를 보호하려는 태도</small>

이번에는 밭고랑으로 가는 셈인지 봉염이 어머니는 발끝에 조 벤 자국과 수수 벤 자

국이 찔리어서 견딜 수 없이 아팠다. 그는 몇 번이나 고무신을 벗어 버렸으나 그

나마 버리지는 못하였다. 그는 언제나 이렇게 맘을 내고도 한 번도 그의 속이 흡족
<small>고무신이 아깝기 때문임</small>　　　　　　<small>봉염 어머니의 성격에 대한 서술자의 직접 제시</small>

하게 실행하지는 못하였다. 그저 망설였다. 나중에는 고무신이 찢어져 조 뿌리나 수

수 뿌리에 턱턱 걸려 한참씩이나 진땀을 뽑으면서도 여전히 버리지는 못하였다.
　　　　　　　　　　　<small>가난이 지속되는 생활로 인한 집착</small>
　　　　　　　　　　▶ 강물을 건넌 뒤 밭고랑을 힘겹게 걸어가는 봉염 어머니

• 봉염 어머니에 대한 사내들의 연대
　의식

> • 길잡이가 들킬 위험을 무릅쓰고 온
>   길을 되돌아가 봉염 어머니를 찾음
> • 길잡이가 봉염 어머니의 소금 자루
>   를 자신의 어깨에 대신 멤
> • 맘을 졸이던 사내들이 무사히 돌아
>   온 길잡이와 봉염 어머니를 어루만
>   지며 눈물까지 흘림
> • 봉염 어머니를 가운데 세우고 길을
>   걸음

↓

비슷한 처지에 있는
사람들 간의 공감과 연민

• 봉염 어머니의 변화

싼더거우와 용정에서의 생활
• 가부장적 질서에 예속된 여성의 모습: 소금이 없어 남편에게 입맛에 맞는 음식을 만들어 주지 못하는 것을 미안해하며 아내의 도리를 못하고 있다고 자책함 • 소극적인 태도: 팡둥의 겁탈을 문제 삼지 않거나 팡둥의 집에서 쫓겨날 때도 저항하지 않음

가족을 모두 잃은 후
삶에 대한 적극적인 의지: 가족을 모두 잃은 비극적 현실에 매몰되어 절망하지 않고 여자의 몸으로 밀수를 하며 적극적으로 살아감

이 작품은 공간적 배경의 변화에 따라 '봉염 어머니'와 관련된 비극적 사건이 순차적으로 전개된다. 따라서 공간에 따라 사건이 어떻게 전개되는지 파악할 수 있어야 한다.

+ 공간의 이동에 따른 사건 전개

싼더거우 [三頭溝]	• 봉염 어머니 가족은 고향에서 땅을 빼앗긴 뒤 10여 년 전 간도의 싼더거우로 이주함 • 중국인 지주 팡둥의 땅을 빌려 농사를 짓지만 수확량의 대부분을 지주에게 바쳐야 하고 자×단이나 마적단 등에게 수탈당해 궁핍에서 벗어나지 못함 • 봉염 어머니의 남편이 총에 맞아 죽고, 남편의 장례 후 아들 봉식이 집을 나감
용정	• 봉식이 소식이 없자 봉염 어머니가 봉식의 행방을 찾아 지주 팡둥이 사는 용정에 옴 • 봉염 어머니는 팡둥의 집에서 식모 노릇을 하면서 봉식의 소식을 기다리던 중 팡둥의 아이를 임신함 • 봉식이 공산당에 가입했다가 공개 처형을 당했다는 이유로 팡둥이 봉염 어머니를 쫓아냄
해란강변	• 봉염 어머니가 중국인 집의 헛간에서 팡둥의 자식인 딸 봉희를 출산함 • 봉염과 봉희는 셋방을 얻어 따로 지내도록 하고, 봉염 어머니는 명수네로 젖 유모로 들어감 • 봉염과 봉희가 열병에 걸려 죽고, 이 일로 봉염 어머니는 유모 자리에서 쫓겨남
강	• 두 딸을 잃은 봉염 어머니는 혼자라도 살아가기 위해 돈을 벌 수 있는 소금 밀수에 가담함 • 소금 네 말을 이고 강물을 건너면서 엄청난 고통을 겪고 죽을 위기를 넘김
용정	• 겨우 소금 자루를 가지고 집으로 돌아오지만, 다음 날 순사에게 들켜 소금을 모두 빼앗김

소금은 다양한 사건에서 중요한 의미를 지니므로 중심 소재인 '소금'의 상징성을 파악해야 한다.

+ '소금'의 상징적 의미

인간의 기본적인 생존권 상징하는 소재	소금은 사람의 생명 유지에 필요한 음식의 재료임
이주민의 궁핍하고 고달픈 삶을 드러내는 소재	• 간도에서는 소금이 고향(조선)보다 훨씬 비싸 쉽게 살 수 없어 싱거운 음식을 먹으며 살아감 • 생계를 위해 목숨을 걸고 소금을 밀수하지만 순사에게 빼앗김
고향(조선)을 떠올리는 매개체	소금이 싸고 풍족한 고향을 그리워함
계층 간 빈부 차이를 자각하는 계기	지주의 집에 소금이 많은 것을 보고 빈부의 차이를 인식함

이 작품은 역사적 사실을 바탕으로 하층민 여성의 힘겨운 삶과 인식의 변화 과정을 보여 준다는 점에 주목하여 감상할 수 있어야 한다. 또한 배경이나 작중 상황이 유사한 작품과 비교할 수 있다.

+ 〈소금〉의 '봉염 어머니'에 대한 이해

> '간도, 여성, 계급' 등은 강경애 소설을 이해하는 핵심 키워드이다. 강경애의 소설은 간도 이주민들의 참담한 생활상이나 여성들의 고단한 삶의 역경을 중심 내용으로 삼는다. 〈소금〉도 피식민지 하층 계층 여성의 질곡 어린 삶을 사실적으로 형상화하고 있다. 주인공인 '봉염 어머니'의 간도 이주와 그곳에서의 여러 가지 시련, 사회화가 순차적으로 아루어진다. 간도에서 힘겹게 살아가는 과정에서 가족들이 하나씩 죽고 결국 봉염 어머니 혼자 남는다. 하지만 이때까지는 그녀의 의식은 개인적인 생존 차원에 머무른다. 하지만 사내들 패거리에 끼어 두만강을 건너는 소금 밀수를 하면서 조금씩 사회적인 차원의 문제의식이 형성되고, 사회적 자각에 이른다.
> — 정현숙, 〈균열과 통합의 여성 서사〉

• **해제**

〈소금〉은 일제 강점기에 고향(조선)을 떠나 간도로 이주했던 조선인 이주민의 비참한 삶을 '봉염 어머니'라는 하층 계층의 여성을 통해 사실적으로 묘사하고 있다. 봉염 어머니 가족은 나은 삶을 꿈꾸며 간도로 이주하여 소작농으로 살아가지만 궁핍함에서 벗어날 수 없으며 늘 목숨의 위협을 받는 불안감 속에서 살아간다. 그러다가 남편과 자식들을 모두 잃고 홀로 남아 돈을 벌기 위해 소금 밀수에 나선다. '싼더거우 → 용정 → 해란강변 → 두만강'으로 이어지는 주인공의 이주와 가족이 해체되는 시련은 식민지 여성이 겪어야 했던 질곡과 사회적 각성 과정을 극명하게 보여 준다.

• **제목 〈소금〉의 의미**

　– 일제 강점기 이주민의 궁핍한 삶을 실감하게 하는 소재

소금은 사람이 살아가는 데 필수적인 식재료이다. 하지만 간도 지역에서는 소금이 매우 비싸므로 가난한 처지의 봉염 어머니는 서러움을 느낀다. 또한 봉염 어머니는 가족을 모두 잃은 뒤에 소금 밀수에 나서지만 그마저도 순사에게 빼앗긴다. 결국 '소금'은 봉염 어머니가 간절히 바라는 것이지만 결국 필요한 만큼 가질 수 없는 대상이다. 따라서 제목의 '소금'은 최소한의 인간다운 생활도 누릴 수 없는 이주민들의 고달픈 삶을 드러낸다고 볼 수 있다.

• **주제**

일제 강점기 간도 이주민의 비극적인 삶의 모습

한 줄 평 | 일제 강점기 농촌 진흥 정책과 농촌의 현실을 고발한 작품

모범 경작생 ▶ 박영준

💬 전체 줄거리

장면 포인트 ① 211P

주목 길서는 마을에서 칭찬과 신망을 받는 젊은이이다. 동네에서 유일하게 소학교를 졸업한 인물로, 군청과 면사무소에 혼자서 출입하고 동네 사람들을 지도한다. 부지런히 일을 해서 돈을 해마다 벌어 저축을 하고, 마을의 진흥회나 조기회 같은 모임마다 회장을 도맡고 있다. 기억이를 포함해 몇 사람은 길서를 시기하고 속으로는 미워하기도 했지만, 배움이 짧은 대부분의 농부들은 길서를 우러러본다. 길서는 모범 경작생으로 인정받아 군에서 보내는 세 사람 중에 한 사람으로 뽑혀 서울의 농사 강습회에 참여한다. 서울은커녕 평양 구경도 한 번 해보지 못한 마을 사람들은 길서에게 서울 이야기를 들을 생각에 들떠 길서를 기다린다. 마을 사람들이 성두의 논에 모여 일을 할 때, 길서가 탄 자동차가 뽀얀 먼지를 휘날리며 지나간다. 기억이는 어떤 놈은 땀 흘리며 종일 일만 하는데, 어떤 놈은 팔자 좋게 자동차나 슬슬 굴린다고 하면서 비아냥거리지만 부러운 듯 자동차에서 눈을 떼지 못한다. 자동차는 기다리던 사람들 앞에서 머물지 않고 달아나 버린다. 마을 사람들은 다시 모를 심는다.

▶ 길서가 모범 경작생으로 인정받아 서울의 농사 강습회에 참석했다 돌아옴

길서를 제외한 마을 사람들은 모두 소작농이다. 쉴 새 없이 일을 하지만 형편이 어려워 여름철에는 보리밥조차 마음대로 먹지 못하는데, 몇 해 전부터는 새참도 없이 일하고 있다. 마을 사람들이 새참 대신 잠시 담배를 피우며 쉬기로 한다. 마을 사람들은 저마다 한탄을 늘어놓는다. 성두가 길서네처럼 좋은 비료(금비)를 사서 써 보고 싶다고 하자, 진도 애비는 골메(동네 이름)에서 누가 빚을 내어 그것을 사다 논에 뿌렸는데 본전은커녕 빚만 남았다는 말을 한다. 기억이도 윗동네 니틱이네가 딱 같은 처지라고 하면서, 설사 잘 된다고 한들 소작료가 올라가면 다 소용없는 일이라고 한다. 길서는 돈도 있고 자기 땅도 있는 데다가 보통학교에서 이자 없이 돈을 가져다 쓸 수도 있으니 얼마든지 비료를 대 좋은 벼를 길러 낼 수 있지만, 길서와 달리 배우지도 못하고 땅도 없는 마을 사람들은 모범 경작생이 될 기회조차 가질 수 없기에 더욱 길서를 부러워한다. 성두는 당장 지세를 내기 위해 키우던 돼지도 팔아야 할 형편이다.

▶ 마을 사람들이 길서를 부러워하며 신세를 한탄함

해가 기울어질 무렵이었다. 김매러 갔던 성두의 손아래 누이 의숙이가 국숫집 딸 얌전이와 모 꽂는 논두렁을 지나간다. 의숙과 길서는 작년 여름부터 마음을 나눈 사이이다. 일주일 전 서울에 갔던 길서가 돌아와 자기를 만나러 오기를 고대하고 있는데, 동네에 접어들었을 때도 부르는 말이 없자 내심 서운한 마음을 품는다. 의숙이 집으로 돌아오고도 한참 시간이 흘렀을 때 길서가 나타난다. 길서와 의숙의 관계는 이미 마을에 공공연하게 알려져 있으나 두 사람은 아직 어른들의 눈에 띄지 않게 몰래 만나고 있다. 의숙은 며칠 떠나 있던 길서와 오랜만에 만나서인지 떨리는 마음에 고개를 숙인다.

▶ 서울에서 돌아온 길서가 의숙을 찾아옴

그날 밤, 동네 사람들은 서울 이야기를 듣기 위해 길서네 마당으로 모인다. 장면 포인트 ② 213P 서울이 얼마나 큰지 묻는 노인의 말에 길서는 서울에는 이 동네 터보다 넓은 집이 수도 없이 많았다며, 총독부 같은 집에는 수만 명이 살 수도 있을 것 같다고 답한다. 또한 전차는 수백 대나 되고, 자동차는 수천 대나 있었다고도 한다. 혀를 내두르는 놀라운 이야기에 집중하던 사람들이 숨을 몰아쉬려 할 때 길서가 일어나 연설을 하기 시작한다. 길서는 강습회에서 배운 것 중 농사 짓는 법에 관해서는 딱히 말할 것이 없다고 한다. 새로 배운 것이 있다면 서울에서는 레그혼이라는 흰 닭을 사다 기르는데 그놈이 알을 굉장히 잘 낳는다는 것뿐이라고 한다. 그러면서 자기가 강습회에서 가장 많이 들은 말은, 지금이 가장 어렵고 무서운 시국이라는 것이었다고 한다. 따라서 까딱 잘못하다가는 죽을죄를 짓기 쉽고, 일을 안 하고 놀 생각만 하다가는 농사도 못 짓게 될 수 있다는 것이었다. 또한 지금의 불경기는 오래 갈 것이 아니고 한 고비만 넘기면 호경기가 올 것이라고도 한다. 강습회에서 들으니 요사이 감옥에 가장 많이 있는 죄수들은 일하기 싫어서 다른 이들까지 일을 못 하게 한 공산주의자들이라고 하는데, 이들에게 휩쓸렸다가는 소작하던 땅까지 못 부치게 될 것이니 농군의 손해로 돌아올 것이라고 마을 사람들에게 주의를 준다. 길서는 무슨 전쟁이 일어날 것도 같다면서, 하라는 일만 부지런히 하면 굶어 죽는 법은 없을 것이라는 말로 말을 마친다. 마을 사람들은 그저 길서가 하는 말을 멍하니 듣는다. 의숙은 동네 사람들 앞에서 그럴 듯하게 연설하는 길서를 멋지다고 생각한다. 그때 기억이가 호경기가 언제 오느냐, 어째서 불경기니 호경기니 하는 것이 생기는 것이냐 묻자, 길서는 제대로 대답하지 못한다. 기억이는 아무리 호경기가 온다고 해도 팔아먹을 것이 있어야 호경기지, 팔 거 없는 놈에게 호경기가 무슨 소용이냐고 한다. 동네 사람들도 기억이의 말이 더 그럴듯하다고 생각한다. 아무리 불경기라고 하지만 읍내에 있는 지주 서(徐)재당은 금년에도 맏아들을 분가시키고 고래 같은 기와집을 지어 주었기 때문이다. 또한 돈 있는 사람들이 불경기라고 하여 땅 팔았다는 말을 들어 본 적 없으므로 경기라는 것이 무엇인지 참으로 알 수 없다고 생각한다. 하지만 그러면서도 어려운 말을 하는 길서가 자기들보다 더 많이 아는 사람이겠거니 생각하며 집으로 돌아간다.

▶ 길서가 농사 강습회에서 듣고 온 대로 일본의 입장을 대변하는 연설을 함

다음 날, 길서는 논에 모를 심고 컴컴한 저녁때쯤 몰래 의숙을 찾아가 서울에서 사 온 파란 비누를 선물한다. 평생 비누로 세수해 본 적 없는 의숙은 선물을 받고 기뻐한다. 길서는 가을에 도에서 세 사람을 뽑아 일본 시찰을 보낸다는데 만약 가게 된다면 더 좋은 것을 사다 주겠다고 약속한다.

▶ 길서가 의숙에게 파란 비누를 선물함

길서와 헤어진 의숙이 마당으로 가 보니 어머니와 오빠, 동생이 이야기를 나누고 있다. 성두가 밀린 지세와 보리가 나기 전까지 먹을 양식, 단오 명절에 쓸 돈을 구하려고 돼지를 팔아 사 원 팔십 전을 얻어 왔는데, 어머니는 가을에 팔면 더 큰 돈을 받았을 것을 너무 일찍 팔았다며 아쉬워한다. 의숙은 돼지를 팔고 성두의 잔치(결혼)는 어떻게 하냐며 걱정한다. ▶ 성두가 밀린 지세 등을 갚기 위해 돼지를 팖

길서는 새벽같이 일어나 감자밭 돌보고 뽕나무 묘목밭을 살펴본 후 누런 양복을 차려 입고 읍내로 간다. 보통학교 교장을 먼저 찾아가 제 손으로 만든 빗자루 다섯 개를 쓰라고 주고, 비료를 사야겠다고 하면서 이십오 원을 받았다. 이제 뽕나무 묘목에 대한 이야기를 하기 위해 면사무소로 발길을 돌린다. 길서는 면 서기에게 자기 밭 뽕나무 묘목을 언제 가져갈 것이냐고 묻고 값을 좀 잘 쳐 달라고 한다. 서기는 한턱내라고 농담하며, 내게 곱게만 보이면 묘목값을 잘 쳐주는 것은 물론 일본으로 보낼 사람을 뽑을 때도 면장을 시켜서 잘 말하도록 하겠다고 한다.

장면 포인트 ③ 215P

그때, 뚱뚱한 몸에 맵시 없는 의복을 입은 면장이 들어온다. **길서는 면장에게 서울에 갔던 이야기를 보고한다. 면장은 수고했다는 말을 한 뒤 곧장, 보통학교를 육 학급으로 증축해야겠으니 길서네 마을 호세를 조금 더 올려야겠다고 한다. 그리고 그 동네는 길서의 승낙만 있으면 되지 않냐고 하면서 길서에게는 아무런 해가 없을 것이라는 말을 덧붙인다. 길서는 면장의 말에 무엇이라고 대답하지 못하고 망설인다. 길서는 면장의 비위를 거슬렀다가는 자기도 동네 소작인이나 다름없는 생활을 하게 될 것을 알고 있다. 일본은커녕 당장 묘목을 못 팔아먹을 것이고 보통학교 교장의 귀에 들어가면 돈도 빌려다 쓸 수 없게 된다. 묘목 심던 밭에 조나 심게 되고 면사무소 사무원들과 학교 선생들에게 팔던 감자와 파도 썩어 버릴 것이다. 논에 비료를 쓰지 못하면 미곡 품평회에 출품도 못해 볼 것이며, 그러면 상금도 못 탈 뿐 아니라 벼가 넉 섬밖에 소출이 안 날 것이니 동네 사람들처럼 일 년 양식이 부족할 것은 뻔했다. 이런 생각 끝에 길서는 결국 동네 사람들을 외면하고 만다.**
▶ 길서가 자기의 이익을 위해 마을의 호세를 올리겠다는 면장의 말에 동조함

가을이 되고 벼가 누렇게 익는다. 하지만 평양에서 사온 북어 기름을 잔뜩 친 길서의 논만 작년보다 더 잘 되고, 다른 논에는 강충이가 먹어 예년에 비해 절반도 곡식을 거두지 못한다. 마을 사람들은 여름내 애써 일하고도 먹을 것이 없으니 눈물이 솟아오를 지경이다. 마을 사람들은 길서를 찾아가 서재덩에게 소작료를 감해 달라고 말해 주기를 부탁한다. 하지만 길서는 자기는 소작농이 아니니 관계도 없거니와 농사가 잘 되지 않았다고 정해 놓은 소작료를 감해 달라는 것은 소작 쟁의와 같은 당치 않은 짓이라며 거절한다.
▶ 병충해로 농사를 망친 마을 사람들이 길서에게 소작료 감면 교섭을 부탁하나 거절당함

길서는 며칠 후 일본 시찰단으로 뽑혀 떠나 버린다. 동네 사람들은 어찌할 바를 모르고, 이번 겨울에 잔치를 하려고 했던 성두는 더욱 울상을 짓는다. 그들은 결국 큰마음을 먹고 모여서 읍내 서재당을 찾아가 사정을 이야기한다. 하지만 서재당은 도리어 자신도 아들을 분가시키느라 돈이 부족하다고 투덜대며, 소작료 낮춰 달라는 소리나 한다면 내년부터 소작을 주지 않겠다고 으름장 놓는다. 마을 사람들은 결국 기운 없이 동네로 돌아온다. 그리고 오는 길에 길서의 논에 세워진 '모범 경작생'이란 말뚝을 부럽게 바라본다. 길서 논의 볏대는 마을 사람들의 것보다 훨씬 크고 이삭이 많이 달려 있다. 마을 사람들은 평소 말도 잘하고 신망이 있던 길서가 소작료 감면 교섭을 대신 해 달라는 부탁을 들어 주지 않은 것이 미웠다.
▶ 마을 사람들이 서재당에게 직접 소작료 감면 이야기를 해 보지만 거절당함

며칠 뒤, 마을 사람들은 뽕나뭇값이 엄청나게 비싸지고 호세가 십삼 등에서 십일 등으로 크게 오른 것에 놀란다. 그 와중에 길서네만 그대로 십 등인 것을 이상하게 생각한다. 길서네는 먹고살 만하고, 소작농인 다른 사람들은 흉년을 만나 먹고살기도 어려운데 도대체 무엇을 보고 호세를 정하는 것인지 납득하기 어려워한다. 농민들은 호세만 오르고 도지는 그대로 바쳐야 하는 막막한 상황에 암담함을 느낀다. 성두는 속으로 농사를 때려치우고 북간도나 만주로 떠나야 하나 보다 생각한다. 열심히 일해도 먹고 살기 어려운 상황에 마을 사람들은 제 고장에 대한 애착심도 잃게 된다.
▶ 호세 인상 소식에 마을 사람들이 절망함

곧 마을 사람들은 길서 때문에 호세가 오른 것을 알게 된다. 사람들이 길서를 욕하고, 급기야 성두가 길서 때문에 동네를 떠나야겠다고 하자 의숙은 괴로워하며 소문이 사실이 아니기를 바란다. 일본에서 돌아온 길서는 자기 논두렁 앞에 박아 둔 '김길서'란 푯말이 사라진 것을 발견한다. '모범 경작생'이라고 쓴 말뚝은 쪼개져 흐트러져 있다. 처음에는 아이들 장난인가 생각하였지만, 동네에 무슨 일이 생긴 것 같다는 예감이 든다. 길서가 동네에 들어섰을 때 어른이라고는 아무도 보이지 않는다. 일본에 다녀와 의기양양했던 길서는 동네 사람들이 읍내의 서재당 집에 가서 돌아오지 않았다는 말을 듣고 무언가 잘못됐다는 것을 깨닫는다. 늦은 밤, 길서는 귀한 바나나를 가지고 의숙을 찾아간다. 하지만 의숙 역시 길서를 외면하고 울기만 한다. 길서는 불길한 징조를 느낀다. 곧이어 성두가 격분하여 충혈된 눈을 하고 아랫문으로 뛰어들어 오자, 길서는 가지고 왔던 바나나를 들고 뒷문으로 도망친다.
▶ 마을 사람들이 호세 인상에 길서가 동조한 것을 알고 격분하고 길서가 도망감

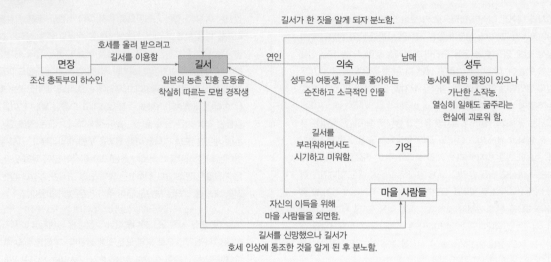

<보기>로 나오는 작품 외적 준거

일제의 동화 정책으로서의 농촌 진흥 운동과 농민 소설

1934년 발표된 박영준의 〈모범 경작생〉은 일제의 농업 진흥 운동의 허구성을 보여 주고 있다는 점, 농촌 현실과 밀착된 농민의 생활을 문학적 상황으로 끌어 올려 작품화하는 데 성공했다는 점에서 주목할 만하다. 〈모범 경작생〉은 '길서'라는 인물형에 초점을 두고 논의되는 경향이 강하다. 이 소설에는 기본적으로 농촌 진흥 운동이 전제되어 있는데, 모범 경작생이라고 하는 '중견 인물(중견 청년)' 양성 및 졸업생 지도와 관련되는 내용 등이 주로 농촌 진흥 운동의 기본 정책이다. 길서는 조선 총독부가 농촌 진흥 운동을 통해 양성하고자 했던 중견 인물이며, 졸업생 지도의 대상이다. 이는 작가 박영준이 이 소설을 쓴 의도가 명확히 당시의 농촌 진흥 운동의 허구성을 비판하려는 것이었음을 말해 준다. 특히 길서의 행동과 길서를 바라보는 또래 청년들의 반응에서 이를 확인할 수 있다. 길서와 같은 청년에게 강습회 참여를 독려하는 것은 농촌 진흥 운동의 중견 청년을 양성하는 과정 중 하나라 할 수 있다. 강습회 교육을 받으러 가서 듣고 온 얘기를 농민들 앞에서 다시 연설하는 장면에서 길서는 현재가 어렵고 무서운 시국이며 일을 부지런히만 하면 굶어 죽는 법은 없다는 논리를 펴고 있다. 그런데 사실 이것은 일제의 독점 자본과 지주들의 착취 메커니즘을 철저히 은폐한 채, 열심히 일하고 절약하면 잘살 수 있다는 지극히 비현실적인 사회의식을 세뇌하기 위한 일종의 '이데올로기 세뇌 정책'이다.

이 소설에서 가장 큰 화근으로 작용한 것은 길서가 소작료 탕감을 원하는 농민들의 뜻을 전달하는 것은 거절하는 사건이다. 길서는 마을 사람들의 생활이 어려워질 것을 알면서도 자신에게 올 불이익을 생각해 농민들을 외면한다. 이 부분에서 조선 총독부가 면장, 교장 등을 동원하여 중견 청년을 하수인으로 활용하고 이를 통해 농촌 사회를 지배하고자 하는 모습이 자세히 드러난다. 개인적 이익을 외면할 수 없어 행정 관청의 위협을 받을 수밖에 없는 중견 청년의 모습이 이 소설에 그려져 있는 것이다. 〈모범 경작생〉은 모범 경작생 길서, 길서를 바라보는 농민들의 선망과 기대, 기대에 대한 좌절이라는 변화 과정을 통해 농촌 진흥 운동과 중견 인물 양성 정책, 졸업생 지도, 모범 경작생의 허위, 조선 총독부가 농촌 사회를 지배하는 방식 등을 보여 주고 있다.

– 박진숙, 1930년대 농촌 진흥 운동과 농민 소설의 텍스트화 양상, 2012

- 이 작품은 개인적 이익 때문에 일제의 수탈 정책에 동조하는 인물을 통해 일제 강점기 농촌의 부조리한 현실을 고발하고 가난한 농민들의 삶의 애환을 그려 내고 있는 소설이다.
- 해당 장면은 서울에서 열리는 농사 강습회에 참가하고 돌아오는 길서를 동네 사람들이 기다리고 있는 상황이다.
- 성두와 기억을 비롯한 동네 사람들의 대화에 주목하여 이 작품에 반영된 당시 농촌의 현실을 파악하도록 한다.

★주목 "오늘 온댔으니 꼭 올 텐데…….."

성두가 못단을 왼손에 쥐며 말했다.
보통 서너 움큼씩 묶은 볏모나 모종의 단

"글쎄…… 꼭 올 텐데…… 요새 모를 못 내면 금년에는 상을 못 탈 것 아냐."
① 길서가 모를 내지 못할까 봐 걱정함 ② 농사와 관련하여 농민에게 상을 주는 정책이 있었음이 암시됨

기울어지는 햇살을 처다보며 진도 애비가 말했다.
시간의 경과

"너 원통할 게 무어 있니? 길서가 상을 탄대두 너는 마꼬 한 개 못 얻어먹어, 이
담배 이름의 하나
길서가 상을 타도 돌아올 이득은 아무것도 없음

자식아!"

기억이가 툭 쏘았다.

"그래도 올랴고 한 날에는 올 텐데……."
동네에서 유일하게 소학교를 졸업한 인물로 '모범 경작생'으로 뽑혀 일제의 정책적 혜택을 받음.

은근히 기다리던 성두가 다시 말했다.
자신의 이익을 위해 동네 사람들을 배신하는 인물

길서는 그 마을에서 가장 칭찬을 받는 사람이다. 물론 사촌 형뻘이 되면서도 기
작품 밖의 서술자가 작중 인물에 대해 직접적으로 설명함

억이 같은 몇 사람은 길서를 시기하고 속으로는 미워까지 했으나, 동네 전체로 보아
기억이 길서를 시기하며 부정적으로 바라보고 있음을 알 수 있음

소학교 졸업을 혼자 했고, 군청과 면사무소에 혼자서 출입하고, 공부를 많이 한 사
┌ 길서에 대한 소개 – 동네 사람들과는 다르게 교육을 받고 부유한 삶을 누리고 있는 길서

람에게도 지지 않으리만큼 동네 사람들을 가르치며 지도했다. 나이 젊은 사람으로

일을 부지런히 해서 돈도 해마다 벌며 저축을 하여 마을의 진흥회니 조기회니, 회마

다 회장을 도맡고 있는 관계로 무식하고 착한 농부들은 길서를 잘난 위인이라고 생
동네 사람들이 길서의 실체를 모른 채 표면으로 드러난 것만 보고 길서를 높게 평가함

각하지 않을 수가 없었다.

더욱이 서울서 모이는 농사 강습회에 군에서 보내는 세 사람 중에 한 사람으로,

한 주일 전에 그리로 떠난 뒤로 길서를 칭찬하는 소리는 더 커졌다.

평양 구경도 못 한 마을 사람들이 서울까지 가서 별한 구경을 다 하고 돌아온 그
보통 것과 이상스럽게 다른

에게서 서울 이야기를 들을 생각을 하니 그의 돌아옴이 기다려지는 것도 할 수 없는
동네 사람들이 길서를 기다리는 이유

일이었다. ▶ 서울의 농사 강습회에 갔다가 돌아오는 길서를 기다리는 동네 사람들

점심을 먹은 뒤, 한 번도 쉬지 못한 성두의 논에서 일하던 사람들은 논두렁으로

올라가 담배를 피우기로 했다. 다른 동네에서는 점심 뒤 한 번 쉬는 참에는 새참을
몇 해 전보다 더 가난해진 동네 사람들의 형편이 드러남

먹는 것이었으나 이들은 몇 해 전부터 그런 것을 잊어버렸다. 그래서 밥은 못 먹어

도 그저 몸이나 쉬는 것이었다.

길서네만 내놓고는 전부가 소작으로 사는 그들이 여름철에는 보리밥도 마음대로
길서네와 동네 사람들의 형편이 대조됨

먹을 수가 없는 터에 새참쯤은 물론 생각도 못 했다.

"나두 돈이 있으면 죽기 전에 서울 구경이나 한번 해 봤으면 좋겠다."
진도 애비의 말. 길서를 부러워함

작품 분석 노트

- 주요 인물 정리

길서	자신의 이익을 위해 일제 관료들에게 동조하며, 마을 사람들을 배신하는 인물
성두	길서와 같은 동네에 사는 농부. 일제의 농업 정책으로 피폐해진 농촌의 현실에 대해 거부감을 지니고 있으며, 경제적인 어려움에 처해 있음.
의숙	성두의 여동생으로 길서의 애인. 길서의 행동에 대해 적극적으로 나서지 못하고 고민만 하는 소극적인 인물

- 길서와 동네 청년들의 대소

길서
• 소학교를 졸업함 • 군청과 면사무소를 출입함 • 동네 사람들을 교육하고 지도함 • 돈도 많고 각종 모임의 회장임 • 자기 논이 있음

↑ 부러움, 시기, 미움

동네 청년들
• 소학교를 졸업하지 못함 • 군청과 면사무소에 출입 못 함 • 길서의 가르침과 지도를 받음 • 돈도 없고 가난함 • 자기 논이 없이 남의 논을 소작함

진도 애비가 드러누워 풍뎅이로 얼굴을 가리며 말했다.

"나는 평양이라두 구경해 보구 죽었으문 좋갔다."
_{성두의 말. 서울까지는 바라지 않고 평양이라도 구경할 수 있으면 좋겠음}

신문지 조각으로 희연을 말아 침으로 붙이던 성두가 웃었다.
_{일제 강점기의 싸구려 담배로, 신문지 같은 안 쓰는 종이에 직접 담배를 말아 넣어 피웠음}

"하늘에서 돈이나 좀 떨어지지 않나……"
_{기억이의 말}

풀 위에 엎드려 풀을 손으로 뜯던 기억이의 말이다.

여름 하늘은 구름 한 점 없이 말갛고, 곡식의 싹이 돋은 들판은 물들인 것같이 파랗다.
_{궁핍한 농촌 사람들의 처지와 대조되는 배경}

"그런데 금년엔 나두 길서네처럼 금비를 사다가 한번 논에 뿌려 봤으면…… 길서는 밭에다 조합 비료래나, 암모니아를 친대. 그것을 한번 해 보았으문 좋겠는데……"
_{돈을 주고 사서 쓰는 거름 / 농작물에 필요한 세 가지 성분인 질소, 인산, 칼리 가운데 두 가지 이상이 들어 있는 비료}

하고 성두가 말할 때 진도 애비는 벌떡 일어나 앉았다.

"말 말게. 골메(동네 이름)서는 누가 돈을 빚내다가 그것을 했다는데 본전도 못 빼구 빚만 남았다네……"
_{금비를 치는 것}

"그럼! 윗동네 니특이네두 녹았대더라. 설사 잘된다 한들 우리가 많이 먹을 듯하나? 소작료가 올라가면 그뿐이야……"
_{심하게 손해를 보았음 / 자기들 마음대로 소작료를 책정하여 농민들을 수탈하는 지주들의 횡포가 암시됨}

기억이가 성난 것처럼 말했다.

"얼마 전에 지주한테 가니까 니특이 칭찬을 하며 우리가 금비 안 쓴다는 말을 하던데……"
_{지주는 비싼 금비를 써서 수확을 늘리기를 바람}

"글쎄 말이야…… 금비라는 게 또 못살게 하는 거거든. 그것은 어떤 놈이 만들었는지 모르지만 아마 돈 있는 놈들이 만들었을 계야. 빚 안 내고 농사를 지어도 굶을 지경인데 빚까지 내래니 살 수 있나?"
_{금비를 사용하면 수확량은 늘어날지 몰라도 비룟값이 비싸서 더 손해를 보기 때문 / 돈 있는 사람이 농민들을 착취하여 더 많은 돈을 벌기 위해 만들었을 것이라고 생각함}

기억이가 큰소리를 할 때 진도 애비는 무엇을 생각하고 있다가 말을 꺼내었다.

「길서야 돈 있고 제 땅이 있으니 무슨 짓이든 못 하리…… 또 변[利子] 없이 얼마든지 보통학교에서 돈을 갖다 쓸 수도 있으니까."
_{변리. 남에게 돈을 빌려 쓴 대가로 치르는 일정한 비율의 돈 / 비싼 금비도 살 수 있음}

"나두 보통학교나 다녔으면 모범 경작생이나 되어 돈을 가져다 그런 것을 한번 해 보았으문 좋을 텐데. 보통학교란 물도 못 먹었으니."」
_{일제가 자신들의 정책에 협조하며 순응한 길서에게 붙여 준 호칭 / 「 」: 길서에 대한 부러움. 자신들의 처지에 대한 불만과 탄식이 드러남}

성두가 절반이나 거의 꽂힌 모를 둘러보며 말했다. 그들은 이런 의미에서도 길서를 부러워했다. 물론 제 땅이 얼마만큼 있어야 모범생이라도 될 것이나, 보통학교도 다니지 못한 형편에 그런 꿈을 꿀 수도 없고 따라서 길서처럼 서울 구경을 공짜로 할 생각을 못 해 보는 것이 억울했다.
_{길서처럼 자기 땅을 가지고 있어야}

▶ 길서에 대한 성두와 진도 애비, 기억이의 부러움과 억울함

• 작품에 나타난 동네 사람들의 현실

┌─────────────────────────────┐
│ • 대부분 소작농으로 살아가고 있음 │
│ • 농사를 지으며 새참을 먹지 못할 │
│   정도로 가난함 │
│ • 농사를 짓느라 서울이나 평양 구경 │
│   을 할 틈이 없고 돈도 없음 │
│ • 금비를 살 돈이 없으며, 빚을 내서 │
│   금비를 사용해도 빚만 더 쌓임 │
└─────────────────────────────┘
              ↓
┌─────────────────────────────┐
│ 일제 강점기 농촌 현실을 보여 줌 │
└─────────────────────────────┘

• 지주의 말에 담긴 의도

┌──────────────┐   ┌──────────────┐
│ 금비를 쓰는 │ + │ '우리가 금비 │
│ '니특이 칭찬' │   │ 안 쓴다는 말' │
└──────────────┘   └──────────────┘
              ↓
┌──────┬──────────────────────┐
│   │ 니특이처럼 금비를 써서 │
│   │ 벼의 생산량을 늘리라는 │
│ 말의 │ 말 → 빚을 내서 금비를 │
│ 의도 │ 사야 하는 농민들의 처지 │
│   │ 는 생각하지 않고 자신이 │
│   │ 얻을 이익만 생각함 │
└──────┴──────────────────────┘

- 해당 장면은 길서가 서울에서 구경한 것과 농사 강습회에서 들은 이야기를 동네 사람들에게 전해 주는데, 이에 대해 기억이 의문을 제기하는 부분이다.
- 길서가 전달하는 강습회 내용과 이에 대한 동네 사람들의 생각에 주목하여 길서에 의해 형상화된 인간 유형과 당시 농촌 현실을 파악하도록 한다.

길서는 서울서 구경한 놀랄 만한 일을 하나도 빼지 않고 이야기했다.

전차는 수백 대나 되며 자동차가 수천 대나 있어 귀가 아파 다닐 수 없었다는 말까지 했다. 혀를 빼고 멍하니 듣던 사람들이 숨을 몰아쉬려 할 때 <u>그는 그 자리에서 일어서며 강연조로 말을 꺼냈다.</u>
서울 구경 이야기를 할 때와 달리, 농사 강습회에서 들은 이야기를 전달하려고 어조와 태도를 바꿈

"이제는 강습회에서 배운 것을 조금 말하겠습니다. 농사짓는 법이란 제가 보통학
일제가 농촌 진흥 정책의 일환으로 시행한 행사
교에 다니면서 다 배운 것이며, 지금 제가 채소밭 하는 것과 꼭 같은 것이었으니
강습회의 농사와 관련한 교육 내용은 이미 자신이 다 알고 있는 것들임 → 농사 강습이 주 목적이 아님
까 말할 것도 없지요. 하나 새로 배운 것이 있다면 닭을 칠 때 서울서 레그혼이라
는 흰 닭을 사다 기르면 그놈이 알을 굉장히 낳는다는 것입니다. 그밖에는 배운 것이라고 별로 없습니다."

이 말을 끝맺고 다시 말을 이을 때는 기침을 한번 하고 목청을 올렸다.

"제가 강습회에서도 가장 많이 들은 일입니다마는 우리가 제일 깨달아야 할 것이 하나 있습니다. 「그것은 다름 아니라 가장 어렵고 무서운 시국이라는 것입니다. 까
지금이 가장 어렵고 무서운 시국이니 모두 제 일에 충실해야 함을 강조함
딱 잘못하다가는 죽을 죄를 짓기 쉽고 일을 아니 하고 놀려고만 생각하면 농사도 못 짓게 됩니다. 불경기, 불경기 하지만 이것이 얼마 오래 갈 것이 아니며 한 고비
경제 활동이 일반적으로 침체되는 상태
만 넘기면 호경기가 온다는 것입니다. 들으니까 요사이에 감옥에 가장 많이 갇힌
경제 활동이 정상 이상으로 활발한 상태   공산주의재(일제의 관점)
<u>죄수들은 일하기가 싫어서 남들까지 일을 못 하게 한 놈들이래요.</u> 말하자면 공산
공산주의자에 대한 일제의 부정적 관점을 그대로 따름
주의자라나요. 공연히 알지도 못하고 그런 놈들의 말을 들었다가는 부치던 땅까지 못 부치게 될 것이니 <u>결국은 농군들의 손해가 아니겠소…….」</u>
돌아올 손해를 언급하며 공산주의를 경계할 것을 당부함

듣고 있던 사람들은 길서의 얼굴만 쳐다보며 멍하니 앉아 있었다.

"또 무슨 전쟁이 일어날 것도 같습니다. 하라는 일을 아니 하면 우리가 어떻게 될는지도 모르지요. 그러나 <u>같은 값이면 마음 놓고 하라는 일을 잘 하며 살아야 하겠어요.</u> 에에, 우리는 일을 부지런히 합시다. 그러면 굶어 죽는 법이 없으니깐요. 유명
일제의 정책. 즉 일제가 시키는 대로 무조건 따를 것을 설득함
하게 된 사람들은 전부 부지런했던 덕택이었다는 것을 우리는 잘 알지 않습니까!"

이 말을 끝맺고 한참이나 섰다가 앉을 때, 옆에 앉았던 늙은이가 이마를 긁으며 물
「」: 길서가 농사 강습회에서 들은 내용을 그대로 전달함 → 길서의 친일적, 무비판적인 사고가 드러남.
었다.
일제의 입장에 서서 일제의 농촌 정책을 선전하고 일제에 협조하는 반민족적인 성향을 보여 줌

"너 서울 가서 그런 말도 배웠니?"

길서는 그저 웃었다. <u>의숙이도 재미있게 듣는 동네 사람들을 볼 때 길서가 더 훌륭한 것같이 생각했다.</u>
길서의 말에 긍정적으로 반응함
▶ 강습회의 교육 내용을 전달하는 길서와 그것을 듣는 동네 사람들

작품 분석 노트

- 〈모범 경작생〉의 의의

시대적 의의
일제 농업 진흥책의 허구를 폭로하고 당시 농촌 사회의 피폐해진 실상과 농민들의 고통스러운 삶을 고발함

문학적 의미
1930년대 일제 강점기의 부패한 관료층과 식민지 수탈 정책과 관련한 농촌 사회의 문제점을 포착하고, 농촌의 참상과 농민들이 겪던 가난의 고통 등을 생생하게 묘사한 농민 소설임

"그런데 호경긴가 그것은 언제 온대던?"

길서의 이야기에 의문을 드러내는 기억

아닌 밤중에 홍두깨 내밀듯 기억이 한참 동안 잔잔하던 공기를 깨뜨리고 말했다. 대답에 궁했던 길서는 한참이나 생각하다가,

예상하지 못했던 질문에 대해 마땅히 아는 것이 없으므로

"얼마 안 있으면 온대더라……."

라고 대답했으나, 어째서 불경기니 호경기니 하는 것이 생기느냐고 캐어물을 때에는

길서가 강습회에서 들은 이야기를 의미도 모른 채 전달하고 있음을 알 수 있음

모르겠다는 솔직한 대답밖에 더 할 수가 없었다. 농민들이 나날이 못살게 되어 가는 것이 불경기 때문이냐고 묻는다면 자신 있는 말로 그렇다고 대답했을는지도 모른다.

"암만 호경기가 온다 해두 팔아먹을 것이 있어야 호경기지. 팔 거 없는 놈이 호경

길서의 이야기에 대한 기억의 반론과 현실에 대한 비판

기는 무슨 소용이냐. 호경기가 되면 쌀이 많이 생기기나 하나……."

이러한 기억의 말은 아무런 생각도 없이 나온 듯했으나 호경기가 쌀을 많이 가져

일제의 수탈로 가난해진 동네 사람들

다주는 것이 아니라는 것을 아는 그들은 길서의 말보다도 더 그럴 듯이 생각했다.

길서가 전해 준 이야기보다 기억의 말에 더 공감함

아무리 불경기라 해도 십 리 밖 읍내에 있는 지주 서(徐)재당은 금년에도 맏아들

불경기라고 하지만 잘사는 사람은 더 잘사는 현실

을 분가시키고 고래 같은 기와집을 지어 주었다.

쌀값이 조금 오르면 고무신값이 조금 오르고, 쌀값이 떨어지면 물건값도 떨어지는 것을 잘 아는 그들은 불경기니 호경기니 해도 그것이 그들에게는 아무 관계가 없

불경기든 호경기든 자신들의 피폐한 삶은 나아진 적이 없으므로

는 것같이 생각되었으며 돈 있는 사람들도 불경기에 땅 팔았다는 말을 못 들었으므로 경기라는 것이 무엇인지 참으로 알 수 없었다. 그러나 그러면서도 길서가 힘든

어려운 말, 유식한 말

말을 자기들보다 많이 아는 사람같이 생각하며 집으로 돌아갔다.

▶ 길서의 강연에 대한 기억의 의문 제기

다음 날, 서울 갈 때 입었던 누런 양복을 벗고 무명 잠방 적삼을 갈아입은 뒤 논에

잠방이와 적삼

나가 모를 꽂고 돌아온 길서는 컴컴한 저녁때쯤 해서 의숙의 집 뒤 모퉁이로 의숙이

당시 남녀가 자유롭게 만나는 분위기가 아니었음을 알 수 있음

를 찾아갔다.

기쁨을 기쁘다고 말하지 못하던 의숙이도 이날만은 자기도 모르게 웃음이 솟아오

의숙의 심리 직접 제시

르며, 무슨 말이든 가슴이 시원하게 털어놓고 싶었다. 길서가 서울서 사 왔다고 파

란 비누를 손에 쥐어 줄 때 의숙은 진정이 서린 눈초리로 길서의 손을 듬뿍 잡았다.

당시에 구하기 어려웠던 물건 – 의숙에 대한 길서의 마음이 드러나는 소재

비누 세수라고 평생 못 해 본 의숙이가 비누 세수를 하면 금세 자기의 탄 얼굴이 희어지며 예뻐질 것 같아 춤을 추고 싶게 기뻤다.

▶ 길서와 의숙의 재회

· 길서의 강연에 대한 사람들의 반응

길서의 강연
서울 강습회의 교육 내용을 의미도 모른 채 들은 그대로 전달함

↑ ↑

대부분의 사람들	기억
어려운 말을 아는 길서를 대단하게 여김	호경기, 불경기에 대한 의문을 제기함

· 의숙에 대한 길서의 마음이 드러나는 소재 ①

파란 비누
길서가 비누 세수를 못 해 본 의숙을 생각하여 서울에서 사 온 선물

↓

의숙의 반응	· 진정이 서린 눈초리로 길서의 손을 듬뿍 잡음 · 춤을 추고 싶게 기뻐함

★주목 ▶ 길서는 인사를 하고 서울 갔던 이야기를 보고했다.

보고를 듣고 수고했다는 말을 한 뒤는 곧장,

"그런데 이번 호세(戶稅)는 자네 동네에서도 조금 많이 부담해야겠네. 보통학교를
_{동네 사람들에게 더 많은 세금을 부과하려고 함}　　　　　　　　　　　　　_{호세 인상의 이유}
육 학급으로 증축해야겠으니까."

하고, 길지도 않은 수염을 쓸며 호세 이야기를 했다.
　　　　　　　　　_{길서와 마을 사람들 간의 갈등이 일어나게 된 결정적 계기}

"거야 제가 압니까?"

"아니야, 자네 동네서야 자네만 승낙하면 되는 게니까. 그렇다구 자네에게 해로운
　　　　　_{길서라는 모범 경작생을 이용해 동네 사람들을 수탈하려 함}

것은 없을 게고……."
_{호세 인상으로 인해 길서가 피해를 보지 않을 것이라는 의미}

"글쎄요."

길서는 면장의 말에 무엇이라고 대답할 수가 없었다. 「만약 그에게 조금이라도 재

미없는 말을 해서 비위에 거슬리게 하면, 자기도 끼니때를 굶고 지내는 동네 소작
_{마음에 들지 않는 말}　　　　　　　　　　　　　　　　　_{시찰단으로 뽑혀 일본에 가는 일}

인들이나 다름이 없는 생활을 해야 할 것을 잘 알고 있다.」 일본은 둘째로 하고라도
_{「 」: 자신의 처지를 먼저 걱정하는 모습 → 길서가 면장과 결탁하여 마을 사람들의 고통을 가중시킬 것임을 암시함}

묘목도 못 팔아먹을 것이며, 그런 말이 보통학교 교장 귀에 들어가면 돈도 빌려다
_{문맥상 길서가 길러다 관청에 판매하는 뽕나무}

쓸 수 없게 된다.

「그러면 묘목 심었던 밭에 조를 심게 되고, 면사무소 사무원들과 학교 선생들에게

팔던 감자와 파도 썩어 버리게 된다. 삼백 평밖에 안 되는 논에 비료를 많이 내지 않

으면 미곡 품평회(米穀品評會)에 출품도 못 해 볼 것이며, 그러면 상금을 못 탈 뿐
　　　　　_{쌀의 좋고 나쁨을 평하는 모임}

아니라 벼가 겨우 넉 섬밖에 소출 못 날 것이다. 그러면 동네 사람들과 똑같이 일 년
　　　　　　　　　　　　_{「 」: 면장의 협조에 응하지 않으면 자신도 동네 사람들처럼 소작농으로}

양식도 부족할 것이 아닌가.」 _{전락하여 비참한 삶을 살아갈 것이라고 생각함}
　　　　　　　　　　　　　　_{→ 면장의 요구를 수용하는 길서의 자기 합리화}

"자네 동네 사람들은 얌전하게 근심 없이 사는 모양이던데."

면장이 다시 말을 꺼낼 때 길서는 곧 대답했다.
　　　　　　　_{면장의 호세 인상 제안에 동의하는 발언}

"그러문요. 근심이 조금도 없다고야 할 수 없지마는 무던한 편은 됩니다."
　　　　　　　　　　　　　　　　▶ 동네 사람들에게 호세를 더 부과하겠다는 면장의 요청을 수용하는 길서

벼는 누릇누릇해서 이삭들이 뭉친 것이 황금 덩이 같았다. 그러나 얼굴의 주름살

을 편 사람이라고는 하나도 없었다.
_{길서의 발언과 달리 동네 사람들의 근심이 깊음}

강충이가 먹어 예년에 비해서 절반도 곡식을 거둘 수가 없었기 때문이었다.
_{마을 사람들이 근심하는 이유}

길서만이 평양 가서 북어 기름을 통으로 사다가 쳤기 때문에 그의 논만은 작년보
_{길서가 일제에 협조한 결과, 길서가 다른 농민들보다 경제적 여건이 됨}

다도 더 잘되었으나, 다른 논들은 털 빠진 황소 가죽같이 민숭민숭해졌다.

이[蝨] 새끼만 한 작은 벌레까지가 못 살게 하는 것이 원통했으나, 여름내 땀을 빼

작품 분석 노트

• 〈모범 경작생〉에 나타난 갈등 구조

길서
자기의 이익을 위해 일제 관료들의 편에 섬
지주와 일제의 이익을 대변하는 계층

↕

성두를 비롯한 농민
일제의 농업 정책이 초래한 농촌의 피폐한 현실에 반감을 가짐
지배 계층에게 착취당하는 계층

고도 제 입으로 들어올 것이 없을 것을 생각하니 눈물이 솟아오를 지경이었다.
열심히 농사지었지만 수확할 것이 없는 현실에 대한 서러움과 분노

그들은 할 수 없으므로 성두의 말대로 길서를 시켜 읍내 지주 서재당에게 가서 금
소작료의 감세를 주장함   길서를 농민들의 입장을 대변해 줄 존재로 여기고 있음
년만 도지를 조금 감해 달래 보자고 했다.

그러나 길서는 자기와 관계가 없을 뿐 아니라 정해 놓은 도지를 곡식이 안 되었다
소작권과 소작료 따위의 이해관계를 둘러싸고 지주와 소작인 사이에 벌어지는 투쟁
고 감해 달라는 것은 흔히 일어나는 소작 쟁의와 같은 당치 않은 짓이라고 해서 거절
길서는 친일 지주 계층의 논리를 내세워 동네 사람들의 요청을 거절함. 소작 쟁의에 대한 부정적 인식이 드러남
했다. 그러고는 며칠 있다가 일본 시찰단으로 뽑히어 떠나가 버렸다.
면장과의 결탁으로 얻은 혜택

동네 사람들은 어찌할 줄을 몰랐다. 더구나 금년 겨울에는 기어이 잔치를 하려고
병충해로 벼의 수확량이 적을 뿐만 아니라 길서마저 부탁을 거절했기 때문
하던 성두는 가끔 우는 얼굴을 하곤 했다. 그들은 할 수 없이 큰마음을 먹고 떼를 지
혼인조차 할 수 없을 정도로 형편이 어려움
어 읍내로 들어가 서재당에게 사정을 말해 보았으나, 물론 들어주지 않았다. 오히려

아들을 분가시킨 관계로 돈이 몰린다는 근심까지를 들었다.
▶ 동네 사람들이 지주를 찾아가 감세를 사정하지만 거절당함

"너희들 마음대로 그렇게 하려거든 명년부터는 논을 내놓아라."
소작료(도지)의 감세를 거절함 – 정해진 소작료를 내지 않으면 논을 빼앗겠다고 협박함(지주의 횡포)
하는 말에는 더 할 말이 없어 갈 때보다도 더 기운 없이 돌아왔다. 그들은 돌아가는
문제를 해결할 방법이 없음(절망적 심정)
길에 길서의 논 앞에 서서 '모범 경작'이라고 쓴 말뚝을 부럽게 내려다보았다.
반어적 명명. 지주나 친일 관료(면장)와 결탁하여 자신의 이익을 챙기는 길서의 처세를 비판하려는 의도
볏대가 훨씬 큰데 이삭이 한 길만큼 늘어선 것이 여간 부럽지 않았다. 그러나 말
길서에 대한 동네 사람들의 부러움
도 잘하고 신망도 있다고 해서 대신 교섭을 해 달라고 부탁했음에도 불구하고 못 들
길서에 대한 동네 사람들의 태도 변화 – 미움, 야속함
은 체 들어주지 않은 길서가 미웠다.

"나도 내 땅이 있어 비료만 많이 하면 이삼 곱을 내겠다. 그까짓 것……."
소작농의 비참한 현실 – 땅이 없는 서러움과 땅에 대한 소망 의식
기억이가 침을 탁 뱉으며 말했다. 며칠 뒤 그들이 다시 놀란 것은 값도 모르는 뽕
나뭇값이 엄청나게 비싸진 것과, 십삼 등 하던 호세가 십일 등으로 올라간 것이다.
길서가 친일 관료(면장)와 결탁한 결과가 드러남
그것보다도 십 등이던 길서네만은 그대로 십 등으로 있는 것이 너무도 이상했다.
대조되는 길서네의 상황 → 동네 사람들이 길서네만 호세가 오르지 않는 것에 의문을 품고 있음
길서네는 그래도 작년에 돈을 모아 빚을 주었으나, 다른 사람들은 흉년까지 만나 먹
고살 수도 없는데 호세만 올랐다는 것이 우스우면서도 기막힌 일이었다. 무엇을 보
소작농을 더욱 힘들게 하는 일제의 착취
고 호세를 정하는지 알 수 없었다.
부당한 현실에 대한 동네 사람들의 의문
흉년, 그러면서도 도지를 그대로 바쳐야 하는 데다가 호세까지 오른 그들의 세상
일제 강점하 소작농의 절망적이고 암담한 현실. 고향을 떠나는 원인이 됨
은 캄캄했다.

감상 포인트
부조리한 현실에 대한 인물들의 태도 및 갈등 양상을 파악한다.

'아마 북간도나 만주로 바가지를 차고 떠나야 하는가 보다.'
고향을 떠날 것을 고려해야 할 정도로 궁핍한 농촌의 현실을 보여 줌
성두는 혼자 생각했다. 그들은 마을에 대한 애착심도 잊었고, 제 고장이라는 것도
소작농. 장가 밑천으로 키우던 돼지마저 팔고 북간도로 이주해야 할 형편임
생각하기 싫었다. 다만 못살 놈의 땅만 같았다.
일제의 농촌 수탈과 흉년으로 인해 극도로 피폐해진 농촌의 현실
마을 사람들은 길서의 장난으로 호세까지 올랐다는 것을 다음에야 알고 누구 하
호세 인상의 내막
나 그를 곱게 이야기하는 이가 없게 되었다. 길서 때문에 동네를 떠나야겠다는 오빠
길서에 대한 동네 사람들의 태도가 부정적으로 변함
의 말을 들은 의숙이도 눈물을 흘리며 길서가 그렇지 않기를 속으로 바랐다.

길서는 일본서 돌아올 때 우선 자기 논두렁에서 가슴이 서늘함을 느꼈다. 논에 박
자신에게 좋지 않은 일이 생겼음을 직감한 길서의 불안감이 드러남
은 '김길서'라고 쓴 푯말은 간 곳도 없고, '모범 경작생'이라고 쓴 말뚝은 쪼개져서 흐
동네 사람들이 길서의 위선적인 행위를 인식하고 길서에 대한 분노를 표출한 것
트러져 있었다.

• '모범 경작생' 말뚝에 대한 농민들의 태도 변화

길서의 논에 서 있던 '모범 경작'이라는 말뚝을 부러운 눈으로 바라봄 → 선망의 태도

↓

'모범 경작생' 말뚝을 쪼개 버림 → 적대적 태도

↓

이유
마을에서 유일하게 소학교를 졸업하여 동네 사람들의 권익을 대변해 줄 것이라고 여겼던 길서가, 동네 사람들 몰래 자신의 집을 제외하고 호세를 올리는 것에 동조한 사실을 알고 배신감을 느낌

• 길서와 면장의 결탁 결과

뽕나뭇값 인상	뽕나무 묘목을 심어 파는 길서에게 이득임
호세 인상	• 세금을 더 많이 거둘 수 있어 일제 관청(관리들)에 이득임 • 길서는 전년도와 동일한 호세로 책정되는 혜택을 받음

심술궂은 애들이 장난을 했는가 하고 생각하려 했으나 그 한 짓으로 보아서 반드시 무슨 일이 일어난 것 같은 예감이 들었다. 동네에 들어섰을 때 동네에는 어른이라고 한 사람도 찾아볼 수 없었다.

예전에 서울(농사 강습회)에서 돌아올 때 자신을 반기던 동네 사람들의 분위기와는 사뭇 다름을 느낌

읍내 서재당 집엘 가서 저녁때가 되도록 아직 돌아오지 않았다는 말을 듣자 서울 갔다 돌아왔을 때보다도 더 의기양양해 온 길서의 마음은 조각조각 깨지고 말았다.

길서의 심경 변화: 의기양양함 → 두려움

보지도 못했고 이름조차 들어 보지 못하던 바나나를 가지고 밤이 이슥했을 무렵

당시에 구하기 어려웠던 과일 – 의숙에 대한 길서의 마음이 드러나는 소재

의숙이를 찾아갔건만 그를 본 의숙이도 얼굴을 돌리고 울기만 했다. 길서의 마음은

길서가 동네 사람들과 성두를 배신했기 때문

터지는 듯했다. 뒤에서 몽둥이를 들고 따라오던 사람의 숨소리를 듣는 듯 가슴이 떨리었다. 불길한 징조가 눈에 보이는 듯했다.

성두가 충혈된 눈으로 아랫문으로 뛰어들었을 때 길서는 들고 왔던 바나나를 들고 뒷문으로 도망쳤다.

▶ 길서의 이중성에 대한 동네 사람들의 분노

■ 호세: 예전에, 살림살이를 하는 집을 표준으로 하여 집집마다 징수하던 지방세.
■ 소출: 논밭에서 나는 곡식. 또는 그 곡식의 양.
■ 도지: 풍년이나 흉년에 관계없이 해마다 일정한 금액으로 정하여진 소작료.

• 〈모범 경작생〉의 한계
농민들의 분노는 지주와 일제의 이익을 대변하는 인물로 대표되고 있는 길서에게 향하고 있다. 고통의 근본적인 원인인 일제와 일제에 야합하여 농민들을 착취하고 있던 지주에게 그 분노가 향하고 있지 않다는 점에서 한계가 있다고 볼 수 있다.

• 의숙에 대한 길서의 마음이 드러나는 소재 ②

바나나
의숙을 위해 당시 구하기 힘든 과일을 일본에서 구해 옴

↓

의숙의 반응	길서의 이면을 알게 된 뒤 길서를 보고 얼굴을 돌리고 울기만 함

↓ 성두의 출현

길서는 바나나를 들고 뒷문으로 도망감

이 작품은 동네 사람들의 신망을 받고 부러움의 대상이던 '길서'라는 인물의 실체가 폭로되어 결국 동네에서 배척당하게 되는 것으로 마무리되고 있다. 이러한 이야기의 흐름 속에서 인물에 대한 정서와 태도가 변화하는 양상을 파악하도록 한다.

+ 길서에 대한 동네 사람들의 태도 변화

호의적 태도		부정적 태도
동네 사람들의 신망을 받는 부러움의 대상: 동네 사람들은 농사 강습회에 참가하고 돌아오는 길서를 기다리고, 그의 말을 경청하며, 그에게 소작료 교섭을 맡기는 등 길서를 신뢰함	→	배척과 분노의 대상: 길서의 농간으로 호세가 올랐음을 알게 된 동네 사람들은 길서가 지주와 친일 관료들의 협력자임을 깨닫고 길서의 논에 박혀 있던 '모범 경작생'이란 팻말을 쪼갬

이 작품의 제목인 '모범 경작생'은 반어적 의미를 지니고 있다. '모범 경작생'이라는 제목을 통해 드러내고자 한 작품의 주제 의식이 무엇인지 파악할 수 있어야 한다.

+ 제목의 반어적 명명 및 주제 의식

'모범 경작생'의 의미 – 반어적 명명	
일제의 관점: 일제의 정책을 잘 따르는 순종적이고 부지런한 훌륭한 농사꾼 → 모범적인 인물	농민의 관점: 지주와 일제의 앞잡이 노릇을 하는 위선적이고 이기적인 인물 → 모범적이지 않은 인물

↓

작가의 의도 및 주제 의식
• 작가의 의도: 지주나 친일 관료들과 결탁하여 그들의 착취를 간접적으로 도와주면서 뽐을 내고 살아가는 이중적인 길서의 처세를 비판하고자 하는 의도 → 가진 자와 결탁하여 이기적인 욕망만을 채우며 자신의 동류(농민)를 괴롭히는 존재에 대한 비판 의식을 드러냄 • 작품의 주제 의식: 구조적 모순을 안고 있는 일제 치하 농촌 사회의 부조리한 현실 고발

이 작품에서는 '길서'와 '성두'를 비롯한 동네 사람들이 갈등을 빚으며 사건이 진행되고 있다. 따라서 '길서'와 '성두'를 비롯한 동네 사람들의 갈등 양상을 파악하도록 한다.

+ 갈등 구조

길서		동네 사람들
자기 이익만을 위해 친일 관료들 편에 서서 그들의 위선적인 농업 정책에 협조하고, 동네 사람들의 호세 인상에 동조하며 각종 혜택을 누림	↔	호세 인상의 내막을 알고 길서를 증오하여 길서의 논에 있는 풋말과 말뚝을 훼손함

↓		↓
일제와 일제에 협력하는 친일 관료, 농민 (지배 계급)		가난한 소작농 (피지배 계급)

• 해제
〈모범 경작생〉은 1930년대 일제의 농업 진흥책이 갖는 허구적 성격과 농민들의 현실 자각 과정을 현실감 있게 표현한 작품으로, 구조적 모순을 안고 있었던 일제 강점기 농촌 사회의 부조리한 현실을 풍자한 소설이다. 계몽적인 농민 소설과 달리 농촌의 문제를 농민의 시각에서 그리고 있으며, 농민들이 일제의 정책을 점차 비판적으로 인식하게 되는 과정을 자세히 그리고 있다. 중심인물인 '길서'는 일제의 입장에 서서 농촌 정책을 선전하고 일제에 협조하는 반민족적인 성향을 보여 주는 인물이며, 가난한 농부들은 처음에는 길서의 실체를 파악하지 못하다가, 그가 자신의 이익만 취하는 배신자라는 것을 깨닫게 된다.

• 제목 〈모범 경작생〉의 의미
– 일제에는 모범적이지만, 일제 강점하에서 살아가는 농민들에게는 모범적이지 않은 인물

'길서'는 일제 농촌 정책을 선전하면서 농민의 삶은 안중에 없는 인물로 자신을 모범적인 농부라고 믿고 있으나, 농민들은 그가 비도덕적이며 이기적인 인물임을 깨닫게 된다는 점에서 '모범 경작생'이라는 이름 뒤에 숨어 있는 반어적 의미를 알 수 있다.

• 주제
일제 강점하 농촌의 부조리한 현실과 피폐해진 농촌에서의 농민 삶에 대한 고발

한 줄 평 | 떠돌이 개를 통해 민족의 수난과 생명의 소중함을 그려 낸 작품

목넘이 마을의 개 ▸ 황순원

💬 전체 줄거리

[외화]

사방이 산으로 둘러싸여 있어 어디를 가더라도 산 목을 넘어야만 해서 목넘이 마을이라고 불리는 마을이 있는데, 서북간도로 이주하려는 사람들은 으레 이 마을에서 잠시 쉬거나 하룻밤을 묵고 북쪽으로 사라진다. ▸ 서북간도로 떠나는 사람들이 지나가는 곳에 위치한 목넘이 마을

[내화]

어느 해 봄, 목넘이 마을에 '신둥이(흰둥이)'라는 떠돌이 개 한 마리가 나타난다. 신둥이는 중간 크기의 암캐로, 몸에는 황토물이 들어 누렇고 목에는 끈 같은 것을 맸던 흔적이 있으며 뒷다리 하나를 절룩거린다. 신둥이는 서쪽 산 밑 간난이네 집 옆 방앗간에 처음 나타난다. 북간도 이주민들이 하룻밤을 머물기도 하는 방앗간이다.

장면 포인트 ① 223P

방앗간을 나온 신둥이는 바로 옆 간난이네 집으로 들어갔다가 간난이네 누렁이가 다가오는 것을 보고 저를 물려는 줄 알고 달아난다. ▸ 목넘이 마을에 신둥이라는 떠돌이 개가 나타남

그길로 신둥이는 목넘이 마을의 주인 격인 동장네 형제들이 전용으로 사용하는 방앗간으로 간다. 그리고 그곳에서 먼지와 쌀겨를 핥으며 주린 배를 달랜다. 큰 동장네 검둥이가 신둥이를 보고 경계하며 다가갔으나, 검둥이는 신둥이가 자신과 적대할 상대가 되지 않는 데다가 암캐라는 것을 알고 경계를 늦춘다. 신둥이는 검둥이를 따라 큰 동장네로 가서 검둥이가 먹고 남은 밥을 핥아 먹는다.

큰 동장네를 나와 다시 방앗간을 찾아가던 신둥이는 이번에는 작은 동장네 바둑이와 마주친다. 신둥이는 바둑이의 주둥이에서 나는 밥 냄새를 맡고, 바둑이를 따라 작은 동장네로 간다. 신둥이는 바둑이가 먹고 남긴 밥을 핥아 먹고는 그곳을 나와 방앗간 풍구 밑으로 간다. 이튿날도 신둥이는 큰 동장네와 작은 동장네를 여러 번 오가며 검둥이와 바둑이가 먹고 남긴 밥을 얻어먹는다.

▸ 신둥이가 동장 형제네 개들의 밥을 얻어먹음

다음 날, 동장네 방앗간에 두 동장네 절가(머슴)와 간난이 할머니, 간난이 어머니가 벼를 찧으러 온다. 신둥이가 볏섬 냄새를 맡고 다가가자 절가가 성가시다며 신둥이를 밀어 찬다. 곧이어 작은 동장이 벼를 잘 찧고 있는지 확인하러 방앗간에 왔다가 누워 있는 신둥이를 보고는 신둥이에게 발길질을 하고 돌멩이까지 던진다.

달아난 신둥이는 서쪽 산 밑 간난이네 집 옆 방앗간으로 갔다가 다시 동장네 방앗간을 찾아간다. 신둥이는 그곳에서 벼를 찧는 절가를 보고 온 길을 되돌아간다. 오후가 되어서야 간난이 할머니와 간난이 어머니가 집으로 들어가는 것을 본 신둥이는 다시 동장네 방앗간으로 가서 쌀겨가 앉아 있는 곳곳을 마구 핥으며 허기를 달랜다. ▸ 작은 동장이 신둥이를 방앗간에서 쫓아냄

그날 저녁, 신둥이가 큰 동장네 대문 안에 서서 검둥이가 밥을 먹고

남기기를 기다리고 있는데, 작은 동장과 똑 닮은 큰 동장이 방에서 나온다. 큰 동장은 발을 굴러 신둥이를 쫓아내고, 신둥이는 놀라 개구멍으로 달아난다.

큰 동장이 대문을 나서는데 마침 그곳을 지나던 작은 동장이 신둥이를 보고 '미친개가 잡아라!' 하고 고함을 지르고, 큰 동장도 몽둥이 하나를 집어 들고 신둥이의 뒤를 쫓으며 미친개 잡으라고 소리를 지른다. 동장네 형제가 고함을 지르며 신둥이를 따라 언덕까지 갔을 때, 마침 늦도록 밭에 남아 있던 김 선달이 그 소리를 듣고서 삽을 들고 신둥이의 뒤를 쫓는다. 두 동장은 김 선달이나 서산 밑 사람들이 신둥이를 때려잡기를 바라며 미친개를 잡으라고 부르짖는다. 김 선달이 신둥이를 놓치고 돌아오자, 큰 동장은 김 선달을 타박하고 김 선달은 아무 대꾸도 없이 밭일을 하러 돌아간다.

장면 포인트 ② 225P

그날 밤, 마을 사람들은 마당에 모여 농사 이야기며 양식 이야기를 하던 끝에, 오늘 본 미친개에 관한 이야기를 한다. 먼저 김 선달이 자신이 어젯밤에 산목을 넘으면서 이상한 개 울음소리를 들었는데, 그것이 아까의 개가 지르던 소리였는지도 모르겠다고 한다. 그러자 차손이 아버지는 그 개가 서북간도 이주민이 나무에 매어 놓은 개일지도 모른다고 말한다. 그러면서 짐승이 오래 굶으면 발광하는 법이며, 김 선달이 들은 개 울음소리는 미친개가 목에 맨 끈을 끊으려고 지른 소리가 틀림없다고 한다.

그러나 간난이 할아버지는 방앗간에서 보았던 신둥이가 미친개로 보이지는 않았다는 아내의 말이 떠올라, 그 개가 미쳤는지 아닌지는 직접 보지 않고는 알 수 없다고 한다.

이때, 신둥이는 어둠을 타서 서쪽 산을 내려와 동장네 집들을 찾아간다. 큰 동장네 검둥이와 작은 동장네 바둑이는 이제는 낯익은 신둥이를 맞아 주고, 신둥이는 검둥이와 바둑이가 남긴 먹이를 핥아 먹는다. 신둥이는 동장네 방앗간으로 가서 낮에 핥아 먹은 자리를 다시 핥고 그곳을 나와 다시 서쪽 산 밑을 향한다.

▸ 동장 형제의 오해로 마을 사람들이 신둥이를 미친개로 취급함

이튿날 아침, 간난이네 집 옆 방앗간 풍구 밑에 엎드려 있는 신둥이를 발견한 간난이 할아버지는 지게 작대기를 뒤에 감추고 신둥이가 정말 미친개인지 확인하고자 한다. 신둥이의 주둥이와 눈을 살펴본 간난이 할아버지는 신둥이가 미친개는 아니라고 생각한다. 신둥이 역시 간난이 할아버지가 자기를 해치려는 사람이 아님을 알아챈 듯이 꼬리를 들기 시작한다.

간난이 할아버지가 뒤로 감추었던 작대기 든 손을 늘어뜨리자, 작대기를 본 신둥이는 놀라 달아나고 누렁이가 신둥이를 쫓는다. 간난이 할아버지는 혹여 신둥이가 누렁이를 물지 않을까 걱정되어 누렁이를 부르지만, 누렁이와 신둥이는 서로 낯이 익다는 듯 코를 마주 내밀며 꼬리를 든다. ▸ 간난이 할아버지가 신둥이가 미친개가 아님을 확인함

이후로 신둥이는 뒷산에서 지내다가, 큰 동장과 작은 동장이 집을 비운 틈에는 마을로 몰래 내려와 두 집에서 허기를 달래고 방앗간으로 가 겨를 핥다가 다시 뒷산으로 올라가기를 반복한다.

어느 날 밤, 신둥이가 큰 동장네 구유를 핥고 있는데 큰 동장이 신둥이를 발견하고서 몽둥이를 들고 신둥이에게 다가간다. 큰 동장은 도망가려는 신둥이의 눈에서 이상한 푸른빛을 보게 된다. 큰 동장은 신둥이가 미친개라고 확신하지만 웬일인지 고함을 지르지 못한다. 신둥이가 개구멍을 빠져나갈 때에야 큰 동장은 미친개를 잡으라고 소리치며 신둥이의 뒤를 쫓지만, 어쩐지 무서운 생각이 들어 바싹 따라가 몽둥이질할 엄두는 내지 못하고 신둥이를 놓치고 만다.

다음 날 아침, 큰 동장은 마을 사람들에게 눈알에 새파란 화를 세우고 달려드는 미친개를 겨우 몽둥이로 쫓아냈다고 말하며, 눈에 띄기만 하면 그 개를 반드시 죽이겠다고 한다. 마을 사람들은 큰 동장의 말을 듣고 불안해하며 신둥이가 나타나면 처치해야겠다는 마음을 먹는다.

큰 동장에게 쫓긴 이후로 신둥이는 누구의 눈에도 띄지 않는다. 어느 날 밤, 간난이 할머니가 뒷간에서 눈에 화를 세운 신둥이를 발견하고서 간난이 할아버지에게 신둥이가 미친개가 맞다고 이야기한다. 간난이 할아버지는 사람이든 개든 굶거나 독이 오르면 눈에 화가 켜지는 법이라면서, 그 개가 꼭 미친 것은 아닐 것이라고 말한다. 그러면서도 신둥이가 자기네 뒷간에 와 귀중한 거름을 먹는다는 것에 생각이 미치자, 신둥이를 뒷간에서 쫓아낸다. 이 사건 이후로 신둥이는 누구의 눈에도 띄지 않는다.

▶ 마을 사람들이 신둥이를 미친개로 생각하고 죽이려 함

그해 여름, 신둥이가 뒷산에서 마을 개들과 함께 있다는 소문이 돈다. 소문대로 큰 동장네 검둥이와 작은 동장네 바둑이가 이틀째 집에 들어오지 않는다. 두 동장은 미친개가 자기네 개들을 미치게 해서 데려갔다며 분해하고 겁을 낸다. 간난이네 누렁이도 이틀째 들어오지 않았지만, 간난이 할아버지는 이를 밝히지 않는다.

사흘 만에 돌아온 마을 개들은 집에 돌아오자마자 침을 흘리며 잠이 든다. 동장들은 파리해진 개들의 상태를 보고 미친 것이 분명하니 개들을 죽이자고 한다. 동장네 절가는 검둥이가 밥을 먹지 않는다며 미친개가 분명하다고 하지만, 간난이 할아버지는 검둥이가 며칠 동안 수캐 구실을 하고 돌아온 탓이라고 한다. 그 말을 들은 큰 동장은 더욱 정색하고, 마침 초복이 며칠 남지 않았으니 개를 잡아먹자고 한다. 하는 수 없이 간난이 할아버지는 절가와 함께 검둥이를 잡는다. 그리고 검둥이에 이어 작은 동장네 바둑이도 죽고 만다. 큰 동장과 작은 동장은 북쪽 목 너머에 있는 괸돌마을의 동장과 박 초시를 불러들여 밤이 깊도록 고기를 안주 삼아 술을 마신다.

다음 날, 동장 형제는 마을 사람들에게 신둥이와 함께 있었던 개가 한 마리 더 있다고 하니, 그 개를 처치해 버리라며 협박한다. 하지만 간난이 할아버지는 신둥이와 함께 있었던 자기네 누렁이를 그냥 두었고, 누렁이는 시간이 지나도 미치지 않는다.

▶ 동장 형제가 신둥이와 함께 사라졌다가 돌아온 개들을 잡아먹음

그러는 동안 신둥이는 밤을 틈타 마을로 내려왔다가 먹을 것을 찾아 먹고는 서산 밑 방앗간에서 자다가 아침 일찍 산으로 돌아간다. 차손이 아버지가 이를 우연히 보고 이전의 그 미친개가 방앗간에 와서 자는데, 새끼를 밴 것처럼 보인다는 소문을 낸다. 큰 동장과 작은 동장은 신둥이가 승냥이의 새끼를 뱄을 것이라며 신둥이를 잡아먹자고 한다.

밤이 되자 마을 사람들은 제각기 몽둥이 하나씩을 장만해 들고 신

[장면 포인트 ❸ 227P]

둥이를 기다린다. [주목] 신둥이가 방앗간으로 돌아오자 마을 사람들은 방앗간으로 들어가 몽둥이를 들고 신둥이를 에워싼다. 이때 간난이 할아버지는 신둥이의 눈에서 별나게 새파란 불이 켜진 것을 보고, 문득 이는 신둥이 개 한 마리의 몸에서 나오는 것이 아니고 여럿의 몸에서 나오는 것이 합쳐진 것이라고 생각한다. 간난이 할아버지는 새끼를 밴 신둥이를 차마 때리지 못하고 자신의 다리 곁으로 빠져나가도록 내버려둔다.

▶ 신둥이가 흘몸이 아닌 것을 안 간난이 할아버지가 신둥이를 도망치게 도와줌

겨울이 오자 간난이 할아버지는 나무꾼들이 드나들지 않는 여웃골로 나무를 하러 갔다가, 한데 뭉쳐 자는 강아지들과 저만치에서 그곳을 지켜보며 서 있는 앙상한 신둥이를 보게 된다. 간난이 할아버지는 잠이 든 다섯 마리의 강아지에게서 누렁이와 검둥이, 바둑이의 모습을 보고 놀란다. 간난이 할아버지는 이 사실을 누구에게도 알리지 않기로 결심한다.

▶ 간난이 할아버지가 외진 산속에서 신둥이의 새끼들을 발견함

[외화]

이 이야기는 '나'가 중학생 시절 여름방학 때 외가인 목넘이 마을에서 간난이 할아버지와 김 선달, 차손이 아버지가 하는 이야기를 들은 것이다.

간난이 할아버지는 남들 몰래 여웃골로 나무를 하러 다니며 강아지들을 보살폈으며, 신둥이의 새끼들이 자라자 한 마리씩 모두 다섯 마리를 이웃에게 나누어 주었다.

이런 이야기 끝에, 간난이 할아버지는 '나'에게 지금 목넘이 마을의 개들은 거의 다 신둥이의 피를 이어받은 자손이라고 하면서 미소를 띤다. '나'가 신둥이는 그 뒤에 어떻게 됐냐고 묻자, 간난이 할아버지는 미소를 거두며, 그해 첫 겨울 사냥꾼의 총에 맞아 죽었다는 소문이 있었는데, 그 후로 신둥이를 보지 못했다고 말한다.

▶ '나'가 중학 시절 외가가 있는 목넘이 마을에 갔을 때 이야기를 전해 들었다고 밝힘

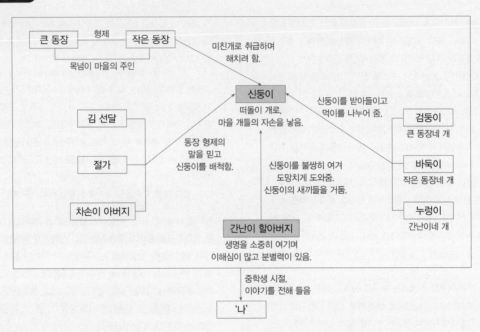

<목넘이 마을의 개>에 나타난 상징성

<목넘이 마을의 개>는 일제 강점하에서의 민족 현실과 생명에 대한 경외감 그리고 조국의 해방이 갖는 의미가 무엇인가를 암시적으로 보여 준다. 작가의 외가가 있는 '목넘이 마을'은 일제 강점하에서 생계를 유지하지 못한 우리 민족이 고향을 떠나 '서북간도'로 가기 위해 들러 지나가는 길목에 위치한 마을이다.

이 작품에는 우리 민족이 감당해야 했던 가난한 삶의 양상이 암시적으로 제시되어 있으며, 이러한 삶의 양상이란 먹이를 찾아 헤매는 '목넘이 마을의 개', '신둥이'로 표상된다. 신둥이는 '흰둥이'의 평안도 사투리로, 백의를 상징하는 우리 민족을 표상한다고도 해석할 수 있다.

동네 사람들은 신둥이를 미친개로 오해하지만, 간난이 할아버지만은 신둥이가 미치지 않았다고 생각한다. 간난이 할아버지는 이 작품 속에서 세상을 살아온 경륜과 지혜를 갖추고 있는 인물로 암시된다. 신둥이가 새끼를 뱄다는 사실을 깨닫고 신둥이를 도망가게 해 주는 그는, 생명과 모성을 중시하는 인물로서, 작가가 추구하는 생명 사랑과 범생명주의를 대표하는 인물에 해당한다.

신둥이는 마을 개들의 씨를 받아 다섯 마리의 강아지를 낳게 되고, 간난이 할아버지는 이 강아지들을 이웃에게 나누어 주어 신둥이의 자손이 번성하게 된다. 이는, 일제 강점하에서 조국의 해방을 그리워하며 민족의 번성을 갈구하던 작가가 우리 민족의 상징물이라 할 수 있는 '신둥이의 새끼'를 형상화한 것으로, 작가의 민족 정신과 깊게 결부되고 있다고 볼 수 있다.

– 장현숙, 해방 후 민족 현실과 해체된 삶의 형상화 – 황순원 단편집 《목넘이 마을의 개》를 중심으로, 1993

- 이 작품은 목넘이 마을에 나타난 떠돌이 개 신둥이(흰둥이)를 미친개 취급하며 잡으려는 마을 사람들과 신둥이를 도망치게 도와준 간난이 할아버지의 이야기를 통해 신둥이로 상징되는 우리 민족의 수난과 강인한 생명력을 그려 낸 소설이다.
- 해당 장면은 목넘이 마을에 들어온 떠돌이 개 신둥이가 동장 형제네 집을 오가며 굶주림을 해결하고 몸을 회복해 가는 부분이다.
- 신둥이의 행동에 주목하여 신둥이가 살아남는 방식과 그것이 지닌 의미를 파악하도록 한다.

[앞부분의 줄거리] 어느 해 봄철, 서북간도로 이주할 때 반드시 거쳐가는 길목에 있는 목넘이 마을에 떠돌이 개인 신둥이(흰둥이)가 나타난다. 신둥이는 황톳물이 들어 지저분하고 다리를 전다.

방앗간을 나온 신둥이는 바로 옆인 간난이네 집 수수깡바자문 틈으로 들어갔다. 토방 밑에 엎디어 있던 <u>간난이네 누렁이</u>가 고개를 들고 일어서더니 낯설다는 눈치로
<small>간난이 할아버지네 개 – 훗날 마을 개들 중에 혼자 살아남음</small>
마주 나왔다. 신둥이는 저를 물려고나 나오는 줄로 안 듯 <u>꼬리를 찰싹 올라붙은 배</u>
<small>신둥이의 겁먹은 모습</small>
밑으로 껴 넣고는 <u>쩔룩거리는 걸음으로</u> 달아 나오고 말았다.
<small>다리를 다친 상태</small>
게딱지 같은 오막살이들이 끝난 곳에는 <u>채전</u>이었다. 신둥이는 채전 옆을 지나면
<small>채소를 심어 가꾸는 밭</small>
서 누렁이가 뒤따라오지 않는다는 것을 안 다음에도 그냥 쩔룩거리는 반 띔걸음으로 달렸다. 채전의 끝난 곳은 판이 고르지 못한 조각떼기 밭이었다. 조각떼기 밭들이 끝난 곳은 가물에는 물 한 방울 남지 않고 조약돌이 그냥 드러나는, 지금은 군데군데 끊긴 물이 괴어 있는 도랑이었다. <u>신둥이는 여기서 괴어 있는 물을 찰딱찰딱 핥</u>
<u>아 먹었다.</u>
<small>신둥이가 처해 있는 열악한 생존 상황이 드러남</small>
▶ 다리를 절며 지독한 굶주림에 시달리고 있는 신둥이

도랑 건너편이 바로 비스듬한 언덕이었다. 이 언덕 위 안쪽에 목넘이 마을 주인인 <u>동장네 형제</u>의 기와집이 좀 새를 두고 앉아 있었다. 이 두 기와집 한중간에 이 두 집
<small>신둥이를 핍박하는 인물들</small>
에서만 전용하는 방앗간이 하나 있었다.

신둥이는 이 방앗간으로 걸어갔다. 그냥 절뚝이는 걸음으로. 그래도 여기에는 먼지와 함께 쌀겨가 앉아 있었다. 신둥이는 <u>풍구</u> 밑을 분주히 핥으며 돌아갔다. 이러
<small>신둥이가 쌀겨를 먹으며 살아남   곡물에 섞인 쭉정이, 겨, 먼지 따위를 날려서 제거하는 농기구</small>
는 <u>신둥이의 달라붙은 배는 한층 더 바삐 할딱이었다.</u>
<small>떠돌이 생활을 하며 제대로 먹지 못했음을 드러냄</small>
신둥이가 풍구 밑을 한창 핥고 있는데 저편에서 <u>큰 동장네 검둥이</u>가 보고 달려왔
<small>큰 동장네 개 – 이후 동장 형제에게 잡아먹힘</small>
다. 이 검둥이가 방앗간 밖에서 잠깐 걸음을 멈추고 이쪽을 향해 그 <u>윤택한 털을 거</u>
<small>'신둥이의 달라붙은 배'와 대조됨</small>
슬러 세우면서 이빨을 <u>사리물고</u> 으르렁댔을 때, <u>신둥이는 벌써 이미 한군데 물어뜯</u>
<small>힘주어 이를 꼭 물고   겁먹은 신둥이의 모습</small>
<u>기우기나 한 듯이 깽 소리와 함께 꼬리를 뒷다리 새에 끼면서도 핥는 것만은 멈추지</u>
<small>풍구를 핥으며 쌀겨를 먹는 것을 멈추지 않음 – 굶주린 신둥이의 상태를 보여 줌</small>
<u>않았다.</u> 그러자 검둥이는 이내 <u>신둥이가 자기와 적대할 상대가 안 된다는 것을 알아</u>
<small>검둥이가 신둥이에게 경계를 풂</small>
챈 듯이 슬금슬금 신둥이의 곁으로 와 코를 대 보는 것이었다.

<u>신둥이가 암캐인 것을 안</u> 검둥이는 아주 안심된 듯이 곁에 서서 꼬리까지 저었다.
<small>신둥이가 마을 개들의 새끼를 가지게 되는 복선</small>
신둥이는 이런 검둥이 옆에서 <u>또 자꾸만 온몸을 후들후들 떨었다.</u> 그러나 핥는 것만
<small>지독한 굶주림의 상태를 짐작하게 함</small>
은 여전히 멈추지 않았다.
<small>허기를 채우려는 생존 욕구가 강함</small>
▶ 먹을 것을 찾아 큰 동장네 방앗간으로 들어간 신둥이

(중략)

■ 작품 분석 노트

- 신둥이가 처한 상황

신둥이	• 절뚝거리는 걸음 • 달라붙은 배 • 떨리는 몸 • 검둥이가 곁에 와도 쌀겨를 핥는 것을 멈추지 않음

↓

떠돌이 생활이 순탄하지 않았으며 극도의 굶주림에 시달리고 있음을 보여 줌

사실 대문에서 들여다뵈는 부엌문 밖 개 구유에는 검둥이가 붙어 서서 첩첩첩첩
소나 말 따위의 가축들에게 먹이를 담아 주는 그릇
밥을 먹고 있었다. 신둥이는 저도 모르게 꼬리를 뒷다리 새에 끼고 후들후들 떨면서
배가 고파 밥 먹는 검둥이 곁으로 감
그리로 가까이 갔다. 그러나 신둥이가 채 구유 가까이까지 가기도 전에 검둥이는 그
윤택한 털을 거슬러 세우며 흰 이빨을 사리물고 으르렁대기 시작하는 것이었다. 신
둥이는 걸음을 멈추고 구유 쪽만 바라보다가 기다리려는 듯이 거기 앉아 버렸다.

좀 만에야 검둥이는 다 먹었다는 듯이 그 길쭉한 혀를 여러 가지 모양의 길이로
빼내 가지고 주둥이를 핥으며 구유를 물러났다. 신둥이는 곧 일어나 그냥 떨리는 몸
으로 구유로 가 주둥이부터 갖다 댔다. 그래도 밑바닥에 밥이 남아 있었고, 구유 언
신둥이가 마을 개들이 남긴 밥을 핥아 먹으며 목숨을 부지함
저리에도 꽤 많은 밥알이 붙어 있었다. 신둥이는 부리나케 핥았다. 그러는 신둥이의
몸은 점점 더 떨리었다. 몇 차례 되핥고 나서 더 핥을 나위가 없이 된 뒤에야 구유를
떠나, 자기 편을 지키고 앉았는 검둥이 옆을 지나 그 집을 나왔다.

신둥이가 다시 방앗간을 찾아가는데 개 한 마리가 앞을 막아 섰다. 작은 동장네 바
둑이였다. 신둥이는 또 겁먹은 몸을 움츠릴밖에 없었다. 바둑이는 신둥이 몸에 코를
작은 동장네 개 – 이후 동장 형제에게 잡아먹힘
갖다 댔다. 그러자 이번에는 신둥이 편에서 무슨 냄새를 맡아 낸 듯 코를 들었다. 그
러고는 바둑이의 금방 밥을 먹고 나온 주둥이에 붙은 물기를 핥기 시작하는 것이었다.
신둥이가 바둑이에게 맡은 냄새(밥 냄새)의 실체를 짐작할 수 있음
바둑이가 귀찮다는 듯이 자기 집 쪽으로 걸어갔다. 신둥이는 그 뒤를 바싹 따랐
다. 바둑이는 자기 집 안뜰로 들어가더니 한가운데 자리를 잡고 앉아 버렸다. 신둥
이는 곧장 부엌문 앞 구유로 갔다. / 구유 바닥에는 큰 동장네 구유 밑처럼 밥이 남
먹이를 찾아 배고픔을 해결하기 위한 행동   신둥이가 동장 형제네를 오가는 이유가 됨
아 있었고 언저리로 돌아가며 밥알이 꽤 많이 붙어 있었다. 신둥이는 급히 그것을
짤짤 핥아 먹고 나서야 그곳을 나와 방앗간 풍구 밑으로 갔다.
신둥이가 바둑이가 남긴 밥도 핥아 먹음
밤중에 궂은비가 내리기 시작했다. 이튿날도 그냥 구질게 비가 내렸다. 신둥이는
날이 밝자부터 빗속을 떨며 어제보다는 좀 나았으나 그냥 저는 걸음걸이로 몇 번이
신둥이의 몸 상태가 회복되고 있음
고 큰 동장과 작은 동장네 개구멍을 드나들었는지 몰랐다. 처음에는 몇 번을 왔다
신둥이가 검둥이와 바둑이가 남긴 밥을 먹기 위해 동장 형제의 집을 계속해서 찾아감
갔다 해도 구유 속은 궂은비에 젖어 있을 뿐, 좀처럼 아침 먹이가 나오지 않는 것이
었다. 그러는 동안에 밥이 나왔으나 이번에는 주인 개가 구유에서 물러나기를 기다
려야 했다. 이렇게 해서 주인 개들이 먹고 남은 구유를 핥아 먹고, 그리고 뒷간에를
들러 방앗간 풍구 밑으로 가서는 다시 누워 버렸다. 낮쯤해서 신둥이는 그곳을 기어나
신둥이의 은신처
와 빗물을 핥아 먹고 되돌아가 누웠다. / 저녁때가 돼서야 비가 멎었다. 신둥이는 또
미리부터 두 기와집 새를 여러 번 왔다 갔다 해서 구유에 남은 밥을 얻어먹을 수 있었다.
이날 저녁은 작은 동장네 바둑이가 입맛을 잃었는지 퍼그나 많은 밥을 남기고 있었다.

다음 날은 아주 깨끗이 갠 봄날이었다. 이날도 신둥이는 꼭두새벽부터 두 집 새를 오
고 가고 해서야 구유에 남은 밥을 얻어먹을 수 있었는데, 이날 신둥이의 걸음은 거의 절
열악한 상황 속에서도 신둥이가 목숨을 부지하고, 다친 다리가 낫게 됨
룩거리지 않았다. 방앗간으로 돌아가자 볕 잘 드는 곳에 엎디어 해바라기를 시작했다.
▶ 동장 형제네를 오가며 먹이를 해결하고 몸을 회복한 신둥이

• 신둥이의 상징성

신둥이 = 우리 민족

목넘이 마을에 들어온 신둥이는 쌀겨를 핥고, 동네 개들이 남긴 밥을 얻어먹으며 목숨을 이어 가면서 강인한 생명력을 보여 줌

↓

이러한 신둥이의 상황은 일제 강점기에 우리 민족이 처한 힘겨운 생존 상황을 의미하는 것이자, 우리 민족의 끈질긴 생명력을 드러냄

• 신둥이의 회복 과정

목넘이 마을에 들어올 때	절뚝거리는 걸음

↓ 동장 형제네서 굶주림 해결

이튿날 아침	그냥 저는 걸음걸이

↓ 동장 형제네서 많은 밥을 먹음

다음 날	거의 절뚝거리지 않음

• 해당 장면은 마을 사람들이 신둥이를 미친개라고 생각하여 주의를 기울이기로 하는데, 간난이 할아버지가 실제 신둥이를 마주한 후 신둥이는 미친개가 아님을 확인하는 부분이다.
• 인물들의 말과 행동에 주목하여 신둥이에 대한 마을 사람들과 간난이 할아버지의 인식과 태도 차이를 파악하고, 간난이 할아버지와 신둥이가 교감하는 내용이 지닌 사건 전개상의 기능을 이해하도록 한다.

이날 어두운 뒤, 서쪽 산 밑 사람들은 아직 마당에들 모여 앉기에는 좀 철 이른 때
여서 몇 사람 안 되는 사람들이 차손이네 마당귀에 쭈그리고 앉아 금년 농사 이야기
_{마당 귀퉁이}
며 햇보리 나기까지의 양식 걱정 같은 것을 하던 끝에, 오늘의 미친개 이야기가 나
_{신둥이와 관련된 화제}
왔다. 그러자 김 선달이, 바로 그젯밤에 소를 빌리러 남촌에를 갔다 늦어서야 산목
을 넘어오는데 꽤 먼 뒤에서 이상한 개 울음소리가 들려와 혼났다는 이야기를 꺼냈
_{청각적 요소를 통해 미친개를 떠올리게 함}
다. 흡사 병든 개가 앓는 듯한 소린가 하면, 누구에게 목이 매여 끌리면서 지르는 듯
한 소리기도 하더라는 것이었다. 그런데 이상한 것은 누가 목을 잡아매어 끄는 것치
고는 한자리에서 그냥 지르는 소리더라는 것이었다. 그래 지금 와서 생각하니 그놈
_{미친 개의 소리라고 판단하는 근거}
이 아까의 미친개였는지도 모르겠다는 것이었다.
_{김 선달이 개소리를 들었던 일을 떠올리며 신둥이를 미친개로 취급함}

쩍하면 남을 잘 웃기는 꾸밈말질을 잘해, 벌써부터 동네에서뿐 아니라 근동에서
_{조금이라도 일이 있기만 하면 곧}
들까지 현세의 봉이 김 선달이라 하여 김 선달이란 별호로 불리는 사람의 말이라 어
디까지가 정말이고 어디서부터가 꾸밈말인지를 분간하기 어렵다고 동네 사람들은
_{김 선달이 평소에 말을 잘 꾸며내었기에 마을 사람들이 그의 말을 온전히 믿지는 않음}
생각하는 것이었으나, 차손이 아버지가 김 선달의 말 가운데 누가 개 목을 매 끌 때
지르는 것 같은, 그러면서도 한자리에서 그냥 지르는 개 울음이더라는 대목에 무언
_{김 선달의 말 중 차손이 아버지가 주목한 부분}
가 생각하는 바가 있는 듯 담배침을 퉤 뱉더니, 혹시 그것이 며칠 전 이곳을 지나간
서북간도 이사꾼의 개인지도 모른다는 말을 했다. 그 서북간도 나그네가 어느 나무
_{목념이 마을에 서북간도 이사꾼이 지난 일이 있었음}　　　　　_{이사를 하며 함께 데려온 개에게 줄 먹을 것이 없어 버림}
에다 매 논 것이 그만 발광을 해 가지고 목에 맨 줄을 끊고 이렇게 동네로 들어온 것
인지도 모른다는 것이었다. 그리고 짐승이란 오랫동안 굶으면 발광을 하는 법이라고
_{추측의 서술}
하며, 기실 김 선달이 들은 개 울음소리는 이렇게 발광한 개가 목에 맨 끈을 끊으려
_{차손이 아버지가 신둥이에 대한 추측을 하며 김 선달의 말을 뒷받침함}
고 지른 소리였음에 틀림없다는 것이었다.
_{상황의 단정}

그러나 거기 한자리에 앉았던 간난이 할아버지는 차손이 아버지의 말도 그럴듯
하다고는 생각했지만 좀 전에 마누라에게서 들은, 아침에 동장네 방앗간에서 보았
_{간난이 할머니는 자신이 목격한 신둥이의 모습에 근거해 신둥이가 미친개가 아닐 수 있다고 생각함}
을 때나, 방아를 다 찧고 돌아오는 길에 이쪽 방앗간에서 보았을 때나, 그 신둥이개
가 미친개로는 뵈지 않더라는 말이 떠올라, 좌우간 그 개가 참말 미쳤는지 어쨌는지
_{간난이 할아버지는 신둥이가 진짜 미친개인지는 단정할 수 없다고 생각함}
자기가 직접 보지 않고는 알 수 없는 일이라고 했다. 그 개가 미쳤건 안 미쳤건 이제
다시 동네로 내려올 것도 분명하니. 차손이 아버지도 그놈의 미친개가 이제 틀림없
_{마을 사람들의 경계 → 신둥이에게 위기로 이어짐}
이 또 내려올 테니 모두 주의해야겠다고 했다.
▶ 신둥이를 미친개로 여기는 마을 사람들과 확신하지 않는 간난이 할아버지

그런데 이때 벌써 신둥이는 어둠 속에 묻혀 서쪽 산을 내려와 조각뙈기 밭 새를

• 신둥이에 대한 마을 사람들의 태도

김 선달	개 울음소리를 들었던 일을 바탕으로 신둥이를 미친개라고 생각함
차손이 아버지	서북간도 나그네가 마을에 들렀던 일을 떠올리고 신둥이를 미친개라고 생각함

↕

간난이 할머니	방앗간에서 신둥이를 보았을 때 미친개로는 보이지 않는다고 생각함(이후 신둥이를 미친개라고 생각하게 됨)
간난이 할아버지	자기 눈으로 보지 않았으므로 미친개라고 단정할 수 없다고 생각함

지나 반 뜀걸음으로 동장네 집들을 찾아가고 있었다. 어둠 속에서도 주의성 있는 걸음걸이였다.

언덕길을 올라서서는 멈칫 걸음을 멈추고 방앗간 쪽이며, 두 동장네 집 쪽을 살펴
신둥이가 방앗간과 두 동장네 집을 살피기에 적합한 위치
보는 것이었다. 그리고 나서야 아주 조심성 있는 반 뜀걸음으로 큰 동장네 집 가까이로 갔다.

개구멍을 들어서니 검둥이는 이제는 신둥이와는 낯이 익다는 듯이 아무 으르렁댐
검둥이가 신둥이를 경계하지 않음
없이 맞아 주었다. 신둥이는 곧장 구유부터 가서 핥기 시작했다.

작은 동장네 바둑이도 이제는 신둥이와는 낯이 익다는 듯이 맞아 주었다. 여기서도
신둥이가 큰 동장네 검둥이와 작은 동장네 바둑이가 남긴 밥을 먹는 일이 반복됨
신둥이는 곧장 구유부터 가서 핥았다. ← *신둥이가 동네 개의 새끼로 추정되는 강아지를 낳는 일에 필연성을 부여함*

작은 동장네 집을 나온 신둥이는 동장네 방앗간으로 가 낮에 한물 핥아 먹은 자리며 남은 자리를 또 핥았다. 그러나 거기서 잘 생각은 없는 듯 그곳을 나와 다시 서쪽 산 밑을 향하는 것이었다.

이튿날 아침, 일찍 일어나기로 유명한 간난이 할아버지가 수수깡바자문을 열고 나오다가 방앗간 풍구 밑에 엎디어 있는 신둥이를 발견하고 되들어가 지게 작대기를 뒤에 감추어 가지고 나왔다. 미친개기만 하면 단매에 죽여 버리리라. 신둥이 편에서
신둥이가 미친개인지 알 수 없으나, 만약 미친개라면 때려죽이려 함
도 인기척 소리에 놀라 일어났다. 그러면서 어느새 신둥이는 꼬리를 뒷다리 새로 끼
고 있었다. 저렇게 꼬리를 뒷다리 새로 끼는 게 재미적다. 간난이 할아버지는 한자
간난이 할아버지를 보고 겁을 먹은 신둥이
리에 선 채 신둥이 편을 노려보았다. 뒤로 감춘 작대기 잡은 손에 부드득 힘을 주며.
신둥이가 미친개일 수 있어 경계함
그래도 주둥이에 거품을 물었다든가 군침을 흘린다든가 하지 않는 걸 보면 이 개
신둥이의 모습을 직접 본 간난이 할아버지는 신둥이가 아직은 미친개가 아니라고 판단함
가 미쳤대도 아직 그닥 심한 고비엔 이르지 않은 것 같았다. 눈을 봤다. 신둥이 편에
서도 이 사람이 자기를 해치려는 사람인가 어떤가를 알아보기나 하려는 것처럼 마주
쳐다보았다. 미친개라면 눈알이 붉게 충혈되거나 동자에 푸른 홰를 세우는 법인데
미친개의 특징
도무지 그렇지가 않았다. 그저 눈곱이 끼어 있는 겁먹은 눈이었다. 「이런 신둥이의
신둥이는 미친개가 아님을 드러냄   *겁먹은 신둥이의 순박한 모습*
눈은 또, 보매 키가 장대하고 검은 얼굴에 온통 희끗희끗 세어 가는 수염이 덮여 험
간난이 할아버지의 외양 묘사 – 눈곱이 낀 순박한 눈이 신둥이와 닮음
상궂게만 생긴 간난이 할아버지의 역시 눈곱이 낀, 그리고 눈꼬리에 부챗살 같은 굵
은 주름살이 가득 잡힌, 노리는 눈이긴 했으나 그래도 이 눈이 아무렇게 보아도 자
「 」: *신둥이의 시선에서 본 간난이 할아버지의 모습과 그에 대한 신둥이의 판단*
기를 해치려는 사람의 눈이 아님을 알아챈 듯, 뒷다리 새로 껴넣었던 꼬리를 약간
신둥이가 간난이 할아버지가 자신을 해치지 않을 것이라고 생각함 – 꼬리를 들며 경계를 풂
들기 시작하는 것이었다. 미친개가 아니다. 적어도 아직까지는 미치지는 않은 개다.

간난이 할아버지는 뒤로 감추었던 작대기 든 손을 늘어뜨리고 말았다.
간난이 할아버지가 작대기를 놓으며 경계를 풂   ▶ *신둥이가 미친개가 아니라고 판단하는 간난이 할아버지*

• 신둥이와 간난이 할아버지의 교감

신둥이의 외양	간난이 할아버지의 외양
• 눈곱이 끼어 있는 겁먹은 눈 • 꼬리를 뒷다리 사이에 끼고 있음	• 키가 장대함 • 검은 얼굴에 흰 수염이 있음 • 눈곱이 낀 눈

↓   ↓

간난이 할아버지의 판단	신둥이의 판단
• 간난이 할아버지는 신둥이를 미친개가 아니라고 판단함 • 뒤로 감추었던 작대기 든 손을 늘어뜨림	• 신둥이는 간난이 할아버지가 자신을 해치려고 하지 않는다고 판단함 • 꼬리를 약간 들기 시작함

교감

- 해당 장면은 간난이 할아버지로 인해 마을 사람들이 신둥이를 잡으려다 놓친 이후로, 간난이 할아버지가 신둥이의 새끼들을 마을 사람들에게 나누어 주는 부분이다.
- 신둥이를 향한 마을 사람들의 행동에 주목하여 신둥이에게 가해지는 폭력과 이를 헤쳐 나간 신둥이를 통해 작가가 전달하고자 하는 바를 파악하도록 한다.

★주목 <u>동네 사람들이 방앗간의 터진 두 면을 둘러쌌다.</u> 그리고 방앗간 속을 들여다보았
　　　마을 사람들이 신둥이를 잡기 위해 방앗간을 둘러쌈
다. 과연 어둠 속에 움직이는 게 있었다. 그리고 그게 어둠 속에서도 <u>흰 짐승</u>이라는
　　　　　　　　　　　　　　　　　　　　　　　　　　　　　　　신둥이
걸 알 수 있었다. 분명히 그놈의 신둥이 개다. 동네 사람들은 한 걸음 한 걸음 죄어
들었다. 점점 뒤로 움직여 쫓기는 짐승의 <u>어느 한 부분에 불이 켜졌다.</u> 저게 산개의
　　　　　　　　　　　　　　　　　신둥이의 눈　　위기 상황에서 신둥이의 생존 본능이 발동함
눈이다. 동네 사람들은 몽둥이 잡은 손에 힘을 주었다. 이 속에서 간난이 할아버지
도 몽둥이 잡은 손에 힘을 주었다. 한 걸음 더 죄어들었다. <u>눈앞의 새파란 불이 빠져
나갈 틈을 엿보듯이 휙 한 바퀴 돌았다.</u> 별나게 새파란 불이었다. 문득 간난이 할아
　　신둥이가 겁을 먹고 도망치려고 함
버지는 이런 새파란 불이란 눈앞에 있는 신둥이 개 한 마리의 몸에서 나오는 것이 아
　　　　　　　　　　　　　　　　　　신둥이가 새끼를 밴 것을 눈치챔
니고 여럿의 몸에서 나오는 것이 합쳐진 것이라는 생각이 들었다. 말하자면 지금 이
신둥이 개의 배속에 든 새끼의 몫까지 합쳐진 것이라는. 그러자 <u>간난이 할아버지의
가슴속을 흘러 지나가는 게 있었다.</u> 짐승이라도 새끼 밴 것을 차마?
　생명을 소중히 여기는 간난이 할아버지의 태도　생명에 대한 경외감. 간난이 할아버지가 신둥이를 도울 것임을 암시함
　이때에 누구의 입에선가, 때레라! 하는 고함 소리가 나왔다. 다음 순간 간난이 할
아버지의 양옆 사람들이 욱 개를 향해 달려들며 몽둥이를 내리쳤다. <u>그와 동시에 간
난이 할아버지는 푸른 불꽃이 자기 다리 곁을 빠져나가는 것을 느꼈다.</u>
　새끼를 밴 생명을 죽일 수 없다고 생각한 간난이 할아버지가 빈틈을 내어 신둥이가 도망치게 됨
　뒤이어 누구의 입에선가, 누가 빈틈을 냈어? 하는 흥분에 찬 목소리가 들렸다. 그
리고 저마다, 거 누구야? 거 누구야? 하고 못마땅해하는 말소리 속에 간난이 할아버
지 턱밑으로 디미는 얼굴이 있어,

　"아즈반이웨다레." / 하는 것은 동장네 <u>절가</u>였다.
　　아저씨　　　　　　　　　　　　　　　머슴을 이르는 말

> **감상 포인트**
> 신둥이의 상징적 의미를 바탕으로 작가가 전달하려는 주제 의식을 파악한다.

　그러자 저편 어둠 속에서 궁금한 듯 큰 동장의,

　"어떻게들 됐노?" / 하는 소리가 들려왔다.

　"파투웨다."
　화투 놀이에서, 잘못되어 판이 무효가 됨에서 비롯된 말로, 일이 잘못되었음을 비유함 → 신둥이를 잡는 일에 실패한 것
절가의 말에 크고 작은 동장이 한꺼번에 지르는 목소리로,

　"파투라니?" / 하는 소리에 이어 큰 동장이 이리로 걸어오는 목소리로,

　"틈새를 낸 놈이 누구야?" / 는 결난 소리가 들려왔다.

　간난이 할아버지는 옆의 자기 집으로 들어갔다.

　좀 뒤에 역시 큰 동장의 결난 목소리로, / "<u>늙은 것은 뒈데야 해, 뒈데야 해.</u>"
　　　　　　　　　　　　　　　　　　　신둥이를 놓친 간난이 할아버지에 대한 비난. 비인간적이고 몰인정한 면모가 나타남
하는 소리가 집 안까지 들려왔다. ▶ 마을 사람들로 인해 위기에 처한 신둥이를 도망치게 도와준 간난이 할아버지

　<u>이런 일이 있은 지 한 달쯤 뒤,</u> 가을도 다 끝나고 이제 곧 겨울 나무 준비로 바쁜
　시간의 흐름 – 신둥이가 새끼를 낳아 기른 시간

어느 날, 간난이 할아버지는 서산 너머의 옛날부터 험한 곳이라고 해서 좀처럼 나무
꾼들이 드나들지 않는, 따라서 거기만 가면 쉽게 나무 한 짐을 해 올 수 있는 여웃골
로 나무를 하러 갔다. 손쉽게 나무 한 짐을 해 가지고 돌아오는 길에, 무심코 길 한
옆에 눈을 준 간난이 할아버지는 거기 웬 짐승의 새끼가 뭉쳐 있는 걸 보았다. 이게
범의 새끼나 아닌가 하고 놀라 자세히 보니, 그것은 다른 것 아닌 잠든 강아지들이
었다. 그리고 저만큼에 바로 신둥이 개가 이쪽을 지키고 서 있는 것이었다. 앙상하
니 뼈만 남아 가지고.

간난이 할아버지가 강아지께로 가까이 갔다. 다섯 마린가 되는 강아지는 벌써 한
스무 날은 넉넉히 됐을 성싶었다. 그러자 간난이 할아버지는 다시 한번 속으로 놀라
고 말았다. 잠이 들어 있는 다섯 마리 강아지 속에는 틀림없는 누렁이가, 검둥이가,
바둑이가, 섞여 있는 게 아닌가. 그러나 다음 순간, 이건 놀랄 일이 아니라 응당 그
럴 일이라고, 그 일견 험상궂어 뵈는 반백의 텁석부리 속에 저절로 미소가 지어지는
것이었다. 좀 만에 그곳을 떠나는 간난이 할아버지는 오늘 예서 본 일을 아무한테
나, 집안사람한테도 이야기 말리라 마음먹었다. ▶신둥이의 새끼를 발견하고 비밀로 하는 간난이 할아버지

이것은 내 중학 이삼년 시절 여름방학 때 내 외가가 있는 목넘이 마을에 가서 들
은 이야기로, 그때 간난이 할아버지와 김 선달과 차손이 아버지가 서산 앞 우물가
능수버들 아래에 일손을 쉬며 와 앉아 이런 이야기 저런 이야기 끝에 한 이야기다.
간난이 할아버지가 주가 되어 이야기를 해 나가는 도중 벌써 수삼 년 전 일이라 이야
기의 앞뒤가 바뀐다든가 착오가 있으면 서로 바로잡고, 빠지는 대목은 서로 보태 가
며 하는 것이었다.

간난이 할아버지는 여웃골에서 강아지를 본 뒤부터는 한층 조심해서 누가 눈치
채지 못하게 나무하러 가서는 이 강아지들을 보는 게 한 재미였다. 사람이 먹기에도
부족한 보리범벅이었으나, 그 부스러기를 집안사람 몰래 가져다주기도 했다. 아주
강아지가 밥을 먹게끔 됐을 때 간난이 할아버지는 집안사람들보고 아무 곳 아무개
한테서 얻어 오는 것이라 하며 강아지 한 마리를 안고 내려왔다. 한동네 곱단이네도
어디서 얻어 준다고 하고 한 마리 안다 주었다. 그리고 여웃골에서 그냥 갈 수 있
는 절골 사는 아무개네도 한 마리, 서젯골 사는 아무개네도 한 마리, 이렇게 한 마리
씩 다섯 마리를 다 안다 주었다.

이런 이야기 끝에, 간난이 할아버지는 지금 자기네 집에 기르는 개가 그 신둥이의
증손녀라는 말과 원체 종자가 좋아서 지금 목넘이 마을에서 기르는 개란 개는 거의
다 신둥이의 증손이 아니면 고손이라고 했다. 크고 작은 동장네 두 집에서까지도 요
새 자기네 개가 낳은 신둥이 개의 고손자를 얻어 갔다는 말도 했다.
▶신둥이 새끼를 마을 사람들에게 나눠 준 간난이 할아버지

본문 주석 (밑줄 설명)

- 인적이 닿지 않는 곳으로 신둥이가 사람을 피해 새끼를 낳고 기르기에 적당한 환경임
- 인적이 닿지 않는 곳. 신둥이가 이곳에서 새끼를 낳음
- 새끼를 지키려는 태도
- 새끼를 낳은 신둥이의 고단한 삶. 모성애를 보여 줌
- 신둥이가 마을 사람들에 해를 입을 것을 걱정함 – 생명을 소중하게 여기는 간난이 할아버지의 태도
- 액자식 구성 – 내부 이야기에서 외부 이야기로 전환됨. 전지적 시점 → 1인칭 시점
- 간난이 할아버지로부터 이야기를 전해 들음
- 먹을 것을 가져다주며 새끼들을 돌봄 – 생명에 대한 애정
- 간난이 할아버지가 생명을 확산시킴
- 혈통의 동질성 → 우리 민족과 연결됨

• 시점의 변화

내부 이야기	• 전지적 시점 • 신둥이에 얽힌 과거의 사건
외부 이야기	• 1인칭 시점 • 간난이 할아버지와 김 선달, 차손이 아버지가 신둥이의 일을 이야기하는 것을 '나'가 들음

↓

'나'가 내부 이야기를 전해 들었다는 설정을 통해 내부 이야기에 대한 신뢰성을 부여함

• 신둥이가 낳은 강아지의 의미

• 신둥이는 암캐로, 큰 동장네의 검둥이, 작은 동장네의 바둑이, 간난이 할아버지네의 누렁이와 어울림
• 새끼 속에 누렁이, 검둥이, 바둑이가 섞여 있음

↓

신둥이가 자신이 어울렸던 다른 개들과 같은 무늬를 지닌 새끼들을 출산한다는 설정은 우화적 상징으로 볼 수 있음
→ 신둥이와 누렁이, 검둥이, 바둑이의 어울림은 우리 민족의 조화와 화합을 상징함

핵심 포인트 1 서술상 특징 파악

이 작품은 신둥이에 얽힌 과거 사건이 내부 이야기로, 여러 해가 지난 뒤 그 사건에 관련되었던 사람들이 나누는 이야기를 들은 서술자 '나'의 중학 시절의 사건이 외부 이야기로 배치된 액자식 구조로 이루어져 있다. 따라서 내부 이야기와 외부 이야기의 시점이나 서술상의 특징을 이해하고, 액자식 구조를 취함으로써 얻는 효과를 파악할 수 있어야 한다.

+ 액자식 구성과 그 효과

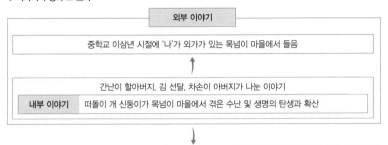

'신둥이'에 대한 이야기를 외가에서 들은 것이라고 밝혀 내부 이야기가 허구가 아님을 드러냄으로써, '신둥이' 이야기에 대한 신뢰성을 부여하는 효과를 줌

핵심 포인트 2 인물에 대한 이해

이 작품에서는 신둥이에 대해 서로 다른 입장을 가진 인물들의 갈등이 나타나고 각 인물에 대한 서술자의 태도가 다르므로, 갈등 양상과 각 인물에 대한 작가의 인식을 파악할 수 있어야 한다.

+ 인물 간의 갈등 양상

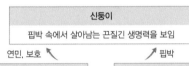

간난이 할아버지		동장 형제
• 생명을 소중하게 여김 • 신둥이를 보호하고, 신둥이의 새끼를 보살핌 • 신둥이의 새끼들을 사람들에게 나눠 주며 생명력이 확산되도록 함	갈등 ↔	• 신둥이와 어울렸던 자신의 개를 잡아먹음 • 신둥이를 미친개로 취급하며 죽이려 함

+ 동장 형제에 대한 작가의 부정적 인식

동장 형제는 큰 동장네의 '검둥이'와 작은 동장네의 '바둑이'가 '신둥이'와 어울렸다는 이유로, 두 마리의 개를 잡아먹는다. 동장 형제들은 웃통을 벗고 개기름땀을 흘리며 개를 잡아먹는데, 이를 짐승의 모습과 같다고 묘사하고 있다. 또한 함께 개를 먹는 다른 이들이 노래를 부르는 소리를 잡아먹힌 개가 살아던 짖던 소리와 비슷하다고 표현하고 있다. 작가는 이러한 묘사와 서술을 통해 동장 형제에 대한 비판적 인식을 드러내고 있는데, 신둥이가 우리 민족을 상징한다는 점에서 동장 형제는 우리 민족에게 고난을 주는 인물로 볼 수 있다.

핵심 포인트 3 외적 준거에 따른 감상

이 작품의 신둥이와 동장 형제는 각각 우리 민족과 일제를 상징하는 것으로 보기도 하므로, 이 작품의 시대적 배경인 일제 강점기와 관련된 외적 준거를 바탕으로 작품을 감상할 수 있어야 한다.

+ 시대적 배경과 관련된 상징적 의미

이 작품의 배경은 일제 강점기의 평안도 어느 산골 마을이다. 이러한 시대적 배경을 고려할 때, 신둥이를 핍박하고 죽이려는 큰 동장, 작은 동장은 우리 민족에게 고난을 주는 일제의 폭력성을 상징한다고 볼 수 있다. 그리고 이들의 핍박에도 몸을 보호하여 대를 잇는 신둥이는 우리 민족의 강인한 생명력을 상징하는 존재이다. 흰색의 신둥이로 설정한 것은 백의 민족인 우리 민족을 상징하기 위함으로 볼 수 있고, 작품 초반에 신둥이가 황토에 물들고 다리를 전다는 설정은 우리 민족이 고난과 핍박을 당하는 현실을 암시한 것으로 볼 수 있다.

한 줄 평 | 자유가 억압된 개인이 파멸에 이르는 과정을 그린 작품

고장 난 문 ▸ 이범선

💬 전체 줄거리

열여덟 살 만덕은 화가의 작업실 별채에 살면서 심부름을 하고 작업실을 관리하는 청년이다. 만덕이 모시는 화가는 유명한 화가로, 서울에 집을 두고 서울에서 이십 리나 떨어진 별장의 화실에 혼자 와서 지낸다. 화가는 한 달에 열흘 정도는 서울 집에, 이십일 정도는 화실에 머문다. 화가는 아주 그림에 미친 것처럼, 마치 그림을 그리기 위해서만 사는 사람으로 보인다. 어떤 날은 낮에 종일 자고, 어떤 날은 밤새 그림을 그리며, 비가 쏟아지는데 우산을 쓰지 않고 산보를 하거나, 며칠이나 화실에 틀어박혀 있기도 한다. 만덕은 처음에는 걱정이 되어 화실을 기웃거리지만, 자유롭게 지내며 남이 간섭하는 것을 싫어하는 화가에게 야단을 맞는다. 그 후로 만덕은 별채에서, 화가는 화실에서 따로 지내며 서로 마주치는 일이 거의 없이 지낸다. 만덕은 화가가 인정 있는 좋은 분이라고 생각한다. 평소 화실에 들어갈 때면 멀리 사립문에서부터 열쇠를 꺼내 열쇠에 달린 방울로 소리를 내서, 만덕이 인기척에 굳이 나와 보는 일이 없도록 배려해 주기도 하는 사람이기 때문이다.

▸ 화가는 그림에 몰두하는 인물로, 만덕과 서로 간섭하지 않고 잘 지내 옴

그러던 어느 날 아침, 편지가 한 통 도착한다. 설거지를 하고 있던 만덕은 화가에게 편지를 전해 주기 위해 화실로 간다. 그런데 화실의 문은 잠긴 채다. 만덕은 문을 두드리며 편지가 왔다고 전한다. 화가가 문으로 다가와 문손잡이를 돌려보지만 안에서도 문이 잠겨 열리지 않는 것은 마찬가지이다. 화실 문손잡이는 동그란 모양으로 되어 한 가운데에 톡 튀어나온 단추 같은 것을 눌러 잠그게 되어 있는 형태인데, 안에서는 손잡이만 돌리면 열리고, 밖에서 열 때는 열쇠를 넣고 돌려야 열리게 되어 있다. 화가는 만덕에게 열쇠를 줄 테니 밖에서 열어 보라며, 창문 쇠창살 사이로 열쇠를 건네준다. 만덕은 일단 가져온 편지를 전해 주고, 다시 문으로 돌아와 열쇠로 문을 열어 보려 하지만 여전히 문은 열리지 않는다. 화가에게 열쇠로도 문이 열리지 않는다고 말하자, 화가 또한 안에서 비틀어도 안 열리니 별수 없다는 듯 대답한다. 한참 잠잠하자 만덕은 화가가 방금 전해 받은 편지라도 읽고 있다고 생각해, 열쇠를 주머니에 넣은 채 그냥 앞뜰로 나와 장미 나무에 거름을 준다.

▸ 만덕이 화가에게 편지를 전해 주려고 갔는데 화실 문이 열리지 않음

그렇게 한 시간쯤 흐르자 화가가 "만덕아!" 하고 부른다. 만덕은 하던 일을 멈추고 바로 화실 앞으로 달려간다. 화가는 창문 안에서 밖을 내다보며 만덕에게 문을 열지 않고 뭐하고 있는 거냐고 묻는다. 만덕은 열쇠로도 안 열리는 것을 어떻게 하느냐 대답하고, 화가는 웃으며 자기를 계속 창살 안에 가두어 둘 작정이냐고 말한다. 만덕은 화가에게 지금 밖으로 나오려는 것이냐고 묻는다. 화가는 나갈 일은 별로 없지만 어떻게든 문을 열어 보라고 하고, 만덕은 다시 출입문으로 가서 열쇠를 넣고 돌려 본다. 하지만 문은 여전히

열리지 않는다. 안에서 기척이 들리지 않자, 만덕은 화가가 그림을 그리기 시작했다고 생각하고 열쇠를 그대로 꽂아 둔 채 다시 앞뜰로 나가 버린다. 만덕은 화실 안에 수도, 가스, 식량이 들어 있는 냉장고, 화장실, 욕실까지 모두 있기 때문에 당장 문이 열리지 않는다 해도 별 불편함이 없을 것이라고 생각한다. 이전에도 며칠씩 꼼짝하지 않고 화실 안에만 틀어박혀 지낸 적도 자주 있었기 때문이다.

▸ 만덕은 문이 계속 열리지 않자 내버려 두고 자기 일을 하러 감

얼마 있다가 화가가 아까보다 더 크고 좀 화가 난 듯한 목소리로 "야! 만덕아, 이리 와!" 하고 부른다. 만덕은 화실로 달려간다. 화가는 창문의 쇠창살을 두 손으로 쥐고 선 채, 만덕에게 "야, 이 자식아!" 하고 호통을 친다. 화가는 곰방대를 입에 물고 몹시 화가 난 눈으로 만덕을 노려보고 있다. 그때까지 만덕은 '이 자식'이라고 불린 적이 없었기에 겁에 질리고 만다. 화가는 만덕에게 문을 열라고 하지 않았냐고 묻고, 만덕은 "그런데 그 문이 열리질 않는걸요." 하고 답한다. 화가는 문이 살아 있는 것도 아니고, 생각해 가며 혼자 열릴 리가 있느냐, 네 힘으로 열 수 없으면 목수에게 도움을 청해야 할 것이 아니냐고 고함을 친다. 화가는 만덕에게 바보 같은 녀석이라며, 사람을 죄수처럼 철창 안에 가둬 놓고 태평하게 딴짓만 하고 있다고 역정을 내기도 한다. 만덕은 평소엔 며칠씩 화실 안에서 잘만 지내던 화가가 막상 문이 고장 나 열리지 않으니 화를 내는 모습이 이상하기도 하고 고깝기도 하다고 생각한다. 그러나 동시에 진작 목수에게 부탁할 생각을 하지 못한 자신을 탓한다.

▸ 화가가 역정을 내며 목수라도 불러 오라고 함

만덕은 십 리쯤 떨어진 읍내로 가 화실 문을 달아 주었던 목수를 찾아간다. 하지만 마침 목수가 자리를 비워 저녁때나 돌아온다는 소식을 듣는다. 만덕은 목수 부인에게 저녁 늦게라도 와서 문을 손봐 달라고 부탁하고 집으로 돌아온다. 그러나 목수는 저녁 늦게까지 기다려도 오지 않는다. 주목 저녁 해가 떨어지자 화가는 만덕이 정말 목수한테 가긴 갔던 것인지 의심하며 역정을 낸다. 만덕은 자신이 왜 거짓말을 하겠느냐며, 꼭 오라고 부탁했다고 한다. 그러면서 전에는 며칠씩 안 나오곤 했으면서 뭐가 그렇게 급하냐고 화가를 달랜다. 만덕은 화실 창문 밖에 쭈그리고 앉아서 쇠창살 안의 화가와 말동무를 해 주며 웃는다. 화가는 창턱에 앉아 곰방대를 빨며, 그것은 자신이 나가고 싶지 않아서 안 나간 것이고, 지금은 못 나가는 게 아니냐며 웃는다. 만덕은 그 둘이 무슨 차이가 있는지 이해하지 못하고, 심부름할 것이 있으면 다 해 드리겠다고 한다. 화가는 만덕과 이야기를 하느니 우리 안의 돼지하고 이야기하겠다며 답답해한다. 만덕은 좀 더 기다리면 목수가 올 테니 저녁이나 먹고 있으라고 하고, 자신도 저녁을 먹으러 별채로 건너온다.

▸ 만덕이 읍내 목수에게 다녀오지만 저녁 늦게까지 목수가 오지 않음

화가는 화실 전등도 켜지 않은 채 창턱에 앉아 기다리다가, 만덕이 저녁밥을 다 먹기도 전에 창살을 마구 흔들며 "야, 만덕아! 목수 정말 어찌 된 거냐!" 하고 소리를 지른다. 만덕은 한 번 더 열쇠로 열어 보라는 화가의 말에 "문짝이 뭐 생각해 가며 열리고 안 열리고 하겠어요." 하고 대꾸한다. 화가는 잔말 말고 다시 열어 보라고 하고, 만덕은 문에 열쇠를 꽂고 비틀어 보지만, 문이 열릴 리가 없다. 화가는 한 번 더 해 보라고 외치고, 만덕은 마찬가지라고 하면서도 또 열쇠를 넣고 손잡이를 흔들어 본다. 하지만 문은 여전히 열리지 않는다. 화가는 역정을 내며 문을 걷어차고, 화실 안을 이리저리 뛰어다닌다. 만덕은 다시 창문 쪽으로 돌아간다. 화가는 사방으로 난 창문을 모조리 열고, 전등도 켠다. 창문마다 왜 쇠창살을 쳐 놓았느냐며, 답답해서 못 견디겠다고 소리를 지르기도 한다.

▶ 화가가 화실 안에서 답답해하며 점점 난폭한 언행을 보임

만덕은 자신을 한번 부를 때마다 점점 난폭해지는 화가를 물끄러미 바라본다. 만덕의 입장에서는 모든 시설이 안에 다 있고, 사방으로 창문이 활짝 열려 있는데, 화가가 왜 그렇게 답답해하는 것인지 도무지 이해가 되지 않는다. 만덕은 화가가 딱하다고 생각한다. 그래서 화가에게 평소처럼 그림이나 그리지 왜 그러느냐고 말을 건네 보지만, 화가는 답답하다는 듯 대꾸하지 않고 화실 한복판으로 가 의자에 주저 앉아버린다. 화가가 곰방대에 담배를 담으며 어디 빠져 나갈 틈이라도 있는지 살피듯 사방을 둘러본다. 만덕은 창문 밖에서 화가에게 저녁은 먹었는지 묻지만, 화가는 힐끔 보기만 할 뿐 대답하지 않는다. 만덕은 화가에게 자꾸 문 생각만 하지 말고 편안히 있으면 목수가 와서 고칠 것이라고 하며 달래 본다. 그러고는 평소에 문밖에 잘 나오지도 않으면서 막상 문이 고장 나니까 공연히 안절부절못하고 철창 안에 갇힌 동물원 호랑이처럼 불안해하는 화가가 우습고 딱하다고 생각한다. 보다 못한 만덕이 창가에서 돌아서자, 화가가 창문으로 의자를 던져 버린다. <u>어리둥절한 만덕에게</u> 장면 포인트 ② 235P

<u>화가는 네가 가면 어떡하냐며 어서 목수를 불러 오라고 소리를 지른다. 쇠창살을 두 손으로 꽉 쥐고 흔들어 대는 화가는 만덕이 알던 인자한 화가의 모습이 아니다. 화가는 이마엔 핏줄을 세우고 머리카락을 쥐어뜯으며 계속 소리친다. 만덕은 화가가 미친 것이 아닌가 생각한다. 그러고는 겁을 내며 목수에게 또 다녀오겠다 말한다.</u>

▶ 만덕이 화가의 마음을 이해하지 못하고 다시 목수를 부르러 감

만덕이 그길로 읍내로 달려가 보지만, 밤은 이미 깊었고 목수는 술에 취해 자고 있다. 만덕은 빨리 일어나서 화가 화가 많이 났으니 고장 난 문을 열어 달라고 한다. 하지만 목수는 취해서 일어날 생각을 하지 않고, 목수의 아내는 내일 아침 일찍 깨워 보내겠다고 한다. 만덕은 화가가 미칠 지경이라 안 된다고 한다. 그러자 목수의 아내는 화가가 화장실이 가고 싶다거나 배가 고픈 것이냐고 묻는

다. 만덕은 화실 안에 모든 게 있다고 한다. 그러자 목수의 아내는 먹을 것과 뒤 볼 데가 있는데 미칠 이유가 무엇이냐고 묻고, 혹시 바람이 통하지 않아서 숨이 답답한 것이냐고 한다. 이에 만덕은 화실 스무 평 방의 사방에 창문이 나서 바람이 잘 통한다고 한다. 목수의 아내는 별난 양반 다 보겠다며, 이 상황을 별스럽지 않게 여긴다. 더 이상 목수의 아내조차 만덕을 상대해 주지 않아 만덕은 그대로 집으로 돌아간다.

▶ 목수는 술에 취해 자고 있고, 목수의 아내가 내일 아침 깨워 보내겠다고 함

만덕은 화가가 짜증을 낼까 봐 겁에 질려 천천히 걸어서 집까지 간다. 화실 창가로 가보니, 화가는 쇠창살을 움켜쥐고 한 발을 창턱에 올려 디딘 채 금세라도 밖으로 튀어나올 것처럼 서 있다. 만덕은 사람이 죽을 지경인데 왜 이렇게 늦게 오느냐고 화를 내는 화가에게 목수가 취해서 자고 있기에, 내일 아침 일찍 오기로 했다고 전한다. 화가는 주먹으로 쇠창살을 두들겨 대며 화를 낸다. 만덕은 어차피 밤이니 문을 잠가야 할 것 아니냐며 그냥 주무시라고 화가를 달래 본다. 하지만 그 말에 화가는 더욱 흥분해, 제정신이 아닌 듯 만덕에게 상스러운 말을 퍼붓는다. 화가가 도끼나 망치라도 가져오라고 하지만, 만덕은 그런 게 어디 있느냐며 이제 밤도 깊었으니 주무시라고 한다. 화가는 점점 더 흥분해 자기를 약 올리는 거냐며 욕지거리를 한다. 급기야 발작해 걸상으로 문을 패고, <u>액자며 손에 잡히는 것들을 모두 문에 던진다. 만덕은 화가가 왜 그렇게 발광하는지 이해하지 못한 채로 겁에 질려 그 모습을 그저 바라본다. 화가는 결국 제풀에 지쳐 바닥에 주저앉는다. 화가가 가슴을 들썩거리며 만덕에게 "네가 문을 망가뜨렸지" 하고 묻지만, 만덕은 정말 아니라고 대답한다. 화가는 만덕에게 나쁜 새끼라고 소리치며, 기름통을</u> 장면 포인트 ③ 238P

<u>내던진다.</u> 만덕은 화가가 뭔가를 또 던지려 하는 모습을 보고 자신의 방으로 도망쳐 자 버린다. 어차피 화실 안에서 불편할 것은 아무것도 없으니 차라리 화가를 혼자 가만히 두는 것이 좋겠다고 생각한다.

▶ 목수가 오지 않자, 화가가 발작하며 물건을 집어 던짐

다음 날, 만덕이 창문으로 화실 안을 들여다본다. 침대에 엎드려 자고 있는 화가를 보고 만덕은 안심하며 읍내로 향한다. 다행히도 만덕은 읍내로 가는 길 중간쯤에서 목수를 만난다. 목수가 끌로 문설주를 도려내고 나서야 만 하루 만에 문이 열린다. 그러자 묘하게도 밖에 있던 만덕까지 숨통이 확 틔는 것 같은 시원한 기분을 느낀다. 만덕은 화가가 집어 던진 물건들로 어질러진 화실 안으로 달려 들어가 화가를 불러 보지만, 화가는 침대에 엎드린 채 꿈쩍도 하지 않는다. 만덕은 화가가 피곤했던 모양이라고 생각하며 엎드린 화가를 흔들어 본다. 그런데 이미 화가는 죽어 몸이 굳어 있다.

▶ 다음 날 아침, 만덕이 목수와 문을 뜯고 들어가자 화가가 죽어 있음

의사가 부검한 결과 화가의 사인은 '질식사'이다. 수사관은 사방의

창문이 활짝 열린 화실에서 화가 혼자 숨이 막혀 죽었을 리가 없다고 생각해 만덕을 의심하고 심문한다. 만덕은 밤새 문은 잠겨 있었고, 목수가 와서 연장을 이용해 통째로 뜯어내고 나서야 문이 열렸는데, 자신이 어떻게 화가를 죽였겠냐고 하며 억울하다고 주장한다. 하지만 수사관은 만덕이 거짓말을 한다고 여기고 만덕을 수감한다.

▶ 화가의 사인은 '질식사'로, 만덕이 의심을 받아 경찰서에 수감됨

🎭 인물 관계도

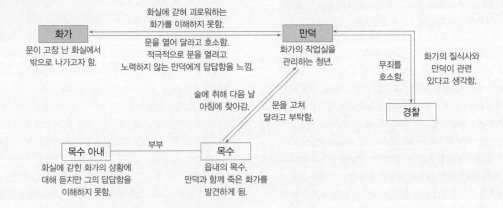

<보기>로 나오는 작품 외적 준거

정신 해방을 추구하는 인간 내면의 세계

〈고장 난 문〉은 '사회라는 집단 속'에서 살아가며 그 사회와 부조화를 겪고 자신의 정신세계를 억압하거나 외적 요소에 의해 억압당하는 인간의 모습을 그리고 있다. 이러한 인간들은 종종 주변 사람들로부터 정신 이상자 취급을 당한다. 자신을 '죄수처럼 철창 안에 가두어 놓았다'는 화가의 표현은 타의에 의해 자신이 갇히게 되었다는 느낌이 다분하다. 하지만 사실 화가는 워낙 평소에도 며칠씩 문밖에 나가지 않고 화실에서 그림만 그린 적이 많았기에 만덕은 크게 신경쓰지 않는다. 그런 만덕의 무심함에 화가는 더 화를 내며 '나가지 않는 것과 나가지 못하는 것은 분명히 다르다고 쐐기를 박는다. 다시 말해 '나가지 않은 것'은 자의적 선택으로 전혀 문제될 것이 없지만 '나가지 못하는 것'은 타의에 의한 강압적인 요소가 들어 있다는 것이다. 만취해 있는 목수가 '문은 열리게 돼 있고 안 열리면 발로 걷어차서라도 열 수 있다'고 말하는데, '열리게 돼 있다'는 일종 당위성의 표현으로 언젠가는 열릴 수 있다는 메시지를 전한다. 또한 그의 표현대로 열리지 않는다면 무력을 이용해서 강제적으로라도 열어야 한다는 것을 의미한다. 이는 역설적으로 사회 속에서 인간의 정신 세계를 억압하는 요소들은 언젠가는 소거될 것이고 만약 그렇게 되지 못한다면 강압적으로라도 조치를 취해야 한다는 것을 뜻한다. 사방에 창문이 활짝 열려 있는 방에서 화가가 질식사했다는 것은 현실적으로 이해 불가한 사실이긴 하지만 궁극적으로는 인간의 자유를 억압하는 보이지 않는 요소들을 제시하고 있다고 할 수 있다. 한편, 술에 취한 채 만사 귀찮아하는 목수나 만득이의 해명을 들으려고도 하지 않는 수사관은 모두 진지한 소통을 거부하는 인간들이다. 화가가 비극적인 죽음을 면치 못했던 것은 결국 사회 속의 인간들과 부조화를 겪으면서 정신적으로 억압당하고 해방을 이룩하지 못하였기 때문이었다.

– 정춘미, 이범선 소설의 '인간'과 '윤리' 인식, 2019

- 이 작품은 화실이 질식사할 만한 환경이 아니었음에도 불구하고, 이곳에 고립된 화가가 질식사하게 된 사건을 통해 개인의 자유가 외적 요소에 의해 억압되던 현실을 형상화한 소설이다.
- 해당 장면은 화실에 갇힌 시간이 길어지자 마음이 조급해진 화가가 문을 고칠 생각을 안 하는 만덕에게 화를 내는 상황이다.
- 화가의 말과 행동 그리고 만덕의 대응을 중심으로, 화가의 심리와 이에 대한 만덕의 이해 정도를 파악하도록 한다.

[앞부분의 줄거리] 한 화가의 심부름 일을 하던 만덕이 화가의 죽음으로 인해 조사받게 된다. 만덕은 자신을 신뢰하지 않는 수사관에게 억울함을 호소하며 사건에 내막을 진술한다. 어제 아침이었다. 화실의 문이 고장 나 화가가 화실에 갇혔고, 만덕이 열쇠로 문을 열려고 했으나 결국 문이 열리지 않았다. 화실은 사방으로 창이 나 있으며 음식과 화장실 등 생활에 필요한 것들은 모두 안에 있어서 만덕은 화가의 고립을 대수롭지 않게 생각했다.

"야, 이 자식아!"
<small>화실에 갇힌 화가가 만덕에게 화를 냄</small>

"……?"
<small>나 – 만덕(서술자)</small>

『나는 멈칫 섰습니다. 그리고 선생님의 얼굴을 살폈죠. 커다란 곰방대를 입에 물고
<small>『 』 만덕의 구어체 진술 → 수사관에게 하는 말이기 때문</small>
있는 선생님은 화가 몹시 난 눈으로 나를 노려보고 있었습니다. 사실이지 나는 그때
<small>화실에 갇힌 화가가 조급함을 느끼기 시작함</small>
까지 선생님의 입에서 이 자식이란 말을 들어 본 적이 한 번도 없었거든요.』
<small>평소 화가는 만덕에게 인자한 모습을 보였음</small>

"부르셨어요?"

하고 나는 겁에 질려서 나직이 물었습니다. 그랬더니 대뜸 선생님은,
<small>'나'의 심리를 직접 제시함</small>

"임마, 내가 뭐랬지?"

하고 고함을 지르는 것이었습니다. 나는 얼이 빠져서 그저 멍멍히 서 있었죠.
<small>화가가 거친 태도를 보임</small>

"문을 열라고 하잖았어?"

"예…… 그런데 그 문이 열리질 않는걸요."
<small>만덕은 화실의 문이 열리지 않는 상황을 적극적으로 해결하려는 노력을 하지 않음</small>

"그렇다고 그냥 가만 두면 열리니?" / "……?"

"가만 둬도 문이 생각해 가며 혼자 열리냐 말이다? 문이 살았니?"

딴은 그럴 리는 없죠. 문이 무슨 생각이 있어서 얼마큼 곯다가 적당히 열려 줄

턱은 없죠.

"어떻게 열어 봐얄 게 아냐." / "……."
<small>만덕에게 어떻게든 문을 열 수 있는 방법을 찾을 것을 요구함 – 조급해진 화가의 심리</small>

"네 힘으로 안 되면 읍내 목수한테라도 가서 열어 달래야잖아."
<small>목수에게 문을 열어 달라고 요청하도록 만덕에게 시킴</small>

"예, 그럼 곧……."

"바보 같은 녀석, 사람을 죄수처럼 철창 안에 가두어 놓고 태평으로 딴짓만 하고
<small>화가가 화실에 갇힌 상황과 자신을 이해하지 못하는 만덕을 답답하게 생각함</small>
있어!"
▶ 화실에 갇혀 갑갑해하며 화를 내는 화가

나는 돌아서 나오며 등 뒤에 선생님의 역정 소리를 들었습니다. 하기야 갇혔다면

분명히 갇혔지만, 그렇다고 여느 때는 곧잘 며칠씩 꼼짝도 않고 화실 안에서 잘도
<small>자의적으로 화실에 갇혀 있던 상황 – 그림을 그리는 일에 집중함</small>
지내시면서 막상 문이 고장이 나서 안 열리니까 그날따라 그렇게 화를 내는 선생님
<small>외적 요소에 의해 갇혀 고립된 상황 – 답답함, 조급함을 느낌</small>
이 좀 이상도 하고 고깝기도 했습니다. 그러나 나는 어째서 진작 읍내 목수한테 나
<small>만덕은 화가의 상황과 심리를 이해하지 못하고 반감을 가짐</small>

작품 분석 노트

• 〈고장 난 문〉의 구조

만덕에 대한 수사관의 심문(현재)
• 수사관이 화가의 죽음과 관련하여 만덕을 의심함 • 만덕은 억울함을 호소함

↓

만덕의 진술(회상)
• 어느 날 화실의 문이 고장 나 화가가 화실에 갇힘 • 만덕이 문을 고칠 수 있는 목수를 데리러 갔으나, 데려오지 못함 • 화가가 점차 이성을 잃고 난폭해 짐 • 만덕이 화실에 갇힌 화가를 두고 별채로 자러 감 • 다음 날 아침 목수가 와서 문을 열었으나, 화가가 죽어 있었음

수사관의 단정(현재)
수사관이 만덕의 진술을 믿지 않고 만덕을 수감함

• 과거 사건의 서술 방식

따옴표 없는 구어체 서술	현재 만덕이 수사관에게 과거 사건의 내막을 진술하고 있음을 나타냄
대화 + 따옴표	만덕과 화가의 대화를 따옴표로 제시하여 현재 만덕의 진술과 과거 사건의 대화를 구분함

가서 부탁할 생각을 못 했던가 하고 정말 멍충이인 나를 탓하면서 그 달음으로 곧 십리쯤 되는 읍내로 들어왔죠. 그런데 목수 아저씨가 집에 없지 뭐예요. 어디 일 갔는데 저녁때에나 돌아올 거라고 하더군요. 그래, 미안하지만 저녁 늦게라도 나와서 문을 좀 손봐 달라고 부인한테 부탁을 하고 돌아왔죠. 바로 그 문을 단 목수 아저씨였
_{목수가 집에 없어서 목수의 부인에게 부탁을 하고 만덕이 돌아옴}
거든요. 사실 문제는 그때 목수 아저씨가 집에 없었던 데 있다구요. 목수 아저씨가 있기만 했더라면 같이 나가서 쉽게 문을 고칠 수 있었던 걸, <u>그날 저녁 늦게까지 기다려도 목수 아저씨가 들어오질 않았지 뭡니까.</u>
_{결국 저녁 늦게까지 목수 오지 않고, 상황이 더욱 심각해짐 ▶ 문을 열 수 있는 목수를 찾아갔다가 허탕을 치고 돌아온 만덕}

★주목 "야 임마, 너 정말 목수한테 가긴 갔어?"
_{목수가 오지 않자 화가는 만덕이 목수에게 간 사실을 의심함}

<u>선생님은 저녁 해가 떨어지자 역정을 내시더군요.</u>
_{화실에 갇혀 있는 시간이 오래 되자 답답함을 느끼는 화가의 심리 제시}

"아 그럼요. 제가 선생님한테 거짓말을 하겠어요."

"그럼 왜 아직 안 와!"

"글쎄 꼭 오라고 부탁을 했다니까요."

"그런데 아직 안 오지 않아."

"헤 참, 선생님도 급하시긴. 전에는 며칠씩도 문밖에 안 나오시곤 했으면서 뭘 그
_{만덕은 화가가 화실에 며칠씩 갇혀서 그림을 그리던 일을 언급하며 지금의 상황을 대수롭지 않게 여김}
러셔요."

나는 화실 <u>창문</u> 밖 등나무 밑에 쭈그리고 앉아서 쇠창살 안의 선생님 말동무를 해
_{창문을 통해 만덕(외부)과 화가(내부)의 소통이 이루어짐}
주며 그렇게 웃었죠. 그랬더니 창턱에 걸터앉은 선생님은 곰방대를 뻐끔뻐끔 빨면서,
_{만덕의 웃음 ─ 화가가 느끼는 심각성을 이해하지 못하고 있음을 보여 줌}
"이 녀석 봐라! 그거야 내가 나가고 싶지 않아서 안 나간 거구 지금은 내가 안 나
_{화가가 자신의 의지대로 화실에 갇혀 그림을 그리던 때와 강제적으로 갇혀 있는 상황이 다름을 강조}
가는 게 아니라 못 나가는 거 아냐."

하며 웃더군요.
_{화가 나 있기는 하지만 아직 심각한 상태는 아님을 보여 줌}
"마찬가지죠 뭘. 안 나가나 못 나가나 화실 안에 있는 건 같지 않아요. 뭘 심부름
_{화가의 상황을 이해하지 못하는 만덕}
시킬 일 있으면 시키셔요. 제가 다 해 드릴게요."

"일은 무슨 일이 있어, 이 녀석아."
_{밖에 해야 할 일이 있어서가 아니라 갇혀 있는 것 그 자체가 문제 상황임을 드러냄}
"그럼 됐죠 뭐."

"허 녀석, 정말 바보 같은 녀석이구나, 넌."
_{화가가 자신의 상황과 심리를 이해하지 못하는 만덕을 비난함}
"어디 제 말이 틀렸어요. 뭐 불편하신 게 있어요, 서울 가실 일이라도 있다면 모르지만요."

> **감상 포인트**
> 화실에 갇힌 상황에 대한 화가와 만덕의 인식 차이를 파악하도록 한다.

"듣기 싫다, 이 녀석아. 너하고 이야길 하느니 차라리 우리 안의 돼지하고 하겠다."
_{자신의 상황을 이해하지 못하는 만덕에 대한 화가의 답답함 ─ 화가와 만덕의 소통 부재, 단절감}
"헤 참, 선생님도, 이제 목수 아저씨가 올 겁니다. 조금만 더 기다려 보시죠. 그동안 선생님 저녁이나 드셔요. 전 식은 밥이라도 한술 먹어야겠어요."

난 일어나 별채로 나왔어요. 선생님은 화실에 전등을 켤 생각도 않고 그대로 창턱에 걸터앉아 있더군요.

<u>그런데 기다려도 목수 아저씨는 오지 않았습니다.</u> ▶ 해가 지면서 조급함이 심화되는 화가
_{유일하게 문을 열 수 있는 목수가 오지 않음}

· 화실에 갇힌 화가의 상황과 태도

자의적으로 화실에 갇힘	· 평소 화가는 만덕에게 인자한 태도를 보임 · 화가는 며칠씩 그림을 그리는 일에 집중함

↓

강제적으로 화실에 갇힘	· 화실에 갇힌 상황을 견디지 못하고 불안감을 느낌 · 평소와 달리 만덕에게 욕을 하고 화를 냄 · 이성을 잃고 난폭해짐

- 해당 장면은 화실에 갇힌 화가가 시간이 지나도 문제가 해결되지 않자 점차 이성을 잃고 난폭해지고 있는 상황이다.
- 화가가 보인 행동과 그에 대한 주변 인물의 태도에 주목하여 화가의 행동 원인, 주변 사람들과의 소통 양상을 파악하도록 한다.

★주목 "야 인마! 가면 어떡해! 어서 목수 못 불러 와!"

<u>선생님은 창문으로 달려와 쇠창살을 두 손으로 꽉 쥐고 마구 흔들어 대며 소리소</u>
행동을 통해 화가의 불안정한 심리, 문제 상황을 해소하고 싶은 강한 욕망 등을 나타냄
리 지르지 뭡니까. 그건 언제나 인자하시던 그 선생님이 아니었어요. 무서웠어요.
이전에 보지 못했던 화가의 난폭한 모습에 만덕이 겁을 먹음
난 전엔 그런 선생님의 무서운 얼굴을 본 일이 없었거든요. 아마 창에 쇠창살이 없

었더라면 뛰어넘어 나와서 날 박살을 냈을 겁니다. 정말 겁났어요. <u>이마엔 핏줄이</u>

<u>서고 입은 꽉 다물고. 선생님은 자기 성질을 못 이겨서 두 손으로 그 긴 머리카락을</u>
외부 세계와 단절되어 고립된 상황에서 시간이 흐를수록 점점 이성을 잃어 가는 모습
<u>마구 쥐어뜯더군요.</u>

"야! 빨리 문 열어!"

갑자기 선생님이 미친 것이나 아닌가 했다니까요.

"예, 목수 아저씨한테 또 갔다 올게요, 선생님!" ▶ 문을 열려고 하며 점점 더 과격하게 행동하는 화가

<u>나는 겁이 나서 그렇게 말하고는 돌아서서 읍내로 달렸습니다. 그땐 벌써 밤이 꽤</u>
점점 과격해지는 화가의 모습에 겁이 난 만덕이 늦은 시간임에도 목수를 다시 부르러 감
깊었죠. 캄캄한 길을 나는 거의 단숨에 읍내까지 달렸어요. 그런데 뭡니까. <u>목수</u>

<u>아저씨는 잔뜩 술에 취해서 자고 있지 뭡니까.</u>
문을 열 수 없는 상황, 화가의 고립 상황이 지속될 것을 암시함
"아저씨, 빨리 좀 일어나세요. 문을 좀 열어 주어야 해요."

"음, 문……? 문을 열면 되지 뭘 그래."

목수 아저씨는 눈도 안 뜨고 그렇게 중얼거릴 뿐이었습니다.

"아저씨, 좀 일어나요. 우리 선생님 지금 잔뜩 화났단 말예요!"

"화가 나……? 왜 화가 나……."

목수 아저씨는 <u>여전히 눈을 감은 채였습니다.</u> 그러니까 그건 취해서 아무렇게나
화가의 일에 대한 무관심한 태도
지껄이는 말이죠.

"문이 고장이 나서 안 열린단 말예요!"

"문이…… 고장이 났다!"

"예, 그래요."

"<u>임마, 문이 무슨 고장이 나고 말고가 있어…… 열면 되지…… 문이란 임마, 열리</u>
목수가 술에 취해 소통이 되지 않음
<u>게 돼 있는 거지, 임마.</u>"

목수 아저씨는 그렇게 중얼거리며 쓱 몸을 돌려 벽을 향해 돌아누워 버렸어요.

"그게 아녀요. 아저씨가 달아 준 저의 선생님 화실 문 알잖아요."

"<u>에이, 시끄럽다! 걷어차라 걷어차! 그럼 제가 열리지 안 열려! 열리지 않는 문이</u>
목수가 술에 취해 화가가 처한 상황의 심각성을 이해하지 못함
<u>어디 있어, 임마.</u>"

작품 분석 노트

- 화가의 현재 상황에 대한 주변 인물의 태도

만덕	• 화가가 갇힌 것을 대수롭지 않게 여기고 여유를 부림 • 화가가 점차 이성을 잃고 난폭해지자 무서움을 느끼나, 화가의 처지와 심리를 이해하지는 못함
목수	술에 취해 화가의 상황을 인식하지 못함
목수의 아내	화가가 처한 문제 상황의 심각성을 전혀 공감하지 못함

목수 아저씬 잔뜩 몸을 꼬부리며 좀처럼 깨어 일어날 것 같지도 않았어요.

"총각, 웬만하면 낼 아침 일찍 고치지. 저렇게 취했으니 뭐가 되겠어 어디."
_{목수를 데려가려는 것을 만류함}

목수네 아주머니가 말했어요.

"글쎄 그런데 그게 안 그렇단 말입니다. 우리 선생님 지금 미칠 지경이거든요."

"미쳐? 아니 문이 안 열린다고 미칠 거야 뭐 있어?"

"글쎄나 말이죠. 내 생각도 그런데 우리 선생님은 안 그런 걸 어떡해요."
_{만덕은 화가의 처지에 공감하지 못하고 있음}

"왜, 뒷간에라도 가고 싶은가?"

"뒷간엔요! 그런 건 다 안에 있죠."

"그럼 배가 고픈가?"

"허 참, 아주머니도. 먹을 건 얼마든지 안에 다 있다구요!"

"그런데 왜 그래. 먹을 것 있구 뒤볼 데 있으면 됐지, 그런데 미치긴 왜 미쳐? 오,
_{의식주와 같은 생리적 욕구 충족에 필요한 것들이 다 갖추어져 있다면 미칠 이유가 없음}
바람이 안 통해서 숨이 답답한가 보구먼그래."

"허 참, 그런 게 아니라니까요. 바람이 왜 안 통해요. 스무 평 방의 사방이 창문인
데!"

"그럼 뭐야, 알다가도 모를 일이네. 더구나 지금 밤인데, 열어 놓았던 문도 걸어
_{목수의 아내도 화실의 외적 환경에만 초점을 두고 화가의 심리를 이해하지 못하는 태도를 보임}
잠그고 잘 시간인데 문이 열리지 않는다고 발광이야 그래! 원 참 별난 양반 다 보
겠네."

"글쎄 그러니까 딱하죠. 낸들 알아요. 그러니 제발 좀 아저씰 깨워 주세요, 아주머
니."

"가만 둬요. 총각. 그런 일이라면 내일 아침에 일찍 깨워 보낼게. 그러니까 총각,
그만 돌아가서 그 선생님께 말하지 그래. 문을 열 게 아니라 단단히 걸어 잠그고
주무시라구. 난 또 무슨 큰일이나 났다구. 원!" ▶ 화가의 다급한 상황을 인식하지 못하는 목수와 그의 아내
_{목수의 아내가 화가의 문제를 대수롭지 않게 여김}

목수네 아주머니까지 이젠 상대를 안 해 주더군요. 그러니 어떡해요. 난 그대로
_{만덕이 목수를 데려가지 못해 어쩔 수 없이 혼자 돌아옴}
돌아갈 수밖에요. 밤길을 다시 걸어서 나는 집으로 돌아갔죠. 선생님의 짜증이 두려
워서 될수록 천천히 걸어서 집에까지 갔어요. 조심조심 화실 가까이로 다가갔습니
_{만덕은 진심으로 문제를 해결하려는 것이 아니라, 화가가 화를 낼 것이 두려워 행동함}
다. 그랬더니 선생님은 앞 창문의 쇠창살을 두 손으로 잔뜩 움켜쥐고 한 발을 창턱
_{밖으로 나가고자 하는 욕망의 표출. 갇힌 공간에서 벗어나고자 하는 몸부림}
에다 올려 디디고 금세라도 밖으로 튀어나오려는 것 같은 몸짓으로 서 있더군요.

"야 인마! 빨리빨리 좀 못 다니냐. 사람이 지금 죽을 지경인데…… 그래 목수는 데
리고 왔어?"

"그게, 그…… 취해서 자던걸요."

"뭐라구! 취해서 자! 그래 혼자 왔단 말야?"

선생님은 꽥 소리를 지르며 창살을 마구 흔들어 대었습니다. 우적우적 금시 쇠창
_{갇힌 상황에서 벗어나고자 하는 저항의 몸짓으로 볼 수 있음}
살이 비틀려 떨어질 것 같았어요.

• 화실의 환경과 화가의 심리

객관적인 화실의 환경	• 화장실과 음식을 갖추고 있음 • 사방에 창문이 있어 바람이 잘 통함
화가가 질식사할 만한 환경이 아님	

↓

화가가 인식하는 주관적인 화실의 환경	• 자유가 억압당한 단절과 고립의 공간임 • 견딜 수 없이 답답하고 숨 막히는 공간임
화가는 자유가 억압된 상황에 답답해하다가 질식사함	

• 화실에 갇힌 화가의 심리 변화

• 평소와 달리 만덕에게 '자식'이라고 말하며 거친 태도를 보임
• 자신의 상황을 이해하지 못하는 만덕을 답답하게 생각함

↓ 시간의 흐름

• 만덕에게 심한 욕지거리를 함
• 문제 해결의 시급함과 절박함을 느낌
→ 행동이 과격해지고 이성을 잃음

"암만 흔들어도 안 깨던데요. 낼 아침 일찍 온대요."

"무슨 개소리야! 낼이 아니라 이 밤이 당장 문제란 말이다!"
_{자신의 처한 상황이 매우 시급하고 절박한 것임을 강조함}

선생님은 이번에는 주먹으로 쇠창살을 두들겨 댔어요.

"그러니 선생님, 이 밤은 그냥 주무셔요. 어차피 밤이니까 문을 잠가야 할 게 아녀요.
_{화가의 심리를 이해하지 못하고 만덕이 어설픈 조언을 건넴}
그냥 주무셔요, 선생님."

나는 달래듯이 말했죠. 그랬더니 그 말이 선생님을 더욱 흥분시켰던가 봐요.

"이 병신 같은 새끼야, 네가 뭘 안다고 주절거리냐! 누가 밤인 줄 몰라서 안 자는
_{문제의 심각성을 이해하지 못하는 만덕으로 인해 화가가 이성을 잃고 난폭해짐}
줄 아냐!"

선생님은 정말 제정신이 아닌 듯 마구 상말로 욕지거리를 퍼붓더군요. 그러나 난

조금도 어떻게 안 생각했어요.

"도끼 가져와!"
_{문을 부수기 위한 도구 ①}

"도끼가 어디 있어요, 선생님."

"그럼 무슨 망치라도 가져와!"

"망치는 또 어디 있어요!"
_{문을 부수기 위한 도구 ②}

"임마, 그럼 날 이렇게 밤새도록 가둬 두겠단 말야!"

"가두긴요…… 아 이제 주무시면 되지 않아요. 밤도 깊었는데요."
_{만덕이 화가의 심리를 전혀 이해하지 못함}

"이 새끼가 누굴 약을 올리나. 응, 너 날 약올리는 거야! 이 죽일 놈의 새끼가!"

선생님은 점점 더 흥분했습니다. 선생님은 그렇게 마구 욕지거리를 하며 화실 안

을 한 바퀴 둘러보더니 마침내 발작을 하더군요. 걸상을 둘러메고 가서 문을 패는
_{문을 부수어 문제를 해결하려는 태도가 나타남. 화가의 심리적 불안, 분노가 최고조에 이름을 보여 줌}
것이었습니다.

▶ 화실에 갇혀 심리적 불안이 극에 달한 화가

• 화가의 행동에 담긴 의미

행동	• 한 발을 창턱에 올려 디디고 밖으로 튀어나오려는 몸짓을 함. • 소리를 지르며 창문의 쇠창살을 마구 흔듦 • 고장 난 출입문을 걸상으로 마구 팸

↓

• 자유가 억압된 환경에서 벗어나고자 하는 욕망의 표출
• 화실에 갇힌 문제 상황을 해결하려는 적극적 의지 표출
• 외부와 단절·고립되어 느끼는답답하고 불안한 심리의 심화

• 해당 장면은 화실의 문을 열었을 때 화가가 죽어 있었다는 만덕과 이를 믿지 않는 수사관이 만덕을 수감하는 부분이다.

• 화가를 이해하지 못한 만덕과 만덕의 말을 믿지 않는 수사관의 모습을 통해 작가가 전달하려는 주제 의식을 파악하도록 한다.

선생님은 또다시 무엇인가 던질 것을 찾고 있었습니다. 난 재빨리 도망쳤죠. 내
　　　　목수를 데려오지 못한 만덕에게 화가가 물건을 던지려고 함
방으로요. 정말입니다. 그리고 자 버렸어요. 선생님은 차라리 혼자 가만히 두는 편
　　　만덕이 화실에 갇힌 화가를 방치함
이 좋겠다고 생각했죠. 사실 화실 안은 아무 불편도 없거든요. 그랬다가 다음 날 아
　　　　　　　　　　　화실의 외적 요소만 고려한 판단으로, 화가의 내적 불편함은 이해하지 못함
침에 조심조심 창밖으로 가서 안을 살펴보았더니 선생님은 화실 한켠 벽에 붙여 놓
　　　　　　　　　　　　　　　　　　　　　　　화가가 죽은 것을 엎드려 있는 것으로 생각함
은 침대 위에 엎드려 자고 있지 않겠어요. 참 어린애 같은 분예요. 나는 그길로 읍내
로 들어갔습니다. 선생님이 잠들어 있을 때 아침 일찍 목수 아저씨를 불러다가 문을
고치는 것이 좋겠다고 생각했죠. 다행히 읍내 길 중간쯤에서 목수 아저씰 만났어요.

"엊저녁엔 내가 취했어. 그래 이렇게 일찍 오는 길이지."

목수 아저씨는 미안해하더군요. 그래 우린 화실로 돌아왔죠. 선생님은 아직 그대
로 엎드려 잠들어 있었습니다. 목수 아저씨는 연장을 내려놓고 문 손잡이를 몇 번
돌려 보더군요. 열릴 리가 있나요. 결국 끌을 가지고 문설주를 도려냈죠. 그렇게 만
　　　　　　　　　　　　　　　　　　　　　文짝을 끼워 달기 위하여 문의 양쪽에 세운 기둥
하루 만에 문이 열렸어요. 아닌 게 아니라 밖에 있던 나까지도 숨통이 확 틔는 것 같
데요. 그거 참 묘하죠. 뭐 별 답답한 것도 느끼지 못했었는데 막상 문이 활짝 열리
　　　　　　　　　　화실 문이 열리자 만덕도 해방감을 느낌
니까 정말 가슴이 다 시원하던데요. 난 확 열어젖혀진 문으로 단번에 몰려들어 가는
바람에 빨려 들어가기나 하듯이 화실 안으로 달려들어 갔어요. 의자다 액자다 캔버
　　　　　　　　　　　　　　　　　　　　　　　　　화실에 갇힌 화가가 난동을 부렸던 흔적
스 따위가 마구 흐트러진 위를 넘어서요.

"선생님! 선생님, 문이 열렸어요!"

소리 질렀죠. 그래도 선생님은 침대에 엎드린 채 꿈쩍도 안 하더군요. 어지간히
　　　　　　　　　　　　　　　　　　　　화가가 죽은 것을 파악하지 못함
피곤했던 모양이었어요.

"선생님! 문이 열렸다니까요! 어서 밖에 나가 보셔요!"

나는 침대 곁으로 가서 엎드린 선생님을 흔들었습니다. 그런데! ▶ 화실의 문을 열고 난 후
　　　　　　　　　　　　　　　　　　　　　　　'그런데'가 맞물려 과거 사건에서 현재의 상황으로 전환됨　　화가의 죽음을 확인한 만덕
"그런데 죽어서 몸이 굳어 있더란 말이지?"
수사관이 만덕의 진술을 의심함 – 만덕의 회상에서 수사관에게 조사를 받는 상황으로 바뀜
수사관이 느릿한 몸짓으로 걸상 등받이에서 등을 펴며 책상 위의 조서를 집어 올
려 폈다.

"정말입니다. 목수 아저씨도 다 보았습니다!"
만덕이 목수 아저씨를 증인으로 삼아 자신의 결백을 주장함
만덕은 안타까운 눈으로 수사관을 쳐다보았다.
만덕에 대한 지칭 변화: 만덕의 진술 장면 '나' (1인칭) → 수사관에게 조사를 받는 장면 '만덕' (3인칭)
"물론 목수 아저씨도 보았지. 그에게 보여 주기 위해서 그를 불러 갔으니까. 그러
　　　　　　　　　　　　　　　　수사관은 만덕이 화가를 죽인 다음 목수를 데려왔을 것이라고 의심함
나 목수 아저씨가 본 건 죽은 시체였지 그가 죽는 광경은 아니었지 않아!"

"형사 아저씨! 제 말을 믿어 주십쇼. 정말입니다. 지금 이야기한 대로 모두 사실입

작품 분석 노트

• 문을 열기 전과 후의 만덕의 인식

문을 열기 전	• 화가가 엎드려 자고 있 다고 생각함 • 화가를 어린애 같다고 여김

↕

문을 연 이후	• 가슴이 시원해짐을 느낌 • 화가의 죽음을 확인함

• 시점의 변화

1인칭 시점
만덕이 사건의 내막을 진술하는 부분

↓

3인칭 시점
만덕이 수사관에게 조사를 받는 부분

니다. 억울합니다. 제가 왜 우리 선생님의 목을 누릅니까. 또 그리구, 목수 아저씨

도 잘 압니다. 우리가 갔을 때까지도 문은 그대로 고장 나 잠겨 있었거든요. 그래

그걸 뜯고야 들어갔단 말입니다. 그런데 어떻게……."

_{화실 문이 고장 났으므로 화실로 들어가 화가를 죽일 수 없다는 말}

"그야 그랬지. 그런데 너는 열쇠를 가지고 있었단 말야. 안 그래?"

_{만덕이 열쇠로 화실 문을 열고 들어가 화가를 죽였을 것이라고 의심함}

수사관은 열쇠를 집어 들어 방울을 딸랑딸랑 흔들어 보였다.

"허지만 아저씨! 문은 고장이었습니다요! 그걸 목수 아저씨가 뜯고야 들어갔다니

까요!"

"거짓말 마!"

_{처음부터 만덕을 믿지 않고 있었음}

수사관이 주먹으로 책상을 쾅 치며 고함을 질렀다. 만덕은 수사관을 노려보는 채

무릎 위에서 두 주먹을 꽉 쥐었다.

"억울합니다. 정말 너무 억울합니다!"

"인마! 그럼 네 말대로 이십 평 화실에 사방의 창문이 모두 활짝 열렸는데 그 속에

서 혼자 숨이 막혀 죽었단 말이야!"

_{수사관 역시 다른 사람들처럼 화실의 환경에 근거해 화가가 질식할 수 없다고 생각함}

"글쎄 그거야……."

"거짓말도 씨가 먹어야지……! 김 순경, 이 자식 끌어다 수감해!"

옆방에서 순경이 들어왔다. 만덕의 죽지를 붙들어 끌고 나갔다. 만덕은 이제 모든

것을 체념한 듯 고개를 떨구고 걸었다. 수사관은 거기 조서 밑의 의사의 검안서(檢

案書)를 슬쩍 들쳐 보았다.

_{의사가 사람의 사망 사실을 의학적으로 확인한 후 그 결과를 기록한 문서}

"질식사."

"돌팔이 같은…… 사방의 창문이 활짝 열린 방 안에서 질식해 죽어!"

수사관은 콧방귀를 뀌며 걸상에서 일어나 두 팔을 활짝 쳐들고 기지개를 켰다.

▶ 만덕의 말을 믿지 않고 수감하는 수사관

• 만덕의 수감에 담긴 작가의 의도

화가의 죽음	화가가 자유가 억압된 화실에서 벗어나기 위해 몸부림치다 끝내 답답함을 견디지 못하고 질식사함

↓

만덕	만덕이 화가의 처지와 심리를 이해하지 못하고 문을 여는 일에 적극적으로 참여하지 않음 → 화가를 죽인 범인으로 몰려 수감됨

↓

작가의 의도	자유가 억압당하는 현실을 인식하지 못하고 진정한 소통을 이루지 못하는 사람들에 대한 비판 의식을 담아냄

핵심 포인트 1 　작품의 내용 파악

이 작품에서 문제를 야기하는 소재라고 할 수 있는 '고장 난 문'의 의미와 결말의 '만덕의 수감'이 갖는 의미를 파악할 수 있어야 한다.

+ '고장 난 문'의 상징적 의미

모든 사건의 발단은 문이 고장 난 것이다. '고장 난 문'으로 인해 화가는 화실에 갇혀 외부 세계와 단절·고립 되고 비극적인 죽음을 맞는다. 화가가 마주한 단절과 고립의 상황은 자유가 억압당하는 부조리하고 모순된 사 회적 현실을 상징적으로 드러낸 것이라고 할 수 있다.

+ 결말의 의미

수사관은 만덕의 진술을 모두 듣고도 그를 신뢰하지 않았고, 결국 만덕은 수감된다. 이러한 결말은 타인(사회) 의 문제를 인식하지 못하고, 제대로 된 소통을 이루지 못하는 사람들에 대한 비판적 태도를 '만덕의 수감'이라 는 사건으로 형상화한 것이라 할 수 있다.

핵심 포인트 2 　사건의 전개 방식

이 작품은 만덕과 수사관이 대화하는 외부 이야기와, 만덕의 사건 진술인 내부 이야기로 이루어져 있다. 외부 이야기와 내부 이야기는 등장인물, 서술상 특징, 갈등 양상 등이 다르게 나타나므로 각 이야기에 나타나는 특징을 바탕으로 작품을 종합적으로 이해하고 파악할 수 있어야 한다.

+ 액자식 구성에 따른 사건 전개

외부 이야기

- 시·공간: 현재, 경찰서 조사실
- 인물: 만덕, 수사관
- 사건: 화가의 죽음과 관련하여 만덕이 수사관에게 조사받고 있는 상황임
- 시점: 이야기 밖의 서술자가 사건과 인물을 제시하는 3인칭 관찰자 시점

내부 이야기

- 시·공간: 과거, 화가의 별장에 있는 화실
- 인물: 만덕, 화가, 목수, 목수 아내
- 사건: 문이 고장 나 화실에 갇힌 화가가 죽음에 이르는 과정이 제시됨
- 시점: 이야기 안에 등장하는 '나(만덕이)'가 관찰자적 시선으로 주인공인 화가에 얽힌 사건을 바라보 며 자신의 심리를 제시한 1인칭 관찰자 시점

핵심 포인트 3 　외적 준거에 따른 감상

이 작품은 1977년에 발표된 단편 소설로, 1970년대의 억압적 시대 현실과 관련지어 다양한 해석이 가능하다. 1970년대는 예술마저도 검열받으며 표현의 자유가 억압되었던 시기로, 화실에 갇혀 자유 를 억압받는 화가나 그를 이해하지 못하는 주변 인물들은 당시의 현실과 함께 그 시대를 살아간 사 람들을 형상화한 것으로 볼 수 있다.

+ 작품에 형상화된 당대 현실

화실은 음식과 화장실이 갖추어져 있고, 사방에 창문도 나 있어 질식할 위험이 없는 공간이다. 그럼에도 화실 에 갇힌 화가는 공포감을 느낀다. 이는 1970년대 유신 정권하의 억압적 시대 현실 속에서 자유를 빼앗긴 사람 들이 느끼는 불안과 공포를 상징하는 것으로 볼 수 있다. 한편 만덕을 비롯한 주변 인물들은 화가의 공포감을 이해하지 못하는 모습을 보인다. 이는 당시 억압적 시대 현실에 무지하거나 무관심한 사람들을 상징한다. 결 국 화가는 자신의 상황을 극복하지 못하고 죽음에 이르고 마는데, 이는 자유를 박탈당한 사람들이 맞는 비극 적 운명을 의미한다.

- 해제
  〈고장 난 문〉은 화실에 갇힌 화가의 죽 음을 다룬 소설이다. 화가의 자잘한 일 을 봐주고 있는 만덕이 수사관에게 조사 받는 상황은 현재이고, 작품의 주를 이 루는 만덕의 진술은 과거 회상에 해당한 다. 만덕의 시각에서 진술되는 과거 사 건은 화가의 행동을 통해 그의 심리가 간접적으로 드러나며, 이를 이해하지 못 하는 인물의 태도가 부각된다. 화가는 문을 열기 위해 노력하지만 결국 실패하 고 질식사하고 만다.

- 제목 〈고장 난 문〉의 의미
  – 개인의 자유를 억압하는 외적 요소, 사회 현실
  〈고장 난 문〉은 화실에 갇혀 자유를 잃 은 화가가 극도의 답답함을 느끼며 미쳐 가다 끝내 죽게 되는 상황을 통해 자유 를 빼앗긴 현실 상황을 되돌아보게 하고 있다. 그리고 만덕을 비롯한 주변 인물 들은 자유가 억압당하는 부조리한 당시 현실에 무지하고 무관심한 존재들을 형 상화한 것으로, 풍자의 대상이 된다.

- 주제
  ① 자유를 억압당하는 개인의 비극적 결말
  ② 개인의 자유를 억압하는 사회와 이 속에서 진정한 소통을 이루지 못하는 사람들에 대한 비판

한 줄 평 | 군대를 배경으로 집단과 개인 간의 허위와 진실의 문제를 다룬 작품

빙청과 심홍 ▶ 윤흥길

💬 전체 줄거리

'나'는 군대의 비행단에 속한 일반 병사다. 어느 날 훈련 비행기가 착륙하면서 사고가 발생한다. 조종사가 낙하산으로 탈출하면서 조종석 덮개를 여는데, 그것이 벗겨져 나가면서 비행기의 꼬리 날개를 자르고, 잘려 나간 비행기의 몸체 일부가 활주로를 벗어나 주기장 빈터로 떨어지더니 열려 있던 격납고 문 안으로 미끄러져 들어가 버린다. 펑 하고 터지는 폭발음이 울리고 격납고 안에서는 연쇄 폭발이 시작된다. 비행기 몸체를 이루는 금속 파편이 마구 튀고, 폭발로 인해 폭풍이 불며 거대한 불길이 치솟는다. 갑자기 벌어진 일에 격납고 안에 있던 사람들은 얼이 빠져 우왕좌왕한다. 그 안에 있던 우 하사는 작업복이 기름투성이였던 탓에 불길에 휩싸이고 만다. 격납고 안은 온통 아수라장이다. 곳곳에서 비명이 울리고, 갇혀 있던 사람들은 벽을 더듬며 간신히 탈출한다. 우 하사는 전신에 불이 붙은 채로 그곳에서 뛰쳐나온다. 그는 사람의 형태를 한 불덩이처럼 보인다. 몸에 붙은 작업복은 불에 녹아 너덜너덜 흘러내리고 있고, 불길은 맨살에 붙어 있다. 우 하사에게 다가간 한 사람이 다급히 소화기로 불을 꺼 보지만, 우 하사는 죽은 것이나 다름없는 상태로 들것에 실려 병원에 입원한다.

▶ 군대 내 격납고에서 화재 사건이 발생하여 우 하사가 심각한 부상을 입게 됨

대대 내무반에서 실권을 장악하고 있는 우 하사의 동기생들은 사고 당시 우 하사가 활약한 바가 있음을 밝히고 그에게 훈장을 내릴 것을 건의하기 위해 건의서를 작성한다.

장면 포인트 ❶ 246P 주목 그리고 건의서의 내용을 정확히 밝히지 않은 채 병사들을 모아 건의서에 도장을 찍으라고 한다.

건의서에 의하면 우 하사가 사고 당시 불길 속에서 충분히 빠져나올 수 있는 시간적 여유가 있었으나 전우애와 사명감 때문에 다시 격납고 안으로 들어갔다고 되어 있다. 우 하사가 초인적인 의지와 힘을 발휘해 3명의 사병을 구하고, 공구함과 보조 장비 등을 건져 내느라 생명이 위독할 정도의 중화상을 입은 영웅이라는 내용이다. 우 하사의 동기생들은 술을 마시고 내무반을 돌면서 엉엉 울며 우 하사의 이름을 부르기도 한다.

광란의 가까운 전우애를 본 다른 병사들은 그 기세에 눌려 입바른 소리를 하지 못한다. 진실은 그들이 조성한 분위기에 묻히고, 건의서에서 우 하사에 의해 구출된 것으로 지목된 사병들마저 정말 자신들이 우 하사 덕분에 목숨을 구한 것이라고 믿게 될 정도다.

▶ 우 하사의 동기생들이 우 하사가 사고 당시 전우를 구하는 등의 영웅적 활약을 했다며 그의 부상을 미화하고 조작함

평소 우 하사는 말보다 주먹이 앞서는 성격으로, 마음에 들지 않는 보급품은 내무반 병사들이 가진 것과 바꾸거나, 트집을 잡아 일반 병사들의 군기를 잡기도 하는 인물이다. 병사들은 우 하사가 기지 병원에 위생병으로 있는 동기생과 짜고 무단으로 포경 수술을 받

았다는 일 등 존경스럽지 못한 모습들을 많이 봐 왔다. 그렇기에 사고가 나기 전까지 병사들 중 누구도 우 하사를 존경하지 않았으나,

장면 포인트 ❶ 246P 집단적인 최면에 취한 것처럼 병사들은 합심해 우 하사에 대한 미담을 꾸며 내고, 그 속에서 우 하사는 점점 더 완벽하게 영웅의 모습을 갖추어 간다.

대대장 또한 마찬가지다. 대대장의 확인을 거쳐 단본부에 제출된 진정서는 단장을 감동시키고, 단장은 자기 권한으로 할 수 있는 모든 조치를 취한다. 우선 하사관 신분인 우 하사를 장교 병실에 입원하도록 특별히 배려한다.

▶ 우 하사의 평소 모습을 알고 있어 우 하사를 존경하지 않던 병사들도 부대 내 분위기에 휩쓸려 우 하사를 영웅으로 만드는 것에 동조함

전신의 80퍼센트 이상 화상을 입은 우 하사에게서는 누린내가 풍기고 고름 냄새까지 합해져 시간이 지날수록 고약한 악취가 난다. 일반 병사들은 매일 교대 근무로 기지 병원의 장교 병동에 가 우 하사를 간호할 당번을 정하느라 고통받는다. 누구나 간호를 다녀오기만 하면 두어 끼씩 식사를 하지 못한다. 운 나쁘게 붕대를 갈아야 하는 날에 당번이 걸렸던 사람은 다음 차례에 당번을 나가지 않기 위해 온갖 핑계를 대며 몸져누워 피해 애꿎은 당번 조장만 곤욕을 치른다.

우 하사는 전신을 붕대로 동여매고 콧구멍만 내놓은 상태에서 비명에 가까운 신음을 지르고 웅웅거리는 소리를 낸다. 우 하사가 하는 말은 거의 조 일병은 좀 어떠냐는 것인데, 당번 요원들은 우 하사를 위해 이미 죽은 조 일병이 아직 살아 있으며, 우 하사보다 훨씬 심각한 상태라고 거짓말한다. 우 하사는 그 대답을 듣고서야 겨우 잠을 이루곤 한다.

▶ 심각한 화상을 당한 우 하사에게서 나는 고약한 악취로 병사들이 간호 당번 맡는 것을 꺼려함

사고 이후 처음 맞는 토요일, 당번 조장은 교대 시간이 지나도록 우 하사에게 보낼 간호 당번을 정하지 못해 곤욕을 치른다. 대부분의 병사들은 모두 외출을 신청했고, 외출하지 않는 병사들조차 당번을 갈 수 없는 피치 못할 사정들을 확보해 놓고 있었기 때문이다. 그런 와중에 신 하사가 아무런 표정 없이 나타나 당번을 자원하고 가벼운 걸음으로 내무반에서 나간다.

신 하사는 동기생인 일반 병사들조차 그에 대해 아는 것이 별로 없을 정도로 비밀이 많은 사람이다. 말이 별로 없어 고참 하사관들도 그를 두려워한다. 처음 이곳으로 전속되어 왔을 때 신 하사는 어리숙해 보이는 태도 때문에 자주 놀림을 받았다. 신 하사는 주로 그것을 참고 견디지만 어느 한계선만 넘으면 물불을 가리지 않는다. 포크나 드라이버 같은 것으로 상대를 찌르는 사고가 몇 번 있고부터는 누구도 그를 놀리거나 상대하지 않는다. 그것이 바라는 바였던

것처럼 신 하사는 집단에서 외면당해도 신경 쓰지 않는다. 그 후 신 하사는 느닷없이 장기 복무를 자원한다. 일반병에서 하사관이 되면 정규 하사관들로부터 인정받지 못하기 때문에 신 하사는 일반 병사나 하사관 중 어디에도 속하지 못하는 애매한 신세가 되고, 동료와 정규 하사관들에게 무시받는다. 신 하사가 하사관이 된 후로 그가 고아원 출신이라는 둥, 신병 시절 어떤 가수를 짝사랑했더라는 둥의 소문이 돌면서 대대원들의 관심을 한 몸에 모으기도 한다. 간호 당번이 되는 데는 특별한 자격이 필요하지 않으므로 신 하사가 어떤 사람인지는 관계가 없다. 그러나 하사관은 원칙적으로 당번을 나가지 않아도 되는 데다가, 그가 자청해서 당번을 나가는 것이 전체 하사관의 품위를 떨어뜨린다며 반대하는 고참 하사들도 있다. 그러나 비행단 안에는 환자가 워낙 많고, 신 하사가 사람을 찔렀던 전적이 있었기에 위에서도 이를 모르는 척 넘기고 만다.

토요일 이후로 신 하사는 거의 매일 밤 우 하사의 간호를 나간다. 당번이 된 사람들은 돈이나 건빵을 건네며 신 하사를 찾아가 간호를 대신 가 달라고 부탁한다. 신 하사는 맨입으로도 선선히 부탁을 들어주곤 한다. 신 하사는 다른 사람들처럼 간호를 다녀와 토하거나 밥을 못 먹거나 하지 않는다. 붕대를 갈면서 보니 우 하사의 짓무른 피부에 파리가 알을 깠더라는 소문이 돌아 신 하사에게 물어보아도, 그는 끝내 확인해 주거나 부인하지 않으며 웃기만 한다. 우 하사의 상태가 날이 갈수록 나빠진다는 이야기를 들은 당번 요원 병사들은 신 하사에게 감사하며, 기왕 장기 복무를 자원한 거, 그가 잘 되었으면 좋겠다고 빌기까지 한다.

▶ 동료들 사이에서 겉돌던 신 하사가 자진해서 우 하사의 간호에 나서자 병사들이 신 하사에게 고마워함

우 하사가 며칠을 넘기지 못할 것이라던 군의관들의 예상과는 달리, 우 하사는 식사도 하지 못하고 수액만을 맞으면서도 끈질기게 생명을 유지한다. 결국 우 하사가 화상을 입은 지 일주일째 되는 날, 단장의 특별 조치로 민간인인 우 하사의 약혼녀가 부대 안으로 들어와 기지 병원에 머물면서 수발을 하게 된다. 부대 안에서는 '살아도 못 살아' 하는 농담이 나돈다. 부부 생활에 없어서는 안 될 성기가 화상으로 못쓰게 된 것을 가지고 하는 소리다.

우 하사의 약혼녀는 부대에 들어오기 전에 충분히 설명을 들은 듯 대대장이 하는 위로의 말에도 아무런 반응을 하지 않고 간호에 임한다. 그녀는 우 하사 대신 표창장을 받기도 한다. 단장의 성의 표시는 이것에 그치지 않는다.

▶ 단장의 특별 조치로 우 하사의 약혼녀가 기지 내에 들어와 병 수발을 들게 됨

장면 포인트 ① 246P

단장은 언론 기관에 연락하여 기자들을 초청해 취재를 하도록 한다. 기자 회견에는 우 하사를 생명의 은인으로 삼게 된 세 명의 사

병, 우 하사의 동기생 한 명, 대대장 및 대대 부관 그리고 신 하사가 참석하기로 한다. 신 하사는 우 하사의 인간성에 감복하여 헌신적으로 간호를 도맡은 또 하나의 미담의 주인공이다. 참석자들은 대대장실에 모여 예상 질문에 대비하도록 훈련을 받은 뒤 회견장으로 향한다.

기자 회견은 예정된 순서에 따라 진행된다. 참석자들은 자기가 겪은 일들을 우 하사의 영웅적 행위와 결부시켜 답변한다. 이때 어느 기자가 혼자 간호를 전담하다시피 하지 않았느냐며 신 하사에게 질문을 던진다. 우 하사의 인간 됨됨이는 어떤지, 병상에서 있었던 일화 같은 것은 없는지 하는 것이다. 신 하사가 답변하지 못하는데도 기자들은 포기하지 않고 계속 질문을 던진다. 평소의 우 하사답게 투병 생활도 영웅적이냐는 질문에 답하지 않았던 신 하사는 사고 당시 격납고에서 우 하사를 본 적이 있느냐는 질문에는 입을 연다. 신 하사는 격납고 안에서 우 하사가 무엇을 하고 있었는지 묻는 질문에 불에 타고 있었다고 답변한다. 재차 그냥 불에 타기만 했냐고 물어도 그렇다고만 답한다. 예상치 못한 답변에 회견장은 소란스러워진다. 좀 더 자세한 답변을 요구받자 신 하사는 그날 있었던 일에 대해 사실대로 말한다. 작업이 거의 끝나가던 참이었고, 우 하사의 작업복은 기름투성이었으며, 펑 소리가 나고 정신을 차려 보니 우 하사가 불덩이가 되어 있었다는 이야기다. 그러자 사회를 보던 장교가 신 하사가 목격한 것은 아마 우 하사가 쓰러지기 직전의 마지막 모습이었을 것이라고 하며 서둘러 기자 회견을 마쳐 버린다.

▶ 단장이 연 기자 회견에서 신 하사가 우 하사에 대한 진실을 폭로함

기자 회견에서의 신 하사의 언급은 단장과 대대장의 비위를 상하게 만들고 만다. 회견이 끝난 직후부터 신 하사는 대대 선임 하사며 각 내무 반장, 반부를 거쳐 하사관실까지 불려 다닌다. 소등 시간이 지나고도 한참 후에야 절뚝절뚝 걸으며 돌아온 신 하사에게서 구타의 흔적이 보인다. 신 하사는 그로부터 사흘 동안 취침 시간 후에야 들어오며, 간호 당번도 나가지 않게 된다.

병사들은 신 하사가 옳다는 것을 알면서도, 흐름을 거스르려는 신 하사가 어리석다고 생각한다. 자신들이 고참 하사들의 강압에 못 이겨 꾸며진 건의서에 도장을 찍고 비리에 동조했다고 생각하면 비참해지기 때문이다. 병사들은 자신들이 운 좋게 살아남은 자로서 불구가 되어 곧 죽게 될 불쌍한 자에게 너그러움을 베풀었다고 생각하며 자신들의 행동을 정당화한다. 이후 기자 회견에 대한 내용이 기사화되어 실린 신문이 내무반에 회람되는데 신 하사가 진술한 내용은 무시된 채이다.

▶ 신 하사가 부대 내 상급자들에게 폭행당하고 병사들은 신 하사가 어리석다고 생각함

기자 회견이 있은지 며칠 지나지 않아서부터 우 하사의 약혼녀와

신 하사 사이에 어떤 관계가 있다는 것 같다는 소문이 나돈다. 기자 회견 이후로 신 하사가 간호 당번을 그만두게 되었다는 사실에도 불구하고, 기지 병원 근처를 배회하는 신 하사를 보았다거나, 기지 식당 뒷산에서 남녀가 밀회하는 장면을 먼발치에서 목격했다는 출처 불명의 이야기가 오간다. 게다가 기지 병원에 다녀온 당번병들은 우 하사가 조 일병은 좀 어때 하고 묻는 대신 다 나아서 일어나는 날이면 연놈을 벌집을 만들어 놓아야지 하고 웅웅거린다는 말을 옮긴다.

'나'는 그런 악담을 하는 우 하사 곁에서 시중을 들고 있었다는 그의 약혼녀가 미련스러울 만큼 충직해 보인다고 생각한다. 또한 목석이나 다름없는 신 하사가 환자 옆에서 밤을 함께 보내며 환자의 약혼녀와 사랑하는 관계가 될 수 있었을지에 대해서도 의문을 품는다. 소문이 돌면서부터 사람들은 신 하사를 주시하고, 신 하사는 스스로 근신하기로 결심한 듯 일과가 끝나면 내무반 안에서 꼼짝도 하지 않는다. 소문은 확인되지 않은 채 사라진다.

▶ 기자 회견 후로 신 하사가 우 하사의 약혼녀와 부적절한 관계를 맺고 있다는 소문이 돎

장면 포인트 ❷ 249P

우 하사가 한 달을 꼬박 버티고 죽은 날은 신 하사가 우 하사를 죽이기 위해 병실에 간 날이다. 신 하사는 우 하사의 병실에서 졸고 있는 당번병을 발견하고 우 하사의 콧구멍에 손수건을 댄다. 그러나 신 하사는 뒤늦게 우 하사가 이미 죽은 상태라는 것을 깨닫고 병실을 뜬다. 이후 졸고 있던 당번병이 깨서 미스 양하고 당번 교대를 하는데, 미스 양은 우 하사가 죽은 것을 눈치채고 군의관을 불러 달라고 한다. 우 하사의 장례식은 토요일 오후, 기지 극장에서 치러진다. 장엄하고 엄숙한 분위기는 누구도 우 하사가 영웅인지 아닌지에 대해 따질 수 없도록 만든다.

▶ 신 하사가 병실에 찾아가 우 하사를 죽이려 했으나 우 하사는 이미 죽은 상태였음

장례를 마치고 난 뒤 뒤숭숭한 분위기에서 외출하려는 '나'에게 신 하사가 말을 건다. 신 하사는 시내에서 만나기로 한 사람이 있는데, 부대에 남아서 할 일이 있어 외출하지 못하게 되었다며 편지를 전해 달라는 부탁을 한다.

'나'는 시내에 나가 아무 다방이나 찾아가 죄책감도 느끼지 않으면서 신 하사의 편지를 중간에 뜯어 본다. 편지에는 미스 양이 이것을 받아볼 때쯤이면 신 하사가 이미 범죄 수사대에 자진 출두하여 조사받고 있을 것이라고 적혀 있다. 신 하사는 자신이 우 하사를 실제로 죽이지는 않았으나, 우 하사를 죽이러 갔다가 이미 죽은 그를 발견하게 되었다는 사실에 대해서도 밝히며 용서를 구한다. 신 하사는 하루아침에 우 하사를 영웅으로 떠받들면서 법석을 떨고 존경을 강요하는 것이 불행하게 죽은 우 하사에 대한 예의가 아니며, 오히려 그의 인간다운 죽음을 모독하는 일장의 쇼에 불과하다고 생각한다. 그래서 우 하사가 하루라도 빨리 죽을 수 있도록 돕는 게 도리

어 그를 위한 일이라 생각하고 우 하사를 죽이러 갔다는 것이다. 또한 무관한 사람들에 의해서 무책임하게 만들어진 우 하사의 이야기에 대해서도 잊기를 권하며 미스 양의 행복을 빈다. '나'는 신 하사를 기다리고 있던 미스 양을 보고 자신을 성찰한다.

▶ 신 하사의 부탁으로 우 하사의 약혼녀에게 편지를 전해 주기로 한 '나'가 편지의 내용을 읽음

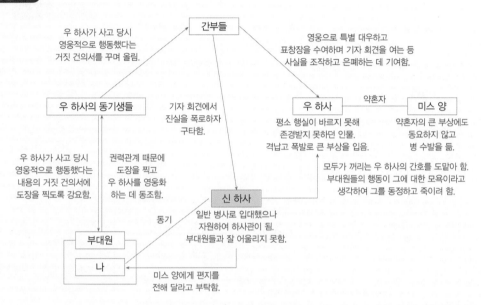

우 하사가 사고 당시 영웅적으로 행동했다는 거짓 건의서를 꾸며 올림.

간부들

영웅으로 특별 대우하고 표창장을 수여하며 기자 회견을 여는 등 사실을 조작하고 은폐하는 데 기여함.

우 하사의 동기생들

기자 회견에서 진실을 폭로하자 구타함.

약혼자
우 하사 ——— **미스 양**

평소 행실이 바르지 못해 존경받지 못하던 인물. 격납고 폭발로 큰 부상을 입음.

약혼자의 큰 부상에도 동요하지 않고 병 수발을 듦.

우 하사가 사고 당시 영웅적으로 행동했다는 내용의 거짓 건의서에 도장을 찍도록 강요함.

권력관계 때문에 도장을 찍고 우 하사를 영웅화 하는 데 동조함.

모두가 꺼리는 우 하사의 간호를 도맡아 함. 부대원들의 행동이 그에 대한 모욕이라고 생각하여 그를 동정하고 죽이려 함.

신 하사

동기

일반 병사로 입대했으나 자원하여 하사관이 됨. 부대원들과 잘 어울리지 못함.

부대원

나

미스 양에게 편지를 전해 달라고 부탁함.

<보기>로 나오는 작품 외적 준거

윤리적 주체로 인한 상징적 질서의 균열

〈빙청과 심홍〉의 신 하사는 군대라는 공간을 통해 군대의 이데올로기의 내재적 간극과 현실의 비존재를 보여 주는 인물이다. 신 하사는 군대 속에서 타자에 의해 영웅으로 상징화된 '우 하사'라는 기표의 허구성을 깨닫고 이 허구성을 폭로하고자 하는 인물이다. 서술자인 나를 비롯한 대부분의 사람들은 군대의 질서에 복종하는데, 신 하사는 그것을 거부하며 집단의 질서를 붕괴시킨다. 신 하사의 이러한 '자유로운 행위'는 우리가 속한 상징적인 질서와의 단절, '패러다임의 전환'을 요구한다. 이러한 이유로 군대라는 집단 속에서 신 하사는 도저히 이해할 수 없는 존재로 "당최 흐름이라는 걸 모르"는 인물이 되는 것이다.

그는 '우 하사'라는 허구적 기표에 편입되느니 차라리 그 기표를 파괴하기를 선택한다. 또한 미스 양에게도 "제멋대로 무책임하게 장식되고 채색된 그 허상을 제거하"라고 충고한다. 채색된 허상을 제거함은 군대라는 타자에 의해 만들어진 '우 하사'라는 기표가 가진 환상을 돌파하고 오히려 그 결여와 마주할 것을 요구하는 것이다.

신 하사는 "채색된 우 하사"를 살해하려 하지만 이미 우 하사는 죽어 있었다. 그럼에도 불구하고, 그는 '자수'라는 길을 택한다. 우 하사라는 군대의 정체성을 보여 주는 '상징적 기표'를 살해하고 파멸로 나아가는 행위는 상징적 자살로서의 '악마적 악'의 모습을 보여 주고 있다. 신 하사는 상징적 지위의 상실이라는 주체적 궁핍을 겪음과 함께 타자의 욕망으로부터 영향을 받지 않는 '자유로운' 행위의 양상을 보여 준다. 이는 군대라는 이데올로기적 공간 속에서 이데올로기에 의해 지탱되는 현실의 불완전함을 주장하며 그러한 간극 없는 현실은 존재하지 않는다는 것을 보여 준다. 이는 곧 상징적 질서의 비존재를 받아들이는 것이다.

신 하사에게 이러한 상실은 부차적인 것이다. 행위의 주체는 상징적 수준의 지위를 상실하는 것에 이미 무관심하기 때문이다. 그에게는 자신의 욕망을 추구하는 것 외에는 다른 것이 무의미하다. 상징적 질서의 불가능성과 공백을 보여 주는 이 행위는 상징적 질서가 중단됨을 의미하기에 이데올로기 속의 주체들에게 공포의 감정과 과잉적인 것으로 다가온다. 그러나 이것이 신 하사의 윤리적 층위를 증명해 주는 지점이기도 하다. 신 하사의 행위는 안정적인 질서에 균열을 초래한다는 점에서 반공리주의적이며 매혹적이다. 이러한 인물은 상징적 질서의 균열을 만들어 낼 뿐 아니라 스스로의 기준을 만들어 내며 이는 주변에 영향을 미치게 된다. 윤흥길의 소설에서 윤리적 주체의 매혹은 다른 주체들에게 윤리적 행위의 가능성을 부여하는 역할을 한다.

– 이해정, 윤흥길 소설의 윤리적 주체 연구, 2019

- 이 작품은 화재 사고를 당한 우 하사를 영웅화하려는 군 집단과 집단적 의사에 방해가 되는 신 하사 간의 갈등을 중심으로 군대라는 특수한 집단에서 일어나는 허위와 진실의 문제를 다룬 소설이다.
- 해당 장면은 우 하사가 군 집단에 의해 영웅으로 조작되는 과정과 기자 회견에서 다른 병사들과 달리 신 하사가 진실을 증언하는 상황이다.
- 진실이 조작되고 은폐되는 과정에 주목하여 군대 권력이 우 하사를 영웅화하려는 시도와 신 하사의 진실된 태도를 비교하여 파악하도록 한다.

[앞부분의 줄거리] 폭력적이고 병사를 착취하던 우 하사가 격납고에 발생한 화재로 인해 심각한 화상을 입고 장교 병동에 입원한다. 병사들은 악취를 풍기며 죽은 것과 다름없는 상태의 우 하사를 간호하는 당번으로 차출되는 것을 꺼린다. 신 하사는 간호 당번으로 나설 필요가 없음에도 선뜻 자원하여 우 하사를 간호한다. 한편, 부대 내에서는 우 하사가 화재 현장에서 사람과 장비를 구하다가 화상을 입은 영웅으로 꾸며진다.

★주목 <u>건의서 내용을 소상히 밝힐 만큼 우 하사의 동기생들은 친절하지 않았다. 다만 도</u>
_{조작된 우 하사의 활약상을 근거로 그에게 훈장을 내려줄 것을 요청하는 건의서}
장을 지참하고 일렬로 주욱 늘어서게 한 다음 이렇게 말하는 것이었다.
_{우 하사를 위한 건의서의 내용을 자세히 설명해 주지 않고 일방적으로 병사들에게 도장을 찍게 함}
"<u>뒈지기 전에 불쌍헌 놈 호강이나 시키자구!</u>"
_{우 하사가 심각한 화상을 입은 비극을 보상해 주고자 하는 의도에서 그가 훈장을 받을 수 있도록 하려 함}
그러나 우리는 우리가 찍는 도장이 장차 무엇에 소용될 것인지를 곧 알았고, <u>각자</u>
<u>가 도장으로 확인해 준 내용의 엄청남에 경악을 금할 수 없었다.</u> 우 하사의 동기생
_{건의서의 내용을 모른 채 도장을 찍음으로써 자신도 모르게 진실을 조작하는 데 동참하게 됨}
들은 술을 진탕 마시고는 비틀걸음으로 각 내무반을 돌면서 엉엉 소리 내어 울다가
_{우 하사 동기생들이 우 하사의 사고를 안타까워하며 슬퍼함}
우 하사의 이름을 부르다가 했다. 누구도 그들의 서슬을 꺾을 수는 없었다. <u>그들이</u>
<u>보이는 광란에 가까운 전우애는 누가 만약 입바른 소리라도 할라치면 당장에 때려죽</u>
_{우 하사 동기생들의 권력화된 힘과 영향력을 보여 줌}
<u>일 것 같은 기세였으며, 그들의 눈물겨운 노력이 대대 분위기를 점점 최면시켜 진실</u>
_{집단 최면의 상황에서 우 하사의 영웅담에 진실과 허위가 뒤섞임}
<u>과 허위의 구분을 애매하게 만들어 놓았다.</u> 목석이 아닌 이상 그것은 감동하지 않고
는 못 배기는 신들린 상태였다. 우리 주위에 그런 인물이 있었던가 새삼스레 돌아다
보아질 정도였다. 심지어는 <u>건의서상으로 우 하사에 의해 구출된 것으로 지목된 세</u>
_{우 하사가 구출한 것처럼 여겨지며 진실과 허위의 경계가 모호해짐을 드러냄}
<u>명의 사병마저도 정말 자기를 구한 것이 우 하사 그 사람인 줄로 믿어 버릴 정도였</u>
_{꾸며진 우 하사의 영웅담을 진실로 믿는 집단적 최면 상태}
<u>다.</u> 우리는 모두 <u>합심해서 하나의 미담을 엮어 내었고,</u> 그 미담 속에서 우 하사는 하
_{부대원들 모두가 우 하사의 영웅담 조작에 동참함}
루가 다르게 완벽한 영웅의 모습을 갖추어 나갔다.

<u>대대장 또한 마찬가지였다. 전체 사병의 귀감이 될 영웅적인 하사관 한 명쯤 자</u>
_{대대장도 우 하사의 미담이 부풀려지는 것을 긍정적으로 여김}
<u>기 휘하에 두었대서 조금도 손해날 일은 아니었다.</u> 대대장의 확인을 거쳐 단본부에
제출된 우리들의 진정 내용은 일차로 단장을 감동시켰다. <u>그는 자기 권한으로 할 수</u>
_{군 지휘관이 자신의 권력을 우 하사를 미화하는 데 사용함}
<u>있는 모든 조처를 취했다.</u> 우선 빈사의 하사관을 장교 병동에 입실시킨 다음 <u>민간인</u>
<u>연고자가 영내에 거주하면서 간호에 임하도록 했다.</u> 훈장은 시간이 걸리는 거니까
_{우 하사의 약혼자가 영내에서 우 하사를 간호할 수 있게 됨}
먼저 비행단 이름으로 표창장을 수여함으로써 아쉬운 대로 성의를 표시했다. <u>그리고</u>
<u>각 언론 기관에 연락하여 일단의 기자들을 초청해서 취재를 하도록 했다.</u>
_{우 하사의 활약상을 알리기 위해 기자 회견을 엶}　　　▶ 우 하사의 행적이 집단적·조직적으로 미화되고 조작됨
<u>기자 회견에 참석할 사람들이 정해졌다.</u> 우 하사를 생명의 은인으로 삼게 된 세
_{우 하사를 공식적으로 영웅화하려는 시도 → 군대의 의도와 달리 신 하사에 의해 우 하사에 대한 진실이 폭로됨}
사병과 우 하사의 동기생 한 명과 대대장 및 대대 부관이었다. 그리고 거기에다 신
_{우 하사의 영웅화에 일조한 인물들임}

- 우 하사의 행적에 대한 조작과 동조

우 하사의 동기생	• 우 하사에게 훈장을 내려 줄 것을 요청하는 건의서를 제출함 • 우 하사와의 친분을 바탕으로 우 하사를 미화함
세 명의 사병	군중 심리에 휩쓸려서 실제와는 달리 자신들이 우 하사에게 구출되었다고 믿고 동조함
군 지휘관들	• 영웅으로 평가받는 부하가 있는 것이 이익이 된다고 생각하여 동조함 • 군에서의 권력을 이용해 할 수 있는 모든 조처를 취함으로써 우 하사의 영웅화에 일조함

하사가 추가되었다. 그는 우 하사의 인간성에 감복하여 헌신적으로 간호를 도맡은
우 하사의 간호를 흔쾌히 맡아 온 신 하사도 기자 회견에 참여함

또 하나의 미담의 주인공 자격으로 참석하게 되었다. 참석자들은 대대장실에 모여

예상되는 기자들의 질문에 대비하는 훈련을 받은 다음 회견장인 단장실로 향했다.
기자 회견이 조작되고 계획됨

단장이 배석한 가운데 정훈장교의 사회로 기자 회견이 시작되었다.

"사고 당시 각자가 겪었던 체험담을 말씀해 주시기 바랍니다."

★**주목** 회견은 예정된 순서에 따라 톱니바퀴가 물리듯 한 치의 오차도 없이 정연하게 진
기자 회견이 군 조직의 계획대로 흘러감

행되었다. 육하원칙에 의해서 각자가 겪은 일들을 진술하는데, 누구를 막론하고 결

정적인 순간에 가서는 한 개인의 경험을 떠나 우 하사의 행위와 교묘하게 결부시키
자신이 실제 경험한 진실은 왜곡하고, 우 하사를 영웅화시키기 위한 허위를 강조함

는 화법들을 썼다. 기자들은 열심히들 기록을 하고 사진을 찍었다. 누가 봐도 결과
기자 회견을 개최한 이들의 의도에 맞게 회견이 진행됨

는 만족할 만한 것임이 거의 확실해진 순간이었다.

"혼자서 간호를 전담하다시피 해 오셨다죠?"

여태껏 한쪽 구석지에 우두커니 앉아만 있던 신 하사에게 일제히 시선이 집중되
기자 회견이 마무리될 무렵 신 하사에게로 시선이 집중됨 → 새로운 반전을 예고함

었다.

"연일 수고가 많으시겠군요. 어때요. 신 하사가 보는 우 하사의 인간 됨됨이랄까

병상에서 있었던 일화 같은 걸 소개해 주실까요?"

자리나 메우는 역할이라면 몰라도 직접 입을 열어 뭔가를 조리 있게 설명해야 할
신 하사가 우 하사를 영웅화하려는 계획을 수행할 만한 성격과 능력을 갖추지 못함

사람치고는 분명히 자격 미달이었다. 신 하사를 그런 자리에 끌어들인 그 자체가 애
신 하사로 인해 우 하사를 영웅화하려는 계획에 차질이 생길 것임을 암시함

당초 잘못된 배역임이 뒤늦게 드러나기 시작했다. 신 하사는 꿀 먹은 벙어리였다.

"어떻습니까, 평소의 그답게 투병 생활도 영웅적입니까?"

"……."

"사고 당시 격납고 안에서 우 하사를 본 적이 있습니까?"

기자들은 쉽게 포기하지 않았다. 신 하사가 맡은 몫을 기어코 감당하게 만들 작정

으로 그들은 번갈아 가며 질문을 던져 말문을 열게 하려 했다.

"예" / 하고 마침내 신 하사의 입에서 대답이 떨어졌다.

"그때 우 하사가 뭘 어떻게 하고 있던가요?"

감상 포인트
우 하사에 대한 신 하사와 다른 부대원의 상반된 태도를 통해 작가가 전달하고자 하는 바가 무엇인지 파악한다.

"불에 타고 있었습니다."
다른 부대원들의 발언과 다르게 진실을 말함

신 하사가 입을 열었을 때 깜짝 반가워하는 표정이던 기자들은 이 예상 밖의 답변

에 점잖지 못하게 웃음을 터뜨렸다. 이때부터 그들은 신 하사를 노골적으로 깔아 보
진실이 담긴 발언임을 인지하지 못함 *신 하사의 어리숙한 태도를 조롱함*

기 시작했다.

"그가 불에 탔다는 건 우리도 압니다. 내가 묻고 싶은 건 그냥 불에 타기만 했냐는
우 하사의 영웅적인 면모를 드러내는 답변을 원함

겁니다."

"예."
우 하사의 영웅화(조작, 허위)에 동참하지 않고 자신의 소신대로 진실을 말함

회견장이 소란해졌다. 여기저기에서 웅성거리는 소리가 들렸다.
기자들이 예상치 못한 신 하사의 발언에 놀라고 당황함

• 기자 회견의 목적과 계획

- 우 하사의 미담을 대외적으로 알리고자 하는 목적에서 기자 회견을 엶
- 의도된 목적에 따라 기자 회견을 계획하였고, 계획대로 진행됨
- 신 하사의 돌발 발언에 의해 기자 회견을 망칠 뻔함

• 군중 심리와 집단주의의 특징

① 동조 현상: 구성원들은 집단의 의견에 동조하여, 다른 의견을 제시하지 않음
② 만장일치 추구: 집단의 구성원들은 만장일치를 추구하여, 소수의 의견을 무시하거나 억압함
③ 정보의 왜곡: 집단의 구성원들은 자신들에게 유리한 정보만 선택하고, 불리한 정보는 무시하거나 왜곡함

"좀 더 자세히 말씀해 주실까요? 불이 붙기 전에 우 하사는 무슨 일을 했습니까? 그리고 불이 붙은 다음에 어떻게 행동했습니까?"

아아, 가엾은 신 하사…….
_{기자 회견을 망치고 있는 신 하사에 대한 서술자의 탄식과 연민, 신 하사가 맞이하게 될 부정적 상황을 암시함}

"작업이 거의 끝나 가던 참이었습니다. 「우 하사는 작업복이 기름투성이였습니다.
_{「 」: 우 하사가 영웅적 활약상 없이 화상만 입었을 뿐이라고 신 하사가 증언함}
펑 소리가 나더니 눈앞이 캄캄해졌다가 훤해졌습니다. 정신을 차리고 보니 우 하사가 불덩이가 되어서 훌쩍훌쩍 뛰고 있었습니다.」 너무 갑자기 당한 일이라서 무
_{우 하사를 영웅화하려는 집단적인 의도를 무시하고 진실을 밝힘}
슨 영문인지……."
▶ 기자 회견 중에 신 하사에 의해 진실이 폭로됨

그날 오후에는 누구나 다 그렇게 당했다. 「일과가 끝나 갈 무렵에 격납고 안에 있
_{「 」: 우 하사의 사고 당시에 격납고 안팎에서 상황을 목격한 부대원들의 이야기를 요약하여 재진술함}
었던 사람들의 공통된 이야기가 그랬다. 펑 하고 터지는 폭발음이 울림과 동시에 졸
_{화재가 순식간에 일어남}
지에 주위가 불바다로 변하더라는 것이었다. 때마침 운 좋게 격납고 밖에 있다가 사
_{화재의 위험에서 벗어나 있었음}
고를 목격하게 된 사람들의 얘기는 격납고 안에 있던 사람들이 얼이 빠져 가지고 불
_{사건이 순간적으로 일어남 → 우 하사가 영웅적 행위를 할 수 없는 상황임}
길 속을 우왕좌왕하는 것도 무리가 아니었음을 뒷받침해 주었다. 순간적이었다는 것
이다. 「훈련 비행기 한 대가 착륙 자세를 잡은 채 내려오고 있었는데 그간 뜨고 내리
_{「 」: 화재 사건의 진실}
는 비행기를 숱하게 보아 왔지만 예감과 함께 유독 그것만은 눈길을 끌더라는 것이
다. 똑바로 자기를 겨냥하듯이 눈 깜짝할 사이에 접근해 오는 걸 보니 조종사가 낙
하산 탈출할 때 조종석 덮개가 벗겨져 나가면서 꼬리 날개를 자른 흔적이 얼핏 눈에
띄었고, 그것은 바람을 가르는 쇳소리를 거느리면서 활공 비행으로 내려오다가는 활
주로를 멀리 벗어나 퍼런 스파크를 튀기면서 용하게 주기장(駐機場) 빈터에 접지한
다음 휑하게 개방된 격납고 문 안으로 마치 골인하듯이 곧장 뛰어들더라는 것이다.」
_{우 하사가 겪은 화재 사건의 진실}

"신 하사가 목격한 것은 아마 쓰러지기 직전의 마지막 광경이었을 겁니다. 자아,
_{계획과 다른 신 하사의 발언으로 기자 회견이 망쳐지는 것을 막기 위해 서둘러 회견을 마침}
그럼 이것으로 회견을 모두 마치겠습니다."

사회를 보던 정훈 장교가 서둘러 질문을 마감해 버렸다. 이렇게 해서 모처럼 마련
한 기자 회견의 자리는 더 이상의 불상사 없이 끝마칠 수 있었다.
_{신 하사의 폭로가 기자들의 관심을 받는 것, 사건의 진실이 드러나는 것}
회견이 끝난 그 직후부터 신 하사는 몹시 바쁜 몸이 되었다. 여기저기 오라는 데
_{기자 회견을 망친 신 하사가 상관들에게 불려 다니게 됨}
는 많은데 몸뚱이는 하나여서 그야말로 오줌 싸고 뭣 볼 틈조차 없어 보였다. 회견
석상에서의 신 하사의 마지막 언급이 그만 단장과 대대장의 비위를 상하게 만들었던
것이다. 일단 그 양반들의 비위를 건드려 놓은 이상 신 하사가 온전치 못할 것임을
_{집단적 의도에 따르지 않는 개인에게 처벌이 내려질 것임을 예상할 수 있음}
상상하기는 어렵지 않았다.
▶ 진실 폭로 후 군 지휘관들에게 불려 다니는 신 하사

<aside>

• 신 하사에 대한 정보

- 처음 전속되어 왔을 때 어리숙해 보이는 성격으로 인해 놀림감이 됨
- 조소나 수모를 잘 참아 내는 성격
- 자신의 기준을 넘는 부당한 상황에서 공격적으로 돌변하기도 함
- 화상을 입은 우 하사를 간호하는 일에 자발적으로 나섬

• 진실과 허위의 대립

군대 – 집단
• 우 하사의 활약상을 꾸며 내어 그를 영웅화하려고 함 • 집단적 시도: 진실보다 집단적·조직적으로 조작한 허위를 따름 • 조작된 계획대로 기자 회견을 진행함

↕

신 하사 – 개인
• 집단적 계획에 동참하지 않음 • 화재 당시 상황을 진실대로 증언함

↓

| 군대(집단)는 집단의 의견에서 벗어나는 행동을 한 신 하사(개인)를 처벌함 |

</aside>

• 해당 장면은 신 하사의 편지를 통해 우 하사가 그를 영웅화하려는 군의 집단적 시도에 끌려다니지 않고 있는 그대로 명예롭게 죽기를 바라는 신 하사의 바람이 잘 드러나는 부분이다.
• 신 하사가 쓴 편지의 내용에 주목하여 신 하사가 진실을 폭로한 이유와 이를 통해 작가가 전달하려는 주제 의식을 파악하도록 한다.

우 하사는 중화상을 입은 후로 유월 한 달을 꼬박 버티는 놀라운 투병 끝에 숨을
<u>우 하사의 죽음</u>
거두었다. 불과 며칠을 못 넘길 거라던 군의관들의 말에 견주면 끔찍할 정도로 모질
<u>며칠이 아닌 한 달을 살았으므로</u>
게도 연명한 셈이었고 순전히 군대식 우격다짐으로 현대 의학이 동원할 수 있는 모
<u>단장이 자신의 권한을 이용하여 우 하사의 행적을 미화하고 조작하는 데 동조하였음을 짐작할 수 있음</u>
든 수단과 방법을 다해서 어떻게든 살려 내라던 단장의 명령에 비기면 결코 오래는
끌지 못한 목숨이었다. <u>어느 편이냐 하면, 우리들 당번 요원들은 그가 운명했다는</u>
<u>소식을 전해 듣는 순간에, 솔직히 얘기해서 너무 오래 살았다는 느낌을 배제할 수가</u>
<u>간호 당번을 나가는 것을 꺼리던 병사들은 우 하사가 빨리 죽기를 기대했음 – 비인간적인 태도</u>
<u>없었다.</u> 마지막 날 밤에 간호를 나갔던 사병은 우 하사의 최후가 잠자듯이 평안한
것이었음을 우리에게 전했다. 그는 비난받을 우려에도 불구하고 마지막 가는 사람
에 대한 자신의 봉사가 그렇게 성실한 것이 아니었다고 고백했다.

"깜빡 졸다가 깨 가지고 시계를 보니 미스 양허고 당번 교대허기로 약속한 시간이
<u>우 하사를 간호하기 위해 영내로 들어와 있는 우 하사의 약혼녀</u>
훨씬 지났잖아. 그래서 당직 간호 장교실로 달려가서 자고 있는 미스 양을 깨워
가지고 데리고 왔지. 들어와서 보더니 여자는 대뜸 알아차리더군. 콧구멍만 남기
고 붕대로 친친 동여맸으니 말이야, 내 보기엔 간만에 한번 한숨 잘 자고 있는 것
같은데 여잔 그게 아니야. 콧구멍에다 손가락을 대고 확인해 보더니 조용히 입을
<u>약혼녀가 우 하사의 죽음을 확인함</u>
열더군. 군의관님을 불러 달라고 말이지…….''

<u>토요일 오후에 우 하사의 장례식이 기지 극장에서 비행단장으로 엄수되었다.</u> 구
<u>영웅으로 꾸며진 우 하사의 장례식이 성대하게 치러짐</u>
슬픈 진혼곡이 울려 퍼지는 가운데 하얀 장갑에 예복 차림의 동기생들에 들려 영정
과 위패와 유골이 차례로 입장을 했고, <u>일 계급 특진해서 이젠 중사가 된 고인의 약</u>
<u>죽은 우 하사가 특진하여 중사가 됨</u>
력 보고와 제주(祭主) 자격으로 등단한 단장의 진혼문 낭독과 복받치는 울음으로 자
<u>우 하사의 영웅화를 공고히 하는 역할을 함</u>
주 끊기곤 하는 동기생 대표의 조사 낭독 등을 통해 고 우상진 중사는 진정으로 불길
속의 영웅이었음을 다시금 확인한 다음 그날따라 유난히도 간장을 쥐어뜯는 취침 나
팔을 끝 순서로 우리는 고인에게 영결을 고했다. <u>사람들을 기죽이는 장엄한 의식 절</u>
<u>영웅적 인물의 죽음에 합당한 장례식이 치러짐</u>
차로 뒤를 받친 우 하사(중사)의 죽음은 무척이나 감동적이었다. <u>우리들 가운데 아</u>
<u>직도 우 하사가 영웅인가 아닌가를 따지는 친구가 있다면 그의 따귀를 갈기고 복장</u>
<u>우 하사의 장례식으로 인해 그를 영웅으로 인정하는 집단적 사고와 믿음이 더욱 강화됨</u>
<u>을 걷어차 버리는 역할을 수행한 것은 바로 그 장례식이었다.</u> 그만큼 그것은 엄숙과
굉장을 극한 의식이어서 흐름에 역행하려는 아무리 사소한 기도라 할지라도 제대로
<u>진실은 감추어지고 집단에 의해 조작된 허위와 그에 대한 믿음이 대세가 됨</u>
용납지 않을 어마어마한 기세였다. 이제 대세는 일방적으로 기울어진 셈이었다.
▶ 영웅적 인물로 미화된 우 하사의 장엄한 장례식이 치러짐
우 하사(중사)의 장례를 마치고 난 대대 분위기는 잔치 마당의 뒤끝인 양 매우 어
수선했다. 아직도 장례식의 여운을 말끔히 떨어 버리지 못한 상태에서 외출증을 받

■ 작품 분석 노트

• 우 하사 장례식의 의미

• 우 하사의 장례식이 성대하고 엄숙
하게 치러짐
• 우 하사가 일 계급 특진하여 중사
가 됨
• 우 하사의 장례식으로 그를 영웅으
로 인정하는 집단적 사고와 믿음이
더욱 강화됨
• 산 사람들을 위한 허위적 의식에
해당함

↓

• 죽은 우 하사의 의지와는 관련이
없음
• 죽은 우 하사에게 도움이 되지 않
고 의미가 없음

은 사람들은 세탁해 둔 옷을 꺼내어 주름을 세우고 구두코에 하늘이 비칠 광을 올리기에 여념이 없었고, <u>영내에 잔류하게 된 사람들</u>은 또 그들대로 마음을 잡지 못하고
_{외출을 하지 않는 사람들}
뒤숭숭한 얼굴로 내무반 안팎을 서성거렸다. 잔류파인 신 하사가 내게로 다가왔다.

"멀리 나가나?"

그가 나에게 말을 걸어 왔다는 사실은 실로 기록에 남을 만한 일이었다. <u>동기생</u>
<u>사이라 해도 그 친구하고 대화가 끊긴 지는 벌써 오래전이었기 때문이다.</u>
_{신 하사가 부대원들과 잘 어울리지 못하는 인물이었음을 알 수 있음}

"멀진 않아. 시내에서 누구하고 만날 약속이 있어." / "<u>이건가?</u>"
_{신 하사가 '나'에게 만날 사람이 애인이냐고 물어봄}

그는 <u>오른손 새끼손가락을 세워 보이며</u> 빙긋 웃었다.
_{애인을 가리키는 손 모양}

"말하자면 그런 셈이지. 넌 뭐 하고 지낼래?"

"나도 시내에서 만나기로 약속한 사람이 있긴 한데……." / "<u>이건가?</u>"
_{농담으로 신 하사의 말을 똑같이 따라하며 만나기로 약속한 사람에 대해 물음}

나는 그저 농담 삼아 지나가는 말로 한번 물었을 뿐이었다. 그런데 그의 입에서는
천만뜻밖의 대답이 예사롭게 튀어나왔다.

"<u>그래, 말하자면 그런 셈이야.</u>"
_{신 하사가 애인과의 만남을 약속하였음을 '나'에게 고백함}

"여자하구 약속했어? 그렇다면 왜 미리 외출 신청을 안 했지?"

"그만두기로 했어. <u>남아서 할 일이 있어.</u> 부탁이 있는데…… 너 이것 좀 대신 전해
_{자수를 하려고 함}
줄래? 역전 구내 다방이야. 저녁 일곱 시에 나가면 <u>너도 잘 아는 얼굴이 기다리고</u>
_{우 하사의 약혼녀였던 미스 양}
있을 거야."

그는 두툼한 봉투 하나를 내 앞에 내밀었다.

"얘기가 점점 이상하게 돌아가는군. 그냥 무턱대고 전해 주기만 하면 되나?"

"못 나올 사정이 있었다고, 편지 읽어 보면 다 알게 될 거라고 그렇게만 얘기해 줘."

"<u>물론 내가 뜯어 봐선 안 될 내용이겠지?</u>"
_{'나'가 뜯어 볼 것임이 암시됨}

신 하사는 잠자코 웃어 보였다. 빙긋 웃고 나서 <u>그는 전에 없이 가뿐한 걸음으로</u>
_{신 하사의 마음이 홀가분해졌음을 암시함}
내무반을 나갔다.

물론 나는 그 편지를 중간에서 뜯어 보았다. 시내에 닿기가 무섭게 아무 데나 다
방을 찾아가서 <u>신서개피죄(信書開披罪)</u>를 범하고 있다는 죄책감도 별로 느끼지 않으
_{이유 없이 남의 편지를 뜯어 봄으로써 성립하는 범죄}
면서 정성스럽게 침을 발라 피봉을 뜯은 다음 알맹이를 빼내었다. <u>양면 괘지 앞뒤에</u>
<u>인쇄체같이 정교하게 박아 쓴 장문의 편지였다.</u>
_{신 하사의 곧은 성격을 간접적으로 드러냄}

……(전략) 이 편지를 읽으실 때쯤이면 <u>저는 이미 범죄 수사대에 자진 출두하여</u>
<u>조사를 받고 있을 겁니다.</u>
_{신 하사가 자수하기로 하였기 때문에 약속 장소에 나가지 못함}
_{우 하사}
<u>이미 숨이 져 있는 사람을 그런 줄도 모르고 살해할 목적으로 그에게 손을 댔다면</u>
_{신 하사가 우 하사를 죽이려고 하였으나 이미 우 하사는 죽어 있었음}
그것도 법적으로 살인 미수에 해당되는 건지 지금의 저로서는 알 수가 없습니다. 당
<u>번병은 그때 졸고 있었습니다.</u> 저는 손수건을 꺼내 들고 발소리를 죽이며 다가갔습
_{신 하사의 실행이 가능했던 이유}

• 신 하사가 '나'에게 편지 전달을 부탁
한 이유

역전 구내 다방에서 신 하사와 미스
양(우 하사 약혼녀)의 만남이 약속됨

| 약속에
나갈 수
없는 이유 | 신 하사는 약속 시간에
범죄 수사대에 출두해
있을 것이므로 약속 장
소에 나갈 수 없음 |

신 하사는 자신의 사정을 담은 편지
를 미스 양에게 전달해 달라고 '나'에
게 부탁함

니다. 우 하사를 살해하는 걸 어렵게 생각한 적은 한번도 없었습니다. 한 오 분 동안 손수건으로 콧구멍만 틀어막고 있으면 끝나는 겁니다. 저는 실제로 손수건을 갖다 대기까지 했습니다. 갑자기 이상한 예감이 들더군요. 얼른 손수건을 치우고 살펴보았습니다. 우 하사는 이미 차디차게 식어 있었습니다. 믿어도 좋습니다. 우 하사는 저절로 죽은 겁니다. 제가 그에게 살의를 품은 것이 진실이듯이 제가 그를 죽이지 않은 것 또한 진실입니다. ……(중략)…… 범죄 수사대에서 제 말을 믿어 줄지는 의문입니다. 어쩌면 살인 혐의를 자초하는 결과가 될지도 모릅니다. 어리석은 만용이라고 손가락질하는 사람도 생길 겁니다. 그런데도 저는 잠자코 있을 수가 없었습니다. 양심의 가책 때문이 아닙니다. 사내들이란 때로는 우스꽝스런 동물이 되기도 합니다. 아무리 하찮은 거라도 자기 믿음을 지키기 위해서 스스로 좋아서 동물이 되는 수도 있습니다. 살인 미수를 자백함으로써 끝까지 제가 옳았다는 걸 증명해 보일 작정입니다. 가능하다면 그렇게 함으로써 저를 비웃던 사람들을 잠시라도 부끄럽게 만들고 싶습니다. ……(중략)…… 이미 불행해질 만큼 불행해진 우 하사를 두 번 죽이고 싶지는 않았던 겁니다. 우 하사는 전신이 불길에 휩싸였을 때 벌써 죽은 사람입니다. 그 후 부대 안에서 벌어진 모든 일들은 우 하사하고는 전혀 상관이 없는, 우 하사가 살아 있다는 가정하에 살아 있는 사람들끼리 펼친 일장의 쇼에 불과합니다. 산 사람들이 즐기는 놀이를 위하여 죽은 사람이 개처럼 질질 끌려다닌다는 건 도저히 용서할 수 없는 일입니다. 우 하사는 우 하사인 채로 죽어야 마땅합니다. 우 하사에서 더도 덜도 아니어야 합니다. 하루아침에 그를 영웅으로 떠받들면서 법석을 떨어 대고 존경을 강요하는 건 불행하게 죽은 자에 대한 예의가 아니며, 오히려 그의 인간다운 죽음을 모독하는 처사입니다. 제가 우 하사에게 자기를 되찾아 주고 더도 덜도 아닌 우 하사 본래의 자격으로 잠들 수 있도록 이 모든 추잡스런 놀음에 종지부를 찍으려고 결심하게 된 것은 바로 이런 이유 때문이었습니다. 하루라도 앞당겨 죽게 하는 것이 이런 상황 아래서는 적선이라고 확신했던 겁니다. ……(중략)…… 제가 보인 모든 행동을 이해해 주시기 바랍니다. 그리고 부디 용서해 주시기 바랍니다. 용기를 가지고 새로운 삶을 스스로 열어 나가십시오. 아무쪼록 우 하사의 영상을, 미스 양과는 전혀 무관한 사람들에 의해서 제멋대로 무책임하게 장식되고 채색된 그 허상을 마음으로부터 말끔히 제거해 버리십시오. 미스 양은 미스 양대로 충분히 행복해질 이유가 있다는 걸 기억하시기 빕니다. 행운을 빕니다.

　토요일 저녁 일곱 시에 미스 양은 역전 구내 다방에서 신 하사를 기다리고 있었다. 미스 양과 얼굴을 마주하는 순간 내가 느낀 감정이 신 하사가 바라던 대로 일말의 부끄러움이었는지는 꼬집어 말할 수 없다.

[side annotations:]

• '두 번 죽음'의 의미

첫 번째 죽음	화상으로 인한 우 하사의 신체적·물리적 죽음
두 번째 죽음	우 하사의 의도와는 무관하게 그를 영웅으로 만들려는 군의 의도로 우 하사의 명예를 훼손하는 정신적 죽음

• 신 하사가 남긴 편지의 내용

우 하사를 죽이려고 한 상황의 진실
우 하사를 죽이려고 했으나 우 하사가 이미 죽어 있었음

↓

우 하사를 죽이려고 한 의도
• 우 하사를 영웅으로 떠받들며 존경을 강요하는 것이 우 하사에 대한 예의가 아니라고 생각함 • 우 하사가 인간적인 죽음을 맞이할 수 있게 해 주고자 함

↓

미스 양이 새로운 삶을 살기를 희망함
우 하사의 약혼녀였던 미스 양이 우 하사에 관한 허상을 마음에서 제거하고 새로운 삶을 살아가기를 소망함

[inline annotations under body text:]
우 하사의 죽음을 알아차림
우 하사를 죽이러 병실을 찾아감
우 하사는 이미 죽어 있었음 / 분별없이 함부로 날뛰는 용맹
진실과 무관하게 영웅으로 칭송받는 우 하사를 죽이려 한 신 하사의 시도가 용납되지 않을 것임
신 하사의 신념
신 하사가 살인 미수를 자백하려는 이유
자수하고 자신의 의도를 밝힘으로써 진실을 왜곡하는 이들을 부끄럽게 만들고자 함
우 하사를 영웅으로 만드는 것을 두 번째 죽음으로 여김
군중 심리와 집단 최면에 빠져 진실을 은폐하고 우 하사를 영웅으로 조작했던 일
신 하사는 죽은(심각한 화상을 입은) 우 하사가 그를 영웅으로 만들려는 군의 의도에 끌려다니는 것을 용납하지 못함
우 하사를 영웅으로 만드는 것은 오히려 우 하사에게 치욕적인 일이라고 생각함
군의 집단적 조작을 멈추게 하여 우 하사가 조작된 대상이 아닌 한 인간으로서 존엄한 죽음을 맞게 하고 싶었음
미스 양이 우 하사와 그가 영웅으로 꾸며진 일로부터 벗어나 새로운 삶을 살기를 희망함
집단적 사고에 빠져 있는 이들이 느끼기를 바랐던 부끄러움에 대한 '나'의 성찰
▶ 편지를 통해 드러나는 신 하사의 행위 이유와 신념

이 작품은 진실을 조작하려는 집단(군대와 그 구성원들)과 이를 폭로하려는 개인(신 하사) 사이의 대립을 통해 진실과 허위의 문제를 다루고 있다. 따라서 이 작품 속 사건의 진실과 허위를 구분해서 파악할 수 있어야 한다.

✚ 사건의 진실과 허위

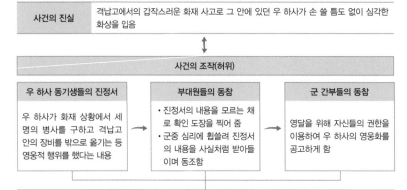

사건의 진실	격납고에서의 갑작스러운 화재 사고 그 안에 있던 우 하사가 손 쓸 틈도 없이 심각한 화상을 입음

사건의 조작(허위)

우 하사 동기생들의 진정서	부대원들의 동참	군 간부들의 동참
우 하사가 화재 상황에서 세 명의 병사를 구하고 격납고 안의 장비를 밖으로 옮기는 등 영웅적 행위를 했다는 내용	• 진정서의 내용을 모르는 채로 확인 도장을 찍어 줌 • 군중 심리에 휩쓸려 진정서의 내용을 사실처럼 받아들이며 동조함	영달을 위해 자신들의 권한을 이용하여 우 하사의 영웅화를 공고하게 함

군의 수직적 · 계급적 특성으로 인해 병사들의 동참이 강제되고,
군중 심리가 작동하여 우 하사의 우상화는 집단적 · 조직적으로 강화됨

군대라는 집단은 명령과 복종, 집단적 목표와 결정을 중요시하는 특수한 집단으로, 집단주의적 성격에서 벗어나는 개인을 용납하지 않는다. 그럼에도 신 하사는 집단의 의사에 반하는 행동을 하는데, 그 이유는 결말 부분에 제시된 신 하사의 편지를 통해 확인할 수 있다. 따라서 신 하사의 편지에 담긴 내용과 이를 통해 드러내고자 한 작가의 의도와 주제 의식을 파악할 수 있어야 한다.

✚ 결말 부분에 담긴 작가의 의도

신 하사가 우 하사를 죽이려 한 이유	• 산 자들은 우 하사를 영웅으로 만들고 존경을 강요하는 의식을 조작해 나가고, 병상에 누워 있는 우 하사는 자신의 의도와 무관하게 끌려다님 • 신 하사는 군 집단의 행위가 우 하사에 대한 예의가 아니라고 생각하여, 이로부터 우 하사를 해방시켜 주고자 그를 죽이려 함
우 하사가 이미 죽어 있었다는 설정	우 하사의 죽음에 대한 신 하사의 도덕적인 책임을 덜고, 독자들이 그의 행위가 가진 의도에 초점을 두도록 유도함
서술자인 '나'의 성찰	신 하사가 말한 '일말의 부끄러움'에 대해 '나'가 고찰하는 내용으로 작품을 마무리함으로써 독자들로 하여금 집단 권력에 대한 비판적 인식을 갖게 함

• **해제**

〈빙청과 심홍〉은 한 개인을 영웅화하려고 한 집단의 위선과 허위를 폭로하는 소설이다. 군 부대에서 일어난 화재 사고로 인해 우 하사가 목숨이 위태로운 화상을 입자, 군대 구성원들은 그를 영웅화하려고 한다. 신 하사만이 이러한 군의 집단적 시도에서 벗어나 기자 회견에서 진실을 밝히려 하지만 군에 의해 통제되고, 결국 진실은 은폐되어 허위가 진실처럼 되어 버린다. 결말 부분에서 신 하사의 편지를 통해 신 하사가 우 하사를 죽임으로써 위선과 허위에서 해방시켜 주려고 했음이 밝혀지는데, 작가는 이러한 결말을 통해 진실을 조작하고 왜곡하는 집단 권력의 행태를 고발하며 비판하고 있다.

• **제목 〈빙청과 심홍〉의 의미**
– 차가운 진실과 뜨거운 광기

〈빙청과 심홍〉에는 진실을 밝히려는 신 하사의 모습과 우 하사에 대한 군 집단의 광기가 대비되어 나타난다. '빙청(氷靑)'은 얼음처럼 맑고 차가운 푸른색을, '심홍(深紅)'은 아주 짙은 다홍색을 뜻하는 말로, 각각 차가운 진실과 뜨거운 광기를 의미한다고 볼 수 있다. 또한 겉으로 드러나는 조작된 허위와 그 이면에 감추어진 진실을 표현한 것으로 볼 수도 있다.

• **주제**
① 한 개인을 영웅화하려고 한 군대의 위선과 허위의 고발
② 진실을 왜곡하고 허위를 만들어 내는 집단의 행태 폭로

갈매나무를 찾아서 ▸ 김소진

💬 전체 줄거리

두현은 3년 전 늦깎이로 등단한 시인이다. 결혼한 지 이 년이 채 되지 않아 아내 윤정과 이혼하고, 할머니마저 돌아가신 후로는 방황하며 살고 있다. 어느 날, 우연히 책 정리를 하던 두현은 오 년 전 윤정과 연애하던 시절에 자주 갔던 찻집 '아름다운 지옥'에서 찍은 사진을 발견한다. 사진 속에서 두 사람은 환하게 웃고 있다. 두현은 문득 두 사람 뒤에 있는 이파리 무성한 갈매나무를 보고는 콧마루가 시큰해져 이곳을 찾아가기로 결심한다.

▸ 두현이 사진을 보고 찻집 '아름다운 지옥'을 찾아가기로 함

갈매나무는 두현의 내면에 깊이 자리 잡아 온 움직일 수 없는 한 풍경이다. 두현은 한때 할머니 손에서 자랐는데, 할머니 집 안마당에 갈매나무가 있었다. 두현은 갈매나무와 더불어 자랐다. 가지 끝에 뾰족뾰족한 가시를 달고 있는 갈매나무는 두현의 좋은 기억과 슬픈 기억을 모두 함께한 것으로, 두현에게 천당이자 지옥이라고 할 수 있다. 갈매나무 아래에서 윤정과 한 첫 입맞춤이 천당에 대한 기억이라면, 윤정과 이혼 서류에 도장을 찍고 내려 가 찾아뵌 할머니 집 앞의 갈매나무는 캄캄한 지옥이었다.

▸ 두현에게 천당이자 지옥인 갈매나무

윤정과 연애하던 시절 두 사람이 단골로 다니던 '아름다운 지옥'이라는 찻집의 뒤뜰에 갈매나무 한 그루가 서 있었다. 윤정이 그 나무가 무슨 나무인지 물었다. 두현이 갈매나무라고 하고 가시가 숨어 있으니 가까이 가지 말라고 했다. 윤정은 두현에게 가시 돋힌 나무를 좋아하냐고 물었다. 두현이 좋아한다기보다는 할머니 집에 있던 나무라서 친숙하고 정겹게 느껴진다고 했다. 윤정은 자기는 가시 있는 나무는 딱 질색이라고 했다. 이후, 두현은 윤정과 결혼을 약속하고 함께 하동으로 내려가 할머니께 인사를 드렸다. 할머니는 한복을 정갈하게 차려 입고 손수 국수를 삶아 주며 손자며느리가 될 윤정을 맞았다. 두 사람을 보러 온 동네 친지들이 모두 집으로 돌아갔을 무렵, 두현은 이 갈매나무가 할머니가 가장 좋아하는 나무라고 하면서 윤정에게 나무를 만져 보라고 했다. 윤정은 피곤했던 탓인지 시큰둥한 반응을 보이다가 마지못해 나뭇가지를 당겨 보는 척 했다. 그러다가 가시에 손가락을 찔렸는데, 두현이 핏방울이 맺힌 손가락을 빨아 주려고 하자 윤정은 가시는 딱 질색이라고 하지 않았냐며 두현을 거칠게 밀어냈다.

▸ 두현이 윤정과 갈매나무에 얽힌 기억을 떠올림

장면 포인트 ① 258P

윤정과 이혼 서류에 도장을 찍고 할머니 집을 찾아갔을 때였다. 두현은 불효를 저질렀으니 꾸짖어 달라고 하며 할머니 앞에 엎드려 울었다. 하지만 할머니는 꾸짖기는 누구를 꾸짖겠냐며 두현을 진심으로 위로했다. 할머니는 숙모에게 더운밥을 내오라고 해 두현에게 먹였다. 그리고 할머니는 망연자실한 눈길로 갈매나무를 바라보며 '지집한테 찔리운 까시는 오래 가는 뻡인디……' 하고 중얼거렸

다. 그 말에 두현은 어릴 적 갈매나무에 오르려다 가시에 찔려 떨어졌던 일을 기억해 냈다. 어릴 적 할머니 집 안마당에 있는 갈매나무에 오르려다 가시에 찔려 떨어진 적이 있었다. 그때 할머니는 어린 손자의 손에 박힌 가시를 빼 주면서 앞으로도 세상의 숱하게 많은 가시가 너를 괴롭힐지도 모르지만 사내니까 울지 말라고, 그럴수록 더 독한 가시를 가슴속에 품어야 한다고 당부했다. 그 뒤로 두현은 할머니의 그 말을 줄곧 시의 화두로 삼아 왔다.

▸ 두현이 할머니와 갈매나무에 얽힌 기억을 떠올림

이런저런 생각을 하며 두현은 '아름다운 지옥'을 찾아간다. 찻집이 있던 곳 주위의 지형은 아파트 개발 바람의 여파로 많이 달라져 있다. 는개비(안개비보다는 조금 굵고 이슬비보다는 가는 비)가 부슬부슬 날려 안경에 튀고, 땅이 젖어 신발에는 진흙이 붙는 날씨였다. 찻집 또한 건물만 그대로고 '아름다운 지옥'이란 나무 간판은 내려간 채 문이 굳게 잠겨 있다. 문을 두드려 보지만 안에서는 기척이 없고, 창문 안을 들여다보아도 컴컴해서 아무것도 보이지 않는다. 결국 두현은 처마 밑에서 비를 피하며 예전과 같은 모습의 갈매나무만 바라본다. 두현은 그런 자신을 누군가가 뒤에서 쳐다보고 있는 것 같다고 느낀다. 두현은 갈매나무 앞으로 다가가 윤정과 함께 사진을 찍었음 직한 자리에 서서 나무를 쓰다듬어 보기도 하고, 무슨 흔적을 찾으려는 듯 쭈그리고 앉아 땅바닥을 뚫어져라 바라보기도 한다.

▸ 두현이 '아름다운 지옥'을 찾아가나 문이 닫힘

그런 두현의 앞에 삼십 대 중반의 여자(주모)가 나타나서 아직 장사를 시작하기 전이라고 말한다. 가게가 아예 닫은 줄로 알았던 두현이 무슨 장사를 하냐고 묻자, 주모는 가게가 오리탕 전문점으로 바뀌었다고 한다. 작년에도 여기가 아직 전에 있던 찻집인 줄 알고 찾는 사람이 있었다며, 주인이 바뀐 지 벌써 삼 년이나 됐다고 알려 준다. 주모는 원래대로라면 장 보러 갔던 남편이 돌아오고 난 후에야 장사를 시작하지만, 비도 오는데 기왕 온 거 요기나 하고 가라며 가게 문을 열어 준다. 두현이 아무리 밀어도 열리지 않던 문은 주모가 슬쩍 밀자 쉽게 열린다. 주모가 불을 켜 실내가 밝아지자 두현은 전과 크게 달라지지 않은 내부 구조에 반가워한다. 주모는 창문 쪽으로 시선을 고정한 채 앉아 있던 반백의 할머니를 안으로 부축해서 모신다. 두현은 아까 자신이 느꼈던 시선이 이 할머니 때문이었다는 것을 깨닫는다.

▸ '아름다운 지옥'은 오리탕 전문점으로 바뀌고,
주모가 두현을 안으로 들임

두현은 윤정과 자주 앉던 물레방아 옆자리에 앉는다. 물레방아는 예전에 가게가 찻집이었을 적에 연인들이 소식을 주고받는 메모판 구실을 하던 물건이다. 주모는 집에서 담근 것이라는 동동주를 가져와 두현에게 한잔 따라 주겠다고 하고, 두현은 거절하려다가 술을 받는다. 두현은 물레방아를 보며 이것이 지금은 비록 먼지를 뒤

집어쓰고 있지만, 한때 시원한 계곡물을 맞으며 알곡의 껍질을 벗기던 좋은 시절을 꿈꾸고 있을지도 모른다고 생각한다. 두현은 물레방아를 역사의 수레바퀴에 비유하던 윤정을 떠올린다.

윤정은 역사는 진보하게 되어 있으며, 두 사람도 역사의 수레바퀴가 원활하게 굴러가도록 밑거름이 되려는 신념을 가지고 만난 사람들이라고 했다. 그리고 어떤 보수 반동 세력들이 역사의 수레바퀴를 거꾸로 돌리려 기를 쓰고 덤빈다 해도 결국은 그 준엄한 역사의 수레바퀴 밑에 깔려 죽을 것 같다는 생각이 든다고 했다. 두현은 그 말에 동의하면서도 역사의 수레바퀴에 깔리는 사람이 되도록 적었으면 좋겠다고 했다. 윤정은 두현에게 보기보다 나약한 면이 있다고 했다. 당시 윤정과 두현은 함께 『자본론』을 공부하는 그룹에 속해 있었는데, 그날은 윤정이 발제하는 날인 것 같았다. 윤정은 자본주의 아래서 국부는 증가하지만, 노동자는 여전히 쪼들리게 되는 모순이 해결되지 않는다고 했다. 두현은 그것을 들으며 스물다섯이라는 나이가 도대체 무엇일까를 고민했다. 그리고 명쾌한 것보다는 애매모호한 것에 가끔씩은 저도 모르게 끌리며, 삶의 부패 앞에서 그것이 두려워 발버둥치는 스물다섯의 초상이 바로 우리일 것이라는 데 생각이 닿았다. ▶ 두현이 대학 시절 윤정과의 추억을 떠올림

장면 포인트 ② 260P
과거를 추억하던 두현은 창밖의 갈매나무를 보며 백석의 시 〈남신의주 유동 박시봉방〉을 떠올린다. '어느 사이에 아내도 없고, 또, / 아내와 같이 살던 집도 없어지고, / 그리고 살뜰한 부모며 동생들과도 멀리 떨어져서, / 그 어느 바람 세인 쓸쓸한 거리 끝에 헤매이었다'는 시 구절에서 두현은 화자와 자신의 처지가 비슷하다고 생각한다. 두현은 울음이 왈칵 밀려들었는데, 그 바람에 기침하느라 술이 마구 튄다. 두현이 숨을 한번 고른 다음 술을 단숨에 마셨다. 주모가 기다리고 있었다는 듯 물수건을 건넨다. 두현은 눈가를 먼저 훔치고 얼굴을 수건에 파묻는다. 그리고 다시 창밖을 응시하는데 갈매나무 너머로 집 한 채가 눈에 어른거린다. 두현은 윤정과 신혼살림을 차렸던 산기슭 바로 아래 허름한 양옥 이층방을 떠올린다. 보일러가 자주 고장 나 습내가 자주 나던 곳이었다. 그곳에서 서로에게 코를 박고 뒹굴었던 때를 생각하니, 문득 그때를 기억하며 백석의 절망을 뛰어넘는 시를 짓고 싶은 욕구가 든다. 하지만 떠오르는 이미지는 자신의 것이 아닌, 진부한 것이다.
▶ 두현이 백석 시의 화자의 처지에 동병상련을 느끼고, 절망을 뛰어넘는 시를 쓰고 싶은 욕구를 느낌

두현의 앞자리에 주모가 슬그머니 앉더니 나이를 묻는다. 두현이 서른이라고 하자 세상 물정을 알 만큼 아는 적당한 나이라며 웃는다. 주모가 술 한 동이를 더 내어 오겠다고 한다. 두 사람은 술을 나눠 마시며 이야기를 나눈다. 주모는 두현이 갈매나무를 바라보는 모습을 보고 무슨 깊은 사연이 있으리라 짐작했다고 말한다. 그러

면서 자기도 시어머니가 치매에 걸려 뒤뜰의 갈매나무만 보고 있게 된 사연을 풀어 놓기 시작한다. 주모의 시어머니는 감옥에 있는 둘째 아들을 기다리고 있다고 한다. 주모의 둘째 도련님이라는 남자는 신도시 보상금을 받아 '아름다운 지옥'이라는 재수 없는 집을 인수했는데, 술집으로 바꾸고 나서 처음에는 장사가 잘 되었으나 원래 장사하던 사람이 아닌지라 점점 손님이 뜸해졌다고 한다. 게다가 주방 일을 해야 할 아내가 다리를 저는 남편을 두고 다른 남자와 눈이 맞는 바람에 그 남자를 때리고 칠 년 형을 받았다는 것이다. 결국 둘째 도련님의 아내는 도망을 갔고, 둘째 도련님도 앞으로도 다섯 해는 더 징역살이를 해야 하는 처지라고 말한다. 주모는 갈매나무를 뽑아 버리고 싶으나 시어머니가 나무를 뽑으면 아들이 집을 찾아오지 못할 것이라고 해서 그냥 두고 있다고 한다.
▶ 주모가 자신의 가족사를 풀어 놓음

주모가 두현에게 '아름다운 지옥'이라는 이름의 유래를 아는지 묻
장면 포인트 ② 260P
는다. 두현은 찻집 주인을 본 적이 없어 모른다고 대답하곤, 아름다운 지옥이라는 게 말이나 되냐고 한다. 주모는 말도 안 되는 싱거운 간판이라며, 무시무시한 이름 때문에 장사에 망조가 든 것을 넘겨받은 것 같다고 한다. 두현은 술에 취해 찻집의 이름에 관한 생각을 길게 늘어놓는다. 오 년 전만 해도 지옥이란 끔찍한 것이라는 상식을 그대로 믿었고, 그래서 지옥 같은 현실을 아름답게 바꾸도록 가열차게 노력하자고 생각했지만, 지금은 지옥이나 낙원이라는 것 자체가 보이지 않으니 대체 그것이 무엇인가 생각하게 되었다고 한다. 그리고 그 가혹한 지옥이라는 것이 아름다워서 사람이 현혹될 정도라고 한다면, 지옥이라고 해도 좋으니 기다리고 있는 사람이 있는 집이 있어서 진저리가 나도록 지지고 볶으며 다시 살고 싶다고 한다. 두서없는 두현의 말에 주모가 술이나 더 마시라고 하고, 두현은 기다리는 사람이 있는 집이 없어진 자신의 신세를 한탄한다. 그러다가 두현은 아름다운 지옥이라는 것은 어떤 꿈이나 기억일 것이라고 한다. 그리고 흔적 없이 지나간 시간을 붙들어 놓는 기억의 집, 바로 저 갈매나무 같은 것이라고도 한다. 두현은 오줌을 누려 뒤뜰에 있는 화장실에 가다 말고 갈매나무를 돌아보며 시를 떠올린다. ▶ 두현이 술에 취해 '아름다운 지옥'에 관한 생각을 늘어놓음

장면 포인트 ③ 263P
두현은 다시 윤정과 헤어지던 때의 일을 떠올린다. 별거 직전, 우연히 임신한 사실을 안 윤정이 두현을 거칠게 닦아세웠다. 윤정은 논문 준비를 해야 하는 중요한 때에 무책임하게 일을 저지르면 어떻게 하냐고 다그치고, 두현은 그래도 아이를 낳으면 안 되겠냐고 했다. 윤정은 시를 쓴답시고 경제적으로 무능력한 남편 때문에 마음고생을 해 왔는데, 더 이상 자기 삶을 포기할 수는 없다고 하고 친정집으로 돌아갔다. 두현은 아내가 떠나고 혼자 남은 집에서 아이

에 대한 꿈을 서너 번 꿨다. 꿈속에서 아이는 힐끗 뒤를 돌아다보
며 자신에게서 달아나고, 두현은 꿈에서 깨어날 때마다 낯선 곳에
서 잠이 설깬 아이처럼 훌쩍거렸다. 얼마 후, 윤정이 집에 돌아왔
다. 그리고 영국으로 유학을 가기로 했다며 동의해 주겠냐고 했다.
두현은 그것이 사실상 이혼 통보라는 것을 깨달았다.
　　　　　　　　▶ 두현이 윤정과 헤어지던 때의 기억을 떠올림
두현의 이야기를 들은 주모가 요즘도 꿈에서 아이를 보느냐고 묻
고, 두현은 이제는 수칼매나무의 꿈을 꾼다고 대답한다. 갈매나무
는 암수가 따로 있는데, 두현이 지금까지 본 갈매나무는 모두 암갈
매나무였다. 두현은 몹시 앓을 때면 수칼매나무가 되는 꿈을 꾸
기도 하는데, 추운 계절을 꿋꿋이 견디며 힘차게 수액을 높은 우듬
지 위로 뽑아 올리는 자태를 간직하고 있는 것이라고 한다.
　　　　　　　▶ 두현이 아이의 꿈에서 벗어나 수칼매나무의 꿈을 꿈

주모의 남편이 장을 보고 돌아올 거라던 오후 세 시가 되어도 나타
나지 않고, 주모는 노래를 부른다. 두현은 주모가 자리를 비운 사이
돈을 탁자 위에 두고 일어난다. 두현이 밖으로 나오자 처마 밑에 건
장한 남자가 자리를 깔고 앉아 있다가 쳐다본다. 두현은 갈매나무
를 찍으려고 사진기를 들었다가 자리에서 일어난 남자가 다리를 저
는 모습을 발견한다. 곧이어 갈매나무 옆에 나와 서 있던 할머니가
남자에게 '근식아' 하고 부르는 것을 듣는다. 남자는 도끼를 들고
갈매나무 앞으로 가다가 노인의 말을 듣고 도끼를 내던진다. 두현
은 아까 주모가 이야기한 도련님이 지금 눈앞에 나타난 사람과 같
은 인물일 것이라고 짐작한다. 그리고 오 년은 더 감옥에 있어야 한
다는 도련님이 바로 저 남자라면, 다리 저는 남편을 두고 손님과 눈
이 맞아 결국은 도망갔다는 여인이 바로 주모일지도 모르겠다고 생
각한다.
두현은 말문이 막혀 허둥지둥 가게에서 빠져나온다. 먹구름이 몰려
드는 것을 보니 큰비가 올 것 같아서 달리기 시작하자, 갈매나무에
대한 시어가 떠오른다.
　　　　▶ 주모의 남편으로 추측되는 남자가 돌아오고 두현이 허둥지둥 가게를 빠져나옴

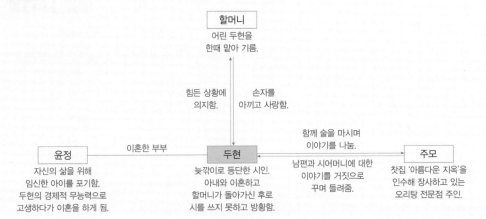

할머니
어린 두현을
한때 맡아 기름.

힘든 상황에
의지함.

손자를
아끼고 사랑함.

함께 술을 마시며
이야기를 나눔.

윤정 ─ 이혼한 부부 ─ **두현** ← 남편과 시어머니에 대한 → **주모**
이야기를 거짓으로
꾸며 들려줌.

윤정
자신의 삶을 위해
임신한 아이를 포기함.
두현의 경제적 무능력으로
고생하다가 이혼을 하게 됨.

두현
늦깎이로 등단한 시인.
아내와 이혼하고
할머니가 돌아가신 후로
시를 쓰지 못하고 방황함.

주모
찻집 '아름다운 지옥'을
인수해 장사하고 있는
오리탕 전문점 주인.

<보기>로 나오는 작품 외적 준거

텍스트 삽입과 갈등 심리의 표출

〈갈매나무를 찾아서〉에는 백석의 시 〈남신의주 유동 박시봉방〉의 텍스트가 삽화처럼 등장한다. 이러한 텍스트의 삽입은 작중 인물의 상황을 부각한다. 〈갈매나무를 찾아서〉에서 '두현'은 대학 시절 『자본론』을 공부하는 그룹에 속해 있었던 '윤정'과 결혼을 한다. 늦깎이 시인으로 등단을 했지만 경제권을 가질 수 없는 상황이다. 이러한 두현의 경제적 무능력을 비웃으며 아내 '윤정'은 이 년이 채 못 되어 그의 곁을 떠난다. 소설에 삽입된 백석의 시 〈남신의주 유동 박시봉방〉에서 시적 자아는 남신의주 유동에 있는 박시봉이란 사람 집에 세를 들어 살면서 자신의 근황과 참담한 심정을 편지를 쓰듯 적어 내려가고 있다. 여기에는 식민지 시대에 정결한 영혼을 지닌 한 지성인이 모진 운명을 받아들이면서도 삶의 의지를 가지려는 모습을 잘 나타내고 있는데, 이것은 늦깎이 시인으로 집과 아내를 잃은 '두현'의 심리를 보여 준다고 할 수 있다. 뒤에 삽입된 안찬수의 시 〈갈매나무〉의 시적 화자는 "굳고 정한 갈매나무"를 생각하며 자신에 대해 반성한다. 이것은 절망을 뛰어넘는 시를 짓겠다는 다짐을 하는 두현의 심리 표출과 관계가 있다.

– 김인경, 형식 실험을 통한 현실의 재현과 극복 – 김소진 소설을 중심으로, 2014

- 이 작품은 백석의 시 〈남신의주 유동 박시봉방〉을 바탕으로 하여 갈매나무처럼 시련 속에서도 꿋꿋하게 살아가려는 의지를 그린 소설이다.
- 해당 장면은 두현이 아내 윤정과 이혼한 뒤 '아름다운 지옥'이라는 찻집의 갈매나무 앞에서 찍은 사진을 발견하고 그 찻집으로 가는 상황과 갈매나무에 얽힌 할머니와의 추억을 떠올리는 상황이다.
- 자신의 삶을 갈매나무와 연관시켜 보는 두현의 태도와 두현에게 건네는 할머니의 말에 주목하여 '갈매나무'의 의미를 파악하도록 한다.

아름다운 지옥 근처로 서서히 다가가면서 사뭇 달라진 주위 지형 속에서도 눈에
<u>갈매나무가 있는 찻집으로, 아내였던 윤정과 자주 갔던 장소</u>　<u>'아름다운 지옥'에 방문하는 것이 오랜만임을 알 수 있음</u>
익은 광경이 언뜻언뜻 비치자 두현은 <u>느꺼운</u> 가슴을 쓰다듬어 내렸다. 아파트 개발
　　　　　<u>어떤 느낌이 마음에 북받쳐서 벅차는</u>
바람의 여파인지 군데군데 농사를 그만둔 땅은 묵정밭이 되어 있었고 곳곳에 파인
　　　　　　　　　　　<u>오래 내버려두어 거칠어진 밭</u>
웅덩이를 따라 가슴팍까지 닿을 것 같은 잡풀들이 긴 목으로 서성거리고 있었다.
　　　　　　　　　　　　　　▶ 찻집이었던 '아름다운 지옥'을 찾아가는 두현

★주목 어제 우연히 책 정리를 하다 보니 낯익은 배경을 두르고 윤정이의 어깨에 팔을 걸
　　　　　　　　　　　　<u>'아름다운 지옥'에 방문하게 된 계기</u>
뜨린 채 다정스레 찍은 사진이 발등에 떨어졌다. <u>둘은 너무나도 환히 웃고 있었다.</u>
　　　　　　　　　　　　　　　　　　　<u>이혼한 현재와 대비되는 과거의 모습</u>
특히 <u>이마가 초가집 지붕 선처럼 푸근하고 서늘했던 그녀.</u> 우리에게도 이렇게 환한
　　　　<u>윤정에 대한 인상을 비유적으로 표현함</u>
웃음이 깃들인 적이 있었던가. <u>그는 갑자기 콧마루가 시큰해져 왔다.</u> 둘 뒤에 이파
　　　　　　　　　　　<u>사진에 있는 갈매나무를 보고 옛날 생각이 나서 울컥함</u>
리 무성한 갈매나무가 눈에 띄었던 것이다. 그 갈매나무만 아니었다면 두현이 불현
듯 출판사에 지독한 몸살이라는 전화를 넣고 이렇듯 아름다운 지옥을 향해 <u>실성한</u>
<u>사진 속 갈매나무를 보고 강한 열망에 사로잡혀 '아름다운 지옥'을 찾아가기로 함</u>
사내처럼 마음만 급해 허둥지둥 비바람 부는 들판을 가로질러 가고 있진 않았을 것
　　　　　　　　　<u>두현의 불안정한 심리를 드러냄</u>
이다.

<u>갈매나무는 두현의 기억이 미칠 수 있는 어린 시절부터 내면에 자리 잡아 온 움직</u>
　　　　　　　　　　<u>어린 시절부터 갈매나무는 두현에게 유의미한 존재였음</u>
<u>일 수 없는 한 풍경이었다.</u> 어릴 적 한때 할머니 손에서 자란 두현이도 그 갈매나무
와 더불어 컸다. 할머니 집 안마당에 어른 키의 갑절만큼 자라 있던 <u>그 늙은 나무는</u>
<u>노년 들어 홀로 대청마루에 나앉는 일이 잦았던 할머니에게는 무언의 친구이기도 했</u>
　　　　　　　　　　<u>할머니에게도 갈매나무가 각별한 의미가 있었음을 나타냄</u>
<u>을 터였다.</u>

가지 끝에 뾰족뾰족한 가시를 달고 있는 그 갈매나무는 두현에겐 <u>지옥이자 천당</u>
　　　　　　　　　　　　　　　　　　　　　<u>이중적 의미의 갈매나무</u>
이었다. 갈매나무 아래서 <u>윤정이와 사진을 찍고 난 다음 그녀와 가진 첫 입맞춤이</u>
　　　　　　　　　　　<u>사랑의 기쁨을 함께한 갈매나무와의 기억</u>
<u>천당에 대한 기억</u>에 해당한다면 아내가 됐던 윤정이와 <u>이 년이 채 안 돼 헤어지기로</u>
<u>동의한 다음 이혼 서류에 마지막으로 도장을 찍고 내려가 찾아뵌 할머니 집 앞의 갈</u>
　　　　　　　　<u>이혼의 고통을 함께한 갈매나무와의 기억</u>
<u>매나무는 바로 캄캄한 지옥</u>이었다.　　　　▶ 갈매나무를 통해 윤정과의 사랑과 이별을 떠올리는 두현

현아 니 맴이 많이 아프제…….
　　<u>이혼한 손자 두현을 위로하는 할머니의 말</u>
두현은 <u>두렵고 송구스런 마음</u> 때문에 엎드려 드린 큰절을 차마 일으키지 못하고
　　<u>결혼해 잘 살지 못하고 이혼한 것이 할머니에게 죄송스러움</u>　<u>살아 있는 나무에 붙어 있는, 말라 죽은 가지</u>
등짝을 들썩거리며 흐느꼈다. 그 격정의 잔등을 <u>삭정이처럼 야윈 할머니의 손길이</u>
<u>이혼의 슬픔과 할머니에 대한 죄송함 때문임</u>　　　　　<u>두현을 위로하는 할머니</u>
잔잔히 더듬고 지나갔다.

할머니…… 이 <u>매욱한</u> 손자가 세상에 다시없는 불효를 저지르고 이렇게 찾아뵈었
　　　　　　<u>하는 짓이나 됨됨이가 어리석고 둔한</u>　　　　<u>윤정과의 이혼</u>
으니 이 일을 어쩌면 좋습니까? 호되게 꾸짖어 주세요, 부디!

- '아름다운 지옥'의 의미

아름다운 지옥
두현이 이혼한 아내와 연애 시절에 자주 갔던 찻집의 이름. 그곳에 갈매나무가 있었음

↓

현재는 손님이 잘 들지 않는 오리탕 전문점으로 바뀌었으나 갈매나무는 여전히 서 있음

↓

- 두현이 과거를 회상하게 되는 매개체
- '아름다움'과 '지옥'은 어울리지 않음 → 역설적 표현

- 사진의 역할

두현이 책 정리를 하다가 우연히 사진을 발견하게 됨

↓

아내였던 윤정과 찍은 사진의 배경에 있는 갈매나무를 보게 됨

↓

출판사에 거짓말을 하고 갈매나무를 보러 감

↓

사진
- 두현이 과거의 기억을 떠올리게 되는 매개체 - 두현이 자신의 상처와 대면하도록 이끎

- 두현과 윤정의 관계

두현과 윤정은 대학 시절 『자본론』을 공부하는 그룹에서 만나 결혼을 했으나 경제적인 문제 등으로 인해 오래지 않아 이혼함

꾸짖긴 눌로? 어림도 없지러. 니가 아프면 낼로(나를) 찾아와야지 그럼 눌로(누
<u>구를) 찾아…… 옹냐 잘 왔네라. 에구 불쌍한 내 새끼야, 니 맴 할미가 알제 하모하</u>
<u>모…….</u>
<small>두현과 할머니의 돈독한 관계와 두현에 대한 할머니의 깊은 사랑을 엿볼 수 있음</small>

부엌 문짝에 옆 이마를 기대어 집게손가락으로 눈가를 꼭꼭 찍어 누르고 섰던 작
<u>은 숙모한테 더운밥을 지어 내오도록 한 할머니</u>는 그가 물에 만 밥그릇을 앞에 두고
<small>작은 숙모도 이혼으로 힘들어 하는 두현을 보고 슬퍼함</small>
<u>천근만근으로 무거워진 깔깔한 밥술을 놀리는 걸</u> 지켜보다가 숙모의 부축을 받아 갈
<small>두현의 무거워진 마음을 알 수 있음</small>
매나무 아래 평상에 나앉으셨다. 그러고는 등을 돌린 채 눈물을 지으셨다. <u>두현은</u>
<u>밥이 아니라 눈물을 떠 넣고 씹었다.</u>
<small>두현의 슬픔을 비유적으로 나타냄</small>

<u>지집한테 찔리운 까시는 오래가는 벱인디……</u>
<small>이혼으로 인한 두현의 아픔이 오랫동안 지속될 것을 걱정함</small>
할머니가 갈매나무 <u>우듬지께</u>를 망연자실한 눈길로 쳐다보시며 중얼거렸다. 그러
<small>나무의 꼭대기 줄기</small>
자 그도 어릴 적 겁도 없이 갈매나무에 오르려다 가시에 찔려 떨어졌던 기억이 났던
것이다. 아마 할머니도 그때 기억 때문에 더 북받치시는 것일지도 모를 일이었다.
눈물이 그렁그렁한 어린 손자의 손바닥에 깊숙이 박힌 가시를 입김을 몇 번이고 호
호 불이 기면서 빼 주신 때 해 주던 할머니의 말씀이 새삼 엊그제 일인 양 생생할 뿐
이었다.

까시 아프제? 앞으로두 세상의 숱해 많은 까시가 널 괴롭힐지도 모르제, 그래도
<small>앞으로 닥칠 수많은 고통과 고난을 극복하며 살아가기를 당부하는 할머니</small>
사내니깐 울지는 말그레이. 그럴수록 더 독한 까시를 가슴속에 품어야 하니라. 알긋
제?

야아……. 할무이.

<u>세상의 독한 가시를 이기라는 그 말씀</u>은 삼 년 전 늦깎이 시인으로 등단한 그가
<small>관심을 두어 중요하게 생각하거나 이야기할 만한 것</small>
여태껏 시의 <u>화두</u>로 삼아 온 것이었다. 그러나 윤정이와 헤어지고 난 여섯 달 뒤 할
<small>어릴 적 할머니께서 해 주신 말씀이 두현에게 큰 영향을 줌</small>
머니는 세상의 육신을 훌훌 벗고 떠나셨다. 두현의 가슴은 갈가리 찢어지는 듯했지
만 그나마 한 가지 위안은 돌아가신 할머니의 얼굴 위에 감돈 평온한 미소였다. <u>그</u>
<u>는 그 미소가 자신에게 보내는 할머니의 이 세상에서의 마지막 위안으로 여겨졌다.</u>
<small>할머니의 죽음을 슬퍼하면서도 할머니의 미소를 보며 위안을 느끼는 두현</small>
▶ 이혼 후 찾아간 할머니 집에서의 일화와 갈매나무에 얽힌 기억을 떠올리는 두현

· '갈매나무'의 역설적 의미

윤정과 사진을 찍고 난 다음 그녀와 첫 입 맞춤을 한 '아름다운 지옥'의 갈매나무	윤정과 이혼한 뒤 찾아간 할머니 집 앞의 갈매나무
↓	↓
천당에 대한 기억	+ 캄캄한 지옥

'갈매나무'의 역설적 의미
• 지옥이자 천당인 갈매나무는 사랑과 이별, 기쁨과 아픔이 공존하는 대상임
• '아름다운 지옥'이라는 찻집 이름과 연결하면 아름다운 기억과 지옥 같은 기억을 모두 떠올리게 하는 것임

· '할머니의 말씀'의 의미

그럴수록(가시가 아프게 할수록) 더 독한 까시를 가슴속에 품어야 하니라.
갈매나무를 오르려다 가시에 찔려 떨어진 두현에게 할머니가 한 말로, 세상을 살아가면서 겪게 될 많은 시련을 이겨 내야 한다는 의미

↓

두현에게 미치는 영향
• 늦게 등단한 그가 지금껏 시의 화두로 삼아 옴: 살면서 겪게 되는 시련과 그것을 이겨 내는 내용을 시로 형상화함
• 이혼 등 삶의 시련을 이겨 낼 수 있는 원동력이 됨

- 해당 장면은 윤정과의 추억이 남아 있는 찻집 '아름다운 지옥'에 찾아갔으나 찻집 대신 새로 생긴 오리탕 전문점에서 주모와 술을 마시며 이야기를 나누는 상황이다.
- 두현이 '아름다운 지옥'(현재의 오리탕 전문점)에서 갈매나무를 바라보며 백석의 '절망을 뛰어넘는 시'를 쓰고자 하는 의도를 파악하고, 주모와의 대화에서 찾아볼 수 있는 현실에 대한 두현의 인식 변화를 확인하도록 한다.

두현은 술잔을 들어 입술을 댄 채로 눈을 치떠 창밖의 갈매나무를 바라보았다. 찬
물건의 한쪽 끝이 다른 물건에 가볍게 스칠 듯 말 듯한 모양 　오리탕 전문점으로 변한 찻집 '아름다운 지옥'의 갈매나무
술이 코끝에 차란차란 와 닿았다. 씨익 웃음이 새 나왔다. 자신도 모르게 남이 읊은
　　　예전에 자신이 본 갈매나무가 변함없이 그대로 있어서 반가움을 느낌　백석의 시 〈남신의주 유동 박시봉방〉
시가 주저리주저리 엮어져 나왔다.

「어느 사이에 아내도 없고, 또, 『ↄ』백석의 시 〈남신의주 유동 박시봉방〉 인용

아내와 같이 살던 집도 없어지고,

그리고 살뜰한 부모며 동생들과도 멀리 떨어져서,

그 어느 바람 <u>센</u> 쓸쓸한 거리 끝에 헤매이었다」
　　　　　　　센

　　　　　　= 시인
평안북도 정주 출신의 <u>가객</u> 백석(白石)의 시 〈南新義州 柳洞 朴時逢方(남신의주
　　　　　　　　　　　이 시의 소재인 '갈매나무'는 화자가 지향하는 고결한 삶의 자세를 상징적으로 드러냄
유동 박시봉방)〉이 아니었더라면 두현 자신이 먼저 썼음 직한 시구였다. 좀전에 입
　　　　　　　　　두현은 자신의 처지가 백석 시의 화자와 동일하다고 여김
가에 머물렀던 웃음이 채 가시기도 전에 울음기가 숨을 턱 가로막고 왈칵 밀려들었
예전 그대로인 갈매나무를 보며 느낀 반가움　　　　백석의 시를 떠올리고 자신의 처지에 슬픔을 느낌
다. 두현은 당황스러웠다. 쿨럭쿨럭 기침이 새 나왔다. 그 바람에 입과 코로 밀려 나

온 숨 바람 때문에 술 방울이 사발 밖으로 마구 튀어 나갔다. 입 주변을 비롯해 온

얼굴로 술이 끼얹어졌다. 두현은 숨을 한 번 고른 다음 사발 안에 있는 술을 단숨에

빨아들였다. 그가 탁자 위에 술잔을 소리 나게 탁 내려놓자 옆에서 <u>주모가</u> 기다리고
　　　　　　　　　　　　　　　　　　　　　　　　술청에서 술을 파는 여인
있었다는 듯 차가운 물수건을 내밀었다. ▶ 백석의 시를 떠올리며 자신의 처지를 슬퍼하는 두현

에구, 천천히 마시지……
주모는 두현이 술을 급하게 마셔서 사레가 들렸다고 생각함
저한테도 수건 있어요.

마른 수건보다 젖은 수건이 안 나와요?

고맙습니다. 아주머니. 갑자기……

<u>그는 입가보다는 눈가를 먼저 훔쳤다.</u> 그런 다음 입가를 틀어막고 얼굴 전체를 수
사레가 들려서 나온 기침이 아니라 자신의 처지로 인한 슬픔 때문에 나온 기침이기 때문임
건에 파묻었다. 얼굴을 닦고 나니 개운한 느낌이 들었다. 그는 눈을 커다랗게 뜨며

창밖의 갈매나무를 다시 응시했다. <u>갈매나무 너머로 집 한 채가 눈에 어른거렸다.</u>
　　　　　　　　　　　　　　　　　　갈매나무를 매개로 자신의 신혼집을 떠올림
<u>신혼살림을 차렸던 산기슭 바로 아래 그린벨트 안의 허름한 양옥 이 층 방이었다.</u>
　　　　　　　　　　　이혼한 아내와 같이 살던 집
<u>보일러가 자주 고장 나서 가끔은 습내도 나고 누긋한</u> 바로 그 방바닥 위에서 둘은 얼
　　　　　　　경제적으로 여유롭지 못한 상황을 알 수 있음
마나 서로에게 코를 박고 뒹굴었던가. <u>아아, 그때를 기억하며 시를 짓고 싶다. 저 백</u>
　　　　　　　　　　　　　　　자신의 절망적인 처지를 승화하여 시를 창작하고 싶어 함
<u>석의 절망을 뛰어넘는 시를,</u> 두현은 숨이 찬 듯 헐떡거렸다. <u>그러나……</u>
　　　　　　　　　　　　　　　　　　　　　시가 잘 지어지지 않고 있음을 함축함

작품 분석 노트

- 백석 시의 역할

백석의 시 〈남신의주 유동 박시봉방〉

↓

- 시적 화자의 상황: 아내도 집도 없이 고향을 떠나 쓸쓸한 거리 끝에서 헤매고 있음
- 두현의 상황: 이혼의 상처로 쓸쓸하게 살아감

↓

두현도 백석의 시 속 화자와 비슷한 상황에 처해 있음을 드러냄

- 백석의 '절망을 뛰어넘는 시'를 쓰고자 하는 이유

아내도 없고 아내와 같이 살던 집도 없어졌다는 내용의 백석 시를 떠올리며 두현은 이혼해 혼자 쓸쓸하게 살아가는 자신의 처지에 슬픔을 느낌

↓

두현은 자신의 어려웠던 때를 기억하며 백석과 같이 절망을 뛰어넘는 시를 짓고 싶어 함

↓

백석 시의 화자의 처지 ≒ 두현의 처지로, 백석의 절망을 뛰어넘는 시는 곧 두현이 자신의 절망을 이겨 내는 내용의 시임

↓

두현은 자신의 절망을 이겨 내고 싶어 백석 시와 같이 절망을 뛰어넘는 시를 쓰고 싶어 하는 것임

「기다리는 사람이 없는 집은 집이 아니로구나, 집이 없는 사내여 스산한 바람 가득
　　　　　　　　　　　　　　두현의 처지에 대응되는 시구
찬, 텅 빈 집을 굽은 등에 지고 가는 사내여,
「♪」 안찬수의 시 〈갈매나무〉를 활용하여 자신의 처지와 심정을 드러냄

달팽이처럼 느린 사내여…… 아, 이 이미지는 내 꺼가 아냐! 진부해! 두현은 눈을
　　　　　　　　　　해당 시구가 자신의 심정을 제대로 대변하지 못한다고 느낌
감고 고개를 저었다. 그의 시는 거기서 한 자도 더 이상 나가지 못했다. 두현은 아랫

입술을 윗니로 지그시 깨물었다. 주모가 슬그머니 앞자리에 앉는 모습이 보였다. 두
　　　　　시 창작이 진척이 없어서 괴로워함

현은 아무 말도 하지 않고 목덜미를 닦아 낸 물수건을 탁자 위에 던져 놓았다.
　　　　　　　　　　　　　　　　　　　　▶ 백석의 절망을 뛰어넘는 시를 쓰고자 하는 두현

몇 살이세요 그래? / 주모는 두현과 시선을 나란히 해 창밖을 보면서 말을 꺼냈다.
　주모가 두현에게 관심을 보임

얼마로 보이세요? / 그저 한 서른 남짓?

비슷해요. 오늘로 딱 삼십 년 하고도 사십이 일을 더 살았습니다.

호호호…… 적당한 나이구료!
　　　　　　　세상이 돌아가는 것을 이해할 만한 나이라고 판단함
입을 가리고 웃는 주모의 손가락 틈새로 하얀 치열이 비쳤다. / 적당하다니요?

아니 그저…… 왠지 세상 물정을 알 만큼은 아는 나이 같아서요. 신경 쓰지 마세요.

세상 물정요? 아직 멀었죠 뭐. 한잔 드릴까요? 이거 혼자 마시려니……

그야 주시면 마셔야죠.

손님이 없는 술청에 단 둘이 마주 앉은 주모는 보기보다는 붙임성이 있었다. 그녀
　　　　　　　　　　　　　　　주모의 붙임성 있는 성격은 두현이 자신의 이야기를 하도록 이끎
　술집에서 술을 따라 놓는 널빤지로 만든 긴 탁자. 또는 그런 탁자를 두고 술을 마실 수 있게 한 곳
는 두현의 앞에 앉기 전에 이미 눈자위가 불콰해지도록 동동주를 몇 잔 마셔서 그런
　　　　　　　　　　　　　얼굴빛이 술기운을 띠거나 혈기가 좋아 불그레해지도록
지도 몰랐다. 주모에게 줄 잔을 간신히 채우고 나니 동이 바닥을 표주박이 다그락다

그락 긁어 대는 소리가 들렸다.

이번 동동주 한 동이는 지가 낼 거구만요. / 장사 준비는 어떻게 허실려구요?
　손님이 없는 술청에서 두현과 술을 마시며 주모가 한 동이의 술값을 내겠다고 함
흥, 장사? 장사는 무슨 오뉴월에 얼어 죽을 장사…… 하루에 한 번 손님이 들까
　　　　　　　　　　　　　　　장사가 잘 안 되는 상황
말까 한데. / 아깐 바깥양반이 장 보러 가셨다면서요?

그럼 기껏 찾아온 손님한테 파리만 날리고 있다고 할 텐가요? / 주모가 눈을 곱게

흘겼다. 두현은 불쑥 관자놀이께를 엄습한 취기 때문에 고개를 흐느적거렸다.
　　　　　　　　　　　　　　　　　　▶ 붙임성 있는 주모와 술을 마시며 대화를 나누는 두현
　　　　　　　　　　　　　　　　(중략)

그렇겠지요…… 지옥이 아름답다는 건 거짓말이겠죠? 지옥은 괴롭고 끔찍하고 추
　　　　　　　　　　'아름다운 지옥'이라는 찻집 이름이 모순적이라는 것을 나타냄　　지옥에 대한 일반적인 통념
하고 불결한 것 아닙니까? 이건 누구나 다 아는 평범한 사실이죠. 안 그래요? 저도

사실은 오 년 전만 해도 그런 상식을 붙들고 늘어졌던 사람입니다. 예, 그랬지요. 그
　　　두현이 지옥에 대한 생각의 변화가 있었음을 알 수 있음
때는 내가 지옥을 분명히 볼 줄 안다고 굳게 믿었던 거니까요. 그래서 지옥을 두고
　　　　　　　　과거의 두현은 지옥이 분명히 존재하고, 지옥과 같은 현실을 바꿀 수 있다고 믿었음
아름답다고 누군가 말했을 때는 말이죠, 이렇게 쉽게 생각을 먹었어요. 「이 땅의 이

숨막히는 현실을 받아들이자! 그래서 지옥과 같은 이 현실을 아름답게 바꾸도록 가
「♪」 현실을 바꿀 수 있다고 믿고 노력과 실천을 중요하게 생각했던 때의 두현
열차게, 예 가열차게요. 그렇게 노력하고 실천하자. 세계를 좋게 바꾸자! 좋게 이랬

죠.」하하하!

· 서술상 특징

역전적 구성 (부분적)	어린 시절 갈매나무에 얽힌 추억, 아내와의 이혼 당시 상황, 이혼 후 어떤 아이의 꿈을 꾸었던 일 등 과거의 기억이 중간중간 삽입됨
다른 작품의 인용	다른 작가의 시를 인용하여 인물의 상황을 드러냄
대화의 직접 제시	인물들의 대화를 인용 부호 없이 직접 제시함

· 주모의 역할

주모
찻집 '아름다운 지옥' 자리에 새로 생긴 오리탕 전문점의 주인
↓
붙임성 있게 두현에게 말을 붙이고 같이 술을 마심
↓
두현이 자신의 이야기를 주모에게 함
↓
두현의 사연과 속마음을 이끌어 내는 역할

알듯 말 듯 쪼금은 이해가 될 것도 같구…… 그런데 지금 와서는요?

주모는 사뭇 진지한 표정이었다. 그녀는 술기운이 설핏 갠 말간 눈동자로 그를 쳐다보고 있었다. 두현은 순간 그 눈동자, 그 눈빛을 박제로 만들어 두면 좋겠다는 이상한 충동이 명치께에 부젓가락처럼 스치는 걸 느꼈다. 그는 술이 번진 입가를 훔쳐
_{화로에 꽂아 두고 불덩이를 집거나 불을 헤치는 데 쓰는 쇠로 만든 젓가락}
낸 손등을 털며 고개를 가로저었다.

아, 지금요? 여기 우리가 서로 얼굴을 마주 보고 있는 현 시점을 묻는 겁니까? 그런데 지금은 말이죠. 그게 말이죠. 어떻게 된 거냐 하면 말이죠. 말하자면 말이죠…… ┌이런 게 아닐까요? 이게 지옥이니 낙원이니 하는 것 자체가 보이지 않는다 이
_{현재는 지옥과 낙원의 구분이 분명하지 않다고 생각함 – 현실에 대한 두현의 인식 변화}
말이지요. 지금은 그런 생각이 주욱 들어요. ┌지옥이나 낙원이 있다면 그게 도대체 무엇일까……? 정녕 그게 무엇이란 말인가. 있으면 한번 나와 봐라! 더군다나 그 가
_{┌ ┘: 지옥도 낙원도 보이지 않을 만큼 비관적인 상황. 두현은 어느 쪽도 보이지 않는 현실에 답답해함}
혹한 지옥을 두고 아름답다, 아름다운 지옥이다 했을 땐…… 거기에 한때 현혹되었을 내가 결코 장난일 수 없다면 그 지옥이란 게 진짜로 뭔지 또 가짜로는 뭔지…… 그것이 알고 싶어 토옹 견딜 수가 없어졌단 말이죠. ┌그렇다면 지옥이라도 좋으니 그
_{아름다움의 요소}
곳에서라도 기다리는 사람이 있는 집이 있어서 진저리가 나도록 지지고 볶으며 다시
_{힘들고 고통스럽더라도 기다리는 사람과 부대끼며 살고 싶은 소망을 드러냄}
살고 싶다는 생각이 간절히 들어요.

애써 휘저어 논 술 다 가라앉기 전에 마시며 한숨 돌리고……

예, 그건 중요한 게 아녜요, 제 말 아시겠어요? ┌기껏 나이 서른 문턱에 벌써부터 집이 없어진 이 사내의 길고 긴 절망과 한숨의 그림자를 끌고 가는 무엇인가를 묻고
_{┌ ┘: 이혼하고 쓸쓸하게 살아가는 자신의 처지와 그 절망감을 드러냄}
픈 겁니다. 저 지푸라기인들, 먼지인들 그리고 티끌들이라도 황혼 녘에는 휩쓸여 들어가 박히는 집구석이, 하다못해 썩어 가는 마구간 구석이라도 있는 법인데 하물며 나이 서른의 사내가 말이죠……┘ 왜 헐헐헐, 제가 좀 취한 것 같아요? 아니라구요? 그러니깐 이 지옥이라는 말은 함정인 겁니다. 함정!

빠져 버리는 거 말예요?

그렇죠! 빠져 버리게 되는 거죠. 그러니까 앞이 보이지 않는 겁니다. 한시바삐 지옥에서 벗어나 아름다운 쪽으로 가고픈 욕망만 헐떡거리고 있고…… 물론 가야 하는 거지만…… 하지만 지옥이 있으니까 아름다움이 있어 그 둘이 본래는 하나이듯이
_{지옥과 아름다움은 분명 다르다는 것에서 둘이 원래는 하나라는 것으로 생각이 변화됨}
…… 왜냐하면 아름다운 건, 그리고 어떤 걸 아름답다고 부르기도 한다면 그건 애진작부터 지옥이 아니었지요. 물론 그걸 낙원이라고 부르기도 어렵고…… 하지만 어떤 꿈을 가리키는 것만큼은 분명해요. 그 꿈은 뭘까요? 그것은 아득한 기억뿐일지도 모르죠. 사실인지 착각인지도 잘 모르겠고…… 아무튼 흔적 없이 지나간 시간을 붙드는 유일한 육체처럼 흔들림 없이 버티고 섰는 그 기억의 집 말예요, 바로 저 갈매나
_{희망과 절망, 성취와 실패 등을 겪은 모든 시간을 버티고 서 있는 갈매나무}
무 같은 것!

▶ 주모에게 자신의 이야기를 털어놓는 두현

_{• 두현의 인식 변화}

과거
• 지옥과 낙원의 구분이 명확함 • 지옥을 분명히 볼 줄 안다고 굳게 믿음 → 두현은 지옥을 아름답게 바꿔 보려 노력함

↕

현재
• 지옥이나 낙원 자체가 보이지 않음: 지옥과 낙원의 구분이 모호하다고 생각함 → 지옥과 아름다움이 원래 하나라고 생각하게 됨: 지옥과 아름다움이 하나로 뒤섞여 있는 것이 삶이라는 깨달음을 얻음

_{• '아름다운 지옥'의 의미}

역설적 의미

지옥과 아름다움이 뒤섞여 있는 것이 삶의 본질임

- 해당 장면은 찻집 '아름다운 지옥'이었던 오리탕 전문점에서 두현이 윤정과의 이혼 과정을 떠올리면서 수칼매나무를 꿈꾸는 자신의 이야기를 주모에게 하는 상황이다.
- 두현의 회상을 통해 윤정과의 이혼을 겪은 두현의 아픔을 이해하고, 수칼매나무를 꿈꾸는 두현의 소망을 파악하도록 한다.

나 영국 유학 가기로 했어. 동의해 줄 거지?
<small>영국 유학을 결정하고 남편인 두현에게 그 사실을 통보하는 아내 윤정</small>

헤어지기 두 달 전부터 친정에 가 있어 사실상 별거 상태에 있던 윤정이는 그 집
<small>아내가 친정에 간 뒤 만나지 않았음을 알 수 있음</small>
에 돌아와 그렇게 말했었다. 두현은 그게 무슨 뜻인지 알고도 남았다. 아, 결국은 이
<small>두현은 두 사람의 사이가 다시 가까워지기 어렵다는 것을 인지하고 있었음</small>
렇게 되는 것인가? 내가 무슨 말을 꺼내야 한단 말인가. 두현은 등허리께에서 배어
나오는 후끈한 땀기가 목덜미 쪽으로 뻗지 못하도록 애써 억누르며 말없이 고개를
<small>윤정의 통보에 어쩔 수 없이 동의함</small>
끄덕였다. 어차피 그가 동의하고 말고 할 여지는 사라진 터였다.

그래…… 아무 걱정하지 마.
<small>영국 유학을 간다는 윤정의 말에 마지못해 동의하는 두현</small>

별거 직전 우연히 임신한 사실을 안 윤정이는 두현이를 거칠게 닦아세웠다.
<small>윤정의 임신이 두 사람이 별거하게 되는 계기였음을 알 수 있음</small>

「지금 내가 얼마나 중대한 고비에 있는 줄 알아? 일분일초를 아껴 한창 논문을 준
<small>「 」: 아이가 자신의 학업에 지장을 준다고 생각함</small>
비해야 할 땐데 말이야. 이렇게 무책임하게 일을 덜컥 저질러 놓으면 도대체 어쩌자
는 거야. 두현씬 정신이 있는 남자야 없는 남자야! 난 도저히 이해할 수도 그리고 묵
과할 수도 없어.」

우리 멀리 생각해 보자구. 기왕에 연이 닿은 생명인데 그 아이를 기르면 안 될까?
<small>현재의 어려움은 있지만 멀리 내다보고 아이를 낳자는 두현</small>

「그따위 소리는 다신 입 밖에 내지도 말아! 누가 애를 키우냐고? 그게 쉬운 일인
<small>아이를 낳자는 소리</small> <small>두현이 경제적 능력이 없어 애를 키울 수 없다고 생각하는 윤정</small>
것 같아? 자기 시 쓴답시고 거의 룸펜처럼 생활한 게 벌써 언제부턴데. 그럴 능력이
<small>부랑자 또는 실업자</small>
나 제대로 있어서 하는 말이냐구? 결국 나보고 애나 키우며 집 안에 주저앉으라는
얘긴데 비열해 넌! 정말이지 그동안 치른 맘고생만 해도 남세스러워 죽을 지경인데!
<small>남에게 놀림과 비웃음을 받을 듯하여</small>
우린 이것으로 끝장이야! 더 이상 나도 참을 수가 없어! 정말이야. 흑흑.」
<small>경제적인 능력이 없는 남편 때문에 치른 정신적 고통</small>
<small>「 」: 두현의 경제적 무능력을 이유로 아이를 낳는 것을 거부함</small>

경제적 무능력이 애를 못 키우는 온당한 이유가 된다고 믿니 넌?
<small>설득력이 떨어지는 말로 윤정에게 대응하는 두현</small> ▶ 유학 가는 아내 윤정과 이혼하는 두현

(중략)

★주목 ▶ 아내가 가고 없는 그 신혼방에서 두현은 한사코 자신에게서 달아나려는 어떤 아
<small>꿈에서 아이의 환상을 봄</small>
이에 대한 꿈을 서너 번 꾸었다. 힐끗 뒤를 돌아다보는 꿈속의 작은 아이는 그를 닮
아 보일 때도 있었고 얼굴이 하얗게 지워져서 나타날 때도 있었다. 아주 무서운 꿈
이었다. 꿈자리에서 깨어날 때마다 그는 눈물이 핑 돌아 낯선 곳에서 잠이 설깬 아
<small>두현의 서럽고 무서운 심리를 비유를 통해 드러냄</small>
이처럼 훌쩍거리곤 했다.

그래서요? ■■■: 질문을 통해 두현의 과거 이야기와 내면을 이끌어 내는 주모
<small>주모의 질문 – 두현이 이혼한 이야기와 아이 꿈을 꾸는 이야기를 주모에게 했음을 알 수 있음</small>

그래서 그렇다는 말이죠.

에이, 시시해. 그럼 전 부인은 진짜 유학을 갔어요?

아직까지 한 번도 못 만났으니 그럴 가능성도 있을 겝니다.
<small>이혼 후 아내의 소식을 들은 적이 없음을 나타냄</small>

━ 작품 분석 노트

- 인물 간의 갈등

윤정
• 대학 시절 순수한 열정으로 두현과 함께 『자본론』을 공부했으나 두현과 결혼한 후 현실적으로 변함 • 두현이 경제적 능력이 없고 자신의 학업에 지장을 준다는 이유로 아이 낳는 것을 거부함

↕

두현
• 시를 쓰지만 경제적 능력이 없음 • 아이를 키울 능력은 안 되지만 아이를 낳기를 원함

↓

이혼

그럼 요즘도 아이 꿈을 꾸세요?

아뇨. 요즘은 한 나무에 대한 꿈을 꾸는 편이죠.
　　　　　수칼매나무 – 삶에 대한 소망과 의지를 드러냄

나무요?

나뭅니다. 아주 헌걸차고 씩씩한 녀석이죠. 바로 수칼매나무입니다. 갈매나무가

암수딴그루 나무인 건 아시죠?
암꽃과 수꽃이 각각 다른 그루에 있어서 식물체의 암수가 구별됨

암수딴그루라뇨?

왜, 은행나무처럼 암수가 따로 있다 이겁니다. 제가 여태껏 보아 온 건 모두 암그
　　　　　　　　　　　　　　　　　두현이 보았던 갈매나무는 모두 암꽃이 피는 암칼매나무였음
루였죠. 아직 수그루를 한 번도 보지 못했죠. 아마 어느 깊은 계곡 어디에선가 뿌리

를 박고 홀로 눈보라와 찬비와 거친 바람을 맞으며 추운 계절을 꿋꿋이 견디며 힘차
　　　　　　　　두현이 상상하는 수칼매나무의 모습 → 어떤 시련에도 굴하지 않고 의연함
게 수액을 높은 우듬지 위로 뽑아 올리는 자태를 간직한 수그루를 알아보게 될 겁니

다. 그런 날이 꼭 올 겁니다. 제 꿈이 그렇거든요. 그놈을 봤어요. 한 번도 아니고,
수칼매나무를 알아보게 되는 날 – 현실에 꿋꿋하게 맞서게 되는 날
두 번도 아니고…… 몹시 앓을 땐 내가 직접 그 수칼매나무가 되는 꿈을 꿔요. 아주
　　　　　　　　　수칼매나무와 자기의 동일시. 수칼매나무처럼 꿋꿋하게 삶을 살아가겠다는 의지가 내재됨
편안한 나무가 되는 꿈을 꿔요.　　　　▶ 아이의 꿈을 꾸며 괴로워하던 두현이 수칼매나무의 꿈을 꾸게 됨

감상 포인트
'수칼매나무'를 통해 드러나는 두현의 삶의 태도를 파악한다.

• 두현의 꾸는 꿈의 변화

자신에게서 달아나려는 아이에 대한 꿈
자신의 과거에 대한 슬픔

↓

몹시 앓을 때 직접 수칼매나무가 되는 꿈
현실의 고통에 맞서 꿋꿋하게 삶을 살아가겠다는 의지

• '갈매나무'의 역할

갈매나무가 등장하는 백석의 시를 떠올리게 하는 매개체
두현은 '아름다운 지옥'에서 갈매나무를 바라보며 갈매나무가 등장하는 백석의 시 〈남신의주 유동 박시봉방〉을 떠올림('쌀랑쌀랑 소리도 나며 눈을 맞을, / 그 드물다는 굳고 정한 갈매나무라는 나무를 생각하는 것이었다.' 구절)

↓

현실의 고통과 절망을 극복할 수 있는 의지를 가지도록 하는 소재
두현은 추운 계절을 꿋꿋이 견디는 수칼매나무가 되는 꿈을 꿈

이 작품은 두현이 '아름다운 지옥'이라는 찻집을 찾아가고 주모와 이야기를 나누는 상황에서 부분적으로 과거의 기억이 삽입되는 역전적 구성이 나타난다. 두현의 사고를 따라가며 이야기의 흐름을 파악할 수 있어야 한다.

+ 〈갈매나무를 찾아서〉의 흐름

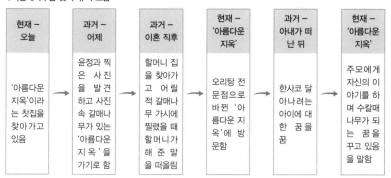

현재 – 오늘		과거 – 어제		과거 – 이혼 직후		현재 – '아름다운 지옥'		과거 – 아내가 떠난 뒤		현재 – '아름다운 지옥'
'아름다운 지옥'이라는 찻집을 찾아가고 있음	→	윤정과 찍은 사진을 발견하고 사진 속 갈매나무가 있는 '아름다운 지옥'을 가기로 함	→	할머니 집을 찾아가고 어릴 적 갈매나무 가시에 찔렸을 때 할머니가 해 준 말을 떠올림	→	오리탕 전문점으로 바뀐 '아름다운 지옥'에 방문함	→	한사코 달아나려는 아이에 대한 꿈을 꿈	→	주모에게 자신의 이야기를 하며 수칼매나무가 되는 꿈을 꾸고 있음을 말함

주인공 두현을 중심으로 한 인물들의 관계에 주목하여 인물들의 성격과 역할을 파악하도록 한다.

+ 등장인물의 관계

윤정		두현		주모
• 대학 시절 두현과 함께 『자본론』을 공부했으며 결혼 후 현실적 인식을 보임 • 경제적으로 무능력한 두현을 비난하며 아이 낳기를 거부하고 두현과 이혼함	↔	• 결혼 후 경제적 능력이 없어 아이를 낳는 문제로 갈등하다가 아내 윤정과 이혼하게 됨 • 이혼 후 할머니를 찾아가 위로를 받고 어릴 적 세상의 숱한 가시를 이길 독한 가시를 가슴속에 품으라고 한 말씀을 떠올림 • 과거 윤정과 찍은 사진 속 갈매나무가 있는 '아름다운 지옥'을 찾아가 속엣말을 토로함	←	• 찻집 '아름다운 지옥' 대신 새로 생긴 오리탕 전문점의 주인 • 두현과 술을 마시며 두현의 이야기를 들어 줌

할머니
• 두현을 길렀고 두현에게 깊은 사랑을 보임
• 이혼한 두현을 위로하고, 어릴 적 갈매나무 가시에 찔린 두현에게 세상의 가시(시련)를 이기며 살아가기를 당부함

이 작품의 중심 소재인 '갈매나무'의 역설적 의미와 역할에 대해 파악할 수 있어야 한다.

+ '갈매나무'의 역설적 의미

윤정과 갈매나무 아래에서 첫 입맞춤을 한 기억	윤정과 이혼한 뒤 찾아간 할머니 집 앞의 갈매나무
천당	지옥

'갈매나무'의 의미와 역할	• 기쁨과 아픔의 양면성을 지닌 역설적인 대상 → 삶의 본질을 일깨움 • 두현이 수칼매나무를 떠올리며 현실의 고통을 꿋꿋하게 극복해 내겠다는 의지를 다지게 됨

• 해제
〈갈매나무를 찾아서〉는 백석의 시 〈남신의주 유동 박시봉방〉과 연관이 있는 작품이다. 주인공 두현은 〈남신의주 유동 박시봉방〉의 화자와 비슷한 상황으로, 아내와 헤어지고 방황하고 있으며 할머니가 들려준 '가시'의 의미를 생각하며 현실의 고통을 극복하려 하고 있다. 아름다운 곳이면서 동시에 크나큰 아픔을 지닌 세상 속에서 두현은 수칼매나무를 꿈꾸며 고통스러운 삶일지라도 꿋꿋한 태도로 삶을 이어 갈 것을 다짐하게 된다.

• 제목 〈갈매나무를 찾아서〉의 의미
– 천당이자 지옥인 역설적인 삶 속에서 꿋꿋한 삶을 꿈꾸는 이야기
〈갈매나무를 찾아서〉는 지옥이자 천당인 삶 가운데, 깊은 계곡 어디선가 추운 계절을 꿋꿋이 견디며 힘차게 수액을 높은 우듬지 위로 뽑아 올리고 있는 수칼매나무와 같이 꿋꿋하게 살아가겠다는 의지를 담아낸 것이다.

• 주제
시련을 극복하고자 하는 의지

01

서동요 ▶ 김영현

💬 전체 줄거리

서기 554년, 백제의 26대 왕 성왕은 신라와의 전투에서 승리한 태자를 격려하기 위해 부하들을 이끌고 관산성(옥천)으로 향하다 신라 병사들의 기습을 받는다. 성왕은 신라의 일개 병사에 의해 죽고 신라의 진흥왕은 성왕의 목을 베 그 수급(전쟁에서 베어 얻은 적군의 머리)을 신라의 관청인 북청 앞마당에 파묻어 신라인들이 성왕의 머리를 밟고 다니게 함으로써 백제에게 모욕을 준다.

▶ 백제 성왕이 신라 병사에 의해 죽고, 백제는 신라인에게 왕의 수급이 밟히는 치욕을 당함

26년 후 서기 580년, 백제는 성왕의 아들 위덕왕이 다스리고 있다. 위덕왕의 조카 부여선은 흑치평 등의 부하들과 함께 성왕의 수급을 찾아오기 위해 신라의 북청에 잠입한다.

백제의 궁중에서는 태학사(백제의 연구 기관)의 기술사인 목라수가 무선공녀인 연가모와 몰래 만남을 가진다. 목라수는 자신이 태학사의 박사가 되면 혼인하자고 연가모에게 청한다. 그날 밤 목라수는 우연히 본 녹색 섬광을 따라 산으로 가고, 녹색 섬광의 진원지를 찾다가 땅에 묻힌 청동향로를 발견한다. 향로가 담긴 돌 상자에 '과오로 낳아진 자, 스스로 향을 피우고 향을 피운 자, 왕이 되리라'라고 쓰인 것을 보고 목라수는 의아해한다. 한편, 다음 날 있을 제의에서 독무를 추게 된 연가모는 궁의 내전인 정화정에서 춤 연습을 하다가 위덕왕을 만나게 된다. 연가모의 춤사위에 홀린 위덕왕은 연가모와 함께 밤을 보낸다.

▶ 제의 전날 목라수는 산에서 청동향로를 발견하고, 위덕왕은 연가모와 하룻밤을 보냄

제의 당일, 부여선이 성왕의 수급을 찾아 돌아오고 있다는 소식이 백제의 왕궁 사비성에 전해지고, 성왕과 부여계(성왕의 동생이자 부여선의 아버지) 등의 왕족, 신하들은 모두 기뻐한다.

한편 부여계를 따르는 해도주 등의 신하들은 위덕왕에게 제의 전날 밤 정화정에서 무선공녀와 만나 금기를 깬 사실을 추궁하고 위덕왕이 이를 부인하자 연가모를 불러 사실을 확인하려 한다. 그러자 위덕왕의 시종무관인 여필기가 자신이 정화정에 침입하여 연가모와 만났다고 거짓말을 하여 위덕왕은 위기를 넘긴다. 여필기는 위덕왕의 시종무장인 왕구에 의해 죽고, 연가모는 여필기와 정을 통했다는 이유로 제의에서 독무를 출 수 없게 된다.

3개월 후, 연가모는 시종무장 왕구에게 위덕왕의 아이를 가졌다는 사실을 고한다. 왕구는 시종무관인 작막고에게 연가모를 데리고 떠나 아무도 모르게 죽이라고 명하고, 연가모는 목라수에게 다른 사람을 사랑하게 되었다며 이별을 고하고 떠난다. 작막고는 연가모에게 독약을 먹이려 하지만, 연가모를 잊지 못해 찾아온 목라수 때문에 실패한다. 연가모는 작막고가 자신을 죽이려 했다는 사실을 알아채고 위덕왕을 찾아가 아이를 가졌음을 고한다. 위덕왕은 연가모에게 아들을 낳거든 백제의 왕자만이 지니는 신표인 오색야명주를 전해 주라고 하며 궁을 떠날 것을 명한다. 한편 목라수는 태학사의

박사가 되지만 연인인 연가모를 잃은 슬픔에서 헤어나오지 못한다.

▶ 연가모는 위덕왕의 아이를 임신하고, 궁을 떠나 목라수와 헤어지게 됨

12년 후, 연가모는 오금산 아래에 살면서 마를 팔아 아들 장을 키우고 있다. 장에게 아버지의 존재를 숨기고, 가짜 신분패로 거처를 옮겨 다니던 연가모는 이러한 삶이 장에게 고통을 준다는 생각에 장을 목라수가 있는 태학사로 보내기로 결심한다. 연가모는 장에게 목라수 박사의 말씀을 잘 따르고 그에게 인정받을 것을 당부한다. 장은 목라수가 자신의 아버지라고 생각하고, 태학사에 들어가 어머니 연가모가 쓴 편지를 태학사의 수장인 된 목라수에게 전한다. 따뜻한 아버지의 모습을 기대한 장의 바람과 달리 목라수는 장이 아무런 능력도 없다며 차갑게 내친다.

▶ 홀로 아들 장을 키우던 연가모는 장을 목라수가 있는 태학사로 보냄

한편 위덕왕의 큰아들 아좌 태자가 탄, 일본에서 오던 배가 난파되어 아좌 태자가 죽었다는 소식이 궁에 전해진다. 다음 날 위덕왕은 동생 부여계를 태제로 책봉하겠다는 뜻을 밝힌다. 부여선은 아버지 부여계의 태제 책봉에 문제가 생길까 봐 흑치평에게 아좌 태자의 시신을 확실히 찾을 것과, 아좌 태자와 관련된 인물이 궁에 들어오지 못하도록 철저히 막으라고 명한다.

태제 즉위식 당일, 위덕왕이 높이 치켜든 칠지도를 부여계에게 내리려는 순간, 칠지도에서 이상한 울림소리가 나기 시작하고, 하늘에서 녹색 빛이 휘몰아치며 모든 물건이 깨지고 부서진다. 사람들의 경악 속에서 결국 태제 즉위식은 무산되어 버린다.

▶ 위덕왕이 부여계를 태제로 책봉하려는 순간 하늘에서 녹색 빛이 휘몰아쳐 태제 즉위식이 무산됨

이때 장은 목라수의 공방 처소에 들어갔다가 탁상에 놓여 있는 청동향로를 발견한다. 장이 향로를 손에 쥐자 꺼져 있던 향에 불이 일기 시작하고 장은 불붙은 향로는 못 본 채 이내 공방을 나간다. 얼마 뒤 공방에 돌아온 목라수는 아무도 향불을 피우지 못한 향로에서 향불이 타고 있는 것을 보고 놀란다.

▶ 장이 목라수의 청동향로를 손에 쥐자 향불이 일어남

태제 즉위식이 무산되자 분노한 부여선은 이를 태학사의 음모 탓으로 돌리며 목라수와 그의 세력을 없애려 한다. 이러한 부여선의 계획을 우연히 알게 된 장은 목라수를 찾아가 피하라고 말하고, 목라수는 기술사인 고모, 모진, 범생 등과 함께 태학사를 빠져나온다. 이후 태학사에 도착한 흑치평 무리는 목라수 일행이 사라졌음을 깨닫고, 태학사 사람들을 마구잡이로 죽인다. 목숨을 위협받게 된 목라수 일행은 자신들을 도와줄 사람과 접촉하기 위해 서로 흩어졌다가 오금산 중턱에서 다시 만나기로 약속한다. 목라수는 장과 함께 병사들에게 쫓기다 비탈 아래로 굴러 정신을 잃는다. 동굴에서 깨어난 목라수는 장이 데려온 연가모와 재회한다. 이후 흩어졌던 목라수 일행은 다시 모이지만 계속해서 병사들에게 쫓기게 되고 결국

신라로 갈 결심을 한다. 목라수는 연가모에게 함께 신라로 떠나자고 애원하지만, 연가모는 거절한다.

▶ 부여선의 모함으로 죽을 위기에 처한 목라수 일행은 신라로 도망가기로 함

한편 목라수가 자신의 아버지가 아니라는 사실을 알게 된 장은 연가모에게 아버지가 누구냐고 묻는다. 연가모는 자신의 이름이 새겨진 태학사의 녹색 신표, 그리고 위덕왕이 주었던 오색야명주를 장에게 준다. 연가모는 장에게 목라수를 따라가 그에게 인정을 받은 뒤 장이 스무 살이 된 후 다시 만나자고 이야기한다. 목라수 일행과 장이 배를 타고 떠나는 순간, 연가모는 목라수에 대한 연정의 마음을 주체하지 못하고 그와 함께 떠나기 위해 달려간다. 하지만 이미 배는 출발한 상태였고 연가모는 목라수와 장이 보는 앞에서 쫓아오는 병사들이 쏜 화살에 맞아 죽고 만다.

▶ 목라수와 장은 신라로 떠나고 연가모는 병사들의 화살에 맞아 죽음

목라수 일행과 장은 신라의 '하늘재'에 정착한다. 어머니의 죽음에 분노한 장은 혼자 장터를 돌아다니다 수나라 노예와 엮여 관청에 끌려가고 목라수는 장을 구하기 위해 신라인에게 금동불을 준다. 신라의 관리 김사흠은 금동불을 만든 목라수 일행의 기술에 감탄하여 목라수 일행에게 신라의 궁에 물건을 만들어 납품하는 일을 맡긴다. 장은 신라 궁 안으로 옮겨지는 장롱 안에 숨어들었다가 선화가 춤을 추는 모습을 훔쳐보게 된다. 이를 눈치챈 선화는 장롱 문을 열고 장에게 장난스럽게 뽀뽀하고 장은 깜짝 놀라 도망친다.

▶ 목라수 일행은 신라에 정착하고 장은 신라의 궁에서 우연히 선화를 만남

선화를 잊지 못한 장은 기술사 범생의 도움으로 선화에게 줄 연지를 만들고 이를 전하기 위해 궁으로 갔다가 선화의 장난에 걸려 망신을 당한다. 이후 장은 궁에서 선화를 만나 연지가 담긴 자개함을 선물로 주고, 선화는 어머니와 마를 팔며 살 때 행복했던 장의 이야기를 듣고 장을 '서동'이라 부르겠다고 한다. 또 화랑의 옷을 꺼내 주며 나정제 날 나정루로 와 김도함이라고 말하면 자신을 볼 수 있을 것이라고 말한다.

나정제 날, 장은 선화가 준 옷을 입고 김사흠의 아들인 화랑 김도함 대신 공양수를 바치게 된다. 이때 장은 선화가 신라 진평왕의 딸,

장면 포인트 ① 272P

선화 공주임을 알게 된다. 선화가 자신을 속였다고 생각한 장은 선화에게 복수하고자 '서동요(선화 공주님은 남몰래 정을 통하고 서동방을 밤에 안고 간다)'라는 노래를 만들어 장안에 퍼뜨리려 하지만 곧바로 선화에게 들키게 된다.

▶ 선화는 장에게 '서동'이라는 이름을 지어 주고, 장은 선화에게 망신을 주고자 '서동요'를 만듦

장과 선화는 함께 어울려 다니며 친해진다. 어느 날 장은 어머니에게 받은 태학사의 녹색 신표를 선화에게 주며 절대 잃어버려서는 안 된다고 당부한다. 그러나 선화는 녹색 신표를 잃어버리고, 이를 주운 김사흠은 백제의 기술자 집단인 하늘재 일행을 추적하고, 장

과 범생 등을 잡아 고문한다. 기술사인 범생은 신라를 위해 일하라는 회유를 받지만 이를 거부하고 죽음을 택한다. 목라수는 하늘재 일행을 위기로 몰고 간 장을 하늘재에서 내친다.

▶ 장이 선화에게 준 녹색 신표로 인해 하늘재의 기술사 범생이 죽게 됨

10년 후, 사택기루는 하늘재 학사 공방에서 유리를 만들어 내는 데 성공해 기술사가 된다. 신라군에 의해 부모를 잃었다는 거짓말로 목라수의 눈에 띄어 그의 제자가 된 사택기루는 하늘재 사람들에게 사랑을 받고 있다. 그동안 장은 범생의 죽음에 자책하며 하늘재 사람들의 용서를 구하지만 외면당한다. 하지만 사택기루의 간청에 목라수는 장에게 하늘재의 입학 시험을 치를 기회를 준다. 장은 10년간 스스로 공부한 것으로 시험에 합격하여 하늘재의 기술공이 된다.

장면 포인트 ① 272P

사택기루는 10년 전 나정제를 회상한다. 그는 공양수 바치는 역할을 장에게 빼앗긴 화랑 김도함이다. 김도함은 진평왕에게 자신이 하늘재에 들어가 백제의 기술을 모두 익혀 빼 오겠다며 임무를 완수하면 선화와 혼인하게 해 달라고 청한다.

▶ 10년 뒤 장은 하늘재로 돌아오게 되고 선화와의 결혼을 조건으로 하늘재에 잠입한 사택기루(김도함)를 만남

선화는 10년 전 죽은 줄 알았던 장이 살아 있다는 사실을 알게 되자, 장을 찾고자 서동요를 장안에 퍼뜨린다. 장도 아이들이 부르는 서동요를 듣게 되고, 선화가 가사에 '卯(토끼 묘)' 자를 추가했다는 것을 알고 선화와의 추억이 있는 토끼굴을 찾아간다. 거기서 선화가 남긴 서찰을 본 장은 선화에게 자신을 찾지 말라는 내용의 서찰을 남기고 떠난다.

▶ 선화는 장을 찾기 위해 서동요를 퍼트리지만 장은 선화를 만나 주지 않음

한편 하늘재 학사 공방에 도움을 요청하는 아좌 태자의 친서가 도착한다. 아좌 태자는 죽지 않았으나 부여선의 견제를 받아 백제에 들어오지 못한 상황이었다. 목라수는 장의 도움을 받아 아좌 태자가 요청한 강철검을 만들어 내고, 사택기루와 장, 범로(범생의 동생)가 이를 전달하는 임무를 맡는다. 그런데 장은 부여선이 보낸 사람에게 속아 강철검을 아좌 태자 측에 전달하지 못하고 이 일로 하늘재 사람들에게 의심을 사 하늘재를 떠나게 된다. 이 과정에서 부여선은 목라수 일행이 신라에서 아좌 태자를 돕고 있다는 사실을 알게 된다.

한편 진평왕은 선화가 스스로 서동요를 퍼뜨렸다는 사실을 알고 분노하여 선화를 궁 밖 운정사로 보내고, 선화는 이 기회에 신라의 전역을 돌아보겠다고 생각한다. 선화는 우연히 장을 만나 아픈 그를 지극히 간호하며 예전 일을 사과한다. 장은 선화의 호위무사가 되기로 결심하고 오색야명주를 버린다.

▶ 하늘재를 떠난 장은 선화를 만나 선화의 호위무사가 되기로 결심함

선화는 소금기가 있어 농사를 지을 수 없는 땅에 사는 가야 유민의 문제로 고민한다. 장은 예전에 범생이 토룡(지렁이)으로 땅을 비옥

하게 할 수 있다고 한 말을 떠올리고 가야 유민의 농토 문제를 해결한다. 선화는 크게 기뻐하며 장에게 신라의 기술사로 일하라고 명한다. 하지만 이 일로 장은 스스로의 방식으로 훌륭해지라는 범생의 유언과 태학사에서 인정받는 훌륭한 사람이 되라는 어머니의 유언을 떠올리고 오색야명주를 되찾아 하늘재로 돌아간다.

▶ 장은 범생과 어머니의 유언을 지키기 위해 하늘재로 돌아감

선화는 장을 설득하러 장의 움막으로 찾아온다. 한편 하늘재 공방에 위덕왕의 병을 치유할 처방을 구하는 왕구의 서신이 도착한다. 장은 선화와 함께 나무의 나이테와 천문(날씨)의 관계에 대해 이야기하다가 위덕왕의 병의 원인이 습기 때문임을 알아채고 습기를 없애는 방안으로 온돌을 개발해낸다. 이때 아좌 태자가 하늘재를 찾아오고 장은 아좌 태자와 함께 백제의 왕궁으로 가 온돌을 설치하는 임무를 맡게 된다. 장은 거북이 등껍질에 글씨를 써 참언(앞일의 길흉화복에 대하여 예언하는 말)을 퍼뜨림으로써 부여선이 아좌 태자를 죽이지 못하게 하고 아좌 태자는 무사히 백제의 왕궁에 입성한다. 또한 장이 설치한 온돌 덕분에 위덕왕의 병이 낫게 된다.

▶ 장은 아좌 태자가 무사히 백제 왕궁에 입성하게 하고, 온돌을 발명해 위덕왕을 살림

한편 선화는 하늘재 근처의 진각사에서 격물(과학)을 연구하는 것을 진평왕에게 허락받고 장에게 진각사에서 만나 함께 공부하자고 청한다. 그러나 장이 아좌 태자와 함께 백제로 떠나는 바람에 선화는 장을 오랫동안 기다리게 된다. 장은 선화와 만나기 위해 신라로 돌아오고 선화를 연모하던 사택기루는 선화와 장이 재회한 모습을 보고 분노한다.

장과 하늘재 일행이 수나라 노예인 줄 알았던 선화는 장에게 신라인으로 신분을 바꾸어 주겠다고 한다. 결국 장은 자신이 백제인임을 선화에게 털어놓고 이에 충격을 받은 선화는 장과 헤어지려 한다.

▶ 선화는 장이 백제인이라는 사실을 알게 되고 충격에 빠짐

선화는 진평왕에게 사택기루의 정체를, 김사흠에게 이제 곧 사택기루가 《백제신기》를 빼앗고, 하늘재 사람들을 몰살할 것이라는 계획을 듣는다. 사택기루가 《백제신기》를 훔치려는 과정에서 장은 사택기루와 함께 책을 훔치려 한 범인으로 의심받는다. 선화는 신라의 공주로서 사택기루의 정체를 하늘재에 밝힐 수 없어 장을 책을 훔치려 한 범인으로 만든 후 장을 하늘재에서 탈출시키고자 한다. 목라수는 선화가 장을 데리고 도망가는 것을 묵인해 준다. 장과 선화는 백제와 가까운 신라의 땅으로 가 평민의 신분으로 함께 살아가려 하지만, 선화의 호위무사와 사택기루의 부하들에게 붙잡혀 헤어지게 된다.

▶ 장은 하늘재와의 인연을 버리고, 선화는 공주의 신분을 버리고 둘이 함께 살아가려 하지만 결국 헤어지게 됨

선화와 헤어진 장은 백제로 넘어갔다가 전의성에서 벌어진 신라와의 전투에서 큰 공을 세워 아좌 태자와 함께 위덕왕을 알현하게 된다. 그 자리에서 장은 위덕왕에게 하늘재 사람들을 백제의 태학사

로 돌아오게 해 달라고 청한다.

한편 기술 박사가 되어 《백제신기》를 얻게 된 사택기루가 신라군을 불러 하늘재 학사를 없애려는 순간, 목라수 일행을 데리러 장이 백제군과 함께 나타나 전투가 벌어진다. 장은 화살을 맞고 정신을 잃은 사택기루를 구해 백제로 향한다. 이 과정에서 선화는 하늘재 일행이 도망치는 데 도움을 준다. 선화가 백제인인 장에게 마음을 주고 함께했던 일들을 모두 알게 된 진평왕은 분노한다. 김사흠은 아들(사택기루＝김도함)의 죽음을 꾸며내 선화가 백제인 때문에 화랑을 죽게 했다고 몰고 간다. 화랑들이 분노하자 진평왕은 선화의 목숨을 구하기 위해 김도함이 살아 있고 백제에 투항했다며 김사흠의 가문을 멸문시키고 선화에게 승려가 되라고 명한다.

▶ 사택기루가 백제로 가고, 진평왕은 선화를 위해 김사흠 가문을 멸문시킴

15여 년 만에 백제 왕성으로 돌아온 목라수 일행은 부여계 세력들로 가득 찬 태학사에서 곤란을 당한다. 하지만 장은 품질이 좋은 종이를 개발한 뒤 그 공을 태학사의 기술공인 을녀와 돌쇠에게 넘겨 그들의 신임을 얻고 이에 기술공들은 부여계 세력들이 벌인 잘못들을 고발한다. 이 일로 부여선의 이복 여동생인 우영은 태학사의 수장 자리에서 물러난다.

한편 사택기루는 자신의 가문이 멸문되었다는 소식을 듣고 신라로 가 가족들을 구하려 하지만 실패한다. 분노한 사택기루는 신라에 있을 때 장이 신라의 여인(선화)과 도주했으며 목라수가 이를 묵인했다는 사실을 고발하여 목라수와 장이 태학사에서 내쫓기게 만든다. 이 사건을 계기로 사택기루는 부여선의 측근이 된다.

▶ 태학사로 돌아온 목라수와 장은 사택기루의 고발에 위기에 처하고 사택기루는 부여선의 측근이 됨

장은 목라수와 함께 섬에 끌려갔으나 부여선의 수나라 사신 독살 혐의를 해결해 줌으로써 목라수는 태학사의 수장이, 장은 기술사가 되어 태학사에 복귀한다.

한편 신라의 궁을 나온 선화는 수나라 상인 진가경으로 신분을 위장하고 백제로 와 장과 재회한다. 선화는 상단 활동을 통해 부여선, 우영을 비롯한 백제의 고관대작들과 친분을 쌓으며 장을 물심양면으로 돕는다. 선화는 장이 지닌 오색야명주가 황실의 직계손에게만 전해지는 물건임을 알게 되고, 이를 장에게 알려 준다. 장은 아좌 태자에게도 오색야명주가 있음을 깨닫고 자신이 백제의 왕자임을 알게 된다. 한편 부여선과 아좌 태자는 동시에 부하를 시켜 위덕왕의 넷째 아들을 찾는다. 장은 아좌 태자에게 자신이 동생임을 말하고 싶어 하면서도 두려움 때문에 말하지 못한다.

▶ 진가경으로 위장한 선화와 장은 재회하고, 장은 자신이 백제의 왕자임을 알게 됨

위덕왕은 동명제 의식에서 아좌 태자에게 왕위를 물려줄 계획을 비밀리에 진행한다. 이를 알아챈 부여선은 사택기루를 시켜 아좌 태자를 암살하려 한다. 아좌 태자는 상대포의 공혈(동굴)로 가 의식을

치르다가 사택기루가 잠입시킨 자객 장두의 기습을 받는다. 장은 아직 형님이라 불러보지도 못했다며 자신의 정체를 밝히고 아좌 태자는 자신을 충심으로 보필하던 장이 자신의 이복 동생이라는 사실에 기뻐한다. 장은 아좌 태자를 호위하여 사비성으로 가지만 아좌 태자는 동명제 선위 제단 앞에서 암살당하며 장에게 폐하와 백제를 부탁한다는 유언을 남긴다.

▶ 부여선과 사택기루 일당에 의해 아좌 태자가 암살당함

위덕왕은 상대포에서 아좌 태자를 암살하려 한 장두를 신문하고 사택기루의 사주를 받은 장두는 위덕왕의 넷째 왕자가 시킨 일이라고 말한다. 이 과정에서 목라수는 연가모의 아들인 장이 위덕왕의 아들이라는 사실을 알게 되고 이 사실을 위덕왕에게 알린다. 장은 장두가 넷째 왕자의 얼굴을 알지 못한다는 사실을 입증하여 자신에게 씌워진 누명을 벗는다.

▶ 목라수가 위덕왕에게 장이 위덕왕의 넷째 아들이라는 사실을 말해 줌

위덕왕은 비밀리에 장을 무강 태자로 책봉하고 그에게 왕위를 물려줄 계획을 세운다. 그리고 아좌 태자를 죽인 부여선의 암살을 시도하지만 부여선은 가까스로 탈출하여 목숨을 보전한다. 부여선의 병사들이 궁을 장악하자 위덕왕은 옥새를 들고 궁 밖으로 피신하였으나 사택기루 무리에 납치당하고, 자신이 인정하는 유일한 후계자는 무강 태자(장) 뿐이라는 말과 함께 백성들 앞에서 죽음을 맞는다.

▶ 위덕왕이 부여선과 사택기루 무리에 의해 백성들 앞에서 시해당함

장은 부여선에 맞설 힘을 키우기 위해 자신의 정체를 숨기고 궁에 들어갈 결심을 한다. 서동은 우영(부여선의 이복 여동생)과 접촉해 자신이 부여계의 왕위 계승의 정당성을 입증할 옥새를 바칠 수 있다고 제안한다. 또한 위덕왕의 넷째 왕자는 죽었다며 그 증표로 오색야명주를 바치겠다고 말한다. 우영은 부여선을 견제하고 자신의 세력을 키우기 위해 목라수와 장의 도움이 필요하다고 생각하여 장의 제안을 받아들인다. 장의 도움으로 부여계가 백제 28대 왕(혜왕)으로 즉위하고 부여계는 자신의 왕위 계승에 공을 세웠다며 목라수와 장에게 궁의 요직을 맡긴다.

▶ 위덕왕이 사택기루 무리에 의해 죽임을 당하고, 부여계가 28대 왕이 됨

장은 목라수와 선화, 왕구 등의 도움을 받아 자신의 사병을 모으며 힘을 키워 간다. 사택기루는 우영이 진가경(선화)과 장의 관계에 대한 의심을 품게 만들고, 우영이 선화와의 관계를 알아챌까봐 장은 선화에게 이별을 고하지만 선화는 곤경에 처할수록 함께하는 것이 연모라며 장을 떠나지 않는다. 이때 장과 선화의 대화를 듣게 된 우영은 장이 위덕왕의 넷째 아들인 무강 태자라는 사실을 알게 된다. 우영은 자신을 이용한 장에게 분노하지만, 장을 사모하는 우영은 이 사실을 부여선에게 말하지 못한다.

▶ 장을 사모하는 우영이 장의 정체를 알게 됨

왕위에 즉위한지 얼마 되지 않아 병에 걸린 부여계는 병세가 악화

되어 죽고 부여선이 뒤를 이어 백제 29대 왕(법왕)으로 즉위한다. 장과 목라수를 궁에 들여 부여선의 눈밖에 난 우영은 부여선에게 충성 맹세를 한다. 부여선은 장과 목라수를 잡아다 위덕왕의 넷째 아들의 존재를 추궁하지만 넷째 아들은 없다는 대답만 듣는다. 장과 목라수가 처형당하려는 순간 우영이 나타나 자신이 장을 연모한다며 장을 살려 달라 애원한다. 부여선은 장과 목라수를 황실 소유의 노비로 삼고, 우영에게는 그 노비들의 감독관 직책을 맡겨 인공 저수지 건설을 해내라 명하고, 궁에서 내친다.

▶ 부여선이 즉위하고 장과 목라수는 우영의 도움으로 죽을 위기를 넘김

어느 날 부여선은 무강 태자가 관청이나 귀족들의 재산을 훔쳐 백성에게 나눠 주는 도적 떼의 우두머리로 활약해 백성의 지지를 받고 있다는 보고를 듣게 된다. 또한 부여선이 아좌 태자와 위덕왕을 시해했다는 벽서가 곳곳에 붙고 있다는 소식이 들려온다. 사택기루는 벽서의 진원지가 장과 목라수라고 보고하고 부여선은 이들을 압송시켜 처형하려 한다. 하지만 장과 목라수가 궁에 가까워질수록 부여선에 대한 백성들의 불신과 비난이 커진다. 이에 장은 부여선에게 자신들을 처형하면 부여선에 대한 비난이 더 거세지겠지만 자신이 도적 떼를 토벌하는 데 앞장서면 백성의 비난이 자신에게 향할 것이라고 말하며 자신에게 충성할 기회를 달라고 말한다. 부여선은 목라수를 원산도로 보내 인질로 삼고 장을 토벌대 대장으로 임명한다. 장은 백성들의 비난 속에서 도적 떼를 토벌하고, 부여선은 장의 공로를 인정하여 위사부 달솔(백제의 십육 관등 가운데 둘째 등급) 임명한다. ▶ 장은 도적 떼를 토벌한 공을 세워 부여선의 신하가 됨

벽서를 붙인 이는 사실 아좌 태자의 신하 유림으로 그는 위덕왕의 시종무장인 왕구를 통해 장이 무강 태자임을 알게 되자 도적들을 장의 사병으로 인계한다. 장은, 유림과 함께 아좌 태자의 일을 했던 인재들을 목라수가 있는 원산도로 보내 국책 사업을 계획하게 한다. 한편 선화는 공주로 복권되었으니 돌아오라는 진평왕에게 사랑하는 사람이 있어 돌아갈 수 없다고 눈물로 읍소한다. 진평왕은 선화가 사랑하는 사람이 무강 태자라는 사실을 알게 된다.

▶ 장은 자신의 세력을 키우고 진평왕은 선화가 연모한 사람이 백제의 태자임을 알게 됨

한편 사택기루는 부여선에게 장의 충성이 거짓이라는 증거를 찾아오겠다며 원산도에 잠입한다. 이를 발견한 목라수 일행이 사택기루 무리의 배를 타고 원산도를 탈출하여 사택기루는 섬에 발이 묶인다. 이 소식을 들은 장은 지체할 시간이 없음을 깨닫고 연등제가 열리는 송덕사에서 부여선을 치겠다고 결심한다.

사택기루가 돌아오지 않자 부여선은 원산도로 병사를 보낸다. 사택기루는 장의 거사를 눈치채고 병사들과 함께 급히 사비성으로 향한다. 연등제 날 마침내 장은 부여선에게 자신의 정체를 밝히고 전투를 벌이지만 부여선을 잡는 데 실패한다. 왕궁의 부여선과 궁 밖의

장이 대치하는 와중에 장은 22개의 관청을 접수하겠다고 공언하여 부여선과 귀족들을 분열시키고, 불안한 부여선은 귀족들을 압박한다. 장에게 항복하는 귀족들이 늘어나는 중에 진평왕이 보낸 신라군이 나타나자 선화는 장이 신라와 내통했다는 혐의를 받게 할 수 없어 어쩔 수 없이 신라군과 함께 신라로 돌아간다.

▶ 자신의 정체를 밝힌 장은 부여선과 대치하고, 선화는 신라로 돌아가게 됨

장은 사택기루와 전투를 벌여 승리하고 사비성으로 진격하여 부여선을 잡아 백성들 앞에 세워 죄를 묻는다. 흑치평은, 위덕왕과 아좌태자의 환영을 보고 혼비백산한 부여선을 찔러 죽이고 자신도 따라 죽는다.

▶ 장은 마지막 전투에 이겨 왕궁에 입성하고 부여선은 백성들 앞에서 죽음

장은 백제 30대 왕(무왕)으로 즉위하고, 귀족들은 자신들의 이익을 위해 장과 우영을 혼인시키려 하지만 장은 비밀리에 진평왕과 만나 선화와의 혼담을 논의한다. 그러나 이때 신라로 탈출한 사택기루가 신라의 천명 공주, 백제의 사도광과 접촉하여 백제와 신라의 혼인 동맹을 막기 위해 백제와 신라 국경에서 전투가 벌어지도록 꾸민다.

▶ 사택기루는 장과 선화의 혼인을 막기 위해 국경에서 전투가 벌어지도록 꾸밈

장은 목라수를 신라에 사신으로 보내 선화에게 정식으로 청혼한다. 진평왕은 이에 화답하여 선화를 백제의 사신으로 보내 장과 선화는 재회의 기쁨을 누린다. 천명 공주는 사택기루를 통해 장이 즉위 전에 선화를 데리러 온 신라군과 접촉한 사실을 백제 측에 알려 준다. 사도광을 비롯한 백제의 귀족들은 이 사실을 들어 장을 압박하지만, 사택기루를 만나 천명 공주와 결탁한 증거를 확보한 우영의 저지로 귀족들은 뜻을 이루지 못한다.

▶ 귀족들은 장과 선화의 혼인을 막으려 하지만 뜻을 이루지 못함

사택기루는 장과 선화의 혼례를 축하하는 연회에 화랑 검무단으로 숨어든다. 【장면 포인트 ❷ 276P】 주목 사택기루는 장을 해하려 하다 장과 대립하는데, 장은 사택기루의 선화에 대한 연모와 국가에 대한 충성심이 왜곡되었음을 질책한다. 결국 사택기루는 장을 죽이기를 포기하고 스스로 죽기를 결심한다. 이때 군사들이 쏜 화살에 맞은 사택기루는 선화에게 연모하는 마음을 마지막으로 고백하고 숨을 거둔다.

마침내 장과 선화의 혼례가 시작된다. 장은 선화를 황후로 맞이하고, 백제의 왕으로서 토지 개혁과 부역 개혁을 본격적으로 시행하는 등 민생 안정을 위해 노력한다.

▶ 연회에서 사택기루는 죽고, 장과 선화는 마침내 혼인을 하게 됨

진평왕은 백제 왕과 선화의 결혼을 신라의 이익을 위한 기회로 생각하고, 백제의 군사 기밀과 태학사의 기술을 빼내 오고 신라인을 백제 궁의 관직에 임명하라는 내용의 밀서를 선화에게 보낸다. 선화는 자신이 신라의 공주이기 전에 지아비를 섬기는 부인이므로 절대 무왕을 배신할 수 없다고 말한다. 그로부터 3년 뒤 백제와 신라의 전쟁은 계속되고, 백제에서 혼인 동맹의 볼모로 신라에 보낸 훈

정옹주를 진평왕이 죽이는 사건이 일어난다. 장은 선화에게 위협이 될 사건을 벌인 진평왕에게 매우 분노하고 백제의 귀족들은 선화를 황후에서 폐위시켜야 한다고 주장한다. 하지만 장은 선화를 백제의 사람이라 칭하며 선화를 지키기 위해 신라와 전쟁을 벌인다. 선화는 남편과 아버지의 계속되는 전쟁에 깊은 병을 얻게 되고, 결국 장과 나들이를 나갔다가 장의 품에서 숨을 거둔다. 얼마 뒤 장은 목라수로부터 선화가 장을 생각하며 직접 도안한 금동대향로를 받고, 향로에 향을 피우며 선화를 그리워한다.

▶ 백제와 신라의 계속되는 전쟁으로 선화는 병을 얻어 죽게 되고 장은 선화를 그리워함

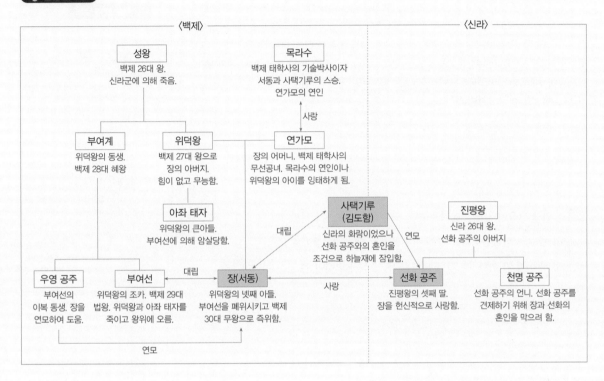

<보기>로 나오는 작품 외적 준거

드라마에 등장하는 〈서동요〉의 전파 주체와 기능

『삼국유사』「무왕」조에 실린 〈서동요〉는 드라마로 전용되면서 노래를 창작하고 전파한 주체가 확장되었다. 설화에서 〈서동요〉를 창작하고 전파한 주체는 모두 서동이다. 선화 공주의 사랑을 얻기 위해 서동은 의도적으로 노래를 창작하고 백성들 사이에 전파했다. 그러나 드라마에서는 노래의 주체가 서동 – 선화 – 민중으로 점차 확장되다가, 마지막에는 노래를 창작하고 전파한 실질적인 주체가 존재하지 않고 자연적으로 발생했다는 방향으로 전용되었다.

주체가 변화되면서 자연히 드라마 속에서 〈서동요〉가 지니는 기능도 함께 변했다. 네 번의 노래는 각각 만남 – 재회 – 참요 – 사랑 순으로 기능한다. 만남과 재회, 그리고 사랑의 노래는 서동과 선화 공주의 사랑이라는 대전제 안에서 기능하고, 정치적 참요는 서동과 부여선의 정치적 대립 안에서 기능한다. 정리하면 노래는 드라마 속에서 사랑 – 정치 – 사랑의 구조를 지닌다. 이는 드라마의 이야기가 연애담에서 영웅담으로, 다시 연애담으로 이야기의 수미상관을 이루며 순환하는 것과 궤를 같이한다. 노래가 사건 전개에 영향을 주면서 이야기와 밀접하게 결합되어 있기 때문이다.

설화는 집단 무의식을 반영한 텍스트이기 때문에 다양한 분야에서 자주 전용된다. 그러나 노래와 결합된 설화의 전용 중에서 설화의 이야기를 이야기로, 노래를 노래로 전용한 경우는 특별하다. 드라마 《서동요》는 노래와 이야기가 복합된 설화를 양쪽에서 계승한 바람직한 사례이다.

– 채지윤, 〈서동요〉의 의미와 기능 – 〈서동요〉·서동 설화의 전용에 대하여, 2018

- 이 작품은 4구체 향가인 〈서동요〉의 배경 설화를 현대적으로 변용하여 창작한 드라마 대본이다.
- 해당 장면은 어린 시절 장과 선화 공주가 재회하는 상황으로 장이 〈서동요〉를 만들어 선화 공주에게 복수를 하려고 하였으나 실패하고 선화 공주와 함께 시간을 보내는 부분이다.
- 설화 속 인물들의 현실적인 모습과 가치관을 파악하고, 〈서동요〉를 창작한 장의 의도를 이해하도록 한다.

[앞부분의 줄거리] 백제 위덕왕의 과오로 무희인 연가모 사이에서 태어난 장은 궁에서 쫓겨나 자신의 신분을 모르고 살아간다. 연가모와 목라수의 인연으로 장은 백제 왕궁의 태학사(기술사 집단) 수장인 목라수에게 교육을 받는다. 백제의 왕권을 탈취하려던 부여선 세력의 음모에 의해 쫓겨난 태학사 집단은 신라로 도망하여 '하늘재 학사'를 차려 백제인임을 숨기고 살아간다. 그러던 중 장은 우연히 만난 선화 공주의 꾐에 빠져 신라 나정제(풍년을 기원하는 제사)에 '김도함'이라는 화랑 신분으로 참가하게 되고 뒤늦게 잘못된 상황임을 알고 선화 공주에게 화를 낸다.

S#35. 장터 아소지 점포

관원 두 명이 예전에 선화의 춤 방으로 들어갔던 장롱을 들고 와서는 내려놓는다.
<u>하늘재에서 만든 물건, 장과 선화 공주의 만남의 매개체</u>

아소지: 무슨 일이십니까?

관원 1: <u>마대</u> 한쪽이 자꾸 기운다는구나. 고쳐서 다시 가져오너라.
<u>농이나 장 따위의 받침다리</u>

아소지: 예……. 알겠습니다요. / 하면 관원들은 가고 이때 장이 온다.

아소지: 너 마침 잘 왔다. 내 잠깐 물건을 사 와야 하니 여기 좀 보고 있거라.

장: 예.
→ <u>서동. 백제 제30대 무왕, 명랑하고 밝으며 정의롭고 의지가 강한 인물</u>

하고는 장은 자신이 가져온 천 종이들을 꺼낸다. 한 열 장은 되는 듯하다. 방으로 붙일
<u>선화 공주를 모함하는 시</u>
모양이다. 그 천들을 보고는 씩 웃는데……

장: 온 장터에 다 붙일 테니……. 두고 봐! / 선화: (E.) 뭘?
<u>시나리오 용어로, 화면 밖에서 들리는 음향 효과</u>

장, 놀라 보면 시녀복을 입은 선화가 관원들이 들고 온 장롱에서 나오고 있다. 놀라는 장.
<u>규율이나 체면에서 자유로운 선화 공주의 성격이 드러남</u>

선화: 뭔데? 나도 같이 붙이자. / 장: (놀라 얼른 천을 치우는데)
<u>선화 공주 몰래 그녀를 모함하려 했다가 당황함</u>

선화: (얼른 뺏어 본다. 그러고는 장을 쳐다본다.)

장: (어쩔 줄을 모르고)

선화: (E.-노래를 흥얼거리듯) <u>선화 공주님은 남몰래 정을 통하고.</u>
<u>향가 〈서동요〉</u>

S#36. 장터 일각

선화는 신나서 노래를 부르며 가고 장은 계속 어쩔 줄을 모르는데…….

선화: 서동방을 밤에 안고 간다.

장: (더 어쩌지를 못하는데) / 선화: 이걸 장안에 퍼트려서! 날 망신 주고 복수하려고
<u>장이 향가 〈서동요〉를 만들어 퍼뜨리려고 한 목적</u>
했다고?

장: …….

작품 분석 노트

- 시나리오 용어

S#	장면 번호, 시나리오 구성 단위
E.	화면 밖에서 들리는 음향 효과. 화면 안에 사람이 있으나 속마음을 들려줄 때, 문밖에서 노크하거나 대사를 할 때 등 화면 밖의 효과음이나 대사를 의미함
몽타주	따로따로 촬영한 화면을 적절하게 떼어 붙여서 하나의 긴밀하고도 새로운 장면이나 내용으로 만드는 촬영 기법

- '장'과 '선화 공주'의 행동 및 정서

장	• 선화 공주가 '나정제'에서 자신을 골탕 먹인 일에 화가 남 • 선화 공주에게 복수하기 위해 〈서동요〉를 만들어 거리에 방을 붙여서 선화 공주를 망신 주려고 함

↓

선화 공주	장의 행동에 대해 노여워하지 않고 재미있어함

↓

장	선화 공주의 대범한 면모에 당황함

↓

둘만의 추억으로 가까워지는 장과 선화 공주

선화: (깔깔깔 웃으며) 넌 생각은 시시한데 하는 짓은 재밌구나.
　　　　　　　선화 공주의 당차고 대범한 성격이 드러남

장: 날 속였잖아! / 선화: 그게 알려 준 거야. 내 방법으로.
　　　　　　　　　　　　　'나정제'에 참가시켜 골탕을 먹인 일

장: 그건 알려 준 게 아니라 앞으로 까불지 말라는 거잖아. 공주한테.

선화: 그래서 겨우 생각해 낸 게 난 안 만나고 나 괴롭힐 꿈을 꾼 거야?
　　　　　　　　　　〈서동요〉를 퍼뜨려 선화 공주를 망신 주려 한 일

장: ……. / 선화: 정말 시시하구나. 너.

하고는 돌아서 가 버린다.

장: 아냐. 나 안 시시해. (하며 따라간다.) ▶ 〈서동요〉를 퍼뜨려 선화 공주를 망신 주려던 장의 계획이 실패함

S#37. 장터

선화가 지나가며 두리번두리번 뭔가를 찾는다.

장: (같이 따라가며) 뭘 찾아? / 선화: 너같이 시시하고 쓸모없는 거 찾는다 왜?
　　　　　　　　　　　가치 있는 존재

장: 내가 왜 시시하고 쓸모없어?

선화: (무시하고 고깃간 주인에게) 아저씨 그 돼지 내장은 쓸모없죠?
　　　　　　　　　　　　　　　　　: 사소한 가치를 지닌 물건들

장: (바로 자기가) 왜 쓸모없어? 불어서 발로 차고 놀아도 되고 가루를 넣어서 폭탄으

로 쓸 수도 있는데!
　　　　돼지 내장의 쓸모

선화: (상인에게) 꼬리는요? / 장: (또 바로) 그건…… 남 골려 줄 때 매달아 놔.
　　　　　　　　　　　　　　　　　　　　돼지 꼬리의 쓸모

(중략)

S#38. 선화의 토끼 굴

들어오는 선화. 뒤이어 장이 들어오는데 바닥에 계란 껍질, 닭 털, 깨진 독, 잡초, 불에

탄 나무 등을 주워다 놓은 것이 보인다. 보며 놀라는 장.

장: 이게 다 뭐야?

선화: (답은 않고 앉아서는) 이것도 네가 쓸모 있다고 했고 이것도 쓸모 있다고 했고.

이것도 그렇고. (하면서 버린다.)

장: 이게 뭐야? 이런 것들을 왜 모아 놨어?
　　쓸모가 없어 보이는 물건들

선화: 우리 친척 중에 보량 법사라는 분이 있거든.

장: 친척이면 왕족?

선화: 응. 그분이 말씀해 주셨는데「천축국에 명의 지바카라는 사람이 있었대. 하루는
　　　　　　　　　　　　　　「♪: 사소한 물건들의 가치를 알아볼 줄 아는 것의 중요성

스승이 전국을 돌아다니면서 약이 되지 못할 풀만 캐 오라고 했는데 어느 날 지바
　　　　　　　　　　　　　　　　　　　　약이 되지 않는 풀이 없기 때문

카가 빈손으로 돌아온거야.」

장: …….

선화: 약이 되지 않는 풀은 하나도 없더라고. 어떤 풀이든 어느 한 부분은 약이 된다
　　　세상의 모든 것들은 가치가 있음

면서.

• '선화 공주'의 가치관 ①

장의 시시한 행동

↓연상

사소한 물건이지만 쓸모가 있는 것들

↓깨달음

사소한 것들의 가치를 알아볼 수 있어야 함

↑

훌륭한 공주가 되기 위해 필요한 자질

장: …….

선화: 그래서 그 스승님은 너는 이 세상 모든 사소한 것들의 가치도 알아볼 수 있으
니 진정한 의사다 하셨대. / 장: …….

> **감상 포인트**
> '장'이 〈서동요〉를 창작한 의도를 이해하고
> '장'과 '선화 공주'의 가치관을 파악한다.

지바카

S#39. 벌판

말을 타고 가는 장과 선화. 그 위로

선화: (E.) 나도 그런 사람이 돼랬어. 신라에 있는 모든 것들의 사소한 가치도 알아서
<u>선화 공주가 생각하는 훌륭한 공주의 자질 – 사소한 것들의 가치를 알아봄으로써 신라에 도움이 되도록 하는 것</u>
신라에 필요치 않은 것이 없게. 신라에 도움이 안 되는 것이 없게.

장: ……. / 선화: (E.) 그럼 난 분명히 <u>훌륭한</u> 공주가 될 거랬어. ▶ '훌륭한'이란 단어를 통해
선화 공주와 장의 인연과
앞으로의 미래를 암시함

장: (E.) 훌륭한 공주? 훌륭한? 훌륭한…….
선화 공주의 말을 통해 어머니의 유언을 떠올림

연가모: (E.) 넌 꼭 <u>훌륭한</u> 사람이 되어야 한다. 그래야 아버지를 만날 수 있어.
어머니의 유언. 아버지가 백제의 위덕왕이기 때문 → 장이 훌륭한 사람이 되어 아버지를 만나겠다는 희망을 품게 됨

그런 둘의 모습. ▶ 선화 공주와 장이 훌륭한 사람이 되고자 하는 꿈을 품음

(중략)

S#79. 선화의 공주 궁(낮)

선화의 앞에 어린 김도함이 서 있다.
→신라의 첩자가 됨. 백제에서는 사택기루로 불림

김도함: 저는 이번 나정제 때 물을 올리기로 한 김도함이라 하옵니다.

선화: (잠시 당황)

김도함: 헌데 어찌 공주님 마음대로 바꾸셨는지요?

선화: 너는 마를 먹어 본 적이 있느냐? / 김도함: 없습니다.

선화: 백성들이 마를 먹는 것을 본 적은 있느냐?

김도함: 없습니다. / 선화: 그래서 바꿨다. / 김도함: …….

선화: <u>먹을 것이 없어 마를 먹어야 하고 그것을 지어 팔기까지 한 아이는 진정으로</u>
서동(장)을 가리킴
풍년의 의미를 알 것이다. <u>그런 아이가 풍년을 기원하는 나정의 물을 길어 바치는</u>
관습보다 '제'의 의미를 중요하게 여기는 태도를 보임
<u>것이 더 하늘에 닿을 거라 생각했다.</u> 무엇이 잘못되었느냐?

김도함: …….

선화, 그렇게 말하고는 가 버리고 나면, 어린 김도함, 괜히 <u>분하다.</u>
자신의 역할을 빼앗긴 것에 대한 억울함

S#80. 화랑제

격검 대결이 한창 벌어지고 있는 모습. 이때 단연 화랑 김도함이 서너 명을 차례차례

물리치고 일등을 하는 모습 몽타주. 일등을 하고는 모두에게 무등이 태워지며 자랑스러
촬영 기법. 따로따로 촬영한 화면을 적절하게 떼어 붙여서 하나의 긴밀하고도 새로운 장면이나 내용으로 만듦
워하는 김도함.

• '장'과 '선화 공주'의 공통점

선화 공주
신라에 있는 모든 것들의 사소한 가치를 알고 신라에 도움이 되도록 하는 것을 공주의 자질이라고 여김 → 선화 공주가 공주의 자질을 갖춤으로써 훌륭한 공주가 되기를 꿈꿈

+

장
선화 공주의 말을 듣고 어머니의 유언을 떠올림. 어머니는 장에게 훌륭한 사람이 되어야 아버지를 만날 수 있다는 말을 남김 → 장이 훌륭한 사람이 되어 아버지를 만나겠다는 희망을 품게 됨

공통점
두 인물 모두 훌륭한 사람이 되고자 하는 꿈을 품고 있음

• '선화 공주'의 가치관 ②

풍년을 기원하는 '나정제'의 의도를 생각함

↓

먹을 것이 없는 아이가 진정으로 풍년의 의미를 이해할 것이므로 그런 아이가 제를 올리는 것이 더 절실하다고 여김

↓

형식이나 절차보다 '나정제'의 의도와 의미를 중요하게 생각함

S#81. 화랑제 터의 일각

<u>진평왕</u>과 다른 신하 두엇 그리고 무관 서넛 정도가 사냥을 할 때 입는 옷 등을 입고는
<small>신라 제26대 왕, 선화 공주의 아버지</small>
앉아 있다. 이때, <u>격검</u> 대회에서 일등을 한 김도함이 진평왕의 앞에 대령한다.
<small>적을 물리치거나 자기 몸을 보호하기 위하여 장검을 사용하는 겨루기 대회</small>

진평왕: 어린 나이로 너보다 훨씬 나이가 많은 화랑들을 모두 물리치다니 참으로 훌
<small>김도함의 능력을 높이 평가함</small>

륭하다. 내 이 자리에서 너를 <u>풍월주</u>로 임명하노라!
<small>화랑의 수장</small>

김도함: 폐하! 제게 다른 <u>청</u>이 있나이다!
<small>선화 공주와의 혼인</small>

진평왕: 다른 청이라? / **김도함**: 예. 소생의 아비 김사흠 <u>대아찬</u> 말로는
<small>신라 때에 둔, 십칠 관등 가운데 다섯째 등급. 자색 관복을 입었으며, 진골만이 오를 수 있었다.</small>

진평왕: …….

김도함: 백제에서 축출된 박사 집단이 신라로 몰래 숨어 들어와 <u>자신들만의 공간</u>을
<small>하늘재 학사</small>

가지고 있다 들었습니다.

진평왕: …….

김도함: 헌데 그냥 도륙을 하자니 그들의 기술이 너무도 아깝고 회유를 하자니 그들
<small>참혹하게 죽임</small>

이 모두 죽음을 택한다고 하옵니다.

진평왕: 그래. 나도 들었다.

김도함: <u>제가 그들 속으로 들어가 기술을 모두 빼내 오겠습니다.</u>
<small>김도함이 선화 공주와의 혼인을 목적으로 내세운 조건 – 첩자가 되기로 함</small>

진평왕: 첩자가 되겠단 말이냐? / **김도함**: 예.

진평왕: 만약 네가 그리만 해 준다면야 <u>신라는 더없이 좋은 일이다.</u>
<small>우수한 백제 박사 집단의 기술력을 빼내 오는 일을 긍정적으로 평가하는 진평왕의 태도가 드러남</small>

김도함: 예. <u>그리되면 신라가 대외 교역을 하는 데 주도권을 쥘 수 있다지요.</u>
<small>신라가 백제의 기술력을 손에 넣었을 때 얻을 수 있는 이득</small>

진평왕: 그렇지. 그러니 그것은 너의 <u>청</u>이 아니라 내가 너에게 감히 <u>청</u>을 하고 싶구나.
<small>선화 공주와의 혼인, 진평왕의 사위가 되는 것</small>　　　<small>백제에서 축출된 박사 집단의 첩자가 되는 것</small>

김도함: 폐하! 저의 청은 그것이 아니옵니다. / **진평왕**: 아니라?

김도함: 예. 선화 공주님을 소생에게 주십시오! / **진평왕**: 뭐라고?

김도함: 만약 제가 모든 임무를 완수하고 돌아온다면 <u>선화 공주와 혼인을 시켜 주십</u>
<small>진평왕을 계승할 남자가 없음을 알고 선화 공주와 결혼하여 후계자가 되고자 함</small>

<u>시오!</u>

진평왕, 그런 김도함을 잠시 보다가는 느닷없이 호쾌한 웃음을 터트린다. 그런 진평왕

을 진지한 눈빛으로 바라보는 김도함.　　▶ 김도함은 선화 공주와 혼인하기 위해 첩자가 되기로 함

[뒷부분의 줄거리] 김도함은 '사택기루'라는 이름으로 하늘재 학사에 잠입해 백제의 기술을 빼돌리려고 하
고 장과 선화 공주가 사랑하는 사이임을 알고 충격을 받는다. 아좌 태자(백제의 첫째 왕자)의 옆에서 공을
세운 장의 노력 덕분에 하늘재 학사 사람들은 백제로 돌아간다. 이후 선화 공주는 장과의 애정 관계가 들통
나 신라의 궁궐에서 쫓겨나고 백제의 왕이 된 장을 만나기 위해 백제로 향한다. 한편 진평왕은 선화 공주를
지키기 위해 김도함의 집안을 모함하여 멸문시키고 김도함은 도망하여 백제의 왕위를 노리는 부여선의 부
하가 된다.

• '진평왕'과 '김도함'의 거래

두 사람의 거래
김도함이 하늘재 학사에 잠입하여 백제의 기술을 빼내 오기로 하고 진평왕은 김도함에게 선화 공주를 주기로 함

↓ 목적

진평왕	김도함
신라의 기술력을 향상시키고, 신라가 대외 교역의 주도권을 갖기 위함	진평왕의 뒤를 이을 성골 남자가 없으므로 진평왕의 셋째 선화 공주와 혼인하여 진평왕의 후계자가 되기 위함

- 해당 장면은 선화 공주와의 혼인을 계획했지만 실패한 사택기루가 백제의 왕이 된 장을 습격하여 두 사람이 사당에서 대립하는 부분이다.
- 기루와 장의 갈등 관계와 정서 변화를 파악하고, 작품에서 전달하고자 하는 진정한 삶의 가치와 의미에 대해 이해하도록 한다.

S#7. 사당 안(밤)

장과 기루가 아직도 마주 보고 있는데…….

「장: 죽이러 왔어? 죽으러 왔어? / 기루: …….

장: 내가 죽는다면 그건 너일 거라 생각했고, 네가 죽어야 한다면, 그건 나여야 한다
　　고 생각했다.
　　　　　　　기루와 장의 깊은 갈등 관계

기루: (픽 웃으며) 일치하는 게 하나는 있었구나.

장: (다시) 죽으러 왔어? 죽이러 왔어?

기루: 다. / 장: …….

기루: 이제 내겐 섬길 나라도, 가슴에 품고 갈 연모도, 피붙이도 없으니, 가는 길이
　　　　신라의 배신으로 멸문을 당했고 선화 공주를 향한 자신의 마음이 이루어질 수 없음을 깨닫게 됨
　　너무 외로울 거 같아서.

장 :……. / 기루: 같이 가자.

장: ……. / 기루: 같이 가!

하며 기루가 장을 내리치려고 칼을 드는데……. 장, 일부러 그 틈을 노린 듯 피하고 기
루, 칼을 쥔 손을 다시 다잡고 장을 향해 돌진한다. 장, 기둥을 이용해서 피하고. 기루,
장을 향해 칼을 꽂는데 기둥에 박히고 기루가 칼을 뽑아 장을 내리치는데 기루의 손목을 잡
는 장.

★주목 두 사람의 힘겨루기가 있고, 어느 순간 칼이 바닥에 나뒹군다. 두 사람 모두 칼을 향해
돌진하는데…… 장이 먼저 칼을 집으려는데 뒤의 기루가 장을 때려눕힌다.
　　둘의 육박전이 이어지다가 다시 칼을 잡는 기루, 장의 목에 또다시 칼을 들이대
고…….」
「♪ 장을 죽이려는 기루와 이를 막으려는 장의 외적 갈등 → 두 인물의 치열한 대립을 드러냄

기루: 「너만 아니었으면 신라의 충신으로 살 수 있었어! 너만 아니었으면 선화 공주와
　　　♪ 자신의 불행을 장의 탓으로 돌리는 기루
　　신라가 내 것이었어! 너만 아니었으면 존경하지도 않는 부여선을 주군으로 받들지
　　도 않았어!」/ 장: …….

기루: 네가 내 자릴 빼앗아 간 순간, 내게 남은 건 배신자의 길밖에 없었어. 패배자의
　　　　　　　　　　　　　　　　　自신이 배신자가 된 것을 장의 탓으로 돌리며 합리화함
　　길밖에 없었어. 악행밖에는 할 것이 없었어! 그게 벗어날 수 없는 내 운명이 되었
　　어! (하며 절규하는데)

장: (가련한 듯 보고)
　　기루에게 연민을 느끼는 장
기루: 그러니 같이 가자! 나를 나락으로 빠뜨린 너를 데리고 가야 해!
　　　自신이 장으로 인해 몰락하게 되었다고 생각하여 분노함　　▶ 기루는 자신의 몰락이 장 때문이라고 생각함

작품 분석 노트

- '장'과 '기루'의 갈등

장
- 신라의 첩자로 기루가 하늘재 사람들에게 신분을 속이고 기술을 빼내려 한 것에 대해 배신감을 느낌 - 기루가 선화 공주를 거래의 대상으로 여긴 것에 대해 분노함

↓

기루
- 장이 선화 공주를 빼앗아 자신이 선화 공주와 혼인하지 못하게 된 것에 대해 분노함 - 가문이 멸문을 당하고 신라에서도 쫓겨난 이유가 장이 자신의 자리를 빼앗았기 때문이라고 생각하여 장을 원망함

- '장'이 추구하는 가치관
　① 적극적이고 의지적인 모습

"벗어날 수 없는 게 운명이 아니라, 피할 수 있는데도 그 길로 가는 것이 운명이야!"

↓

개인의 의지와 선택에 의해 운명이 변화할 수 있다고 생각함

　② 자기 스스로를 존중하는 모습

"스스로를 존경하고 사랑했다면, 자리 따위를 위해 너를 그렇게 망가뜨리지 않아."

↓

사회적 지위를 얻기 위해 자신을 버려서는 안 되고 자기 스스로를 사랑하고 존경해야 한다고 생각함

　③ 애정 자체를 중시하는 모습

"설레고 가슴 뛰며 사랑을 해야 할 시각에 넌 계산을 하고 있었다고!"

↓

사랑이 사회적 지위를 얻기 위한 수단이 되어서는 안 된다고 생각함

장: (자신의 지난날을 돌이켜 보듯) 벗어날 수 없는 게 운명이 아니라, 피할 수 있는데
소중한 것을 위해, 꼭 지켜야 할 것을 위해 악행에 맞섰던 과거를 회상함

도 그 길로 가는 것이 운명이야!
운명은 개인의 의지와 선택에 의해 바뀔 수 있음을 드러냄

기루: ……!

장: 벗어날 수 없었다고? 넌 언제나 벗어날 수 있었어! 다만 처음부터 가고자 하는
소중한 것을 지키기 위해 악행에 맞서지 않았던 기루의 행동을 질책함

네 길! 네 길이 틀렸을 뿐이야!

기루: …….

장: 소중한 것을 위해서, 꼭 지켜야 할 것을 위해서, 죽을지도 모르면서 악행에 맞서

는 길이어야 하고, 죽기보다 힘들 줄 알면서 지키는 연모여야 해!

기루: ……!

장: 네 자신의 영달을 위해 배신을, 악행을, 권력을 선택했으면서, 이제 와서, 벗어
세속적 욕망을 위한 기루의 선택이었음을 질책함

날 수 없었다? 그렇게 쉬운 변명이 어딨어?

기루: (바로 받아) 사람은 누구나 자신의 영달을 원해.
자신의 선택이 잘못되지 않았다고 여기는 기루의 태도가 드러남

장: 너처럼? 누구나 너처럼?　　　　　　　　　　　▶ 장이 변명하는 기루를 질책함
자신의 선택을 합리화하는 기루에 대한 반박

(중략)

S#9. 사당 안(밤)

기루와 장, 서로 뚫어지듯 보고 있는데…….

장: 「넌 신라도, 공주님도, 하늘재 사람들도, 격물도, 네 인생도 진심으로 사랑하지
사물의 이치를 연구하여 궁극에 도달함

않았어.」
「♪: 세속적 욕망을 위해 살아온 기루의 태도를 비판함

기루: ……!

장: 필요에 따라 연모를 선택하고, 필요에 따라 나라를 선택하고, 필요에 따라 존경
세속적 욕망을 추구하는 기루의 현실적인 모습

하지도 않는 주군을 따랐지! 네가 말하는 영달을 위해, 네가 가지고 싶은 자리를

위해. 마치 자리가 너인 것처럼……. 하지만 자리는 자리일 뿐 네가 아냐. 넌 자

리만 흠모했지, 너를 진심으로 사랑한 적이 없어. 스스로를 존경하고 사랑했다면,
진정한 삶의 가치와 의미를 중시함

자리 따위를 위해 너를 그렇게 망가뜨리지 않아.

기루: ……!
　　　　　　　　　　장의 질책에 자신의 삶을 부끄러워하며 자책감을 느끼는 기루

장, 이제는 칼을 의식하지 않는 듯 담담해지고, 기루, 고통스러운데…….
두려워하지 않는 장의 태도

장: 내가 공주님을 만나기 위해 연지를 만들고 〈서동요〉를 만들던 시각에 넌 뭘 했어?
사랑하는 사람을 위해 노력과 정성을 기울인 시간

기루: (어린 기루가 진평왕에게 거래하는 장면이 회상으로 깔리면) …….

장: 넌 신라 황제에게 공주님을 놓고 거래를 했어. / 기루: …….
자신의 영달과 욕망만을 추구한 기루

장: 설레고 가슴 뛰며 사랑을 해야 할 시각에 넌 계산을 하고 있었다고!
세속적 욕망을 위해 선화 공주를 이용한 기루의 문제를 질책함

기루: …….

장: 그러고도 벗어날 수 없었다고? 벗어날 수 없었던 게 아니라 피할 수 있는데도 언
기루에게 자신의 선택에 따른 책임을 자신(장)의 탓으로 돌리지 말라고 조언함

・'기루'에 대한 '장'의 질책과 '기루'의
　정서 변화

기루의 정서
장을 원망하며 장에게 복수를 하려 함

↓

장의 질책
・기루가 자신의 모든 불행을 장 자신의 탓으로 돌리자 장은 소중한 것을 지키기 위해 악행에 맞서지 않았던 기루의 행동을 질책함 ・장은 자신의 영달과 욕망만을 추구해 온 기루의 삶의 방식을 질책함

↓

기루의 정서 변화
기루 스스로가 잘못된 삶을 살아왔음을 깨닫고 부끄러움을 느껴 스스로의 선택을 자책함

・'선화 공주'에 대한 '장'과 '기루'의 태도

장
・사랑하는 선화 공주를 위해 노력과 정성을 보임 ・어려운 상황 속에서도 사랑을 포기하지 않음

↕

기루
・자신의 영달과 욕망을 위해 선화 공주를 이용함 ・자신의 이익에 따라 사랑을 포기함

제나 피할 수 있었는데도 넌 네 운명의 길을 왔어. 악행의 길인 줄 뻔히 알면서 그런 운명의 길을 네가 선택해 여기까지 왔다고!

기루: …….   ▶ 장이 자신의 영달과 욕망만을 추구해 온 기루의 삶의 방식을 질책함

기루, 장을 노려보는데…….
부끄러움, 자책감
장, 이제는 죽음도 각오한듯 담담하게 앞을 본다.
두려움 없이 차분한 태도를 보임

장: 그러니 이제 마지막 선택을 해. / 기루: …….

장: 죽이든지! 죽든지!

「기루, 장을 내려칠 듯 손을 떨기 시작한다. 장은 그런 기루를 보고…….
「♪ 두 인물이 상반된 심리를 보임
기루는 떨고…… 장은 보고…… 기루는 떨고…… 장은 보고…….

갑자기 칼을 힘없이 놓아 버리는 기루.
지난날의 과오를 자책하며 죽음을 결심함
장, 그런 기루를 보는데…….

기루, 장을 보더니…… 천천히 문을 향해 걸어가기 시작한다.」

순간, 극단적 선택을 할 것임을 아는 장, 정신이 드는 듯 기루를 부른다.

장: 기루야! 기루야!   ▶ 기루가 자신의 잘못을 깨닫고 극단적 선택을 하려고 함
기루가 극단적 선택을 할 것임을 눈치채고 급하게 기루를 부르는 소리

감상 포인트
'장'과 '기루'의 갈등 관계를 파악하고 진정한 삶의 가치에 주목하여 작품을 감상한다.

• '장'과 '기루'의 상반된 심리

장		기루
기루에게 위협을 당하고 있음에도 담담한 태도를 보임	↔	장을 칼로 위협하고 있음에도 떨고 있음

인물 간의 관계와 갈등 파악

이 작품은 '장'과 '선화 공주'의 애정 관계와 '선화 공주'를 두고 대립하는 '장'과 '기루'의 갈등 관계를 중심으로 극을 전개하고 있다. 따라서 작중 인물들의 대사나 행동을 바탕으로 인물 간의 관계와 갈등을 파악할 수 있어야 한다.

+ 인물 간의 관계와 갈등

장(서동)	
• 선화 공주를 망신 주려고 만든 〈서동요〉는 장과 선화 공주의 사랑 노래임	• 기루와의 대결을 피하지 않고 맞섬
• 선화 공주와 장터를 돌며 함께 시간을 보냄	• 필요에 따라 연모, 나라, 주군을 선택하는 기루의 행동을 질책함

 연모   대립

선화 공주		기루
• 〈서동요〉를 만든 장의 행동을 재미있어함	연모	• 선화 공주의 애정을 빼앗기고 멸문을 당해 신라에서 쫓겨난 이유가 장 때문이라고 생각함
• 신분에 구애받지 않고 장과 장터에서 시간을 보냄	←	• 장이 자신의 자리를 빼앗고 악행을 할 수밖에 없다고 생각함
• 장에게 자신의 토끼 굴을 보여 줌		

핵심 포인트 2 배경 설화와의 비교 감상

이 작품은 《삼국유사》에 실린 〈서동요〉의 배경 설화를 재해석한 작품이다. 따라서 배경 설화가 실제 역사적 인물의 이야기를 바탕으로 한다는 점에서 배경 설화와 드라마 대본의 내용을 비교하여 어떤 차이가 있는지를 파악할 수 있어야 한다.

+ 〈서동요〉의 배경 설화

> 제30대 무왕(武王)의 이름은 장(璋)이다. 그 어머니가 과부가 되어 서울 남쪽 못가에 집을 짓고 살고 있었는데 못의 용(龍)과 관계하여 장을 낳았다. 장은 항상 마를 캐어 팔아서 생업(生業)을 삼았으므로 사람들이 그 때문에 장을 서동이라고 불렀다. 서동은 재능이 뛰어나고 도량이 넓고 깊어 헤아리기 어려웠다.
> 서동은 신라 진평왕의 셋째 공주 선화가 아름답기 짝이 없다는 말을 듣고 머리를 깎고 수도로 갔다. 마를 동네 아이들에게 먹이니 아이들이 친해져 그를 따르게 되었다. 이에 노래를 지어 여러 아이들을 꾀어서 부르게 하니 그것은 이러하다.
> "선화 공주님은 남몰래 시집가 두고 서동방을 밤에 몰래 안으러 간다네."
> 동요가 도성에 가득 퍼져서 대궐 안에까지 들리자 백관들이 임금에게 극력 간하여 선화 공주를 먼 곳으로 귀양 보내게 했다. 왕후는 선화 공주가 떠날 때 노자로 황금 한 말을 주었다. 귀양지로 가는 길에 서동이 나타나 선화 공주를 맞으며 공주를 모시고 가겠노라고 말하고 둘이 정을 통하게 되었다. 선화 공주가 서동과 함께 백제에 이르러 왕후가 준 금을 내어 장차 살아 나갈 계획을 의논하니 서동이 크게 웃고 말했다. "이것이 도대체 무엇이오?" 선화 공주가 말하기를, "이것은 황금이니 백년의 부를 누릴 것입니다."라고 하였다. 서동이 말하기를, "어릴 때부터 마를 캐던 곳에 황금이 흙처럼 많이 쌓여 있소."라고 하였다. 선화 공주는 이 말을 듣고 크게 놀라면서 말했다. "이것은 천하의 지극한 보물입니다. 그대가 지금 그 금이 있는 곳을 아시면 부모님이 계신 궁전으로 보내는 것이 어떻겠습니까?" 서동은 그러자고 하였다. 이에 금을 모아 언덕과 같이 쌓아 놓고, 용화산(龍華山) 사자사(師子寺)의 지명 법사(知命法師)에게 가서 금을 실어 보낼 방법을 물으니 지명 법사가 말하기를 "내가 신통한 힘으로 보낼 터이니 금을 이리로 가져오시오."라고 하였다. 선화 공주는 편지를 써서 금과 함께 사자사 앞에 가져다 놓았다. 지명 법사는 신통한 힘으로 하룻밤 사이에 금을 신라 궁중으로 보내어 두었다. 진평왕은 그 신비스러운 변화를 이상히 여겨 더욱 서동을 존경해서 항상 편지를 보내어 안부를 물었다. 서동은 이로부터 인심을 얻어서 왕위에 올랐다.
>
> — 《삼국유사》 권2

〈서동요〉의 배경 설화	드라마 대본 〈서동요〉
• 장이 선화 공주와 결혼하기 위해서 〈서동요〉를 창작함	• 장이 선화 공주를 망신 주고 복수하기 위해서 〈서동요〉를 창작함
• 장이 우연히 황금의 가치를 알고 황금을 신라 궁중으로 보냄으로써 인심을 얻어 왕위에 오름	• 장이 적극적으로 자신의 운명을 개척하여 왕위에 오르게 됨
• 장이 지명 법사의 도움으로 황금을 신라 궁중으로 보내게 됨으로써 순탄하게 왕위에 오름	• 장이 기루, 부여선과 같이 대립하는 인물에 의해 시련을 겪고 이를 극복하며 왕위에 오름
• 선화 공주와의 애정 문제에 기반을 둔 장의 욕망 추구에 초점을 둠	• 장과 선화 공주의 현실적인 삶의 모습과 진정한 삶의 가치에 초점을 둠

작품 한눈에

• **해제**
〈서동요〉는 4구체 향가인 〈서동요〉를 현실적으로 재해석하여 창작한 드라마 대본이다. 백제 무왕의 특이한 출생과 신분, 성장 과정, 그리고 치열했던 당시 백제의 왕위 계승 투쟁을 현실적으로 다루며 속임수와 모략이 난무한 상황에서 진정한 삶의 가치를 지키며 왕이 된 장의 성장을 다룬 작품이다. 선화 공주와의 애정 관계, 백제와 신라의 갈등, 궁중사를 흥미 있게 극화하고 백제의 기술사 집단을 극의 중심에 배치하여 익숙한 과학 기술을 다룸으로써 극의 재미를 더하였다.

• **제목 〈서동요〉의 의미**
— 드라마 내용의 바탕이 된 향가
〈서동요〉는 신라 시대에 창작된 4구체 향가인 〈서동요〉를 모티프로 창작한 드라마 대본으로 〈서동요〉의 배경 설화를 근간으로 장(서동)과 선화 공주의 애정과 혼인 과정을 현실적으로 그려 낸 작품이다.

• **주제**
고난을 극복하여 왕이 된 장의 삶과 장과 선화 공주의 사랑

농토 ▸ 윤조병

💬 전체 줄거리

초복이 며칠 지난 한여름, 지렁내 마을의 소작농 돌쇠가 며느리 점순네와 함께 마당에서 보리타작을 한다. 이때 마을 청년 일수가 찾아와 점순네의 딸 점순이 학교 앞에서 미친 짓을 하고 있음을 일러주며, 학교가 끝나면 점순이 석산에 가 호미로 바위를 쫄 것이라며 걱정한다. 돌쇠와 점순네는 곧 지주인 어른에게 돈을 갚아야 하지만, 대처(사람이 많이 살고 상공업이 발달한 번잡한 지역)에 나가 소식이 끊긴 점순네의 아들 창열을 찾아야 하고, 정신 질환을 앓고 있는 점순을 큰 병원에 데리고 가야 하는 등 돈 쓸 일이 많아 걱정한다. 점순네는 창열과 점순을 대처에 보낸 것을 후회하며, 마을 주변에서 공사 중인 댐에 관한 이야기를 나눈다. 돌쇠는 나라에서 진행하는 댐 공사로 인해 주변 마을이 모두 수장되고 있으며, 자신들이 사는 지렁내 마을도 곧 물에 잠길 것이라고 말하고, 점순네는 걱정되는 마음을 드러낸다.

이때 댐 공사를 위한 남포(도화선 장치를 하여 폭발시킬 수 있게 만든 다이너마이트) 소리가 크게 울리고 그 소리에 매미는 울음을 멈춘다. 곧바로 마을 사람인 옥돌네와 갑석, 덕근이 급히 들어온다. 옥돌네는 당장 내일이라도 댐의 수문만 내리면 마을이 모두 물에 잠기고 심지어 석산 중턱까지도 물이 찰 것이라며 하루빨리 마을을 떠나야 한다는 소식을 전한다. 이에 점순네 등이 동요하자 돌쇠는 마을 사람들을 안심시키며 하던 농사를 지으러 일어선다. 이때 다시 한 번 남포 소리가 울리고 점순네는 논으로 가려는 돌쇠를 말린다. 그러면서 점순네는 돌쇠의 지주인 어른은 마을이 곧 잠길 것이라는 사실을 이미 알고 있었을 것이라는 말을 한다. 어른이 해마다 가을 도지(남의 논밭을 빌려서 부치고 논밭을 빌린 대가로 해마다 내는 벼)에 얹어서 받던 빚을 이번에만 돈으로 갚으라고 한 이유가 마을이 수장될 것이기 때문이라는 것이다.

▸ 소작농인 돌쇠와 점순네가 사는 지렁내 마을이 댐 공사로 인해 수장될 위기에 처하고 있음

그 말을 들은 덕근은 마을 사람들에게 돌쇠 가문과 어른 가문의 역사에 관해 이야기한다. 덕근은 돌쇠 가문이 3대째 어른 가문의 노비 또는 소작농으로 지내고 있다고 한다. 돌쇠의 할아버지는 어른의 할아버지인 더큰어른이 우시장에서 덤으로 얻어 와 '덤쇠'라는 이름을 갖게 되었고 그때부터 돌쇠 가문의 노비 생활이 시작되었다고 한다. 덕근은 더큰어른이 소작농들의 재물을 수탈할 것을 지시해도 덤쇠는 몰매를 맞아가며 거부했고, 결국 궂은 일을 도맡아 하며 힘들게 살다 죽었다는 이야기를 해 준다. 또한 덤쇠의 두 아들은 더큰어른의 큰 도령과 작은 도령 대신 전쟁에 나갔는데, 한 명은 전쟁에 나가 죽고 또 다른 한 명인 한쇠는 살아 돌아와 어른의 아버지인 큰어른의 노비로 살았다고 한다.

▸ 덕근은 돌쇠 가문이 3대째 어른 가문의 노비 또는 소작농으로 지내고 있다고 말하며, 돌쇠의 할아버지 덤쇠의 내력을 이야기함

덕근은 한쇠와 큰어른 사이에 있었던 일을 회상한다. 회상에서 큰어른은 일제 강점기의 친일파이다. 큰어른은 한쇠에게 본인이 아닌 마름들이 소작농을 괴롭혔다고 증언할 것을 요구하면서, 한쇠를 노비에서 풀어 주고 석산과 옥답(기름진 논)을 주겠다는 말로 회유한다. 이후 위기에서 벗어난 큰어른은 한쇠가 본인을 반민 특위(1948년 9월에 공포한 반민족 행위 처벌법을 집행하기 위하여 그해 10월에 제헌 국회가 설치한 특별 위원회)에 밀고하여 죽이려는 음모를 꾸몄다며 거짓말을 하고, 이를 빌미로 한쇠에게 노비 문서 지장을 받아 낸다.

회상이 끝나고 덕근은 돌쇠가 어른에게 받은 고통에 대해 설명한다. 덕근은 돌쇠가 6·25 전쟁 때 피난 간 어른의 집을 지켜 주고 대신 군대를 다녀오는 등 어른 가문에 헌신을 다했다고 이야기한다. 덤쇠 때부터 돌쇠 때까지 돌쇠 가문은 150년에 걸쳐 돌만 있는 석산에 봉답(빗물에 의해서만 벼를 심어 재배할 수 있는 논)을 일구었고, 돌쇠가 쉰 살 되는 해에 행랑 머슴에서 벗어나면서 봉답을 얻어 가지고 나와 논으로 사용하기 시작했다. 덕근은 지금껏 어른 가문이 했던 행동들을 근거로, 어른이 돌쇠에게 석산의 봉답을 절대 내어 주지 않을 것이라 말한다.

▸ 덕근은 한쇠가 큰어른으로부터 받은 억압과 고통을 회상하고, 어른이 돌쇠에게 석산의 봉답을 주지 않을 것이라 추측함

장면 포인트 ❶ 283P

이때 어른이 방에서 나와 돌쇠에게 석산이 돌쇠가 아닌 본인의 것임을 강조하며 석산을 깨서 둑 쌓는 데 쓸 것이라고 일러둔다. 또한 돌쇠 가문이 일궈 낸 봉답이 있는 골짜기도 전망이 좋은 곳이라 살려 둘 것이지만 논으로 계속 쓴다는 보장은 없음을 강조한다.

마을 사람들이 해산한 뒤 어른은 점순네에게 이남박(안쪽에 여러 줄로 고랑이 지게 돌려 파서 만든 바가지 같은 그릇)을 가지고 자신의 방으로 들어올 것을 명령한다. 놀란 점순네는 시어머니이자 돌쇠의 아내였던 어멈 점순네가 살아 있을 적 점순네에게 했던 말을 회상한다. 어멈 점순네는 곡식을 씻고 일 때 쓰는 이남박을 보여 주며 어르신네가 이남박을 가지고 오라고 하면 점순네는 지체 없이 어르신네에게 가야 하고, 이는 곧 점순네가 어르신네에게 착취를 당한 후에 그 대가로 쌀을 받을 것임을 의미한다고 알려 주었다. 회상이 끝난 뒤 점순네는 어른의 기침 소리가 나는 대문을 바라본다.

▸ 어른은 돌쇠에게 석산의 봉답이 본인의 것임을 강조하고, 점순네가 어른에게 착취를 당하게 될 것임을 짐작함

어느 날 저녁, 옥돌네는 우물에서 빨래를 하고 덕근, 갑석, 진모는 들마루에서 이야기를 나눈다. 진모는 못자리에 대한 이야기를 하다가 여자들이 밤에 해골 물을 구하러 공동묘지에 가는데, 그 이유가 해골 물로 병을 고칠 수 있다는 미신 때문임을 이야기한다. 이 말을 들은 옥돌네는 밤에 나갔다가 새벽에 이슬과 흙을 묻히고 돌아오는 점순네를 의심한다. 이때 어둠 속에서 점순네와 점순이 등장하고, 점순네와 옥순네는 우물가에서 마늘을 엮는다.

덕근, 갑석, 진모는 조용히 점순네 가족에 관한 이야기를 시작한다. 갑석은 대처에 간 창열이 공장에서 쇳물 녹이는 일을 하다가 심한 화상을 입고 손가락 몇 개를 잃는 등의 장애를 얻게 되었다고 말한다. 이후 공장에서 치료비를 주지 않아 밤사이에 창열이 병원에서 도망 나왔고, 그 이후 소식이 끊겼다는 이야기를 진모와 갑석이 전한다. 점순은 대처의 한 회사에서 재봉기를 돌리는 일을 했는데, 월급이 나오지 않아 결국 술집에서 일을 하다가 정신 질환을 얻게 되었다고 한다. 덕근은 창열과 점순을 그렇게 만든 것이 그들을 공부시키겠다며 대처로 보낸 할아버지 돌쇠라며, 돌쇠 가족의 아픔을 이야기한다. 돌쇠의 형은 돌산에서 일하다 죽고, 여자 형제 두 명은 각각 홍역, 하루 살이에 걸려 죽었다고 한다. 창열의 아버지이자 돌쇠의 아들 울배는 베트남 파견 병사, 중동 잡부로 일하여 장만한 밭을 싼 값에 팔았지만, 값이 늦게 나와 다른 땅을 마련하지 못하고 술에 빠져 생활하다 자살했다는 이야기를 전한다.

▶ 마을 사람들이 점순네와 돌쇠 가족의 비극에 대해 이야기함

이때 상만과 일수가 등장하고 일수는 진모에게 본인의 일거리가 있는지 물어본다. 진모는 일당이 적은 일이지만 공동묘지의 뗏장 뜨는 일을 소개해 주고, 일수는 다음 날부터 바로 일을 시작하려는 의지를 보인다. 돌쇠가 들어오고 마을 사람들은 속성 재배, 다수확 신품종, 기계 영농 등 변화가 생긴 현재 농업에 관한 이야기를 나눈다. 마을 사람들은 농촌에 일거리가 없고 노동에 대한 값을 잘 쳐주지 않는 현 상황에 불만을 표하며 속상해한다. 그들의 말을 들은 돌쇠는, 농사지어 받는 돈은 공산품 물가를 따라갈 수 없는 것이 현실이지만, 그럼에도 불구하고 살아남기 위해 불만 말고 농사를 지어야 한다고 발끈한다. 창열이 마을로 다시 돌아올 것이라는 점순네의 생각과 달리 마을 사람들은 대처에서 장애를 얻은 창열이 다시 마을로 돌아오지 않을 것이라는 이야기를 하며 현실에 대한 불평을 계속한다. 일수는 점순의 병도 고칠 수 없을 것이라 말하고서 뛰어나가고, 이 말을 들은 점순네는 점순의 병을 고치기 위해 큰 병원만 가지 않았지 할 수 있는 모든 것은 다 했다며 일수의 말에 수긍한다. 진모는 점순을 치료할 수 있는 방법으로 음양의 조화를 제안하고, 점순을 시집보내자는 제안을 한다. 이어서 평소 점순을 좋아하던 일수와 점순을 결혼시키자는 주장을 하고, 돌쇠를 제외한 마을 사람들은 진모의 말에 동의한다.

▶ 마을 사람들은 농촌의 현실에 불평을 표하면서, 점순의 병을 고치기 위해 점순을 일수와 결혼시키자는 이야기를 나눔

어느 날 낮, 점순과 일수는 들마루에서 함께 공부를 한다. 일수는 고무래, 지게 등 농기구를 이용해 점순에게 영어 알파벳을 가르쳐 준다. 점순은 고개를 끄덕이거나 흔들 뿐 아무런 말도 하지 않지만, 일수는 먼 곳의 논을 보며 훗날 자신의 논에서 점순과 함께하고 싶다는 마음을 표현한다. 또한 돈을 모아 큰 병원에서 점순의 병을 고

쳐 주겠다고 말한다. 대답이 없는 점순에게 일수는 어른의 회유에 넘어가지 말고 어른의 앞에서는 다리를 내놓지도 말라고 당부하며 울음을 터뜨린다. 얼마 뒤 돌쇠와 점순네가 장에서 돌아와 일수에게 창열로부터 편지가 오지 않았느냐고 묻지만 일수도 대답해 줄 수 있는 것이 없다. 돌쇠와 점순네는 보리 매상이 잘 되었다며 안도

장면 포인트 ❷ 285P
하고, 돈을 꺼내 써야 할 곳을 정리해 보지만 돈은 턱없이 부족한 상황이다. 주목 이때 석산 쪽으로부터 남포 소리가 크게 울리고, 점순네는 점순이 호미를 들고 석산에 갔음을 깨닫게 된다. 이날 점순은 석산에서 남포를 폭발시킬 때 튄 돌에 맞아 죽는다.

▶ 일수가 점순에게 영어를 가르쳐 주던 어느 날, 점순은 석산에 갔다가 돌에 맞아 죽게 됨

장면 포인트 ❸ 287P
매미조차 울지 않는 뜨거운 한여름 오후, 돌쇠와 마을 사람들은 점순의 장례를 치른 뒤 돌아와 들마루에 앉아 있다. 점순과 한집에 살았던 옥돌네는 담배 건조장 탑으로 올라가 점순이 죽은 석산을 바라보며 통곡한다. 장면 포인트 ❸ 287P 이때 상만이 급히 달려와 돌쇠가 농사짓던 봉답이 있는 석산에 어른이 별장을 지으려고 한다는 소식을 전한다. 이어서 상만은 점순이 댐 공사에 쓰인 남포가 아닌 별장을 짓기 위한 남포에 맞아 죽은 것이라는 이야기를 한다. 마을 사람들은 충격에 빠지고, 마을을 떠날 때가 눈앞에 닥쳤다는 것을 깨닫는다. 어른이 석산의 양지에 살 것임을 알고 있었던 돌쇠는 마을 사람들에게 석산 골짜기의 음지로 가서 살자고 말한다. 상만은 돌쇠의 조상들이 어른 가문으로부터 당해 온 억압을 언급하며, 어른의 계획을 알고 있었으면서도 아무런 말도 하지 못한 돌쇠를 비난한다.

▶ 점순이 어른의 별장을 짓기 위한 남포 때문에 죽었다는 사실이 밝혀지고, 마을 사람들은 돌쇠를 비난함

돌쇠는 할아버지 덤쇠가 더큰어른으로부터 받은 고통을 회상한다. 회상에서 더큰어른이 덤쇠에게 한 일은, 큰어른이 한쇠에게 한 일과 매우 비슷하다. 더큰어른은 덤쇠에게 폐농한 노비들을 잡아 오라는 명을 하고, 이를 거절한 덤쇠를 때린다. 이후 동학 농민 운동이 일어나자 더큰어른은 덤쇠에게 본인이 아닌 마름들이 소작농을 괴롭혔다고 증언할 것을 요구하면서, 노비 문서를 태우고 석산과 옥답을 주겠다는 말로 덤쇠를 회유한다. 이후 위기에서 벗어난 더큰어른은 덤쇠가 동학패에게 밀고해 자신을 죽이려는 음모를 꾸몄다며 거짓말하고, 이를 빌미로 덤쇠에게 다시 노비 문서 도장을 받아 낸다.

▶ 돌쇠가 자신의 할아버지 덤쇠가 더큰어른으로부터 받은 억압과 고통을 회상함

회상이 끝나자 마을 사람들은 낫과 괭이 등 연장을 찾아 들고 어른을 죽이러 가자고 한다. 그러나 돌쇠는 일수와 손자 창열을 이대로 놔둘 수 없다며 마을 사람들에게서 농기구를 빼앗고 다시 일을 하러 가고자 한다. 이때 일수가 헐레벌떡 들어와 댐에 수문이 꽂혔다

는 이야기를 전하자 마을 사람들은 또다시 망연자실한다. 힘겹게 정신을 차린 돌쇠는 마을 사람들에게 원혼을 급히 풀기보다 땅에 정을 주어야 한다고 말하며, 석산 골짜기의 음지 땅일지라도 농토를 계속해서 일구어 내겠다는 의지를 다진다.

▶ 어른 가문의 횡포에 마을 사람들은 분개하지만,
돌쇠는 계속해서 농토를 일구겠다는 결연한 의지를 드러냄

인물 관계도

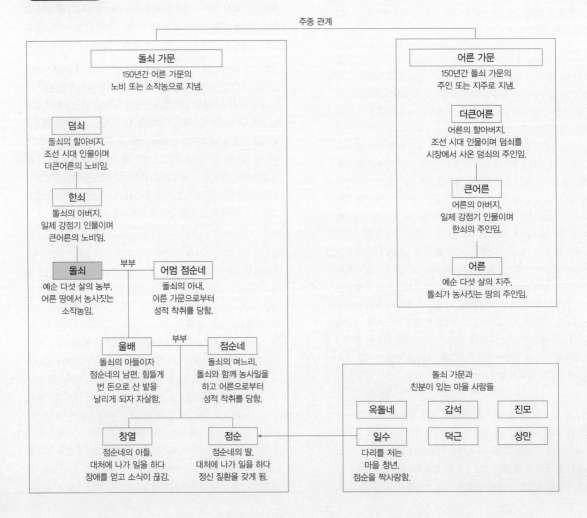

주종 관계

돌쇠 가문
150년간 어른 가문의
노비 또는 소작농으로 지냄.

덤쇠
돌쇠의 할아버지,
조선 시대 인물이며
더큰어른의 노비임.

한쇠
돌쇠의 아버지,
일제 강점기 인물이며
큰어른의 노비임.

돌쇠 ─ 부부 ─ **어멈 점순네**
예순 다섯 살의 농부,   돌쇠의 아내,
어른 땅에서 농사짓는   어른 가문으로부터
소작농임.   성적 착취를 당함.

울배 ─ 부부 ─ **점순네**
돌쇠의 아들이자   돌쇠의 며느리,
점순네의 남편, 힘들게   돌쇠와 함께 농사일을
번 돈으로 산 밭을   하고 어른으로부터
날리게 되자 자살함.   성적 착취를 당함.

창열   **점순**
점순네의 아들,   점순네의 딸,
대처에 나가 일을 하다   대처에 나가 일을 하다
장애를 얻고 소식이 끊김.   정신 질환을 갖게 됨.

어른 가문
150년간 돌쇠 가문의
주인 또는 지주로 지냄.

더큰어른
어른의 할아버지,
조선 시대 인물이며 덤쇠를
시장에서 사온 덤쇠의 주인임.

큰어른
어른의 아버지,
일제 강점기 인물이며
한쇠의 주인임.

어른
예순 다섯 살의 지주,
돌쇠가 농사짓는 땅의 주인임.

돌쇠 가문과
친분이 있는 마을 사람들

옥돌네   **갑석**   **진모**
일수   **덕근**   **상만**

일수
다리를 저는
마을 청년,
점순을 짝사랑함.

- 이 작품은 할아버지 대부터 150년간 삼대에 걸쳐서 지주 어른 가문의 노비와 소작농으로 살던 돌쇠 가문을 중심으로 내용이 전개되는 희곡이다.
- 해당 장면은 지주 어른이 마을 사람들에게 댐으로 마을이 수몰되기 전에 떠날 것과 석산 땅이 자신의 소유임을 말한 다음 점순네에게 이남박을 들고 집 안으로 들어오라고 하는 상황이다.
- 인물 간의 대화를 중심으로 지주 어른의 성격을 파악하고, 돌쇠와 점순네가 처한 상황을 이해하도록 한다.

「이때 <u>솟을대문</u>이 소리를 내며 열리고 어른과 헬멧을 든 두 사나이가 나온다. 모두 말
_{행랑채의 지붕보다 높이 솟게 지은 대문. 좌우의 행랑채보다 기둥을 훨씬 높이어 우뚝 솟게 짓는다.}

을 뚝 멎고 주눅이 들어 버린다.」
_{「 」: 무대가 지주 어른의 집 앞이며 마을 사람들이 지주 어른의 집 앞에 모여 있음}

돌쇠: (다가가서 사나이에게) 안녕허세유, <u>선상님들</u>.
_{호칭과 지주 어른의 대사로 볼 때 댐 건설과 관련이 있는 인물임을 추측할 수 있음}

어른: 땜이 언제 <u>만수</u>될지 모르니까 주민들의 안전을 생각해서 오늘이라도 당장 철
_{물이 가득참}

거를 해야 하지만 내가 잘 말씀드려서 얼마간 말미를 얻었네.
_{일정한 직업이나 일 따위에 매인 사람이 다른 일로 말미암아 얻는 겨를}

돌쇠: 고맙구먼유.

어른: 서둘러 보리 건조해서 <u>수매</u>하고 갈 곳을 마련하게.
_{'거두어 사들이다.'라는 의미이나 여기서는 '거두어서 팔다.'라는 의미}

돌쇠: 야. 헌디…… 즈이는…… 저 돌산으로 갔으믄 쓰것는……
_{돌쇠는 마을이 수몰된 뒤 석산에 정착하고 싶어 함}

어른: (말을 잘라) 석산* 문제는 지금 막 결말을 봤네.
_{독단적으로 일을 처리하는 지주 어른의 성격을 드러냄}

모두: !? (관심을 집중한다.)

어른: 내가 그걸 자네에게 줬다고 잘못 생각하고 있는 모양인데, 이 문서를 보면 엄
_{돌쇠는 석산이 자신의 땅이라고 믿고 있었음을 알 수 있음}

연히 내 것이네. 석산을 깨서 둑 쌓는 데 쓰기로 계약을 했네.
_{마을 사람들의 처지는 전혀 신경 쓰지 않는 지주 어른의 태도}

돌쇠: 야? (모두 술렁거린다.)

어른: <u>봉답</u>* 있는 골짜기는 땜에 물이 차면 전망이 좋은 곳이라 우선 살려 두기로 했
_{돌쇠의 봉답이 있는 골짜기는 깨지 않는다고 함 – 나중에 지주 어른의 별장을 만드는 장소로 밝혀짐}

네.

점순네: 어르신네 고맙구먼유.

어른: 허어, 살린다구 해서 꼭 논으로 쓰겠다는 건 아냐.
_{봉답이 있는 골짜기에 자신의 별장을 짓는다는 것을 감추며 한 말}

돌쇠: …….
_{지주 어른의 말에 아무런 말을 못함}

어른: (두 사나이에게) 됐소이다.
_{일처리가 마무리되었으니 가도 좋다는 말}

<u>두 사나이가 인사하고 헬멧을 쓰면서 나가면, 이어서 오토바이 시동 소리가 요란하게</u>
_{희곡의 특성 – 오토바이를 직접 보여 주지 않고 음향 효과로 대신함}

<u>무대를 흔들어대고 달려간다.</u>

어른: 자네들은 할 일이 없나?
_{마을 사람들을 보내고 점순네를 집 안으로 불러들이기 위해 한 말}

옥돌네: 아녀유. 상치하구 풋고출 따야 저녁 장을 보누만유.

옥돌네와 갑석은 헛간을 돌아 <u>남새밭</u>으로 가고, 덕근은 솟을대문 앞길로 나가고, 돌쇠
_{채소밭}

는 지게를 지고 점순네는 도리깨를 집어 든다.
_{▶ 댐 건설로 마을이 수몰되는 상황에서 지주 어른이 봉답이 있는 골짜기는 남겨 두기로 했다고 돌쇠에게 말함}

어른: 점순네.

작품 분석 노트

- '솟을대문'의 역할

솟을대문
지주 어른의 집으로 들어가는 입구

안쪽	바깥쪽
• 함부로 들어갈 수 없는 지주 어른의 공간 • 마을 사람들 중 지주 어른의 성적 요구를 들어 줄 수밖에 없는 점순네만 들어 갈 수 있음	마을 사람들의 공간

- '지렁내 마을'의 상황

지렁내 마을
• 공간적 배경 • 댐 건설로 인해 수몰 지구가 됨

↓

마을 사람들은 안전을 위해 거처를 옮겨야 하는 상황에 처함

점순네: 야.

어른: 점순이를 보내든지 자네가 오든지 이남박 갖고 잠깐 들어오게.
　　　안쪽에 여러 줄로 고랑이 지게 돌려 파서 만든 함지박. 쌀 따위를 씻어 일 때에 돌과 모래를 가라앉게 함

점순네: 야? (크게 놀라며 도리깨를 넘어뜨린다.)

돌쇠: 아니, 왜 그려?
　　　점순네의 시아버지인 돌쇠는 어떤 상황인지 모르고 있음

점순네: (순간적으로 태도를 바꿔) 아…… 아니유. 잘못헤서 넘어뜨렸구먼유.

「급히 도리깨를 세운다. 매미가 울어댄다. 어른이 대문을 닫는다. 돌쇠가 매미와 어른
「 」: 지시문을 통해 인물들의 행동을 묘사함
에게 시선을 보냈다가 뒷마당으로 해서 나간다. 점순네가 도리깨에 기대서 멍해 있다가
우물로 가서 대야에 물을 떠 손을 씻으려다가 부엌 쪽을 본다.」무대가 어두워지면서, 매
　　　　　　　　　　　　　　　　　　　　　　점순네가 '어멈 점순네'로 분장하기 위한 조명의 암전
미가 요란스레 울면, 빛이 오동나무 숲을 비추는 듯하다가 부엌 쪽을 비춘다. 점순네가
　　　　　　　　　조명과 음향 효과를 통해 회상 장면으로 전환됨
'어멈 점순네'가 되어 이남박을 들고 부엌에서 나온다. 회상 장면이다.
배우가 1인 2역을 통해 회상 장면을 연기함

어멈 점순네: (우물을 향해) 애야, 이게 이남박이다. 곡식을 씻고 일 때 쓰는 계여. 큰
　　　　　점순네 역할을 하는 배우가 점순네의 시어머니가 되어 하는 말이므로 상대 배우가 등장할 수 없음
건 양반이 쓰구 작은 건 상것들이 쓰는 것여. (사이) 이 이남박에 우리네 상것들이
　　　　신분에 따라 이남박의 크기가 다름　　　　　　　　　　　자신들이 하얀 쌀밥을 먹을 때
하얀 쌀을 씻을 때가 있구먼. 아이들 허구 남정네들은 이밥이라구 좋아라 퍼 넣지
만 그 이밥 속에는 우리 상것 계집들이 남몰래 흘린 피눈물허구 한이 들어 있는 것
이여. (사이) 어르신네가 이남박을 갖구 오라는 분부면 어미 너는 지체 말고 가야
　　　　　　　　　　　　　　　　　　　　　　　　점순네
허구, 나올 땐 쌀을 내릴 것이니 바로 쌀을 씻으믄서 눈물을 감춰야 앙탈을 하다
가 이남박을 깨기라도 하면 큰일 나는 것이여. (사이) 상것 계집헌틴 은장도가 읎
　　　　　　　　　　　　　　　　악물고　　　　　상것은 지조를 지키지 못함
고 열녀문두 읎는 벱이여. 있다믄 입을 옥물고 이마를 펴서 그 티를 내지 않는 것
　　　　　　　　　　　　　　　　　　지조가 있다고 하더라도 겉으로 드러내지 말아야 함
뿐이여. (사이) 니 시할무니가 이걸 갑오년 전 해에 물려받아 왜정 중간에 나헌티
　　　　　　　　　　　　　　　지주 가문의 착취가 대를 이어 계속되어 왔음을 알 수 있음
줬는디 내가 이걸 버리지 못허구 오늘 어미헌티 주는 것이여……. 상것 지집은 원
혼두 읎어…….

'어멈 점순네'가 부엌으로 들어간다. 부엌문을 비추던 빛이 오동나무로 가고 매미가 울
　　　　　　　　　　　　　　　조명과 음향 효과를 통해 회상 장면에서 현실로 돌아옴
어대고, 잠시 후에 무대가 밝아지면 점순네가 대야 앞에 앉아서 부엌문을 바라보는 장면
　　　　　　　　　　　　　　　　　　　　점순네가 회상하고 있는 상황을 표현함
으로 돌아온다. 솟을대문 안에서 큰 기침 소리가 들려온다. 점순네가 소스라쳐 벌떡 일
　　　　　　　　　　점순네에게 어서 들어오라는 지주 어른의 독촉
어서서 대문을 바라본다. 무대가 서서히 어두워진다.　▶ 지주 어른이 점순네를 착취할 것임을 암시하고
　　　　　　　　　　　　　장면 전환을 위한 암전　　　　　　점순네가 과거를 회상함

■ 석산: 돌이나 바위가 많은 산.
■ 봉답: 빗물에 의하여서만 벼를 심어 재배할 수 있는 논. ≒ 천둥지기. 천수답.

· '이남박'의 의미

이남박
쌀을 씻어 돌을 골라내는 도구

↓

- 신분에 따라 크기가 다름
- 점순네의 시어머니의 시어머니부터 이어져 내려온 악습인 여성 노비들에 대한 지주 가문의 착취를 상징하는 소재

↓

'상것 계집들'이 남몰래 흘린 피눈물과 한이 들어 있음

· '암전'의 기능

암전
연극에서, 무대를 어둡게 하는 것

↓

- 암전한 사이에 다음 장면을 위한 세트나 소품을 교체함
- 배우가 등장이나 퇴장을 함
- 작중의 시간과 공간이 크게 변하는 것을 보여 줄 때 자주 쓰임
- 공간적 제약이 큰 연극에서 공간적 제약을 극복하기 위한 수단

이 장면의 암전
점순네가 우물로 가서 손을 씻으려다가 부엌 쪽을 볼 때 무대가 어두워지면서 매미가 울고 빛이 오동나무 숲을 비추는 듯하다가 부엌 쪽을 비춤

↓

- 점순네가 '어멈 점순네'로 분장하기 위함
- 현재에서 회상 장면으로 전환됨

• 해당 장면은 댐이 수몰된 이후에 살아야 하는 석산 쪽에서 공사하는 것을 알게 된 돌쇠와 점순네를 비롯한 마을 사람들이 점순의 사고를 접하게 되는 상황이다.
• 희곡의 특성을 파악하고, 지시문과 대사를 통해 사건의 전개 양상과 인물의 정서를 이해하도록 한다.

점순네: 이거 워치키 한 대유? (몫을 짚으며) 이삭 거름 값 허구 농약값은 뭔 일이 있
　　　　　'어떻게'의 방언　　　　들어갈 돈의 몫을 따지고 있음

어두 떼 놔야 허구, 품 살라믄 꽁보리밥으론 안 되니께 쌀을 두어 말 팔아야 허구,
　　　　　　　　　　　삯을 받고 하는 일

옥돌네서 꾼 돈은 옥이 허구 돌이 학빈디 방학 전에 납부혀야니께 꼭 갚아야 허구,

조합 출자금두 뗀다는 걸 갖다 내겠다구 약속허구 죄 가져왔은께 두어 구좌는 내
　　　　　　　　　　　　　　　　　　　　　　　　　금융 기관에 예금하려고 설정한 개인명이나 법인명의 계좌

야 허구, 이달에 어머님허구 점순 아부지 지사니께 고사리는 있지만 조기허구 탕
　　　　　　시어머니와 남편이 죽었음을 알 수 있음　　　　　　　　　제사 음식을 마련해야 함

국거리는 사야 허구, 밀린 하천 부지 사용료두 두어 차례 독촉을 왔는디 이참은 줘
　　　　　　　　　　　　　　　　　　　　　　　곧 돌아오거나 이제 막 지나간 차례

야 허구…… 아부님 작업복이 그거 한 벌 뿐인디 다 헤져서 이참 벗으시믄 빨지두
　　　　　　　　　돌쇠　　　돌쇠가 입고 있는 옷

못헌께 사야 허구, (빈 곳을 짚어 가며) 어르신네 빚, 점순이 병원비, 창열이 찾어
　　　　　　　　　　　　　　　　　　　　　　아들 창열은 도회지에 나가 소식이 끊긴 상황임

가는 노자, 경운기 사용료를 워치키 해야 할지 모르겠네유.

돌쇠: 빈 몫은 왜 짚어?
　　　　빈 곳을 짚어 가며 몫을 따진 것

점순네: 빈 몫이 큰 건디 모른 척 헐 순 없는 노릇이쥬.

돌쇠: …….
　　　　점순네의 말에 아무런 말을 못함

점순네: 어르신네 빚 한 가지만 해결헐래두 이걸루는 턱이 안 되구유.

가까운 곳에서 남포 소리가 땅을 크게 흔든다.
　　　지주 어른의 별장을 짓기 위해 석산 쪽에서 나는 소리

점순네: 뭔 소리지유? / **돌쇠:** 글씨…….

점순네: 공사장 남포 소리룬 너무 가깐 디서 들리네유.
　　　　　　남포 소리가 댐 건설 현장이 아니라 다른 곳에서 들리는 것임을 드러냄

점순네, 돌쇠, 일수가 시선을 마주치며 불안해하는데, 또 한 차례 땅이 울린다.
　　　　세 명의 배우가 불안한 연기를 하도록 지시한 지시문

일수: 석산 쪽이유. / **점순네:** 뭣이여? (벌떡 일어선다.)
　　　　　　　　　　　　　　석산 쪽은 돌쇠 가족이 수몰된 다음 살기로 한 땅이므로

점순네가 고샅으로 달려가고, 일수는 연초 건조장 탑으로 뛰어 올라가고, 돌쇠는 뒷마
　　　　　사람들이 흩어져서 남포 소리가 나는 곳을 찾아다님

당으로 간다.

점순네: 워디여? / **일수:** (탑에서) 석산이 맞구먼유. 석산에서 먼지가 피어올라유.
　　　　　　　　　　　　　　남포 소리가 석산에서 나는 것임을 알 수 있는 근거

점순네: 워디…… 워디…….

일수: 봐유, 땜 공사 허는 오봉산이믄 저쪽인디 바루 배암산 뒤에서 먼지가 오르잖
　　　　댐 공사를 하기로 한 오봉산 쪽이 아니라 석산이 있는 배암산 뒤에서 공사가 진행되고 있음

유.

점순네: 틀림없구먼. 이 일을 워치키 헌댜……. 아부님, 뭔 일이래유? 왜 우리 석산

꺼정 깬대유? 야?

돌쇠: (한번 시선을 줄 뿐 대답을 않는다.)
　　　　점순네의 질문에 대답을 하지 않고 무덤덤하게 관망하는 태도를 보이고 있음

일수: 석산두 바루 골채기구먼유.
　　　　지주 어른이 봉답이 있는 골짜기는 우선 살려 두기로 하였다는 것을 상기함

작품 분석 노트

• '점순네'의 대사를 통해 고발한 당시
농촌의 현실

점순네의 대사
• 이삭 거름 값, 농약값은 반드시 떼 놓아야 함
• 품을 사기 위해 쌀 두어 말을 팔아야 함
• 옥돌네에서 꾼 돈은 방학 전에 갚아야 함
• 조합 출자금을 두어 구좌 내야 함
• 제사 음식을 마련할 재료를 사야 함
• 하천 부지 사용료를 줘야 함
• 돌쇠 작업복을 사야 함

+

• 지주 어른네 빚
• 점순의 병원비
• 창열을 찾아가는 노자
• 경운기 사용료

↓

살림에 들어갈 돈이 부족하며 농가
부채 문제가 심각함

⇓

열심히 일해도 지주만 돈을 벌게 되
고 소작농은 고통과 가난에 시달리는
당대 농촌의 구조적인 모순과 문제점
을 점순네 가족의 삶을 통해 투영함

감상 포인트

희곡의 장르적 특징과 관련하여 극적
형상화 방식을 파악하며 작품을 감상
한다.

점순네: 뭐여? 그럼 우리 봉답은 워치기 된 거여…… . 잘 봐.

일수: 골채기˚ 양지짝˚이 틀림없어유. 양지짝이유.

점순네: 이 일을 워쩌? 양지짝이믄 봇물˚을 파 논 딘디 거길 깨면 우리 엿 두럭˚은 천

둥지기˚두 못 허는디…… . 아부님, 뭔 일이래유? 야? 아부님…… .
　　점순네는 석산 양지쪽에 봉답을 경작하는 데 필요한 물을 담아 놓을 수 있는 보를 만들어 놓은 상황임

돌쇠: 봇물은 그대루 남는구면. 바로 그 위께.
　　돌쇠는 석산의 공사가 어떻게 진행될지 이미 알고 있었음

점순네: 봉답허구 봇물은 그대루 남는다구유?

돌쇠: 그려…… . 양지짝 위만 깨니께.

점순네: (다행이다 싶어) 야! 그러믄 살았어유! (가슴을 진정시키면서 가까스로 들마루
　　　　석산에 일군 봉답에 대해 애착이 강함
로 다가와서 귀퉁이에 앉는다.)　　　　　　　　　　　　　▶ 석산 쪽에서 남포 소리가 들려옴

돌쇠: 점순이가 호미로 돌을 깨는 디여.
　　석산은 점순네의 딸인 점순이 평소에 땅을 가꾸기 위해 돌을 깨는 장소임

점순네: 야? 그럼 우리가 점순이…… . (달려가서 아랫방 윗방 문을 열어젖힌다.) 읎어
　　　　돌쇠의 말을 듣고 점순이 공사가 진행 중인 석산에 갔음을 직감함
유, 읎구먼유! (툇마루 밑을 본다.) 신발허구 호미가 읎어졌이유. 점순이가 산에 갔

이유…… . (들마루의 책을 보고) 책은 있는디…… . 이 일을 워쩌…… . 꼭 산에 갔구

먼유. 산에 갔이유…… .

일수: (탑에서 내려와) 야, 지가 산엔 가두 좋다구 했어유.
　　　　　　　　　지주 어른의 말을 듣고 석산에서는 공사하지 않을 것이라고 판단했음

오토바이가 요란스럽게 달려온다.
　　헬멧 쓴 사나이의 등장과 관련이 있지만, 한편으로는 음향 효과로 사건의 긴박함을 드러냄

점순네: 워쩌…… . 점순이가 석산엘 갔는디 남포가 터졌단 말여…… . 워쩌…… . 이

일을…… .

일수: 가 봐야지 워쩌유…… . 지가 가 봐야겠구먼유…… . (달려간다.)　┐
　　　　　석산에 가서 점순의 안위를 확인해야 하는 상황　　　　　　　　├ 점순의 안전을 걱정함
점순네: 아부님, 지두 댕겨와야겠어유…… . (허둥대며 달려간다.)　　┘
　　　　　점순이 석산으로 간 것을 알고 당황함. 점순에 대한 모정이 드러남

오토바이가 달려와서 급히 멎고, 헬멧 쓴 두 사나이가 어른네로 들어간다. 돌쇠가 불

안한 듯 석산 쪽을 바라보다가 들마루에 널려진 뭉뭉의 돈을 물끄러미 바라본다. 석산

쪽에서 사람들의 외침이 들려온다.
　　　　무대 밖 석산 방향에서 들리는 소리

소리들: 사고다, 사고여! / 돌쇠가 퍼뜩 그쪽을 본다.
　　　　점순에게 사고가 생겼음을 알림

소리들: 점순이가 돌에 맞었다! 점순이가 돌에 맞었다!
　　　　예상하지 못한 점순의 사고로 인한 놀람과 다급함이 드러남

돌쇠가 휘청한다. 가까스로 오동나무에 기댄 그가 석산을 향해 뭔가 외치려고 한다.
　　　　손녀인 점순의 사고 소식에 절망하면서도 아무런 소리를 내지 못하는 돌쇠
그러나 소리가 나오지 않아 애를 쓴다. 결국 한마디도 내뱉지 못하고 무릎을 꿇듯 미끄

러져 내린다. 무대가 서서히 어두워진다.　　　　　　　　　　▶ 남포가 터져 석산에 간 점순이 돌에 맞게 됨
　　　　암전 – 장면 전환

- 남포: 도화선 장치를 하여 폭발시킬 수 있게 만든 다이너마이트.
- 고샅: 시골 마을의 좁은 골목길. 또는 골목 사이.
- 골채기: '골짜기'의 방언.
- 양지짝: 양지쪽. 볕이 잘 드는 쪽.
- 봇물: 보에 괸 물. 또는 거기서 흘러내리는 물.
- 두럭: '두렁, 두둑'의 방언.
- 천둥지기: 빗물에 의하여서만 벼를 심어 재배할 수 있는 논. ≒ 봉답.

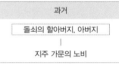

- '남포 소리'에 대한 두 인물의 반응

석산 쪽에서 남포 소리가 들려옴	
↓	
돌쇠	점순네
지주 어른의 별장 건설 상황을 알고 있으므로 놀라거나 궁금해하지 않음	지주 어른의 별장 건설 상황을 모르고 있으므로 의아해하며 놀람

- 돌쇠 가문과 지주 가문의 관계

과거
돌쇠의 할아버지, 아버지
↓
지주 가문의 노비
지주 가문의 '어른'들에 대한 헌신의 대가로 노비 문서와 땅문서를 받기로 하였으나 번번이 빼앗김

↓

현재
돌쇠
↓
지렁내 마을에서 지주 어른의 땅을 경작하는 소작농
지주 어른이 석산 골짜기 땅을 주기로 한 것을 믿고 며느리, 손녀와 함께 양지 쪽 땅을 일구었으나 지주 어른이 별장을 짓기 위해 석산 골짜기 양지쪽 땅을 빼앗음

장면 포인트 ❸

- 해당 장면은 돌에 맞아 죽은 점순의 장례식을 마친 상황과 지주 어른이 석산 양지쪽에 별장을 짓기로 했다는 것을 알게 되는 상황이다.
- 지주 어른의 별장 공사 소식을 들은 인물들의 반응을 중심으로 인물의 성격과 태도를 파악하도록 한다.

★주목 무대가 밝아진다. 낡은 상복을 입은 점순네가 옥돌네 부축으로 툇마루에 걸터앉아서
　새로운 장면이 시작됨　　　　　　　　　　　　　　점순의 장례를 치른 상황

허공을 바라본다. 돌쇠는 덕근, 진모, 갑석 등 마을 사람과 들마루에 앉아 있다. 점순을
　　　　　　　마을 사람들이 함께 점순의 장례를 치렀음을 보여 줌

묻고 돌아온 듯 삽, 괭이, 가래 따위가 옆에 놓였다.　　▶ 돌에 맞아 죽은 점순의 장례를 치름

(중략)

상만이가 급한 걸음으로 들어와서 솟을대문으로 가더니 틈으로 안을 본다.

상만: (돌아 나오며) 그려, 그렇구먼. 인저 그 속심이 드러났어. 그럴 수가 읎는 건디
　　　　　　　　　　　　　속셈 – 지주 어른이 석산 양지쪽에 별장을 지으려고 하는 것

말여. 지허구, 덕근 자네허구, 돌쇠 이 사람허구, 나허구는 동갑내기여. 살아온 형
　　　　지주 어른

편이 틀링께 그렇지 동갑내기라구. 그럴 수가 읎는 거여. 암, 읎지, 읎구말구!
　지주 어른과 농부인 덕근, 돌쇠, 상만은 65세로 동갑임

갑석: 아저씨, 왜 그려유?

★주목 **상만:** 내가 안 그러게 됐어? 안 그러게 됐느냐 말여?
　　　　　　석산 양지쪽에 지주 어른의 별장을 짓게 된 것을 알게 됨

덕근: 이 사람아, 그늘루 들어오기나 혀. 들어와서 뭔 말인지 차분하게 혀야 알지.

상만: (그대로) 내가 말여, 집으루 가다가 찬물 내를 건너는디 너무 뜨거워서 시수를
　　　　　　　　　　　　　　　　　　　　　　　　　　　　　　　　　세수

안 혔겄어. / **덕근:** 그려서?

상만: 시수를 허구 난께 시상이 야속허구나, 허는 맴이 들어……. 점순이가 누운 자
　　　　　세상　　　　　　　　　　　　　　　　　점순의 무덤 자리

리래두 한 번 더 볼까 허구 돌아보는디, 글씨…… 석산 골채기에 웬 사람들이 잔뜩
　　　　　　　　　　　　　　　　　　　　석산 골짜기에 사람들이 많이 몰려 있는 장면을 목격함

몰켜 있잖겄어.

덕근: 그려서?

상만: 올라갔지. 본께 글씨 읍내 사람들허구 서울 사람들이 스무남은 명은 되게 몰켜

있는디, 저 어르신허구 서울서 높은 디 있는 둘째가 보이드란 말여.
　　　　　　　　지주 어른과 지주 어른의 둘째 아들이 함께 있는 것을 보게 됨

진모: 그려서유?

상만: 읍내 사람 붙잡구 물어본께…… 글씨…… 어르신네가 거기다가 별장을 짓는
　　　　　　　　　　　　　　　　　　석산 골짜기 양지쪽 – 점순네의 봉답이 있는 곳

댜, 별장을 말여. / **모두:** 뭣이여?

점순네: 아니…… 아저씨…… 우리 봉답 있는 디다가 별장을 짓는다구유?

상만: 그렇다니께.

진모: 그럴 리가 있겄어유……. 아니것지유…….
　　　　　　　　　　　　　　　　지주 어른의 집을 보고 확신하게 됨

상만: 나두 기연가 미연가 혀서 달려왔는디, 지금 본께 참말이구먼그랴. 가서 보라
　　　'긴가민가'의 본말 – 그런지 그렇지 않은지 분명하지 않은 모양

구. 대문만 남은 거여. 문지방허구 머름지방 다 뜯구 개와꺼정 내려놨어.
　　　　　　　　　　　　　지주 어른의 집을 허물고 있음을 알려 줌

모두: 뭣이여?

모두 우르르 달려가 담 너머로 혹은 문틈으로 안을 들여다본다. 돌쇠는 움직이지 않는
　　　　　　　　　　　　　　　지주 어른이 집을 허물고 석산 쪽으로 이주한다는 사실을 이미 알고 있음

작품 분석 노트

- **인물의 성격**

돌쇠	• 지주에 의해 억압받으며 살아가는 전형적인 농민 • 성실하게 일해도 계속되는 가난과 가진 자의 횡포 앞에서도 굴복할 수밖에 없는 농민의 삶을 보여 줌
점순네	• 시어머니로부터 물려받은 이남박을 통해 지주 어른에게 성적 착취를 당하면서도 이를 말하지 못하는 인물 • 늘어나는 빚 속에서도 농토를 일구며 묵묵히 살아가지만 점순의 죽음으로 절망함
상만, 덕근	• 돌쇠, 지주 어른과 동갑인 마을의 농민 • 돌쇠가 지주 어른에게 농토를 빼앗기자 돌쇠의 어리석음을 비난함

다. 그들은 엄청난 사실을 확인한 충격과 마을을 떠날 때가 눈앞에 닥쳤다는 절박한 현

지주 어른이 돌쇠에게 거로로 한 석산을 빼앗아 석산 쪽으로 이주한다는 사실과 지주 어른의 이주로 마을이 곧 수몰될 것이라는 충격 때문에

실감에 아무도 말을 꺼내지 못하고, 한 사람씩 두 사람씩 서서히 돌아온다.

상만: 땜에 물이 차면 게가 전망이 젤루 좋다드만, 점순이가 돌에 맞은 것두 땜 공사

댐에 물이 차면 석산 골짜기 양지쪽이 전망이 좋아 별장을 짓는 공사를 하는 것임

남포가 아니구 별장 짓는 남포에 맞은 것이여.

점순이 죽게 된 원인이 댐 공사가 아니라 별장 짓는 공사 때문이었음을 알게 됨

점순네: 몰랐구먼유…… 지두 까맣게 몰랐어유……. 지가 어르신네 간 게 엊그젠디

지주 어른에게 성적 착취를 당하면서도 그 사실을 몰랐음

이럴 수가 있대유? 읊쥬?

점순네가 흩어진 보릿대 위에 무너지듯 주저앉고, 옥돌네가 다가가서 말없이 점순네를

점순이 죽게 된 원인을 알고 절망하는 점순네와 점순네를 위로하는 옥돌네

끌어안는다. 침묵이 흐른다.　▶ 상만이 지주 어른의 별장 공사 소식을 마을 사람들에 전함

갑석: 우리두 인전 떠나야 허는디 워디루 간대유…….

지주 어른의 집을 허물고 있는 상황이라서 마을이 곧 수몰될 것이나 거처로 정한 곳이 없음

돌쇠: (비로소) 쌘 게 산천이구, 쌘 게 논밭인디, 워디 가믄 몸 둘 디 읊것어. (사이)

고향을 떠나는 게 쉰 일이 아니구, 산천마다 주인이 있구, 논밭마다 임자가 있어서

증이나 몸 둘 디 읊으믄…… 내허구 석산 골채기루 가자구. 음지짝은 몸 둘 수 있

갈 곳이 없는 마을 사람들에게 석산 골짜기 음지쪽으로 같이 갈 것을 제안함 → 순종적이고 인정 넘치는 돌쇠의 성격

으니께…….

덕근: 가만, 돌쇠 자넨 어른이 양지짝으로 간다는 걸 알구 있었구만?

돌쇠가 이미 지주 어른이 이주할 곳을 알고 있었음을 알아챔

모두의 시선이 돌쇠에게 집중된다.

덕근: 그렇지? / 돌쇠: ……. / 상만: 싸게 말을 혀!

침묵함으로써 미리 알고 있었음을 드러냄　빨리

점순네: 아부님……. / 돌쇠: 그려. / 모두: 뭣이.

돌쇠: 워쩌어……. 주인이 간다는디……. / 덕근: 주인?

자신이 일구었던 농토를 빼앗기고도 이에 대해 저항하지 못하고 순종하는 돌쇠의 태도

돌쇠: 우린 문서가 읎어. (사이) 땜에 수문이 꽂히구, 지렁내가 물에 잠기믄 떠나야

석산 골짜기 양지쪽을 소유한다는 문서　댐 건설 추진으로 농민들이 삶의 터전을 잃음

허는디, 우리나 어르신네나 마찬가지여.

상만: 예끼 망할 자석! 우리헌틴 말 한마디 읎이 어른네헌티 가세유 가세유 했어?

□ 지주 어른에게 땅을 빼앗긴 돌쇠에 대한 비난

덕근: 어른네가 양지짝에 별장을 세우믄 돌쇠 자네헌티 음지짝을 줄 것 같은감? 음

부당한 요구에도 순종하며 착취당하는 돌쇠의 현실을 보여 줌

지짝에 들어가 봉답 떼기 부처 먹구살 것 같여?

상만: 「속알갱이두 읎어? 달나라 댕겨오구 별나라꺼정 가는 시상이여. 선대가 당헌

조상 대대로 돌쇠네는 지주 어른 집의 종살이를 했음

원혼을 몰러?」

「♪」 신분제가 폐지되었음에도 여전히 주인에게 순종하는 돌쇠의 어리석음에 대한 비난

점순네: 「아저씨들, 아부님을 너무 닦달허지 마세유. 밭을 살라믄 변두리를 보구, 논

무슨 일이나 구체적인 환경 조건을 잘 헤아려서 해야 실수가 없음을 비유적으로 이르는 말

을 살라믄 두렁을 보라고 했는디…… 그걸 못 헌 게 한이구먼유.」

「♪」 돌쇠를 두둔하며 체념적 태도를 보임　선대가 당한 원혼을 거론하는 상만에게 하는 말

돌쇠: 내헌티 궁성들 대는 건 괜찮은디, 조상꺼정 말칠립시키믄 못써.

'웅성대다'의 방언 – 여러 사람이 모여 소란스럽게 떠들다. 또는 그런 소리가 자꾸 나다.

상만: 허, 효자 났구먼. 선대가 종살이해서 맹그러 준 땅두 뺏기믄서!

선대가 종살이하면서 얻은 땅을 지주 어른에게 빼앗긴 돌쇠에 대한 비난

돌쇠: 내두 그분들이 워치기 살아오셨는지 알구 있어. 아부지 한쇠 씨가 말짱 얘기허

'어떻게'의 방언　돌쇠는 아버지에게 종살이에 대한 이야기를 들었으며, 자신이 경험하기도 했음

셨구, 내 눈으루다가 똑똑허게 보기두 했응께…….

　▶ 돌쇠가 선대가 종살이해서 마련한 땅을 지주 어른에게 빼앗기자 마을 사람들이 돌쇠를 비난함

■ 머름: 바람을 막거나 모양을 내기 위해 미닫이 문지방 아래나 벽 아래 중방에 대는 널조각.
■ 개와: 기와로 지붕을 임. 또는 기와.
■ 말칠럼: 말추렴. 다른 사람이 말하는 데 한몫 끼어들어 말을 거드는 일.

• '양지짝'과 '음지짝'의 의미

양지짝	• '음지짝'과 함께 돌쇠가 지주 어른에게 받기로 한 땅 • 별장을 지으려는 지주 어른에게 돌쇠가 저항도 하지 못하고 빼앗기는 곳

↓

지주 집안이 삼대에 걸쳐 돌쇠네의 땅을 반복하여 빼앗는 행위를 보여 주면서 지배 계층과 피지배 계층 사이의 부당한 관계를 드러내는 공간

↑

음지짝	• '양지짝'을 빼앗긴 돌쇠가 지주 어른에게 얻어낼 수 있다고 믿는 땅 • 돌쇠가 마을 사람들에게 마을이 수몰된 뒤에 같이 가서 살자고 제안하는 곳

↓

지배 계층의 부당한 요구에 어쩔 수 없이 현실을 받아들이는 피지배 계층의 현실을 드러내는 공간

• '농토'의 의미

돌쇠	지주 어른
• 선대가 종살이를 통해 어렵게 얻은 땅 • 마을이 수몰된 후 가족들과 이주해서 살 공간 • 가족들과 함께 일구어 온 공간 • 문서가 없어 소유권을 인정받을 수 없는 공간	• 돌쇠에게 주기로 약속했으나 빼앗은 땅 • 수몰될 마을의 모습을 바라볼 수 있는 전망 좋은 공간 • 문서가 있어 자신 마음대로 돌쇠에게 빼앗을 수 있는 공간

핵심 포인트 **1**   인물의 성격 및 태도 파악

이 작품은 희곡으로 인물의 대사와 행동을 통해 사건이 전개되며 인물의 성격과 태도가 드러난다. 따라서 이러한 희곡의 특성을 바탕으로 인물의 성격을 파악할 수 있어야 한다.

+ 인물의 대사와 인물의 성격

지주 어른	• "내가 그걸 자네에게 줬다고 잘못 생각하고 있는 모양인데, 이 문서를 보면 엄연히 내 것이네." • "허어, 살린다구 해서 꼭 논으로 쓰겠다는 건 아냐." • "점순이를 보내든지 자네가 오든지 이남박 갖고 잠깐 들어오게."	• 지배 계층으로서 피지배 계층에게 군림하며 주기로 약속한 땅을 빼앗음 • 피지배 계층의 여성을 성적으로 착취하는 부도덕함을 자행함
돌쇠	• "야. 헌디…… 즈이는…… 저 돌산으로 갔으믄 쓰것는……" • "……" • "쎈 게 산천이구, 쎈 게 논밭인디, 워디 가믄 몸 둘디 읐것어." • "워쩌어……. 주인이 간다는디……."	• 지주 어른에게 자신의 요구를 제대로 전달하지 못함 • 지주 어른의 요구에 순종하며, 신분제가 폐지된 변화된 시대에 억울하게 토지를 빼앗기면서도 저항하지 못함
점순네 (어멈 점순네)	• "어르신네가 이남박을 갖구 오라는 분부면 어미 너는 지체 말고 가야 허구, 나올 땐 쌀을 내릴 것이니 바로 쌀을 씻으믄서 눈물을 감춰야 앙탈을 하다가 이남박을 깨기라도 하면 큰일 나는 것이여." • "이 일을 워쩌? 양지짝이믄 봇물을 파 논 딘디 거길 깨면 우리 옛 두럭은 천둥지기두 못 허는디……. 아부님, 뭔 일이래유? 야? 아부님……." • "야! 그러다 살았어유!" • "아부님, 지두 댕겨와야겠어유……. (허둥대며 달려간다.)"	• 지주 어른의 부당한 요구에 동의할 수밖에 없는 상황에 처해 있음 • 자신이 일군 농토에 대한 애착이 강함 • 점순이 석산으로 간 것을 알고 당황함 • 점순에 대한 모정이 드러남
상만, 덕근	• "어른네가 양지짝에 별장을 세우믄 돌쇠 자네헌티 음지짝을 줄 것 같은감? 음지짝에 들어가 봉답 뙤기 부쳐 먹구살 것 같어?" • "쏘알갱이두 읎어? 달나라 댕겨오구 별나라꺼정 가는 시상이여. 선대가 당헌 원혼을 몰러?" • "허, 효자 났구먼. 선대가 종살이해서 맹그러 준 땅두 뺏기믄서!"	조상 대대로 고생하여 얻게 된 석산 땅을 지주 어른에게 무력하게 빼앗기고서도 저항하지 못하는 돌쇠의 어리석음을 답답해하며 돌쇠를 비난함

핵심 포인트 **2**   작품의 내용 파악

이 작품에서는 '지주 어른네'와 '돌쇠네'가 착취 – 피착취의 관계를 이루고 있다. 따라서 이러한 관계 설정을 중심으로 작품의 내용과 주제 의식을 파악할 수 있어야 한다.

+ 인물의 관계와 주제 의식

지주 어른네	돌쇠네
조선 시대에는 양반으로서, 일제 강점기에는 친일파로서, 광복 이후에는 고위층 관리로서 마을의 이익을 독점함	150년간 삼대에 걸쳐 할아버지와 아버지는 지주의 노비로, 현재 돌쇠는 지주의 소작농으로 살아가며 지주 어른 가문에 헌신함

지주 어른은 댐 공사가 시작되자 버려졌던 석산으로 인해 더욱 부를 쌓게 되며
마을이 수몰되면 수몰된 마을을 볼 수 있어 전망이 좋다는 이유로 석산 골짜기에 별장까지 짓게 됨

지주 어른의 인간적 배신과 농촌의 사회 구조적인 모순을 고발함

 작품 한눈에

• **해제**

〈농토〉는 삼대째 노비 신분과 소작농 생활을 이어 온 돌쇠네의 삶을 통해 농촌 사회의 현실과 농민의 삶을 예리하게 묘사한 희곡이다. 풍부한 방언 표현으로 우직한 돌쇠와 농민들의 성격을 드러내고 있으며 농촌의 실상을 사실적으로 그려 내고 있다. 동학 혁명, 일제 강점기, 6·25 전쟁 등의 굵직한 사건 속에서 지주 어른의 가문은 돌쇠네에게 헌신할 것을 요구하며 이에 대한 보상으로 노비 문서를 없애고 땅문서를 주겠다고 제안하지만, 번번이 이것을 어긴다. 돌쇠도 지주 어른의 배신으로 약속받았던 농토를 빼앗기게 되지만 이에 저항하지 못하고 순응하게 되는데 이를 통해 농민들의 비극적인 운명과 농촌 사회의 구조적인 모순을 부각하고 있다. 아울러 이 작품은 산업화로 인한 도시와 농촌의 격차 확대, 국가의 개발 정책으로 인한 농민들의 삶의 터전 상실 등을 그려 내고 있다.

• **제목 〈농토〉의 의미**
 – 사회적 모순을 견디며 살아가는 농민들의 운명을 드러내는 공간

제목인 '농토'는 작품의 주요 인물인 돌쇠 가문이 조상 때부터 얻고자 노력한 땅이다. 할아버지, 아버지와 마찬가지로 돌쇠는 약속받은 땅을 받지 못하게 되는데 이를 통해 지주의 횡포, 근대화의 미명 속에서 억압받고 착취당했던 농민들의 삶과 이를 감내할 수밖에 없었던 전형적인 농민의 모습을 보여 주고 있다.

• **주제**
근대화의 폐해와 농촌의 사회 구조적 모순 고발

03

국물 있사옵니다 ▶ 이근삼

💬 전체 줄거리

어느 일요일 아침, 파자마를 걸친 김상범이 몹시 피로함을 느끼며 침대에서 나온다. 김상범은 자신이 피곤함을 느끼는 이유를 생각하다 전날 있었던 일을 회상한다. 김상범은 전날 종로에서 열정적인 사랑을 주제로 한 영화를 혼자서 보고 나왔다. 영화관과 종로 길거리를 메운 젊은 남녀 사이에서 외로움을 느낀 김상범은 천일 은행 뒤에서 젊은 여자들의 나체 사진이 담긴 영어 잡지를 사들고 집으로 향했고, 밤새 공상을 하다가 잠을 제대로 자지 못했던 것이었다.

▶ 김상범이 전날 밤 잡지를 보며 공상을 하다가 잠을 자지 못해 피곤함을 느낌

김상범은 여자를 가까이 할 기회가 거의 없었고 여자를 찾아갈 용기가 있지도 않은 터라 연애 감정에 매우 서투르다. 김상범은 같은 아파트 4층 43호에 사는 박용자(미스 박)가 자신의 집에 김치 단지를 들고 찾아왔던 일을 회상한다. 박용자는 김상범과 같은 교회를 다니는 인물로, 자취를 하는 김상범을 챙겨 주라는 어머니 문 여사의 말에 김상범의 집으로 온 것이다. 박용자는 김상범과 소소한 대화를 시작하려 날씨 이야기를 꺼내지만, 남녀 관계에 익숙지 않은 김상범은 대기권을 분석하는 답변을 내놓는다. 당황한 박용자는 가 보겠다는 말을 남기고 떠난다.

▶ 김상범이 자신의 집에 찾아온 박용자에게서 김치를 받음

김상범은 여자를 구경하러 일요일 11시에 열리는 교회 예배에 갔다가 자신이 다니는 제철 회사의 사장을 만나고, 이후 매 주일마다 교회에 의무적으로 가게 된다. 사장은 그 예배당의 장로로, 김상범이 은인으로 생각하는 인물이다. 김상범을 임시 사원에서 정사원으로 승격시켰기 때문이다. 김상범이 임시 사원이었던 시절, 회사의 다른 사원들이 술집에서 크게 싸워 경찰서로 연행된 사건이 있었다. 이 사건으로 인해 교회의 장로로서 크게 체면이 상했던 사장은 유봉일이라는 사원을 해고 조치했다. 사장이 화를 내는 자리에 있었던 김상범은 사장이 찾고 있던 휴지를 건네주고 술을 전혀 하지 못한다는 점에서 사장의 눈에 들어 회사의 정식 사원으로 임명되었다. 술을 하지 않는 점에 이어 교회를 다닌다는 점에서 사장은 김상범을 매우 신뢰하게 된다.

▶ 김상범이 술을 마시지 않고 교회를 다닌다는 점에서 사장의 신뢰를 얻음

교회 예배가 끝나고 사장은 김상범의 집에 들러 이야기를 나눈다. 사장은 김상범의 가족에 대해 묻고, 김상범은 자신의 부친이 점집을 하며, 첫째 형은 인천의 한 대학에서 공과 교수를 하고, 둘째 형은 엽총을 오발해 죽였고, 동생은 취업을 준비 중이라고 답한다. 사장은 그 이야기를 듣고 사람이 죽고 사는 건 하늘의 뜻이라며 자신의 외아들도 결혼 6개월 만에 죽었고 비서실에서 일하는 성아미(미스 성)가 며느리였다는 것을 이야기한다. 또한 사장은 자신도 김상범의 둘째 형처럼 사냥에 흥미가 있어 엽총을 가지고 있다며 김상범에게 엽총의 손질을 맡긴다. 이어서 사장은 김상범에게 회사의 분

위기를 묻고, 사원들의 불만이나 행실을 자신에게 전달할 스파이 역할을 맡긴다.

▶ 사장과 김상범이 가까워지고, 사장이 김상범에게 회사 내 스파이 역할을 맡김

김상범은 스파이 역할을 맡은 것이 자신이 출세하기에 좋은 기회라고 생각하다가, 손해만 보았던 과거의 경험을 떠올린다. 대학 시절에 밤을 새워 공부한 자신이 한 시간 동안 커닝 페이퍼를 만든 친구보다 성적이 낮았던 것, 인천의 철공장에 취직하여 사장과 총무과장의 명령으로 플래카드를 들고 서 있었는데 데모의 주동자로 몰려 실직하고 서울로 밀려온 것을 차례로 되짚는다. 김상범은 현재 자신에게 피해를 입히는 사람으로 옆방에 사는 탱크라는 사나이와 그의 정부 현소희를 떠올린다. 탱크와 현소희는 김상범의 방에 불쑥 찾아와 담뱃불을 빌리고, 커피를 한 잔 먹겠다며 커피 통과 설탕 그릇을 통째로 가져갔다. 김상범은 아파트의 관리인도 자신에게 피해를 입혔음을 떠올린다. 밤에 관리인은 취한 채 김상범의 방에 찾아와 자신의 철학에 대해 연설했다. 김상범이 이제 그만 집으로 돌아가라고 하자, 관리인은 그들이 친구라면서 자신을 재워 주고 돈 5만 원을 맡아 달라고 부탁했다.

▶ 김상범이 손해만 보았던 과거와 피해를 입고 있는 현재에 대해 생각함

김상범은 자신이 자꾸 피해를 입는 이유가 혼자 살기 때문이라고 생각하며 결혼을 해야 할 것 같다고 생각하게 된다. 김상범은 위층에 사는 박용자와 그녀의 어머니 문 여사가 자신에게 광장한 호의를 보이고 있음을 자각한다. 밤에도 김상범의 방에 찾아올 정도로 가까워진 박용자는 김상범에게 자신의 엄마와 함께 셋이 영화를 보러 가자고 말한다. 이때 김상범의 형 김상학이 김상범의 방으로 들어온다. 김상학과 박용자는 간단하게 서로를 소개하고 박용자는 커피를 내어 오기 위해 부엌으로 간다. 김상학은 김상범에게 박용자와 함께 있어야 할 시간에 자신이 온 것을 사과하지만, 김상범은 박용자와 자신은 아무 사이가 아니라고 둘러댄다. 영화관으로 출발하려고 김상범의 방으로 찾아온 문 여사에게 자신의 형을 소개한 김상범은, 자신은 그 영화를 이미 보았으니 자기 대신 형과 함께 영화를 보고 오라고 말한다. 김상학을 박용자, 박용자의 어머니와 함께 영화관으로 보낸 김상범은 자신과 박용자와의 결혼을 생각하며 돈을 모아야겠다고 결심한다.

▶ 김상범이 혼자 살기 때문에 자신이 자꾸 피해를 입는 것이라고
생각하며 박용자와 결혼을 해야겠다고 결심함

그로부터 한 달 후, 형 김상학과 동생 김상출이 김상범의 방으로 찾아온다. 세 형제는 아버지의 환갑잔치를 논의하다가 3만 원을 마련해야 한다는 사실을 깨닫고 자금을 어떻게 마련해야 할지 걱정한다. 김상학은 김상출을 먼저 집 밖으로 내보내고 김상범에게 자신의 결혼 소식을 전하며 아버지의 환갑잔치를 주도적으로 맡아 달라

장면 포인트 ① 294P

고 부탁한다. 김상범은 형의 결혼을 축하하며 결혼 상대를 묻고, 김상학은 영화를 함께 보러 갔던 것이 인연이 되어 박용자와 결혼하게 되었음을 밝힌다. [주목] 김상범은 자신과 결혼할 줄 알았던 박용자가 김상학의 결혼 상대라는 점에 놀라며, 형에게 결혼 상대를 빼앗긴 데다 환갑잔치도 주선해야 하는 자신이 손해를 보는 것 같다고 생각한다. 김상범은 자신이 항상 피해를 입고 손해를 보는 이유가 자신이 상식적인 삶의 테두리 안에서 살았기 때문이라 판단하고, 기존의 상식을 거부하기로 마음먹는다.

▶ 형 김상학이 박용자와의 결혼 소식을 알리고, 김상범은 손해 보지 않기 위해 기존의 상식을 거부했다고 다짐함

회사에 간 김상범은 경리 과장 배영민이 다방에서 걸려 온 전화를 받고 회삿돈 5천 원을 가지고 급히 나가는 것을 목격한다. 경리 과장의 행방을 묻는 사장에게 김상범은 배영민이 다방에서 걸려 온 전화를 받고 회삿돈을 가지고 나갔다고 말한다. 또한 김상범은 경리 과장이 종종 가불증을 쓰지 않고 돈을 들고 나가며 낮에도 가끔 술을 마신다는 점을 고자질하여, 사장으로 하여금 배영민이 술집 여자와 부적절한 관계에 빠져 있다고 생각하게 한다. 실상은 배영민의 아내가 다방으로 찾아온 것이었지만 김상범이 사장을 오해하도록 만든 결과, 한 달 후 배영민은 강원도 지사로 발령이 나고 김상범이 새로운 경리 과장이 된다.

▶ 김상범이 배영민을 좌천시키고 경리 과장 자리에 앉음

장면 포인트 ❷ 298P

어느 날 김상범은 문 여사로부터 아파트의 관리인이 지병으로 사망했다는 소식을 듣게 된다. 관리인이 아무 유언 없이 쓰러지는 바람에 이전에 김상범에게 맡긴 5만 원의 주인이 모호하게 된다. 김상범은 새 상식에 따라 생활할 것을 마음먹은 대로 그 돈을 관리인의 아내에게 주지 않고, 자신이 쓰기로 한다. 다음 날 김상범은 김상출을 한 다방으로 불러낸다. 한 잔에 50원 하는 파인 주스를 두 잔 시킨 김상범은 김상출에게 5천 원을 건네며 입사 시험에 뒷돈으로 쓰라고 한다. 김상출은 뒷돈으로 회사에 들어갈 방법을 연구하는 것이 더 힘들다고 말하지만, 김상범은 새 상식이 필요하다고 으름장을 놓는다. 김상출은 한사코 5천 원을 거절하고, 김상범은 아버지의 환갑잔치에 필요한 3만 원만을 김상출에게 전달한다.

▶ 김상범이 죽은 관리인의 돈을 그의 아내에게 돌려주지 않고 자기 마음대로 사용함

아버지의 환갑과 김상학의 결혼식이 잘 마무리된 후, 집으로 돌아온 김상범은 방 앞 아파트 복도에서 현소희를 마주친다. 현소희는 탱크가 오기를 기다리지만, 탱크는 오지 않는다. 눈물을 흘리는 현소희를 보고 놀란 김상범은 아파트 관리실에 전화를 걸어 탱크의 행방을 확인하고, 그날 아침 탱크가 보따리를 싸서 이사 갔다는 사실을 알게 된다. 김상범은 복도에서 서성이는 현소희에게 탱크가 이사 갔다는 사실을 알리고, 이야기를 듣자마자 실신할 뻔한 현소

희를 자신의 방 소파에 앉힌다. 현소희는 자신의 돈과 친구의 돈까지 들고 도망간 탱크를 원망하며 눈물을 흘린다. 김상범은 현소희에게 술을 권하며 위로하고자 노력한다. 현소희는 자신을 친절하게 대해 주는 김상범에게 따뜻함을 느끼게 되고 둘은 사랑을 나눈다. 김상범과 현소희는 연인이 되어 행복한 시간을 보낸다. 사장이 동남아 경제 시찰단에 끼어 한국을 떠나기까지 한 터라, 김상범은 전에 없던 행복하고 만족스러운 생활을 한다.

▶ 탱크에게 사기당한 현소희를 위로해 주던 김상범이 현소희와 연인이 됨

어느 토요일, 김상범은 카메라와 망원경을 들고 현소희와 함께 우이동으로 놀러 간다. 그곳에서 김상범은 성아미와 박 전무가 망월각 호텔에서 껴안고 있는 모습을 목격하고 두 사람이 몰래 만난 사실을 증거로 남긴다. 회사에 출근한 김상범은 성아미에게 말을 걸어, 성아미가 회사의 손님 대접 명목으로 반도 호텔에서 사용한 금액이 영수증과 같지 않았던 것과, 박 전무와의 나이 차이를 물음으로써 성아미가 마음을 졸이도록 한다. 또한 김상범은 망월각 호텔에 2만 원을 지불함으로써 박 전무가 자신에게 전화를 걸도록 만들고, 성아미와 함께 있을 때 그 전화를 받음으로써 자신이 성아미와 박 전무가 망월각 호텔에 함께 있었다는 사실을 알지도 모른다는 불안감을 성아미에게 심어 준다. 김상범은 박 전무와 성아미를 이용하여 더 높은 자리를 얻어 출세하겠다고 결심한다.

▶ 김상범이 성아미와 박 전무의 밀애를 목격하고 이를 이용하여 출세하고자 함

어느 날 저녁 자신의 방으로 돌아간 김상범은 현소희와 탱크가 서로 껴안고 뒹굴고 있는 모습을 발견한다. 탱크에게 화를 내려는 김상범에게 탱크는 오히려 김상범이 자신의 아내를 뺏은 것이라 주장한다. 현소희는 일주일 전 김상범 몰래 혼인 신고를 한 터라 김상범과 현소희는 법적으로 부부 사이였고, 헤어지기 위해서는 이혼 동의서를 작성해야만 하는 상황이다. 현소희는 이혼 위자료로 50만 원을 요구하며, 이틀의 여유 동안 위자료를 주지 않으면 회사에 찾아가 그동안 있었던 일을 독실한 교인인 사장에게 모두 말하겠다고 협박한다.

▶ 현소희가 김상범을 배신하고 김상범에게 이혼 위자료를 요구함

집에서 뛰어나와 회사로 향한 김상범은 박 전무와 성아미가 사장실 소파에 함께 앉아 있는 장면을 목격한다. 이때 사장실에서 나오던 성아미가 김상범과 마주치고, 자신과 박 전무의 밀애 사실을 들켰다는 사실을 알게 된다. 한편 김상범은 회사로 걸려온 탱크의 전화를 받고 파고다 공원으로 나간다. 탱크는 현소희가 50만 원을 받더라도 순순히 떨어지지 않을 것이라 말하며, 현소희가 김상범 앞에 다시는 나타나지 못하게 할 테니 봉급날 자신이 강도로 위장해 김상범의 회사에 들어가 권총으로 협박하면 공금 420만 원을 자신에게 자연스럽게 넘길 것을 제안한다. 김상범은 탱크의 제안에 동의하고, 봉급날인 25일 12시 25분에 420만 원을 넘긴 후 결혼 신고서

와 이혼 동의서를 받기로 한다.

▶ 김상범이 탱크와 협상하여 결혼 신고서와 이혼 동의서를 받기로 함

25일 12시 25분이 되자, 김상범과 성아미만 남아 있는 사무실로 탱크가 들어온다. 탱크가 성아미에게 권총을 들이밀자 성아미는 기절한다. 김상범은 가방에 420만 원을 담아 탱크에게 건네고, 약속대로 탱크는 김상범에게 혼인 신고서와 이혼 증명서를 전달한다. 이때 탱크는 김상범에게 여자의 양말을 주며 자신이 현소희를 죽였음을 암시한다. 탱크는 가방을 가지고 나가고, 김상범은 잠시 생각하다 사장의 엽총을 들고 나가 탱크를 쏘아 죽이고 사무실로 돌아온다. 사장은 김상범이 강도를 죽였다고 생각해 그를 칭찬하고 김상범은 정신을 잃었던 성아미를 안아 올려 부축한다. 사장은 김상범이 성아미를 안고 있는 모습을 보고 김상범과 성아미가 서로 사랑하는 사이라고 생각하고, 자신의 며느리였던 성아미가 새로운 사람을 만나도 될 것이라 생각한다. 사장은 강도를 잡아 420만 원의 손실을 막은 김상범에게 상금 50만 원을 주며 상무로 특진시킨다. 김상범은 서울 시민의 영웅이 되어 신문 기사에 나고, 회사의 매출도 크게 오르게 된다. 김상범은 자신이 탱크를 죽인 것이 탱크가 현소희를 죽인 것에 대한 정당방위라 위안하며 죄책감이나 불안감을 느끼지 않는다.

▶ 김상범은 탱크를 죽이고서 상무로 특진하고 서울 시민의 영웅까지 됨

며칠 후 김상범은 성아미를 호텔로 불러 성아미를 협박한다. 성아미와 밀애 중인 박 전무는 부인과 아이가 있는 남자이며, 성아미는 남편이 죽은 지 6개월도 채 되지 않아 박 전무와의 밀애를 시작했고, 성아미가 회삿돈을 마음대로 썼다는 점을 말한다. 이어서 사장 아들의 재산은 현재는 사장에게 귀속되어 있으나, 사장이 성아미의 남편이 될 남자의 인격과 능력을 인정할 시 재혼할 남자에게 그 재산이 넘어간다는 점을 말하며 성아미와 결혼하고 싶다는 의사를 밝힌다. 성아미는 화를 내지만, 결국 김상범의 제안을 수락하고 두 사람은 함께 밤을 보낸다.

▶ 김상범은 성아미에게 결혼하고 싶다는 의사를 밝히고 성아미가 이를 수락함

어느 겨울날 김상범과 성아미는 결혼식을 올린다. 결혼식 날 사장은 김상범에게 엽총 한 자루를 결혼 선물로 준다. **장면 포인트 ❸ 301P** 결혼식에 찾아온 김상출은 입사 시험에 붙었다는 소식을 전하고, 김상학은 대학교수를 관두고 사립 국민학교 선생이 되어 만족한다는 소식을 전한다. 상학과 상출이 작은 성취에도 행복을 느끼는 것과 달리 출세한 상범은 미래에 대해 불안감을 느낀다. 강원도로 떠나는 신혼여행의 비행기 안에서 성아미는 김상범에게 임신 소식을 알린다. 김상범은 그 아이의 아빠가 자신이 아님을 알았으나 자신이 그 아이의 아빠라 믿고 살아가기로 마음먹는다.

▶ 성아미와 결혼한 김상범이 성아미의 임신 사실을 알게 됨

다음 날 밤, 강원도로 발령 났던 배영민이 호텔로 찾아온다. 배영민은 상무가 된 김상범에게 서울로 근무지를 이동하고 싶다는 마음을 내비친다. 이때 욕실에서 성아미가 나오고, 배영민은 호텔의 다방에서 김상범을 기다리겠다고 말하고 내려간다. 대화를 나누던 성아미에게 서울로부터 전화가 걸려 오고, 성아미는 통화를 지속하다 아쉬운 듯 전화를 끊는다. 성아미는 어머니에게서 전화가 왔다고 둘러댄다. 배영민이 다시 방으로 찾아와 내일 저녁 5시에 부산에서 있을 계약을 진행하라는 내용이 쓰인 본사의 쪽지를 김상범에게 전달한다. 김상범은 성아미에게 신혼여행을 부산에서 이어 가야 할 것 같다고 말하지만, 성아미는 임신한 상태임을 이유로 들어 함께 가지 않겠다고 한다. 호텔 다방에서 배영민과 함께 술을 마시자는 김상범의 제안을 거절한 성아미는 김상범을 내려 보내고, 박 전무에게 급하게 전화를 건다. 이후 김상범은 두통을 느끼며 홀로 부산행 열차에 몸을 싣는다. 왠지 모르는 불안함에 김상범은 엽총을 들고 성아미의 뱃속 아이가 자신의 아이인지 아닌지 동전으로 점을 친다. 동전이 앞쪽으로 나오자 김상범은 그 아이가 자신의 아이일 것이라 믿기로 한다.

▶ 강원도로 신혼여행을 간 김상범이 성아미의 뱃속 아이가 자신의 아이일 것이라 믿으며 홀로 부산으로 내려감

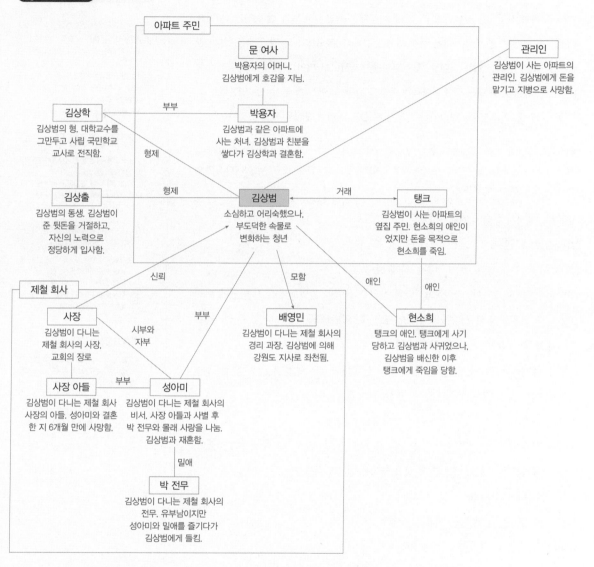

아파트 주민

문 여사
박용자의 어머니.
김상범에게 호감을 지님.

관리인
김상범이 사는 아파트의
관리인. 김상범에게 돈을
맡기고 지병으로 사망함.

김상학 —부부— **박용자**
김상범의 형. 대학교수를
그만두고 사립 국민학교
교사로 전직함.

김상범과 같은 아파트에
사는 처녀. 김상범과 친분을
쌓다가 김상학과 결혼함.

형제

김상출 —형제— **김상범** —거래— **탱크**
김상범의 동생. 김상범이
준 뒷돈을 거절하고,
자신의 노력으로
정당하게 입사함.

소심하고 어리숙했으나,
부도덕한 속물로
변화하는 청년

김상범이 사는 아파트의
옆집 주민. 현소희의 애인이
었지만 돈을 목적으로
현소희를 죽임.

제철 회사

신뢰   모함   애인   애인

사장
김상범이 다니는
제철 회사의 사장.
교회의 장로

부부

시부와
자부

배영민
김상범이 다니는 제철 회사의
경리 과장. 김상범에 의해
강원도 지사로 좌천됨.

현소희
탱크의 애인. 탱크에게 사기
당하고 김상범과 사귀었으나,
김상범을 배신한 이후
탱크에게 죽임을 당함.

사장 아들 —부부— **성아미**
김상범이 다니는 제철 회사
사장의 아들. 성아미와 결혼
한 지 6개월 만에 사망함.

김상범이 다니는 제철 회사의
비서. 사장 아들과 사별 후
박 전무와 몰래 사랑을 나눔.
김상범과 재혼함.

밀애

박 전무
김상범이 다니는 제철 회사의
전무. 유부남이지만
성아미와 밀애를 즐기다가
김상범에게 들킴.

- 이 작품은 1960년대 산업화 시대에 고조되기 시작한 출세주의와 배금주의를 풍자하고 있는 희곡이다.
- 해당 장면은 소심하지만 성실하게 살아온 상범이 손해만 보게 되면서 세상을 살아가는 상식을 바꾸는 상황이다.
- 인물 간 대화와 상범의 방백을 중심으로 인물의 태도와 정서를 파악하도록 한다.

「**[무대]** 어떤 아파트와 회사 사무실, 그리고 길거리를 다양하게 나타낼 수 있는 무대.
<small>「 ♪ 한 무대에 여러 시·공간을 동시에 배치하는 비사실적 무대 설정을 보여 줌</small>
무대가 구태여 사실적일 필요는 없다. 대체로 무대 우측은 아파트의 실내, 좌측은 회사
사무실로 구분된다. 관객석 가까운 무대 전면은 길거리, 복도 또는 공원 구실을 한다. 관
객과 아파트의 실내 사이는 그대로 트여 있지만, 그 사이에 벽이 가로막혀 있다고 상상
하면 된다. 실내 앞 무대는 또한 아파트의 복도도 겸한다. 이 극에 등장하는 인물들은 현
재 상황 이외에, <u>과거지사</u>를 말하거나 재연할 때 공간 처리에 구애될 필요가 없다.」
<small>이미 지나간 때의 일. 과거사</small>

[중략 부분의 줄거리] 선량하고 평범한 청년인 김상범은 정직하게 살고자 노력하지만 번번이 손해만 보다
우연한 기회에 사장의 신임을 얻어 임시 사원에서 정규 사원이 된다. 그러면서 상범은 마음에 두고 있던 이
웃의 <u>박용자</u>와의 결혼을 결심한다.
<small>→ 상범을 잘 챙기던 이웃 여성. 상범이 뒤늦게 그녀의 마음을 알고 결혼을 생각하지만 형과 결혼함</small>

상학: 자, <u>아버지 환갑</u>도 지내야겠고…….
<small>상학의 용건</small>

상범: 정말 큰일인데요.

상학: 나…… 이제 한 달 후에 결혼을 하게 될 것 같아.

상범: 네? 결혼이요? 아, 축하해요. 벌써 장가를 들어야 했었는데……. 아닌게 아니
<small>상학의 결혼 상대자를 모르고 있음</small>
라 나도 결혼을 할까 생각하고 있었던 참인데, 암만해도 형님보다 앞서 장가간다
<small>박용자와의 결혼을 생각하고 있음</small>
는 것이 좀 이상해서…… 참 잘됐어요!

상학: 그러니 말이야, <u>아버지 환갑에 손님을 좀 초대하고도 싶지만 한 달 후엔 내 결</u>
<small>상범이 아버지의 환갑을 주관하도록 떠넘기는 구실. 상학의 영악한 성격이 드러남</small>
<u>혼식이 있으니 같은 손님들을 두 번 청할 수도 없고…….</u>

상범: 그야 그렇지…….

상학: 그러니 암만해도 이번 아버지 환갑은 네가 좀 주동이 돼서 도와주었으면 좋겠어.
<small>상학이 자신의 결혼 이야기를 꺼낸 의도. 장남으로서의 상학의 책임을 상범에게 떠넘김</small>

상범: 그렇기도 하군요. <u>사장님한테 직접 사정을 말씀드릴까…….</u>
<small>사장의 신뢰를 얻은 상범</small>

상학: 잘 알아서 해 주렴.

상범: <u>근데 아주머니 될 분</u>은 어떤 여자예요?
<small>형의 부인이 될 사람</small>

상학: 너도 잘 아는 여자지. / **상범:** 저도요?

상학: 요 위층에 있는 <u>미스 박</u> 말이야. 가정주부로서는 그만이기에…….
<small>박용자</small>

상범: 아니, 박용자 씨 말입니까?
<small>박용자를 결혼 상대로 염두에 두고 있었기에 놀라고 당황함</small>

상학: 그래, 아마 너도 반대는 안 할 거야.

상범: 「저요?…… 아니요…… 아니요.」
<small>「 ♪ 말줄임표를 사용하여 더듬거리듯 말하는 상범의 모습을 통해 자신이
결혼하고자 했던 여성과 형이 결혼하게 되었다는 것에 대해 당황하고
있음을 알 수 있음. '아니요'를 반복하는 것에는 결혼을 반대하고 싶
은 마음이 담겨 있다고 볼 수 있음</small>

상학: (팔뚝시계를 보더니) 이런, 시간에 늦겠다! 그럼 내 2, 3일 내에 또 연락할게.

상범: 박용자 씨하고는 얘기가 다 됐어요?
<small>형이 박용자 씨와 결혼한다는 소식이 믿기지 않아 다시 확인함</small>

작품 분석 노트

- **이 작품의 서사극적 특징**
  서사극은 관객의 사회적 인식을 일깨
  우고자 하는 연극이다. 이 작품은 종
  래의 사실주의 연극이 플롯을 중심으
  로 원인과 결과의 관계를 밝히는 구
  조로 이루어진 것과 달리 사건만 제
  시하고 극적 진실은 관객 스스로가
  판단하도록 하는 서사극 형식을 띠고
  있다.

주인공이 해설자 역할을 함
• 배우가 사건의 진행자이자 안내자 역할을 함 • 관객이 극에 몰입하지 못하게 하여 사건에 대해 생각할 시간을 줌

  ＋

하나의 무대에 여러 시·공간을 동시에 배치함
• 사실주의 연극의 시간과 공간의 개 념을 의도적으로 무너뜨림 • 무대를 현실처럼 보이게 하는 극적 환상을 부정하여 관객이 사건을 능 동적으로 판단하게 함

- **주요 등장인물**

김상범	이해심 많고 선량했으나 출세에 눈을 뜬 후 목적을 위해 수단과 방법을 가리 지 않는 비열하고 냉혹한 인간으로 변하는 인물
김상학	상범의 형. 동생이 좋아하 는 여자를 가로채고, 아버 지의 환갑잔치가 자신의 결혼에 방해가 된다고 생 각하여 동생 상범에게 책 임을 떠넘기는 영악한 인물
김상출	상범의 동생. 정직한 방법 으로 살아가는 소시민으로 '새 상식'을 따르는 상범과 대조되는 인물
배영민	출세 지향주의적인 인물로 권력 앞에서 비굴한 모습 을 보임
사장	김상범을 신뢰하여 김상범 에게 회사의 직원들을 감 시하는 스파이 임무를 맡 기는 인물
성아미	겉으로는 죽은 남편을 잊 지 못하고 있는 것처럼 행 동하나 박 전무와 불륜을 저지르는 위선자. 상범과 의 결혼으로 물질적 가치를 중시하는 인물임을 보여 줌

상학: 그럼, 인천에도 몇 번 놀러 왔었구. 약혼식은 생략하기로 했어. 결혼식도 간단

히 하기로 하구. <u>그때 같이 영화 구경 간 것이 인연이 됐어.</u> 그럼 몸조심해라.
<small>원래 상범이 박용자 씨와 가기로 되어 있었던 영화 구경을 상학이 대신 가게 되었음</small>

상학이 걸어 나간다. 상범은 움직이지를 못한다. 잠시 그대로 서 있다.
<small>형과 박용자 씨의 결혼에 충격을 받음</small>　▶ 상범이 형과 박용자 씨의 결혼 소식을 듣고 충격을 받음

★주목　상범: (체념하기에는 너무나 <u>억울하다</u>는 태도로) …… 이거…… <u>결혼 상대자를 빼앗</u>
<small>상범의 심리</small>

<u>긴 데다가 아버지 환갑잔치 비용도 내가 주선해야만 하는 팔자입니다. 이젠 할 말</u>

이 없습니다. <small>결국 자신이 손해만 보고 있음을 토로함</small> 저의 나이는 서른한 살입니다. 앞으로 살아 봤자 한 20년……. <u>나머</u>

<u>지 20년마저 밤낮 손해만 보는 세월일 것이라고 생각하니 앞이 캄캄해집니다.</u> 저
<small>자신의 삶을 부정적·비관적으로 인식함</small>

<u>는 여태까지의 모든 생활을 제가 아는 상식의 테두리 안에서 해 왔습니다.</u> 인천서
<small>성실하고 정직한 젊은이로서 살아왔던 김상범의 삶의 태도를 드러냄</small>

근무할 때의 일입니다. 여름에 하도 무덥기에 해수욕장에 나갔죠. 갑자기 저쪽 바

위 밑에 옷을 입은 채 기어들어 가는 젊은 여자를 보았습니다. 틀림없는 자살입니

다. 저는 밀짚모자를 내던지고 달려가 그 여자를 끌어냈습니다. 얼굴도 예쁜데 왜

자살을 하려고 했는지, 모래 위에 끌어내서 살렸더니 그 여자는 고맙다는 말 대신

에 저의 뺨을 갈겼습니다. 그러니까 경찰은 저를 파출소로 연행하더군요. <u>이 사회</u>
<small>윤리적으로 행동한 개인이 손해를 보는 부조리한 사회의 모습</small>

<u>에선 저의 상식이 통용 안 되는 것 같습니다.</u> 이제부터 물에 빠진 놈에겐 돌을 안
<small>정직하고 성실한 삶의 태도</small>

<u>겨 줘야겠습니다. 자리를 양보하느니 발로 걷어차 길을 터야겠습니다.</u> 즉 기존 상
<small>새 상식이 비열한 방법임을 드러냄. 새 상식에 따른 행동을 다짐함</small>

식을 거부하는 겁니다. 우선 새 상식을 회사에서 한번 실험해 보았습니다.」
<small>「」 극 중 인물인 상범이 마치 소설 속 서술자처럼 상황을 알리고 논평함</small>　▶ 상범이 새 상식에 따라 살 것을 다짐함

<u>무대 좌측 사무실에 불이 켜진다.</u> 성아미가 소파에 앉아 화장을 고치고 있다. 상범이
<small>조명의 조정을 통해 사건이 발생하는 공간을 지시함</small>

<u>엽총을 들고 들어와 손질을 한다.</u>
<small>출세와 성공을 상징함. 엽총의 손질은 출세와 성공에 대한 상범의 욕망을 의미함</small>

아미: 조심하셔요. 총알은 다 빼고 하세요?

상범: 네. 실탄은 다 뺐습니다.

아미: 가끔 사냥도 가세요?

상범: <u>사장님이 가자면 가끔 따라다닙니다.</u>
<small>사장과 친분이 깊은 상범</small>

아미: 상범 씨는…… 아직 독신이세요?

상범: 아직 장가를 못 갔습니다……. 근데 비서님은 결혼 안 하세요?

아미: 저요? …… 저의 남편이 돌아가신 지 8개월밖에 안 돼요.

상범: 사장님의 아드님 말이죠?

아미: <u>결혼 얘기를 꺼내 저의 마음을 괴롭히지 마셔요. 아직 그분을 못 잊고 있어요.</u>
<small>박 전무와 불륜 관계임에도 겉으로 죽은 남편을 잊지 못하는 척하는 성아미의 위선적 태도</small>

상범: 죄송합니다. 다시는 안 그러겠습니다. (전화벨이 울린다. 엽총을 쥔 채 상범이

받는다.) 네. 네? 성아미 씨요? 계십니다. <u>(수화기 대신 엽총을 내밀며)</u> 박 전무님입
<small>성아미에 대한 비판적 태도</small>

니다. 아, 실례했습니다. (수화기를 준다.)

아미: 네, 저예요. 그분이요? 경리 보는 김상범 씨예요. 괜찮아요. 네? 지금요? 아직

<u>사장님도 계시는데……. 알겠어요. 그리로요? 혼자서 기다리게 하지 마셔요. 네.</u>
<small>대낮에 박 전무와 만날 약속을 하는 성아미의 모습 → 성아미와 박 전무가 불륜 관계임을 알 수 있음</small>

<aside>

・'상범'의 과거 경험과 가치관의 변화

상범은 자살하려는 여자를 구출하였으나 오히려 뺨을 맞고 파출소에 연행당하는 경험을 한 후 성실하고 정직하게 사는 것이 손해라고 생각하고 자신의 삶을 부정적·비관적으로 인식하게 된다. 그리고 자신의 기존 상식에 따른 생활 태도가 손해만 가져온다고 생각하여 가치관을 바꾼다.

상범의 과거 경험
자살하려는 여자를 구출하였으나 뺨을 맞고 파출소에 연행당함

↓

가치관의 변화
성실하고 정직한 삶의 방식을 버리기로 함

↓

옛 상식	새 상식
・소심하고 어리숙한 상범의 일반적인 상식 ・성실하고 정직한 삶의 태도 ・사회적 규범에 반하지 않는 윤리적 행동	・출세의 방법에 눈을 뜨게 된 이후 상범의 상식 ・목적을 위해 수단과 방법을 가리지 않는 야비한 행동 ・출세주의와 배금주의를 지향하는 태도

・'새 상식'의 기능

새 상식
손해만 보던 상범이 스스로 삶의 방식을 바꾸기로 하여 형성한 새로운 삶의 방식

↓

기능
・상범이 경제적 이득을 얻을 수 있게 함 ・상범이 비양심적인 행동을 하는 원인이 됨

・'엽총'의 의미

엽총의 의미
・출세와 성공에의 욕구, 집착을 상징함. 상범이 엽총을 손질하는 모습은 출세와 성공에 대한 상범의 욕망을 상징함 ・엽총을 성아미에게 겨누는 것은 성아미의 불륜을 이용할 것임을 암시함

</aside>

<aside>

감상 포인트

'상범'의 '기존 상식'과 '새 상식'이 의미하는 바에 주목하여 작품을 감상한다.

</aside>

수화기를 놓고 시계를 본다. 상범을 힐끔 본다. 이어 사장실로 들어간다.

상범: 8개월 전에 죽은 남편을 잊을 수가 없다던 여자입니다. 박 전무가 전화를 하니
까 대낮에 나갈 생각입니다. 내 상식으로는 도저히 이해를 할 수가 없습니다. 저도
<small>성아미의 표리부동한 태도를 이해할 수 없는 상범</small>
저런 친구들의 상식, 즉 내가 새 상식이라고 부르는 상식으로 살아갈 생각입니다.
<small>정직하지 못한 사람들의 상식</small>

아미가 나와 핸드백을 들고 무대 밖으로 나간다. 상범은 총구를 그의 등에 겨눈다. 문
<small>상범이 성아미의 약점을 이용할 것임을 암시함</small>
이 열리며 사장이 나온다. 상범은 몸을 돌려 뜻하지 않게 이번에는 사장에게 총구를 들
이댄다.

사장: 에이크, 이 사람아!

상범: 아이, 죄송합니다. 손질을 하고 났더니 갑자기 한번 쏘고 싶어서…….

사장: (총을 받으며) 응, 수고했어. 경리 과장은 어디 갔나?
<small>상범이 자신에게 총구를 겨눴는데도 대수롭지 않게 여김. 상범에 대한 신뢰도가 높음</small>

상범: 네, 배 과장님은 돈 5천 원을 가지고 요 앞에 있는 '바구니' 다방으로 가셨습니다.
<small>새 상식에 따라 경리 과장의 행태를 고자질함</small>

사장: 5천 원? 회사 돈을……?

상범: 네. 저보고 5천 원을 달라고 하시기에…….

사장: 다방엔 뭣하러 갔나?

상범: 어떤 여자가 기다리고 있는 모양입니다. 그리구 성 비서님은 방금 여기에 계셨
는데…….

사장: 아, 비서는 이빨이 아파 치과에 간다고 나갔어……. 배 과장이 가끔 돈을 가불
<small>봉급을 정한 날짜 전에 지불함</small>
하나?

상범: 글쎄……. 가불증을 안 쓰고 가끔 돈을 가지고 나가시니…… 그 돈이 가불인지
모르겠습니다.
<small>사장이 배 과장에 대해 안 좋게 생각하도록 유도함</small>

사장: 배 과장이 쓰는 돈을 잘 알아 두도록 해.
<small>배 과장을 불신하게 된 사장. 상범에게 배 과장을 감시하도록 함</small>

상범: 네, 계산을 해 놓겠습니다.

사장: 그 다방에 있는 여자가 술집 여자인가?
<small>배 과장에 대한 모함의 근거가 됨</small>

상범: 모르겠습니다. 하기야……. / **사장:** 하기야?
<small>사장의 관심을 유도하여 또 다른 모함을 하려는 의도가 담김</small>

상범: 배 과장님이 약주를 참 좋아하십니다. 점심 때도 가끔 한 잔씩 합니다.

사장: 회사의 돈을 맡고 있는 사람이……!
<small>과거 사건을 계기로 술을 경계하는 사장의 태도가 드러남</small>

상범: 사장님, 저…… 제가 이런 말씀을 올렸다고…… 저는 사장님을 존경하고……
<small>자신의 출세를 위해 배 과장을 모함하고서도 회사를 위한 일이었다고 아부하는 상범. 야비하고 주도면밀한 모습을 보임</small>
회사의 발전을 무엇보다도 기뻐하기 때문에…… 그래서 이런 말씀을 올렸습니다.
교회에서 사장님의 지도를 받고…….

사장: 알았어. 자네의 심정은 이해할 수 있네. 잘해 보도록 해.
<small>상범의 말을 믿고 그를 신뢰함</small>

사장이 엽총을 들고 들어간다. 상범은 책상에 마주 앉아 일을 시작한다. 잠시 후 배영민
<small>경리 과장으로, 새 상식에 따라 행동한 상범의 모함으로 강원도 지사로 좌천됨</small>
이 들어온다.

• '새 상식'에 따른 '상범'의 행동 ①

- 사장에게 경리 과장의 행태를 고자질함
- 사장이 경리 과장을 불신하도록 유도함
- 사장에게 경리 과장을 모함하는 것이 회사를 위한 일이라고 아부함

↓

- 경리 과장이 강원도 지사로 좌천됨
- 상범이 경리 과장으로 승진함

새 상식에 의한 행동이 출세로 이어지면서 성공하기 위해 수단과 방법을 가리지 않겠다는 상범의 생각이 강화됨

• '상범'의 인물형 변화

이 작품은 평범하고 상식적인 인물인 상범이 야비하고 냉혹한 인간이 되어 가는 과정을 통해 산업 사회의 구조적 모순을 포착하여 비판하고 있다.

평범한 인간
- 옛 상식으로 사는 사람
- 정직하고 선량하며 평범한 사람
→ 대가를 받지 못하고 항상 손해를 봄

↓

야비하고 냉혹한 인간
- 새 상식으로 사는 사람
- 이기적으로 행동하며 자신의 이득을 위해 남을 모함하고 권력이 있는 대상에게 아부하는 사람
→ 이득을 얻고 성공함

영민: 무슨 일 없었나? / 상범: 아뇨?

<u>영민이 자기 주머니에 담배를 찾고 있음을 본 상범이 재빨리 티 테이블에 있는 담배를</u>
_{사장에게 경리 과장을 모함하고 이를 숨긴 채 경리 과장에게 아부하는 모습을 보임}
<u>집어 영민에게 주고 라이터 불을 켜 준다.</u>

영민: 사장님은? / 상범: 계시는 모양입니다.

영민: 아. <u>이거 여편네 성화에 못살겠군! 여편네 친구가 갑자기 맹장염에 걸려 입원</u>
_{경리 과장이 돈을 가지고 다방에 간 진짜 이유}
<u>했는데 5천 원을 좀 빌려달라는 거야.</u>

상범: 그럼…… 아까 다방에서 전화하신 분이…… 사모님이신가요?

영민: 그래. 여편네들이 자꾸 남편의 직장까지 찾아오면 곤란해. 재수가 없어. 재수가!
_{방백 – 관객만 듣는다고 약속한 대사}
상범: (관객에게) 네. 재수가 없죠. 재수가 없습니다. 그 후 한 달 있다가 경리 과장은
_{경리 과장 영민의 처지를 빗댄 말}
강원도 지사로 발령을 받아 전출했고 <u>저는 경리 과장이 되었습니다.</u> 회사에서는
_{새 상식을 적용한 결과 → 출세}
저의 출세가 이렇게 빠른 것을 보고 깜짝 놀랐습니다. <u>내가 아는 상식을 버리고 새</u>

<u>상식에 의해 행동한 첫 효과였습니다.</u> 제가 할 일이 또 하나 있습니다. 사장의 며
_{새 상식에 따라 경리 과장으로 승진한 상범}
느리요 과부요 또한 비서인 성아미와 박 전무의 관계를 적당히 이용하는 겁니다.

이리하여 <u>모든 가능한 출세의 문을 내 손으로 내 이 두 발로 젖히고 차서 활짝 여</u>
_{상범이 모든 방법을 동원하여 출세하려 할 것임을 암시함}
<u>는 겁니다.</u>   ▶ 상범이 경리 과장을 모함하여 그의 자리를 차지함

사무실의 불이 꺼지고 아파트 내실이 밝아진다. 상범이 들어와 손에 들고 있는 큼직한

십자가를 벽에 단다. 문 여사가 나와 그의 도어를 노크한다. 상범이 문을 연다.

• 해설자로서의 '상범'의 기능

상범이 관객에게 직접 이야기를 하는 장면은 서사극으로서의 특징이 드러나는 대목이다. 이 작품에서 상범은 극 중 인물이자 해설자로 상범의 의식의 흐름에 따라 장면이 진행되고 상범의 주관적인 생각에 따라 사건의 의미가 규정된다.

해설자
• 관객에게 말을 건네는 방백 형식을 활용함 • 다른 등장인물보다 우월한 위치에서 극을 이끌어 나감

↓

기능
• 사건을 요약적으로 전달함 • 인물의 내면 심리를 드러냄 • 앞으로 전개될 사건을 안내함 • 무대에서 표현하기 어려운 것들을 설명으로 대신함

• 해당 장면은 새 상식을 적용하여 삶을 살아가는 상범이 아파트 관리인이 가족 몰래 자신에게 맡긴 돈을 유족에게 주지 않고 본인이 가지는 부분과 입사 시험을 준비하는 동생 상출에게 뒷돈을 주고 입사하라는 부도덕한 조언을 하는 부분이다.

• 상범이 비윤리적인 행위를 하며 출세하는 과정을 중심으로 당대 부조리한 사회의 단면을 비판적인 시각으로 파악하도록 한다.

상범: 아, 안녕하세요?

문 여사: 계셨군. 내 정신 좀 봐. 우리 용자 시집갈 준비하느라 그동안 김치도 제대로
<u>형과 결혼할 여자</u>

   못 담갔네.

상범: 괜찮습니다. 바쁘실텐데.

문 여사: 아직 못 들었소?
<u>아파트 관리인의 갑작스러운 죽음</u>

상범: 뭣을요?

★주목▶ 문 여사: 아 글쎄, 이 아파트의 관리인이 저녁에 돌아가셨대요.
<u>문 여사와 상범의 대화 주제</u>

상범: 네? 관리인이요?

문 여사: 본래 심장이 약하신 분이었는데…….

상범: 그럼 또 심장 마비로…….

문 여사: 그래요. 심장 마비로 돌아가셨어요. 참 안됐어요. 식구도 많은데……. 그래
<u>아파트 관리인이 죽게 된 원인</u>

   서 우리 아파트에 들어 있는 사람들끼리 돈을 좀 모아서 조의금이라도 갖다 드릴
<u>문 여사가 상범의 집을 방문한 이유. 따뜻한 연민을 지닌 문 여사의 인간미가 드러남</u>

   까 해서요…….

상범: 그거 좋은 생각입니다.

문 여사: 여유가 있는 대로 내일 아침 저희 방으로 갖다주셔요.

상범: 그러죠. (문 여사가 나가려고 한다.) 저…… 어떻게 돌아가셨다죠?

문 여사: 식사를 하시다 그대로 쓰러졌다는걸요.

상범: 마지막에 남긴 말도 없이…… 유언도 없으셨군요?
<u>상범이 질문한 의도 – 아파트 관리인이 상범에게 돈을 맡긴 사실을 아는 사람이 있는지 확인하기 위함</u>

문 여사: 유언이 다 뭡니까. 그대로 푹 쓰러졌다는데.
<u>상범이 아파트 관리인의 돈을 자신이 갖겠다고 다짐하게 되는 계기</u>

상범: 그대로 푹 쓰러졌군. 그럼 내일 아침 뵙겠습니다.

문 여사: 네, 전 이 방 저 방을 좀 돌아다녀야 합니다.
▶ 상범이 문 여사를 통해 아파트 관리인의 죽음을 알게 됨

   문 여사가 나간다. 상범은 소파 밑에서 관리인이 맡긴 돈 보따리를 꺼낸다.

상범: (관객에게) 이 돈 5만 원! 관리인이 저한테 맡긴 귀중한 돈입니다. 자, 이 돈을
   ▨ : 관객에게 말을 걸어 해설자 역할을 함. 관객이 극에 몰입하는 것을 차단하는 효과가 있음

   어떡하지? 밥 먹다 푹 쓰러졌다니 이 돈에 대해 말할 여유가 없었을 겁니다. 아

   니, 도대체 이 돈은 비밀로 해 달라고 했으니까. 이 돈에 대해 말을 했을 리가 없

   어……. 내 옛 상식에 따를 것 같으면 이 돈은 관리인의 미망인에게 돌려줘야 하겠
   <u>정직하고 도덕적인 행위</u>

   지만…… 아니지, 이미 내 상식은 버리고 새 상식에 따라 생활을 하고 있는 이 마
   <u>부도덕한 행위</u>

   당에 돈을 돌려줄 필요가 없어. 본시 관리인은 자기의 아내를 싫어했으니까. 오히
   <u>아파트 관리인이 남긴 돈을 본인이 가지려고 억지 논리를 내세우며 부도덕한 행위를 합리화함</u>

작품 분석 노트

• 극의 특징

   • 소품을 통해 공간을 상징적으로 연출함

   • 방백을 활용하여 관객에게 중심인 물인 상범의 생각을 직접적으로 전달함

• '문 여사'의 성격

   • 아파트 관리인의 죽음을 애도하며 도움을 주고자 하는 따뜻한 인물

   • 상범이 결혼하고자 했던 박용자의 어머니이며 상범에게 아파트 관리인의 죽음을 알리는 인물

• '새 상식'에 따른 '상범'의 행동 ②

   • 아파트 관리인이 상범에게 가족 몰래 5만원을 맡김

   • 아파트 관리인의 갑작스러운 죽음으로 상범이 5만 원을 갖게 됨

   ↓

   • 상범은 아파트 관리인의 죽음에 대한 애도보다 아파트 관리인이 맡긴 돈에만 관심을 가짐

   • 상범 자신이 돈을 가져야 하는 이유를 새 상식에 따라 합리화함

려 나를 좋아했어. 그러니 이 돈을 내가 쓰는 것을 더 좋아할 거야. 질서 정연한

<u>논리야.</u> (또다시 관객에게) 그래서 이 돈을 제가 쓰기로 했습니다. 다음 날 내 동

생, 그 이상한 이름의 회사에 들어갈 시험 준비에 골몰하는 내 동생을 시내 어떤

다방에서 만났습니다.

▶ 상범이 아파트 관리인이 남몰래 맡긴 돈을 갖기로 함

<u>상출이 무대 전면 좌측에 의자를 들고 들어와 앉는다. 현소희가 조그만 티 테이블을</u>
극 중 공간이 사실적이지 않음. 소품에 의해 공간을 상징적으로 연출함
들고 들어온다.

소희: 무슨 차 드실까요?

상출: …… 저…… 사람을 기다리는데…… 그 사람이 온 다음에 같이 들겠습니다.

소희: 좋도록 하세요.

소희가 들어간다. 상출은 주머니에서 책을 꺼내 연필로 줄을 그으며 읽는다. 시험 준
견습 직원이 되기 위해 시험을 준비하는 상출
비다. 잠시 후 상범이 의자를 갖고 들어와 앉는다.

상범: 오래 기다렸니? / **상출:** 아니.

상범: 다방에서도 시험공부야?

상출: 할 수 있나. / **상범:** 차 들었니?

상출: 형이 안 오면 혼날라고? <u>주머니엔 버스표 두 장밖에 없어.</u> 근데 왜 나오라고
경제적으로 넉넉하지 못한 형편
했어?

상범: (뒤로 몸을 돌려 소리 지른다.) 여보시오! 파인주스 두 개만 부탁합니다.

상출: 한 잔에 50원인데…….

상범: 괜찮아. 나…… <u>경리 과장 됐다.</u>
출세를 위해 사장 앞에서 기존의 경리 과장을 모함하고 비리를 고발한 결과

상출: 뭐? 형이? 경리 과장? 굉장한데! 어떻게 벌써?

상범: 사장이 날 신임하지. 또…… 나도 <u>잘살 수 있는 비결을 배웠고</u>…….
새 상식

상출: 봉급도 두 배쯤 오르겠네?

상범: 봉급이 문제냐. 그런데…… 너도 그 입사 시험인가 하는 데 합격되려면……

<u>운동이 좀 필요하지 않을까!</u>
뒷돈을 주고 입사하는 부도덕한 방법

상출: 무슨 운동?

상범: <u>돈을 좀 써야 하지 않을까? 세상은 다 그런 거야.</u> (안주머니에서 돈을 꺼내 상출
뇌물을 써서 입사하는 방법을 제안함 → 성공과 출세만을 추구하는 부조리한 사회에 동화되어 타락해 가는 상범
에게 쥐어 준다.) 이거 5,000원인데…….

상출: 5,000원?

상범: 돈을 좀 쓰란 말이야. 세상이 그렇게 단순하지 않단다. 문제는 <u>방 안에 들어가</u>

<u>야 하는데 앞문으로 들어가건 뒷문으로 들어가건 문제가 아냐. 어떻게 해서든지</u>
목적을 이루기 위해서는 수단과 방법을 가리지 않아야 함. 도덕성이 상실된 모습
<u>그저 들어가면 돼.</u>

상출: …… 아이…… 나 자신 없는데, 이 돈을 가지고 누굴 찾아가 뭣을 어떻게 해?
융통성이 부족하나 정직하게 사는 소시민인 상출

• '상범'과 '상출'의 대화

상범		상출
• 상출에게 뒷돈을 주고 입사하는 부도덕한 행위를 종용함 • 잘살기 위해서 비윤리적 행위도 서슴지 않는 부도덕한 모습을 보임	↔	• 융통성이 없고 어리숙하지만 정직한 면모를 보임 • 과거의 상범처럼 정직하고 성실히 노력하는 인물임

↓

상출과의 대화에서 상범의
부도덕하고 타락한 모습이 부각됨

• 이 장면의 서사적 기능

이 장면에서 상범은 회사 입사 시험을 준비하고 있는 상출을 만나 돈을 건네며 부정한 방법을 사용하여 입사하는 방법을 권유하고 있다.

사건
상범이 아파트 관리인이 맡긴 돈의 일부를 동생 상출의 회사 입사 뇌물로 건넴

↓

기능
목적을 위해서는 수단과 방법을 가리지 않아야 한다는 상범의 그릇된 가치관을 보여 줌

상범: 그건 네가 좀 연구해 봐야지.

상출: (돈을 테이블 위에 도로 내밀면서) 그럼 더 복잡한데, 공부하기도 바쁜데 그 일

까지 하려면 형편없이 복잡해지겠는걸.

상범: 공부를 작작하면 되지 않니!

상출: <u>공부 안 하면 어떻게 시험을 치지?</u>
상출의 융통성이 부족하고 순박한 모습

상범: 앞뒤가 막혔군! 너도 <u>새 상식이 필요해. 새 상식이!</u>
속물적 처세술

상출: 뭐?

상범: 됐어. 됐어! (현소희가 파인주스를 갖고 나온다.)

▶ 상범이 동생 상출에게 뒷돈을 주고 입사하기를 제안함

• '상범'의 변신

임시 사원

↓ 술을 마시지 못한다는
점에서 사장의 눈에 듦

정식 사원

↓ 경리 과장을 음해하고
비리를 고발함

경리 과장

↓ 건달 '탱크'를 배신하여
영웅이 됨

상무

↓ 성아미와 박 전무의 불륜을
미끼로 성아미를 협박함

| 사장 며느리와
결혼 |
| --- |

- 해당 장면은 상범 형제가 각자의 삶에서 각각 성공을 거두어 축하하는 부분이다.
- 상학과 상출의 행복한 삶을 바라보는 상범의 인식과 자신의 삶에 대한 상범의 정서를 파악하고, 작가가 이 작품을 통해 궁극적으로 전달하고 자 하는 바를 이해하도록 한다.

[앞부분의 줄거리] 상범은 여자 문제로 자신을 협박하던 '탱크'를 쏘아 죽이고 자신이 강도를 잡은 것처럼 조작하여 서울 시민의 영웅이 되고 상무로 특진한다. 그리고 사장의 며느리이자 비서인 성아미의 불륜, 횡 령 사실을 미끼로 성아미와 결혼한다.

상출: 형! 형! / **상범:** 상출이구나!

상출: 늦어서 미안해. 나, 됐어! 됐어!

상범: 뭘? 아, 시험에 붙어! / **상출:** 그래. <u>합격했어! 합격!</u>
입사 시험에 합격하여 기뻐함

사장: 자, 시간도 없는데……. 우린 형제만 남기고 먼저 나가 밑에서 기다릴까? 할

　말도 많을 텐데…….

　세 형제만 남기고 모두 나간다.

아미: 그럼…….

　아미도 나간다.

상학: 수고했구나! / **상출:** <u>3년 만이야, 3년.</u>
상출이 3년 동안 시험 준비를 해 왔음을 알 수 있음

상학: 하여튼 반갑다……. <u>나도 합격했단다.</u>
사립 국민학교의 선생이 된 상학

상범: 형님도요?

상학: 나 대학 선생 집어치웠다!

상범: 언제요?

상학: 장가까지 갔는데 가정도 돌봐야지. 대학에 있어 갖고선 밥도 못 먹겠다. 특히

　<u>로케트</u>나 주무르고 있으면 말이야. 그래서 <u>국민학교 선생이 됐다.</u>
상학의 전공 분야　　　　　　　　경제적 이유로 상학이 선택한 직업

상출: 국민학교 선생이요?

상학: 그렇지만 사립 국민학교 선생 말이다. 내가 받던 봉급의 배는 주더라. 참 세월

　도, 국민학교 선생 벌이가 대학 선생 벌이보다 낫다니! 옛날 사범 학교를 나온 덕

　분에. 교장이 내 친구야. 자기에게 알맞은 자리로 가는 것이 중요해. <u>오히려 요즈</u>
　　　　　　　　　　　　　　　　　　　　　　　自신의 삶에 만족하는 상학

　<u>음은 편하더라.</u>

상출: <u>국물도 있어요?</u>
이익이 생기는지 물음

상학: 글쎄, 자 늦겠다. 가 봐라.

상출: 아버지는 안 오신대. 형이 처녀도 아닌 여자와 결혼한다고.
사별 후 재혼하는 성아미

상범: (상학과 상출이 나가자 관객에게) 저의 동생 상출이 행정 계통의 밑바닥 일을 맡

　아볼 견습 직원이 되었습니다. <u>3년 동안에 걸친 피와 땀의 결정입니다.</u> 상식 세계
　　　　　　　　　　　　　　상출의 정직한 노력

- **'상범' 형제의 상황 및 정서**

상학	대학 교수를 그만두고 사립 국민학교 선생이 됨 → 행복을 느끼고 의욕적임
상출	행정 계통의 견습 사원이 됨 → 행복해하며 만족스러워함
상범	• 제철 회사의 거물이 됨 • 사장 며느리인 성아미와 결혼함 → 미래에 대해 불안감을 느낌

- **서사극의 특징**

서사극은 관객에게 무대로부터 비판적인 거리를 지니게 하여, 극의 내용에 대해 숙고할 수 있는 계기를 마련해 주는 희곡의 한 갈래이다. 관객의 감정 동화를 막기 위해서 해설자를 통해 연극 내용을 구체적으로 설명하며 메시지를 전달하거나, 등장인물들이 자신의 배역을 이탈하여 메시지를 전달하는 등 다양한 장치를 사용한다. 이를 통해 관객은 극을 단순히 지켜보는 수동적인 입장에서 벗어나 스스로가 비판적 사고를 갖고 극을 접할 수 있다.

의 관문을 겨우 통과한 격인데 물론 장래는 막연합니다. 그러나 본인은 퍽 행복을
_____ 상범이 처음으로 행복에 대해 생각함
느끼고 있는 것 같습니다. 반면 형님은 위에서 스스로 떨어져 사립 국민학교의 선
_____ 상학의 사회적 지위가 낮아졌다고 평가하는 상범
생이 되었습니다. 그래도 행복을 느끼고 가정을 꾸며 나가는 데 의욕을 느끼는 모
양입니다. 그런데 나는? 돈과 지위와…… 이런 모든 것에 불만이 없는 제철 회사
_____ 삼 형제 중 사회적으로 가장 성공한 상범
의 거물이 됐습니다. 앞으로 글쎄…… 저의 앞에는 뭣이 있을까…….
_____ 행복을 느끼는 두 형제와 달리 미래에 대한 불안감을 느끼는 상범
▶ 상학과 상출이 작은 성취에도 행복을 느끼는 것과 달리 출세한 상범은 미래에 대해 불안감을 느낌

- 작가가 '상범'의 모습을 통해 전달하
고자 하는 내용

상범의 모습
수단과 방법을 가리지 않고 자신의 이익을 챙기는 것을 상식으로 여김

↓

작가가 전달하고 하는 내용
• 산업 사회의 배금주의와 출세주의 풍조를 비판함 • 현대 사회에서 사라져 가는 상식적인 것들을 되찾아 바른 상식으로 살 수 있는 사회가 되기를 희망함

이 작품에서는 '상범'은 '옛 상식'을 버리고 부조리한 세상에 맞는 '새 상식'을 적용하여 삶을 살고자 한다. 따라서 '상범'의 '옛 상식'과 '새 상식'에 따른 삶의 모습과 이를 통해 비판하고자 하는 대상을 파악할 수 있어야 한다.

+ '옛 상식'과 '새 상식'에 따른 '상범'의 삶의 모습

옛 상식	새 상식	
	배영민 과장에 대한 모함	아파트 관리인의 돈에 대한 도둑질
• 해수욕장에서 자살하려는 여자를 구했으나 뺨을 맞고 파출소에 연행당함 • 자신이 결혼하려던 여자를 형인 상학에게 빼앗기고 아버지의 환갑잔치 비용도 본인이 부담하게 됨	• 사장에게 경리 과장인 배영민 과장의 행위를 고자질하고 배영민 과장을 모함함 • 배영민 과장이 좌천되도록 만들고 상범 자신이 경리 과장이 됨	• 아파트 관리인이 생전에 가족 몰래 상범에게 돈 5만 원을 맡기고 심장 마비로 죽음 • 아파트 관리인이 맡긴 돈을 유족에게 주지 않고 상범 자신이 가짐

→

• 소심하지만 정직하고 성실한 주인공 상범이 출세를 위해 비정하고 냉혹한 인간으로 변화하는 모습을 통해 출세와 사회적 성공만을 중시하는 부조리한 사회와 이 시류에 영합하며 비윤리적 행위를 서슴지 않는 인물들을 풍자, 비판함
• '새 상식'으로 출세를 했으나 행복을 느끼기보다 더 큰 불안을 느끼는 상범의 모습에서 출세 지향주의가 올바른 삶의 모습이 아님을 보여 줌

이 작품은 제목부터 시대적 배경과 상징적 의미를 담고 있고, 상징적인 소재들을 통해 이야기를 부각시키고 있다. 따라서 작품에 나타난 소재의 상징적 의미와 기능을 파악할 수 있어야 한다.

국물	1960년대 유행하던 '국물도 없다.'라는 말에서 '국물'은 약간의 이득을 뜻하는 말인데, 이 작품에서는 이 말을 풍자적으로 활용하여 '국물 있사옵니다'라고 제목을 설정함으로써 수단과 방법을 가리지 않고 욕망을 추구하는 당대 사회상을 비판함
새 상식	정직하고 성실하면 성공하고 인정받는다는 일반적인 상식에 대비되는 것. 부정적 세태에 적응하기 위한 부도덕하고 야비한 방법들을 말함
엽총	출세와 성공에의 욕구, 집착을 상징함. 상범이 엽총을 꼼꼼히 손질하고, 대상을 겨누고, 심지어 사람에게 쏘는 것(탱크를 쏴 죽임) 등은 모두 상범의 욕망을 암시하거나 구체적으로 보여 주는 것으로, 상범 자신에게도 해가 돌아올 수 있음을 상징하기도 함

이 작품은 서사극으로서의 특징이 잘 드러나는 작품이므로 작품의 서사극적 특징을 파악할 수 있어야 한다.

요소	특징	효과
서사극적 요소	• 한 무대에 여러 시·공간을 동시에 배치하고 암전이나 조명을 통해 시·공간적 배경을 연출함 • 공간을 따로 꾸미지 않고 등장인물이 소품을 가지고 나와 공간을 상징적으로 연출함	• 사건이 지금 벌어지고 있는 것처럼 보이게 하는 '극적' 연극과 달리 '서사극'은 관객으로 하여금 무대로부터 비판적인 거리를 유지하게 함
	• 작중 인물이자 주인공인 상범이 작중 상황을 설명하거나 자신의 심리를 직접적으로 서술하기도 하며 사건을 평론하기도 함	• 극의 상황에 대한 몰입을 방해함으로써 관객들이 이성적인 판단을 하도록 유도함

• 해제
〈국물 있사옵니다〉는 1960년대 산업화 시대에 고조되기 시작한 출세주의와 배금주의를 풍자하고 있는 작품이다. 소심하지만 성실했던 주인공이 출세하는 방법에 눈을 뜬 뒤 남을 이용하고 희생시키는 일도 서슴지 않는 속물적인 냉혈한으로 변화하는 과정을 보여 주고 있다. '국물도 없다.'라는 말을 풍자적으로 활용한 제목이 독특한 작품으로, 관객들의 능동적인 판단을 요구하는 서사극의 특징을 띠고 있다.

• 제목 〈국물 있사옵니다〉의 의미
– 자신의 이득을 위해 수단과 방법을 가리지 않는 사회상을 풍자하는 말
'국물'은 어떤 일의 대가로 다소나마 생기는 이득이나 부수입을 속되게 이르는 말을 의미한다. 따라서 '국물 있사옵니다'는 수단과 방법을 가리지 않고 욕망의 충족을 위해 달리면 무언가 이익이 생기기 마련이라는 것으로, 당대의 속물적 사회상을 풍자하고 있다.

• 주제
현대 사회의 배금주의와 출세주의에 대한 비판

04

낙화의 적막 ▸ 이태준

'언제나 나무 있는 뜰 안을 거닐며 살아 보나' 하던 소원이 이루어지매, 그때는 나
<u>오랜 시간 기다려 온 글쓴이의 소원</u>
무마다 벌레 먹은 잎사귀 하나 가지에 남지 않은 쓸쓸한 <u>겨울</u>이었다. 그래서 어서
<u>겨울의 쓸쓸함 강조</u>
<u>봄</u>이 되었으면 하고 조석(朝夕)으로 아쉽던 <u>그 봄</u>, 요즘은 <u>그 봄</u>이어서 아침마다 훤
<u>기다림의 대상</u>　　　<u>아침, 저녁 항상 그립던</u>　└<u>지시 관형사 '그'를</u>┘ <u>글쓴이의 소원이 충족됨</u>
하면 일어나 뜰을 거닌다.　　　　　　　　　　　　　　　　통한 강조

「진달래나무 앞에 가서 <u>한참</u>, 개나리 나무 옆에 가서 <u>한참</u>, 살구나무 밑에 가서 <u>한참</u>,」
『』: '한참'의 반복 – 꽃의 아름다움을 만끽하는 글쓴이의 즐거움 강조 (→ 낙화의 충격이 큰 이유)
그러다가 거리에 나올 시간이 닥쳐 밥상을 대하면 눈엔 아직 붉고 누른 꽃만 보이었
<u>외출할</u>　　　　　　<u>시각적(색채), 후각적 이미지 – 꽃의 아름다움에 빠져 있던 여운이 남아 있음</u>
다. 눈만 아니라 코에도 아직 꽃향기였다. 　　▸ 봄 뜰의 꽃에서 느끼는 기쁨과 즐거움

그러던 꽃이 다 졌다. 며칠 동안 <u>그림 구경하듯</u> 아침저녁으로 한참씩 돌아가며 바
<u>낙화로 인한 글쓴이의 정서 변화: 기쁨 → 아쉬움</u>　<u>꽃의 아름다움 부각(직유법)</u>
라보던 꽃이 간밤 비에 다 떨어져 흩어졌다. 살구꽃은 잎잎이 흩어졌고 진달래와 개
나리는 송이째 떨어져 엎어도 지고 자빠도 졌다. 그중에도 엎어진 꽃이 더욱 마음을
　　　　　　　　　　　　　<u>거친 땅에 떨어진 꽃잎에 대한 안타까움과 미안함</u>
찔렀다.

가만히 보면 엎어진 꽃만 아니라 모두가 쓸쓸한 모양이었다. 「가지에 달려서는 소
곤거리지 않는 송이가 없는 것 같더니, 떨어진 걸 보니 모두 침묵이요, 적막이요, 슬

감상 포인트
낙화에 대한 글쓴이의 인식
변화를 파악한다.

픔이다.」
『』: 낙화 전의 생동감과 낙화 후의 쓸쓸함이 대조됨

그러나 거기에는 조그만큼도 죽음은 느껴지지 않았다. 오직 삶도 아니요, 죽음도
아닌 마음에 사무칠 따름이었다. 　　　　　　　　　　▸ 낙화로 인해 느끼는 슬픔과 사무침

<u>낙화(落花)의 적막!</u> 다른 봄에도 낙화를 보았겠지만 이번처럼 <u>마음을 찔려 본 적</u>
<u>글의 제재 강조(영탄법)</u>　<u>글쓴이가 가꾼 꽃나무들의 낙화를 보기 전</u>　　　　　　<u>부끄러움과 죄송함을 느껴 본</u>
은 없었다.

<u>나는 낙화는 생각도 하지 못했었다.</u> 그래서 꽃이 열릴 나뭇가지는 자주 손질을 하
<u>낙화에 대한 글쓴이의 깨달음, 성찰</u>
였으나 꽃이 떨어질 자리는 한 번도 보살펴 주지 못했다. 이제 <u>그들</u>의 놓일 자리가
　　　　　　　　　　　　　　　　　　　　　　　　　　<u>낙화가 놓인 자리(땅)의 척박하고 험함</u>　<u>낙화(의인법)</u>
<u>거칠음</u>을 볼 때 <u>적지않은 죄송함</u>과 <u>'나도 꽃을 사랑하는 사람인가?'</u> 하고 스스로 부
　　　　　　　　<u>성찰적 태도 – 꽃의 아름다움만을 완상하는 것이 아니라, 꽃 자체를 소중히 생각하고 교감하고자 함</u>
<u>끄러움을 누를 수 없다.</u>　　　　　　　　　　　▸ 꽃이 놓일 자리를 준비하지 못한 것에 대한 성찰

낙화는 꽃이 아니냐 하는 옛 말씀도 있거니와 낙화야말로 더욱 볼만한 꽃인가 싶
<u>낙화의 가치를 강조하기 위한 인용</u>
다. <u>그</u>는 의지할 데 없는 몸이라 가지에 달려서보다 더욱 박명(薄命)은 하리라. 「그
　<u>낙화(의인법)</u>　　　　　　　　　　　　　<u>복이 없고 의지할 데 없음</u>
러나 떨어진 꽃의 그 적막함, 우리 동양인의 심기로 그 적멸의 경지에서처럼 위대한
『』: 낙화의 가치 – 위대한 예술감의 원천이 됨　　　　<u>사라져 없어짐</u>
예술감이 어디서 일어날 것인가.」 낙화는 한번 보되 그 자리에서 천고(千古)를 보는
　　　　　　　　　　　　　　　　　<u>한 번의 낙화를 통해서도 천 년 세월의 섭리를 깨달을 수 있음</u>
양, 우리 심경에 영원한 감촉을 남기는 것인가 한다.

그런 낙화를 위해 나무 아래의 <u>거칠음</u>을 나는 한 번도 생각하지 못하였다. 다시금
　　　　　　　<u>낙화에 걸맞은 자리를 준비하지 못한 글쓴이의 부끄러움을 반복적으로 강조함</u>
<u>부끄럽다.</u>　　▸ 낙화의 가치에 대한 고찰과 낙화의 아름다움을 인식하지 못한 것에 대한 성찰

◼ 작품 분석 노트

• 낙화의 의미와 가치

낙화에 대한 일반적인 인식과 다른,
글쓴이가 바라보는 낙화의 의미와 가
치를 이해함으로써 글쓴이의 성격과
작품의 주제 의식을 이해할 수 있다.

낙화	→	• 의미: 낙화는 죽음이 아닌 적막임 • 가치: 위대한 예술감의 원천이 됨

↓

낙화의 아름다움을 인식하지 못한
것에 대한 부끄러움, 반성, 성찰

• '옛 말씀'의 인용

'낙화'를 대하는 태도가 드러난 옛 말
씀을 인용함으로써 글쓴이가 새롭게
깨달은 낙화의 가치를 부각하고 있다.

간밤에 부던 바람에 만정도화 다
지거다
아이는 비를 들고 쓸오려 하는고야
낙화인들 꽃이 아니랴 쓸어 무슴하
리요
　　　　　　　　　　– 정민교

↓

낙화를 쓸어 버리기보다는 떨어진 그
대로 그냥 두고 즐기는 것이 풍취 있
는 일임을 노래한 작품

이 작품은 글쓴이 이태준이 간밤에 내린 비로 땅에 떨어진 꽃잎을 보며 얻은 깨달음을 담은 수필로, 글쓴이의 성격과 가치관 등이 진솔하게 드러나 있다. 따라서 이 작품에서는 낙화와 관련하여 이루어진 글쓴이의 정서 및 인식 변화에 주목하여 작품의 주제 의식을 파악할 수 있어야 한다.

+ 상황 변화(시간의 흐름)에 따른 글쓴이의 정서 변화

겨울	나무마다 벌레 먹은 잎사귀 하나 가지에 남지 않음	쓸쓸함, 아쉬움

↓

봄	진달래나무 앞, 개나리 나무 옆, 살구나무 아래에서 한참씩 돌아가며 꽃을 감상함	기쁨, 설렘, 즐거움

↓

봄	간밤에 내린 비에 꽃이 다 떨어짐	아쉬움, 슬픔

↓

봄	꽃이 떨어진 자리가 거칢을 깨달음	부끄러움

+ '낙화'에 대한 인식 변화

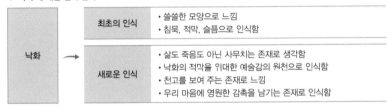

낙화 →	최초의 인식	• 쓸쓸한 모양으로 느낌 • 침묵, 적막, 슬픔으로 인식함
	새로운 인식	• 삶도 죽음도 아닌 사무치는 존재로 생각함 • 낙화의 적막을 위대한 예술감의 원천으로 인식함 • 천고를 보여 주는 존재로 느낌 • 우리 마음에 영원한 감촉을 남기는 존재로 인식함

이 작품에 나타난 서술상 특징 및 그 효과와 '낙화'에 대한 글쓴이의 인식을 종합적으로 파악할 수 있어야 한다.

+ 〈낙화의 적막〉에 나타난 서술상 특징

다양한 감각적 이미지	'눈엔 아직 붉고 누른 꽃만 보이었다. 눈만 아니라 코에도 아직 꽃향기였다.' – 시각적 이미지, 후각적 이미지	→	꽃의 아름다움을 만끽한 여운을 생생하게 표현함
대조법, 의인법	• '가지에 달려서는 소곤거리지 않는 송이가 없는 것 같더니, 떨어진 걸 보니 모두 침묵이요, 적막이요, 슬픔이다.' – 대조법 • '그는 의지할 데 없는 몸이라 가지에 달려서보다 더욱 박명은 하리라.' – 의인법	→	• 꽃에 대한 애정과 낙화로 인한 충격을 드러냄 • 떨어진 꽃잎의 모습을 형상화함
특정 어휘의 반복	'진달래나무 앞에 가서 한참, 개나리 나무 옆에 가서 한참, 살구나무 밑에 가서 한참'	→	애정을 가지고 꽃과 교감하고자 하는 태도를 부각함

• 해제

〈낙화의 적막〉은 낙화에 대한 글쓴이의 인식을 드러내는 작품으로, 글쓴이는 자신이 손질하고 가꾼 나무의 꽃들의 아름다움만 감상했을 뿐, 그 꽃들이 떨어질 것을 생각하지 않은 자신의 태도를 성찰하고 있다. 글쓴이는 꽃들을 사랑하고 그 아름다움에 기뻐하고 즐거워했던 사람이지만, 낙화의 순간 닥친 쓸쓸함과 적막에 슬픔을 느낀다. 그러나 글쓴이는 낙화를 죽음으로 인식하기보다는, 그 적막을 위대한 예술감의 원천으로 인식하고 있다. 또한 낙화의 가치와 그 아름다움을 제대로 인식하지 못했음을 부끄러워하면서 과거 자신의 태도를 성찰하고 있다. 이처럼 이 작품은 '낙화'가 지닌 가치와 진정한 아름다움에 대한 글쓴이의 인식을 드러내고 있다.

• 제목 〈낙화의 적막〉의 의미
 – 낙화가 지닌 가치와 아름다움

〈낙화의 적막〉은 낙화에 대한 글쓴이의 인식을 단적으로 보여 주는 것으로, 낙화가 위대한 예술감을 일으키는 존재이자 천고의 섭리를 일깨워 주는 존재라는 것, 즉 낙화가 지니는 진정한 아름다움과 가치를 의미한다.

• 주제

낙화의 진정한 가치에 대한 깨달음

한 줄 평 | 명태와 관련된 추억을 통해 아버지에 대한 그리움을 드러낸 수필

명태에 관한 추억 ▶ 목성균

중심 소재 – 회상의 매개체
늦가을이나 초겨울이면 명태 한 코가 우리집 부엌 기둥에 걸려 있었다. 그을음 투
명태가 잡히는 철   글쓴이의 고향에서 명태 두 마리를 뜻하는 말
성이의 산골 초가집 부엌 기둥에 한 코로 걸린, 다소곳한 주검 한 쌍의 모습은 제자
아버지와의 추억이 존재하는 과거의 풍경   명태 두 마리의 모습(의인화)
리를 옳게 차지한 때문인지 '천생연분'이란 제목을 달고 싶은 한 폭의 정물화였다.
        산골 초가집과 잘 어울리는 명태 두 마리   ▶ 명태와 천생연분이었던 산골 초가집
「밤이 이슥해서 취기가 도도하신 아버지가 명태 한 코를 들고 와서 마중하는 며느
밤이 깊어서   술기운에 감정과 기분이 고조된
리에게 "옜다!" 하며 건네주시는 걸 본 적이 있다. 남용하시는 게 아닌가 싶은 아버
며느리를 내놓는 시아버지의 당당한 태도   약간은 지나친 듯싶은
지의 호기가 참 보기 좋았다.」 「크게 대단하다고 할 수 없는 명태 두 마리지만, 며느리에게
        기운을 내뿜는 태도   당당하게 내놓던 아버지의 모습을 그리워함

그날 "아버님, 저녁 진짓상 차릴까요?" 며느리가 묻자 아버지는 "먹었다." 하시

며 두루마기를 벗어서 며느리에게 건네주시고 사랑으로 들어가셨다. 며느리는 두루

마기 자락을 추녀 밑에 걸어 놓은 등불에 비춰 보더니 즉시 우물로 가지고 가서 빨
                                명태로 인해 두루마기가 더럽혀졌기 때문
았다. 아버지는 취한 걸음으로 이강들을 건너서, 은고개를 넘어서, 하골 산모랭이를
            글쓴이와 아버지의 삶의 공간이었던 고향의 지명 열거
돌아서 확장되는 대륙성 고기압에 두루마기 앞섶을 휘날리며 오셨을 것이다. 삶의
                                        글쓴이의 추측
어느 경지에 취해서 맘껏 활개 젓는 아버지의 손에 들려 온 명태 두 마리가 얼마나
높은 삶의 연륜   명태가 스스로 요동친 것이 아니라 활개 젓는 아버지의 손 때문에 흔들린 것임
요동을 쳤으면 두루마기 자락을 다 더럽혔을까.
        설의법

아침에 아버지가 "아가, 두루마기 내오너라." 했을 때, 며느리는 그 지엄한 분부
                            글쓴이의 아내
에 차질 없이 대령할 수 있도록 푸새 다림질을 해서 늘 횃대에 걸어 둔 두루마기를
                    물을 먹여서 하는 다림질
이때다 싶은 마음으로 내다 드렸다. 그 두루마기 자락에 온통 명태 비린내를 칠해
시아버지를 공경하고 정성껏 모시는 며느리의 사려 깊은 마음
오신 것이다. 그리고 당당히 그 명태를 며느리에게 건네고, 며느리는 공손히 받아서
① 아버지의 '대주'로서의 당당한 권위에 대한 감동 ② 아버지의 권위를 존중하고 받드는 사려 깊은 며느리('나'의 아내)로 인한 감동
부엌 기둥에 걸었다. 한 집안 대주(大主)의 권위가 나를 감동시켰다.
            한 집안을 이끌어 가는 주인 = 호주   ▶ 명태를 사 오시던 아버지의 일화와 그 권위에 대한 감동

젊은 날의 어느 늦가을, 갈걷이를 끝내고 어디 갔다가 집으로 돌아오는 길이었다.
            명태가 잡히는 철 추수 - 가을걷이의 준말   물건을 늘어놓고 파는 가게
막차에서 내린 나는 차부 건너편에 있는 전방 앞에서 발걸음을 멈춰 섰다. 등피(燈
            종착점에 마련한 차량의 집합소 생선 등 어물을 담은 상자
皮)를 잘 닦은 남포 불빛 아래 놓인 어상자에 가지런히 누워 있는 명태들이 왜 그리
바람을 막고 불빛을 밝게 하기 위하여 남포등에 씌우는 유리로 만든 물건
정답던지, 「마치 우리 사랑 간에 모여 놀다가 제사를 보고 가려고 가지런히 누워 곤
            「♪」: 제사를 보고 가려고 기다리는 동네 사람들 → 글쓴이의 집이 유가적 가풍이 있는 집안임이 드러남
하게 등걸잠이 든 마실꾼들 같았다.」 그 명태를 한 코 샀다.
마을에 놀러 다니는 사람들 = 명태들(비유)   아버지를 닮고 싶은 글쓴이의 마음
「아버지가 두루마기 자락에 명태 비린내를 묻혀 가지고 왔다고 젊은 자식 놈도 그
「♪: 아버지와 똑같이 행동하는 것은 아버지를 공경하는 태도가 아니라는 생각   글쓴이 자신
러면 불경(不敬)이다. 옷에 비린내를 묻히지 않으려고 각별히 조심을 해서 명태 한
        무례함
코를 들고 밤길 십 리를 걸어 집에 오니까 팔이 아팠다. 연만하신 아버지가 취중에
약 4km   팔을 자유롭게 흔들지 못했기 때문 나이가 아주 많은
두루마기 자락에 비린내를 묻히지 않고 명태 한 코를 들고 밤길 십 리를 걸어온다는

것은 불가능하다는 걸 알았다. 「결코 아버지는 당신의 출입 위상을 위해서 정성을 다
                        시아버지 밖에서 깨끗하고 당당한 모습일 수 있도록 애쓴
한 며느리의 침선(針線)을 소홀히 여기신 건 아니었다.」 「♪: 아버지가 두루마기에 명태 비린내를 칠하
        바느질로 옷을 짓는 일   고 온 것이 며느리의 정성을 소홀히 여겨
                                        서 그런 것이 아님을 깨달음

작품 분석 노트

• '명태'의 의미와 기능

이 작품에서 '명태'는 글쓴이의 경험 속에서 특별한 의미를 지니고 있는 소재이다.

명태	• 글쓴이에게 과거와 아버지에 대한 추억을 떠올리게 하는 회상의 매개체 • 산골 초가집과 천생연분이었던 존재 • 아버지의 한 집안의 대주로서의 당당한 권위를 의미하는 존재 • 아버지를 닮고자 하는 아들('나')에게 정겹고 소중한 대상

• 인물의 성격과 심리

아버지	• 한 집안의 대주로서 권위를 지닌 존재 • 명태 두 마리를 며느리에게 "옜다"라고 말하며 내 놓고 비린내를 칠해 온 두루마기를 벗어 건네주는 당당한 태도를 지닌 인물
며느리	• 명태를 공손한 태도로 받아서 걸어 놓으며 시아버지를 공경하는 며느리 • 늘상 다림질한 두루마기를 시아버지에게 대령하고, 비린내 칠해 온 두루마기를 부지런히 빨래하는 사려 깊은 마음을 지닌 인물
'나'	• 아버지의 당당한 호기를 좋아하며 그리워하는 아들 • 아버지의 권위가 존재하던 그 시절과 아버지를 공경하던 며느리('나'의 아내)의 태도에 감동을 받는 인물

다음 날 아침 아내가 명탯국을 끓였다. 아버지가 좋아하시면서 "웬 명태냐?" 하셨다. 아내가 "애비가 사 왔어요." 하자 아버지는 잠깐 나를 쳐다보시더니 "우리 집에 나 말고 명태 사 들고 올 사람이 또 있구나!" 하시는 것이었다. 고전을 면치 못하던
아버지 글쓴이
① 자신을 닮은 아들에 대한 반가움 ② 이제는 아들이 자신의 자리를 대신하리라는 기대감

야전 지휘관이 지원군이라도 보충받은 것처럼 사기가 진작된 아버지의 말씀이 왜 그
리 눈물겹던지, 그날 아침 햇살 가득 찬 안방에서 아버지와 겸상을 한 담백하고 시
① 자신을 칭찬하는 아버지에 대한 고마움 ② 연로한 아버지의 자리를 대신하게 되리라는 슬픔

원한 명탯국 맛을 생각하면 지금도 잦히는 밥솥처럼 마음이 자작자작 눈는 것이다.
밥물이 바짝 졸아들게 만드는 ▶ 아버지처럼 명태를 사 갔던 일화와 눈물겹던 감정

내 친구 중에는 명탯국을 안 먹는 놈이 있어서 나는 일단 그를 경멸한다. 명태는
맛이 없는 생선이라는 것이다. 생선 맛이야 비린 맛일 터인데 그놈은 비린 맛을 되
명태는 생선 특유의 비린내가 강하지 않음

좋아하는 놈이다. 사실 맨 북어포를 먹어 보면 알지만 솜을 씹는 것처럼 맛이 없긴
하다. 그런데 고추장을 찍어 먹으면 숨어 있던 북어 살의 구수한 맛이 입안 가득히
살아난다. 그래서 말이지만 명태가 맛이 없는 것은 우리 입맛에 순응하기 위한 담백
명태가 맛이 없는 이유

성 때문이라는 생각을 하게 된다. 명태의 그 담백성을 몰개성적이라고 매도한다면
뚜렷한 개성이 없는 것

잘못이다. 생선은 비린 만큼 교만하다. 비린 생선들은 비린 그의 개성을 우선 존중
생선의 비린 맛에 대한 부정적 시각   비린 생선들은 비린 그 고유의 비린 맛에 맞게 요리해야 함

해 주지 않으면 우리가 의도하는 맛을 내주지 않는다. 그러나 명태는 맛에 대한 자
기 주장을 관철하려 들지 않는다. 줏대도 없는 놈이라고 할지 모르지만, 그건 줏대
자기만의 당당한 기질이나 기풍

가 없는 것이 아니고 줏대 없는 그의 본성 자체가 그의 줏대인 것이다.
명태는 담백하여 어떤 음식이나 요리에도 조화롭게 어울림(의인화)
역설적 표현 – 어떤 요리에도 잘 어울리는 것이 명태의 본질임 → 명태에 대한 애정

나는 여태껏 썩은 명태를 보지 못했다. 오늘날의 명태 말고, 냉동 산업과 운송 여
냉동과 운송이 용이한 현재의 명태

건이 불비한 시절, 동해안에서 태산준령을 넘어 충청도 산읍 5일장의 어물전까지 실
어획 이후 소비자에게 도달하기까지 오랜 시간이 걸리던 시절의 명태

려 온 명태를 두고 하는 말이다. 당연하다. 명태는 썩지 않는 철에만 잡히기 때문이
썩은 명태를 보지 못한 이유

다. 명태는 바닷물이 섭씨 1도에서 5도가 되어야 산란을 하러 북태평양에서 동해로
떼 지어 내려오는데, 그때가 명태의 어획기다. 부패의 철을 비켜서 어획기를 설정한
더운 계절

주체는 어부가 아니라 명태이다. 가급적 주검을 부패시키지 않으려는 명태의 의지가
겨울철에 잡히게 되는 명태의 생태에 대해 자신만의 의미를 부여한 글쓴이의 독특한 관점이 드러남

진화된 결과로 보고 싶다. 어차피 그물코에 걸릴 수밖에 없는 회유성(回遊性)이 운
산란을 위해 이동하는 성질

명일 바에는 주검을 부패시켜 가지고 혐오스러워하는 사람의 손길에 뒤채이며 어물
어획된 뒤 썩어서 골칫거리가 되는 일반적인 생선들의 특징

전의 천덕꾸러기가 될 필요는 없다는 게 명태의 결론이었을지 모른다. 얼마나 생선
썩지 않는 계절에 어획되는 명태에 대한 글쓴이의 긍정적 평가

다운 고결한 결론인가.
▶ 명태 맛의 담백성과 썩은 명태를 보기 어려운 이유

'썩어도 준치'란 말이 있다. 참 가소롭기 그지없는 말이다. 명태가 들으면 "무슨
상해도 그 본질에는 변함이 없음

소리야, 썩으면 썩은 것이지—"하고 실소를 금치 못할 것이다. 부패 직전의 살코기
어처구니가 없어 터져 나오는 웃음을 금치 못함(의인화)

에서는 글리코겐이 분해되며 젖산을 발생시켜서 구수하고 단맛을 낸다는 요리학적
숙성의 과정

설명이 있긴 하지만, 그건 숙성을 뜻하는 것이지 부패를 이른 말이 아니다. 자연에
서 생선의 숙성은 순식간에 지나가는 과정에 불과하다. 숙성을 보전하는 것은 기술
이고 부가가치를 창출하는 것으로 요리사의 몫이지 준치의 몫이 아니다.
명태와 비교 → 명태의 가치 부각

'썩어도 준치'란 말은 꼭 청문회장에 나온 사람의 뻔뻔스러운 변명 같아서 부패한
부정부패를 일삼는 부도덕한 사람은 결코 떳떳할 수 없다는 글쓴이의 인식

주목

• 인물의 정서 비교

' '나'가 사 온 명태를 본 아버지의 반응
"우리 집에 나 말고 명태 사 들고 올 사람이 또 있구나!"

↓

아버지	자신처럼 명태를 사 온 아들에 대한 반가움과 고마움. 아들이 집안의 가장이 되었다는 대견함. 이제는 아들이 자신의 자리를 이을 것이라는 기대감 등을 복합적으로 느꼈을 것으로 볼 수 있음
'나'	아버지가 명탯국을 반가워하며 칭찬하자 고마움을 느끼지만, 한편으로는 연로한 아버지에 대한 슬픔과 이제는 아버지의 자리를 자신이 대신해야 한다는 책임감 등을 복합적으로 느꼈을 것으로 볼 수 있음

• '명태'의 다양한 이름과 쓰임

글쓴이에게 의미 있는 추억의 존재일 뿐 아니라 그 담백한 맛으로 인해 오랜 세월 사랑받은 명태의 많은 이름을 통해, 명태가 얼마나 다양한 쓰임으로 사람들에게 도움이 되는 생선인가를 알 수 있다.

명태
• 생태: 말리지도 얼리지도 않은 것 • 동태: 겨울에 잡아서 얼린 것 • 코다리: 반쯤 말린 것 • 황태: 얼리고 말리는 것을 반복해서 3개월 이상 자연 건조한 것 • 흑태(먹태): 황태를 만들다가 색이 검게 변한 것 • 북어: 내장을 꺼내고 말린 것 • 노가리: 어린 명태를 말린 것

이외에도 10개가 넘는 다양한 이름이 있으며, 담백한 맛으로 인해 '게맛살'의 원료로 쓰임

냄새가 코를 찌른다. 준치는 4월에서 7월까지 부패가 촉진되는 철에 잡힌다. 제 주
_{명태와 대비되는 준치의 어획기 – 쉽게 썩는 이유}
검의 선도(鮮度)에 대한 대책도 없는 주제에 '썩어도 준치'라니, 명태에 비하면 비천
_{신선한 정도}   _{→ 명태의 고결함}
하기 이를 데 없는 본성이다.

　보릿고개가 준치의 어획기다. 배가 고픈 백성들은 준치의 어획을 고마워하며 먹
_{4월에서 7월까지}
었으리라. 어쩌다 숙성된 준치를 먹었을지 모르지만 대개 썩은 준치를 먹고 삶의 비
애를 개탄하는 마음으로 짐짓 '썩어도 준치'라고 역설적인 감탄을 했을지 모른다. 얼
_{'썩어도 준치'라는 말이 나오게 된 유래에 대한 글쓴이의 추측}
마나 우리들의 슬픈 시대를 단적으로 대변하는 감탄구인가.
_{먹을 것이 없어 굶주리던 시절}   ▶ 쉽게 부패하는 준치에 대한 부정적 인식과 '썩어도 준치'라는 말의 의미 해석
　명태는 무욕으로 일관한 제 생의 담백한 육질을 신선하게 보전해서 사람들에게
_{자비심으로 남에게 재물이나 불법을 베품 – 문맥상 희생(의인화)}
보시(布施)했다. 「명태는 제 속을 비워 창난젓과 명란젓을 담게 주고 몸뚱이만 바닷
_{「 」: 열거 → 명태의 다양한 활용}
가의 덕장에서 바닷바람에 말라 북어가 되고, 대관령 너머 눈벌판의 덕장에서 눈바
_{물고기를 말리는 곳　┌ 황태}
람에 말라 더덕북어가 되었는데, 알다시피 제상의 좌포(左脯)로 진설되거나, 고삿상
_{제사를 지내는 상　　　　　많은 사람들이 명태의 쓰임을 알고 있음을 암시함　　제사나 잔치 때, 음식을 법식에 따라 상 위에 차려 놓음}
떡시루 위에 실타래를 감고 누워 사람들의 국궁 재배(鞠躬再拜)를 받는 귀물(貴物)로
_{윗사람이나 위패(位牌) 앞에서 존경하는 뜻으로 허리를 굽히고 두 번 절하는 예절}
받들어졌다.」

　「명태를 생각하면 언뜻 늦가을 텃밭의 황토 흙에 하반신을 묻고 상반신을 햇살에
_{「 」: 연상을 통한 전개　　　　조선무의 의인화 – 하반신이 묻힌 황토 흙과 파랗게 드러난 상반신의 색채 대비(감각적)}
파랗게 드러낸 채 서 있던 청정한 조선무가 떠오른다.」그 순박 무구하고 건강하기가
_{명태와 맛의 조화를 이루는 존재　　　　　　　　순수하고 때 묻지 않음}
과년한 산골 큰아기 같은 조선무가 없으면 명태의 담백한 맛을 살려 내기 힘들었을
_{성숙하면서도 순수한 존재 – 조선무 비유}
지 모른다. 산골 동네 텃밭에서 그 청정한 무가 가으내 담백한 맛의 진수를 보여 주
려고 뼈 무르면서 명태를 기다렸다.「순박한 무와 담백한 생선의 만남, 그야말로 산
_{청정한 조선무　　　　　명태　　「 」: 명탯국}
해(山海)가 진미로 만나는 것이다.」
_{육지의 조선무와 바다의 명태가 만나 아주 좋은 맛을 이룸　　▶ 명태의 다양한 쓰임과 조선무와의 어울림}
　명탯국을 끓이는 아침, 아내는 내게 텃밭에 가서 무를 두어 개 뽑아다 달라고 했
_{명태에 대한 추억과 아버지에 대한 그리움을 느끼는 계기}
다. 하얗게 무서리가 내린 늦가을 텃밭에 가서 몸을 추스르고 뽑혀 가기를 바라고
_{계절적 배경의 구체화}
있었던 것처럼 클 대로 다 큰 조선무를 뽑아 들면 느껴지는 묵직한 중량감이 결코 하
찮은 삶이란 없다는 방자한 생각을 하게 부추기는 것이었다.
_{글쓴이 제멋대로의 생각}
　문득 아버지의 호기가 그립다. 아침 햇살 가득 차오르던 산골 초가집 부엌 기둥에
_{그리움의 대상 ① – 아버지의 대주로서의 당당함}
긍정적인 모습으로 걸려 있던 순박한 명태 한 코가 집안 대주의 권위로 바라보이던
_{그리움의 대상 ② – 명태 하나로도 대주의 권위가 빛나 보이던, 이제는 돌아갈 수 없는 과거}
시절이 그립다.
_{▶ 명탯국을 끓이는 아침에 느끼는 아버지에 대한 그리움}

감상 포인트
대상에 대한 글쓴이의 정서와
태도를 파악한다.

이 작품은 명태에 관한 추억을 통해 글쓴이가 그리워하는 대상을 떠올리고 있는 수필이다. 따라서 명태를 중심으로 이야기가 전개되는 양상과 글쓴이의 정서를 파악할 수 있어야 한다.

+ '명태'와 관련된 일화와 글쓴이의 정서

일화 1	아버지가 명태를 사 옴	취기가 도도하신 아버지가 명태를 며느리에게 건넴 → 며느리가 공손하게 명태를 받아 걸고 비린내를 칠해 온 아버지의 두루마기를 빨래함	→	감동
일화 2	글쓴이가 명태를 사 옴	'나'가 아버지처럼 명태를 사 와서 아내에게 건네고 아내는 명탯국을 끓임 → 아버지가 좋아하시며 '나'를 쳐다보고 명태 사 들고 올 사람이 또 있다는 이야기를 함	→	눈물겨움

이 작품은 소중한 추억의 대상인 명태에 대한 글쓴이의 애정이 돋보이는 글로, 명태에 대한 의인화와 독특한 관점에서 이루어지는 긍정적 해석 등 글쓴이의 개성이 여실히 드러난다. 따라서 명태에 대한 글쓴이의 예찬적 태도를 두드러지게 만드는 서술상의 특징을 파악할 수 있어야 한다.

+ '명태'에 대한 의인화

의인화	• '다소곳한 주검 한 쌍' • '명태는 맛에 대한 자기 주장을 관철하려 들지 않는다.' • '가급적 주검을 부패시키지 않으려는 명태의 의지가 진화된 결과' • '실소를 금치 못할 것이다.' • '명태는 무욕으로 일관한 제 생의 담백한 육질을 신선하게 보전해서 사람들에게 보시했다.'

↓

글쓴이가 명태에 대해 지니고 있는 친근감과 애정, 긍정적 평가 등이 드러남

+ 대조를 통한 부각

명태	↔	준치
썩지 않는 계절에 잡힘		부패가 촉진되는 철에 잡힘

↓

• 명태에 대한 애정을 드러내며, 명태의 특징에 대해 긍정적인 관점에서 의미를 부여함
• 명태와 대조되는 특징을 지닌 준치를 통해 명태를 더욱 돋보이게 만듦

+ 다양한 표현과 발상

줏대 없는 그의 본성 자체가 그의 줏대인 것이다.	어떤 요리에도 잘 어울리는 명태의 담백성을 부각시킴 – 역설적 표현
가급적 주검을 부패시키지 않으려는 명태의 의지가 진화된 결과로 보고 싶다.	부패되지 않는 계절에 산란을 하다가 어획되는 명태의 특징을 개성적인 관점으로 표현함
썩은 준치를 먹고 삶의 비애를 개탄하는 마음으로 짐짓 '썩어도 준치'라고 역설적인 감탄을 했을지 모른다.	일반적인 인식과 다른 글쓴이의 독특한 관점을 제시함
늦가을 텃밭의 황토 흙에 하반신을 묻고 상반신을 햇살에 파랗게 드러낸 채 서 있던	청정한 조선무의 싱그러운 모습을 부각시킴 – 색채 대비와 의인화

• 해제

〈명태에 관한 추억〉은 명태에 관한 추억을 통해 아버지의 호기와 아버지의 당당한 권위가 빛나 보이던 과거에 대한 그리움을 이야기하고 있는 작품이다. 글쓴이는 의인화된 표현을 통해 명태에 대한 애정을 드러내며, 준치와의 비교를 통해 독특한 관점으로 명태의 긍정적인 특징들을 열거하고 있다. 이 작품에서 글쓴이가 그리워하는 대상인 아버지의 호기와 그 시절의 삶은, 유가적 전통에서 나오는 가부장적 권위를 연상하게 한다. 글쓴이는 자신이 우러러보던 아버지의 권위가 사라지고, 그러한 권위가 존중받던 그 시절로 돌아갈 수 없게 된 현재 시점에서, 추억 속에 선명하게 각인된 명태에 관한 추억을 통해 자신의 지향을 분명히 드러내고 있다.

• 제목 〈명태에 관한 추억〉의 의미
 – 글쓴이가 그리워하는 것들과 관련된 추억

이 작품에서 '명태'는 글쓴이가 그리워하는 대상들을 떠올리게 하는 매개체로, 제목 '명태에 관한 추억'은 그리운 대상과 관련된 소재가 '명태'임을 알려 준다.

• 주제

명태에 관한 추억과 아버지에 대한 그리움

한 줄 평 │ 1930년대 근대와 전근대가 공존하는 마포의 풍경을 그린 수필

마포 ▸ 백석

모래사장은 물새가 없이 너무 너르고 그 건너 포플러 나무의 행렬은 이 개포의 돛
_{바다의 모래벌판}   _{강변의 나무들}   _{마포의 포구}

대들보다 더 위엄이 있다. 오래 머물지 못하는 돛대들이 쫓겨 달아나듯이 하구(河
                                                                          _{시골에서 올라온 배들(대유법)}

口)를 미끄러져 도망해 버린다. 나무 없는 건넛산들은 키가 돛대보다 낮다. 피부 빛
_{마포의 포구에서 금방 떠나는 배들의 모습}   _{원근의 차이에 의한 풍경 묘사}

은 사공들의 잔등보다 붉다. 물속에 들어간 닻이 얼마나 오래 있나 보자고 산들은
_{민둥산으로 헐벗은 건넛산의 모습 – 시각적(색채) 이미지}

물 위를 바라보고들 있는 듯하다.   ▶ 마포 포구 주변의 적막한 풍경
_{산들이 강물에 비쳐 깊이 잠긴 듯한 풍경}

개포에는 낮닭이 운다. 기슭 핥는 물결 소리가 닭의 소리보다 낮게 들린다. 저 아
       _{청각적 이미지}

래 철교 아래 사는 모터보트가 '돈 많은 집 서방님같이 은회색 양복을 잡숫고 호기 뻗
           _{: 근대적 요소 : 전통적·전근대적 요소}   _{모터보트}   _{입고}

친 노라리 걸음으로 내려오곤 한다. 빈 매생이가 발길에 차이고 못나게 출렁거리며
_{건달처럼 건들거리는}   _{주체 - 모터보트}   _{노를 젓는 작은 배}

운다.」   ▶ 모터보트와 매생이가 만든 마포의 풍경
_{「」: 거들먹거리는 듯한 모터보트의 움직임에 수동적으로 흔들리는 매생이의 모습 – 직유법, 의인법}

커다란 금 휘장의 모자를 쓴 운전수들이 빈손 들고 내려서는 동둑을 넘어서 무엇
_{화려한 차림의 운전수들 – 시각적(색채) 이미지}   _{남쪽의 여름 홀바지 크게 쌓은 둑}

을 찾는 듯이 구차한 거리로 들어간다. 구멍 나간 고의를 입은 사공들을 돌아보지
_{거리에 대한 부정적 인식이 드러난 표현}   _{초라한 차림의 뱃사람들}

않는 것이 그들의 예의이다. 모두 머리를 모으고 몸을 비비대고 들어선 배 앞에는
_{눈길도 주지 않는 우월적인 태도를 '예의'라고 비꼬듯 표현}   _{부두에 빽빽이 정박한 시골 배들 – 의인법}

언제나 운송점의 벌건 트럭 한 대가 놓여 있다. 「때때로 풍풍풍풍 거리는 것은 아마
                 _{근대 문물 – 시각적(색채) 이미지}   _{트럭의 엔진 소리}

시골 손들에게 서울의 연설을 하는지 모른다.」   ▶ 부두에 정박한 배들과 트럭이 만든 풍경
_{시골에서 올라온 배들 – 의인법}   _{「」: '배들'에 대한 '트럭'의 우월적 태도 – 의인법}

여의도에 비행기가 뜨는 날, 먼 시골 고장의 배가 들어서는 때가 있다. 「돛대 꼭대
           _{근대 문물}   _{시골서 올라온 전근대적 존재}

기의 팔랑개비를 바라보던 버릇으로 뱃사람들은 비행기를 쳐다본다. 그리고 돛대의
_{「」: 비행기를 보는 뱃사람들의 근대 문물에 대한 순박한 외경심 – 뱃사람의 의식에 밀착된 진술}

흰 깃발이 말하듯이 그렇게 하늘이 무서운 것이 아니라고 생각한다.」이럴 때에 영등

포를 떠나오는 기차가 한강 철교를 건넌다. 「시골 운송점과 정미소에 내는 신년 괘력
                 _{근대 문물}   _{쌀을 도정하는 곳   벽에 거는 새해 달력}

(新年掛曆)의 그림이 정말이 되는 때다.」
_{마포의 근대식 문물에 대한 시골 뱃사람의 예찬}

"마포는 참 좋은 곳이여!" 뱃사람의 하나는 반드시 이렇게 감탄한다.」
_{「」: 시골 뱃사람들이 달력에서나 보던 비행기, 기차를 현실에서 보게 됨}   ▶ 비행기와 배를 실제로 보게 된 시골 사람들의 모습

흰 수염 난 늙은이가 매생이에서 낚대를 드리우지 않는 날을 누가 보았는가? 요단강
_{신령스럽고 기묘한 지혜}   _{한국화에 등장하는 평화로운 모습 – 마포에서 언제나 볼 수 있는 풍경}

의 영지(靈智)가 물 위에 차 있을 듯한 곳이다. 강상(江上)에 흐늘이는 나룻배를 보
_{엄적이고 신비로운 분위기가 느껴지는 곳}   _{느리게 흔들리는}

면 「비파행」의 애끊는 노래가 들리지 않나 할 곳이다.   ▶ 마포에서 발견하는 전통적 모습
_{당나라 시인 백거이가 지은 이별 노래의 절창}

뗏목이 먼저 강을 내려와서 강을 올라오는 배를 맞는 일이 많다. 배가 떠난 뒤에
_{목재 운반을 목적으로 상류에서 내려온 뗏목 지방에서 바다를 통해 한강을 거슬러 올라오는 배}

도 얼마를 지나서야 뗏목이 풀린다. 뗏목이 낯익은 배들을 보내고 나는 때에 개포의

작은 계집아이들이 빨래를 가지고 나와서 그 잔등에 올라앉는다. 「기름 바른 머리,
                      _{고향을 떠나 떠도는 존재의 마음 – 의인법}   _{도시적 이미지}

분칠한 얼굴이 여기가 어딘가 하고 묻고 싶어 할 것이 뗏목의 마음인지 모른다.」
_{「」: 고향을 떠난 존재의 낯설어하는 태도 – 글쓴이의 의식 투영}   ▶ 고향을 떠나 부유하는 존재의 마음

뱃지붕을 타고 먼산바라기를 하는 사람들은 저 산, 그 너머 산, 그 뒤로 보이는 하
_{고향 방향에 있는 먼 산을 바라보는 사람들 – 글쓴이의 의식 투영}

얀 산만 넘으면 고향이 보인다고들 생각한다. 서울 가면 아무 데나 산이 보인다고
_{'산'의 점층적 반복, 시각적(색채) 이미지 → 고향에 대한 거리감과 그리움의 심화}

◾ 작품 분석 노트

• **공간적 배경의 특징과 변화**
포구라는 공간적 배경으로서의 마포
가 지니는 특징 및 기능과 시대의 변
화 속에서 달라져 가는 마포에 대한
글쓴이의 태도 및 관점을 확인할 수
있다.

> **마포**
> 마포는 한양 도성으로부터 10리(약
> 4km) 정도 떨어진 한강의 나루터로,
> 서해안은 물론 전국 각지의 어염(생
> 선과 소금) 상선들이 드나들던 곳이
> 다. 주로 젓갈과 소금 등의 집산 및
> 매매가 활발히 이루어지며 매우 붐비
> 던 곳이었으나, 육상 교통의 발달과
> 함께 나루터로서의 기능은 쇠퇴하였
> 다.

↓

> 글쓴이가 지켜본 1930년대의 마포는
> 근대화의 물결 속에서 그 모습과 역
> 할이 크게 변하던 시기로, 근대적 문
> 물과 전통적 요소가 공존하는 공간이
> 었다. 당시 마포는 시골에서 올라온
> 나룻배와 트럭, 기차, 비행기가 공존
> 하는 공간으로, 글쓴이는 전통적 입
> 장에 가까운 태도로 근대 문명에 대해
> 부정적 시각을 드러내고 있다.

• **마포의 전통적 모습**
마포는 근대적 문물을 갖춘 곳인 동
시에 전통적 모습 또한 발견할 수 있
는 곳으로 양면적인 성격을 가진다.

> • 언제나 흰 수염 난 늙은이가 매생
>   이에서 낚대를 드리우고 있을 것
>   같은 평화로운 곳
> • 요단강의 영지가 물 위에 차 있을
>   것 같은 신비스러운 곳
> • 당나라 시인 백거이의 슬픈 이별
>   노래가 들릴 것만 같은 곳

마을에서 말하고 떠나온 그들이 서울의 개포에 있는 탓이다. ▶ 개포에서 고향을 그리는 사람들

배들은 낯선 개포에서 본(本)과 성명을 말하기를 싫어한다. 그들은 머리에다 커다
<u>시조가 난 곳 = 본관</u>　　　　　<u>본(本)을 버젓이 배에 써서 보여 줌</u>

랗게 붉은 글자로 <u>백천(白川), 해주(海州), 아산(牙山)</u> …… 이렇게 버젓한 본을 담고
<u>배들의 '본' – 고향에 대한 애착</u>

<u>금파환(金波丸), 대양환(大洋丸), 순풍환(順風丸)</u>, 이렇게 아름답고 <u>길상(吉祥)</u>한 이
<u>순탄한 항해를 바라는 마음이 담긴, 배들의 이름</u>　　　　　<u>운수가 좋을 조짐</u>

름을 써 붙였다. 그들은 이 개포의 <mark>맑은 하늘</mark> 아래 뻘 사납게 서서 <u>흰 구름</u>과 눈 빨
<u>순수한 자연</u>　　　　　<u>순수한 자연 – 시각적(색채) 이미지</u>　　<u>눈 흘기기</u>

기를 하는 <u>전기 공장의 시꺼먼 굴뚝</u>이 미워서 이 강에 정을 못 들이겠다고 말없이 가
<u>화력 발전소의 부정적 모습 – 시각적(색채) 이미지</u>　　　　　<u>마포를 떠나는 배들의 심리 – 글쓴이의 의식 투영</u>

버린다.　　　　　　　　　　　　　　　　　▶ 공장에 거부감을 느끼고 고향으로 돌아가는 사람들

감상 포인트
글쓴이가 마포에서 관찰한 풍경과 마포에
대한 글쓴이의 인식을 파악한다.

이 작품은 글쓴이의 눈에 비친 마포의 다양한 풍경을 그리고 있는 글로, 타지인의 시선으로 바라본 마포의 양면적인 모습이 생생하게 묘사되어 있다. 특히 새로운 문명의 산물로 제시된 근대적 요소와 전근대적 삶의 모습을 보여 주는 전통적 요소의 공존이 두드러지게 나타나 있다. 또한 다른 인물과 사물에 기대어 표현된 글쓴이의 의식과 현실을 바라보는 관점을 파악할 수 있어야 한다.

＋ 전통적 요소와 근대적 요소의 대립 양상

전통적 요소		근대적 요소
• 매생이 • 구멍 나간 고의를 입은 사공들 • 머리를 모으고 몸을 비비대고 들어선 배들 • 먼 시골 고장의 배 • 맑은 하늘, 흰 구름	대립 ↔	• 모터보트 • 커다란 금 휘장의 모자를 쓴 운전수들 • 벌건 트럭 • 비행기, 기차 • 전기 공장의 시꺼먼 굴뚝

↓

글쓴이는 전통적 요소에 좀 더 밀착된 태도로 근대적 요소에 비판적 인식과 거리감을 드러냄

＋ 글쓴이의 관점이 투영된 표현

아마 시골 손들에게 서울의 연설을 하는지 모른다.	'배들' 앞에서 우월적 태도를 보이는 '빨간 트럭'의 모습에 대한 부정적 인식이 투영됨
그렇게 하늘이 무서운 것이 아니라고 생각한다.	그림 속의 풍경을 현실에서 보게 된 뱃사람들의 순박한 마음을 긍정적 시선으로 제시함
예가 어덴가 하고 묻고 싶어 할 것이 뗏목의 마음인지 모른다.	객지에 있는 글쓴이의 마음을 투영하여 고향을 떠나 부유하는 '뗏목'의 마음을 추측함
하이얀 산만 넘으면 고향이 보인다고들 생각한다.	고향과의 거리감과 그로 인한 간절한 그리움을 '사람들'의 생각에 투영하여 드러냄
이 강에 정을 못 들이겠다고 말없이 가 버린다.	근대 문물의 부정적 모습에 대한 반감과 거부감을 '배들'의 행동에 투영하여 드러냄

이 작품은 대상에 대한 묘사가 두드러진 글로 감각적 이미지를 사용하여 대상의 긍정적 또는 부정적 속성을 구체화하고 있으며, 의인법을 반복적으로 사용하여 글쓴이의 의식과 심리를 표현하고 있다. 따라서 글쓴이의 태도를 드러내며 주제 의식을 형성하는 표현상 특징을 파악할 수 있어야 한다.

＋ 시각적 이미지의 사용과 효과

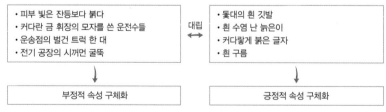

• 피부 빛은 잔등보다 붉다 • 커다란 금 휘장의 모자를 쓴 운전수들 • 운송점의 벌건 트럭 한 대 • 전기 공장의 시꺼먼 굴뚝	대립 ↔	• 돛대의 흰 깃발 • 흰 수염 난 늙은이 • 커다랗게 붉은 글자 • 흰 구름
↓		↓
부정적 속성 구체화		긍정적 속성 구체화

＋ 다양한 표현상의 특징과 효과

• 사물을 의인화하여 표현함으로써 부정적인 면을 부각시키거나 대상과의 일체감을 형성함
• 대조적 성격을 지니는 대상의 대비적 제시를 통해 글쓴이가 지향하는 것을 분명히 드러냄
• 비유적 표현, 음성 상징어의 활용, 열거와 말줄임표의 사용 등을 통해 대상을 부각함
• 시각적 · 청각적 이미지의 사용을 통해 묘사 대상을 구체적으로 형상화함
• 글쓴이의 관점과 인식을 다른 사물과 인물에게 투영하여 간접적으로 드러냄
• 평서형 종결 어미 '–다'를 일관되게 사용하여 풍경과 상념을 단정적인 어조로 제시함

🔍 찾아보기